ULLSTEIN

Das Buch

Als die E-Mail von seinem Exboss Hellmann kommt, weiß Paul Brenner, ehemaliger Offizier bei der US Army, sofort, dass dies nicht sein Glückstag sein wird. Der Army ist ein dreißig Jahre alter Brief eines Soldaten der nordvietnamesischen Armee in die Hände gefallen, in dem er seinem Bruder von einem Mord berichtet, den er heimlich beobachtet hatte: der Mord an einem jungen amerikanischen Leutnant – begangen von einem Captain der Army. Brenner soll nach Vietnam gehen, um dort den Zeugen zu finden und den Mord aufzuklären. Niemand scheint geeigneter für diese Mission – denn Brenner war schon zweimal dort und ist mit dem Land bestens vertraut.
Brenner kann es nicht fassen, dass er sich überreden lässt, ein drittes Mal zurückzugehen. Doch als er in Saigon auf die äußerst attraktive Susan Weber trifft, scheint sein Schicksal schon viel erträglicher. Gemeinsam mit ihr macht sich der ehemalige Offizier auf den abenteuerlichen Weg durch Vietnam, um den Augenzeugen aufzuspüren und um herauszufinden, warum die Army plötzlich so großes Interesse an einem Jahrzehnte zurückliegenden Verbrechen zeigt …

Der Autor

Nelson DeMille, Jahrgang 1943, wurde in New York geboren. Er ist berühmt für seine atemberaubend spannenden Thriller, die lebensechte Figuren mit viel Humor durch die Abgründe der Zeitgeschichte führen. Zu seinen internationalen Bestsellern zählen u. a. die Romane *Goldküste, Die Kathedrale, Das Spiel des Löwen* und *Die Tochter des Generals* (mit John Travolta in der Hauptrolle verfilmt).

Von Nelson DeMille sind in unserem Hause bereits erschienen:

An den Wassern von Babylon
In den Wäldern von Borodino
Die Kathedrale
Das Spiel des Löwen
Wolfsbrut
Das Ehrenwort

Nelson DeMille

Die Mission

Roman

Aus dem Englischen
von Jochen Schwarzer

Ullstein

Besuchen Sie uns im Internet:
www.ullstein-taschenbuch.de

DENEN, DIE DEM RUF GEFOLGT SIND

Umwelthinweis:
Dieses Buch wurde auf chlor- und säurefreiem Papier gedruckt.

Ullstein Verlag
Ullstein ist ein Verlag der
Ullstein Buchverlage GmbH.
1. Auflage April 2004

Titel der amerikanischen Originalausgabe: *Up Country*
(Warner Books, Inc., New York)
Übersetzung: Jochen Schwarzer
Umschlaggestaltung: Büro Jorge Schmidt, München
Druck und Bindearbeiten: Ebner & Spiegel, Ulm
Printed in Germany
ISBN 3-548-25817-4

CHINA
Lao Cai
Dien
Bien Phu
Hanoi
BURMA
LAOS
Thanh Hoa
V I E T N A M
Golf von
Tonking
Hainan
Vinh
Vientiane
Rangoon
EMZ
Quang Tri
Huế
Khe Sanh
Ashau-Tal
Da Nang
SÜDCHINESISCHES
MEER
THAILAND
Quang Ngai
Bangkok
Qui Nhon
Buon Ma
Thuot
ANDAMANISCHES
MEER
KAMBODSCHA
Nha Trang
Phnom
Penh
Ho-Chi-Minh-Stadt
(Saigon)
Bucht von
Cam Ranh
GOLF VON SIAM
0 100 km
0 100 mi

Vorbemerkung des Verfassers

Die Darstellung des zeitgenössischen Vietnam in diesem Buch beruht zum Teil auf meinen Eindrücken vom Januar und Februar 1997, als ich nach neunundzwanzig Jahren zum ersten Mal wieder dort war. Restaurants, Hotels, die ehemalige Botschaft der USA und andere Örtlichkeiten existierten 1997, dem Jahr, in dem dieser Roman spielt, wie hier geschildert.

Die Wahrheit gibt es; nur die
Unwahrheit muss erfunden werden.
GEORGES BRAQUE

ERSTES BUCH

✶

Washington, D.C.

Kapitel 1

Aller schlechten Dinge sind drei.

Das erste Schlechte war eine Nachricht auf meinem Anrufbeantworter. Sie kam von Cynthia Sunhill, meiner ehemaligen Partnerin bei der Criminal Investigation Division, der internen Kriminalpolizei der US Army. Cynthia ist immer noch bei der CID und sie ist nun auch im Privatleben meine Partnerin, nur dass wir mit dieser Stellenbeschreibung gerade einige Schwierigkeiten hatten.

Die Nachricht lautete: *Paul, ich muss mit dir sprechen. Ruf mich heute Abend an, egal, wie spät. Sie haben mir einen neuen Fall zugeteilt und ich muss morgen früh abreisen. Wir müssen reden.*

»Okay.« Ich sah auf die Uhr auf dem Kaminsims meines kleinen Arbeitszimmers. Es war genau zehn Uhr abends oder 2200 Uhr, wie ich vor gar nicht so langer Zeit noch gesagt hätte, als ich noch bei der Army war.

Ich wohne in einem steinernen Farmhaus außerhalb von Falls Church, Virginia, keine halbe Stunde Fahrt vom CID-Hauptquartier entfernt. Die Fahrtzeit spielt im Grunde keine Rolle, denn ich arbeite nicht mehr bei der CID. Genauer gesagt, arbeite ich gar nicht mehr. Ich bin aus dem Dienst ausgeschieden oder vielleicht auch ausgeschieden worden.

Jedenfalls waren seit meinem Ausscheiden aus der Armee schon sechs Monate vergangen und ich fing an mich zu langweilen und hatte noch zwanzig oder dreißig Jahre vor mir.

Was Miss Sunhill angeht: Sie war in Fort Benning, Georgia, stationiert, gut vierzehn Stunden Autofahrt von Falls Church entfernt (oder auch nur zwölf, wenn ich ganz wild auf sie bin). Sie hat viel zu tun und bei der Army wird oft auch am Wochenende gearbeitet. Die vergangenen sechs Monate waren für unsere relativ junge Beziehung nicht einfach gewesen und da sie einen interessanten Job hat und ich zusehends den nachmittäglichen Talkshows verfalle, haben wir nicht gerade viel, worüber wir reden könnten.

Nun denn: Schlechte Neuigkeit Nummer zwei. Ich rief meine E-Mails ab und eine Nachricht lautete schlicht und einfach: *Morgen 1600h, Mauer.* Unterzeichnet war sie mit *K.*

K ist Colonel Karl Hellmann, mein ehemaliger Chef im Hauptquartier und Cynthias gegenwärtiger Vorgesetzter. So viel war klar. Nicht klar war, warum sich Karl mit mir in Washington an der Gedenkstätte für den Vietnamkrieg treffen wollte. Doch instinktiv verbuchte ich das unter »Schlechte Neuigkeiten«.

Ich ließ mir diverse ebenso knappe Antworten durch den Kopf gehen, die alle nicht sonderlich positiv waren. Ich *musste* natürlich überhaupt nicht antworten; ich war im Ruhestand. Aber anders als im zivilen Berufsleben ist eine Militärlaufbahn nie so ganz beendet. Es heißt nicht zu Unrecht: »Einmal Offizier, immer Offizier.« Und ich war dem Rang nach Warrant Officer gewesen – ein Dienstgrad zwischen Offizier und Unteroffizier – und von Beruf Kriminalermittler.

Tatsache ist: Juristisch können sie einem immer noch was, auch wenn ich nicht weiß, was genau. Zumindest können sie einem für ein Jahr den Einkaufsausweis für den Armeeladen abnehmen.

Ich sah mir Karls Nachricht noch einmal genau an und bemerkte, dass sie an Mr. Brenner adressiert war. Warrant Officers werden als Mister angesprochen, also galt diese Anrede nicht etwa meinem Status als Zivilist, sondern sollte mich an meinen ehemaligen oder vielleicht auch gegenwärtigen Dienstgrad bei der Armee erinnern. Karl hat es nicht so mit den zarten Andeutungen. Ich ließ ihn warten.

Und zu guter Letzt die dritte schlechte Neuigkeit. Ich hatte anscheinend vergessen, meine Buchclubbestellung abzuschicken, und fand in meiner Post einen Roman von Danielle Steel. Sollte ich ihn zurückschicken? Oder meiner Mutter zu Weihnachten schenken? Vielleicht hatte sie ja bald Geburtstag.

Also gut, den Anruf bei Cynthia konnte ich nicht länger hinausschieben, also setzte ich mich an meinen Schreibtisch und wählte ihre Nummer. Während es am anderen Ende klingelte, schaute ich aus dem Fenster. Es war ein kalter Januarabend im nördlichen Virginia und es schneite ein wenig.

Cynthia meldete sich mit »Hallo«.

»Hi«, sagte ich.

Eine halbe Sekunde lang Schweigen und dann: »Hi, Paul. Wie geht's dir?«

Wir hatten bei diesem Gespräch ohnehin schon einen schlechten Start hingelegt und deshalb fragte ich unverblümt: »Was liegt an, Cynthia?«

Sie zögerte und sagte dann: »Tja … Darf ich dich erst mal fragen, wie dein Tag heute so war?«

»Oh, er war Klasse. Der ehemalige Küchenchef vom Kasino hat mir sein Chilirezept gegeben. Mir war nicht klar, dass es für zweihundert Portionen war, und ich hab's unverändert nachgekocht. Ich hab's eingefroren. Ich schicke dir was davon. Dann war ich beim Sport, wir haben gegen ein paar Rollstuhlfahrer Basketball gespielt, die haben wir so richtig abgelascht, und dann noch mit den Jungs auf ein paar Bier und einen Burger in der Kneipe da. Und wie war's bei dir?«

»Tja … ich habe gerade den Fall abgeschlossen, von dem ich dir erzählt habe. Doch anstatt mal ein paar Tage frei zu bekommen, muss ich nach Fort Rucker und in einem Fall von sexueller Belästigung ermitteln, anscheinend eine heikle Sache. Ich bleibe da, bis das abgeschlossen ist. Vielleicht ein paar Wochen. Ich bin bei den unverheirateten Offizieren untergebracht, falls du mich anrufen willst.«

Ich erwiderte nichts.

Sie sagte: »Hey, ich denke immer noch an Weihnachten.«

»Ich auch.« Das war jetzt einen Monat her und seitdem hatte ich sie nicht mehr gesehen. »Wie sieht's mit Ostern aus?«

»Weißt du, Paul ... du könntest hierher ziehen.«

»Aber du kannst jederzeit versetzt werden. Und dann müsste ich dir wieder hinterher ziehen. Hatten wir das Thema nicht schon?«

»Ja, aber ...«

»Mir gefällt's hier. Du könntest dich doch hierher versetzen lassen.«

»Soll das ein Antrag sein?«

Au Backe. Ich antwortete: »Das wäre gut für deine Karriere. Hauptquartier.«

»Um meine Karriere mach dir mal keine Sorgen. Und ich will wirklich keinen Verwaltungsjob. Ich bin Ermittler. Genau wie du früher. Ich will da sein, wo ich was Nützliches tun kann.«

Ich sagte: »Tja, aber ich kann dir nicht wie ein kleines Hündchen hinterher laufen oder in deiner Wohnung rumhocken, wenn du im Einsatz bist. Das wäre nicht gut für mein Selbstwertgefühl.«

»Du könntest dir hier einen Job bei der Polizei suchen.«

»Daran habe ich auch schon gedacht. Aber hier in Virginia.«

Und so weiter. Es ist hart, wenn der Mann nicht arbeitet und die Frau beruflich viel auf Reisen ist. Und zu allem Übel neigt die Army auch noch dazu, einem sofort einen neuen ständigen Dienstsitz zuzuweisen, sobald man sich mal irgendwo eingelebt hat, was die Frage aufwirft, was die Army eigentlich unter »ständig« versteht. Hinzu kommt, dass sie einen heutzutage auch noch oft *vorübergehend* irgendwohin versetzen – nach Bosnien, Somalia oder Südamerika zum Beispiel – und man dort dann bis zu einem Jahr lang bleibt, was doch einer sehr laxen Auslegung des Begriffs »vorübergehend« entspricht. Im Endeffekt waren Cynthia und ich also das, was man heutzutage als »geografisch inkompatibel« bezeichnet.

Das Militär, das habe ich immer gesagt, macht es Beziehungen schwer; es ist kein Beruf, sondern eine Berufung, eine Bindung, die andere Bindungen sehr erschwert und manchmal unmöglich macht.

»Bist du noch da?«, fragte sie.

»Ja.«

»Wir können so nicht weitermachen, Paul. Es tut weh.«

»Ich weiß.«

»Was sollen wir tun?«

Ich glaube, sie wäre bereit gewesen, ihren Abschied zu nehmen und auf einen Großteil ihrer Pension zu verzichten, wenn ich mich zu einem Heiratsantrag durchgerungen hätte. Dann hätten wir uns einen Ort zum Leben und Arbeit für uns beide gesucht und wären bis an unser Lebensende glücklich gewesen. Und warum auch nicht? Wir liebten einander.

»Paul?«

»Ja ... ich denke nach.«

»Darüber hättest du schon längst mal nachdenken sollen.«

»Stimmt. Schau mal, ich finde, darüber sollten wir persönlich reden. Von Angesicht zu Angesicht.«

»Das Einzige, was wir von Angesicht zu Angesicht tun, ist ficken.«

»Das ist nicht ... Also, wir reden bei einem Essen darüber. In einem Restaurant.«

»Gut. Ich rufe dich an, wenn ich aus Rucker zurück bin. Ich komme zu dir oder du kommst hierher.«

»Okay. Hey, wie läuft's mit deiner Scheidung?«

»Ist fast durch.«

»Schön.« Bezüglich ihres Göttergattens fragte ich: »Siehst du Major Vollklatsche oft?«

»Nein. Gelegentlich mal im Offiziersclub. Ganz kann ich ihm nicht aus dem Wege gehen.«

»Will er dich immer noch wiederhaben?«

»Fang bitte nicht an, eine ganz einfache Situation zu komplizieren.«

»Mach ich nicht. Ich mache mir bloß Sorgen, dass er noch mal versuchen könnte, mich umzubringen.«

»Er hat nie versucht, dich umzubringen, Paul.«

»Dann hab ich wohl seine Motive dafür missverstanden, eine geladene Pistole auf mich zu richten.«

»Können wir das Thema wechseln?«

»Klar. Hey, liest du Danielle Steel?«

»Nein, warum?«

»Ich habe ihr neuestes Buch gekauft. Ich werd's dir schicken.«

»Vielleicht wäre das was für deine Mutter. Sie hat am zehnten Februar Geburtstag. Vergiss das nicht.«

»Ich hab's mir eingeprägt. Übrigens: Ich hab eine Mail von Karl bekommen. Er will sich morgen mit mir treffen.«

»Und wieso?«

»Ich dachte, du wüsstest das vielleicht.«

»Nein, weiß ich nicht«, sagte sie. »Vielleicht will er mit dir nur was trinken und über die alten Zeiten reden.«

»Er will sich am Vietnam Memorial mit mir treffen.«

»Echt? Das ist eigenartig.«

»Ja. Und dir gegenüber hat er nichts erwähnt?«

»Nein«, erwiderte sie. »Weshalb sollte er?«

»Ich weiß es nicht. Ich hab keine Idee, was er im Schilde führt.«

»Warum sollte er irgendwas im Schilde führen? Ihr beide habt jahrelang zusammengearbeitet. Er mag dich.«

»Nein, er mag mich nicht«, sagte ich. »Er hasst mich.«

»Er hasst dich nicht. Es ist bloß schwierig, mit dir zusammenzuarbeiten. Es ist auch schwierig, dich zu lieben.«

»Meine Mutter liebt mich.«

»Das solltest du noch mal überprüfen. Und Karl respektiert dich und weiß, wie brillant du bist. Entweder braucht er einen Rat oder irgendwelche Informationen über einen alten Fall.«

»Und wieso an der Mauer?«

»Tja ... keine Ahnung. Das wirst du schon rauskriegen, wenn du dich mit ihm triffst.«

»Es ist kalt hier. Wie ist's bei euch?«

»Achtzehn Grad.«

»Hier schneit es.«

»Fahr vorsichtig.«

»Mach ich.« Wir schwiegen eine Weile und währenddessen dachte ich an unsere Vorgeschichte. Wir hatten uns im NATO-Hauptquartier in Brüssel kennen gelernt. Sie war damals mit Major Wie-hieß-er-noch verlobt, irgend so ein Typ von einer Spezialeinheit. Wir hatten was miteinander, er rastete aus, richtete, wie bereits erwähnt, eine Waffe auf mich, ich machte einen Rückzieher, die beiden heirateten und ein Jahr später liefen Cynthia und ich uns wieder über den Weg.

Das war im Offiziersclub in Fort Hadley, Georgia, und beide waren wir dort im Einsatz. Ich kümmerte mich als verdeckter Ermittler um den Diebstahl und Weiterverkauf von Armeewaffen und sie klärte einen Fall von Vergewaltigung auf. Das ist ihr Spezialgebiet: Sexualstraftaten. Ich würde lieber wieder in den Krieg ziehen, als so einen Job zu machen. Aber irgendjemand muss es tun und sie macht es gut. Vor allem kann sie Privates und Berufliches gut auseinander halten und anscheinend geht ihr diese Arbeit nicht an die Nieren. Obwohl – wer weiß?

Doch zurück zu Fort Hadley im vergangenen Sommer. Während unseres Aufenthalts dort fand man Captain Ann Campbell, die Tochter des Standortkommandanten, erwürgt auf einem Schießplatz: nackt, gefesselt und offensichtlich vergewaltigt. Ich wurde also gebeten, meinen kleinen Waffenschieberfall abzugeben, und Cynthia assistierte mir. Wir lösten diesen Mordfall und versuchten anschließend, unseren eigenen Fall zu lösen, was sich als schwieriger erwies. Wenigstens gab sie Major Vollklatsche den Laufpass.

»Paul, wieso verschieben wir das nicht, bis wir uns treffen können? Wäre dir das recht?«

»Klingt gut.« Das war eigentlich mein Vorschlag gewesen, aber wieso darauf hinweisen? »Gute Idee.«

»Wir müssen beide darüber nachdenken, wie viel wir aufgeben müssten und wie viel wir gewinnen würden.«

»Hast du diesen Satz eingeübt?«

»Ja. Aber es stimmt. Schau mal, ich liebe dich «

»Ich liebe dich auch.«

»Ich weiß. Das macht es ja so schwierig.« Wir schwiegen eine Weile und dann sagte sie: »Ich bin jünger als du.«

»Ich bin aber unreifer.«

»Sei bitte still. Und ich mag das, was ich mache. Ich mag mein Leben, meinen Beruf, meine Unabhängigkeit. Aber ... ich würde das alles aufgeben, wenn ich ...«

»Schon verstanden. Das ist eine große Verantwortung, die ich da trage.«

»Ich will dich nicht unter Druck setzen, Paul. Ich bin mir nicht mal sicher, ob ich will, was ich glaube zu wollen.«

Ich bin ein kluges Kerlchen, aber Gespräche mit Frauen verwirren mich unweigerlich. Statt zu fragen, wie sie das meinte, sagte ich: »Ich verstehe.«

»Tust du das?«

»Vollkommen.« Nicht die Bohne.

»Fehle ich dir?«

»Jeden Tag«, sagte ich.

»Du fehlst mir auch. Wirklich. Ich freue mich darauf, dich wiederzusehen. Ich werde mir ein paar Tage frei nehmen. Versprochen.«

»Ich nehme mir auch ein paar Tage frei.«

»Du arbeitest doch gar nicht.«

»Stimmt. Aber wenn ich arbeiten würde, würde ich mir ein paar Tage für dich frei nehmen. Diesmal komme ich zu dir. Bei euch ist es wärmer.«

»Okay. Das wäre schön.«

»Magst du Chili?«

»Nein.«

»Ich dachte, du magst Chili. Na gut, viel Glück bei deinem Fall. Sag mir einen Tag vorher Bescheid, dann komm ich runter.«

»Es wird ungefähr zwei Wochen dauern. Vielleicht auch drei. Ich sage dir Bescheid, sobald ich das absehen kann.«

»Gut.«

»Grüß Karl von mir. Und erzähl mir, was er wollte.«

»Vielleicht will er mir wieder mal erzählen, wie er von Außerirdischen entführt wurde.«

Sie lachte.

Und als wir also gerade einen schönen Gesprächsschluss gefunden hatten, sagte sie: »Weißt du, Paul, du hättest deinen Abschied nicht nehmen müssen.«

»Ach, tatsächlich?« Der Fall der toten Generalstochter war von Anfang an ein einziger Schlamassel gewesen – politisch, emotional und beruflich gefährliches Terrain und ich war mitten hineingelatscht. Ich wäre besser dran gewesen, wenn ich den Fall nicht gelöst hätte, denn bei der Lösung kamen nur Dinge raus, die keiner wissen wollte. Ich sagte zu Cynthia: »Ein schriftlicher Verweis in der Personalakte – damit will einem die Army sagen: ›Sprich mal mit deinem Pensionssachbearbeiter.‹ Ein wenig durch die kalte Küche vielleicht, aber ...«

»Ich glaube, du hast das, was da passiert ist, falsch verstanden. Sie haben dich gerüffelt und du warst beleidigt und hast impulsiv reagiert, weil dein Selbstwertgefühl angekratzt war.«

»Ach ja? Na, danke, dass du mich darüber informierst,

dass ich eine dreißigjährige Laufbahn in die Tonne getreten habe, weil ich einen Wutanfall hatte.«

»Du solltest darüber wegkommen. Und ich sage dir noch etwas: Wenn du keine neue Herausforderung findest, wirst du Depressionen bekommen.«

»Die habe ich schon. Dafür hast du gerade gesorgt. Danke.«

»Entschuldige, aber ich kenne dich. Du warst längst nicht so ausgebrannt, wie du dachtest. Der Fall Campbell ist dir nur einfach an die Nieren gegangen. Das ist nicht schlimm. Das ging allen so. Mir auch. Es war der traurigste, deprimierendste Fall …«

»Ich will nicht darüber reden.«

»Gut. Aber du hättest dreißig Tage Urlaub gebraucht, keine Versetzung in den Ruhestand. Du bist noch jung …«

»Du bist jünger.«

»Du hast noch viel Kraft, viel zu geben, aber du musst deinem Leben eine neue Wendung geben, Paul.«

»Danke. Ich denke über meine Möglichkeiten nach.« Im Zimmer und auch am Telefon war es merklich kühler geworden.

»Bist du sauer?«

»Nein. Wenn du hier wärst, würdest du mich lächeln sehn. Ich lächle.«

»Tja, wenn ich dich nicht lieben würde, würde ich so was nicht sagen.«

»Ich lächle immer noch.«

»Wir sehn uns in ein paar Wochen«, sagte sie. »Pass auf dich auf.«

»Du auch auf dich.«

Schweigen, dann: »Gute Nacht.«

»Tschüss.«

Wir legten auf. Ich stand auf, ging an die Hausbar und machte mir etwas zu trinken. Scotch auf Eis, mit einem Spritzer Sodawasser.

Ich saß in meinem Arbeitszimmer, die Füße auf dem Schreibtisch, und sah zu, wie es draußen schneite. Der Scotch roch gut.

Da saß ich also, hatte einen Roman von Danielle Steel auf dem Tisch, ein unangenehmes Telefongespräch noch im Ohr und vor mir auf dem Computermonitor eine ominöse Nachricht von Karl Hellmann.

Manchmal gehören scheinbar unzusammenhängende Dinge in Wirklichkeit zu einem größeren Plan. Es ist natürlich nie der eigene Plan, sondern der von jemand anderem. Ich sollte glauben, dass Karl und Cynthia nicht über mich sprachen, aber Mrs. Brenner hatte ja keinen Vollidioten großgezogen.

Eigentlich sollte ich sauer sein, wenn jemand meine Intelligenz unterschätzt, aber stattdessen täusche ich dann immer eine gewisse Macho-Idiotie vor, die dazu einlädt, meine Intelligenz erst recht zu unterschätzen. Damit habe ich schon eine Menge Leute hinter Gitter gebracht.

Ich betrachtete noch einmal die Nachricht. *Morgen 1600h, Mauer.* Nicht mal »bitte«. Colonel Karl Gustav Hellmann kann manchmal schon ein wenig arrogant sein. Er ist, worauf schon sein Name hindeutet, gebürtiger Deutscher, wohingegen Paul Xavier Brenner ein typischer Irenjunge aus South Boston ist, auf charmante Weise verantwortungslos und ein hinreißender Klugscheißer. Herr Hellmann ist ganz das Gegenteil. Doch auf irgendeine seltsame Weise kamen wir miteinander klar. Er war ein guter Vorgesetzter, streng, aber fair und hoch motiviert. Nur dass ich seinen Motiven prinzipiell nicht traute.

Ich setzte mich jedenfalls aufrecht hin und hämmerte eine E-Mail an Karl in die Tastatur: *Einverstanden.* Ich unterzeichnete sie mit: *Paul Brenner, Zivilist.*

Kapitel 2

Es war drei Uhr nachmittags und ich war in der National Mall in Washington, D. C., einem rechteckigen Park, der sich über gut zwei Meilen vom Kapitol im Osten zum Lincoln Memorial im Westen erstreckt.

Die Mall ist mit ihren hübschen Ausblicken ein guter Ort zum Joggen und statt also nur in die Stadt zu fahren, um mich mit Karl Hellmann zu treffen, war ich in Trainingsanzug und Laufschuhen gekommen und hatte mir eine Wollmütze über die Ohren gezogen.

Ich begann meine Runde am Spiegelteich vor dem Kapitol und legte ein Tempo vor, mit dem ich pünktlich um vier Uhr meiner Zeit und 1600 Uhr nach Karls Zeit an der Mauer ankommen würde.

Es war kalt, aber die Sonne schien noch, und es war windstill. Die Bäume waren kahl und das Gras war mit dem Schnee der vergangenen Nacht bestäubt.

Ich lief zügig die Südseite der Mall entlang, vorbei am Nationalen Luft- und Raumfahrtmuseum, am Smithsonian und anderen Museen dazwischen.

Offiziell ist das hier, wie gesagt, ein Park, aber es ist auch der Ort, an dem alle irgendwas Wichtiges errichten wollen – Denkmäler, Museen, Gedenkstätten und Statuen. Und wenn diese Marmormanie anhält, wird die Mall eines Tages aussehen wie das Forum Romanum: voll gepackt mit Tempeln für dieses und jenes. Das ist gar nicht wertend gemeint – bedeutende Menschen und Ereignisse haben ein Denkmal oder eine Gedenkstätte verdient. Ich selbst habe dort auch eine Gedenkstätte: die Mauer. Es ist eine ausgezeichnete Gedenkstätte, denn mein Name steht nicht darauf.

Die Sonne sank tiefer und die Schatten wurden länger und bis auf das Knirschen des Schnees unter meinen Sohlen war es sehr still.

Ich schaute auf meine Armbanduhr und sah, dass es noch zehn Minuten bis zu meinem Termin waren. Wie viele aus seiner ethnischen Gruppe ist Herr Hellmann ein Pünktlichkeitsfanatiker. Also, ich verallgemeinere ja nicht gern, was Rassen und Religionen und so angeht, aber Iren und Deutsche haben einfach nicht dasselbe Zeitverständnis.

Ich legte einen Zahn zu und lief in nördlicher Richtung um den Spiegelteich. So allmählich war ich ein wenig geschlaucht und die kalte Luft tat mir in der Lunge weh.

Als ich durch die Constitution Gardens lief, kam das Vietnam Women's Memorial in Sicht: die Statuen der drei Krankenschwestern in Tropenuniform, rund um einen Verletzten, den ich von hier aus nicht sehen konnte.

Gut hundert Meter weiter befanden sich die Statuen der drei Militärangehörigen – drei Bronzekerle in Tropenuniform und daneben ein Flaggenmast.

Hinter den beiden Gruppen der Bronzestatuen zeichnete sich die schwarze Mauer selbst deutlich vor dem weißen Schnee ab.

Die Mauer ist wahrscheinlich das meistbesuchte Denkmal in Washington, an diesem kalten Werktag waren aber nicht viele Leute da. Als ich näher kam, hatte ich so das Gefühl, dass die Menschen, die jetzt dort waren und die Mauer anstarrten, Menschen waren, die einfach dort sein mussten.

Ein einzelner Mann stach aus der spärlichen Besucherschar hervor; es war Colonel Karl Hellmann. Er trug einen zivilen Regenmantel und einen Filzhut und natürlich sah er auf seine Armbanduhr und murmelte wahrscheinlich mit seinem leichten deutschen Akzent: »Wo bleibt der Kerl?«

Ich verlangsamte meinen Schritt, um meinen ehemaligen Chef nicht damit zu erschrecken, dass ich mit Volldampf auf ihn zurannte. Als ich auf den Pfad kam, der parallel zur Mauer verläuft, und noch gut zwanzig Meter von Herrn Hellmann entfernt war, schlug eine Kirchenglocke – erst einmal, dann ein zweites und ein drittes Mal. Ich verfiel in normales

Spaziertempo und trat genau in dem Moment hinter Karl Gustav Hellmann, als die Glocke die vierte Stunde schlug.

Er spürte meine Anwesenheit oder sah vielleicht mein Spiegelbild auf der schwarzen Mauer und ohne sich umzudrehen sagte er: »Hallo, Paul.«

Anscheinend freute er sich, mich zu sehen – oder meine Anwesenheit zu spüren –, auch wenn man ihm nicht anmerkte, wie sehr er sich freute. Wenigstens war ich pünktlich; so was versetzt ihn unweigerlich in gute Laune.

Ich erwiderte seine Begrüßung nicht und wir standen Seite an Seite und betrachteten die Mauer. Nach dem Joggen wäre ich wirklich gerne noch etwas gegangen, aber ich blieb stehen und schnappte nach Luft. Dampfwölkchen kamen aus meinen Nasenlöchern, wie bei einem Pferd, und der Schweiß auf meinem Gesicht wurde kalt.

So standen wir also da und versuchten einander nach sechsmonatiger Trennung schweigend wieder kennen zu lernen, ein wenig wie Hunde, die sich beschnuppern, um die Rangordnung zu ermitteln.

Ich sah, dass der Abschnitt der Mauer, vor dem wir standen, mit »1968« beschriftet war. Das ist der größte Abschnitt, denn 1968 war das unselige Jahr mit den höchsten amerikanischen Verlusten: die Tet-Offensive, die Belagerung von Khe Sanh, die Schlacht im Ashau-Tal und andere, weniger bekannte, aber nicht minder Grauen erregende Gefechte. Karl Hellmann war wie ich 1968 dabei gewesen, kannte einige dieser Orte und hatte einige dieser Schlachten miterlebt.

An der Heimatfront lief es 1968 auch nicht so toll: die Ermordung Martin Luther Kings und Robert Kennedys, die Krawalle an den Unis und in den Städten und so weiter. Ein rundherum schlimmes Jahr. Ich verstand, warum Hellmann vor diesem Abschnitt der Mauer stand, mir war bloß nicht klar, was wir überhaupt hier sollten. Aber als altgedienter Soldat rede ich in Gegenwart eines höherrangigen Offiziers erst, wenn er mich angesprochen hat. Manchmal auch dann nicht – wie in diesem Fall. Meinetwegen konnten wir herzlich gern bis Mitternacht schweigend hier rumstehen.

Schließlich sagte Karl: »Danke, dass Sie gekommen sind.«

Ich erwiderte: »Es klang wie ein Befehl.«

»Aber Sie sind pensioniert.«

»Na ja, eigentlich habe ich eher meinen Abschied genommen.«

»Es ist mir egal, was *Sie* getan haben. Ich habe eine Pensionierung draus gemacht. Das ist für alle Beteiligten viel angenehmer.«

»Ich wollte aber wirklich aus der Armee ausscheiden.«

»Dann hätten wir aber diese nette Party nicht feiern können, auf der Sie allen Ihren schriftlichen Verweis vorgelesen haben.«

»Sie hatten mich gebeten, ein paar Worte zu sagen.«

Hellmann ging nicht weiter darauf ein, sondern sagte: »Sie sehen sehr fit aus.«

»Kein Wunder. Ich bin gerade quer durch Washington gejoggt und habe mich an allen möglichen Denkmälern mit Leuten getroffen. Sie sind heute schon der Dritte.«

Hellmann steckte sich eine Zigarette an und meinte: »An Ihrem Sarkasmus und miserablen Humor hat sich nichts geändert.«

»Gut. Dürfte ich nun fragen, was los ist?«

»Erst müssen wir Nettigkeiten und Neuigkeiten austauschen. Wie ist es Ihnen ergangen?«

»Prima. Ich bin endlich mal mit dem Lesen nachgekommen. Apropos: Lesen Sie Danielle Steel?«

»Wen?«

»Ich werd Ihnen ein Buch schicken. Mögen Sie Chili?«

Hellmann nahm einen Zug aus seiner Zigarette und fragte sich wahrscheinlich, was ihn geritten hatte, sich mit mir in Verbindung zu setzen.

»Sagen Sie, Paul, fühlen Sie sich von der Armee unfair behandelt?«

»Auch nicht unfairer als ein paar Millionen andere.«

»Ich glaube, die Nettigkeiten hätten wir dann abgehakt.«

»Gut.«

»Zwei administrative Dinge. Erstens: Ihr schriftlicher Verweis. Der lässt sich aus Ihrer Akte entfernen. Zweitens: Ihre Pension. Die lässt sich neu berechnen, was bei Ihrer Lebenserwartung einen ansehnlichen Geldbetrag ergäbe.«

»Meine Lebenserwartung ist durch mein Ausscheiden aus der Armee gestiegen und deshalb ist der geringere Betrag schon okay.«

»Wollen Sie mehr über diese beiden Punkte erfahren?«

»Nein. Ich wittere Ärger.«

So standen wir also da in der Kälte, nahmen Witterung auf und dachten fünf oder sechs Schachzüge voraus. Ich kann das gut, aber Karl kann es besser. Er ist nicht ganz so klug wie ich und ganz bestimmt nicht so schlagfertig, aber ein gewiefter Stratege.

Eigentlich mag ich den Mann. Doch, wirklich. Ja, ehrlich gesagt, war ich ein wenig gekränkt gewesen, als er gar nichts mehr von sich hören ließ. Vielleicht war er verärgert gewesen, weil ich mich auf meiner Abschiedsparty so albern aufgeführt hatte. Ich hatte einiges intus, erinnere mich aber vage, dass ich einen preußischen Feldmarschall namens, glaube ich, von Hellmann nachgeahmt habe.

Schließlich sagte Karl: »Auf dieser Mauer steht der Name eines Mannes, der nicht im Krieg gefallen ist. Eines Mannes, der in Wirklichkeit ermordet wurde.«

Diese erstaunliche Aussage ließ ich erst mal unkommentiert.

Karl fragte: »Wie viele Männer kennen Sie auf dieser Mauer?«

Ich schwieg einen Moment lang und antwortete dann: »Zu viele.« Ich fragte: »Wie viele kennen Sie?«

»Auch zu viele. Sie waren zweimal in Vietnam, nicht wahr?«

»Ja. Einmal 68 und dann noch mal 72, aber da war ich schon MP und musste mich beim Luftwaffenstützpunkt Bien Hoa vor allem mit betrunkenen Soldaten rumschlagen.«

»Aber beim ersten Mal ... waren Sie als Infantrist an der Front ... Sie haben eine Menge Kampfeinsätze mitgemacht. Hat es Ihnen gefallen?«

Das ist so eine Frage, die nur Kriegsveteranen verstehen können. Mir fiel auf, dass Karl und ich in all den Jahren, die wir uns kannten, nie groß über unsere Kriegserlebnisse gesprochen hatten. Das ist nicht weiter ungewöhnlich. Ich sah ihn an und sagte: »Es war der absolute Rausch. Die ersten paar Male. Dann ... habe ich mich daran gewöhnt, habe es irgendwann als normal empfunden ... und dann, in den letzten Monaten, ehe ich nach Hause kam, bin ich völlig paranoid geworden und habe geglaubt, die wollten mich alle persönlich umbringen und nie wieder nach Hause lassen. Ich glaube, die letzten beiden Monate in Vietnam habe ich nicht mehr geschlafen.« Wir sahen einander in die Augen.

Karl nickte. »Das ging mir genauso.« Er ging näher an die Mauer heran und las die einzelnen Namen ab. »Wir waren damals jung, Paul. Diese Männer sind für immer jung geblieben.« Er berührte einen Namen. »Diesen Mann habe ich gekannt.«

Hellmann wirkte ungewöhnlich nachdenklich, fast missmutig. Das lag wohl an dem Ort, an dem wir uns befanden, an der Jahreszeit, dem Dämmerlicht und all dem. Ich war auch nicht sonderlich fröhlich gestimmt.

Er zog ein goldenes Zigarettenetui samt passendem Feuerzeug hervor. »Möchten Sie eine?«

»Nein, danke. Und Sie haben doch gerade erst geraucht.«

Das überhörte er, wie Raucher es immer tun, und steckte sich noch eine an.

Karl Gustav Hellmann. Ich wusste nicht viel über sein Privatleben, wusste aber, dass er im zerbombten Nachkriegsdeutschland aufgewachsen war. Im Laufe der Jahre hatte ich noch ein paar andere deutschstämmige US-Soldaten kennen gelernt, größtenteils Offiziere, die mittlerweile a. D. waren. Der Lebenslauf dieser Neu-Yankees sah normalerweise so aus, dass sie vaterlos oder als Waise aufgewachsen waren und sich mit Erledigungen für die amerikanischen Besatzungstruppen über Wasser gehalten hatten. Mit achtzehn hatten sie sich dann auf irgendeinem Stützpunkt in Deutschland zur US Army gemeldet, um so dem Elend in ihrem besiegten Land zu entkommen. Früher hatte es viele solche Männer bei der Army gegeben und Karl war wahrscheinlich einer der Letzten von ihnen.

Ich wusste nicht, inwieweit Karl Hellmanns Lebenslauf diesem Muster tatsächlich entsprach, aber er musste das vorgeschriebene Pensionierungsalter schon fast erreicht haben, es sei denn, ihm winkte in nächster Zeit ein Generalsstern, in welchem Fall er bleiben durfte. Ich hatte so das Gefühl, dass dieses Treffen irgendwas damit zu tun hatte.

Er sagte zu mir – oder vielleicht auch zu sich selbst: »Das ist lange her. Aber manchmal kommt es einem so vor, als wäre es erst gestern gewesen.« Er sah die Mauer an und dann mich. »Finden Sie nicht auch?«

»Ja, 1968 habe ich deutlich wie eine Diaschau vor Augen, eine Abfolge heller, stummer Bilder ...« Wir sahen einander an und er nickte.

Worauf lief das hier hinaus?

Es ist hilfreich zu wissen, wie es angefangen hat. Wie ich bereits erwähnte, bin ich Südbostoner irischer Abstammung, komme also aus der Arbeiterklasse. Mein Vater war – wie damals alle Väter dort – Veteran des Zweiten Weltkriegs. Er diente drei Jahre lang bei der Infanterie, kam nach Hause, heiratete, bekam drei Söhne und arbeitete dann dreißig Jahre lang als Busmechaniker bei der Stadt Boston. Einmal sagte er mir im Vertrauen, dieser Job wäre zwar nicht so aufregend wie die Landung in der Normandie, dafür wären aber die Arbeitszeiten besser.

Kurz nach meinem achtzehnten Geburtstag bekam ich meinen Einberufungsbefehl. Ich fragte in Harvard an, ob mich das College nicht nehmen und ich so vorläufig vom Wehrdienst befreit werden könnte, aber man wies mich zu Recht darauf hin, dass ich mich dort nie um einen Studienplatz beworben hatte. Das gleiche Spielchen bei der Boston University und sogar beim Boston College, wo viele meiner Glaubensgenossen Zuflucht vorm Militär gefunden hatten.

Also packte ich eine Reisetasche, Dad schüttelte mir die Hand, meine jüngeren Brüder fanden mich cool, Mom weinte und ab ging's mit dem Truppentransportzug nach Fort Hadley, Georgia, zur Grund- und anschließenden Infantrieausbildung. Aus irgendeinem hirnrissigen Motiv heraus bewarb ich mich dann für die Fallschirmspringerausbildung in Fort Benning, ebenfalls Georgia, und wurde genommen. Um mein Studium des Tötens abzurunden, bewarb ich mich anschließend für die Ausbildung bei den Spezialeinheiten. Vielleicht glaubte ich, noch bis Kriegsende irgendwelche abstrusen Ausbildungen absolvieren zu können, aber die Army sagte: »Es reicht. Du bist gut genug, Junge.« Und bald darauf fand ich mich in einer Infantriekompanie an der Front wieder – in Bong Son und das liegt nicht in Kalifornien.

Ich sah zu Karl hinüber. Ich wusste, dass wir ungefähr zur gleichen Zeit dort drüben gewesen waren, nachdem wir auf völlig unterschiedlichem Wege in diesen Krieg hineingeraten waren. Aber vielleicht waren diese Wege ja auch gar nicht so unterschiedlich gewesen.

Karl sagte: »Ich dachte, es wäre gut, sich hier zu treffen.«

Ich erwiderte nichts.

Nach Vietnam waren wir beide bei der Armee geblieben, wahrscheinlich weil uns außer der Armee niemand wollte. Ich ging zur Militärpolizei und kam so noch ein zweites Mal nach Vietnam. Bei der Army machte ich dann auch meinen Collegeabschluss nach, bestand ein Examen in Strafrecht und ging dann zur Criminal Investigation Division, vor allem, weil man dort Zivil trug.

Ich wurde das, was man als Warrant Officer bezeichnet: ein Quasi-Offizier ohne Führungsaufgaben, aber mit einem wichtigen Job, in diesem Fall als Ermittler, Fachgebiet Mord.

Karl hatte einen etwas anderen, vornehmeren Weg eingeschlagen, hatte auf Staatskosten Vollzeit an einem richtigen College studiert und irgendeinen läppischen Abschluss in Philosophie gemacht, während er vier Jahre lang an der Reserveoffiziersausbildung teilnahm, und war dann als Lieutenant in den aktiven Dienst zurückgekehrt.

An einem Punkt hatten sich unsere Lebenswege in Vietnam fast gekreuzt und dann waren sie in Falls Church nebeneinander her gelaufen. Und jetzt standen wir hier buchstäblich und auch im übertragenen Sinne im Zwielicht und waren keine Krieger mehr, sondern Männer mittleren Alters, die die Gefallenen unserer Generation betrachteten, die vor uns ausgebreitet waren: 58 000 Namen, in den schwarzen Stein gehauen. Und mit einem Mal sah ich diese Männer als Kinder vor mir, wie sie sorgfältig ihren Namen in Baumrinden, Schulpulte, Holzzäune ritzten. Mir wurde klar, dass jeder dieser Namen auf dem Granit irgendwo in Amerika ein zweites Mal eingraviert war. Und diese Namen waren auch in die Herzen ihrer Familienangehörigen eingemeißelt und auch in das Herz der Nation.

Karl und ich gingen an der Mauer entlang und unser Atem dampfte in der kalten Luft. Am Fuß der Mauer lagen Blumen von Freunden und Angehörigen und mir fiel ein, dass, als ich viele Jahre zuvor zum letzten Mal hier gewesen war, jemand einen Baseballhandschuh dort niedergelegt hatte, und als ich das gesehen hatte, waren mir, ehe ich überhaupt wusste, wie mir geschah, Tränen übers Gesicht gelaufen.

In den ersten Jahren der Gedenkstätte waren viele solche Dinge dort niedergelegt worden: Fotos, Mützen, Spielzeug, sogar Lieblingsspeisen, eine Schachtel Nabisco-Kräcker zum

Beispiel. Heute, das fiel mir auf, lagen da keine persönlichen Gegenstände, nur Blumen, und in den Ritzen der Mauer steckten ein paar zusammengefaltete Zettel.

Jahre waren vergangen, die Eltern waren gestorben, die Ehefrauen hatten ihr Leben fortgesetzt. Die Geschwister vergaßen es nicht, waren aber schon hier gewesen und brauchten nicht mehr wiederzukommen. Die Gefallenen hatten, so jung wie sie größtenteils waren, nicht viele Kinder hinterlassen, doch als ich das letzte Mal hier gewesen war, hatte ich eine Tochter getroffen, eine junge Dame von Anfang zwanzig, die ihrem Vater nie begegnet war. Es war das erste Mal, dass ich die Tochter eines in Vietnam Gefallenen kennen lernte, und zehn Minuten lang füllten wir etwas von der Leere im anderen und gingen dann wieder unserer Wege.

Aus irgendeinem Grund musste ich dabei an Cynthia denken, ans Heiraten, an Kinder, an Heim und Herd – so warme, schwurbelige Gedanken eben. Wäre Cynthia da gewesen, hätte ich ihr möglicherweise einen Heiratsantrag gemacht, aber sie war ja nicht da, und ich wusste, dass ich am nächsten Morgen wieder ganz der Alte sein würde.

Karl, dem wahrscheinlich ähnliche Gedanken über Krieg und Frieden, Sterblichkeit und Unsterblichkeit durch den Kopf gegangen waren, sagte: »Ich versuche immer, einmal im Jahr hierher zu kommen, am siebzehnten August, dem Jahrestag einer Schlacht, an der ich teilgenommen habe.« Er schwieg kurz und fuhr dann fort: »Die Schlacht an der Nationalstraße dreizehn ... 11. Armored Cavalry, die Kautschukplantage von Michelin. Vielleicht haben Sie davon gehört. Um mich her sind eine Menge Menschen gestorben. Wenn ich am siebzehnten August hierher komme, spreche ich ein Gebet für sie und spreche auch ein Dankgebet für mich. Das ist die einzige Gelegenheit, bei der ich bete.«

»Ich dachte, Sie gehen jeden Sonntag in die Kirche.«

»In die Kirche geht man mit seiner Frau und seinen Kindern.«

Er führte das nicht weiter aus und ich hakte auch nicht nach. Wir machten kehrt und gingen den Weg zurück, den wir gekommen waren.

In einem anderen Tonfall sagte er: »Also, sind Sie neugierig, was den Mann angeht, der da ermordet wurde?«

»Neugierig bin ich vielleicht schon. Aber erfahren will ich wirklich nichts darüber.«

»Wenn dem so wäre, würden Sie jetzt gehen.«

»Ich bin nur höflich, Colonel.«

»Sie hätten lieber höflich zu mir sein sollen, als Sie noch für mich gearbeitet haben. Aber so lange Sie höflich sind, hören Sie mir bitte zu.«

»Wenn ich Ihnen zuhöre, kann ich später bei einem möglichen Gerichtsverfahren als Zeuge geladen werden. Steht so im Handbuch.«

»Glauben Sie mir: Dieses Treffen und dieses Gespräch haben nie stattgefunden. Deshalb sind wir ja hier und nicht in Falls Church.«

»Das habe ich mir schon gedacht.«

»Darf ich anfangen?«

Noch war ich auf sicherem Terrain; doch schon der nächste Schritt führte auf einen rutschigen Abhang. Mir fiel auf Biegen und Brechen kein einziger guter Grund dafür ein, diesem Mann zuzuhören. Aber da dachte ich einfach nur noch nicht scharf genug nach. *Cynthia.* Besorg dir einen Job, gib deinem Leben eine neue Wendung oder was auch immer sie gesagt hatte.

Karl fragte noch mal: »Darf ich anfangen?«

»Darf ich Sie jederzeit stoppen?«

»Nein. Wenn ich einmal anfange, hören Sie mir bis zum Schluss zu.«

»Geht es um ein Verbrechen?«

»Ich glaube schon, dass Mord ein Verbrechen ist. Haben Sie noch weitere dumme Fragen?«

Ich lächelte, nicht wegen der Beleidigung, sondern weil ich

ihm allmählich auf die Nerven ging. »Wissen Sie was? Um Ihnen zu zeigen, wie dumm ich tatsächlich bin, werde ich Ihnen zuhören.«

»Danke.«

Karl war von der Mauer weg zum Frauendenkmal gegangen und ich war ihm gefolgt. Er sagte: »Die CID hat erfahren, dass ein junger Lieutenant, der als gefallen oder vielleicht auch vermisst geführt wird, in Wirklichkeit am 7. Februar 1968, während der Tet-Offensive, in Quang-Tri-Stadt ermordet wurde.« Er fügte hinzu: »Ich glaube, Sie waren zu dieser Zeit in der Provinz Quang Tri.«

»Ja, aber für diesen Tag habe ich ein Alibi.«

»Ich erwähne das nur des Zufalls wegen. Ihre Einheit war an diesem Tag einige Kilometer von der Provinzhauptstadt Quang Tri entfernt. Aber so können Sie den Hintergrund einschätzen und haben den Ort und die Zeit vor Augen.«

»Allerdings. Und ich weiß es auch zu schätzen, dass Sie in meinen Dienstakten nachgesehen haben.«

Hellmann überhörte das und fuhr fort: »Ich war, wie gesagt, bei der 11. Armored Cavalry, stationiert in Xuan Loc, war zu dieser Zeit aber in der Gegend um Cu Chi im Einsatz. An diesen Tag genau kann ich mich nicht erinnern, aber der ganze Monat der Tet-Offensive war unangenehm.«

»Er war Scheiße.«

»Ja, er war Scheiße.« Er blieb stehen und sah mich an. »Was diesen amerikanischen Lieutenant angeht, so haben wir einen Beweis dafür, dass er von einem Captain der US Army ermordet wurde.«

Karl ließ das erst mal wirken, aber ich reagierte nicht darauf. Jetzt hatte ich gehört, was ich nicht hören wollte, und war in ein Geheimnis eingeweiht. Weitere Einzelheiten folgen.

Wir betrachteten das Vietnam Women's Memorial, die drei Krankenschwestern, von denen sich eine um den Verwundeten kümmerte, der auf Sandsäcken lag, während die zweite daneben kniete und die dritte am Himmel Ausschau nach dem Sanitätshubschrauber hielt. Die vier Gestalten waren leicht bekleidet, und mich fröstelte, als ich das sah.

Ich sagte zu Karl: »Diese Statuen sollten näher an der Mauer stehen. Der letzte Mensch, den viele der Jungs da drüben gesehen oder mit dem sie gesprochen haben, war eine Militärkrankenschwester.«

»Ja, aber die Nebeneinanderstellung wäre vielleicht zu morbid. Der Mann hier sieht für mich so aus, als würde er es schaffen.«

»Ja ... er kommt durch.«

Wir schwiegen eine Weile gedankenverloren. Also, es sind zwar nur Statuen, aber sie bringen einem die ganze Sache wieder zu Bewusstsein.

Karl durchbrach das Schweigen und fuhr fort: »Wir kennen den Namen des mutmaßlichen Mörders nicht und wissen auch nicht, wer das mutmaßliche Mordopfer war. Wir wissen bloß, dass der Captain den Lieutenant kaltblütig ermordet hat. Wir haben keine Leiche – oder vielleicht sollte ich eher sagen: wir haben viele Leichen, alle bis auf diese durch Feindeinwirkung. Wir wissen, dass das Mordopfer mit einem Pistolenschuss in die Stirn getötet wurde, und anhand der damals auf dem Schlachtfeld ausgestellten Totenscheine können wir damit möglicherweise den Namen des Opfers eingrenzen. Es sei denn, die Leiche wurde nie gefunden und das Opfer wird als vermisst geführt. Können Sie mir folgen?«

»Ja. Ein Captain der US Army zieht seine Pistole und schießt einem Lieutenant der US Army in die Stirn. Das hinterlässt vermutlich eine tödliche Wunde. Das geschah vor fast dreißig Jahren in der Hitze des Gefechts. Aber lassen Sie mich den Verteidiger spielen: Vielleicht war es gar kein Mord. Vielleicht war es einer dieser unseligen Fälle, in denen ein ranghoher Offizier einen rangniederen Offizier wegen Feigheit vor dem Feind erschossen hat. So was kommt vor und es ist nicht unbedingt ein Mord und nicht mal illegal. Vielleicht war es Notwehr oder ein Unfall. Sie sollten keine voreiligen Schlüsse ziehen.« Ich fügte hinzu: »Aber Sie haben natürlich einen Zeugen. Also sollte ich nicht spekulieren.«

Wir machten kehrt und gingen zurück zur Mauer. Es wurde dunkel, Leute kamen und gingen und ein Mann mittleren Alters legte am Fuß der schwarzen Granittafel einen Kranz nieder und wischte sich mit einem Taschentuch die Augen ab.

Hellmann sah ihm einen Moment lang zu und sagte dann: »Ja, es gab einen Zeugen und der Zeuge hat einen kaltblütigen Mord geschildert.«

»Und ist dieser Zeuge glaubwürdig?«

»Das weiß ich nicht.«

»Wer ist dieser Zeuge und wo ist er?«

»Wir wissen nicht, wo er ist, aber wir kennen seinen Namen.«

»Und Sie wollen, dass ich ihn finde.«

»Richtig.«

»Wie haben Sie von diesem Zeugen erfahren?«

»Er hat einen Brief geschrieben.«

»Aha ... Sie haben also einen vermissten Zeugen für einen vor dreißig Jahren begangenen Mord, keinen Tatverdächtigen, keine Leiche, keine Tatwaffe, kein Motiv, keine Beweismittel und der Mord geschah in einem gottverlassenen Land am anderen Ende der Welt. Und Sie wollen, dass ich diesen Mordfall aufkläre.«

»Ja, richtig.«

»Klingt wie 'n Klacks. Aber dürfte ich fragen, warum? Wen interessiert das nach dreißig Jahren noch?«

»Mich. Die Army. Ein Mord wurde verübt. Und Mord verjährt nicht.«

»Stimmt. Ihnen ist klar, dass die Familie des Lieutenants, der da getötet wurde oder vermisst wird, glaubt, er wäre ehrenhaft im Kampf gefallen. Was ist damit gewonnen, wenn man beweist, dass er ermordet wurde? Meinen Sie nicht, seine Familie hat genug gelitten?« Ich deutete mit einer Kopfbewegung auf den Mann an der Mauer.

»Das ist dabei kein Gesichtspunkt«, sagte Karl Hellmann, wie nicht anders zu erwarten.

»Für mich schon«, teilte ich ihm mit.

»Das Problem ist nicht, dass Sie zu viel denken, Paul, sondern eher, dass Sie das Falsche denken.«

»Nein, das stimmt nicht. Ich denke, dass es auf dieser Mauer einen Namen gibt, den man am besten in Ruhe lässt.«

»Es läuft ein Mörder frei herum.«

»Vielleicht, vielleicht auch nicht. Vielleicht ist der mutmaßliche Mörder später gefallen. Es war eine schlimme Zeit und es ist durchaus möglich, dass dieser Captain im Krieg gefallen ist.«

»Dann gehört sein Name nicht auf diese Mauer zu den Namen der Männer, die ehrenhaft gestorben sind.«

»Ich wusste, dass Sie das sagen würden.«

»Und ich wusste, dass Sie es verstehen würden.«

»Ich glaube, wir haben zu lange zusammengearbeitet.«

»Wir haben gut zusammengearbeitet.«

Das war mir neu. Vielleicht meinte er damit, dass wir gemeinsam gute Arbeit geleistet hatten, was stimmte, trotz großer persönlicher Unterschiede und des Umstands, dass einer von uns beiden es mit den Vorschriften peinlich genau nahm und der andere ganz entschieden nicht.

Wir ließen das Frauendenkmal hinter uns und blieben dann vor den drei bronzenen Männerstatuen stehen – zwei Weiße und ein Schwarzer, die einen Seemann, einen Soldaten und einen Flieger darstellen sollten, aber alle Tropenuniform trugen, so dass es schwer zu unterscheiden war. Sie starrten die Mauer an, als betrachteten sie die Namen der Toten, aber auf unheimliche Weise sahen diese Männer selber tot aus.

Karl drehte sich zur Mauer um und sagte: »Erst hat mir diese Mauer überhaupt nicht gefallen. Mir waren diese heroischen Bronzestatuen lieber, denn die Mauer war trotz ihrer Abstraktheit und metaphorischen Nuancen in Wirklichkeit nichts weiter als ein riesiger Grabstein, ein ganz gewöhnliches

Grab mit allen Namen drauf. Das hat mich gestört. Aber dann ... habe ich es akzeptiert. Wie geht es Ihnen damit?«

»Ich glaube, wir müssen es als das akzeptieren, was es ist. Ein Grabstein.«

»Hatten Sie jemals Schuldgefühle, weil Sie überlebt haben?«

»Wenn ich *nicht* da gewesen wäre vielleicht. Können wir das Thema wechseln?«

»Nein. Sie haben mir mal gesagt, dass Sie den Männern, die nicht gedient haben, nichts nachtragen. Stimmt das?«

»Das ist immer noch so. Warum?«

»Sie sagten, Sie seien eher wütend auf die Männer, die nach Vietnam gegangen sind und dort nicht ihre Pflicht getan haben – Männer, die andere im Stich gelassen, sich unehrenhaft verhalten, vergewaltigt oder geraubt haben. Männer, die bedenkenlos Zivilisten getötet haben. Sehen Sie das immer noch so?«

»Erzählen Sie Ihre Geschichte zu Ende.«

»Gut. Wir haben da also diesen Captain, der höchstwahrscheinlich einen rangniederen Offizier ermordet hat. Ich will den Namen dieses Captains und den des ermordeten Lieutenants erfahren.«

Mir fiel auf, dass er die nahe liegende Frage nach dem Warum – nach dem Motiv – gar nicht angesprochen hatte. Vielleicht war das Motiv, wie bei den meisten Mordfällen in Kriegszeiten, nichtig, unlogisch und unbedeutend. Aber vielleicht war es auch der Hauptgrund dafür, ein vor dreißig Jahren begangenes Verbrechen wieder auszugraben. Wenn dem so war und Karl es nicht erwähnte, würde ich auch nicht darauf zu sprechen kommen. Ich hielt mich an die vorliegenden Fakten und sagte: »Also gut, realistisch betrachtet, sollten Sie bedenken, dass dieser Captain – dieser mutmaßliche Mörder –, wenn er nicht im Krieg gefallen ist, mittlerweile eines natürlichen Todes gestorben sein könnte. Es ist dreißig Jahre her.«

»Ich bin noch am Leben. Sie sind noch am Leben. Wir müssen rausfinden, ob *er* noch am Leben ist.«

»Also gut. Was ist mit dem Zeugen? Wissen wir, dass *der* noch am Leben ist?«

»Nein, das wissen wir nicht. Aber wenn er es nicht ist, wollen wir auch das erfahren.«

»Wann hat dieser Zeuge denn zum letzten Mal ein Lebenszeichen von sich gegeben?«

»Am 8. Februar 1968. Das ist das Datum auf dem Brief.«

»Ich wusste ja, dass die Poststelle der Army lahmarschig ist, aber das ist ein Rekord.«

»Der Zeuge war ja auch kein amerikanischer Soldat. Er war Soldat der nordvietnamesischen Armee, ein gewisser Tran Van Vinh. Er wurde in der Schlacht um Quang-Tri-Stadt verwundet und versteckte sich in den Ruinen. Er sah, wie sich die beiden Amerikaner stritten, und sah dann, wie der Captain seine Pistole zog und den Lieutenant erschoss. In diesem Brief, den er seinem Bruder schrieb, bezeichnete er den Mörder als *dai-uy* – Captain – und das Mordopfer als *trung-uy* – Lieutenant.«

»Damals waren in Quang Tri auch Marines im Einsatz. Vielleicht ist das gar kein Fall für die Army.«

Hellmann entgegnete: »Tran Van Vinh hat in seinem Brief erwähnt, dass die beiden Männer *ky-binh* gewesen seien – Kavallerie. Offenbar hat er an ihnen die Schulterstücke der US Army First Cavalry gesehen, die er kannte.«

Ich sagte: »Die 1. Cavalry Division, der ich auch angehörte, hatte über 20 000 Mann da drüben.«

»Das stimmt. Aber das grenzt es schon mal ein.«

Ich ließ mir das alles kurz durch den Kopf gehen und fragte Karl dann: »Und Sie haben diesen Brief?«

»Selbstverständlich. Deshalb sind wir ja hier.«

»Klar. Und der Brief war an den Bruder dieses Mannes adressiert. Wie sind Sie da rangekommen?«

»Auf sehr interessante Weise. Der Bruder war ebenfalls

nordvietnamesischer Soldat, ein Mann namens Tran Quan Lee. Der Brief wurde Mitte Mai 1968 im Ashau-Tal bei Tran Quan Lees Leichnam gefunden – von einem amerikanischen Soldaten namens Victor Ort, der ihn als Andenken mitnahm. Ort schickte den Brief nach Hause und dann lag er fast dreißig Jahre lang mit anderen Kriegsmemorabilien in der Bootskiste dieses Mannes. Erst vor kurzem hat Ort den Brief an die Vietnam Veterans of America geschickt, die hier in Washington ihren Hauptsitz haben. Diese Organisation fordert ihre Mitglieder auf, gefundene und eroberte Dokumente und Gegenstände des Feindes zurückzugeben und Informationen über Gefallene des Feindes zur Verfügung zu stellen. Diese Informationen werden dann an die vietnamesische Regierung in Hanoi weitergeleitet, um so den Vietnamesen dabei zu helfen, mehr über das Schicksal ihrer vermissten Soldaten zu erfahren.«

»Und wieso das?«

»Vietnam ist kein Feind mehr. In Saigon gibt es McDonald's und Kentucky Fried Chicken. Und wir wollen, dass sie uns dabei helfen, *unsere* vermissten Soldaten zu finden. Wir haben immer noch über zweitausend ungeklärte Vermisstenfälle. Bei ihnen sind es erstaunliche dreihunderttausend.«

»Ich glaube, die sind alle in San Diego.«

»Nein, die sind alle tot. Wie auch Tran Quan Lee, der im Ashau-Tal getötet wurde, möglicherweise von Mr. Ort, auch wenn sich der dazu nur vage geäußert hat.« Hellmann fuhr fort: »Dieser amerikanische Veteran, Victor Ort, schickte also den Brief, den er bei dem toten Tran Quan Lee gefunden hatte, an die Vietnam Veterans of America und schilderte in einem Begleitschreiben, wie, wo und wann er den Brief und den Leichnam entdeckt hat. Als Gefälligkeit den Männern gegenüber, die solche Briefe einschicken, ließen die VVA den Brief übersetzen und wollte die Übersetzung schon an Mr. Ort schicken, als jemand bei den VVA – ein Army-Offizier

a. D. – ihn las und bemerkte, dass es sich dabei um den Augenzeugenbericht über einen Mord handelte. Dieser Mann hat uns dann kontaktiert. Ein Zivilist hätte sich an das FBI gewandt.«

»Das war wohl unser Glückstag. Hat Mr. Ort die Übersetzung dann noch bekommen?«

»Mr. Ort hat die Übersetzung eines Liebesbriefs und ein Dankesschreiben bekommen.«

»Klar. Und Sie haben das Original dieses Briefs?«

»Ja, und wir haben anhand des Papiers und der Tinte seine Echtheit überprüft und getrennt voneinander drei Übersetzer dran gesetzt. Sie haben einen fast identischen Wortlaut geliefert. Es steht außer Frage, dass es sich bei dem, was Tran Van Vinh seinem Bruder Tran Quan Lee schildert, um einen Mord handelt. Dieser Brief ist eine sehr spannende und beklemmende Lektüre.« Er fügte hinzu: »Ich werde Ihnen selbstverständlich eine Kopie der Übersetzung zeigen.«

»Muss ich das lesen?«

Hellmann erwiderte: »Von dem abgesehen, was ich Ihnen erzählt habe, bietet der Brief kaum Aufschlüsse, aber es könnte Sie motivieren.«

»Was zu tun?«

»Den Verfasser dieses Briefes zu finden. Tran Van Vinh.«

»Und wie stehen die Chancen, dass Tran Van Vinh noch am Leben ist? Ich meine, mal im Ernst, Karl: Diese Generation Vietnamesen wurde fast komplett ausgelöscht.«

»Wobei ›fast‹ das entscheidende Wort ist.«

»Von der ohnehin geringen Lebenserwartung ganz zu schweigen.«

»Wir müssen versuchen, diesen Zeugen, den Feldwebel Tran Van Vinh, zu finden.« Hellmann fügte hinzu: »Leider gibt es in Vietnam nur etwa dreihundert verschiedene Familiennamen – und das bei einer Bevölkerung von gut achtzig Millionen.«

»Dann hilft das Telefonbuch wohl nicht weiter.«

»Es gibt dort keine Telefonbücher. Aber wir haben Glück, dass der Familienname dieses Mannes nicht Nguyen lautet. Die Hälfte aller Vietnamesen heißt mit Nachnamen Nguyen. Der Familienname Tran ist glücklicherweise nicht ganz so verbreitet und die Vornamen Van Vinh und Quan Lee grenzen es weiter ein.«

»Kennen Sie die Heimatstadt und das Geburtsdatum?«

»Das Geburtsdatum nicht, aber das ungefähre Alter – unsere Altersgruppe. Der Umschlag ist an die Armeeeinheit des Bruders adressiert und als Absender steht Tran Van Vinhs Armeeadresse drauf. Anhand dieser Adressen konnten wir feststellen, dass beide Männer bei der nordvietnamesischen Armee waren, nicht bei den südvietnamesischen Vietcong, also stammen sie aus dem Norden. Und in dem Brief wird ihr Dorf erwähnt, ein Ort namens Tam Ki, aber wir konnten diesen Ort auf keiner unserer Karten von Nord- und Südvietnam finden. Das ist nicht ungewöhnlich, wie Sie vielleicht noch wissen – die Einheimischen nennen ihre Dörfer oft anders als auf den offiziellen Karten angegeben. Aber wir arbeiten daran. Das Dorf Tam Ki wird ein wichtiger Anhaltspunkt bei der Suche nach Tran Van Vinh sein.«

»Und wenn Sie ihn finden? Was soll er Ihnen erzählen, das er nicht schon in dem Brief geschrieben hat?«

»Möglicherweise könnte er anhand alter Fotos der Army den Mörder identifizieren.«

»Nach dreißig Jahren?«

»Durchaus denkbar.«

»Sie haben also Verdächtige?«

»Noch nicht. Aber wir sehen alte Army-Akten durch und versuchen die Namen sämtlicher US Army Captains der 1. Cavalry Division festzustellen, die sich am oder um den 7. Februar 1968 in oder in der Nähe von Quang-Tri-Stadt aufgehalten haben. Und wir suchen natürlich auch nach sämtlichen Lieutenants dieser Einheit, die um diese Zeit an diesem Ort gefallen sind oder vermisst gemeldet wurden. Das ist alles, was wir haben: zwei Dienstgrade, ein Captain und ein Lieutenant, ihre Division, die 1. Cavalry, der Ort, Quang-Tri-Stadt, und das Datum des 7. Februars 1968, den Tag, an dem der Mord begangen wurde, der in dem Brief geschildert wird, der am darauf folgenden Tag geschrieben wurde.«

Wir ließen die Statuen hinter uns und ich grübelte über das Ganze nach. Mir war klar, worauf das hier hinauslief, und ich wollte das nicht.

Karl fuhr fort: »Anhand der Army-Akten können wir das eingrenzen und eine Liste möglicher Verdächtiger erstellen. Dann werden wir das FBI bitten, diejenigen dieser ehemaligen Captains zu befragen, die heute Zivilisten sind, und werden selbst diejenigen befragen, die noch bei der Army sind. Gleichzeitig werden wir nach dem einzigen Zeugen dieses Mords suchen. Es hört sich an wie die Suche nach der Nadel im Heuhaufen, Paul, aber wie Sie selber nur zu gut wissen, hat man andere Verbrechen schon mit weniger aufgeklärt.«

»Und was wollen Sie von mir?«

»Ich will, dass Sie nach Vietnam fliegen, Paul.«

»Ganz schlechte Idee, Karl. Da war ich schon. Ich habe Orden, die das beweisen.«

»Das Wetter ist in Vietnam im Januar recht angenehm.«

»Das ist es auf Aruba auch. Und da fliege ich nächste Woche hin«, log ich.

»Es könnte Ihnen gut tun, noch einmal nach Vietnam zu reisen.«

»Das glaube ich kaum. Es war damals Scheiße da und es ist immer noch Scheiße da.«

»Veteranen, die dorthin zurückgekehrt sind, berichten von kathartischen Erlebnissen.«

»Es ist ein totalitärer, kommunistischer Polizeistaat, wo zweihunderttausend Tonnen nicht explodierter Bomben, Granaten und Minen rumliegen, die nur darauf warten, mich in die Luft zu jagen.«

»Tja, Sie müssen halt vorsichtig sein.«

»Kommen Sie mit?«

»Natürlich nicht. Es ist Scheiße da.«

Ich lachte. »Bei allem nötigen Respekt, Colonel: Suchen Sie sich für diesen Fall einen Dümmeren.«

»Hören Sie mir zu, Paul: Wir können keinen aktiven US-Militär nach Vietnam schicken. Das ist eine ... nun ja, eine inoffizielle Ermittlung. Sie werden als Tourist einreisen, als Vietnamveteran, wie Tausende andere ...«

»Sie meinen, ich hätte nicht mal einen offiziellen Status oder diplomatische Immunität?«

»Wenn Sie in Schwierigkeiten geraten sollten, werden wir Ihnen helfen.«

Ich fragte: »Und worin würde diese Hilfe bestehen? Würden Sie Gift in meine Zelle schmuggeln lassen?«

»Nein, falls Sie verhaftet werden, wird jemand von der Botschaft Sie besuchen und wir werden natürlich offiziell Protest erheben.«

»Das ist sehr beruhigend, aber ich glaube nicht, dass ich ein vietnamesisches Gefängnis von innen sehen will, Karl. Zwei Freunde von mir haben lange Jahre im Hanoi Hilton eingesessen. Es hat ihnen nicht gefallen.«

»Wenn Sie mit der Obrigkeit in Konflikt geraten, wird man Sie einfach nur ausweisen.«

»Darf ich denen erzählen, dass Sie das gesagt haben?«

Hellmann antwortete nicht.

Ich überlegte kurz und sagte dann: »Ich nehme doch an, dass die Vietnam Veterans of America das Original des Briefs nach Hanoi geschickt haben – im Zuge ihres humanitären Programms, den Nordvietnamesen dabei zu helfen, mehr über das Schicksal ihrer Toten und Vermissten zu erfahren. Daraus folgere ich, dass Hanoi die Familie des verstorbenen Tran Quan Lee ausfindig machen und herausbekommen wird, ob sein Bruder Tran Van Vinh noch am Leben ist und wo er sich aufhält. Richtig? Wieso erledigen Sie das also nicht ganz normal auf diplomatischem Weg und lassen die Regierung in Hanoi das tun, was sie am besten kann – ihre bedauernswerten Bürger im Auge zu behalten?«

Hellmann teilte mir mit: »Nein, wir haben die VVA gebeten, den Brief nicht nach Hanoi zu schicken.«

Das war mir klar. Dennoch fragte ich: »Und wieso?«

»Nun … Aus einer Reihe von Gründen hielten wir es für das Beste, dass Hanoi zum gegenwärtigen Zeitpunkt keinen Einblick in diesen Brief erhält.«

»Nennen Sie mir einen dieser Gründe.«

»Je weniger die wissen, desto besser. Und das trifft auch auf Sie zu.«

Wir sahen einander in die Augen und mir wurde klar, dass an der Sache mehr dran war als ein vor dreißig Jahren begangener Mord. Dem musste so sein, denn sonst ergab das Ganze keinen Sinn. Aber ich fragte nicht weiter. Ich sagte: »Also gut, ich habe schon zu viel gehört. Ich weiß Ihr Vertrauen zu schätzen, aber: Nein, danke.«

»Wovor haben Sie Angst?«

»Kommen Sie mir nicht so, Karl. Ich habe viele Male mein Leben für dieses Land aufs Spiel gesetzt. Aber das hier ist es nicht wert, dass ich – oder sonst jemand – sein Leben dafür riskiert. Das ist Geschichte. Lassen Sie's.«

»Es ist eine Frage der Gerechtigkeit.«

»Das hat mit Gerechtigkeit nichts zu tun. Hier geht's um was anderes, und da ich nicht weiß, was das ist, gehe ich nicht aus einem Grund nach Vietnam, den mir keiner verrät. Bei den letzten beiden Malen wusste ich wenigstens, weshalb ich da war.«

»Wir dachten, wir wüssten es. Man hat uns belogen. Diesmal belügt Sie niemand. Wir sagen Ihnen bloß nicht, warum. Aber Sie können mir glauben, dass es äußerst wichtig ist.«

»Das haben die damals auch gesagt.«

»Da kann ich Ihnen nicht widersprechen.«

Die Sonne war schon fast untergegangen und ein kalter Wind war aufgekommen. Wir waren fast alleine, standen schweigend und gedankenverloren da. Schließlich sagte Karl leise: »Es dämmert. Die Schatten sind lang.« Er sah mich an. »Die Schatten reichen von dort bis hierher, Paul. Mehr kann ich Ihnen nicht sagen.«

Ich erwiderte nichts.

Ein Mann kam, der eine alte Uniformjacke und einen Tropenhut trug. Er war ungefähr in unserem Alter, sah aber älter aus, weil er einen grauen Vollbart hatte. Er setzte ein Horn an und blies einen Zapfenstreich. Als der letzte traurige Ton verweht war, stellte sich der Mann vor die Mauer, salutierte und ging dann davon.

Karl und ich blieben noch einen Moment lang stehen, dann sagte Hellmann: »Also gut, ich sehe es ein. Es könnte ein wenig riskant sein und Männer mittleren Alters setzen nicht gern ihr Leben für etwas aufs Spiel, das dumm oder sinnlos sein könnte. Ehrlich gesagt, ist dieser Tran Van Vinh höchstwahrscheinlich tot und selbst wenn er noch am Leben ist, würde er uns wahrscheinlich nicht helfen. Kommen Sie, gehen wir was trinken. Ich lade Sie ein. Da gibt es doch diesen Laden in der 23. Straße, den Sic so mögen.«

Wir gingen schweigend durch die Mall, dann fragte Hellmann: »Darf ich Ihnen wenigstens den Brief zeigen?«

»Welchen? Den Liebesbrief oder den echten?«

»Die Übersetzung des Briefs von Tran Van Vinh.«

»Eine korrekte und vollständige Übersetzung?«

Karl antwortete nicht.

Ich sagte: »Geben Sie mir den Originalbrief auf Vietnamesisch. Dann lasse ich ihn selber übersetzen.«

»Das ist nicht nötig.«

Ich lächelte. »Es steht also etwas in diesem Brief, das ich nicht lesen soll. Aber Sie wollen meine Hilfe und verschweigen mir eine ganze Menge.«

»Es ist zu Ihrem eigenen Besten. Das, was ich Ihnen nicht

erzähle, hat nichts mit der Mission zu tun, Tran Van Vinh zu finden.«

»Mit *irgendwas* hat es aber was zu tun, sonst würden Sie deswegen nicht so eine Geheimniskrämerei betreiben.«

Karl sagte nichts.

Ich fragte: »Wann haben Sie diesen Brief von den VVA bekommen?«

»Vor zwei Tagen.«

»Und ich nehme mal an, Sie haben schon angefangen, die Army-Akten zu durchforsten?«

»Ja, aber das wird ein, zwei Wochen dauern. Da war ja auch dieser Brand im Aktenlager …«

»Karl, dieser Brand von 1973 hat für mehr Vertuschungsgeschichten herhalten müssen als jeder andere der Weltgeschichte.«

»Das mag sein, aber es fehlen wirklich Akten. Aber ich glaube, in ein paar Wochen werden wir eine Liste der Army Captains der 1. Cavalry haben, die zu diesem Zeitpunkt an diesem Ort waren. Die Liste der Army Lieutenants, die am oder um den 7. Februar in Quang-Tri-Stadt gefallen sind, wird viel kürzer und ausführlicher sein. Ich kann mir nicht vorstellen, dass auf dieser Liste mehr als zwei oder drei Namen stehen. Man nimmt an, dass der Captain und der Lieutenant derselben Einheit angehörten, und damit könnte man die Namen der Captains, die möglicherweise verdächtig sind, weiter eingrenzen. Deshalb halte ich es für durchaus machbar.«

Ich entgegnete: »Tja, dann haben Sie vielleicht einen Hauptverdächtigen. Aber der wird nie verurteilt werden.«

Karl entgegnete: »Finden wir erst mal den Zeugen und den Verdächtigen und zerbrechen wir uns anschließend über die Konsequenzen den Kopf.«

Ich überlegte eine Weile und sagte dann: »Wie Sie schon sagten, war ich damals dort. Und übrigens: In der Stadt lag eine Garnison der südvietnamesischen Armee, nicht der

Amerikaner. Unsere Jungs lagen in Feuerstellungen rund um die Stadt. Sind Sie sicher, dass diese beiden Offiziere *in* der Stadt waren?«

»Darauf deutet der Brief eindeutig hin. Wieso?«

»Tja, dann waren diese beiden Amerikaner möglicherweise der südvietnamesischen Armee als Berater zugeteilt – Military Assistance Command, Vietnam. MACV. Nicht wahr?«

»Das wäre denkbar.«

»Das grenzt es also noch weiter ein. Machen Sie hier doch erst mal ihre Hausaufgaben, ehe Sie jemanden nach Nam schicken.«

»Wir setzen auf gemeinsame Ermittlungen hier und vor Ort.«

»Wie Sie meinen.« Aber ich vermutete stark, dass die CID in Wirklichkeit schon viel länger an der Sache dran war, als Karl durchblicken ließ. Ich vermutete auch, dass die CID bereits eine Liste der möglichen Verdächtigen und Opfer hatte, und vielleicht hatten sie sogar schon ihren Hauptverdächtigen. Aber Paul Brenner würden sie das nicht erzählen. Jetzt wollte die CID, dass ich den einzigen Augenzeugen dieses Verbrechens fand. Ich sagte zu Colonel Hellmann: »Ein interessanter Fall, der durchaus meine Schnüfflerinstinkte weckt. Aber ich brauche die Vielfliegermeilen nach Südostasien nicht. Mir fallen aber ein paar andere Typen ein, die das liebend gern übernehmen würden.«

»Kein Problem.« Hellmann wechselte das Thema und fragte: »Sind Sie noch mit Miss Sunhill zusammen?«

Ich liebe es, wenn mich jemand etwas fragt, das er längst weiß. Ich erwiderte: »Wieso fragen Sie sie nicht selbst?«

»Ehrlich gesagt, habe ich das schon. Sie hat angedeutet, dass es in dieser Beziehung anscheinend ein Problem gibt, und deshalb dachte ich, Sie wären vielleicht offen für einen Auslandseinsatz.«

»Das bin ich auch. Auf Aruba. Und halten Sie sich bitte aus meinem Privatleben raus.«

»Miss Sunhill ist immer noch bei der CID und als ihr Vorgesetzter habe ich das Recht, gewisse persönliche Fragen zu stellen.«

»Genau das fehlt mir so, seit ich nicht mehr bei der Army bin.«

Karl überhörte das und fragte: »Apropos: Suchen Sie einen Job in der zivilen Verbrechensbekämpfung?«

»Kann sein.«

»Ich kann mir nicht vorstellen, dass Sie im Ruhestand gar nichts tun.«

»Ich habe jede Menge zu tun.«

»Ich könnte Ihnen vielleicht helfen, im Staatsdienst unterzukommen. Das FBI stellt oft ehemalige CID-Mitarbeiter ein. Dieser Auslandseinsatz würde sich in Ihrem Lebenslauf ausgezeichnet machen.«

»In meinem Nachruf auch.«

»Da auch, ja.«

Karl scherzt nicht oft und deshalb kicherte ich höflich.

Offensichtlich ermutigte ihn das weiterzumachen. Er sagte: »Habe ich schon erwähnt, dass die Army Sie rückwirkend zum Chief Warrant Officer Five befördern und Ihre Pension neu berechnen wird?«

»Dann richten Sie bitte meinen Dank aus.«

»Und das alles für nur zwei oder drei Wochen Ihrer Zeit.«

»Jede Sache hat ihren Haken.«

Hellmann blieb stehen und steckte sich noch eine Zigarette an. Unter einer Laterne standen wir einander gegenüber. Hellmann stieß Rauch aus und sagte: »Wir könnten jemand anderen einsetzen, aber Ihr Name wurde als erster, zweiter und dritter genannt. Ich habe Sie noch nie um einen Gefallen gebeten.«

»Natürlich haben Sie das.«

»Und ich habe Sie einige Male aus ziemlich verfahrenen Situationen gerettet, Paul.«

»In die Sie mich gebracht hatten, Karl.«

»In den meisten Fällen waren Sie selber schuld. Machen Sie sich doch nichts vor.«

»Es ist kalt hier draußen. Ich brauche was zu trinken. Sie rauchen zu viel.« Ich machte kehrt und ging davon.

Ende der Besprechung. Schluss mit Karl. Ich ging weiter und stellte mir vor, wie Karl dort unter der Laterne stand, seine Zigarette rauchte und mir nachsah. Tja, damit hatte ich eins meiner drei Probleme schon mal gelöst.

Ich merkte, dass mein Schritt aus irgendeinem Grund langsamer wurde. Alle möglichen Gedanken rauschten plötzlich durch mein durchgefrorenes Hirn. Der Gedanke an Cynthia war natürlich auch dabei. Du musst deinem Leben eine neue Wendung geben, Paul. War das alles eine abgekartete Sache, oder was?

Natürlich musste ich irgendwas tun, das mich wieder in Schwung brachte. Aber ich konnte nicht glauben, dass Cynthia mich mein Leben riskieren ließ, um unsere Beziehung aufzumöbeln. Wahrscheinlich wusste sie nicht genau, was Karl da vorschwebte.

Während ich so ging, dachte ich über mein Lieblingsthema nach – über mich. Was war das Beste für Paul Brenner? Plötzlich hatte ich vor Augen, wie ich nach Vietnam ging und als Held heimkehrte. Bei den letzten beiden Malen war es nicht so gekommen, aber vielleicht ja diesmal. Doch dann hatte ich vor Augen, wie ich in einer Kiste heimkehrte.

Ich fand mich im Lichtkegel einer Laterne wieder und ich war stehen geblieben. Ich drehte mich zu Karl Hellmann um. Wir sahen einander durch die Dunkelheit hinweg an, beide in einem Lichtkegel sichtbar. Ich rief ihm zu: »Hätte ich in Nam irgendwelche Kontaktleute?«

»Natürlich!«, rief er. »Sie haben eine Kontaktperson in Saigon und eine in Hanoi. Außerdem ist da vielleicht jemand in Hué, der Ihnen helfen kann. Die Mission ist perfekt vorbereitet. Es fehlt bloß noch jemand, der sie ausführt.«

»Und wie lange würde derjenige dafür brauchen?«

»Sie haben ein Touristenvisum für einundzwanzig Tage. Alles darüber hinaus würde verdächtig wirken. Mit etwas Glück sind Sie auch schon früher wieder zu Hause.«

»Mit etwas Pech wäre ich sogar *noch* früher wieder zu Hause.«

»Denken Sie positiv. Sie müssen immer den Erfolg vor Augen haben.«

In Wirklichkeit hatte ich eine Menge Leute vor Augen, die sich mir zu Ehren versammelt hatten und alle Whiskey tranken. Es war entweder eine Begrüßungsparty oder eine irische Totenwache.

Ich habe nichts gegen gefährliche Einsätze. Früher mal hat mich so was erst richtig in Wallung gebracht. Aber da war diese Sache mit Nam … der Gedanke, dass ich meinem Schicksal entronnen war und mich das Schicksal nun verfolgte. Unheimlich.

Ich fragte Karl: »Wenn ich es diesmal nicht schaffe, kriege ich dann meinen Namen auf die Mauer?«

»Das werde ich prüfen. Aber denken Sie positiv.«

»Sind Sie sicher, dass Sie nicht mitkommen wollen?«

»Positiv.«

Wir lachten.

»Wann reise ich ab?«

»Morgen früh. Seien Sie um null-achthundert in Dulles. Ich gebe Ihnen per Mail noch Instruktionen für Ihre Einsatzbesprechung am Flughafen.«

»Mit meinem eigenen Pass?«

»Ja. Wir setzen auf leichte Tarnung. Visum, Tickets, Hotelgutscheine, Geld und ein paar Dinge, die Sie sich einprägen müssen, bekommen Sie von Ihrer Kontaktperson am Flughafen. Sie dürfen bei der Einreise nichts Kompromittierendes dabeihaben.«

»Das ist alles?«

»Das ist alles. Darf ich Sie jetzt auf einen Drink einladen?«

»Wenn ich wiederkomme. Bis dann.«

Karl sagte: »Ach, eins noch. Ich nehme an, Sie werden Cynthia mitteilen, dass Sie verreisen. Äußern Sie sich bitte vage. Möchten Sie, dass ich mit ihr spreche, wenn Sie weg sind?«

»Meinen Sie weg, tot oder in Asien?«

»Ich spreche mit ihr, nachdem Sie abgeflogen sind.«

Ich erwiderte nichts.

Karl sagte: »Tja, dann: Viel Glück und vielen Dank.«

Hätten wir näher beieinander gestanden, dann hätten wir uns mit einem Händedruck verabschiedet, so aber deuteten wir nur einen militärischen Gruß an. Beide machten wir kehrt und gingen davon.

Kapitel 3

Nach dem Treffen mit Karl trank ich zu Hause etwas und schickte Cynthia dann eine Mail. Man sollte nie trinken, wenn man Zugang zu irgendwelchen Kommunikationsmitteln hat – E-Mail, Handy, Telefon oder Fax. Ich druckte meine Nachricht an sie aus und steckte sie in meine Reisetasche. Ich wollte sie am nächsten Morgen noch einmal lesen, um zu sehen, wie betrunken ich gewesen war. Dann löschte ich die Mail von meiner Festplatte, für den Fall, dass es jemand von der internen Sicherheitsabteilung der CID sein würde, der als Nächster meinen Computer anschaltete.

Wie versprochen hatte Karl eine Mail mit Instruktionen für mein Treffen am Flughafen geschickt. Die kurze Nachricht endete mit den Worten »Danke noch mal. Viel Glück. Bis dann.«

Mir fiel auf, dass er offenbar keine Antwort erwartete. Und es gab auch wirklich nichts mehr zu sagen. Ich löschte die Mail.

Meiner Haushälterin hinterließ ich einen Zettel und teilte ihr mit, dass ich etwa drei Wochen lang weg sein würde und sie sich um alles kümmern sollte. Ich räumte sogar ein wenig auf, für den Fall, dass die CID vor meiner Haushälterin kam, um nach heiklem Material zu suchen, das der Verstorbene möglicherweise hinterlassen hatte. Ich räume immer auf, bevor ich verreise; ich will nicht, dass man mich als einen Mann in Erinnerung behält, der seine schmutzigen Unterhosen auf dem Fußboden rumliegen ließ.

Am nächsten Morgen um sieben rief ich meine E-Mails ab, aber von Cynthia war nichts dabei. Vielleicht hatte sie ihre Mails noch nicht gelesen.

Draußen hupte jemand und ich nahm meinen kleinen Koffer und meine Reisetasche und ging hinaus in den kalten, dunklen Morgen – ohne Mantel, wie von Karl angewiesen. In Saigon herrschten sonnige siebenundzwanzig Grad, wie mir der tüchtige Herr Hellmann mitgeteilt hatte.

Ich setzte mich in das wartende Taxi, wünschte dem Fahrer einen guten Morgen und los ging's zum Flughafen Dulles, um diese Uhrzeit eine halbstündige Fahrt. Normalerweise wäre ich mit meinem eigenen Auto zum Flughafen gefahren, aber für diese Reise reichte die maximale Parkdauer auf den Langzeitparkplätzen möglicherweise nicht aus.

Es war ein trüber Morgen – vielleicht daher meine düsteren Gedanken.

Ich erinnerte mich daran, wie ich viele Jahre zuvor ebenfalls im Morgengrauen zum Flughafen aufgebrochen war. Damals war es der Logan Airport in Boston gewesen und gefahren hatte mich mein Vater in seinem Chevy Baujahr 56, der seither zu einem Klassiker geworden ist, damals aber eine Klapperkiste war.

Mein dreißigtägiger Urlaub vor dem Einsatz in Vietnam war vorbei und es war Zeit, nach San Francisco zu fliegen und von dort weiter nach Westen.

Mom ließen wir zu Hause. Sie weinte und war so mitgenommen, dass sie nicht mal Rührei machen konnte. Meine Brüder schliefen noch.

Pop war während der Fahrt ziemlich still und erst Jahre später dachte ich darüber nach, was ihm da durch den Kopf gegangen sein musste. Ich fragte mich, wie sein Vater ihn wohl damals in den Krieg verabschiedet hatte.

Wir kamen zum Flughafen, parkten und gingen gemeinsam ins Terminal. Dort waren viele Typen in Uniform, mit Seesäcken und Reisetaschen, viele Mütter und Väter, Ehefrauen oder vielleicht auch Freundinnen und sogar ein paar Kinder, wahrscheinlich Geschwister der Soldaten.

Zackig gekleidete Militärpolizisten schlenderten zu zweit durchs Terminal, ein Anblick, der im Jahr davor noch ungewöhnlich gewesen wäre. An der Heimatfront lassen sich in Kriegszeiten extreme Gegensätze beobachten: Kummer und Freude, Abschiede und Wiedersehen, Vaterlandsliebe und Zynismus, Paraden und Begräbnisse.

Ich flog mit American Airlines nach San Francisco und stellte mich in der entsprechenden Schlange an, die hauptsächlich aus Soldaten, Seeleuten, Marineinfantristen und Fliegern bestand und auch aus ein paar Zivilisten, die in dieser Umgebung beklommen dreinschauten.

Mein Vater wollte noch warten, aber wie es aussah, waren die meisten Familienangehörigen schon gegangen, und deshalb redete ich es ihm aus. Er nahm meine Hand und sagte: »Komm wieder nach Hause, Junge.«

Einen Moment lang dachte ich, er wolle mir befehlen, gleich wieder mit ihm nach Hause zu fahren und diesen ganzen Schwachsinn zu vergessen. Dann wurde mir klar, dass er damit meinte, ich solle lebend wieder nach Hause kommen. Ich sah ihm in die Augen und sagte: »Mache ich. Pass gut auf Mom auf.«

»Ja. Viel Glück, Paul.« Und dann war er weg. Ein paar Minuten später sah ich ihn hinter den Glastüren, wie er mir nachsah. Wir sahen einander in die Augen, er wandte sich ab und war wieder weg.

Ich checkte am Ticketschalter ein und ging zum Flugsteig, wo ich feststellen musste, dass dorthin die ganzen Angehörigen verschwunden waren. Damals konnte man noch bis zum Flugsteig gehen, wenn man jemanden verabschiedete. Ich dachte, dass mein Vater vielleicht noch mal auftauchen würde, oder vielleicht sogar meine Freundin Peggy, bei der ich darauf bestanden hatte, dass sie nicht zum Flughafen kam. Mir wurde klar, dass ich sie unbedingt noch einmal sehen wollte.

Trotz der vielen Bostoner in meinem Alter entdeckte ich niemanden, den ich kannte. Das war der Anfang eines ganzes Jahres, in dem ich nach vertrauten Gesichtern suchte und mir einbildete, jemanden zu erkennen.

So stand ich da also ganz allein, während die Leute um mich her schwiegen, miteinander sprachen oder leise weinten. Ich habe nie wieder erlebt, dass so viele Menschen so wenig Lärm machten.

Ein paar Militärpolizisten standen am Rand der Menschenmenge und suchten bei den jungen Männern, die in den Krieg geschickt wurden, nach Anzeichen für Scherereien.

Im Nachhinein hatte mich diese ganze Szene beklommen gemacht: die Militärpolizisten, die größtenteils widerwilligen Soldaten, die schweigenden Familienangehörigen – das alles ergab das ausgesprochen unamerikanische Gefühl, von der Staatsmacht überwacht und zu etwas genötigt zu werden. Aber es war halt Krieg – bloß eben nicht der Krieg meines Vaters, der wohl der populärste Krieg aller Zeiten gewesen war, und in Kriegszeiten kann selbst die gütigste Staatsmacht mal ein wenig penetrant werden.

Das war im November 1967 und die Antikriegsbewegung war noch nicht voll im Gange; daher waren in Logan keine protestierenden Demonstranten. Als ich dann in San Francisco landete, waren dort einige und ein paar Tage später vor der Armeebasis in Oakland waren es dann eine ganze Menge und sie forderten die Soldaten auf, nicht zu gehen, oder besser noch zu vögeln statt zu schießen – *Make Love Not War.*

Was dieses Thema anging, war meine Schulfreundin Peggy Walsh eine hübsche, aber recht verklemmte junge Dame, die samstags immer zur Beichte ging und sonntags die Kommunion empfing. Bei einem kirchlichen Tanztee in der Turnhalle der St. Brigid's High School hatten wir alle die rechte Hand heben und mit Pater Bennett dem Teufel, der Versuchung und den Sünden des Fleisches abschwören müssen.

Die Chancen, dass ich Peggy in Friedenszeiten je rumkriegte, standen etwa so gut wie die, dass mein Vater jemals beim Irish Sweepstakes gewann.

Bei diesem Gedanken lächelte ich und war mit einem Mal wieder in der Gegenwart. Das Taxi kam gut voran, genau wie mein Vater so viele Jahre zuvor. Ich weiß noch, dass ich damals dachte: *Was soll die Eile, wenn man ja doch in den Krieg zieht?*

Ich schloss die Augen und dachte wieder an die Monate damals, ehe ich in Logan darauf wartete, an Bord eines Flugzeugs zu gehen.

Ich war als männliche Jungfrau zur Army gegangen, aber während der Infanterieausbildung in Fort Hadley hatte ich mit ein paar abenteuerlustigen Kasernenkumpels die jungen Damen aus der Baumwollspinnerei entdeckt – Mullköpfchen nannten wir sie, weil sie von der Arbeit in diesen höllischen Spinnereien immer noch Baumwollfasern im Haar hatten. Der Stundenlohn war miserabel, aber weil Krieg war, gab es viel zu tun. Es gab jedoch eine Methode, mit weniger Arbeit mehr Geld zu verdienen. Diese Mädchen waren keine Prostituierten, das machten sie einem klar; sie waren Spinnereiarbeiterinnen, patriotische junge Frauen, und sie nahmen zwanzig Dollar. Mein Sold betrug etwa fünfundachtzig Dollar im

Monat und deshalb war das kein so gutes Geschäft, wie es sich anhört.

Jedenfalls verbrachte ich meine dienstfreien Sonntagnachmittage in billigen Motels, trank billigen Wein und zupfte einem Mädchen namens Jenny, das ihren Eltern erzählt hatte, sie würde in der Spinnerei eine Doppelschicht machen, Baumwollfasern aus dem Haar. Sie hatte auch noch einen Freund, einen Typ dort aus der Gegend, und wie es sich anhörte, war er ein absoluter Versager.

Wie nicht anders zu erwarten, verliebte ich mich in Jenny, aber es gab da ein paar Dinge, die unsere Beziehung störten, beispielsweise meine Achtzigstundenwoche in der Kaserne, ihre Sechzigstundenwoche in der Spinnerei, unsere schlecht bezahlten Jobs, dass ich immer pleite war (weil ich ihr zwanzig Mäuse pro Nummer zahlte), ihre anderen Liebhaber, die mich ziemlich eifersüchtig machten, mein baldiger Marschbefehl nach Vietnam und nicht zuletzt, dass sie Yankees eigentlich nicht ausstehen konnte und ihren Versagerfreund liebte.

Wäre das nicht gewesen, dann hätte aus uns, glaube ich, was werden können.

Und dann war da ja auch noch Peggy, die darauf bestand, dass unsere Liebe rein blieb. Mit anderen Worten: nix vonwegen Sex. Da ich nun aber von den verbotenen fleischlichen Früchten gekostet hatte, war ich von der Idee besessen, Peggy zu zeigen, was Jenny mir beigebracht hatte.

Und als ich dann nach der Infantrie- und Fallschirmspringerausbildung wieder nach Boston kam, versuchte ich die arme Peggy rund um die Uhr weich zu kochen.

Resümee in diesem Fall: Bei der Infantrieausbildung hatte man mir beigebracht, einen befestigten Hügel zu erobern, aber Peggy Walshs Jungfräulichkeit zu erstürmen erwies sich als schwieriger.

In einem dummen Anfall von Aufrichtigkeit erzählte ich ihr von Jenny. Peggy war stinksauer, aber es brachte auch ihre Hormone in Wallung und statt mit mir Schluss zu machen, erteilte sie mir Absolution und verpasste mir eine Ohrfeige.

Sie teilte mir mit, dass sie Verständnis dafür habe, dass Männer ihre animalischen Gelüste nicht im Zaum halten könnten, und sah ein, dass ich bald nach Vietnam gehen würde und die Möglichkeit bestand, dass ich nicht wiederkam oder man mir dort den Schwanz abschoss oder so.

Und so verbrachte ich in den letzten sieben Tagen meines Urlaubs so manches Schäferstündchen mit Peggy auf ihrem Zimmer, während ihre Eltern zur Arbeit waren. Zu meiner Verwunderung – ja auch Bestürzung – stellte ich fest, dass Peggy Walsh mindestens zehnmal schärfer war als Jenny, deren Nachnamen ich nie erfahren habe. Und besser noch: Peggy musste ich keine Baumwollfasern aus dem Haar zupfen.

Zurück in der Gegenwart, merkte ich, dass mich der Taxifahrer im Rückspiegel ansah. Er fragte: »Welche Fluggesellschaft?«

Ich guckte aus dem Fenster und sah, dass wir in Dulles waren. Ich antwortete: »Asiana.«

»Wo fliegen Sie denn hin?«

»Nach Vietnam.«

»Echt? Ich dachte, Sie fliegen irgendwohin, wo's schön ist. Sie haben gelächelt.«

»Ich komme gerade woher, wo's schön ist.«

Den E-Mail-Anweisungen von Herrn Hellmann entsprechend ging ich direkt zur Lounge der Asiana Airlines, dem Morning Calm Club.

Man ließ mich ein und wie angewiesen zeigte ich bei der hübschen Ostasiatin am Pult, auf deren Namensschild »Rita Chang« stand, meinen Pass vor. Normalerweise muss man Clubmitglied sein oder Erste-Klasse- oder Business-Class-Tickets vorzeigen können, um in eine Flughafenlounge reinzukommen, aber Miss Chang sah in meinen Pass und sagte: »Ah ja, Mr. Brenner. Konferenzraum B.«

Ich ging in die Garderobe, gab dort meinen Koffer ab, betrachtete mich dann in einem Wandspiegel und kämmte mir die Haare. Ich trug eine Khakihose, ein blaues Button-down-Hemd ohne Krawatte, einen blauen Blazer und Halbschuhe – die passende Reisegarderobe für die Business Class und, laut Karl, auch für das Hotel Rex in Saigon.

Ich nahm meine Reisetasche, ging in die Lounge und besorgte mir einen Kaffee. Es gab ein Frühstücksbüfett, auf dem Reis, Tintenfisch, Algen und gesalzener Fisch angeboten wurden, aber kein Chili. Ich steckte mir drei Tüten gesalzene Erdnüsse ein.

Ich ging in den Konferenzraum B, ein getäfeltes Zimmer mit einem runden Tisch und einigen Stühlen. Es war niemand da.

Ich stellte meine Reisetasche ab, setzte mich und trank meinen schwarzen Kaffee. Ich machte die Tüte mit den Nüssen auf, schob mir ein paar in den Mund und wartete darauf, dass jemand kam – wer auch immer.

Seit meinem letzten Abflug nach Vietnam hatte ich es im Leben offensichtlich zu etwas gebracht, aber dennoch fühlte ich mich im Grunde nicht groß anders.

Ich dachte wieder an Peggy Walsh.

Sie hatte darauf bestanden, dass wir zur Beichte gingen, ehe ich nach Vietnam flog. Tja, ich ließ mir lieber von Peggy Walsh eine knallen, als Pater Bennetts geballten Zorn abzukriegen, wenn ich ihm erzählte, dass ich mit seiner zweitliebsten Jungfrau gebumst hatte.

Aber was soll's – ich brauchte Absolution und deshalb ging ich mit Peggy in St. Brigid's zur samstäglichen Beichte. Gott sei Dank nahm Pater Bennett an diesem Tag nicht die Beichte ab. Peggy ging in einen Beichtstuhl und ich in einen anderen. Ich weiß nicht mehr, wie der Priester hieß, und ich kannte ihn auch nicht, aber der Stimme nach war er noch jung. Jedenfalls fing ich mit Kleinigkeiten an, mit Lügen und Flüchen, und kam erst dann zum eigentlichen Klopper. Er rastete nicht aus, war aber auch nicht so ganz zufrieden mit mir. Er fragte, wer die junge Dame sei, und ich sagte, es wäre Sheila O'Connor, die ich immer schon hatte flachlegen wollen, ohne es jemals zu schaffen. Sheila hatte ohnehin schon einen schlimmen Ruf und deshalb kam ich mir nicht allzu mies vor, als ich Peggy durch sie ersetzte. Ich bin ein wahrer Gentleman.

Der Priester wollte mir wahrscheinlich gerade eine Million Ave-Marias und Vaterunser aufbrummen, aber ich sagte: »Pater, ich gehe übermorgen nach Vietnam.«

Lange herrschte Schweigen, dann sagte er: »Bete als Buße ein Ave-Maria und ein Vaterunser. Viel Glück, mein Sohn – und Gott segne dich. Ich werde für dich beten.«

Ich ging zur Kommunionsbank, froh, dass ich so gut davongekommen war, aber mitten beim Ave-Maria wurde mir klar, dass zu sagen, man ginge nach Vietnam, im Grunde das Gleiche war, als würde man sagen: »Pater, haben Sie Erbarmen mit mir«, und da lief es mir kalt über den Rücken.

Die arme Peggy hockte gut eine Stunde lang auf den Knien und betete den Rosenkranz, während ich mit ein paar Jungs auf dem Sportplatz der St. Brigid's High School einen Football hin und her warf.

Hinterher hatten wir beide geschworen, einander während des Jahres, das ich weg sein würde, sexuell treu zu sein. Wahrscheinlich schworen sich das in diesem Jahr mindestens eine halbe Million Pärchen, die sich trennen mussten, und vielleicht wurden einige dieser Versprechen sogar gehalten.

Peggy und ich sprachen davon, noch zu heiraten, ehe ich weggeschickt wurde, aber sie hatte ihre Jungfräulichkeit so lange verteidigt, dass es für eine Heiratserlaubnis schon zu spät war, als ich endlich entdeckte, was für ein scharfer Feger sie war.

Jedenfalls waren wir inoffiziell verlobt und ich hoffte, dass sie nicht offiziell schwanger war.

Diese Geschichte hätte glücklich ausgehen können, glaube ich, denn wir schrieben einander regelmäßig und sie wohnte weiterhin bei ihren Eltern und half in dem kleinen Haushaltswarenladen ihres Vaters mit, in dem auch ihre Mutter arbeitete. Vor allem drehte sie nicht wie der Rest des Landes 1968 völlig ab und ihre Briefe enthielten patriotische und positive Gedanken über den Krieg, die ich allerdings nicht teilte.

Ich kam heil wieder nach Hause und wollte da weitermachen, wo ich aufgehört hatte. Ich hatte dreißig Tage Urlaub und freute mich auf jede Minute davon.

Aber irgendwas hatte sich während meiner Abwesenheit verändert. Das Land hatte sich verändert und meine Freunde waren entweder beim Militär oder auf dem College oder hatten keine Lust, mit heimkehrenden Soldaten zu sprechen. South Boston, sonst eine Hochburg des proletarischen Patriotismus, war so gespalten wie das ganze Land.

Die größte Veränderung aber war mit mir selbst vorgegangen und ich stand während dieses ganzen langen Urlaubs völlig neben mir.

Peggy hatte auf irgendeine Weise ihre Jungfräulichkeit wiedererlangt und weigerte sich, mit mir zu schlafen, solange wir nicht verheiratet waren. Und das zu einer Zeit, in der sich die Leute mit irgendwelchen Wildfremden dumm und dusslig fickten.

Peggy Walsh war so hübsch und süß wie eh und je, aber Paul Brenner war neuerdings kühl, distanziert und abwesend. Ich merkte das und sie merkte es auch. Ja, sie sagte etwas zu mir, das ich nie vergaß. Sie sagte: »Du bist genauso geworden wie die anderen, die wiederkommen.« Mit anderen Worten: *Du bist tot. Wieso läufst du überhaupt noch herum?*

Ich sagte ihr, ich bräuchte nur etwas Zeit, und wir beschlossen, es noch ein halbes Jahr lang miteinander zu versuchen, bis ich dann aus der Army entlassen würde. Sie schrieb mir nach Fort Hadley, aber ich schrieb nicht zurück und irgendwann hörte sie auf zu schreiben.

Als mein Wehrdienst vorüber war, traf ich die verhängnisvolle Entscheidung, mich für drei Jahre zu verpflichten – woraus dann fast dreißig Jahre geworden sind. Ich bereue nichts, frage mich aber oft, wie mein Leben verlaufen wäre, wenn es den Krieg nicht gegeben und ich Peggy Walsh geheiratet hätte.

Ich sah Peggy nie wieder und von Freunden erfuhr ich, dass sie einen Typ aus unserer Gegend geheiratet hatte, der mit einem Footballstipendium an der Iowa State studierte. Aus irgendeinem Grund hatten sie sich dort in Iowa niedergelassen, zwei Bostoner mitten im Nirgendwo, und ich hoffe, sie hatten ein schönes Leben. Natürlich denke ich immer noch ab und zu an sie. Zumal jetzt, da ich in das Land zurückkehrte, das uns auseinander gerissen und unser Leben verändert hatte.

Ich hatte meinen Kaffee ausgetrunken und die Erdnüsse aufgegessen, aber meine Kontaktperson war noch immer nicht aufgetaucht. Die Uhr an der Wand zeigte zehn nach acht. Ich überlegte, diesmal das zu tun, was ich beim letzten Mal schon hätte tun sollen – den Flughafen schleunigst zu verlassen und nach Hause zu fahren.

Aber ich blieb dort sitzen und dachte an dieses und jenes: an Vietnam, an Peggy Walsh, an Vietnam, an Cynthia Sunhill.

Ich nahm meine E-Mail an Cynthia aus der Reisetasche und las:

Liebe Cynthia,
wie Karl dir gesagt hat, habe ich einen Auftrag in Südostasien übernommen. In zwei oder drei Wochen dürfte ich wieder zurück sein. Es besteht natürlich die Möglichkeit, dass ich in Schwierigkeiten gerate. Für diesen Fall ist es wichtig, dass du weißt, dass es meine freie Entscheidung

war, diesen Auftrag zu übernehmen, und dass es nichts mit dir zu tun hat; es hat allein etwas mit mir zu tun.

Das mit uns ist seit dem ersten Tag in Brüssel wohl das, was man eine turbulente Beziehung nennt. Das Schicksal hat sich mit unseren Jobs und unserem Leben dazu verschworen, uns auseinander zu halten und zu verhindern, dass wir einander richtig kennen lernen.

Ich habe einen Plan, wie wir zusammenkommen und uns buchstäblich und im übertragenen Sinne auf halber Strecke treffen können. Während des Kriegs verbrachten allein stehende Soldaten ihren einwöchigen Fronturlaub immer an exotischen Orten, wo sie ein bisschen die Sau rauslassen konnten. Verheiratete und Jungs mit festen Beziehungen trafen ihre Damen in Honolulu. Triff dich also in einundzwanzig Tagen mit mir im Royal Hawaiian Hotel in Honolulu. Ich habe auf unser beider Namen reserviert. Stell dich auf einen zweiwöchigen Urlaub auf einer abgelegenen Insel ein.

Wenn du beschließt, nicht zu kommen, habe ich verstanden und weiß, dass du dich entschieden hast. Bitte antworte nicht auf diese Mail. Komm einfach oder komm nicht.

Alles Liebe,

Paul

Tja, das war nicht allzu peinlich und schmalzig und ich bedauerte nicht, dass ich es abgeschickt hatte. Keinerlei Rechtschreibfehler, was bei einer E-Mail selten vorkommt.

Bis zu diesem Morgen hatte ich, wie gesagt, noch keine Antwort bekommen, was bedeuten mochte, dass sie ihre E-Mails noch nicht gelesen hatte oder mich beim Wort nahm, wenn ich schrieb: *Bitte antworte nicht auf diese Mail,* genau wie mich Peggy Walsh damals beim Wort genommen hatte, als ich ihr gesagt hatte, sie sollte nicht zum Flughafen kommen.

Die Tür ging auf und ein gut gekleideter Mann in meinem

Alter kam herein. Er trug zwei Plastiktassen Kaffee und eine bunte Plastiktüte. Er stellte die Tüte und den Kaffee auf dem Tisch ab, reichte mir die Hand und sagte: »Hallo, ich bin Doug Conway. Tut mir Leid, dass ich mich verspätet habe.«

»Mir tut's Leid, dass Sie überhaupt gekommen sind.«

Doug Conway lächelte und setzte sich mir gegenüber. »Hier, der Kaffee ist für Sie. Schwarz, nicht wahr?«

»Danke. Möchten Sie Erdnüsse?«

»Ich habe gefrühstückt. Zunächst hat man mich gebeten, Ihnen zu danken, dass Sie diesen Auftrag übernommen haben.«

»Wer dankt mir?«

»Alle. Zerbrechen Sie sich darüber nicht den Kopf.«

Ich trank den Kaffee und betrachtete Mr. Conway. Er sah ziemlich klug aus und hörte sich bisher auch ziemlich ausgeschlafen an. Er trug einen dunkelblauen Anzug, eine dezent gemusterte blaue Krawatte und sah irgendwie aufrichtig aus, also war er nicht bei der CIA. CID-Mitarbeiter erkenne ich auf eine Meile Entfernung und so einer war er auch nicht. Deshalb fragte ich: »FBI?«

»Ja. Dieser Fall ist, wenn irgendwas dabei rauskommt, eine inneramerikanische Angelegenheit. Die CIA ist nicht daran beteiligt, und die militärischen Dienste und der Nachrichtendienst des Auswärtigen Amts auch nicht. Nur das FBI und die Army-CID. Es sieht nach einem Mord aus und deshalb werden wir es auch wie einen Mord behandeln.«

Tja, er *wirkte* aufrichtig, war es aber nicht. Ich fragte: »Wird in der Botschaft in Hanoi jemand wissen, dass ich im Lande bin?«

»Wir haben beschlossen, das nur bestimmten Leuten mitzuteilen.«

»Wem?«

»Denen, die es wissen müssen, also praktisch niemandem. Das Botschafts- und Konsulatspersonal ist etwa so nützlich wie ein Euter an einem Stier. Das habe ich jetzt nicht gesagt.

Aber glücklicherweise haben wir in der Botschaft in Hanoi jemanden vom FBI, der bei der vietnamesischen Polizei Seminare über Drogenhandel gibt. Er heißt John Eagan und weiß von Ihrer Reise. Das ist Ihr Mann, falls Sie in Schwierigkeiten geraten und die amerikanische Botschaft einschalten müssen.«

»Und wieso sucht John Eagan nicht den Mann, den ich suchen soll?«

»Er hat mit seinen Seminaren zu tun. Und außerdem kann er sich nicht so frei bewegen wie ein Tourist.«

»Und Sie wollen in diesem Fall auch keine direkte Beteiligung amerikanischer Regierungsstellen, nicht wahr?«

Darauf antwortete Mr. Conway natürlich nicht. Vielmehr sagte er: »Haben Sie noch irgendwelche Vorfragen, ehe wir mit der Einsatzbesprechung beginnen?«

»Ich dachte, ich hätte gerade eine gestellt.«

»Also gut. Dann fange ich mal an. Erstens: Ihr Auftrag ist eindeutig, aber nicht einfach. Sie sollen einen vietnamesischen Staatsbürger namens Tran Van Vinh finden – das wissen Sie. Er ist Augenzeuge in einem möglichen Mordfall.«

Mr. Conway fuhr noch eine Weile fort und zog seine FBI-Nummer ab, als ginge es hier um einen ganz gewöhnlichen Mord, den man für irgendeinen amerikanischen Generalstaatsanwalt aufklären musste. Ich trank meinen Kaffee und machte meine letzte Tüte Erdnüsse auf.

Dann unterbrach ich sein juristisches Blabla und sagte: »Also gut. Und wenn ich Tran Van Vinh finde, sage ich ihm, dass er einen Freiflug mit allen Schikanen nach Washington D. C. gewonnen hat. Nicht wahr?«

»Tja ... ich weiß nicht.«

»Tja, ich auch nicht. Was soll ich mit dem Mann machen, wenn ich ihn lebend finde?«

»Das steht noch nicht fest. In der Zwischenzeit werden wir versuchen, ein paar mögliche Verdächtige zu ermitteln und/oder das mögliche Mordopfer. Wenn uns das gelingt, lassen wir Ihnen Fotos dieser Männer aus ihrer Armeezeit zukommen. Wenn Sie Tran dann finden, zeigen Sie ihm eine Reihe von Fotos – genau wie bei jedem anderen Kriminalfall – und schauen mal, ob er den mutmaßlichen Mörder und/oder das Opfer identifizieren kann.«

»Klar. Das habe ich, glaube ich, schon ein paar tausend Mal gemacht. Aber mein Vietnamesisch ist ein wenig eingerostet.«

»Sie können überall einen Dolmetscher engagieren.«

»Gut. Wieso nehme ich nicht eine Videokamera oder einen Kassettenrekorder mit?«

»Das haben wir in Erwägung gezogen. Aber das führt manchmal zu Scherereien mit dem Zoll. Eventuell bekommen Sie von Ihrer Kontaktperson in Saigon eine Videokamera oder einen Kassettenrekorder. Haben Sie eine Fotokamera mitgebracht?«

»Ja, wie angewiesen. Ich bin Tourist. Wie steht's mit einem Handy?«

»Das gleiche Problem. Am Flughafen sind sie sehr paranoid, und wenn die Ihr Gepäck durchsuchen und so was finden, werden sie neugierig. Visum hin oder her – die können Sie aus dem nichtigsten Grund gleich wieder aus dem Land schmeißen. Und wir brauchen Sie *im* Land.«

»Verstehe.«

»Aber vielleicht besorgen wir in Saigon ein Handy für Sie. Sie müssen sich aber darüber im Klaren sein, dass das Mobilfunknetz dort drüben sehr primitiv ist und mehr Löcher hat als ein Schweizer Käse.«

»Okay. Und wenn Sie diesen Mann dann in Washington haben wollen – was dann?«

»Dann setzen wir uns möglicherweise mit der vietnamesischen Regierung in Verbindung und erklären ihr die Lage. Sie wird kooperieren.«

»Wenn Sie deren Kooperation jetzt beim Auffinden dieses Mannes nicht wollen, wieso meinen Sie dann, dass die kooperieren werden, wenn Sie ihnen erzählen, dass Sie in ihrem kleinen Polizeistaat herumgeschnüffelt und einen ihrer Bürger gefunden haben, den Sie für ein Mordverfahren brauchen?«

Doug Conway sah mich einen Moment lang an und sagte dann: »Karl hatte Recht mit Ihnen.«

»Karl hat immer Recht. Beantworten Sie bitte meine Frage.«

Conway rührte in seinem Kaffee herum und sagte dann: »Also gut, Mr. Brenner, hier ist die Antwort auf alle Ihre bisherigen, gegenwärtigen und zukünftigen Fragen. Sie lautet: Wir erzählen Ihnen Blödsinn. Sie wissen das, wir wissen das. Und jedes Mal, wenn wir Ihnen Blödsinn erzählen, entdecken Sie kleine Ungereimtheiten und stellen wieder eine Frage. Dann erzählen wir Ihnen noch mehr Blödsinn und hinsichtlich dieses neuen Blödsinns haben Sie wieder Fragen. Das ist wirklich nervig und zeitraubend. Und deshalb werde ich Ihnen jetzt ein paar Dinge erzählen, die kein Blödsinn sind. Sind Sie bereit?«

Ich nickte.

»Erstens: Es geht hier um mehr als nur um einen vor dreißig Jahren begangenen Mord, aber das wissen Sie ja. Zweitens: Es ist in Ihrem eigenen Interesse, dass Sie nicht wissen, worum es geht. Drittens: Es ist wirklich sehr wichtig für unser Land. Viertens: Wir brauchen Sie, weil Sie gut sind, aber auch weil Sie, falls Sie in Schwierigkeiten geraten, nicht im Dienste der Regierung stehen. Und wenn Sie da drüben verhaftet werden, wissen Sie nichts und genau das werden Sie denen erzählen, denn es entspricht ja auch der Wahrheit. Bleiben Sie einfach nur bei Ihrer Geschichte: Sie unternehmen einen Nostalgietrip nach Nam. Okay? Wollen Sie da jetzt immer noch hin?«

»Das wollte ich nie.«

»Hey, da mache ich Ihnen keinen Vorwurf. Aber Sie wissen, dass Sie dorthin fliegen, und ich weiß es auch. Der Ruhestand langweilt Sie, Sie haben ein tief verwurzeltes Pflichtgefühl und leben gern riskant. Sie waren Infantrist, wurden für Ihre Tapferkeit ausgezeichnet, dann wurden Sie Militärpolizist, dann Kriminalermittler. Sie waren nie Buchhalter oder Damenfriseur. Und Sie sind hier und sprechen mit mir. Daher wissen wir beide, dass Sie heute Morgen nicht wieder nach Hause fahren.«

»Wären wir dann fertig mit dem Psychogewäsch?«

»Klar. Also gut, ich habe Ihre Tickets: mit Asiana Airlines nach Seoul, Südkorea, und dann mit Vietnam Airlines nach Ho-Chi-Minh-Stadt, von uns alten Knaben auch Saigon genannt. Für Sie ist ein Zimmer im Hotel Rex reserviert – obere Kategorie, aber Saigon ist billig und deshalb kann sich Mr. Paul Brenner, Chief Warrant Officer a. D., das leisten.«

Conway nahm ein Blatt Papier aus der Plastiktüte und sagte: »Das ist Ihr Visum, das wir von der vietnamesischen Botschaft dank einer beglaubigten Kopie Ihres Passes erhalten haben, die das State Department freundlicherweise zur Verfügung gestellt hat.« Er reichte mir ein schlichtes Blatt Papier, das rot bedruckt war, und ich warf kurz einen Blick darauf.

»Und hier ist Ihr neuer Pass, eine genaue Kopie Ihres alten, den Sie mir jetzt aushändigen werden. In diesem Pass ist der Stempel der vietnamesischen Botschaft für Ihre Einreise ins Land und die übrigen Seiten sind leer, denn die Vietnamesen werden misstrauisch, wenn jemand, so wie Sie, zu viele Ein- und Ausreisestempel in seinem Pass hat.«

Er reichte mir meinen neuen Pass und ich gab ihm meinen alten. Ich guckte mir den neuen an. Mir fiel auf, dass sogar das gleiche Foto drin war wie in meinem alten und irgendein Meisterfälscher vom FBI hatte ihn sogar freundlicherweise schon für mich unterschrieben. Ich meinte: »Es ist erstaunlich, dass Sie in den nicht mal vierundzwanzig Stunden, die ich von diesem Auftrag weiß, in der Lage waren, eine Kopie meines Passes zu besorgen, damit bei der vietnamesischen Botschaft ein Visum zu beantragen und alles für mich fertig zu haben.«

»Ja, das ist erstaunlich«, stimmte Mr. Conway zu. Er gab

mir einen Bleistift und sagte: »Tragen Sie bitte die Telefonnummer für Notfälle so ein wie in Ihrem alten Pass – Ihr Anwalt, nehme ich an.«

»Ja.« Eigentlich ein Anwalt der CID, aber wieso das erwähnen? Ich trug die Daten ein, gab Conway seinen Bleistift wieder und steckte den Pass ein.

Mr. Conway sagte: »Machen Sie in Seoul ein paar Fotokopien von Ihrem Pass und Ihrem Visum. In Nam wollen alle den Pass und das Visum einbehalten – Hotels, Motorrollervermietungen und manchmal auch die Polizei. Normalerweise reicht dann eine Fotokopie.«

»Wieso schicken wir keine Fotokopie von mir nach Vietnam?«

Das überhörte er und fuhr fort: »Um Ihre Reisen zu Lande werden Sie sich in Vietnam selbst kümmern. Sie bleiben drei Tage lang in Saigon – so lange ist im Rex für Sie reserviert. Freitag, also der Tag Ihrer Anreise, Samstag und Sonntag. Am Montag verlassen Sie Saigon. Tun Sie in Saigon, was Sie wollen, aber lassen Sie sich bitte nicht ausweisen, weil Sie merkwürdige Zigaretten rauchen, eine Prostituierte mit aufs Zimmer nehmen oder so was in der Richtung.«

»Ich muss mir doch vom FBI keine Moralvorträge halten lassen.«

»Das ist mir klar. Ich gebe nur Instruktionen weiter. Karl hat mich bereits instruiert und ich weiß, dass Sie ein Profi sind. Okay? Weiter: In Saigon werden Sie von einem dort wohnhaften Amerikaner kontaktiert. Diese Person steht in keinerlei Verbindung zur amerikanischen Regierung – es ist nur eine Geschäftsperson, die Uncle Sam einen kleinen Gefallen tut. Das Treffen findet im Dachgartenrestaurant des Hotel Rex statt, am Samstag, Ihrem zweiten Tag dort, so gegen neunzehn Uhr. Das ist alles, was Sie wissen müssen. Je ungeplanter es ist, desto ungeplanter wird es wirken. Alles klar?«

»Bis hierher schon.«

»Diese Person wird Ihnen eine Nummer geben. Die Nummer bezieht sich auf eine Kartenlegende in Ihrem Reiseführer.« Mr. Conway langte in die Plastiktüte und legte ein Buch auf den Tisch. »Das ist der Lonely Planet Guide Vietnam, dritte Auflage. Das ist da drüben der am weitesten verbreitete Reiseführer. Falls Ihnen also die Zollidioten am Flughafen Tan Son Nhat das Buch abnehmen oder Sie es verlieren oder es Ihnen geklaut wird, können Sie normalerweise einem Rucksacktouristen ein anderes Exemplar abkaufen oder Ihre Kontaktperson in Saigon besorgt Ihnen eins. Sie werden dieses Buch einige Male brauchen. Klar?«

»Klar.«

»Das mit der Nummer werde ich Ihnen gleich genauer erklären. Nachdem Sie Saigon am Montag verlassen haben, bleibt Ihnen bis Samstag Zeit, sich wie ein Tourist zu verhalten und auch so auszusehen. Tun Sie, was Sie wollen, aber Sie sollten einige Ihrer alten Schlachtfelder besuchen.« Er fügte hinzu: »Ich glaube, Sie waren eine Zeit lang in der Gegend um Bong Son stationiert.«

Ich sagte: »Wenn das mit dem Auftrag nichts zu tun hat, lasse ich das aus.«

Er sah mich lange an und sagte dann: »Tja, das ist kein Befehl, aber ein sehr ernst gemeinter Vorschlag.«

Ich erwiderte nichts.

Mr. Conway beugte sich vor und sagte: »Übrigens: Ich war 1970 in Vietnam – 4. Infantriedivision, Zentrales Hochland, die Invasion in Kambodscha – und vergangenes Jahr bin ich noch mal hingefahren, um mit der Sache ins Reine zu kommen. Deshalb hat man mich geschickt, Sie zu instruieren. Wir sind vom gleichen Schlag. Nicht wahr?«

»Nicht so ganz, aber erzählen Sie weiter.«

Mr. Conway fuhr fort: »Während dieser fünf Reisetage werden Sie feststellen, ob Sie beobachtet oder verfolgt werden. Aber auch wenn dem so ist, muss das nichts bedeuten. Westler werden oft aus den nichtigsten Gründen verfolgt und beobachtet.«

»Vor allem Amerikaner.«

»Ja. Also gut, nach fünf Tagen unterwegs kommen Sie am Samstag in Hué an. Nach dem Mondkalender ist das Silvester – das vietnamesische Tet-Fest. Dort ist im Hotel Century Riverside für Sie reserviert. Dann schauen Sie anhand der Nummer, die Sie in Saigon von Ihrer Kontaktperson bekommen haben, in Ihrem Reiseführer auf den Stadtplan von Hué, der eine durchnummerierte Legende der verschiedenen Sehenswürdigkeiten enthält, und dorthin gehen Sie dann am Mittag des nächsten Tages, am Sonntag, dem Neujahrstag, einem Feiertag, an dem viele Menschen unterwegs sind und wenige Polizisten. Klar?«

»Klar.«

»Es gibt alternative Treffpunkte und das erkläre ich Ihnen jetzt.« Conway schilderte mir die Einzelheiten meines Treffens in Hué und sagte schließlich: »Die Person, die Sie in Hué treffen, ist vietnamesischer Staatsbürger. Er wird Sie finden. Es gibt eine Parole. Er wird sagen: ›Ich bin ein sehr guter Fremdenführer.‹ Sie werden fragen: ›Wie viel nehmen Sie?‹ und er wird antworten: ›So viel Sie zahlen mögen.‹«

Ich fragte: »Habe ich das nicht schon mal in irgendeinem Film gesehen?«

Mr. Conway lächelte und sagte: »Ich weiß, Sie sind an so was nicht gewöhnt, und ehrlich gesagt, bin ich es auch nicht. Wir beide sind Polizeiarbeit gewöhnt, Mr. Brenner, und das hier ist etwas anderes. Aber Sie sind ein kluger Kerl, Sie sind im Kalten Krieg aufgewachsen, wir haben alle James Bond gelesen, Spionagefilme geguckt und so weiter. Unserer Generation ist das also nicht vollkommen fremd, nicht wahr?«

»Stimmt. Sagen Sie: Wieso brauche ich in Saigon eine Kontaktperson, wenn ich doch nur eine Nummer brauche? Eine Nummer können Sie mir doch faxen.«

»Wir haben beschlossen, dass Sie in Saigon möglicherweise jemanden brauchen, der Ihnen hilft, und wir brauchen jemanden dort, mit dem wir uns in Verbindung setzen können, falls Sie vom Radarschirm verschwinden.«

»Verstehe. Haben wir in Saigon schon ein Konsulat?«

»Dazu wollte ich gerade kommen. Wie Sie wissen, haben wir die diplomatischen Beziehungen zu Vietnam eben erst wieder aufgenommen, und in Hanoi haben wir ein neues Botschaftsgebäude und einen neuen Botschafter. Die Botschaft wird nicht direkt mit Ihnen in Verbindung treten – weder in Hanoi noch während Ihrer Reise. Aber als amerikanischer Staatsbürger können Sie sich an die Botschaft wenden, wenn Sie müssen, und dort werden Sie nach John Eagan fragen und nach sonst niemandem. Was Saigon alias Ho-Chi-Minh-Stadt angeht: Wir haben kürzlich eine konsularische Mission dorthin entsandt und sie ist vorläufig in nicht gesicherten, angemieteten Räumen untergebracht. Mit dem Konsulat in Saigon werden Sie keinen Kontakt haben, allenfalls über ihre Saigoner Kontaktperson.«

Ich fragte: »Ich kann in Saigon also nicht ins US-Konsulat laufen und um Asyl bitten?«

Er lächelte gezwungen und erwiderte: »Die sind sehr beengt untergebracht und Sie wären im Weg.« Aus irgendeinem Grund fügte er hinzu: »Vietnam wird für uns wieder wichtig.«

Ich fragte ihn nicht, warum, aber wenn der amerikanischen Regierung etwas wichtig ist, geht es immer um Öl, manchmal auch um Drogen und hin und wieder um militärstrategische Planungen. Suchen Sie sich was aus.

Mr. Conway sah mich an und erwartete wohl eine Frage über diese »Wichtigkeit«, aber ich sagte: »Okay. Was noch?«

Er sagte: »Außerdem muss man bedenken, dass es, wie ich schon sagte, die Zeit des Tet-Festes ist, Neujahr nach dem Mondkalender – Sie erinnern sich an Tet 68, nicht wahr? Alle sind unterwegs, besuchen Gräber in ihren Heimatdörfern und so was. Verkehr, Telekommunikation, Unterbringung – alles ein einziges Chaos. Die Hälfte der Bevölkerung geht nicht zur

Arbeit und alles läuft noch ineffizienter als ohnehin schon. Sie müssen improvisieren und sich in Geduld üben. Aber verspäten Sie sich nicht.«

»Verstanden. Erzählen Sie mir mehr über den Typ in Hué.«

Doug Conway erläuterte: »Der Kontaktmann in Hué wird Ihnen erzählen, wohin Sie anschließend reisen – wenn er es denn weiß. Tran Van Vinh ist, wenn er noch lebt, höchstwahrscheinlich im Norden, also können Sie damit rechnen, von Hué aus nach Norden zu reisen. Ausländer, vor allem Amerikaner, sind in den ländlichen Gegenden des ehemaligen Nordvietnam nicht besonders willkommen. Es wird viele Reiseeinschränkungen geben, von nicht bestehenden Verkehrsverbindungen ganz zu schweigen. Aber damit müssen Sie klar kommen, wenn sich Ihr Ziel in einer ländlichen Gegend befindet. Okay?«

»Kein Problem.«

»Doch. Zunächst einmal ist es Ausländern verboten, Autos zu mieten. Sie können zwar über die staatseigene Reiseagentur Vidotour einen offiziell zugelassenen Mietwagen mit Chauffeur bekommen, aber das werden Sie für den geheimen Teil Ihrer Mission nicht wollen. Nicht wahr?«

»Klingt vernünftig.«

»Es gibt private Reiseagenturen und private Mietwagen mit Fahrer, aber der Staat erkennt sie nicht offiziell an und in manchen Gegenden gibt es sie auch nicht oder können Sie sie nicht nutzen. Verstanden?«

»Darf ich mir ein Fahrrad mieten?«

»Klar. Das Land wird von den regionalen Parteichefs wie von Kriegsherrn alten Stils regiert und die machen die Regeln. Hinzu kommt, dass die Zentralregierung in Hanoi die Regeln für Ausländer ständig ändert. Es ist ein Chaos, aber manche dieser Einschränkungen können Sie normalerweise umgehen, indem Sie den Entscheidungsträgern eine Spende zukommen lassen. Als ich da war, hat das mit fünf Dollar normalerweise funktioniert. Klar?«

»Klar.«

»Es gibt auch Busverbindungen zwischen den Städten – Folterbusse werden die genannt. Wenn Sie mit einem fahren müssen, werden Sie sehen, warum. Und an der Küste entlang gibt es die alte französische Bahnlinie, die wieder in Betrieb ist. Während der Tet-Feiertage wird es für öffentliche Verkehrsmittel keine Fahrscheine mehr geben, aber mit einem Fünfer wird man Sie trotzdem überall reinlassen – von Flugzeugen mal abgesehen. Um die regionalen Flugplätze sollten Sie sowieso einen Bogen machen. Zu viele Sicherheitsmaßnahmen.«

»Habe ich schon erwähnt, dass ich eigentlich nach Aruba wollte?«

»Das hier ist viel sinnvoller und das Wetter ist genauso schön.«

»Klar. Fahren Sie bitte fort.«

»Danke.« Er fuhr fort: »Was Verkehrsmittel, Schmiergelder und so weiter angeht, können Sie Ihre Kontaktperson in Saigon um Rat fragen. Diese Person dürfte sich da auskennen. Aber äußern Sie sich bitte nur vage.«

»Gut.«

»Wenn Sie nach Hué kommen, haben wir mit etwas Glück wenigstens schon für Sie herausgefunden, wo sich Tam Ki, das Heimatdorf von Tran Van Vinh, befindet. Wegen der Tet-Feiertage stehen die Chancen sehr gut, dass Sie in diesem Dorf viele Familienangehörige von Tran finden.« Er sah mich an. »Klar?«

Ich erwiderte: »Mr. Conway, es kommt mir so vor, als wäre die Information über diesen Mord nicht erst vor ein paar Tagen ans Tageslicht gekommen, sondern vielleicht schon vor Wochen oder Monaten, und als hätten Sie bis zu den Tet-Feiertagen damit gewartet, mich nach Vietnam zu schicken, weil dann, wie Sie sagen, die meisten Leute in ihren Heimatdörfern sind und Sicherheitskräfte und Polizei am ineffizientesten arbeiten.«

Mr. Conway lächelte mich an und sagte: »Ich weiß nicht, wann wir diese Information bekommen haben und was Ihre Vorgesetzten wissen, das Sie – und vielleicht auch ich – nicht wissen. Aber es ist ein Glück, dass Sie über diese Feiertage in Vietnam sein werden.« Er fügte hinzu: »Tet 68 haben die Kommunisten euch kalt erwischt. Vielleicht können Sie denen das jetzt ein wenig heimzahlen.«

»Ein interessanter Gedanke. Ausgleichende Gerechtigkeit ... die Waage der Justitia ... Aber mir ist Rache oder so was völlig schnurz. Der Scheiß-Krieg ist vorbei. Wenn ich das mache, kann ich kein persönliches Motiv gebrauchen. Ich führe nur den Auftrag aus, den ich zugesagt habe. Verstanden?«

»Sie sollten persönliche Motive nicht ausschließen, wenn Sie erst mal da sind.«

Ich erwiderte nichts.

»Also gut, Ihr Treffen in Hué findet am Sonntag statt, aber wenn es aus irgendeinem Grund nicht zustande kommt, ist Montag der Ausweichtag und man wird Sie in irgendeiner Form in Ihrem Hotel kontaktieren. Wenn Sie nicht kontaktiert werden, wird es Zeit, das Land schleunigst zu verlassen. Verstanden?«

Ich nickte.

Mr. Conway sagte: »Wenn alles glatt läuft, verlassen Sie Hué am Dienstag. Jetzt kommt der schwierige Teil Ihrer Reise. Sie müssen – wie auch immer – nach Tam Ki gelangen und dort binnen zwei, höchstens drei Tagen eintreffen. Warum? Weil Tet nach Neujahr noch vier Tage lang dauert und alle, die in die Heimat ihrer Vorfahren zurückgekehrt sind, immer noch dort sein müssten, ehe sie dann wieder an ihren gegenwärtigen Wohnort zurückkehren. Dieser Tran Van Vinh lebt möglicherweise das ganze Jahr in Tam Ki, aber das wissen wir nicht. Am besten sind Sie dann dort, wenn Sie wissen, dass auch er dort ist. Verstanden?«

Ich nickte.

Mr. Conway fuhr fort: »Auf jeden Fall müssen Sie, komme, was da wolle, allerspätestens am Samstag darauf, dem fünfzehnten Tag Ihrer Reise, in Hanoi sein. Im Sofitel Metropole ist für Sie reserviert, und ich habe hier einen Gutschein für eine Übernachtung.« Er pochte auf die Plastiktüte und sagte: »In Hanoi wird man Sie möglicherweise kontaktieren, vielleicht aber auch nicht. Vor allem aber werden Sie am nächsten Tag, am Sonntag, dem sechzehnten Tag Ihrer Reise, aus Vietnam abreisen, lange vor dem einundzwanzigsten Tag, bis zu dem Ihr Visum gültig ist. Okay?«

»Ich will mir in Hanoi aber auch noch die Stadt ansehen.«

»Nein, Sie wollen so schnell wie möglich von dort verschwinden.«

»Hört sich noch besser an.«

Er sagte: »Für den Sonntag haben wir für Sie einen Flug mit Cathay Pacific von Hanoi nach Bangkok gebucht. In Bangkok werden Sie abgeholt und dann folgt die abschließende Einsatzbesprechung.«

»Und wenn ich dann im Knast sitze? Muss ich dann mein Visum verlängern lassen?«

Mr. Conway überging das mit einem Lächeln und sagte: »Nun zum Thema Geld. In dieser Tüte befindet sich ein Umschlag mit tausend US-Dollar in Einern, Fünfern und Zehnern. Das sind alles pauschale Spesen. Man kann in der Sozialistischen Republik Vietnam ganz legal mit US-Dollar bezahlen. Ja, sie haben es sogar lieber. Außerdem haben wir hier eine Million Dong, das sind etwa ein Dollar fünfzig. War nur 'n Scherz. Etwa hundert Dollar – für den Anfang. Der durchschnittliche Vietnamese verdient drei- bis vierhundert Dollar im Jahr; Sie sind also reich. Und dann sind da noch tausend Dollar in Travellerschecks von American Express, die von besseren Hotels und Restaurants angenommen und von manchen Banken an manchen Tagen – je nach Lust und Laune – auch in Dong umgetauscht werden. In Saigon, Hué und Hanoi gibt es American-Express-Büros. Das steht alles auch in Ihrem Reiseführer. Zahlen Sie, wann immer möglich, mit Ihrer eigenen Kreditkarte. Das Geld wird Ihnen erstattet. Die Army hat für Sie einen befristeten Sold von fünfhundert Dollar pro Tag bewilligt, also dürften Sie nach Ihrer Heimkehr einen hübschen Scheck bekommen.« Er fügte hinzu: »Hafttage zählen doppelt.«

Ich schaute Conway an und sah, dass er nicht scherzte. Ich fragte: »Wie lange?«

»Das weiß ich nicht. Das habe ich nie gefragt. Soll ich mich für Sie erkundigen?«

»Nein. Was noch?«

»Nur noch ein paar Dinge wie etwa Ihre Ausreise. Ich sagte ja: Cathay Pacific ab Hanoi. Ich sagte aber auch: Es könnte sich so entwickeln, dass Sie von einem anderen Ort aus und früher das Land verlassen müssen. Für diesen Fall haben wir ein paar Ausweichpläne. Wollen Sie sie hören?«

»Bei diesem Thema gilt Ihnen meine ungeteilte Aufmerksamkeit.«

Mr. Conway skizzierte ein paar andere Möglichkeiten, aus Vietnam rauszukommen – über Laos, Kambodscha, China, per Boot und sogar mit einem Frachtflugzeug von Da Nang aus. Sie gefielen mir alle nicht besonders, und ich hielt sie auch nicht für sonderlich praktikabel, sagte aber nichts.

Conway sagte: »Okay: Tam Ki. Das ist vor Hanoi Ihr Ziel. Auf die eine oder andere Weise werden wir herausfinden, wo sich dieser Ort befindet, und Ihnen diese Information spätestens in Hué zukommen lassen. In Tam Ki werden Sie, wie gesagt, wahrscheinlich viele Menschen vorfinden, die mit Nachnamen Tran heißen. Möglicherweise müssen Sie einen Dolmetscher engagieren, ehe Sie nach Tam Ki fahren, denn dort wird nicht viel Englisch gesprochen. Klar?«

»Klar.«

»Sie können ein wenig Französisch, nicht wahr?«

»Ein ganz klein wenig.«

»Manche älteren Leute und katholische Geistliche sprechen ein wenig Französisch. Aber versuchen Sie, einen englischsprachigen Reiseführer oder Dolmetscher zu finden. Ich muss Ihnen nicht sagen, dass ein Amerikaner, der sich in einem kleinen Dorf voller Trans nach einem Tran Van Vinh erkundigt, viel Aufmerksamkeit erregen könnte. Überlegen Sie sich also, wie Sie das am besten angehen. Sie sind Polizist. Sie haben so was schon mal gemacht. Entwickeln Sie ein Gespür für die Situation, für die Leute ...«

»Schon verstanden. Erzählen Sie weiter.«

Mr. Conway fuhr fort: »Also, ich persönlich glaube, dass Tran Van Vinh tot ist. Es kann nur so sein. Nicht wahr? Der Krieg, sein Alter und so weiter. Wenn er im Krieg umgekommen ist, liegt er möglicherweise woanders begraben – wie sein Bruder im Ashau-Tal. Aber zu seinem Andenken wird es einen Familienaltar geben. Wir brauchen von Ihnen eine absolut wasserdichte Bestätigung, dass er tot ist. Feldwebel Tran Van Vinh, Alter zwischen fünfzig und sechzig, diente in der Volksarmee, nahm in Quang Tri an Kampfhandlungen teil, Bruder des verstorbenen Tran Quan Lee.«

»Schon klar.«

»Gut. Andererseits könnte er noch am Leben sein – in Tam Ki oder anderswo.«

»Klar. Und an diesem Punkt bin ich mir über meinen Auftrag und meine Aufgabe ein wenig im Unklaren. Was soll ich mit Mr. Tran Van Vinh machen, wenn ich ihn lebend finde?«

Conway sah mir in die Augen und sagte: »Und wenn ich Ihnen jetzt sagte, dass Sie ihn umbringen sollen?«

Ich hielt seinem Blick stand und sagte: »Wie wäre es damit: Ich finde ihn und *Sie* bringen ihn um. Aber dafür sollten Sie einen guten Grund haben.«

»Ich glaube, wenn Sie mit ihm sprechen, werden Sie diesen Grund möglicherweise erfahren.«

»Und dann werde *ich* umgelegt.«

»Seien Sie nicht melodramatisch.«

»Sorry, ich dachte, wir wären beide melodramatisch.«

»Nein, wir sind realistisch. Ihr Auftrag lautet schlicht und einfach: Stellen Sie fest, ob dieser Mann tot oder noch am Leben ist. Wenn er tot ist, möchten wir dafür irgendeinen Beweis. Wenn er am Leben ist, stellen Sie fest, ob er in Tam Ki lebt oder anderswo, sprechen dann mit ihm über den Zwischenfall vom Februar 1968, schauen mal, woran er sich erinnert, und ob er anhand der Fotos, die wir Ihnen zukommen lassen, den Mörder identifizieren kann. Wie Sie in dem Brief lesen werden, hat Tran Van Vinh dem Mordopfer auch einige Dinge abgenommen. Wir haben den Toten Andenken abgenommen und die haben auch ihre Souvenirs. Wahrscheinlich hat er diese Gegenstände noch und wenn er tot ist, sind sie bei seiner Familie – Erkennungsmarken, eine Brieftasche, was auch immer. Damit können wir den ermordeten Lieutenant identifizieren und es wird Tran Van Vinh mit dem Tatort in Verbindung bringen und ihn, wenn er noch am Leben ist, zu einem glaubwürdigen Zeugen machen.«

»Und einen lebenden glaubwürdigen Zeugen können wir nicht gebrauchen.«

Mr. Conway ging nicht darauf ein.

Ich trank meinen Kaffee aus und sagte: »Wenn ich Tran Van Vinh also lebend finde, sehe ich, ob er auf ein paar Fotos, die ich vielleicht unterwegs bekomme, jemanden identifizieren kann, und ob ich mir seine Andenken anschauen und sie ihm vielleicht abkaufen kann – oder seiner Familie, falls er tot ist – und dann bringe ich den Mann vielleicht außer Landes, nehme vielleicht ein Video von ihm auf und/oder lasse ihn da, wo er ist, oder vielleicht nenne ich Mr. Eagan von der Botschaft in Hanoi auch nur die Adresse dieses Mannes und was dann mit Tran Van Vinh passiert, passiert eben. Und wenn er tot ist, wollen Sie dafür einen Beweis.«

»Das ist es im Grunde. Wir werden bei dieser Sache improvisieren. Wir werden uns da drüben mit Ihnen in Verbindung setzen – in Saigon oder spätestens in Hué. Über die beste Vorgehensweise sind wir uns noch nicht ganz im Klaren.«

»Dann lassen Sie mich aber auf jeden Fall wissen, wozu Sie sich entschließen.«

»Das werden wir. Noch Fragen?«

»Nein.«

Mr. Conway fragte mich in formellem Ton: »Mr. Brenner, haben Sie alles verstanden, was ich Ihnen bisher erzählt habe?«

»Nicht nur das. Ich verstehe sogar manches, was Sie mir nicht erzählt haben.«

Er überhörte das und fuhr fort: »Und Sie haben sich alle mündlichen Instruktionen eingeprägt, die ich Ihnen gegeben habe?«

»Ja.«

»Haben Sie jetzt noch weitere Fragen an mich?«

»Darf ich fragen, warum dieser Mann umgelegt werden soll?«

»Diese Frage verstehe ich nicht. Sonst noch etwas?«

»Nein.«

Doug Conway erhob sich und ich stand ebenfalls auf.

Conway sagte: »Ihr Flug geht in einer Stunde. Sie fliegen Business-Class, was bei Ihrer Stellung im Leben nicht allzu extravagant ist. Auf Ihrem Visum steht als Beruf ›Pensionär‹ und als Zweck des Aufenthalts ›Tourismus‹. Es ist durchaus möglich, dass ein Mann Ihres Alters, der alleine reist, in Tan Son Nhat aufgehalten und befragt wird. Als ich dort war, habe ich eine halbe Stunde mit einem paranoiden kleinen Herrn in einem Verhörraum verbracht. Bleiben Sie ruhig, werden Sie nicht feindselig, halten Sie sich an Ihre Geschichte, und wenn das Gespräch auf den Krieg kommt, erzählen Sie ihm irgendeinen Quatsch, wie schrecklich es doch für *sein* Land gewesen sei. Zeigen Sie Reue oder so was. Das lieben die. Okay?«

»Ich soll also nicht erwähnen, dass ich nordvietnamesische Soldaten getötet habe?«

»Davon würde ich abraten. Das würde nicht so gut ankommen. Aber erzählen Sie ehrlich, dass Sie Vietnamveteran sind und ein paar Orte besuchen wollen, in denen Sie als junger Soldat waren. Erzählen Sie dem, der Sie verhört, Sie wären Koch gewesen oder beim Stabsdienst oder so was. Kein Frontsoldat. Das mögen die nicht, wie ich auf die harte Tour erfahren durfte. Okay?«

»Verstanden.«

Conway fuhr fort: »Kontaktieren Sie uns nicht, wenn Sie in Ihr Hotel kommen. Die Hotels bewahren manchmal Kopien der Faxe auf, die man verschickt, und die örtliche Polizei schaut sich diese Faxe manchmal an. Das Gleiche gilt für Telefongespräche. Sämtliche gewählten Nummern werden – wie überall auf der Welt – für die Rechnung aufgezeichnet, stehen aber auch der Polizei zur Verfügung. Außerdem werden Telefongespräche möglicherweise abgehört.«

Das war mir alles bekannt, aber Conway hakte in Gedanken eine Checkliste ab.

Er teilte mir mit: »Was Ihre Ankunft angeht, so wird unsere Kontaktperson in Saigon überprüfen, ob Sie im Rex eingecheckt haben. Das wird keinen Verdacht erregen, da der Anruf ein Ortsgespräch ist. Die Kontaktperson wird uns dann mit einem sicheren Fax oder einer E-Mail von einer amerikanischen Firma aus Bescheid geben. Falls Sie aus irgendeinem Grund nicht im Rex einchecken, werden wir es also erfahren.«

»Und dann was tun?«

»Erkundigungen einziehen.«

»Danke.«

»Okay, in dieser Plastiktüte befinden sich Tabletten für die Malariaprophylaxe für drei Wochen. Sie hätten eigentlich schon vor vier Tagen anfangen müssen, die zu nehmen, aber keine Sorge – Sie werden drei Tage lang in Saigon sein, wo es keine Malariamücken gibt. Nehmen Sie jetzt eine Tablette. Da ist auch ein Antibiotikum, das Sie hoffentlich nicht brauchen werden. Trinken Sie kein Leitungswasser und passen Sie mit rohen Lebensmitteln auf. Sie könnten sich Hepatitis A holen, aber Sie sind längst wieder zu Hause, ehe die ausbricht. Wenn wir früher von Ihrer Reise erfahren hätten, hätten wir Sie gegen Hepatitis impfen lassen.«

»Sie wissen schon lange von meiner Reise. Ich bin's, der nichts davon wusste.«

»Wie dem auch sei. Lesen Sie während des Fluges Ihren Reiseführer. In dieser Tüte befindet sich auch eine Kopie des übersetzten Briefs. Lesen Sie ihn, aber werden Sie ihn in Seoul los.«

»Oh ... Eigentlich wollte ich ihn in Tan Son Nhat dabei haben.«

Mr. Conway sagte: »Es tut mir Leid, falls ich bei dieser Besprechung irgendwann Ihre Intelligenz oder Ihre beruflichen Fähigkeiten beleidigt haben sollte, Mr. Brenner. Ich befolge nur meine Befehle.« Er sah mich an und sagte: »Karl hat gesagt, ich würde Sie vielleicht nicht mögen, aber ich mag Sie. Und deshalb gebe ich Ihnen einen freundschaftlichen Rat: Sie werden möglicherweise mehr herausfinden, als Sie wissen müssen. Wie Sie mit diesen Entdeckungen umgehen, entscheidet darüber, wie man mit Ihnen umgehen wird.«

Mr. Doug Conway und ich sahen einander ziemlich lange in die Augen. Ein vernünftiger Mensch wäre jetzt auf der Stelle abgehauen. Aber Mr. Conway hatte zu Recht angenommen, dass sich Paul Brenner von dieser Drohung nicht einschüchtern ließ; Mr. Paul Brenner machte das nur noch neugieriger und es motivierte ihn mehr denn je herauszufinden, was hier eigentlich gespielt wurde. Paul Brenner ist ein Idiot.

Mr. Conway räusperte sich und sagte: »Also gut, Sie haben in Seoul lange Aufenthalt. Gehen Sie in die Lounge der Asiana. Dort wartet vielleicht jemand oder eine Nachricht auf Sie – mit weiteren Informationen. Und falls der Einsatz platzt, werden Sie von dort wieder umkehren. Verstanden?«

»Verstanden.«

Mr. Conway fragte: »Kann ich noch irgendwas für Sie tun? Irgendwelche dringenden Nachrichten, Anweisungen oder persönliche Angelegenheiten, bei denen ich Ihnen helfen könnte?«

»Ja, das können Sie.« Ich zog einen Umschlag aus meiner Tasche und sagte: »Ich brauche ein Flugticket von Bangkok nach Honolulu und eine Hotelreservierung in Honolulu für ein paar Tage und dann eine auf Maui. Hier drin sind die Einzelheiten und meine American-Express-Nummer.«

Mr. Conway nahm den Umschlag entgegen, sagte aber: »Ich glaube, die wollen Sie anschließend wieder in Washington haben.«

»Es ist mir egal, was die wollen. Ich will zwei Wochen im Paradies. Die abschließende Einsatzbesprechung machen wir in Bangkok.«

»Also gut.« Er steckte den Umschlag ein. »Noch etwas?«

»Nein.«

»Gut. Dann viel Glück und seien Sie vorsichtig.«

Ich erwiderte nichts.

»Bitte glauben Sie mir, wenn ich Ihnen das sage ... Unabhängig von Ihrem Auftrag wird Ihnen diese Reise mehr nützen als schaden.«

»Hey, meine ersten beiden Vietnamreisen wären toll gewesen, wenn's den Krieg nicht gegeben hätte.«

Mr. Conway lächelte nicht. »Ich hoffe, ich habe Sie gut instruiert. Das ist mir immer ein besonderes Anliegen.«

»Sie haben das ausgezeichnet gemacht, Mr. Conway. Sie können heute Nacht beruhigt schlafen.«

»Danke.«

Er reichte mir die Hand, aber ich sagte: »Augenblick. Das hätte ich fast vergessen.« Ich machte meine Reisetasche auf und gab Mr. Conway mein Danielle-Steel-Buch.

Er betrachtete es neugierig, als hätte es damit irgendeine besondere Bewandtnis.

Ich sagte: »Ich will nicht, dass man das bei mir zu Hause

findet, wenn ich es nicht zurück schaffe. Verstanden? Schenken Sie es irgendwem. Sie müssen es nicht selber lesen.«

Mr. Conway sah mich leicht besorgt an, dann gaben wir uns die Hand. Er ging, ohne mir für das Buch zu danken.

Ich öffnete die Plastiktüte, die auf dem Tisch liegen geblieben war, und steckte mir das Geld, die Tickets, die Hotelvoucher, den Brief und das Visum in die Jackentasche. Die Malariatabletten, Antibiotika und den Lonely Planet Guide stopfte ich in meine Reisetasche.

Unten in der Plastiktüte lag etwas, das in Seidenpapier eingewickelt war. Ich packte es aus und sah, dass es so eine blöde Schneekugel war. In der Kugel befand sich ein Modell des Vietnam Memorials, das sich schwarz gegen den rieselnden Schnee abhob.

Kapitel 4

Die 747 der Asiana Air begann mit dem Anflug auf den internationalen Flughafen Kimpo in Seoul, Südkorea. Nach fünfzehn Stunden in der Luft wusste ich nicht, wie spät es hier war, und nicht mal, welchen Tag wir gerade hatten. Die Sonne stand etwa fünfundvierzig Grad über dem Horizont, also war es gerade entweder Morgen oder Nachmittag, je nach dem, wo Osten und wo Westen war. Wenn man rund um den Globus fliegt, spielt das aber sowieso keine Rolle, es sei denn, man ist Pilot.

Ich sah, dass die Landschaft unter mir schneebedeckt war. Ich lauschte den hydraulischen Geräuschen des Flugzeugs, das zum Landeanflug ansetzte.

Der Sitz neben meinem war frei und ich hoffte, auf der letzten Etappe meiner Reise genauso viel Glück zu haben.

Wenn ich allerdings in Seoul umkehren musste, würde es

keine letzte Etappe geben. Die Wahrscheinlichkeit, dass es so kam, ging natürlich gegen null, aber sie setzten einem unweigerlich solche Rosinen in den Kopf. Als ich die ersten beiden Male nach Vietnam geflogen war, hatte ich etwas Ähnliches erlebt. Ich wurde nach »Südostasien« abkommandiert und das Wort mit V tauchte nirgends auf, so als würde ich nach Bangkok oder Bali fliegen. Aber klar doch.

Es wurde Zeit, den Brief zu lesen, der die ganze Sache ausgelöst hatte. Ich zog einen schlichten Umschlag aus meiner Tasche, machte ihn auf und nahm einige zusammengefaltete Blatt Papier heraus. Das erste Blatt war eine Fotokopie des ursprünglichen Umschlags, adressiert an Tran Quan Lee, gefolgt von einer Abkürzung, die vermutlich seinen Dienstgrad bezeichnete, und dann einer Ziffern- und Buchstabenfolge, der Benennung seiner Einheit der nordvietnamesischen Armee.

Der Absender war Tran Van Vinh, gefolgt von seinem Dienstgrad und seiner Armeeeinheit. Natürlich enthielt keine der beiden Adressen irgendeine Ortsbezeichnung, denn Armeen sind immer unterwegs, und die Post folgt den Soldaten.

Ich legte den Umschlag beiseite und betrachtete den Brief. Es war eine getippte, dreiseitige Übersetzung und es lag keine Fotokopie des ursprünglichen, auf Vietnamesisch geschriebenen Briefs bei. Ich fragte mich deshalb wieder, was da wohl fehlte oder abgeändert worden war.

Was die Herkunft dieses Briefs anging, so versuchte ich mir das nordvietnamesische Feldpostsystem während des Krieges vorzustellen, das so primitiv wie im neunzehnten Jahrhundert gewesen sein musste; die Briefe gingen von Hand zu Hand, wanderten langsam von Zivilisten zu Soldaten oder von Soldaten zu ihrer Familie oder, wie in diesem Fall, von Soldat zu Soldat, und sehr oft waren der Empfänger, der Absender oder beide tot, ehe der Brief zugestellt werden konnte.

Es muss jedenfalls Monate gedauert haben, bis Briefe ihre Empfänger erreichten – wenn sie denn überhaupt ankamen. Ich dachte an die 300 000 vermissten nordvietnamesischen

Soldaten und an die Million Gefallenen, von denen viele auf ihren Marschrouten durch den Dschungel von Tausend-Pfund-Bomben aus den B-52ern zerfetzt wurden.

Mir wurde klar, dass es ein Wunder war, dass dieser Brief überhaupt aus der belagerten Stadt Quang Tri herausgelangt war, und ein weiteres Wunder war es, dass er bei seinem Empfänger Tran Quan Lee, fast hundert Kilometer entfernt im Ashau-Tal, angekommen war. Und ebenfalls ein Wunder war es, dass ein amerikanischer Soldat den Brief bei Lees Leichnam gefunden hatte. Das abschließende Wunder war vielleicht, dass dieser amerikanische Soldat, Victor Ort, den Krieg überlebt, den Brief fast dreißig Jahre lang aufbewahrt und dann versucht hatte, ihn über die Vietnam Veterans of America nach Hanoi zu schicken.

Der Brief war jedoch im Hauptquartier der Army-CID in Falls Church, Virginia, gelandet – wegen irgendeines scharfsichtigen Mitarbeiters der VVA, eines Armeeveteranen, dessen Instinkte ihm geraten hatten, damit zur Army-CID zu gehen und nicht zum FBI. Wenn das FBI ihn bekommen hätte, das war mir klar, hätten weder die CID noch ich jemals von dieser Sache erfahren. Doch wie es sich dann ergeben hatte, war es ein Fall der CID, bei dem das FBI assistierte, ein Arrangement, das wahrscheinlich niemandem gefiel, auch mir nicht.

Ich betrachtete wieder die Übersetzung, nicht so ganz bereit, sie zu lesen, ehe ich nicht vollkommen verstand, wie dieses Ding auf meinem Schoß gelandet war.

Und dann war da auch die Frage, *warum* ich das hier tat. Von Cynthia mal abgesehen, ließe sich da antworten: Pflichtgefühl, Ehre, Vaterlandsliebe, ganz zu schweigen von Langeweile, Neugier und auch ein wenig Machogehabe. Ja, meine Dienstzeit bei der Army hatte mit einem leichten Misston geendet und dieser Einsatz würde ganz bestimmt einen richtigen Schlussakkord bilden, sei es nun in Dur oder Moll.

Ich betrachtete den Brief und sah, dass er vom 8. Februar

1968 datiert war. Ich las Tran Van Vinhs Worte an seinen bald darauf verstorbenen Bruder:

Mein lieber Bruder Lee,
da ich diesen Brief schreibe, den du hoffentlich gesund und munter erhältst, liege ich mit mehreren Kameraden verwundet in Quang-Tri-Stadt. Mach dir keine Sorgen, ich bin nicht schwer verletzt, habe nur am Rücken und an den Beinen einige Schrapnellwunden abbekommen, die gewiss wieder heilen werden. Wir werden von einem gefangen genommenen Arzt aus dem Katholischen Krankenhaus behandelt und von Sanitätern unserer Volksarmee.

Um uns her tobt die Schlacht um die Stadt und die Bomber der Amerikaner kommen Tag und Nacht und ihre Artillerie schießt ununterbrochen. Aber wir sind sicher in einem tiefen Keller der buddhistischen Schule außerhalb der Mauern der Zitadelle untergebracht. Wir haben Nahrung und Wasser, und ich hoffe, bald wieder in den Dienst zurückzukehren.

Ich sah von dem Brief hoch und erinnerte mich an diese Tage am Stadtrand von Quang Tri. Mein Bataillon lag im Westen der Stadt und von dem Kampf in der Stadt bekamen wir nichts mit, aber wir sahen vereinzelte nordvietnamesische Soldaten aus der Stadt kommen, die sie nur etwa eine Woche lang gehalten hatten, ehe die südvietnamesische Armee sie wieder vertrieb. Der Feind schlich sich in kleinen Gruppen aus der Stadt und wollte sich im hügeligen Dschungel im Westen in Sicherheit bringen. Mein Bataillon hatte den Auftrag, ihm den Weg abzuschneiden. Es gelang uns, einige von ihnen aufzuspüren und zu töten oder gefangen zu nehmen, aber nicht alle. Statistisch gesehen hatte Tran Van Vinh nur eine geringe Chance gehabt, aus der Stadt herauszukommen, und die Chance, dass er die letzten sieben Kriegsjahre überlebt hatte, war noch weit geringer. Und selbst wenn er überlebt hatte – war er fast dreißig Jahre später noch am Leben? Wahrscheinlich nicht, aber bei diesem Fall hatte es schon einige Wunder gegeben.

Ich las in dem Brief weiter:

Ich muss dir von einer seltsamen und interessanten Begebenheit erzählen, deren Zeuge ich gestern wurde. Ich lag in der ersten Etage eines Amtsgebäudes innerhalb der Zitadelle, verwundet von dem Splitter einer Granate, die zwei meiner Kameraden getötet hatte. Im Boden war ein Loch und ich sah durch das Loch hinunter und hoffte, einige meiner Kameraden zu erblicken. In diesem Augenblick betraten zwei amerikanische Soldaten das Gebäude. Im ersten Moment wollte ich sie erschießen, aber ich wusste nicht, wie viele andere noch in der Nähe waren, und deshalb schoss ich nicht.

Diese beiden Amerikaner durchsuchten nicht etwa das Gebäude, das halb zerstört war. Nein, sie unterhielten sich. An den Rangabzeichen an ihren Helmen sah ich, dass der eine Captain und der andere Lieutenant war – zwei Offiziere! Was für eine schöne Beute das gewesen wäre! Aber ich hielt mich zurück. Ich konnte auch sehen, dass beide Männer Schulterstücke der Hubschrauberkavallerie trugen, von denen es viele hier in der Gegend gibt, nur dass ich in der Stadt noch nie welche gesehen hatte.

Während ich zusah und bereit war, sie zu töten, falls sie mich entdeckten, fingen sie an, miteinander zu streiten. Der Lieutenant verhielt sich dem höherrangigen Offizier gegenüber respektlos und der Captain war sehr wütend auf ihn. Das ging etwa zwei oder drei Minuten lang so weiter, dann kehrte der Lieutenant dem Captain den Rücken und ging zu dem Loch in der Mauer, durch das sie hereingekommen waren.

Dann sah ich, wie der Captain seine Pistole zog und dem Lieutenant irgendwas zubrüllte, der sich wieder zu dem Captain umdrehte. Weiter wurde nichts gesagt und der Captain schoss dem Lieutenant in die Stirn. Der Helm des Lieutenants flog hoch und der Mann wurde nach hinten geschleudert und lag dann tot zwischen den Trümmern auf dem Fußboden.

Ich war davon so überrascht, dass ich gar nicht reagierte, als der Captain aus dem Gebäude lief. Ich wartete ab, ob der Pistolenschuss feindliche Soldaten anlocken würde, aber überall in der Stadt wurde geschossen und gab es Explosionen und diesen einzelnen Schuss überhörte man bei den vielen anderen.

Ich lag dort bis zum Einbruch der Dunkelheit und guckte durch das Loch hinab. Dann ging ich die Treppe hinunter und zur Leiche des Amerikaners. Ich nahm ihm seine Feldflasche, ein paar Feldrationen, sein Gewehr, seine Pistole, seine Brieftasche und noch ein paar andere Dinge ab. Er hatte eine gute Armbanduhr, die ich auch mitnahm, aber wie du weißt, würden mich die Amerikaner erschießen, wenn sie mich mit dieser Uhr oder irgendeinem anderen amerikanischen Gegenstand gefangen nehmen. Deshalb muss ich mir noch überlegen, was ich mit den Dingen machen soll, die ich mitgenommen habe.

Ich dachte, diese Begebenheit interessiert dich bestimmt, auch wenn ich nicht sagen kann, was das zu bedeuten hatte.

Hast du etwas von unseren Eltern und unserer Schwester gehört? Ich habe seit zwei Monaten von niemandem aus Tam Ki mehr etwas gehört. Unser Vetter Liem hat mir geschrieben, dass jede Woche viele Laster mit verwundeten Kameraden durchs Dorf fahren und lange Kolonnen gesunder Kameraden nach Süden marschieren, um unser Land von den amerikanischen Invasoren und ihren Marionettensoldaten aus Saigon zu befreien. Liem schreibt, dass die amerikanischen Bomber immer mehr Einsätze in der Gegend fliegen, und deshalb mache ich mir natürlich Sor-

gen um unsere Familie. Er sagt, in Tam Ki gibt es genug, aber nicht reichlich zu essen. Die Ernte im April dürfte ausreichend Reis für das ganze Dorf einbringen.

Von Mai habe ich nichts gehört, aber ich weiß, dass sie nach Hanoi gegangen ist, um Kranke und Verwundete zu pflegen. Hoffentlich ist sie dort in Sicherheit vor den amerikanischen Bomben. Es wäre mir lieber gewesen, wenn sie in Tam Ki geblieben wäre, aber sie ist sehr patriotisch und geht dorthin, wo sie gebraucht wird.

Mein Bruder, mögest du in Sicherheit sein, möge es dir gut gehen und möge dieser Brief dich und dann unsere Familie erreichen. Wenn Mutter, Vater und Schwester das hier lesen, sende ich ihnen meine Grüße und meine Liebe. Ich bin zuversichtlich, dass ich in ein oder zwei Tagen aus Quang Tri herauskomme und an einem sicheren Ort sein werde, damit ich ganz gesund werden und wieder meine Pflicht erfüllen kann, unser Land zu befreien. Schreibe mir und berichte, wie es dir und deinen Kameraden geht.

Dein dich liebender Bruder Vinh

Ich faltete den Brief zusammen und dachte über das eben Gelesene nach. Dieser Brief, geschrieben an den kurz darauf verstorbenen Bruder, zeigte mir den Krieg ganz sicherlich mal aus einer anderen Perspektive. Doch trotz der gestelzt klingenden Übersetzung und der patriotischen Floskeln fand ich, dass es ein Brief war, wie ihn auch ein GI hätte schreiben können; die zwischen den Zeilen anklingende Einsamkeit, das Heimweh, die Angst, die Sorge um die Familie und natürlich auch die kaum verhohlene Sorge um Mai, vermutlich seine Freundin. Mädchen, die in Militärkrankenhäusern in der großen Stadt arbeiteten, waren sicherlich überall auf der Welt so manchen Versuchungen und Bedrängnissen ausgesetzt. Ich lächelte.

Ich spürte, dass mir Tran Van Vinh gar nicht so fremd war, und mir wurde klar, dass wir einmal zur gleichen Zeit und am gleichen Ort gemeinsame Kriegserfahrungen gemacht hatten. Vielleicht würde ich den Mann sogar mögen, wenn ich ihm denn tatsächlich begegnete. Wenn ich ihm 1968 begegnet wäre, hätte ich ihn natürlich umgebracht.

Und was Lee anging, so hatten sich unsere Wege wundersamerweise vielleicht ebenfalls gekreuzt. Mein Bataillon der 1. Cavalry Division wurde nach dem Kampf in Quang Tri im April per Luftbrücke nach Khe Sanh verlegt, um die Belagerung dort zu beenden, und kam dann im Mai per Luftbrücke ins Ashau-Tal. Wir waren eine Luftlandeeinheit, flogen also überall mit Hubschraubern rein, wo die Kacke gerade am Dampfen war. So viel Glück muss man erst mal haben.

Aber Schluss mit den schönen Träumereien. Ich las den Brief noch mal und konzentrierte mich dabei auf die Einzelheiten und Umstände des mutmaßlichen Mords. Zunächst einmal sah es tatsächlich nach einem Mord aus, aber das mochte davon abhängen, worum es bei dem Streit gegangen war. Es war tatsächlich, wie Feldwebel Vinh schrieb, eine seltsame und interessante Begebenheit.

Ich fing mit dem Anfang des Briefs an – ein Amtsgebäude innerhalb der Zitadelle. In vielen vietnamesischen Städten gab es Zitadellen, in den meisten Fällen von den Franzosen erbaut. Die Zitadelle war der ummauerte und befestigte Stadtkern, der Regierungsgebäude und Schulen, Krankenhäuser, militärische Hauptquartiere und sogar Wohngebiete enthielt. Ich kannte die Zitadelle von Quang Tri, weil ich im Juli 68 zu einer Ordensverleihung dorthin befohlen worden war, auf den Exerzierplatz, wo die vietnamesische Regierung amerikanischen Soldaten für diverse Schlachten Orden verlieh. Die Zitadelle lag halb in Trümmern und jetzt wurde mir klar, dass ich ganz in der Nähe jenes Ortes gestanden haben musste, an dem sich dieser Zwischenfall sechs Monate zuvor ereignet hatte. Ich erhielt das vietnamesische Ritterkreuz und der vietnamesische Oberst, der es mir anheftete, war bedauerlicherweise von den Franzosen ausgebildet worden und küsste mich auf beide Wangen. Am liebsten hätte ich ihm gesagt, er könne mich gleich auch noch am Arsch lecken, aber es war ja nicht seine Schuld, dass ich da war.

Jedenfalls konnte ich mir ungefähr vorstellen, wo sich dieser Zwischenfall zugetragen hatte. Ich versuchte mir auch vorzustellen, wie die beiden amerikanischen Offiziere das halb zerstörte Gebäude in der Zitadelle betraten, während ringsumher die Schlacht tobte und Tran Van Vinh dort lag, den juckenden Finger am Abzug seiner Kalaschnikow und aus den Wunden blutend, die ihm eine amerikanische Granate zugefügt hatte.

Die amerikanischen Offiziere waren auf keinen Fall bei der Infantrie, denn dann hätten sie ihre Mannschaften dabeigehabt; diese Männer waren zweifellos eher Schreibstubenhengste, höchstwahrscheinlich Militärberater, und so weit ich mich erinnerte, hatten die ihr Hauptquartier irgendwo innerhalb der Zitadelle. Irgendwie waren sie von ihrer südvietnamesischen Armeeeinheit getrennt worden oder die Südvietnamesen hatten sich, was sie manchmal taten, aus dem Staub gemacht. Zum Teil war das reine Spekulation, aber das war zumindest eine halbwegs logische Erklärung dafür, dass zwei amerikanische Offiziere allein, ohne ihre Truppen, auftraten – und das in einer Stadt, in der einzig und allein eine Garnison der südvietnamesischen Armee lag.

Diese beiden Typen stecken also in einem Gemetzel zwischen der nord- und der südvietnamesischen Armee fest, die ganze Stadt ist ein einziges Schlachtfeld und trotzdem finden sie die Zeit, alleine wegzugehen und sich über irgendetwas zu streiten, was dazu führt, dass der eine den anderen wegpustet. Eigenartig. Und ich konnte Tran Van Vinh nur zustimmen – »Ich kann nicht sagen, was das zu bedeuten hatte.« Aber ich hatte so das Gefühl, dass das, worum es bei diesem Streit gegangen war, auch das war, worum es bei dieser ganzen Sache ging.

Ich schaute noch einmal in den Brief: *als der Captain aus dem Gebäude lief.* Tran Van Vinh, kluger Überlebender, der er ist, regt sich bis zum Einbruch der Dunkelheit nicht, geht dann runter zu dem Leichnam des Lieutenants, trinkt ein wenig Wasser, worauf es ihm jetzt vor allem ankommt, und nimmt dann dem toten Amerikaner die Feldrationen, das Gewehr, die Pistole – wahrscheinlich ein Colt Kaliber 45 –, seine Brieftasche *und noch ein paar andere Dinge* ab. Als da wären? Zweifellos die Erkennungsmarke. Das war beim Feind eine sehr beliebte Trophäe, der Beweis, dass man einen Amerikaner getötet hatte, und man bekam dafür ein Stück Fisch oder so etwas. Aber wie Feldwebel Vinh schon richtig angemerkt hatte, hätte man ihn erschossen, wenn man ihn mit irgendwelchen amerikanischen Militärgegenständen gefangen genommen hätte – Genfer Konvention hin oder her. Feldwebel Vinh musste sich also überlegen, was er mit diesen Dingen, diesen Kriegstrophäen tun sollte.

Vielleicht hatte er sie behalten und vielleicht wurden sie nun – ob er noch am Leben war oder nicht – stolz in der kleinen Hütte seiner Familie vorgezeigt. Vielleicht.

Was fehlte also in der Übersetzung dieses Briefs? Die Worte *und andere Dinge* waren möglichweise für das eingesetzt, was Tran Van Vinh an dieser Stelle tatsächlich geschrieben hatte.

Aber vielleicht interpretierte ich da auch zu viel hinein und war argwöhnischer als nötig. Ein wenig Argwohn und Spekulation sind ganz in Ordnung; aber zu viel davon und man trickst sich selber aus.

Ich merkte, dass wir schon fast gelandet waren. Wenige Sekunden später setzte die 747 auf, bremste dann auf der Landebahn ab und rollte zu einem Terminal.

Im Terminal 2 des internationalen Flughafens von Seoul ließ ich die Passkontrolle und den Zoll schnell hinter mir.

Über zwanzig Jahre zuvor war ich einmal in Südkorea stationiert gewesen: sechs Monate lang in der entmilitarisierten Zone und sechs Monate lang in Seoul. Es war ein angenehmer Dienst gewesen; die Südkoreaner schienen ihre amerikanischen Verbündeten zu mögen und im Gegenzug benahmen sich auch die amerikanischen Soldaten einigermaßen. Ich hatte nur einen einzigen Mordfall gehabt, bei dem es um einen südkoreanischen Staatsbürger ging, drei Vergewaltigungen und ein paar Fälle von Erregung öffentlichen Ärgernisses durch Trunkenheit. Wirklich nicht schlecht für 50 000 Typen, die an einem Ort waren, wo sie nicht sein wollten.

Ich ging ins Hauptgebäude, eine riesige Halle mit einem Zwischengeschoss an allen vier Seiten.

Ich hatte vier Stunden Aufenthalt und mein Gepäck wurde nach Ho-Chi-Minh-Stadt durchgecheckt – hatten die in Washington jedenfalls gesagt.

Offenbar gab es hier eine Menge Nudelsuppenlokale und Imbissstuben und im ganzen Gebäude roch es nach Fisch und Kohl, was mich wieder an meine Zeit vor zwanzig Jahren hier erinnerte.

Auf einer großen Digitaluhr an der Wand sah ich, dass es 15.26 Uhr war. Der Wochentag war auf Englisch mit Freitag angegeben. Ja, fast alles hier hatte englische Untertitel und deshalb folgte ich einem Schild, auf dem *Airline Clubs* stand.

Der Morning Calm Club befand sich auf dem Zwischengeschoss und drinnen händigte ich der jungen Dame am Empfang mein Ticket aus. Sie lächelte und sagte: »Willkommen im Club. Bitte im Buch eintragen.«

Ich schrieb mich ein und bemerkte dabei, dass sie interessiert mein Ticket betrachtete. Wie ich erwartet hatte, sagte sie: »Ah, Mr. Brenner. Da ist eine Nachricht für Sie.« Sie wühlte hinterm Empfangstresen herum und reichte mir dann einen verschlossenen Umschlag mit meinem Namen darauf.

»Danke.« Ich nahm meine Reisetasche und betrat die große, gut ausgestattete Lounge. Ich besorgte mir einen Kaffee, nahm auf einem Clubsessel Platz und sah mir die Nachricht an. Es war ein Telex von Karl und darin stand: *Es geht los – Sämtliche Instruktionen von Mr. C bleiben gültig – Grenzen hier anhand von Personalakten Namen ein – Vielleicht treffe ich Sie in Bangkok – Honolulu ist eine Möglichkeit – Wünsche eine gute und erfolgreiche Reise – K.*

Ich steckte das Telex ein und trank meinen Kaffee. *Es geht los* – tolle Neuigkeit. *Honolulu ist eine Möglichkeit* – was zum Teufel sollte das bedeuten?

Ich ging in den Businessbereich des Clubs und steckte Karls Telex, meine Mail an Cynthia und Tran Van Vinhs Brief in den Reißwolf. Dann machte ich jeweils zwei Fotokopien von meinem Visum und meinem Pass, steckte sie in meine Reisetasche und ging zurück in die Lounge. Ich fand eine »Washington Post« vom Vortag und überflog die Schlagzeilen.

Ich war schon ein wenig verärgert über das sybillinische *Honolulu ist eine Möglichkeit.* Hatte er mit Cynthia gesprochen? Meinte er damit, dass er nichts dagegen hatte, wenn ich nach Honolulu reiste, Cynthia sich aber noch nicht entschieden hatte? Oder meinte er damit, Honolulu sei eine Möglichkeit, je nach dem, was in Bangkok geschah? Und was zum Teufel war mit Cynthia? Karl ist so verdammt unsensibel, dass er nicht mal erwähnte, ob er mit ihr gesprochen hatte. Ich bekam richtig schlechte Laune und so sollte man einen Einsatz nicht beginnen.

Ich ertappte mich dabei, dass ich immer wieder kurz einnickte, und unerwartete Bilder gingen mir durch den Kopf: Peggy, Jenny, Pater Bennett, meine Eltern, der Schatten des Priesters hinter dem Beichtstuhlvorhang, St. Brigid's, meine alte Nachbarschaft, meine Kindheitsfreunde, die Küche meiner Mutter und der Geruch von kochendem Kohl. Aus irgendeinem Grund was das alles sehr traurig.

Kapitel 5

Der Flug mit den Vietnam Airlines von Seoul aus durch zwei Zeitzonen nach Saigon verlief ereignislos – wenn man mal von den Ereignissen absah, die sich in meinem Kopf abspielten.

Das Essen, der Service und die Getränke waren jedenfalls gut und es kam mir seltsam vor, in der Business-Class einer modernen Boeing 767 zu sitzen, die den Vietnam Airlines gehörte. Bekannte von mir, die in den Siebziger- und Achtzigerjahren nach Vietnam zurückgekehrt waren, hatten berichtet, dass die Flotte dieser Fluggesellschaft nur aus russischen Iljuschin- und Tupolew-Maschinen bestünde, Furcht einflößenden Kisten, dass auch die Piloten größtenteils Russen seien und das Essen und der Service richtig Scheiße. Das hatte sich anscheinend gebessert, aber wir waren ja noch nicht gelandet. Ja, anscheinend gab es ein Problem mit dem Wetter. Wir flogen durch einen für Südostasien typischen Regensturm.

Es war gegen elf Uhr und wir hatten bereits eine Stunde Verspätung, aber das war jetzt unsere kleinste Sorge.

Ich saß am Fenster und sah durch einige Wolkenlücken die Lichter von Saigon. Wenn man den Boden schon sehen konnte, fand ich, sollte man doch wohl auch in der Lage sein, das verdammte Flugzeug zu landen.

Wieder erinnerte ich mich an meine erste Reise auf Staatskosten nach Vietnam im November 1967. Damals war ich mit Braniff geflogen, in einer von der Armee gecharterten, psychedelisch gelb gestrichenen Boeing 707, von der Armeebasis Oakland aus, und es gab hübsche Braniff-Stewardessen, die verwegene Outfits trugen. Die Stewardessen selbst waren auch ein wenig verwegen, vor allem eine namens Elizabeth, eine patriotische junge Dame, die ich einige Tage vor meinem Flug nach Vietnam bei einer Tanzveranstaltung in San Francisco kennen gelernt hatte.

Was mein Gelübde Peggy gegenüber anging, ein Jahr lang keusch zu bleiben, so legte ich da mit Elizabeth wohl keinen besonders guten Start hin. Die Zukunft erschien mir damals ein klein wenig ungewiss und das entschuldigte meiner Meinung nach so ziemlich alles. Aber vielleicht sollte ich drei Jahrzehnte später nicht versuchen, mich für irgendwas davon zu rechtfertigen. Man muss dabei gewesen sein.

Was den Braniff-Flug angeht: Wer außer den Amerikanern schickt seine Streitkräfte schon in einem Luxusjet in den Krieg? Es war bizarr und letztendlich auch grausam. Ich glaube, mir wäre ein Truppentransportschiff lieber gewesen. Das wäre ein langsamerer Übergang vom Frieden in den Krieg gewesen und ich hätte mich wenigstens schon mal daran gewöhnen können, mich elend zu fühlen.

Ich weiß nicht, was aus Elizabeth – und aus Braniff – geworden ist, merkte aber, dass viele lange vergessene Dinge wieder hochkamen und noch viel mehr davon hochkommen würden und das meiste davon war weit weniger angenehm als die Erinnerung an Elizabeth.

Mein Sitznachbar, ein Franzose, hatte mich den ganzen Flug über nicht beachtet und mir war das nur recht so. Jetzt aber wollte er sich unterhalten und fragte mich in passablem Englisch: »Glauben Sie, es gibt ein Problem?«

Ich ließ mir mit der Antwort Zeit und sagte dann: »Ich glaube, die Piloten oder der Flughafen machen Probleme.«

Er nickte. »Ja, das glaube ich auch.« Er fügte hinzu: »Vielleicht müssen wir auf einen anderen Flughafen ausweichen.«

Ich glaubte nicht, dass es hier einen anderen Flughafen gab, auf dem eine 767 landen konnte. Dreißig Jahre zuvor hatte es jede Menge Militärflugplätze mit endlos langen Landebahnen gegeben und die Militärpiloten damals hatten *beaucoup balls*, wie wir immer sagten – mächtig Mumm. Andererseits musste man damals ganz schnell runtergehen, um den kleinen Kerlen mit ihren Maschinengewehren auszuweichen, die sich eine Extraportion Reis damit verdienen wollten, dass sie einen in die Landschaft klatschten.

Trotz der Turbulenzen und unserer Nähe zum Flughafen und entgegen der FAA-Vorschriften, die hier ohnehin nicht galten, kamen zwei Flugbegleiterinnen vorbei und die eine hielt eine Flasche Champagner und die andere Champagnerflöten in der Hand.

»Champagne?«, fragte die Flaschenhalterin mit hübscher französischer Aussprache.

»Oui«, sagte ich.

»S'il vous plaît«, sagte mein französischer Freund.

Die beiden Flugbegleiterinnen waren unglaublich jung und hübsch und hatten glattes, rabenschwarzes, schulterlanges Haar. Beide trugen sie einen traditionellen Ao Dai – ein knöchellanges Seidenkleid mit hoch geschlossenem Stehkragen. Die gelben Kleider waren seitlich bis zur Taille geschlitzt, doch leider trugen die jungen Damen, um sich von den Barmädchen am Boden abzuheben, züchtige weiße Hosen darunter.

Der Franzose und ich nahmen aus der Hand der zweiten Flugbegleiterin unsere Gläser entgegen und die erste schenkte sie halb mit Schampus voll, während das Flugzeug weiter ruckelte. »Merci«, sagten wir beide.

Unerwarteterweise stieß der Franzose mit mir an und sagte: »Santé«

»Cheers.«

Der Franzose fragte mich: »Sind Sie geschäftlich hier?«

»Nein, ich bin Tourist.«

»Ja? Ich habe in Saigon eine Firma. Ich kaufe Teak und andere seltene Hölzer. Michelin ist wegen des Kautschuks auch wieder hier. Und vor der Küste wird Öl gefördert. Der Westen ist schon wieder dabei, dieses Land zu vergewaltigen.«

»Tja, irgendwer muss es ja tun.«

Er lachte und fügte dann hinzu: »Na ja, die Japaner und Koreaner vergewaltigen es auch. Es gibt in Vietnam viele unerschlossene Naturschätze und Arbeitskraft kostet hier nicht viel.«

»Gut. Das schont meine Reisekasse.«

Er fuhr fort: »Aber die Kommunisten sind das Problem. Sie verstehen den Kapitalismus nicht.«

»Vielleicht verstehen sie ihn nur zu gut.«

Er lachte wieder. »Ja, ich glaube, da haben Sie Recht. Aber seien Sie vorsichtig. Die Polizei und die Parteibonzen können sehr lästig werden.«

»Ich mache bloß Urlaub.«

»Bon. Stehen Sie eher auf Mädchen oder auf Jungen?«

»Wie bitte?«

Er zog ein Notizbuch aus seiner Brusttasche und schrieb etwas auf. Er sagte: »Hier sind ein paar Namen, Adressen und Telefonnummern. Eine Bar, ein Bordell, eine bezaubernde Dame und ein gutes französisch-indochinesisches Restaurant.« Er reichte mir das Notizblatt.

»Merci«, sagte ich. »Womit soll ich anfangen?«

»Man sollte immer mit einem guten Essen anfangen, aber es ist schon sehr spät, also gehen Sie in die Bar. Nehmen Sie keine Prostituierte – suchen Sie sich von den Bardamen oder Cocktailkellnerinnen eine aus. Das beweist ein gewisses Savoir faire.«

»Savoir faire ist mein zweiter Vorname.«

»Zahlen Sie höchstens fünf US-Dollar in der Bar, fünf Dollar in dem Bordell und zwanzig Dollar bei Mademoiselle Dieu-Kiem – sie hat französische Vorfahren und spricht mehrere Sprachen. Sie ist eine ausgezeichnete Gesellschafterin für den Abend und kann Ihnen auch beim Shoppen und Sightseeing behilflich sein.«

»Gar nicht schlecht für zwanzig Piepen.« So viel hatte Jenny dreißig Jahre zuvor in Georgia auch bekommen und die hatte nur Englisch gesprochen.

»Aber sehn Sie sich vor: Prostitution ist in der Sozialistischen Republik Vietnam offiziell verboten.«

»Das ist sie Virginia auch.«

»Vietnam ist ein Land der Widersprüche: Die Regierung ist kommunistisch, totalitär, atheistisch und ausländerfeindlich. Das Volk ist kapitalistisch, liberal gesinnt, buddhistisch, katholisch und ausländerfreundlich. Ich spreche vom Süden; im Norden ist es ganz anders. Im Norden sind Volk und Regierung eins. Sie müssen vorsichtiger sein, wenn Sie in den Norden reisen.«

»Ich bleibe in Saigon. Besuche ein paar Museen, schaue mir ein paar Shows an, kaufe ein wenig Schnickschnack für meine Familie daheim.«

Der Franzose starrte mich kurz an und ließ mich dann gewissermaßen abtropfen, indem er eine Zeitung zur Hand nahm.

Der Pilot sagte über Lautsprecher irgendwas auf Vietnamesisch und dann auf Französisch. Dann sagte der Kopilot, ein Rundauge, auf Englisch: »Bitte kehren Sie auf Ihre Plätze zurück und legen Sie die Sicherheitsgurte an. Wir landen in Kürze.« Die Flugbegleiterinnen sammelten die Champagnergläser ein.

Ich schaute aus dem Fenster und sah grüne und rote Leuchtspurmunition den Nachthimmel über Saigon durchschneiden. Ich sah die grellen Blitze des Artilleriefeuers und der Raketenstarts und rot-orangefarbene Explosionen, wo die Granaten und Raketen in den Reisfeldern einschlugen. Ich sah diese Dinge mit geschlossenen Augen; dreißig Jahre alte Erinnerungen, eingebrannt in mein Gedächtnis.

Ich schlug die Augen auf und sah Ho-Chi-Minh-Stadt, doppelt so groß wie das alte Saigon und heller erleuchtet als die belagerte Hauptstadt damals während des Krieges.

Ich spürte, dass mich der Franzose ansah. Er sagte: »Sie waren schon mal hier.« Es war eher eine Feststellung als eine Frage.

Ich erwiderte: »Ja.«

»Während des Krieges, nicht wahr?«

»Ja.« Vielleicht sah man mir das an.

»Sie werden sehen, dass es sich sehr geändert hat.«

»Das hoffe ich.«

Er lachte und fügte dann hinzu: »Plus ça change, plus c'est la même chose.«

Ich lauschte den Landegeräuschen des Flugzeugs, das nun den Flughafen Tan Son Nhat anflog. Das hier würde, das war mir klar, eine seltsame Reise werden, eine Reise rückwärts in Zeit und Raum.

ZWEITES BUCH

Saigon

Kapitel 6

Wir durchflogen die Wolkendecke und zum dritten Mal in meinem Leben sah ich unter mir den Flughafen Tan Son Nhat.

Eigenartigerweise sah er genauso aus wie fast dreißig Jahre zuvor; die Sandsackwälle hatte man nach dem Krieg nicht entfernt und der Flughafen hatte immer noch einen militärischen Teil, auf dem ich vor den alten amerikanischen Hangars MiG-Düsenjäger aus russischer Produktion sah. Kurz sah ich auch ein amerikanisches Frachtflugzeug vom Typ C-130 und fragte mich, ob es noch in Betrieb oder eine Art Kriegstrophäe war.

Mir fiel wieder ein, dass das Military Advisory Command, Vietnam, der Stab der Militärberater, sein Hauptquartier in Tan Son Nhat gehabt hatte, was sich als praktisch erwies, als die siegreichen kommunistischen Verbände im April 1975 auf den Flughafen vorrückten. Die MACV-Jungs, fast die letzten amerikanischen Soldaten in Vietnam, jagten ihr Hauptquartier in die Luft und flogen mit Air-America-Maschinen davon. Ich hatte das im Fernsehen gesehen und jetzt sah ich einen Trümmerhaufen, der möglicherweise das ehemalige MACV-Hauptquartier war, damals auch »Pentagon Ost« genannt.

Als wir uns der Landebahn näherten, sah ich, dass auch das zivile Terminal noch ganz die Bruchbude war, an die ich mich erinnerte. Ich hatte das unheimliche Gefühl, dass ich die Twilight Zone durchschritten hatte und zu einem dritten Einsatz nach Vietnam kam. Und im Grunde war es ja auch so.

Wir setzten fast butterweich auf der feuchten Landebahn auf, also flog das Rundauge. Im Asphalt mussten aber immer noch kleine Krater sein oder so, denn nach dem Aufsetzen ruckelten wir eine Meile weit über die Landebahn.

Das Flugzeug bog auf eine Rollbahn ein und blieb dann aus irgendeinem Grunde stehen. Beim Anflug hatte ich kein einziges anderes Flugzeug gesehen, also konnte es nicht sein, dass wir vor einem Flugsteig dieses Flughafens im Nirgendwo in einer Schlange anstehen mussten. Als die Amerikaner ihn während des Kriegs betrieben, war Tan Son Nhat der drittverkehrsreichste Flughafen der Welt und alles lief glatt. Aber das ist eine andere Geschichte. Mir war klar, dass ich mich auf die Realität dieser Zeit und dieses Ortes einstellen musste, und ich gab mir alle Mühe. Doch als wir auf der Rollbahn warteten, musste ich fast zwanghaft wieder an 1972 denken und an die Ereignisse, die zu meinem zweiten Aufenthalt hier geführt hatten.

Ich war in Fort Headley stationiert, wo ich mich nach meinem ersten Einsatz in Vietnam verpflichtet hatte, nachdem Peggy Walsh und ich aufgehört hatten, einander zu schreiben – oder, ehrlich gesagt, ich aufgehört hatte, ihr zu schreiben.

Nach gut sechs Monaten in Hadley heiratete ich – aus Gründen, die nur Gott und Sigmund Freud bekannt sind – ein Mädchen dort aus der Gegend. Sie hieß Patty.

Patty war bildhübsch, hatte einen süßen Südstaatenakzent, hasste die Yankees nicht, liebte Sex und Bourbon, war noch ärmer als ich und hatte schon immer einen Soldaten heiraten wollen, auch wenn ich nie verstanden habe, warum. Wir hatten absolut nichts gemein und damit war auch für die Zukunft nicht zu rechnen, aber jung und aus den falschen Gründen zu heiraten gehörte dort in der Gegend anscheinend einfach dazu. Ich weiß wirklich nicht, was ich mir dabei gedacht hatte.

Während des Kriegs gab es dort für Ehepaare nur wenig

Wohnraum und im Fort war nichts frei. Deshalb wohnten wir mit Hunderten anderen Soldaten und ihren Frauen und Kindern in einer dreckigen, verwahrlosten Wohnwagensiedlung namens Whispering Pines.

Wir sahen Männer in den Krieg ziehen und manche kamen wieder und manche nicht. Manche kamen, schlimmer noch, als Krüppel wieder und gleich in die Stützpunktklinik. Wir tranken zu viel, machten zu viel mit Leuten rum, mit denen wir nicht verheiratet waren, und der Krieg zog sich hin. Es war kein Ende abzusehen.

Da war ich also, ein Junge aus Boston, und lebte mit meiner Frau, die ich ihres Akzents und ihrer Einstellung wegen meistens nicht verstand, in einer Wohnwagensiedlung. Ich hatte noch ein paar Jahre bei der Army vor mir und um mich her bekamen Männer ihren zweiten oder sogar schon dritten Marschbefehl nach Vietnam. Glauben Sie nicht, ich hätte Peggy und Boston, meine Freunde und Familie nicht vermisst. Vor allem, wenn Patty im Radio Countrysender einstellte und ich mir Songs anhören musste wie *Get Your Tongue Outta My Mouth Cause I'm Kissing You Goodbye* oder *How Can I Miss You if You Won't Go Away?*

Mom und Pop und meine Brüder hatten noch nicht das Vergnügen gehabt, die neue Mrs. Brenner kennen zu lernen; ich drückte mich vor einer Reise nach Norden und wollte auch nicht, dass sie nach Süden kamen.

Ich hätte nie gedacht, dass ich die Wohnwagensiedlung Whispering Pines je wieder sehen würde, aber dann war es im vergangenen Sommer doch so gekommen, als ich in Fort Hadley undercover in diesem Fall von Waffenschieberei ermittelte, aus dem dann der Fall um die Tochter des Generals wurde. Als verdeckter Ermittler hätte ich überall wohnen können, aber ich entschied mich für Whispering Pines, das damals schon fast verwaist und voller Geister war.

Mit zunehmendem Alter neige ich immer mehr zu seltsamen Entscheidungen und anscheinend kehre ich absichtlich oder unabsichtlich zu Dingen und an Orte aus meiner Vergangenheit zurück. Jetzt saß ich beispielsweise in einem Flugzeug auf einer Rollbahn des Flughafens Tan Son Nhat. Ich muss dringend mal zu einem Therapeuten.

Doch zurück ins Jahr 1971 und nach Fort Hadley, Georgia. Mittlerweile war ich Sergeant – damals stieg man schnell auf – und als Kriegsveteran berief man mich zur Infantrieausbildung. Ich brachte jungen Wehrpflichtigen bei, wie man am Leben blieb und andere junge Kerle tötete. Die Infantrie ist übrigens Scheiße, aber neue Infantristen auszubilden war besser, als in Vietnam selber einer zu sein.

Im ganzen Land war mittlerweile die offene Rebellion ausgebrochen, was wir an Wehrpflichtigen bekamen, war miserabel und Moral und Disziplin waren im Arsch.

Aber alles Schöne hat einmal ein Ende und mir war klar, dass ich kurz davor stand, meinen zweiten Marschbefehl nach Vietnam zu kriegen.

Ich wollte dieser reizvollen Chance wirklich gern aus dem Wege gehen, musste aber auch aus der Hölle raus, in der ich steckte, und auch, wie ich leider gestehen muss, aus meiner Ehe. Ich war nicht der erste Soldat, der lieber in den Krieg zog, als beim Garnisonsdient und seiner Frau zu bleiben, und ich war dann auch nicht der Erste, der das bereute.

Und es gab da auch noch andere Dinge zu bedenken. Mein Bruder Benny war mittlerweile im Einberufungsalter. Benny war und ist ein prima Kerl, sehr klug und umgänglich. Leider stellt er sich oft ziemlich ungeschickt an und die Chance, dass er einen Einsatz in Vietnam überlebte, war gering.

Die Army verfolgte halboffiziell die Linie, Brüder, Väter und Söhne nicht zur gleichen Zeit nach Vietnam zu schicken, und deshalb wusste ich, dass, wenn ich ging, Benny wahrscheinlich bis zu meiner Rückkehr nicht hingeschickt würde, und wenn ich nicht wiederkam, wahrscheinlich gar nicht mehr. Der Krieg nahm an Intensität ab und es galt Zeit zu gewinnen.

Ich hatte einen Plan, und da ich ein cleverer, zupackender Kerl bin, gelang es mir, an der Militärpolizeischule in Fort Gordon, Georgia, angenommen zu werden. Das war nur eine vorübergehende Versetzung und deshalb blieb Patty in Whispering Pines, während ich in Gordon die MP-Schule besuchte.

Bei den damaligen Verhältnissen musste ein Soldat damit rechnen, dass seiner jungen Frau, wenn er sie länger als vierundzwanzig Stunden in der Nähe einer Militärbasis allein ließ, irgendein Jodie über die Einsamkeit hinweghalf. Ich wusste nicht, ob das auch bei Patty so passiert war, aber irgendwas war passiert. Wie es in dem Countrysong heißt: *She's Out Doin' What I'm Here Doin' Without.*

So kehrte ich also nach drei Monaten mit einem neuen militärischen Tätigkeitsfeld aus Fort Gordon zurück. Mein bisherige Tätigkeitsfeld war Elf-Bravo gewesen, was Infantrie bedeutete und einen zweiten Einsatz in Vietnam, bei dem ich vernünftigerweise nicht erwarten konnte, wieder lebend nach Hause zu kommen. Mein neues Tätigkeitsfeld war die Militärpolizei und ein Einsatz in Vietnam war möglich, aber nicht gewiss. Und selbst wenn ich als MP nach Vietnam ging, war die Wahrscheinlichkeit, vom Feind getötet oder verstümmelt zu werden, geringer als die, dasselbe Schicksal bei dem Versuch zu erleiden, eine Schlägerei in einem Soldatenclub zu schlichten.

Während ich auf der MP-Schule war, wurde Benny eingezogen, absolvierte die Grundausbildung und war dann in der Infantrieausbildung, wo es trotz der Truppenreduzierung sehr wahrscheinlich war, dass er nach Vietnam kam. Wir wussten alle, dass im Laufe des nächsten Jahres oder so irgendjemand der Letzte in Vietnam sein würde, der dann das Licht ausmachte, ehe er ging, und irgendjemand dort auch als Letzter fallen würde. Keiner wusste, wann genau das passieren würde, aber jeder wusste, dass er nicht derjenige sein wollte.

Und da es mit meiner Ehe ohnehin den Bach runterging, meldete ich mich freiwillig nach Vietnam.

Schneller als man Tschüss sagen kann und ohne Urlaub dazwischen war ich im Januar 1972 wieder auf dem Flughafen Tan Son Nhat, wo ich den Marschbefehl nach Bien Hoa bekam, der großen Nachschubbasis dort in der Nähe. In Bien Hoa kam auch das Frischfleisch aus den Staaten an und wartete dort darauf, auf die Einheiten im Landesinnern verteilt zu werden. Außerdem warteten dort auch viele Jungs, die nach Hause unterwegs waren, auf den Flug in die Freiheit. Es war ein verrückter Ort, der durch das Nebeneinander der Verdammten und Erretteten noch verrückter wurde. Sie waren nicht in der gleichen Kaserne untergebracht, mischten sich aber untereinander. Im Grunde hatten sie nur zwei Dinge gemein: Die unterwegs nach Hause waren, wollten sich besaufen und bumsen und die unterwegs an die Front waren, wollten sich besaufen und bumsen. Und ich steckte als MP-Sergeant mittendrin.

Wie gesagt, waren Moral und Disziplin im Arsch und ich erkannte die Armee kaum wieder, zu der ich erst gut vier Jahre zuvor gekommen war. Ja, ich erkannte mein eigenes Land kaum wieder. Und deshalb war es gar nicht so schlimm, in Vietnam zu sein.

Der Krieg ging allmählich zu Ende, jedenfalls für die Amerikaner, die sich zurückzogen, sollte aber für die armen Schweine, die das Pech hatten, als Vietnamese geboren zu sein, noch drei schreckliche Jahre lang weitergehen.

Mein zweiter Einsatz in Vietnam dauerte dann auch nur sechs Monate. Dann bekam meine MP-Kompanie den Marschbefehl nach Hause.

Ich hatte in diesen sechs Monaten nicht viel von Patty gehört und was ich aus ihren kurzen, aber ordentlich geschriebenen Briefen erfahren hatte, hörte sich nicht allzu toll an. Ja, in einem Brief schrieb sie: »Ich sitze hier und höre *I'm So Miserable Without You, It's Like Havin' You Here*, und genauso fühle ich mich zur Zeit.«

Manche Männer, die unerwarteterweise aus Übersee heimkehren, rufen vorher an, damit die sie liebende Frau Vorbereitungen treffen oder die sie betrügende Frau den Aschenbecher voller Zigarrenstummel ausleeren kann. Ich rief im Juni 72 von San Francisco aus an und sagte, ich würde in drei Tagen nach Hause kommen. Diese Nachricht wurde mit gemischten Gefühlen aufgenommen.

Als ich schließlich aus dem Taxi stieg, das mich vom Flugplatz Midland zur Wohnwagensiedlung Whispering Pines gebracht hatte, wusste ich selbst nicht so recht, was ich dort vorfinden wollte.

Ich warf meinen Seesack hin und ging zur Tür unseres Wohnwagens. Nach langem Aufenthalt in einem Kriegsgebiet ist es ein seltsames Erlebnis, wieder nach Hause zu kommen – als würde man aus dem Weltraum wieder in die Erdatmosphäre eintauchen und wissen, dass sich auf der Erde alles verändert hat.

Ich drehte den Türknauf. Es war nicht abgeschlossen. Ich betrat meinen Wohnwagen und stand dann in dem kleinen Wohnzimmer. Ich wusste, dass sie nicht da war, deshalb rief ich erst gar nicht nach ihr.

Ich ging zum Kühlschrank und wollte mir ein Bier holen, da sah ich den Brief: *Paul – es tut mir Leid, aber es ist aus. Ich habe die Scheidung eingereicht. Es gibt keinen anderen, ich will nur nicht mehr verheiratet sein. Ich sollte wohl sagen: Willkommen daheim. Leb wohl. Patty. PS: Ich habe Pal mitgenommen.* Pal war unser Hund.

Während ich das las, hatte ich ihre schleppende Sprechweise im Ohr. Der Titel eines Countrysongs kam mir in den Sinn: *Thank God and Greyhound She's Gone.*

Ich warf den Brief in den Müll und fand im Kühlschrank noch ein Bier, zwar nicht meine Marke, aber kalt.

Ich ging durch den Wohnwagen, der ein paar Jahre lang mein Zuhause gewesen war, und sah, dass sie alle ihre Sachen mitgenommen hatte, nicht aber die Möbel, die größtenteils zum Wohnwagen gehörten und festgeschraubt waren. Sie hatte jedoch die komplette Bettwäsche mitgenommen, was bedeutete, dass ich an diesem Abend noch zum Armeeladen musste. Ich hatte nicht mal ein Auto, denn sie war nicht mit dem Greyhoundbus abgehauen, sondern mit unserem Mustang Baujahr 68, den ich immer noch vermisse. Pal vermisse ich auch. Ich hatte erwartet, dass er mich über den Haufen rennen und mir das Gesicht ablecken würde, was ihm, glaube ich, Patty in den ersten Tagen unserer Ehe beigebracht hatte.

So sollte eine Heimkehr eigentlich nicht ablaufen.

Ich blieb noch ein paar Tage in Whispering Pines und Fort Hadley, brachte meine Papiere in Ordnung und so und fuhr dann nach Boston in Urlaub, wo ich herzlicher empfangen wurde. Mein Bruder Benny diente noch, deswegen war er nicht zu Hause; er war in Deutschland und trotzte an der Ostfront den roten Horden. Ich bilde mir gerne ein, dass ihn mein zweiter Einsatz in Vietnam aus Südostasien herausgehalten hat.

Mein Bruder Davey war gerade achtzehn, hatte bei dem neuen Losverfahren der Einberufungsbehörde eine niedrige Nummer gezogen und freute sich darauf, eingezogen zu werden. Ihm gefiel meine Uniform. Der Krieg ging nun wirklich zu Ende und ich versuchte nicht, ihm die Army auszureden oder ihn davon zu überzeugen, aufs College zu gehen, und auch er diente seinem Land, größtenteils in Fort Hadley. Als er nach Hadley kam, gab ich ihn den Tipp mit den Mullköpfchen und sagte ihm, er solle nach einem rotblonden Mädchen namens Jenny Ausschau halten, aber er ist ihr nie begegnet.

Was meine Heimkehr nach South Boston angeht, kam mir die Nachbarschaft irgendwie verändert vor, noch mehr als bei meiner letzten Rückkehr. Mir wurde klar, dass meine Jugend vorbei war und diese Zeit nie wiederkehren würde.

Nach meinem Urlaub ging ich nach Fort Hadley und Whispering Pines zurück. Von einem Nachbarn erfuhr ich, dass Patty gelogen hatte, als sie schrieb, es gäbe keinen anderen. Überraschung! Wie sich herausstellte, war er ebenfalls Soldat und mittlerweile ist sie wahrscheinlich bei ihrem vierten oder fünften angelangt. Männer in Uniform haben halt einfach was.

Aber so was steckt man weg und ein paar Monate später ging ich auf meinem Posten schon wieder in der Dienstroutine auf und kaufte einem Typ, der nach Vietnam ging, einen hübschen gelben VW-Käfer ab. Die Army lässt einem nicht viel Zeit zu schmollen oder über den Sinn des Lebens nachzudenken und ermutigt einen auch nicht, über seine privaten Probleme zu reden. Bei der Army heißt es: »Du hast privat ein Problem? Dann geh zum Kaplan und lass dir deine Arschkarte abstempeln.«

So war das jedenfalls früher. Heute hat die Army natürlich ausgebildete Berater, die mit einem reden, ehe sie einem die Karte abstempeln.

Aber man wird dabei zum Mann und lernt, seinen Privatscheiß für sich zu behalten. Und so sollte es sein, wenn man sich dieses Leben ausgesucht hat.

Der Anblick eines Pritschenwagens, der sich dem Flugzeug näherte, riss mich in die Gegenwart zurück. Das war unser Leitfahrzeug, eine Variante des kleinen Fahrzeugs mit dem Drehleuchtfeuer drauf, das man auf den meisten Flughäfen sieht.

Wir folgten dem Fahrzeug zum Terminal, fuhren aber nicht direkt zu einem Flugsteig. Wir hielten auf dem Vorfeld und die Triebwerke wurden abgeschaltet. Wir waren da.

Es regnete immer noch und unten sah ich eine Reihe junger Damen, die Regenschirme hielten, was vermutlich billiger ist als eine ausfahrbare Fahrgastbrücke. Unter einem Vordach aus Wellblech sah ich auch ein paar Soldaten stehen, die Kalaschnikows trugen. Zwei Männer schoben eine Gangway an die Maschine.

Während ich so aus dem Fenster sah, musste ich plötzlich

wieder daran denken, wie es im November 1967 bei meiner ersten Landung auf dem Flughafen Tan Son Nhat gewesen war.

Wir waren kurz vor Tagesanbruch gelandet und als ich aus der klimatisierten 707 der Braniff trat, schlug mir ein Schwall heißer, schwüler Luft entgegen, was zu dieser frühen Stunde im November erstaunlich war, und ich weiß noch, dass ich dachte, dass es ein langes Jahr werden würde für jemanden, der den Bostoner Herbst und Winter so mochte.

Ein paar hundert amerikanische Soldaten standen hinter einem Absperrseil auf dem Vorfeld. Sie trugen kurzärmlige Khakihemden, hatten Reisetaschen in der Hand und starrten zu dem Flugzeug hoch. Die 707 der Braniff, die mich nach Vietnam gebracht hatte, würde man schnell wieder betanken und dann würde die Maschine, ohne dass auch nur die Besatzung wechselte, gleich wieder starten und diese Jungs nach Hause bringen.

Als ich im frühen Morgengrauen von der Gangway stieg, musste ich an den Männern hinter dem Seil vorbei. Ich erinnere mich noch ganz deutlich an ihren Gesichtsausdruck. Die meisten wirkten besorgt, als liefe das hier nicht, wie es sollte, aber ein paar Optimisten guckten auch froh oder aufgeregt.

Ein paar der nach Hause fliegenden Männer riefen dem Frischfleisch ermutigende Worte zu, aber andere brüllten Sachen wie: »Das wird euch Leid tun!« oder »Das wird ein verdammt langes Jahr, ihr armen Idioten!«

Als ich mir diese Männer näher ansah, fiel mir auf, dass einige von ihnen – wie mir später klar wurde, waren es Frontsoldaten, die zu viel gesehen hatten – eigenartig abwesend guckten, wie ich das noch nie gesehen hatte, woran ich mich aber später gewöhnte. Das war für mich der erste Hinweis, dass es hier schlimmer war, als ich es mir anhand der Geschichten, die ich gehört, und anhand der Fernsehnachrichten vorgestellt hatte.

Mein französischer Sitznachbar holte mich wieder in die Gegenwart zurück, indem er fragte: »Was ist denn so interessant da draußen?«

Ich wandte mich vom Fenster ab und antwortete: »Nichts.« Dann sagte ich: »Ich musste nur gerade an meine erste Landung hier denken.«

»Ja? Na, diesmal wird es bestimmt angenehmer. Niemand wird versuchen, Sie zu töten.«

Da war ich mir nicht so sicher, lächelte aber.

Eine Glocke ertönte und alle standen auf, um von Bord zu gehen. Ich nahm meine Reisetasche aus dem Gepäckfach und ein paar Minuten später ging ich schon die Alu-Gangway hinunter, auf der die lächelnden jungen Damen den Passagieren Regenschirme über den Kopf hielten. Am Fuß der Gangway reichte man mir einen aufgespannten Regenschirm und unter dem wachsamen Blick der Soldaten unter dem Wellblechvordach folgte ich den Passagieren vor mir zum Terminal.

Mein erster Eindruck von diesem Ort war der lange vergessene Geruch des Regens, der ganz anders roch als der Regen in Virginia. Eine leichte Brise trug den Geruch brennender Kohle mit sich und auch den üppigen, durchdringenden Geruch der umliegenden Reisfelder, eine Mischung aus Dung, Schlamm und verrottenden Pflanzen, der Geruch der hier seit einem Jahrtausend betriebenen Landwirtschaft.

Ich war wieder in Südostasien – nicht in einem Traum oder Albtraum, sondern in der Wirklichkeit.

Drinnen im Terminal nahm mir eine Dame den Regenschirm ab und wies mich mit einer Handbewegung an, den anderen zu folgen, so als könnte ich möglicherweise auch andere Absichten haben.

Durch ein Portal betrat ich das Ankunftsterminal für Auslandsflüge, eine riesiges Halle, die vernachlässigt und verlassen wirkte. Wir waren die einzigen Passagiere dort. Die Beleuchtung brannte nur zur Hälfte und von elektronischen oder sonstigen Anzeigetafeln war nichts zu sehen. Mir fiel auf, wie still es hier war – niemand sprach und es gab keine Lautsprecheranlage. Anders als im Flugzeug war die Luft hier sehr feucht und mir wurde klar, dass es hier keine Klimaanlage gab, was im Januar kein Problem war, im August aber interessante Auswirkungen haben musste.

Wie sich dann herausstellte, war die primitive Einrichtung allerdings noch das geringste meiner Probleme.

Direkt vor mir befanden sich einige Passkontrollkabinen und dahinter sah ich ein einziges Gepäckausgabeband, das reglos und leer dastand. Es waren keine Gepäckträger zu sehen, keine Kofferkulis und eigenartigerweise auch keine Zollstelle. Noch eigenartiger war, dass niemand auf die ankommenden Passagiere wartete, die größtenteils Vietnamesen waren und doch jemanden haben mussten, der sie vom Flughafen abholte. Dann sah ich Soldaten an den Glastüren am Ausgang stehen und dahinter eine Menschenmenge, die durch das Glas spähte. Anscheinend durften Besucher nicht ins Ankunftsterminal, was seltsam war. Ja, im Grunde war der ganze Laden seltsam.

Ich ging zu einer der Passkontrollkabinen und reichte dem uniformierten Mann darin meinen Pass und mein Visum. Ich sah ihn an, aber er suchte keinen Blickkontakt mit mir. Er schien sich nur für meinen Pass und mein Visum zu interessieren.

Ich schaute wieder in das riesige Terminal hinter den Kabinen und sah am anderen Ende eine große rote Flagge mit einem gelben Stern in der Mitte von der Decke hängen – die Flagge der siegreichen nordvietnamesischen Kommunisten. In diesem Moment wurde mir der Sieg der Kommunisten erst so recht gewahr, ein Vierteljahrhundert zu spät, aber mit unmissverständlicher Deutlichkeit.

Als ich 67 und 72 in Tan Son Nhat gelandet war, passierte man als Militärangehöriger nicht das zivile Terminal, aber ich erinnerte mich, dass damals vor dem Gebäude das Sternenbanner neben der alten rot-grün-gelben Flagge Südvietnams flatterte. Diese beiden Flaggen hatte man hier seit über zwei Jahrzehnten nicht mehr gesehen.

Ich hatte ein mulmiges Gefühl und das wurde noch dadurch verstärkt, dass der Mann von der Passkontrolle immer noch auf meinen Pass und mein Visum starrte. Er hielt sich zu lange damit auf; an den anderen Kabinen konnten die Leute schneller passieren. Zunächst schob ich das auf mein übliches Pech, im Supermarkt immer in der Schlange anzustehen, bei der der Dorftrottel an der Kasse saß.

Doch dann griff der Mann zum Telefon und sprach mit jemandem. Ich beherrschte nur noch wenige Worte Vietnamesisch, hörte ihn aber ganz deutlich das Wort »My« gebrauchen: Amerikaner. Das ist an und für sich kein negativer Begriff, aber man musste die Umstände bedenken. Ich setzte einen gelangweilt-ungeduldigen Gesichtsausdruck auf, was dem Passtyp aber entging.

Schließlich kam ein anderer uniformierter Vietnamese, ein kleiner, stämmiger Kerl, nahm dem Typ in der Kabine meinen Pass und mein Visum ab und winkte mich dann durch. Ich nahm meine Reisetasche und folgte ihm.

Auf der anderen Seite der Passkontrolle stand mein französischer Freund, der schon mindestens fünf Minuten zuvor ohne Probleme durchgekommen war. Er schien auf mich zu warten. Als er sah, dass ich Begleitung hatte, hob er die Augenbrauen und sagte auf Vietnamesisch etwas zu meinem Begleiter. Der Uniformierte antwortete in scharfem Ton. Der Franzose wurde auch lauter und sie stritten sich kurz, aber der Franzose ließ sich anscheinend von dem Kommunisten in Uniform nicht einschüchtern.

Dann sagte der Franzose auf Englisch zu mir: »Ich glaube, das ist nur eine Routinebefragung. Seien Sie höflich, aber resolut. Wenn Sie nichts zu verbergen haben, wird Ihnen nichts geschehen.«

Ich hatte aber etwas zu verbergen. Ich sagte zu meinem

neuen Freund: »Wir sehen uns dann bei Mademoiselle Dieu-Kiem.«

Der kleine, dicke Vietnamese schubste mich voran und das ging mir so auf den Zeiger, dass ich ihm fast eine gelangt hätte. Aber ich riss mich zusammen. Der Auftrag ging vor. Und diesmal gehörte es nicht zu meinem Auftrag, Kommunisten zu schlagen.

Als ich mich umdrehte, um dem Vietnamesen zu folgen, hörte ich den Franzosen sagen: »Es ist jetzt ganz anders hier, seit weder Ihr noch mein Land hier die Macht hat. Jetzt haben *die* die Macht.«

Und so ging ich also mit diesem kleinen Kerl in Uniform davon, der auf dem Schirm seiner Mütze einen großen, roten Kommunistenstern trug. Als ich das letzte Mal hier war, hatte ich ein M-16 *und* die Macht und wenn ich diesen Typen damals gesehen hätte, hätte ich Kugeln in ihn hineingepumpt, bis er so rot gewesen wäre wie dieser Stern.

Ich merkte, dass ich mich aufregte, und deshalb beruhigte ich mich – während ich mit diesem Typen durch das fast verwaiste Terminal ging –, indem ich mir vorstellte, wie ich Karl erwürgte.

Mir wurde klar, dass es drei Möglichkeiten gab, wie das hier ausgehen konnte. Die erste war, dass mich derjenige, mit dem ich sprechen würde, aus dem Land schmiss. Die zweite war, dass man mir gestattete, die Sozialistische Republik zu besuchen und mich als Tourist umzusehen. Die dritte war, dass ich im Knast landete.

Mir wurde auch klar, dass ich mit dem, was ich sagen würde, einigen Einfluss darauf hatte, welche dieser Möglichkeiten eintrat. Und im Bärenaufbinden bin ich ziemlich gut.

Wir kamen am anderen Ende des Terminals an eine geschlossene Tür, die mein kleiner Begleiter öffnete und die in einen langen Korridor mit vielen Türen auf beiden Seiten führte. Der Korridor war schmal und deshalb ging mein Freund hinter mir und schubste mich wieder voran. Ich hätte ihm im Handumdrehen das fette Genick brechen können, aber dann hätte ich nicht erfahren, zu welcher Tür ich sollte.

Auf halber Strecke den Korridor hinab hielt er mich am Arm zurück und klopfte dann an eine Tür. Dahinter bellte jemand: »Di vao.«

Der Schubser öffnete die Tür und packte meine Schulter und ich ging hinein. Hinter mir wurde die Tür geschlossen.

Kapitel 7

Ich fand mich in einem warmen, schummrig beleuchteten Raum wieder, dessen verputzte Wände nikotingelb waren. Es stank nach Zigarettenqualm. Der Raum war klein und fensterlos und an der Decke hing ein regloser Ventilator.

Als sich meine Augen an das schummrige Licht gewöhnt hatten, entdeckte ich an der Wand gegenüber ein Porträt von Ho Chi Minh und eine kleine rote Fahne mit einem gelben Stern mittendrauf. Ich sah auch das Foto eines uniformierten Mannes, in dem ich General Giap zu erkennen meinte, und ein paar Fotos nicht lächelnder Zivilisten, bei denen es sich zweifellos um Regierungsbeamte oder Parteifunktionäre handelte. Ich schloss daraus, dass ich hier nicht im Fremdenverkehrsbüro war.

Rechts stand ein Schreibtisch und hinter dem Schreibtisch saß ein uniformierter Mann mittleren Alters. Er sagte zu mir: »Setzen.«

Ich setzte mich auf einen ramponierten olivgrauen Stuhl, den ich als Feldlagerstuhl der US Army erkannte. Der Schreibtisch stammte ebenfalls aus Amerika: das Standardmodell aus grauem Stahl, das sich seit dem Zweiten Weltkrieg nicht verändert hatte. In die Wand hinter dem Schreibtisch war ein großes Lüftungsgitter eingelassen und ich konnte es draußen regnen hören.

Der Typ, der mich in dieses Büro gebracht und dem ich den Spitznamen »der Schubser« verpasst hatte, legte meinen Pass und mein Visum auf dem Schreibtisch ab, nahm dann, ohne ein Wort zu sagen, meine Reisetasche und ging hinaus.

Der uniformierte Typ mittleren Alters betrachtete im Licht seiner Schreibtischlampe meinen Pass und mein Visum, und ich betrachtete ihn.

Er trug ein olivgrünes, kurzärmliges Hemd mit Schulterklappen, auf denen er die Schulterstücke eines Majors oder Obersten hatte – bei ausländischen Dienstgradabzeichen komme ich immer durcheinander. Auf der linken Brusttasche trug er ferner drei Reihen bunter Dienstauszeichnungen und ich nahm an, dass einige davon noch aus dem amerikanischen Krieg stammten, wie der Vietnamkrieg hier genannt wurde.

Er hatte so ein Gesicht, das einem instinktiv unsympathisch war: verhärmt und ständig finster blickend, mit hohen, vorragenden Wangenknochen. Seine Augen waren schmal und die Augäpfel schienen in ihren Höhlen erstarrt zu sein.

Er sah älter aus als ich, aber ich wusste, dass er es nicht war. Auf jeden Fall war er in dem Alter, in dem er ein Veteran des amerikanischen Krieges sein konnte, und wenn dem so war, war er Amerikanern nicht wohl gesonnen. Ich nahm auch an, dass er Nordvietnamese war, denn die waren ein bisschen größer und kräftiger als die eher zierlich gebauten Südvietnamesen. Außerdem hatten die Machtpositionen im besiegten Süden hauptsächlich Nordvietnamesen inne. Meine Instinkte verrieten mir, dass es keine angenehme Unterhaltung zu werden versprach.

Der Typ sah von meinem Pass hoch und sagte: »Ich bin Oberst Mang.«

Ich erwiderte nichts. Aber dass er tatsächlich Oberst war, führte mich zu der Annahme, dass es hier nicht um eine simple Pass- und Visumskontrolle ging.

Oberst Mang fragte mich in gutem Englisch: »Was ist der Zweck Ihres Besuchs in der Sozialistischen Republik Vietnam?« Er sprach in einem hohen, abgehackten Tonfall, der einem irgendwie auf die Nerven ging.

Ich antwortete: »Tourismus.« Diese Lüge war gewissermaßen die Mutter aller weiteren Lügen. Und wenn er wusste, dass es eine Lüge war, würde er mich so lange weiter lügen lassen, bis er mir aus meinen ganzen Lügen einen Strick drehen konnte.

»Tourismus«, sagte Oberst Mang. Er starrte mich an. »Wieso?«

Ich antwortete: »Ich war als Soldat hier.«

Mit einem Mal wirkte Oberst Mang nicht mehr abweisend, sondern übertrieben interessiert. Vielleicht hätte ich meine Instruktionen nicht beachten und auch in dieser Hinsicht lügen sollen, aber es ist sehr wichtig, so nah wie möglich bei der Wahrheit zu bleiben.

Oberst Mang fragte: »Wann waren Sie hier?«

»1968 und dann noch einmal 1972.«

»Zweimal. Also waren Sie Berufssoldat.«

»Ja, beim zweiten Mal schon.«

Er pochte auf mein Visum und sagte: »Und jetzt sind Sie im Ruhestand.«

»Richtig.«

Oberst Mang überlegte kurz und fragte dann: »Und als was waren Sie in Vietnam eingesetzt?«

Ich zögerte eine halbe Sekunde zu lange und antwortete dann: »Ich war Koch. Bei der Army.«

Oberst Mang ließ sich das anscheinend durch den Kopf gehen. Er fragte: »Und wo waren Sie stationiert?«

»1968 in An Khe, 1972 in Bien Hoa.«

»Ach ja? An Khe. Die 1. Cavalry Division.«

»Richtig.«

»Und welche Division in Bien Hoa?«

»Da war ich Koch im Kasino der Nachschubbasis.«

»Ja?« Oberst Mang steckte sich eine Zigarette an und zog nachdenklich daran. Schließlich teilte er mir mit: »Ich war als Leutnant bei der 325. Division der vietnamesischen Volksarmee.«

Ich erwiderte nichts.

Oberst Mang fuhr fort: »Ich habe einen Infantriezug befehligt. 1968 war mein Regiment in Hué und Quang Tri im Einsatz. Dort waren auch Einheiten Ihrer Division. Waren Sie jemals in dieser Gegend stationiert?«

Ich hielt mich wieder an die Wahrheit und antwortete wider besseres Wissen: »Ich war ein paar Mal in der Nähe von Hué und Quang Tri.«

»Ja? Als Koch?«

»Genau.« Ich dachte, dass dies eine nette Unterhaltung zwischen zwei Veteranen hätte sein können, hätten wir damals nicht versucht, einander umzubringen.

Oberst Mang lächelte zum ersten Mal und sagte: »Da wir zur gleichen Zeit dort waren, sind wir uns vielleicht schon mal begegnet.«

Etwas unbeherrscht erwiderte ich: »Wenn wir uns begegnet wären, Oberst, wäre jetzt nur einer von uns beiden hier.«

Oberst Mang lächelte wieder, aber diesmal war es kein freundliches Lächeln. Er sagte: »Ja, das ist wahr.« Er sah mich eine Zeit lang eindringlich an und meinte dann: »Sie sehen mir aber gar nicht wie ein Koch aus.«

Ich überlegte, ihm mein Rezept für zweihundert Portionen Chili zu geben, doch stattdessen sagte ich: »Ich verstehe nicht, wie Sie das meinen, Oberst.«

Oberst Mang paffte seine Zigarette und schien in die Vergangenheit zu schauen. Er war es anscheinend gewöhnt, amerikanische Veteranen zu befragen, und anscheinend machte ihm dieser Job Spaß. Worauf er aus war und was er wusste – das stand auf einem anderen Blatt.

Oberst Mang sagte: »Viele amerikanische Soldaten kommen wieder.«

»Ich weiß.«

Wir saßen beide ganz ruhig da und Oberst Mang genoss seine Zigarette. Ich war jetzt nicht mehr so beunruhigt, denn bisher wirkte das Ganze wie eine stichprobenartige Routinebefragung zu statistischen Zwecken, dennoch es gefiel mir überhaupt nicht, an einem Schreibtisch auf der Seite des Verhörten zu sitzen.

Oberst Mang fragte: »Welches Interesse führt die alle zurück nach Vietnam?«

Ich antwortete: »Da hat bestimmt jeder seine eigenen Gründe.«

»Ja? Und was sind *Ihre* Gründe?«

Tja, ich arbeitete undercover für die Regierung der USA und sollte einen seltsamen Mordfall aufklären. Aber das musste ich Oberst Mang ja nicht auf die Nase binden. Da die Frage einen Zen-Unterton hatte, antwortete ich: »Ich glaube, nach meinem Besuch hier werde ich die Antwort auf diese Frage kennen.«

Er nickte anerkennend, als wäre das die einzig mögliche Antwort gewesen.

Nun ging Oberst Mang zu den Fragen nach den näheren Einzelheiten über, die nach nicht Zen-mäßigen Antworten verlangten. Er fragte: »Sie übernachten in Ho-Chi-Minh-Stadt?«

Ich antwortete: »Ich übernachte in Saigon.«

Das ging ihm gegen den Strich und er verbesserte mich: »Es gibt kein Saigon.«

»Ich habe es aber aus der Luft gesehen.« Wieso gehe ich den Leuten immer auf den Zeiger? Was stimmt bloß nicht mit mir?

Oberst Mang sah mich streng an und sagte: »Ho-Chi-Minh-Stadt.«

Ich dachte daran, dass mir Mr. Conway und der Franzose geraten hatten, resolut, aber höflich aufzutreten. Wie lässt sich das vereinen? Aber ich gab klein bei und sagte: »Stimmt. Ho-Chi-Minh-Stadt.«

»Richtig. Und wie lange bleiben Sie hier?«

»Drei Tage.«

»Wo wohnen Sie?«

»Im Rex.«

»Ja? Das Hotel der amerikanischen Generäle.«

»Ich wollte immer schon mal sehen, wo die Generäle gewohnt haben.«

Mang schenkte mir kurz ein höhnisches Lächeln und sagte dann: »Sie haben im Luxus geschwelgt, während ihre Soldaten im Dschungel und auf den Reisfeldern starben.«

Ich erwiderte nichts.

Er setzte seinen politischen Schulungsvortrag fort und sagte: »Unsere Generäle waren bei uns und haben die Entbehrungen mit uns geteilt. Mein General hat nicht mehr Reis bekommen als ich. Er wohnte in einer schlichten Bauernhütte. Ihre Generäle hatten auf dem Stützpunkt An Khe klimatisierte Wohnwagen aus Amerika. Das habe ich mit eigenen Augen gesehen, als wir den Süden befreiten. Haben Sie das in An Khe nicht gesehen?«

»Doch, das habe ich.«

»Und es gab einen Golfplatz für die Offiziere.«

»Nur neun Löcher«, erinnerte ich ihn. »Und dank Ihrer Heckenschützen und Minenwerfer war das schwieriges Terrain.«

Er lachte doch tatsächlich, riss sich dann zusammen und sagte: »Und Sie haben doch bestimmt für die Offiziere auch besseres Essen gekocht.«

»Nein, alle hatten das Gleiche zu essen.«

»Das glaube ich nicht.«

»Es stimmt aber. Fragen Sie doch den nächsten Veteran, mit dem Sie sprechen.«

Oberst Mang hing sehr an seinen Vorurteilen und deshalb wechselte er das Thema und fragte: »Mit welchem Dienstgrad sind Sie in Ruhestand gegangen?«

»Warrant Officer.«

»Ja? Und wie viel verdient man da?«

Da mir Mr. Conway gesagt hatte, dass Vietnamesen im Schnitt drei- bis vierhundert Dollar im Jahr verdienten, genierte ich mich ein wenig zu antworten: »So um die viereinhalbtausend Dollar.«

»Im Monat. Korrekt?«

»Ja. Das wissen Sie doch. Wieso fragen Sie noch? Was sollen denn überhaupt diese ganzen Fragen?«

Meine scharfe Entgegnung gefiel Oberst Mang nicht, aber wie die meisten Vietnamesen blieb er trotzdem ganz ruhig.

Er drückte auf einen Knopf der Gegensprechanlage und sagte etwas auf Vietnamesisch. Kurz darauf ging die Tür auf und der Schubser kam herein.

Oberst Mang und der Schubser wechselten ein paar Worte und der Schubser reichte Mang die blöde Schneekugel, offenbar das Einzige in meiner Reisetasche, was ihm Rätsel aufgab.

Mang betrachtete die Schneekugel und der Schubser sagte irgendwas, und dann schüttelte Mang sie und sah zu, wie es auf das Vietnam Memorial schneite. Er sah hoch und fragte mich: »Was ist das?«

»Das ist die Gedenkstätte für den Vietnamkrieg. Ein Souvenir.«

»Wieso haben Sie das dabei?«

»Ich habe es am Flughafen geschenkt bekommen.«

»Ja?« Er betrachtete die Kugel und schüttelte sie noch mal. Ich hätte fast gelacht, aber dann hätte Mang vielleicht gedacht, ich würde ihn auslachen.

Mang sagte: »Ja, das kenne ich. Die Namen Ihrer Gefallenen sind in diese Mauer eingemeißelt. Achtundfünfzigtausend, nicht wahr?«

»Ja, das stimmt.«

Er teilte mir mit: »Wir haben eine Million Gefallene.«

Ich entgegnete: »Der Norden und der Süden hatten jeweils eine Million Gefallene. Das macht zwei Millionen.«

Er sagte: »Den Feind zähle ich nicht mit.«

»Wieso nicht? Das waren doch auch Vietnamesen.«

»Das waren Marionetten der Amerikaner.« Oberst Mang stellte die Kugel auf seinen Schreibtisch und sagte zu mir: »Leeren Sie bitte Ihre Taschen hier auf den Tisch aus. Vollständig.«

Ich hatte keine andere Wahl als zu gehorchen, also legte ich meine Brieftasche auf seinen Schreibtisch, dann die Umschläge aus meiner Jackentasche, meinen Füllfederhalter, meinen Kamm, mein Taschentuch und eine Schachtel TicTac. Die Adressen, die mir der Franzose gegeben hatte, behielt ich bei mir.

Oberst Mang sah zuerst meine Brieftasche durch, in der sich einige US-Dollar, Kreditkarten und mein Militärausweis befanden, mit dem Vermerk »a. D.« und dem Dienstgrad, aber ohne Berufsbezeichnung, dazu noch meine Krankenkassenkarte und mein Führerschein, ausgestellt in Virginia.

Dann sah er sich die Sachen aus meiner Jackentasche an, wobei er den Füller, den Kamm, das Taschentuch und die TicTacs nur flüchtig inspizierte. Dann machte er die Umschläge auf, in denen sich amerikanisches und vietnamesisches Geld und Travellerschecks befanden. Anschließend öffnete er den Umschlag, der meine Flugtickets enthielt, dann den mit meinen Hotelgutscheinen. Er sah sich das alles eingehend an und machte sich auf einem Zettel Notizen. Während er schrieb, sagte er etwas auf Vietnamesisch und der Schubser antwortete. Anscheinend interessierten sich die beiden für den Geldbetrag, den ich dabeihatte und der für sie etlichen Jahresgehältern entsprach. Wenn der geschlagene Feind stinkreich an die Stätte seiner Niederlage zurückkehren kann, gibt es offensichtlich keine Gerechtigkeit auf der Welt.

Der Schubser sagte jedenfalls etwas in scharfem Ton auf Vietnamesisch zu mir und wiederholte es dann noch mal, wobei er lachen musste. Vietnamesen sind Leuten gegenüber, die ihre Sprache nicht beherrschen, noch unduldsamer als

Amerikaner. Ich versuchte mich daran zu erinnern, was auf Vietnamesisch »Leck mich am Arsch« hieß, aber ich war müde und es fiel mir nicht ein.

Schließlich verließ der Schubser den Raum und vergaß, die Schneekugel mitzunehmen. Mang arbeitete weiter an seinen Notizen, sah dann zu mir hoch und sagte: »Sie haben im Century Riverside Hotel in Hué reserviert und im Metropole in Hanoi.«

Ich erwiderte nichts und das schien ihn zu ärgern.

Er steckte sich noch eine Zigarette an und sagte: »Nehmen Sie bitte Ihre Sachen von meinem Schreibtisch«, als hätte ich ihn damit belästigt, dass ich alles dort abgelegt hatte.

Ich steckte meine Brieftasche, die Umschläge und den Krimskrams ein. Ich sah, dass Mang meinen Pass und mein Visum behalten hatte. Ich sagte: »Wenn das alles ist, Oberst, würde ich jetzt gern in mein Hotel.«

»Ich sage Ihnen schon Bescheid, wenn wir fertig sind, Mr. Brenner.«

Es war das erste Mal, dass er mich mit meinen Namen ansprach, und es geschah nicht aus Höflichkeit; er sagte mir damit, dass er meinen Namen kannte, meine Adressen in Vietnam, mein Abreisedatum, den Inhalt meiner Brieftasche und so weiter.

Er sagte: »Es sind ein paar Tage offen zwischen Ihren Hotelreservierungen in Ho-Chi-Minh-Stadt und Hué.«

»Das stimmt.«

»Wohin fahren Sie?«

»Das weiß ich noch nicht.«

»Sie fahren doch bestimmt nach An Khe.«

Das wäre ich vielleicht, aber jetzt nicht mehr. Ich sagte: »Wenn es möglich ist.«

»Das ist kein Problem. Aber ein Teil Ihres ehemaligen Stützpunkts ist jetzt Sperrgebiet und wird von der Volksarmee genutzt.«

»Auch die klimatisierten Wohnwagen?«

Er ging nicht darauf ein, sondern sagte: »Die Stadt An Khe ist kein Sperrgebiet. Aber die Bordelle und Massagesalons sind jetzt ebenso verschwunden wie die Bars und Opiumhöhlen.«

»Tja, das sind doch mal gute Nachrichten.«

»Ja? Sie freuen sich, dass es Dodge City nicht mehr gibt? So haben Sie diesen Stadtteil doch genannt – nicht wahr? Erbaut von Ihren eigenen Pionieren.«

»Nie gehört.«

Oberst Mang wurde mit einem Mal gehässig und sagte: »Moralische Korrumpierung. Degeneration. Deshalb haben Sie den Krieg verloren.«

Ich wollte mich von ihm nicht ködern lassen, deshalb erwiderte ich nichts darauf.

Oberst Mang referierte noch ein wenig über den US-Imperialismus, Agent Orange, das Massaker von My Lai, die Bombardierung Hanois und noch ein paar andere Dinge, von denen nicht mal ich bisher etwas gehört hatte.

Er war sehr wütend und ich konnte mich nicht mal daran freuen, ihn wütend gemacht zu haben, denn er hatte mich schon gehasst, ehe ich dieses Büro betreten hatte.

Ich musste an Mr. Conways Ratschlag denken, wegen des Kriegs Reue zum Ausdruck zu bringen, und mir wurde klar, dass das nicht nur eine Anregung, sondern eine Notwendigkeit war. Ich sagte: »Der Krieg war für unser beider Völker eine schreckliche Zeit, vor allem aber für die Vietnamesen, die sehr gelitten haben. Ich bedaure es, dass mein Land an diesem Krieg beteiligt war, und vor allem bedaure ich, dass ich selbst daran beteiligt war. Ich bin hierher gekommen, um zu sehen, wie das vietnamesische Volk jetzt in Frieden lebt. Ich finde es gut, dass so viele amerikanische Veteranen wiederkommen, und ich weiß, dass viele von ihnen Zeit und Geld dafür geopfert haben, dabei zu helfen, die Wunden des Kriegs zu heilen. Ich hoffe, dass auch ich dazu beitragen kann.«

Oberst Mang war anscheinend erfreut über meine kleine Ansprache und nickte anerkennend. Das mochte der Beginn einer wunderbaren Freundschaft sein, aber das bezweifelte ich.

Er fragte: »Und wohin fahren Sie zwischen Hué und Hanoi?«

Da war ich in geheimer Mission unterwegs, aber ich antwortete: »Das weiß ich nicht. Was schlagen Sie vor?«

»Sie werden doch bestimmt einige Ihrer alten Schlachtfelder besuchen wollen.«

»Ich war Koch.«

Er lächelte mich verschwörerisch an, so als wüssten wir doch beide, dass ich log. In schmeichlerischem Ton sagte er: »Sie wirken aber gar nicht wie ein Mann, der damit zufrieden wäre, in einem Topf herumzurühren.«

»Tja, ich war ein ganz sensibles Kind. Mir wurde schon schlecht, wenn ich das Blut auf den Schweinekoteletts gesehen habe.«

Oberst Mang beugte sich an seinem Tisch vor und sagte: »Ich habe viele Amerikaner umgebracht. Wie viele Vietnamesen haben Sie umgebracht?«

Da hatte ich die Schnauze voll. Ich stand auf und entgegnete: »Dieses Gespräch ist die reine Schikane. Ich werde diesen Zwischenfall meinem Konsulat in Saigon und meiner Botschaft in Hanoi melden.« Ich sah auf meine Armbanduhr und sagte: »Ich bin jetzt seit einer halben Stunde hier und wenn Sie mich auch nur noch eine Minute länger aufhalten, werde ich verlangen, dass Sie mich das Konsulat anrufen lassen.«

Oberst Mang verlor ebenfalls die Nerven, stand auf und schlug mit der Hand auf seinen Schreibtisch. Jetzt brüllte er zum ersten Mal. »Sie werden gar nichts von mir verlangen! Ich werde etwas von Ihnen verlangen! Ich verlange von Ihnen, dass Sie mir vollständig darlegen, wohin Sie in der Sozialistischen Republik reisen werden!«

»Ich habe Ihnen doch schon gesagt, dass ich das noch nicht

genau weiß. Man hat mir gesagt, ich könnte ungehindert überall hinfahren.«

»Und ich sage Ihnen, dass Sie mir eine Reiseroute nennen müssen!«

»Tja, dann werde ich mir eine überlegen. Geben Sie mir bitte meinen Pass und mein Visum.«

Oberst Mang bekam sich wieder in den Griff und setzte sich. In sachlichem Ton sagte er: »Nehmen Sie bitte Platz, Mr. Brenner.«

Ich blieb lange genug stehen, um ihm damit auf den Zeiger zu gehen, und setzte mich dann wieder.

Er teilte mir mit: »Ich werde Ihren Pass einbehalten. Sie erhalten ihn vor Ihrer Abreise aus Ho-Chi-Minh-Stadt wieder. Dann werden Sie mir Ihre genaue und vollständige Reiseroute zwischen Ho-Chi-Minh-Stadt und Hué und Hué und Hanoi nennen.«

»Ich will meinen Pass aber jetzt wiederhaben.«

»Es ist mir egal, was Sie wollen.« Er sah auf seine Armbanduhr und sagte: »Sie waren zehn Minuten lang hier, das war eine routinemäßige Pass- und Visumskontrolle und Sie dürfen jetzt gehen.« Er schob mir mein Visum über den Schreibtisch und sagte: »Das dürfen Sie mitnehmen.«

Ich stand auf, nahm mein Visum, ließ die Schneekugel auf Mangs Schreibtisch stehen und ging zur Tür.

Oberst Mang wollte mir zum Abschied anscheinend dringend noch einen einschenken und sagte: »Das hier ist mein Land, Mr. Brenner, und Sie sind hier nicht mehr der mit den Waffen.«

Ich hatte nicht vor, darauf einzugehen, aber dann dachte ich doch über die Wut dieses Mannes nach, über seine offensichtlich traumatischen Kriegsjahre als Zugführer. Einfühlungsvermögen ist nicht meine Stärke, aber da wir beide Kriegsveteranen waren, versuchte ich mich in seine Lage zu versetzen.

Doch selbst wenn Mang teilweise zu Recht wütend war,

tat es ihm doch nicht gut. Ich fragte: »Meinen Sie nicht, dass es Zeit ist, die Vergangenheit ruhen zu lassen?«

Oberst Mang starrte mich an und stand dann auf. Mit so leiser Stimme, dass ich ihn kaum verstand, sagte er: »Mr. Brenner, ich habe den Großteil meiner Familie und die meisten meiner Freunde durch amerikanische Bomben und Kugeln verloren. Aus meinem Schuljahrgang lebt kaum noch jemand. Kein einziger Cousin von mir ist mehr am Leben und nur einer meiner vier Brüder hat den Krieg überlebt, und das auch nur als Amputierter. Wenn Ihnen das so gegangen wäre, könnten Sie dann vergessen und verzeihen?«

»Wahrscheinlich nicht. Aber die Geschichte und die Erinnerung sollten dazu dienen, der nächsten Generation etwas beizubringen, und nicht dazu, den Hass aufrechtzuerhalten.«

Er dachte kurz darüber nach und sagte dann: »In Ihrem Land können Sie machen, was Sie wollen. Ich hoffe, Sie lernen hier etwas. Ich schlage vor, dass Sie auch das Museum für amerikanische Kriegsverbrechen besuchen.«

Ich öffnete die Tür und ging.

Draußen stand der Schubser und forderte mich mit einer Handbewegung auf, vor ihm herzugehen. Ich ging über den schmalen Korridor zurück ins Hauptgebäude des Flughafens. Der Schubser schubste mich in Richtung Gepäckausgabe. Ich ging durch das verwaiste Terminal und sah meinen Koffer und meine Reisetasche zu Füßen eines bewaffneten Soldaten stehen.

Ich langte nach meinem Koffer, aber der Schubser packte meinen Arm. Er hielt mir einen Zettel hin. Ich nahm ihn und las, was handschriftlich auf Englisch darauf stand: *Einreisesteuer – 20 Dollar.*

In meinem Reiseführer hatte nichts von einer Einreisesteuer gestanden und ich hatte so den Eindruck, dass der Schubser sie gerade erfunden hatte. Ich lasse mich nicht gerne ausnehmen und es wurde Zeit, sich zu wehren. Ich zerknüllte diesen Erpresserbrief und warf ihn zu Boden. »Nein.«

Den Schubser versetzte das in helle Aufregung und er fing an, auf Vietnamesisch rumzubrüllen und mit den Armen zu fuchteln. Der Soldat stand ungerührt dabei.

Ich nahm mein Gepäck und der Schubser versuchte nicht, mich aufzuhalten. Vielmehr schrie er: »Di di! Di di mau!« Das ist eine Aufforderung, sich in Bewegung zu setzen, und zwar keine sehr höfliche.

Ich wollte schon weggehen, aber dann hatte ich eine gute Idee, die alle zufrieden stellen würde. Ich setzte mein Gepäck ab, langte in die Innentasche meines Blazers und zog einen Zwanzigdollarschein aus dem Umschlag. Ich zeigte ihn dem Schubser und deutete dann auf mein Gepäck. Er kämpfte eine Minute lang gegen diese Versuchung an und wägte den Sold von drei Wochen gegen seine Würde ab. Er sah sich um, schrie mich dann an, ich solle zum Ausgang gehen, und nahm mein Gepäck. Wäre er netter gewesen, dann hätte ich ihm gezeigt, dass der Koffer einen ausziehbaren Griff und Rollen hatte.

Ich ging jedenfalls hinaus an die schwülwarme Luft, die nach Abgasen stank. Der Regen war in ein feines Nieseln übergegangen. Ein überdachter Fußweg führte zu einem Taxistand. Ein paar Leute guckten zweimal hin, als sie einen Uniformierten mein Gepäck tragen sahen, und wahrscheinlich hielten sie mich für einen sehr wichtigen Amerikaner.

Wir kamen zum ersten Taxi und der Fahrer wollte das Gepäck nehmen, aber der Schubser wusste mittlerweile, wie der Hase lief, und wuchtete die Tasche und den Koffer selber in den Kofferraum.

Ich hielt ihm den Zwanziger hin und er riss ihn mir unwirsch aus der Hand. Ich hätte ihm wirklich gerne einen Tritt in die Eier verpasst, aber das hätte mich möglicherweise weitere zwanzig Dollar gekostet. Der Schubser sagte in gehässigem Tonfall irgendwas zu mir, brüllte dann den Taxifahrer an und stapfte davon.

Der Fahrer schloss den Kofferraum und öffnete mir die Beifahrertür und ich setzte mich in den kleinen Honda, der nicht viel größer war als ein Civic. Es stank nach Zigarettenqualm und Schimmel.

Der Fahrer stieg ein, warf den Motor an und brauste los.

Wenige Minuten später hatten wir den Flughafen hinter uns gelassen, und der Fahrer fragte in passablem Englisch: »Sie Amerikaner? Ja?«

»Ja.«

»Kommen aus Seoul?«

»Ja, genau.«

»Warum so lange gedauert?«

»Das Rollband hing fest.«

»Haben sie Ihnen Fragen gestellt?«

»Ja.«

»Kommunisten fressen Scheiße.«

Das überraschte mich und ich lachte.

Der Fahrer zog ein Päckchen Zigaretten aus seiner Hemdtasche und hielt es über seine Schulter nach hinten. »Rauchen?«

»Nein danke.«

Er steckte sich die Zigarette mit einem Streichholz an und lenkte dabei mit den Knien.

Ich schaute aus dem Fenster und sah, dass die Stadt bis hinaus zum Flughafen gewuchert war. Statt der morschen Bambushütten und Verkaufsbuden, an die ich mich an dieser Straße erinnerte, sah ich nun Stuckgebäude. Überall waren Stromleitungen gespannt und ich sah Fernsehantennen und sogar ein paar Satellitenschüsseln. Auf der Straße waren viele Kleinlaster und Motorroller unterwegs und nicht mehr die Ochsenkarren, an die ich mich erinnerte. Aber man sah immer noch viele Fahrräder. Neu war auch der viele Plastik- und Papiermüll am Straßenrand.

Ich hatte nicht erwartet, das alte Vietnam zu sehen, das in vieler Hinsicht malerisch und urtümlich gewesen war, aber dieses Gehupe und die Fernsehantennen waren doch ein kleiner Schock für mich.

Ich dachte kurz über Oberst Mang nach und kam zu dem Schluss, dass es tatsächlich zufällig zu diesem Zwischenfall gekommen war. Dummerweise hatte der Zufall es so gewollt, dass meine Auseinandersetzung mit der Obrigkeit nun die Mission gefährdete. Ich musste mich entscheiden, ob ich weitermachen oder den Einsatz abbrechen sollte.

Der Fahrer fragte: »Hotel?«

»Das Rex.«

»Hotel von amerikanischen Generälen.«

»Tatsächlich?«

»Sie Soldat in Vietnam. Ja?«

»Ja.«

»Ich weiß. Ich fahre viele Soldaten.«

»Werden die alle angehalten und verhört?«

»Nein. Nicht viele. Die kommen aus Flughafen ... verstehen Sie? Sie kommen ... Wie sagt man?«

»Alleine? Verspätet?«

»Ja. Verspätet. Kommunisten fressen Scheiße.« Er brach in schallendes Gelächter aus und legte sich bei diesem Thema richtig ins Zeug. »Kommunisten fressen Hundescheiße.«

»Danke. Schon klar.«

»Mister, warum hat der Soldat Ihr Gepäck getragen?«

»Ich weiß nicht. Was hat er denn gesagt?«

»Er sagt, Sie sind wichtige Person aus Amerika, aber Sie sind auch imperialistischer Hund.«

»Das ist aber nicht nett.«

»Sind Sie wichtige Person?«

»Ich bin Vorsitzender der Kommunistischen Partei der USA.«

Da wurde er ganz still und sah mich ein paar Mal im Rückspiegel an. Er fragte: »Scherz, ja? Scherz?«

»Ja, Scherz.«

»Keine Kommunisten in Amerika.«

Das Gespräch war nicht sehr unterhaltsam und ich litt am Jetlag, war müde und griesgrämig. Ich sah aus dem Fenster. Wir waren jetzt in der Altstadt von Saigon, auf einem breiten, hell erleuchteten Boulevard, und auf dem Straßenschild stand Phan Dinh Phung. Ich meinte mich zu erinnern, dass dieser Boulevard an der katholischen Kathedrale vorbeiführte, und tatsächlich erhaschte ich über den Dächern der niedrigen Häuser im französischen Kolonialstil einen Blick auf die Türme der Kathedrale.

Mein neuer Freund sagte: »Mein Vater war Soldat. Er war bei der amerikanischen Ami. Sie verstehn?«

»Biet«, sagte ich. Das war eines der wenigen Worte Vietnamesisch, die mir noch einfielen.

Er schaute sich zu mir um und wir sahen einander in die Augen. Er nickte, sah dann wieder nach vorne und sagte: »Er Gefangener. Ihn nie wieder gesehen.«

»Das tut mir Leid.«

»Ja. Scheiß-Kommunisten. Ja?«

Ich erwiderte nichts. Ich war, das merkte ich, mehr als nur müde. Ich war wieder da. Danke, Karl.

Wir bogen in die Le-Loi-Straße, Saigons Hauptstraße, ein und näherten uns dem Hotel Rex.

Als Infantrist hatte ich nichts von Saigon gesehen. Dahin durfte man nur im dienstlichen Auftrag und ein Schütze Arsch hatte in Saigon keine dienstlichen Aufträge. Aber als Militärpolizist hatte ich die Stadt dann ein wenig kennen gelernt. Damals war dort viel los, aber es war auch eine belagerte Hauptstadt und es herrschte immer Verdunklung und auf den Straßen waren fast nur Militärfahrzeuge unterwegs. An strategisch wichtigen Punkten, an denen vietnamesische Polizisten und Soldaten alles im Auge behielten, waren Sandsäcke aufgehäuft. Sämtliche Cafés und Restaurants hatten Stahlgitter vor den Fenstern, die verhindern sollten, dass die örtlichen Vietcong aus den Satteltaschen ihrer Motorroller Sprengsätze oder Granaten auf die zahlende Kundschaft warfen. Dennoch herrschte trotz des Krieges hektische Betriebsamkeit in der Stadt, eine Lebensfreude, wie man sie paradoxerweise erlebt, wenn der Tod gleich vor den Toren steht und das Ende naht.

Dieses Saigon jetzt, diese Ho-Chi-Minh-Stadt, wirkte ebenfalls hektisch, aber ohne die Kriegspsychose, die die Stadt damals allnächtlich ergriff. Und erstaunlicherweise waren überall beleuchtete Reklametafeln zu sehen – von Sony, Mitsubishi, Coca-Cola, Peugeot, Hyundai –, die hauptsächlich für japanische, koreanische, amerikanische und französische Produkte warben. Die Kommunisten fraßen ja vielleicht Scheiße, aber sie tranken Coca-Cola.

Das Taxi hielt vor dem Rex und mein Freund öffnete mit einem Hebel den Kofferraum und stieg aus.

Ein Portier hielt mir die Tür auf und ein Page hievte das Gepäck aus dem Kofferraum. Der Portier sagte in gutem Englisch: »Herzlich willkommen im Rex, Sir.«

Mein Fahrer sagte zu mir: »Hier, meine Karte. Mr. Yen. Sie mich anrufen. Ich Ihnen zeige ganze Stadt. Guter Fremdenführer. Mr. Yen.«

Die Fahrt kostete vier Dollar und ich gab Mr. Yen einen Dollar Trinkgeld.

Yen sah sich um, dass auch niemand zuhörte, und sagte dann: »Der Mann im Flughafen war Sicherheitspolizei. Er sagt, er sieht Sie wieder.« Dann sprang er in sein Taxi.

Ich betrat das Hotel Rex.

Das Foyer war groß und ganz aus poliertem Marmor und erinnerte vage an französische Architektur. An der Decke hingen Kristalllüster, überall standen Topfpflanzen und die Klimaanlage funktionierte. Hier war es viel angenehmer als in Oberst Mangs Büro.

Ich sah auch, dass das Foyer für die Tet-Feiertage geschmückt war, die ich 68 und 72 hier erlebt hatte. Obstblütenzweige standen in großen Vasen und mitten im Raum stand ein großer Kumquatbaum.

Es waren zwar noch einige Leute im Foyer, aber viel war

hier um diese Uhrzeit – es war nach Mitternacht – nicht mehr los.

Ich ging zum Empfang, wo mich eine nette junge Vietnamesin, auf deren Namensschildchen *Lan* stand, begrüßte, meinen Voucher entgegennahm und um meinen Pass bat.

Ich teilte ihr mit: »Den hat mir die Polizei abgenommen.«

Ihr nettes Lächeln verschwand. Sie sagte: »Es tut mir Leid, aber für die Anmeldung brauchen wir Ihren Pass.«

»Wenn ich mich hier nicht anmelden kann, woher soll die Polizei dann wissen, wo ich bin? Ich habe diese Adresse angegeben.«

Diese Logik machte Eindruck bei ihr und sie hängte sich an die Strippe und quasselte eine Zeit lang, kam dann wieder zu mir und sagte: »Wir müssen bis zu Ihrer Abreise Ihr Visum einbehalten.«

»Gut. Verlieren Sie's nicht.«

Lan fing an, an ihrem japanischen Computerterminal rumzuspielen. Sie sagte: »Wir haben Hauptsaison. Die Tet-Feiertage stehen bevor, und das Wetter ist gut für Touristen.«

»Es ist heiß und schwül.«

»Dann kommen Sie bestimmt aus einem kalten Klima. Sie werden sich daran gewöhnen. Waren Sie schon einmal bei uns?«

»1972 bin ich ein paar Mal an dem Hotel vorbeigegangen.«

Sie sah kurz zu mir hoch, erwiderte darauf aber nichts. Lan fand für meine 150 Dollar pro Nacht eine Luxus-Suite für mich und reichte dem Pagen den Schlüssel. Sie sagte: »Einen angenehmen Aufenthalt, Mr. Brenner. Sagen Sie bitte beim Empfang Bescheid, falls Sie irgendwas benötigen.«

Ich benötigte meinen Pass und einen Therapeuten, sagte aber: »Danke.« Ich sollte niemandem per Telefon oder Fax mitteilen, dass ich gut angekommen war. Jemand würde hier anrufen, was wahrscheinlich schon geschehen war, und nun fragten sie sich, warum ich noch nicht eingecheckt hatte.

Lan sagte zu mir: »Chuc mung nam moi. Frohes neues Jahr.«

Mein Vietnamesisch hatte ich größtenteils vergessen, aber meine Aussprache war gut, und es gelang mir, ihr nachzuplappern: »Chuc mung nam moi.«

Sie lächelte. »Sehr gut.«

Ich ging mit dem Pagen zu den Fahrstühlen. Vietnamesen sind im Grunde angenehme Menschen, höflich, gutmütig und hilfsbereit. Doch unter ihrer friedfertig lächelnden buddhistischen Schale haben sie eine sehr kurze Zündschnur.

Wir fuhren also in den fünften Stock und gingen einen breiten Flur entlang zu einer großen Tür. Der Page führte mich in eine hübsche Suite mit Sitzecke, Blick auf die Le-Loi-Straße und Gott sei Dank einer Hausbar. Ich gab ihm einen Dollar und er ging.

Ich steuerte schnurstracks auf die Bar zu und machte mir einen Chivas mit Soda und Eis. Bis auf den Schwachsinn am Flughafen und den Umstand, dass ich jederzeit aus nichtigem – oder auch gutem – Grund verhaftet werden konnte, war es wie im Urlaub.

Das Zimmer war à la Pariser Puff dekoriert, aber groß und im Bad gab es eine Dusche mit Kabine. Auf dem Gepäckständer untersuchte ich den Inhalt meines Koffers und sah, dass alles durcheinander war. Das gleiche Bild bei der Reisetasche.

Und dann hatten mir die Schweine auch noch die Fotokopien meines Passes und meines Visums abgenommen. Vermutlich hatten sie keinen eigenen Fotokopierer. Aber sonst fehlte nichts und ich hielt Oberst Mang und seinem Handlanger ihre Redlichkeit und Professionalität zugute, auch wenn der Schubser dann noch versucht hatte, mir zwanzig Dollar abzuzocken. Ja, mir wäre wohler gewesen, wenn Oberst Mang einfach nur ein Polizist gewesen wäre, der die Hand aufhielt – aber das war er nicht und das bereitete mir ein wenig Sorge.

Ich hängte meine Kleidung auf, brachte alles in Ordnung,

schälte mich aus meinen Klamotten und ging unter die Dusche. *Secret Agent Man*, dieser blöde Song, waberte durch mein vom Jetlag geplagtes Hirn und dann ein paar Melodien aus James-Bond-Filmen.

Ich stieg aus der Dusche und trocknete mich ab. Eigentlich hatte ich vorgehabt, mich noch ein wenig in der Stadt umzusehen, aber ich war kaum noch bei Bewusstsein. Ich fiel aufs Bett und war weg, ehe ich auch nur die Lampe ausschalten konnte.

Zum ersten Mal seit Jahren träumte ich wieder vom Krieg, hörte sogar M-16-Gewehre und Kalaschnikows und das schreckliche Rattern eines Maschinengewehrs.

Ich erwachte mitten in der Nacht, am ganzen Körper schweißnass. Ich schenkte mir einen doppelten Scotch ein, setzte mich nackt und fröstelnd auf einen Sessel und sah zu, wie über dem Saigon River die Sonne aufging.

Kapitel 8

In der Café-Lounge des Hotels nahm ich ein spätes Frühstück zu mir, und die Oberkellnerin gab mir die »Viet Nam News«, eine hiesige englischsprachige Zeitung. Ich setzte mich, bestellte einen Kaffee und las die Schlagzeile auf der ersten Seite: »Schwerer Schlag für die Selbstsicherheit der USA.« Ich hatte so das Gefühl, dass diese Zeitung nicht so ganz unparteiisch war.

Der Artikel zu dieser Schlagzeile stammte von Oberst Nguyen Van Minh, einem Militärhistoriker. Er schrieb: »An diesem Tag im Jahre 1968 starteten unsere Armee und unser Volk einen Angriff auf die Stützpunkte des Feindes in Khe Sanh. Der Angriff schockierte die Vereinigten Staaten und zwang Präsident Johnson und das Pentagon, sich auf den Kampf gegen uns in Khe Sanh zu konzentrieren.«

Ich meinte mich an dieses Ereignis zu erinnern, denn ich war dabei gewesen. Ich las weiter und erfuhr, dass die Truppen der USA »eine schwere, demütigende Niederlage erlitten« hätten. Daran konnte ich mich zwar nicht erinnern, aber wer die Gegenwart kontrolliert, kontrolliert auch die Vergangenheit und ich wünsche viel Spaß dabei.

Nur mit Mühe konnte ich der schlechten Übersetzung und auch der Logik dieses Artikels folgen, merkte aber auf, als meine Division erwähnt wurde, die 1. Air Cavalry, die hier mit »die fliegende Kavallerie-Division Nummer eins« übersetzt war. Noch interessanter war, dass der Krieg hier – wie ich ja auch schon bei Oberst Mang erfahren hatte – immer noch Nachrichtenwert besaß.

Ich sah mich um. Die übrigen Gäste schienen größtenteils Japaner und Koreaner zu sein, aber es waren auch ein paar Westler da und ich hörte, dass Französisch und Englisch gesprochen wurde. Saigon war anscheinend wieder im Kommen.

Ich betrachtete die Speisekarte, die mehrsprachig war und, nur für alle Fälle, auch Fotos enthielt. Auf keinem der Fotos waren, wie ich es vom letzten Mal in Erinnerung hatte, Hunde, Katzen oder halb ausgebrütete Hühnerembryonen zu sehen. Ich bestellte ein amerikanisches Frühstück und hoffte das Beste.

Nach dem Frühstück ging ich zum Empfang und erkundigte mich nach meinem Pass. Der Portier sah nach und sagte: »Nein, Sir.« Es waren auch keine Nachrichten für mich da. Halbwegs hatte ich wohl ein Fax von Cynthia erwartet. Ich ging hinaus auf die Le-Loi-Straße.

Aus dem kühlen, schummrig beleuchteten Foyer des Rex hinaus ins heiße Sonnenlicht zu treten war ein kleiner Schock: das Dröhnen der Motorroller, das ununterbrochene Gehupe, die Abgase, die vielen Menschen, Fahrräder und Kraftfahrzeuge. Zu Kriegszeiten war Saigon – bis auf die gelegentlichen Explosionen – irgendwie ruhiger gewesen.

Ich wanderte durch die Straßen von Saigon und binnen zehn Minuten schwitzte ich wie ein Schwein. Ich hatte am Empfang einen Stadtplan bekommen und hatte mir meine Kamera über die Schulter gehängt. Ich trug eine khakifarbene Baumwollhose, ein grünes Polohemd und Joggingschuhe. Ich sah tatsächlich aus wie ein blöder amerikanischer Tourist, nur dass amerikanische Touristen überall auf der Welt kurze Hosen tragen.

Saigon kam mir nicht besonders schmutzig vor, aber auch nicht so richtig sauber. Die meisten Gebäude waren immer noch ein- bis vierstöckig, aber ich sah, dass auch ein paar Hochhäuser aus dem Boden geschossen waren. Im Zentrum gab es noch französischen Kolonialstil, so wie ich es in Erinnerung hatte, aber größtenteils bestand die Stadt aus Stuckgebäuden unbestimmbaren Stils, an denen die Farbe abblätterte. Die Stadt hatte zwar auch tagsüber einigen Charme, aber vor allem erinnerte ich mich an die unheimlichen, gefährlichen Nächte hier.

Es war viel Verkehr, der aber zügig vorankam, wie ein choreographiertes Chaos. Die Einzigen, die da nicht mitspielten, waren Militärfahrzeuge und gelbe, offene, Jeep-artige Polizeiautos, die sich verhielten, als hätten sie eine eingebaute Vorfahrt. Daran hatte sich seit damals nicht viel geändert, nur dass die Fahrzeuge nun andere Markierungen trugen. Einen Polizeistaat oder ein Land im Kriegszustand erkennt man unweigerlich daran, wie sich staatliche Fahrzeuge im Straßenverkehr bewegen.

Die vorherrschenden Verkehrsmittel waren damals wie heute die Motorroller, auf denen fast ausschließlich junge Männer und Frauen saßen, die alle einen irrwitzigen Fahrstil an den Tag legten. Die größte Neuerung war, dass sie nun fast alle beim Fahren telefonierten.

Ich dachte an die Zeit, als alle diese Leute mit einem Mal eine Granate oder einen Sprengsatz hätten ziehen und im Vorbeifahren in ein Café schleudern können oder auf einen Militärlaster, einen Posten der Polizei oder ein paar betrunkene Soldaten – Amerikaner oder Vietnamesen. Heute stellten die telefonierenden Motorrollerfahrerinnen und -fahrer wohl nur für einander eine Gefahr dar.

In der Stadt herrschte reges Treiben wegen der bevorstehenden Tet-Feiertage, die für die Vietnamesen so etwas wie Weihnachten, Silvester und Nationalfeiertag zusammengenommen sind. Außerdem feiern sie an Neujahr alle ihren Geburtstag, so dass jeder, egal, wann er geboren wurde, dann ein Jahr älter ist – genau wie bei Vollblutpferden.

Auf den Straßen wimmelte es von Händlern, die Blumen, Pfirsich- und Aprikosenknospenzweige und kleine Kumquatbäume verkauften – eine aus Ostasien stammende kleine Orange. Aus irgendeinem Grund glaubten viele der Händler, ich bräuchte diese Dinge, und versuchten mir Obstbaumzweige aufzuschwatzen, die ich dann mit mir herumtragen sollte.

Einige Straßen waren voller Stände, an denen Grußkarten mit dem Aufdruck *Chuc mung nam moi* angeboten wurden. Ich überlegte, für Karl eine zu kaufen und dazuzuschreiben *Phuc Yu*.

Auf den Straßen sah man auch viele Cyclos, ein typisch vietnamesisches Verkehrsmittel, eine Art Fahrradrikscha mit einsitziger Passagierkabine vorne dran. Der Fahrer strampelt und lenkt dahinter – das hat was. Die Cyclofahrer waren scharf auf Westgeld und während sie mir durch den Verkehr und die Menschenmassen folgten, nervten sie mich damit, ich solle aufsteigen und mich kutschieren lassen.

Scharenweise kreisten Kinder um mich wie Piranhas, zogen an meinen Armen und meiner Kleidung und bettelten um tausend Dong. Ich sagte immer wieder: »Di di! Di di mau! Mau len!« und so weiter, aber meine Aussprache war wohl nicht so besonders, denn sie taten, als sagte ich: »Kommt näher, Kinder! Kommt her und bettelt den großen My um Dong an!« Man konnte hier ziemlich schnell menschenmüde werden.

Ich entdeckte eine Straße, an die ich mich von 1972 her erinnerte, eine schmale Gasse am Rande von Cholan, dem Chinesenviertel der Stadt. Früher hatten Bars, Bordelle und Massagesalons diese Straße gesäumt, doch nun war es still hier und die ganzen netten Mädels hatten vermutlich einige Zeit in Umerziehungslagern verbracht und für ihre Sünden gebüßt und jetzt waren sie alle Immobilienmaklerinnen. Ich war natürlich als Militärpolizist in dieser Straße gewesen, nicht als Freier.

Ich knipste im Vorbeigehn ein paar Bilder, aber da ich nicht das Gefühl hatte, das mir jemand folgte, war dieser Touristenkram einigermaßen überflüssig, es sei denn, ich wollte Karl, wenn ich wieder in Virginia war, zu einem fünfstündigen Diaabend einladen.

Ich orientierte mich und ging dann in die Richtung des Museums für amerikanische Kriegsverbrechen, dessen Besuch mir Oberst Mang eindringlich nahe gelegt hatte.

Eine Viertelstunde später fand ich das Museum auf dem Gelände einer alten französischen Villa, die ironischerweise während des Kriegs Sitz des United Staates Information Service gewesen war. Ich zahlte einen Dollar Eintritt und betrat den Hof, auf dessen Rasen ein großer, rostiger, amerikanischer M-48-Panzer stand. Es war ruhiger hier, es gab hier keine Bettler und Straßenhändler und ich ertappte mich dabei, dass ich doch tatsächlich froh war, im Museum für amerikanische Kriegsverbrechen zu sein.

Ich sah mir die Ausstellung an, hauptsächlich Fotos, die in diversen Stuckgebäuden untergebracht waren, und es war alles schon ziemlich deprimierend und Ekel erregend – Fotos von dem Massaker in My Lai, entsetzlich verstümmelte Frauen und Kinder, deformierte Säuglinge, die Agent-Orange-Opfer waren, das berühmte Foto mit dem nackten Mädchen, das, verbrannt von amerikanischem Napalm, die Straße entlangläuft, das Foto mit dem südvietnamesischen Offizier, der während der Offensive von 68 einem gefangenen Vietcong in

Saigon das Hirn rauspustet, das Foto eines Babys, das an der Brust seiner toten Mutter nuckelt, und so weiter.

Es gab auch eine Verbrechergalerie: Lyndon B. Johnson, Richard Nixon, US-Generäle, darunter auch John Tolson, der Kommandant meiner Division, und verschiedene Politiker, die diesen Krieg befürwortet hatten. Dazu Fotos von Antikriegsdemonstranten auf der ganzen Welt und von Polizisten und Soldaten, die auf Studenten einschlugen, von den Erschießungen auf dem Campus der Kent State University und so weiter und so fort. Die Bildunterschriften auf Englisch sagten nicht viel aus, aber das mussten sie auch nicht.

Es gab viele Fotos der wichtigsten amerikanischen Kriegsgegner jener Zeit: Senator John Kerry aus meinem Heimatbundesstaat, der zur gleichen Zeit wie ich 68 in Vietnam gedient hatte, Eugene McCarthy, Jane Fonda an einem nordvietnamesischen Flakgeschütz und so weiter.

Es gab auch eine Schautafel mit amerikanischen Kriegsorden, deren Empfänger sie als Zeichen des Protests gegen den Krieg nach Hanoi geschickt hatten.

Ich hatte die Sechzigerjahre wieder ganz deutlich vor Augen.

Dann kam ich zu einer besonders bestürzenden Fotoserie mit Begleittext. Die Fotos zeigten Hunderte Menschen, die aufgereiht dastanden, von einem Exekutionskommando hingerichtet wurden und dann noch mit einer Pistole den Gnadenschuss bekamen. Aber das war kein amerikanisches oder südvietnamesisches Kriegsverbrechen. Der Text erläuterte, die Opfer seien südvietnamesische Soldaten und Angehörige pro-amerikanischer Bergvölker, der Montagnards, gewesen, die nach dem Fall von Saigon weiter gegen die siegreichen Kommunisten gekämpft hätten.

Der Text charakterisierte die Montagnards als Mitglieder der FULRO, der *Front Unitié de Lutte des Races Oprimées*, der Vereinten Front für den Kampf der unterdrückten Rassen, laut Bildunterschrift eine von der CIA finanzierte Gruppe von Banditen und Verbrechern. Diese Fotos einer kaltblütigen Exekution sollten als Mahnung an alle dienen, die sich der Regierung widersetzen wollten. Eigentlich unterschieden sie sich nicht groß von denen, die amerikanische Gräueltaten zeigten. Die Regierung in Hanoi hatte offenbar keine Ahnung, wie diese Fotos auf westliche Betrachter wirken mussten. Ja, eine Amerikanerin, die neben mir stand, war vor Entsetzen blass und stumm.

Während ich mir das alles ansah, wusste ich nicht so recht, was ich empfand. Es war offensichtlich eine unausgewogene Darstellung, die beispielsweise keinen Hinweis auf die Massaker der Kommunisten in Hué und Quang-Tri-Stadt enthielt, die ich persönlich miterlebt hatte.

Ich hatte genug gesehen und ging hinaus in den Sonnenschein.

Die Besucher des Museums waren hauptsächlich Amerikaner, alte und junge, und die älteren Männer, offensichtlich Veteranen, waren wütend. Einen hörte ich über den »einseitigen Propagandamist« schimpfen. Andere Veteranen waren mit ihren Frauen und Kindern da und die waren ein wenig stiller.

Tja, genug Vergnügen für einen Nachmittag. Ich ging zum Ausgang und sah Souvenirstände, an denen verschossene Armee-Munition angeboten wurde, Blumenvasen, die aus Granathülsen hergestellt waren, alte amerikanische Erkennungsmarken und Modelle von Huey-Helikoptern, die wie Origamiwerke aus Aluminiumresten gebastelt waren. Ich sah alte Zippo-Feuerzeuge, auf denen der Name ihres ehemaligen GI-Besitzers samt Motto und Einheitswappen eingraviert war, und so weiter. Ich entdeckte ein Feuerzeug, auf dem derselbe Spruch stand wie auf meinem: *Der Tod ist mein Geschäft und die Geschäfte gehen gut.* Ich besaß dieses Feuerzeug immer noch, hatte es aber zu Hause gelassen.

Ich ging durch das Tor hinaus auf die Vo-Van-Tan-Straße und dann wieder zurück in Richtung Innenstadt.

Immer mal wieder sah ich im Augenwinkel Überreste der

einst so stolzen ARVN – der Armee der Republik Vietnam: Männer mittleren Alters, die wie Greise aussahen, denen Arme oder Beine fehlten, die blind, gelähmt, von Narben übersät, gebeugt und gebrochen waren. Manche bettelten an einer schattigen Stelle. Andere saßen nur da und machten sich nicht die Mühe zu betteln.

Ab und zu wurde einer von ihnen auf mich aufmerksam und rief: »Hey! Du GI? Ich ARVN!«

Es waren Männer meiner Generation, meine ehemaligen Verbündeten, und ich schämte mich, dass ich sie nicht beachtete.

Es war ein kurzer Fußmarsch zurück zum Rex und als ich das Foyer betrat, schlug mir die klimatisierte Luft wie eine kanadische Kaltfront entgegen.

Ich erkundigte mich am Empfang nach meinem Pass, aber er war nicht da und auch keine Nachricht für mich. Ich bekam meinen Schlüssel, ging ins Fitnesscenter im fünften Stock und bestellte eine Massage. In der Umkleide zog ich mich aus, bekam ein Handtuch, einen Bademantel und Badelatschen, duschte dann und schwitzte mir Saigon aus den Poren, aber nicht aus dem Sinn.

Ich legte mich in einem Ruheraum auf eine Tatamimatte, aus einem Lautsprecher säuselte Unterhaltungsmusik und ein Angestellter brachte mir eine Tasse Sake.

Nach dem dritten Sake fühlte ich mich leicht angetütert und aus dem Lautsprecher kam eine Instrumentalversion von *Nights in White Satin* – und schon war es wieder 1972: Ich schmauchte einen dicken, fetten Joint im Apartment einer Dame nahe der Tu-Do-Straße, ganz hier in der Nähe. Sie lag neben mir und hatte weiter nichts an als ein bekifftes Lächeln und wir reichten den Joint hin und her. Ihr langes, schwarzes, seidiges Haar floss über meine Schulter.

Doch dann verschwand die Dame langsam und mir ging allmählich auf, dass das, was ich empfand, da ich wieder hier war, zum Teil Sehnsucht nach einer Zeit war, die der Vergangenheit angehörte. Ich war nicht mehr jung, war aber an diesem Ort, in dem für mich bisher die Zeit stehen geblieben war, einmal jung gewesen. Und so lange an diesem Ort die Zeit stehen blieb, blieb auch ich jung.

Ich musste wohl eingedämmert sein, denn ein Mann rüttelte mich sachte an der Schulter und sagte, da sei eine »Message« für mich, die sich dann aber als die bestellte Massage erwies.

Eine Dame am Empfang des Fitnesscenters schickte mich in den Raum C. Im Raum C stand eine Massagebank, die mit einem sauberen weißen Tuch bedeckt war. Ich hängte meinen Bademantel auf, schlüpfte aus den Badelatschen und legte mich dann gähnend und mich streckend, mit dem Handtuch um die Hüften auf die Bank.

Die Tür ging auf und eine attraktive junge Frau, die einen kurzen weißen Rock und eine ärmellose weiße Bluse trug, kam herein und lächelte. »Hallo.«

Ohne allzu viel Konversation wies sie mich mit einer Handbewegung an, mich auf den Bauch zu drehen, zog dann mein Handtuch weg und hüpfte zu mir auf die Bank.

Für eine so zierliche Frau war sie wirklich kräftig. Sie brachte jeden Knochen und jedes Gelenk meines Körpers zum Knacken. Sie hielt sich an einer Stange an der Decke fest und wanderte barfuß über meinen Rücken und Hintern, wobei sie mit ihren Zehen meine Muskeln knetete. An so was könnte ich mich gewöhnen.

An allen vier Wänden waren Spiegel, was aber hier nicht allzu ungewöhnlich wirkte, aber mir fiel auf, dass die junge Dame und ich einander in den Spiegeln ansehen konnten und dass sie ununterbrochen lächelte.

Schließlich drehte sie mich auf den Rücken und irgendwie hatte ich mein Handtuch verloren. Sie kniete zwischen meinen Beinen und zeigte auf eine Stelle, die sie noch nicht massiert hatte. Ich hatte so den Eindruck, dass der Shiatsu-Teil der Massage nun beendet war.

Sie sagte: »Zehn Dollar – okay?«

»Äh …«

Sie lächelte und nickte ermutigend. »Ja?«

Dieses Hotel hatte noch einen Stern mehr verdient.

Von moralischen Erwägungen mal abgesehen, schoss mir das Wort »Sexfalle« in den Sinn. Das hatte mir gerade noch gefehlt – dass Oberst Mang hereinkam und auf Video fest hielt, wie ich mir im Massageraum des Hotel Rex einen blasen ließ.

Ich setzte mich auf und saß meiner neuen Freundin nun Nase an Nase gegenüber. »Sorry, das geht nicht.«

Sie machte einen großen Schmollmund und sagte: »Doch, doch.«

»Nein, nein. Ich muss los.« Ich stand von der Massagebank auf und schlüpfte in meine Badelatschen.

Miss Massage blieb auf der Bank sitzen und sah mich weiter schmollend an.

Ich nahm meinen Bademantel vom Haken und sagte: »Tolle Massage. Ich gebe Ihnen viel Trinkgeld. Biet?«

Sie schmollte immer noch.

Ich zog meinen Bademantel an, verließ den Massageraum, ging zum Empfangstresen, unterschrieb dort eine Quittung über eine Massage für zehn Dollar und fügte dann noch zehn Dollar Trinkgeld hinzu. Die Empfangsdame strahlte mich an und erkundigte sich: »Fühlen Sie sich jetzt gut?«

»Sehr gut.« Ich hätte mich noch besser gefühlt, wenn ich es hingekriegt hätte, dass die CID dafür bezahlte, dass ich mir einen blasen ließ.

Nach diesem kleinen südostasiatischen Intermezzo ging ich jedenfalls zurück in die Umkleide, zog mich an und verließ dann das Fitnesscenter, wobei mir klar wurde, dass Oberst Mang wohl doch nicht dahinter steckte. Soweit ich mich erinnerte, hatte M James Bond nie die Anweisung gegeben, sich vor Sexfallen in Acht zu nehmen. Die Amerikaner hingegen, vor allem das FBI, waren sehr puritanisch, was Sex während der Arbeit anging. Vielleicht sollte ich es bei meiner nächsten Karriere mit einem nicht-amerikanischen Geheimdienst versuchen. Denn Spaß machte mir das alles schon.

Ich ging auf mein Zimmer, nahm mir eine kalte Cola und ließ mich auf einen Sessel plumpsen. Als ich die Cola mit geschlossenen Augen trank, tauchte Cynthia vor meinem geistigen Auge auf. Sie schien mich anzustarren, als hätte ich irgendwas verbrochen. Ich bin im Grunde monogam, aber manchmal gerät man halt schon mal in Versuchung.

Also saß ich da und überlegte, was ich für meinen Termin um sieben im Dachgartenrestaurant anziehen sollte.

Dann fiel mir etwas auf. Am Kopfende meines Bettes, neben dem Kissen, stand die Schneekugel.

Kapitel 9

Ich fuhr mit dem Lift hoch zum Dachgartenrestaurant und betrat einen großen Raum, in dem sich eine Bar und eine Cocktail-Lounge befanden. Mr. Conway hatte nicht gesagt, wo genau ich meine Kontaktperson treffen sollte – je ungeplanter es ist, desto ungeplanter wirkt es dann auch. Klar. Aber es war ein großer Laden und durch eine Glaswand sah ich auf dem eigentlichen Dach zahlreiche Tische stehen.

Ich sah mich kurz in der Bar und in der Cocktail-Lounge um und ging dann hinaus aufs Dach. Ein Oberkellner fragte mich auf Englisch, ob ich allein sei. Ich bejahte und er führte mich zu einem kleinen Tisch. Servicekräfte überall auf der Welt sprechen mich auf Englisch an, ehe ich auch nur den Mund aufmachen kann. Vielleicht liegt es daran, wie ich mich kleide. An diesem Abend trug ich einen blauen Blazer, ein gelbes Polohemd, eine Khakihose und Docksider ohne Socken.

Ich sah mich auf dem Dachgarten um. Hier standen so viele Topfpflanzen, dass man sich wie im Dschungel fühlte, und ich fragte mich, wie mich hier jemand finden sollte. Das Dach war mit Marmor gefliest und an drei Seiten von einem schmiedeeisernen Geländer umgeben. An der vierten Seite befand sich der Dachaufbau, aus dem ich gerade gekommen war. Soweit ich das sehen konnte, war rund die Hälfte der Tische besetzt. Das Publikum bestand zu etwa gleichen Teilen aus Asiaten und Westlern. Die Herren waren gut gekleidet, wenn auch keiner eine Krawatte trug, und die Damen wirkten in ihren leichten, größtenteils knöchellangen Abendkleidern ein klein wenig overdressed. Miss Massage einmal ausgenommen, hatte ich seit meiner Ankunft nicht viel Bein gesehen. Es war jedoch ein amerikanisches Paar mittleren Alters da, das Shorts, T-Shirt und Joggingschuhe trug. Das State Department sollte mal eine Kleiderordnung rausgeben.

Auf den Tischen standen Sturmlaternen mit brennenden Kerzen darin und im ganzen Garten hingen Papierlaternen.

Am anderen Ende des Dachs stand eine große Metallskulptur: eine Königskrone, auf der in Leuchtbuchstaben *Rex* stand. Kein sonderlich sozialistisches Symbol. Flankiert wurde die Krone von zwei großen Elefantenskulpturen, die sich auf den Hinterbeinen aufrichteten. Unter der Krone baute eine vierköpfige Combo gerade ihre Musikanlage auf.

Ein Kellner brachte die Speisekarte, aber ich sagte, ich wolle nur ein Bier. Ich erkundigte mich: »Haben Sie Dreimal Drei?«

»Ja, Sir.«

Ich war froh, dass in der Sozialistischen Republik immer noch 333 gebraut wurde – auf Vietnamesisch heißt es »Ba Ba Ba« und ist eine Glückszahl, wie 777 im Westen. Und etwas Glück konnte ich gut gebrauchen.

Das Bier kam in der altbekannten Flasche und ich schenkte es in ein Glas ein, was ich noch nie getan hatte. Zum ersten Mal fiel mir auf, dass es einen gelblichen Schimmer hatte. Vielleicht hatten deshalb manche damals »Tigerpisse« dazu gesagt. Ich trank einen Schluck, aber an den Geschmack konnte ich mich nicht mehr erinnern.

Ich schaute hinaus auf die Stadt. Im Westen ging die Sonne unter und eine angenehme Brise war aufgekommen. In Saigon gingen die Lichter an und ich sah, dass sie sich fast bis zum Horizont erstreckten. Jenseits der Lichter war der Krieg gewesen, manchmal ganz nah und manchmal weiter weg, aber stets präsent.

Die vierköpfige Band begann zu spielen und ich erkannte den Schmusesound von *Stardust*. In der Nähe der Band gab es eine kleine Tanzfläche und einige Paare standen auf und versuchten zu diesem einschläfernden Stück zu tanzen.

Ich hatte keine Ahnung gehabt, was ich hier vorfinden würde, und ich schätze mal, ich war auf alles vorbereitet – auf *Stardust* auf dem Dachgarten des Hotel Rex dann aber vielleicht doch nicht. Ich versuchte mir vorzustellen, wie die amerikanischen Generäle und Obersten mit ihrem Stab hier allabendlich gesessen hatten, und fragte mich, ob sie beim Essen wohl zum Horizont hinübergeschaut hatten. Aus dieser Höhe konnte man, ganz egal, wie fern der Krieg war, in der Ferne die Artillerie und Raketen sehen und vielleicht sogar die Leuchtspurmunition und die Leuchtraketen. Ganz bestimmt konnte man die Tausend-Pfund-Bomben hören, es sei denn, die Band spielte zu laut, und auf jeden Fall konnte man die Napalmangriffe nicht übersehen, deren grell leuchtendes Feuer das ganze Universum erhellte.

Ich trank mein Bier, spürte die Brise auf meinem Gesicht, lauschte der Band, die zu *Moonlight Serenade* übergegangen war, und kam mir plötzlich absolut fehl am Platz vor, als sollte ich nicht hier sein, als wäre das hier irgendwie respektlos den Männern gegenüber, die dort draußen in der finsteren Nacht gestorben waren. Erschwerend kam hinzu, dass niemand auf diesem Dach wusste, was ich empfand, und ich wünschte mir Conway oder sogar Karl herbei. Ich schaute mich um, um zu sehen, ob ich alleine war, und entdeckte einen Mann meines Alters, der mit einer Frau hier war, und daran, wie sie sich unterhielten und wie er aussah, erkannte ich, dass auch er schon einmal hier gewesen war.

Ich hatte mein zweites Bier schon halb leer und die Band spielte gerade *Old Cape Cod* – woher kannten die solche Songs? – und es war schon zwanzig nach sieben, aber von meiner Kontaktperson war nichts zu sehen. Ich malte mir aus, wie mir ein Kellner ein Fax überreichte, auf dem stand: »Der Mörder hat gestanden. Tickets nach Honolulu liegen am Empfang bereit.« Aber was war mit meinem Pass?

Während ich so vor mich hin träumte, hatte sich eine junge Weiße meinem Tisch genähert. Sie trug eine beigefarbene Seidenbluse, einen dunklen Rock und Sandalen und hatte statt einer Handtasche einen Aktenkoffer in der Hand. Anscheinend suchte sie jemanden und dann kam sie an meinen Tisch und fragte mich: »Sind Sie Mr. Ellis?«

»Nein.«

»Oh, Entschuldigung. Ich bin hier mit einem Mr. Earl E. Ellis verabredet.«

»Dann setzen Sie sich doch, bis er kommt.«

»Also … wenn es Sie nicht stört.«

»Nicht im Geringsten.« Ich stand auf und zog einen Stuhl für sie zurecht. Sie nahm Platz.

Sie war um die dreißig und hatte braunes Haar, das sie wie eine Vietnamesin lang, nicht gewellt und in der Mitte gescheitelt trug. Auch ihre Augen waren braun und sehr groß und ihr Gesicht war, wie bei dem Klima hier zu erwarten, leicht gebräunt. Sie trug keinen Schmuck, nur eine schlichte, kleine Armbanduhr, und war bis auf den hellrosa Lippenstift nicht geschminkt. Auch ihre Fingernägel waren nicht lackiert. Trotz ihrer vietnamesischen Frisur vermittelte sie den Eindruck, eine Geschäftsfrau zu sein, wie man sie auch in Washington treffen konnte, eine Anwältin, Bankerin oder vielleicht Börsenmaklerin. Der Aktenkoffer unterstrich diesen Eindruck. Ach, habe ich schon erwähnt, dass sie gut gebaut und hübsch war? Reine Nebensache natürlich, aber schwer zu übersehen.

Sie stellte ihren Aktenkoffer auf dem freien Stuhl ab, reichte mir dann quer über den Tisch die Hand und sagte: »Hallo, ich bin Susan Weber.«

Ich nahm ihre Hand und da ich das für einen James-Bond-mäßigen Moment hielt, sah ich ihr in die Augen und sagte: »Brenner. Paul Brenner.« Ich meinte zu hören, dass die Band *Goldfinger* spielte.

»Danke, dass ich Sie stören darf. Warten Sie auf jemanden?«

»Ja. Aber lassen Sie mich Ihnen doch etwas zu trinken bestellen und dann warten wir gemeinsam.«

»Tja ... also gut. Ich nehme einen Gin Tonic.«

Ich winkte einen Kellner herbei und bestellte einen Gin-Tonic und noch ein Bier.

Miss Weber sagte auf Vietnamesisch etwas zu dem Kellner und er lächelte, verbeugte sich und ging davon.

Ich erkundigte mich: »Sie sprechen Vietnamesisch?«

»Ein wenig.« Sie lächelte. »Und Sie?«

»Ein wenig. So Sachen wie: ›Zeigen Sie mir Ihren Ausweis‹ und ›Hände hoch‹.«

Sie lächelte wieder, erwiderte aber nichts.

Die Getränke kamen und sie sagte: »Ich glaube, die verwenden hier echtes Chinin. Das hat irgendwas mit der Malaria zu tun. Ich hasse diese Malariatabletten. Ich bekomme ... na ja ... Renneritis davon. Ich nehme keine mehr.«

»Sie leben hier?«

»Ja. Seit fast drei Jahren. Ich arbeite bei einer amerikanischen Investmentgesellschaft. Sind Sie geschäftlich hier?«

»Ich bin Tourist.«

»Gerade angekommen?«

»Gestern Abend. Ich wohne hier im Hotel.«

Sie hob ihr Glas und sagte: »Herzlich willkommen in Saigon, Mr. ...«

»Brenner.« Wir stießen an.

Sie hatte einen leichten Neuengland-Akzent und ich fragte: »Wo kommen Sie her?«

»Geboren bin ich in Lenox, im westlichen Massachusetts.«

»Ja, das kenne ich.« Lenox war so ein Bilderbuchstädtchen in den Berkshires. Ich sagte: »Da bin ich mal durchgefahren. Da gibt es viele große Villen.«

Sie ging nicht darauf ein, sondern sagte: »Der Sommersitz des Boston Symphony Orchestra – Tanglewood. Waren Sie mal in Tanglewood?«

»Den Sommer verbringe ich normalerweise in Monte Carlo.«

Sie sah mich an, um zu überprüfen, ob ich sie auf den Arm nahm, konnte sich dann anscheinend nicht recht entscheiden und fragte: »Und woher kommen Sie? Sie klingen ein wenig wie ein Bostoner.«

»Sehr gut. Ich dachte schon, ich hätte das abgelegt.«

»Das wird man nie so ganz los. Dann sind wir also beide aus Massachusetts. Die Welt ist klein und so.« Sie sah sich um. »Es ist schön hier oben, nur im Sommer ist es zu heiß. Gefällt Ihnen das Hotel?«

»Bisher schon. Ich habe heute Nachmittag eine tolle Massage bekommen.«

Das verstand sie sofort. Sie lächelte und erwiderte: »Tatsächlich? Und was für eine Art von Massage?«

»Shiatsu.«

Sie ließ mich wissen: »Ich liebe es, gut massiert zu werden, aber die Mädchen bekommen vom Hotel nur etwa einen Dollar. Sie verdienen mehr, wenn sie Extraleistungen anbieten, und deshalb massieren sie nicht gerne Frauen.«

»Sie könnten doch ein Trinkgeld geben.«

»Das mache ich auch. Einen Dollar. Aber Männer sind ihnen lieber.«

»Tja, damit Sie's wissen: Ich habe mich nur massieren lassen. Aber hier herrschen lose Sitten.«

»Sie müssen halt vorsichtig sein.«

»Ich bin mehr als nur vorsichtig. Ich bin anständig.«

»Das ist sehr lobenswert. Wie sind wir auf dieses Thema gekommen?«

»Ich glaube, ich habe damit angefangen.«

Sie lächelte und sagte dann: »Was dieses Hotel angeht – das hat früher einem reichen vietnamesischen Ehepaar gehört, das es einem französischen Unternehmen abgekauft hatte. Während des amerikanischen Engagements waren hier vor allem US-Militärs untergebracht.«

»Davon habe ich schon gehört.«

»Ja. Und als die Kommunisten 1975 an die Macht kamen, wurde es verstaatlicht. Es blieb ein Hotel, aber hier stiegen vor allem nordvietnamesische Parteifunktionäre, Russen und Kommunisten aus anderen Ländern ab.«

»Nur das Beste für die Sieger.«

»Tja, soweit ich weiß, wurde dann ein richtiger Saustall draus. Aber irgendwann Mitte der Achtziger hat die Regierung Anteile daran an ein internationales Unternehmen verkauft, und dem ist es gelungen, die kommunistischen Gäste loszuwerden. Es wurde von Grund auf renoviert und ist jetzt ein internationales Hotel. Ich reserviere hier immer für Geschäftsleute aus Amerika und Europa.« Sie sah mich an. »Freut mich, dass es Ihnen gefällt.«

Ich sah ihr in die Augen und nickte.

Sie sah auf ihre Armbanduhr. »Wo dieser Mr. Ellis bloß bleibt.«

»Schaun Sie doch mal im Massageraum nach.«

Sie lachte.

Ich sagte: »Trinken Sie doch noch was.«

»Tja ... wieso nicht.« Sie sagte etwas zu einem vorbeigehenden Kellner, langte dann in ihren Aktenkoffer und nahm eine Schachtel Marlboro heraus. Sie bot mir eine an.

Ich sagte: »Nein, danke. Aber rauchen Sie nur.«

Sie steckte sich eine Zigarette an und sagte dabei leise:

»Ich habe etwas für Sie.« Sie atmete einen Rauchschwall aus.

Ich erwiderte nichts. Mit einer Frau hatte ich nicht gerechnet, aber eine Frau fiel natürlich nicht so auf.

Sie sagte: »Ihre Firma hat mir ein Fax geschickt. Ich habe das, was Sie brauchen, auf eine Zeitung geschrieben, die in meinem Aktenkoffer ist. Das Kreuzworträtsel. Die sagten, Sie wüssten dann schon Bescheid.«

»Dann bieten Sie mir die Zeitung an, wenn Sie gehen.«

Sie nickte und sagte dann: »Ich habe Ihrer Firma gestern Nacht per Fax gemeldet, dass Sie hier eingecheckt haben. Ich habe geschrieben, dass Ihr Flug aus Wettergründen Verspätung hatte und dass Sie anderthalb Stunden nach der Landung eingecheckt haben.« Sie fragte: »Gab es Schwierigkeiten am Flughafen?«

»Die hatten mein Gepäck verschlampt.«

»Echt? Hier landen nicht viele Maschinen und es gibt nur eine Gepäckausgabe. Wie konnten die da Ihr Gepäck verschlampen?«

»Ich habe keine Ahnung.«

Ihr Gin Tonic kam und für mich noch ein Bier. Die Band spielte *Stella by Starlight*. Die Musikauswahl kreiste anscheinend um ein Himmelsthema.

Ich fragte Miss Weber: »Arbeiten Sie wirklich bei einem amerikanischen Unternehmen?«

»Ja. Warum?«

»Haben Sie so was schon mal gemacht?«

»Ich weiß nicht – was mache ich denn?«

Clever gekontert, aber ich musste es wissen, also fragte ich sie noch mal.

Sie antwortete: »Nein. Man hat mich nur um einen Gefallen gebeten. Das ist das erste Mal.«

»Wer hat Sie gebeten?«

»Ein Mann, den ich hier kenne. Ein Amerikaner.«

»Und womit verdient dieser Mann sein Geld?«

»Er arbeitet bei der Bank of America.«

»Wie gut kennen Sie ihn?«

»Gut genug. Er ist mein derzeitiger Lebenspartner. Seit etwa einem halben Jahr. Wieso fragen Sie das alles?«

»Ich möchte sicher gehen, dass Sie nicht vom hiesigen KGB observiert werden.«

Sie nickte und sagte dann: »Die Sicherheitspolizei überwacht hier jeden. Vor allem Amerikaner. Aber die Vietnamesen sind darin nicht besonders gut.«

Ich erwiderte nichts.

Sie fügte hinzu: »Drei Viertel der vietnamesischen Polizeikräfte sind in Zivil. Die Typen am Tisch nebenan könnten alle von der Polizei sein, aber solange ich mir keinen Joint anstecke und denen den Rauch ins Gesicht puste, interessieren sie sich mehr für ihr Bier als für mich. Das ist alles sehr willkürlich. Etwa einmal im Monat werde ich angehalten und muss wegen irgendeines schwachsinnigen Verkehrsvergehens zwei Dollar Strafe zahlen.«

Ich erwiderte nichts.

Sie fuhr fort: »Es dreht sich alles nur ums Geld. Diese Stadt ist voller teurer, importierter Konsumgüter und der Durchschnitts-Nguyen verdient etwa dreihundert Dollar im Jahr, will aber alles haben, was er sieht, und deshalb hält er sich, wenn er Zivilist ist, wegen des Trinkgelds an die Touristen aus dem Westen und sein kleiner Bruder bettelt auf der Straße und seine Schwester geht anschaffen und sein großer Bruder, der bei der Polizei ist, presst den Touristen und hier lebenden Ausländern Geld ab.«

»Die habe ich, glaube ich, alle schon kennen gelernt.«

Sie lächelte und teilte mir mit: »Es ist ein korruptes Land, aber Bestechung ist hier ziemlich preiswert, die Leute sind im Grunde nett, die Straßen sind sehr sicher und in Saigon gibt es keine Stromausfälle, nur die Verkabelung ist ein wenig abenteuerlich. Und ein effizient funktionierender Polizeistaat ist das hier nun wirklich nicht. Es ist eher Unfähigkeit, die

Paranoia der Regierung, die Ausländerfeindlichkeit gegenüber Westlern. Man sollte versuchen, sie zu überzeugen, dass man hier nur Geld verdienen oder Pagoden knipsen will oder auf billigen Sex aus ist und dass man nicht hier ist, um die Regierung zu stürzen. Ich bin keine Heldin, Mr. Brenner, und auch keine Patriotin und wenn mich dieser Gefallen irgendwie in Gefahr gebracht hätte, hätte ich abgelehnt.«

Ich ließ mir das alles durch den Kopf gehen und kam zu dem Schluss, dass Miss Weber eine leichte Zynikerin war, auch wenn sie mir zunächst nicht so vorgekommen war. Aber vielleicht setzte Vietnam ihr zu. Ich fragte: »Und wieso haben Sie eingewilligt, diesen kleinen Gefallen zu tun?«

»Das sagte ich Ihnen doch – mein blöder Boyfriend. Bill. Da wir jetzt Konsulatsbeamte hier haben, glaubt er, die könnten ihm geschäftlich helfen. Die Regierung hier versteht so viel von Geschäften wie ich vom Regieren.«

»Also hat jemand vom Konsulat Bill gebeten – was zu tun?«

»Sie haben Bill gebeten, mich zu bitten, dass ich mich mit Ihnen treffe. Das Konsulat wollte, dass eine Frau das macht. Die Polizei achtet nicht groß auf Frauen und so ist es wohl unauffälliger.«

»Kann ich mir diesen Bill mal ansehen?«

Sie zuckte mit den Achseln. »Ich gebe Ihnen seine Visitenkarte. Ich habe einen ganzen Stapel davon.«

»Sie sind eine sehr loyale Freundin.«

Sie lachte und sagte dann: »Und Sie sind sehr argwöhnisch.«

»Und paranoid. Und möglicherweise werde ich überwacht, also wundern Sie sich nicht, wenn man Sie nachher verhört.«

Sie zuckte wieder mit den Achseln. »Ich weiß von nichts.«

Ich teilte ihr mit: »Ich bin ein Kriegsveteran und bin hier, um mich an alte Zeiten zu erinnern und einige der Orte zu besuchen, an denen ich gedient habe.«

»Das hat man mir gesagt.«

»Und das ist alles, was Sie wissen. Ihr Geschäftsfreund ist nicht gekommen und Sie wollen gerade gehen.«

Sie nickte.

Ich fragte: »Sollen Sie mir außer der Zeitung noch irgendwas geben?«

»Nein. Was sollte das sein?«

»Ein Handy beispielsweise.«

»Nein. Aber Sie können meins haben. Außerhalb der Städte funktioniert es nicht gut. Aber für Saigon reicht's. Möchten Sie?«

»Nicht, wenn es sich zu Ihnen zurückverfolgen lässt.«

»Wie Sie meinen. Kann ich sonst noch etwas für Sie tun?«

»Was hat man Ihnen denn gesagt, was Sie tun sollen?«

»Eine Nachricht überbringen.«

»Wie stelle ich es an, von hier aus etwas zu faxen?«

»Vom Hotel aus meinen Sie? Sie faxen ganz einfach.«

»Lesen die das? Machen sie eine Kopie?«

Sie überlegte kurz und antwortete dann: »Ja. Sie machen sich erst eine Kopie und geben Ihnen dann Ihr Fax wieder. Aber ich kann von meinem Büro aus vertrauliche Faxe und E-Mails verschicken.« Sie fügte hinzu: »Genau das habe ich gestern Nacht getan.«

»Sollen Sie jemandem per Fax von diesem Treffen berichten?«

Sie nickte. »Die Vorwahl ist 703. Virginia.«

»Aha. Also gut, neben Ihrem Bericht über dieses Treffen schreiben Sie, dass ich auf dem Flughafen festgehalten wurde und man mir meinen Pass abgenommen hat, dass ich aber glaube, dass es eine Routinekontrolle war, und dass ich, wenn ich meinen Pass wiederbekomme, pünktlich aus Saigon abreisen werde. Okay?«

Sie sah mich an, wiederholte die Nachricht und sagte dann: »Ich soll Ihnen keine Fragen stellen, aber ...«

»Stellen Sie keine Fragen. Und wenn Sie auf das Fax eine Antwort bekommen, dann prägen Sie sich die ein. Bringen Sie

sie nicht mit in dieses Hotel. Kontaktieren Sie mich und dann treffen wir uns irgendwo. Okay?«

»Wie Sie wünschen.«

»Danke.«

»Kein Problem. Man hat Sie also am Flughafen festgehalten? Haben Sie sich deshalb verspätet?«

»Ja.«

»Das wundert mich nicht. Sie sehen verdächtig aus.« Sie lachte und fragte dann: »Wollten die eine Einreisesteuer?«

»Zwanzig Dollar.«

»Haben Sie bezahlt?«

»Ja.«

»Das hätten Sie nicht tun sollen. Sie akzeptieren es, wenn man sich nur entschieden genug weigert.«

»Ich habe dafür gesorgt, dass dieser kleine Sicherheitstyp mein Gepäck zum Taxi getragen hat.«

Sie lachte. »Nicht schlecht. Gefällt mir.« Sie fügte hinzu: »Wissen Sie, der Passtyp und alle anderen teilen sich die Beute. So läuft das Spielchen.«

Ich fragte: »Sie meinen also, es war nur ein willkürlicher Erpressungsversuch?«

»Bestimmt … bloß dass sie nur selten einen Pass einbehalten.« Sie überlegte kurz und sagte dann: »Sie werden wieder von denen hören.«

»Das hoffe ich doch. Die haben meinen Pass.«

Sie steckte sich noch eine Zigarette an und ich hatte den Eindruck, dass sie es nicht eilig hatte zu gehen. Ich sagte: »Bieten Sie mir die Zeitung an und dann können Sie zu Ihrem nächsten Termin gehen. Ich brauche Ihre und Bills Visitenkarte.«

Sie sah mich an und wir schauten einander eine Weile in die Augen, dann drückte sie ihre Zigarette aus und sagte: »Meine Visitenkarte liegt in der Zeitung. Ich weiß nicht, ob Sie irgendwas über Bill wissen dürfen. Ich kläre das. Rufen Sie mich bitte an.«

»Gut.«

Sie stand auf und nahm ihren Aktenkoffer von dem Stuhl. Sie sagte: »Danke für die Drinks.«

Ich stand ebenfalls auf. »Gern geschehen.«

Sie sagte: »Ich habe eine englischsprachige Zeitung, die ich schon gelesen habe. Möchten Sie sie haben?«

»Gern. Etwas zu lesen kann ich gut gebrauchen.«

Sie nahm eine »International Herald Tribune« aus ihrem Aktenkoffer und legte sie auf den Tisch. »Die ist von gestern, aber es ist die Wochenendausgabe. Die Nächste bekommen Sie hier erst Montagabend.«

»Danke.«

Wir schüttelten einander die Hand. Sie sagte: »Viel Glück.«

Ich erwiderte: »Chuc mung nam moi.«

Sie lächelte und sagte: »Chuc mung nam moi.« Dann wandte sie sich ab und ging.

Ich setzte mich wieder, ließ die Zeitung dort liegen und wartete darauf, dass etwas Unangenehmes geschah, während ich weiter mein Bier trank.

Ich wartete eine geschlagene Minute lang und als nichts geschah, nahm ich die Zeitung und schlug sie auf. Die Visitenkarte verbarg ich in der hohlen Hand und steckte sie dann, als ich mein Taschentuch herauszog und mir die Stirn abwischte, in meinen Blazer. Ich setzte mich quer zum Tisch und las im Kerzenlicht die erste Seite.

Tja, so weit, so gut. Ich hatte noch nie in einem feindlichen Land in einem Fall ermittelt. Aber ehrlich gesagt, habe ich schon in befreundeten Ländern in Fällen ermittelt und sie dabei in feindliche Länder verwandelt. Ich fand mich als Spion jedenfalls gar nicht schlecht, wenn man mal bedachte, dass ich nur Polizist war. Mr. Conway hatte Recht gehabt – das liegt meiner Generation im Blut. Zu viele Spionageromane und -filme. Was hätte James Bond jetzt getan?

Tja, James hätte Miss Weber beispielsweise nicht gehen

lassen. Aber wenn man für die CID oder das FBI gearbeitet hat, wie ich einige Male, lässt man den Heini in der Hose. Und dann war da natürlich Cynthia. Und Bill – wer auch immer das war. Außerdem konnte Miss Weber nicht noch mehr Scherereien gebrauchen, als sie sich möglicherweise schon eingehandelt hatte.

Ich schaute hoch und sah, dass Susan Weber wieder an meinen Tisch gekommen war. Sie setzte sich und sagte: »Mr. Ellis hat unseren Termin abgesagt. Und ich sollte Ihnen auch noch sagen, dass Sie nicht zögern sollen, mich anzurufen, wenn Sie irgendwas brauchen, und dass Sie mir Bescheid sagen sollen, wenn Sie am Montagmorgen aus Saigon abreisen. Die Telefone in den Büros der meisten ausländischen Unternehmen werden allerdings vermutlich abgehört – nicht unbedingt aus Sicherheitsgründen, sondern weil sie hoffen, irgendwas aufschnappen zu können, das ihnen geschäftlich einen Vorteil verschafft. Sie müssen also aufpassen, was Sie an einem Festnetzanschluss sagen. Meine Handynummer steht auf der Karte, aber wenn Sie mich anrufen wollen und nicht wollen, dass das Gespräch abgehört wird, brauchen Sie selber ein Handy. Wenn Sie mich übers Festnetz anrufen und etwas Wichtiges sagen müssen, kann ich mich mit Ihnen treffen. Man hat mich gebeten, übers Wochenende in Saigon zu bleiben. Okay?«

»Das hatten Sie alles vergessen?«

»Tja, ich habe ja gesagt, dass Sie mich anrufen sollen, wenn Sie irgendwas brauchen. Ich wollte Ihnen das nur noch etwas ausführlicher erklären.«

»Okay. Danke.«

»Es ist Samstagabend und ich bin nicht verabredet.«

»Wo ist Bill?«

»Ich habe ihm gesagt, dass ich möglicherweise zu tun habe – je nach dem, was heute Abend passiert.«

»Ist mir hier irgendwas entgangen?«

»Ich wollte sehen, ob Sie interessant sind oder nicht.«

»Tja, dann heißt es wohl auf Wiedersehen.«

Sie lächelte. »Machen Sie's mir nicht so schwer.«

»Schaun Sie ... Susan ... meine Instruktionen besagen «

»Ich habe neue Instruktionen. Die wollen, dass ich Ihnen etwas über das Land erzähle, damit Sie nicht völlig verloren dastehen, wenn Sie aus Saigon abreisen.«

»Ist das wahr?«

»Würde ich jemanden aus meinem Heimatbundesstaat belügen?«

»Tja ...«

»Ich bin es nicht gewohnt, einen Korb zu bekommen.«

»Das kann ich mir vorstellen. Möchten Sie mit mir essen?«

»Aber herzlich gern. Wie nett, dass Sie fragen.«

Ich winkte einen Kellner herbei und bat um Speisekarten. Ich fragte meine neue Freundin: »Wie ist denn das Essen hier?«

»Eigentlich gar nicht schlecht. Es gibt japanische, französische, chinesische und natürlich auch vietnamesische Gerichte. Und jetzt zu den Tet-Feiertagen bieten sie eine Menge Feiertagsspezialitäten an.«

Die Speisekarten kamen und ich fragte sie: »Wie ist noch das Wort für Hundefleisch?«

»Thit cho.« Sie lächelte und nahm ihre Speisekarte. »Was hätten Sie gern? Chinesisch, Vietnamesisch oder Französisch?«

»Ich hätte gerne einen Cheeseburger mit Pommes.«

»Ich werde etwas aus der Feiertagskarte für uns bestellen.«

Der Oberkellner kam und sie unterhielten sich über die Speisekarte, unterbrochen von Gelächter und Blicken in meine Richtung. Ich sagte: »No thit cho.«

Der Oberkellner lachte wieder und sagte irgendwas zu Susan. Um zu zeigen, dass ich die Sprache verstand, forderte ich ihn auf Vietnamesisch auf, die Hände zu heben.

Er ging und Susan sagte: »Ich habe viele kleine Gerichte bestellt, damit Sie alles probieren und dann essen können, was Ihnen schmeckt.« Sie fragte: »Warum haben Sie ihn aufgefordert, die Hände zu heben?«

»Nur zur Übung.«

Sie fragte: »Gibt es in Washington nicht jede Menge vietnamesische Restaurants?«

»Wie kommen Sie darauf, dass ich in Washington lebe?«

»Ich nehme an, dass Sie in Washington arbeiten.«

»Ich lebe in Virginia. Ich bin im Ruhestand.«

»Haben Sie Vietnamesisch gegessen, als Sie mit der Armee hier waren?«

»Ich hatte meine Feldrationen. Es war verboten, das einheimische Zeug zu essen. Army-Vorschrift. Ein paar Jungs sind von dem Essen sehr krank geworden.«

»Tja, man muss auch aufpassen. Trinken Sie viel Gin-Tonic, Mineralwasser, Bier und Cola. Ich bin sehr krank geworden, als ich hierher kam. Wir nennen das ›die Rache des Ho Chi Minh‹. Aber seitdem war ich nicht mehr krank. Man wird gegen vieles immun.«

»So lange bleibe ich nicht hier.«

Das Essen kam, ein Gang nach dem anderen. Miss Weber aß wie die Vietnamesen mit der Schüssel vorm Mund und schaufelte sich alles mit Stäbchen rein. Ich aß mit Messer und Gabel.

Wir plauderten ein wenig, vor allem über Saigon und ihren Job. Sie erklärte mir, was sie tat, aber als jemand aus dem Staatsdienst, der nie im Geschäftsleben gestanden hat, verstand ich das alles nicht. Es hatte irgendwas mit der Beratung von und der Kreditbeschaffung für vor allem amerikanische Investoren zu tun, die in Vietnam Geschäfte machen wollten. Und obwohl ich es nicht verstand, verstand sie es durchaus, und ich schloss daraus, dass sie tatsächlich Investmentberaterin war. Normalerweise erkenne ich es, wenn jemand etwas vortäuscht, denn bei vielen Einsätzen musste ich eine Tarnidentität annehmen und so tun, als wäre ich Büroangestellter oder der Sergeant in einem Waffenlager oder sonst irgendjemand, der mit den Verdächtigen eng zu tun hat.

Nach einer Weile wurden wir miteinander warm. Sie sagte: »Ich soll ja keine Fragen stellen und deshalb weiß ich nicht, was ich Sie fragen soll, um Konversation zu machen.«

»Fragen Sie mich, was Sie wollen.«

»Also gut. Wo sind Sie zur Schule gegangen?«

»Das darf ich nicht sagen.«

Sie lächelte. »Sie finden sich witzig.«

»Ich *bin* witzig. Wo sind *Sie* zur Schule gegangen?«

»In Amherst. Und dann habe ich in Harvard meinen MBA gemacht.«

»Und dann?«

»Habe ich in New York bei einer Investmentbank gearbeitet.«

»Wie lange?«

»Wenn Sie versuchen rauszukriegen, wie alt ich bin – ich bin einunddreißig.«

»Und Sie sind seit drei Jahren hier.«

»Nächsten Monat sind es drei Jahre.«

»Und warum?«

»Warum nicht? Es macht sich gut im Lebenslauf und hier geht einem niemand auf die Nerven.«

»Es gefällt Ihnen hier?«

»Ja, doch.«

»Wieso?«

Sie zuckte mit den Achseln, überlegte kurz und sagte dann: »Ich schätze mal ... weil ich im Grunde meines Herzens ein Expat, eine Auslandsamerikanerin, bin. Verstehen Sie?«

»Nein.«

»Tja ... das gehört zu meiner Identität. In New York war ich ein Niemand. Nur ein weiteres hübsches Gesicht mit einem Abschluss von einer guten Uni. Hier bin ich jemand Besonderes. Für die Vietnamesen bin ich exotisch und für die Westler interessant.«

Ich nickte. »Ich glaube, ich verstehe. Wann ziehen Sie wieder heim?«

»Das weiß ich nicht. Darüber denke ich nicht nach.«

»Wieso nicht? Haben Sie kein Heimweh? Familie? Freunde? Vierter Juli? Weihnachten? Ground Hog Day?«

Sie spielte eine Zeit lang mit ihren Essstäbchen herum und sagte dann: »Meine Eltern, meine Schwester und mein Bruder kommen mich mindestens einmal im Jahr besuchen. Wir kommen jetzt sehr gut miteinander klar, weil ich hier bin und sie in Amerika. Sie sind alle sehr erfolgreich und ehrgeizig. Hier kann ich wirklich ich sein. Ein paar gute Freunde haben mich auch schon besucht. Und außerdem stellt die amerikanische Gemeinde hier alles Mögliche an, um Feiertage richtig zu begehen, und dadurch werden diese Feiertage zu etwas ganz Besonderem. Verstehen Sie?«

»Ich glaube schon.«

»Außerdem ist das hier nicht einfach nur ein Land in der Dritten Welt. Es ist ein halbwegs totalitärer Staat und die Westler kommen sich vor, als würden sie hier gefährlich leben, und deshalb ist jeder Tag interessant, vor allem, wenn man diese Idioten mit ihren eigenen Waffen schlägt.« Sie sah mich an. »Klingt das vernünftig, oder habe ich zu viel getrunken?«

»Beides. Aber ich verstehe schon.«

»Das sollten Sie auch. Schließlich sind Sie Spion.«

Ich stellte klar: »Ich bin Armeeangehöriger a. D., habe zweimal, 1968 und 1972, hier gedient und bin nun als Tourist wieder hergekommen.«

»Wie dem auch sei. Stinkt Ihnen dieses Land?«

»Nein.«

»War es schlimm für Sie, als Sie hier waren?«

»Ich habe angenehmere Zeiten erlebt.«

»Wurden Sie verwundet?«, fragte sie.

»Nein.«

»Haben Sie an posttraumatischem Stress gelitten?«

»Dafür hatte ich immer zu viel Alltagsstress.«

»Wo waren Sie damals?«

»Hauptsächlich im Norden.«

»Sie meinen in Hanoi?«, fragte sie.

»Nein. Hanoi war in Nordvietnam. Da haben wir nie gekämpft.«

»Sie sagten im Norden.«

»Der nördliche Teil des ehemaligen Südvietnam. Die entmilitarisierte Zone. Hat man Ihnen das in der Schule nicht beigebracht?«

»Auf der High School. Auf dem College hatte ich keine Geschichte. Und wo waren Sie stationiert?«

»72 war ich in Bien Hoa. 68 war ich die meiste Zeit in der Provinz Quang Tri.«

»Ich war noch nie weiter nördlich als in Hué. Schöne Stadt. Die sollten Sie sich ansehen. Im zentralen Hochland war ich noch nie. Einmal bin ich nach Hanoi geflogen. Die Hanoier hassen uns.«

»Ich weiß gar nicht, wieso.«

»Tja, ich weiß ja nicht, was ihr hier gemacht habt, aber die hassen uns immer noch.« Sie sah mich an. »Entschuldigung. Das habe ich nicht so gemeint.«

»Kein Problem.«

»Werden Sie diese Orte also besuchen?«

»Kann sein.«

»Das sollten Sie. Warum wären Sie sonst hergekommen? Ach ja ... ich vergaß ... Sie sind ja ...« Sie hielt sich den Zeigefinger vor den Mund, machte »Pscht« und lachte dann.

Ich wechselte das Thema. »Wohnen Sie hier in der Innenstadt?«

»Ja. Wie die meisten Westler. Die Außenbezirke sind manchmal ein wenig zu ... vietnamesisch.« Sie kehrte zum vorigen Thema zurück und fragte: »Was haben Sie damals hier in Vietnam gemacht?«

Ich sagte: »Über den Krieg möchte ich lieber nicht sprechen.«

»*Denken* Sie daran?«

»Hin und wieder.«

»Dann sollten Sie auch darüber sprechen.«

»Warum? Weil ich daran denke?«

»Ja. Männer schweigen über zu vieles.«

»Und Frauen reden über *alles*.«

»Das ist gesund. Man muss die Dinge aussprechen.«

»Ich rede mit mir selbst. Dann weiß ich wenigstens, dass ich mit einem intelligenten Menschen spreche.«

»Sie sind ein harter Knochen. Alte Schule.«

Ich sah ostentativ auf meine Armbanduhr. Irgendwie waren Miss Weber und ich vertraulich miteinander geworden. Das mochte an zu viel Bier liegen. Ich sagte: »Es war ein langer Tag.«

»Ich nehme noch Dessert und Kaffee. Laufen Sie nicht weg.«

»Mir macht der Jetlag noch zu schaffen.«

Sie steckte sich eine Zigarette an, ging nicht darauf ein und sagte: »Ich habe erst hier angefangen zu rauchen. Die Leute qualmen hier wie die Schlote und ich habe mich davon anstecken lassen. Ich rauche aber kein Gras und kein Opium. Ganz angepasst habe ich mich also noch nicht.«

Ich betrachtete sie im flackernden Kerzenschein. Sie war schon eine vielschichtige Persönlichkeit, offenbar aber auch eine ehrliche Haut. Ich vergleiche Frauen nie miteinander, aber Susan erinnerte mich ein wenig an Cynthia – vermutlich war es die Freimütigkeit. Doch während Cynthia, wie ich auch, von der Army geprägt war, stammte Susan aus einer anderen Welt, aus Lenox, Amherst, Harvard. Ich erkannte den Akzent und das Gebaren der oberen Mittelschicht, des *anderen* Massachusetts, über das sich die Südbostoner gerne lustig machten, das sie aber auch beneideten.

Sie winkte einen Kellner herbei und fragte mich: »Kaffee oder Tee?«

»Kaffee.«

Sie sagte irgendwas zu dem Kellner und er ging davon. Zu mir sagte sie: »Der einheimische Kaffee ist gut. Er kommt aus dem Hochland. Möchten Sie etwas zum Nachtisch?«

»Ich bin pappsatt.«

»Ich habe Obst bestellt. Das Obst hier ist göttlich.«

Anscheinend gefiel es ihr in meiner Gesellschaft – oder vielleicht gefiel sie sich auch nur in meiner Gesellschaft. Bei Frauen muss man das immer auseinander halten. Mir machte es jedenfalls Spaß, nur dass sie schon ein Bier zu viel getrunken hatte und anfing, Blödsinn zu reden.

Es war kühler geworden, eine schöne, sternhelle Nacht, und ich sah den schmalen Rand des abnehmenden Mondes. Ich fragte sie: »Nächsten Samstag ist hier Sylvester, nicht wahr?«

»Ja. Sie sollten zusehen, dass Sie an diesem Abend in einer großen Stadt sind. Das wird Ihnen gefallen.«

»So wie Silvester daheim?«

»Eher wie das chinesische Neujahrsfest in Chinatown in New York. Feuerwerk, Böller, Drachentänze, Puppenspiel und all das. Aber es ist auch eine sehr feierliche Angelegenheit und viele Leute gehen in die Pagoden und beten dort für ein gutes Jahr und ehren ihre Ahnen. Das Fest endet vor Mitternacht, denn alle gehen heim, damit sie um Mitternacht bei ihrer Familie sind. Nur die Katholiken gehen zur Mitternachtsmesse. Sind Sie katholisch?«

»Hin und wieder.«

Sie lächelte. »Dann sollten Sie zur Mitternachtsmesse gehen, wenn es in der Nähe eine Kirche gibt. Jemand wird Sie nach Hause zum Essen einladen. Aber der erste Besucher, der an Neujahr ein vietnamesisches Haus betritt, muss einen guten Charakter haben, sonst bringt das neue Jahr der Familie viel Unglück. Haben Sie einen guten Charakter?«

»Nein.«

»Tja, Sie können ja so tun als ob.« Sie lachte.

Ich sagte: »Soweit ich weiß, dauert das Fest anschließend eine ganze Woche lang.«

»Offiziell vier Tage, aber in Wirklichkeit etwa eine Woche. In dieser Woche bekommt man kaum etwas geschafft, weil so ziemlich alles geschlossen ist. Das Gute ist aber, dass dann der ganze Feiertagsverkehr und die Staus vorüber sind und die meisten Orte wie ausgestorben sind. Restaurants und Bars haben dann normalerweise nur abends geöffnet und die Leute feiern jede Nacht durch. Es gibt aber regionale Unterschiede, wie gefeiert wird. Wo werden Sie denn an Tet sein?«

Ich dachte: *Wahrscheinlich im Knast*. Ich sagte: »Ich weiß noch nicht genau, wohin ich fahre.«

»Natürlich.« Sie überlegte kurz und sagte dann: »Wenn Sie schon zweimal hier waren, müssen Sie die Tet-Feiertage doch schon mal erlebt haben.«

»Ich war 72 und 68 während Tet hier.«

Sie nickte. »Über Tet 68 weiß ich Bescheid. Ich habe nicht viel Ahnung von Geschichte, aber davon weiß ich. Wo waren Sie damals?«

»Außerhalb von Quang-Tri-Stadt.«

Sie sagte: »Soweit ich weiß, war es in Quang Tri und Hué sehr schlimm. Vielleicht können Sie ja an Tet in Hué sein. Da gibt es ein riesiges Fest.«

Ich erwiderte: »Ich weiß noch nicht, wo ich sein werde.«

»Wissen Sie wenigstens, was Sie morgen machen?«

»Morgen schaue ich mir die Stadt an.«

»Gut. Sie brauchen einen Führer und ich habe morgen Zeit.«

»Dann wird Bill aber vielleicht sauer sein.«

»Er wird es überstehn.« Sie lachte wieder und steckte sich noch eine Zigarette an. »Schauen Sie, Sie fahren landeinwärts und können ein paar Tipps gebrauchen. Ich werde Sie gut beraten. Wenn Sie mögen, zeige ich Ihnen morgen das wahre Saigon.«

»Das ginge weit über Ihre Pflichten hinaus.«

Sie sah mich durch den Zigarettenqualm an und sagte:

»Schaun Sie, Paul … Ich meine … Ich will Sie doch nicht anbaggern.«

»Auf den Gedanken wäre ich auch nie gekommen.«

»Eben. Sind Sie verheiratet? Darf ich das fragen?«

»Ich bin nicht verheiratet, aber ich habe eine … wie nennt man das heutzutage?«

»Eine feste Beziehung.«

»Genau. So was.«

»Gut. Ich auch. Er ist ein Idiot, aber das ist eine andere Geschichte. Princeton. Muss ich noch mehr sagen?«

»Das sagt wohl alles.«

»Ich hoffe, Sie waren nicht in Princeton.«

»Gott behüte. Ich habe meinen Collegeabschluss bei der Army gemacht. Cum laude.«

»Oh … Na, jedenfalls, ich sehe das so: Ich …«

Das Obst und der Kaffee kamen.

Die Band spielte jetzt irgendwas aus den Sechzigern und ging dann zu *For Once In My Life* über. Stevie Wonder, 1968.

Sie aß ein wenig Obst und tupfte sich dann mit ihrer Serviette die Lippen ab. Ich dachte schon, sie würde jetzt gehen, aber dann fragte sie: »Tanzen wir?«

Das kam zwar etwas überraschend, aber ich sagte: »Gern.«

Wir standen auf und gingen zu der kleinen Tanzfläche, auf der ein ziemliches Gedränge herrschte. Ich nahm sie in die Arme. Es wimmelte hier nur so von Frauen. Wir tanzten. Ich wusste nicht so recht, wohin das führen sollte, aber vielleicht verstand ich es ja auch falsch. Sie langweilte sich mit Bill und wollte etwas erleben und deshalb aß sie mit dem Superspion.

Die Band spielte: *Can't Take My Eyes Off You*. Ihr Körper war warm, sie tanzte gut und ihre Brüste lagen fest an meiner Brust. Ihr Kinn ruhte auf meiner Schulter, aber unsere Wangen berührten sich nicht. Sie sagte: »Das ist schön.«

»Ja, das ist es.«

Wir tanzten auf dem Dach des Hotel Rex, unter der beleuchteten, sich drehenden Krone, in einer warmen, tropischen Brise und die Band spielte langsame Tanzmusik. Obwohl ich Susan in den Armen hielt, dachte ich an Cynthia. Ich dachte an die wenigen Male, die wir zusammen gewesen waren, und daran, dass wir noch nie miteinander getanzt hatten. Und ich freute mich auf Hawaii.

Nachdem wir ein paar Minuten lang schweigend getanzt hatten, fragte mich Susan: »Hätten Sie morgen also gerne Gesellschaft?«

»Schon, aber …«

»Ich sehe das so: Ich interessiere mich nicht für Politik, nur für Geschäfte. Aber ich bin echt nicht begeistert über die Idioten, die dieses Land regieren. Das sind Tyrannen, die sind gegen's Geldverdienen und gegen Spaß. Aber die Bevölkerung hier ist nett. Ich mag die Menschen hier. Ich will wohl damit sagen, dass ich noch nie im Leben etwas für mein Land getan habe, und wenn das hier für mein Land ist …«

»Das ist es nicht.«

»Okay, aber ich würde gerne etwas für Sie tun, weil ich den Eindruck habe, dass Sie über dieses Land mehr Ratschläge gebrauchen können, als man Ihnen bisher gegeben hat. Und ich möchte, dass Sie Erfolg haben mit dem, was Sie hier tun. Und ich möchte nicht, dass Sie in Schwierigkeiten geraten, wenn Sie Saigon verlassen. Das übrige Land ist nicht wie Saigon. Da draußen geht's manchmal ganz schön ruppig zu. Ich weiß, Sie sind ein harter Kerl und kommen in diesem Land klar – das haben Sie ja schon zweimal geschafft. Aber ich hätte ein besseres Gefühl dabei, wenn ich Sie einen Tag lang begleiten dürfte und Sie von meinen umfassenden Vietnamkenntnissen profitieren könnten. Was meinen Sie?«

»Sie können sich gut verkaufen. Machen Sie das meinetwegen, oder weil Sie gern gefährlich leben, oder weil Sie gerne Dinge tun, die der hiesigen Regierung nicht gefallen?«

»Aus allen diesen Gründen. Und außerdem tue ich es für mein Land, ganz egal, was Sie sagen.«

Ich dachte darüber nach, während wir weiter tanzten. Es gab keinen vernünftigen Grund, warum ich den Tag nicht mit dieser Frau verbringen sollte, aber irgendwie witterte ich Ärger. Ich sagte: »Ich rechne damit, dass man mich auf irgendeine Behörde zitiert, um mir Fragen zu stellen. Da wollen Sie doch wohl nicht dabei sein.«

»Die machen mir keine Angst. Ich streite mich gerne mit denen. Und wenn wir zusammen sind, sehen Sie nicht so verdächtig aus.«

»Ich sehe nicht verdächtig aus.«

»Doch. Sie brauchen eine Begleiterin. Lassen Sie mich diejenige sein.«

»Also gut. Solange Ihnen klar ist, warum Sie das tun und dass ich nur ein Tourist bin, wenn auch ein Tourist, der den Behörden aus irgendeinem Grund aufgefallen ist.«

»Klar.« Die Band machte eine Pause und Susan nahm meine Hand und führte mich zurück an den Tisch.

Sie nahm einen Stift aus ihrem Aktenkoffer und schrieb etwas auf einen Papieruntersetzer. »Das ist meine Privatnummer – für alle Fälle. Wir treffen uns morgen früh um acht im Foyer.«

»Das ist ein bisschen früh.«

»Die Messe in der Kathedrale beginnt um halb neun.«

»Ich gehe nicht zur Kirche.«

»Ich gehe jeden Sonntag und dabei bin ich nicht mal Katholikin. Das gehört zum Ausländerleben hier dazu.« Sie stand auf und sagte: »Wenn Sie nicht im Foyer sind, schaue ich im Frühstücksraum nach. Und wenn Sie da nicht sind, rufe ich auf Ihrem Zimmer an. Und wenn Sie da nicht sind, weiß ich, an wen ich mich wenden muss.«

Ich stand ebenfalls auf. »Danke.« Ich fügte hinzu: »Das war ein wunderschöner Abend.«

»Finde ich auch.« Sie nahm ihren Aktenkoffer. »Danke für das Essen. Morgen Abend lade ich Sie zum Essen ein.«

»Gut.«

Sie zögerte, sah mir dann in die Augen und sagte: »Ich kenne ein paar Männer in Ihrem Alter, die hier arbeiten, und habe auch ein paar Männer kennen gelernt, die nach Vietnam zurückgekehrt sind, um etwas zu finden oder vielleicht auch loszuwerden. Ich weiß also, dass es schwer ist, und ich kann das verstehen. Aber für Menschen meiner Generation ist Vietnam ein Land, kein Krieg.«

Ich erwiderte nichts.

»Gute Nacht, Paul.«

»Gute Nacht, Susan.«

Ich sah ihr nach, wie sie im Barbereich verschwand.

Ich betrachtete den Papieruntersetzer, prägte mir ihre Privatnummer ein, knüllte ihn dann zusammen und legte ihn in meine Kaffeetasse.

Es war, wie gesagt, ein schöner Abend und die Pflanzen raschelten im lauen Wind. Die Band spielte *MacArthur Park*. Ich schloss die Augen.

Aus ferner Vergangenheit, als Vietnam noch ein Krieg und kein Land gewesen war, konnte ich mich an Abende wie diesen, im Freien, unter dem Sternenhimmel erinnern, an denen die tropische Brise durch die Pflanzen strich. Und dann gab es andere, windstille Nächte, in denen sich die Pflanzen bewegten und man das Klopfen der Bambusstäbe hörte, mit dem sie sich untereinander verständigten. Die Baumfrösche hörten auf zu quaken und sogar die Insekten wurden still und die Nachtvögel flogen davon. Und man wartete in der tödlichen Stille und wagte nicht einmal mehr zu atmen, aber das Herz pochte einem so laut, dass man sicher war, dass alle es hören konnten. Und das Klopfen der Bambusstäbe kam näher und die Pflanzen schwankten in der windstillen Nacht.

Ich schlug die Augen auf und blieb noch ein wenig sitzen. Susan hatte eine halb volle Flasche Bier stehen lassen und die trank ich nun aus, um meinen trockenen Mund zu befeuchten.

Ich atmete einmal tief durch und der Krieg verschwand.

Und ich ertappte mich dabei, dass ich mich auf den nächsten Tag freute.

Mit der Zeitung in der Hand betrat ich mein Zimmer. Das Nachrichtenlämpchen brannte nicht und nirgends lag ein Umschlag mit einer Nachricht. Das Zimmermädchen, das das Bett aufgeschlagen hatte, hatte die Schneekugel weggenommen. Sie stand jetzt auf dem Tisch.

Ich setzte mich an den Tisch und schlug in der »International Herald Tribune« die Seite mit dem Kreuzworträtsel auf. Es war das aus der »New York Times« und es war schon halb gelöst. Ich betrachtete das Kreuzworträtsel einen Moment lang und dann fiel mir auf, dass jemand neben »32 senkrecht« ein Häkchen gemacht hatte.

Ich schlug in meinem Lonely-Planet-Reiseführer das Kapitel über Hué auf. Dort gab es einen Stadtplan und eine nummerierte Legende mit den Sehenswürdigkeiten. Nummer 32 waren die Hallen der Mandarine in der Kaiserstadt, einem ummauerten Bereich innerhalb der Zitadelle der Altstadt.

Dort sollte ich mich mittags am vereinbarten Tag mit meiner Kontaktperson treffen. Es war ein Vietnamese – oder eine Vietnamesin –, mehr wusste ich nicht.

Wenn ich diesen Termin aus irgendeinem Grund nicht einhalten konnte oder sich dort niemand mit mir traf, sollte ich um vierzehn Uhr zu einem Ausweichtreffpunkt gehen. Laut Mr. Conway ergab sich dieser Ausweichtreffpunkt durch das Umstellen der Zahl 32. Ich schaute auf den Stadtplan von Hué und sah, dass die Nummer 23 die Königliche Bibliothek bezeichnete, die sich im Allerheiligsten der Kaiserstadt befand, der so genannten »Verbotenen Purpur-Stadt«.

Die dritte Alternative um sechzehn Uhr ergab sich aus der Summe von 3 und 2, was auf dem Stadtplan einem historischen Tempel namens Chua Ba entsprach, der außerhalb der Zitadelle stand.

Wenn meine Kontaktperson zu keinem dieser Treffen kam,

sollte ich ins Hotel zurückgehen und auf eine Nachricht warten. Ich sollte jederzeit reisefertig sein.

Ich fand das alles ein wenig melodramatisch, aber wahrscheinlich war es nötig. Und es gefiel mir nicht, dass ich einem Vietnamesen vertrauen sollte, aber ich musste davon ausgehen, dass die Leute in Washington wussten, was sie taten. Schließlich hatten sie hier ja schon mal so viel Erfolg gehabt.

Ich setzte noch ein paar Häkchen neben andere Nummern des Kreuzworträtsels und löste es dann noch ein wenig, wobei mir auffiel, dass Miss Weber einige echt schwierige Fragen richtig beantwortet hatte. Offensichtlich eine kluge Frau und offensichtlich hatte sie ihre eigenen Pläne – wenn es denn nicht die Pläne von jemand anderem waren.

Mir stand ein interessanter Tag bevor.

Kapitel 10

Um zehn nach acht verließ ich den Fahrstuhl und betrat das Foyer. Susan Weber saß unter einer Palme in einem Sessel und las eine Zeitschrift. Sie hatte die Beine übereinander geschlagen, trug eine schwarze Hose und Wanderschuhe. Als ich näher kam, sah ich, dass die Zeitschrift englischsprachig war und »Vietnam Economic Times« hieß.

Sie legte das Heft beiseite und stand auf. Jetzt sah ich, dass sie auch ein eng geschnittenes rotes Halbarm-Seidenhemd mit Stehkragen trug. Eine Sonnenbrille hing ihr an einer Schnur um den Hals und sie hatte sich eine Nylon-Gürteltasche umgeschnallt. Sie sagte: »Guten Morgen. Ich wollte gerade schon nach Ihnen rumtelefonieren.«

»Ich bin gesund und munter.«

Sie sagte: »Ich habe gestern Abend vielleicht ein bisschen

zu viel getrunken. Wenn dem so war, entschuldige ich mich.«

»Ich war ganz bestimmt nicht in der Lage, das zu beurteilen. Ich hoffe nur, das Essen mit mir hat Ihnen gefallen.«

Sie erwiderte: »Ich unterhalte mich immer gern mit Leuten von daheim.«

Miss Weber war an diesem Morgen ein wenig kühler als am Abend zuvor, was nur verständlich war. So ganz ohne Alkohol, Musik, Kerzenschein und Sternenhimmel begegnet man demjenigen, mit dem man am Vorabend aus war, immer etwas reservierter, selbst wenn man mit ihm oder ihr im selben Bett gelandet ist.

Ich trug meine übliche Khakihose und statt des Polohemds ein kurzärmliges weißes Oberhemd. Ich fragte: »Bin ich korrekt angezogen für die Kirche?«

»Bestens. Gehen wir?«

»Ich muss noch meinen Schlüssel abgeben.« Ich ging zum Empfang und gab dem Portier meinen Schlüssel. »Irgendwelche Nachrichten?«

Er sah in meinem Fach nach und sagte: »Nein, Sir.«

Ich ging zum Haupteingang, wo Susan stand. Das mit dem Pass war wirklich ärgerlich. Mang wusste, dass ich am nächsten Tag abreisen würde und für die Reise meinen Pass brauchte.

Als ich zu Susan kam, sagte sie: »Ich sehe, dass Sie Ihren Pass nicht wiederbekommen haben. Aber wenn die wissen, dass Sie morgen abreisen, geben sie ihn bestimmt heute noch zurück.«

»Ich glaube, ich werde ihn mir im Gestapo-Hauptquartier abholen.«

»Normalerweise geben sie ihn im Hotel ab. Oder sie sagen Bescheid, dass man ihn am Flughafen abholen kann. Aber das bedeutet meist, dass man früher als erwartet wieder nach Hause fliegt.«

Wäre mir nur recht, aber das sprach ich nicht aus.

Sie fragte: »Haben Sie Ihr Visum?«

»Mein Visum hat das Hotel.«

Sie überlegte kurz und sagte dann: »Sie sollten immer Fotokopien von Ihrem Pass und Ihrem Visum dabeihaben.«

»Das hatte ich auch. Die Polizei hat sie mir am Flughafen aus der Reisetasche geklaut.«

»Oh ...« Sie sagte: »Ich lasse eine Kopie von Ihrem Visum machen.« Sie ging zum Empfang und sprach mit dem Portier, der dann in einem Aktenkasten nachsah. Er zog einen Zettel hervor, las, was darauf stand, und sagte dann etwas zu Susan. Sie kam wieder zu mir und sagte: »Die Polizei hat Ihr Visum mitgenommen.«

Ich erwiderte nichts.

Sie sagte: »Tja, aber machen Sie sich deshalb keine Sorgen.«

»Und wieso das nicht?«

»Uns wird niemand anhalten. Sind Sie bereit?«

Wir gingen nach draußen und es war wärmer als am Vortag. An diesem Sonntag waren weniger Kraftfahrzeuge auf der Le-Loi-Straße unterwegs, aber man sah genauso viele Fahrräder und Cyclos wie am Samstag.

Susan gab dem Portier einen Dollar und wir gingen zu einem roten Motorroller, der auf dem Gehsteig abgestellt war. Sie blieb neben dem Motorroller stehen, nahm eine Schachtel Zigaretten aus ihrer Gürteltasche und steckte sich eine an. »Bevor wir losfahren, brauche ich eine Zigarette.« Sie lächelte. »Vielleicht brauchen Sie auch eine, wenn wir erst mal unterwegs sind.«

»Können wir nicht ein Taxi nehmen?«

»Zu langweilig.« Sie tätschelte den Motorroller. »Das ist eine Minsk, 175 Kubik. Russisches Fabrikat. Eine gute Maschine für die Stadt. Ich habe auch noch ein richtiges Motorrad, eine 750-er Ural, ein richtig heißer Bock. Toll für die Landstraße und auch eine sehr gute Crossmaschine für querfeldein.« Sie nahm einen Zug aus ihrer Zigarette und sagte dann: »Die Russen bauen wirklich anständige Motorräder und aus irgendeinem Grund gibt es auch immer Ersatzteile dafür.«

»Gibt es auch einen Helm?«

»In Vietnam muss man keinen Helm tragen. Sind Sie mal mit so was gefahren?«

»Ja, als ich in Ihrem Alter war.«

»Als Sie in meinem Alter waren, galt in den Staaten auch noch keine Helmpflicht. Haben Sie damals einen Helm getragen?«

»Ich glaube nicht.«

Sie zog an ihrer Zigarette und fragte: »Haben Sie Ihre Nummer entdeckt?«

»Die konnte ich nicht finden.«

»Die konnten Sie nicht finden? Ich habe in dem Kreuzworträtsel neben die Nummer 32 ein Häkchen gemacht. Haben Sie das nicht gesehen?«

»So schlau bin ich nicht. Ich bin ein paar Mal auf den Kopf gefallen, als ich damals mein Motorrad hatte.«

Sie lachte und sagte dann: »Zweiunddreißig. Ich werde es mir für Sie merken.« Sie fragte: »Und was bedeutet das?«

»Zweiunddreißig senkrecht? Ich glaube, die Lösung war Rotisserie.«

Sie fand das nicht witzig, ließ das Thema aber fallen.

Ich sah sie mir an, während sie ihre Zigarette aufrauchte. Sie war absolut Tageslicht tauglich, ja, sah mit ihrem gebräunten Teint sogar noch besser aus als am Vorabend und hatte größere, strahlendere Augen, als ich im Kerzenschein bemerkt hatte. Und das Hemd und die Hose standen ihr ausgezeichnet.

Sie nahm einen letzten Zug aus ihrer Zigarette und sagte dann: »Okay. Ich muss wirklich mit dem Rauchen aufhören.« Sie warf die Kippe in den Rinnstein und sagte: »Ich war heute Morgen im Büro und habe das Fax abgeschickt.«

»Danke.«

»Da drüben war es Samstagabend um sieben, aber trotzdem hat jemand geantwortet. Wer auch immer die sind – die arbeiten wirklich lange.«

»Und wie lautete die Antwort?«

»Es wurde nur der Empfang bestätigt und dann stand da, ich solle sie auf dem Laufenden halten. Sie wollten wissen, wann Sie und ich nachher in der Nähe eines Faxgeräts sind und eine vertrauliche Nachricht schicken können. Ich habe geschrieben, dass ich um acht Uhr unserer Zeit wieder im Büro bin. Ist Ihnen das recht?«

»Tja ... das ist toll, wenn man bedenkt, dass Sie gar nicht dafür bezahlt werden, sonntags zu arbeiten.«

Sie erwiderte: »Was die zu sagen haben, kann zwölf Stunden warten.« Sie fügte hinzu: »Bis dahin haben Sie vielleicht Ihren Pass wieder oder Ihr Ausreisevisum. Kann's losgehen?«

Sie setzte ihre Sonnenbrille auf, hüpfte auf den Motorroller, warf den Motor an und ließ ihn ein paar Mal aufheulen. »Aufsteigen.« Sie zog ein Gummiband aus der Tasche und band ihr langes, wallendes Haar hoch, so dass es mir nicht ins Gesicht wehen würde.

Ich setzte mich hinten auf die Sitzbank, die ein wenig zu klein war, und hielt mich am Sitzriemen fest. Susan klappte den Ständer hoch, fuhr über den Gehsteig und reihte sich auf der Le-Loi-Straße in den Verkehr ein. Ich stellte meine Füße auf die Fußrasten und im gleichen Moment wendete Susan abrupt.

Fünf Furcht erregende Minuten später kamen wir an der Kathedrale Notre Dame an, einem fehl am Platz wirkenden neo-romanischen Gebäude mit zwei Türmen, das aber nicht aus Stein, sondern aus Ziegeln erbaut war. Davor befand sich ein kleiner Rasenplatz, an dem wir abstiegen. Susan kettete den Motorroller an einen Fahrradständer. Ich erinnerte mich von 1972 her an diesen Platz. Hier hatte sich nicht viel verändert. Sogar die große Statue der Jungfrau Maria hatte den Krieg und die Machtübernahme der Kommunisten überstanden. Ich fragte Susan: »Wie stehen die Kommunisten zur Religion?«

»Das hängt vom jeweils gültigen Programm ab. An den Buddhisten stören sie sich anscheinend nicht, aber über die Katholiken, die sie für subversiv halten, sind sie nicht so begeistert.«

Wir gingen zur Kathedrale und ich sagte: »Und deswegen gehen Sie zur Kirche.«

Sie antwortete nicht, sondern fuhr fort: »Den Protestanten machen sie das Leben wirklich schwer. Sie schikanieren die Missionare, weisen sie aus, schließen ihre Missionsschulen und Kirchen. In Saigon gibt es keine protestantischen Kirchen, nur ein paar private Gottesdienste bei den Leuten zu Hause.« Wir kamen zur Freitreppe der Kathedrale und Susan fragte mich: »Waren Sie während des Kriegs mal hier?«

»Ja, zweimal, als ich sonntags mal in Saigon war.«

»Also waren Sie damals ein guter Katholik.«

»Im Schützengraben gibt es keine schlechten Katholiken.«

Wir gingen die Treppe hinauf und Susan begrüßte ein paar Amerikaner und Leute, die sich wie Australier anhörten. Mir fiel auf, dass nicht viele Vietnamesen da waren, und das sagte ich ihr.

Sie erwiderte: »Pater Tuan liest die Messe erst auf Englisch, dann auf Französisch und dann auf Vietnamesisch.«

»Hören wir uns das alles an?«

Sie überhörte das und wir betraten die Vorhalle. Auch hier plauderte Susan kurz mit ein paar Leuten und stellte mich einigen von ihnen vor. Eine Frau sah mich an und fragte Susan dann, wie es Bill ginge. So was ist wohl unvermeidlich.

Wir gingen in das große neo-romanische Monstrum, das auch in Frankreich hätte stehen können, bloß dass es für die Tet-Feiertage, die hier, wie ich mich vage erinnerte, sogar die Katholiken begingen, mit Blüten und Kumquatbäumen geschmückt war.

Als ich zur gewölbten Decke hochsah, fragte mich Susan: »Fürchten Sie, die könnte Ihnen auf den Kopf fallen?«

»Ich sagte doch: Ich brauche einen Helm.«

Wir gingen den Mittelgang entlang. In der Kirche war es kühl und dunkel und sie war ungefähr halb voll. Wir setzten uns vorne in eine Bank. Susan sagte: »Möglicherweise lässt Bill sich blicken. Ich habe gestern Nacht noch mit ihm gesprochen.«

»Fand er es gut, dass Sie erst nach Mitternacht nach Hause gekommen sind?«

»Er ist nicht der eifersüchtige Typ und es gibt auch keinen Grund für Eifersucht.« Sie fügte hinzu: »Wenn er ein wenig unfreundlich wirkt, ist das nur so seine Art.«

»Klar. Schauen Sie, wieso gehe ich nach der Messe nicht zurück ins Hotel?«

»Pscht. Es geht los.«

Die Orgel dröhnte los und die Prozession kam den Gang herauf. Der Priester, die Ministranten und alle anderen in der Prozession waren Vietnamesen, bloß der Mann an dem Kreuz, das sie trugen, war Jude. Es ist schon ziemlich erstaunlich, wenn man mal drüber nachdenkt.

Die Messe begann jedenfalls und Pater Tuans Englisch war recht gewöhnungsbedürftig. Von der französischen Messe hätte ich, glaube ich, mehr verstanden. Wie die Messe waren auch die Kirchenlieder auf Englisch und ich stellte fest, dass Susan eine schöne Singstimme hatte. Ich sang bei den Liedern nur zum Schein mit, aber *The Rose of Tralee* kann ich aus voller Kehle schmettern, wenn ich betrunken bin.

In der Predigt ging es um die Sünden des Fleisches und die vielen Versuchungen in der Stadt. Dann kam noch irgendwas über die Seelen der armen Mädchen, die ihren Körper verkauften und so weiter. Der Priester argumentierte, dass es ohne Sünder keine Sünde gäbe – kein Opium, keine Prostitution, kein Glückspiel, keine Pornografie, keine Massagesalons.

Ich hatte so den Eindruck, dass er mich dabei ansah. Ich kam mir vor wie eine Figur in einem Roman von Graham Greene, die in irgendeinem gottverlassenen tropischen Land vor sich hin schwitzte, von katholischer Schuld geplagt wegen irgendeines sexuellen Vergehens, das dann letztendlich doch nicht so schlimm war.

Die Messe dauerte jedenfalls eine Stunde und fünf Minuten, aber ich sah nicht ständig auf die Uhr.

Die Orgel dröhnte wieder los und die Prozession zog aus der Kirche. Ich ging den Mittelgang entlang hinterher und verlor Susan irgendwo aus den Augen.

Ich stellte mich draußen im Sonnenschein bei ihrem Motorroller auf den Platz. Ich fand es doch tatsächlich gut, dass ich in die Kirche gegangen war.

Ich sah Susan am Fuß der Treppe, wo Pater Tuan und viele Gemeindemitglieder miteinander plauderten.

Vielleicht war an dieser Expat-Sache ja tatsächlich was dran. Ich meine, wenn man als Amerikaner in London, Paris oder Rom lebt, ist das eigentlich kein Ding. Da muss man sich schon einen völlig abgefuckten Ort wie den hier aussuchen, wo man fünfzehn Zentimeter größer und viel hellhäutiger ist als alle anderen und allen direkt ins Auge fällt – und wenn auch den örtlichen Behörden, umso besser. Und dann war man mit allen anderen blassen Rundaugen befreundet, trank zusammen Cocktails und lästerte über das Land. Die Leute daheim fanden einen cool und beneideten einen insgeheim und man beging amerikanische Feiertage, die man daheim nur als verlängertes Wochenende und Sonderverkauf im Einkaufszentrum wahrgenommen hätte. Zur Abwechslung ging man sogar mal wählen – per Briefwahl.

Es gab natürlich auch noch den anderen Typ von Expat, nämlich Leute, die ihr Heimatland hassten, und dann gab es auch noch die, die vor irgendwas oder irgendwem davonliefen, und die, die vor sich selbst davonliefen.

Susan gehörte, wie sie selbst gestanden hatte, zu der Kategorie von Expat, die es Klasse fanden, als Amerikaner in einem Land zu leben, in dem sie aus der Menge hervorragten und wo ihre Familie und ihre Freunde daheim nicht wussten, nach welchem Maßstab sie ihr Leben und ihren Erfolg messen sollten.

Na ja, ich wollte auch nicht zu zynisch oder analytisch sein, vor allem, da ich Susan mochte und sie über genug Selbsterkenntnis verfügte, um sich selbst einschätzen zu können.

Susan kam zu mir, begleitet von einem Mann in ihrem Alter. Er trug ein helles, tropentaugliches Sportsakko, sah nicht schlecht aus, war groß und mager und hatte rotblondes Haar. Er sah aus wie ein Princeton-Absolvent, also musste er wohl Bill sein.

Susan blieb stehen und sagte zu mir: »Paul, das ist mein Freund, Bill Stanley. Bill, das ist Paul Brenner.«

Wir schüttelten einander die Hand, aber keiner von uns beiden sagte etwas.

Susan spielte weiter Bälle zu und sagte zu Bill: »Paul war 68 hier und … wann war das noch mal?«

»Zweiundsiebzig.«

»Ja. Es muss damals ganz anders gewesen sein«, half sie mir auf die Sprünge.

»Ja, das war es.«

Susan fuhr fort: »Ich habe Bill gerade erzählt, dass Sie am Flughafen Schwierigkeiten hatten.«

Ich erwiderte nichts.

Dann sagte Susan zu Bill: »Ich glaube, Jim Chapman ist dieses Wochenende da. Ich werde ihn mal zu Hause anrufen.« Zu mir sagte sie: »Er gehört zu der neuen konsularischen Delegation. Ein Freund von Bill.«

Dazu hatte Bill nicht viel zu sagen – und ich auch nicht.

Das Gespräch kam nicht vom Fleck und deshalb sagte ich: »Ich glaube, ich gehe mal zurück ins Hotel und hole von dort aus ein paar Erkundigungen ein. Danke, Susan, dass Sie mit mir zur Kirche gegangen sind. Ich verpasse nicht gern die Messe, wenn ich auf Reisen bin. Bill – schön, Sie kennen gelernt zu haben.« Ich machte kehrt und ging davon.

Ich verfüge über einen guten Orientierungssinn und binnen einer Viertelstunde war ich wieder auf der Le-Loi-Straße und hatte das Hotel direkt vor mir. Mir fiel auf, dass ich nicht so schlimm schwitzte wie am Vortag, also akklimatisierte ich mich wohl schon.

Hinter mir auf dem Gehsteig hörte ich einen Motorroller und ging nach rechts. Susan hielt neben mir und sagte: »Steigen Sie auf.«

»Susan ...«

»Aufsteigen!«

Ich stieg auf.

Sie ließ den Motor aufheulen und wir sprangen über den Bordstein auf die Straße.

Wir sprachen nicht und sie raste die Straßen rauf und runter und bog abrupt und schnell links und rechts ab. Sie rief mir zu: »Sonntags, wenn die Straßen leer sind, macht es Spaß, voll aufzudrehen.«

Mir kamen die Straßen ziemlich voll vor.

Susan nahm ihr Handy aus ihrer Gürteltasche und reichte es mir. Sie rief: »Geben Sie es mir, wenn es klingelt. Oder vibriert. Es hat einen eingebauten Vibrator.«

Da ich gerade aus der Kirche kam, verkniff ich mir eine anzügliche Bemerkung und steckte das Handy in meine Hemdtasche.

Das Telefon klingelte und vibrierte und ich gab es ihr. Sie hielt es sich mit der linken Hand ans Ohr, während sie mit der rechten lenkte und Gas gab. Hätten wir plötzlich anhalten müssen, dann hätte sie die Handbremse nicht bedienen können, aber das störte sie anscheinend ebenso wenig, wie es die anderen telefonierenden Motorrollerfahrer störte.

Sie sprach offenbar mit Bill oder hörte Bill zu, denn sie sagte nicht viel. Schließlich sagte sie laut: »Ich kann dich nicht verstehen. Ich rufe dich heute Abend an.« Sie hörte zu und sagte dann: »Ich weiß nicht, wann.« Sie beendete das Gespräch und gab mir das Handy zurück. »Wenn es noch mal klingelt, gehen Sie ran.«

Ich steckte das Handy wieder in meine Hemdtasche.

Sie setzte ihre todesverachtende Motorrollerraserei fort, mit der sie eigentlich natürlich nur ein wenig ihren Ärger über Bill abreagieren wollte. *Ich* ärgerte mich aber nicht über Bill und deshalb gab es keinen Grund, warum ich hier als Matsch auf der Straße enden sollte. »Susan, fahren Sie langsamer.«

»Ruhe auf den billigen Plätzen.«

Auf einem Kreisel stand ein Polizist und hob die Hand, als wir näher kamen. Susan umkurvte ihn und als ich mich umsah, fuchtelte er mit den Armen und brüllte. Ich sagte zu ihr: »Den Polizisten hätten Sie fast überfahren.«

»Wenn man anhält, kriegt man einen Strafzettel wegen irgendwas und es kostet einen auf der Stelle zwei Dollar.« Sie fügte hinzu: »Außerdem hätte es vielleicht ein richtiges Theater gegeben, weil Sie sich nicht ausweisen können.«

»Und wenn er jetzt Ihr Kennzeichen hat?«

»Dafür bin ich zu schnell gefahren. Aber beim nächsten Mal halten Sie die Hand übers Nummernschild.«

»Was für ein nächstes Mal?«

»Ich habe ein Kennzeichen mit NN. Das sind die ersten beiden Buchstaben und bedeutet, dass ich Ausländerin bin: *nguoi nuoc ngoia.* Ausländer, aber kein Tourist. Touristen kriegen zehn Dollar Strafe, weil die das billig finden und sowieso Angst haben. Es geht nicht ums Geld, es geht ums Prinzip.«

»Ich glaube, Sie sind schon zu lange hier.«

»Kann sein.«

Wir näherten uns den eingezäunten Gärten, die den Wiedervereinigungspalast umgaben, den ehemaligen Amtssitz des Präsidenten von Südvietnam – damals hieß er noch Unabhängigkeitspalast. Ich erinnerte mich von 72 her an diesen Ort und hatte ihn dann noch mal im April 1975 im Fernsehen gesehen, auf dem berühmten Videoband, auf dem ein Panzer der Kommunisten das massive schmiedeeiserne Tor durchbrach.

Wir bogen in eine Seitenstraße ein, fuhren durch ein offenes Tor auf das Gelände des Präsidentenpalasts, hielten dann auf einem kleinen Parkplatz und stiegen ab. Susan kettete den Motorroller an einen Fahrradständer und nahm ihre Sonnenbrille ab. Sie sagte: »Ich dachte mir, Sie würden bestimmt gerne den ehemaligen Präsidentenpalast sehen.«

»Werden wir erwartet?«

»Er ist öffentlich zugänglich.«

Sie machte eine ihrer Satteltaschen auf, nahm einen Fotoapparat heraus und hängte ihn sich über die Schulter. Sie sagte: »Ich kann Ihnen garantieren, dass Ihnen niemand gefolgt ist, aber wenn die das über Funk weitergegeben haben oder so und wissen, dass Sie hier sind, machen Sie einfach nur eine Besichtigungstour – mit einem Mädel von hier, das Sie irgendwo aufgegabelt haben. Klar?«

»Zerbrechen Sie sich mal nicht den Kopf über meine Tarnung.«

»Ich will Ihnen helfen. Außerdem zeige ich gerne Leuten von außerhalb die Stadt. Folgen Sie mir.«

Wir gingen auf einem Gartenweg um den Palast herum und kamen dann zur Vorderseite des großen Gebäudes, das nach gängigen Maßstäben nicht gerade prunkvoll war. Es bestand aus vorgefertigten Betonteilen und sein Baustil ließe sich als tropische, bombensichere Moderne umschreiben. Gut hundert Meter weiter, jenseits des Rasens, befand sich das schmiedeeiserne Tor, das nun in besserem Zustand war als damals, als der nordvietnamesische Panzer hindurchgebrochen war. Ja, links neben dem Tor stand ein großer russischer T-59-Panzer auf einem Betonsockel und ich nahm an, dass es *der* Panzer war.

Susan fragte: »Wissen Sie, was das hier ist?«

»Ja. Ist das der Panzer?«

»Ja, das ist er. Ich war noch sehr jung, als das alles passiert ist, aber ich habe es auf Video gesehen. Drinnen kann man sich's für einen Dollar noch mal anschaun.«

»Ich habe das damals im Fernsehen gesehen.«

Ich sah viele Westler um den Panzer herumstehen und ihn fotografieren. Doch anders als der rostige amerikanische Panzer im Museum für Kriegsverbrechen war der russische Panzer von einer Absperrkette umgeben und drumherum wehten Fahnen. Das hier war ein sehr wichtiger Panzer.

Susan sagte: »Ich habe schon viele Amerikaner hierher geführt, auch meine Eltern, und ich habe mir den Text der Führung eingeprägt. Möchten Sie ihn hören?«

»Gern.«

»Folgen Sie mir.« Wir gingen die Eingangstreppe hinauf und standen dann vor dem Portal. »Wir schreiben also den 30. April 1975 und die Kommunisten sind nach Saigon vorgedrungen. Der Panzer braust die Le-Duan-Straße rauf und durchbricht das Tor. Er fährt über den Rasen und bleibt direkt hier vor dem Palast stehen. Das haben Sie ja auf dem Video gesehen, das ein Fotojournalist aufgenommen hat, der zufällig zur rechten Zeit am rechten Ort war.«

Sie fuhr fort: »Etwa eine Minute später kommt ein Laster durch das Tor, fährt über den Rasen und hält neben dem Panzer. Ein nordvietnamesischer Offizier springt heraus und geht diese Treppe hier rauf. Und genau hier steht General Minh, der erst zwei Tage zuvor Präsident von Südvietnam geworden ist, nachdem Präsident Thieu die Biege gemacht hatte. Um Minh herum steht sein neues Kabinett und die haben wahrscheinlich alle große Angst und fragen sich, ob sie jetzt auf der Stelle erschossen werden. Der kommunistische Offizier geht die Treppe hinauf und Minh sagt: ›Ich warte schon seit heute früh darauf, Ihnen die Macht zu übergeben.‹ Der Offizier entgegnet: ›Sie können nichts übergeben, was Sie nicht besitzen.‹ Das war das Ende der Geschichte, das Ende des Krieges und das Ende von Südvietnam.«

Und, dachte ich, das Ende des Albtraums. Als ich im Fernsehen sah, wie der Panzer das Tor durchbrach, dachte ich, dass die ganzen Amerikaner, die bei der Verteidigung Südvietnams umgekommen waren, umsonst gestorben waren.

Ich versuchte mich zu erinnern, was mit General Minh geschehen war, aber wie alle anderen Amerikaner hatte ich nach dem 30. April 1975 die Vietnam-Show nicht mehr eingeschaltet.

Sie fragte mich: »Soll ich Sie vor dem Panzer fotografieren?«

»Nein.«

Neben dem Eingang zum Palast war ein Kartenschalter und auf Englisch stand dort auf einem Schild: *Ausländer: 4 Dollar – Vietnamesen: freier Eintritt.*

Susan stritt sich mit dem Typen am Schalter und ich schätze mal, es ging wieder nicht ums Geld, sondern ums Prinzip.

Ich sagte zu ihr: »Sagen Sie ihm, dass ich eine Seniorenermäßigung verlange.«

»Heute zahle ich«, sagte sie.

Sie einigten sich schließlich auf sechs Dollar und wir bekamen Eintrittskarten und gingen hinein.

Sie sagte: »Schalten Sie das Handy ab. Die rasten aus, wenn in einem ihrer Heiligtümer ein Telefon klingelt.«

Der Palast war nicht klimatisiert, aber hier drin war es kühler als draußen in der Sonne. Wir betraten den großen, prunkvollen Empfangssaal und gingen dann durch den riesigen, vierstöckigen Palast. Er sah von innen besser aus als von außen und die moderne Architektur vermittelte einen weitläufigen, luftigen Eindruck. Die Möbel waren größtenteils moderne, westliche aus den Sechzigerjahren, aber es gab auch viele traditionell-vietnamesische Sachen, darunter auch eine Sammlung abgetrennter Elefantenfüße.

Viele Leute besichtigten den Palast. An den kurzen Hosen

sah man, dass es vor allem Amerikaner waren. In jedem Trakt gab es einen vietnamesischen Guide, der Susan immer wieder auf Englisch aufforderte, bei der Gruppe zu bleiben. Sie entgegnete etwas auf Vietnamesisch und dann gab es immer einen kurzen Streit, den Susan jedes Mal für sich entschied.

Sie trieb es wirklich weit und vermutlich gehörte das zu ihrer Expat-Attitüde; sie wollte als Amerikanerin gelten, aber nicht als Touristin. Und ehrlich gesagt, war sie schon eine ziemliche Zicke. Ich glaube, Bill hätte mir da zugestimmt.

Wir betraten das Palastdach, auf dem Dutzende Touristen herumstanden und die Stadt knipsten. Von der Smogglocke mal abgesehen, hatte man von hier einen schönen Ausblick. Eine vietnamesische Führerin stand neben einem alten amerikanischen Huey-Helikopter auf einem Hubschrauberlandeplatz und sagte auf Englisch: »An dieser Stelle hat die amerikanische Marionette und der Staatsfeind Nummer eins, Präsident Thieu, mit seiner Familie und seinen Freunden einen Hubschrauber bestiegen und ist dann zu einem amerikanischen Kriegsschiff geflogen, als sich die siegreiche Volksarmee Saigon näherte.«

Der Hubschrauberlandeplatz auf dem Dach war ein guter Ort zum Rauchen und Susan steckte sich eine an. Sie sagte: »Seit ich hier bin, habe ich viel über die Geschichte erfahren. Es ist interessant, mit jemandem zusammen zu sein, der einiges von dem tatsächlich miterlebt hat.«

»Wollen Sie damit andeuten, dass ich ein alter Knochen bin.«

Ausnahmsweise wurde sie mal ein wenig verlegen und sagte: »Nein, ich meine bloß ... nun ja, Sie waren wahrscheinlich *sehr* jung, als Sie hier waren.« Sie lächelte. »Und Sie sind immer noch jung.«

Cynthia und Susan waren ungefähr im gleichen Alter, also war ich wohl noch nicht aus dem Rennen. Es muss mein unreifes Wesen sein, das die Frauen da täuscht.

Susan rauchte ihre Zigarette auf und wir gingen zurück in den Palast. In der ersten Etage betraten wir den Empfangsraum des Präsidenten. Susan gab dem Wächter einen Dollar und sagte dann zu mir: »Sie dürfen sich in den Sessel des Präsidenten setzen. Ich schieße dann ein Foto von Ihnen.«

Wenn ich im Einsatz bin, mag ich wirklich nicht fotografiert werden, und ich sagte: »Das muss nicht sein.«

»Ich habe aber schon einen Dollar dafür bezahlt. Setzen Sie sich.«

Also setzte ich mich in den blöden Sessel des ehemaligen Präsidenten von Südvietnam und Susan knipste ein Foto. Das war jetzt wirklich zu albern und ich fragte sie: »Haben wir jetzt alles gesehen?«

»Nein, das Beste habe ich mir für den Schluss aufgehoben. Folgen Sie mir.«

Wir gingen über mehrere Treppen zu einem schummrig beleuchteten Flur hinab, von dem viele Türen abgingen. Susan sagte: »Das hier war der Luftschutzkeller und hier war auch die Kommandozentrale.«

Sie führte mich in einen großen Raum, der von alten Neonröhren erhellt wurde. Anscheinend waren wir die Einzigen hier. Die Wände waren mit billigem Mahagonifurnier getäfelt, mit dem Amerikaner früher ihre Hobbykeller ausgekleidet hatten.

An den Wänden hingen Dutzende Karten unterschiedlichen Maßstabs von Südvietnam und den einzelnen Provinzen und auch einige Stadtpläne. Auf allen Karten zeigten farbige Symbole an, wo die Amerikaner, die Südvietnamesen und der Feind gerade standen.

Die Karten waren datiert und einige reichten bis zur Tet-Offensive vom Januar und Februar 1968 zurück. Ich sah, dass der Standort meines Infantriebataillons am Rande von Quang-Tri-Stadt mit einem kleinen Fähnchen markiert war, was schon unheimlich war. Einige Karten waren auf den

April 1972 datiert, den Zeitpunkt der Osteroffensive, die ich ebenfalls hier miterlebt hatte.

Susan fragte: »Interessiert Sie das?«

»Ja, durchaus.«

»Zeigen Sie mir, wo Sie stationiert waren.«

Ich zeigte ihr das kleine Fähnchen außerhalb von Quang-Tri-Stadt. »Das war 1968 mein Basislager. Es hieß LZ Sharon.«

Sie sagte: »LZ bedeutet Landezone – das hat mir mal ein Veteran erklärt. Und alle Lager trugen Frauennamen.«

»Die meisten, aber nicht alle.« Ich zeigte auf ein anderes Fähnchen. »Das war LZ Betty. Eigentlich war es ein altes französisches Fort, auch außerhalb von Quang-Tri-Stadt. Das war das Hauptquartier der Brigade, wo der Colonel wohnte.«

»Werden Sie diese Orte besuchen?«

»Vielleicht.«

»Ich finde, das sollten Sie tun. Und wo waren Sie 1972?«

»In Bien Hoa. Gleich außerhalb von Saigon. Das müssten Sie kennen.«

»Natürlich. Aber ich wusste nicht, dass da ein amerikanischer Stützpunkt war.«

Eine Karte war auf den April 1975 datiert. Ich kann immer noch militärische Symbole entziffern und ich erkannte die Stellungen der südvietnamesischen Streitkräfte und das Vordringen der nordvietnamesischen Armee, das mit roten Pfeilen dargestellt war, die über das ganze Land hinwegschossen. Anscheinend hatte man sich irgendwann nicht mehr die Mühe gemacht, noch weitere Pfeile einzutragen oder die Fähnchen umzustecken. Dem, der die Karten auf den neuesten Stand brachte, musste klar geworden sein, dass das Ende unmittelbar bevorstand.

Wenn man genau hinhörte, konnte man die Geister hören, und wenn man genug Fantasie hatte, konnte man sich die Militärs und Politiker vorstellen, die sich hier im April 1975 Tag und Nacht aufgehalten hatten, als klar wurde, dass die roten Pfeile auf der Karte keine abstrakten Symbole waren, sondern Hunderttausende feindlicher Soldaten und viele Panzer, die auf Saigon – auf sie – zurückten.

Wir sahen uns in der unterirdischen Kommandozentrale um: Konferenzräume, eine Leitstelle mit altmodischen Funkgeräten und Telefonen, hübsch eingerichtete Schlaf- und Wohnzimmer für den Präsidenten und so weiter und alles war im Originalzustand erhalten.

Dann verließen wir die unterirdische Kommandozentrale und traten nach draußen in den Sonnenschein, hinter den Palast, wo noch immer Präsident Thieus alter Mercedes stand – noch so eines dieser original erhaltenen Stücke Vergangenheit, die diesen Ort so unheimlich machten.

Wir spazierten durch die Gärten des ehemaligen Präsidentenpalasts, die ganz hübsch waren.

Susan fragte mich: »War das in Ordnung?«

»Es war interessant. Danke.«

»Ich weiß nie so recht, was die Leute sehen wollen, aber da Sie Veteran sind, dachte ich mir, dass Sie diesen kleinen Ausflug in die Geschichte zu schätzen wüssten. Auf meiner üblichen Strecke kommen jetzt noch ein paar Orte, dann dürfen Sie sich was aussuchen.«

»Sie müssen mich wirklich nicht in Saigon herumführen.«

»Das macht mir aber Spaß. Als ich noch in New York gewohnt habe, bin ich auch nur auf die Freiheitsstatue und das Empire State Building gekommen, wenn ich mal Besuch von außerhalb hatte.«

»Das geht mir mit Washington auch so.«

»Ich war noch nie in Washington.«

»Manchmal wünsche ich mir, ich wäre auch noch nie in Washington gewesen.«

Sie sah mich kurz an und sagte dann: »Wenn ich jemals nach Washington komme, sind Sie mir eine Stadtrundfahrt schuldig.«

»Abgemacht.«

Wir spazierten weiter über das Gelände. Die Luft war erfüllt vom Duft der Blüten, was im Januar angenehm war. Wir blieben an einer Erfrischungsbude stehen und kauften zwei Halbliterflaschen Wasser.

Wir tranken im Gehen und ich fragte sie: »Als Ihre Eltern zum ersten Mal zu Besuch waren, wie haben sie da reagiert?«

»Sie waren entsetzt. Sie wollten, dass ich auf der Stelle wieder mit ihnen nach Hause komme.« Sie lachte und fügte hinzu: »Sie konnten sich ihr verhätscheltes kleines Mädchen nicht in einer Stadt der Dritten Welt vorstellen. Sie fanden alles scheußlich: die Prostituierten, die Kommunisten, die Bettler, das Essen, die Hitze, die Krankheiten, dass ich rauche, dass ich eine katholische Kirche besuche – was Sie nur wollen: Sie fanden alles widerlich.« Sie lachte.

Ich fragte: »Sind Sie mit denen auch Motorroller ausgefahren?«

»Um Gottes willen, nein. Die wären nicht mal in ein Cyclo eingestiegen. Wir sind Taxi gefahren.« Sie fügte hinzu: »Mein Bruder und meine Schwester waren mal alleine hier und ihnen hat es sehr gefallen. Mein Bruder verschwand eines Abends und kam dann später lächelnd wieder.«

»Er war bestimmt im Puppentheater. Wie alt ist er?«

»Damals war er auf dem College.«

»Was machen Ihre Eltern?«

»Mein Vater ist Chirurg, meine Mutter Lehrerin. Eine richtige Musterfamilie.«

»Mein Vater war Automechaniker und meine Mutter Hausfrau. Ich bin in South Boston aufgewachsen.«

Darauf erwiderte sie nichts.

Anscheinend hatte sie ein bestimmtes Ziel vor Augen und wir folgten einem Pfad, der an blühenden Sträuchern vorbeiführte. Wir kamen an einen kleinen, mit Gras bewachsenen Hang, gingen halb hinauf und setzten uns dort hin. Sie zog sich Schuhe und Socken aus und wackelte mit den Zehen. Dann knöpfte sie an ihrem Seidenhemd die obersten Knöpfe auf.

Ich setzte mich einen Meter von ihr entfernt.

Sie nahm ihre Gürteltasche ab, angelte sich eine Zigarette heraus und steckte sie sich an.

Ich nahm das Handy aus meiner Tasche und sagte: »Vielleicht sollte ich mal im Hotel anrufen.«

Sie nahm mir das Handy ab und steckte es in ihre Gürteltasche. »Das hat keine Eile. Ich rufe nachher für Sie an. Die sind entgegenkommender, wenn man Vietnamesisch mit ihnen spricht.«

Sie rauchte ihre Zigarette auf, krempelte sich die Ärmel hoch, legte sich ins Gras und schloss die Augen. »Ah, das tut gut. Sie sollten Ihr Hemd ausziehen und ein wenig Sonne tanken.«

Ich zog mein Hemd aus und legte mich neben sie, aber nicht zu nah. Ich schob mir mein Hemd und die leere Wasserflasche unter den Kopf.

Der Sonnenschein auf der Haut war angenehm und jetzt wehte auch eine sanfte Brise.

Sie sagte: »Sie sind zu blass.«

»Ich komme gerade aus dem Winter.«

»Der Winter fehlt mir. Mir fehlt auch der Herbst in den Berkshires.«

Wir machten ein wenig Konversation und dann sagte ich zu ihr: »Es geht mich ja vielleicht nichts an, aber ich habe ein wenig ein schlechtes Gewissen, wenn Sie sich mit Bill gestritten haben, weil Sie den Sonntag mit mir verbringen.« Ich hatte nicht im Mindesten ein schlechtes Gewissen und wollte nur hören, was sie darauf sagte.

Sie erwiderte lange nichts und überlegte sich offenbar die richtige Antwort. Schließlich sagte sie: »Ich habe ihm erklärt, dass Sie am Montagmorgen ins Hinterland abreisen und dafür Instruktionen brauchen – dass es zu dem blöden Gefallen gehört, um den er mich gebeten hat.« Sie fügte hinzu: »Er wollte mitkommen. Ich habe das abgelehnt.«

»Warum?«

»In Vietnam ist die Drei eine Unglückszahl und drei Menschen zusammen, das bringt Unglück.«

Ich erwiderte: »Ich dachte immer, die Drei sei in Vietnam eine Glückszahl. Sie wissen doch: *Ba ba ba*, das Glücksbier.«

Sie schwieg kurz und sagte dann: »Dann habe ich das vielleicht falsch verstanden.« Sie lachte, ging aber nicht weiter auf meine Frage ein.

In der Sonne wurde es allmählich heiß und ich schwitzte, sie dagegen wirkte so kühl wie ein Granatapfel. Ich sagte: »Na, dann geben Sie mir mal Instruktionen.«

»Wohin fahren Sie als Nächstes?«

»Das weiß ich noch nicht so genau.«

»Und wie soll ich Ihnen dann Instruktionen geben? Und wieso wissen Sie nicht, wohin Sie fahren?«

»Ich soll nur rumreisen und vielleicht ein paar Schlachtfelder besuchen und in gut einer Woche habe ich dann einen Termin.«

»Wo.«

»Das darf ich nicht sagen.«

»Sie helfen mir nicht weiter.«

»Berichten Sie mir einfach nur allgemein über Verkehrsmittel, Telekommunikation, wie das in den Hotels läuft, Sitten und Gebräuche, Geld und so weiter.«

»Okay. Wie Sie wissen, stehen die Tet-Feiertage an und die ganze nächste Woche wird das Reisen schwer. Und vom Neujahrstag an ist alles geschlossen oder nur sehr eingeschränkt geöffnet. Der Bahnverkehr ist vier Tage lang stillgelegt. Straßen, Flugzeuge und Busse sind leer, weil alle zu Hause bleiben, essen und schlafen. Neun Monate später gibt es dann einen Geburtenrekord, aber das ist ja nicht Ihr Problem.«

»Und die meisten Leute sind in ihren Heimatstädten und -dörfern?«

»Ja. Ich würde sagen, neunzig Prozent der Bevölkerung schafft es, nach Hause zu kommen. Die großen Städte, in denen viele Leute wohnen, die vom Lande stammen, sind wie ausgestorben und die Dorfbewohner und Bauern haben eine Woche lang das Vergnügen, in ihren kleinen Hütten Schlafgäste unterbringen zu dürfen.«

Ich erinnerte mich an die Wochen vor dem Tet-Fest 68 und an den Anblick Tausender Menschen, die zu Fuß, mit Fahrrädern und auf Ochsenkarren auf den Landstraßen unterwegs waren. Die Army hatte eine Mitteilung herausgegeben, die der Truppe erklärte, was das alles zu bedeuten hatte. Wir sollten uns nicht in diese Massenwanderung einmischen, sondern vielmehr nach Vietcong Ausschau halten, die diese Wallfahrten möglicherweise infiltriert hatten. Ein Vietcong war jeder Mann im wehrfähigen Alter, der noch beide Arme und beide Beine hatte, keine Uniform der südvietnamesischen Armee trug und sich nicht ausweisen konnte.

Ich konnte mich nicht erinnern, dass wir auch nur einen einzigen Vietcong entdeckt hatten, aber im Nachhinein betrachtet, muss es in diesen Menschenscharen nur so von ihnen gewimmelt haben, die sich für das, was dann folgte, in Stellung brachten. Und zu allem Übel hatte ein Großteil der südvietnamesischen Armee entweder Urlaub oder hatte sich unerlaubt von der Truppe entfernt und war nach Hause gegangen. General Giap in Hanoi, der den Überraschungsangriff an Sylvester – dem heiligsten und militärisch wehrlosesten Tag des Jahres – geplant hatte, war ein kluger Kopf. Ich hoffte, dass Colonel Hellmann in Washington, der meinen Tet-Einsatz geplant hatte, mindestens ebenso klug war.

Susan berichtete weiter von den Lebensbedingungen auf dem Lande und bestätigte dabei einiges von dem, was mir Conway erzählt hatte.

Sie sagte: »Die Leute sind im Allgemeinen nett und werden

Sie nicht an die Polizei verpfeifen. Sie mögen ihre Regierung nicht, aber sie lieben ihr Land. Verhalten Sie sich respektvoll gegenüber ihren Gebräuchen und Traditionen und zeigen Sie Interesse für ihren Lebensstil.«

»Ich kenne ihre Gebräuche aber gar nicht.«

»Ich auch nicht. Ich kenne Saigon, aber da draußen ist es ganz anders. Tätscheln Sie nie einem Menschen den Kopf. Der Kopf ist heilig. Die Füße sind die untersten Körperteile. Heben Sie nie Ihre Füße über den Kopf von jemandem. Das wäre respektlos.«

»Wie soll ich denn meine Füße über den Kopf von jemandem kriegen?«

»Mir fielen da schon ein paar Möglichkeiten ein.«

Wir lagen also da und Susan berichtete über Sitten und Gebräuche, über mögliche Fallstricke und Fettnäpfchen, über die Polizei, Gesundheitsfragen, das Essen, Fremdenpensionen, die einen nicht bei der Polizei meldeten und so weiter.

Ich fragte: »Besteht noch Gefahr durch Landminen?«

»Anscheinend schon. Man liest immer mal wieder, dass Kinder von einer in die Luft gesprengt werden. Wenn Sie so richtig draußen in der Wildnis sind, bleiben Sie am besten auf viel begangenen Wegen.« Sie fügte hinzu: »Sie wollen ja nicht das nachholen, was Ihnen beim letzten Mal erspart blieb.«

»Nein, das will ich nicht.«

Sie fragte: »Reisen Sie auch in das ehemalige Nordvietnam?«

»Kann sein.«

»Tja, da sieht die Lage nämlich anders aus. Da sind die Kommunisten seit den Fünfzigerjahren an der Macht und ziemlich gut organisiert. Laut der Broschüre von meinem Unternehmen, die ich lesen musste, verfügt die Geheimpolizei im Norden über ein ausgedehntes Netz von Informanten. Die Bevölkerung des Nordens ist Amerikanern gegenüber nicht besonders freundlich, wie ich bei meiner ersten Geschäftsreise nach Hanoi feststellen durfte. Wir haben ungefähr eine Million von ihnen umgebracht, nicht wahr? Und *diese* Leute werden Sie an die Polizei verpfeifen.« Sie sah mich kurz an und sagte dann: »Wenn Sie in den Norden reisen, sollten Sie sich auf einen effizienteren Polizeistaat einstellen.«

»Davon hab ich schon gehört.«

»Geben Sie sich als Australier aus. Dann wird man freundlicher zu Ihnen sein. Das funktioniert natürlich nicht bei der Polizei, die sich Ihren Pass angucken kann.«

»Und wie verhält sich so ein Australier?«

»Der hat immer eine Dose Bier in der Hand.«

»Ach ja, stimmt.«

»Möglicherweise werden Sie hören, dass man von Ihnen als von einem *Lien xo* spricht. Kinder auf dem Lande, die nur selten Weiße zu Gesicht bekommen, werden rufen: *Lien xo!* Das bedeutet einfach nur Ausländer oder Westler, wörtlich übersetzt heißt es aber ›Sowjetunion‹.«

»Das müssen Sie mir erklären.«

»Gern. Als die Russen hier waren, von 1975 bis in die Achtzigerjahre, gab es hier keine anderen Ausländer aus dem Westen und deshalb bedeutete der Begriff *Lien xo* dann irgendwann ›Westler‹. Im Norden ist *Lien xo* nicht abfällig gemeint – die Sowjets waren ihre Verbündeten. Im Süden hatte es früher einen abfälligen Beigeschmack, denn die Südvietnamesen haben die russischen Militärs und Berater gehasst. Heute bedeutet es nur noch Westler. Können Sie mir folgen?«

»So einigermaßen. Im Süden bin ich Amerikaner und im Norden Australier. Aber die Leute werden mich als Sowjet bezeichnen.«

»Das bedeutet einfach nur Westler. Lassen Sie sich nicht verwirren.«

»Wieso kann ich kein Neuseeländer sein oder Brite? Oder wie wär's mit einem Kanadier?«

»Keine Ahnung. Probieren Sie's aus. Also gut: Im Norden sind die Leute nicht so materialistisch wie im Süden.«

»Das ist gut.«

»Nein, das ist schlecht. Das sind richtige Rote und die sind nicht so bestechlich wie die im Süden. Das hat vielleicht philosophische oder politische Gründe, aber es liegt auch daran, dass es im Norden nicht so viele Konsumgüter gibt und deshalb das amerikanische Geld nicht über alles geht. Sie können da also nicht einem Bullen einen Zehner geben und dann erwarten, dass er wegsieht. Verstanden?«

»Wie wär's mit einem Zwanziger?«

Sie setzte sich abrupt auf und sagte: »Wissen Sie ... mein Büro ist übernächste Woche wegen der Feiertage geschlossen. Und nächste Woche ist nichts los. Hätten Sie gern ein wenig Begleitung?«

Ich setzte mich auf.

Sie sagte: »Ich liebe es, im Land rumzureisen. Seit einem Jahr bin ich kaum mehr aus Saigon rausgekommen. Es wäre interessant, mit einem Veteranen alte Kriegsstätten zu besuchen.«

»Danke, aber ...«

»Sie werden einen Dolmetscher brauchen. Außerhalb der Städte wird nur sehr wenig Englisch gesprochen. Und ich hätte nichts dagegen, mal Urlaub zu machen.«

»Es gibt doch bestimmt viele andere Orte, an die Sie reisen könnten. Der Winter in den Berkshires ...«

»Ich fahre im Urlaub immer ins Ausland. Aber ich möchte auch mal hier im Land Urlaub machen.«

»Bill begleitet Sie bestimmt gern.«

»Der mag Vietnam nicht. Den kriege ich nicht aus Saigon raus.«

»Er würde bestimmt mal eine Ausnahme machen, wenn er nach uns suchen müsste.«

Sie lachte und sagte dann: »Wir können auch als Freunde zusammen verreisen. Viele Leute machen das. Ich vertraue Ihnen. Sie arbeiten für die Regierung.«

»Ich glaube nicht, dass die Leute, die mich hierher geschickt haben, es gutheißen würden, wenn ich eine Reisebegleiterin mitnähme.«

»Das würden sie aber, wenn sie verstünden, worum es hier geht. Von dem Sprachproblem mal abgesehen, werden allein reisende Männer erbarmungslos von Zuhältern und Prostituierten belästigt. Das passiert nicht, wenn sie eine Frau dabeihaben. Dann werden Sie auch nicht so schnell von der Polizei belästigt. Bei einem Mann, der ganz allein ist, nimmt man an, dass er nichts Gutes im Schilde führt. Ich weiß gar nicht, warum man Sie alleine hierher geschickt hat.«

Da ich jetzt darüber nachdachte, wusste ich das auch nicht. Das hatte wohl etwas mit dem dringenden Verlangen zu tun, möglichst wenige Leute in diese Mordermittlung, die keine Mordermittlung war, einzuweihen. Ich lächelte und sagte: »Woher weiß ich denn, dass Sie keine Doppelagentin sind?«

Sie erwiderte das Lächeln. »Ich bin nur eine langweilige Investmentberaterin. Und ich brauche ein wenig Aufregung.«

»Fahren Sie Motorroller.«

»Das ist kalter Kaffee. Denken Sie über mein Angebot nach. Ich kann heute Abend eine Nachricht in meinem Büro hinterlassen und packen und bin dann morgen früh spätestens um zehn im Rex.«

Ich fragte: »Und Bill?«

»Was haben Sie bloß immer mit Bill?«

»Das ist so ein Männerding. Hat er eine Schusswaffe?«

Sie lachte. »Nein, natürlich nicht.« Sie fügte hinzu: »Schusswaffenbesitz ist hier ein Kapitalverbrechen.«

»Gut.«

Sie sagte: »Ich schicke ihm von unserer ersten Reisestation aus ein Telegramm. Wo auch immer das sein wird.«

»Lassen Sie mich darüber nachdenken.«

»Okay, aber wenn Sie beschließen, dass Sie mich gern dabeihätten, sollte Ihnen klar sein, dass es strikt platonisch ablaufen wird. Das ist mein Ernst. Ich bezahle für mein Einzelzimmer und wenn Sie nicht gerade mit mir essen gehen, dürfen Sie es gern bei anderen Damen probieren.«

»Und wer bezahlt das Essen?«

»Sie natürlich. Ich bestelle, Sie bezahlen. Und wenn Sie zu irgendeinem geheimen Treffen müssen, verschwinde ich.«

Ich ließ mir das alles durch den Kopf gehen, während ich dort auf dem mit Gras bewachsenen Hang saß – den Präsidentenpalast in der Ferne, um den Park herum die Gebäude von Saigon, Blumenduft in der Nase und Sonnenschein auf dem Gesicht. Ich sah zu ihr hinüber und wir sahen einander in die Augen.

Susan steckte sich noch eine Zigarette an, sagte aber nichts.

Ich bin es gewöhnt, alleine zu arbeiten, und es ist mir auch lieber. Wenn ich die Sache alleine verbockte, würden meine Freunde in Washington – je nach den Umständen – entweder enttäuscht oder verständnisvoll reagieren. Wenn ich die Sache aber verbockte, während ich mit einer Frau herumreiste, würden sie mich an den Eiern aufhängen. James Bond hatte dieses Problem nie.

Außerdem wusste ich überhaupt nicht, was sie im Schilde führte. Ihre Gründe dafür, einen Urlaub im Lande zu verbringen, klangen vernünftig und dann war da auch Ihre Abenteuerlust, die wahrscheinlich das Hauptmotiv war. Und dann war da *moi*. Ich *bin* ein toller Kerl. Aber so toll nun auch wieder nicht.

Ihre Motive hatten jedenfalls mit der anstehenden Mission nicht das Geringste zu tun. Wenn ich an einem Fall dran bin, bin ich vollkommen konzentriert und *denke* nicht mal an Frauen. Oder nur selten. Na ja, hin und wieder, aber nur in meiner Freizeit.

Und dann war da natürlich Cynthia. Cynthia war ein Profi und arbeitete selbst mit vielen Männern zusammen und sie hätte bestimmt Verständnis dafür. Na ja, vielleicht auch nicht.

»Denken Sie nach?«

»Ich habe diese Libelle da beobachtet.«

»Also, sagen Sie mir bis sechs Uhr morgen früh Bescheid. Dann ist das Angebot, wie wir im Geschäftsleben sagen, vom Tisch.« Sie zog sich Socken und Schuhe an, knöpfte ihr Hemd zu, erhob sich und setzte ihre Sonnenbrille auf.

Ich zog mir mein Hemd an und sie schnallte ihre Gürteltasche um. »Startklar?«

Wir gingen den Hang hinab zum Parkplatz. Sie kettete den Motorroller los, nahm dann ihr Handy und wählte. Sie sagte: »Ich rufe im Rex an.« Sie sagte irgendwas auf Vietnamesisch ins Telefon und ich bekam mit, dass sie meinen Namen aussprach. Mit der Antwort war sie anscheinend nicht zufrieden und entgegnetete etwas in scharfem Tonfall. *Zicke.* Nach vielen einsilbigen Wörtern und Konsonanten legte sie auf und verkündete: »Es ist nichts für Sie gekommen. Aber ich habe denen meine Handynummer hinterlassen und gesagt, sie sollen anrufen, sobald Ihr Pass oder sonst irgendwas für Sie eintrifft.«

Sie reichte mir das Handy, warf den Motorroller an und ich setzte mich hinten drauf. Sie sagte: »Entschuldigung. Ich hätten fragen sollen, ob Sie fahren wollen.«

»Später.«

Wir fuhren durch die Straßen von Saigon und Susan ging es diesmal locker an. Sie fragte: »Wissen Sie noch, wie dieser Typ am Flughafen hieß?«

»Wieso? Kennen Sie die Bösewichter alle namentlich?«

»Ein paar schon. Die Namen sprechen sich herum.«

»Er hieß Mang. Ein Oberst in Uniform.«

Sie teilte mir mit: »Mang ist sein Vorname. Kennen Sie nicht seinen vollständigen Namen?«

Ich erwiderte: »Er hat sich Oberst Mang genannt. Wie sollte Mang da sein Vorname sein?«

»Ich dachte, Sie wären schon mal längere Zeit hier gewesen. Die Vietnamesen verwenden ihren Vornamen – der eigentlich am Ende steht – zusammen mit ihrem Titel. Sie wären also Mr. Paul und ich bin Miss Susan.«

»Und wieso machen sie das?«

»Keine Ahnung. Es ist ihr Land. Sie können hier machen, was sie wollen. Wussten Sie das nicht aus Ihrer Zeit hier?«

»Ehrlich gesagt, wussten die amerikanischen Soldaten nur sehr wenig über die Vietnamesen. Vielleicht war das eines unserer Probleme.«

Sie ging nicht weiter darauf ein, sondern sagte: »Man achtet hier sehr auf die Anrede. Man verwendet immer den Titel – Mr, Miss, Mrs, Oberst, Professor oder was auch immer –, gefolgt von den Vornamen. Sie finden es toll, wenn man das vietnamesische Wort dafür kennt. Dai-ta Mang – Oberst Mang. Ong Paul – Opa Paul.« Sie lachte.

Ich fragte mich, was Zicke wohl auf Vietnamesisch hieß.

Sie sagte: »Ich werde mich nach einem Oberst Mang umhören, aber finden Sie heraus, wie er mit Nachnamen heißt, wenn Sie ihn das nächste Mal sehen.«

»Ich werde ihn bestimmt wieder sehen.«

»Haben Sie ihm gesagt, wohin Sie reisen?«

»Einen Teil meiner Reiseroute kennt er anhand meiner Hotelgutscheine. Er will meine restliche Reiseroute erfahren, ehe er mir meinen Pass wiedergibt.«

»Wollen Sie, dass er weiß, wohin Sie reisen?«

»Eigentlich nicht.«

»Dann denken Sie sich irgendwas aus. Das ist hier kein effizienter Polizeistaat. Wollen Sie noch einen berühmten Ort sehen?«

»Gern.«

»Macht es Ihnen Spaß?«

»Bei diesem Tempo ja.«

Sie langte hinter sich und tätschelte mein Knie. Sie sagte: »Nachher hole ich meinen Bock und dann fahren wir zur Kautschukplantage von Michelin. Ich will mal raus aus der Stadt. Okay?«

»Vielleicht sollte ich eher in der Nähe des Hotels bleiben, falls dieser Kommunistenoberst mich sprechen will.«

»Es ist Sonntag. Der sitzt zu Hause und liest eine Ho-Chi-Minh-Biografie und seine Frau brät grade den Hund.« Sie lachte.

Ich lachte auch. Ich meine: Nicht schlecht.

Für manche Typen wäre Susan Weber die pure Männerfantasie. Ich aber dachte, dass Susan Weber wie das Land war, in dem sie lebte: Schön und exotisch und so verführerisch wie eine tropische Brise in einer sternenklaren Nacht. Doch irgendwo in meinem Hinterkopf hörte ich das Klopfen der Bambusstäbe näher kommen.

Kapitel 11

Wir fuhren die Le-Duan-Straße hoch, einen breiten, von Bäumen gesäumten Boulevard, und dann hielt Susan auf dem Gehsteig und zeigte auf die andere Straßenseite. »Erkennen Sie das Gebäude?«

Hinter einer hohen Betonmauer mit Wachtürmen stand ein wuchtiges, weißes, etwa fünfstöckiges Haus, ebenfalls im Stil der Sechzigerjahre und aus bombensicheren Betonteilen errichtet. Ich brauchte ein paar Sekunden, dann erst erkannte ich die ehemalige amerikanische Botschaft.

Susan sagte: »Ich habe den Fernsehbericht darüber gesehen, wie die Vietcong während der Tet-Offensive in die Botschaft eingedrungen sind.«

Ich nickte. Das war im Februar 1968 gewesen – der Anfang vom Ende. Das Ende selbst folgte dann sieben Jahre später, 1975, als sich dort in der Botschaft der letzte Akt einer überlangen tragischen Oper abspielte.

Ich schaute zum Dach hoch und sah den Aufbau, von dem aus am 30. April 1975 die letzten Amerikaner die Stadt per Hubschrauber verlassen hatten, als die kommunistischen

Truppen näher rückten. Das war auch so eine der berühmten oder berüchtigten Videoszenen, die den ganzen scheußlichen Schlamassel versinnbildlichten; die aus Marines bestehende Wachmannschaft, die gegen schreiende und weinende vietnamesische Zivilisten und Soldaten ankämpfte, die auf das Gelände vorgedrungen waren und fliehen wollten; das Botschaftspersonal, das versuchte cool zu wirken, während es sich einen Weg zu den Helikoptern bahnte, auf dem Hof die brennenden Botschaftsakten, Saigon ein einziges Chaos, und der Botschafter, der die zusammengefaltete amerikanische Flagge mit nach Hause nahm.

Ich hatte das zusammen mit ein paar anderen Soldaten in den Fernsehnachrichten gesehen, im Unteroffiziersclub in Fort Hadley, wo ich damals immer noch stationiert war. Niemand um mich her hatte groß etwas dazu gesagt, nur hin und wieder murmelte jemand »Scheiße« oder »O Gott«. Ein Typ weinte sogar. Ich wäre gerne rausgegangen, war aber wie gebannt von den Bildern dieses Dramas aus dem wahren Leben. Noch mehr faszinierte es mich, weil ich selbst ein paar Mal in der Botschaft gewesen war, was für mich das, was ich da sah, noch surrealer machte, als es für die meisten anderen Menschen war.

Susan unterbrach meine Zeitreise, indem sie sagte: »Das Gebäude wird vom staatlichen vietnamesischen Ölkonzern genutzt, aber die amerikanische Regierung verhandelt über eine Rückgabe.«

»Wieso das?«

»Sie wollen es abreißen. Es ist schlecht fürs Image.«

Ich erwiderte nichts.

»Das ist amerikanischer Grund und Boden. Vielleicht bauen sie da ein neues Konsulat. Aber ich glaube, die Kommunisten wollen daraus auch eine Touristenattraktion machen. Eintritt mindestens sechs Dollar. Freier Zutritt für Vietnamesen.«

Ich schwieg weiter.

Susan sagte: »Die Amerikaner sind wieder da, das Volk

will es so, und die Regierung überlegt, wie sie amerikanisches Geld ins Land holen kann, ohne Amerikaner ins Land zu holen. Das erlebe ich tagaus, tagein bei meinem Job.«

Ich dachte darüber nach, warum *ich* in diesem Land war, aber in meinem Wissen über diese Mission klafften immer noch große Lücken und wenn man jemanden zu einem gefährlichen Einsatz losschickt, ist das eigentlich nicht üblich. Das Ganze ergab nur dann einen Sinn, wenn ich einkalkulierte, dass Susan Weber auch eine Rolle dabei spielte.

Susan fragte: »Möchten Sie ein Foto von sich vor der Botschaft?«

»Nein. Fahren wir weiter.«

Wir fuhren durch die Innenstadt von Saigon, über eine kleine Brücke, die einen schlammigen Fluss überspannte, und Susan sagte: »Wir sind jetzt auf der Insel Khanh Hoi. Das ist größtenteils ein Wohngebiet.«

Es war tief liegendes Land, hier und da sumpfig, mit Holzhütten am Rande der Feuchtgebiete und stabileren Wohnblocks auf den höher gelegenen Stellen. Ich fragte: »Wo fahren wir hin?«

»Ich muss mein Motorrad holen.«

Wir fuhren durch ein Labyrinth aus Holzhäusern mit Gärten drum herum, dann vorbei an mehrgeschossigen Stuckhäusern. Susan bog in eine Gasse ein und fuhr auf einen Parkplatz, der eigentlich eine Freifläche unter einem Stuckgebäude war, das auf Betonsäulen ruhte. Der Parkplatz stand gerammelt voll mit Fahrrädern, Motorrädern und irgendwelchem Krimskrams.

Wir stiegen ab und sie kettete ihren Motorroller an einen Fahrradständer.

Sie ging zu einem großen, schwarzen Motorrad und sagte: »Das ist mein Bock. Die Ural 750. Ausländer dürfen nichts besitzen, was mehr als 175 Kubik hat, und deshalb stelle ich es immer hier ab.«

»Um es anzugucken?«

»Nein, um damit zu fahren. Die Polizei prüft nur, was Ausländer in der Nähe ihrer Wohnung stehen haben. Freunde von mir, die Nguyens, wohnen in diesem Gebäude hier.«

»Und was passiert, wenn Sie sich damit auf die Straße wagen?«

»Dann ist Schnelligkeit gefragt.« Sie fügte hinzu: »Draußen auf dem Lande ist das kein großes Problem. Von hier aus, von Khanh Hoi, fahre ich über eine kleine Brücke in Richtung Süden und bin in einer Viertelstunde aus der Stadt raus. Die Maschine hat Kennzeichen für vietnamesische Staatsbürger und ist auch auf einen vietnamesischen Staatsbürger zugelassen – auch ein Freund von mir – und die Polizei kann, wenn sie einen anhält, unmöglich rausfinden, wem sie eigentlich gehört. Und wenn man ihnen fünf Dollar gibt, ist es ihnen auch egal.«

»Sie sind wirklich schon zu lange hier.«

Sie kettete das große Motorrad mit einem Schlüssel aus ihrer Tasche los und fragte mich: »Bereit für ein kleines Abenteuer?«

»Ich gebe mir Mühe, nicht aufzufallen. Müssen wir wirklich mit diesem illegalen Motorrad fahren?«

»Für die Hügel brauchen wir mehr PS. Sie sind zu schwer.« Sie tätschelte meinen Bauch, was mich doch einigermaßen verwunderte.

Ich sagte: »Für Fahrten über Land sollten Sie einen Helm tragen.«

Sie steckte sich eine Zigarette an. »Sie hören sich an wie mein Vater.«

Ich sah sie an und sagte: »Ist Lenox nicht ein bisschen lange her?«

Sie dachte darüber nach und sagte dann: »Lassen Sie mir doch meine kleinen rebellischen Anwandlungen.« Sie nahm einen Zug aus ihrer Zigarette. »Drei Jahre zurück und Sie hätten mich nicht wiedererkannt.«

»Dass Sie mir bloß nicht hier drüben umkommen.«

»Sie aber auch nicht.«

»Hey, ich bin schon zum dritten Mal hier. Ich bin da Profi.«

Sie zückte ihr Handy und während sie weiter rauchte, wählte sie eine Nummer, sagte etwas auf Vietnamesisch, lauschte, entgegnete scharf etwas und legte dann auf. Sie sagte: »Da ist eine Nachricht für Sie, und die haben mich nicht angerufen.«

»Sagen Sie mir, was es ist, oder wollen Sie sich erst noch über den Portier beschweren?«

»Die Nachricht kommt von Oberst Mang. Er sagt, Sie sollen sich morgen früh um acht im Präsidium der Ausländerpolizei melden und nach ihm fragen.« Sie fügte hinzu: »Ich werde Ihnen helfen, sich eine Reiseroute auszudenken.«

»Landkarten kann ich alleine lesen.« Ich fügte hinzu: »Möglicherweise muss ich nach Hause und den Weg kenne ich.«

Sie fragte: »Haben Sie irgendwas gesagt oder getan, weswegen der Typ jetzt wütend auf Sie ist?«

»Ich war resolut, aber höflich zu ihm. Aber vielleicht habe ich trotzdem etwas gesagt, das ihm auf den Zeiger gegangen ist.«

Sie nickte und fragte dann: »Meinen Sie, er weiß etwas?«

»Es gibt nichts zu wissen. Danke, dass Sie sich Sorgen machen, aber das ist nicht Ihr Problem.«

»Natürlich ist es das. Sie sind aus Massachusetts. Und außerdem mag ich Sie.«

»Tja, ich mag Sie auch. Deshalb will ich Sie ja da raushalten.«

»Wie Sie meinen.« Sie sprang auf die große Ural und ich setzte mich hinten drauf. Der Sitz war größer und bequemer als der des Motorrollers. Der Vordersitz hatte eine Rückenlehne mit einem Bügel dran, an dem ich mich festhalten konnte. Susan warf den Motor an, und das Gebrüll hallte von der niedrigen Decke wieder.

Wir verließen den Parkplatz, fuhren nach Süden und dann

über eine andere kleine Brücke von der Insel hinunter. Links sah ich den breiten Saigon River, auf dem an diesem Sonntagnachmittag viele Vergnügungsdampfer unterwegs waren.

Susan hielt am Straßenrand, drehte sich zu mir um und sagte: »Wenn die glauben, dass Sie irgendwas im Schilde führen, wird man Sie nicht ausweisen, sondern beobachten.«

Ich erwiderte nichts.

»Und wenn man Sie festnimmt, dann in irgendeiner Kleinstadt, wo die Polizei mit Ihnen machen kann, was sie will. Deshalb wäre es gut, wenn Sie jemanden dabeihätten.«

»Und warum sollten die Sie nicht auch festnehmen?«

»Weil ich in der amerikanischen Business-Community eine wichtige Rolle spiele und es so richtig Stunk gäbe, wenn man mich grundlos festnähme.«

Ich erwiderte: »Na, wenn ich ein Kindermädchen brauche, sage ich Ihnen Bescheid.«

»Sie sind ja ein richtig cooler Kerl, Mr. Brenner.«

»Ich war schon in brenzligeren Situationen.«

»Das wird man dann sehen.«

Sie ließ den Motor aufheulen und wir brausten wieder auf die Straße.

Kapitel 12

Wir fuhren nach Westen, durch eine Szenerie, die halb ländlich, halb städtisch war: Reisfelder, neue Gewerbegebiete, primitive Dörfer und hoch aufragende Wohnblocks.

Nach zwanzig Minuten hatten wir das wild wuchernde Stadtgebiet hinter uns gelassen und waren auf unbebautem Land. An diesem Sonntagnachmittag war nicht viel Kraftverkehr, aber es waren viele Ochsenkarren, Fahrradfahrer und Fußgänger unterwegs, zwischen denen sich Susan, fast ununterbrochen hupend, hindurchschlängelte, ohne abzubremsen.

Nach einer von tief liegenden Reisfeldern geprägten Landschaft kamen wir in hügeliges Terrain; Gemüsefelder, Weiden und kleine Wäldchen.

Hin und wieder sah ich einen Teich, der als Bombenkrater zu erkennen war. Aus der Luft hatte es sie früher in drei Farben gegeben: klares, blaues Wasser, schlammiges, braunes Wasser und rotes Wasser. Rotes Wasser deutete darauf hin, dass ein Bunker mit vielen Menschen darin einen Volltreffer abbekommen hatte. »Menschensuppe«, hatten wir damals dazu gesagt.

Susan brüllte gegen den Motorenlärm an: »Ist das nicht ein wunderschönes Land?«

Ich erwiderte nichts.

Wir kamen an vier zerstörten M-48-Panzern aus amerikanischer Produktion vorbei, auf denen verblasste Abzeichen der südvietnamesischen Armee zu erkennen waren, und ich nahm an, dass die Nordvietnamesen sie im April 1975 zerstört hatten, als sie zur großen Schlacht um Saigon vorrückten, zu der es dann glücklicherweise nicht mehr gekommen war.

Hinter einer Kurve tauchte ein riesiger Friedhof auf und ich bat Susan anzuhalten.

Sie bremste und wir stiegen ab. Ich ging durch eine Öffnung in einer niedrigen Mauer und stand dann vor Tausenden von mit Flechten bedeckten Steintafeln, die flach auf dem Boden lagen. Neben einigen Tafeln steckten rote Fahnen mit gelbem Stern in der Mitte. Auf jeder Tafel stand eine Keramikschale mit Räucherstäbchen drin und einige davon qualmten.

Ein alter Mann kam zu uns und Susan und er unterhielten sich kurz.

Susan sagte zu mir: »Auf diesem Friedhof liegen vor allem örtliche Vietcong und ihre Familien begraben. In diesem Teil liegen Nordvietnamesen, die bei der Befreiung des Südens gefallen sind. Also, das mit der Befreiung hat er gesagt. Sie – wir – würden wohl sagen: Invasion.«

»Fragen Sie ihn, ob es hier in der Nähe auch einen südvietnamesischen Militärfriedhof gibt.«

Sie sprachen miteinander und Susan sagte: »Solche Friedhöfe sind verboten. Er sagt, die Nordvietnamesen hätten alle südvietnamesischen Militärfriedhöfe mit Bulldozern planiert. Das macht ihn traurig und wütend, denn er kann nicht zum Grab seines Sohns, der gefallen ist, als er bei der südvietnamesischen Armee diente. Sein anderer Sohn war Vietcong und liegt hier begraben.«

Ich ließ mir das durch den Kopf gehen und dachte an unsere Bürgerkriegsfriedhöfe, auf denen die Toten aus dem Norden und dem Süden gleichermaßen geehrt wurden. Hier hingegen wurden anscheinend alle Erinnerungen an den unterlegenen Teil der Nation getilgt oder auf unehrenhafte Weise zur Schau gestellt, wie die zerstörten Panzer, die man zur Erinnerung an den Sieg der Kommunisten hatte stehen lassen.

Ich sah eine alte Dame, die an der Mauer saß und Räucherstäbchen verkaufte. Ich gab ihr einen Dollar und nahm mir ein Räucherstäbchen. Ich ging zu dem nächsten Grab und las die Inschrift: *Hoang Van Ngoc, trung-uy, 1949–1975*. Er war im selben Jahr geboren wie ich, aber glücklicherweise war das die einzige Gemeinsamkeit zwischen uns. Susan kam zu mir und steckte mit ihrem Feuerzeug das Räucherstäbchen an. Qualm und Weihrauchduft stiegen in die Luft.

Ich bete nie, es sei denn, es wird auf mich geschossen, aber ich legte das Stäbchen in die Schale und dachte an die 300 000 vermissten Nordvietnamesen, die keinen Grabstein hatten, an unsere 2000 Vermissten und an die Hunderttausende südvietnamesischer Soldaten, die, wie ich eben erfahren hatte, auf planierten Friedhöfen lagen. Ich dachte an das Vietnam-Memorial, daran, wie Karl und ich dort gestanden hatten, und dann dachte ich an Tran Van Vinh.

Einerseits dachte ich, dass Tran Van Vinh unmöglich noch am Leben sein konnte, und andererseits war ich davon überzeugt, dass er am Leben war. Diese Überzeugung beruhte zum Teil auf meinem Selbstverständnis; Paul Brenner reiste nicht so weit, um dann jemanden tot vorzufinden. Zum Teil beruhte sie auch auf der fast wundersamen Folge von Umständen, die mich hierher geführt hatte, und die ich als vernünftiger Mensch, der ich war, nicht berücksichtigen wollte, was mir aber nicht gelang. Und schließlich war da dieser Verdacht, dass Karl und seine Freunde etwas wussten, was ich nicht wusste.

Ich wandte mich von dem Grab ab und wir gingen zurück zum Motorrad.

Wir fuhren weiter. Ich erinnerte mich an diese Gegend westlich von Saigon, weil ich ein paar Mal Militärkonvois hier hindurch nach Tay Ninh an der kambodschanischen Grenze eskortiert hatte. Damals lebte die Landbevölkerung größtenteils in »strategischen Dörfern«, also bewachten Lagern, und wer dort nicht wohnte, war ein Vietcong und lebte im Tunnelsystem von Cu Chi. Dann gab es da auch noch die Teilzeit-Vietcong – die tagsüber pro Saigon waren und nach dem Abendessen im Kreise der Familie mit ihrer Kalaschnikow auf Nachtschicht gingen.

Diese Gegend zwischen der kambodschanischen Grenze und dem Stadtrand von Saigon war den ganzen Krieg hindurch schwer umkämpft gewesen und mir fiel ein, dass ich irgendwo gelesen hatte, dass es das am meisten bombardierte und beschossene Stück Land in der gesamten Kriegsgeschichte war. Nach dem, woran ich mich erinnerte, konnte das durchaus stimmen.

Ich erinnerte mich auch an großflächige Entlaubungen mit Agent Orange und wenn die Vegetation dann braun und abgestorben war, warfen die amerikanischen Bomber Napalm ab und setzten ganze Landstriche in Brand. Die schwarze Rauchwolke hing tagelang am Himmel, bis der Regen kam und alles mit Ruß bedeckte.

Das war es, was die Generäle vom Dach des Rex aus sehen konnten, wenn sie beim Abendessen nach Westen schauten.

Ich sah, dass die Vegetation nachgewachsen war, aber irgendwas stimmte nicht damit; sie sah spärlich und dürr aus, was zweifellos von den Entlaubungsmittelrückständen im Boden herrührte.

Die Ural 750 machte viel mehr Lärm als ein vergleichbares amerikanisches oder japanisches Motorrad und deshalb sprachen wir nicht viel.

Wir waren seit gut einer Stunde unterwegs und fuhren jetzt nach Nordwesten, in Richtung Cu Chi und Tay Ninh, wohin die Nationalstraße 22 führte. Schon komisch: Im nördlichen Virginia verfahre ich mich immer noch ab und zu, aber diese Straße hier kannte ich wie meine Westentasche. Offensichtlich war sie einmal wichtig für mich gewesen.

Wir kamen nach Cu Chi, das ich als kleine, schwer befestigte Provinzstadt in Erinnerung hatte, wo jetzt aber reges Treiben herrschte und es Neubauten gab und asphaltierte Straßen und Karaokebars. Es fiel schwer, sich die heftigen Kämpfe vorzustellen, die hier dreißig Jahre lang getobt hatten – angefangen mit dem französischen Indochinakrieg 1946, dann während des amerikanischen Krieges und schließlich bei den letzten Kämpfen der Vietnamesen gegeneinander.

Rote Fahnen wehten überall und in der Mitte eines Kreisverkehrs stand ein weiterer nordvietnamesischer Panzer auf einem Betonpodest, umgeben von Fähnchen und Blumen.

Susan bog in eine Straße ab, die anscheinend die Hauptstraße war, und hielt dann am Bordstein. Wir stiegen ab und ich kettete das Motorrad an einen Fahrradständer, während Susan ihre Kamera aus der Satteltasche holte.

Wir streckten uns und klopften uns den roten Staub von der Kleidung. Sie fragte: »Waren Sie schon mal hier?«

»Ein paar Mal. Auf dem Weg nach Tay Ninh.«

»Echt? Was haben Sie denn in Tay Ninh gemacht?«

»Nichts. Einen Konvoi eskortiert, wenn ich mich recht erinnere. Von Bien Hoa über Cu Chi nach Tay Ninh und vor Einbruch der Dunkelheit wieder zurück.«

»Erstaunlich.«

Ich wusste nicht so recht, was daran erstaunlich sein sollte, fragte aber nicht nach. Mein Hintern war wund, mir taten die Beine weh und ich hatte Staub in sämtlichen Körperöffnungen.

Wir gingen die Hauptstraße entlang und zu meinem Erstaunen sah ich Grüppchen von Westlern. Ich fragte Susan: »Haben die sich verlaufen?«

»Sie meinen die Amerikaner? Die besichtigen hier die berühmten Tunnel von Cu Chi. Die sind eine große Touristenattraktion.«

»Sie scherzen.«

»Nein. Würden Sie die Tunnel gerne sehen?«

»Ich will jetzt ein kaltes Bier sehen.«

Wir gingen in ein Straßencafé und setzten uns an einen kleinen Tisch.

Ein Junge kam angeflitzt und Susan bestellte zwei Bier, die nur Sekunden später auf dem Tisch standen, ohne Gläser. So saßen wir also staubbedeckt da und tranken Bier aus Flaschen ohne Etikett, Susan rauchte und hatte immer noch ihre Sonnenbrille auf.

Die tief stehende Sonne schien unter die Markise des Cafés und es war heiß. Ich sagte: »Ich hatte ganz vergessen, wie warm es hier im Februar ist.«

»Im Norden ist es kühler. Sobald man über den Wolkenpass kommt, ändert sich das Wetter. Da oben ist jetzt Regenzeit.«

»Das kenne ich noch von 68.«

Susan starrte offenbar in die Ferne, dann sagte sie, wie zu sich selbst: »Auch so viele Jahre noch, nachdem der letzte Schuss abgefeuert wurde, ist der Krieg hier immer noch allgegenwärtig ... Der Mann da drüben zum Beispiel.«

Ich schaute zur anderen Straßenseite hinüber und sah einen alten Mann an Krücken humpeln. Ihm fehlte ein Bein und einen Unterarm hatte er auch verloren.

Sie sagte: »Und dann die Panzer am Straßenrand, die Tunnel von Cu Chi, überall Militärfriedhöfe und Schlachtfelddenkmäler, Kriegsmuseen in jeder Kleinstadt, junge Männer und Frauen, die keine Eltern mehr haben … Ich habe das alles einigermaßen ignoriert, als ich nach Vietnam kam, aber man kann es nicht ignorieren. Es ist überall und dabei habe ich fast noch gar nichts davon gesehen.«

Ich sagte nichts.

Susan fuhr fort: »Es ist auch ein Wirtschaftsfaktor, für viele Touristen der Grund, hierher zu kommen. Die jungen Expats machen sich mehr oder weniger über diese ganze Kriegsnostalgie lustig – Sie wissen schon, wenn die Veteranen wiederkommen, um sich dies oder das anzusehen. Sie … wir sagen *Cong World* dazu. Das ist ziemlich schrecklich. Ausgesprochen taktlos. Das muss Ihnen doch gegen den Strich gehen.«

Ich erwiderte nichts.

Sie sagte: »Das war nett von Ihnen – das mit dem Räucherstäbchen.«

Ich sagte wieder nichts darauf und also saßen wir schweigend da. Schließlich sagte ich: »Es ist sehr seltsam, wieder hier zu sein … Ich sehe etwas, das Sie nicht sehen … erinnere mich an Dinge, die Sie nie erlebt haben … Ich habe mich eigentlich ganz gut im Griff … aber hin und wieder …«

»Es ist schon gut. Wirklich. Ich wünschte nur, Sie würden darüber reden.«

»Ich glaube, ich habe keine Worte für das, was ich empfinde.«

»Möchten Sie zurück nach Saigon?«

»Nein. Eigentlich ist es eher angenehm als unangenehm hier. Muss wohl an Ihrer Gesellschaft liegen.«

»Muss es wohl. An der Hitze und am Staub liegt es bestimmt nicht.«

»Und auch nicht an Ihrem Fahrstil.«

Sie rief den Jungen herbei, gab ihm einen Dollar, sagte ihm irgendetwas und er lief hinaus auf die Straße. Ein paar Minuten später kam er mit einer Sonnenbrille und einem Bündel Dong-Scheinen wieder, die Susan ihm schenkte. Sie nahm die Sonnenbrille und setzte sie mir auf. Sie sagte: »So, jetzt sehen Sie aus wie Dennis Hopper in *Easy Rider*.«

Ich lächelte.

Susan nahm ihre Kamera und sagte: »Jetzt gucken Sie mal wie ein richtig knallharter Kerl.«

»Ich *bin* ein knallharter Kerl.«

Sie machte ein Foto von mir.

Susan gab dem Jungen die Kamera, zog dann ihren Stuhl neben meinen und legte einen Arm um mich. Der Junge knipste uns, wie wir die Wangen aneinander legten und mit den Flaschen anstießen. Ich sagte: »Lassen Sie für Bill ein paar Abzüge machen.«

Susan nahm die Kamera wieder und fragte: »Kann ich Ihnen die nach Hause schicken, oder gäbe das Probleme?«

Ich erkannte den Hintersinn der Frage und antwortete: »Ich wohne alleine.«

»Ich auch.«

Wir wuschen uns auf der einzigen Toilette des Cafés den Straßenstaub ab. Susan gab dem Inhaber einen Dollar für die zwei Bier und sie wünschten einander ein frohes neues Jahr. Wir gingen auf die Straße und zurück zum Motorrad. Susan fragte: »Möchten Sie mal fahren?«

»Gern.«

Sie hängte sich den Kamerariemen über die Schulter und gab mir die Schlüssel. Wir stiegen auf. Ich warf den Motor an und Susan erklärte mir kurz, wie man eine russische Ural fuhr. Sie sagte: »Das Getriebe hängt ein wenig, die Vorderbremse ist lasch, aber die Hinterbremse packt richtig zu. Die Maschine beschleunigt ein bisschen schneller, als Sie es wahrscheinlich gewohnt sind, und geht gern mal vorne hoch. Davon mal abgesehen, fährt sie sich aber traumhaft.«

»Okay. Halten Sie sich fest.« Ich ertappte mich dabei, dass ich zu schnell die Hauptstraße entlangfuhr. Ich kam an zwei Polizisten auf Fahrrädern vorbei und sie brüllten mir irgendwas nach. »Wollen die, dass ich anhalte?«

»Nein. Die haben uns nur einen schönen Tag gewünscht. Fahren Sie weiter.«

Zehn Minuten später hatten wir die Stadt Cu Chi hinter uns gelassen und ich gewöhnte mich allmählich an die Maschine. Nur dass die schmale Straße so verstopft war, bereitete mir Probleme.

»Hupen Sie! Sie müssen die Leute warnen. So mache ich das hier.«

Ich fand den Knopf und drückte immer wieder auf die Hupe, während ich mir zwischen Fahrrädern, Fußgängern, Motorrollern, Lambrettas, Schweinen und Ochsenkarren meinen Weg bahnte.

Susan beugte sich vor, legte ihren rechten Arm um meine Taille und ihre linke Hand auf meine Schulter. Sie sagte: »Sie machen das gut.«

»Das sehen die anderen aber nicht so.«

Sie sagte mir, wohin ich fahren sollte, und ein paar Minuten später waren wir auf einer schmalen Straße, die kaum asphaltiert war.

Ich fragte: »Wo fahren wir hin?«

»Zu den Tunneln von Cu Chi.«

Ein paar Kilometer weiter sah ich vor uns eine offene Fläche, wo auf einem Acker ein halbes Dutzend Busse geparkt waren. Susan sagte: »Halten Sie auf dem Parkplatz.«

Ich bog auf den Acker ein, wo einige kümmerliche Bäume Schatten spendeten.

Susan sagte: »Hier ist ein Tunneleingang.«

»Gehört das auch zu Cong World?«

»Das ist die Hauptattraktion von Cong World. Ein unterirdisches Tunnelsystem von über zweihundert Kilometern Länge. Und ein Tunnel führt ganz bis nach Saigon.«

»Waren Sie schon mal hier?«

Sie erwiderte: »Ich war schon mal hier in der Gegend, aber noch nie in den Tunneln. Da will keiner mit mir rein und ich dachte mir, Sie hätten damit kein Problem.«

Das hörte sich an, als wollte sie meine Männlichkeit herausfordern. Ich sagte: »Ich liebe Tunnel.«

Wir stiegen ab, ketteten das Motorrad an einen Baum und gingen zum Tunneleingang.

Der Eintritt kostete einen Dollar fünfzig und Susan zahlte, ohne zu zicken.

Wir gingen zu ein paar anderen Leuten, die unter einem Strohdach standen, an dem ein Schild mit der Aufschrift *Englisch* hing. Es waren hauptsächlich Amerikaner, aber ich hörte auch ein paar Leute mit australischem Akzent sprechen. Für andere Sprachen gab es ebenfalls Pavillons mit Strohdächern. Anscheinend war jemand aus dem hiesigen Tourismusministerium schon mal in Disney World gewesen.

Eine Fremdenführerin verteilte Broschüren an die etwa dreißig Englischsprachigen.

Die Führerin sagte: »Ruhe bitte.«

Alle verstummten und sie fing mit ihrem Vortrag an. Ich wusste nicht allzu viel über die Tunnel von Cu Chi und hatte so den Eindruck, dass ich von unserer Führerin, deren Englisch recht eigenartig war, nicht viel dazulernen würde.

Ich las die Broschüre, die ebenfalls in einem etwas kruden Englisch abgefasst war.

Jedenfalls erfuhr ich von der Führerin und aus der Broschüre, dass man 1948, während des Kampfs der Kommunisten gegen die Franzosen, mit dem Bau der Tunnel begonnen hatte. Sie begannen am Ho-Chi-Minh-Pfad in Kambodscha und führten dann kreuz und quer durchs ganze Land, auch unter damaligen amerikanischen Armeebasen hindurch. Die Tunnel waren ursprünglich nur so breit, dass ein kleiner Vietcong hindurchkriechen konnte, und wir sollten uns vor Insekten, Fledermäusen, Ratten und Schlangen in Acht nehmen.

Die Führerin teilte uns mit, dass die Tunnel Platz böten für bis zu 16 000 Freiheitskämpfer und dass die Leute dort unten tatsächlich geheiratet und auch Kinder bekommen hätten. In dem Tunnelsystem gab es Küchen, Lazarette mit Operationsräumen, Schlafräume, Lagerräume, die früher mit Waffen und Sprengstoff gefüllt waren, Trinkwasserquellen, Lüftungsschächte, Irrwege und Durchgänge, die mit Sprengsätzen präpariert waren. Die Führerin lächelte und scherzte: »Aber die Sprengsätze sind jetzt weg.«

Ich sagte zu Susan: »Na, hoffentlich nicht – für einen Dollar fünfzig.«

Die Dame teilte uns ferner mit, dass die Amerikaner Hunderttausende Tonnen Bomben auf die Tunnel abgeworfen hätten, mit Flammenwerfern hineingegangen wären, sie geflutet, Gas hineingeleitet und Männer hineingeschickt hätten, die man Tunnelratten nannte, und die, mit Grubenhelmen und Hunden ausgestattet, im Nahkampf gegen die Tunnelbewohner vorgehen sollten. In den siebenundzwanzig Jahren, in denen die Tunnel genutzt wurden, waren von den 16 000 Männern, Frauen und Kindern, die dort gelebt hatten, 10 000 umgekommen und viele von ihnen lagen dort unten begraben.

»So«, sagte unsere Führerin. »Jetzt sind wir bereit, in Tunnel zu gehen. Ja?«

Die Touristen wirkten nicht allzu begeistert und gut zehn Leuten fiel ein, dass sie anderweitig verabredet waren. Der Eintritt wurde nicht erstattet.

Als wir zum Eingang gingen, fragte mich der Typ neben mir: »Sind Sie Veteran?«

Ich sah ihn an und erwiderte: »Ja.«

Er sagte: »Für eine Tunnelratte sehen Sie zu groß aus.«

»Für eine Tunnelratte sehe ich hoffentlich auch zu klug aus.«

Er lachte und sagte: »Ich habe das drei Monate lang gemacht. Länger hält man das nicht aus.« Er fügte hinzu: »Das muss man diesen Scheißkerlen lassen. Ich meine, die hatten echt Mumm.« Er bemerkte Susan und sagte: »'tschuldigung.«

Sie sagte: »Das macht nichts. Ich fluche auch gern.«

Aus Freundlichkeit sagte ich zu dem Typen, der klein, aber nicht mehr dünn war: »Ihr habt euch aber auch wirklich wacker geschlagen.«

»Ja … Ich weiß wirklich nicht, was mich geritten hat, als ich mich dafür freiwillig gemeldet habe. Ich meine, es macht nun wirklich keinen Spaß, in einem Loch rumzukriechen und von Angesicht zu Angesicht auf Mr. Charlie zu treffen.«

Wir kamen zum Eingang des Tunnels und der Typ sagte: »Von diesen Tunneln habe ich die allerschlimmsten Albträume bekommen … Verstehen Sie, ich krieche durch die Dunkelheit und höre jemand anderen atmen und irgendwelche Viecher krabbeln unter meiner Uniform herum und stechen und beißen mich und ich habe Fledermäuse im Haar und Schlangen gleiten über meine Hände und die verdammte Decke ist nur fünf Zentimeter über meinem Arsch und Wasser tropft herein und ich kann mich nicht mal umdrehen und weiß, dass Charlie genau vor mir ist, aber ich will die Grubenlampe nicht anschalten, und …«

Ich unterbrach ihn und sagte: »Vielleicht sollten Sie da nicht reingehen.«

»Ich muss da rein. Verstehen Sie? Wenn ich da reingehe, hören diese Albträume auf.«

»Welches Genie hat Ihnen denn das erzählt?«

»Ein anderer, der da drin war.«

»Und bei dem hat's funktioniert?«

»Ich schätze mal schon. Warum sollte er mir sonst raten, das zu tun?«

»Der heißt nicht zufällig Karl, oder?«

»Nein … Jerry.«

Die Führerin blieb am Tunneleingang stehen, der sich in einem Holzschuppen befand. Sie fragte: »War einer von Ihnen im Krieg schon mal in diesen Tunneln?«

Mein Kumpel hob sofort die Hand und alle sahen ihn an.

Die Führerin sagte: »Ah ... Sie haben also im Tunnel gekämpft. Kommen Sie bitte her.«

Die ehemalige Tunnelratte trat vor die Gruppe und stellte sich neben die Führerin. Ich dachte, wir würden jetzt einen Vortrag über den amerikanischen Imperialismus zu hören bekommen, aber sie sagte: »Sagen Sie bitte allen, dass sie zusammenbleiben und keine Angst haben sollen. Es ist überhaupt nicht gefährlich.«

Die Tunnelratte wiederholte die Anweisung der Führerin, fügte ein paar eigene Tipps hinzu und wurde so zum unbezahlten Hilfsführer. Wirklich bizarr, wenn man mal drüber nachdachte.

Wir gingen hintereinander in den Tunnel und die Tunnelratte wurde von der Führerin gebeten, die Nachhut zu bilden.

Der Tunneleingang war breit, aber sehr niedrig und alle mussten sich bücken. Es ging zunächst nur leicht, dann aber steiler bergab und der Durchgang wurde schmaler. Der Tunnel war nur sehr unzureichend von ein paar schummrigen Glühbirnen erhellt.

Wir waren etwa zwanzig Personen, darunter ein paar australische Pärchen, etwa sechs amerikanische Paare mittleren Alters, von denen einige Kinder dabei hatten, und ein paar junge Burschen, größtenteils Rucksacktouristen.

Die Führerin gab ab und zu Bemerkungen von sich, wartete ab, bis eine japanische Gruppe weitergegangen war und ging dann tiefer in das Labyrinth hinein.

Es war viel kühler in den Tunneln, aber auch sehr feucht. Irgendwo hörte ich eine Fledermaus fiepen. Ich sagte zu Susan: »Das ist ein guter Ort für ein zweites Rendezvous.«

Wir gingen nach links und nach rechts und die Tunnel wurden enger und niedriger und bald krabbelten wir in der Dunkelheit über Schilfrohrmatten und feuchte, rutschige Plastikplanen. Mal im Ernst: Wer braucht so einen Scheiß?

Schließlich kamen wir in einen kleinen Raum, der von einer Glühbirne erhellt wurde, und alle standen wieder auf. Die Führerin schaltete eine Taschenlampe an und leuchtete damit in der unterirdischen Kammer herum. Sie sagte: »Hier ist Kochstelle. Sie sehen, hier wurde gekocht und durch das Loch in der Decke geht der Rauch raus. Rauch geht in Bauernhaus und Bauer kocht, so dass Amerikaner denken, es ist Bauer, der kocht. Ja?«

Ein wahres Blitzlichtgewitter brach los und Susan sagte »Cheese« und blendete mich mit ihrem Blitz.

Die Führerin leuchtete mit ihrer Taschenlampe die Gruppe ab und fragte dann: »Wo ist Amerikaner, der in Tunnel gekämpft hat? Wo?«

Wir sahen uns alle um, aber der Typ war verschwunden, war desertiert. Die Führerin wirkte besorgt, angesichts der beschränkten Haftung der Cu-Chi-Tunnel GmbH allerdings auch nicht allzu besorgt.

Wir gingen noch gut eine halbe Stunde lang weiter und mir wurde kalt, ich war nass, dreckig, müde und bekam Platzangst. Irgendwas stach mich ins Bein. Das war schon lange kein Spaß mehr und ich taufte diese Führung »Charlies Rache«.

Schließlich kamen wir wieder in den Tunnel, durch den wir hereingekommen waren, und fünf Minuten später waren wir wieder draußen im Sonnenlicht. Alle sahen Scheiße aus, aber binnen Sekunden strahlten die Leute. War das jetzt eine Ansichtskarte nach Hause wert oder was?

Die Führerin dankte uns für unseren Mut und unsere Aufmerksamkeit und alle gaben ihr einen Dollar, was wohl ihre Vorliebe für das erklärte, was doch wohl der beschissenste Job auf diesem Planeten sein musste.

Als wir fortgingen, sah ich, dass sie sich an einer Wasserschüssel wusch. Ich sagte zu Susan: »Das war eine gute Idee. Danke.«

»Freut mich, dass es Ihnen gefallen hat.« Sie sah sich um und fragte dann: »Wo ist denn die Tunnelratte abgeblieben?«

»Keine Ahnung. Aber wenn die vietnamesische Gruppe, die hinter uns war, nicht mehr rauskommt, wissen Sie's.«

»Jetzt seien Sie mal ernst. Vielleicht hat er sich verlaufen oder ist da drinnen durchgedreht. Sollten wir nicht irgendwas unternehmen?«

»Die Führerin weiß, dass sie jemanden verloren hat. Sie wird sich drum kümmern. Er ist ihr noch einen Dollar schuldig.«

Wir gingen zu den Verkaufsständen. Die Andenkenläden boten hier noch mehr Kriegsschrott an als vor dem Museum für amerikanische Kriegsverbrechen und jemand versuchte uns ein Paar Ho-Chi-Minh-Sandalen anzudrehen, hergestellt aus alten Reifen, und er schwor, die hätten früher die Vietcong auf dem Ho-Chi-Minh-Pfad getragen. Die Verkäufer, das fiel mir auf, trugen alle schwarze Pyjamas, Sandalen und konische Strohhüte, genau wie früher die Vietcong. Erst wirkte das vollkommen surreal, dann nur noch bescheuert.

Susan fragte mich: »Ärgert Sie das?«

»Nein. Das ist Cong World.«

Wir kauften eine Literflasche Wasser, wuschen uns mit der Hälfte davon und tranken den Rest.

Susan sagte: »Ich kann mir nicht vorstellen, wie die Leute jahrelang da unten gelebt haben. Und ich kann mir auch nicht vorstellen, wie ihr tagaus, tagein im Dschungel gelebt habt.«

»Geht mir genauso.«

Wir entdeckten unseren Tunnelrattenfreund auf einem Plastikstuhl sitzend, mit einer Flasche Bier in der Hand. Wir gingen zu ihm und ich sagte: »Wir dachten schon, Sie hätten sich da drin verlaufen.«

Er sah zu mir hoch und erkannte mich nicht.

Ich fragte: »Sind Sie mit jemandem da?«

»Bus.«

»Gut. Dann sollten Sie vielleicht zurück zum Bus gehen.«

Er erwiderte ein paar Sekunden lang nichts und sagte dann: »Ich gehe da wieder rein.«

Susan meinte: »Das ist für heute vielleicht keine so gute Idee.«

Er sah sie an – sah eigentlich durch sie hindurch. Er stand auf und sagte: »Ich gehe wieder rein.« Er ging zu den Pavillons am Tunneleingang.

Susan sagte zu mir: »Vielleicht sollten Sie versuchen, ihm das auszureden.«

»Nein. Lassen Sie ihn reingehen. Er muss es noch mal versuchen. Er ist weit gereist dafür.«

Wir gingen zurück zum Motorrad und Susan sagte: »Ich fahre. Wir müssen vor Einbruch der Dunkelheit in Saigon sein und ich kenne die Straßen.«

Wir stiegen auf und verließen den Parkplatz. Susan fuhr auf der schmalen Landstraße, die hier kaum mehr als ein Trampelpfad war, weiter nach Norden. Sie rief mir zu: »Als Crossmaschine ist sie gar nicht schlecht, aber Sie müssen sich festhalten.«

Es war eine sehr holprige Fahrt und ein paar Mal brach die Maschine hinten aus, aber Susan war eine ausgezeichnete Fahrerin und allmählich wurde ich zuversichtlicher, dass wir nicht im Straßengraben enden würden.

Susan sagte: »Dieser Weg führt zur Nationalstraße 13, die durch die Kautschukplantage von Michelin führt. Auf der 13 kommen wir zurück nach Saigon und das ist eine wenig befahrene Straße, so dass wir noch gut in der Zeit liegen.«

Wir fuhren auf der schlechtesten Straße der ganzen Hemisphäre weiter nach Norden und ich dachte schon, die Nieren würden mir zu den Ohren rauskommen.

Schließlich kamen wir auf eine asphaltierte, zweispurige Straße, und Susan bog nach rechts ab. Sie sagte: »Das ist die Gummiplantage. Das sind Kautschukbäume.«

Auf der Straße war kaum Verkehr und sie gab Gas. Wir brausten mit etwa hundert Sachen dahin, aber es war auch eine gute Straße. Die Sonne ging jedoch schnell unter und die Kautschukbäume warfen schon lange, dunkle Schatten.

Mir fiel ein, dass Karl hier mit der 11. Armored Cavalry gekämpft hatte, und von anderen Veteranen dieser Einheit wusste ich, dass es innerhalb der Michelin-Plantage und an der Nationalstraße 13 einige Bodengefechte gegeben hatte.

Ich stellte mir Karl hier vor, wie er auf einem gepanzerten Fahrzeug hinter einem Maschinengewehr saß, eine Zigarette qualmte, mit einem Feldstecher den gespenstischen Wald vor sich absuchte und dabei wahrscheinlich so tat, als wäre er Feldmarschall Guderian, der mit einer Panzerarmee nach Russland vordringt. Ich musste ihm erzählen, dass ich hier gewesen war – wenn ich ihn denn je wiedersah.

Binnen zwanzig Minuten waren wir aus dem gespenstischen Gummiwald heraus und kamen in Buschland. Es war jetzt dunkel und auf der Straße waren nur noch ein paar Motorroller und Kleinwagen unterwegs. Je näher wir Saigon kamen, desto dichter wurde der Verkehr aber und Susan musste wieder langsamer fahren.

Während des Kriegs war das nächtliche Saigon wie eine See von Licht in einem riesigen Ozean der Dunkelheit gewesen. Innerhalb der Stadt ging das Leben weiter; am Stadtrand wurden Straßensperren errichtet und Stacheldraht gezogen und die Soldaten waren gefechtsbereit. Außerhalb der Stadt regte sich in der Dunkelheit nichts und wenn sich etwas regte, brachte man es um. Jenseits des Stacheldrahts waren die Militärbasen, kleinere Inseln für sich, wie etwa Bien Hoa oder Tan Son Nhat, wo Soldaten und Flieger Bier tranken und Karten spielten, Filme aus der Heimat schauten, Briefe schrieben, ihre Ausrüstung putzten, den Krieg verfluchten, Wache standen und unruhig schliefen. Und wenn man das Pech hatte, zu einer Nachtpatrouille eingeteilt zu sein, begegnete man manchmal den Männern und Frauen aus den Cu-Chi-Tunneln.

Wir näherten uns der Stadt jetzt von Norden aus und ich sah die Lichter des Flughafens Tan Son Nhat. Weiter im Osten, in Bien Hoa, befand sich meine ehemalige Basis, die auch Start- und Landebahnen hatte, die aber nur militärisch genutzt wurden. Ich fragte Susan: »Wissen Sie, was aus der amerikanischen Militärbasis in Bien Hoa geworden ist?«

»Ich glaube, das ist jetzt ein militärischer Flugplatz. Für Düsenjäger. Bis Sie mir das erzählt haben, wusste ich gar nicht, dass es früher mal eine amerikanische Basis war.«

»Dann kann ich meine alte Kaserne wohl nicht besuchen.«

»Es sei denn, Sie wollen sich erschießen lassen.«

»Nein, diesmal nicht.«

Wir überquerten einen schlammigen Kanal und kamen dann über dieselbe Brücke wieder auf die Insel Khanh Hoi. Die Straßen von Khanh Hoi waren dunkel, aber Susan kannte den Weg. Wir kamen an einem gelben Polizeijeep vorbei und der Typ auf dem Beifahrersitz sah erst uns an und dann das Motorrad. Sie fuhren uns nach und ich sagte zu Susan: »Wir haben Gesellschaft.«

»Ich weiß.« Sie schaltete alle Lichter ab und fuhr in eine schmale Gasse, in die uns der Polizeijeep nicht folgen konnte. Anscheinend kannte sie hier alle Gassen und Durchgänge und ein paar Minuten später waren wir auf dem Parkplatz unter der Wohnung der Familie Nguyen.

Wir luden alles aus den Satteltaschen der Ural in die Satteltaschen der Minsk um und wechselten dann wie die Reiter beim Pony-Express die Pferde. Ein paar Minuten später waren wir schon wieder mit der kleinen Minsk unterwegs, die noch unbequemer war, als ich sie in Erinnerung hatte.

Susan fuhr in Richtung Innenstadt und sah dabei kurz auf ihre Armbanduhr. Sie sagte: »Gutes Timing. Es ist zwanzig vor acht und um acht sollten wir in meinem Büro sein.«

»Wo ist denn Ihr Büro?«

»In der Dien-Bien-Phu-Straße. In der Nähe der Pagode des Jadekaisers.«

»Ist das ein Restaurant?«

»Nein, das ist die Pagode des Jadekaisers.«

»Hört sich an wie ein Restaurant in der M Street in Georgetown.«

»Ich fasse es nicht, dass ich einen ganzen Tag mit Ihnen verbracht habe.«

»Geht mir genauso.«

»War nur 'n Scherz. Sie sind ein netter Kerl. Hat Ihnen das heute Spaß gemacht?«

Ich erwiderte: »Ja. Ich weiß nicht, was mir am besten gefallen hat – Bill kennen zu lernen, die Hitze, Ihr Fahrstil, die Kriegserinnerungen an Saigon, die mörderische Tour zu den Cu-Chi-Tunneln oder dass wir vorhin diesen Bullen entwischt sind.«

»Habe ich Ihnen nicht ein Bier ausgegeben, eine Sonnenbrille geschenkt und sämtliche Eintrittskarten bezahlt?«

»Doch. Danke.«

Wir überquerten den schlammbraunen Fluss, kamen in die Innenstadt und fuhren dann auf der Uferstraße am Saigon River entlang. Für einen Sonntagabend war in der Stadt unglaublich viel los und ich sprach Susan darauf an.

Sie sagte: »Das nennt sich Sunday Night Saigon Fever. Aus irgendeinem Grund ist am Sonntagabend mehr los als am Samstagabend. Es ist völlig verrückt. Wenn Sie Lust haben, gehen wir nach dem Essen aus, trinken etwas, gehen vielleicht tanzen und dann noch in eine Karaokebar.«

»Ich bin wirklich ziemlich geschafft.«

»Sie kommen schon wieder auf die Beine.«

Wir fuhren eine schmale Straße entlang, die mehrere viel befahrene Boulevards kreuzte. Als wir an einer roten Ampel hielten, fragte ich Susan: »Fahren Sie auch mal alleine? Ich meine: aufs Land?«

»Hin und wieder. Bill ist kein großer Motorradfan. Manchmal nehme ich eine Freundin mit. Eine Vietnamesin oder Amerikanerin. Weshalb fragen Sie?«

»Ist es für eine Frau alleine nicht gefährlich?«

»Nein. Wie in den meisten buddhistischen Ländern werden Frauen hier nicht belästigt. Das hat eher kulturelle als religiöse Gründe, glaube ich. Wenn man aber jung und hübsch ist, so wie ich, versucht natürlich ab und zu ein Vietnamese, einen in einer Bar aufzureißen, aber die haben keine besonders tollen Sprüche auf Lager.«

»Sagen Sie mal ein Beispiel.«

Sie lachte. »Tja, sie sagen einem, dass man wunderschön wäre und dass man ihnen schon oft auf der Straße aufgefallen sei.«

»Und das ist nicht gut? Diesen Spruch bringe ich ständig.«

»Hat er je funktioniert?«

»Nein.«

Sie lachte wieder und gab dann auf der Kreuzung Gas. Ein paar Minuten später bogen wir nach rechts in die Dien-Bien-Phu-Straße ein.

Kurz darauf kamen wir an einer sehr beeindruckenden Pagode vorbei, die eines Tages mal ein tolles Restaurant abgeben würde, und dann hielt Susan auf dem Gehsteig vor einem modernen Glas- und Stahlgebäude, das oben auf die Straße hinausragte. Wir stiegen von dem Minsk ab und sie schob den Motorroller zum Eingang. Ein Wachmann öffnete die Tür, lächelte und sagte etwas auf Vietnamesisch.

Susan öffnete die Satteltasche und nahm ihre Kamera heraus. Sie ließ den Motorroller im Marmorfoyer des Bürogebäudes stehen und ich folgte ihr zu den Fahrstühlen.

Die Fahrstuhltüren gingen auf und wir traten ein. Mit einem Schlüssel aktivierte sie den Knopf für die sechste Etage. Sie sagte: »Lassen Sie sich von Washington nicht zu etwas Gefährlichem überreden.«

Dieser Ratschlag kam ein bisschen zu spät.

Kapitel 13

Die Fahrstuhltüren öffneten sich und wir kamen in einen großen Empfangsbereich, den schwarze Lackmöbel, Drucke auf Reispapier und ein rosafarbener Marmorboden schmückten. Über dem Empfangspult stand in Messingbuchstaben: *American-Asian Investment Corporation, Limited.*

Susan sagte: »Herzlich willkommen bei der AAIC, Mr. Brenner. Würden Sie gerne die Hälfte einer Fischkonservenfabrik kaufen?«

»Wir könnten uns auf einen ganzen Scotch mit Soda einigen.«

Unter dem Firmenschild hing ein Spruchband, auf dem in Goldbuchstaben *Chuc mung nam moi* stand und darunter: *Happy New Year.*

Auf dem Boden stand ein kleiner Kumquatbaum und ein paar Blütenzweige steckten in etwas, das wie ein Schirmständer aussah. Die meisten Blütenblätter waren schon abgefallen und lagen auf dem Boden.

Rechts neben dem Pult befand sich eine rot lackierte Flügeltür. Susan legte ihre Hand auf einen Fingerabdruckscanner. Es piepte und sie öffnete eine der Türen.

Ich sah, dass eine Überwachungskamera den beleuchteten Empfangsbereich absuchte.

Ich folgte ihr in ein Großraumbüro voller Schreibtische und Bürokabinen, ein typisches modernes Büro, wie es sich überall auf der Welt hätte befinden können.

Es war niemand da, aber die Leuchtstoffröhren brannten und wieder sah ich Kameras, die den Raum absuchten. Schaler Zigarettenqualm hing in der Luft, was ich in amerikanischen Büros seit zwei Jahrzehnten nicht mehr gerochen hatte.

Susan sagte im Gehen: »Wir haben das ganze Obergeschoss und eine Dachterrasse. Die Klimaanlage ist abgestellt, deshalb ist es ein wenig stickig hier.«

Am anderen Ende des Großraumbüros kamen wir zu drei breiten Türen, die auf große, separate Büros hindeuteten. Susan ging zu der Tür ganz links, an der auf einem Messingschild *Susan Weber* stand, ohne Titel. Am Türrahmen war eine Zehnertastatur angebracht und sie tippte eine Zahlenkombination ein und öffnete dann die Tür zu ihrem Büro.

Im Büro war es dunkel und sie schaltete die Deckenlampen an, wodurch ein großes Eckbüro mit Fenstern an zwei Seiten zum Vorschein kam. Ich sah mich nach einer Überwachungskamera um, konnte aber keine entdecken. »Nettes Büro.«

»Danke.« Sie stellte ihre Kamera und den belichteten Film auf ihrem Schreibtisch ab. Sie zog die oberste Schublade auf, holte eine Stange Zigaretten hervor und nahm eine Schachtel Marlboro heraus. Mit einem verchromten Tischfeuerzeug steckte sie sich eine an und nahm dann einen tiefen Zug. »Ah …« Sie teilte mir mit: »Ich werde zappelig und zickig, wenn ich meine Dröhnung nicht kriege.«

»Und welche Entschuldigung haben Sie sonst?«

Sie lachte und zog noch einmal an der Zigarette. Sie sagte: »Vor einem halben Jahr war ich zu einer Konferenz in New York. Vier Stunden lang in einem Nichtrauchergebäude und dann hatte ich auch noch PMS. Ich bin fast ausgerastet. Wie soll ich denn jemals wieder in den Staaten wohnen und arbeiten?«

Es war eine rhetorische Frage, aber ich beantwortete sie trotzdem. »Vielleicht können Sie das nicht. Vielleicht war's das.«

Sie sah mir in die Augen, drückte dann ihre Zigarette aus und sagte: »Wenn Sie mir Ihre Adresse geben, schicke ich Ihnen Abzüge von den Fotos, die wir heute gemacht haben.«

Ich erkundigte mich: »Ist der Postweg denn hier sicher?«

Sie erwiderte: »Wir haben einen firmeneigenen Postsack, der täglich mit FedEx rausgeht, und die Post wird in New York sortiert und weiterverschickt.« Sie gab mir eine Visitenkarte mit der New Yorker Adresse der American-Asian Investment Corporation. Ich prägte mir die Adresse ein, gab ihr die Karte wieder und sagte: »Die trage ich besser nicht mit mir rum.«

Sie sah mich an. »Falls Sie's vergessen – wir stehen im Telefonbuch von Manhattan.«

Susan setzte sich an ihren Schreibtisch, setzte sich ein Headset auf und hörte ihren Anrufbeantworter ab. Sie sagte: »Eis und Getränke finden Sie unter dem Sideboard da. Ich nehme einen Gin Tonic.«

Ich öffnete das Schränkchen, das einen kleinen Kühlschrank enthielt, und nahm eine Eisschale, Soda und Tonic heraus. Gläser und Spirituosenkaraffen standen auf dem Sideboard und ich mixte die Drinks, während sie ihre Nachrichten abhörte.

An der Wand über dem Sideboard hingen zwei gerahmte Diplome aus Amherst und Harvard. Daneben hing eine Belobigung von der amerikanischen Handelskammer, Außenstelle Ho-Chi-Minh-Stadt. Das war völlig irrsinnig, aber ich hatte in den vergangenen vierundzwanzig Stunden schon so viel eigenartigen Kram gesehen, dass es mich auch nicht gewundert hätte, wenn man ihr für die Steigerung der Profite den Lenin-Orden verliehen hätte. Irgendwie war ich in ein Paralleluniversum geraten, in dem wir den Krieg gewonnen hatten.

Auf dem Sideboard selbst standen vier gerahmte Fotos. Das direkt vor mir zeigte Susan im Ornat der Abschlussfeier, mit Doktorhut und Robe – in purpurrot, also musste das aus Harvard stammen, wenn mich meine Bostoner Erinnerungen nicht trogen. Auf dem Foto sah Susan natürlich jünger aus, aber auch … tja, man könnte wohl sagen: noch nicht ausgebrannt durch das Geschäftsleben in New York und abgehärtet durch die Jahre in Saigon. Von mir gibt es auch so ein High-School-Abschlussfeierfoto aus der Zeit, bevor *ich* nach Vietnam gegangen war.

Ich sah zu ihr hinüber und so schön sie auch war, sah sie

doch für ihr Alter ein wenig zu lebensmüde aus. Freundlicher gesagt, zeigte ihr Gesicht Charakter.

Das zweite Foto war eine Atelieraufnahme und zeigte ein gut aussehendes, gut gekleidetes Paar Anfang fünfzig – offensichtlich ihre Eltern. Dad wirkte nett und Mom war eine Wucht.

Das dritte Bild war ein Familienfoto mit Weihnachtsbaum und Kamin im Hintergrund. Da standen Mom und Dad, Susan, ihr jüngerer Bruder und eine Schwester, die anscheinend ein wenig jünger als Susan war. Sie sahen alle gut aus, trugen Rollkragenpullover und Tweedsachen und waren ungefähr so protestantisch, wie es nur geht; prototypische alteingesessene Yankees.

Das vierte Foto war im Freien aufgenommen und mochte von einer Sommerhochzeit stammen – der ganze Clan war versammelt, Omas und Opas, Paare, Kinder und Babys. Susan trug ein langes, weißes Sommerkleid und hatte kurzes Haar. Neben ihr stand ein Schwiegersohntyp und hatte einen Arm um ihre nackte Schulter gelegt. Er trug einen weißen Sommersmoking und dazu ein gut gebräuntes Gesicht. Möglicherweise war er ein Verwandter, aber er sah nicht so aus, also war er wohl ihr Freund oder, da er auf einem Familienfoto drauf war, vielleicht sogar ihr Verlobter.

Mir fiel auf, dass es von Beau Bill hier kein Foto gab.

Ich drehte mich um und sah, dass Susan nun ihre E-Mails abrief. Sie sah kurz zu mir hoch und sagte: »Das ist meine Familie – offensichtlich. Sie ist in jeder Hinsicht perfekt – bis auf ein paar interessante Exzentrizitäten und noch nicht diagnostizierte Geistesstörungen.« Sie lachte. »Aber ich liebe sie alle. Doch, wirklich. Ihnen würden sie auch gefallen.«

Wir sahen einander in die Augen und sie sagte: »Meine Familie würde Sie wahrscheinlich mögen. Bis auf meinen Opa Burt, der meint, alle Iren gehörten des Landes verwiesen.«

Ich lächelte.

Sie wandte sich wieder ihren E-Mails zu und sagte: »Setzen Sie sich doch da drüben hin. Ich bin in einer Minute bei Ihnen.«

Ich setzte mich vor den Fenstern auf einen Drehstuhl an einen ovalen Tisch mit schwarzer Granitplatte. Ich sah Susan dabei zu, wie sie auf ihre Tastatur eintippte. Seit wir das Foyer des Gebäudes betreten hatten, hatte sie sich buchstäblich in einen anderen Menschen verwandelt.

Ich sah mich im Büro um, während ich meinen Scotch mit Soda trank. Den Boden bedeckte flauschige, jadegrüne Auslegeware, die Möbel waren aus Wurzelholz und die gelbe Seidentapete an den Wänden zierte ein zartes Bambusmuster.

Durch die Fenster nach Osten hinaus sah ich den abnehmenden Mond. In nicht mal einer Woche war Neumond, was mir, wenn ich draußen auf dem Lande war, möglicherweise ebenso zupass kommen würde, wie es dem Feind an Tet 1968 zupass gekommen war.

In einer großen Nische sah ich ein Faxgerät, einen Fotokopierer, einen Reißwolf und einen kleinen Safe. Dass alle diese Dinge hier standen, war nicht nur ein Statussymbol, sondern deutete offensichtlich auch auf ein gewisses Sicherheitsbewusstsein hin. Hier musste nichts Wichtiges den Weg über das Großraumbüro nehmen. Dieses Arrangement kam mir bekannt vor.

Susan stand von ihrem Schreibtisch auf und setzte sich auf den Stuhl mir gegenüber. Sie nahm ihren Gin Tonic und sagte: »Cheers!«

Wir stießen an und tranken. Sie steckte sich schon wieder eine Zigarette an und ließ sie dann in einem verchromten Aschenbecher, der halb voller Kippen war, vor sich hin qualmen. Der Mülleimer war auch halb voll und auf dem Boden im Empfangsbereich hatten Blütenblätter gelegen. Hierher kam weder vor noch nach den Geschäftsstunden eine Putzfrau. Offenbar hatten sie einen Sicherheitsberater engagiert. Oder vielleicht brauchten sie da auch keine Beratung von außen.

Susan fragte: »Haben Sie irgendwelche Fotos in der Brieftasche?«

»Was für Fotos?«

»Von Ihrer Familie.«

»Wenn ich schon keine Visitenkarten auf feindliches Territorium mitnehme, warum sollte ich dann Familienfotos mitnehmen?«

»Klar. Sie sind ja auf feindlichem Territorium. Bin ich nicht.« Sie lächelte und sagte: »Ich dachte, Sie wären Tourist.«

»Ich bin kein Tourist.«

»Ah, jetzt wird's interessant.«

Ich wechselte das Thema und sagte: »Ihren Eltern muss aber wenigstens Ihr Büro gefallen haben.«

»Selbstverständlich. In den Staaten hätte ich es erst Jahre später zu einem Eckbüro gebracht.«

In dieser Hinsicht ähnelten sich Susans und meine Vietnamerlebnisse. Als ich 68 bei der Infantrie war, stieg man auch schnell auf, vor allem wegen der hohen, plötzlich eintretenden Verluste. Vietnam war gut für die Karriere, aber anschließend musste man wieder heim und zurück ins normale Leben – in die wirkliche Welt. Und dieser Schritt stand Susan Weber erst noch bevor.

Die American-Asian Investment Corporation machte mich neugierig und ich fragte: »Wer hat denn die anderen beiden Büros?«

»Mein Chef Jack Swanson und ein Vietnamese. Wir haben noch drei Amerikaner, zwei Männer und eine junge Frau, Lisa Klose, die gerade erst ihren MBA gemacht hat.«

»Doch hoffentlich an einer Ivy-League-Uni.«

»Selbstverständlich. An der Columbia. Außerdem gibt es da noch eine Kanadierin, Janice Stanton. Sie leitet die Finanzabteilung. Und dann arbeiten noch zwei Viet-Kieus bei uns. Wissen Sie, was Viet-Kieus sind?«

»Nein.«

»Ehemalige vietnamesische Flüchtlinge, die nach Vietnam zurückgekehrt sind. Manche von denen hatten solches Heimweh, dass sie lieber in einem armen, totalitären Land leben wollten als dort, wohin sie geflüchtet sind. Es sind ein Mann und eine Frau, beide aus Kalifornien, und beide sprechen sie perfekt Englisch und Vietnamesisch. Die Viet-Kieus spielen hier eine wichtige Rolle bei vielen multinationalen Geschäften, bilden eine kulturelle Brücke zwischen Ost und West.«

Ich fragte: »Und wie werden sie hier behandelt?«

Sie erwiderte: »Früher haben die Kommunisten sie schikaniert, als Verräter, Lakaien der Amerikaner und so weiter beschimpft. Aber in den letzten fünf, sechs Jahren wurde die Heimkehr der Viet-Kieus auch offiziell begrüßt.«

»Und wie sieht's nächstes Jahr aus?«

»Wer weiß? Jedes Mal, wenn das Politbüro oder die Nationalversammlung zusammentritt, halte ich den Atem an. Die sind vollkommen unberechenbar. Und Unberechenbarkeit kann die Wirtschaft nicht gebrauchen.«

»Vielleicht sollten Sie sich an das Politbüro wenden und denen sagen, dass Vietnam voll auf Marktwirtschaft umstellen und den hehren Marxismus in die Tonne treten soll.«

»Ich höre da ein klein wenig Antikapitalismus heraus, Mr. Brenner.«

»Nicht bei mir. Aber es *gibt* wichtigere Dinge im Leben als das Geldverdienen.«

»Das ist mir klar. So oberflächlich bin ich nun auch wieder nicht. Und dass ich hier bin, hat nicht sehr viel mit Geld zu tun.«

Ich fragte sie nicht, womit es denn dann etwas zu tun hatte; einige der Gründe kannte ich bereits und über die anderen war sie sich wahrscheinlich selbst nicht im Klaren. Möglicherweise hatte es auch mit einem Mann zu tun. Vielleicht mit dem Schwiegersohntyp da auf dem Foto.

Miss Weber kam wieder auf das Personal zu sprechen und sagte: »Bei uns arbeiten auch etwa fünfzehn Vietnamesen.

Vor allem Sekretärinnen. Wir zahlen ihnen das Doppelte des durchschnittlichen Gehalts.«

»Und Sie vertrauen keiner von ihnen.«

Sie antwortete erst nicht, nahm noch einen Zug aus ihrer Zigarette und sagte dann: »Sie stehen sehr unter Druck, hier Dinge mitzunehmen, die nicht mitgenommen werden sollten. Wir helfen ihnen, indem wir diese Versuchung ausschalten.«

»Und die Telefone werden abgehört, die Türen lassen sich nur von Rundaugen öffnen, Wartung und Reinigung findet nur während der Geschäftszeiten und unter der Überwachung von Rundaugen statt und die Kameras zeichnen alles auf.«

Sie sah mich eine Weile an und sagte dann: »Genau.« Sie fügte hinzu: »Aber in diesem Büro gibt es keine Kameras oder Wanzen. Ich gehöre zur Parteiführung.« Sie lächelte. »Hier können Sie offen reden.«

Ich meinte: »Das könnte hier eine Deckfirma der CIA sein.« Im Scherz fügte ich hinzu: »Rückwärts gelesen ist AAIC CIA.«

»Und das zweite A?«

»Das ist Tarnung.«

Sie lächelte. »Sie spinnen.« Sie rührte in ihrem Drink herum und sagte: »Die Amerikaner, Europäer und Asiaten wollen hier jedenfalls nur auf faire Weise Geld verdienen und die Regierung und das Land nicht korrumpieren oder unterminieren. Wenn das dennoch passiert, liegt es an *deren* Habgier, nicht an unserer.«

»Steht das so im Handbuch Ihres Unternehmens?«

»Und ob. Und das habe *ich* geschrieben.«

Ich schaute aus dem Fenster und sah überall in Saigon große, angestrahlte Reklametafeln. Wenn mir vor dreißig Jahren jemand erzählt hätte, dass ich mal hier in diesem feudalen Büro mit einer Amerikanerin zusammensitzen würde, die in Harvard ihren MBA gemacht hatte, dann hätte ich empfohlen, ihn als geisteskrank aus der Armee zu entlassen.

Ich gab das nur äußerst ungern zu, aber in mancher Hinsicht hatte mir das alte Saigon besser gefallen; mir gefiel natürlich das Bild, wie der jüngere Paul Brenner in einer Uniform der Militärpolizei durch die Straßen von Saigon patrouillierte, besser als das, wie der ältere Paul Brenner ständig auf der Hut vor den Bullen war.

Susan unterbrach diese Gedanken, indem sie sagte: »Und deshalb bin ich hier. Aus Karrieregesichtspunkten, meine ich. Ich bin dafür zuständig, ausländische Investoren zu umschmeicheln – Privatpersonen und Firmen. Haben Sie irgendwelches Geld? Ich könnte Ihr Vermögen verdoppeln.«

»Auch wenn Sie's verdreifachen, kommt nicht viel dabei raus.« Ich fragte: »Haben Sie in Hanoi auch ein Büro?«

»Wir haben dort eine kleine Zweigstelle. Man muss dort sein, wo die politische Macht ist. Wir haben auch eine Zweigstelle in Da Nang. Die Amerikaner haben dort eine große Hafenanlage hinterlassen, dazu einen großen Flugplatz und andere Infrastruktur.«

»Ich habe Vietnam 1968 von Da Nang aus verlassen.«

»Tatsächlich? Fahren Sie dorthin?«

»Vielleicht.«

»Waren Sie mal in China Beach?«

»Nein, ich wollte dringend zurück nach Boston.«

»Klar. Wenn Sie nach Da Nang kommen, sollten Sie diesmal unbedingt auch nach China Beach fahren.«

»Mache ich. Und was ist jetzt mit dem Vietnamesen in dem anderen Eckbüro?«

»Sagen Sie es mir.«

»Er ist der Sohn eines wichtigen Regierungsbeamten und kommt nur mittwochs mal zum Mittagessen vorbei.«

»Gut geraten. Aber er hat die Kontakte. In diesem Land muss alles als Joint Venture laufen, man muss also Anteile an Unternehmen kaufen, die die Regierung 1975 ihren rechtmäßigen Eigentümern abgenommen hat, oder ein neues Unternehmen gründen und die Regierung mit ein paar Peanuts daran beteiligen. Also, ein bisschen komplizierter ist es schon, aber ohne die Beteiligung der Regierung läuft hier gar nichts.«

»Ist es das wert?«

»Es könnte es wert sein. Viele natürliche Ressourcen, eine hart arbeitende, gering bezahlte Bevölkerung, die dank der Roten fast vollständig alphabetisiert ist. Es gibt fabelhafte Häfen – Hai Phong, Da Nang, die Bucht von Cam Ranh und Saigon –, aber die übrige Infrastruktur ist eine Katastrophe. Das amerikanische Militär hat während des Krieges einiges an guter Infrastruktur aufgebaut, aber jedes Mal, wenn um eine Gegend gekämpft wurde, hat man die Brücken, Straßen, Bahnlinien und so weiter wieder gesprengt.«

»Das ist wie bei Monopoly, bloß dass alle einen Hammer haben.«

Sie erwiderte nichts und wirkte etwas unduldsam meinen sarkastischen Sprüchen gegenüber.

Ich dachte über das alles nach – über die Vietnam AG. Meines Wissens war das hier das einzige asiatische Land, in dem die Amerikaner allen anderen gegenüber deutliche geschäftliche Vorteile hatten, auch den Japanern gegenüber, die bei Vietnamesen nicht beliebt waren. Die Sowjets, die nach 1975 hier gewesen waren, hatten Mist gebaut, die Chinesen waren nicht willkommen, die Europäer hatten – bis auf die Franzosen – kein Interesse und den anderen Ostasiaten traute man nicht oder mochte sie nicht.

Und deshalb waren die Amerikaner auf paradoxem Wege wieder da, zum Teil aus geschichtlichen und nostalgischen, vor allem aber aus finanziellen und technischen Gründen. Miss Weber und ihre Landsleute brausten, mit MBAs, Ingenieursdiplomen, Akreditiven und viel Geschäftssinn bewaffnet, auf Motorrollern durch Saigon und hatten statt Plastiksprengstoff Geld in den Satteltaschen. Schwerter zu Marktanteilen. Und was hatte das alles mit mir zu tun? Vielleicht nichts. Vielleicht eine ganze Menge.

Susan fragte: »Grübeln Sie über irgendwas nach?«

»Nein. Ich verarbeite nur meine Eindrücke. Da gibt's 'ne Menge zu verdauen.«

Sie meinte: »Wenn Sie nie hier gewesen wären, würde Ihnen das alles nicht so eigenartig vorkommen.«

»Da haben Sie Recht.«

Sie sah mich an und sagte: »Wir haben den Krieg gewonnen.«

Ich wollte erst nichts auf diese Aussage erwidern, sagte dann aber: »58 000 Gefallene würden sich freuen, das zu hören.«

Wir saßen schweigend da und ich dachte weiter über die AAIC nach. Der Laden sah okay aus und Susan hörte sich okay an, aber ... Sei auf der Hut, Brenner. Ich hörte wieder das Klopfen der Bambusstäbe und die Pflanzen raschelten trotz Windstille. Ich sah auf meine Armbanduhr. Es war zehn nach acht. »Zeit für das Fax«, sagte ich.

»Trinken wir doch erst aus und entspannen uns. Die laufen uns nicht davon.«

Miss Weber scherte sich anscheinend nicht darum, was aus mir wurde, aber sie hatte Recht: Die liefen uns nicht davon. Ich fragte: »Wo ist denn von hier aus Ihre Wohnung?«

»In der Dong-Khoi-Straße. Südlich von Notre Dame, nicht weit vom Rex entfernt.«

»Kenne ich glaub ich nicht.«

»Doch, bestimmt. Früher hieß sie Tu-Do-Straße. Mitten im Rotlichtbezirk.« Sie lächelte. »Vielleicht sind Sie da ein-, zweimal durchgekommen.«

Das war ich natürlich. Meine vietnamesische Freundin hatte in einer kleinen Sackgasse gewohnt, die von der Tu-Do abging. Ich konnte mich beim besten Willen nicht mehr an ihren Namen erinnern, aber wie viele vietnamesische Damen hatte sie einen englischen Namen angenommen. Der lautete aber weder Peggy noch Patty noch Jenny, sonst hätte ich mich daran erinnert. Ich erinnerte mich aber durchaus noch an ihr

Aussehen und an die Nächte, die wir miteinander verbracht hatten, also war ich noch nicht senil.

»Erinnern Sie sich an die Tu-Do-Straße?«

»Ja, da war ich ein paar Mal. Dienstlich. Als ich 72 zum zweiten Mal hier war, war ich bei der Militärpolizei.«

»Echt? Und beim ersten Mal? Achtundsechzig, nicht wahr?«

»Ja. Da war ich Koch.«

»Oh. Ich dachte, Sie hätten irgendwas Gefährliches getan.«

»Das habe ich. Ich habe gekocht.« Ich fragte: »Sie wohnen also in einem Rotlichtbezirk?«

»Nein, mittlerweile ist es ganz nett da. Der Mann, von dem ich die Wohnung gemietet habe, hat mir erzählt, dass die Straße früher, zur Zeit der Franzosen, Rue Catinet hieß. Damals war sie sehr angesagt, aber auch unheimlich, es wimmelte von Spionen, Doppelagenten, düstren Bistros, teuren Kurtisanen und privaten Opiumhöhlen. Während die Amerikaner hier waren, ging es damit bergab und dann haben die Kommunisten sie gesäubert und in Dong Khoi umbenannt – die ›Straße des Volksaufstands‹. Ich liebe diese bescheuerten Straßennamen.«

»Ich bin für Rue Catinet.«

»Ich auch. Sie können sie immer noch so nennen, oder auch Tu Do, und die meisten Leute werden verstehen, wovon Sie sprechen.« Sie fügte hinzu: »Meine Wohnung stammt aus der Zeit der Franzosen – hohe Decken, Jalousien an den Fenstern, Ventilatoren an der Decke, hübscher Stuck, der abblättert, und keine Klimaanlage. Es ist sehr reizend. Ich zeige sie Ihnen, wenn wir die Zeit dafür haben.«

»Apropos Zeit ...«

»Okay.« Sie stand auf. »Dann faxen wir mal.«

Sie ging zu dem Faxgerät in der Nische und ich folgte ihr. Sie schrieb etwas auf einen Firmenbriefbogen und reichte ihn mir dann. Dort stand: »Weber 64301.« Sie teilte mir mit:

»Das ist mein Kode. So wissen sie, dass ich es bin, und dass ich nicht ... na ja ...«

»Von jemandem kontrolliert werde.«

»Genau. Wenn der Kode eine Neun enthält, bedeutet das, dass ich unter Zwang handle. Handle ich unter Zwang?«

»Kein Kommentar. Und ich soll das jetzt unterschreiben, stimmt's?«

»Ja. Vermutlich kennt da irgendjemand Ihre Unterschrift.«

»Vermutlich schon.« Sie gab mir einen Stift und ich unterschrieb.

Sie sagte: »Das ist aufregend.«

»Sie lassen sich aber leicht aufregen.«

Sie führte das Blatt in das Faxgerät ein und ich sah zu, wie sie erst eine Vorwahl im nördlichen Virginia und dann eine Nummer wählte, die ich nicht kannte. Es klingelte, dann wurde das Blatt eingezogen. Sie sagte: »Nicht schlecht. Gleich beim ersten Versuch.«

Als das Fax durch war, sagte Susan: »Darauf müssen wir einen trinken.«

Sie ging zum Sideboard und mixte zwei neue Drinks. Als sie wiederkam, klingelte das Faxgerät. Sie gab mir meinen Scotch, nahm dann das Fax, das sie versandt hatte, und steckte es in den Reißwolf.

Das Antwortfax kam und ich nahm es aus dem Gerät. In der mir vertrauten Handschrift stand da: *Hallo, Paul – Wir machen uns schon seit einer Viertelstunde Sorgen um Sie. Schön, von Ihnen zu hören. Hoffentlich geht es Ihnen gut. Wir können diese Besprechung per E-Mail fortsetzen. Miss W. kennt die Einzelheiten. Gruß, K.*

Ich starrte die Nachricht an. Es waren Worte aus einem anderen Universum, als hätten sich Außerirdische an mich gewandt – oder Gott. Aber es war bloß Karl; die Handschrift dieses Ordnungsfetischisten erkannte ich auf den ersten Blick.

Susan saß schon an ihrem Schreibtisch und wählte sich ins Netz ein. Ich steckte die Nachricht von Karl in den Reißwolf.

Ich verließ die Nische und schob mir einen Stuhl neben Susan. Sie sagte: »Okay, wir stehen also in Kontakt. Er will, dass Sie anfangen. Was wollen Sie sagen?«

»Schreiben Sie ihm, dass ich morgen früh um acht Uhr einen Termin im Präsidium der Ausländerpolizei habe – Anlass unbekannt.«

Sie tippte das ein und schickte es ab, wartete und bekam dann eine Antwort von ihm, die da lautete: *Haben die immer noch Ihren Pass?*

»Ja und mein Visum.« Sie tippte es ein und ich sagte: »Lassen Sie mich da sitzen, Susan. Sie dürfen nicht auf den Monitor sehen.«

Sie sah mich kurz an, stand dann auf, nahm ihren Gin Tonic und setzte sich auf den Stuhl auf der anderen Seite ihres Schreibtischs.

Karl erwiderte: *Erzählen Sie uns, was am Flughafen passiert ist.*

Ich trank noch einen Schluck Scotch und fing dann an zu tippen, schilderte kurz und knapp die ganze Begegnung. Ich brauchte zehn Minuten dafür und schloss mit den Worten: *Ich glaube, das war eine Routinebefragung. Aber möglicherweise hat es den Einsatz gefährdet. Das müssen Sie entscheiden.*

Die Antwort ließ etwas auf sich warten und ich stellte mir vor, wie Karl jetzt mit ein paar anderen Leuten in einem Büro saß – mit Conway vielleicht, ein paar anderen Typen vom FBI und der CID und anderen, über die ich nur Mutmaßungen anstellen konnte.

Schließlich kam die Antwort und sie war viel kürzer als das Gespräch in Virginia, das ihr vorausgegangen war. Sie lautete: *Ihre Entscheidung, Paul.*

Ich klopfte mit den Fingern auf den Schreibtisch und trank noch einen Schluck Scotch. Ich wollte nicht zu viel Zeit verstreichen lassen. Das hätte so ausgesehen, als zögerte ich. Ja oder nein? Ganz einfach. Ich erwiderte: *Vielleicht ist es auch Oberst Mangs Entscheidung.* Mir wurde klar, dass das ein wenig ausweichend klang, und deshalb fügte ich hinzu: *Wenn ich meinen Pass wiederbekomme, setzte ich den Einsatz fort.* Ich drückte auf Senden.

Die Antwort kam schnell: *Gut. Wenn Sie ausgewiesen werden, wissen wir, dass Sie Ihr Bestes getan haben.*

Ich entgegnete: *Es gibt noch eine dritte Möglichkeit.*

Darüber dachten sie in Virginia nach, dann antwortete Karl: *Sorgen Sie dafür, dass Miss Weber davon erfährt, falls Sie festgenommen werden. Verabreden Sie mit ihr ein Treffen oder einen Anruf und sagen Sie ihr, dass sie uns kontaktieren soll, wenn Sie zum vereinbarten Zeitpunkt nicht mit ihr in Kontakt treten.*

Ich entgegnete: *Ich weiß, wie man so was macht. Schönen Dank auch.*

Karl ließ sich erwartungsgemäß nicht ködern und erwiderte: *Wird Miss Weber von irgendjemandem überwacht? Wurde sie außer auf dem Dach des Rex noch einmal mit Ihnen gesehen?*

Ich sah zu Susan hinüber und sagte zu ihr: »Die wollen wissen, ob Sie glauben, dass Sie überwacht werden.«

»Woher soll ich das wissen? Ich glaube, nicht. Ich bin diesen Monat nicht dran.«

Ich tippte: *Sie glaubt nicht, dass sie überwacht wird.* Und weil ich ein Profi bin und heikle Fragen nicht einfach übergehe, tippte ich: *Wir haben uns heute gemeinsam in Saigon und Cu Chi umgesehen.*

Ich konnte Karl förmlich hören: »*Was? Was* haben Sie gemacht? Sind Sie nicht ganz dicht?«

Dann antwortete er aber: *Hoffentlich war es ein schöner Tag.* Aber ich kenne Karl. Er war stinksauer.

Ich rechtfertige mich zwar nicht gerne, tippte aber: *Das war eine gute Tarnung und eine Gelegenheit für mich, von ihren Kenntnissen über die Zustände im Landesinnern zu profitieren.* Ich fügte hinzu: *Diesmal habe ich mein Platoon nicht dabei.*

Karl antwortete kurz angebunden: *Roger.*

Zu diesem Thema gab es weiter nichts zu sagen und deshalb tippte ich: *Miss Webers Freund hat sich meinetwegen bereits mit dem Konsulat in Verbindung gesetzt oder wird das noch tun.*

Karl entgegnete: *Das haben wir natürlich bereits erledigt. Bilden Sie da drüben einen Spionagering?*

Ei, ei, ei. Jetzt wurden wir aber ein bisschen schnippisch. In einem Gespräch hätte ich nichts darauf erwidert, aber bei einer E-Mail musste man antworten, und deshalb tippte ich: *:-).*

Karl, der offenbar zu Scherzen aufgelegt war und auch noch Publikum hatte, antwortete: *:-(.*

Ich fragte Susan: »Kann ich mit der Tastatur hier 'n Stinkefinger darstellen?«

Sie lachte und fragte: »Gehen die Ihnen auf den Keks?«

»Sie versuchen es.« Also echt: Ich setzte hier mein Leben aufs Spiel und denen fiel nichts Besseres ein als mich zu nerven. Ich tippte: *Haben Sie hinsichtlich meines Auftrags weitere Informationen für mich?*

Karl antwortete: *Noch nicht.*

Ich fragte: *Haben Sie das blöde Dorf immer noch nicht gefunden?*

Herr Hellmann antwortete: *Das ist irrelevant, wenn Sie nicht frei herumreisen dürfen, und das ist eine Information, die Sie vor Ihrem Treffen mit Oberst Mang nicht erhalten sollten. Wir werden es Ihnen mitteilen, falls und wenn Sie nach Hué reisen.*

Ich ließ mir das durch den Kopf gehen und kam zu dem Schluss, dass sie entweder herausgefunden hatten, wo sich das Dorf befand, oder es von Anfang an gewusst hatten. Und außerdem hieß das Dorf nicht Tam Ki und hatte auch nie so geheißen. Das hatten sie in dem Brief natürlich abgeändert, damit es, wenn mich hier irgendjemand bei den Eiern hatte und ich es verriet, nicht mein wahres Reiseziel war. Möglicherweise gab es gar kein Tam Ki. Meiner Schlussfolgerungen ziemlich sicher, fragte ich Susan: »Bedeutet Tam Ki auf Vietnamesisch irgendetwas?«

»Buchstabieren Sie das.«

Ich buchstabierte es ihr.

Sie sagte: »Die ganze Sprache beruht auf Akzenten, Doppelvokalen und solchen Sachen. Das verdanken wir den Franzosen, die hier das lateinische Alphabet eingeführt haben. Wenn Sie es nicht richtig betonen und die Akzente nicht kennen, kann ich es nicht übersetzen.«

»Könnte das ein Dorf sein? Ein Ortsname?«

»Könnte sein, aber *T-A-M* kann beispielsweise ›baden‹ bedeuten oder ›Herz‹, je nach dem, wie man es ausspricht, was wiederum von den Akzenten abhängt. *Tam cai* bedeutet ›Zahnstocher‹, *Tam loi* ›Luftblase‹. Verstehen Sie, was ich meine?«

»Ja … und wie stehts mit *K-I*?«

»*K-I* ist normalerweise eine Vorsilbe. *Ki-cop* bedeutet ›geizig‹, *ki-cang* ›vorsichtig‹, *ki-keo* heißt ›feilschen‹ oder ›sich beschweren‹.

»Könnte das einfach nur ein erfundener Name sein?«

»Könnte sein. Hört sich nicht wie ein Ortsname an.«

Ich schaute wieder auf den Monitor und sah: *Bitte bestätigen.*

Ich antwortete im militärischen Stil: *Bestätige* – was mehrere Bedeutungsnuancen hat, je nach dem, wer mit wem spricht und wie das Gespräch verläuft. In diesem Fall bedeutete es: Na gut. Weil ich sehen wollte, was er dazu sagte, fügte ich hinzu: *Wollen Sie, dass ich recherchiere, wo sich dieses Dorf befindet?*

Die Antwort kam sofort: *Negativ. Erkundigen Sie sich nicht und suchen Sie nicht auf Landkarten danach. Die Landkarten sind ungenau und viele Dörfer haben den gleichen Namen. Wir werden Sie kontaktieren, falls und wenn Sie nach Hué kommen.*

Ich antwortete: *Roger. Wie weit sind Sie mit den Namen der Verdächtigen und dem Namen des Opfers?*

Karl erwiderte: *Wir grenzen weiter ein.* Dann: *Wenn Sie frei reisen können, wohin fahren Sie dann morgen?*

Ich antwortete: *Wir grenzen weiter ein.*

Er entgegnete: *Oberst Mang will Ihre Reiseroute und wir wollen sie auch.*

Ich sah zu Susan hinüber und fragte: »Was wäre ein guter Ort, um von morgen an ein paar Tage lang die Zeit totzuschlagen?«

»Paris.«

»Und ein bisschen näher an Saigon? Irgendwo, wo Westler hinfahren?«

»Tja, Da Lat, der französische Ferienort in den Bergen. Die Bahnstrecke dorthin ist zwar gesprengt, aber Sie könnten mit dem Auto oder dem Bus hinfahren.«

»Okay, sonst noch Vorschläge?«

»Da wäre auch noch Vung Tau, der alte französische Badeort.«

»Ich muss mich also zwischen Gebirge und Strand entscheiden. Wo liegt Vung Tau?«

»Nicht weit südlich von hier. Ich könnte Sie mit meinem Motorrad hinbringen. Ich fahre da oft am Wochenende hin.«

»Ich muss aber nach Norden.«

»Wieso rufen Sie nicht bei Ihrem Reisebüro an?«

»Haha. Helfen Sie mir.«

»Sie wollten nicht, dass ich Ihnen helfe.«

»Ich entschuldige mich.«

»Sagen Sie bitte.«

»Bitte.« Ich fasste es nicht, dass ich mich in diese Lage manövriert hatte: gejagt von einem vietnamesischen Inspektor Columbo, bat ich eine schmollende Zicke aus der oberen Mittelschicht um Entschuldigung, während Karl mich übers Internet dumm anquatschte. Wo ist mein M-16, wenn ich es mal brauche?

Ich kriegte mich wieder ein und fragte Susan: »Wie wär's mit Nha Trang?«

Sie nickte. »Nicht schlecht. Nicht weit weg, schöner Strand und viele Übernachtungsmöglichkeiten. Waren Sie schon mal da?«

»Ja. 68 habe ich da einen dreitägigen Fronturlaub verbracht.« Ich fragte: »Gibt es da westliche Touristen?«

»Normalerweise schon. Es ist noch warm genug zum Baden. Sie würden nicht groß auffallen, falls es das ist, was Sie meinen.«

»Das meine ich.« Ich meinte auch, dass ich nicht in irgendeinem gottverlassenen Nest landen wollte, wo mich die Bullen hoppnehmen konnten, ohne dass irgendeiner meiner Landsleute es mitbekam. Aber das war negativ gedacht. *Sie müssen immer den Erfolg vor Augen haben.* Ich fragte Susan: »Komme ich da einfach hin?«

»Ich kann Sie überall hinbringen und Ihnen dann eine Unterkunft besorgen. Mit Geld geht alles und ich habe ein gutes Reisebüro, das für unser Unternehmen arbeitet.«

»Also gut. Nha Trang. Danke.«

Ich fing an zu tippen und sie sagte: »Sagen Sie denen, dass ich mitkomme.«

»Ach ja, richtig.« Ich tippte: *Ich fahre nach Nha Trang – es sei denn, es besteht keine Reise- oder Übernachtungsmöglichkeit. Falls sich das ändert, sagt Ihnen Miss W. sobald wie möglich Bescheid.*

Karl erwiderte: *Verstanden. Schlage vor, dass Sie bis zu Ihrem Termin in Hué in Nha Trang oder einem Ausweichort bleiben. Je weniger Sie herumreisen, desto besser. Faxen Sie nach Ihrer Ankunft Miss Weber Ihre Adresse in Nha Trang oder einem Ausweichort. Weisen Sie sie an, die Adresse dem Konsulat mitzuteilen.*

Susan fragte: »Haben Sie es ihnen gesagt?«

»Ja. Sie haben das rundheraus abgelehnt.«

»Sie haben sie gar nicht gefragt. Sagen Sie denen, dass Sie einen Führer und Dolmetscher brauchen.«

Ich tippte: *Ich werde versuchen, mich an die Reiseroute zu halten, die ich Mang gebe, bis ich dann von Hué aus nach Tam Ki abreise. Dass zwischen Hué und Hanoi ein paar Tage fehlen, könnte zu Schwierigkeiten führen, wenn ich nach Hanoi komme.*

Karl erwiderte: *Falls Sie immer noch Schwierigkeiten mit der Polizei haben, wenn Sie nach Hanoi kommen, wenden Sie sich an Mr. Eagan von der Botschaft. Aber gehen Sie nur zur Botschaft, wenn man Ihnen die Anweisung dazu erteilt. Bestätigen Sie.*

Roger. Ich stellte mir vor, wie ich fünf Jahre lang in der amerikanischen Botschaft ausharrte, während das State Department über meine Ausreise aus der Sozialistischen Republik verhandelte. So eine Scheiße. Ich fragte: *Soll ich Sie von Hué aus kontaktieren? Direkt oder über Miss W.?*

Die Antwort lautete: *Negativ. Wenn Sie nicht wie vorgesehen in dem Hotel in Hué einchecken, erfahren wir davon und gehen davon aus, dass Probleme aufgetreten sind. Und wenn Sie einchecken, wird man Sie hinsichtlich der weiteren Kommunikation instruieren.*

Wer wird mich instruieren?, fragte ich.

Karl antwortete: *Man wird Sie kontaktieren.*

Ich tippte: *Weitere Angaben über meine Kontaktperson in Hué?*

Karl erwiderte: *Negativ. Sind Sie über Zeitpunkt und Ort Ihres Treffens im Bilde?*

Ich antwortete: *Bestätige. 32 senkrecht. Die Lösung war Rotisserie.*

Karl erwiderte: *Die Lösung hat nichts damit zu tun. Verstehen Sie Ihre Instruktionen?*

Ich antwortete: *Ja. :-).* Ich fügte hinzu: *Apropos: Ich habe die Cu-Chi-Tunnel besichtigt und war auf der Nationalstraße 13 und bei der Michelin-Plantage. Gutes Terrain für Panzer. Hat es Spaß gemacht?*

Karl erwiderte: *:-(.*

Ich tippte: *Wir sollten da mal zusammen hinfahren.*

Er erwiderte: *Ich werd's mir überlegen. Denken Sie dran: Wir müssen wissen, was morgen bei Mang passiert. Glauben Sie, dass Miss Weber versteht, was Sie zu tun hat?*

Ich antwortete: *Sie hat sehr viel Grips, ist einfallsreich und hoch motiviert. Sie sollten sie befördern.*

Er erwiderte: *Ich habe weiter nichts. Sie?*

Allerdings. Was sollte der ganze Zinnober? Ich tippte jedoch: *Cynthia? Honolulu?*

Ich wartete auf die Antwort und es schien mir ewig zu dauern, bis sie auf dem Monitor auftauchte. Sie lautete: *Wir haben uns noch nicht mit ihr in Kontakt gesetzt. Ihre Flüge von Bangkok nach Honolulu und dann nach Maui sind aber gebucht.*

Ich tippte: *Kontaktieren Sie sie.*

Karls Antwort lautete: *Sie ermittelt in einem Fall. Wenn sie sich aber mit Ihnen in Honolulu treffen möchte, wird die Army ihren Urlaubsantrag umgehend genehmigen und sie nach Hawaii bringen.* Er fügte hinzu: *Konzentrieren Sie sich auf die Mission.*

Ich tippte: *Spätestens in Hanoi will ich das wissen.*

Er erwiderte: *Spätestens in Bangkok.*

Ich bestätigte: *Roger.*

Karl schickte mir einen verfrühten Valentinsgruß: *Viel Glück, Paul. Alles Gute und kommen Sie gesund wieder nach Hause.*

Ich saß lange vor der Tastatur und wusste, dass dies möglicherweise für lange Zeit die letzte Nachricht aus der Heimat sein würde. Ich kannte dieses Gefühl von den letzten beiden Malen, wenn ich über das spezielle Funktelefon, das GIs etwa zweimal pro Jahr benutzen durften, mit meinen Eltern gesprochen hatte. Ich tippte: *Ich bin froh, wieder hier zu sein. Ich bin zuversichtlich, dass ich Erfolg haben und pünktlich wieder zu Hause sein werde. Grüßen Sie Cynthia von mir.*

Karl erwiderte: *Roger. Noch etwas?*

Negativ.

Ende.

Ich ging vom Netz, löschte alles, saß eine Zeit lang da, stand dann auf und ging zum Sideboard. Ich schenkte mir einen Scotch auf Eis ein und ließ das Soda weg.

Susan fragte: »Ist alles in Ordnung?«

»Ja.«

Sie überlegte kurz und sagte dann: »Falls Sie morgen nicht verreisen können … falls die Sie hier ein paar Tage lang festhalten, könnte ich für Sie eine Geschäftsreise unternehmen. Jemanden treffen oder was auch immer.«

Ich sah sie an und lächelte. »Danke. Das ist ein sehr freundliches Angebot, aber die Sache ist sehr viel komplizierter. Okay, wie komme ich nach Nha Trang?«

»Ich schreibe dem Reisebüro unserer Firma eine E-Mail und schaue mal, was ich tun kann.« Sie setzte sich an ihren Schreibtisch. »Soll ich versuchen, irgendwo ein Hotelzimmer für Sie zu buchen, oder wollen Sie sich vor Ort was suchen?«

»Ich muss Mang eine Adresse nennen.«

»Nicht unbedingt. Die Ausländerpolizei hat in jeder größeren Stadt ein Büro, damit sie die Ausländer im Auge behalten kann. Wenn Sie Mang also sagen, dass Sie in Nha Trang keine Adresse haben, wird er Sie auffordern, sich gleich nach Ihrer Ankunft oder wenn Sie ein Zimmer gefunden haben bei der Ausländerpolizei zu melden.«

Ich dachte darüber nach und sagte dann: »Ich suche mir was, wenn ich da bin.« Ich fügte hinzu: »Ja, ich werde versuchen, das Hotel am Strand zu finden, das die Army während des Krieges übernommen hatte. Das dürfte ein Nostalgietrip werden.«

»Dürfte es, ja. Wie hieß es denn?«

»Das weiß ich nicht mehr. Ein altes französisches Hotel. Aber ich werde es schon erkennen. Jedenfalls schicke ich Ihnen ein Fax, wenn ich irgendwo eingecheckt habe. Falls ich Sie vierundzwanzig Stunden nach meiner Abreise aus Saigon noch nicht kontaktiert habe, wenden Sie sich bitte an meine Firma.«

»Stets zu Diensten.« Sie richtete ihre Aufmerksamkeit auf den Computer und fing an zu tippen. Sie sagte: »Ich erkundige mich bei meinem Reisebüro nach einer Zug- oder Minibusreservierung für morgen nach Nha Trang. Flugzeuge sind auf Monate hin ausgebucht. Ich biete den doppelten Fahrpreis, der für Ausländer ohnehin schon vervierfacht wird. Einverstanden?«

»Es ist ja nicht mein Geld.«

»Gut.« Sie tippte weiter und sagte: »Ich erkundige mich auch nach einem privaten Mietwagen. Nach Nha Trang geht auch ein Tragflächenboot, aber das ist bestimmt ausgebucht. Aber wir kriegen Sie schon nach Nha Trang und wenn ich Sie in den Folterbus setzen muss.«

»Ein Mietwagen klingt gut. Geld spielt keine Rolle. Wird sich dieses Reisebüro rasch bei Ihnen melden?«

»Die Chefin fängt um acht Uhr an – Saigoner sind Frühaufsteher. Um diese Uhrzeit sind Sie bei Oberst Mang. Wir treffen uns dann im Foyer des Rex und dann sehen wir, ob Sie nach Nha Trang fahren oder zum Flughafen und nach Hause.« Sie fügte hinzu: »Und wenn Sie bis, sagen wir mal, zwölf nicht im Rex sind, weiß ich, an wen ich mich wenden muss.«

»Hätten Sie was dagegen, wenn ich hier die Anweisungen gebe?«

Sie sah von ihrer Tastatur hoch und sagte: »Mr. Brenner, dafür muss man kein Genie sein und ich lerne schnell. Ich habe die Verantwortung übernommen, Sie aus Saigon herauszubringen oder Ihre Festnahme oder Ausweisung zu melden. Machen wir das also auf meine Tour.«

Meine Güte. Miss Weber war in ihrem Büro tatsächlich ein anderer Mensch. Oder vielleicht ärgerte sie sich ein wenig, weil ich sie auf der Reise nicht dabeihaben wollte.

Sie hämmerte weiter auf ihre Tastatur ein und sagte: »Jetzt schreibe ich meinem Chef Jack Swanson, dass ich morgen erst nachmittags komme.«

Es kam mir so vor, als würde sie für diese relativ einfache Nachricht ziemlich viel Text eingeben.

Miss Weber schaltete ihren Computer ab, stand auf, trank ihren Gin Tonic aus und sagte dann: »Kommen Sie, ich führe Sie zum Essen aus.«

»Das ist sehr nett von Ihnen, aber ich habe ein eigenes Spesenkonto.«

»Ich auch. Und ich werde Ihnen erzählen, warum Sie in Vietnam investieren sollten. Es ist das Land mit dem größten Wachstumspotenzial am Pazifik.«

Ich erwiderte: »Ich habe schon genug in Vietnam investiert.«

Sie entgegnete nichts, ging zur Tür und legte ihre Hand auf den Lichtschalter. »Gehen wir?«

Ich sagte: »Drucken Sie bitte das Faxprotokoll aus und vernichten Sie es.«

»Oh ... Sie sind echt ein Profi.« Sie ging zu der Nische, druckte das Faxprotokoll aus und schob es in den Reißwolf.

Ich nahm die Kamera und den belichteten Film von ihrem Schreibtisch und sagte: »Tun Sie das bitte in Ihren Safe.«

Sie tippte an ihrem Tresor die Kombination ein und ich gab ihr den Film und die Kamera. Sie legte alles hinein und schloss dann dic Tür.

Wir verließen ihr Büro und sahen uns dann ein wenig auf der Etage um. Susan zeigte mir die Bibliothek, den Konferenzraum und eine Cafeteria, in der es wie in einem französischen Café aussah.

Sie sagte: »Wir lassen es uns hier gut gehen. Es ist billig und man bekommt den Kopf frei. Hier sind der Fitnessraum und die Duschen.« Wir betraten einen Raum, in dem ein paar Trainingsgeräte standen. Hinter einer offen stehenden Tür sah ich eine Massagebank.

Eigentlich dachte ich, wir würden zum Frischmachen nach Hause gehen, aber Susan zeigte auf eine Tür mit dem Aufdruck *Herren* und teilte mir mit: »Da drin ist alles, was Sie brauchen. Ich bin im Damenduschraum.«

»Falls ich irgendwas brauche.«

»Benehmen Sie sich. Wir treffen uns dann hier im Fitnessraum wieder.«

Ich ging in die Männerumkleide, zog mich aus und betrat dann eine geräumige Duschkabine. Ich stellte das Wasser an, nahm mir aus einem Spender eine Hand voll Flüssigseife und wusch mir den Dreck der vergangenen zwölf Stunden ab.

Manche Männer singen unter der Dusche – ich denke nach. Und ich dachte, dass in Saigon und in Washington nichts so war, wie es schien.

Kapitel 14

Ich ging in den Fitnessraum, fand auf einem Stuhl die Asienausgabe des »Wall Street Journal« vom Freitag, setzte mich und las.

Es war ruhig in dem verlassenen Gebäude und hinter der Tür der Damenumkleide hörte ich gedämpft eine Stimme. Ich war mir ziemlich sicher, dass Susan, wie besprochen, mit Bill telefonierte.

Gut zehn Minuten später kam Susan aus der Umkleide. Sie trug ein langes, gelbes, ärmelloses Seidenkleid und hatte sich einen kleinen Lederbeutel um die Schulter gehängt. Sie hatte sich den Staub abgewaschen und war schön braun. Ihr Haar war in der Mitte gescheitelt und hing ihr über die Schultern. Ein Hauch Lipgloss vervollständigte den neuen Look. Ich stand auf und sagte: »Wunderschön sehen Sie aus.«

Sie erwiderte nichts auf dieses seltene Kompliment von mir und ich hatte so den Eindruck, dass sie mit Bill ein wenig Krach gehabt hatte. Ich sagte: »Vielleicht sollte ich ins Rex und mich umziehen.«

»Nicht nötig.«

Wir gingen in den Empfangsbereich, der Fahrstuhl kam und wir stiegen im Foyer aus. Sie sagte: »Ich bin genug gefahren. Wir nehmen Cyclos.«

Ich folgte ihr hinaus auf den Gehsteig. Wir gingen etwa zehn Sekunden, da stürzte sich schon ein Schwarm von Cyclos auf uns.

Susan feilschte mit den Cyclofahrern und ich sah sie mir an. Sie waren armselig gekleidet, dürr und nicht mehr jung. Ein Bekannter von mir, der hier gewesen war, hatte mir erzählt, dass die Cyclofahrer größtenteils ARVN-Veteranen waren, weil dies einer der wenigen Berufe war, die ihnen, den ehemaligen Staatsfeinden, offen standen.

Susan wurde mit zwei von ihnen handelseinig. Wir setzten uns jeder auf ein Cyclo und wurden die Dien-Bien-Phu-Straße hinaufgefahren. Susan rief mir zu: »Weil Sie so schwer sind, kostet es das Doppelte.«

Ich schaute zu ihr hinüber und sah, dass sie nicht scherzte. Ich sagte: »Sie haben Glück, dass die nicht nach dem IQ gehen.«

»Dann würden Sie gratis fahren.«

Die Dien-Bien-Phu-Straße war ein breiter Boulevard, auf dem viele Kraftfahrzeuge, Fahrräder und Cyclos unterwegs waren, und es war ein wenig entnervend, in einer offenen Kabine vor dem Fahrer zu sitzen, während sich Autos und Motorroller an dem Cyclo vorbeidrängten.

In der Stadt war an diesem Sonntagabend viel los, überall wurde gehupt, Ghettoblaster dröhnten und Fußgänger gingen überall und bei Rot über die Straße.

Während wir den Boulevard hochfuhren, machte mich Susan auf ein paar Sehenswürdigkeiten aufmerksam. Sie sagte: »Diese Straße, die Dien Bien Phu, wurde nach der letzten Schlacht zwischen den Franzosen und den Vietminh benannt – den Vorgängern der Vietcong. Die Vietminh haben gewonnen.«

»Wer gewinnt, benennt die Straßen.«

»Ja«, sagte sie. »In zehn Jahren heißt sie dann Allee der multinationalen Konzerne.«

Susan zückte eine Schachtel Zigaretten und bot ihrem Fahrer eine an. Er nahm eine und dann kamen sich die beiden Cyclos so nah, dass sie meinem Fahrer die Schachtel reichen konnte. Zu mir sagte sie: »Mein Fahrer fragt, ob Sie Veteran sind.«

Ich zögerte und sagte dann: »Sagen Sie ihm: 1. Cavalry, Quang Tri, 68.«

Sie gab das weiter und beide sagten sie etwas zu ihr. Zu mir sagte Susan: »Sie sind auch beide Veteranen. Mein Fahrer war Düsenjägerpilot, Ihrer war Hauptmann bei der Armee. Sie sagen: Schön, dass Sie wieder hier sind.«

Ich sah zu ihrem Fahrer hinüber und machte mit den Fingern das Siegeszeichen. Er erwiderte die Geste matt lächelnd und sah dann wieder nach vorn.

Wir fuhren durch die Innenstadt von Saigon und Susan machte mich auf Sehenswürdigkeiten aufmerksam, aber vor allem sahen wir dem zu, was sich auf der Straße abspielte.

Sie sagte: »Sehen Sie die Wohnblocks da? Die haben die Amerikaner in den Sechzigern für CIA- und Botschaftsmitarbeiter gebaut. Jetzt wohnen da kommunistische Parteifunktionäre.«

Es waren triste, graue Betongebäude ohne Balkone und sie sahen eher wie eine Strafanstalt aus. Ich sagte: »Geschieht ihnen recht.«

Wir kamen an Notre Dame vorbei und ich sah, dass auf dem kleinen Vorplatz viele Leute promenierten. Die uniformierten Polizisten waren anscheinend verschwunden und ich nahm an, dass sie nach Sonnenuntergang durch Zivilbullen ersetzt wurden. Und doch kam man sich dem äußeren Anschein nach in Saigon nicht wie in einem Polizeistaat vor. Es sah eher so aus, als würden sich alle besonders ins Zeug legen, gegen irgendwelche Gesetze zu verstoßen – Trinken in der Öffentlichkeit, Prostitution, Schlafen auf dem Gehsteig, bei Rot über die Ampel fahren, Unachtsamkeit der Fußgänger im Straßenverkehr und was sie sonst noch alles anstellten, das ich nicht sehen konnte.

In mancher Hinsicht waren die Südvietnamesen in ihrem eigenen Land Bürger zweiter Klasse, wurden wie Einwohner eines besetzten Landes von kommunistischen Kadern aus dem Norden regiert und von amerikanischen und asiatischen Kapitalisten ausgebeutet. Doch in mancher Hinsicht kamen sie einem auch glücklicher und freier vor als die Kommunisten – wie etwa Oberst Mang – und die Kapitalisten – wie etwa Susan Weber.

Wir waren jetzt am nördlichen Ende der Dong-Khoi-Straße und es war wie auf dem Times Square oder dem Piccadilly Circus. Die hell erleuchtete Straße war verstopft von Fußgängern, Cyclos, Fahrrädern und Motorrollern, die alle nach Süden, in Richtung Fluss unterwegs waren.

Die Fassaden der Altbauten französischen Stils verschwanden fast hinter Neonreklamen und Namensschildern von Läden wie Good Morning Vietnam, Ice Blue und der Cyclo Bar. Es gab auch ein paar gediegenere französische und ostasiatische Restaurants und ein paar Grandhotels, die aus einer anderen Zeit stammten. Ich erkannte das Continental, wo früher die Kriegskorrespondenten abgestiegen waren und sich in der Bar neue Meldungen ausgedacht hatten.

Die Verwandlung der Rue Catinet in die Tu Do in die Dong Khoi war nicht vollständig und es kam einem so vor, als würden alle drei Versionen dieser Straße nebeneinander bestehen. Die Tu Do hatte ich gekannt und hin und wieder sah ich ein Gebäude, das ich zu erkennen meinte, aber seither war zu viel Zeit vergangen und alle Namen hatten sich geändert. Über den Lärm hinweg rief ich Susan zu: »Gibt es das Bluebird noch? Oder das Papillon?«

Sie schüttelte den Kopf. »Nie gehört.« Sie fügte hinzu: »Soweit ich weiß, haben die Kommunisten 1975 alles dicht gemacht.«

»Die verstehen keinen Spaß.«

»Stimmt. Ende der Achtziger haben viele Läden wieder aufgemacht. Und 1993 haben sich die Kommunisten so über die ganzen Bars und Karaokeläden aufgeregt, dass sie in der ganzen Stadt Razzien durchgeführt und alles wieder geschlossen haben. Einige Läden durften wieder öffnen, aber nur, wenn sie vietnamesische Namen trugen und schön brav waren. Und nach und nach wurde das alles wieder geöffnet, größer und bunter und verrückter denn je und wieder mit westlichen Namen.« Sie sagte: »Ich glaube, diesmal bleibt es dabei. Aber man weiß nie. Die sind unberechenbar. Haben keinen Respekt vor Business und Privatbesitz.«

Ich meinte: »Die könnten *Sie* auch rausschmeißen.«

»Könnten sie, ja.«

»Wohin würden Sie dann gehen?«

Sie erwiderte: »Ich habe da so ein Buch, das heißt ›Die unangenehmsten Orte der Welt‹. Da würde ich mir dann einen aussuchen.« Sie lachte.

Ich versuchte den schmalen Durchgang zu entdecken, der zu der Sackgasse führte, in der meine Freundin gewohnt hatte. Richtung Fluss war er auf der linken Seite, aber ich sah ihn nicht. Ich fragte Susan: »An *dieser* Straße wohnen Sie?«

»Ja. An fünf Abenden die Woche ist es nicht so schlimm. Und ich wohne im vierten Stock und näher am Fluss. Ich zeige es Ihnen.«

Auf der Straße waren vor allem junge Leute zu sehen; Jungs und Mädels in Jeans und T-Shirt; die Typen schwatzten auf die Mädchen ein und die meisten Mädchen waren in Gruppen unterwegs.

Ich sah jetzt das Ende der Dong Khoi und in der Ferne den Mondschein auf dem Saigon River. Susan rief: »In dem Haus da wohne ich!«

Sie zeigte nach links auf einen prächtigen Altbau französischen Stils an der letzten Straßenecke vor dem Fluss. Im Erdgeschoss war ein Thai-Restaurant und nebenan war ein weiteres altes Hotel, das Lotus, das, wie Susan mir mitteilte, früher Miramar geheißen hatte und an das ich mich erinnerte.

Sie sagte: »Obergeschoss. Die Eckwohnung mit Blick auf den Fluss.«

Hörte sich an wie eine Immobilienanzeige in der »Washington Post«. Ich schaute zu der Eckwohnung hoch und sah, dass dort Licht brannte. Ich sagte: »Da ist jemand zu Hause.«

Sie erwiderte: »Meine Haushälterin.«

»Klar. Sie stehen auf Eckgebäude, nicht wahr?«

Die Cyclos bogen auf die Uferpromenade ein, wo eine angenehme Brise über den mondbeschienen Fluss strich. Die angenehme Brise roch nach wer weiß was, aber wenn man sich die Nase zuhielt, war es schön. Am anderen Ufer brannte kaum Licht, woran ich mich noch vom letzten Mal erinnerte, und anscheinend führte hier keine einzige Brücke über den Fluss. Ich sagte zu Susan: »Da drüben ist es immer noch nicht bebaut.«

»Ja. Da sind hektargroße Blumenfelder – Orchideen, exotische Pflanzen und so. Wenn ich nachts einschlafe, träume ich von Filetgrundstücken und Einkaufszentren, und wenn ich aufwache und aus dem Fenster schaue, sehe ich da nur Blumen – eine Verschwendung von erstklassigem Grund und Boden.«

Ich sah sie an und merkte, dass sie mich auf den Arm nahm. Ich lächelte, um zu zeigen, dass ich Spaß verstand.

Die Cyclos fuhren noch eine Ecke weiter und bogen dann nach Norden auf die Nguyen-Hue-Straße ab, die bis zum Rex führte und parallel zur Dong Khoi verlief. Diese Straße war breiter und ebenfalls voller Menschen und Fahrzeuge.

Susan sagte zu mir: »Es geht im Uhrzeigersinn – die Dong Khoi runter, dann am Fluss entlang, dann die Nguyen Hue rauf, dann am Rex auf die Le Loi und gleich wieder auf die Dong Khoi. Ein Korso die ganze Nacht lang.«

»Sie meinen, ich muss mir das von meinem Hotel aus anhören?«

»Nur bis zum Morgengrauen. Dann wird es ruhig, bis dann zehn Minuten später der Berufsverkehr losgeht.«

»Haben Sie das Rex für mich ausgesucht?«

»Ja. Wie Sie sehen, ist es in der Nähe meiner Wohnung.«

»Aha.«

»Ich mag das Dachgartenrestaurant. Ich schwofe gern.«

Wir bogen nach rechts auf die Le Loi ab und fuhren in östliche Richtung weiter. Susan sagte: »Die jungen Leute nennen dieses Rumgefahre *chay long rong* – schnell leben.«

»Über Schrittgeschwindigkeit sind wir aber nicht hinausgekommen.«

»Ich denke mir das nicht aus, ich übersetze es nur. Das ist wie *Cruising*, Leben auf der Überholspur; es ist eine Metapher, damit ist nicht die Geschwindigkeit gemeint.«

»Mit Metaphern habe ich immer so meine Probleme. Lassen Sie uns was essen gehen.«

Sie sagte etwas zu ihrem Fahrer und wir fuhren weiter.

Fünf Minuten später hielten die Cyclos vor einem großen Gebäude, das wie ein altes französisches Opernhaus aussah und nun, wie Susan sagte, ein Volkstheater war – was auch immer das bedeuten mochte. An einer Seite des Theaters gab es ein Straßencafé, an dessen Tischen viele Westler und auch ein paar gut gekleidete Vietnamesinnen und Vietnamesen saßen.

Wir stiegen von den Cyclos und Susan bestand darauf, beide Fahrer zu bezahlen – ihrer bekam einen Dollar, meiner zwei. Das war ungewöhnlich großzügig von ihr, aber mir war nicht wohl dabei, und deshalb gab ich jedem noch einen Dollar.

Sie wollten mir die Hand schütteln, also schüttelten wir alle einander die Hand und Susans Fahrer – der in einem anderen Leben Düsenjäger geflogen hatte – sagte etwas und Susan dolmetschte. »Er sagt, dass seine Frau und seine Kinder vor vier Jahren nach Amerika auswandern durften. Er durfte nicht mit, weil er früher Offizier der südvietnamesischen Luftwaffe war. Aber dank des so genannten ›Orderly Departure Program‹, das die Amerikaner mit Hanoi ausgehandelt haben, hofft er nun, nächstes Jahr ausreisen zu dürfen.«

Ich sagte: »Ich wünsche ihm viel Glück.«

Sie dolmetschte, er sagte etwas und sie sagte zu mir: »Er dankt Amerika dafür, dass es seine Familie aufgenommen hat. Es geht ihnen gut und sie schicken ihm Geld. Sie wohnen in Los Angeles.«

»Na dann ... wünsche ich ihm, dass sie mal irgendwo landen, wo's schön ist.«

Mein Fahrer, der Infantriehauptmann, hatte nichts zu sagen und ich hatte so den Eindruck, dass er längst jegliche Hoffnung aufgegeben hatte.

Wir betraten das Straßencafé, das, wie ich auf einem kleinen Schild sah, Q-Bar hieß. Anscheinend nahm es einen Teil des Theatergebäudes ein. Es war ausgesprochen minimalistisch eingerichtet, so wie ein angesagter Yuppieschuppen in Washington.

Im Innenbereich standen Tische und es gab eine Bar. Die Wandgemälde sahen nach Caravaggio aus, aber das war bei dem Zigarettenqualm hier schwer zu beurteilen.

Eine junge vietnamesische Kellnerin in schwarzweißer Uniform begrüßte Susan auf Englisch: »Guten Abend, Miss Susan. Wo ist heute denn Mister Bill?«

Ich war froh über die Gelegenheit, Englisch zu sprechen, und erwiderte: »Der wäscht noch seinen Princetonpulli. Er kommt aber bald.«

»Ah ... schön. Einen Tisch für drei?«

»Für zwei.«

Susan klärte die Verwirrung nicht auf.

Die Kellnerin führte uns zu einem Tisch am Geländer einer Empore, auf dem eine Öllampe brannte. Susan bestellte sich einen kalifornischen Chardonnay und ich bat um einen Dewars mit Soda und offenbar stellte das kein Problem dar.

Die Kellnerin ging davon und Susan steckte sich eine Zigarette an. Wie zu sich selbst sagte sie: »Wäscht seinen Princetonpulli.«

»Wie bitte?«

»Was Besseres fällt Ihnen nicht ein?«

»So auf die Schnelle nicht. Es ist spät.«

Wir ließen das Thema fallen und ich sah mir die Gäste an. Ihrer Kleidung nach zu urteilen, verdienten sie mehr als einen Dollar am Tag und auf der Straße sah ich ein paar japanische Luxuskarossen – Lexus und Infiniti –, die mir den ganzen Tag lang nicht aufgefallen waren.

Die Getränke kamen. Ich hätte gern mit meiner Gastgeberin angestoßen und etwas Nettes gesagt, hatte aber so das Gefühl, dass sie von mir erst mal genug gehört hatte. Sie sagte: »Wahrscheinlich hätte ich mit Ihnen woanders hingehen sollen.«

»Von all den Kaschemmen in Saigon schleppt sie mich ausgerechnet in diese.«

Sie lächelte.

Ich fragte: »Und was ist, wenn Bill noch kommt?«

»Der kommt nicht.« Sie hob ihr Weinglas. Wir stießen an und tranken. »Hier gibt es leckere Burger mit Pommes frites. Ich dachte, Sie wären vielleicht in der Stimmung für so was.«

»Das bin ich. Gute Wahl.«

Susan sagte: »Dieser Laden gehört einem Amerikaner aus Kalifornien und seiner in Vietnam geborenen Frau, die auch Kalifornierin ist. Der Name Q ist eine Verballhornung von Kieu – ein vietnamesischer Flüchtling, der wieder heimgekehrt ist. Viet-Kieu. Verstehen Sie?«

»Ja.«

Sie sagte: »Der Laden hier ist bei der amerikanischen Gemeinde und bei neureichen Viet-Kieus sehr beliebt. Es ist teuer hier.«

»Das hält den Pöbel draußen.«

»Genau. Aber Sie haben ja mich dabei.«

Um ihr zu zeigen, dass ich nicht ausschließlich auf ihre Gastfreundschaft angewiesen war, und um ein wenig Savoir faire zu beweisen, sagte ich: »Auf dem Flug hat mir ein Franzose eine Menge gute Restaurants und Bars empfohlen.«

»Zum Beispiel?«

»Die Monkey Bar.«

Sie lachte. »Randvoll mit Nutten. Und da geht's ziemlich aggressiv zur Sache. Am Tresen stecken die Ihnen die Hand in die Hose. Aber Sie können gern in die Monkey Bar gehen, wenn wir hier gegessen haben.«

»Ich wollte nur mal überprüfen, was mir dieser Typ erzählt hat.«

»Na, damit hat er Ihnen keinen Gefallen getan.«

»Er hat ein Restaurant empfohlen, das Maxim's heißt – wie das in Paris.«

»Ein Abzockerschuppen. Schlechtes Essen, schlechter Service und überteuert, genau wie in Paris.«

Dann stand es schon null zu zwei gegen meinen französischen Freund. Ich fragte Susan: »Kennen Sie eine Frau namens Mademoiselle Dieu-Kiem?«

»Nein. Wer ist das?«

»Eine Kurtisane.«

Sie verdrehte die Augen und erwiderte nichts.

Ich sagte: »Ich bin aber lieber mit Ihnen zusammen.«

»Dann geht es Ihnen so wie neunzig Prozent der Männer in Saigon. Treiben Sie es nicht zu weit, Brenner.«

»Jawohl, Ma'am.« Und so wurde mein Versuch, mich unabhängig und weltmännisch zu geben, schon im Keim erstickt. »Danke, dass Sie mich in eines Ihrer Lieblingsrestaurants mitgenommen haben.«

»Gern geschehen.«

Die Kellnerin brachte uns klitzekleine Speisekarten. Susan bestellte sich Obst und Käse und noch ein Glas Wein. Ich nahm einen Burger mit Fritten und bestellte auch ein Corona, das sie tatsächlich hatten.

Es war kühler als am Vorabend, aber dennoch stand mir der Schweiß auf der Stirn. Als ich im Juni 72 hier abgereist war, das wusste ich noch, war Saigon heiß und ungesund gewesen. Ich fragte Susan: »Haben Sie ein Sommer- oder Wochenendhaus?«

Sie erwiderte: »So etwas gibt's hier noch nicht. Auf dem Lande gibt es kein fließendes Wasser. Wenn man aufs Land fährt, reist man ins neunzehnte Jahrhundert.«

»Und was machen Sie dann am Wochenende und im Sommer?«

»Manchmal fahre ich rauf nach Da Lat, da ist es kühler, oder nach Vung Tau, das ehemalige Cap Saint Jacques.«

»Nicht nach Nha Trang?«

»Nein. Da war ich noch nie. Das ist ganz schön weit.« Sie fügte hinzu: »Aber ich würde es gerne mal sehen. Schade, dass ich nicht mit Ihnen hinfahren kann.«

Ich ging nicht darauf ein, sondern fragte: »Wie schwierig ist es, im Hinterland des früheren Nordvietnam herumzureisen?«

Sie überlegte kurz und sagte dann: »Allgemein gesagt, ist es an der Küste überall relativ einfach. Die Nationalstraße 1 führt beispielsweise vom Mekongdelta ganz bis nach Hanoi und wird immer weiter ausgebaut. Der Wiedervereinigungsexpress – das ist der Zug – verbindet jetzt ebenfalls den Norden mit dem Süden. Wenn Sie aber nach Westen, in Richtung Laos wollen, wird es schwierig. Ich meine: Die Vietnamesen machen das, aber die sind ja auch gewöhnt an unterspülte Straßen und Brücken, an Erdrutsche, die durch Kahlschlag verursacht werden, an steile Gebirgspässe und Autopannen. Und jetzt im Winter ist da oben Regenzeit – ein ständiges Nieseln, das *crachin* genannt wird – Regenstaub.« Sie fragte: »Wollen Sie in diese Richtung reisen?«

»Ich warte auf weitere Instruktionen. Waren Sie schon mal im Hinterland?«

»Nein, ich berichte nur, was man so hört. Viele Forscher aus dem Westen reisen dorthin – vor allem Biologen. Sie haben im Hinterland des Nordens bisher unbekannte Säugetierarten entdeckt. Und außerdem gibt es im Hinterland immer noch Tiger. Ich wünsche eine angenehme Reise.«

Ich lächelte. »Wo Sie das sagen: Ich habe hier tatsächlich mal einen Tiger gesehen. Und einen Elefanten. Und die waren nicht im Saigoner Zoo, wo sie hingehörten.«

»Tja, seien Sie vorsichtig. Da draußen könnten Sie sich wirklich verletzen oder sich eine Krankheit holen und die Lebensbedingungen sind sehr primitiv.«

Ich nickte. Bei der Army hatten wir wenigstens gute Sanitäter und die Hubschrauber holten einen binnen einer halben Stunde überall raus und flogen einen zu einem Lazarettschiff. Diesmal war ich ganz auf mich allein gestellt.

Susan sagte: »Wenn Sie ins Hinterland reisen, könnten Sie sich als Biologe oder Naturforscher ausgeben.«

Ich sah sie an. Ich hatte dieselbe Idee gehabt, als sie mir von den neu entdeckten Arten erzählt hatte. Und jetzt hatte ich noch eine Idee: Das hier war die eigentliche Einsatzbesprechung, die es in Washington nicht gegeben hatte. Ja, vieles von dem, was mir an diesem Tag wie mehr oder weniger belanglose Informationen über Vietnam vorgekommen war, diente möglicherweise einem Zweck.

Das Essen kam und der Burger und die Fritten waren fantastisch, das Corona war eiskalt und oben steckte eine Limettenschnitte drin.

Sie fragte mich: »Wo wohnen Sie?«

Ich antwortete: »Außerhalb von Falls Church in Virginia.«

»Und ist das hier Ihr letzter Einsatz?«

»Ja. Ich bin vergangenes Jahr in den Ruhestand gegangen, aber die meinten, ich sollte noch mal mein Glück riskieren und Brenner in Vietnam, Teil drei drehen.«

»Wer sind ›die‹?«

»Das darf ich nicht sagen.«

»Und was machen Sie hinterher?«

»Darüber habe ich noch nicht nachgedacht.«

»Sie sind zu jung für den Ruhestand.«

»Das hat mir schon mal jemand gesagt.«

»Ihre Freundin?«

»Sie unterstützt mich bei allem, was ich mache.«

»Arbeitet sie?«

»Ja.«

»Was macht sie?«

»Das Gleiche wie ich früher.«

»Aha, dann haben Sie sich also über die Arbeit kennen gelernt?«

»Genau.«

»Will sie sich auch bald pensionieren lassen?«

Ich räusperte mich und sagte: »Sie ist jünger als ich.«

»Hat sie Sie jetzt auch unterstützt, als Sie zu diesem letzten Einsatz nach Vietnam gegangen sind?«

»Ja, sehr. Darf ich Ihnen noch ein Bier bestellen?«

»Ich trinke Wein. Das sehen Sie doch ...«

»Klar. Wein.« Ich winkte die Kellnerin herbei und bestellte noch eine Runde.

Susan sagte: »Hoffentlich glauben Sie nicht, ich wollte Sie aushorchen.«

»Wieso sollte ich das glauben?«

»Ich versuche nur, mir ein Bild von Ihnen zu machen, wie Sie leben, wo Sie wohnen, was Sie so machen und so weiter.«

»Und warum?«

»Ich weiß nicht. Normalerweise rede ich am liebsten über mich selbst.« Sie überlegte kurz und sagte dann: »Vielleicht sind Sie so interessant, weil Sie nicht geschäftlich hier sind.«

»Ich bin geschäftlich hier.«

»Ich meine, in Geldgeschäften. Es springt dabei kein Geld für Sie heraus. Sie machen das hier aus irgendeinem anderen Grund. Ich meine, es geht dabei nicht mal um Ihre Karriere. Was ist Ihre Motivation?«

Ich dachte darüber nach und erwiderte dann: »Ich halte mich wirklich für dumm.«

»Vielleicht ist es ein persönliches Motiv, etwas, das Sie für Ihr Land tun, in Wirklichkeit aber für sich selbst.«

»Haben Sie mal daran gedacht, eine Radiotalkshow zu moderieren? Guten Morgen, Expats?«

»Jetzt seien Sie mal ernst. Ich versuche Ihnen zu helfen. Sie müssen wissen, warum Sie hier sind, sonst werden Sie hier keinen Erfolg haben.«

»Wissen Sie, da haben Sie wahrscheinlich Recht. Ich werde darüber nachdenken.«

»Das sollten Sie.«

Um das Thema zu wechseln und weil ich noch Informationen brauchte, fragte ich: »Wie gut ist Ihr Reisebüro?«

»Sehr gut. Die Chefin ist eine Viet-Kieu – sie versteht Amerikaner und Vietnamesen. Sie sagt immer: ›Das regeln wir schon.‹ Aber letztlich ist mit Geld alles machbar.«

»Gut.«

Susan erinnerte mich: »Aber vielleicht weist Oberst Mang Sie ja auch aus.«

Vielleicht hatte ich schon ein Bier zu viel getrunken, jedenfalls fragte ich sie: »Und wenn ich gar nicht zu Oberst Mang gehe, um das zu erfahren? Was wäre, wenn ich einfach ins Hinterland reisen würde? Könnte ich das tun?«

Sie sah mir in die Augen und sagte: »Selbst wenn es Ihnen gelingen würde, im Land herumzureisen, ohne dass jemand nach Ihrem Pass oder Visum fragt, kommen Sie ohne Ihre Papiere nie im Leben aus diesem Land heraus. Das ist Ihnen doch wohl klar.«

Ich entgegnete: »Ich dachte daran, gleich morgen früh zum Konsulat zu gehen und mir einen neuen Pass ausstellen zu lassen.«

Sie schüttelte den Kopf und sagte: »Die sind noch keine offizielle Delegation und dürfen keine Pässe ausstellen. So weit wird es frühestens in einem halben Jahr sein. Sie kommen also nicht weit, wenn Sie keinen Pass und kein Visum haben und nicht mal Fotokopien davon.«

Ich entgegnete: »Wenn ich zur amerikanischen Botschaft in Hanoi gehe, ist das deren Problem.«

»Bitte, Paul, vergrößern Sie das Problem nicht. Gehen Sie morgen zu Oberst Mang.«

»Also gut. Erzählen Sie mir von der Ausländerpolizei. Was sind das für Idioten?«

»Tja, die kümmern sich um die Ausländer. Die Polizei in diesem Land wurde vom KGB aufgebaut, als die Russen hier waren, und zwar nach KGB-Prinzipien. Es gibt sechs Abteilungen, von A bis F. Abteilung A ist die Sicherheitspolizei – wie unsere CIA. Abteilung B ist die nationale Polizei – wie unser FBI, und Abteilung C ist die Ausländerpolizei. Die Abteilungen D, E und F sind die städtische Polizei, die Landpolizei und die Grenz- und Hafenpolizei.« Sie fügte hinzu: »Die Ausländerpolizei kümmert sich normalerweise nur um Pass- und Visavergehen und deshalb würde ich mir deswegen keine allzu großen Sorgen machen.«

»Klar.« Aber möglichweise war Oberst Mang ein A- oder B-Typ in C-Klamotten. So was war ein alter Trick. Ich fand auch, dass Miss Weber ziemlich gut über die vietnamesische Bullerei Bescheid wusste, aber vielleicht kannten sich die hier lebenden Ausländer eben einfach damit aus.

Es ging auf elf Uhr zu und ich sagte: »Ich glaube, ich gehe mal ins Bett. Ich muss morgen früh raus.«

Ich verlangte die Rechnung, aber Susan bestand darauf, sie mit ihrer Firmenkreditkarte zu begleichen, und dagegen hatte ich nichts.

Sie schrieb etwas auf ihre Quittung und sagte dann: »Paul Brenner, Firma unbekannt – Gespräch über Investition in Fischkonservenfabriken, über gefährliche Einsätze und das Leben als solches.« Sie lächelte und steckte die Quittung in ihre Handtasche.

Wir standen auf und gingen hinaus auf die Straße. Ich sagte: »Ich bringe Sie noch nach Hause.«

»Danke. Fast auf dem Weg dorthin ist noch ein letzter Laden, den ich Ihnen zeigen möchte. Das ist nur zwei Ecken von hier. Wir nehmen noch einen Schlummertrunk und um Mitternacht sind Sie in Ihrem Hotel.«

Berühmte letzte Worte. Ich sagte: »Na gut.«

»Es sei denn, Sie wollen lieber in die Monkey Bar.«

»Noch lieber trinke ich mit Ihnen einen Schlummertrunk.«

»Treffliche Entscheidung.«

Wir gingen ein paar Ecken weiter in eine stille Straße, die nicht besonders gut beleuchtet war. Am Ende der Straße stand ein großes, erleuchtetes Gebäude, auf dessen Namensschild *Apocalypse Now* stand. Ich dachte schon, ich sähe Gespenster, doch dann sagte Susan: »Das wollte ich Ihnen zeigen. Haben Sie schon von diesem Laden gehört?«

»Ich habe den Film gesehen. Na, eigentlich habe ich den Film *erlebt.*«

»Tatsächlich? Ich dachte, Sie wären Koch gewesen.«

»Dann war ich wohl doch kein Koch.«

»Das habe ich auch nicht geglaubt.«

»Oberst Mang auch nicht«, sagte ich.

»Das haben Sie ihm erzählt?«

»Es hörte sich besser an als Infantrist. Dann wäre er vielleicht auf die Idee gekommen, ich hätte irgendwelche Verwandten von ihm umgebracht.«

»Haben Sie jemanden umgebracht?«

Darauf antwortete ich nicht, sondern sagte vielmehr: »Die Einheit, die in diesem Film dargestellt wird, war die 1. Cavalry Division. Meine Division.«

»Echt? Ich habe den Film gesehen. Hubschrauber, Raketen, Maschinengewehre, der Walkürenritt – völlig irreal. Da waren Sie dabei?«

»Ja. An den Walkürenritt kann ich mich zwar nicht erinnern, aber manchmal haben die Hubschrauber über Lautsprecher Kavalleriesignale gespielt.«

»Abgefahren.«

»Tja, da muss man wohl dabei gewesen sein.«

Wir standen vor der Eingangstür eines langen, flachen, gelben Gebäudes, vor dem etwa zwanzig Cyclofahrer rumlungerten und rauchten.

Ich fragte Susan: »Kommen Sie öfter hierher?«

Sie lachte. »Nein, eigentlich nicht. Nur wenn ich Besuch von außerhalb habe. Mit meinen Eltern war ich hier. Sie haben sich gegruselt und amüsiert.«

Ein Weißer machte uns die Tür auf und wir betraten das Apocalypse Now.

Zuerst sah ich nur eine Rauchwolke, als hätte jemand ein Dutzend Rauchgranaten gezündet, um im Dschungel einen Landeplatz zu markieren. Aber es war nur Zigarettenqualm.

Der ganze Laden war am Abtanzen und eine vierköpfige Vietnamesenband spielte Jimi Hendrix. Auf der linken Seite sah ich einen Sandsackwall und Stacheldraht – Feuerstellungsromantik als letzter Schrei. Ein großes Plakat des Films hing an der Wand und Susan sagte, es sei von Martin Sheen signiert, ob ich mir das ansehen wollte. Ich wollte nicht.

Die Deckenventilatoren bestanden aus Rotorblättern von Helikoptern und auf den Lampenschirmen waren rote Farbspritzer, die wohl wie Blut aussehen sollten.

Wir gingen zu einem langen Tresen an der Rückwand, an dem sich hauptsächlich Typen mittleren Alters drängten, schwarze und weiße, die eindeutig nach ehemaligen Militärs aussahen. Es war ein Déjà-vu-Erlebnis: Amerikaner wieder auf Frauenjagd in Saigon.

Von dem amerikanischen Barkeeper bekam ich zwei Flaschen San Miguel und er fragte mich: »Wo bist du her, Kumpel?«

»Australien.«

»Du hörst dich aber wie ein Yankee an.«

»Ich versuche mich anzupassen.« Susan und ich drängelten uns an den Tresen und nuckelten an den Bierflaschen. Der ganze Laden war mit Zigarren- und Zigarettenqualm völlig zugeräuchert, aber Susan steckte sich noch eine an und raunte mir zu: »Na, GI, du einsam heute Abend?«

»Ich bin mit einer Frau hier.«

»Ach ja? Wo ist sie denn hin? Sie mit General gegangen. Sie wie ein Schmetterling. Ich bei dir bleiben. Wir machen es uns schön. Ich tolles Mädchen. Werde dich sehr glücklich machen.«

Ich wusste nicht, ob ich amüsiert oder genervt sein sollte. Ich fragte: »Was macht denn ein Mädchen wie du in so einem netten Laden wie dem hier?«

Sie lächelte und sagte: »Brauche Geld für Harvard.«

Ich wechselte das Thema und sagte: »Das ist hier das Gegenteil von Cong World.«

»Das ist die Fronturlaubswelt. Finden Sie das widerlich?«

»Ich finde alles widerlich, was den Krieg trivialisiert.«

»Wollen Sie gehen?«

»Trinken wir noch unser Bier aus.« Ich fragte: »Wann geht denn hier das Schießen los?«

Es war gar nicht so einfach zu gehen. Neben uns standen vier Ehepaare, alle mittleren Alters, und die verwickelten uns in ein Gespräch. Die Männer waren früher alle bei der US Air Force gewesen und hatten ihre Frauen mitgebracht, um den Damen zu zeigen, wo sie gedient hatten und so. Es waren ganz nette Leute und wir tratschten ein wenig. Sie waren alle im Norden stationiert gewesen, auf den Luftwaffenstützpunkten Da Nang, Chu Lai und Hué-Phu Bai, und hatten Ziele am Rande der entmilitarisierten Zone bombardiert, wohin sie nun auch unterwegs waren. Ohne mich erst zu fragen, ob ich Veteran sei, erkundigten sie sich nach meiner Dienstzeit. Ich sagte: »1. Cav., Quang Tri, 68.«

»Echt wahr?«, fragte einer. »Für euch haben wir 'ne Menge Ziele in Schutt und Asche gebombt.«

»Ich weiß.«

»Fahren Sie landeinwärts?«

»Ich dachte, da wären wir schon«, sagte ich.

Da kicherten sie alle und einer der Männer meinte: »Ist das jetzt hier irreal, oder was?«

»Ja, es ist irreal«, stimmte ich zu.

Die Frauen waren aus irgendeinem Grund an diesen Kriegsdingen anscheinend nicht übermäßig interessiert, aber als sie erfuhren, dass Susan in Saigon lebte, stürzten sie sich auf sie und die fünf Damen plauderten über Einkaufsmöglichkeiten und Restaurants, während die fünf Herren, ich eingeschlossen, Kriegsgeschichten erzählten, bis wir bis zu den Knien in Patronenhülsen und Übertreibungen standen. Das Leben eines Infantristen faszinierte sie anscheinend und sie wollten alle blutigen Einzelheiten erfahren.

Ich tat ihnen den Gefallen, zum einen, weil sie mir noch ein Bier ausgaben, vor allem aber, weil es zu ihrem – und wohl auch meinem Nostalgietrip gehörte. Zu Hause mache ich so was nie, aber hier in diesem Laden und etwas angetütert schien es in Ordnung, darüber zu reden.

Sie erzählten mir, wie sie Boden-Luft-Raketen und Flakfeuer ausgewichen waren und in der entmilitarisierten Zone alles, was sich regte, platt gemacht hatten. All das demonstrierten sie gestenreich mit leeren Bierflaschen und mir wurde klar, dass diese Kerle ihre Storys von sämtlichen ethisch-moralischen Erwägungen befreit hatten und im Luftkampf weiter nichts sahen als eine Abfolge technischer und logistischer Probleme, die bewältigt werden mussten. Ich ertappte mich dabei, dass ich mich selbst in diese Geschichten vom Bombardieren und Beschießen verwickelte, und das war schon unheimlich. Es braucht nicht viel, um alte Kriegerherzen zu bewegen – meines eingeschlossen. Es war wieder 1968.

Es wurde zwölf und wurde später. Die Band spielte jetzt die Doors und so allmählich entglitten mir die Realität und die zeitliche Abfolge.

Hin und wieder, wenn die Band ein paar Minuten lang Pause machte, dröhnte ein Kavalleriesignal aus einem Lautsprecher, gefolgt von Wagners Walkürenritt.

Als Themenbar rangierte das hier gleichauf mit Planet Hollywood.

Irgendwann kamen wir im Gespräch auf Orte, die wir besuchen wollten und bereits besucht hatten. Ich sagte zu ihnen: »Ihr müsst unbedingt rausfahren und euch die Cu-Chi-Tunnel ansehen.«

»Ja? Was gibt's denn da zu sehen?«

»Richtig große Tunnel, so groß wie Eisenbahntunnel, wo die Vietcong Lazaretträume, Schlafsäle, Lager und Küchen drin hatten. Man fährt da mit Golfwagen mit Elektroantrieb rein. Es ist eine tolle Tour und in einem der Speisesäle kann man Mittag essen und Cocktails trinken. Ich glaube, für die Damen gibt es da auch Seidengeschäfte. Das wird euren Frauen gefallen.« Wieso erzählte ich so was?

Die Typen sagten, sie würden es sich merken.

Die vier Flieger kamen zu der verspäteten Einsicht, dass meine 1. Cavalry Division und die 1. Cavalry Division in dem Film und der Themenbar hier ein und dieselbe waren, und das verlangte nach einer weiteren Runde Bier und noch mehr Kriegsgeschichten.

Uns ging allmählich die Munition aus und einer der Männer fragte mich: »Wer ist denn die Dame?«

»Welche Dame?«

»Die du dabeihast.«

»Ah ... die habe ich gestern Abend kennen gelernt. Sie wohnt hier.«

»Ja, das hat sie schon erzählt. Sie sieht wirklich gut aus.«

Bei dieser Bemerkung weiß ich nie, was ich erwidern soll, und diesmal sagte ich: »Eure Frauen sind aber auch sehr attraktiv.«

Sie pflichteten alle bei, dass ihre Frauen ganz wunderbar wären und eine Engelsgeduld hätten, dass sie es mit ihnen aushielten. Ich stimmte dem ebenfalls zu, aber sie wollten wieder auf Susan zu sprechen kommen. Einer der Typen fragte mich: »Hast du mit ihr schon alles klar gemacht?«

»Wir verhandeln noch.«

Da brüllten sie alle vor Lachen und das führte dann dazu, dass sie auf das Thema Nutten kamen. Für dieses Gespräch rückten wir ein wenig enger zusammen und einer der Jungs sagte: »Wir versuchen es so zu drehen, dass sie alleine shoppen gehen.«

»Die Nutten?«

»Nein. Unsere Frauen. Wir brauchen nur ein paar Stunden, aber sie wollen nicht alleine losgehen. Diese Stadt macht ihnen Angst.«

»Dann engagiert doch über das Hotel eine Fremdenführerin, die Englisch spricht.«

»Ja, das habe ich auch schon vorgeschlagen. Siehst du, Phil? Er sieht das auch so. Wir besorgen ihnen eine Führerin und dann können wir alleine losziehen.«

Ich empfahl die Monkey Bar. »Randvoll mit Nutten. Für die Prostituierten dürft ihr höchstens fünf Dollar ausgeben und für ein paar Dollar mehr sind auch die Barmädchen und Kellnerinnen zu haben. Und abends geht ihr dann mit euren Frauen im Maxim's essen.«

Das wurde gleich an Ort und Stelle durch fröhliches Abklatschen abgemacht. Ich dachte, dass Bodensoldaten schon schlimm waren, Flieger aber noch schlimmer. Mir fiel ein alter Armywitz ein und ich erzählte ihn. Ich fragte: »Was ist der Unterschied zwischen einem Luftwaffenpiloten und einem Schwein?«

»Na?«

»Ein Schwein würde nicht die ganze Nacht lang aufbleiben, um einen Piloten zu ficken.«

Sie brüllten vor Lachen. Immer wieder ein Bringer. Amüsierten wir uns oder doch?

Es wurde eins und es wurde später. Ich musste mal pissen und entschuldigte mich.

Ich fand die Herrentoilette an einem Durchgang, der zu einem weiteren überfüllten Raum nach hinten raus führte. Als ich von der Toilette kam, wartete Susan schon auf mich. Sie sagte: »Hinten raus gibt es einen Garten. Da ist es ruhig und ich brauche etwas frische Luft.«

»Wieso gehen wir nicht?«

»Wir gehen ja. Ich will mich nur mal kurz hinsetzen.«

Susan führte mich in einen eingefriedeten Garten, in dem kleine Cafétische standen, auf denen Kerzen brannten. Überall hingen Papierlaternen und es war ruhig hier, die Luft angenehmer.

Wir setzten uns an einen freien Tisch. Um uns her saßen Pärchen, die Händchen hielten. Vermutlich war das hier so was wie die Post-Apokalypse, wohin man kam, wenn man gestorben war oder so.

Mir fiel auch auf, dass es nach Räucherstäbchen und Cannabis roch. Und tatsächlich sah ich an den Tischen kleine glühende Leuchtkäfer herumtanzen, während die Joints weitergereicht, daran gezogen und wieder weitergereicht wurden. Mit einem Mal hatte ich Lust auf einen Joint, was mir seit zwanzig Jahren nicht mehr so gegangen war.

Susan sagte: »Es sah aus, als hätten Sie sich gut amüsiert.«

»Nette Kerle.«

»Die Frauen sind auch nett. Sie wollten wissen, ob wir beide ein Paar sind.«

»Reden Frauen immer nur über das eine? Sex, Sex, Sex.«

»Wir haben uns nicht über Sex unterhalten. Wir haben uns über Männer unterhalten.«

»Das ist das Gleiche.«

»Möchten Sie einen Tee?«

»Was für einen Tee?«

»Normalen Tee. Den anderen Tee müsste man schon selber mitbringen.«

Sie rief eine Kellnerin herbei und bestellte Tee.

Wir saßen in dem dunklen Garten und schwiegen. Eine Teekanne und zwei kleine Teetassen kamen und ich schenkte ein. Dabei mag ich gar keinen Tee.

Eine Zeit lang nippten wir an dem heißen, nicht aromatisierten Tee. Ich atmete den Dampf tief ein und meine Lunge fing wieder an zu arbeiten.

Schließlich sagte Susan: »Wissen Sie, was mich glücklich machen würde?«

»Was?«

»Wenn Sie morgen nach Hause fahren würden.«

Aus irgendeinem Grund sagte ich: »Und mich würde es glücklich machen, wenn *Sie* nach Hause fahren würden.«

Das war ein doch recht intimer Wortwechsel für zwei Menschen, die noch nicht intim miteinander geworden waren. Ich sagte: »Sie müssen hier weg, ehe Ihnen hier noch etwas zustößt ... geistig, meine ich.« Ich hörte mich sagen: »Sie machen sich Sorgen um mich, aber ich mache mir auch Sorgen um Sie.«

Sie starrte lange in das flackernde Kerzenlicht und ich sah Tränen über ihre Wangen laufen und das überraschte mich.

Wir waren beide ein wenig betrunken und mit der Realität oder gar mit Vernunft hatte das hier nichts zu tun. Mit diesem Gedanken im Hinterkopf sagte ich leise: »Als ich damals hier war ... kursierte bei der Truppe eine Geschichte ... die Geschichte von Gordons Königreich. Gordon war angeblich ein Colonel der Special Forces, der in den Dschungel ging, um einen Stamm der Montagnards für den Kampf gegen die Vietcong auszubilden, aber dann drehte Gordon durch, ließ sich dort nieder und wurde so richtig wirr im Kopf ... Sie kennen ja die Geschichte. Es war eine Abwandlung von Conrads ›Herz der Finsternis‹ und irgendwie war diese Geschichte nach Vietnam verlagert worden ... diese apokalyptische Geschichte, die sie dann verfilmt haben ... Aber ob sie nun apokalyptisch war oder nicht – es war eine Warnung ... eine Angst, die wir alle empfanden, dass wir aufhören würden, nach Hause zu wollen, dass wir richtig wirr im Kopf werden würden und nicht mehr nach Hause *könnten* ... Susan?«

Sie nickte und ihr liefen weiter Tränen übers Gesicht.

Ich gab ihr mein Taschentuch und wir saßen da und lauschten den Nachtinsekten und der gedämpften sexy Stimme von Janis Joplin aus der Bar, die immer mal wieder vom Walkürenritt unterbrochen wurde. Ich hatte nicht die leiseste Ahnung, weshalb sie weinte.

Ich hielt ihre Hand und so saßen wir dort noch eine Weile.

Schließlich atmete sie tief durch und sagte: »'tschuldigung.« Sie stand auf. »Zeit, dass wir gehen.«

Wir verließen das Apocalypse Now und gingen hinaus auf die Straße. Wir setzten uns in ein Taxi und ich sagte zum Fahrer: »Dong Khoi.«

Susan schüttelte den Kopf. »Wir müssen zum Rex.« Sie sagte etwas zum Fahrer und er fuhr los.

Als das Taxi dann durch die Straßen kurvte, sagte Susan: »Ich werde immer weinerlich, wenn ich zu viel trinke. Jetzt geht es wieder.«

Ich sagte: »Sie haben bestimmt irisches Blut. Meine ganze Familie und alle meine Bostoner Freunde besaufen sich immer, singen *Danny Boy* und weinen dann.«

Sie lachte und schnäuzte sich in mein Taschentuch.

Ein paar Minuten später fuhren wie bei meinem Hotel vor. Wir stiegen beide aus und sie sagte: »Fragen wir nach der Nachricht und ob sonst noch irgendwas gekommen ist.«

»Das geht schon. Ich rufe Sie zu Hause an, wenn es irgendwas Neues gibt.«

»Fragen wir nach.«

Also betraten wir das Hotel und gingen an den Empfang. Ich bekam meinen Zimmerschlüssel und einen Umschlag. Die Nachricht darin lautete in kaum lesbarem Englisch: *Sie kommen 0800 Montag zu Oberst Mang in Präsidium Ausländerpolizei. Sie bringen alle Reisedokumente und Reiseroute mit.*

Anscheinend würde ich meinen Pass und mein Visum im Austausch für eine Reiseroute wiederkriegen. So hätte ich das gemacht, wenn ich Oberst Mang gewesen wäre. Ich hatte seine Neugier erregt und war ihm auch auf den Zeiger gegangen. Er wollte mich wieder sehen.

Susan betrachtete die Nachricht, wurde dann wieder geschäftsmäßig und sagte: »Wir treffen uns hier morgen früh, wenn Sie von Ihrem Termin zurückkommen. Ich schlage vor, dass Sie packen und auschecken, bevor Sie zu Oberst Mang gehen, und das Hotel dann Ihr Gepäck im Foyer aufbewahrt. Es kann gut sein, dass Ihnen nicht viel Zeit bleibt. Ich bringe die Tickets mit oder lasse sie hier abgeben. Und Sie bringe ich zum Bahnhof oder Busbahnhof oder wo immer Sie hin müssen. Auf jeden Fall bin ich um neun hier und warte dann auf Sie.«

»Wenn ich um zwölf noch nicht wieder da bin, warten Sie nicht mehr. Hinterlegen Sie die Tickets dann hier und kontaktieren Sie meine Firma.«

Sie nahm ihr Handy aus der Handtasche und gab es mir. Sie sagte: »Ich rufe Sie morgen früh von zu Hause aus an und gebe Ihnen noch ein paar Tipps für Ihren Termin. Und den Hoteltelefonen traue ich nicht.«

Ich fragte: »Und das Telefon in Ihrer Wohnung ist sicher?«

»Das ist auch ein Handy. Ich habe auch einen Festnetzanschluss, aber der ist nur für Ferngespräche.« Sie fügte hinzu: »Rufen Sie mich an, wenn Sie irgendwas brauchen oder sich irgendwas tut.« Sie sah mich an und sagte: »'tschuldigung, dass Sie meinetwegen so lange aufbleiben mussten.«

»Es war ein schöner Tag. Danke.«

Sie lächelte, wir umarmten uns freundschaftlich und küssten einander auf die Wange, dann machte sie kehrt und verließ das Hotel.

Ich blieb noch kurz im Foyer stehen und wartete vermutlich ab, ob sie wiederkommen würde, wie sie es im Dachgartenrestaurant getan hatte. Die Tür ging auf, aber es war nur der Portier, der zu mir sagte: »Lady in Taxi. Okay.«

Ich ging zu den Fahrstühlen.

Kapitel 15

Ich erwachte vor Sonnenaufgang und nahm zwei Aspirin und eine Malariatablette.

Ich hatte beschlossen, mich so anzuziehen wie an dem Tag, an dem ich Oberst Mang zum ersten Mal begegnet war: Khakihose, blauer Blazer und ein blaues Button-down-Hemd. Polizisten sehen Verdächtige gern immer wieder in der gleichen Kleidung – das ist so ein psychologisches Ding und hat damit zu tun, dass Bullen auf Leute, die ihr Äußeres verändern, reflexhaft negativ reagieren. Dieses Outfit würde sich in Oberst Mangs kleines Hirn einbrennen und mit etwas Glück würden wir einander nie wiedersehen.

Ich steckte die Schneekugel in meine Reisetasche, um sie Susan als kleines Dankeschön zu schenken. Als ich mich noch ein letztes Mal im Zimmer umsah, klingelte Susans Handy in meiner Tasche. Ich ging ran und sagte: »Hier bei Weber.«

Sie lachte und sagte: »Guten Morgen. Haben Sie gut geschlafen?«

»Ja, habe ich, wenn ich von der Chay-Long-Rong-Parade unter meinem Fenster mal absehe und davon, dass mir immer noch die Walküren durch den Kopf reiten.«

»Geht mir genauso. Ich bin ein wenig verkatert.« Sie fügte hinzu: »Entschuldigen Sie bitte, dass ich so weinerlich war.«

»Dafür müssen Sie sich nicht entschuldigen.«

Sie kam zum Geschäftlichen. »Also gut, jeder Taxifahrer weiß, wo sich das Präsidium der Ausländerpolizei befindet. Es ist im Ministerium für Öffentliche Sicherheit. Wegen des Berufsverkehrs brauchen Sie etwa eine Viertelstunde dorthin. Lassen Sie den Taxifahrer nicht warten – die stehen nicht gern vor diesem Gebäude.«

»Vielleicht bietet Oberst Mang mir ja auch an, mich zurück zum Rex zu fahren.«

»Das macht er vielleicht wirklich, wenn er Ihr Ticket nach

Nha Trang sehen will. Aber höchstwahrscheinlich weist er Sie nur an, sich bei der Ausländerpolizei in Nha Trang zu melden.«

»Falls er mit zum Rex kommt, sollten Sie verschwinden.«

»Warten wir mal ab, wie es läuft.«

Ich fragte: »Sind Sie froh, dass Sie sich darauf eingelassen haben?«

»Immer noch besser, als zur Arbeit zu gehen. Also gut, ich habe eine E-Mail von meinem Reisebüro bekommen und man kümmert sich um die Reise nach Nha Trang. Geben Sie mein Handy am Empfang ab, dann hole ich es mir, wenn ich komme.«

»Okay.«

»Und was Oberst Mang angeht: Versuchen Sie, ihm nicht auf die Nerven zu gehen. Erzählen Sie ihm, dass Sie die Cu-Chi-Tunnel besichtigt haben und jetzt großen Respekt für den antiimperialistischen Kampf seines Volks empfinden.«

»Der kann mich mal.«

»Wenn Sie ins Ministerium für Öffentliche Sicherheit kommen, gehen Sie zur Abteilung C – das ist die Ausländerpolizei. Halten Sie sich von den Abteilungen A und B fern, sonst sehen wir Sie möglicherweise nie wieder.« Sie kicherte, aber es war ihr ernst damit.

Sie fuhr fort: »Man wird Sie in einen Warteraum führen und dann werden Sie aufgerufen, aber nicht namentlich. Das läuft ganz willkürlich, aber alte Leute haben in Vietnam Vorrang und deshalb wird man Sie als Ersten aufrufen. Dann gehen Sie in einen anderen Raum und dort wird man Sie fragen, was Sie wollen. Der Typ da ist fies. Die meisten Leute sind da, weil sie mit einem abgelaufenen Visum erwischt wurden oder eine Verlängerung ihres Visums brauchen oder eine Arbeits- oder Aufenthaltserlaubnis. Kleinkram.«

Das erklärte nicht, was ich dort sollte, aber darauf ging ich nicht ein.

Sie fuhr fort: »Sie haben einen Termin, also fragen Sie den

fiesen Typen nach Oberst Mang. Oberst heißt *Dai-ta*. Sie fragen also nach Dai-ta Mang. Geben Sie dem fiesen Typen irgendwas, worauf Ihr Name steht.«

»Die haben schon alles, worauf mein Name steht.«

»Geben Sie ihm Ihren Führerschein oder Ihre Hotelrechnung oder irgendwas. Bei diesem Job wird erwartet, dass sie Fremdsprachen beherrschen, aber das tun sie nicht, und sie wollen nicht dumm dastehen. Also machen Sie es ihnen einfach.«

»Waren Sie schon mal da?«

»Dreimal, kurz nach meiner Ankunft hier. Dann hat mir jemand aus meinem Büro geraten, nicht mehr auf die Vorladungen zu reagieren. Das habe ich getan und jetzt kommen sie alle paar Monate in mein Büro oder zu mir nach Hause.«

»Und warum das?«

»Schreibkram, Fragen und ein Trinkgeld. Sie nennen es Trinkgeld, als hätten sie gerade irgendwas für mich getan. Normalerweise dauert es etwa zehn Minuten und dann kostet es zehn Dollar, sie wieder loszuwerden. Aber bieten Sie Oberst Mang kein Geld an. Er ist immerhin Oberst und möglicherweise ein treues Parteimitglied. Man könnte Sie wegen Bestechung festnehmen, was in diesem Land der größte Witz überhaupt ist, denn normalerweise wird man festgenommen, weil man nicht versucht hat zu bestechen.«

»Verstehe.«

»Wenn er aber um Geld *bittet*, dann geben Sie es ihm. Das übliche Lösegeld für einen Pass und ein Visum beträgt fünfzig Dollar. Bitten Sie nicht um eine Quittung.«

Ich dachte darüber nach und auch über mein Gespräch mit Oberst Mang auf dem Flughafen und ich war mir ziemlich sicher, dass Oberst Mang nicht hinter Geld her war.

Sie fuhr fort: »Manche von denen sind nichts weiter als korrupte ehemalige südvietnamesische Polizisten, denen es gelungen ist, unter den Roten ihren Job zu behalten. Aber manche von denen sind aus dem Norden, vom KGB ausgebildet und denken immer noch wie KGBler. Und je höher der Dienstgrad, desto weniger korrupt sind sie. Nehmen Sie sich in Acht vor Oberst Mang.«

»Okay.« Das warf natürlich die Frage auf, wieso ich überhaupt das Glück gehabt hatte, Oberst Mang kennen zu lernen.

Susan fragte: »Ist er so alt, dass er möglicherweise im Krieg gekämpft hat?«

»Er erinnert sich noch recht gut an den Krieg.«

Sie schwieg kurz und sagte dann: »Vielleicht können Sie aus Ihren gemeinsamen Erfahrungen irgendwas Positives machen.«

»Na klar. Schauen Sie, ich gehe da nicht hin, um mich mit dem Typen zu verbrüdern – ich will nur meine Papiere und dann will ich da wieder weg.«

»Sie wollen aber auch nicht, dass er Sie des Landes verweist.«

»Nein, und er hat auch nicht vor, das zu tun. Ich reise heute nicht nach Hause. Entweder fahre ich nach Nha Trang oder ich lande im Knast, also stellen Sie sich darauf ein, dass Sie meiner Firma in jedem Fall etwas faxen.«

»Ich verstehe.«

»Sonst noch was?«

»Nein, das wär's. Bis später.«

»Okay ... Susan, falls wir uns nachher nicht sehen ... Danke.«

»Wir sehen uns nachher. Tschüss.«

Ich legte auf, schaltete das Handy ab und steckte es mir in den Blazer.

Ich nahm mein Gepäck und fuhr damit runter ins Foyer. Ich ging zum Empfang und sah, dass Lan gerade Dienst hatte, die Frau, bei der ich eingecheckt hatte. Ich gab ihr meinen Zimmerschlüssel und sagte: »Ich checke aus.«

Sie spielte an ihrem Computer herum und sagte dann: »Ah, ja. Mr. Brenner. Sie haben bei mir eingecheckt.«

»Ja, das stimmt.«

»Hat es Ihnen bei uns gefallen?«

»Ja, wirklich. Ich habe die Cu-Chi-Tunnel besichtigt.«

Lan verzog das Gesicht und erwiderte nichts. Als die Rechnung ausgedruckt wurde, fragte sie mich: »Können wir Ihnen in irgendeiner Weise bei Ihren weiteren Reiseplänen behilflich sein?«

»Ja, das können Sie. Ich muss jetzt zur Ausländerpolizei, meinen Pass abholen. Sie wissen ja Bescheid.«

Sie nickte, sagte aber nichts.

»Und deshalb lasse ich mein Gepäck hier und mit etwas Glück – *ba ba ba* – bin ich gleich wieder da und hole es ab.«

Sie nickte wieder und gab mir dann meine Rechnung. Sie sagte: »Ihr Zimmer wurde im Voraus bezahlt. Wie möchten Sie die Nebenkosten begleichen?«

Ich überflog meine Rechnung und empfand das Bedürfnis zu erklären, dass ich mir im Massageraum trotz des hohen Rechnungspostens keinen hatte blasen lassen. Stattdessen sagte ich aber: »Das bezahle ich, wenn ich mit meinem Pass und meinem Visum wiederkomme und mein Gepäck abhole.«

Lan überlegte kurz und erwiderte dann: »Wie Sie wünschen.«

Es muss ein hartes Brot sein, in einem totalitären Staat ein Viersternehotel zu betreiben. Ich meine: Gäste verschwinden spurlos, die Polizei durchsucht die Zimmer und schreckt die Zimmermädchen auf und Telefongespräche werden so umfassend abgehört, dass man nicht mal einen Tisch fürs Abendessen reservieren kann, ohne dass man auch einen Bullen am Apparat hat.

Ich reichte Lan Susans Handy und sagte: »Eine junge Dame, eine Amerikanerin, kommt nachher vorbei und holt das ab. Sorgen Sie bitte dafür, dass sie es bekommt.«

»Gern.«

Ich nahm die Schneekugel aus meiner Reisetasche und gab

sie Lan. »Geben Sie ihr bitte auch das hier und sagen Sie ihr, dass ich ihr danke.«

Lan betrachtete die Schneekugel, sagte aber nichts dazu. Für einen Vietnamesen sah der Inhalt möglicherweise aus wie eine Schuttschicht rund um ein teilweise zerstörtes Gebäude.

Lan rief einen Pagen herbei, der mir zwei Quittungen für mein Gepäck gab und von mir einen Dollar bekam. Lan sagte: »Danke, dass Sie bei uns übernachtet haben. Der Portier ruft Ihnen ein Taxi.«

Ich ging nach draußen auf den Gehsteig und ein Taxi fuhr vor. Ich sagte zum Portier: »Sagen Sie dem Fahrer, dass ich zum Polizeipräsidium muss. Ministerium für Öffentliche Sicherheit. Biet?«

Der Portier zögerte kurz und als ich mich dann in das Taxi setzte, sagte er etwas zu dem Fahrer.

Wir fuhren die Le-Loi Straße in westliche Richtung hinunter.

Der Stadtteil, durch den wir fuhren, sah aus, als konzentrierten sich hier sämtliche billigen Absteigen von Saigon und zwischen den billigen Absteigen waren noch billigere Imbisse. Es wimmelte hier von jungen Rucksacktouristen aller Rassen und Hautfarben, Jungs und Mädchen auf großer Abenteuertour; ein ganz anderes Vietnamerlebnis, als ich es damals in diesem Alter gehabt hatte, als ich ebenfalls einen Rucksack getragen hatte.

Das Taxi bog in eine Straße namens Nguyen Trai ein und fuhr weiter. Ich sah auf meine Armbanduhr. Es war fünf vor acht.

Wir hielten in der Nähe eines zweigeschossigen, schmutzig gelben Stuckgebäudes, das von der Straße durch eine Mauer getrennt war. Der Fahrer zeigte auf das Gebäude und ich zahlte und stieg aus. Er brauste davon.

Das Gebäude war groß und gehörte anscheinend zu einer noch größeren Anlage. An einem Flaggenmast vor dem Portal flatterte die rote Fahne mit dem gelben Stern drauf.

Zwei bewaffnete Polizisten standen an dem offenen Tor in der Mauer, sprachen mich aber nicht an, als ich hindurchging. Ich schätze mal, hier versuchte niemand *ein*zubrechen.

Ich ging über den kleinen Hof, betrat das Gebäude und kam in ein karges Foyer.

Vor mir befand sich ein hoher, verzierter Holzschreibtisch, wie eine Richterbank, der ausgesprochen westlich aussah, so als hätten ihn die Franzosen hier zurückgelassen. Dahinter saß ein Uniformierter und ich sagte zu ihm: »Ausländerpolizei.«

Er starrte mich lange an und reichte mir dann einen kleinen grünen Zettel mit dem Buchstaben C drauf. Er zeigte nach links und sagte: »Los.«

Ich ging dorthin und dachte: »Gehen Sie direkt ins Gefängnis. Gehen Sie nicht über Los.«

Ich ging einen breiten Korridor entlang, an den sich beiderseits Büros anschlossen, und durch das Fenster eines offen stehenden Büros sah ich einen großen Innenhof. Das Ministerium für Öffentliche Sicherheit war offensichtlich eine große und wichtige Einrichtung, in der es viel zu tun gab. Ich hatte keinen Zweifel, dass der Innenhof unter den Franzosen, vielleicht auch den Südvietnamesen und nun den Kommunisten für Hinrichtungen genutzt wurde.

Ich kam an ein paar uniformierten Polizisten und an vielen schlecht gekleideten Bürokratentypen mit Aktenkoffern vorbei. Sie beäugten mich alle, aber mit dem kleinen grünen Besucherausweis kam ich am Ende des Korridors zu einer Tür mit der Aufschrift »C«. Auf einem Schild über der Tür stand *Phong quan ly nguoi nuoc ngoia. Nuoc*, das wusste ich, bedeutet »Wasser«, und *Ngoia* heißt – wie ich anhand von Susans Nummernschildern gelernt hatte – »Ausländer«, also war das hier entweder das Ministerium, das ausländisches Wasser importierte, oder der Ort, an dem sich Ausländer aus Übersee zu melden hatten. Auf Letzteres tippend, betrat ich den mittelgroßen Warteraum hinter der Tür. In dem Raum gab es zwei Dutzend Plastikstühle und sonst nichts. Es gab keine Fenster, nur Lüftungsgitter unter der Decke und keine Ventilatoren. Nach den vielen Zigarettenkippen auf dem Kachelboden zu urteilen, gab es hier auch keine Aschenbecher.

Auf vier der Stühle saßen junge Touristen, die ihre Rucksäcke vor sich auf dem Boden abgestellt hatten. Sie plauderten miteinander – drei Jungs und ein Mädchen. Sie sahen zu mir hoch und unterhielten sich dann weiter.

Ich setzte mich. An einer Wand hing ein großes Plakat, auf dem ein Kondom abgebildet war. Das Kondom hatte ein Gesicht, zwei Arme und zwei Beine und trug Schild und Schwert. An dem Schwert baumelte das Wort *AIDS*, und auf dem Kondom stand *OK* geschrieben. Irgendein Scherzbold hatte auf Englisch auf das Kondom geschrieben: *Vietnam bekämpft das Fleischpuppentheater – Volkskunst.*

An einer anderen Wand hing ein Poster, auf dem sich eine Vietnamesin und ein Herr aus dem Westen umarmten, und auf Englisch stand darunter: *AIDS kann tödlich sein.*

An der Wand am anderen Ende des Raums hing ein Poster von Ho Chi Minh, umgeben von glücklichen Bauern und Arbeitern, und daneben stand auf einem Schild: *Not to cause big disturbances and not with radio.* Diese rätselhafte Botschaft wurde in mehreren Sprachen wiederholt und ich hoffte, dass sie wenigstens in einer davon einen Sinn ergab.

Ein paar weitere Menschen kamen herein, größtenteils junge Leute, aber dann betrat auch ein vietnamesisches Paar mittleren Alters den Raum und ich nahm an, dass es Viet-Kieus waren, die ein Visumsproblem hatten.

Die jungen Leute unterhielten sich alle auf Englisch, mit den unterschiedlichsten Akzenten – von Amerikanisch über Australisch bis hin zu mehreren europäisch klingenden. Das Wort »Scheiße« wurde sechsmal unterschiedlich ausgesprochen.

Nach dem, was ich mitbekam, waren die meisten von ihnen wegen einer Visumsverlängerung hier, einige wollten aber auch ihren Pass und ihr Visum abholen, die die Polizei einkassiert hatte. Keiner von ihnen wirkte sonderlich besorgt. Die beiden Vietnamesen jedoch sahen verängstigt aus und wirkten verblüfft über die Rucksacktouristen, die das offensichtlich nicht waren. Interessant.

Es war zehn nach acht und ich beschloss, noch zehn Minuten zu warten, bis ich dann große Störungen verursachen würde – ohne Radio.

Ein paar Minuten später betrat ein Mann in einer Khakiuniform den Raum und schaute sich um. Als er mich sah, forderte er mich mit einer Handbewegung auf, ihm zu folgen. Es hat wirklich was für sich, in einem buddhistischen Land alt zu sein.

Ich folgte dem Typen über den Flur in einen anderen Raum, ein Büro.

Ein uniformierter Offizier saß hinter einem Schreibtisch und rauchte. Er fragte mich: »Wer Sie? Warum Sie hier?«

Das musste der fiese Typ sein. Ich sah ihm in die Augen und sagte langsam und in einfachem Englisch: »Ich …« – ich klopfte mir auf die Brust – »soll zu Dai-ta Mang.« Ich tippte auf meine Armbanduhr. »Termin.« Dann gab ich ihm meine Hotelrechnung. Meinen Führerschein gab ich ihm nicht, weil diese Typen schon genug offizielle Dokumente von mir hatten und ich mir ausmalte, wie ich mich dann irgendwo auf dem Lande nur noch mit dem Monogramm auf meinem Taschentuch ausweisen konnte.

Dem Kerl schien die Rechnung jedenfalls zu reichen. Er betrachtete sie ein paar Sekunden lang. Dann guckte er auf ein Blatt Papier und suchte dort offenbar meinen Namen. Asche von seiner Zigarette fiel auf meine Hotelrechnung. Ich sah mich nach einem Feuerlöscher oder einem Notausgangsschild um.

Schließlich guckte der Fiesling hoch, sagte etwas zu dem Typen, der mich hereingebracht hatte, fuchtelte mit der Hotelrechnung herum, als wäre ich ein Gast, der irgendwas reklamieren wollte, gab dem anderen Typen dann die Rechnung und der forderte mich mit einer Handbewegung auf, ihm zu folgen. Und wir beschweren uns über unhöfliche Staatsbedienstete.

Ich folgte dem Typen also den langen, geraden Korridor hinunter und fragte mich, ob ich mich verständlich gemacht hatte, oder ob sie nun glaubten, ich wäre der Geldeintreiber des Rex und würde hier einen Zechpreller namens Mang suchen. Ich hatte mir noch gar nicht klar gemacht, wie nützlich es war, Susan dabeizuhaben.

Dann blieb der Typ jedenfalls stehen und klopfte an die Tür mit der Nummer sechs. Der Typ öffnete die Tür, wies mich aber mit einer Handbewegung an, stehen zu bleiben. Er ging hinein, dann hörte ich einen Wortwechsel und schließlich kam er wieder raus und zeigte nach drinnen.

Ich betrat einen kleinen, fensterlosen Raum. An einem hölzernen Schreibtisch saß Oberst Mang und auf dem Tisch befanden sich die Hotelrechnung, eine Zeitung, sein Aktenkoffer, eine Teekanne samt Tasse und ein Aschenbecher, der von Kippen überquoll. Es war offensichtlich nicht sein Büro, das sich vermutlich in der Abteilung A befand; das hier war ein Verhörraum.

Oberst Mang sagte: »Setzen.«

Ich setzte mich ihm gegenüber auf einen Holzstuhl.

Oberst Mang guckte so unfreundlich, wie ich es vom Flughafen her in Erinnerung hatte. Mit seinen schmalen Augen, den hohen Wangenknochen, den schmalen Lippen, der straff gespannten Haut und dem höhnischen Gesichtsausdruck sah er aus wie schon sechsmal geliftet. Seine Stimme ging mir immer noch gegen den Strich.

Oberst Mang tat, als betrachtete er die Papiere auf seinem Schreibtisch, sah dann zu mir hoch und sagte: »Sie haben mir also Ihre Reiseroute mitgebracht.«

»Ja, das habe ich. Und Sie haben meinen Pass mitgebracht und mein Visum, das Sie sich aus dem Hotel geholt haben?«

Oberst Mang sah mich lange an und sagte dann: »Ihre Reiseroute.«

Ich erwiderte: »Ich reise heute nach Nha Trang. Da bleibe ich vier oder fünf Tage lang, dann fahre ich nach Hué.«

»Ach ja? Und wie reisen Sie nach Nha Trang?«

»Ich habe ein Reisebüro beauftragt, das zu arrangieren. Das Ticket wird im Rex abgegeben.«

»Dann haben Sie also keinen Fahrschein, den Sie mir zeigen können?«

»Nein.«

»Dann fahren Sie möglicherweise mit dem Auto.«

»Möglicherweise.«

»In diesem Fall müssten Sie sich an Vidotour wenden, die staatliche Reiseagentur. Das ist in Vietnam die einzig gestattete Möglichkeit, mit einem Auto und Chauffeur zu reisen. Sie dürfen keine Privatwagen mieten und keine Privatfahrer engagieren.«

»Ich bin mir sicher, dass das Reisebüro das weiß.«

»Das tun sie, aber sie halten sich nicht immer an diese Vorschrift. Wenn Sie mit dem Auto reisen, müssen Sie bei Vidotour buchen und Vidotour auffordern, hier anzurufen und den Namen Ihres Fahrers und das Kennzeichen des Autos anzugeben.«

»Klingt sehr vernünftig.« Die gute Nachricht war anscheinend, dass ich nach Nha Trang reisen durfte. Die schlechte Nachricht war, dass ich nach Nha Trang reisen durfte.

Oberst Mang fragte mich: »Wie heißt denn das Reisebüro?«

»Das weiß ich nicht.«

»Wieso wissen Sie das nicht?«

»Ich habe einen Bekannten von mir hier in Ho-Chi-Minh-Stadt, einen Amerikaner, gebeten, mir dabei behilflich zu sein.«

»Ach ja? Und wer ist dieser amerikanische Bekannte?«

»Bill Stanley. Bank of America.«

Oberst Mang zögerte kurz und notierte sich das. Bill Stanley hatte jetzt etwas mit Sheila O'Connor gemein, die ich in einem anderen Leben an Pater Bennett verpfiffen hatte. Manchmal muss man halt jemanden verpfeifen, aber man sollte nie seine Freunde verpfeifen. Suchen Sie sich, wann immer möglich, einen Ivy-League-Absolventen dafür aus.

Oberst Mang fragte: »Woher kennen Sie diesen Mann?«

»Wir waren zusammen in Princeton. Auf dem College.«

»Aha ... und er arbeitet bei der Bank of America, sagen Sie?«

Aus irgendeinem Grund bekam ich bei der Sache jetzt ein mulmiges Gefühl.

Ich erwiderte: »Ja, ich glaube, das hat er gesagt.«

Oberst Mang nickte und sagte dann: »Teilen Sie Ihrem Reisebüro mit, dass die noch heute Vormittag hier anrufen und nach mir fragen sollen.«

»Warum das?«

»Sie stellen zu viele Fragen, Mr. Brenner.«

»*Sie* stellen zu viele Fragen, Oberst Mang.«

Das ging ihm gegen den Strich, aber er blieb ganz ruhig. Er sah mich an und sagte: »Ihr Verhalten wirft nun einmal Fragen auf.«

»Ich war immer vollkommen aufrichtig und kooperativ Ihnen gegenüber.«

»Das muss sich erst noch zeigen.«

Ich entgegnete nichts.

Er sagte noch einmal: »Sagen Sie Ihrem Reisebüro, dass die mich anrufen sollen. Wo übernachten Sie in Nha Trang?«

»Ich habe noch nichts gebucht.«

»Sie müssen doch eine Adresse haben.«

»Die habe ich, wenn ich dort bin.«

»Weshalb reisen Sie nach Nha Trang?«

»Das wurde mir als der schönste Badeort in ganz Südostasien empfohlen.«

Das schien dem kleinen Scheißer zu gefallen. »Das ist es

auch. Aber nur zum Baden sind Sie doch nicht so weit gereist.«

»Ich war 1968 schon mal da.«

»Ah ja, dort haben die Frontsoldaten immer Urlaub gemacht.«

Ich erwiderte nichts.

Die ganze Zeit über rauchte der Typ Kette. Die Luft war zum Schneiden dick und es war schwül und stank nach Schweiß – aber das kam möglicherweise von mir.

Oberst Mang machte sich noch eine Notiz und sagte dann: »Wenn Sie in Nha Trang ankommen, werden Sie sich bei der dortigen Ausländerpolizei melden und dort Ihre Adresse angeben. Falls Sie keine Unterkunft finden, teilen Sie das ebenfalls mit.« Er sah mich an und sagte: »Dann sorgen die dafür, dass Sie einen Platz zum Schlafen bekommen.«

Erst dachte ich, er meinte damit eine Gefängniszelle, aber dann fuhr er fort: »Die haben einigen Einfluss auf die Hotels.« Er lächelte.

»Das glaube ich gern. Ich danke Ihnen für Ihre Unterstützung, Oberst Mang, und jetzt will ich Sie nicht länger aufhalten.«

Er schenkte mir einen fiesen Blick und teilte mir mit: »*Ich* werde *Sie* aber noch länger aufhalten, Mr. Brenner.« Er trank einen Schluck Tee und fragte dann: »Wie werden Sie von Nha Trang nach Hué reisen?«

»So wie es eben halt geht.«

»Sie müssen der Ausländerpolizei in Nha Trang mitteilen, mit welchem Verkehrsmittel Sie reisen.«

»Können die mir auch dabei behilflich sein?«

Den Sarkasmus der Frage bekam er anscheinend nicht mit. Er sagte: »Nein.« Er sah mich an und stellte dann die alles entscheidende Frage: »Zwischen Ihrer Abreise aus Hué und Ihrer Ankunft im Metropole in Hanoi liegen fünf Tage. Was werden Sie in dieser Zeit tun?«

Tja, ich musste in geheimer Mission nach Tam Ki, wäre

aber viel lieber nach Washington gereist und hätte Karl den Hals umgedreht.

»Mr. Brenner?«

»Ich werde mit dem Zug oder Bus an der Küste entlang reisen – bis nach Hanoi.«

»Ab Sonntag verkehren vier Tage lang keine Züge mehr. Und die Busse sind für Westler ungeeignet.«

»Tatsächlich? Tja, dann miete ich halt ein Auto mit Chauffeur. Selbstverständlich bei Vidotour.«

»Wieso wollen Sie über Land reisen, statt zu fliegen?«

»Ich dachte mir, es wäre ganz lehrreich, wenn ich mir auf dem Weg nach Hanoi mal das frühere Nordvietnam anschaue.«

»Was hoffen Sie dort zu lernen?«

»Ich möchte sehen, wie die Menschen leben. Ihre Sitten und ihren Lebensstil kennen lernen.«

Er ließ sich das einen Moment lang durch den Kopf gehen und teilte mir dann mit: »Das Volk im Norden hat zehn Jahre lang unter den Bomben der Amerikaner und den Geschützen Ihrer Schlachtschiffe gelitten und viele Menschen sind dabei umgekommen. Ich rate Ihnen, die Tunnel von Vinh Moc zu besuchen, in denen die Einwohner dieser Küstenstadt während der Bombardierungen durch die Amerikaner sieben Jahre lang gelebt haben. Möglicherweise sind Ihnen die Menschen dort nicht so freundlich gesonnen wie hier in dem ehemaligen amerikanischen Marionettenstaat.«

Oberst Mang hätte bestimmt einen guten Führer durch Cong World abgegeben. Ich sagte: »Tja, dann würde ich aus dieser Erfahrung gerne etwas lernen.«

Darüber schien er nachzugrübeln. Wäre ich Oberst Mang gewesen, dann hätte ich nicht versucht, Paul Brenner hinsichtlich seiner vagen Reiseplanung zwischen Hué und Hanoi auszuquetschen, denn falls Paul Brenner irgendwas im Schilde führte, würde höchstwahrscheinlich in eben diesem Zeitraum herauskommen, was es war.

Mang sah mich an und sagte: »Wenn Sie die Ihnen gestatteten Verkehrsmittel benutzen, dürfen Sie von Hué nach Hanoi reisen.«

Wir sahen einander in die Augen. Wir wussten, dass wir beide logen, dass sich die Balken bogen.

Oberst Mang notierte sich noch etwas auf seinem Zettel. Ich kann zwar verkehrt herum lesen, aber Vietnamesisch kann ich nicht mal richtig herum lesen. Oberst Mang sagte zu mir: »Und wenn Sie in Hué sind, werden Sie die Orte dort in der Nähe besuchen, in denen Sie stationiert waren. Richtig?«

Ich erwiderte: »Ich habe vor, einen Tagesausflug nach Quang-Tri-Stadt zu machen und mein damaliges Basislager zu besuchen.«

»Tja«, sagte Oberst Mang. »Sie werden enttäuscht sein. Quang-Tri-Stadt gibt es nicht mehr. Da ist nur noch ein Dorf und von den Basen der Amerikaner ist nichts mehr übrig. Das wurde 1972 alles durch amerikanische Bomben komplett zerstört.«

Ich erwiderte nichts.

Er sagte: »Sie werden sich in Hué bei der Ausländerpolizei melden.« Oberst Mang lehnte sich zurück, steckte sich noch eine Zigarette an und starrte mich dann durch den Qualm hindurch an. »Und womit haben Sie nun Ihre Tage in Ho-Chi-Minh-Stadt verbracht?«

Ich wollte ihm nicht schon wieder mit Ortsnamen auf die Nerven gehen und deshalb sagte ich: »In Ho-Chi-Minh- Stadt habe ich viele interessante Sehenswürdigkeiten besucht. Ich habe Ihren Rat befolgt und mir das Museum für amerikanische Kriegsverbrechen angesehen.«

Er wirkte nicht allzu erstaunt darüber und deshalb fragte ich mich, ob man mir gefolgt war.

Ich fuhr fort: »Ich habe Fotos gesehen, die zeigten, was mit südvietnamesischen Soldaten und Montagnards passiert ist, die nach der Kapitulation nicht die Waffen niedergelegt haben. Sie haben teuer dafür bezahlt und dabei hätte man sie, wie Millionen andere, in Umerziehungslager stecken sollen, aus denen sie dann als glücklichere und bessere Bürger der Sozialistischen Republik hervorgegangen wären.«

Oberst Mang schien mir meine Bekehrung und Begeisterung nicht so ganz abzukaufen. Vielleicht übertrieb ich es auch ein wenig, aber jetzt gab es keinen Grund, damit aufzuhören. »An diesem Abend habe ich im Dachgartenrestaurant des Rex gegessen, wo die amerikanischen Generäle getafelt haben, während ihre Truppen auf den Reisfeldern und im Dschungel kämpften und starben.«

Ich sah Oberst Mang wieder in die Augen. Wenn er klug war, wusste er bereits aus meiner Hotelrechnung, wo ich gegessen hatte und dass ich nicht allein gegessen hatte – es sei denn, ich war ein Vielfraß. Aber er sah mich nur unverwandt an.

Ich sagte: »Am Sonntag habe ich den ehemaligen Präsidentenpalast besichtigt, in dem Diem und Thieu wie Gott in Frankreich lebten, während ihre Soldaten und ihr Volk litten und starben.«

Wiederum konnte ich nicht sagen, ob er das bereits wusste oder nicht. Ich beschloss, dass ich dem Polizeistaat hier zu viel Effizienz zutraute. Ich sagte zu Mang: »Ich bin sehr beeindruckt von allem, was ich gesehen und erfahren habe.« Ich führte das noch ein wenig weiter aus, als wäre ich in einem Umerziehungslager und würde auf meine Entlassung hoffen.

Oberst Mang hörte zu, während ich von meinen vielen neu gewonnenen Einsichten berichtete, und nickte immer wieder. Er schien es mir abzukaufen. Hätte ich mir die Ho-Chi-Minh-Sandalen gekauft, dann hätte ich jetzt die Füße auf seinen Schreibtisch gelegt, aber anscheinend brachte ich es auch ohne das überzeugend rüber.

Ich sagte: »Am Sonntag bin ich zu den Cu-Chi-Tunneln hinausgefahren.«

Er beugte sich vor. »Ja? Sie waren bei den Cu-Chi-Tunneln?«

Oberst Mang merkte, dass er sich nicht unergründlich,

sondern aufrichtig überrascht gezeigt hatte. Er fragte: »Wie sind Sie denn nach Cu Chi gekommen?«

»Mit einer Bustour. Es war absolut erstaunlich. Zweihundert Kilometer Tunnel, die direkt unter den Augen der südvietnamesischen und amerikanischen Armee gegraben wurden. Wo in aller Welt haben die den ganzen Aushub versteckt?«

Oberst Mang beantwortete diese rhetorische Frage. »Der Boden wurde von Tausenden loyalen Bauern Eimer für Eimer in Flüsse und Bombenkrater gekippt. Wenn ein Volk zusammenarbeitet, ist alles machbar.«

»Ja, das sehe ich. Tja, es war alles sehr lehrreich und jetzt denke ich auf jeden Fall anders über den Krieg.« Und jetzt nichts wie raus hier.

Oberst Mang schwieg eine Weile und fragte dann: »Warum reisen Sie alleine?«

»Warum? Weil ich niemanden gefunden habe, der mitkommen wollte.«

»Wieso haben Sie sich nicht einer Veteranengruppe angeschlossen? Es gibt Gruppen von Männern, die hier die gleichen Dinge erlebt haben und nun mit organisierten Reisegruppen zurückkehren.«

»Davon habe ich schon gehört, aber ich wollte über Tet hier sein und habe mich ganz kurzfristig dazu entschlossen.«

Er betrachtete wieder mein Visum und sagte: »Der Stempel ist zehn Tage alt.«

»Ja. Ein ganz kurzfristiger Entschluss.«

»Amerikaner planen so was normalerweise Monate im Voraus.«

Das war es offensichtlich, was dem Typen bei der Passkontrolle aufgefallen war. Karl hatte einen Tritt in die Eier verdient. Ich sagte: »Ich bin im Ruhestand. Ich mache, was ich will und wann ich es will.«

»Ja? Und obwohl ihr Pass schon vor mehreren Jahren ausgestellt wurde, enthält er keine Visums-, Ein- oder Ausreisestempel.«

»Ich reise in den USA und Kanada.«

»Aha. Dann ist das also Ihre erste Reise nach Übersee?«

»Seit dieser Pass ausgestellt wurde, ja.«

»Aha.«

Oberst Mang warf mir einen Blick zu, der besagen sollte, dass er angesichts der Ungereimtheiten in meinen Antworten etwas verwirrt war. Er wechselte das Thema und fragte: »Sind Sie verheiratet?«

Ich erwiderte: »Das ist eine persönliche Frage, Oberst Mang.«

»Es gibt keine persönlichen Fragen.«

»Dort, wo ich herkomme, gibt es sie durchaus.«

»Ja? Und dort können Sie sich weigern, die Fragen eines Polizisten zu beantworten?«

»Ja, genau.«

»Und was passiert, wenn Sie sich weigern zu antworten?«

»Nichts.«

Er sagte: »Davon habe ich schon gehört, aber ich glaube das nicht.«

Ich entgegnete: »Tja, dann fahren Sie mal in die USA und lassen Sie sich festnehmen.«

Er fand das nicht witzig. Er spielte mit den Papieren auf seinem Schreibtisch herum, aber ich konnte meinen Pass nicht entdecken. »Sie haben in Ho-Chi-Minh-Stadt viele Prostituierte gesehen, nicht wahr?«

»Könnte sein.«

»Die bedienen die Ausländer. Ein Vietnamese geht nicht zu Prostituierten. Prostitution ist in Vietnam verboten. Sie haben Karaokebars und Massagesalons gesehen. Sie haben gesehen, dass Drogen angeboten werden, und Sie haben in Ho-Chi-Minh-Stadt viel westlich geprägte Dekadenz gesehen. Sie denken, dass die Polizei die Kontrolle verloren hat und die Revolution korrumpiert wurde. Nicht wahr?«

»Ja.«

Er teilte mir mit: »Es gibt zwei Städte, die gleichzeitig am selben Ort bestehen. Saigon und Ho-Chi-Minh-Stadt. Wir lassen Saigon weiterbestehen, weil es im Augenblick nützlich ist. Aber eines Tages wird es Saigon nicht mehr geben.«

»Ich glaube, das sehen die ausländischen Kapitalisten anders, Oberst Mang.«

»Das mag sein. Aber die sind auch nur hier, so lange wir es wollen. Wenn die Zeit gekommen ist, werden wir sie abschütteln, so wie ein Hund seine Flöhe abschüttelt.«

»Da wäre ich mir nicht so sicher.«

Das ging ihm sehr gegen den Strich und er starrte mich lange an. Dann wechselte er das Thema und sagte: »Auf Ihrer Reise, Mr. Brenner, werden Sie die Zerstörungen sehen, die Ihr Militär angerichtet hat und die immer noch nicht behoben sind.«

Ich sagte: »Ich glaube, beide Seiten haben Zerstörungen angerichtet. So was nennt man Krieg.«

»Halten Sie mir keine Vorträge, Mr. Brenner.«

»Beleidigen Sie meine Intelligenz nicht, Oberst Mang. Ich weiß, wie Krieg aussieht.«

Er überhörte das und setzte seinen Vortrag fort: »Sie werden ein Land sehen, das in Frieden lebt und zum ersten Mal seit hundert Jahren vom vietnamesischen Volk regiert wird.«

Der arme Oberst Mang. Er war ein aufrichtiger Patriot und versuchte nun mit den Typen in Hanoi klarzukommen, die das Land an Coca-Cola, Sony und Credit Lyonnaise verscherbelten. Das musste für diesen alten Soldaten, der seine Jugend und seine Familie für die Sache geopfert hatte, wirklich eine bittere Pille sein. Wie die meisten Soldaten und wie auch ich konnte er nicht verstehen, wie die Politiker es fertig brachten, das wegzuschenken, was er mit seinem Blut erkauft hatte. Fast hatte ich Mitleid mit dem Kerl und gern hätte ich zu ihm gesagt: »Ey, Kumpel, sie haben uns alle verarscht. Du und ich und die Gefallenen, die wir kannten – wir wurden alle aufs Kreuz gelegt. Aber nimm's nicht so schwer. Jetzt gilt die neue Weltordnung.« Doch stattdessen sagte ich: »Ich freue mich schon sehr darauf, das neue Vietnam zu sehen.«

»Ja? Und was werden Sie empfinden, wenn Sie Ihre alten Schlachtfelder besuchen?«

Ich erwiderte: »Ich war Koch. Wenn ich aber Kampfsoldat gewesen wäre, wüsste ich das erst, wenn ich wirklich auf dem Schlachtfeld stehe.«

Er nickte. Nach kurzem Schweigen sagte er: »Nach Ihrer Ankunft in Hanoi werden Sie sich auch dort bei der Ausländerpolizei melden.«

»Wieso das? Ich fliege doch schon am nächsten Tag ab.«

»Vielleicht. Vielleicht auch nicht.«

Ich beugte mich zu Oberst Mang vor und sagte: »In Hanoi gehe ich zuallererst zur amerikanischen Botschaft.«

»Ja? Und weshalb?«

»Ich überlasse es Ihnen, das rauszukriegen.«

Oberst Mang dachte darüber nach und fragte dann: »Haben Sie sich hier mit Ihrem Konsulat in Verbindung gesetzt?«

Ich erwiderte: »Über meinen Bekannten hier habe ich melden lassen, dass man mich am Flughafen festgehalten und mir den Pass weggenommen hat, und auch, wann ich in Hanoi ankommen werde.« Ich fügte hinzu: »Mein Bekannter hier hat sich schon mit der amerikanischen Botschaft in Hanoi in Verbindung gesetzt oder wird es bald tun.«

Oberst Mang erwiderte nichts.

Das Thema amerikanische Botschaft gefiel mir und deshalb sagte ich: »Ich finde es sehr gut, dass Washington und Hanoi diplomatische Beziehungen aufgenommen haben.«

»Ja, finden Sie? Ich nicht.«

»Tja, ich sehe das so. Es wird Zeit, die Vergangenheit ruhen zu lassen.«

»Wir haben noch nicht mal alle Toten beigesetzt, Mr. Brenner.«

Ich hätte ihm gern gesagt, dass ich wusste, dass die Kommunisten die südvietnamesischen Militärfriedhöfe mit Bulldozern planiert hatten, aber ich ging ihm ja auch so schon mächtig auf den Wecker und deshalb sagte ich: »Bei wem sollte ich mich denn über Ihr Verhalten beschweren, wenn Amerika keine Diplomaten hier hätte?«

Er lächelte doch tatsächlich und teilte mir dann mit: »Mir hat es viel besser gefallen, wie es nach 1975 war.«

»Das glaube ich gern. Aber wir leben in einer neuen Welt – und in einer neuen Zeit.«

Er überhörte das und fragte: »Haben Sie Ihrem Bekannten, Mr. Stanley, Ihre Reiseroute genannt?«

»Ja, das habe ich.«

Er lächelte. »Gut. Dann können Ihre Botschaft und die Polizei gemeinsam Nachforschungen anstellen, falls Ihnen unterwegs etwas zustoßen sollte und man weder in Nha Trang noch in Hué noch im Metropole in Hanoi von Ihnen hört.«

Ich sagte: »Ich habe nicht vor, mir etwas zustoßen zu lassen, aber wenn mir wirklich etwas zustoßen sollte, weiß meine Botschaft, bei wem sie zuerst Nachforschungen anstellen muss.«

Oberst Mang schien es zu genießen, unterschwellige Drohungen auszutauschen. Ich glaube, in gewisser Hinsicht respektierte er mich. Und mittlerweile vermutete er wohl auch, dass wir beide in der gleichen Branche waren. Und ich war mir ziemlich sicher, dass Oberst Mang weit über einem normalen Ausländerpolizisten rangierte; er hatte sich dieses schäbige Büro in der Abteilung C mit ihren Rucksacktouristen und Kondomplakaten nur geborgt. In Wirklichkeit war Oberst Mang in den Abteilungen A oder B zu Hause. Die Abteilung C sollte den Verdächtigen beruhigen und arglos machen. Und wenn ich der Botschaft oder Karl Bescheid sagte, würden die sich bei der Ausländerpolizei keine so großen Sorgen machen wie bei der Sicherheits- oder der nationalen Polizei.

Und ich dachte auch, dass hier eine gewisse Ironie und

auch Symmetrie im Spiel waren: Ich war kein ehemaliger Koch und auch kein Tourist und Oberst Mang war nicht bei der Ausländerpolizei. Und keinen von uns beiden würde man für den Oscar nominieren.

Ich sagte: »Oberst, ich muss zurück ins Hotel Rex, sonst verpasse ich noch die Fahrt nach Nha Trang. Danke, dass Sie sich die Zeit genommen haben, und danke für Ihre Ratschläge.«

Er tat, als hätte er mich nicht gehört, und betrachtete meine Hotelrechnung. »Ein sehr teures Abendessen. Haben Sie alleine gegessen?«

»Nein, habe ich nicht.«

Er stellte keine weiteren Fragen und forderte auch kein Geld. Er nahm ein billiges Blatt Papier, schrieb etwas drauf, nahm dann einen Gummistempel von seinem Schreibtisch und drückte ihn auf das Blatt. Er sagte: »Das zeigen Sie jedes Mal vor, wenn Sie sich bei der Ausländerpolizei melden.« Er gab mir den abgestempelten Zettel, meine Hotelrechnung, meinen Pass, mein Visum und einen weiteren kleinen Zettel mit einem »C« darauf, der diesmal allerdings gelb war. »Gehen Sie mit diesem Besucherausweis direkt zu dem Eingang, durch den Sie gekommen sind, und geben Sie ihn bei dem Mann dort ab.« Lächelnd fügte er hinzu: »Verlieren Sie diesen Ausweis nicht, Mr. Brenner, denn dann würden Sie dieses Gebäude nie wieder verlassen.«

Oberst Mang hatte durchaus Sinn für Humor, für einen abartigen Humor zwar, aber wenigstens versuchte er es. Ich stand auf und sagte: »Es war ein interessanter Besuch, aber ich will Ihre Gastfreundschaft auch nicht überbeanspruchen.«

Er überhörte das und teilte mir mit: »Falls Sie von Ihrer Reiseroute abweichen, sagen Sie bei der nächstgelegenen Dienststelle der Ausländerpolizei Bescheid. Guten Tag.«

Ich sagte: »Und danke, dass Sie mir mein Souvenir aufs Zimmer gebracht haben.«

»Das wäre dann alles, Mr. Brenner.«

Ich konnte nicht widerstehen und sagte: »Chuc mung nam moi.«

»Gehen Sie, bevor ich es mir anders überlege.«

Tja, das wollten wir ja nun nicht und deshalb ging ich.

Draußen auf dem Flur wartete keine Eskorte auf mich und deshalb ging ich allein den Korridor entlang.

Ich kam zum Eingang und gab dem Typen meinen gelben Ausweis. Er zeigte auf die Eingangstüren und sagte: »Los.«

Ich ging zu den Türen. Das Ministerium für Öffentliche Sicherheit war so was wie eine billige Imitation von Orwells Ministerium für Liebe, aber in diesem Gebäude war die Polizeimacht deutlich spürbar und die jahrzehntelange Einschüchterung, Angst, Blut, Schweiß und Tränen lagen hier förmlich in der Luft.

Ich verließ das Gebäude und ging hinaus in den Sonnenschein. Wie Susan gesagt hatte, waren keine Taxis zu sehen und erst als ich an der nächsten Ecke war, hielt eines neben mir. Ich stieg ein und sagte: »Hotel Rex.«

Wir brausten davon. Ich betrachtete den Zettel, den Oberst Mang mir gegeben hatte. Darauf stand ein langer Satz. Bis auf die Worte *Paul Brenner* war es Vietnamesisch. Ich erkannte nur das Wort *My* – Amerikaner. Oberst Mang hatte mit seinem vollständigen Namen unterschrieben, der Nguyen Qui Mang lautete, und dann noch seinen Dienstgrad hinzugefügt: *dai-ta*. Es wimmelte hier nur so von diesen Nguyens. Der Stempel auf dem Zettel zeigte einen roten Stern und darunter stand unter anderem: *phong quan ly ngoui nuoc ngoai*. Ich steckte mir den Zettel in die Tasche und war ziemlich genervt darüber, dass ich einen Zettel von den Bullen mit mir rumtragen musste.

Es war kurz nach neun und binnen zehn Minuten war ich wieder im Rex.

Ich betrat das Foyer und da war Susan Weber. Sie saß in einem der Tür zugewandten Sessel, trug eine marineblaue

Hose, Wanderschuhe und ein hellbraunes Baumwollhemd, dessen Ärmel sie aufgekrempelt hatte. Als sie mich sah, stand sie auf und kam schnell auf mich zu, als wären wir ein Liebespaar, das sich zu einem Stelldichein traf.

Wir wollten es beide nicht übertreiben und deshalb schüttelten wir einander nur die Hand, ohne Umarmung und Knutscherei. Sie fragte: »Wie ist es gelaufen?«

»Gut. Ich darf mich frei bewegen. Was haben Sie mit dem Ticket erreicht?«

»Ich habe einen Fahrschein für den Zug nach Nha Trang für Sie besorgt.«

»Toll. Sie sind großartig.«

»Aber der Fahrschein ist noch nicht da und der Zug geht um Viertel nach zehn.«

»Wie weit ist es zum Bahnhof?«

»Um diese Tageszeit braucht man dahin etwa zwanzig Minuten. Und was hat Oberst Mang nun gesagt?«

»Dass meine Umerziehung abgeschlossen ist.«

Sie lächelte. »Haben Sie Ihr freches Maul halten können?«

»Ich habe mir alle Mühe gegeben. Er hat gesagt, die Prostituierten, die Karaokebars und auch Sie würden bald der Vergangenheit angehören.« Ich fügte hinzu: »Er hat natürlich nicht namentlich von Ihnen gesprochen.«

»Ach, wissen Sie, da gibt es auch einen Mittelweg.«

»Aber nicht für Oberst Mang. In seinem Kopf ringen die Widersprüche miteinander und ich fürchte, er kriegt bald einen Nervenzusammenbruch. Und wann kommt nun mein Fahrschein?«

»Der kommt jeden Moment. Danke übrigens für die Schneekugel. Ist die für mich?«

»Ja. Aber es ist ja nur eine Kleinigkeit.«

»Es ist die gute Absicht, die zählt.«

»Genau«, sagte ich. »Ich muss hier noch meine Rechnung begleichen.«

»Ist schon erledigt.«

»Das wäre doch nicht nötig gewesen.«

»Möglicherweise doch und jetzt haben Sie noch Zeit, mir von der Massage für zwanzig Dollar zu erzählen.« Sie lächelte.

»Ich habe viel Trinkgeld gegeben.« Ich ließ das Thema fallen und sagte: »Oberst Mang will, dass Ihr Reisebüro sofort bei ihm anruft und Bericht erstattet.« Ich fügte hinzu: »Tut mir Leid, wenn das Scherereien macht. Er hat darauf bestanden.«

»Das ist schon okay. Vidotour meldet alles, die privaten Reisebüros aber nur, wenn sie ausdrücklich dazu aufgefordert werden. Ich rufe da an.«

»Ist Bill auch Kunde bei diesem Reisebüro?«

»Ab und zu. Warum?«

»Weil er für mich bei dem Reisebüro angerufen hat. Ich wollte nicht Ihren Namen nennen.«

»Oh ... tja nun ... das macht nichts. Ich werde ihn anrufen und das klären.«

»Richten Sie ihm meinen Dank dafür aus, dass er mich aus Saigon rausgebracht hat. Das wird ihn freuen.«

Darauf ging sie nicht ein. Sie fragte: »Hat Ihnen Oberst Mang irgendeinen Zettel oder irgendwas Schriftliches gegeben?«

Ich zeigte ihr den Zettel, den Mang mir gegeben hatte, und fragte: »Was steht da?«

Sie las es und gab ihn mir dann wieder. »Da steht: ›Erfassen Sie die Adresse von Paul Brenner, Amerikaner, sein Ankunfts- und Abreisedatum und welche Verkehrsmittel er jeweils nutzt.‹«

Ich nickte. Da stand zwar nicht: »Teilen Sie alles der Sicherheitspolizei mit«, aber das verstand sich von selbst.

Susan sagte: »Früher war es normal, dass sich Westler bei der Ausländerpolizei melden mussten. Neben Pass und Visum brauchte man auch noch eine Reisegenehmigung. Seit ein paar Jahren sind die Reisevorschriften nicht mehr so restriktiv.«

»Für mich aber offenbar immer noch.«

»Sieht so aus. Lassen Sie mich kurz ein paar Anrufe erledigen.« Sie fügte hinzu: »Vielleicht weiß ja jemand Näheres über Oberst Nguyen Qui Mang.«

Sie ging zum Eingang, wo der Empfang besser war, und telefonierte. Eigentlich kann ich es nicht ausstehen, wenn andere Leute wichtige Dinge für mich erledigen, und in meinem Privatleben lasse ich das nie zu, aber wenn ich im Einsatz bin, lautet die Grundregel: Erst kommt der Einsatz, dann kommt Paul Brenner und dann erst kommen alle anderen. Dazu zählte Susan natürlich nicht und wahrscheinlich hätte auch Bill Stanley nicht dazu zählen sollen. Aber es war ja keine große Sache, wenn ich auch merkte, dass Susan ein wenig besorgt oder gar verärgert wirkte.

Susan kam von ihren Telefonaten wieder und sagte: »Es ist alles geklärt.«

»Hat Bill sich gefreut, dass ich Oberst Mang seinen Namen genannt habe?«

»Sie hätten meinen Namen verwenden können.«

»Nein, das konnte ich nicht. Ich will nicht, dass Oberst Mang Sie verhört und dabei Widersprüche zu dem entdeckt, was ich ihm erzählt habe.«

»Und ich dachte, Sie wollten ritterlich sein.«

»Ritterlich? Wie schreibt man das?«

Ich sah, dass ein etwa zwölfjähriger Junge hereinkam. Susan ging zu ihm und sagte etwas. Er gab ihr einen Umschlag, sie gab ihm ein Trinkgeld, sagte dann etwas zu meiner Freundin Lan und winkte mich zum Ausgang.

Jetzt ging alles ganz schnell und Susan und ich waren schon auf dem Gehsteig. Sie sagte: »Das ist mein Taxi. Ihr Gepäck ist schon im Kofferraum. Gehen wir.«

Wir setzten uns in das Taxi, Susan sagte etwas zum Fahrer und dann fuhren wir los.

Ich sagte: »Sie müssen aber nicht mit zum Bahnhof kommen.«

»Es geht alles viel schneller, wenn ich dabei bin, es sei denn, Sie haben in den vergangenen Stunden gelernt, Vietnamesisch zu lesen und zu sprechen.«

»Okay. Danke. Ich nehme das Ticket.«

»Das behalte ich. Ich muss es im Bahnhof vorzeigen. Sie haben noch keinen Sitzplatz, sondern nur eine Wagennummer. Es ist Zweite Klasse und die wird voll besetzt sein mit Vietnamesen, die für fünf Dollar gern aufstehen und Ihnen ihren Platz überlassen werden. Sie können nicht in die Erste Klasse, denn dort sitzen vor allem Westler, und die würden Ihnen was husten. Klar?«

Ich sagte zu Susan: »Wenn Sie wieder in Ihrem Büro sind, müssen Sie meiner Firma per Fax oder E-Mail mitteilen, dass ich nach Nha Trang abgereist bin. Sagen Sie ihnen, dass Oberst Mang will, dass ich mich dort bei der Ausländerpolizei melde, dass ich aber nicht glaube, dass der Einsatz gefährdet ist, wenn ich auch vielleicht überwacht werde. Klar?«

Sie schwieg kurz und sagte dann: »Ich dachte mir, die säßen auf glühenden Kohlen und wollten unbedingt wissen, was bei Ihrem Termin herausgekommen ist, und deshalb habe ich vorhin, als ich telefoniert habe, auch das Konsulat angerufen. Ich habe mich kurz gehalten – für den Fall, dass das Gespräch abgehört wurde. Ich hatte den Typen dran, der über diese Sache Bescheid weiß. Ich glaube, das ist der CIA-Mann hier. Ich habe ihm nur gesagt: ›Er darf frei reisen. Telegrafieren Sie das seiner Firma.‹ Gut so?«

Ich dachte darüber nach und sagte dann: »Ja. Aber mailen oder faxen Sie ihnen noch einen ausführlichen Bericht, wenn Sie wieder in Ihrem Büro sind.«

»Mach ich.«

Der Bahnhof befand sich nördlich der Innenstadt und eine Viertelstunde später hielten wir in der Nähe des Eingangs, inmitten von Dutzenden Taxis und Bussen und Scharen von Menschen.

Susan gab dem Fahrer einen Fünfer und wir stiegen aus,

während er den Kofferraum öffnete. Ich nahm mein Gepäck heraus und sah im Kofferraum einen großen gelben Rucksack liegen. Susan hob ihn heraus, knallte den Kofferraumdeckel zu und schulterte dann den Rucksack. Sie sagte: «Okay, gehen wir.«

»Äh ... Moment mal.«

»Kommen Sie, Paul. Wir verpassen den Zug.«

Wir? Ich folgte ihr in den Bahnhof und zog dann meinen Koffer durch die große Bahnhofshalle. Susan sah auf die Anzeigetafel und sagte: »Gleis 5. Das ist hier lang. Gehen wir.«

Wir eilten durch den nicht überdachten Bereich, in dem es von Reisenden wimmelte, und ich sagte: »Wir können uns auch hier verabschieden.«

Sie entgegnete: »Ich hasse Abschiede.«

»Susan ...«

»Ich fühle mich verpflichtet, Sie nach Nha Trang zu bringen. Von dort an sind Sie auf sich allein gestellt. Okay?«

Ich erwiderte nichts.

Wir kamen zu unserem Bahnsteig und Susan zeigte bei der Frau an der Sperre zwei Fahrscheine vor. Sie wechselten ein paar Worte, Susan gab ihr einen Dollar, dann winkte die Frau uns durch.

Wir hasteten den Bahnsteig entlang und Susan sagte: »Wagen 9. Das ist natürlich am anderen Ende.«

Meine Armbanduhr zeigte 10.12 Uhr an und der Schaffner rief auf Vietnamesisch »Alles einsteigen!«, was ich ganz lustig gefunden hätte, wenn ich besserer Laune gewesen wäre.

Wir kamen zum Wagen 9 und ich wuchtete meinen Koffer hinein, sprang dann auf und zog Susan hinter mir hoch. Wir standen im hinteren Vorraum und ich schnaufte und schwitzte.

Der Schaffner rief noch ein letztes Mal, dann schlossen sich die Türen und der Zug setzte sich in Bewegung. Wir standen da und sahen einander an, während der Zug schneller wurde und aus dem Bahnhof ausfuhr.

Ich fragte: »Wie viel schulde ich Ihnen für den Fahrschein?«

Sie lächelte. »Das regeln wir später.«

Ich sagte: »Damit habe ich wirklich nicht gerechnet.«

»Natürlich haben Sie das. Sie sind doch Geheimagent. Sie haben gesehen, dass ich nicht fürs Büro angezogen bin. Ich hatte die Tickets. Ich hatte schon beim Konsulat angerufen. Ich habe nicht mehr erwähnt, dass ich mitreisen wollte. Ich bin zum Bahnhof mitgekommen. Ich hatte schon ein Taxi mit Ihrem Gepäck im Kofferraum – und meinem auch. Also wann haben Sie's gemerkt?«

»Natürlich sofort.«

»Dann hören Sie auf, so überrascht zu tun.«

»Okay.«

»Wollen Sie, dass ich mitkomme?«

»Ja.«

»Schön. Ich bleibe nur für ein paar Tage in Nha Trang und fahre dann zurück nach Saigon.«

»Haben Sie ein Hotel besorgt?«

»Nein, wir werden uns das Hotel suchen, in dem Sie Ihren Fronturlaub verbracht haben – wenn es das noch gibt.«

Ich schaute in den Waggon und sah, dass er gerammelt voll war mit Menschen, Gepäckstücken, Kisten und so weiter. Es fehlten nur noch Nutztiere. Ich sagte: »Vielleicht bleiben wir besser hier stehen.«

Susan sagte: »Es dauert fünf oder sechs Stunden nach Nha Trang. Wir werden uns zwei Sitzplätze besorgen.«

Der Zug fuhr durch die nördlichen Vororte von Saigon und ich sah einen Düsenjäger, eine MiG, dort landen, wo wohl die Luftwaffenbasis Bien Hoa sein musste, meine ehemalige zweite Heimat.

Ein Schaffner kam in den kleinen Vorraum und Susan sprach mit ihm. Sie gab ihm zwölf Eindollarscheine und er ging. Zu mir sagte sie: »Er regelt das und behält dann den Rest.«

Die Gleise beschrieben jetzt eine Kurve nach Osten, zur Küste hin, und die riesige Stadtlandschaft von Saigon glitt am Zug vorüber. Ich sah Häuser, die nur bessere Hütten waren, und erinnerte mich von 1972 her an sie, als fast eine Million Menschen vom Land in das relativ sichere Saigon geflohen waren.

Susan sagte: »Ich freue mich schon auf den Strand. Haben Sie eine Badehose dabei?«

»Ja. Wenn man eine Badehose dabei hat, wirkt man bei einer Gepäckdurchsuchung wie ein Tourist.«

»Ihr Geheimagenten seid wirklich clever.«

»Ich bin kein Geheimagent.«

»Ach ja, stimmt ja.« Sie lächelte. »Ich habe nicht viel mitgenommen, wie Sie sehen. Nur für ein paar Tage. Ich habe einen Badeanzug dabei. Der Strand soll wunderschön sein.«

»Wird da oben ohne gebadet?«

Sie lächelte. »Woran Sie gleich wieder denken. Nein, das kann man hier nicht machen. Dann rasten sie aus. Aber in Vung Tau gibt es abgelegene Strände, wo die Franzosen FKK betreiben. Aber wenn einen die Bullen dabei erwischen, hat man ein Problem.«

»Sind Sie schon mal erwischt worden?«

»Ich habe hier noch nie oben ohne oder nackt gebadet. Ich würde gerne, aber ich lebe ja hier und kann mich nicht mit Unwissenheit rausreden.« Sie fragte: »Sie haben in Nha Trang also mal Fronturlaub gemacht?«

»Ja. Im Mai 1968. Das Wetter war schön.«

»Ich dachte, zum Fronturlaub wäre man immer ins Ausland geflogen.«

»Leute, die es verdient hatten, haben auch in Vietnam drei Tage Fronturlaub bekommen.«

»Aha. Und womit haben Sie Ihren Fronturlaub in Vietnam verdient?«

»Ich habe ein neues Chilirezept kreiert.«

Sie schwieg kurz und sagte dann: »Ich hoffe, dass Sie sich

in den nächsten Tagen so wohl fühlen werden, dass Sie mir mal von Ihren Erlebnissen hier erzählen.«

Ich entgegnete: »Und Sie erzählen mir vielleicht mal, warum Sie hier sind und bei mir bleiben.«

Sie erwiderte nichts.

Der Zug fuhr weiter nach Osten, über den Saigon River und dann an Reisfeldern und Dörfern vorbei.

Ich sah zu Susan hinüber und merkte, dass sie mich ansah. Wir lächelten beide. Sie fragte: »Was hätten Sie denn ohne mich gemacht?«

Ich erwiderte: »Das weiß ich nicht, aber das werde ich ja sehen, wenn Sie wieder nach Saigon fahren.«

Sie sagte: »Nach drei Tagen mit mir schaffen Sie es auch allein.«

»Nach drei Tagen mit Ihnen brauche ich drei Tage Fronturlaub.«

Sie lächelte. »Sie sind noch ganz schön fit für Ihr Alter. Schwimmen Sie?«

»Wie ein Fisch.«

»Bergwandern?«

»Wie eine Gämse.«

»Tanzen?«

»Wie John Travolta.«

»Schnarchen?«

Ich lächelte.

Sie sagte: »'tschuldigung. War nur 'n Scherz.«

Der Zug fuhr weiter, fort aus dem ehemaligen Saigon, fort aus der heutigen Ho-Chi-Minh-Stadt, nach Norden, nach Nha Trang und zurück in den Mai 1968.

DRITTES BUCH

✶

Nha Trang

Kapitel 16

Der Schaffner führte uns durch den überfüllten Waggon zu zwei Sitzplätzen, von denen zwei junge Vietnamesen aufgestanden waren. Ich wuchtete meinen Koffer auf die Gepäckablage, stopfte meine Reisetasche unter den Sitz und setzte mich dann. Susan setzte sich neben mich an den Gang und quetschte sich ihren Rucksack unter die Beine.

Die Sitzbank war aus Holz und bot genug Beinfreiheit für Amputierte. Von der Breite her reichte sie für uns beide, aber auf fast allen anderen Bänken saßen drei Personen und die meisten hatten auch noch Babys oder Kinder auf dem Schoß.

Wir saßen in Fahrtrichtung rechts und würden daher, wenn wir weiter nach Norden kamen, das Südchinesische Meer sehen können. Es gab keine Klimaanlage, aber einige Fenster standen offen und kleine, in den Ecken angebrachte Ventilatoren wälzten den Zigarettenqualm um.

Ich sagte: »Vielleicht hätten wir doch mit dem Auto fahren sollen.«

»Die Nationalstraße 1 hat ihre Tücken. Und außerdem ist das ein lehrreiches Erlebnis für Sie.«

»Danke, dass Sie sich um meine charakterliche Entwicklung kümmern.«

»Mach ich doch gern.«

Ich fragte: »Was reizt diese ganzen jungen Rucksacktouristen an Vietnam?«

»Tja, es ist billig hier. Es gibt Sex und Drogen. Das ist schon ziemlich reizvoll.«

»Klar.«

»Die jungen Leute finden, es ist ein Wahnsinnsland, und sie erzählen einander per E-Mail davon.«

»Es war auch schon ein Wahnsinnsland, als ich damals hier war.« Ich fügte hinzu: »Es kommt mir bloß etwas eigenartig vor, dass ein totalitärer Staat so viele junge Touristen anzieht.«

»Die denken nicht wie Sie. Die Hälfte von denen weiß gar nicht, dass hier Kommunisten regieren, und der anderen Hälfte ist es egal. *Ihnen* ist das wichtig. Das ist halt Ihre Generation. Der Kommunismus war euer großes Schreckgespenst. Die Kids hier kiffen eher für den Weltfrieden. Völkerverständigung per Koitus.«

»Und Ihre Generation? Was will die in Vietnam?«

»Geld verdienen.«

»Fehlt Ihnen nicht manchmal etwas im Leben? Irgendwas außerhalb Ihrer Eigeninteressen, an das Sie glauben oder für das Sie leben könnten?«

»Das klang jetzt ein klein wenig feindselig, aber vielleicht sollte ich mal darüber nachdenken.« Sie fügte hinzu: »Wir leben in unglaublich langweiligen Zeiten. Ich glaube, ich wäre gern Collegestudentin in den Sechzigern gewesen. Aber das war ich nicht. Und deshalb ist diese ganze Leere und Oberflächlichkeit größtenteils nicht meine Schuld und auch nicht die meiner Generation.«

»Prägen die Zeiten eine Generation, oder prägt eine Generation ihre Zeit?«

»Ich bin verkatert. Können wir bitte einfach nur plaudern?«

Wir plauderten über die Landschaft.

Eine Wolke aus Zigarettenqualm hing in der schwülwarmen Luft und die Gleise fühlten sich an, als wären sie von den Vietcong aufgerissen und nie wieder repariert worden. Wie schlimm konnte die Nationalstraße 1 schon sein?

Gut sechzig Kilometer hinter Saigon hielt der Zug zum ersten Mal, in einem Ort namens Xuan Loc, wo früher das Basislager Black Horse gewesen war, das Hauptquartier der 11. Armoured Cavalry. Ich sagte zu Susan: »Der Gentleman namens K, mit dem wir von Ihrem Büro aus kommuniziert haben, war 1968 hier stationiert.«

»Echt? Warum hat er Sie nicht begleitet?«

»Das ist eine gute Frage. Oberst Mang hätte ihm gefallen. Die beiden sind aus dem gleichen Holz geschnitzt.«

In Xuan Loc stiegen Leute aus und Leute zu. Hinterher war es wieder genauso voll und der Zug fuhr weiter. Ich sagte: »In Xuan Loc hat die südvietnamesische Armee ihre letzte Schlacht vor dem Fall von Saigon geschlagen.«

Susan gähnte und sagte: »Ich bin so geistlos und egozentrisch, dass mich das überhaupt nicht interessiert.«

Ich glaube, ich hatte sie verärgert. Oder vielleicht lag es an dem Generationsunterschied. Mit einem Mal kam ich mir alt vor.

Wir hatten in der Nacht beide nicht viel geschlafen und Susan nickte mit dem Kopf an meiner Schulter ein. Ein paar Minuten später döste ich ebenfalls weg.

Wir wachten beide auf, als sich der Zug gut vier Stunden hinter Saigon der Bucht von Cam Ranh näherte. Ich konnte die riesige Bucht sehen und auch einen Teil der alten amerikanischen Hafenanlagen, wo einige graue Kriegsschiffe vor Anker lagen. Weiter nördlich, auf einer Halbinsel, die die Bucht umschloss, hatte sich früher eine große amerikanische Luftwaffenbasis befunden. Susan war jetzt wach und ich fragte: »Waren Sie schon mal hier?«

Sie sagte: »Nein, hier kommt keiner her. Das ist größtenteils Sperrgebiet.« Sie fragte: »Waren Sie schon mal hier?«

»72 mal kurz. Da war ich bei der Militärpolizei und wir mussten hier ein paar Soldaten abholen, die in irgendwas reingeraten waren. Wir mussten Sie in den Bau nach LBJ bringen – Long Binh Jail –, am Rande von Bien Hoa. 68, als

Lyndon B. Johnson noch Präsident war, haben wir zu den Jungs, die in den Bau mussten, immer gesagt: ›LBJ hat euch schon mal gekriegt, und jetzt kriegt LBJ euch wieder.‹ Verstehen Sie?«

»Steht das in den Geschichtsbüchern?«

»Wahrscheinlich eher nicht.«

Ich sah wieder aus dem Fenster. Die amerikanischen Marine- und Luftwaffeneinrichtungen an der Bucht von Cam Ranh hatten damals zu den besten am Pazifik gezählt. Nach 1975 hatte das neue Regime die ganze Anlage den Sowjets überlassen. Ich fragte Susan: »Sind hier noch irgendwelche Russen?«

»Soweit ich weiß, sind noch ein paar da. Aber hauptsächlich wird es von der vietnamesischen Marine genutzt.« Sie fügte hinzu: »Es ist ein Tiefseehafen und wäre als Handelshafen für Containerschiffe und Öltanker ideal, aber Hanoi hat in der Gegend so ziemlich jede weitere Erschließung untersagt. Ich glaube, man dürfte den Stützpunkt nur besuchen, wenn man sich erschießen lassen wollte.«

»Auch egal.« Jetzt waren es schon zwei Orte – Bien Hoa und die Bucht von Cam Ranh –, an die ich nicht zurückkehren konnte.

Der Zug hielt im Bahnhof von Cam Ranh. Nur wenige Leute stiegen aus und vor allem vietnamesische Matrosen und Flieger stiegen zu. Die meisten von ihnen standen dann dicht gedrängt im Vorraum.

Susan zog eine Halbliterflasche Wasser aus ihrem Rucksack, trank daraus und reichte sie mir dann herüber.

Der Zug fuhr weiter nach Norden.

Hin und wieder sah ich einen Bombenkrater, ein Panzerwrack, ein paar eingesunkene Sandsackwälle oder einen Wachturm aus der Zeit der Franzosen. Doch größtenteils schien der Krieg aus der Landschaft getilgt zu sein, wenn auch nicht aus den Köpfen derer, die ihn, wie ich, miterlebt hatten.

Susan nahm einen Becher Joghurt und einen Plastiklöffel aus ihrem Rucksack. »Möchten Sie?«

Ich hatte zwar seit dem Hamburger in der Q-Bar nichts mehr gegessen, verhungerte aber lieber, als Joghurt anzurühren. Ich sagte: »Nein, danke.«

Sie löffelte sich das Zeug in den Mund.

Ich fragte: »Hat dieser Zug einen Speisewagen?«

»Aber selbstverständlich. Sie gehen durch den Barwagen, dann durch den Panoramawagen, und dann kommen Sie in den Speisewagen.«

Ich war hungrig und benebelt genug, das zu glauben. Dann sah ich, dass alle um uns her jede Menge zu essen und zu trinken dabeihatten. Ich sagte zu Susan: »Ich esse lieber etwas Joghurt.«

Sie steckte mir einen Löffel voll von der weißen Schmiere in den Mund. Es schmeckte gar nicht mal so schlecht.

Wir tranken das Wasser aus und aßen den Joghurt auf und dann wollte Susan die Sitze tauschen. Weil vor uns nicht genug Platz war, rutschte sie über meinen Schoß und ich schob mich auf den Sitz am Gang. Ich sagte: »Können wir das noch mal machen?«

Sie lächelte.

Susan steckte sich eine Verdauungszigarette an und blies den Rauch durch einen Sprung im Fenster. Sie hatte einen »Economist« dabei und fing an, darin zu lesen.

Eine halbe Stunde, nachdem wir Cam Ranh und gut sechs Stunden, nachdem wir Saigon verlassen hatten, bremste der Zug ab und wir näherten uns Nha Trang.

Wir kamen aus dem Westen und der Anblick der Berge, die sich bis zum Meer erstreckten, war atemberaubend. Pittoreske Ziegelsteintürme – Susan sagte, das seien die Cham-Türme, was auch immer das bedeuten mochte – ragten hier und da aus den Gebirgsausläufern auf. Links in den Hügeln stand eine riesige Buddha-Statue und auf einem kleineren Hügel vor uns, der den Bahnhof überragte, stand eine katholische Kathedrale gotischen Stils, an die ich mich noch erinnern konnte.

Der Zug bremste ab und fuhr dann in den Bahnhof ein.

Es war der Endbahnhof und die Leute rafften ihre Kinder, ihr Gepäck und ihre Kisten zusammen und drängten sich zu den Türen, während die Menschenmenge auf dem Bahnsteig schon in den Zug hineindrängte.

Als wir uns zur Tür vorkämpften, sagte Susan: »Einfach weiter drängeln. Sie sind der Größte hier im Zug und alle hinter uns zählen auf Sie.«

Schließlich purzelten wir aus der Tür auf den Bahnsteig.

Es war kühler hier als in Saigon und die Luft war mindestens tausendmal sauberer. Der Himmel war blau und Wolkenfetzen zogen vorüber.

Susan und ich gingen den Bahnsteig hinauf, dann in ein kleines Bahnhofsgebäude und schließlich nach draußen, wo Dutzende Taxis auf Fahrgäste warteten.

Wir setzten uns in ein Taxi und Susan sagte etwas zum Fahrer, der bei ihrem Vietnamesisch verdutzt guckte und dann losfuhr. Susan fragte mich: »Was wissen Sie noch von Ihrem damaligen Hotel?«

»Es war am Südende des Strandes. Es war ein französischer Kolonialbau, ich glaube zweistöckig. Es könnte weiß gewesen sein oder vielleicht auch hellblau.«

»Für Ihr Alter haben Sie ein gutes Gedächtnis.« Susan sprach wieder mit dem Fahrer. Er hörte zu und nickte.

Wir fuhren durch Nha Trang, das wie ein ganz normaler Badeort aussah – weiße Stuckgebäude mit roten Ziegeldächern, Palmen und Bougainvilleen. Die Stadt war in besserem Zustand, als ich sie in Erinnerung hatte, damals noch voller Militärfahrzeuge und Soldaten. Hier war man vor dem Krieg im Allgemeinen sicher gewesen und ich konnte mich an keine großen Kriegsschäden erinnern, bloß dass Charlie ab und zu von den umliegenden Hügeln aus ein paar Granaten in die Stadt geschossen hatte. Auch hatte es in Nha Trang einen großen CIA-Posten gegeben – ein sicheres Indiz dafür, dass man hier in Sicherheit war und es gute Restaurants und Kneipen gab.

Ein paar Minuten später bog das Taxi nach Süden auf die Strandpromenade ein. Rechts standen neben Bretterhütten auch schicke neue Hotels und Ferienanlagen. Links war der Strand – meilenweit weißer Sand, Palmen, Strandrestaurants und türkisfarbenes Wasser unter einem strahlend hellen, sonnenbeschienenen Himmel. Der Strand war sichelförmig und im Norden und Süden ragten Landspitzen in das Südchinesische Meer. Vor der Küste sah man mehrere faszinierend aussehende, dunkelgrün überwucherte Inseln. Susan sagte: »Ach, ist das schön.«

»Ja, das ist es.«

»Ist es so, wie Sie es in Erinnerung haben?«

»Ich war nur drei Tage hier und ich war, glaube ich, die ganze Zeit über blau.«

Das Taxi hielt und der Fahrer zeigte auf etwas und sprach mit Susan. Hinter einer Balustrade aus Beton, die an der Straße entlang verlief, erhob sich ein großes, weißes, dreistöckiges Stuckgebäude, von dessen Mittelteil zwei Seitenflügel abgingen. Auf einem blauweißen Schild stand: *Grand Hotel*.

Susan sagte: »Der Fahrer sagt, das sei eines der Hotels gewesen, die die Amerikaner während des Krieges genutzt haben. Damals hieß es Grand Hotel, dann benannten es die Kommunisten in *Nha khach 44* um – was einfach nur Hotel Nummer 44 bedeutet –, und heute heißt es wieder Grand Hotel. Kommt es Ihnen bekannt vor?«

»Könnte sein. Fragen Sie ihn, ob es in der Bar eine Kellnerin namens Lucy gibt.«

Susan lächelte und sagte etwas zu dem Fahrer und er fuhr zwischen zwei hohen Säulen hindurch auf eine kreisförmige Auffahrt, in deren Mitte sich ein Zierteich befand.

Das Gebäude kam mir bekannt vor, auch die Veranda zum Strand hinaus, auf der Leute saßen und tranken. Ich hatte

Lucy förmlich vor Augen, wie sie hier an den Tischen bediente. Ich sagte: »Das muss es sein.«

Der Fahrer setzte uns vor der Eingangstreppe ab, wir nahmen unser Gepäck aus dem Kofferraum und ich zahlte.

Als das Taxi wegfuhr, sagte ich zu Susan: »Vielleicht haben sie keine Zimmer mehr frei.«

»Mit Geld geht alles.«

Wir trugen unser Gepäck die breite Eingangstreppe hinauf, öffneten die Gazetüren und betraten das Foyer.

Das Foyer wirkte sehr heruntergekommen und karg, hatte aber eine fünf Meter hohe Decke, deren Stuck abbröckelte, und verströmte einen gewissen maroden Charme. Rechts stand ein langer Empfangstresen mit einem Schlüsselbrett dahinter und hinter dem Tresen schlief ein junger Portier auf einem Stuhl. Susan fragte mich: »Ist es das?«

Ich sah durch einen gewölbten Durchgang auf der linken Seite des Foyers in den Speisesaal. Auch hier verblichene Eleganz; offene Türen führten hinaus auf die Veranda. Ich nickte. »Ja, das ist es.«

»Klasse.«

Susan drückte auf die Tischklingel und der Portier sprang auf, als wäre gerade eine Kugel an ihm vorbeigesaust.

Er sammelte sich und dann begannen Susan und er mit den Verhandlungen. Sie wandte sich an mich und sagte: »Er sagt, sie hätten nur noch teure Zimmer frei. Er hat zwei im zweiten Stock. Die Zimmer haben ein eigenes Bad und morgens auch warmes Wasser. Es sind große Zimmer, aber groß ist hier relativ. Er will fünfundsiebzig Dollar pro Nacht und Zimmer, was ein schlechter Scherz ist, und ich habe ihm zweihundert pro Zimmer für eine ganze Woche angeboten. Einverstanden?«

Als ich das letzte Mal hier gewesen war, hatte die Army bezahlt, und diesmal zahlte ebenfalls die Army. Ich sagte: »Ja. Sie bleiben eine Woche?«

»Nein, aber wenn wir für eine Woche bezahlen, ist es billiger. Er will Dollar.«

Ich zog meine Brieftasche hervor und zählte vierhundert Dollar ab, aber Susan sagte: »Mein Zimmer bezahle ich selbst.«

»Sagen Sie ihm, dass ich während des Krieges hier war und dass es damals rund um die Uhr warmes Wasser gab und der Laden viel sauberer war, als die amerikanische Armee ihn betrieb.«

Susan meinte: »Ich glaube nicht, dass ihn das interessiert.«

Wir füllten Anmeldekarten aus und zeigten unsere Pässe und Visa vor. Der Typ beharrte darauf, sie einzubehalten – er sei gesetzlich dazu verpflichtet. Susan gab ihm stattdessen zehn Dollar.

Wir zahlten jeder unsere zweihundert Dollar und er schrieb uns dafür Quittungen über hundert Dollar aus, was ich mathematisch interessant fand. Wir bekamen beide einen Schlüssel und dann schlug er auf seine Klingel und ein Page kam. Der Junge sah aus wie höchstens zehn, aber es gelang ihm, Susans Rucksack zu schultern und meinen Koffer drei Treppen hochzuschleppen. Als wir die Treppe hinaufstiegen, fragte Susan: »Ist der Lift defekt?«

»Der Lift funktioniert, ist aber nicht hier im Gebäude. Der ist in dem schicken Neubau nebenan.« Ich fügte hinzu: »Sie *können* hier bleiben, wenn Sie mögen. Ich *muss* hier bleiben.«

»Ich weiß. Ich wollte nicht nörgeln. Eigentlich ist es ganz ... reizend hier. Urig.«

Wir kamen in die dritte Etage. Die Flure waren breit und die Decken waren hoch. Über den einzelnen Türen sorgten mit Gaze bespannte Oberlichter für Durchzug.

Wir kamen zu meinem Zimmer, Nummer 308, und der Junge ging mit dem Gepäck hinein.

Susan und ich folgten ihm. Das Zimmer war tatsächlich groß und es standen drei Einzelbetten darin, als würden hier immer noch Soldaten Fronturlaub machen. Über jedem Bett hielt ein Holzrahmen ein Moskitonetz. An die Moskitonetze konnte ich mich noch vom letzten Mal erinnern. Nostalgie ist im Grunde die Fähigkeit, unangenehme Dinge zu vergessen.

Die schlicht verputzten Wände waren in einem eigenartigen Himmelblau gestrichen und auf dem Boden stand eine ebenso eigenartige Ansammlung von Ventilatoren, Stehlampen und billigen, modernen Möbelstücken. An der hohen, ebenfalls blauen Decke hing ein weiterer Ventilator.

Der Beweis dafür, dass die Amerikaner einmal hier gewesen waren, waren die vielen Stromkabel, die in Metallverschalungen zu amerikanischen Steckdosen führten, die nun mit Adaptern für asiatische Stecker versehen waren. Ja, hier waren wir auf jeden Fall richtig.

Ich sagte: »Na ja ... nicht schlecht.«

Susan, die mir nicht den Spaß verderben wollte, sagte: »Tolle Moskitonetze.«

Ich öffnete die Lamellentüren zum Balkon und ließ die angenehme Meeresbrise herein.

Wir standen auf dem Balkon und schauten über den Rasen, die Auffahrt und den Zierteich zu dem von Palmen gesäumten, weißen Strand auf der anderen Straßenseite hinüber. Ich sah viele Liegestühle am Strand, aber nur wenige Menschen.

Susan sagte: »Schauen Sie sich das Meer an und den Strand und die Berge und die Inseln da drüben. Es war eine gute Idee, nach Nha Trang zu kommen. Also gut, ich gehe dann mal auf mein Zimmer, packe aus und mache mich frisch.« Sie sah auf ihre Armbanduhr. »Trinken wir doch ums sechs etwas auf der Veranda. Wäre Ihnen das recht?«

»Lieber um halb sieben. Ich muss noch zur Ausländerpolizei und denen mitteilen, wo ich übernachte.«

»Ach ja ... Soll ich mitkommen?«

»Nein. Wir treffen uns um halb sieben auf der Veranda. Seien Sie nicht allzu besorgt, wenn ich nicht pünktlich bin, aber holen Sie bitte Erkundigungen ein, falls ich mich sehr verspäten sollte.«

»Sagen Sie denen, dass Sie in Begleitung reisen. Die versuchen nicht so schnell irgendwas, wenn sie wissen, dass Sie nicht alleine sind.«

»Ich werde mal sehen, wie's läuft. Sie haben vielleicht gesehen, dass es hier auf dem Zimmer kein Telefon gibt. Wenn ich Sie anrufen muss, muss der Portier nach Ihnen suchen. Sagen Sie denen Bescheid, wo Sie sind.«

»Okay.« Sie betrachtete ihren Schlüssel und sagte: »Ich bin in Zimmer 304.«

»Ich muss ein paar Fotokopien machen.«

»Auf der Post. *Buu dien.*«

»Also dann, bis später.«

Sie ging mit dem Pagen hinaus und ich blieb auf dem Balkon und schaute hinaus aufs Meer.

Es war kaum zu glauben, dass ich nur ein paar Tage zuvor jenseits dieses Ozeans und auf der anderen Seite eines riesigen Kontinents gewesen war.

Irgendwie hatte ich wohl immer gewusst, dass ich eines Tages nach Vietnam zurückkehren würde. Und da war ich nun.

Der verschlafene Portier rief mir ein Taxi. Ich ging nach draußen und nur eine Minute später fuhr eines vor dem Hotel vor. Ich stieg ein und sagte: »Buu dien. Le bureau de poste. Post office. Biet?«

Er nickte und wir fuhren zur Buu dien in der Innenstadt, was etwa zehn Minuten dauerte. Ich wies den Fahrer an zu warten und ging hinein. Für tausend Dong, etwa zehn US-Cent, ließ ich je drei Fotokopien von meinem Pass, meinem Visum und Oberst Mangs Zettel machen.

Ich setzte mich wieder ins Taxi und sagte zum Fahrer: »Phong quan ly nguoi nuoc ngoi.« Anscheinend hatte ich das korrekt ausgesprochen, denn wenige Minuten später hielten wir bei der Ausländerpolizei und nicht bei einem Stand, der ausländisches Mineralwasser verkaufte. Der Fahrer teilte mir pantomimisch mit, dass er an der nächsten Ecke auf mich warten werde.

Das Polizeirevier war ein bescheidenes Stuckgebäude, das man statt durch eine Eingangstür durch einen offenen Torbogen betrat. Der Warteraum war hell und luftig und von den üblichen Verdächtigen bevölkert – Rucksacktouristen und Viet-Kieus, die versuchten, sich gegen die Dummheit und Faulheit der Bürokraten zu wehren.

Diese kleine Polizeieinrichtung wirkte viel informeller als das Furcht einflößende Ministerium für Öffentliche Sicherheit in Saigon. Im Warteraum standen auch Fahrräder und auf dem Boden sah ich Sand vom Strand.

Einem gelangweilt guckenden Polizisten, der an einem Pult in einer Nische saß, zeigte ich Fotokopien von meinem Pass und meinem Visum und dann auch eine Kopie des Zettels von Oberst Mang. Er las es, griff zum Hörer und rief jemanden an. Zu mir sagte er: »Setzen.«

Ich blieb stehen.

Eine Minute später kam ein weiterer Uniformierter in den Raum, beachtete mich nicht, nahm von dem Typen am Pult die Kopie des Zettels entgegen und las sie. Dann sah er mich an und fragte in passablem Englisch: »Wo übernachten Sie?«

»Im Grand Hotel.«

Er nickte, als hätte das Grand Hotel bereits angerufen und meine Anreise gemeldet – und höchstwahrscheinlich auch die meiner Reisegefährtin. Ich war mir auch sicher, dass Oberst Mang hier Bescheid gesagt hatte, dass ich vorbeikommen würde.

Der Typ fragte mich: »Sie sind mit einer Dame hier?«

»Die habe ich im Zug kennen gelernt. Wir gehören nicht zusammen.«

»Ja?« Er schien mir das abzukaufen, wahrscheinlich wegen der getrennten Zimmer.

Der Bulle sagte zu mir: »Sie bleiben eine Woche.«

»Vielleicht.«

»Wohin reisen Sie weiter?«

»Nach Hué.«

Das alles spielte sich im Warteraum vor einem interessierten Publikum ab, dass aus Aussis, Amis und anderen bestand.

Der Bulle fragte: »Die Dame reist mit Ihnen?«

»Vielleicht.«

»Okay. Geben Sie Pass und Visum ab. Bekommen Sie später wieder.«

Darauf war ich vorbereitet und da ich wusste, dass die Bullen hier es nicht mochten, wenn man sich weigerte, sagte ich: »Okay.« Ich nahm die Fotokopien von meinem Pass und meinem Visum vom Pult seines Kollegen und gab sie ihm, zusammen mit einem Fünfdollarschein, den er schnell wegsteckte.

Ich sagte: »Einen schönen Tag noch.« Ich machte kehrt und ging zur Tür.

»Halt.«

Ich sah mich zu dem Bullen um.

Er fragte: »Wie reisen Sie nach Hué?«

»Mit dem Bus oder dem Zug.«

»Ja? Dann kommen Sie her und zeigen Fahrschein vor. Sie brauchen Reisestempel.«

»Okay.« Ich ging.

Mein Taxi wartete an der nächsten Ecke und ich stieg ein. »Grand Hotel.«

Das Taxi fuhr auf der Strandpromenade nach Süden. Ich erinnerte mich, dass ich damals mit meinen beiden Zimmergenossen, die ebenfalls Kampfveteranen waren, aber nicht aus meiner Einheit, viel Zeit am Strand verbracht hatte. Wir hatte alle irgendwas äußerst Tapferes und Dummes getan, um uns diesen dreitägigen Fronturlaub zu verdienen, und alle hatten wir uns im Dschungel die übelsten Pilze und Flechten geholt, die nun die Sonne und das Salzwasser kurierten.

Es waren etwa hundert Jungs im Grand Hotel und tagsüber wirkte der Laden wie ein Heim für Kaputtnicks. Wir schliefen zu lange und dann tranken wir am Strand zu viel Bier.

Abends erwachten die wandelnden Verwundeten dann zum Leben, und wir blieben bis zum Morgengrauen auf und zogen bis zum Sonnenaufgang durch sämtliche Bars, Bordelle und Massagesalons der Stadt. Dann schliefen wir am Strand oder im Hotel, machten es am zweiten Abend dann genauso und am dritten auch. Die Männer kamen und gingen nicht alle in diesem Dreitagesrhythmus und man konnte die, die den ersten Tag da waren, deutlich von denen unterscheiden, die schon drei Tage hier waren; der erste Tag war so eine Art Kulturschock – man fasste es nicht, dass man hier war. Am zweiten Tag soff und bumste man sich dann dumm und dämlich. Am dritten Tag soff und bumste man dann sogar noch mehr, weil man bald in die Hölle zurück musste.

Mal davon abgesehen, dass sich der Pilzbefall am Sack und die Nasserfrierungen an den Füßen gebessert hatten, kehrte ich in erheblich schlechterer Verfassung zu meiner Einheit zurück, als ich sie verlassen hatte. Das war bei allen so, aber darum ging es ja schließlich bei einem Fronturlaub.

Das Taxi bog in die Auffahrt des Grand Hotels ein und setzte mich vor der Eingangstreppe ab.

Auf meinem Zimmer packte ich mein Gepäck aus und duschte dann kalt. Es gab kein Shampoo und keine Seife, aber ein Handtuch war vorhanden und ich verließ das Badezimmer und trocknete mich im Schlafraum ab, wo der Ventilator und die offene Balkontür für etwas frische Luft sorgten.

Es klopfte an der Tür und ich ging hin. Es gab keinen Spion. Ich fragte: »Wer ist da?«

»Ich bin's.«

»Augenblick …« Ich wickelte mir das Handtuch um und machte die Tür auf.

Susan sagte: »Oh … Komme ich ungelegen?«

»Kommen Sie rein.«

Sie kam herein und schloss die Tür hinter sich. »Wie ist es gelaufen?«

»Gut.« Sie trug eine weiße Hose, ein graues T-Shirt mit dem Aufdruck *Q-Bar, Saigon* und Sandalen. Ich sagte: »Wenn Sie mal weggucken, ziehe ich mich an.«

Sie ging auf den Balkon und ich zog mir eine schwarze Chinohose und ein weißes Polohemd an. Während ich mich ankleidete, berichtete ich ihr von meinem kurzen Termin bei der Ausländerpolizei und erwähnte auch, dass sie wussten, dass wir gemeinsam eingecheckt hatten. Dann sagte ich: »Okay, jetzt bin ich salonfähig.«

Sie kam ins Zimmer und ich schlüpfte in ein Paar Docksider und sagte: »Gehen wir was trinken.«

Wir gingen hinunter ins Foyer und dann durch den leeren Speisesaal hinaus auf die Veranda.

Etwa die Hälfte der Cafétische war besetzt und wir setzten uns ans Geländer.

Die Sonne stand jetzt hinter dem Hotel und die Veranda lag im Schatten. Über den Rasen wehte eine Meeresbrise, die die Palmwedel zum Rascheln brachte.

Die Gäste hier waren ausschließlich Westler, größtenteils mittleren Alters. Das Grand Hotel war für Rucksacktouristen ein wenig zu kostspielig, für Japaner und Koreaner, die Geld hatten, nicht urig und reizend genug und für Amerikaner mittleren Alters – außer vielleicht für Lehrer – vollkommen inakzeptabel. Ich schloss daraus, dass außer uns hier nur Europäer waren.

Es war sehr nett auf dieser altmodischen Veranda mit den weißen Stuckwänden und den Deckenventilatoren, dem Salzwassergeruch und dem Blick auf die große Rasenfläche und das türkisfarbene Meer, das sich bis zu den grünen Inseln erstreckte. Es wäre perfekt gewesen, wenn ich etwas zu trinken gehabt hätte, aber weit und breit war keine Bedienung zu sehen. Ich sagte: »Ich glaube, wir müssen uns selber was zu trinken holen.«

»Ich gehe schon. Was möchten Sie?«

»Ich gehe«, sagte ich und blieb auf meinem Arsch hocken. Frauen verstehen instinktiv, dass dieser Spruch eine dreiste Lüge ist, und Susan stand auf. »Was möchten Sie?«

»Ein kühles Bier. Und schauen Sie mal, ob die 'ne Kleinigkeit zu essen haben. Ich bin am Verhungern. Danke.«

Sie ging durch eine offen stehende Verandatür in den Speisesaal.

Ich erinnerte mich daran, wie ich fast dreißig Jahre zuvor hier gesessen hatte, und damals hatte es hier jede Menge sehr aufmerksame Kellnerinnen gegeben, die ganz aus dem Häuschen waren, weil sie hier für die Amerikaner arbeiten durften, während ihr Land dort draußen im Chaos versank und ihre Väter, Brüder und Ehemänner an der Seite der Amerikaner, die so fern ihrer Heimat waren, litten und starben, wohingegen hier in Nha Trang vor dem Stacheldraht ein Schild mit dem durchgestrichenen Wort *TOD* drauf stand. Dieses Schild gab es natürlich nicht, aber es gab die unausgesprochene Abmachung, dass man hier keines gewaltsamen Todes starb.

Und für die Infantristen und Hubschrauberschützen und -piloten und Patrouillengänger und Tunnelratten und Frontsanitäter und alle anderen, die jetzt wussten, wie ein Mensch von innen aussieht, war Nha Trang mehr als nur eine Zuflucht; es war vielmehr eine Bestätigung, dass es inmitten des ganzen Schießens und Sterbens doch noch einen Ort gab, an dem man keine Waffen trug und wo die Tage mit einem Sonnenuntergang endeten, von dem man wusste, dass man ihn noch erleben würde, und wo die Nächte keine Schrecken bereithielten und wo morgens die Sonne, die über dem Südchinesischen Meer aufging, auf einen Strand schien, an dem keine Leichen lagen, sondern Schlafende.

Susan kam ohne Getränke wieder und sagte: »Die Kellnerin bringt uns gleich was.« Sie setzte sich. »Sie haben Glück. Lucy bedient.«

»Toll.«

Eine ältliche Frau kam mit einem Tablett auf die Veranda. Sie sah wie achtzig aus, hatte ein wettergegerbtes Gesicht und vom Betelnusskauen verfärbte Zähne und Lippen, war wahrscheinlich aber eher in meinem Alter.

Susan sagte: »Paul, das ist Ihre alte Freundin Lucy.«

Die Frau lachte meckernd und setzte das Tablett ab. Susan sagte etwas zu ihr und die beiden unterhielten sich. Dann wandte sich Susan an mich und sagte: »Sie war als junge Frau Zimmermädchen hier, als das hier noch ein Urlaubshotel für französische Plantagenbesitzer war. Sie blieb, als die Amerikaner es als Fronturlaubshotel übernahmen, und auch, als es dann 1975 ein Hotel für kommunistische Kader wurde. Jetzt ist es wieder für alle zugänglich.« Susan fügte hinzu: »1968 war sie eine junge Cocktailkellnerin und sie erinnert sich an einen Amerikaner, der wie Sie aussah und sie immer um die Tische gejagt und versucht hat, ihr in den Po zu kneifen.«

Die alte Frau lachte wieder meckernd.

Ich nahm an, dass der letzte Teil von Susans Geschichte nicht der Wahrheit entsprach. Weil ich aber zeigen wollte, dass ich Spaß verstand, sagte ich: »Sagen Sie ihr, dass sie immer noch schön ist – *co-dep*. Und ich würde ihr immer noch gern in den Po kneifen.«

Die alte Dame lachte über das *co-dep*, ehe Susan ihr den Rest übersetzen konnte, und als Susan zu der Sache mit dem Pokneifen kam, lachte sie mädchenhaft, sagte etwas, klopfte mir neckisch auf die Schulter und trottete dann davon.

Susan lächelte und sagte: »Sie sagt, Sie seien ein alter Bock.« Sie fügte hinzu: »Und sie hat gesagt: ›Willkommen zurück!‹«

Ich nickte. Ja, tatsächlich: Willkommen zurück.

Nha Trang und das Grand Hotel und die alte Frau waren vom Krieg einigermaßen verschont geblieben, doch letztlich holte der Krieg alle und alles ein.

Susan trank einen Gin Tonic und ich schenkte mir Tiger-Bier in einen Plastikbecher ein. Obwohl wir keine Rucksacktouristen waren, stand auf dem Tisch eine Schale mit etwas, das wie Studentenfutter aussah.

Ich hob mein Glas und sagte: »Danke, dass Sie mir helfen und mich begleiten.«

Wir stießen an und sie sagte: »Danke, dass Sie mich dazu eingeladen haben.«

Da lachten wir beide.

Wir tranken und schauten hinaus aufs Meer. Es war einer dieser vollkommenen Momente, wenn der Sonnenschein, die See und der Wind ganz wunderbar sind, das Bier schön kühl ist, die anstrengende Reise des Tages hinter einem liegt und man mit einer schönen Frau zusammen ist.

Susan fragte mich: »Was haben Sie denn außer Saufen noch gemacht, als Sie hier waren?«

»Hauptsächlich in der Sonne gelegen und gut gegessen.« Ich fügte hinzu: »Viele Jungs waren natürlich völlig gestresst und wir haben viel Karten gespielt. Die meisten von uns hatten Pilzkrankheiten und die Sonne und die See waren gut für die Haut.«

Sie steckte sich eine Zigarette an und fragte: »Und was war mit Frauen?«

Ich erwiderte: »Außer den Angestellten durften Frauen das Hotel nicht betreten.«

»Und durften Sie das Hotel verlassen?«

»Ja.«

»Aha. Und hatten Sie daheim eine Freundin, als Sie hier waren?«

»Ja. Sie hieß Peggy. Eine gute Katholikin aus South Boston.«

Sie nahm einen Zug aus ihrer Zigarette und schaute aufs Meer hinaus. »Und wie war es 72? Hatten Sie da eine Freundin?«

»Da war ich verheiratet. Es war nur eine kurze Ehe und sie

endete bei meiner Rückkehr. Nein, eigentlich vor meiner Rückkehr.«

Sie überlegte kurz und fragte dann: »Und seither?«

»Seither habe ich mir zwei Dinge geschworen: Nie wieder nach Vietnam zu fahren und nie wieder zu heiraten.«

Sie lächelte. »Was war schlimmer – der Krieg oder die Ehe?«

»Das hatte beides seine Reize.« Ich fragte: »Und wie steht's mit Ihnen? Jetzt sind Sie dran.«

Sie trank einen Schluck, steckte sich noch eine Zigarette an und sagte dann: »Ich war noch nie verheiratet.«

»Das ist alles?«

»Das ist alles. Wollen Sie meine Beziehungsbiographie hören?«

Ich wollte vor acht Uhr zu Abend essen und deshalb sagte ich: »Nein.«

Die alte Frau kam wieder und ich betrachtete sie, während Susan noch eine Runde bestellte und mit ihr plauderte. Sie hätte durchaus Lucy sein können, aber die Lucy, an die ich mich erinnerte, war ein fröhliches, lustiges Ding gewesen und hatte mit den Soldaten, die alle in sie verknallt waren, neckische Beschimpfungen ausgetauscht. Aber käuflich war sie nicht gewesen. Männer wollen immer das, was sie nicht bekommen können, und Lucy war im Grand Hotel der Grand Prix gewesen. Ich hoffte, dass Lucy den Krieg überlebt und ihren Freund, den vietnamesischen Soldaten, geheiratet hatte und mit ihm glücklich geworden war.

Susan fragte mich: »Woran denken Sie?«

»Ich dachte gerade, dass Sie noch nicht mal geboren waren, als ich das letzte Mal hier war.«

»Da war ich schon geboren. Da war ich bloß noch nicht aus den Windeln raus.«

Die zweite Runde kam und wir saßen da und sahen zu, wie der Himmel dunkel wurde. Ich sah Lichter in den mit Stroh gedeckten Cafés und Souvenirbuden am Strand. Der

Wind frischte auf und es wurde kühler, war aber immer noch angenehm.

Bei der dritten Runde fragte Susan mich: »Müssen Sie nicht irgendjemanden in den Staaten kontaktieren?«

»Ich sollte bloß Sie in Saigon kontaktieren und Bescheid sagen, dass ich angekommen bin. Aber jetzt sind Sie ja hier.«

Sie erwiderte: »Das Hotel hat ein Faxgerät und ich habe Bill ein Fax geschickt – ins Büro und nach Hause – und ihm berichtet, dass wir gut angekommen sind und wo wir übernachten. Er wird das dem Konsulat melden und die werden sich an Ihre Leute wenden.« Sie fügte hinzu: »Ich habe dem Portier beim Faxen zugesehen, habe ihm dann die Vorlage wieder weggenommen und sie aufgegessen. Gut so?«

»Handwerklich einwandfrei. War Bill erstaunt, dass er aus Nha Trang von Ihnen hört? Oder haben Sie ihm von Ihrer Reise erzählt, als Sie ihn vom Rex aus angerufen haben?«

»Da wusste ich noch nicht, ob ich mitfahren wollte.« Sie fügte hinzu: »Ich habe noch keine Antwort von ihm bekommen.«

»Wenn mir meine Freundin schreiben würde, dass sie mit einem anderen Mann in einen Badeort fährt, würde ich mir vielleicht auch nicht die Mühe machen zu antworten.«

Sie dachte darüber nach und sagte dann: »Ich habe ihn gebeten, den Erhalt zu bestätigen.« Sie fügte hinzu: »Wenn Westler, die hier leben, verreisen, sagen sie immer jemandem, wohin sie fahren ... falls es Schwierigkeiten gibt. Und außerdem ist das hier geschäftlich. Nicht wahr? Also muss er antworten.«

»Oder zumindest den Erhalt bestätigen.«

»Ehrlich gesagt ... hatte ich ... leichte Gewissensbisse. Und deshalb habe ich ihn gebeten, auch herzukommen.«

Das erwischte mich doch einigermaßen kalt und meinem Gesichtsausdruck muss man meine Verblüffung wohl angesehen haben – und vielleicht auch noch etwas anderes. Ich sagte: »Nette Idee.« Das war ziemlich lahm.

Sie sah mich in dem schummrigen Licht eindringlich an. Sie sagte: »In Wirklichkeit habe ich ihm geschrieben, dass es aus ist mit uns.«

Ich wusste nicht, was ich sagen sollte, und saß einfach nur da.

Sie fuhr fort. »Er wusste das sowieso schon. Ich wollte es ihm nicht auf diese Weise sagen, aber es ging nicht anders. Mit Ihnen hat das nichts zu tun, also bilden Sie sich bloß nichts darauf ein.«

Ich wollte etwas sagen, doch dann sagte sie: »Hören Sie nur zu. Mir ist klar geworden, dass ich ... dass ich viel lieber mit Ihnen in die Q-Bar gegangen bin als mit ihm.«

»Wahrlich ein hohes Lob.«

Ich merkte, dass ich mit meiner großen Klappe ein aufrichtiges Geständnis unterbrochen hatte und sagte: »Sorry. Ich bin halt manchmal so ... wenn ich verlegen bin.«

»Also gut. Lassen Sie mich ausreden. Sie sind ein interessanter Mann, aber Sie haben große Probleme mit dem Leben und wahrscheinlich auch mit der Liebe. Diese Probleme rühren zum Teil daher, dass Sie sich selbst nicht sonderlich gut verstehen.« Sie sah mich aufmerksam an und sagte dann: »Schau mich an, Paul.«

Ich sah sie an.

»Wie hast du dich gefühlt, als ich dir sagte, ich hätte Bill hierher eingeladen?«

»Miserabel.« Ich fügte hinzu: »Mir ist die Kinnlade runtergeklappt. Hast du das gesehen?«

»Sie ist dir ins Bier geplumpst.« Und sie fuhr fort: »Du hast es mir ganz schön schwer gemacht und ich mag so was nicht. Wenn du wirklich nicht gewollt hättest, dass ich mitkomme, hättest du mich jederzeit abwimmeln können. Aber stattdessen ...«

»Okay. Schon klar. Ich entschuldige mich und verspreche, ab jetzt nett zu sein. Und nicht nur das ... Ich möchte, dass du weißt, dass ich mich nicht nur freue, dass du hier bist, sondern auch, dass wir hier einige Zeit zusammen verbringen werden.«

»Sprich weiter.«

»Äh, ja. Tja, ich hab dich sehr gern, ich mag dich sehr, wenn du nicht da bist, fehlst du mir, und ich weiß, wenn ich mich nicht zusammenreiße ...«

»Das reicht. Schau mal, Paul, das ist hier eine künstliche Situation, du hast daheim jemanden, bist in wichtigen Geschäften unterwegs und ohne dass du es dir eingestehst, setzt dir dieses Land fürchterlich zu. Für all das habe ich vollstes Verständnis. Lass uns für diese paar Tage einfach alles andere vergessen. Ein paar schöne Tage am Meer und was auch immer passiert, passiert halt. Du fährst nach Hué und ich fahre zurück nach Saigon. Und so Gott will, finden wir beide wieder nach Hause.«

Ich nickte.

Und so hielten wir Händchen und sahen zu, wie der Himmel erst dunkelrot und dann schwarz wurde. Die Sterne funkelten über der See und der abnehmende Mond war ein leuchtendes Scheibchen über dem Südchinesischen Meer. Ein Junge stellte Öllampen auf die Tische und die Veranda wurde in schimmernde Lichter und Schatten gehüllt.

Ich bezahlte die Rechnung und wir gingen über den Rasen und die Straße und dann jenen Strand entlang, den der Soldat Paul Brenner vor so langer Zeit schon einmal entlanggegangen war.

Wir suchten uns ein Restaurant namens Coconut Grove aus, das von Palmen und Spalieren umgeben war.

Wir setzten uns an einen kleinen Holztisch, der von einer roten Öllampe erleuchtet wurde, und bestellten Tiger-Bier. Hier war der Wind stärker und ich konnte die fünfzig Meter entfernte Brandung hören.

Die Speisekarten kamen und sie waren auf Vietnamesisch, Französisch und Englisch abgefasst, aber die Preise waren amerikanisch.

Wie man es in einem Fischerort erwarten konnte, gab es hauptsächlich Fisch und Meeresfrüchte, aber für zehn Dollar hätte ich auch eine Vogelnestsuppe kosten können. Das musste zusätzlich auf die Karte gesetzt worden sein, denn die Vogelnester wurden nur zweimal jährlich geerntet, und zu meinem Glück war gerade Erntezeit. Das Nest bestand aus rotem Gras und Sperlingsspeichel, aber der wahre Anreiz bestand darin, dass diese Delikatesse als Aphrodisiakum galt. Ich sagte zu Susan: »Ich nehme die Vogelnestsuppe.«

Sie lächelte. »Hast du das nötig?«

Wir bestellten eine große gemischte Meeresfrüchteplatte mit Gemüse und der Kellner grillte die Meeresfrüchte direkt am Tisch über Holzkohle.

Die Leute um uns her schienen größtenteils Nordeuropäer zu sein, die vor dem Winter geflohen waren. Nha Trang, eine von den Franzosen gegründete Stadt, hatte früher als die Côte d'Azur Südostasiens gegolten und anscheinend versuchte es nun ein Comeback, bei dem es aber noch viel zu tun gab.

Wir bestellten immer noch mehr Meeresfrüchte und der Kellner neckte Susan damit, sie würde noch dick werden. Es war ein sehr angenehmer Ort und in der Abendluft lag ein Zauber.

Susan und ich plauderten über dies und das, wie zwei Menschen, die gerade ein ernstes Gespräch geführt hatten, das ihr Verhältnis auf eine neue Stufe gehoben hatte.

Wir nahmen kein Dessert und gingen stattdessen barfuß am Strand spazieren, unsere Schuhe in den Händen. Es war Ebbe und der Strand lag voller Muscheln und gestrandetem Meeresgetier. Ein paar Leute angelten, Rucksacktouristen hatten am Strand Lagerfeuer entfacht und Pärchen schlenderten Hand in Hand vorbei – wie Susan und ich.

Der Himmel war kristallklar und man konnte die Milchstraße und einige Sternbilder sehen. Wir gingen in südliche Richtung, fort von der Innenstadt, und hier wurde der Strand breiter und standen neuere Hotels.

Nach gut einer halben Meile kamen wir zum Yachtclub, einem gediegenen Laden, in dem gerade getanzt wurde. Wir gingen hinein, bestellten zwei Bier und tanzten dann mit vielen Europäern zu entsetzlicher, lauter Siebzigerjahremusik, die von der schlechtesten Band am ganzen Pazifik gespielt wurde – vielleicht gar der schlechtesten Band der Welt. Aber es machte Spaß und wir plauderten mit ein paar Europäern und tauschten sogar ab und zu die Tanzpartner. Ein paar der Männer durchschauten, dass ich Vietnamveteran war, aber weiter ging es nicht; niemand wollte darüber reden.

Ich weiß nicht, ob ich betrunken, nur entspannt oder froh über etwas war – jedenfalls schloss ich zum ersten Mal seit langer Zeit Frieden mit mir selbst und meiner Umgebung.

Wir verließen den Yachtclub um kurz nach eins und als wir wieder auf die bunten Lichter der Strandcafés zugingen, fragte Susan: »Ist es gefährlich, was du hier machst?«

»Ich muss nur jemanden finden und vernehmen und dann fahre ich nach Hanoi und fliege nach Hause.«

»Und wo ist dieser Jemand? In Tam Ki?«

»Das weiß ich noch nicht.« Ich wechselte das Thema und fragte: »Warum bist du in Vietnam, Susan?«

Sie löste ihre Hand aus meiner und steckte sich eine Zigarette an. Sie sagte: »Tja ... das hat nicht so wichtige oder dramatische Gründe wie bei dir.«

»Für dich sind sie wichtig, sonst wärst du nicht hier. Wie heißt er?«

Sie nahm einen tiefen Zug aus ihrer Zigarette und sagte dann: »Sam. Wir waren schon als Kinder befreundet und auf dem College waren wir dann zusammen – er war in Dartmouth. Dann haben wir gemeinsam studiert – du hast ihn vielleicht auf einem der Fotos in meinem Büro gesehen, auf dem Gruppenbild.«

Der Schwiegersohntyp, aber das sagte ich nicht.

»Wir haben in New York zusammengelebt ... Ich war völlig verrückt nach ihm und konnte mir ein Leben ohne ihn nicht vorstellen. Wir haben uns verlobt und wollten heiraten, in Connecticut ein Haus kaufen, Kinder bekommen und bis an unser Lebensende glücklich sein.« Sie schwieg eine Weile und fuhr dann fort: »Schon als kleines Mädchen war ich in ihn verliebt und blieb es bis zu dem Tag, an dem er nach Hause kam und mir erzählte, er habe etwas mit einer anderen Frau. Einer Frau aus seinem Büro. Er hat seine Sachen gepackt und ist gegangen.«

»Das tut mir Leid.«

»Tja ... so was passiert halt schon mal. Aber ich konnte nicht fassen, dass es *mir* passierte. Ich hatte es überhaupt nicht kommen sehen und wurde deshalb fast irre an mir selbst. Jedenfalls: Ich bin nicht drüber weggekommen, habe meine Stelle in New York gekündigt und bin für eine Weile wieder zu meinen Eltern nach Lenox gezogen. Dort waren alle völlig baff. Sam Thorpe war der Junge von nebenan gewesen und es war schon alles für die Hochzeit vorbereitet. Mein Vater hätte ihn am liebsten in der Luft zerrissen.« Sie lachte.

Wir gingen weiter und sie sagte: »Tja, ich habe versucht, drüber wegzukommen, aber in Lenox hat mich zu viel an ihn erinnert. Ich habe viel zu viel geweint und alle verloren allmählich die Geduld mit mir, aber er fehlte mir so sehr und ich konnte mich einfach nicht zusammenreißen. Kurz und gut: Ich sah mich nach einem Job in Übersee um, den sonst keiner wollte, und ein halbes Jahr, nachdem Sam mich verlassen hatte, war ich in Saigon.«

»Hast du je wieder von ihm gehört?«

»Aber sicher doch. Ein paar Monate nach meiner Ankunft in Saigon schrieb er mir einen langen Brief und sagte, er hätte den größten Fehler seines Lebens begangen, und ob ich nicht heimkommen und ihn heiraten wollte. Er erinnerte mich daran, wie schön es mit uns in unserer Kindheit gewesen war – die Schulbälle, unser erster Kuss, Familienfeste und so weiter. Er schrieb, wir würden einfach zusammengehören und sollten heiraten und Kinder bekommen und gemeinsam alt werden.«

»Dann ist aus seiner anderen Beziehung wohl nichts geworden.«

»Vermutlich nicht.«

»Und was hast du ihm geantwortet?«

»Gar nichts.« Sie atmete tief durch. »Er hatte mir das Herz gebrochen und ich wusste, dass es nie wieder so sein konnte wie früher. Um uns beiden also viele Qualen zu ersparen, habe ich seinen Brief einfach nicht beantwortet. Er hat mir noch ein paar Mal geschrieben und irgendwann hat er dann damit aufgehört.« Sie warf ihre Kippe in die Brandung. »Von gemeinsamen Freunden habe ich erfahren, dass er in New York geheiratet hat.«

Wir gingen am Ufer entlang und es war ein schönes Gefühl, den feuchten Sand und die Brandung an den Füßen zu spüren. Ich dachte über Susan und Sam nach – und wo ich schon mal dabei war auch über Paul und Cynthia. In einer vollkommenen Welt wären die Menschen wie Pinguine, würden ein Leben lang beieinander und in der Nähe des Eisbergs bleiben, auf dem sie geboren sind. Aber Frauen und Männer werden nun mal rastlos, streunen umher und brechen einander das Herz. Als ich noch jünger war, hatte ich zu oft mit dem Schwanz gedacht. Das mache ich immer noch. Aber nicht mehr so oft.

Ich fragte: »Hätte es einen Unterschied gemacht, wenn er nach Saigon gekommen wäre, statt dich zu bitten, nach Hause zu kommen?«

»Das ist eine gute Frage. Ich war einmal im Urlaub zu Hause und ich glaube, er wusste davon, aber damals wussten wir beide wohl schon, dass wir einander nicht mehr wiedersehen wollten. Aber ich weiß nicht, was ich getan hätte, wenn er eines Tages in der Dong-Khoi-Straße vor meiner Tür gestanden hätte.«

»Was glaubst du denn?«

»Ich glaube, dass ein Mann, der so was getan hat und es

aufrichtig bereut, keinen Brief schreibt. Der wäre nach Saigon gekommen und hätte mich heimgeholt.«

»Und du wärst mitgegangen?«

»Ich wäre mitgegangen, wenn er den Mut und die Entschlossenheit gehabt hätte, zu kommen und mich zu holen. Aber das hatte Sam nicht. Ich glaube, er wollte nur per Post seine Möglichkeiten erkunden.« Sie sah mich kurz an. »Jemand wie du wäre ohne diese blöden Briefe einfach nach Saigon gekommen.«

Ich ging nicht direkt darauf ein, sondern ertappte mich dabei, dass ich sagte: »Cynthia und ich wohnen ein paar hundert Meilen auseinander, und ich ziehe nicht zu ihr, glaube aber, dass sie gerne zu mir ziehen würde.«

»Die Frau zieht normalerweise dem Mann hinterher. Du solltest mal darüber nachdenken, warum du nicht zu ihr ziehst.«

Ich kam wieder auf sie zu sprechen und sagte: »Und jetzt bist du das los, wovor du weggelaufen bist. Zeit weiterzuziehen.«

Sie erwiderte nichts und wir gingen weiter über den feuchten Sand. Sie warf ihre Sandalen auf den Strand und ging bis zu den Knien ins Wasser. Ich watete neben ihr her.

Sie sagte: »Das ist also meine traurige Lebensgeschichte. Aber weißt du was? Nach Saigon zu ziehen war eine der besten Entscheidungen meines Lebens.«

»Das kann man ja Angst kriegen.«

Sie lachte und sagte: »Nein, das ist mein Ernst. Hier bin ich ganz schnell erwachsen geworden. Ich war verzogen, verhätschelt, völlig ahnungslos. Ich war Daddys kleines Mädchen, Sams Schatz und Moms perfekte Tochter. Ich war sogar in der Junior League – um Gottes willen! Aber es war okay. Ich war glücklich.« Sie fügte hinzu: »Ich glaube, ich war ziemlich langweilig.«

»Also das Problem hast du auf jeden Fall gelöst.«

»Eben. Mir ist klar geworden, dass Sam sich mit mir gelangweilt hat. Ich habe nicht mal mit anderen Männern geflirtet. Und deshalb kam ich mir so betrogen vor, als er sagte, er habe was mit dieser Frau aus seinem Büro ... Ich hätte losziehen und mit seinem besten Freund schlafen sollen.« Sie lachte und fragte dann: »Bereust du es schon, dass du danach gefragt hast?«

»Nein. Jetzt verstehe ich das.«

»Ja. Jedenfalls: Als ich hier ankam, war ich so entsetzt, dass ich fast kehrtgemacht hätte und wieder nach Hause geflogen wäre.«

»Das Gefühl kenne ich.«

Sie lachte. »Mein Aufenthalt hier lässt sich unmöglich mit deinem vergleichen, aber für mich war es ein großer Schritt hin zum Erwachsensein. Mir war klar, wenn ich wieder heimgeflogen wäre, wäre ich ... tja, wer weiß.« Sie sagte: »Ich habe dir ja gesagt, dass du mich nicht wieder erkennen würdest, wenn wir mal drei Jahre zurückgingen. Wenn du mir in New York begegnet wärst, hättest du keine fünf Minuten lang mit mir geredet.«

»Da bin ich mir nicht so sicher. Aber ich verstehe schon. Und ist deine charakterliche Entwicklung jetzt so gut wie abgeschlossen?«

»Was meinst du denn?«

»Das habe ich dir schon gesagt. Es wird Zeit, nach Hause zu gehen. Irgendwann kommt man nämlich an einen Punkt, von dem an man nicht mehr nach Hause kann.«

»Und woher weiß man, wann es so weit ist?«

»*Du* musst es wissen.« Ich sagte: »Während des Krieges hat das Militär den Aufenthalt hier auf zwölf bis höchstens dreizehn Monate beschränkt. Das erste Jahr hat – wenn man es denn überlebte – einen Mann aus einem gemacht. Und wenn man sich freiwillig gemeldet hat, hat das zweite Jahr etwas anderes aus einem gemacht.« Ich fügte hinzu: »Wie ich schon im Apocalypse Now gesagt habe, kam irgendwann ein Punkt, von dem an man nicht mehr nach Hause konnte, es sei denn auf Befehl oder in einem Leichensack.«

Sie erwiderte nichts.

Ich sagte: »Schau mal, es ist nicht mehr so schlimm hier und ich verstehe den Reiz, den das hat, aber du bist jetzt Doktorin des Lebens, also fahr nach Hause und mach was draus.«

»Ich werde darüber nachdenken.« Sie wechselte das Thema und sagte: »Wir sollten mal mit einem Boot zu diesen Inseln fahren.«

Wir standen da im Wasser, ich nahm ihre Hand und wir schauten hinaus auf die See und in den Nachthimmel.

Es ging auf zwei Uhr zu, als wir ins Hotel zurückkamen, und ein Nachtwächter schloss uns auf. Der Empfang war nicht besetzt, also konnten wir nicht nach Nachrichten fragen. Wir gingen die Treppe hinauf in den dritten Stock.

Wir kamen zuerst zu meinem Zimmer und ich machte die Tür auf und schaute nach einem Fax. Es war keins da. Wir gingen zu Susans Zimmer.

Sie machte die Tür auf und auf dem Boden lag ein Blatt Papier. Sie ging in ihr Schlafzimmer, knipste die Lampe an und las das Fax. Dann reichte sie es mir und ich las: *Habe deine Nachricht erhalten und an die entsprechenden Stellen weitergeleitet. Ich bin sehr verletzt und wütend, aber das ist deine Entscheidung, nicht meine. Ich glaube, du machst einen schrecklichen Fehler und wenn du nicht mit jemandem nach Nha Trang gefahren wärst, hätten wir darüber reden können. Jetzt ist es dafür zu spät.* Es war unterzeichnet mit *Bill*.

Ich gab ihr das Fax zurück und sagte: »Das hättest du mir nicht zeigen müssen.«

»Er ist so ein Romantiker.« Sie fügte hinzu: »Man beachte, dass er sich nicht die Mühe macht, nach Nha Trang zu kommen.«

»Du bist hart zu den Männern. Wer weiß, was du mal in der Q-Bar über mich sagen wirst.«

Sie sah mich an und sagte: »Was auch immer ich über dich zu sagen habe, werde ich dir selber sagen.«

Der schwierige Moment war gekommen und ich sah mich im Zimmer um, das ganz ähnlich wie meines war. Ich sah, dass die Schneekugel auf ihrem Nachttisch stand und in einer Nische ein paar Sachen hingen. Ich fragte: »Hast du Seife oder Shampoo bekommen?«

»Nein. Aber ich habe mein eigenes mitgebracht. Das hätte ich dir sagen sollen.«

»Ich kaufe mir morgen welches.«

»Ich gebe dir gern die Hälfte von meiner Seife ab.«

Das hatte ich nicht damit gemeint, als ich das Seifenproblem zur Sprache gebracht hatte, und das wussten wir beide. Ich sagte: »Ach, das geht schon. Tja ...«

Sie umarmte mich fest und drückte ihr Gesicht an meine Brust. Sie sagte: »Vielleicht, bevor ich abreise. Ich muss darüber nachdenken. Ist das in Ordnung?«

»Klar.«

Wir küssten einander und für einen Moment dachte ich, sie hätte bereits darüber nachgedacht, doch dann löste sie sich von mir und sagte: »Also ... gute Nacht. Frühstück? Um zehn?«

»Gern.« Ich hasse lange Abschiede und deshalb machte ich kehrt und ging.

Wieder auf meinem Zimmer, zog ich mir das Hemd aus, schälte mich aus der nassen Hose und warf beides auf eines der Betten.

Ich schob einen Sessel auf den Balkon und saß dann da, mit den Füßen auf dem schmiedeeisernen Geländer. Ich sah zum Sternenhimmel hoch und gähnte.

Vom Strand her trug der Nachtwind Musik, Stimmen und die Geräusche der Brandung zu mir herauf. Ich lauschte, ob es an meiner Tür klopfen würde, aber es klopfte nicht.

Unwillkürlich dachte ich wieder an den Mai 1968, als ich hier in Nha Trang gewesen war und nur eine einzige Sorge gekannt hatte – die, am Leben zu bleiben. Wie vielen Männern mittleren Alters, die an einem Krieg teilgenommen hatten, kam es mir manchmal so vor, dass der Krieg etwas wunderbar Schlichtes gehabt hatte, eine fast transzendentale Wirkung, die den Geist und den Körper wie nie zuvor und auch nie wieder danach fokussierte.

Und doch schädigte der Krieg mit seinen Adrenalinstößen, außerkörperlichen Erfahrungen und strahlend aufblitzenden Einsichten Körper, Geist und Seele wie eine Droge. Es gab durchaus diesen Punkt, von dem man nicht mehr nach Hause konnte und wenn man dem Tod ins Gesicht gespuckt hatte und davongekommen war, zahlte man einen Preis dafür.

Ich sah zu den Sternen empor und dachte an Cynthia, an Susan, an Paul Brenner und an Vietnam, Teil drei.

Ich ging ins Bett und zog das Moskitonetz herab, aber ich konnte nicht schlafen und deshalb spielte ich in Gedanken einen Zapfenstreich: *Durch die Nacht tönet sacht unser Lied. Friede zieht durch das Land. Alles ruht. Gottes Hand schützt uns gut ...*

Kapitel 17

Ich kam um zehn Uhr auf die Veranda und Susan saß bereits bei einer Kanne Kaffee an einem Tisch und las ihren »Economist«.

Es frühstückten noch ein paar andere Leute dort, ausschließlich Westler, und daraus schloss ich, dass ich nicht unter der Beobachtung des Ministeriums für öffentliche Sicherheit stand. Fast wäre mir das lieber gewesen, denn ich hatte für diesen Tag keinerlei staatsfeindliche Aktivitäten geplant.

Die Weisen von Washington hatten diese Woche als Auszeit vorgesehen, in welcher sich der Vietnamveteran Mr. Paul Brenner als harmloser Tourist erwies. Das war ein üblicher handwerklicher Kniff. Sehr kurze Reisen in ferne Länder erregten stets den Argwohn der Polizei- und Zollbehörden. Ebenso verdächtig wirkten, wie mein Besuch bei Oberst Mang gezeigt hatte, erst kurz vor einer großen Reise beantragte Visa. Aber sich darüber den Kopf zu zerbrechen war es jetzt zu spät.

Ich setzte mich zu Susan und sagte: »Guten Morgen.«

Sie legte die Zeitschrift weg und sagte: »Guten Morgen. Wie hast du geschlafen?«

»Alleine.«

Sie lächelte und schenkte mir eine Tasse Kaffee ein.

Susan trug, ebenso wie ich, eine Khakihose und dazu einen ärmellosen, marineblauen Pullover.

Es war ein schöner Morgen, etwa fünfundzwanzig Grad, und am Himmel war kein einziges Wölkchen zu sehen.

Der Kellner kam und Susan teilte mir mit: »Die haben nur zwei Arten Frühstück – vietnamesisch und westlich. Entweder Pho-Suppe oder Spiegeleier. Rührei ist hier unbekannt, da brauchst du gar nicht zu fragen.«

»Eier.«

Susan bestellte auf Vietnamesisch.

Ich fragte sie: »Hattest du warmes Wasser?«

»Ach, das habe ich vergessen, dir zu sagen. Über der Toilette ist ein Wasserboiler. Hast du den nicht gesehen?«

»Ich dachte, der gehört zur Toilette.«

»Nein. Den kann man anschalten und dann erhitzt er etwa achtzig Liter Wasser. Das dauert ein bisschen. Aber sie schalten den Strom für die Boiler um zehn Uhr ab.«

»Ich hatte sowieso keine Seife.«

»Wir gehen nachher auf den Markt und kaufen ein paar Sachen.«

Ich fragte: »Glaubst du, Bill hat bei seiner Meldung ans Konsulat erwähnt, dass du nach Nha Trang mitgekommen bist?«

Sie steckte sich eine Zigarette an und erwiderte: »Das habe ich auch schon überlegt. Einerseits sollte er es ihnen erzählt haben, wenn es ihm ernst damit ist, dem Konsulat zu helfen. Andererseits wissen die alle, dass er und ich zusammen sind – beziehungsweise waren –, und vielleicht ist es ihm zu peinlich, ihnen zu erzählen, dass ich mit dir durchgebrannt bin.«

Ich nickte.

Sie fragte: »Glaubst du, deine Firma würde dir Ärger machen, wenn sie rauskriegte, dass wir diese Reise gemeinsam unternommen haben?«

Ich erwiderte: »Sie wären nicht erfreut darüber, aber wie wollen sie mich denn dafür bestrafen? Sollen sie mich nach Vietnam schicken?«

Sie lächelte. »Das klingt wie ein Spruch, den ihr hier früher immer gebracht habt.«

»Tagtäglich.«

»Tja ... tut mir Leid, wenn das Scherereien gibt.«

»Kein Problem.« Solange Karl mich nicht bei Cynthia verpfiff. Aber das würde er nicht tun – es sei denn, es würde ihm irgendwie nützen.

Die Spiegeleier kamen. Susan sagte: »Ich habe darüber nachgedacht, was ich dir über Sam erzählt habe und über die Gründe, warum ich hier bin und so. Ich wollte nicht, dass du denkst, dass ein Mann der Grund dafür ist, dass ich hier bin.«

»Genau das habe ich aber gedacht.«

»Ich meine: Er ist nicht der Grund dafür, dass ich hier bin. *Ich* habe diese Entscheidung getroffen. Er war nur der Auslöser.«

»Schon klar.«

»Ich musste *mir* etwas beweisen, nicht Sam. Jetzt bin ich, glaube ich, der Mensch, der ich sein wollte, und kann anfangen, den richtigen Partner für mich zu suchen.«

»Gut.«

»Sag mir, was du denkst. Ganz ehrlich.«

»Okay. Ich glaube, dass du es gestern Abend, als du betrunken warst, schon richtig erzählt hast. Ich glaube auch, dass du mit der Absicht nach Vietnam gekommen bist, nur so lange hier zu bleiben, bis du für Sam wieder interessant gewesen wärst. Wenn er gekommen wäre, um dich zu holen, wärst du mit ihm zurückgegangen und zwar lange bevor du dir irgendwas bewiesen hättest. Aber dir war es wichtig, dass er herkommt und sieht, dass du es auch alleine schaffst. Fazit: Es war alles nur wegen einem Kerl. Aber ich glaube, darüber bist du jetzt hinaus.«

Sie sagte nichts und ich fragte mich, ob ich sie mit meinem absoluten Durchblick verärgert, in Verlegenheit gebracht oder verblüfft hatte. Schließlich sagte sie: »Das stimmt so ziemlich. Du bist ein kluger Junge.«

»Ich mache so was hauptberuflich. Nicht Liebeskranke beraten, aber den Quatsch analysieren, den andere Leute reden. Und Vorwände und Rechtfertigungen höre ich mir nicht lange an. Jeder weiß, was er getan hat und warum er es getan hat. Entweder verschweigt man es, oder man erzählt es, wie es ist.«

Sie nickte: »Ich wusste, dass du mir wirklich erzählen würdest, was du denkst.«

»Bleibt aber weiterhin die Frage: Was wirst du als Nächstes tun? Wenn du hier bleibst, solltest du es aus den richtigen Gründen tun. Das Gleiche gilt, wenn du wieder nach Hause fährst. Ich mache mir bei Ihnen, Miss Weber, genau die gleichen Sorgen wie bei den Männern, von denen ich wusste, dass sie hier nicht mehr wegkonnten.«

»Und was ist mit den Männern, die ihr ganzes Leben lang bei der Armee geblieben sind?«

»Du meinst mich?«

»Ja, dich.«

»Da ist was dran. Aber deshalb weiß ich ja vielleicht, worüber ich rede.«

»Wieso bist du wiedergekommen?«

»Sie haben gesagt, es wäre wichtig. Sie haben gesagt, sie bräuchten mich. Und ich hatte Langeweile.«

»Und was ist so wichtig?«

»Das weiß ich nicht. Aber ich sag dir was: Wenn ich hier

raus bin, werden wir uns eines Tages in New York, Washington oder Massachusetts treffen und was zusammen trinken und dann erzähl ich dir, was ich rausgefunden habe.«

Sie erwiderte: »Ich wäre für Washington. Du bist mir noch eine Führung durch die Stadt schuldig. Aber sorg jetzt erst mal dafür, dass du hier wieder rauskommst.«

»Das hab ich schon zweimal geschafft.«

»Gut. Bist du so weit?«

»Sag mir erst noch, woher du weißt, dass ich für die Army tätig bin.«

»Oh ... Das muss mir wohl jemand erzählt haben. Ich schätze mal, Bill.«

»Das ist nichts, was er wissen muss.«

»Dann war es wohl jemand vom Konsulat. Was macht das schon für einen Unterschied?«

Ich erwiderte nichts.

Sie sah mich an und sagte: »Also, eigentlich hat nicht Bill mich gebeten, dem Konsulat einen Gefallen zu tun. Sie haben mich direkt gefragt. Der CIA-Typ da. Er hat mich nur sehr flüchtig gebrieft. Hauptsächlich über deinen Lebenslauf. Nichts über den Einsatz. Darüber weiß ich nichts. Ich weiß nur ein paar Einzelheiten über dich.« Sie fügte hinzu: »Der Typ von der CIA hat gesagt, du wärst bei der Criminal Investigation Division der Army und es ginge hier um einen Kriminalfall, nicht um eine Spionagesache.«

»Und wer ist dieser Typ von der CIA?«

»Du weißt doch, dass ich dir das nicht sagen darf.« Sie lächelte und sagte: »Er hat mir ein Foto von dir gezeigt und da habe ich auf der Stelle zugesagt.«

Ich fragte: »Wann war das?«

»Äh ... etwa vier Tage, bevor du hier angekommen bist.«

Als ich das erste Mal hierher geschickt wurde, hatte man mir wenigstens zwei Monate vorher Bescheid gesagt. Dann hatte ich noch einen Monat Urlaub bekommen und man hatte mir empfohlen, mein Testament zu machen.

Ich stand auf. »Ist das Frühstück inbegriffen?«

»Wenn noch nicht einmal Seife inbegriffen ist, wieso sollte dann das Frühstück inbegriffen sein?«

»Wohl wahr.« Ich rief den Kellner herbei und zahlte das Frühstück. Es kostete zwei Dollar.

Wir gingen hinaus auf die Strandpromenade, wo etwa zwei Dutzend Cyclofahrer warteten. Sie stürzten sich auf uns und Susan wählte zwei Fahrer aus – einem der beiden fehlte ein Arm. Wir stiegen auf und Susan sagte: »Cho dam.«

Ihr Fahrer war der mit dem fehlenden Arm und ich sagte zu ihr: »Frag ihn, ob er Veteran ist.«

Sie fragte ihn und erst schien er verblüfft über ihr Vietnamesisch und dann darüber, dass sich jemand dafür interessierte, ob er Veteran war. Sie sagte zu mir: »Er sagt ja.«

Während wir die Strandpromenade entlangfuhren, unterhielt sich Susan mit ihrem Fahrer und ich wusste, dass sie ihm erzählte, dass ich ebenfalls Veteran war.

Als unsere Cyclos dann Seite an Seite fuhren, sagte sie: »Er war Soldat hier in Nha Trang und wurde gefangen genommen, als die Kommunisten die Stadt eroberten. Sein gesamtes Regiment wurde tagelang ohne Essen und Wasser im Fußballstadion eingesperrt. Er hatte eine Wunde am Arm und bekam Wundbrand.« Sie schwieg kurz. »Seine Kameraden haben den Arm ohne Betäubung amputiert.«

Ich sah zu dem Fahrer hinüber und unsere Blicke begegneten sich.

Susan fuhr fort: »Er war so krank, dass er nicht in ein Umerziehungslager gesteckt wurde und bei seiner Familie in Nha Trang bleiben durfte, und da hat er sich dann erholt.«

Für vietnamesische Verhältnisse war das vermutlich eine Geschichte mit glücklichem Ausgang. Vielleicht sollte ich aufhören, Cyclo zu fahren, oder wenigstens aufhören, mich bei diesen Gespenstern nach ihrer Kriegsdienstzeit zu erkundigen. Ich sagte zu Susan: »Sag ihm, dass ich stolz war, an der Seite der südvietnamesischen Armee zu kämpfen.«

Susan gab das an den Mann weiter und er hob kurz seine einzige Hand vom Lenker und salutierte mir flink.

Mein Fahrer hatte sich das alles angehört und sagte jetzt etwas zu Susan.

Susan hörte zu und dolmetschte dann: »Er sagt, er war Matrose in Cam Ran und konnte per Schiff entkommen, als die Kommunisten näher rückten, ist dann aber von Bord gegangen, um in ein kleines Dorf außerhalb von Nha Trang zu gelangen. Auf dem Weg dorthin haben ihn nordvietnamesische Truppen gefangen genommen und dann war er vier Jahre lang in einem Umerziehungslager.«

Ich sagte zu Susan: »Sag ihm ... dass Amerika immer noch an seine südvietnamesischen Verbündeten denkt.« Das war zwar gelogen, hörte sich aber gut an.

So fuhren wir also unter einem azurblauen Himmel die hübsche Strandpromenade entlang und ich hatte den Geruch der See in der Nase und die menschlichen Wrackteile einer verlorenen Sache strampelten sich für uns ab.

Die Straße endete als Sackgasse vor einem umzäunten Markt. Wir stiegen ab und ich gab den beiden Fahrern jeweils einen Fünfer, worüber sie sich sehr freuten. Wenn ich so weitermachte, war ich zwar nächste Woche pleite, aber ich stehe nun mal auf traurige Geschichten. Und ich empfand wohl auch Gewissensbisse, weil ich es unversehrt überstanden hatte – ein ganz neues Gefühl für mich.

Wir schlenderten über den Markt und ich kaufte ein Stück Orangenseife, das in Seidenpapier eingewickelt war, und eine Flasche amerikanisches Shampoo einer Marke, die es, glaube ich, seit 1968 nicht mehr gab. Susan kaufte mir ein Paar Ho-Chi-Minh-Sandalen aus Reifenprofil und ich schenkte ihr ein T-Shirt mit dem Aufdruck *Nha Trang hat den schönsten Strand. Erzählen Sie das Ihren Liebsten daheim.*

Wer denkt sich so was aus?

Susan nahm auch noch zwei Seidenblusen mit. Sie sagte: »Die sind hier billiger als in Saigon. Die Seidenraupenfarmen und Seidenspinnereien sind hier in der Gegend. Ich sollte mal zum Einkaufen wiederkommen.«

»Die Spinnereien aufkaufen?«

Sie lachte.

Wir bummelten etwa eine Stunde an den Ständen entlang und Susan kaufte noch eine Duftkerze, eine Flasche Reiswein und einen billigen Vinylbeutel, in dem sie den ganzen Kram unterbrachte. Die Frauen und das Shoppen …

Dann gingen wir auf den Blumenmarkt und Susan kaufte Tet-Blütenzweige, die mit Bindfäden zusammengebunden waren. Sie sagte: »Für dein Zimmer. Chuc mung nam moi.«

Mit zwei Cyclos fuhren wir zurück zum Hotel. Wir fragten nach Nachrichten, aber es waren keine gekommen. Dann gingen wir auf mein Zimmer.

Susan band die Blütenzweige an den Rahmen des Moskitonetzes über meinem Bett. Sie sagte: »Das wird dir Glück bringen und die bösen Geister vertreiben.«

»Ich mag aber böse Geister.«

Sie lächelte und wir standen ein paar Sekunden lang da und sahen einander an.

Sie fragte: »Möchtest du gern an den Strand?«

»Klar.«

Sie nahm meine Seife und mein Shampoo aus ihrem Beutel und gab sie mir. »Ich klopfe bei dir, wenn ich strandfertig bin.« Sie zögerte noch kurz und ging dann hinaus.

Ich zog meine Badehose an, zog ein Sport-Shirt über und schlüpfte in meine nagelneuen Ho-Chi-Minh-Sandalen.

Meine Brieftasche, meinen Pass, mein Visum, die Hotelgutscheine und Flugtickets steckte ich in einen Plastikbeutel und fragte mich, ob der Portier das aufheben oder damit nach Amerika durchbrennen würde.

Ich setzte mich auf einen Sessel und sah einem Gecko zu, der die Wand hochkrabbelte. Und während ich dem Gecko zusah und auf Susan wartete, machte ich mir ein paar Gedanken.

Susan Weber. Wahrscheinlich war sie wirklich das, was sie behauptete zu sein: Eine amerikanische Geschäftsfrau, die hier lebte. Aber es gab Anzeichen dafür, dass sie noch einen Nebenjob hatte. In Ländern, in denen unsere Geheimdienste nur wenig Personal und Infrastruktur hatten, in denen unser Wissensdurst aber groß war und immer größer wurde, war es allgemein üblich, dort lebende Amerikaner dafür zu gewinnen, nebenbei ein bisschen was für Uncle Sam zu tun.

Es gab mindestens drei Behörden, die diese Form von Rekrutierung im Ausland betrieben: der Nachrichtendienst des Auswärtigen Amts, der militärische Geheimdienst und die CIA.

Und dann war da auch noch die American-Asian selbst. Die Firma wirkte okay, aber der ganze technische Aufwand deutete doch auf eine Tarnfirma der CIA hin.

Eine andere Frage war Susan Webers Zuneigung zu Paul Brenner. Man kann im Leben eine ganze Menge vortäuschen – Frauen täuschen Orgasmen vor, Männer komplette Beziehungen –, aber wenn ich meine Menschenkenntnis nicht vollkommen eingebüßt hatte, war Susan tatsächlich von mir angetan. So was passierte nicht zum ersten Mal und deshalb misstrauen Nachrichtendienste prinzipiell ihren menschlichen Mitarbeitern und lieben ihre Spionagesatelliten.

Susan Weber und Paul Brenner standen jedenfalls kurz vor einem sexuellen Verhältnis, das im ursprünglichen Drehbuch nicht vorgesehen war und nur in einem Fiasko münden konnte.

Es klopfte an der Tür, und ich rief: »Ist offen!«

Susan kam herein und ich stand auf.

Sie trug das Nha-Trang-T-Shirt, das ich ihr geschenkt hatte – *Erzählen Sie das Ihren Liebsten daheim* –, es reichte ihr bis zu den Knien. Sie hatte Sandalen an und trug ihren neuen Beutel.

Sie lächelte und sagte: »Die Sandalen stehen dir.« Sie nahm eine Plastiktasse aus ihrem Beutel, die mit einem weißen Pulver gefüllt war. »Das ist Borsäure. Das verstreut man rund ums Bett und ums Gepäck.«

»Und dann? Betet man dann um Regen?«

»Das hält Ungeziefer fern. Vor allem Kakerlaken.«

Ich stellte die Tasse auf meinen Nachttisch und wir gingen hinaus. Auf der Treppe sagte ich: »Ich habe meine ganzen Wertsachen in diesem Plastikbeutel. Meinst du, die kann ich dem Portier anvertrauen?«

»Klar. Ich kümmere mich drum.«

Wir gingen runter ins Foyer und Susan sprach mit dem Mann am Empfang. Sie einigten sich darauf, dass er alles inventarisierte, Susans Geld und Pass ebenso wie meinen Kram. Während er das erledigte, fragte ich sie: »Hättest du was dagegen, wenn ich mir mal deinen Pass anschaue?«

Sie zögerte kurz und sagte dann: »Nein. Schreckliches Foto.«

Ich betrachtete ihr Foto, das natürlich gar nicht so schrecklich war, und sah, dass ihr Pass gut drei Jahre zuvor ausgestellt worden war, was mit ihrem angeblichen Ankunftsdatum hier übereinstimmte. Ich betrachtete ihr Foto und sah, dass sie damals viel kürzere Haare gehabt und dass ihr Gesichtsausdruck etwas Trauriges und Unschuldiges hatte – aber vielleicht projezierte ich das auch nur hinein, weil sie es mir so erzählt hatte. Die Frau neben mir sah jedenfalls viel selbstbewusster und selbstsicherer aus als die Frau auf dem Passfoto.

Ich blätterte weiter und sah, dass sie drei Einreisestempel in die USA hatte, zwei aus New York und einen aus Washington. Das entsprach nicht so ganz ihrer Behauptung, noch nie in Washington gewesen zu sein, aber vielleicht hatte sie dort auch nur einen Anschlussflug genommen, nach Boston beispielsweise.

Ihr vietnamesischer Visumsstempel sah anders aus als meiner und entsprach vermutlich eher einer Arbeitserlaubnis als einem Touristenvisum. Das Visum war einmal verlängert worden, ein Jahr zuvor, und ich stellte sie mir, nachdem sie schon zwei Jahre hier verbracht hatte, in der Abteilung C des Ministeriums für öffentliche Sicherheit vor und wie sie allen dort auf den Zeiger ging.

Sie war auch in Hongkong, Sydney, Bangkok und Tokio gewesen – entweder geschäftlich oder im Urlaub. Hier weiter nichts Heikles. Aber das mit Washington stach schon ins Auge.

Ich legte den Pass wieder auf den Empfangstresen und der Portier schob uns eine handschriftliche Quittung hin, die wir beide gegenzeichnen mussten, und dann gab Susan ihm einen Dollar.

Wir gingen über die Straße; am Strand war nicht viel los. Wir nahmen uns zwei Liegestühle und hunderte Kinder stürzten sich auf uns, die alles feilboten, was wir nur irgend gebrauchen konnten. Wir kauften zwei Matten für die Liegestühle und zwei Handtücher, zwei geschälte Ananas am Stiel und zwei Cola. Susan verteilt Dong und verscheuchte die Kinder dann.

Ich zog mein Sport-Shirt aus und Susan entledigte sich ihres T-Shirts. Sie trug einen knapp geschnittenen, fleischfarbenen Bikini und offenbarte einen äußerst verlockenden Körper, gebräunt und schön durchtrainiert.

Sie merkte, dass ich sie ansah – ja, sie anstarrte. Ich schaute aufs Wasser. »Hübscher Strand.«

Wir saßen auf unseren Liegestühlen und aßen Ananas.

Während wir aßen, kamen fliegende Händler vorbei, die Essen, Getränke, Stadtpläne, Seidenmalereien, Vietcongfahnen, Strandhüte und andere Dinge verkauften, mit denen ich nichts anzufangen wusste. Ich erwarb einen Touristen-Stadtplan von Nha Trang.

Dann gingen wir ans Wasser und Susan ließ ihren Beutel auf ihrem Liegestuhl zurück, wo er, wie sie sagte, nicht wegkommen würde.

Wir wateten hinaus, bis uns das klare Wasser bis zum Hals ging und wir darin bunte tropische Fische sehen konnten. Ich sagte: »Früher gab es hier an der ganzen Küste große Quallen. Portugiesische Galeeren.«

»Ja, die gibt es in Vung Tau auch. Man muss aufpassen. Die können einen lähmen.«

»Wir haben dann immer Traumagranaten ins Wasser geworfen. Die haben die Quallen betäubt und dann trieben sie mit Hunderten von Fischen an die Oberfläche. Die Kinder haben sie eingesammelt. Sie haben die Tintenfische lebend gegessen. Damals fanden wir das widerlich, aber heute bezahle ich in einem Sushi-Restaurant zwanzig Dollar für rohen Tintenfisch.«

Sie dachte darüber nach und fragte dann: »Traumagranaten?«

»Ja. Das sind keine Splittergranaten. Man wirft sie in Bunker oder Tunnel, geschlossene Räume halt. Sie verursachen schwere Gehirnerschütterungen. Irgendjemand hat rausgekriegt, dass man auch damit fischen kann. Sie kosten Uncle Sam etwa zwanzig Dollar pro Stück. Aber das war eine der Vergünstigungen bei diesem Job.« Ich fügte hinzu: »Mit dem Einsatz von Sprengstoff Menschen zu ernähren.«

»Und wenn ihr die Granaten später mal brauchtet?«

»Dann haben wir neue angefordert. Die Munition ist uns nie ausgegangen. Eher schon der Wille, sie auch einzusetzen.«

Wir schwammen. Susan war eine gute, kräftige Schwimmerin und ich bin auch ein guter Schwimmer und so blieben wir gut eine Stunde lang draußen. Es war ein wunderbares Gefühl.

Als wir wieder auf den Liegestühlen saßen und uns abtrockneten, kamen die Händler wieder. Sie konnten einem fürchterlich auf die Nerven gehen, beklauten einen aber nicht, denn binnen kurzem hatten sie einem ja sowieso alles Geld abgeknöpft.

Mehrere junge Damen kamen mit Ölflaschen und Handtüchern vorbei. Susan sagte: »Du hast seit dem Hotel Rex keine Massage mehr bekommen. Komm, ich lade dich ein.«

»Danke.«

Wir ließen uns beide am Strand massieren. Ich kam mir wieder mal wie James Bond vor.

Dann lagen wir auf unseren Liegestühlen; Susan las durch ihre Sonnenbrille eine Wirtschaftszeitschrift und ich betrachtete die See und den Himmel.

Ich dachte, dass ich vielleicht eines Tages mal privat wiederkommen sollte. Vielleicht würde Cynthia mitkommen und dann würden wir einen Monat lang das Land erkunden. Das setzte jedoch voraus, dass ich nach dieser Sache nicht als Persona non grata oder in einer Kiste ausreiste.

Ich schaute zu Susan hinüber und sah ihr beim Lesen zu. Sie merkte, dass ich sie ansah, und drehte sich zu mir. Sie fragte: »Ist das nicht schön?«

»Ja, das ist es.«

»Bist du froh, dass ich mitgekommen bin?«

»Ja.«

»Ich könnte noch ein paar Tage länger bleiben.«

»Wenn du morgen nach Saigon zurückfährst, kannst du das mit Bill, glaube ich, noch wieder einrenken.«

»Mit wem?«

»Mal eine persönliche Frage, wenn du gestattest. Warum hast du überhaupt etwas mit ihm angefangen, wenn du so wenig von ihm hältst?«

Sie legte ihre Zeitschrift hin. »Gute Frage. In Saigon ist die Auswahl natürlich ein wenig begrenzt. Die meisten Männer sind verheiratet und die anderen ziehen eine Vietnamesin nach der anderen durch. Bill war wenigstens treu. Keine Mätressen, keine Nutten, keine Drogen, keine schlechten Angewohnheiten – bis auf mich.«

Im Nachhinein kam mir Bill Stanley, wie ich ihn bei unserem kurzen Treffen kennen gelernt hatte, gar nicht wie ein solcher Chorknabe vor. An diesem Bill Stanley war noch mehr dran – das musste ich immer bedenken.

Um sechs Uhr packten wir zusammen und gingen.

Wieder im Hotel, holten wir beim Portier unseren Kram ab und verabredeten uns dann für sieben Uhr auf der Veranda.

Ich ging auf mein Zimmer, duschte mit kaltem Wasser und Orangenseife und legte dann nackt eine kleine Siesta ein. Ich erwachte von allein um Viertel vor sieben, zog mich an und ging hinunter auf die Veranda. Susan war nicht da, Lucy hingegen schon und sie brachte mir ein kaltes Bier.

Susan kam ein paar Minuten später. Sie trug eine ihrer neuen Seidenblusen, eine lilafarbene, und einen kurzen schwarzen Rock. Ich erhob mich und sagte: »Die Bluse steht dir ausgezeichnet.«

Sie setzte sich und sagte: »Tja, danke, Sir. Sie sehen ja ganz gebräunt und entspannt aus.«

»Ich bin im Fronturlaub.«

»Ich bin froh, dass dieser Fronturlaub Teil Ihres Besuchs ist.« Sie fügte hinzu: »Ich werde mir Sorgen um dich machen.«

Ich erwiderte nichts.

»Ich habe mir gedacht ... Ich muss geschäftlich nach Hanoi. Vielleicht können wir uns da treffen. Im Metropole. Übernächsten Samstag. Ja?«

»Woher weißt du das?«

»Ich habe in deinen Papieren geschnüffelt, während du dir meinen Pass angesehen hast.«

»Du solltest ganz schnell vergessen, was du da gesehen hast.«

»Das werde ich. Bis auf das mit dem Metropole am übernächsten Samstag.«

»Ich bleibe dort nur eine Nacht.«

»Das macht nichts. Ich will bloß da sein, wenn du ankommst.«

Diese Frau wusste wirklich, auf welche Knöpfe sie drücken musste, und so allmählich ging sie mir damit ein wenig auf die Nerven. Ich sagte: »Metropole, Hanoi, übernächsten Samstag.«

»Ich werde da sein.«

Wir tranken ein paar Bier, bis es dunkel wurde, und fuhren dann mit Cyclos in die Stadt.

Wir fanden ein Restaurant mit einem Garten nach hinten raus und eine hübsche Wirtin in einem Ao Dai führte uns an einen Tisch.

In der Luft lag Blumenduft und eine angenehme Brise vertrieb den Zigarettenqualm.

Wir bestellten Fisch, denn etwas anderes gab es hier nicht, und unterhielten uns über dieses und jenes. Susan kam auf Oberst Mang zu sprechen und ich erwähnte, dass ich ihn daran erinnert hätte, dass im vietnamesisch-amerikanischen Verhältnis eine neue Epoche angebrochen war und dass er mit der Zeit gehen solle.

Susan blickte nachdenklich und sagte dann: »Der letzte Tag, an dem wir in diesem Land noch eine Botschaft hatten, war der 30. April 1975 in Saigon. Der US-Botschafter stand auf dem Dach der Botschaft und trug die amerikanische Flagge nach Hause und General Minh wartete im Präsidentenpalast darauf, Südvietnam den Kommunisten zu übergeben. Jetzt haben wir einen neuen Botschafter, diesmal in Hanoi, und wir haben Konsularbeamte in Saigon, darunter auch eine Wirtschaftsdelegation, und die halten nach einem schönen Gebäude Ausschau, um sich dort einzurichten, wenn wir aus Hanoi grünes Licht dafür bekommen. Dieses Land wird für uns wieder wichtig und niemand will, dass dieses neue Verhältnis Schaden nimmt. Es geht hier um Investitionen, Öl und Rohstoffe im Wert von Milliarden Dollar. Also: Ich weiß nicht, warum du hier bist und wer dich hergeschickt hat, aber geh bitte vorsichtig vor.«

Ich sah Susan Weber an. Sie kannte sich in der Weltpolitik besser aus, als sie bisher hatte durchblicken lassen. Ich sagte: »Tja, ich weiß, wer mich hierher geschickt hat, ich weiß bloß nicht so ganz, warum. Aber du kannst mir glauben, dass es nicht so wichtig ist und ich nicht so wichtig bin, als dass es das, was bereits erreicht wurde, irgendwie beeinflussen könnte.«

Sie erwiderte: »Da sei dir mal nicht so sicher. Es gibt in Hanoi und Washington viele Leute, die nicht wollen, dass diese beiden Länder normale Beziehungen zueinander haben. Einige davon sind Männer aus deiner Generation, die Veteranen und Politiker beider Seiten, die nie verzeihen oder vergessen werden. Und viele dieser Leute sind mittlerweile in einflussreichen Positionen.«

»Weißt du etwas, was ich nicht weiß?«

Sie sah mich an und sagte: »Nein, aber mir schwant da was ... Wir haben hier eine Geschichte und wir haben aus dieser Geschichte nichts gelernt.«

»Doch, ich glaube schon. Aber das heißt nicht, dass wir nicht noch mal Fehler machen werden.«

Sie ließ das Thema fallen und ich ging auch nicht weiter darauf ein. Mir schien, dass ihre Sorgen die einer Geschäftsfrau waren. Aber das hier war keine rein geschäftliche Angelegenheit. Wäre dem so gewesen und wäre es nur um einen Mordfall gegangen, dann hätte unser Botschafter in Hanoi jetzt die vietnamesische Regierung um Hilfe beim Auffinden eines Zeugen gebeten. Es ging hier also um noch etwas anderes. Und was es auch war – Washington würde es Hanoi nicht verraten; sie verrieten es ja nicht mal mir.

Nach dem Essen gingen wir am Strand entlang zurück zum Hotel. Auf Vietnam kamen wir nicht noch einmal zu sprechen.

Im Hotel begleitete ich Susan auf ihr Zimmer. Auf dem Boden lagen keine Nachrichten und Miss Weber sandte keine eindeutigen Signale aus. Ich sagte: »Das war ein schöner Tag.«

»Finde ich auch. Ich freue mich schon auf morgen.«

Wir verabredeten uns um acht zum Frühstück.

Sie sagte: »Denk an die Borsäure und den Boiler.«

Wieder auf meinem Zimmer, verstreute ich Borsäure rund um mein Bett und mein Gepäck. In einem wirklich guten Hotel hätte mir das irgendjemand abgenommen.

Die Sonne und die See hatten mich geschafft und ich schlief schon fast, als ich mich hinlegte.

Mein letzter Gedanke war, dass ich mich nicht erinnerte, die Schneekugel auf Susans Nachttisch gesehen zu haben.

Kapitel 18

Ich kam vor Susan auf die Veranda, fand einen freien Tisch und bestellte eine Kanne Kaffee.

Es war wieder ein wunderschöner Tag in Nha Trang.

Als Susan dann kam, trug sie schon wieder eine andere Baumwollhose, diesmal eine grüne, und dazu einen Pullover mit Bateau-Ausschnitt. Ihr Rucksack musste größer sein, als er aussah.

Ich stand auf, zog ihr einen Stuhl zurecht und sagte: »Guten Morgen.«

»Guten Morgen.« Sie schenkte sich eine Tasse Kaffee ein und sagte: »Heute Nacht habe ich von dir geträumt.«

Ich erwiderte nichts.

»Wir waren im Metropole in Hanoi. Ich war schon mal da, deshalb konnte ich es mir vorstellen. Es war sehr real.« Sie lachte. »Wir haben Cocktails getrunken, zu Abend gegessen und dann in der Lounge getanzt.«

Ich sagte: »Dann nehmen wir uns das doch mal vor.«

Der Kellner kam vorbei und wir bestellten das Frühstück Nummer eins – Pho-Suppe.

Sie sagte: »Ich könnte aus dem Laden hier mindestens ein Zweisternehotel für amerikanische Militärangehörige machen, die früher mal hier waren. Das Fronturlaubs-Grandhotel. Nuttenpartys in der Full Metal Jacket Lounge. Und Lucy mach ich zur Wirtin. Was hältst du davon?«

Ich antwortete nicht.

Sie sagte: »Das war jetzt ein wenig taktlos. Was immer du damals getan hast, um hierher zu kommen, war sicher nicht lustig. Entschuldige bitte.«

»Vergiss es.« Es war tatsächlich nicht lustig und ich konnte es nicht vergessen. Ich sagte: »Die Schlacht im Ashau-Tal, Mai 68. Das solltest du eines Tages mal nachschlagen.«

»Mach ich. Aber noch lieber wär's mir, wenn du mir davon erzählen würdest.«

Ich erwiderte nichts.

Das Pho kam und ich aß es mit meinem Kaffeelöffel. Ich fragte Susan: »Was genau ist das eigentlich?«

Sie schlürfte es direkt aus der Schale und erwiderte: »Tja, das ist das Nationalgericht hier. Im Grunde eine Nudel- und Gemüsesuppe, mit Ingwer und Pfeffer gewürzt. Wenn man reich ist, tut man noch etwas rohes Hühner- oder Schweinefleisch hinein. Das Fleisch und das Gemüse garen dann in der heißen Brühe.« Sie fügte hinzu: »Wenn du irgendwo hygienische Bedenken hast, solltest du Pho bestellen, denn damit das Fleisch gar wird, muss das Wasser erst mal kochen, und daher weißt du, dass das Wasser sterilisiert ist.«

»Guter Tipp.«

Sie sagte: »Apropos: Ich mache eine göttliche Pho-Suppe. Das würde ich eines Tages gern mal für dich kochen.«

Ich sagte: »Das wäre nett. Dann koche ich Chili.«

»Ich liebe Chili. Chili fehlt mir.«

Wir tranken noch eine Tasse Kaffee. Ich sagte: »Ich habe die Schneekugel gar nicht auf deinem Nachttisch gesehen.«

Sie überlegte kurz und sagte dann: »Ist mir gar nicht aufgefallen ... Ich sehe mal nach, wenn ich wieder auf meinem Zimmer bin.«

»Du hast sie nicht woanders hingestellt?«

»Nein ... Den Zimmermädchen kann man normalerweise vertrauen, wenn man ihnen ein paar Dong aufs Bett legt.«

»Aha. Also: Was machen wir heute?«

Sie sagte: »Tja, ich habe den Portier gebeten, ein Boot für

uns zu mieten, und damit werden wir die Inseln erkunden. Ich dachte, das wäre eine gute Idee für unseren letzten gemeinsamen Tag hier. Pack die Badehose ein.«

Ich bezahlte das Frühstück. Immer noch zwei Dollar.

Wir gingen die Treppe hinauf und als wir zu meinem Zimmer kamen, bat ich Susan: »Guck mal nach der Schneekugel.«

Ich ging auf mein Zimmer, zog mir die Badehose an und darüber meine letzte saubere Khakihose. Statt der Docksider entschied ich mich für die Ho-Chi-Minh-Sandalen. Als ich gerade das Zimmer verlassen wollte, sah ich, dass die Schneekugel auf meinem Nachttisch stand.

Das Ding kam echt rum.

Ich ging runter ins Foyer und ein paar Minuten später kam Susan mit ihrem Beutel. Sie sagte: »Ich kann die Schneekugel nicht finden.«

»Das macht nichts. Die steht in meinem Zimmer.«

»Wie ist sie denn da hingekommen?«

»Vielleicht hat das Zimmermädchen was durcheinander gebracht. Gehen wir.«

Wir gingen nach draußen, wo bereits ein Taxi auf uns wartete. Susan sagte zum Fahrer: »Cang Nha Trang.«

Das Taxi fuhr auf die Strandpromenade und bog dann nach Süden ab. Susan sagte zu mir: »Das gibt's doch nicht.«

»Was?«

»Dass die Schneekugel jetzt bei dir steht.«

»Tja, das Ding kommt eben viel rum.« Während der Fahrt erzählte ich ihr die Geschichte der Schneekugel – angefangen am Flughafen Dulles, über Oberst Mangs Büro in Tan Son Nhat bis schließlich zu meinem Zimmer im Rex.

Sie schwieg lange und sagte dann: »Das ist … Ich kann das nicht fassen. Da war jemand in meinem Zimmer.«

»Warum überrascht dich das so? Meinst du, du bist hier in Lenox? Das ist hier ein Polizeistaat, wie dir vielleicht schon aufgefallen ist.« Ich fügte hinzu: »Wenn wir Telefon auf dem Zimmer hätten, würde das abgehört. Und möglicherweise gibt es Wanzen auf den Zimmern, gegen die Borsäure nichts ausrichten kann.«

Sie schwieg und nickte dann. Sie fragte: »Aber was soll denn das mit der Schneekugel?«

»Ich schätze mal, Oberst Mang treibt nur seine kleinen psychologischen Spielchen. Er sollte sich eigentlich bedeckt halten, damit wir nicht auf die Idee kommen, unsere Zimmer wären verwanzt, aber er macht sich einen Spaß daraus.«

»Das ist doch krank.«

»Vielleicht ist diese Woche im Ministerium für öffentliche Sicherheit nicht viel los.«

Die Straße verlief an dem langen, halbkreisförmigen Strand entlang und wir kamen am Yachtclub vorbei. Nach einigen Kilometern erreichten wir einen wild wuchernden neuen Badeort mit vielen Villen mit roten Ziegeldächern, der, wie ein Schild zeigte, Ana Mandara hieß. Es sah aus wie von Hawaii hierher versetzt.

Nach dem, was ich vom Zug aus und in Nha Trang gesehen hatte, floss viel Geld nach Vietnam, nicht nur nach Saigon, sondern auch ins Hinterland.

Als wir uns dem Hafen näherten, sah ich ein paar hübsche alte Villen, die auf üppig bewachsenen Hügeln direkt am Strand standen. »Schau mal.«

Susan erkundigte sich beim Fahrer nach den Villen und dolmetschte dann: »Das sind die Villen von Bao Dai, erbaut vom letzten Kaiser von Vietnam und auch nach ihm benannt. Das war seine Sommerresidenz. Dann wurde die Anlage von den südvietnamesischen Präsidenten genutzt – von Diem und Thieu. Der Fahrer sagt, man könne dort Zimmer mieten, aber größtenteils wohnten dort Parteifunktionäre und Westler seien nicht immer willkommen.«

»Hierher fahren also die Roten, wenn sie mal blau machen wollen.«

»Du sagst es.«

Wir fuhren auf der Strandpromenade weiter bis zur Landspitze im Süden, die in einen breiten, flachen Hügel auslief. Am Fuß dieses Hügels lag ein malerisches Dorf, auf der anderen Seite waren an einem langen Kai, der ins Südchinesische Meer hinausragte, viele Boote festgemacht.

Wir hielten an dem Kai, ich zahlte und wir stiegen aus. Es war kein großartiger Hafen und die meisten Boote sahen eher nach Freizeitbooten aus. Es gab hier auch einige Fischerboote, die alle nachtblau gestrichen waren, mit einem roten Streifen drum herum, genau wie alle Fischerboote, die ich in Nha Trang gesehen hatte. Entweder war das hier so Brauch oder es gab keine anderen Farben zu kaufen.

Wir gingen auf den Kai, wo etwa zwanzig Typen anboten, uns hinzufahren, wohin wir nur wollten. Wie wär's mit dem Potomac?

Susan hielt offenbar nach einem ganz bestimmten Skipper Ausschau und rief: »Kapitän Vu? Kapitän Vu?«

Erstaunlicherweise hießen die hier alle Vu. Schließlich fanden wir aber den richtigen Kapitän Vu und er führte uns zu seinem Boot, das kein Freizeitboot war, sondern eines der blaurot gestrichenen Fischerboote. Es wirkte stabil, war etwa acht Meter lang, hatte ein flaches Heck, einen hohen Bug und war recht breit gebaut. Es sah ein wenig aus wie ein Schleppkahn aus einem Comic. Wir gingen an Bord.

Mittschiffs gab es ein kleines Ruderhaus, das größtenteils verglast war, und an Backbord hing ein Fischernetz.

Kapitän Vu sprach ein wenig Englisch. Er sagte: »Willkommen an Bord, Herr und Dame.«

Auf dem Boot roch es ein wenig nach Fisch, denn es war ja ein Fischerboot. Ich fand es ziemlich eigenartig, dass uns der Portier kein anderes Boot besorgt hatte. Er und Kapitän Vu waren offenbar Verwandte oder Geschäftspartner. Ich sagte zu Susan: »Das ist ein Fischerboot.«

»Ist das nicht toll? Ein richtiges Fischerboot!«

»Stimmt.« Manche Leute können echt nichts auslassen. In meinem Alter bemühe ich mich, so wenig wie möglich zu erleben. Da war ich schon – sechsmal. Das habe ich schon gemacht – zwölfmal.

Kapitän Vu zeigte uns eine Kühlkiste mit Bier, Wasser und Limonade drin. Er sagte: »Für Sie.«

Kapitän Vu rauchte und freute sich, dass Susan auch rauchte, und sie steckten sich Marlboros an. Der Käpten breitete auf dem Motorgehäuse eine Seekarte aus und Susan und er beugten sich darüber und unterhielten sich eine Zeit lang.

Dann wandte sich Susan an mich und sagte: »Wir können wahrscheinlich vier oder fünf Inseln besuchen.«

»Ich bin für vier.«

»Okay. Die letzte Insel, die ich besuchen wollte, heißt Pyramide – sie hat noch ihren alten französischen Namen. Da gibt es einen Nacktbadestrand.«

»Dann bin ich für fünf.«

»Das hab ich mir schon gedacht.« Sie sagte etwas zu Kapitän Vu und er kicherte.

Ich schlug vor: »Fahren wir doch zuerst nach Pyramide.«

Er verstand das und lachte.

Ein etwa vierzehnjähriger Junge half uns beim Ablegen und sprang dann an Bord. Der Junge sagte, er heiße Minh, nach dem großen Führer Ho Chi Minh. Ich zeigte ihm meine Sandalen und er fand sie Klasse.

Kapitän Vu ging ins Ruderhaus und ein paar Minuten später heulte der Motor auf, spotzte und sprang dann an. Minh und ich stießen das Boot vom Ufer ab und dann fuhren wir los.

Auf dem Achterdeck standen zwei Plastikstühle und Susan und ich setzten uns. Ich guckte in die Kühlkiste neben mir, fand eine Literflasche Wasser und die teilten wir uns.

Die See war ruhig und Kapitän Vu gab ein bisschen Gas. Wir fuhren nach Südosten, auf eine kleine Insel zu.

Susan hatte die Seekarte auf dem Schoß und sagte: »Die Insel da heißt Hon Mieu – die Südinsel. Da gibt es eine Fischfarm. Willst du die sehen?«

»Nein. Wo ist denn die Insel Pyramide?«

»Die nächste Insel ist Hon Tam, dann kommt Hon Mot und dann fahren wir nach Hon Loa – der Affeninsel. Dann kommt die große, bergige Insel Hon Tre – das bedeutet Bambusinsel.« Sie gab mir die Seekarte. »Schau's dir an.«

»Wo liegt Pyramide?«

»Auf der Karte, Paul.«

»Wo?«

»Im Norden.«

»Ach ja, ich seh's.« Sie war natürlich am weitesten entfernt. Ich faltete die Seekarte zusammen. Da hatte ich wenigstens was, worauf ich mich freuen konnte.

Unser erster Halt war Hon Tam, wo es einen kleinen Badeort gab. Wir liehen uns zwei Kajaks und paddelten eine Weile herum. Dann tranken wir im Ort ein Bier und legten auch einen Boxenstopp ein.

Auf Hon Mot liehen wir uns dann Schnorchelausrüstung und schauten uns eine Stunde lang im kristallklaren Wasser bunte tropische Fische und sagenhafte Korallenriffe an. Ich schaute mir unter Wasser auch Susan Weber an, die wieder einen knapp geschnittenen Bikini trug, diesmal einen weißen.

Auf der Affeninsel gab es dann diese fiesen Affen, die jede Menge dumme Touristen belästigten. Einer von ihnen – einer der Affen – versuchte meine Brieftasche zu klauen. Ich dachte schon, ich wäre wieder in Saigon. Ein anderer, offenbar ein Alphamännchen, hing mit den Zehen an einem Ast und grapschte nach Susans Brüsten. Und dabei hatte er sie noch nicht mal zum Essen ausgeführt.

Diese abscheulichen Viecher hatten überhaupt keine Angst vor Menschen, denn ihnen hatte nie jemand was getan. Man hätte bloß einem mal das Genick brechen müssen, dann hätten die anderen endlich gewusst, wo der Hammer hängt.

Wir sagten jedenfalls Adieu, Affeninsel, und ich bestand darauf, dass wir die Bambusinsel ausließen, denn ich wollte unbedingt noch auf die Pyramideninsel, nur sagte ich das natürlich nicht. Ich sagte: »Auf der Bambusinsel ist die Beulenpest ausgebrochen. Habe ich heute Morgen gelesen.«

Miss Weber glaubte mir anscheinend nicht. Sie sagte etwas zu Kapitän Vu und er wechselte den Kurs.

Ich fragte: »Wohin fahren wir?«

»Ach, ich dachte, es reicht für heute. Es ist schon fast drei Uhr.«

»Und was ist mit der Pyramideninsel?«

»Ach so ... Willst du da immer noch hin?«

»Ja. Sofort.«

Sie lächelte. »Dahin fahren wir doch gerade. Du bist so leicht zu durchschauen.«

Susan setzte sich wieder auf ihren Stuhl und steckte sich eine Zigarette an. Der Wind blies durch ihr langes Haar und sie sah sehr gut aus. Sie sagte zu mir: »Als ich dich kennen gelernt habe, war mein erster Eindruck, dass du ein wenig verklemmt bist.«

»Das war ich auch.«

»Dann wurde mir klar, dass du nur einen auf cool machst.«

»Ich habe mich professionell verhalten.«

»Ich mich auch.«

Das, fand ich, hing ganz davon ab, welcher Profession sie angehörte.

Eine halbe Stunde später kam direkt voraus Land in Sicht. Kapitän Vu drehte sich in dem offenen Ruderhaus zu uns um. Er zeigte nach vorne und sagte: »Hon Pyramide.«

Wir näherten uns der kleinen Insel von Westen aus und Kapitän Vu nahm Fahrt weg, während der Junge auf den Bug stieg und nach Korallenriffen und Sandbänken Ausschau hielt. Ich sah am Ufer einen langen Pier, an dem etwa ein Dutzend Boote unterschiedlicher Art und Größe festgemacht waren.

Die Pyramideninsel sah mit ihren steilen felsigen Flanken, die oben in einen stumpfen Gipfel mündeten, tatsächlich wie eine Pyramide aus. Aus irgendeinem Grund seilten sich Leute von den Felsen ab.

Kapitän Vu legte am Pier an und schaltete den Motor ab. Minh und ich sprangen hinüber und machten das Boot fest.

Kapitän Vu kam aus dem Ruderhaus und ich sagte zu Susan: »Frag ihn, was die Leute da an den Felsen machen.«

Susan fragte ihn und erklärte mir dann: »Das hier ist eine der Inseln, auf denen die Spatzennester für die Vogelnestsuppe gesammelt werden.« Sie fügte hinzu: »Je höher das Nest, desto größer die Erektion.«

»Das denkst du dir doch aus.« Ganz nebenbei sagte ich zu Susan, weil mich das interessierte: »Frag Kapitän Vu, ob er draußen beim Fischen irgendwelche russischen Kriegsschiffe gesehen hat.«

Sie zögerte kurz, fragte ihn dann und gab seine Antwort weiter: »Nicht mehr so oft. Aber sie kommen immer noch in die Bucht von Cam Ranh. Vielleicht einmal im Monat.«

»Frag ihn, ob er amerikanische Kriegsschiffe gesehen hat.«

Sie fragte ihn, er antwortete und dann sagte sie zu mir: »In letzter Zeit hat er ein paar gesehen. Wieso willst du das wissen?«

»Ich bin bloß neugierig.«

Kapitän Vu beschrieb uns den Weg zum Nacktbadestrand und sagte dann auf Englisch zu mir: »Sie mögen.«

Wir nahmen ein paar Cola aus der Kiste, steckten sie in den Beutel und sagten Kapitän Vu, wir seien bei Sonnenuntergang zurück. Der Junge wollte mitkommen, aber Kapitän Vu wollte fischen und brauchte ihn für die Netze. Minh guckte nicht sehr glücklich.

Susan und ich gingen über den Pier ans Ufer und dann einen Pfad entlang, der durch Gestrüpp führte.

Wir sprachen nicht viel und waren wohl beide etwas angespannt wegen dieser Sache. Ich meine, nackt zu baden ist ja nichts Besonderes, aber mit jemandem, den man noch nie nackt gesehen hatte, konnte es schon ein wenig genierlich sein.

Nach etwa einer Viertelstunde bog der Pfad um eine Felsformation und auf der anderen Seite des Felsens, gut fünfzig Meter entfernt, lag, eingebettet in die Klippen der Pyramide, eine hübsche kleine Bucht mit einem Sandstrand. Etwa fünfzehn Frauen waren am Strand und im Wasser und sie waren alle nackt.

Tja, es waren auch Männer da, aber wen interessiert das? Susan und ich blieben kurz stehen und sie sagte: »Dann waren meine Informationen wohl korrekt.«

»Wer hat dir denn von dieser Stelle erzählt?«

»Ein Expat in Saigon. Ich habe das erst für einen Scherz gehalten, aber dann habe ich mich bei unserem Portier erkundigt und der sagte, ja, aber Nacktbaden sei verboten.« Sie sah sich um – die Klippen, der Himmel, der Sandstrand, das türkisfarbene Wasser und die Bäume am Ufer. Sie sagte: »Schön hier.«

Wir gingen den Sandpfad entlang zum Strand, wo die Leute badeten und sich sonnten. Es waren etwa dreißig – bis auf ein junges vietnamesisches Pärchen alles Weiße.

Der Strand war nur etwa fünfzig Meter lang und auch ungefähr so breit. Die Felsen drum herum bildeten eine Art Amphitheater, was die Sache sehr privat machte – wenn man mal von den Typen absah, die sich oben am Fels abseilten und nach Vogelnestern suchten.

Susan und ich gingen zu einem flachen Felsen am Strand und dort legte sie ihren Beutel ab.

Das nächste Paar lag gut sechs Meter entfernt rücklings auf einer Decke.

Ich sagte: »Na, dann wollen wir mal schwimmen.« Ich zog mir das Hemd aus und schlüpfte aus den Sandalen.

Susan zog sich ebenfalls das Hemd und die Sandalen aus, dann die Hose, die sie auf den Felsen legte.

Ich schälte mich aus meiner Badehose und Susan legte ihr Bikinioberteil ab. Dann schlüpfte sie aus ihrem Höschen und warf es auf ihren Beutel.

So standen wir kurz da: nackt im Sonnenschein und es war ein schönes Gefühl.

Ihr Bikini hatte meiner Fantasie nicht allzu viel Arbeit übrig lassen, aber die Wirklichkeit übertraf dann doch meine Vorstellungen. Ihre Bikinizone war sorgfältig rasiert.

Wir gingen über den Strand zum Wasser. Es waren Frauen von Anfang zwanzig bis etwa fünfzig da und sie sahen alle gut aus. Ich fragte mich, ob ich davon irgendwas in meinem Einsatzbericht erwähnen sollte.

Wir standen am Wasser und die sanfte Brandung umspülte unsere Füße. Die Sonne stand über den Hügeln hinter Nha Trang, die wir in etwa zwanzig Kilometer Entfernung sehen konnten. Der Sonnenschein funkelte auf dem Wasser und der Himmel war voller Möwen.

Wir standen einfach nur da und sogen das alles in uns auf – die wunderschönste Natur, in Gesellschaft wildfremder Menschen, die, wie wir, nackt waren, keine weltlichen Güter dabei hatten und deren Stellung im Leben an diesem sonnigen Nachmittag keinerlei Rolle spielte.

Eine sehr gut aussehende Frau um die vierzig kam aus dem Meer und ging auf uns zu, wobei sie sich das Wasser aus den Augen rieb und sich schnäuzte. In nicht ganz akzentfreiem Englisch sprach sie uns an: »Gute Temperatur. Keine Quallen. Sehr sicher.«

Susan sagte: »Danke.«

»Amerikaner?«

»Ja.«

»Nicht viele hier. Vor allem Europäer und Australier. Ich bin aus Schweden.«

Auch splitterfasernackt sahen wir noch wie Amerikaner aus. Das musste daran liegen, dass ich beschnitten war.

So standen wir also da und plauderten mit der netten Dame. Dann kam ihr Mann dazu und wir unterhielten uns darüber, wo wir übernachteten, über Restaurants, Nha Trang und Vietnam im Allgemeinen. Komischerweise vergisst man nach ein paar Minuten, das alle Anwesenden nackt sind. Okay, vielleicht vergisst man es nicht, aber man schaut einander nur in die Augen.

Der Mann sagte zu mir: »Dürfte ich Sie fragen, ob Sie während des Krieges hier waren?«

Ich antwortete: »Ja, das war ich.«

»Wie kommt es Ihnen jetzt vor?«

»Angenehm. Friedlich.«

»Krieg ist schrecklich.«

»Ich weiß.«

Er deutete mit einer Armbewegung auf den Strand und den Himmel und sagte: »So sollte es auf der ganzen Welt aussehen.«

»Das hat es mal«, erinnerte ich ihn. »Im Garten Eden. Wir haben's verbockt.«

Sie lachten beide. Die Frau sagte: »Tja, dann einen schönen Tag noch.« Dann gingen sie.

Susan sagte: »Die waren nett.«

Ich erwiderte: »Deine sind netter.«

Sie lachte.

Wir tauchten ins Wasser ein und schwammen dann am Strand entlang und erkundeten die Felsklippen. Nackt zu schwimmen ist etwas völlig anderes. Wir schwammen etwa eine halbe Stunde und näherten uns dann wieder dem Ufer.

Wir gingen im Wasser, bis es uns bis zur Brust reichte, und blieben dann stehen. Ich drehte Susan zu mir um und wir fassten einander bei den Schultern und standen dann da und sahen uns an. Dann umarmten wir uns und küssten uns. Unsere Hände glitten hinunter zum Po des anderen und ich zog sie an mich und spürte ihr Schamhaar an meinem Schwanz.

Sie löste sich und atmete tief durch. Sie sagte: »Legen wir uns doch an den Strand.«

Ich erwiderte: »Geh schon mal vor. Ich muss erst noch das Periskop einfahren.«

Sie lächelte, drehte sich dann um und ging aus dem Wasser.

Ich sah ihr zu, wie sie über den Sand schlenderte, und sie hatte einen schönen Gang.

Unterwegs blieb sie stehen und unterhielt sich mit dem vietnamesischen Pärchen, das unter einem Baum auf einem Felsen saß. Sie lächelten und nickten in einer Tour.

Als das Periskop eingefahren war, ging ich hinterher. Susan lag auf dem Sand und hatte sich ihren Beutel unter den Kopf geschoben.

Ich kniete mich neben sie und sie sah lächelnd zu mir hoch.

Sie drehte sich um und reichte mir aus ihrem Beutel eine Tube Sonnencreme. »Cremst du mir den Rücken ein?«

»Gern.« Ich verrieb die Sonnencreme auf ihrem Rücken, dann auf ihrem Po und hinten auf ihren Beinen.

Sie sagte: »Mmmh, fühlt sich das gut an.«

Ich massierte ihren Nacken, ihre Schultern, ihren Rücken und ihren Po.

Sie sagte: »Jetzt bist du dran.«

Ich legte mich auf den Bauch und sie setzte sich mit gespreizten Beinen auf meinen Hintern und cremte mir den Rücken ein.

Sie fragte: »Hey, sollen wir 'n paar Bilder knipsen?«

»Das halte ich für keine gute Idee.«

»Ich möchte etwas zur Erinnerung an diesen Tag haben. Ich habe eine Idee. Wir bitten jemanden, uns zu knipsen, und verbergen dabei unsere Gesichter.«

Sie stand auf, ging zu dem vietnamesischen Pärchen und sprach mit ihnen. Der Typ kam mit, aber das Mädchen war anscheinend schüchtern und blieb auf dem Felsen unter dem Baum. Susan stellte mir Mr. Hanh vor und ich stand auf und schüttelte dem jungen Mann die Hand. Sie gab Mr. Hanh ihre Kamera, dann stellten Susan und ich uns nebeneinander auf, legten einander einen Arm um die Schulter und hielten einander die Hand vors Gesicht. Mr. Hanh fand das lustig und knipste uns kichernd. Beim nächsten Foto hielten wir einander die andere Hand vor die Scham. Es war alles ein bisschen blöd, aber auch ein bisschen geil. Ich bin aus South Boston.

Wir dankten Mr. Hanh und er verbeugte sich und ging zurück zu seiner Begleiterin. Ich fragte Susan: »Lässt du den Film in Saigon entwickeln?«

»Nein, die entwickeln hier keine Nacktfotos und wenn doch, machen die binnen zwei Tagen in ganz Saigon die Runde. Ich schicke den Film an meine Schwester in Boston. Ist das okay?«

»Klar. Wenn ich die jemals kennen lerne, haben wir was, worüber wir uns unterhalten können.«

Susan lachte.

Wir saßen im Schneidersitz auf dem Sand und öffneten die Coladosen. Ich fragte: »Und was erzählst du deiner Schwester zu diesen Bildern?«

Sie erwiderte: »Ich erzähle ihr, dass ich einen wunderbaren Mann kennen gelernt habe, der auf Geschäftsreise hier war, mit ihm in Saigon und Nha Trang ein paar schöne Tage verlebt habe und dass er dann wieder heim nach Virginia geflogen ist und ich ihn vermisse.«

Ich wusste nicht, was ich sagen sollte, und brachte nur heraus: »Ich wünschte, das wäre alles nicht so kompliziert.«

Sie nickte.

Die Sonne stand jetzt hinter den Hügeln von Nha Trang und in dem schwindenden Licht zeichnete sich das Land als Silhouette vor dem dunkelblauen Himmel ab. Auch das Meer war dunkler geworden und glitzerte nicht mehr. Eine Flotte blauroter Fischerboote fuhr im Abendsonnenschein zurück nach Nha Tranh. Ich sah mich um; die Leute zogen sich an und verließen den Strand.

Dort drüben auf dem Festland, gar nicht weit von hier, gab es einige Orte, an denen ich dem Tod sehr nahe gekommen war. Und wenn ich dort gestorben wäre, wäre ich jetzt nicht mit dieser Frau an diesem Strand und hätte dieses Land nicht mehr im Frieden erlebt. Wenn es für die Männer, die hier gestorben sind, einen Himmel gibt, sollte es dort so sein wie hier.

Wir zogen uns an und gingen zurück zum Boot.

Wir kamen nach Sonnenuntergang in Cang Nha Trang an und ich bezahlte Kapitän Vu und gab ihm ein hübsches Trinkgeld. Minh gab ich einen Fünfer, als Entschädigung dafür, dass er den Nacktbadestrand verpasst hatte.

Am Kai standen ein paar Taxis und mit einem davon fuhren wir zurück zum Hotel.

Auf unserer Etage gingen wir auf Susans Zimmer, öffneten die Balkontüren und ließen die Meeresbrise herein.

Sie schaltete die Lampe aus und steckte die Kerze an, die sie auf dem Markt gekauft hatte. Ich machte die Flasche Reiswein auf und wir schenkten zwei Plastikbecher voll. Wir stießen an und tranken. Aus dem Strandcafé auf der anderen Straßenseite kam Musik, Fats Domino sang *Blueberry Hill*. Das wäre in diesem Moment nicht meine erste Wahl gewesen, aber mein CD-Player stand in Virginia.

Susan sagte: »Lass uns tanzen.«

Wir stellten den Wein weg, schlüpften aus unseren Sandalen und tanzten zu *Blueberry Hill*.

Das machte Spaß – und ich habe ein kleines nicht sexuelles Vorspiel ganz gern, war aber auch ein wenig angespannt und sehr erregt.

Die Musik ging zu Johnny Mathis *The Twelfth of Never* über, meinem Lieblings-Schwofstück überhaupt.

Wir tanzten eng umschlungen und ich spürte ihren Atem an meinem Hals. Sie fuhr mit den Händen unter mein Hemd und streichelte meinen Rücken. Ich tat das Gleiche bei ihr und löste dabei ihr Bikinioberteil.

Wir zogen unsere Hemden aus und tanzten mit freiem Oberkörper Brust an Brust. Sie fuhr mit den Händen hinten in meine Hose, und ich tat das Gleiche bei ihr und packte ihre Pobacken.

Wir tanzten das Stück nicht zu Ende, denn mit einem Mal

gingen wir einander an die Wäsche, die binnen fünf Sekunden im ganzen Zimmer verstreut lag.

Wir sprangen förmlich aufs Bett und sie zog das Moskitonetz herunter.

Wir küssten uns leidenschaftlich, unsere Hände waren überall und wir warfen uns auf dem kleinen Bett hin und her.

Schließlich beruhigten wir uns, lagen Seite an Seite und umarmten einander eine Zeit lang. Dann wanderten unsere Hände wieder los. Sie war sehr feucht und ich sehr steif.

Ich legte mich auf sie und glitt leicht hinein.

Wir vögelten und schliefen dann erschöpft in den Armen des anderen ein.

Ich erwachte mitten in der Nacht, hatte Cynthia im Kopf und Susan im Bett. Ich dachte auch an Karl, an das, was vor mir lag, und das, was mich daheim erwartete.

Dieser Einsatz hatte schon auf dem Flughafen Tan Son Nhat schlecht begonnen und in einem solchen Fall sollte man den Start besser abbrechen, damit man keine Bruchlandung hinlegte. Doch dieser Einsatz war nun auch zu einer persönlichen Mission geworden und wenn dazu ein böses Ende gehörte, war ich auch darauf vorbereitet.

Kapitel 19

Als morgens die Sonne über dem Südchinesischen Meer aufging und durch die offenen Balkontüren eine milde Brise hereinwehte, vögelten wir noch mal.

Wir duschten gemeinsam und lagen dann etwa bis zehn nackt auf dem Bett. Dann zogen wir uns an, gingen auf die Veranda und tranken Kaffee.

Alles sah genauso aus wie an den beiden Tagen zuvor, aber

für mich hatte sich die Welt verändert und für Susan, glaube ich, auch.

Uns beiden war klar, dass sie nicht zurück nach Saigon fahren würde, so lange ich noch in Nha Trang war, aber ich bestand darauf, dass sie mich nicht nach Hué begleitete. Beim Kaffee sagte ich: »In Hué beginnt der offizielle Teil meiner Mission. Hiermit sind wir durchgekommen, aber wenn du mit mir nach Hué reisen würdest, würden die in Washington ausrasten.«

Sie erwiderte: »Ich verstehe das. Aber wir treffen uns dann in Hanoi.«

Susan wollte sich die Stadt ansehen, also mieteten wir einen Wagen mit Chauffeur und fuhren zum Ozeanografischen Institut. Wir sahen eine Menge Fische in einem Aquarium und Tausende von toten Meerestieren, präpariert in Gläsern. Orte wie dieser könnten mal den Volltreffer einer Artilleriegranate gebrauchen.

Am Nachmittag besichtigten wir die Cham-Türme in der Gegend – ein wenig interessanter als die eingelegten Fische. Susan las in einer Broschüre nach: »Die Chams waren Hindus und sie bewohnten dieses Gebiet vom 7. bis 12. Jahrhundert, dann wurde es von Vietnamesen aus dem Norden erobert.«

»Faszinierend.« Hätte ich mir das angetan, wenn ich nicht mit ihr im Bett gewesen wäre?

Es gab da einen Cham-Tempelkomplex namens Po Nagar, wo die Statuen der Hindu-Götter und -Göttinnen sehr erotisch waren, und das war schon interessanter. Da gab es riesige Penisskulpturen, die *Lingam* hießen, und Vaginaskulpturen, die *Yoni* hießen, und aus einer dieser Yonis sprudelte eine Wasserquelle. So was kriegt man in einer katholischen Kirche nicht zu sehen.

Dann erkundeten wir an diesem Nachmittag auch noch ein wenig die Gegend, darunter auch einen zauberhaften Flecken namens Ba Ho, wo sich in einem abgelegenen Wald drei Wasserfälle in drei Teiche ergossen. Als wir mit den Füßen im Wasser an den Wasserfällen saßen, blätterte Susan in meinem Reiseführer und sagte: »Ich weiß, du stehst auf FKK-Strände. Ich habe noch einen gefunden.«

Ich erwiderte: »Hoffentlich glaubst du nicht, das wäre das Einzige, was mich interessiert. Das Ozeanografische Institut hat mir auch sehr gefallen.«

»Das hat man gemerkt. Aber ein Nacktbadestrand kann auch sehr lehrreich sein. Gehen wir.«

Wir stiegen in den Wagen und Susan dirigierte den Fahrer nach Hon Chong, einem großen Felskap, das ins Südchinesische Meer hinausragt.

Von dort oben hatten wir einen atemberaubenden Blick auf das Festland im Norden und auf Nha Trang im Süden. Die Sonne stand im Westen über den Bergen und das Südchinesische Meer war blau und golden. »Sehr schön«, sagte ich.

Sie führte mich zu etwas, das wie ein riesiger Handabdruck auf einem Felsblock aussah. Sie sagte: »Diesen Handabdruck hat ein betrunkener Riese hinterlassen, als er von dem Felsen hier fiel.«

»Da braucht es aber eine Menge Reiswein, bis so ein Riese betrunken ist«, meinte ich.

Susan fuhr fort: »Er hatte eine Fee begafft, die dort unten nackt am Feenstrand badete.«

Ich spähte den Berg hinunter und entdeckte den Strand, sah aber keine Feen, weder nackte noch bekleidete.

Susan sagte: »Der Riese stand auf, lief runter zum Strand und entführte die Fee. Fast so, wie es mir gestern ergangen ist.«

Ich hatte den Tag anders in Erinnerung, weiß aber, wann ich besser die Klappe halte.

»Trotz seines aggressiven Verhaltens verliebte sie sich in ihn und sie lebten miteinander.«

»Wie schön. Glücklich bis an ihr Lebensende?«

»Nein. Die Götter zürnten ihnen dessentwegen, was sie getan hatten.«

»Lebten diese Götter in Washington?«

»An so einem ähnlichen Ort. Die Götter schickten den Riesen in ein Umerziehungslager.«

»So ein Mist aber auch.«

»Genau. Aber die Fee wartete jahrhundertelang auf ihn.«

»Braves Mädchen.«

»Ja. Aber ihr Herz war gebrochen und sie glaubte, er würde nie wiederkehren. Und deshalb legte sie sich hin und verwandelte sich in einen Stein. Siehst du diesen Berg?« Sie zeigte nach Nordwesten. »Der heißt Nui Co Tien – der Feenberg. Der Gipfel rechts ist ihr Gesicht, das zum Himmel schaut. Die mittleren Gipfel sind ihre Brüste und die Gipfel links sind ihre übereinander geschlagenen Beine.«

Ich sah es mir an und man konnte tatsächlich eine liegende Frau mit übereinander geschlagenen Beinen darin sehen.

Susan sagte: »Eines Tages kehrte der Riese an diesen Ort zurück und als er sah, was mit seiner Geliebten geschehen war, schlug er mit der Faust auf seinen alten Handabdruck, den er hinterlassen hatte, als er sie beim Baden am Strand beobachtet hatte. Er starb vor Trauer und wurde ebenfalls zu Stein.«

Ich schwieg eine Weile und meinte dann: »Traurige Geschichte.«

»Fast alle Liebesgeschichten enden traurig.« Sie fragte: »Warum ist das so?«

Ich erwiderte: »Ich glaube, wenn es eine verbotene Liebe ist und alle um das Paar herum gekränkt oder wütend sind … nimmt die Liebe ein trauriges und wahrscheinlich tragisches Ende.«

Susan sah zum Feenberg hinüber. »Aber Hauptsache, die Liebenden sind einander treu geblieben.«

»Du bist eine Romantikerin.«

»Bist du eher der pragmatische Typ?«

»Dass ich pragmatisch wäre, hat mir noch niemand vorgeworfen.«

»Würdest du der Liebe wegen dein Leben aufgeben?«

»Wieso nicht? Ich habe mein Leben schon für unwichtigere Dinge aufs Spiel gesetzt.«

Sie küsste mich auf die Wange und nahm meine Hand und dann gingen wir den Berg hinab.

An diesem Abend fuhren wir nach Ana Mandara, dem neuen Badeort, den wir auf dem Weg zum Hafen von Nha Trang gesehen hatten, und aßen dort erstklassig Vietnamesisch – wenn auch ein wenig westlich angehaucht. Der Laden gehörte einem holländischen Konzern und die Gäste waren größtenteils Europäer, aber es waren auch ein paar Amerikaner da.

Eine gute Band spielte am Pool und wir tranken etwas, tanzten, plauderten und hielten Händchen.

Susan sagte: »Nach dem Essen im Rex bin ich auf Wolke sieben nach Hause geschwebt.«

Ich erwiderte: »Ich glaube, mir ging es genauso.«

»Du hast mich weggeschickt. Und wenn ich nicht wiedergekommen wäre?«

»Solltest du nicht an mir dran bleiben?«

Sie erwiderte: »Nur wenn du gewollt hättest, dass ich dich begleite, oder wenn du irgendwas gebraucht hättest. Andernfalls sollte ich verschwinden. Aber das hätte ich nicht getan. Ich hätte dich angerufen. Und dann habe ich beschlossen, einfach zurückzugehen und mit dir zu essen.«

»Ich bin froh, dass du das getan hast«, sagte ich, erinnerte mich aber, dass es mir damals nicht so spontan vorgekommen war, wie Susan es jetzt darstellte. Und dann waren da auch noch die Ungereimtheiten in dieser Bill-Stanley-Geschichte und ein paar andere Sachen, die nicht so recht zusammenpassten. Das Elefantengras bewegte sich, obwohl es windstill war, und das Klopfen der Bambusstäbe klang schon ein wenig näher.

Wir verließen Ana Mandara und gingen zurück zum Grand Hotel. Wir schliefen in Susans Zimmer.

Wir vögelten und lagen dann rücklings auf dem Bett, in unserem Moskitonetz-Kokon, das Bett mit Tet-Blütenzweigen geschmückt. Die Orangenduftkerzen flackerten und der Boden war mit Borsäure besprenkelt.

Wir sahen dem Deckenventilator zu, der sich träge drehte. Vom Balkon her wehte eine Brise herein und ich konnte das Meer riechen. Der nächste Tag, der Freitag, war unser letzter Tag in Nha Trang und deshalb fragte ich: »Hast du schon die Fahrt zurück nach Saigon arrangiert?«

Sie strich mit ihrem Fuß über mein Bein. »Was?«

»Saigon. Am Samstag.«

»Oh. Am Samstag fahren keine Züge. Nach dem Mondkalender ist am Samstag Silvester.«

»Und ein Wagen mit Fahrer?«

»Ich werde mal zusehen, dass ich das morgen geregelt bekomme.«

Das hörte sich nicht gerade nach einem festen Vorsatz an. Ich fragte: »Wird das schwierig?«

»Vielleicht. Vielleicht auch nicht. Ich bin noch nie an Tet gereist.«

»Dann solltest du vielleicht morgen schon abreisen.«

»Ich reise nicht früher ab. Ich will so viel Zeit mit dir verbringen wie möglich.«

»Tja, ich auch mit dir, aber …«

»Wie kommst du nach Hué?«

»Keine Ahnung. Aber ich muss da hin.«

Sie sagte: »Sämtliche Flüge und Züge sind seit Monaten ausgebucht.«

»Tja … dann sollte ich vielleicht auch morgen abreisen.«

»Das solltest du, wenn du dir einen Platz im Zug erkaufen willst.«

»Könnte ich morgen einen Wagen mit Fahrer bekommen?«

»Wir werden es versuchen. Wenn alle Stricke reißen, bleibt immer noch der Folterbus. Da muss man nicht reservieren. Du kaufst einfach am Busbahnhof einen Fahrschein und zwängst dich dann rein. Dazu brauchst du bloß Ellenbogen und Dong.«

»Und was mache ich mit meinem Dong?«

»Dong. Geld. Lass die blöden Scherze.« Sie sagte: »Ich bin mal mit dem Bus gefahren, von Saigon nach Hué, weil ich das mal erleben wollte, und es war tatsächlich ein Erlebnis.«

»Vielleicht sollten wir zusehen, dass wir morgen hier wegkommen.«

»Ja, das sollten wir gleich morgen früh regeln.«

Teil zwei. Sie teilte mir mit: »Eigentlich bin ich mit Bill zu einer Silvesterparty bei jemandem zu Hause eingeladen.«

Ich erwiderte nichts.

Sie sagte: »Alle, die wir kennen, werden da sein. Amerikaner, Briten, Australier und ein paar katholische Vietnamesen.«

»Hört sich gut an.«

»Also, jetzt gehe ich da ganz bestimmt nicht mehr hin. Ich bleibe zu Hause und sehe mir vom Fenster aus die Drachentänze an.«

»Du wirst dir am nächsten Morgen dafür dankbar sein.«

»Meine Haushälterin ist natürlich bei ihrer Familie und die meisten Bars und Restaurants sind geschlossen oder nur für geladene Gäste geöffnet. Also werde ich mir vielleicht etwas Pho aufwärmen, eine Flasche Reiswein aufmachen, eine Platte von Barbra Streisand auflegen und früh ins Bett gehen.«

»Klingt schrecklich. Wie wär's mit den Beach Boys?«

»Ich könnte wohl auch auf die Party gehen, aber es wäre peinlich.«

»Willst du mit mir nach Hué fahren?«

»Oh … das ist eine gute Idee.« Sie legte sich auf mich und sagte: »Du bist ein Schatz.«

»Und du machst mir Schwierigkeiten.«

»Was sollen sie dir schon tun? Dich nach Vietnam schicken?«

Sie küsste mich, mein Lingam wurde länger und wir vögelten noch mal. Das letzte Mal war noch keine Stunde her und ich hatte heute noch keine Vogelnestsuppe gegessen. Es ähnelte allmählich sehr meinem letzten Urlaub in Nha Trang, nur dass ich damals viel jünger gewesen war. Ich malte mir aus, wie ich Karl in Bangkok an Krücken entgegenhumpelte. Na ja, wenigstens hatte ich etwas Farbe bekommen.

Sie schlief in meinen Armen ein. Ein kräftiger Wind war aufgekommen und ich hörte die Brandung rauschen. Ich konnte nicht einschlafen, denn mir wurde klar, dass ich bis zum gebräunten Hintern in dienstlichen Schwierigkeiten steckte und immer weiter darin versank.

Ich dachte an die lehrreiche Sage, die ich auf dem Hon-Chong-Berg gehört hatte. Ich konnte nicht behaupten, ich sei nicht gewarnt worden.

Die Welt ist nicht immer nett zu Liebenden und im Fall von Paul Brenner und Susan Weber waren wir den Göttern so richtig auf den Keks gegangen.

Susan hatte Recht damit, dass ich eher am nächsten Tag als am Samstag, dem Silvestertag des Mondkalenders, abreisen sollte. Aber das hatte sie schon die ganze Woche gewusst.

Ich war mir sicher, dass Susan Weber mit mir heim nach Amerika gegangen wäre, wenn ich sie mitgenommen hätte. Aber sie hatte kein einziges Mal gesagt: »Hauen wir hier ab.« Sie hatte immer nur gesagt: »Nimm mich dorthin mit, wohin du reisen musst.«

Und das brachte mich auf drei mögliche Schlussfolgerungen. Erstens: Sie langweilte sich, war fertig mit Bill und suchte ein Abenteuer und eine Herausforderung; zweitens: Sie war bis über beide Ohren in mich verknallt und wollte nicht von meiner Seite weichen; drittens: Sie und ich waren im selben Auftrag unterwegs.

Denkbar war eins davon, alles zusammen oder eine beliebige Kombination daraus.

Aber davon abgesehen, wussten wir beiden, dass wir uns,

wenn wir uns in Nha Trang trennten, womöglich weder in Hanoi noch sonst irgendwo wieder sehen würden. Und wenn wir uns doch in Hanoi träfen, würde es nicht das Gleiche sein. Meine Reise war zu ihrer Reise geworden und ihre Heimkehr zu meiner.

Kapitel 20

Am frühen Freitagmorgen gingen wir zum staatlichen Reisebüro Vidotour, aber wie die meisten staatlichen Einrichtungen hatte es über die Feiertage geschlossen. Ja, von Lebensmittel- und Blumenläden mal abgesehen, machte gerade die ganze Stadt dicht.

Anschließend gingen wir zum Bahnhof, aber bis zum nächsten Freitag war es der letzte Tag, an dem noch Züge fuhren, und wir konnten nicht mal ein Stand-by-Ticket kaufen. Zu allem Unglück hätte uns, wenn wir uns mit Bestechung einen Platz im Zug erkauft hätten, der Fahrschein oder das Schmiergeld nur bis Da Nang gebracht, wo wir noch einmal von vorne hätten anfangen müssen oder festgesessen hätten.

Als wir den Bahnhof verließen, fragte Susan: »Wieso haben sie dich ausgerechnet während der Tet-Feiertage hierher geschickt?«

Ich erwiderte: »Das ist gar nicht so dumm, wie es scheint. Ich soll jemanden in seinem Heimatdorf oder seiner Heimatstadt finden.«

»Aha. Tja, dann dürfte er da sein.«

»Hoffentlich. Das ist die einzige Adresse von ihm, die wir haben.«

»Tam Ki? Ist das das Dorf?«

»Ich glaube nicht, dass es diesen Ort gibt. Es ist ein anderer Ort, dessen Name ich in Hué erfahren werde. Und anschließend muss ich dorthin. Und du wirst mich *nicht* – ich wiederhole: *nicht* – dorthin begleiten.«

»Ich weiß. Ich bleibe in Hué. Dann fahre ich nach Hanoi und treffe dich da.«

»Gut. Aber jetzt müssen wir erst mal nach Hué.«

»Mit Geld geht alles. Ich kriege das schon hin.«

»Wir gingen mit dem Touristenstadtplan, den ich am Strand gekauft hatte, durch die Stadt, aber die einzigen beiden nichtstaatlichen Reisebüros waren ebenfalls geschlossen.

Während wir so gingen, hielt ich nach einem Beschatter Ausschau, aber ich war mir ziemlich sicher, dass wir nicht beobachtet wurden. Nachdem wir auf der Straße Erkundigungen eingeholt hatten, fanden wir in der Nähe des Hauptmarkts ein Minibus-Reisebüro, das geöffnet hatte. Hinter dem Schalter stand ein geschniegelter Ganove, der eine dunkle Sonnenbrille trug und die Instinkte eines Geiers hatte. Er witterte Geld und einen Notfall, wie Aasfresser den Tod. Susan und er zeterten zehn Minuten lang aufeinander ein, dann sagte sie zu mir: »Er hat eine Reisegruppe, die hier morgen früh um sieben abfährt. Sie kommen abends gegen sechs in Hué an, rechtzeitig zum Silvesterfest. Wann bist du mit deiner Kontaktperson verabredet?«

»Erst am nächsten Tag gegen Mittag – am Sonntag, Neujahr.«

»Okay. Er sagt, es seien zwar keine Sitze mehr frei in dem Minibus, aber wir könnten an der Tür oder anderswo stehen. Viel Platz für unser Gepäck. Fünfzig Dollar pro Person.«

»Was ist denn das für eine Reisegruppe?«

Sie fragte den Ganoven und sagte dann zu mir: »Es sind Franzosen.«

»Gehen wir.«

Sie lachte.

»Sag ihm, da muss er *uns* was zahlen.«

Sie dolmetschte es tatsächlich und er lachte und klopfte mir auf die Schulter.

Ich sagte: »Frag ihn, ob er heute einen Wagen mit Fahrer für uns hat.«

Sie sprach mit ihm und er guckte unsicher, was bedeuten sollte: »Ja, aber es wird euch ein Vermögen kosten.«

Susan sagte zu mir: »Er hat einen Mann, der uns nach Hué fahren kann, aber wegen der Feiertage kostet das fünfhundert Dollar.«

Ich sagte: »Das sind nicht meine Feiertage. Zweihundert.«

Sie sprach mit dem Ganoven und wir einigten uns auf dreihundert. Susan erklärte mir: »Der Fahrer und der Wagen stehen erst ab sechs zur Verfügung.« Sie fügte hinzu: »Mit dem Auto können wir es in sieben bis acht Stunden schaffen, wenn wir gegen sechs losfahren, wenn nicht mehr so viel Verkehr ist. Dann sind wir um ein oder zwei Uhr nachts da. Ist dir das recht?«

»Klar. Wenn kein Zimmer frei ist, können wir im Hotelfoyer schlafen.«

»Also gut ... dir ist klar, dass es nicht ganz so sicher ist, nachts zu fahren?«

»Das ist es tagsüber hier auch nicht.«

»Stimmt. Ich werde ihm sagen, dass er uns um sechs am Hotel abholen lassen soll.«

Ich nahm sie beiseite und sagte: »Nein. Sag ihm, wir kommen hierher. Und sag ihm, dass wir zum Flughafen von Hué wollen.«

Sie nickte und gab das an den Ganoven weiter.

Wir verließen das Reisebüro, setzten uns in ein Straßencafé und tranken Kaffee.

Ich sagte zu Susan: »Das hast du toll gemacht. Ich dachte schon, wir kommen hier nicht mehr weg.«

»Mit so viel Geld – das entspricht einem Jahresgehalt – kommst du überall hin. Wie mein Vater immer sagte: ›Die Armen leiden, die Reichen haben kleine Unannehmlichkeiten.‹« Sie sah mich an und sagte: »Wenn wir dreihundert Dollar haben, haben wir auch noch mehr. Und wir fahren nachts. Also schlaf nicht ein.«

»Das ist mir durchaus klar. Deshalb bin ich noch am Leben.« Ich fügte hinzu: »Wenn uns das heute Abend nicht gefällt, können wir morgen ja immer noch den Minibus nehmen.«

Sie trank einen Schluck Kaffee und fragte dann: »Weshalb wolltest du nicht, dass uns der Fahrer vom Hotel abholt?«

»Weil Oberst Mang nicht will, dass ich private Verkehrsmittel benutze.«

»Wieso das?«

»Weil Oberst Mang ein paranoides Arschloch ist. Ich muss zur Ausländerpolizei und einen Fahrschein nach Hué vorzeigen. Du sagtest doch, ich könnte ein Busticket kriegen.«

»Ja. Das Ticket ist von Nha Trang nach Hué unbegrenzt gültig. Also wird die Polizei nicht fragen, welchen Bus du nehmen willst. Hué liegt etwa fünfhundertfünfzig Kilometer nördlich von hier und mit dem Bus dauert es zehn bis zwölf Stunden. Deshalb schätze ich mal, dass der letzte Bus nach Hué so gegen eins hier abfährt, um dann um Mitternacht in Hué anzukommen.«

»Wenn ich also wirklich den Bus nehme, muss ich bald los.«

»Ja. Und du müsstest bald aus dem Hotel auschecken.«

»Okay.« Ich stand auf. »Gehen wir zum Busbahnhof.«

Wir zahlten und gingen zum Busbahnhof.

Der Busbahnhof war voller verelendeter Menschen und ich konnte keinen einzigen Westler entdecken, nicht mal einen Rucksacktouristen oder Lehrer.

Die Schlangen waren lang, aber Susan ging ganz nach vorne und gab einem Mann ein paar Dollar, damit er mir ein Ticket kaufte. Susan fragte mich: »Einfache Fahrt oder hin und zurück?«

»Einfache Fahrt, Aussichtsdeck, Fensterplatz.«

»Einen Fahrschein für das Dach.« Der Vietnamese kaufte

den Fahrschein und wir verließen den von Menschen wimmelnden Busbahnhof.

Susan sagte: »Der Mann am Schalter hat gesagt, dass ein Bus um zwölf fährt und dann noch einer um eins.«

Wir gingen zur Polizeiwache und ich sagte zu Susan: »Du bleibst draußen. Die wissen mittlerweile, dass du Vietnamesisch sprichst. Mit meinem Pidginenglisch bin ich besser dran.«

Sie sagte: »Und wenn du nicht wieder rauskommst, kann ich der Botschaft Bescheid sagen.«

Ich erwiderte nichts und betrat die Wache der Ausländerpolizei.

Diesmal saß ein anderer Typ am Schalter und ich gab ihm den Brief von Oberst Mang.

Diesmal war auch der Warteraum fast leer – bis auf zwei Rucksacktouristen, die auf Bänken schliefen.

Der Ausländerbulle fragte mich in passablem Englisch: »Wohin fahren Sie jetzt?«

»Nach Hué.«

»Und wie fahren Sie nach Hué?«

Ich zeigte ihm meinen Busfahrschein.

Er wirkte ein wenig erstaunt, aber ich hatte ja einen Fahrschein für fünf Dollar, und daher musste es wohl stimmen, was ich sagte. Er fragte: »Wann fahren Sie?«

»Jetzt gleich.«

»Ja? Hotel schon verlassen?«

Der Typ wusste, dass ich eigentlich bis zum nächsten Tag gebucht hatte. »Ja, Hotel heute verlassen.«

»Warum reisen Sie heute ab?«

»Morgen fährt kein Zug nach Hué. Keine Flüge. Darum Bus. Heute.«

»Ja. Okay. In Hué gehen Sie zur Polizei.«

Ich sagte in scharfem Ton: »Ich weiß.«

»Dame reist mit Ihnen?«

»Vielleicht. Vielleicht auch nicht. Wir reden darüber.«

Er fragte: »Wo ist Dame jetzt?«

»Shoppen.« Ich sah auf meine Armbanduhr. »Ich gehe jetzt.«

»Nein. Sie brauchen Stempel.« Er holte die Fotokopien hervor, die ich bei meiner Ankunft abgegeben hatte, und sagte dann: »Stempel zehn Dollar.«

Ich gab ihm einen Zehner. Er stempelte meine Fotokopien ab und schrieb etwas auf die Stempel. Ich glaube, die erfinden das alles aus dem Stegreif.

Ich ging, ehe er sich noch etwas einfallen ließ.

Ich betrachtete die Stempel und sah, dass der Typ *Hué – Century* auf den roten Abdruck geschrieben hatte, also wusste er bereits, wo ich absteigen würde. Dann hatte er noch die Uhrzeit – *11.15* – und das Datum vermerkt.

Ich traf Susan auf der Straße und sie fragte: »Irgendwelche Probleme?«

»Nein. Bloß noch so eine Rundaugensteuer.« Ich zeigte ihr die Fotokopien mit den roten Stempeln drauf und fragte: »Was sind das für welche?«

Sie betrachtete sie und sagte: »Das sind alte Reisestempel fürs Inland, die man vor ein paar Jahren noch brauchte.«

»Haben mich zehn Dollar gekostet.«

»Ich habe meine eigenen Stempel und die haben fünf Dollar gekostet.«

»Dann bring sie beim nächsten Mal mit.«

Sie sagte: »Du übernachtest also im Century Riverside. Da war ich auch, als ich mal in Hué war.«

»Tja, da wirst du diesmal auch wohnen. Aber wir werden versuchen, getrennte Zimmer zu bekommen.«

Wir fuhren mit einem Taxi zurück zum Grand Hotel. Unterwegs fragte Susan mich: »Wenn ich nicht hier wäre, hättest du dir dann für die ganze Woche eine Vietnamesin genommen oder jede Nacht eine andere? Oder hättest du im Yachtclub eine Westlerin aufgerissen?«

Die richtige Antwort war bei diesen drei Möglichkeiten offenbar nicht vorgesehen. Ich sagte: »Dann hätte ich mehr

Zeit im Ozeanografischen Institut verbracht und ansonsten kalt geduscht.«

»Nein, jetzt mal ehrlich.«

»Ich habe daheim eine Freundin.«

Schweigen.

Ich kann so was gut und deshalb sagte ich: »Auch wenn ich keine Freundin hätte, mache ich, wenn ich im Einsatz bin, *nie* etwas, das die Mission komplizieren oder gefährden könnte. Aber in diesem Fall gehörst du ja – wie ich erst kürzlich herausgefunden habe – sozusagen zum Team und deshalb dachte ich, ich könnte mal eine Ausnahme machen.«

Sie entgegnete: »Ich gehöre nicht zum Team und als wir in Saigon beschlossen haben, gemeinsam nach Nha Trang zu fahren, wusstest du nichts darüber.«

Ich konnte mich nicht erinnern, das beschlossen zu haben, aber wie gesagt: Ich weiß, wann ich besser die Klappe halte.

Sie fuhr fort: »Wenn du also mit einer Kollegin im Einsatz bist, kommt für dich eine Affäre durchaus in Frage. Und so hast du Wie-heißt-sie-noch kennen gelernt.«

»Könnten wir beim Markt vorbeifahren und eine Hundeleine kaufen?«

»Entschuldige.«

Wir schwiegen bis zum Grand Hotel.

Am Empfang bekam Susan ein Fax mit dem Briefkopf der Bank of America. Ich sagte: »Vielleicht haben sie dein Cyclo-Darlehen genehmigt.«

Sie las das Fax und reichte es mir dann. Es war natürlich von Bill und der Text lautete: *Washingtoner Firma besteht absolut darauf, dass du so schnell wie möglich nach Saigon zurückkehrst. Sie müssen sich per E-Mail mit dir in Verbindung setzen. Was persönliche Dinge angeht, so hätte ich nichts dagegen, wenn du zur Silvesterparty der Vincents kämst. Wir sollten uns wie zivilisierte Menschen verhalten und könnten vielleicht über unsere Beziehung reden – falls es da noch etwas zu reden gibt. Ausführliche Antwort bitte.*

Ich gab ihr das Fax zurück.

Sie sagte: »Das musst du jetzt entscheiden, Paul. Das sind deine Vorgesetzten.«

»Das ist an dich gerichtet, nicht an mich.«

»Aha. Tja, ich habe in Washington keine Vorgesetzten. Ich habe bloß dem amerikanischen Konsulat in Saigon einen Gefallen getan. Und damit hat es sich.«

Ich war mir da nicht so sicher, sagte aber: »Fax Bill, dass du mit mir nach Hué fährst.«

Sie ließ sich vom Portier ein Faxformular geben und schrieb etwas darauf. Dann gab sie es mir und ich las: *Mr. Brenner und ich sind unterwegs nach Hué. Teil das seiner Firma mit. Bin irgendwann übernächste Woche wieder in Saigon. Grüß die Vincents von mir und entschuldige mich bitte.*

Susan ging mit dem Portier in ein kleines Hinterzimmer und kam ein paar Minuten später wieder. Sie sagte zu mir: »Ich habe dem Portier gesagt, dass wir heute schon abreisen und in einer halben Stunde ein Taxi brauchen, das mich zum Bahnhof und dich zum Busbahnhof bringt.«

Wir gingen die Treppe hinauf und ich sagte: »Heute ist Abenteuerkluft angesagt.«

Um zwölf waren wir unten im Foyer. Beide trugen wir Bluejeans, Polohemd und Wanderschuhe. Wir checkten aus und dann führte mich Susan in den Speisesaal. Wir fanden Lucy, die gerade auf der Veranda bediente, und Susan drückte ihr etwas Geld in die Hand. Die alte Frau dankte uns überschwänglich. Sie sagte etwas zu Susan, die wiederum zu mir sagte: »Sie sagt, an dich könne sie sich nicht erinnern, aber durchaus an die amerikanischen Soldaten, die sehr ... übermütig und ... verrückt waren, aber auch immer nett zu ihr. Sie wünscht uns eine gute Reise.«

»Sag ihr, dass ich mich immer an die Freundlichkeit und Geduld der jungen Damen hier erinnern werde, die unseren Fronturlaub damals so angenehm gemacht haben.«

Susan dolmetschte, die alte Frau verbeugte sich und dann hielten wir einander bei den Schultern und verabschiedeten uns, wie die Franzosen, mit einem Kuss auf beide Wangen.

Wir gingen zurück ins Foyer, nahmen unser Gepäck und gingen nach draußen, wo bereits ein Taxi auf uns wartete.

Susan sagte: »Das war sehr nett, was ihr euch da gesagt habt.«

»Wir sind alte Freunde. Wir haben gemeinsam einen Krieg durchgemacht.«

Der Fahrer verstaute unser Gepäck im Kofferraum und los ging's.

VIERTES BUCH

✶

Nationalstraße 1

Kapitel 21

Das Taxi setzte erst Susan am Bahnhof und dann mich am Busbahnhof ab.

Ich betrat kurz das Hauptgebäude und fuhr dann mit einem Taxi zum Hotel Thong Nhat am Strand. Ich gab beim Pagen mein Gepäck ab, ging auf die Terrasse und setzte mich an einen Tisch. Fünf Minuten später kam Susan dazu.

Wir hatten noch ein paar Stunden, ehe wir zum Reisebüro des Ganoven mussten, und dieser Ort war zum Zeittotschlagen bestens geeignet und hier fielen wir nicht auf. Die Gäste waren ausschließlich Westler und hier aß niemand vom Ministerium für Öffentliche Sicherheit.

Susan und ich aßen zu Mittag.

Ich fragte: »Wieso fährst du mit mir?«

»Ich will nicht zurück nach Saigon.«

»Und wieso nicht?«

»Ich bin lieber bei dir.«

»Und wieso?«

»Tja ... du denkst vielleicht, weil ich dich überwachen soll, oder du denkst vielleicht, weil ich mich langweile und etwas Aufregung will, oder du denkst vielleicht, weil ich in dich verknallt bin.«

»Ja, diese drei Möglichkeiten sind mir schon durch den Kopf gegangen.«

Sie lächelte und sagte: »Such dir die aus, die dir am besten gefallen. Aber nicht mehr als zwei.«

Ich dachte darüber nach und sagte dann: »Am besten gefallen mir die ersten beiden, denn wenn dir wegen der dritten etwas zustoßen sollte, könnte ich mir das niemals verzeihen.«

Sie steckte sich eine Zigarette an und schaute hinüber zu den Fischerbooten, die vom Fluss hinaus ins Meer fuhren. Sie sagte: »Ich will nicht, dass du dich für meine Sicherheit verantwortlich fühlst. Ich kann selber auf mich aufpassen.«

»Gut. Aber selbst bei der Infantrie hatten wir das Partnerprinzip. Immer zwei Jungs, die gegenseitig aufeinander aufpassten.«

»Hast du mal einen Partner verloren?«

»Zwei.«

Sie erwiderte lange nichts und fragte dann: »Hast du mal einem Partner das Leben gerettet?«

»Ja, ein paar Mal.«

»Und hat dir mal jemand das Leben gerettet?«

»Auch ein paar Mal.«

Sie sagte: »Dann werden wir also gegenseitig aufeinander aufpassen, und zwar so gut wir nur können.«

Ich erwiderte nichts.

Sie sagte: »Aber wenn du von Hué aus ins Hinterland reist – ein allein reisender Weißer fällt auf.«

»Das ist mir klar. Aber ich werde alleine reisen.«

Sie fuhr fort: »Wie ich schon in der Q-Bar gesagt habe, solltest du versuchen, dich als Naturforscher oder Amateurbiologe auszugeben. Wenn sie dich hier in Nha Trang beobachtet haben, hast du schon durch den Besuch im Ozeanografischen Institut dein Interesse für Biologie bewiesen.«

Ich sah sie an, sagte aber nichts.

»Und du brauchst wirklich einen Dolmetscher. Ohne Dolmetscher ist es im Hinterland sehr schwierig.«

Ich sagte: »Bei den letzten beiden Malen hatte ich auch keinen Dolmetscher. Ich kann mich gut verständlich machen.«

»Mit einem Gewehr in der Hand bestimmt.«

»Du hast ja Recht. Ich werde einen Dolmetscher engagieren. Vielleicht haben die in Hué jemanden für mich.«

Sie schwieg eine Weile und sagte dann: »Bisher haben sie dir nicht gerade viel Unterstützung geboten.«

»Weil sie mir eben vollkommen vertrauen. Ich bin ein sehr einfallsreicher Mensch.«

»Das ist mir klar. Aber du kannst im Hinterland nicht die ganze Zeit mit Frauen schlafen, die Fremdsprachen beherrschen.«

Ich lächelte und sagte: »Ich nehme dich nur bis Hué mit.«

Um halb sechs verließ ich die Hotelterrasse und ging zu dem Reisebüro in der Van-Hoa-Straße, nur ein paar Ecken weiter. Susan blieb noch und zahlte und sollte dann zehn Minuten später nachkommen.

Der Ganove hatte immer noch seine coole Sonnenbrille auf der Nase und ein falsches Lächeln auf den Lippen. Seine Schneidezähne waren in Gold gefasst und er trug einen Ohrstecker mit einem Diamanten drin. Es fehlte nur noch ein T-Shirt mit dem Aufdruck *Betrüger*.

Susan hatte mir mitgeteilt, dass sein wahrer Name Mr. Thuc lautete, und mit diesem Namen sprach ich ihn an. Er beherrschte ein wenig Englisch und fragte mich: »Wo Ihre Frau?«

Ich erwiderte: »Nicht meine Frau. Vielleicht kommt sie noch. Vielleicht auch nicht.«

Er sagte: »Gleicher Preis.«

»Wo ist mein Wagen?«

»Kommen Sie. Ich zeigen.«

Wir gingen nach draußen. Auf seinem kleinen Minibusparkplatz stand ein dunkelblauer viertüriger Nissan mit Allradantrieb. Ich kannte das Modell nicht, aber Mr. Thuc versicherte mir: »Gutes Auto.«

Ich schaute mir das gute Auto an und sah, dass es keine

Sicherheitsgurte hatte, aber die Reifen sahen gut aus und es gab sogar ein Reserverad.

Laut Susan waren es nach Hué fast sechshundert Kilometer. Auf einer anständigen Straße hätte man das in weniger als sechs Stunden geschafft, aber wenn die geschätzte Fahrtdauer auf der Nationalstraße 1 sieben bis acht Stunden betrug, war die Nationalstraße 1 in viel schlechterem Zustand, als ich sie von 1968 her in Erinnerung hatte, als hier noch das Pionierkorps der US Army für den Straßenbau zuständig war.

Der Schlüssel steckte nicht und deshalb bat ich den Ganoven um die Schlüssel. Er gab sie mir widerwillig. Ich setzte mich ans Steuer und ließ den Motor an, der sich gut anhörte, aber der Tank war nur viertelvoll. Das musste nichts bedeuten, deutete aber möglicherweise darauf hin, dass der Ganove eine kürzere Reise für uns geplant hatte.

Ich entriegelte die Motorhaube, stieg aus und sah mir den Motor an, einen kleinen Vierzylinder, mit dem anscheinend alles in Ordnung war. Ich fragte den Ganoven: »Wo ist der Fahrer?«

»Er kommen.«

Ich stellte den Motor ab und behielt die Schlüssel. Ich schaute auf meine Armbanduhr und sah, dass es schon eine Viertelstunde her war, dass ich Susan zurückgelassen hatte. Als ich gerade anfing, mir Sorgen um sie zu machen, fuhr sie auf einem Cyclo vor. Sie hatte ihren Rucksack auf dem Rücken und ihren neuen Beutel in der Hand.

Sie begrüßte den Ganoven und schüttelte mir dann die Hand, so als hätten wir uns erst kürzlich kennen gelernt und würden uns nun nur diesen Wagen teilen. Das war meine Idee gewesen und selbst ich war beeindruckt von meiner Findigkeit. James Bond wäre stolz auf mich gewesen.

Susan fragte: »Ist das unser Wagen?«

»Ja.« Ich nahm sie beiseite und sagte: »Der Tank ist nur viertelvoll. Und sieh dir mal die Antenne an.«

Sie sah kurz zu der Antenne hinüber, an der ein orangefarbener Plastikstreifen festgebunden war. »Daran erkennt man ihn unter allen anderen dunkelblauen Nissans mit Allradantrieb.«

Sie sah in den Kofferraum und stellte fest: »Keine Reservekanister, die sonst bei einer langen Fahrt üblich sind, und auch keine Kühlkiste, was in Vietnam sonst immer dazugehört.«

Der Ganove sah in unsere Richtung, aber wegen seiner Sonnenbrille konnte ich nicht sehen, ob er uns ebenso mit Argwohn betrachtete wie wir ihn. Wir waren hier nicht bei Hertz.

Der Fahrer kam zu Fuß, ein Mann um die vierzig. Wie die Hälfte aller Männer in diesem Land trug er eine schwarze Baumwollhose und ein weißes, kurzärmliges Hemd. Er hatte Sandalen an und musste dringend zur Pediküre. Für einen Vietnamesen war er ziemlich kräftig gebaut und er wirkte ein wenig nervös.

Mr. Thuc machte uns mit Mr. Cam bekannt und wir schüttelten ihm die Hand. Mr. Thuc sagte zu uns: »Mr. Cam sprechen nicht Englisch und ich ihm sagen, dass Dame gut Vietnamesisch sprechen.« Mr. Thuc sah auf seine Armbanduhr und sagte: »Okay? Jetzt bezahlen Sie.«

Ich zählte 150 Dollar ab und sagte zu dem Ganoven: »Die Hälfte jetzt, den Rest kriegt Mr. Cam, wenn wir in Hué ankommen.« Ich steckte das Geld in seine Hemdtasche.

»Nein, nein. Alles jetzt.«

»Bin ich in Hué? Ist das hier Hué?« Ich öffnete den Kofferraum und warf mein Gepäck hinein. Susan legte ihren Rucksack dazu und ich schloss den Kofferraum.

Der Ganove war zwar sauer, beruhigte sich aber. Im Plauderton fragte er: »Wohin sollen Mr. Cam Sie in Hué bringen?«

Ich erwiderte: »Ich dachte, das hätten wir Ihnen gesagt. Zum Flughafen Phu Bai.«

»Ja? Wohin Sie fliegen?«

»Nach Hanoi.«

»Aha.« Er sah sich um, wie die Leute das in einem Polizeistaat ständig tun, und teilte mir dann mit: »Zu viele Kommunisten in Hanoi.«

»Und zu viele Kapitalisten hier.«

»Ja?« Er sagte zu Susan und mir: »Ich brauchen Ihre Pass und Visa. Ich machen Kopien.«

Tja, wir wollten eigentlich nicht, dass der Ganove unsere Namen erfuhr, und deshalb sagte ich: »Nein.«

Der Ganove fing an, sich darüber zu beklagen, dass wir uns nicht ausweisen wollten, nicht gleich alles bezahlten und ihm nicht trauten.

Ich fragte ihn: »Wollen Sie dreihundert Dollar verdienen, oder wollen Sie hier das Arschloch markieren?«

»Wie bitte?«

Susan dolmetschte und ich fragte mich, was wohl das Wort für Arschloch war. Zu mir sagte sie: »Beruhige dich.«

Ich sagte zu Susan: »Gehen wir. Wir finden auch noch woanders einen Wagen und einen Fahrer.« Ich zupfte dem Ganoven das Geld aus der Tasche und öffnete den Kofferraum.

Die Kinnlade klappte ihm runter – damit hatte er nicht gerechnet. »Okay, okay. Kein Pass, kein Visum.«

Ich steckte ihm das Geld wieder in die Tasche.

Er sagte etwas zu dem Fahrer und die beiden gingen ins Büro.

Susan und ich sahen einander in die Augen. Sie sagte: »Mr. Cam ist für eine Nachtfahrt in den Norden nicht warm genug angezogen.«

»Der Wagen hat eine Heizung.«

»Vietnamesen schalten die Heizung nur selten ein, weil sie glauben, damit würde man Benzin verschwenden. Das Gleiche mit den Scheinwerfern – ob du's glaubst oder nicht. Und wenn der Motor ausfällt, würde er erfrieren.«

»Wie kalt ist es denn im Norden?«

»Nachts wahrscheinlich so um die zehn Grad. Das ist sehr kalt für jemanden aus Nha Trang.«

Ich nickte und sagte: »Wir müssen so aussehen, als wären wir stinkblöd.«

»Du vielleicht. Und möglicherweise spricht Mr. Cam ein wenig Englisch. Also pass auf, was du sagst.«

»Das ist mir klar.«

Sie sah mich an und fragte: »Willst du wirklich nicht lieber morgen den Minibus nehmen?«

Ich erwiderte: »Mit Mr. Cam komme ich klar.«

»Kommst du auch damit klar, wenn wir unterwegs ausgeraubt werden?«

»Ich fahre.«

»Paul, du darfst hier nicht fahren.«

»Mach dir darum keine Sorgen.«

Sie teilte mir mit: »Manchmal stecken die mit der Polizei unter einer Decke. Sie halten den Wagen an und verlangen dann von den Westlern, die drinsitzen, eine hohe Geldstrafe. Und wenn du fährst, nehmen sie dich fest.«

»Wenn sie mich kriegen.«

Sie sah mich an und sagte: »Ich schätze mal, der Fronturlaub ist vorbei.«

»Allerdings.«

Sie rang sich ein Lächeln ab und sagte: »Dann werden wir der Polizei also davonrasen und durch irgendwelche Hinterhalte einfach durchbrausen.«

»Genau. Mr. Cam wäre nicht so entgegenkommend.« Ich fragte: »Gibt es noch eine andere Strecke?«

»Nein. Nachts nimmt man die Nationalstraße 1 oder bleibt zu Hause. Die anderen Straßen sind nachts nicht befahrbar, es sei denn, man wollte nicht schneller fahren als Schritttempo.«

»Okay. Das ist eine Herausforderung. Ich liebe Herausforderungen.«

Sie erwiderte nichts.

Mir wurde klar, dass Susan meine Begeisterung für irrationales Verhalten möglicherweise nicht teilte. Ich sagte: »Schau mal, ich bin es, der einen Termin einhalten muss. Ich fahre mit dem Wagen und du kommst morgen mit den Franzosen nach.«

»Aha, dann soll ich also mit einem Bus voller Franzosen reisen, während du lediglich acht Stunden lang wach bleiben und nach Straßenräubern Ausschau halten musst. Und ich dachte, du wärst ein Gentleman.«

»Jetzt sei mal ernst.«

»Schau mal, Paul, wahrscheinlich wird gar nichts passieren. Und wenn doch was passiert, bringen sie einen nicht um – das ist das Schöne an diesem Land. Und Frauen werden nicht vergewaltigt. Es dreht sich nur ums Geld. Man gibt ihnen einfach alles, was man hat, und dann verschwinden sie.« Sie fügte hinzu: »Morgen früh können wir dann per Anhalter weiterfahren.«

»Ich sehe das irgendwie nicht, wie wir dann in Unterwäsche an der Nationalstraße 1 stehen und versuchen, einen Ochsenkarren anzuhalten.«

Sie reichte mir ihren Beutel, der ganz schön schwer war.

Ich fragte: »Was hast du da drin?«

Sie antwortete: »Manche amerikanischen Unternehmen bewahren in ihrem Safe ein kleines Schutzmittel auf.«

Ich sagte nichts.

Sie fuhr fort: »Auf dem Binh-Tay-Markt in Cholon kann man unter der Hand Teile amerikanischer Militärausrüstung kaufen. Die baut man dann zusammen und schon hat man was. In diesem Fall ein Colt Automatik, Kaliber 45 – eine amerikanische Militärpistole. Du bist vertraut mit dieser Waffe.«

Ich sah sie an und sagte: »Aber du hast doch gesagt, das sei hier ein Kapitalverbrechen.«

»Nur wenn man sich erwischen lässt.«

»Susan ... wo hattest du die versteckt?«

»Im Wasserboiler. Die haben immer so eine kleine Klappe.«

In meinem Kopf drehte sich alles und ich wollte gerade etwas sagen, da kamen Mr. Thuc und Mr. Cam wieder aus dem Büro.

Ich sah sie an und hatte den Eindruck, dass sie gerade die letzten Einzelheiten ihres Plans besprochen hatten, während Susan und ich die Einzelheiten unseres Plans besprochen hatten, wie wir ihren Plan durchkreuzen würden.

Mr. Thuc lächelte wieder. Er sagte: »Mr. Cam bereit. Sie bereit. Gute Reise nach Hué.« Er fügte hinzu: »Chuc mung nam moi«, und ermahnte uns dann: »Bezahlen Sie Mr. Cam in Hué.«

Da wir nicht so nervös wirken wollten wie Mr. Cam, schüttelten wir dem Ganoven die Hand und wünschten ihm ein frohes neues Jahr. Mr. Thuc und Mr. Cam hielten uns die hinteren Türen auf und wir stiegen ein.

Wir verließen den Parkplatz und auf halber Strecke auf der Van-Hoa-Straße sagte Susan etwas zu Mr. Cam. Er erwiderte etwas und sie fauchte ihn ein wenig an. Ich packte seine Schulter und sagte auf Englisch: »Machen Sie, was die Dame sagt.«

Ihm wurde klar, dass es mit uns kein Zuckerschlecken werden würde. Ein paar Minuten später hielt er an einer Tankstelle.

Er tankte voll und ich stand dabei neben ihm. Susan ging ins Kassenhaus und kam wenig später mit einem Typen wieder, der zwei Zehnliterkanister Benzin anschleppte. Susan trug eine Plastiktüte mit zwei Litern Wasser, jeder Menge Knabberzeug und einer Straßenkarte.

Ich überließ es Mr. Cam, das Benzin zu bezahlen, und holte währenddessen den Stadtplan von Nha Trang und den Reiseführer aus meiner Reisetasche. Wir stiegen alle wieder ein, ich jetzt vorne, und fuhren weiter.

Wir fuhren nach Norden und auf dem Stadtplan sah ich, dass wir in die richtige Richtung unterwegs waren – zur Xom-Bong-Brücke.

Diese lange Brücke erstreckt sich über mehrere kleine Inseln im Cai River, der bald darauf ins Südchinesische Meer mündet. Die See war jetzt nicht mehr blau, sondern golden und hinter den Hügeln im Westen ging die Sonne unter. Binnen einer halben Stunde würde es dunkel sein.

Auf einer ganz anständigen Straße, die die mächtigen Hügel nördlich von Nha Trang durchschnitt, fuhren wir weiter nach Norden.

Ich erkannte diese Straße wieder und schaute nach rechts. Ich sagte zu Susan: »Hier ist der betrunkene Riese gestürzt und hat auf dem Felsen seinen Handabdruck hinterlassen.«

»Schön, dass du aufgepasst hast. Und da drüben, auf dem nächsten Berg, hat sich seine Geliebte zu Stein verwandelt.« Sie fügte hinzu: »Schade, dass wir weg müssen aus Nha Trang. Das war die schönste Woche, seit ich hier bin.«

Ich schaute mich zu ihr um und wir sahen einander in die Augen. Ich sagte: »Danke für den wunderschönen Fronturlaub.«

Eine Viertelstunde später kreuzte die Straße die Nationalstraße 1, die direkt nach Hué führte, das gut sechshundert Kilometer weiter nördlich lag.

Diese so genannte Nationalstraße war in beiden Richtungen nur einspurig, weitete sich aber hin und wieder zum Überholen auf drei Spuren aus. Der Kraftfahrzeugverkehr hielt sich in Grenzen, aber es waren immer noch viele Ochsenkarren und Radfahrer unterwegs. Mr. Cams Fahrstil würde ihm zwar keinen Verkehrssicherheitspreis einbringen, war aber auch nicht schlimmer als der der anderen Verkehrsteilnehmer.

Die Nationalstraße 1 verlief an der Küste entlang und vor uns sah ich ein weiteres Kap, das in die See hinausragte. Links wechselten sich Reisfelder und Dörfer ab, dahinter ragten weitere Berge auf, die nun die Sonne verbargen. Im militärischen Sprachgebrauch nannte man diese Tageszeit ENAD –

Ende der nautischen Abenddämmerung –, wenn eben noch genug Licht blieb, um sich für die Nacht einzugraben.

Es würde das erste Mal seit 1972 sein, dass ich nach Einbruch der Dunkelheit im ländlichen Vietnam unterwegs war, und ich freute mich nicht darauf. Die Nacht gehörte Charlie – und Charlies Sohn, Mr. Cam.

Doch ohne dass Mr. Cam es wusste, hatte Susan Weber einen alten, aber hoffentlich gut geölten 45-er-Colt dabei, den sie jederzeit auf seinen Kopf richten konnte.

Und als die Sonne unterging, war ich ihr schon gar nicht mehr böse, dass sie die Waffe mitgebracht hatte, und hoffte, dass sie zusammengebaut und geladen war. Ich konnte einen Colt Kaliber 45 buchstäblich blind zusammenbauen und auseinander nehmen, und zwar in unter fünfzehn Sekunden, inklusive Magazin einschieben, durchladen und entsichern, wollte aber nicht gezwungen sein, meinen Rekord brechen zu müssen.

Es war jetzt dunkel und kaum noch Verkehr – bis auf ein paar Laster, die mit brennenden Scheinwerfern Benzin verschwendeten. Wir fuhren durch eine kleine Stadt, die laut meiner Karte Ninh Hoa hieß. Das gebirgige Festland versperrte rechts den Blick auf die See und vor uns lag ein öder Straßenabschnitt. Ich sah ein paar Bauernhütten, in deren Fenstern Licht brannte, und Wasserbüffel, die von den Feldern heimgeführt wurden. Es war Zeit fürs Abendessen und vielleicht auch für einen Hinterhalt.

Ich sagte auf Englisch zu Mr. Cam: »Ich muss mal pinkeln. Biet? Pissen gehen. Nuoc lassen.«

Er sah mich an. »Nuoc?«

Susan dolmetschte und Mr. Cam hielt am Straßenrand.

Ich langte hinüber, stellte den Motor ab und zog den Schlüssel. Dann stieg ich aus und schloss die Tür hinter mir.

Ich ging zur Fahrerseite und löste das orangefarbene Band von der Antenne. Ich öffnete die Fahrertür, gab Mr. Cam einen Stups und sagte: »Rüber.«

Er war nicht gerade erfreut, rutschte aber auf den Beifahrersitz. Bestimmt überlegte er zu verduften, aber ehe er sich zu etwas entschließen konnte, saß ich schon am Steuer und fuhr weiter. Ich schaltete hoch und fuhr dann mit knapp hundert Sachen über die Nationalstraße 1. Der Nissan fuhr sich gut, war bloß etwas zu schwach auf der Brust für zwei Weiße, einen Vietnamesen und einen vollen Tank.

Ich wollte Mr. Cam wirklich nicht dabeihaben, wollte aber auch nicht, dass er zur Polizei ging. Also entführte ich ihn. Ich sagte zu Susan: »Sag ihm, dass er müde aussah und ich jetzt fahre. Er kann gern schlafen.«

Sie dolmetschte. Mr. Cam sah alles andere als müde aus. Er wirkte aufgeregt. Er sagte etwas und Susan dolmetschte: »Er sagt, du kriegst große Schwierigkeiten, wenn die Polizei dich am Steuer erwischt.«

»Er auch. Sag ihm das.« Sie sagte es ihm.

Ich holte hundertzwanzig aus dem Nissan raus und auf der freien Straße fuhr er sich gar nicht schlecht. Doch hin und wieder bretterten wir durch ein Schlagloch und dann verlor ich fast die Kontrolle über den Wagen. Die Federung und die Stoßdämpfer waren nicht gerade vom Besten und für den Fall, dass ein Reifen platzte, verließ ich mich auf das Ersatzrad und ganz bestimmt nicht darauf, dass ich Mitglied im amerikanischen Automobilclub war.

Gut zehn Minuten später entdeckte ich im Rückspiegel die Scheinwerfer eines Autos und als es näher kam, sah ich, dass es ein kleiner offener Jeep war. Ich sagte: »Wir haben Gesellschaft.«

Susan sah aus dem Heckfenster und sagte: »Das könnte ein Polizeijeep sein. Ich glaube, da sitzen zwei Leute drin.«

Ich trat das Gaspedal durch.

Die Straße verlief gerade und eben an Reisfeldern vorbei und ich hielt mich auf dem Mittelstreifen, weil ich hoffte, dass dort der Asphalt besser wäre. Das Fahrzeug hinter mir hielt mit, kam aber nicht näher.

Mr. Cam guckte in seinen Seitenspiegel, sagte aber nichts.

Ich fragte Susan: »Hat die Polizei Funkgeräte?«

Sie sagte: »Manchmal schon.«

Mr. Cam sagte etwas zu Susan und sie sagte zu mir: »Mr. Cam glaubt, dass das da hinter uns ein Polizeiauto ist, und er schlägt vor, dass wir anhalten.«

Ich erwiderte: »Wenn das ein Polizeiauto wäre, hätten sie Blaulicht und Sirene an.«

Susan sagte: »Die haben hier keine Blaulichter und Sirenen.«

»Ich weiß. War nur 'n Scherz.«

»Das ist nicht witzig. Können wir sie abhängen?«

»Ich versuch's.«

Der Wagen gab nicht mehr als hundertsechzig her und wenn ich bei diesem Tempo durch ein größeres Schlagloch fuhr, würde ein Reifen platzen oder ich würde die Kontrolle über den Wagen verlieren oder beides. Die Polizisten wussten, dass ihnen das Gleiche blühte, waren aber anscheinend ungewöhnlicherweise mit Leib und Seele bei dieser Verfolgung dabei. Ich vermutete deshalb, dass ihnen mehr als nur ein Zweidollar-Strafzettel vorschwebte. Ja, wenn Mr. Thuc das hier arrangiert hatte, war den Bullen mittlerweile auch klar, dass nicht Mr. Cam am Steuer saß.

Der Nissan hielt das Tempo. Es war reine Glücksache, wer von uns als Erster ein großes Schlagloch erwischte.

Vor mir tauchte ein großer Laster auf und ich kam ihm so schnell näher, dass es aussah, als stünde er still. Ich wechselte auf die Gegenspur und sah einen anderen Laster auf mich zukommen. Ich überholte den ersten Laster und zwei Sekunden, ehe ich mit dem entgegenkommenden zusammengestoßen wäre, wechselte ich wieder auf die rechte Spur. Eine Minute später sah ich die Scheinwerfer des Jeeps wieder hinter mir; wir hatten unseren Vorsprung nur minimal vergrößert.

Mr. Cam wurde zusehends aufgeregter und versuchte mit Susan zu diskutieren, die immer nur »Im lang« zu ihm sagte, was, wie ich noch wusste, »Sei still« oder »Halt die Schnauze« bedeutete.

Das andere Fahrzeug war nun etwa hundert Meter hinter uns und vielleicht hatte es ein wenig aufgeholt, seit ich zum letzten Mal hingesehen hatte. Ich fragte Susan: »Haben die Bullen Gewehre dabei oder bloß Pistolen?«

»Beides.«

»Schießen sie, wenn man zu schnell fährt?«

»Warum gehen wir nicht einfach mal davon aus?«

»Gehen wir lieber davon aus, dass sie die Postkutsche ausrauben wollen und nichts davon haben, wenn die Postkutsche in Flammen aufgeht.«

»Klingt vernünftig.«

Ich sagte zu Susan: »Mach dich bereit, das Ding aus deinem Beutel rauszuwerfen. Wir wollen ja nicht, dass sie uns gleich an die Wand stellen.«

Sie sagte: »Ich halte es in der Hand. Sag mir Bescheid, wenn es so weit ist.«

»Wie wär's mit jetzt? Ehe wir uns überschlagen und sie es bei uns finden.«

Sie erwiderte nichts.

»Susan?«

»Warte noch.«

»Okay, wir warten.«

Ich versuchte mich an die Straßenkarte zu erinnern. Wenn mich meine Erinnerung nicht trog, lag ein paar Minuten vor uns eine weitere kleine Stadt. Wenn es in dieser Gegend noch einen Bullen gab, dann dort.

Mr. Cam war so still wie jemand, der sich in sein Schicksal gefunden hatte. Ja, ich sah, wie er im stillen Gebet die Lippen bewegte. Ich rechnete nicht damit, dass er bei diesem Tempo irgendeinen Blödsinn machte, wie zum Beispiel ins Lenkrad zu greifen oder rauszuspringen, sagte aber zu Susan: »Sag Mr. Cam, dass ich in der nächsten Stadt anhalte und ihn rauslasse.«

Sie sagte es ihm und er schien es mir abzukaufen. Keine Ahnung, warum – aber er kaufte es mir tatsächlich ab.

Währenddessen fuhr ich durch Schlaglöcher und wir ruckelten wild hin und her.

Vor uns tauchte ein Kleinwagen auf, der mitten auf der Straße stand. Im Scheinwerferlicht sah ich eine Frau, die Hilfe suchend winkte. Das, dachte ich, war der Hinterhalt, in dem man uns das abnehmen wollte, was uns die Bullen noch nicht als Strafe abgeknöpft hatten. Aber die Bullen hatten mich noch nicht und Mr. Cam saß nicht am Steuer. Trotzdem sagte er in einstudiertem Englisch: »Ich anhalten. Auto brauchen Hilfe. Ich anhalten.«

»Sie fahren nicht. Ich nicht anhalten.«

Ich wechselte auf die Gegenfahrbahn, wo ich auf der linken Seite den Abstand zum Straßengraben besser abschätzen konnte, und raste an der Dame mit der Panne und ihrem Auto vorbei.

Ich gab mir Mühe, gleichzeitig auf die Straße vor mir und auf die Scheinwerfer hinter mir zu achten. Ich sah die Scheinwerfer um den auf der Straße stehenden Wagen herumkurven und dabei wäre der Jeep um ein Haar in den Graben gekippt, schaffte es dann aber doch zurück auf die Straße.

Susan sah aus dem Heckfenster zu.

Ich sagte zu ihr: »Tut mir Leid, dass es so kommen musste.«

»Macht nichts. Fahr.«

»Ja. Der Typ ist gar kein schlechter Fahrer.«

Sie fragte: »Weißt du, wie man einem vietnamesischen Autofahrer die Sicht nehmen kann?«

»Nein. Wie?«

»Indem man ihm eine Windschutzscheibe vor die Nase setzt.«

Ich lächelte.

Was dann passierte, war nicht so lustig. Ich hörte etwas, das sich wie eine gedämpfte Fehlzündung anhörte, und brauchte etwa eine halbe Sekunde, ehe mir klar wurde, dass es ein Schuss aus einer Kalaschnikow war. Bei diesem Geräusch erstarrte mir kurz das Blut in den Adern. Ich atmete tief durch und fragte: »Hast du das gehört?«

Sie erwiderte: »Ich habe das Mündungsfeuer gesehen.«

Ich trat das Gaspedal ganz durch, aber der Nissan fuhr nicht mehr schneller. Ich sagte: »Okay, wirf die Waffe raus. Wir halten an.«

»Nein! Fahr weiter! Jetzt ist es zum Anhalten zu spät.«

Ich fuhr weiter und hörte wieder einen Schuss. Aber feuerte der auf uns oder versuchte er nur, uns auf ihn aufmerksam zu machen? Jedenfalls: Wenn sein Wagen genauso wild holperte wie meiner, konnte der Typ mit dem Gewehr auf diese Entfernung, die jetzt etwa zweihundert Meter betrug, ohnehin nichts treffen. Ich wechselte mit dem Nissan auf die Gegenspur, damit der Schütze aufstehen und über die Windschutzscheibe hinweg schießen musste, doch der Polizeijeep wechselte hinter uns ebenfalls auf die Gegenfahrbahn. Also zog ich wieder auf die rechte Spur.

Ich hörte wieder einen Schuss, aber diesmal war es Leuchtspurmunition und ich sah den grünen Streifen rechts über mir. *O Gott.* Ich hatte seit 1972 keine grüne Leuchtspur mehr gesehen und für einen Moment blieb mir das Herz stehen. Wir hatten rote verwendet und sie grüne und mit einem Mal sah ich vor mir diese roten und grünen Streifen vorbeischießen.

Ich holte mich aus jenem Albtraum in diesen hier zurück.

Mr. Cam schluchzte jetzt, was in Ordnung war, bloß dass er auch noch anfing, mit den Fäusten aufs Armaturenbrett einzuschlagen. Als Nächstes war dann mein Kopf dran. Ich erkannte die ersten Anzeichen von Hysterie. Mit der rechten Hand ließ ich das Lenkrad los und verpasste ihm mit dem Handrücken eine Ohrfeige. Das schien zu wirken und er hielt sich die Hände vors Gesicht und weinte.

Ich kam auf die verrückte Idee, dass das alles nur ein dummes Missverständnis sein könnte und die Polizei nur unsere

Papiere sehen wollte, der mitten auf der Straße stehende Wagen tatsächlich eine Panne hatte und Mr. Cam reinen Herzens war. Mann, hätten wir da nicht eine Geschichte zu erzählen beim Silvesterbankett?

Wir waren durch ein paar kleine Dörfer an der Nationalstraße 1 gesaust und dort hatte ich Radfahrer und Kinder am Straßenrand gesehen. Das hier war gefährlich – genauso gefährlich wie die Schlaglöcher und die Typen, die auf uns schossen. Es war reine Glückssache – einer von uns würde einen fatalen Fehler begehen.

Ich warf meine Straßenkarte und den Reiseführer zu Susan nach hinten und fragte: »Kannst du mir sagen, wie weit es noch zur nächsten Stadt ist?«

Sie nahm ihr Feuerzeug zur Hilfe und sagte dann: »Ich sehe da einen Ort namens Van Ninh. Ist es der?«

»Ja, das ist er. Wie weit noch?«

»Ich weiß es nicht. Wo sind wir jetzt?«

»Gut dreißig Kilometer hinter Ninh Hoa.«

»Tja ... dann sind wir gleich in Van Ninh.«

Und tatsächlich konnte ich vor mir schon die Lichter der Stadt sehen.

Susan sagte: »Du kannst nicht mit diesem Tempo durch die Stadt fahren, Paul. Da werden Laster, Autos und Leute auf der Straße sein.«

»Ich weiß.« Ich musste mir ganz schnell was einfallen lassen.

Direkt vor uns war ein LKW und seine Bremslichter leuchteten, als er vor der Stadt abbremste. Ich wechselte auf die Gegenfahrbahn, überholte ihn und wechselte wieder auf meine Spur. Ich stieg in die Eisen und stellte fest, dass der Wagen kein ABS hatte. Der Nissan brach hinten aus und ich kämpfte damit, ihn unter Kontrolle zu behalten. Der LKW war jetzt direkt hinter mir und ich schaltete die Scheinwerfer ab. Ich hielt mich etwa fünf Meter vor dem Laster und versteckte mich so vor dem Polizeijeep.

Ich hatte keine Ahnung, wie nah der Polizeijeep war, aber binnen Sekunden musste er neben mir auftauchen. Ich wartete ab und sah links auf der Straße sein Scheinwerferlicht und dann war der gelbe Jeep direkt neben mir. Im Bruchteil einer Sekunde entdeckte mich der Typ auf dem Beifahrersitz mit der Kalaschnikow und wir sahen einander in die Augen. Er guckte erstaunt und richtete dann seine Kanone auf mich. Ich gab Gas und touchierte den Jeep seitlich. Ich musste ihn gar nicht groß rammen, denn der Fahrer, der nach vorne sah und dort nach mir suchte, rechnete nicht damit und der gelbe Jeep kam von der Straße ab und rutschte auf den unbefestigten Straßenrand. Im Seitenspiegel sah ich, wie der Jeep in den Straßengraben stürzte und sich überschlug. Ich hörte einen gedämpften Aufprall und sah Flammen, dann eine Explosion.

Ich hatte das Gaspedal voll durchgetreten und war immer noch auf der Gegenfahrbahn. Ich wechselte zurück auf meine Spur und sah im Rückspiegel, dass der Laster angehalten hatte. Ich schaltete die Scheinwerfer wieder an.

Ich stieg voll in die Bremsen und fuhr nur noch sechzig, als wir in die Stadt Van Ninh kamen.

Es war sehr still im Wagen und ich hörte meinen eigenen Atem. Mr. Cam kauerte in embryonaler Haltung förmlich am Boden. Ich guckte in den Rückspiegel und sah, dass Susan nach vorne starrte.

Ich fuhr jetzt mit etwa vierzig Sachen die Hauptstraße entlang, die hier die Nationalstraße 1 war.

Es gab keine Straßenlaternen, aber die meisten der flachen Steingebäude waren erleuchtet und dieses Licht schien bis auf die Straße. Links sah ich eine Karaokebar, vor der Dutzende Jugendliche herumlungerten. Überall waren Fahrräder und Motorroller abgestellt, gingen Leute über die Straße. Ich sagte zu Susan: »Du solltest den Kopf einziehen.«

Susan kauerte sich auf die Rückbank.

Rechts vor uns stand vor der Polizeiwache ein gelber Polizeijeep und ein paar uniformierte Männer standen draußen rum. Wenn die Bullen es über Funk gemeldet hatten, war die Reise hier zu Ende und dann hatten wir noch Glück, wenn wir nur vor ein Exekutionskommando kamen.

Ich hielt buchstäblich den Atem an, als wir uns der Polizeiwache näherten. Auf der Straße war kein einziges Auto unterwegs, denn nachts gab es nicht viele Orte, wo man hin wollte, und die Stadt war so klein, dass man alles zu Fuß oder mit dem Rad erledigen konnte. Deshalb fiel der dunkelblaue Nissan auf. Ich rutschte auf dem Sitz nach vorne, so dass es aussah, als wäre ich nur eins fünfzig groß, und hielt mir die rechte Hand vors Gesicht, als würde ich mich lausen oder so. Mr. Cam regte sich und ich nahm die Hand von meinem Gesicht, packte sein Haar und drückte ihn runter. »Im lang!«, sagte ich, obwohl er den Mund hielt, denn ich wusste nicht mehr, wie man »Keine Bewegung!« sagte.

Jetzt fuhren wir an der Polizeiwache vorbei und ich bemühte mich, den Kopf abzuwenden, die Bullen dabei im Auge zu behalten und gleichzeitig Mr. Cam an den Haaren festzuhalten. Ich wusste, dass man den Kopf eines Vietnamesen eigentlich nicht berühren durfte, aber er kauerte da und bei den Eiern konnte ich ihn nicht packen.

Die Polizisten sahen zu dem dunkelblauen Nissan hinüber und ich merkte, dass ich drauf und dran war, Mr. Cam die Haare auszureißen. Ich fuhr mit der Hand hinunter zu seinem Hals und hielt ihn da fest.

Wir hatten die Polizeiwache jetzt hinter uns und ich guckte in den rechten Seitenspiegel. Die Bullen sahen dem Wagen nach, aber ich merkte, dass sie nicht mich ansahen. Doch der Wagen fesselte ihr Interesse. Ich fuhr weiter im ersten Gang die Hauptstraße entlang.

Direkt vor mir fuhr ein Junge auf einem Fahrrad über die Straße und wir sahen einander in die Augen. Er schrie: »Lien xo! Lien xo!«, was, wie ich erst kürzlich gelernt hatte, »Sowjet« bedeutete oder manchmal auch »Ausländer«.

Es war Zeit für den Abflug. Ich gab Gas und bald hatten wir die Stadt Van Ninh hinter uns gelassen und waren wieder auf der dunklen Nationalstraße.

Ich schaltete hoch und ein paar Minuten später brausten wir mit hundert Sachen dahin. Ich schaute immer wieder in den Rückspiegel, um zu sehen, ob der Junge die Bullen auf den Lien xo aufmerksam gemacht hatte, sah aber keine Scheinwerfer.

Zum ersten Mal seit etwa zehn Minuten holte ich Luft. Ich fragte Susan: »Wie wär's mit etwas Nuoc?«

Sie hatte die Flasche bereits geöffnet und reichte sie mir. Ich trank einen großen Schluck und bot die Flasche dann dem am Boden kauernden Mr. Cam an, indem ich mit einem Finger auf seinen Kopf tippte. Ich dachte eigentlich, er müsste schon ganz ausgedörrt sein, aber er wollte kein Wasser und deshalb gab ich Susan die Flasche zurück und sie trank einen großen Schluck daraus.

Sie atmete tief durch und sagte dann: »Ich zittere immer noch und ich muss mal.«

Ich hielt am Straßenrand und wir drei legten eine wohl verdiente Pinkelpause ein. Mr. Cam versuchte wegzulaufen, aber es war nur ein halbherziger Versuch und ich schubste ihn zurück in den Wagen.

Ich sah mir die Reifen an und untersuchte den Wagen dann auf Einschüsse, konnte aber keine entdecken. Entweder hatten sie nicht auf uns geschossen oder sie hatten bei dem Geholper nicht getroffen. Aber das war ja nun egal.

Ich schaute mir die Fahrerseite an und sah, dass sie Kratzer hatte und vorne links der Kotflügel verbeult war, aber im Grunde hatte ich den Jeep nur touchiert, denn mehr hatte es nicht gebraucht.

Wieder im Wagen, beschleunigte ich auf hundert und behielt dann dieses Tempo bei. Ich sagte zu Susan: »Das alles tut mir wirklich Leid.«

»Du musst dich nicht entschuldigen. Wir sind vor Banditen geflohen. Du hast das toll gemacht.« Sie fragte: »Fährst du zu Hause auch so?«

»Ich habe beim FBI mal einen Kurs in offensivem Fahren absolviert. Und die Prüfung habe ich bestanden.«

Sie erwiderte nichts, steckte sich aber eine Zigarette an. Sie bot Mr. Cam, der jetzt wieder auf seinem Platz saß, auch eine an und er nahm sie. Sie gab ihm Feuer und angesichts ihrer zitternden Hände und seiner bibbernden Lippen staunte ich, dass sie die Zigarette anbekamen.

Jetzt war rechts wieder das Meer zu sehen und die schmale Mondsichel, die sich auf dem Wasser spiegelte, warf gerade so viel Licht, dass wir nicht in vollkommene Finsternis gehüllt waren. Ich überholte einen Laster, der nach Norden unterwegs war, aber nach Süden war kein Verkehr. Nachts war es eine absolut öde Strecke, was gut war, wenn man vorankommen wollte, aber das war auch schon der einzige Vorteil daran. Hin und wieder sah ich ein Schlagloch und umkurvte es. Einige Schlaglöcher übersah ich auch und fuhr hindurch, und dann rumpelte der Nissan quietschend.

Susan fragte: »Glaubst du, dass jemand nach uns sucht?«

»Die einzigen Leute, die nach uns gesucht haben, sind tot.«

Sie erwiderte nichts.

Ich sagte zu ihr: »Aber Mr. Thuc sucht mittlerweile vielleicht nach Mr. Cam.«

Sie dachte darüber nach und sagte dann: »Mr. Thuc wird mittlerweile von der Frau, die angeblich eine Panne hatte, erfahren haben, dass wir vor der Polizei geflohen sind, und deshalb glaubt er jetzt, dass wir entweder tot sind oder weiterfahren nach Hué.«

»Und wieso ruft er nicht die Bullen?«

»Weil die Bullen tausend Dollar für die Suche nach dem Wagen verlangen würden und noch mal tausend, wenn sie ihn finden.« Sie fügte hinzu: »Mr. Thuc hofft mittlerweile nur noch auf das Beste. Er wird sich erst morgen Sorgen machen, wenn er noch nichts von Mr. Cam gehört hat. Du darfst dir die Polizisten hier nicht als hilfsbereite Jungs in Blau vorstellen, die dich mit ›Sir‹ anreden, wenn du sie um Hilfe bittest. Das sind die schlimmsten Diebe in diesem Land.«

»Ich verstehe.«

Susan sprach mit Mr. Cam, dem es nach der Zigarette anscheinend ein klein wenig besser ging. Zu mir sagte sie: »Er bestreitet, dass wir ausgeraubt werden sollten. Er sagt, wir seien viel zu argwöhnisch. Er will aussteigen.«

»Sag ihm, dass er den Wagen vom Flughafen in Hué wieder zurückfahren muss, sonst bringt Mr. Thuc ihn um.«

Susan erzählte ihm das und ich verstand das Wort »giet«, das ermorden oder töten bedeutet. Schon komisch, dass ich so unangenehme Worte behalten habe. Ich sagte zu Susan: »Sag ihm, dass er morgen wieder bei seiner Familie ist, wenn er sich gut benimmt.«

Sie sagte es ihm, er erwiderte etwas und Susan sagte zu mir: »Ich bezweifle sehr, dass er zur Polizei geht. Dabei würde für ihn nur Ärger rausspringen.«

»Gut, denn ich will ihn wirklich nicht umbringen müssen.«

Sie erwiderte eine ganze Weile nichts und fragte mich dann: »Ist das dein Ernst?«

»Mein tödlicher Ernst.«

Sie lehnte sich auf der Sitzbank zurück und steckte sich noch eine Zigarette an. »Jetzt verstehe ich, warum sie ausgerechnet dich hierher geschickt haben.«

»Sie haben mich nicht geschickt. Ich habe mich freiwillig gemeldet.«

Mr. Cam versuchte anscheinend, dem Gespräch zu folgen, und fragte sich wahrscheinlich, ob wir darüber sprachen, ihn zu töten. Um ihn zu beruhigen, tätschelte ich ihm die Schulter und sagte: »Xin loi«, was etwa so viel bedeutet wie »Es tut mir Leid« oder »Entschuldigung«.

Susan fragte mich: »Fällt dir dein Vietnamesisch wieder ein?«

»Ich glaube schon. *Xin loi.* Wenn wir einen kaltgemacht

hatten, haben wir immer gesagt: ›Xin loi, Charlie.‹ Tut uns Leid, Charlie. Verstehst du?«

Sie schwieg eine ganze Weile und fragte sich bestimmt, ob sie hier mit einem Psychopathen unterwegs war. Ich fragte mich das auch. Ich sagte: »Das ist nur das Adrenalin. Ich bin gleich wieder normal.«

Sie sagte wieder nichts. Ich glaube, sie hatte ein wenig Angst vor mir, und ehrlich gesagt, hatte ich das auch.

Ich sagte zu Susan: »Du wolltest mitkommen.«

»Ich weiß. Ich sage ja auch gar nichts.«

Ich streckte eine Hand nach hinten und sie nahm sie und drückte sie.

Ich konzentrierte mich wieder aufs Fahren. Das flache Land war hier nur noch ein schmaler Streifen zwischen den Bergen links und dem Meer rechts. Jetzt war überhaupt kein Verkehr mehr und ich fuhr konstant hundert.

Susan fragte: »Soll ich mal fahren?«

»Nein.«

Sie massierte mir den Nacken und die Schultern. »Wie geht's dir?«

»Gut. Ein Stückchen nördlich von hier gibt's einen Ort namens Bong Son, wo ich mal ein paar Monate lang gedient habe. Du musst mal schauen, ob's da ein Hinweisschild gibt.«

»Ich behalte die Karte im Blick. Wieso erzählst du mir nicht, womit du dir den Fronturlaub in Nha Trang verdient hast?«

»Also gut. Wir fahren ins Ashau-Tal, das ist in der Nähe von Hué, und dann erzähle ich es dir dort, wo es passiert ist.«

»Okay.« Sie massierte mir die Schläfen und sagte: »Ich habe dir schon im Rex gesagt, dass es gut ist, über diese Dinge zu sprechen.«

»Sag mir das noch mal, nachdem du die Geschichte gehört hast.«

Sie schwieg eine Weile und sagte dann: »Wenn du diesmal

hier abreist, lässt du vielleicht auch den Krieg hinter dir zurück.«

Ich erwiderte erst nichts und sagte dann: »Ich glaube, genau deshalb bin ich hier.«

Kapitel 22

Wir fuhren weiter auf der Nationalstraße 1 nach Norden, durch Dai Lanh, einen Badeort mit ein paar Pensionen und einem kleinen Hotel mit Straßencafé. Wäre Mr. Cam nicht dabei gewesen, dann hätten wir angehalten und Kaffee oder etwas Alkoholisches getrunken, was ich dringend nötig hatte.

Hinter Dai Lanh machte die Straße einen Schlenker fort von der Küste und wurde wieder öde – dunkle Reisfelder und Gräben und hin und wieder eine Bauernhütte.

Mr. Cam saß schweigend da. Vermutlich war ihm klar geworden, dass wir ihn bereits getötet hätten, wäre das unsere Absicht gewesen. Diese Erkenntnis bringt manche Gefangenen dazu, sich zu entspannen und friedlich mitzumachen; andere kommen dann auf die Idee, jetzt wäre die Gelegenheit für einen Fluchtversuch.

Ich schaute immer wieder im Rückspiegel nach Scheinwerfern. Scheinwerfer bedeuteten Stunk. Ich sagte zu Susan: »Auf der wichtigsten Straße dieses Landes ist kein einziges Fahrzeug unterwegs.«

»Die Leute reisen auf dem Lande nicht nachts, es sei denn, es fährt einmal ein Bus. Tagsüber ist die Nationalstraße 1 so verstopft, dass man kaum mal vierzig fahren kann.« Sie fügte hinzu: »Angeblich stellt die Polizei ihre Patrouillen auf den Nationalstraßen eine Stunde nach Sonnenuntergang ein.«

»Das ist doch mal eine gute Nachricht.«

»Nein, ist es nicht. Bis zum Morgengrauen patrouilliert

dann die Armee auf den Nationalstraßen.« Sie fügte hinzu: »Und die Armeepatrouillen halten jeden an.«

»Welche größere Stadt kommt als nächste?«

Sie sah auf die Straßenkarte und sagte: »Ein Ort namens Qui Nhon. Aber die Nationalstraße 1 führt westlich daran vorbei. Wir müssen also nicht durch die Stadt.«

Ich sagte: »In dieser Stadt war ein großes amerikanisches Lazarett.«

»Das weißt du noch?«

»Ja. Nach Qui Nhon wurden die gebracht, die nicht auf die Lazarettschiffe kamen. Da wurden auch viele vietnamesische Militärs und Zivilisten behandelt. Und außerhalb der Stadt gab es ein großes Leprakrankenhaus.«

»Ah ... davon hab ich gehört. Ein Leprakrankenhaus gibt es hier immer noch.«

»Wir hatten einen Sanitäter, der von der Front so die Schnauze voll hatte, dass er sich freiwillig für die Arbeit im Leprakrankenhaus gemeldet hat. Wir haben einen Scherz draus gemacht. Verstehst du? Immer wenn's so richtig schlimm wurde, haben wir uns alle freiwillig für das Leprakrankenhaus in Qui Nhon gemeldet.« Susan lachte nicht. Ich sagte: »Tja, da muss man wohl dabei gewesen sein.« Ich fragte: »Wie weit noch?«

»Ich glaube, nur noch ein paar Kilometer.«

»Kannst du wirklich Karten lesen, oder tust du nur so?«

»Das war eine sexistische Bemerkung.«

»Xin loi.«

Sie boxte meine Schulter, was Mr. Cam erstaunte. Ich sagte: »Mr. Cams Frau schlägt ihn nie. Ich glaube, ich werde eine Vietnamesin heiraten.«

»Die sind so lammfromm, da langweilst du dich zu Tode.«

»Klingt gut.«

Sie sagte: »Freut mich, dass du wieder ganz der Alte bist.«

Ich sagte: »Ich mache mir ein wenig Sorgen wegen diesem Lastwagenfahrer.«

Sie dachte darüber nach und sagte dann: »Tja ... der Lastwagenfahrer wusste nicht, dass wir Ausländer sind. Der hat gedacht, wir wären Vietnamesen, die von den Bullen verfolgt werden. Er hat nichts gesehen.«

»Da hast du Recht.«

Wir passierten die Straße nach Qui Nhon, die die Nationalstraße 1 kreuzte, und an der Kreuzung standen ein paar vereinzelte Gebäude, darunter auch eine Tankstelle, die aber geschlossen war. Ich fragte Susan: »Glaubst du, dass noch irgendeine Tankstelle geöffnet hat?«

»Warum sollten sie?«

»Stimmt. Aber ich glaube nicht, dass wir es mit einer Tankfüllung nach Hué schaffen, nicht mal mit den Reservekanistern.«

»Schalt die Scheinwerfer ab. Das spart Benzin. Kannst Mr. Cam fragen.«

Ich sah auf die Benzinuhr und stellte im Kopf ein paar Berechnungen an. Ich schätzte, dass wir noch zweihundert oder zweihundertfünfzig Kilometer weit kamen – je nach dem, wie groß der Tank war und wie viel Benzin wir pro Kilometer verbrauchten. Die zwanzig Liter in den Reservekanistern erhöhten unsere Reichweite um vielleicht fünfzig oder sechzig Kilometer. Ich sagte zu Susan: »Frag Mr. Cam, wo wir nachts Benzin herkriegen können.«

Sie fragte ihn, er antwortete und sie sagte zu mir: »Er weiß es nicht. Er war noch nie so weit im Norden und fährt nur ganz selten nachts.«

Ich lachte. »Und wo wollte er dann nachtanken?«

»Offensichtlich hatte er nicht die Absicht, uns nach Hué zu bringen.«

»Das ist mir klar. Sag ihm das.«

Sie sagte es ihm und Mr. Cam guckte ein bisschen betreten.

Susan sagte: »Ich weiß noch, dass es in Da Nang ein paar Nachttankstellen gibt.«

»Wie weit noch nach Da Nang?«

Sie sah auf die Straßenkarte und antwortete: »Etwa dreihundert Kilometer.«

Ich sah noch mal auf die Benzinuhr und sagte: »Hoffentlich geht es bergab, sonst schaffen wir das nicht. Vielleicht sollten wir unser Dickerchen hier rausschmeißen.«

»Den brauchen wir zum Tanken. Paul? Was haben wir uns bloß dabei gedacht?«

»Ich habe gedacht, wir hätten einen größeren Tank oder würden weniger verbrauchen. Und wenn alle Stricke reißen, halten wir am Straßenrand, warten auf den Sonnenaufgang und fahren dann zu einer Tankstelle.«

Ich schaute nach vorne und am ebenen Horizont entdeckte ich einen Lichtschein. Ich fragte Susan: »Ist das Bong Son?«

»Das müsste es sein.«

Ich bremste ein wenig ab und sah mich in der kargen Landschaft um, die mir bekannt vorkam. Mehr zu mir selbst als zu Susan sagte ich: »Hier habe ich den Elefanten gesehen.«

»Was für einen Elefanten?«

Ich antwortete erst nicht und sagt dann: »Das ist eine Redewendung. Wenn man seine erste Kampferfahrung gemacht hat, sagt man: ›Ich habe den Elefanten gesehen.‹« Ich betrachtete die Straße und das Terrain rechts und links, auf dem ich im November 1967, in den frühen Morgenstunden am Tag nach Thanksgiving, zum ersten Mal einen Schusswechsel erlebt hatte.

Susan fragte: »Und was bedeutet das?«

»Keine Ahnung. Aber das ist eine alte Redewendung – hat nichts mit Vietnam zu tun. Das geht vielleicht aufs Römische Reich zurück, als Hannibal mit seinen Elefanten über die Alpen kam.« Ich sagte noch mal: »Ich habe den Elefanten gesehen.«

Susan meinte: »Hört sich fast mystisch an.«

Ich nickte. »Es gibt auf dieser Erde niemanden, der so mystisch, abergläubisch und tief religiös drauf ist wie ein Frontsoldat. Ich habe Männer gesehen, die vor der Schlacht ihr

Kruzifix küssten und sich bekreuzigten … und dann steckten sie sich eine Kalaschnikowpatrone ins Helmband, die die feindliche Kugel versinnbildlichen sollte, die für sie bestimmt war. Und sie stopften sich ein Pik-As in den Helm, weil das in Vietnam als Todessymbol gilt. Und sie hatten alle möglichen Talismane und Rituale, die sie vor der Schlacht zelebrierten … kurz gesagt: Man lernt zu beten.«

Susan schwieg eine Weile und fragte dann: »Und hier hast du den Elefanten gesehen?«

»Hier habe ich den Elefanten gesehen.«

Sie überlegte und sagte dann: »Als die vorhin auf uns geschossen haben … da habe ich, glaube ich, auch kurz den Elefanten gesehen.«

»Ist dir vor Angst eiskalt geworden und hattest du einen trockenen Mund und schlug dein Herz wie wild?«

»Ja.«

»Dann hast du kurz den Elefanten gesehen.«

Vor uns sah ich eine Brücke, an die ich mich erinnerte und die den An Lao River überspannte, und auf der anderen Seite lag die Stadt Bong Son.

Susan setzte ihre Sonnenbrille auf und fragte: »Sehe ich so aus wie eine *Co-dep*?«

Ich betrachtete sie im Rückspiegel. Mit ihrem langen, glatten Haar, das in der Mitte gescheitelt war, und der Sonnenbrille mochte sie in einem dunklen, vorbeifahrenden Auto als Vietnamesin durchgehen. Ich sah zu Mr. Cam hinüber. Er mochte ebenfalls als Vietnamese durchgehen, denn er war ja Vietnamese. Das Problem war ich.

Ich sah noch einmal zu Mr. Cam hinüber und hatte so das Gefühl, dass er, wenn wir in die Stadt kamen, versuchen würde zu türmen.

Ich hielt am Straßenrand und sagte zu Susan: »Hol mal einen Schnürsenkel von einem meiner Docksider aus meinem Koffer.«

Sie stieg aus, öffnete den Kofferraum und holte ein paar

Dinge aus unserem Gepäck. Sie rief mir zu: »Es ist kalt hier draußen!«

Ich kurbelte mein Fenster runter und mir kam es noch warm vor, aber ich lebte ja auch nicht seit drei Jahren hier. Ich erkannte den nächtlichen Geruch der feuchten Erde und des Flusses wieder.

Susan schloss den Kofferraum und stieg wieder ein. Sie reichte mir einen ledernen Schnürsenkel. Sie hatte auch eine ihrer hochgeschlossenen Seidenblusen mitgebracht, die sie sich nun über das Polohemd zog.

Ich nahm den Lederriemen und wies Mr. Cam mit einer Handbewegung an, sich nach vorne zu beugen und die Hände hinter den Rücken zu halten. Es gefiel ihm anscheinend besser, gefesselt als stranguliert zu werden, und er machte bereitwillig mit.

Ich band seine Daumen zusammen und knotete dann das freie Ende des Lederschnürsenkels an seinem Gürtel fest.

Susan gab mir meine Sonnenbrille und sagte: »Coole Kerle tragen die Tag und Nacht. Damit siehst du nicht allzu seltsam aus.«

Ich setzte die Brille auf, fand aber, dass ich immer noch wie ein eins achtzig großer Weißer mit welligem Haar und Langnase aussah.

Ich legte den ersten Gang ein und wir fuhren auf die Brücke zu. Ich sagte zu Susan: »Siehst du die Betonbunker an den Rändern der Brücke? Die haben die Franzosen gebaut. Amerikanische Platoons haben diese Bunker abwechselnd besetzt. Das war ein angenehmer Dienst – besser als draußen in der Wildnis. Früher gab es hier überall Stacheldraht und Minenfelder. Charlie kam alle paar Wochen vorbei und hat nachgesehen, ob wir noch wach waren. Sie wollten diese Brücke unbedingt sprengen, sind aber nie durch den Stacheldraht und die Minenfeldern durchgekommen. Die Minenfelder hatten die Franzosen angelegt und wir hatten keinen Plan, wo die Minen lagen, und wenn sich Charlie da in die Luft gesprengt hat, konnten wir nicht hin, um die Leichen zu bergen. Die lagen dann da draußen und die Bussarde und Maden haben sich wochenlang davon ernährt. Es stank hier fürchterlich. Jetzt riecht es nicht mehr.« Ich kurbelte mein Fenster hoch.

Susan sagte nichts.

Wir fuhren auf die Brücke über den An Lao, der ins Südchinesische Meer mündete. Ich schaltete in den zweiten Gang und presste mich so tief wie möglich in meinen Sitz.

Hinter der Brücke kamen wir auf die Hauptstraße von Bong Son. Die Stadt sah so aus, wie ich sie in Erinnerung hatte. Die Stuckgebäude waren ganz hübsch und hier und da hatte man Palmen gepflanzt. Bong Son hatte anscheinend nicht schlimm unter dem Krieg gelitten.

An der Straße gab es ein paar Restaurants und mir fiel wieder ein, dass hier früher viele Inder und Chinesen gelebt hatten, denen die meisten Läden und Restaurants gehört hatten. Davon sah ich nun keine Anzeichen mehr. Die GI-Bars, Massagesalons und Bordelle hatten sich in einer Seitenstraße befunden, wo sie die braven Bürger nicht störten.

Zurück in der Gegenwart, sah ich, dass auf der Straße viele Motorroller- und Fahrradfahrer unterwegs waren und vor allem auch ein paar Autos, so dass wir nicht allzu fehl am Platz wirkten.

Ich sagte: »Da vorne, am Stadtrand, war früher das Präsidium der Nationalpolizei. Das waren größtenteils Typen aus einflussreichen Familien, die wegen des Polizeidienstes nicht zur Armee mussten. Und sie waren ziemlich sadistisch. Siehst du die Steinmauer da rechts? Und die großen schmiedeeisernen Tore?«

»Ja.«

»Hinter der Mauer steht ein Gebäude aus der französischen Kolonialzeit. Ich glaube, das war das Rathaus oder so was. Eines Nachts drang ein Haufen Vietcong in die Stadt ein und griff das Gebäude an. Gut ein Dutzend von ihnen wurde von der Nationalpolizei getötet oder gefangen genommen. Einige Tage später fuhr ich mit ein paar Jungs in einem Jeep in die Stadt, um mal zu sehen, was es auf dem Schwarzmarkt zu kaufen oder zu tauschen gab. Die Nationalpolizei hatte ein Dutzend Vietcong an diesen Toren aufgeknüpft. Die meisten waren völlig durchsiebt, aber einige hatte man auch lebendig gehenkt – aber nicht am Hals, sondern an den Daumen. Die Leichen verwesten in der Sonne.« Ich fügte hinzu: »Die südvietnamesische Armee hat gefangen genommene Vietcong normalerweise per Kopfschuss getötet. Die Nationalpolizei war nicht so nett.«

Ich sah Susan im Rückspiegel an. Sie sah nicht zu den Toren hinüber, aber ich sah dorthin, als wir daran vorbeifuhren, und ich sah diese Leichen immer noch dort hängen. »Ich erinnere mich immer noch an diesen Gestank.«

Sie sagte nichts.

»Wir haben das unserem Kompaniechef gemeldet und er hat es weitergegeben. Die Nationalpolizei war sauer auf uns, weil wir uns in ihren Anschauungsunterricht eingemischt hatten. Versteh mich nicht falsch: Wir waren selber auch keine Engel, aber irgendwo muss man eine Grenze ziehen. Krieg ist das eine, aber das war keine Kriegshandlung. Andererseits waren die Vietnamesen schon so lange dabei und hatten schon so viele Freunde und Angehörige verloren, dass sie längst schon völlig neben der Spur waren, als wir hier ankamen.«

Ich fuhr fort: »Nach Neujahr wurde die 1. Cavalry von Bong Son nach Quang Tri verlegt und da war es viel schlimmer als hier.«

Ich sah wieder in den Rückspiegel und Susan saß ganz still da. Ich sagte: »Ich war damals achtzehn Jahre alt.«

Links tauchte das Präsidium der Nationalpolizei auf und ich sah an der Front des Gebäudes eine rote Fahne mit gelbem Stern hängen. Vor dem Gebäude standen vier gelbe Jeeps und etwa ein halbes Dutzend Polizisten rauchend und plaudernd herum. Als wir daran vorbeifuhren, wandte ich mein Gesicht ab.

Ich sagte: »Nach dem Sieg der Kommunisten war das große Blutbad, das alle vorhergesagt hatten, dann doch nicht so verheerend. Nur ausgewählte Leute wurden exekutiert. Die meisten Staatsfeinde landeten in Umerziehungslagern. Aber die Nationalpolizisten, die bei so ziemlich allen verhasst waren, wurden von der neuen Nationalpolizei systematisch gejagt und hingerichtet.« Ich fügte hinzu: »Man erntet, was man sät.«

Susan, das sah ich, hielt eine Schachtel Zigaretten in der einen und ein Feuerzeug in der anderen Hand, saß aber reglos da. Schließlich sagte sie: »In Saigon habe ich das alles nie verstanden.«

»Auf dem Lande war es ein sehr schmutziger Krieg. Aber das ist Geschichte. Erinnerungen verblassen und das Leben geht weiter. Die nächste Generation hat es dann vielleicht verwunden.« Ich sah zu Mr. Cam hinüber und fragte mich, wie seine Vorgeschichte wohl aussah. Vielleicht würde ich ihn später fragen.

Die Stadt Bong Son erstreckte sich noch weitere hundert Meter an der Nationalstraße 1 entlang und dann waren wir wieder auf dem Lande. Ich sagte: »Das große amerikanische Feldlager, die Landezone English, war ein paar Kilometer links von hier. Es gibt da ein Tal, das An Lao heißt, wo der Fluss in den Bergen entspringt. Wir haben die Bevölkerung dieses Tals komplett evakuiert und dann in so genannte strategische Dörfer umgesiedelt, sodass sie die örtlichen Vietcong oder die nordvietnamesische Armee nicht mit Lebensmitteln oder ihrer Arbeitskraft unterstützen konnten. Anschließend wurde das Tal zu einer Free Fire Zone erklärt und alles, was sich dort noch regte, erschossen – auch die zurückgelassenen Tiere der Bauern und die Wildtiere. Wir sind sogar mit automatischen Schrotflinten von Browning auf Vogeljagd gegangen. Wir haben sämtliche Gebäude niedergebrannt, alle Obstbäume vergiftet, Öl in die Reisfelder geleitet und den Wald mit diesen so genannten Römischen Pflügen dem Erdboden gleichgemacht. Dann haben wir aus der Luft Pappfässer mit Kristallen drin abgeworfen, die Giftgas erzeugten. Anschließend haben wir das An-Lao-Tal in Tal des Todes umbenannt.« Ich schwieg kurz. »Ich frage mich, ob da heute irgendjemand lebt.«

Susan sagte nichts.

Ich beschleunigte mit dem Nissan auf hundert Stundenkilometer und fuhr weiter nach Norden.

Die Nationalstraße 1 machte wieder einen Schlenker nach Osten, zum Meer hin, und an der Küste zog sich ein weißer Sandstrand entlang. Links säumten weiße, mit Gestrüpp bewachsene Sandhügel die Straße. Ich sagte zu Susan: »Hier habe ich Weihnachten 1967 verbracht. Der weiße Sand von Bong Son. Wir haben so getan, als wäre es Schnee.« Ich fügte hinzu: »Achtundvierzig Stunden lang war Waffenruhe. Wir bekamen viele Weihnachtspakete vom Roten Kreuz, aber auch von anderen Organisationen und Privatpersonen. Damals, vor Tet, unterstützten die Leute die Truppen noch, wenn auch nicht den Krieg.«

Ich wusste noch, dass Weihnachten ein besonders heißer Tag gewesen war, und auf dem weißen Sand standen keine Schatten spendenden Bäume. Das Weihnachtsessen war per Hubschrauber geliefert worden und wir saßen auf dem Sand und aßen Truthahn mit allem Drum und Dran und versuchten, die Sandfliegen zu vertreiben und keinen Sand ins Essen zu bekommen.

Ein Junge aus Brooklyn namens Savino fand im Sand einen langen Bambusstab und wollte mit seinem Gummiponcho damit einen Unterstand basteln, um sich vor der Sonne zu schützen. Er langte nach der Stange und jemand schrie ihm zu, er solle das nicht tun, und dann zog er an der Stange, die über einen Draht mit einem Sprengsatz verbunden war, und so sprengte er sich selbst in einem Leichensack zurück nach Brooklyn.

Ein paar andere Typen wurden verwundet, das halbe Platoon war ertaubt und überall lagen Fetzen dieses Jungen, auch auf dem Essgeschirr und in den Feldbechern. Frohe Weihnachten.

Ich sagte: »An Weihnachten kam ein Junge aus meinem Platoon durch eine versteckte Bombe ums Leben.«

»Ein Freund von dir?«

»Er ... Dazu war er noch nicht lange genug da.« Ich fügte hinzu: »Es war gewissermaßen Zeitverschwendung, sich mit den Neuen anzufreunden. Ihre Überlebenschancen waren nicht besonders groß und ihretwegen kamen ständig Leute um. Wenn sie nach vier Wochen noch am Leben waren, hat man ihnen mal die Hand geschüttelt oder so.«

Wir ließen mein altes Einsatzgebiet hinter uns. Ab hier erkannte ich das Terrain nicht mehr.

Mr. Cam wurde es anscheinend unbequem mit den Armen hinterm Rücken. Susan bemerkte das und fragte: »Sollen wir ihn losbinden?«

»Nein.«

»Er kann nicht fliehen, wenn wir so schnell fahren.«

»Nein.«

Susan steckte sich endlich ihre Zigarette an. Ich hätte tatsächlich auch gerne eine Zigarette geraucht, wahrscheinlich, weil ich in Gedanken immer noch im Einsatzgebiet Bong Son war, wo ich eine Schachtel pro Tag geraucht hatte. Ich sagte: »Hören wir doch mal Mr. Cam zu. Frag ihn, ob er sich noch an den Krieg erinnert.«

Sie fragte ihn, aber er wollte anscheinend nicht antworten. Schließlich sagte er doch etwas und Susan dolmetschte: »Er war dreizehn, als der Krieg zu Ende war. Er lebte in einem Dorf westlich von Nha Trang, und er erinnert sich an die Ankunft der Kommunisten. Er sagt, Tausende südvietnamesische Soldaten seien auf ihrem Rückzug aus dem Hochland durch sein Dorf gekommen und alle wussten, dass der Krieg zu Ende ging. Viele Menschen flohen nach Nha Trang, aber er blieb mit seiner Mutter und seinen beiden Schwestern in dem Dorf.«

»Und was ist dann passiert?«

Sie stupste ihn ein wenig und er sprach leise weiter. Susan dolmetschte: »Er sagt, alle hätten große Angst gehabt, aber als die nordvietnamesischen Truppen dann kamen, hätten sie sich gut benommen. In dem Dorf waren nur noch Frauen und Kinder übrig und die Frauen wurden nicht belästigt. Dann entdeckten die Kommunisten aber einen jungen Armeeoffizier, dem ein Bein amputiert worden war, und den nahmen sie mit. Später kamen politische Kader und haben alle verhört. Sie entdeckten zwei Regierungsbeamte, die als Bauern verkleidet waren, und nahmen sie mit. Erschossen wurde in dem Dorf aber niemand.«

Ich nickte. »Und sein Vater? Seine Brüder?«

Susan fragte ihn, und er antwortete. Sie dolmetschte: »Sein Vater war schon viele Jahre zuvor im Krieg gefallen. Er hatte einen älteren Bruder, der bei der ARVN im Hochland diente, und der ist nie wieder heimgekehrt. Er sagt, seine Mutter würde immer noch auf die Heimkehr ihres Sohns warten.«

Ich schaute zu Mr. Cam hinüber und sah, dass er aufgewühlt war. Susan wirkte auch mitgenommen von Mr. Cams Geschichte. Meine eigenen Erinnerungen an diese Zeit erfüllten zusehends meine Gedanken.

Wenn man zu so einer Reise aufbricht, sollte man immer mit dem Schlimmsten rechnen, dann erspart man sich Enttäuschungen.

Wir fuhren weiter die schwarze Straße hinauf durch die Nacht und zurück in die Vergangenheit.

Kapitel 23

Wir hatten seit Nha Trang knapp dreihundert Kilometer zurückgelegt und es war jetzt kurz vor zehn Uhr abends. Um Sprit zu sparen fuhr ich nicht schnell und wir hatten es ja sowieso nicht besonders eilig. Ich sah auf die Benzinuhr; sie zeigte an, dass der Tank nur noch zu einem Viertel gefüllt war.

Ich fragte Susan: »Wie weit noch bis Da Nang?«

Sie wusste es schon und sagte: »Etwa hundertfünfzig Kilometer. Wie sieht's mit dem Benzin aus?«

»Wir haben viel verbraucht, als wir vor den Bullen geflohen sind. Vielleicht kommen wir mit den zusätzlichen zwanzig Litern nach Da Nang. Oder vielleicht entdecken wir unterwegs noch eine Nachttanke.«

»Auf den letzten dreihundert Kilometern sind wir nur an vier Tankstellen vorbeigekommen und die waren alle geschlossen.«

»Kommen wir nicht durch Quang Ngai?«

»Ja. Das liegt direkt an der Nationalstraße 1. Die Provinzhauptstadt. Das ist etwa siebzig Kilometer von hier.«

»Schau mal in meinem Reiseführer nach, ob die eine Tankstelle erwähnen.«

Sie schlug das Buch auf und sagte: »Also, hier ist ein kleiner Stadtplan ... da gibt es ein Hotel, eine Pagode, eine Kirche, ein Postamt, ein Laden namens ›Rice Restaurant 34‹, eine Bushaltestelle ...«

»Aber diese Autos fahren doch auch mit Reis.«

»Na, hoffentlich. Auf dem Stadtplan ist keine Tankstelle eingezeichnet. Aber in einer Stadt dieser Größe muss es ein paar Tankstellen geben. Vielleicht hat eine noch geöffnet. Und wenn nicht«, fügte sie hinzu, »gibt es zwischen Quang Ngai und Da Nang noch eine Stadt, bis zu der wir es schaffen könnten. Sie heißt Hoi An, ehemals ein chinesischer Seehafen. Sehr touristisch und ganz reizend. Ich habe mal einen Ausflug dorthin unternommen, als ich in Hué war. In Hoi An gibt es viele Pensionen und vielleicht auch eine Tankstelle, die lange geöffnet hat. Wir könnten es bis dahin schaffen. Zwischen Hoi An und Da Nang kommt dann nichts mehr.«

»Also gut. Probiern wir's.«

Mr. Cam bekam mit, dass wir über Benzin sprachen, und sagte etwas zu Susan.

Sie sagte zu mir: »Mr. Cam, der jetzt unser Freund ist, hat gesagt, man könne manchmal Benzin bei Privatleuten kaufen. Sie bieten es von Ständen an der Straße aus an. Wir sollen nach einem selbst gemalten Schild mit der Aufschrift *et xang* Ausschau halten, was ›Benzin‹ bedeutet.«

»Und die haben die ganze Nacht geöffnet?«

»So in etwa. Man geht zu dem Haus bei dem Schild und dann verkaufen sie einem Benzin. Das habe ich mit meinem Motorrad schon gemacht. Das Benzin ist normalerweise in Limoflaschen abgefüllt und es ist teuer.«

»Wie viele Limoflaschen brauchen wir denn zum Volltanken?«

»Ich habe meinen Taschenrechner nicht dabei. Schau mal, ob du ein Et-xang-Schild siehst.«

Ich sagte: »Erzähl mir noch mal, warum Mr. Cam seine Bürgerpflicht nicht erfüllen und nicht zur Polizei gehen wird. Und stell dir dabei vor, dass Mr. Cams Leben davon abhängt, was du jetzt sagst.«

Sie schwieg eine Weile und erwiderte dann: »Auch wenn ich ihm erklären würde, was ›Bürgerpflicht‹ bedeutet, würde er es nicht verstehen. Wenn er den Wagen wiederbekommt, dazu hundert Dollar für sich selbst, zweihundert für Mr. Thuc und noch ein paar hundert für Reparaturen, geht er nicht zur Polizei. Wenn es in Saigon zu einem Unfall kommt, ist es das Letzte, was sie wollen, dass die Polizei auftaucht.«

»Gut. Fall abgeschlossen.«

Mr. Cam wollte eine Zigarette und er hatte sie sich verdient. Susan steckte sie ihm an und hielt sie dann, während er sie paffte.

Wir kamen in einen Ort namens Sa Huynh, ein malerisches Küstendorf, umgeben von Salzwassermarschen. Aber ehe man »wie hübsch« sagen konnte, waren wir auch schon wieder auf dem Land.

Wir fuhren weiter und die Straße machte einen Schlenker landeinwärts und führte durch kleine Dörfer und an Reisfeldern vorbei.

Ich schaute auf die Benzinuhr und sah, dass sie nicht mal mehr viertelvoll anzeigte. Die Straße war eben und ich fuhr nur achtzig. Deshalb nahm ich an, dass wir es mit dem restlichen Sprit bis nach Quang Ngai schaffen würden. Wenn nicht, hatten wir ja noch zwanzig Liter in den Reservekanistern.

Ich hatte bisher kein einziges Schild gesehen, das die Entfernung zwischen Orten anzeigte, ja nicht einmal ein Ortsschild. Wir hielten uns ausschließlich an die Karte. Die Straße war abwechselnd gut und katastrophal und meistens katastrophal. In diesem Land gab es noch viel zu tun, aber fairerweise musste man sagen, dass sie nach dreißig Jahren Krieg auch schon viel geleistet hatten.

Susan sagte: »Jetzt müsste gleich Quang Ngai kommen. Es liegt diesseits des Tra Khuc River und die Nationalstraße 1 wird dort zur Hauptstraße. Vielleicht sollten wir lieber nicht versuchen, um diese Uhrzeit durch die Stadt zu fahren. Selbst wenn wir eine offene Tankstelle finden, müsstest du mit Mr. Cam die Plätze tauschen.«

»Was schlägst du stattdessen vor?«

»Ich schlage vor, wir stellen den Wagen hinter ein paar Bäumen ab und warten bis zum Morgengrauen. Morgen früh können wir dann nach Quang Ngai fahren und tanken.«

»Also gut. Dann such mal nach einer guten Stelle zum Anhalten.«

Ich bremste ab und wir suchten eine Stelle, wo man den Wagen von der Straße aus nicht sehen würde.

Es waren nur noch ein paar Kilometer bis Quang Ngai und am Horizont sah ich die Lichter der Stadt. Es war erstaunlich, fand ich, dass die Städte so ganz anders waren als das sie umgebende Land, wo es keine wild wuchernden Vororte, keine Einkaufszentren und offensichtlich auch keine Tankstellen gab. Das hatte aber auch den Vorteil, dass ich seit unserer Abfahrt auf dieser Straße noch keine Polizisten gesehen hatte bis auf die zwei, die ich in den Straßengraben gerempelt hatte. Doch laut Susan waren nach Einbruch der Dunkelheit Militärpatrouillen auf den Nationalstraßen unterwegs und wenn auf dieser Straße nur ein einziges Militärfahrzeug unterwegs war und ein einziges ziviles – unseres –, würde man uns auf jeden Fall anhalten. Unsere Trumpfkarte war natürlich der Colt Kaliber 45. Damit würden sie nicht rechnen.

Quang Ngai war nur noch etwa einen Kilometer voraus, aber ich entdeckte keine Stelle zum Anhalten. Hier wechselten sich Reisfelder und Dörfer ab und bis auf ein paar kleine Palmenhaine, die keinen Sichtschutz boten, war das Land offen.

Ich entdeckte eine kleine Erhebung mitten in einem Reisfeld, die über einen Erdwall oder Damm mit der Nationalstraße verbunden war. Ich wusste eigentlich, was das war, aber es dauerte ein paar Sekunden, bis es mir wieder einfiel. Ich sagte: »Das da drüben ist ein Grabhügel. Wenn wir dahinter parken, kann uns keiner sehen.«

Ich bremste ab und lenkte den Wagen auf den Erdwall, der durch die unter Wasser stehenden Reisfelder verlief.

Ganz plötzlich spielte Mr. Cam verrückt. »Was hat er denn?«

»Er sagt, das sei ein Grabhügel.«

»Ich weiß, was das ist. Damals haben wir uns nachts immer in Grabhügeln eingegraben. Lose Erde, gute Sicht, freies Schussfeld ...«

»Er will wissen, warum du zu einem Grabhügel fährst. Du solltest anhalten.«

Ich hielt auf halber Strecke zu dem Hügel und Mr. Cam beruhigte sich wieder. »Was sagt er?«

Susan sprach mit ihm und er regte sich wieder auf. Sie sagte: »Ich habe ihm gesagt, dass wir hier die Nacht verbringen. Er ist nicht allzu begeistert davon.«

»Also bitte. Die sind doch alle tot. Sag ihm, dass wir uns sehr taktvoll verhalten und die ganze Nacht beten werden.«

»Paul, er bleibt nicht die ganze Nacht bei einem Grabhügel. Da müsstest du ihn schon an allen vieren fesseln. Die Leute hier sind sehr abergläubisch und das wäre auch pietätlos.«

»Und ich bin weder abergläubisch noch kulturell rücksichtsvoll.«

»Paul.«

»Also gut.« Ich legte den Rückwärtsgang ein und setzte auf dem schmalen Erdwall zurück. Ich bog wieder auf die Nationalstraße ein, schaltete in den Vorwärtsgang und fuhr weiter. Wenn man schon mal was Nettes tut, bringt es einem gleich Pech.

Und siehe da: Auf der Nationalstraße kamen in etwa einem Kilometer Entfernung zwei Scheinwerfer auf uns zu. Ich schaltete die Scheinwerfer aus und bremste ab. Die entgegenkommenden Scheinwerfer waren für einen Laster oder Bus zu nah am Boden, also musste es wohl ein kleineres Fahrzeug sein, wahrscheinlich eine Militärpatrouille.

Susan sagte: »Paul, runter von der Straße.«

»Ich weiß.« Ich schaltete auf Allradantrieb und fuhr auf den abschüssigen Straßenrand. Es gab hier keinen Straßengraben, denn das Reisfeld begann gleich unten an der Böschung. Ich fuhr neben der Straße her, mit den rechten Rädern im Schlamm des Reisfelds und den linken auf der Böschung. Der Wagen neigte sich um fünfundvierzig Grad, vielleicht auch mehr, und ich war besorgt, dass er umkippen könnte. Die Hinterräder rutschten weg und versanken im Schlamm. Ich hielt an.

Ich guckte zur Straße hoch und sah, dass wir von dort aus

immer noch zu sehen waren. Aber es war so dunkel, dass man auf das Beste hoffen konnte, während man sich auf das Schlimmste einstellte. Ich sagte zu Susan: »Gib mir deinen Beutel.«

Sie reichte ihn mir und ich langte hinein und ertastete den Griff der Pistole. Ich wollte nicht, dass Mr. Cam die Waffe sah, denn dann wäre er vielleicht doch zur Polizei gegangen.

Ich spürte, dass das Magazin eingerastet war. Ich entsicherte die Waffe und fragte Susan: »Ist das Magazin voll geladen?«

»Ja.«

»Ist sie durchgeladen?«

»Nein.«

»Reservemagazine?«

»Zwei.« Sie fügte hinzu: »Ich habe Angst.«

Ich sah zu Mr. Cam hinüber, der ängstlich blickte. Ich hatte so das Gefühl, dass er sich schon mal seine Story für die Behörden überlegte und froh war, gefesselt zu sein.

Sekunden später sah ich den oberen Teil des sich nähernden Autos. Es war ein großes, geschlossenes, Jeep-artiges Gefährt, mit dunkler Lackierung, nicht gelb, und ich erkannte, dass es ein Militärfahrzeug war. Ich sah den Fahrer, der sich auf die Straße konzentrierte, und hinten drin saß noch jemand.

Das Dach des Nissan befand sich nun etwa auf Straßenhöhe und es war dunkelblau. Es war eine finstre Nacht und die Götter standen uns bei. Das Militärfahrzeug fuhr vorüber.

Wir blieben noch eine ganze Weile an Ort und Stelle, dann legte ich den Rückwärtsgang ein. Die Hinterräder griffen und der Nissan fuhr die Böschung hoch.

Ich blieb ein paar Sekunden lang mit abgeschalteten Scheinwerfern auf der Straße stehen und sah mich um. Es war so dunkel, dass ich kaum zehn Meter weit sehen konnte.

Dann fuhr ich langsam ohne Licht in Richtung Quang Ngai weiter. Vor dem Lichterschein der Stadt zeichneten sich beiderseits der Straße einige Gebäude ab und ich entdeckte etwas, das viel versprechend aussah. Ich hielt mit dem Nissan auf die Silhouette zu, blieb dann stehen und knipste die Scheinwerfer an.

Da rechts am Ende eines Feldwegs stand eine Ruine ohne Dach. Ich hoffte, dass es kein buddhistischer Tempel war, denn dann hätten wir wieder Probleme mit Mr. Cam bekommen.

Ich fuhr langsam den Weg entlang, der durch Reisfelder führte, und hielt dann vor dem weißen Gebäude. Am vorderen First entdeckte ich die Überreste eines Glockengehäuses. Ich sagte zu Susan: »Eine katholische Kirche. Hoffentlich ist der Typ nicht auch noch Katholik.«

Sie sagte etwas zu Mr. Cam und er nickte.

Ich fuhr durch den breiten Eingang in die Kirche, schlug dann das Lenkrad scharf ein und bugsierte den Nissan rückwärts in die vordere Ecke der Gebäudes, so dass er von der Straße aus nicht zu sehen war.

Die Scheinwerfer beleuchteten das, was im Grunde nur noch Mauerwerk war. Aus dem von Schutt und Trümmern übersäten Betonboden wucherten Pflanzen.

Ich schaltete die Scheinwerfer und den Motor ab und sagte: »So, das wär's dann für heute.«

Wir stiegen alle aus und streckten uns, nur dass Mr. Cam seine Arme nicht besonders gut strecken konnte und deshalb band ich ihn los.

Susan holte das Wasser und den Naschkram aus dem Auto und wir teilten uns ein widerliches Abendmahl. Ich fragte sie: »Hatten die keine Ring-Dings oder Käsekräcker an der Tankstelle? Was ist denn das hier für ein Zeug?«

»Keine Ahnung. Süßigkeiten. Beschwer dich nicht. Eigentlich solltest du eher ein Tischgebet sprechen.«

Mr. Cam aß mehr als seinen Anteil des Zeugs aus den Cellophantüten und trank ganz alleine einen kompletten Liter Wasser.

Mir blieb nichts anderes übrig, als ihn wieder zu fesseln,

und deshalb band ich seine Daumen hinter seinem Rücken zusammen, nahm ihm seine Sandalen ab und ließ ihn sich auf die Rückbank des Nissan legen.

Susan und ich nahmen im Schneidersitz in der gegenüberliegenden Ecke der Kirche Platz. Nur die Sterne erleuchteten das dachlose Gebäude. Sie meinte: »Das muss früher mal eine hübsche kleine Kirche gewesen sein.«

»Das sah man, als ich damals hier war, überall zerstörte Kirchen und Pagoden. Das waren die einzigen soliden Gebäude in der Gegend und Zivilisten und Militärs haben darin Schutz gesucht. Vor Schusswaffen war man darin sicher, aber nicht vor Raketen oder Granaten.«

Sie sagte: »Es fällt mir schwer, mir vorzustellen, dass tagaus, tagein ein Krieg um einen her tobt. Ich bin froh, dass du in Bong Son darüber reden konntest.«

Ich erwiderte nichts.

Sie holte ihre Zigaretten hervor, schirmte die Flamme des Feuerzeugs ausgesprochen gekonnt ab und steckte sich dann schnell eine an, genau wie ein alter Frontsoldat. Beim Rauchen verbarg sie die Zigarette in den hohlen Händen. Sie sagte: »Mir ist kalt. Darf ich mir irgendwas aus deinem Koffer borgen?«

»Klar. Ich hol dir was.«

»Bring meinen Rucksack mit.«

Ich stand auf und ging zum Nissan. Ich öffnete den Kofferraum, nahm den blauen Blazer aus meinem Koffer und griff mir dann ihren Rucksack. Den Blazer hängte ich ihr über die Schultern.

Sie sagte: »Danke. Ist dir nicht kalt?«

»Es sind mindestens zwanzig Grad.«

Susan hatte einen Reisewecker in ihrem Rucksack und stellte ihn auf Mitternacht. Sie sagte: »Wir stellen ihn jede Stunde, so dass er uns weckt, falls wir beide einschlafen.«

»Okay. Ich übernehme die erste Wache. Versuch etwas zu schlafen.«

Sie legte sich auf den Betonboden und schob sich ihren Rucksack als Kissen unter den Kopf.

Wir plauderten noch ein wenig und dann war sie eingeschlafen.

Ich nahm die Pistole aus ihrem Beutel und lud sie durch. Dann legte ich sie mir in den Schoß.

Um Mitternacht klingelte der Wecker und ich stellte ihn ab, ehe Susan es mitbekam. Für den Fall, dass ich einschlafen sollte, stellte ich ihn auf eins. Doch eigenartigerweise hatte ich keine Schwierigkeiten, wach zu bleiben, und ließ sie bis vier schlafen.

Dann tauschten wir die Plätze und ich gab ihr die Pistole.

Ich legte meinen Kopf auf ihren Rucksack und erinnerte mich an die Zeit, als ein Jahr lang mein Rucksack mein Kissen und mein Gewehr mein Schlafpartner gewesen waren. Wir schliefen immer in voller Montur und ohne die Stiefel auszuziehen, klatschten die ganze Nacht lang Moskitos und ängstigten uns vor Schlangen und vor Charlie. Wir waren dreckig, fühlten uns elend, manchmal waren wir durchnässt, manchmal war uns kalt und manchmal heiß und immer hatten wir Angst.

Es war nicht die schlimmste Nacht, die ich je in Vietnam verbracht hatte; weit gefehlt. Aber diesmal war es ganz allein meine Schuld.

Der Himmel hellte sich auf und wie überall in den Tropen begann ein unechtes Morgengrauen. Eine Stunde später folgte dann die richtige Morgendämmerung und ein Hahn krähte. Satte Sonnenstrahlen drangen durch ein kleines, gewölbtes Fenster rechts neben der Stelle, an der früher der Altar gestanden hatte. Eine blaue Glasscherbe, die noch im Fensterrahmen steckte, warf einen blauen Lichtstreifen auf den Boden und die Wand gegenüber.

Ich setzte mich auf und Susan und ich sahen zu, wie es Tag wurde.

Das Innere der kleinen Kirche war jetzt deutlich zu erkennen und ich sah weiß getünchte Mauern und bröckelnden Stuck und Einschüsse. An einer Stelle hatten explodierende Schrapnelle ein verblasstes Freskogemälde der Jungfrau Maria angesengt.

Im ganzen Gebäude war kein einziges Stück Holz mehr übrig – bis auf die verkohlten Reste eines Lagerfeuers, das jemand am früheren Standpunkt des Altars entfacht hatte.

Reisfelder ziehen nicht viele Vögel an, aber irgendwo hörte ich doch einen zwitschern. Dann hörte ich auf der Straße das erste Fahrzeug vorüberfahren.

Susan sagte: »Heute ist nach dem Mondkalender Silvester.« Sie nahm meine Hand. »Ich glaube, ich habe mich noch nie in meinem Leben so gefreut, einen Sonnenaufgang zu sehen.«

Ich hörte einen Laster auf der Straße und dann einen Motorroller. Ich schaute am Eingang nach draußen und sah einen Ochsenkarren und zwei Mädchen auf Fahrrädern.

Ich dachte an die Zeit, als hier morgens zuallererst Minenräumfahrzeuge unterwegs gewesen waren, Panzer, die gefahrlos Sprengsätze zur Detonation bringen konnten, die man nachts in den Schlaglöchern vergraben hatte. Anschließend kamen die Jeeps und Laster mit den amerikanischen und vietnamesischen Soldaten mit ihren Gewehren und Maschinengewehren, die bereit waren, es mit jedem Hinterhalt aufzunehmen, der im Laufe der Nacht errichtet worden war.

Dann kamen die Zivilisten – zu Fuß, auf Ochsenkarren oder Fahrrädern – und gingen auf die Felder, zur Schule oder wohin auch immer.

Nach Sonnenaufgang wurde die Nationalstraße 1 binnen einer Stunde Stück für Stück freigeräumt – vom Mekongdelta bis rauf zur demilitarisierten Zone – und dann ging das Leben weiter, bis die Sonne wieder unterging.

Ich sagte zu Susan: »Jetzt ist die Nationalstraße 1 frei bis Hué.«

Kapitel 24

Bei Tageslicht sah ich, dass der Nissan an der Fahrerseite von dem Zusammenprall mit dem Polizeijeep etwas gelben Lack abbekommen hatte. Susan und ich hatten beide Schweizer Offiziersmesser dabei und schabten damit den Lack ab. Mr. Cam, den ich losgebunden hatte, half uns mit einer Glasscherbe.

Ich schnitt unsere Plastikwasserflaschen in der Mitte durch und füllte auf dem Reisfeld etwas Schlamm in die unteren Hälften und den schmierten wir auf die Kratzer.

In dem Schlamm stießen wir auf ein paar Blutegel. Susan ekelte sich davor, Mr. Cam schien sich nicht daran zu stören und mir kamen dabei ein paar unangenehme Erinnerungen hoch.

Susan betrachtete einen dicken, fetten Blutegel im Schlamm in der Wasserflasche. »Beißen die?«

»Die hängen sich irgendwo an deine Haut. Ihr Speichel enthält ein natürliches Betäubungsmittel und deshalb merkst du gar nicht, dass du gebissen wirst. Ihr Speichel enthält auch einen Blutverdünner, so dass dein Blut immer weiter in diese Dinger fließt, während sie an dir saugen. Wenn man nicht regelmäßig nachsieht, kann man sie den ganzen Tag an sich haben, ohne es zu merken. Ich hatte mal einen in der Achselhöhle, der von meinem Blut so aufgebläht war, dass ich ihn versehentlich zerquetscht habe, als ich mich auf die Seite legte, um mich auszuruhen.«

Susan verzog das Gesicht.

Nach meiner Rückkehr aus Vietnam hatte ich wahrscheinlich mehr Blutegelstorys als Kriegsgeschichten erzählt. Diese Storys widerten unweigerlich alle an und ich wurde richtig gut darin.

Wir nahmen eins meiner Polohemden und wischten uns daran die Hände ab.

Ich ließ Mr. Cam fahren und das gefiel ihm besser als mit gefesselten Daumen dazusitzen. Ich stieg vorne ein und Susan hinten. Wir fuhren aus der Kirche hinaus und dann auf die Nationalstraße 1. Ein paar Fahrrad- und Motorrollerfahrer sahen uns an, aber allem Anschein nach hielten sie uns für zwei westliche Touristen mit einem vietnamesischen Fahrer, die angehalten hatten, um sich eine Kriegsruine anzusehen oder mal pinkeln zu gehen.

Ein paar Minuten später waren wir in der Provinzhauptstadt Quang Ngai. Ich behielt Mr. Cam genau im Blick und Susan verwickelte ihn in Gespräche. Er wirkte okay, aber Susan sagte: »Er will etwas essen und er will seine Familie anrufen.«

»Wenn er uns in Hué am Flughafen abgesetzt hat, kann er machen, was er will.«

Susan gab das an ihn weiter und es schien ihm nicht zu gefallen, aber er sagte nichts.

Quang Ngai war keine Ansichtskarte nach Hause wert. Es war eine hässliche Stadt, aber dann entdeckte ich eine hübsche Tankstelle.

Dort fuhren wir vor und ich sagte zu Susan: »Du tankst. Ich leiste Mr. Cam Gesellschaft.«

Susan stieg aus und tankte. Vor dem Kassenhäuschen hingen ein paar Leute rum und sahen ihr dabei zu, während Mr. Cam und ich vorn im Wagen saßen. Sie dachten sich wahrscheinlich, dass westliche Männer ihre Frauen besser dressierten als Vietnamesen die Vietnamesinnen. Wenn die wüssten.

Susan zahlte bei dem Tankwart, der die ganze Zeit über nicht von ihrer Seite gewichen war und anscheinend sehr neugierig war, was uns und den Nissan anging. Er machte sie sogar auf die Kratzer und die Delle aufmerksam. Susan tat so, als verstünde sie kein Vietnamesisch.

Ich sah zu Mr. Cam hinüber. Wenn er türmen wollte, war jetzt die beste Gelegenheit dazu.

Der Tankwart sagte etwas zu Mr. Cam, und dann wechselten sie ein paar Worte.

Susan stieg ein und sagte zu Mr. Cam: »Cu di.«

Mr. Cam ließ den Motor an und legte den ersten Gang ein.

Ich fragte Susan: »Was haben er und der Typ da gesagt?«

Susan erwiderte: »Ihm war das Na Thranger Kennzeichen aufgefallen und er hat gefragt, ob wir die Nacht durch gefahren wären. Mr. Cam hat nein gesagt und dann hat er gefragt, wo wir übernachtet hätten, und darauf wusste Mr. Cam keine Antwort. Es war nur eine höfliche Plauderei, ist aber nicht besonders gut gelaufen.«

Ich sagte: »Na ja, hier ruft ja keiner wegen irgendwas die Polizei. War's nicht so?«

Susan erwiderte nichts.

Wir ließen diese hässliche Stadt hinter uns und überquerten dann den Tra Khuc River auf einer Brücke, die aussah wie die Trophäe eines Wettstreits zwischen Vietcong-Pionieren und dem Pionierkorps der US Army. Sie sah so aus, als hätten die Army-Pioniere letztlich knapp gewonnen.

Wir waren jetzt wieder auf dem Land und auf der Nationalstraße 1 wimmelte es nur so von Kraftfahrzeugen, Ochsenkarren, Radfahrern und Fußgängern. Wir konnten kaum fünfzig fahren und jetzt verstand ich, warum die Fahrt von Nha Trang nach Hué tagsüber elf bis zwölf Stunden dauerte.

Ich sah auf die Straßenkarte und entdeckte nördlich von Quang Ngai ein Sternchen, das auf eine Sehenswürdigkeit hindeutete. Diese Sehenswürdigkeit, die nur wenige Kilometer voraus lag, war dort auf Vietnamesisch und Englisch beschrieben. Da stand: *Massaker von My Lai.* Und weiter stand da: *Hier wurde am 16. März 1968 ein Kriegsverbrechen begangen. Drei amerikanische Infanteriekompanien ermordeten mehrere hundert unbewaffnete Dorfbewohner. Ein Denkmal erinnert an die Opfer und gemahnt an den Wahnsinn und die Tragik des Krieges.*

Ich sagte: »Amen.«

Wir kamen an einer kleinen Straße vorbei, an der auf einem selbst gemalten Schild mit einem Pfeil drauf *My-Lai-Massaker* stand.

Wie gesagt, hatte ich bisher keine auch nur ansatzweise nützlichen Straßenschilder gesehen und deshalb fragte ich mich, wer das hier wohl angebracht hatte und warum. Ich fragte mich auch, ob von den dreihundert überlebenden amerikanischen Soldaten, die hier gewesen waren, je einer wieder hergekommen war.

Ich betrachtete das Gelände. Hier erstreckten sich große Reisfelder, und auf Anhöhen standen, im Schatten der Palmen, vereinzelte Dörfer, die von hoch aufragendem Bambus umgeben waren. Das war ein typisches Bild, das mir einfiel, wenn ich an Vietnam dachte, aber ich war auch in viel rauerem Terrain eingesetzt gewesen, fern ab der besiedelten Küstenregion, und das war mir lieber gewesen.

Der Krieg im Dschungel und im Hochland kam einem besser vor, war so eine Art Jungenabenteuer, der ultimative Initiationsritus. Im Gebirge und im Dschungel brachte man nicht wie in My Lai versehentlich oder absichtlich Zivilisten um und dort gab es keine Dörfer niederzubrennen oder Wasserbüffel zu erschießen. Die Jungs wirkten in der stillen Gegenwart des Dschungels oder Bergwalds konzentrierter und entschlossener; da gab es in dem großartigsten Überlebensspiel, das je erdacht oder durchgeführt worden war, nur uns und die anderen. Der Krieg hatte eine gewisse Klarheit und das Töten erfolgte gezielt. Um einen her starben keine Frauen und Kinder und gab es auch keine My Lais.

Wir kamen in die Provinz Quang Nam und näherten uns dem, was früher der riesige amerikanische Luftwaffenstützpunkt Chu Lai gewesen war. Mir fiel ein, dass einige meiner Airforcekumpels aus dem Apocalypse Now hier stationiert gewesen waren.

Von dem alten Stützpunkt sah ich zunächst einige rostige Kringel Stacheldraht, dann aufgegebene Betongebäude. Ich sah auch ein paar Hangars und Dutzende befestigte Flugzeugunterstände, die auf dem weißen Sand errichtet waren, der im Osten bis zum Meer alles bedeckte. Dann sah ich auch eine Start- und Landebahn, die mit weißen Gegenständen bedeckt war, die ich nicht erkannte.

Susan sah mich dorthin schauen und sagte: »Die Bauern trocknen auf den alten Pisten ihre Maniokwurzeln.«

»Echt? Du meinst, Millionen an amerikanischen Steuergeldern wurden ausgegeben, um Düsenjägerlandebahnen zu bauen, die jetzt dazu verwendet werden, Maniokwurzeln zu trocknen?«

»Sieht so aus. Schwerter zu Pflugscharen. Landebahnen zu ...«

»Was ist denn Maniok überhaupt?«

»Das kennst du bestimmt. *Cassava* heißt das auf Englisch. Daraus wird Tapiokapudding hergestellt.«

»Ich hasse Tapioka. Meine Mutter hat mich immer gezwungen, das zu essen. Man sollte diese Landebahnen bombardieren.«

Susan lachte und Mr. Cam lächelte. Er hatte gern fröhliche Fahrgäste.

Ich sagte: »Ich wäre echt liebend gern dabei, wenn diese Düsenjägerpiloten aus dem Apokalypse Now nach Chu Lai kommen. Die rasten aus.«

Der Luftwaffenstützpunkt Chu Lai war sehr ausgedehnt und wir kamen immer wieder an Teilen davon vorbei. Ich sah Kinder, die Wagen über das Gelände zogen, und fragte Susan: »Was machen die da?«

»Die sammeln Altmetall. Früher war das in Vietnam eine wichtige Branche, aber mittlerweile ist wohl das meiste gefunden, was sich leicht finden lässt.« Sie fügte hinzu: »Und vieles ist beim Ausgraben explodiert. Ich habe gehört, dass jedes Jahr Hunderte von Altmetallsammlern getötet oder verstümmelt wurden. Mittlerweile ist die Sache nicht mehr so einträglich, aber auch nicht mehr so gefährlich.«

Ich sah den Kindern zu, die im Sand gruben. Nach dreißig Jahren Krieg und fast dreißig Jahren Frieden und Wiederaufbau hatte dieses Land immer noch Narben und nicht verheilte Wunden, die nicht aufhörten zu bluten. Vielleicht hatten wir das mit Vietnam gemein.

Susan sagte: »Wenn oder falls du ins Hinterland fährst, solltest du bedenken, dass da noch viel rumliegt, was noch nicht explodiert ist.«

»Danke.« Schon während des Krieges hatte hier überall so viel nicht explodierter Kram rumgelegen, dass man genauso Gefahr lief, von den eigenen Blindgängern wie von den Sprengsätzen des Feinds in die Luft gejagt zu werden.

Ich sah zu Mr. Cam hinüber, der heute Nacht offensichtlich nicht gut geschlafen hatte. Er fing an einzunicken und ich rüttelte ihn an der Schulter. Ich fragte ihn: »Wussten Sie, dass ein Viertel aller tödlichen Verkehrsunfälle in den USA von übermüdeten Fahrern verursacht werden?«

»Hä?«

Susan dolmetschte, aber nicht genau das, was ich gesagt hatte. Sie sagte zu mir: »Er will einen Kaffee.«

»Wir halten beim nächsten Burger King.«

Sie sagte etwas zu Mr. Cam, die Worte »Burger King« hörte ich dabei aber nicht.

Die Küste beschrieb jetzt einen Bogen landeinwärts und die Nationalstraße führte über mehrere kleine Brücken, die Bäche und Flüsse überspannten, die aus dem Gebirge kamen und ins Meer mündeten. Es war wirklich ein schönes Land – das bekam ich jetzt viel mehr mit als damals, als ich hier sieben Tage die Woche zu Fuß hatte rumlaufen müssen.

Susan sagte: »Das war hier früher das Zentrum der Champa-Kultur. Hast du damals die Cham-Türme hier gesehen?«

»Ja, aber ich wusste nicht, was das war. Wir haben sie als Wachtürme und Aussichtstürme für die Artillerie verwendet. Ich habe alles nur mit den Augen eines Soldaten gesehen. Ich bin froh, dass ich wiedergekommen bin. Und ich bin froh, dass du mich begleitest.«

»Das ist sehr lieb von dir. Vergiss nicht wieder, dass du das gesagt hast.«

Wir fuhren eine Weile so weiter, dann sah ich auf die Straßenkarte. Ich sagte: »Laut Karte verläuft die Nationalstraße 1 westlich an Da Nang vorbei. Wir müssen also nicht durch die Stadt.«

»Hast du nicht gesagt, dass du damals von Da Nang aus wieder nach Hause geflogen bist?«

»Ja. Am 3. November 1968. Ich bin per Hubschrauber von Quang Tri zu meinem Basislager in An Khe, habe die Sachen aus meiner Kiste eingepackt, die ich seit meinem Fronturlaub nicht mehr gesehen hatte, habe meine Papiere in Ordnung gebracht, war noch mal beim Klötengrapscher, habe mich von ein paar Leuten verabschiedet und dann *di di mau* und ab dafür. Dann bin ich mit einem großen Chinook-Hubschrauber nach Da Nang geflogen. Irgendwo über dem Hochland haben sie uns unter Feuer genommen. Also, ich hatte keine zweiundsiebzig Stunden mehr abzuleisten und dann versuchten diese Schweine mich auf dem Weg nach Da Nang zu killen. Aber wir sind davongekommen. Bloß der Hubschrauber hat ein paar Löcher abgekriegt. Und als ich dann am nächsten Tag in der Transitkaserne auf meinen Heimflug wartete, es war etwa drei Uhr nachts, hat Charlie die Kaserne, in der ich rumsaß, auch noch mit Mörsergranaten beschossen.« Ich fügte hinzu: »Das haben die absichtlich gemacht.«

»Wurde jemand verletzt?«

»Der leere Kasinosaal nebenan wurde getroffen und in der Kaserne flogen Granatsplitter rum. Ich wurde oben aus dem Etagenbett geschleudert und zog mir noch eine Kopfverletzung zu. Das hat aber keiner gemerkt und deshalb habe ich meinen Flug nach San Franciso noch bekommen.«

»Du warst bestimmt froh, nach Hause zu kommen.«

Ich erwiderte eine Zeit lang nichts und sagte dann: »Ja …

aber … ich dachte, dass ich eigentlich bei meiner Kompanie hätte bleiben sollen … Alle, die wegflogen, taten das mit gemischten Gefühlen, weil sie ihre Freunde zurückließen … Es war seltsam und das ging mir noch monatelang so … Es war kein Todeswunsch, sondern eine Mischung aus vielen Gefühlen, auch der Gedanke, dass ich mich nicht mehr ins normale Leben einfügen könnte. Es ist schwer zu erklären, aber fast alle, die mal im Krieg waren, werden dir das Gleiche erzählen.«

Sie erwiderte nichts.

Wir fuhren eine Zeit lang schweigend weiter, dann überquerten wir eine Brücke, die den Cam Le River überspannte, und ich sagte zu Susan: »Frag Mr. Cam, ob der Cam Le nach ihm benannt ist.«

Sie sagte: »Das Vietnamesische hat nicht sehr viel Wörter, Paul, und noch weniger Eigennamen und deshalb werden dir viele Wörter und Namen immer wieder begegnen. Lass dich davon nicht verwirren. Und nein: Dieser Fluss ist nicht nach Mr. Cam benannt.«

Mr. Cam bekam mit, dass wir über ihn sprachen, und sah sich immer wieder zu Susan um. Sie legte ihm eine Hand auf die Schulter und sagte etwas. Er lachte.

Ich schätze mal, er war drüber weg, dass man ihn entführt, bei einer Verfolgungsjagd fast umgebracht, gefesselt, zu einer Nacht im Freien gezwungen und mit dem Tod bedroht hatte. Oder vielleicht lächelte er auch, weil er an sein Trinkgeld dachte. Oder vielleicht an seine Rache. Die traurige Wahrheit ist: Wenn Susan nicht dabei gewesen wäre, hätte ich keine andere Wahl gehabt, als Mr. Cam umzubringen. Tja, natürlich hätte ich noch eine andere Wahl gehabt, aber die richtige Entscheidung wäre es gewesen, ihn loszuwerden. Und doch wusste ich im Grunde meines Herzens, dass ich schon viel zu viele Vietnamesen umgebracht hatte, darunter auch die beiden Polizisten, und bei dem Gedanken, noch einen umzubringen, krampfte sich mir der Magen zusammen. Wenn ich aber glaubte, dass das, was ich hier tat, wichtig und richtig war, dann glaubte ich den gleichen Quatsch wie 1968 – dass ich es für Gott, mein Vaterland und Paul Brenner tat.

Rechts war in der Ferne der Flughafen von Da Nang zu sehen und hinter dem Flughafen zeichnete sich die flache Silhouette dieser großen Stadt ab.

Der Flughafen, das wusste ich noch, war größer und besser ausgestattet als Tan Son Nhat, denn er war komplett von den Amerikanern errichtet. Und auf meiner Straßenkarte war er jetzt als internationaler Flughafen ausgewiesen. Ich sagte: »Auf den Landebahnen da könnte man eine Menge Maniok trocknen.«

»Das ist ein großer ziviler und militärischer Flugplatz. In ein paar Jahren wird man von da aus in die Staaten fliegen können.«

»Und jetzt?«

»Hin und wieder landen hier schon amerikanische Frachtmaschinen.«

Das wusste ich bereits. Das war, laut Mr. Conway, der Fluchtplan C. Paul Brenner zwischen einer Tonne Bananen in einem Luftfrachtcontainer oder so. Könnte klappen. Oder auch nicht.

Susan holte ihre Kamera heraus und knipste den Flughafen. Sie sagte: »Ein Andenken für dich. Und diesmal versucht niemand, dich umzubringen ... na ja ... du weißt schon, was ich meine.«

»Ja.«

»Ich fliege ab und zu geschäftlich hierher. Hattest du gesagt, dass du noch nie in China Beach warst?«

»Ja.«

»Am Affenberg?«

»Ich hasse Affen.«

»Dann warst du wohl nicht allzu lange hier.«

»Ich war genau einundsiebzig Stunden und zehn Minuten lang hier. Und ich habe den Luftwaffenstützpunkt nicht verlassen.«

»Stimmt. Du wolltest ja nach Hause.«

»Und zwar auf einem Passagiersitz und nicht im Laderaum.«

Mir fiel noch eine andere Fernsehsendung aus den letzten Tagen von Südvietnam ein und ich sagte: »Etwa Ende März 1975, als das Ende nahte, schickte World Airways in einer Hilfsaktion zwei 727-er zur Luftwaffenbasis Da Nang, um zivile Flüchtlinge zu retten. Als die erste Maschine landete, wurde sie von etwa tausend hysterischen Männern, Frauen und Kindern gestürmt. Aber das südvietnamesische Militär war der Ansicht, dass es selbst gerettet werden sollte, und nicht die Zivilisten, und sie schossen auf die Flüchtlinge und zweihundert Soldaten des südvietnamesischen Schwarzer-Panther-Regiments schmissen alle Zivilisten aus dem Flugzeug raus.«

»Wie schrecklich.«

»Der Pilot der zweiten 727 war so vernünftig, nicht zu landen, aber Fernsehkameras in diesem Flugzeug haben aufgenommen, wie Flüchtlinge in den Fahrwerksschächten der ersten Maschine hingen, als sie aufs Südchinesische Meer hinausflog. Und einer nach dem anderen stürzten diese Menschen dann ab.«

»O Gott ...«

Ich versuchte mir die Panik und Verzweiflung jener letzten Tage vor der endgültigen Kapitulation vorzustellen. Millionen Flüchtlinge, ganze Militäreinheiten, die sich auflösten, statt zu kämpfen, Lähmung in Saigon und Washington – und die fesselnden Bilder von Chaos und Zerfall flimmerten über die Fernsehschirme der ganzen Welt. Eine absolute Demütigung für uns und eine absolute Katastrophe für sie.

Wie sich dann herausstellte, waren die Bösen gar nicht so böse und die Guten gar nicht so gut. Das ist alles sowieso nur eine Frage der Wahrnehmung, der Öffentlichkeitsarbeit, der Propaganda. Beide Seiten hatten einander so lange entmenschlicht, dass sie vergessen hatten, dass sie alle Vietnamesen waren – und alle Menschen.

Susan sagte: »Davon wusste ich gar nichts ... Darüber spricht niemand.«

»Wahrscheinlich auch besser so.«

Die Nationalstraße 1 kam an eine T-Kreuzung und ich sah auf die Karte und zeigte nach links. Mr. Cam bog ab und wir fuhren weiter. Um Da Nang herum waren auf der Nationalstraße viele Laster, Autos und Busse unterwegs und alle paar Minuten spielte Mr. Cam mit dem Gegenverkehr »Trau dich doch«.

Susan sagte ihm, er solle das lassen, und dann blieb er hinter einem Laster, was ihm aber gar nicht gefiel. Es war Tet-Silvester und er wollte heim zu seiner Familie nach Nha Trang. Um ein Haar hätten sie ihn nur noch im Geiste wieder gesehen.

Die Straße ging jetzt bergauf und vor uns sah ich ein mächtiges Gebirge, dessen Ausläufer bis ins Südchinesische Meer reichten. Auf der Karte sah ich, dass die Nationalstraße durch dieses Gebirge führte, ich sah bloß nicht wie. Während wir weiter bergauf fuhren, fragte ich Susan: »Bist du schon mal auf dieser Straße hier gefahren?«

»Ja. Ich hab dir doch gesagt: Ich habe den Folterbus genommen, von Saigon nach Hué. Es war ein Albtraum. Fast so schlimm wie diese Fahrt.«

»Aha. Ist diese Gebirgsstraße gefährlich?«

»Atemberaubend. Es gibt nur einen einzigen Pass über dieses Gebirge – den Hai-Van-Pass. Auf Französisch heißt er Col de Nuages.«

»Wolkenpass.«

»Oui.« Sie fuhr fort: »Dieses Gebirge trennte früher das damalige Vietnam im Norden vom Königreich Champa, durch das wir gerade gefahren sind. Das Wetter vor und hinter dem Pass ist ganz unterschiedlich, vor allem jetzt im Winter.«

»Schneit es in Hué?«

»Nein, Paul. Aber auf der anderen Seite des Wolkenpasses wird es viel kühler sein und möglicherweise regnen. Das ist hier die Nordgrenze der Tropen.« Sie fügte hinzu: »Hoffentlich hast du warme Kleidung dabei.«

Nein, das hatte ich nicht. Aber daran sollte ich weder Karl noch sonst jemandem die Schuld geben. Ich war im Januar und Februar 68 auf der anderen Seite des Passes gewesen und erinnerte mich an verregnete Tage und kalte Nächte. Ich fragte Susan: »Hast du in deinem unerschöpflichen Rucksack etwas Warmes dabei?«

»Nein. Ich kauf mir was.«

»Klar.«

Wir fuhren weiter den Berg hinauf. Links neben der Straße ragte eine steile Felswand auf und rechts, gleich neben den Wagenrädern, ging es direkt steil bergab ins Südchinesische Meer.

Susan sagte: »Atemberaubend.«

Mr. Cam ergötzte sich glücklicherweise nicht an dem Anblick und ich sah, dass seine Fingerknöchel weiß waren. Ich sagte zu Susan: »Sag ihm, er soll anhalten. Ich fahre.«

»Nein. Oben auf dem Pass ist Polizei.«

Der See nach zu urteilen, waren wir auf etwa fünfhundert Meter Höhe. Der Berg, der links neben uns aufragte, war noch einmal mindestens tausend Meter höher. Es hätte keinen Spaß gemacht, diese Strecke nachts im Dunkeln zurückzulegen.

Es kam mir vor, als dauerte es ewig, bis wir dann endlich auf den Gipfel des Wolkenpasses kamen. Das Terrain wurde ebener und beiderseits der Straße sah ich alte Betonbunker und Befestigungen.

Als wir auf dem eigentlichen Gipfel ankamen, standen dort verstreut weitere Befestigungen. Dann waren da noch ein Reisebus, ein paar Autos mit vietnamesischen Fahrern und westlichen Touristen, Dutzende Kinder, die Andenken verkauften, und ein Polizeiposten, vor dem zwei gelbe Jeeps standen.

Mr. Cam sagte etwas und Susan dolmetschte: »Er will wissen, ob du anhalten und Fotos knipsen willst.«

»Beim nächsten Mal.«

»Alle halten an. Wir sollten auch anhalten. Sonst fallen wir noch auf.«

»Sag ihm, er soll anhalten.«

Er hielt nahe am Abgrund, unter dem eine kleine Halbinsel das Ende des Gebirgsausläufers bildete. Ich sagte zu Susan: »Mach ein Foto, und dann nichts wie weg hier.« Ich behielt die Bullen im Blick, die auf der anderen Straßenseite bei ihren Jeeps rumlungerten. Sie guckten zu den ganzen Autos und Touristen hinüber, waren aber anscheinend zu faul, über die Straße zu kommen. Aber man weiß ja nie.

Etwa zwanzig Kinder stürzten sich auf den Nissan und hielten nutzlose, blöde Andenken an die Fenster.

Ein paar der Kinder hatten Blechdosen-Origamis von Huey-Hubschraubern und ich war erstaunt, dass diese Dinger auch dreißig Jahre nach dem Abzug der Amerikaner noch so detailgetreu nachgebaut wurden.

Ein Junge klopfte mit seinem Blech-Huey ans Fenster und ich sah, dass die Insignien der 1. Cavalry makellos in Schwarz und Gelb auf der Seite des Hubschraubers aufgemalt waren. Ich sagte: »Den muss ich haben.«

Ich kurbelte das Fenster ein wenig runter und der Junge und ich stritten über den Preis. Wir hielten beide den Hubschrauber fest, bis ich einen Dollar rausrückte, genau wie bei einem Drogendeal.

Ich kurbelte das Fenster hoch und sagte zu Mr. Cam: »Cu di.«

Er warf den Motor an und wir fuhren weiter über den Pass und auf der anderen Seite dann hinunter.

Susan fragte: »Gefällt dir dein Spielzeug?«

»So was sieht man nicht überall.« Ich hielt den Blechhubschrauber hoch und ließ ihn herumkurven, machte dann ein zischendes Geräusch, wie beim Abschuss einer Rakete, und ahmte dann das Rattern einer Bordkanone nach.

Mr. Cam lachte, aber es war ein nervöses Lachen.

Susan fragte: »Alles in Ordnung mit dir?«

»Wir setzen zur Landung an.« Ich ließ den Hubschrauber auf der Stelle schweben und setzte dann auf dem Armaturenbrett auf.

Mr. Cam und Miss Susan waren ganz still. Ich liebe es, verrückt zu spielen.

Mittlerweile waren wir auf der Nordseite des Wolkenpasses und natürlich verbargen hier Wolken die Straße. Es kam Wind auf und dann prasselte Regen auf die Windschutzscheibe. Mr. Cam schaltete Scheibenwischer und Scheinwerfer an.

Wir fuhren weiter bergab, der Regen nahm an Heftigkeit zu und der Wind rüttelte an dem Nissan. Ich sah zu Mr. Cam hinüber und er wirkte ein wenig besorgt. Und wenn ein vietnamesischer Fahrer besorgt ist, sollte sein rundäugiger Beifahrer entsetzt sein.

Es war in beiden Richtungen nur wenig Verkehr, aber der reichte, um diese Abfahrt noch gefährlicher zu machen.

Eine Viertelstunde später waren wir schon tiefer und dort verzogen sich die Wolken ein wenig. Der Wind und der Regen ließen ein wenig nach.

Susan sagte: »Diese Winde kommen aus dem Nordosten und werden ›chinesische Winde‹ genannt. Es ist Winter hier und das ist keine gute Zeit für eine Fahrt über Land.«

Wir kamen wieder fast auf die Höhe des Meeresspiegels und wenige Minuten später sah ich einen ausgedehnten, flachen Landstrich, der sich von der See bis zu den Bergen im Westen erstreckte.

Susan sagte: »Wir haben das ehemalige Königreich der Champa verlassen und sind jetzt in der Provinz Hué. Die Menschen hier sind ein wenig zurückhaltender und längst nicht so locker drauf wie da, wo wir herkommen.«

»Dann ist der Wolkenpass so was wie die Mason-Dixon-Linie.«

»Könnte man so sagen.«

Ich betrachtete den Himmel, der, so weit das Auge reichte,

von einer dicken, dräuenden, grauen Wolkenschicht bedeckt war. Das Gelände sah ebenfalls grau und feucht aus und die Vegetation wirkte farblos und verkümmert.

Ich erinnerte mich sehr deutlich an diese Winterlandschaft und erinnerte mich sogar noch an den feuchtmuffigen Geruch, den ich jetzt wieder in der Nase hatte, und an die Kohlenfeuer in jeder Hütte – ein wenig Wärme gegen den kalten, feuchten Wind.

Wir waren jetzt wieder im Flachland und rechts stand eine schäbige, verwahrloste Bambushütte. Vor der Tür stand ein Bauer, rauchte eine Zigarette und starrte in den Regen. In dem kurzen Moment, in dem ich im Vorbeifahren sein ausdrucksloses Gesicht sah, verstand ich ein klein wenig von dem Leben dieser Reisbauern; Arbeit von Sonnenauf- bis -untergang, dann daheim ein über offenem Feuer zubereitetes Essen, dann ins Bett.

Und dann waren da die Blutegel und die Fußfäule und das Ungeziefer in den Hütten und die Läuse im Haar …

Und als dann die Kriege ausbrachen, wie sie in diesem Lande immer ausbrechen, wurden die Bauern als Allererste eingezogen und starben als Allererste – Millionen von ihnen, die zum ersten Mal in ihrem Leben anständige Kleidung und ein Gewehr trugen, für dessen Gegenwert sie auf ihren Reisfeldern zwei Jahre lang hätten schuften müssen.

Ich hatte das alles vor langer Zeit schon einmal gesehen, aber jetzt erst verstand ich es. Ich verstand auch, warum so viele von ihnen in der Hoffnung auf ein besseres Leben nach dem Sieg zu den Vietcong gegangen waren. Aber wie mein französischer Freund in Tan Son Nhat gesagt hatte: Je mehr sich ändert, desto mehr bleibt gleich.

Der Himmel war grau, der Regen fiel auf die brachliegenden, schwarzen Reisfelder, das Land wirkte tot und verwaist.

Es war Tet-Silvester und ich erinnerte mich an das Tet-Silvester viele Jahre zuvor, als ich gar nicht weit von hier in einem eilig hingepfuschten Bunker am Rande der Hügel westlich von Quang Tri gekauert hatte. Es regnete und ich rauchte eine Zigarette und schaute hinaus in den Regen und die tropfende Vegetation – ganz ähnlich wie der Bauer eben. Die graue Feuchtigkeit sickerte in den schlammigen Bunker und in unsere Seelen.

Damals wussten wir es nicht, aber ein paar Stunden später begann eine Schlacht, die einen langen, blutigen Monat lang andauern sollte. Und nach diesem Monat lagen Hué und Quang Tri in Trümmern und gingen uns die Leichensäcke schneller aus als die Munition und war hier – und daheim – nichts mehr wie zuvor.

Susan sagte: »Noch fünfzig Kilometer bis Hué.«

Ich dachte daran, wie knapp ich 68 hier dem Tod entronnen war und dass es erst kürzlich auch wieder auf Messers Schneide gestanden hatte. Dieses Land hatte jetzt mein Leben nicht nur einmal oder zweimal, sondern dreimal nachdrücklich beeinflusst und meinem Lebensweg eine neue Wendung gegeben. Ich sollte mich mal fragen, was mich immer wieder hierher zog.

FÜNFTES BUCH

✶

Hué

Kapitel 25

Es war kurz nach zwölf Uhr mittags und es hatte aufgehört zu regnen, aber der Himmel blieb grau. Rechts von der Nationalstraße 1 sah ich eine kleine Propellermaschine auf dem Flughafen von Hué landen. Auch das war einmal ein amerikanischer Luftwaffenstützpunkt gewesen, wenn auch kein sehr großer.

Susan sprach mit Mr. Cam und er bog am Eingang des Flughafens ab, wo auch ein Jeep der Polizei stand. Der Regen hatte den Schlamm von den Kratzern an unserem Wagen gewaschen und ich stellte mir vor, wie die gelben Flecken auf dem linken Kotflügel wieder sichtbar wurden. Die beiden Bullen beäugten uns, als wir vorbeifuhren. Ich dachte an Mr. Conways Rat, einen großen Bogen um Flughäfen zu machen, aber wie es sich dann ergeben hatte, musste ich nun ausgerechnet auf einem Flughafen ein Ablenkungsmanöver inszenieren.

Während der Fahrt über das Flughafengelände sah ich ein paar Hinterlassenschaften der amerikanischen Armee und Luftwaffe – Betonbunker, Unterstände und einen Kontrollturm aus Beton, an den ich mich noch erinnerte.

Es war nicht viel los und Mr. Cam fand einen Parkplatz direkt vor dem kleinen Hauptgebäude.

Wir stiegen aus, ich machte den Kofferraum auf und stellte unser Gepäck auf dem Parkplatz ab.

Mr. Cam stand ängstlich blickend dabei und wartete ab,

was jetzt passieren würde. Er war nicht tot und hatte also bisher richtig Schwein gehabt.

Ich zog meine Brieftasche hervor und zählte zweihundert Dollar ab. Ich gab sie Mr. Cam und sagte: »Für Mr. Thuc.«

Er lächelte und verbeugte sich.

Dann zeigte ich auf die Beschädigung an dem Nissan und fragte ihn: »Wie viel?«

Er verstand mich und sagte etwas, das Susan mit »dreihundert Dollar« übersetzte. Ich gab sie ihm widerspruchslos und freute mich schon darauf, nach meiner Heimkehr auf meiner Spesenabrechnung einzutragen: *Beschädigung an Mietwagen, entstanden beim Von-der-Straße-Drängen eines Polizeifahrzeugs und Töten zweier Polizisten – 300 Dollar. Keine Quittung.*

Ich sah mir den Schaden genau an und machte Mr. Cam auf ein paar gelbe Lackstreifen aufmerksam. Pantomimisch machte ich vor, wie er die abkratzen sollte, und er nickte beflissen. Dann zählte ich weitere hundert Dollar ab, gab sie Mr. Cam und bedeutete ihm, die seien für ihn.

Er strahlte übers ganze Gesicht und verbeugte sich tief.

Ich fragte Susan: »Meinst du, das ist genug dafür, dass er fast umgekommen wäre?«

»Klar. Und wie viel bekomme ich?«

»Du bist freiwillig mitgefahren. Er wurde entführt.« Ich langte in den Wagen, nahm den Spielzeughubschrauber vom Armaturenbrett und reichte ihn Mr. Cam: »Ein Geschenk für Sie, damit Sie sich immer an diese Fahrt erinnern können.« Als ob er dazu eine Gedächtnisstütze gebraucht hätte.

Susan dolmetschte etwas und Mr. Cam verbeugte sich und sagte auf Englisch: »Danke. Auf Wiedersehen.«

Ich sah auf meine Armbanduhr und sagte zu Mr. Cam: »Wir fliegen jetzt nach Hanoi. Glauben Sie das?«

Er lächelte und sagte: »Hanoi.«

»Genau.« Ich sagte zu Susan: »Schärf ihm noch mal ein, dass er nicht zur Polizei gehen soll.«

Sie legte Mr. Cam eine Hand auf die Schulter und sprach leise und beschwichtigend auf ihn ein. Er nickte ununterbrochen. Ich sah ihm in die Augen.

Wir wünschten einander *Chuc mung nam moi*, dann setzte sich Mr. Cam in den Nissan und fuhr davon.

Ich fragte Susan: »Zur Polizei oder nach Nha Trang?«

»Nha Trang.«

Wir nahmen unser Gepäck und gingen an zwei bewaffneten Uniformierten vorbei ins Hauptgebäude. Das Terminal, das einen Sechzigerjahre-Touch hatte, war voll, aber nicht überfüllt. Auf der Anzeigetafel waren nur Flüge bis achtzehn Uhr verzeichnet.

Susan sagte: »Die Reisewelle zu Tet ist fast vorüber und jetzt sind alle schon daheim.«

»Ich nicht. Und du auch nicht.« Ich sah mich um und sagte: »Ich sollte mal von hier aus mit einer Militärmaschine nach An Khe fliegen, aber die Maschine war schon voll und ich kam nicht mehr rein. Beim Abheben ist sie dann am Ende der Startbahn mit einem startenden Hubschrauber zusammengestoßen. Alle tot. Da kommt man schon ins Grübeln.«

Susan erwiderte nichts.

Ich schaute mich um und sah bewaffnete Uniformierte, die jeweils zu zweit umhergingen. Sie trugen die gleiche Uniform wie der Schubser in Tan Son Nhat. Das mussten wohl Grenzpolizisten sein. Zwei von ihnen hielten einen Westler an und ließen sich Ticket und Pass zeigen.

Ich sagte zu Susan: »Okay, jetzt waren wir lange genug hier. Wir fahren jetzt getrennt mit Taxis zum Hotel Century Riverside. Ich gehe als Erster rein und checke ein. Du kommst nach und siehst zu, dass du ein Zimmer bekommst. Falls keins mehr frei sein sollte, warte einfach im Foyer, dann treffen wir uns da.«

»Lieber in der Lounge. Ich brauche was zu trinken.«

»Ich auch. Wo ist die Pistole?«

»Die trage ich am Leib.«

»Wieso gehst du nicht auf die Toilette, tust sie in deinen Beutel und gibst ihn mir dann?«

»Wieso nimmst du dir nicht ein Taxi?«

»Susan …«

»Das ist meine Waffe. Wenn sie mich anhalten und durchsuchen, sage ich, das sei ein Feuerzeug. Bis später.«

Wir standen dort noch einen Moment lang und ich sagte: »Duck dich, wenn du am Eingang bei dem Polizeijeep vorbeikommst.«

»Schon klar.«

Ich küsste sie nicht, machte nur kehrt und verließ das Flughafengebäude. Draußen standen ein paar Taxis und ich stieg mit meinem Gepäck in eins ein und sagte zum Fahrer: »Hué. Hotel Century Riverside. Biet?«

Er nickte und wir fuhren los. Als wir uns dem Polizeijeep näherten, bückte ich mich und band mir die Schuhe.

Es waren etwa zehn Kilometer nach Hué und unterwegs kamen wir durch die Stadt Phu Bai, an die ich mich vage erinnerte. In der Ferne sah ich Pagoden und die kaiserlichen Grabmäler, die vereinzelt in der sanft hügeligen Landschaft standen.

Wir überquerten einen Fluss und aus der Nationalstraße 1 wurde die Hung-Vuong-Straße. Ich war noch nie in Hué gewesen, wusste aber, dass wir hier in der Neustadt am Ostufer des Parfüm-Flusses waren. Die alte Kaiserstadt lag am anderen Ufer.

Die Neustadt sah hübsch und wohlhabend aus, war recht klein, aber größer als damals, als ich sie zum letzten Mal gesehen hatte – 1968 von einem Hubschrauber aus. Damals war sie im Grunde eine Trümmerwüste gewesen.

Wenige Minuten später bog das Taxi auf die geschwungene Auffahrt vor dem Century Riverside ab, das umgeben von Gärten abseits der Straße lag und tatsächlich am Flussufer stand. Es war ein ziemlich großes, modernes Gebäude, sechs Stockwerke hoch, vorne gärtnerisch hübsch gestaltet, mit einem Teich und einem Springbrunnen. Über dem Eingang hing ein großes, goldfarbenes Schild mit dem Aufdruck: *Chuc mung nam moi – Happy New Year.*

Dieses Hotel hatte ich mir verdient.

Ich zahlte das Taxi und ein Page kam, nahm meinen Koffer und gab mir eine Quittung. Meine Reisetasche trug ich selbst.

Ein Portier hielt mir die Tür auf und sagte: »Herzlich willkommen im Hotel, Sir.«

Ich betrat das sehr geräumige Foyer, das geschmackvoll und modern gestaltet war. Kumquatbäume in Trögen und Vasen voller Tet-Blütenzweige standen auf dem Boden.

Der lang gestreckte Empfang befand sich links und ich suchte mir hinter dem Tresen die hübscheste Frau aus und ging zu ihr.

Ich sagte: »Für mich ist reserviert. Bond. James Bond.«

Ich gab ihr meinen Hotelgutschein und sie sah erst den Gutschein und dann mich an. »Sie sind ...?«

»Brenner. Paul Brenner. Steht auf dem Gutschein.«

»Oh ... Sorry.«

Sie spielte an ihrer Tastatur herum und guckte auf ihren Computermonitor. Ich stellte mir vor, dass dort in großen roten Lettern stand: GESUCHT – TOT ODER LEBENDIG. RUFEN SIE SOFORT DIE POLIZEI!

Doch die hübsche Dame, auf deren Namensschild *Dep* stand, was »hübsch« bedeutet, lächelte, als sie vom Monitor ablas. Sie sagte: »Ah, ja, Mr. Paul Brenner. Herzlich willkommen im Hotel Century Riverside, Mr. Brenner.«

»Danke.«

Ich hatte so das Gefühl, dass ich ein wenig underdressed war, und wahrscheinlich roch ich und hatte dringend eine Rasur und etwas Zahnpasta nötig, doch Dep schien das nicht zu bemerken. Sie fragte: »Hatten Sie eine angenehme Reise?«

»Eine interessante Reise.«

»Ja? Woher kommen Sie jetzt?«

»Aus Nha Trang.«

»Ah. Wie ist dort das Wetter?«

»Sehr angenehm.«

»Hier ist es leider recht bewölkt. Aber vielleicht gefällt es Ihnen ja, dass es hier etwas kühler ist.«

»Ganz bestimmt.«

Sie regelte den ganzen Computerkram und sagte dann: »Wir haben eine sehr schöne Suite für Sie, Mr. Brenner, mit einer Terrasse mit Blick auf den Fluss und die Altstadt.«

»Danke.«

»Waren Sie schon einmal in Hué?«

»Hier in der Nähe. In Quang Tri. 68.«

Sie sah zu mir hoch und sagte: »Ah.«

»Genau.«

Sie fragte: »Dürfte ich Ihren Pass und Ihr Visum sehen?«

»Das dürfen Sie, aber ich brauche sie wieder.«

»Ja, selbstverständlich. Aber ich muss eine Fotokopie davon machen. Füllen Sie währenddessen bitte diese Anmeldekarte hier aus.«

Ich füllte die Anmeldekarte aus und Dep drehte sich um und fotokopierte meinen Pass und mein Visum. Dann kam sie wieder und gab mir meine Papiere und ich reichte ihr die Anmeldekarte.

Sie sagte: »Sie bleiben drei Nächte lang bei uns, nicht wahr?«

»Ja.« *Bekomme ich etwas zurückerstattet, wenn ich vorher verhaftet werde?* Ich fragte: »Apropos: Haben Sie noch Zimmer frei?«

Sie spielte an ihrem Computer herum und sagte: »Einige wenige. Wir haben über die Feiertage viele Gäste.« Sie gab mir meinen Schlüssel und sagte: »Wenn wir Ihnen mit irgendetwas behilflich sein können, steht Ihnen der Empfang jederzeit zur Verfügung.«

»Danke. Sind irgendwelche Nachrichten für mich da?«

»Ich sehe mal nach.«

Sie drehte sich um und sah in einer Aktenkiste nach. Sie

zog einen großen Umschlag hervor und sagte: »Ich glaube, das ist für Sie.«

Ich nahm den Umschlag und quittierte ihr den Empfang.

»Ihr Gepäck wird gleich nach oben gebracht. Suite sechs im sechsten Stock. Die Fahrstühle sind gleich hinter Ihnen. Ich wünsche Ihnen einen angenehmen Aufenthalt.«

»Danke. Sie sind sehr hübsch. Chuc mung nam moi.«

Sie lächelte, verneigte sich und sagte: »Danke. Und Happy New Year.«

Ich ging zu den Fahrstühlen und drückte den Aufwärtsknopf. Mir ist aufgefallen, dass das Hotelpersonal in guten Hotels überall auf der Welt die gleiche Sprache spricht. Die sind bestimmt alle in der Schweiz oder so ausgebildet, perfekte kleine Androiden mit einem Uhrwerk im Kopf. Und das zieht man dann auf und lässt sie auf die Welt los.

Der Fahrstuhl kam und ich fuhr in die sechste Etage und fand zu meiner Suite.

Sie hatte ein großes Wohnzimmer, ein ebenso großes Schlafzimmer, ein großes Badezimmer und natürlich eine Terrasse mit Blick auf den Fluss und die Altstadt am anderen Ufer.

Das moderne Mobiliar sah bequem aus, aber meine Maßstäbe waren so tief gesunken, dass ich das kaum noch beurteilen konnte.

In einer großen Nische stand ein Schreibtisch und daran setzte ich mich und machte den Umschlag auf.

Es war ein Fax, das an mich adressiert war. Es war von Karl und er wünschte mir kein frohes neues Jahr.

Ich überflog die Nachricht und sah, dass sie nicht in einem Geschäftsjargon abgefasst war, in dem sich Zweideutigkeiten leichter formulieren und verstehen ließen. Karl hatte eine freundschaftliche, informelle Form gewählt, denn offiziell war ich ja auch nicht geschäftlich hier. Ich war ein zurückkehrender Veteran, ein Tourist, und Karl wusste, dass dieses Fax, lange bevor ich es sah, in den Händen der Polizei sein würde. Karl hatte auch das Geschlecht gewechselt und war jetzt Kay.

Ich las: *Lieber Paul, ich hoffe, es geht dir gut und deine Reise verläuft genauso, wie du gehofft hattest. Was die Dame angeht, über die wir gesprochen haben, so habe ich gehört, dass sie möglicherweise mit einem anderen Amerikaner verheiratet ist, und deshalb solltest du vorsichtig sein, was du ihr erzählst, und solltest dich vor einem eifersüchtigen Ehemann in Acht nehmen. Als deine Freundin rate ich dir, diese Beziehung zu beenden. Dabei kann nichts Gutes herauskommen. Aber nun zu Erfreulicherem: Mit deinem Besichtigungsprogramm in Hué sieht es gut aus. Ich wünsche viel Vergnügen. Melde dich bei mir.* Unterschrieben war es mit: *Alles Liebe – Kay.*

Jetzt musste ich mir das also nur noch zusammenreimen, was nicht allzu schwer war. *Mit einem anderen Amerikaner verheiratet.* Offenbar meinte er damit, dass Susan möglicherweise für einen anderen US-Nachrichtendienst tätig war. Aber das vermutete ich ohnehin. Na, wenn schon. Ich wusste ja nicht mal genau, für wen *ich* tätig war.

Mit deinem Besichtigungsprogramm in Hué sieht es gut aus. Das Treffen am nächsten Tag stand.

Ich zog die Schreibtischschublade auf, fand darin einen Faxvordruck und schrieb: *Liebste Kay, bin heute in Hué eingetroffen und habe dein Fax erhalten. Es ist sehr reizend von dir, dass du dich um mein Liebesleben sorgst. Aber wenn man mit dem Feind schläft, weiß man, wo er sich nachts aufhält. Die Reise verläuft gut – sehr anrührend und aufschlussreich. Ich liebe das vietnamesische Volk und die Regierung hier vollbringt wahre Wundertaten. Ich kann dir gar nicht genug dafür danken, dass du mir diese Reise vorgeschlagen hast.*

Ich sah vom Papier hoch, überlegte kurz und fügte dann hinzu: *Die langen Schatten der Vergangenheit reichen tatsächlich immer noch von hier nach da, aber die Schatten auf meiner Seele und meinem Herzen verschwinden allmählich und wenn du lange nichts mehr von mir hören solltest, weißt du, dass ich gefunden habe, wonach ich suchte, und dass ich diese Reise nicht bereue. Liebe Grüße an C.*

Ich las noch einmal, was ich geschrieben hatte, und fand, dass es für Karl, Oberst Mang, Cynthia, mich und die Nachwelt genau richtig so war.

Ich erinnerte mich an meine Briefe nach Hause von 1968 und wusste noch, dass sie eine Mixtur aus Neuigkeiten, GI-Gequengel und auch ein wenig Heimweh gewesen waren. Aber wie die meisten Soldaten im Krieg, denen klar war, dass jeder Brief durchaus ihr letzter sein konnte, schloss ich immer in einem Tonfall, der darauf hindeuten sollte, dass ich im Reinen mit mir war – dass ich die Möglichkeit, dass ich starb, hinnahm, mich vor dem Tod nicht fürchtete und natürlich hoffte, dass es nicht so schlimm kam. Unausgesprochen schwang dabei immer mit, dass diese Erfahrung mir gut täte und ich also als besserer Mensch heimkehren würde. Ich hoffte, dass auch Gott diese Briefe las.

Das alles war für einen Achtzehnjährigen ganz schön happig, aber man wird schnell erwachsen, wenn man erst mal anfängt, die Zeit, die einem auf Erden noch bleibt, in Minuten zu messen.

Und jetzt, fast drei Jahrzehnte später, war ich wieder hier und war mein Leben immer noch in Gefahr und sagte mein Brief nach Hause im Grunde das Gleiche aus: Ich bin auf alles vorbereitet und das sollten alle anderen auch sein.

Ich ließ Karls Fax an mich auf dem Schreibtisch liegen, weil es den Leuten, die es bereits gelesen hatten, vielleicht verdächtig vorgekommen wäre, wenn ich es vernichtet hätte.

Ich stand auf und trug meine Reisetasche ins Badezimmer. Ich putzte mir die Zähne, wusch mich und kämmte mir das Haar.

Es klingelte an der Tür und ich ging ins Wohnzimmer und machte auf. Es war mein Koffer und ich gab dem Jungen einen Dollar. Ich öffnete den Koffer und zog mir den verknautschten blauen Blazer an. Ich wollte jetzt Susan sehen und deshalb packte ich nicht aus, sondern nahm mein Fax und fuhr damit hinunter ins Foyer.

Ich gab einem Portier am Empfang das Fax und einen Dollar und bat ihn, das Fax jetzt zu versenden und mir dann wiederzugeben.

Er erwiderte: »Es tut mir Leid, Sir, aber die Faxgeräte sind den ganzen Tag lang in Betrieb. Das dauert ein bis zwei Stunden. Ich werde es für Sie faxen und das Original dann auf Ihr Zimmer bringen lassen.«

Diese Prozedur kannte ich bereits und hier wäre ich nicht damit durchgekommen, womit wir im Grand Hotel in Nha Trang durchgekommen waren. Ich hätte damit auch zur Hauptpost gehen können, aber so weit ich wusste, fotokopierten die ein Fax direkt unter den Augen des Absenders für die Polizei. Aber mein Fax an Karl war ja unverfänglich und ich hatte es nicht eilig. Ich ließ es beim Portier. Dann ging ich zur Kasse, löste Travellerschecks im Wert von fünfhundert Dollar ein und bekam dafür zwei Billionen Dong oder so ausgehändigt.

Ich sah mich im Foyer nach Susan um, aber sie war nicht da. Ich wollte mich nicht beim Empfang erkundigen, ob sie schon angereist war, und deshalb stand ich dort eine Weile rum und wartete. Da es Silvester war, herrschte im Foyer geschäftiges Treiben. Praktisch alle Gäste waren Westler und ihrer Kleidung nach schienen die meisten von ihnen Europäer zu sein.

Ich entdeckte drei Typen mittleren Alters, die offensichtlich Amerikaner waren und ebenso offensichtlich Veteranen. Für Amerikaner waren sie recht gut gekleidet – lange Hosen, richtige Hemden und Blazer –, und sie hatten eine gute Haltung. Einer von ihnen hatte einen Bart wie Hemingway und kam mir irgendwie bekannt vor, als hätte ich ihn schon mal im Fernsehen gesehen oder so.

Ich bin gut darin, Leute aufgrund ihrer äußeren Erscheinung einzuschätzen – ich mache so was hauptberuflich. Als ich sah, wie sie im Foyer standen und sich unterhielten, vermutete ich, dass sie alle Offiziere gewesen waren, wahrscheinlich bei der Army oder den Marines, denn sie legten nicht die schlampig-dämliche Manieriertheit von Luftwaffenoffizieren an den Tag und kamen mir auch nicht wie Seeleute vor. Sie waren wahrscheinlich an der Front gewesen und keine Schreibtischpupser und hatten es auf jeden Fall im Laufe der Jahre zu Wohlstand gebracht. Sie hatten sich zusammengetan und beschlossen, dass es Zeit war zurückzukehren. Vielleicht hatten sie Frauen dabei, aber im Moment waren sie unter sich. Der Typ mit dem Bart verkündete eine Entscheidung und sie gingen alle in die Cocktail-Lounge. Ich ging hinterher.

Die Lounge hatte keinen Tresen, deshalb setzte ich mich an einen kleinen Tisch mit Blick auf den Eingang. Eigentlich hätte ich jetzt bei der Ausländerpolizei sein sollen, aber ich fand, dass das noch Zeit hatte. Ja, im Grunde konnten die mich mal am Arsch lecken.

Eine Kellnerin kam vorbei und ich bestellte ein San Miguel und dann doch lieber gleich zwei. Die Kellnerin fragte: »Kommt noch jemand?«

»Ja.«

Sie legte zwei Papieruntersetzer auf den Tisch und stellte eine Schale Erdnüsse dazu.

Ich sah auf meine Armbanduhr und dann zur Tür. Susan war nicht die Art von Frau, bei der man sich Sorgen machen musste, dass sie etwas derart Banales wie mit einem Taxi vom Flughafen zum Hotel zu fahren nicht hinbekam. Es war eher die Sache mit der Waffe, die mich ziemlich runtergezogen hatte. Es brauchte lediglich eine stichprobenmäßige Ausweiskontrolle am Flughafen, einen kleinen Autounfall oder unterwegs einen Routinestopp durch die Polizei und schon hatten wir es hier mit einer Schießerei oder einer Festnahme wegen eines Kapitalvergehens zu tun. Trotz meines Berufs stehe ich nicht auf Waffen, wenn ich auch nachvollziehen kann, warum so viele Amerikaner so begeistert sind, dass sie welche tragen dürfen.

Dieser Gedanke brachte mich auf die Frage, was wohl mit den Millionen M-16-Gewehren geworden war, die wir der südvietnamesischen Armee gegeben hatten. Seit meiner Ankunft hier hatte ich nicht gesehen, dass ein Polizist oder Militär ein amerikanisches M-16 trug; die hatten alle russische Kalaschnikows, die sie schon während des Krieges geliebt hatten.

Vielleicht, dachte ich, hatte die ehemalige ARVN Millionen M-16-Gewehre in Plastik eingewickelt in Gemüsegärten vergraben oder so. Aber wahrscheinlich eher nicht. Dies war ein Land, in dem die Zivilisten unbewaffnet und die Bullen und Soldaten bewaffnet waren. Die Niederlage war vollständig und kein Aufstand in Aussicht. Ich musste an die Fotos im Museum für amerikanische Kriegsverbrechen denken, an die Massenhinrichtungen aufständischer Stammesangehöriger und ehemaliger ARVN-Soldaten. Hanoi fackelte nicht lange.

Wo blieb Susan?

Die beiden Biere kamen und die Kellnerin stellte sie mit zwei Gläsern auf den Tisch. Ich zeichnete einen Zettel ab und gab ihr einen Dollar.

Ich trank etwas Bier und aß ein paar Erdnüsse, starrte zum Eingang und sah immer wieder kurz auf meine Armbanduhr.

Ich konnte die drei Männer an einem Tisch in der Nähe hören und lauschte, was sie sagten, um mich von der Sorge um Susan abzulenken.

Ich erhaschte nur Bruchstücke ihres Gesprächs, aber es waren militärische Ausdrücke und Abkürzungen darunter; also hatte ich richtig gelegen. Einer der Typen sagte etwas über einen »dustoff«, also die Evakuierung durch einen Sanitätshubschrauber, und ein anderer sagte »incoming«, was feindliches Raketen-, Artillerie- oder Mörserfeuer bedeutete.

Der dritte sagte etwas über »the pucker factor going up«, was bedeutete, dass sich allen vor Furcht der Schließmuskel zusammenzog. Sie lachten.

Auf jeden Fall ehemalige Frontsoldaten. Ich guckte kurz zu ihnen hinüber und man sah, dass sie es sich gut gehen ließen – alte Veteranen wie ich, die wiedergekommen waren, um dem Dämon einen Tritt in die Eier zu verpassen.

Ich fragte mich, ob sie sich auch so eigenartig und fehl am Platz vorkamen wie ich mir damals auf dem Dach des Rex und jetzt allmählich wieder in dieser netten Cocktail-Lounge des Luxushotels am Ufer des Parfüm-Flusses, wo sich damals die Marines eingegraben und sich mit dem Feind am Ufer gegenüber Feuergefechte geliefert hatten. Ich glaube, wenn man einfach immer weiter schwatzt, übertönt man damit den Lärm der Maschinengewehre und Raketen. Saß man aber, wie ich jetzt, schweigend da, dann konnte man immer noch das ferne Donnern hören, das nur sehr langsam in der Vergangenheit verschwand.

Susan musste mittlerweile eingetroffen sein und ich musste mich beim Empfang erkundigen. Ich stand auf und ging zum Ausgang der Lounge.

Als ich gerade an der Tür war, tauchte sie mit einem Mal auf und fast wäre ich mit ihr zusammengestoßen. Zur Begrüßung entfuhr es mir: »Wo zum Teufel hast du gesteckt?«

»Ich freue mich auch, dich zu sehen.«

»Ich hab mir Sorgen um dich gemacht.«

»'tschuldige. Ich musste mich erst mal frisch machen.«

Sie trug jetzt tatsächlich eine der Seidenblusen, die sie in Nha Trang gekauft hatte, und dazu eine schwarze Hose. Sie hatte offensichtlich geduscht und sich geschminkt.

»Ich bin *sofort* hierher, um dich zu treffen, und du nimmst auf deinem Zimmer erst mal 'n Schaumbad oder was.«

»Darf ich dich zu einem Drink einladen?«

Ich machte kehrt und ging zurück zu meinem Tisch. Ich setzte mich und trank mein Bier.

Susan setzte sich mir gegenüber und fragte: »Ist das mein Bier?«

»Natürlich ist das dein Bier.«

Sie schenkte sich etwas Bier ein, nahm ein paar Erdnüsse und bewarf mich mit einer. Sie traf meine Stirn.

Dann lehnte sie sich zurück, trank von ihrem Bier und steckte sich eine Zigarette an.

Sie würde so lange schweigen, bis ich mich wieder eingekriegt hatte. Ich kenne die Frauen.

Ich sagte: »Wenn ich gewusst hätte, dass du dir so viel Zeit lässt, hätte ich mich inzwischen massieren lassen können.«

Sie warf noch eine Erdnuss nach mir.

»Wir waren hier verabredet, gleich nach – ach, vergiss es. Wo ist die Wumme?«

»In Sicherheit.«

»*Wo* in Sicherheit?«

»Unter meinem Bett.«

»Bist du verrückt?«

»Nein. Und dumm bin ich auch nicht. Ich bin in den Blumengarten gegangen und habe sie da in einer Plastiktüte vergraben.«

Ich beruhigte mich ein wenig und fragte in sarkastischem Ton: »Und weißt du auch noch, *wo* du sie vergraben hast?«

»Bei den orangefarbenen Paradiesvogelblumen. Ich habe sie vergraben, während ich an den Blüten schnupperte.«

»Also gut. Und dich hat keiner gesehen?«

»Ich hoffe nicht.«

»Und du hast die Fingerabdrücke abgewischt?«

»Nur meine. Deine habe ich draufgelassen.«

Ich bestellte mir noch ein Bier. Ich sah, dass die drei Amerikaner zu Susan hinüberlinsten. Dabei grinsten sie anzüglich und machten Bemerkungen. Männer sind Schweine.

Susan fragte mich: »Irgendwelche Nachrichten?«

»Ja, eine von K. Er will, dass ich dich abserviere.«

»Tja, was würde das jetzt noch ändern?«

»Nichts. Thema beendet. Hast du eine Nachricht bekommen?«

»Es weiß doch niemand, in welchem Hotel ich bin.«

»Das ließe sich aber bestimmt ganz schnell rausfinden.«

Sie lächelte. »Wusstest du schon, dass jetzt das Jahr des Büffels beginnt?«

»Ich dachte, es wäre das Jahr der Toronto Blue Jays.«

»Ich meine das astrologische Jahr. Hör auf, so einen Scheiß zu reden.«

»'tschuldige. Das Jahr des Büffels.«

»Genau. Und es wird vorhergesagt, dass es ein günstiges Jahr wird.«

»Was soll das heißen?«

»Glück. Ein glückliches Jahr.«

»Du meinst, für alle?«

»Das weiß ich nicht. Entschuldige bitte, dass ich das angesprochen habe. Du bist echt eine Nervensäge.«

Sie schmollte und das verschaffte mir eine ruhige Minute, in der ich über ein paar Dinge nachdenken konnte. *Mit einem anderen Amerikaner verheiratet.* Karl arbeitete bei diesem Fall mit dem FBI zusammen, also musste er damit meinen, dass Susan bei der CIA oder beim SDI, dem Nachrichtendienst des Auswärtigen Amts, war. SDIler fielen in Ohnmacht, wenn sie eine Waffe sahen, also blieb eigentlich nur noch die CIA. Es mochten natürlich auch noch andere im Spiel sein, etwa der Militärische Geheimdienst. Es traf es jedenfalls nicht so ganz, dass ich mit dem Feind schlief – ich schlief eher mit der Konkurrenz. Entweder das oder Karl versuchte mich zum Narren zu halten – was nicht das erste Mal gewesen wäre. Karl konnte sich natürlich auch irren und auch das wäre nicht zum ersten Mal passiert.

Susan unterbrach meine Gedanken, indem sie sagte: »Ich habe einen Tisch fürs Abendessen reserviert. Die tischen ein riesiges Tet-Festessen auf. Anschließend gehen wir in die Altstadt und sehen uns die Festlichkeiten an – Drachentänze,

Puppentheater, Musik und so weiter. Und dann gehen wir zur Mitternachtsmesse in die Kathedrale.«

Sie musste einfach bei der CIA sein – wer sonst wäre so arrogant gewesen, den kompletten Abend für mich zu verplanen?

Sie fragte: »Hörst du mir zu?«

»Ja … Lass uns einfach nur essen und dann in die Falle gehen …«

»Paul, es ist Silvester.«

»Nein, ist es nicht. Silvester war vor einem Monat.«

»Hier ist aber *jetzt* Silvester.«

»Das glaube ich nicht. Man verliert oder gewinnt nur einen Tag, wenn man die Datumsgrenze überquert. Keinen ganzen Monat.«

»Ich finde, wir sollten jetzt auf dein Zimmer gehen, dann duschst du, was du ja offensichtlich noch nicht getan hast, und dann machen wir's uns im Bett schön gemütlich und dann ziehen wir uns fürs Essen an.«

Daran fand ich nichts auszusetzen, also stand ich auf und sagte: »Okay. Gehen wir.«

»Darf ich noch mein Bier austrinken?«

»Ich habe eine Minibar auf dem Zimmer. Gehen wir.«

»Bist du so spitz?«

»Ja. Gehen wir.«

Sie stand auf, wir gingen ins Foyer und fuhren mit dem Fahrstuhl in die sechste Etage. Dann führte ich sie in meine Suite.

Sie sagte: »Oh, das ist aber schön hier. Mir haben sie eine kleine Butze im ersten Stock gegeben, mit Blick auf die Straße.« Sie fügte hinzu: »Zimmer 106.«

Sie ging zu den Glastüren und dann hinaus auf die breite Terrasse. Ich folgte ihr.

Den Parfüm-Fluss überspannten zwei Brücken, die die Alt- und die Neustadt miteinander verbanden, und neben der von uns aus nächsten Brücke sah man die Überreste einer anderen Brücke, die – wahrscheinlich 68 – zerstört worden war.

Auf der anderen Seite des Flusses befand sich die Zitadelle von Hué, die alte Kaiserstadt. Aus dieser Höhe konnten wir über die Mauern der Zitadelle in die Stadt sehen und mir fiel auf, dass etwa die Hälfte des Stadtkerns fehlte. Auf dieser Freifläche waren die Grundrisse der Gebäude, die hier einmal gestanden hatten, noch zu erkennen.

Susan sagte: »Siehst du diese Mauern innerhalb der Zitadelle? Das ist die Verbotene Stadt. Und innerhalb dieser Mauern befinden sich die Mauern der Verbotenen Purpur-Stadt, die nur der Kaiser, seine Konkubinen und die Eunuchen betreten durften.«

»Dann darf ich da also nicht hin, du aber schon.«

»Sehr witzig.« Sie fuhr fort: »Die meisten alten Gebäude wurden 1968 zerstört.«

»Das sehe ich.« Irgendwo dort unten sollte ich morgen meine Kontaktperson treffen. Hoffentlich war es keine Frau.

Susan sagte: »Der Fremdenführer hat uns erzählt, dass die Amerikaner die Stadt dreißig Tage lang erbarmungslos bombardiert und dabei die meisten Altertümer zerstört haben.«

Mir war zwar nicht danach zu rechtfertigen, dass die Amerikaner ihre überwältigende Feuerkraft eingesetzt hatten, aber ich sagte: »Die nordvietnamesische Armee hatte die Stadt überraschend zu Silvester eingenommen – während der Waffenruhe an Tet. Dreißig Tage Bombardement, Artilleriebeschuss und Bodenkrieg waren nötig, sie wieder zu vertreiben. So was nennt man Krieg.«

Sie nickte und sagte: »Aber … es ist so schade.«

»Die Kommunisten sind mit einer Liste von Personen durch die Stadt gegangen, die sie liquidieren wollten. Sie haben über dreitausend Zivilisten und Militärs erschossen, die auf ihrer Liste standen. Hat euch das der Führer auch erzählt?«

»Nein.«

Ich sah nach Nordwesten und sagte: »Meine Infantriekompanie war da am Horizont am Fuß der Hügel eingegraben. Wir konnten sehen, wie in Quang Tri und Hué die Schlacht tobte. Dann kamen wir runter aus den Hügeln und versuchten die kommunistischen Truppen abzufangen, die Quang Tri aufgegeben hatten. Dann rückten wir nach Süden auf Hué zu und bildeten eine Blockade, um die Nachzügler abzufangen, die aus Hué kamen, damit sie nicht im Gebirge verschwinden konnten.«

Sie schaute hinaus auf das Land im Norden und Westen und sagte: »Dann warst du also gleich da draußen?«

»Ja.«

»Und direkt hier in der Stadt tobte die Schlacht?«

»Ja. Auf dieser Seite des Flusses, genau da, wo wir jetzt sind, hatten sich die Marines eingegraben und kontrollierten von hier aus dieses Ufer und die Neustadt.« Ich fügte hinzu: »Quang Tri liegt etwa sechzig Kilometer nördlich von hier, die Nationalstraße 1 rauf, die du da drüben sehen kannst.«

»Du solltest nach Quang Tri fahren.«

»Ich glaube, das werde ich auch. Wo ich nun schon mal so weit gefahren bin.«

»Wenn ich dich begleiten darf, würde ich gerne mitkommen.«

Ich nickte. »Dieser Abschnitt der Nationalstraße 1 zwischen Hué und Quang Tri wurde von den französischen Soldaten ›Straße ohne Freude‹ genannt. Der Name blieb hängen und wir haben sie auch so genannt, aber einige Jungs haben auch ›Allee der Hinterhalte‹ dazu gesagt oder ›Scheißstraße 1‹.«

Sie fragte: »Und wo ist das Ashau-Tal?«

Ich zeigte nach Westen. »Gleich hinter diesem Gebirgszug, vielleicht siebzig Meilen von hier, kurz vor der Grenze nach Laos. Das ist eine sehr abgelegene Gegend, eher ein Cañon als ein Tal, umgeben von Bergen und die meiste Zeit des Jahres wolkenverhangen. Es könnte schwierig werden, da hinzukommen.«

»Ich bin dabei.«

Ich sah sie an und lächelte. »Warst du früher wirklich mal langweilig?«

»Langweilig *und* verhätschelt. Ich habe schon Wutanfälle bekommen, wenn der Zimmerservice mal zu langsam war.«

Ich warf noch einen letzten Blick auf Hué, wandte mich dann ab und verließ die Terrasse.

Ich ging ins Bad, rasierte mich und duschte.

Wir vögelten auf dem bequemen Bett und schliefen dann ein.

Wir standen um sechs auf, zogen uns an und gingen runter in den Speisesaal des Hotels, wo das Silvesterdiner als Büfett aufgebaut war.

Es war rappelvoll hier und wir setzten uns an einen kleinen Tisch für zwei in der Nähe des Ufergartens und, laut Susan, nicht weit entfernt von ihrer verbuddelten Pistole.

Alle hier waren Europäer oder Amerikaner und ich entdeckte die drei Männer, die ich schon zuvor gesehen hatte. Sie saßen mit einigen Frauen an einem Tisch und an der Körpersprache konnte ich ablesen, dass die Damen nicht ihre Frauen oder Freundinnen waren. Die Typen waren groß in Fahrt und die Frauen waren ganz verzückt oder taten wenigstens so.

Eine Band spielte Fahrstuhlmusik und der Speisesaal war eine See strahlender Gesichter, funkelnden Kristalls und umherhuschender Kellner. 1968 hätte ich so was nicht für möglich gehalten.

Ein Büfetttisch war mit original-vietnamesischen Feiertagsspezialitäten beladen, die in mehreren Sprachen beschriftet waren, so dass man das meiste davon meiden konnte. Auf den anderen Tischen standen pseudo-vietnamesische, chinesische und westliche Gerichte. Susan und ich fraßen wie die Schweine – mit Essstäbchen, Messer und Gabel und den Fingern.

Wir verließen das Hotel um neun und überquerten auf der Trang-Tien-Brücke den Parfüm-Fluss.

Die Nacht war kühl und der Himmel hatte sich aufgeklart. Der Mond war nun eine schmale Sichel, die bald ganz verschwinden würde, und die Sterne funkelten. Tausende Menschen schlenderten über die von Bäumen gesäumte Uferpromenade zwischen dem Fluss und den hoch aufragenden Mauern der Zitadelle. Überall in der Stadt hingen rote Fahnen und viele Gebäude waren mit Lichterketten und Lampions umrahmt.

Das Geschehen konzentrierte sich anscheinend vor allem um den historischen Flaggenturm vor dem Haupttor der Zitadelle. Ganze Familien saßen da oder spazierten herum, begrüßten einander und wünschten sich ein frohes neues Jahr.

Susan sagte: »Feuerwerk ist für Privatpersonen verboten, aber die Stadt wird wahrscheinlich ein paar Raketen abschießen, wie sie's auch in Saigon tun. Als ich vor drei Jahren nach Saigon kam, war Feuerwerk noch legal und an Silvester hörte sich die ganze Stadt an wie ein Kriegsgebiet.«

»Das Geräusch kenne ich.«

Vor dem Flaggenturm stand das riesige Zitadellentor offen und hinter dem Tor befand sich eine verzierte Brücke, die zum Kaiserpalast führte. Der Palast war groß, aus Stein und rot lackiertem Holz erbaut und hatte ein traditionelles Ziegeldach. Er wurde mit Flutlicht angestrahlt und war festlich geschmückt. Ich fragte mich, wie dieses Gebäude den Bombardements entgangen war.

Doch dann sagte Susan: »Menschen und Organisationen aus aller Welt haben Geld gespendet, damit der Palast wieder in seiner ursprünglichen Form aufgebaut werden konnte.«

»Schön. Gehen wir rein. Ich spende auch einen Fünfer.«

»Man kann da heute Abend nicht rein. Siehst du die Soldaten? Die weisen die Leute ab. Da findet wohl eine staatliche Feierlichkeit statt oder so was.«

»Dann gebe ich ihnen eben einen Zehner.«

»Vergiss es. Du hast schon genug Schwierigkeiten.«

Also spazierten wir weiter über die Uferstraße und gingen dann durch ein kleineres Tor in die Altstadt.

Es waren viele Menschen unterwegs und wir sahen uns einen Drachentanz und ein paar dämliche Puppenshows auf zusammengezimmerten Marionettenbühnen an. Musikgruppen spielten auf Saiteninstrumenten traditionelle Musik, ein ziemliches Gejaule, das ausgesprochen nervzehrend war.

Die meisten Cafés und Restaurants waren geschlossen, aber wir fanden ein Café, das einem katholischen Ehepaar gehörte und geöffnet hatte, um den Buddhisten das Geschäft wegzuschnappen.

Das Café war mit Vietnamesen und Westlern überfüllt, aber wir fanden einen freien Tisch und tranken Kaffee.

Ich sagte zu Susan: »Schön ist es hier. Ich bin froh, dass ich hergekommen bin.«

»Ich auch.«

»Du verpasst die Party der Vincents in Saigon.«

»Es gibt keinen Ort auf der Welt, an dem ich jetzt lieber wäre als hier mit dir.«

»Geht mir genauso.«

Wir tranken unseren Kaffee aus. Es waren keine Taxis oder Cyclos zu sehen, deshalb gingen wir zu Fuß über die Phu-Xuan-Brücke über den Parfüm-Fluss in die Neustadt, wo sich Susan zufolge die Kathedrale befand.

Von der Brücke aus sah ich am Ufer eine große Sportanlage mit Tennisplätzen, einem Schwimmbad und anderen Sportplätzen. Susan sagte: »Das ist der Cercle Sportif, der alte französische Sportclub. Den gibt es auch in Saigon und vielen anderen großen Städten. Früher waren da nur Weiße zugelassen. Heutzutage ist es nur für Parteimitglieder.«

»Kommunisten spielen Tennis?«

»Keine Ahnung. Ich schätze mal schon. Warum auch nicht?«

»Ich versuche mir Oberst Mang gerade in Tenniskluft vorzustellen.«

Sie lachte und sagte dann: »Wenn keiner zusieht, gehen die Schweine aufrecht auf den Hinterbeinen.«

»Ja, das habe ich schon mal gehört.«

Wir gingen weiter über die Brücke. Mit einem Mal erstrahlten orangefarbene Blitze am Himmel und donnerten Explosionen; ich zuckte zusammen, doch dann wurde mir klar, dass es ein Feuerwerk war. Mein Herz raste tatsächlich und ich atmete tief durch.

Susan sah mich an.

Ich kam mir ein wenig töricht vor und scherzte: »Ich dachte schon, Charlie wäre wieder da.«

Sie sagte: »Deshalb habe ich dir ja vorhin von dem Feuerwerk erzählt.«

Auf der anderen Seite der Brücke wollte ich über die Straße gehen, aber Susan hielt mich auf. »Siehst du das kleine Häuschen an der Ecke gegenüber? Das ist der Kontrollposten der Polizei. Mach einen großen Bogen um diese Ecke. Die schikanieren gerne Westler. Das hab ich beim letzten Mal am eigenen Leib erfahren.«

»Ich bin schon seit Donnerstagabend nicht mehr von der Polizei schikaniert worden. Ich fühle mich vernachlässigt. Komm, gehen wir hin und streiten uns mit denen.«

»Bitte.«

Wir machten einen Bogen um den Polizeiposten und gingen abseits über die Straße. Ich fragte: »Müssen wir denn unbedingt zur Messe gehen?«

Sie erwiderte: »Du solltest Gott auf Knien danken, dass du heil hier angekommen bist.«

Es war eine ziemliche Wanderung zu der Kathedrale und mittlerweile waren die Straßen der Stadt schon recht verwaist. Susan sagte: »Jetzt sind alle daheim beim traditionellen Essen.«

»Und wieso gehen die Buddhisten nicht zur Mitternachtsmesse in die Pagoden?«

»Ich glaube, das heißt bei denen nicht Messe, und sie beten, wenn ihnen danach ist.«

Als wir zur Kathedrale Notre Dame kamen, war es etwa Viertel vor zwölf und immer noch strömten Menschen herbei, die meisten zu Fuß. Es waren größtenteils Vietnamesen, aber es waren auch ein paar Rundaugen darunter.

Die Kathedrale war beeindruckend, aber nicht alt. Ja, im Grunde war sie ziemlich modern und hatte eine europäische und eine vietnamesische Note. Vermutlich waren die alten Kirchen alle zerstört worden.

Wir gingen hinein und fanden in einer der hinteren Bänke Platz. Ich fragte Susan: »Wieso wird hier an einem buddhistischen Feiertag eine katholische Messe gelesen?«

»Keine Ahnung. Du bist der Katholik. Erkundige dich doch per E-Mail beim Papst.«

Die Messe begann. Sie wurde auf Vietnamesisch abgehalten und es wurde auch vietnamesisch gesungen, was sich lustig anhörte – wie synchronisiert. Wie schon in Notre Dame in Saigon ließ ich die Kommnunion aus, aber ein Großteil der Gemeinde – auch Susan – ging zum Altar. Es gab kein Der-Friede-sei-mit-dir-Händegeschüttel wie heutzutage in den katholischen Kirchen in den Staaten und das war auch gut so, denn die Leute hätten sich wahrscheinlich verbeugt, statt Hände zu schütteln, und dann hätten sie sich alle den Kopf gestoßen.

Mir fiel auf, dass die Einwohner von Hué besser gekleidet waren als die Vietnamesen südlich des Hai-Van-Passes und ich nahm an, dass das an dem kühleren Klima hier lag und vielleicht auch an der Kultiviertheit dieser Stadt.

Mein multikulturelles Erlebnis ging zu Ende und alle zogen zur Schlusshymne aus der Kathedrale aus.

Die Leute standen auf dem Vorplatz herum und plauderten, und irgendwie, ich habe wirklich keine Ahnung wie, kam Susan mit einer vietnamesischen Familie ins Gespräch. Sie waren sehr beeindruckt davon, dass sie so fließend Vietnamesisch sprach und auch ein wenig Französisch, das sie ebenfalls sprachen.

Kurz und gut: Schon waren wir unterwegs zum Essen bei der Familie Pham.

Als wir mit dem gesamten Clan nach Hause gingen, fragte ich Susan: »Hast du ihnen nicht gesagt, dass ich keinen guten Charakter habe?«

»Danach haben sie glücklicherweise nicht gefragt.«

Unterwegs führte mich Susan kurz in die vietnamesischen Tischmanieren ein. Sie sagte: »Steck deine Essstäbchen niemals senkrecht in die Reisschüssel. Das ist ein Zeichen des Todes, genau wie die Räucherstäbchen in Schalen auf den Friedhöfen und Familienaltären. Außerdem wird alles auf Platten herumgereicht. Du musst alles probieren, was man dir hinhält. Wenn du ein Glas Wein oder Bier austrinkst, schenken sie dir automatisch nach. Lass das Glas halb voll, wenn du nichts mehr magst.«

»Klingt nach South Boston.«

»Hör mir zu. Vietnamesen rülpsen nicht wie die Chinesen, um zu zeigen, dass es ihnen geschmeckt hat. Sie finden das genauso vulgär wie wir.«

»Ich finde Rülpsen nicht vulgär. Aber ich war ja auch nicht in der Junior League.«

Sie schnaubte verzweifelt und sagte dann: »Okay, und wenn man satt ist, steckt man sich die Essstäbchen in die Nase.«

»Bist du dir da sicher?«

»Vertrau mir.«

Die Familie Pham wohnte in einem hübschen Privathaus nicht weit von der Kathedrale und offensichtlich hatten sie anständig Dong.

Mir kam vom Essen im Hotel zwar noch der Reis aus den Ohren, aber das wurde nicht als Grund akzeptiert, hier nichts mehr zu essen.

Ich fand mich an einem langen Tisch wieder, eingezwängt

zwischen einer hundertjährigen Oma und irgendso einer Rotznase. Mir gegenüber aber saß eine Eins-A Co-dep, und sie sprach ein wenig Englisch, bloß leider nicht genug, als dass ich ihr hätte beweisen können, wie charmant ich bin. Sie mochte zu jemandem gehören, lächelte und kicherte aber trotzdem ununterbrochen und reichte mir die Platten weiter.

Alle beherrschten sie zehn Wörter Englisch, aber es waren nicht dieselben zehn Wörter und deshalb verlief das Gespräch so einigermaßen. Außerdem konnten die meisten von ihnen etwas Französisch und meine begrenzten Französischkenntnisse fielen mir wieder ein. Die vietnamesischen Sätze, die ich beherrschte, waren, wie gesagt, für ein Familienessen nicht geeignet. Dennoch überlegte ich, die Co-dep zu bitten, mir ihren Ausweis zu zeigen.

Susan saß am anderen Tischende und amüsierte sich prächtig.

In familiärer Umgebung schienen die Vietnamesen sehr angenehme Menschen zu sein – bloß das politische und wirtschaftliche Leben dieses Landes war eine einzige Katastrophe.

Ein Typ um die dreißig, der neben Susan saß, sagte in passablem Englisch: »Mr. Paul – Miss Susan erzählt mir, Sie waren 1968 hier.«

»In Quang Tri.«

»Ja? Sie haben gegen die Kommunisten gekämpft?«

»Deshalb war ich hier.«

»Haben Sie getötet?«

»Äh ... wohl schon.«

»Gut.« Er stand auf, sagte etwas zu den Versammelten, erhob dann sein Glas und sagte auf Englisch: »Auf diesen tapferen Soldaten, der die ...« Er fragte Susan etwas und beendete dann seinen Satz mit: »... der die Antichristen getötet hat.«

Alle stießen an und ich sah mich genötigt aufzustehen. Ich hatte deutlich das Gefühl, hier unter Antikommunisten zu sein, und hätte mich nicht gewundert, wenn die Tür aufgesprungen wäre und Schergen des Ministeriums für Öffentliche Sicherheit hereingeplatzt wären und alle festgenommen hätten. Karl hätte es nicht gutgeheißen, dass ich hier war. Ich erhob mein Glas und sagte: »Auf die tapferen Katholiken von Vietnam. Nur ein toter Roter ist ein guter Roter.«

Unser Gastgeber schien kurz verwirrt, doch dann dolmetschte Susan und alle applaudierten.

Ich sah zu Susan hinüber und sie verdrehte die Augen. Ich setzte mich wieder und wartete darauf, dass die Tür aufsprang.

So gegen zwei wollte ich mir schon die Essstäbchen in die Nase stecken, aber wir kamen erst gegen drei da weg und dann waren die Straßen leer. Außerdem war ich ein klein wenig betrunken.

Susan sagte: »War das nicht ein Erlebnis?«

Ich rülpste. »Allerdings.«

»Es macht so einen Spaß mit dir.«

Ich rülpste noch mal. »Schön.«

»Das waren reizende Leute.«

»Stimmt. Ein wenig blutrünstig, aber nett.«

»Mr. Uyen, der neben mir saß und den Toast auf dich ausgebracht hat, hat mir erzählt, dass die Kommunisten 1968 viele aus seiner Familie umgebracht haben. Deshalb ist ihnen das Regime so verhasst.«

»Weißt du, alle hier sind von unterdrücktem Hass und unterdrückter Wut auf das erfüllt, was damals passiert ist. Oberst Mang, Mr. Uyen – alle. Die würden sich am liebsten gleich wieder gegenseitig in die Mangel nehmen.«

Susan erwiderte nichts.

»Außerdem sollten die Phams vorsichtig sein. Mit dem Ministerium für Öffentliche Sicherheit ist nicht zu spaßen.«

»Ich bin mir sicher, dass sie vorsichtig sind.«

»Die kannten uns nicht mal.«

»Wir sind Amerikaner und Katholiken. Jedenfalls ist einer von uns Katholik.«

»Stimmt.« Es war interessant, dass die Vietnamesen davon ausgingen, dass alle Amerikaner Antikommunisten waren. Vermutlich war ihnen noch nie ein Ivy-League-Professor begegnet. Ich sagte: »Ich glaube nicht, dass uns nach der Messe jemand gefolgt ist, und jetzt folgt uns auch niemand. Aber du hast der Familie Pham keinen Gefallen getan, indem du dich bei ihnen zum Essen eingeladen hast. Und umgekehrt stehen sie wahrscheinlich unter Beobachtung und deshalb hast du *uns* damit auch keinen Gefallen getan.«

Sie schwieg eine Weile und sagte dann: »Da ist was dran.« Sie fügte hinzu: »Aber ich glaube, heute Abend feiern sogar die Bullen.«

»Na hoffentlich.«

Wir gingen durch die stillen Straßen und Susan sagte: »Du hast dich mit der jungen Dame dir gegenüber aber offenbar auch prächtig amüsiert.«

»Welche junge Dame?«

»Die, mit der du dich den ganzen Abend lang unterhalten hast.«

»Ach, die. Das ist eine Nonne.«

»Das glaube ich eher nicht.«

»Susan, ich bin müde und habe Kopfschmerzen und wir haben uns verlaufen.«

»Wir haben uns nicht verlaufen. Zum Hotel geht's da lang.«

Wir gingen weiter und als wir um die nächste Ecke bogen, sahen wir – na klar – das Hotel.

Mit einem Mal blieb Susan stehen. »Paul.«

»Was?«

»Hättest du heute nicht zur Ausländerpolizei gemusst?«

»Heute hatte ich zu tun. Mache ich morgen.« Wir gingen weiter.

»Du hättest heute hingehen sollen. Die wissen, dass du hier bist. Das Hotel hat es ihnen gemeldet.«

»Tja, dann wissen sie halt, dass ich hier bin. Die können mich mal.« Ich fügte hinzu: »Oberst Mang hat mich an der langen Leine. Er will sehen, was ich im Schilde führe.«

»Woher weißt du das?«

»Ich weiß es.«

»Und was ist, wenn du morgen dein Treffen hast? Was, wenn sie dich überwachen?«

»Ein Geheimtreffen plant man immer so, als würde man überwacht. Deshalb heißt das ja ›Geheimtreffen‹.« Ich fügte hinzu: »Ich muss dich bitten, morgen nicht in die Zitadelle zu gehen.«

»Oh ... okay.«

»Es sei denn, du bist meine Kontaktperson.«

»Das wäre interessant.«

Wir kamen zum Hotel und ich sagte: »Gehen wir hinten rum, und zeig mir, wo du sie vergraben hast.«

»Morgen.«

»Jetzt.«

»Also gut ...«

Wir gingen über einen Pfad in die Gärten hinter dem Hotel. Zum Fluss ging es hier bergab und die Gärten waren terrassenförmig angelegt und von kleinen, niedrig angebrachten Laternen erleuchtet.

Wir gingen einen Pfad zum Fluss hinunter und Susan zeigte mit einer Kopfbewegung nach rechts. »Siehst du sie? Die orangefarbenen Paradiesvogelblumen?«

»Sind das die Blumen, die Fliegen fressen?«

»Nein, Paul. Siehst du sie oder nicht?«

»Ja, ich sehe sie. Und irgendwo da drin?«

»Ja. Dreißig Zentimeter rechts von der mittleren Laterne. Der Boden ist sehr lehmig. Ich kann sie mit bloßer Hand wieder ausgraben.«

»Okay. Ich hole sie, wenn wir abreisen.«

»*Ich* hole sie.«

Ich erwiderte nichts. Wir schauten hinaus auf den Fluss.

Um diese Uhrzeit waren wir hier allein. Dann machten wir kehrt und gingen zurück zur Vorderseite des Hotels.

Wir betraten das Foyer und ich erkundigte mich, ob Nachrichten für mich gekommen waren. Für mich waren zwei da und ich quittierte den Empfang.

Susan und ich fuhren mit dem Fahrstuhl hoch zu meiner Suite, wo ich mich auf einen Sessel plumpsen ließ. »O Mann, ich werde alt.«

»Du bist doch toll in Form. Mach die Umschläge auf.«

Ich öffnete zuerst den kleineren und las laut vor: »Sie müssen sich morgen früh bei der Ausländerpolizei melden.«

Susan sagte: »So lang ist die Leine wohl doch nicht.«

»Lang genug. Wenn sie wirklich sauer wären, säßen sie jetzt hier.«

»Es ist Silvester. Und die andere Nachricht?«

Ich öffnete den größeren Umschlag und zog ein Fax heraus. Es war von Karl, und ich las: *Lieber Paul – vielleicht habe ich mich in meinem letzten Schreiben nicht deutlich genug ausgedrückt. Du musst diese Beziehung unbedingt beenden. Teile mir bitte mit, dass du das getan hast.* Unterzeichnet war es mit: *Alles Liebe – Kay.*

Glücklicherweise musste man, wenn man nicht mehr bei der Armee war, auch keine direkten Befehle mehr von jemandem befolgen, der es noch war.

Dann sah ich ein PS. Es lautete: *Von C soll ich liebe Grüße ausrichten. Sie trifft sich in Honolulu mit dir.*

Das konnte durchaus eine Lüge sein, die dafür sorgen sollte, dass ich nicht aus der Reihe tanzte. Jedenfalls wurde die Lage Susan gegenüber allmählich kompliziert und wusste ich nicht, ob ich noch Lust hatte, mich mit Cynthia in Honolulu zu treffen.

Susan sah mich an. Sie fragte: »Von wem ist denn die Nachricht?«

»Von Kay.«

»Ist alles in Ordnung?«

»Ja.«

»Du siehst aber nicht so aus. Kann ich die Nachricht sehen?«

»Nein.«

Sie guckte eingeschnappt.

Ich stand auf, ging mit der Nachricht zur Terrasse, machte dann kehrt und reichte ihr das Fax. Ich sagte: »Er nennt sich jetzt Miss Kay. Ist aber immer noch derselbe.«

Sie nahm das Fax, las es und gab es mir dann wieder. Sie stand auf und sagte: »Ich glaube, heute Nacht schlafe ich in meinem Zimmer.«

»Das wäre wahrscheinlich besser.«

Sie drehte sich um, ging zur Tür, öffnete sie, ohne zu zögern, und ging hinaus.

Ich ging auf die Terrasse und schaute hinaus auf die Stadt am anderen Ufer. Die Festbeleuchtung brannte noch und war größtenteils rot, wie man es in einem roten Land nicht anders erwarten würde.

Ich dachte an die Familie Pham. Über diesem Land hing, fand ich, eine graue Wolke, die der Rauch des Krieges gebildete hatte, und daraus regnete es Hass, Traurigkeit und Misstrauen.

Und als wäre das noch nicht schlimm genug, verdunkelte diese Wolke – oder, wie Karl dazu sagte: dieser Schatten – auch immer noch mein eigenes Land.

Vietnam war wirklich das Schlimmste, was Amerika in diesem Jahrhundert widerfahren war, und möglicherweise galt das auch umgekehrt.

Das Telefon klingelte, ich ging wieder rein und nahm ab. »Hallo?«

»Ich wollte dir nur noch viel Glück für morgen wünschen.«

»Danke.«

»Falls dir irgendwas zustoßen sollte und wir uns jetzt so …«

»Susan, die Telefone sind nicht sicher. Ich weiß, was du sagen willst, und ich wollte dich auch gerade anrufen.«

»Willst du, dass ich auf dein Zimmer komme?«

»Nein. Wir sind beide müde und wir würden uns nur streiten.«

»Okay. Wo und wann können wir uns morgen treffen?«

»Um sechs hier in der Lounge. Ich lade dich auf einen Drink ein.«

»Gut ... Und wenn du nicht kommst?«

»Dann schick Miss Kay ein Fax. Hast du die Nummer?«

»Die habe ich mir gemerkt.«

»Schildere ihr alle Einzelheiten und sieh zu, dass du beim Faxen dabei bist, oder versuch's auf der Hauptpost.«

»Ich weiß.«

»Ich weiß, dass du das weißt. Du bist ein Profi.«

»Paul ...?«

»Ja?«

»Ich hatte kein Recht, mich wegen des PS aufzuregen. Ich entschuldige mich.«

»Vergiss es.«

»Es ist, was es ist. Es ist hier und jetzt. Das habe ich gesagt und das habe ich auch so gemeint.«

Ich erwiderte nichts darauf, sondern sagte: »Hey, das war ein schöner Tag. Frohes neues Jahr.«

»Dir auch. Mir hat es auch gefallen.«

Wir legten auf.

Ich hatte also in einem feindlichen Land am anderen Ende der Welt Damendramen am Hals, man wollte mich festnehmen oder umbringen und es war vier Uhr nachts und ich musste an diesem Morgen zu den Bullen und mittags ein womöglich gefährliches Treffen absolvieren. Und doch störte mich das alles aus irgendeinem Grunde überhaupt nicht. Ja, nicht einmal die ganze Tortur auf der Nationalstraße 1 und dass ich zwei Bullen umgebracht hatte und mir alles wieder einfiel und so weiter, störte mich.

Ich erkannte diese Haltung als das, was sie war – als Überlebensstrategie. Das Leben war nicht mehr kompliziert. Es ging nur noch darum, ein letztes Mal mit heiler Haut heimzukommen.

Kapitel 26

Es war nicht der schlimmste Neujahrskater, den ich je gehabt hatte, aber so früh war ich an diesem Tag auch noch nie aufgestanden und konnte ihn also voll auskosten.

Ich duschte und kleidete mich dann geschäftsmäßig: blauer Blazer, weißes Button-down-Hemd, Khakihose und Docksider mit Socken.

Ich nahm mir einen Orangensaft aus der Minibar und schluckte zwei Aspirin und eine Malariatablette. Ich war froh, dass man mir keine Selbstmordpille mitgegeben hatte, denn mir war so elend, dass ich sie genommen hätte.

Ich fuhr nach unten, ließ das Frühstück aus und ging die paar Ecken zur Ben-Nghe-Straße, wo sich die Ausländerpolizei befand, zu Fuß.

Es war ein feuchtkalter Morgen unter einer hohen Wolkendecke und die Straßen waren fast menschenleer und von der Nacht noch mit Müll übersät.

Ich überlegte, ob ich Susan hätte anrufen sollen, aber manchmal tut eine kurze Trennung mal ganz gut. Cynthia und ich waren viel häufiger getrennt als zusammen und wir kamen bestens miteinander klar. Na ja, vielleicht nicht bestens, aber gut.

Ich betrat das Polizeigebäude, einen Plattenbau.

In einem kleinen Foyer saß ein Uniformierter an einem Pult und fragte mich auf Englisch: »Was wollen Sie?«

Statt zu antworten und diesen Idioten damit zu verwirren,

gab ich ihm eine Fotokopie des Schriebs von Oberst Mang und er las. Er stand auf und verschwand in einem Flur hinter dem Pult.

Eine Minute später kam er wieder und sagte: »Zimmer.« Er hielt zwei Finger hoch.

Ich erwiderte das Friedenszeichen und ging in Zimmer zwei, ein kleines Büro, dessen Tür offen stand. Hinter einem Schreibtisch saß ein uniformierter Mann in meinem Alter, der noch verkaterter aussah als ich.

Er bot mir keinen Platz an, sondern beäugte mich nur eine Weile. Ich sah ihn ebenfalls an. Etwas Unangenehmes hing in der Luft.

Auf dem Schreibtisch lag sein Pistolengurt mit Holster dran, in dem eine Chicom 9 mm steckte. In Amerika gab es kein Polizeirevier, auf dem man der Waffe eines Bullen so nahe kam. Hier waren die Bullen schlampig und arrogant. Das ging mir auf die Nerven und auf den Zeiger ging mir auch, dass ich stehen musste.

Der Bulle betrachtete das Blatt Papier in seiner Hand und fragte mich: »Wann Sie in Hué angekommen?«

Ich hatte diesen Schwachsinn satt und erwiderte: »Das Hotel Century Riverside hat Ihnen gemeldet, wann ich angekommen bin. Sie wissen, dass ich dort für drei Nächte bleibe. Noch irgendwelche Fragen?«

Meine Antwort oder mein Tonfall gefielen ihm nicht. Er brüllte: »Warum Sie gestern hier nicht melden?«

»Weil ich nicht wollte.«

Das gefiel ihm nicht. Ich meine: Er musste an Neujahr arbeiten und kleine Reisweindämonen schlugen in seinem Kopf auf einen großen Gong ein und dann kam ihm auch noch ein Rundauge frech.

So starrten wir einander also an und die Atmosphäre war, wie gesagt, ohnehin schon geladen und das lag nicht nur an der Gereiztheit, die der Kater mit sich brachte. Er fragte: »Sie hier Soldat?«

»Ja. Und Sie?«

»Ich auch.«

Wir starrten einander weiter an und jetzt bemerkte ich eine schartige Narbe, die von der Mitte seines Ohres ausging, zickzackförmig seitlich an seinem Hals hinunter verlief und dann unter seinem offenen Kragen verschwand. Die Hälfte seiner Zähne fehlte oder war schadhaft und die andere Hälfte war braun.

Er fragte: »Wann Sie hier?«

»Ich war 1968 hier. Ich war bei der 1. Cavalry Division und habe in Bong Son, An Khe, Quang Tri, Khe Sanh, im Ashau-Tal und in der ganzen Provinz Quang Tri gekämpft und zwar gegen die nordvietnamesische Armee und die Vietcong. Ihr habt viele meiner Freunde getötet und wir haben viele Ihrer Freunde getötet. Wir alle haben viel zu viele Zivilisten umgebracht, darunter auch die dreitausend Männer und Frauen, die ihr hier in Hué ermordet habt. Noch irgendwelche Fragen?«

Er stand auf und starrte mich an und ehe sein Gesichtsmuskeln auch nur eine Regung zeigten, sah ich seinem Blick an, dass er gleich ausrasten würde.

Ehe er irgendwas sagen konnte, sagte ich: »Noch irgendwelche Fragen? Wenn nicht, gehe ich jetzt.«

Er brüllte aus voller Kehle: »Sie *bleiben!* Sie bleiben hier!«

Ich zog mir einen Stuhl heran, setzte mich, schlug die Beine übereinander und sah auf meine Armbanduhr.

Er schien verwirrt, doch dann wurde ihm klar, dass er sich auch setzen sollte, und das tat er.

Er räusperte sich und zog dann ein Blatt Papier zu sich her. Er drückte auf das Ende eines Kugelschreibers, bekam sich einigermaßen in den Griff und fragte: »Wie Sie nach Hué gekommen?«

»Mit dem Bus.«

Er schrieb das auf und fragte: »Wann Sie in Nha Trang abfahren?«

»Freitagnachmittag.«

»Wie viel Uhr in Hué angekommen?«

Ich schätzte es ab und erwiderte: »Um zehn oder elf am Freitagabend.«

»Wo Sie Freitag übernachtet?«

»In einem kleinen Motel.«

»Wie Name von Motel?«

»Keine Ahnung.«

»Warum Sie das nicht wissen?«

Wenn man bei der Polizei Lücken im zeitlichen Ablauf erklären muss, sollte man stets eine sexuelle Liaison erfinden. Daheim hingegen wäre das keine gute Idee. Ich antwortete: »Treffe Dame im Bus. Sie mich mitnehmen in Motel. Biet?«

Er dachte darüber nach und fragte noch einmal: »Wie Name von Motel?«

»Pension Stoßburg. Motel Fickificki. Woher zum Teufel soll ich wissen, wie der Laden hieß?«

Er starrte mich lange an und fragte dann: »Wohin Sie reisen von Hué aus?«

»Keine Ahnung.«

»Wie Sie aus Hué abreisen?«

»Keine Ahnung.«

Er trommelte neben seinem Holster mit den Fingern auf den Tisch und sagte dann: »Pass und Visum.«

Ich warf die Fotokopien auf seinen Schreibtisch.

Er schüttelte den Kopf. »Brauche Pass und Visum.«

»Im Hotel.«

»Bringen Sie her.«

»Nein.«

Er kniff die Augen zusammen und brüllte: »Bringen Sie her!«

»Leck mich doch.« Ich stand auf und verließ das Zimmer.

Er lief hinter mir her und packte meine Schulter. Ich stieß seinen Arm weg und wir standen einander auf dem Korridor gegenüber.

Wir sahen uns in die Augen und erkannten da, glaube ich, beide dasselbe: abgrundtiefen Hass.

Ich war bisher nur drei feindlichen Soldaten so nahe gewesen und bei zwei von ihnen hatte ich Furcht gesehen und gerochen. Bei dem dritten jedoch hatte ich diesen Blick gesehen, der nicht von kriegerischer Feindseligkeit herrührt, sondern von purem Hass, der in jeder Faser dieses Mannes verwurzelt war und sein Herz und seine Seele zerfraß.

Und eine Sekunde lang, die mir wie eine Ewigkeit vorkam, war ich wieder im Ashau-Tal und starrte mich dieser Mann an und ich starrte zurück und beide freuten wir uns darauf, den anderen zu töten.

Ich kam wieder in die Gegenwart zurück und gab mir Mühe, wenigstens einigermaßen vernünftig zu sein, aber am liebsten hätte ich den Kerl mit bloßen Händen umgebracht, hätte sein Gesicht zu Brei geschlagen, ihm die Arme ausgekugelt, die Hoden zertreten, die Luftröhre aufgeschlitzt und hätte dann zugesehen, wie er erstickte.

Er spürte das natürlich und hatte selbst Mordfantasien, die wahrscheinlich eher um ein scharfes Filetiermesser kreisten.

Doch wir waren hier nicht auf dem Schlachtfeld und hatten beide andere Befehle und so wichen wir zögerlich von den finstersten Abgründen in unseren Herzen zurück.

Ich fühlte mich ausgelaugt, so als hätte ich tatsächlich an einer Schlacht teilgenommen, und der Bulle sah auch erschöpft aus.

Fast gleichzeitig nickten wir anerkennend, machten kehrt und gingen auseinander.

Draußen auf der Straße blieb ich stehen und atmete tief durch. Ich gab mir Mühe, den Hass aus meinem Hirn zu verscheuchen, hatte aber das beinahe unwiderstehliche Verlangen, wieder reinzulaufen und diesen Scheißkerl zu blutigem Brei zu schlagen. Ich spürte förmlich, wie seine Haut unter meinen Fingerknöcheln aufplatzte.

Ich setzte einen Fuß vor den anderen, bis ich weit genug von der Polizeiwache entfernt war.

Ich ging eine Weile ziellos umher und versuchte meinen Adrenalinspiegel wieder zu senken. Ich ertappte mich dabei, dass ich Flaschen durch die Straßen kickte und Schilderpfähle boxte. Das war nicht gut, aber ich konnte einfach nicht anders und vielleicht war es doch gut. Leider hatte es keine kathartische Wirkung, eher im Gegenteil.

Es war jetzt etwa neun Uhr und die Neustadt erwachte zum Leben. Über die Hung-Vuong-Straße, die mich zur Tran-Tien-Brücke führte, ging ich zum Parfüm-Fluss. In der Nähe der Brücke war am Ufer ein Restaurantschiff festgemacht, das mir schon am Vorabend aufgefallen war. Dort an Deck saßen ein paar Leute an Cafétischen und deshalb ging ich dorthin, überquerte die Laufplanke und wurde von einem jungen Mann begrüßt, der völlig übernächtigt aussah.

Er führte mich an einen Tisch unter freiem Himmel und ich bestellte einen Kaffee und einen doppelten Cognac, was ihm gefiel und mir noch mehr gefallen würde.

Das Deck war übersät mit Dekoschnickschnack, Partyhüten aus Papier und Sektflaschen und ich sah sogar einen Damenschuh. Eindeutig hatten sich nicht alle um Mitternacht zum Familienmahl am Familienaltar versammelt.

Der Kaffee und der Cognac kamen und die Hälfte des Cognacs kippte ich auf ex. Mein Magen revoltierte ohnehin schon vor lauter Galle und Säure und der Kaffee und der Cognac mehrten dieses ungesunde Gebräu nur noch.

Ich saß auf dem sachte hin- und herschaukelnden Deck des Restaurantschiffs und schaute über den nebelverhangenen Fluss zu den düstergrauen Mauern der Zitadelle hinüber.

Ich wollte wirklich nicht darüber nachgrübeln, was auf der Polizeiwache passiert war – ich wusste, was passiert war und warum es passiert war und dass es jederzeit und überall wieder passieren konnte.

Ich trank aus und bestellte noch mal das Gleiche. Der junge Mann stellte die Cognacflasche auf den Tisch, weil er wohl erkannte, dass ich ein paar Drinks nötig hatte.

Nach der zweiten Runde Kaffee und Cognac ging es mir ein wenig besser und ich dachte an meinen Auftrag. Ich musste jetzt etwaige Verfolger abschütteln und mich um zwölf, vierzehn oder sechzehn Uhr auf der anderen Seite des Flusses mit jemandem treffen. Und wenn es nicht zu diesen Treffen kam, sollte ich im Hotel auf eine Nachricht warten und jederzeit abreisebereit sein.

Wenn das Treffen aber erfolgreich verlief, wusste ich anschließend, wohin ich als Nächstes zu reisen hatte.

Jeder, der in gefährlicher Mission unterwegs ist, hat insgeheim den vagen Wunsch, die ganze Sache möge einfach im Sande verlaufen. Man will gefühlsmäßig wissen, dass man es tun würde, wäre aber auch nicht enttäuscht, wenn sie einem sagten: »Einsatz abgeblasen.«

Ich erinnerte mich, dass ich damals, als wir von den Hügeln aus auf Quang-Tri-Stadt vorrückten und den Befehl hatten, die Stadt von den Kommunisten zurückzuerobern, genauso empfunden hatte. Als wir dort ankamen, hatten die Südvietnamesen schon die Drecksarbeit erledigt und insgeheim waren wir alle erleichtert. Nach außen hin äußerten wir uns aber sehr enttäuscht darüber, dass wir dabei nicht hatten mitmischen können. Niemand, auch wir selber nicht, glaubte auch nur ein Wort davon. So ist das nun mal mit dem Machogehabe.

Und Ende März erfüllte sich dann unser Wunsch mitzumischen; wir wurden nach Khe Sanh abkommandiert, wo wir gegen 20 000 gut bewaffnete und gut verschanzte nordvietnamesische Soldaten kämpfen sollten, die seit Januar die Marines im Kampfstützpunkt Khe Sanh belagerten. Das ist nicht gerade die Art von Neuigkeit, die einem den Tag versüßt.

Ich glaube, ich werde nie vergessen, wie es aussah und sich anhörte, als Hunderte von Hubschraubern Tausende von Infantristen einsammelten, um sie dann auf den Hügeln um Khe Sanh wieder abzusetzen. Wenn es auf dieser Erde – von Nuklearexplosionen einmal abgesehen – je einen apokalyptischen Anblick gegeben hat, dann war es dieser Luftangriff; Kampfbomber werfen massenweise Tausendpfundbomben ab, die den Himmel und die Erde zum Wanken bringen, Düsenjäger klinken trudelnde Napalmkanister aus, der ganze Boden steht in Flammen, Flüsse, Bäche und Seen brennen, die Wälder und die großen Elefantengras- und Bambuswiesen lodern und die ganze Zeit über feuern Helikopter Raketen und Maschinengewehrsalven in das Inferno da unten. In Artilleriegranaten prasselt Sprengstoff und brennender weißer Phosphor hernieder und lässt die dunkle Erde aufplatzen wie von kleinen Vulkanen. Der Himmel ist schwarz vor Rauch, die Erde ist rot vor Feuer und die dünne Luftschicht dazwischen ist eine Todeszone aus den roten und grünen Streifen der Leuchtspurgeschosse, aus heißen, schartigen Schrapnellen und herniederstürzenden Hubschraubern. Apocalypse *now.*

Ich erinnere mich noch daran, wie der Hubschrauber, in dem ich war, zu einer kurzen Landung ansetzte, um dann gleich wieder durchzustarten, und ich stand auf der Landekufe und war bereit zu springen und der Typ, der neben mir auf der Kufe stand, brüllte mir über den Explosionslärm hinweg ins Ohr: »Hey, Brenner, meinst du, jetzt geht's los?«

Wir lachten beide, weil es eine Anspielung darauf war, was wir und alle anderen vor dem Angriff gedacht hatten, und in diesem Moment verband uns etwas mit jedem Soldaten in der Weltgeschichte, der je auf das Horn- oder Dudelsacksignal gewartet hat, auf den Pfiff, die rote Leuchtrakete oder was auch immer »Los« bedeutet hatte.

Los. Man ist kein menschliches Wesen mehr, hat keine Mutter, keine Frau und muss sich einzig und allein um den Nebenmann sorgen. *Los.* Das ist der Moment, vor dem man sich gefürchtet hat, so lange man zurückdenken kann, das ist die Furcht, die einen nachts vorm Einschlafen befällt, und der Albtraum, der einen dann weckt. Das ist es – hier und jetzt und ganz real. *Los.* In den Kampf.

Ich wischte mir den Schweiß vom Gesicht und rieb mir die Hände dann an meiner Hose trocken.

Und dann kam das Ashau-Tal.

Wenn man glaubt, die größte Furcht schon durchlitten und an das Ende eines Tunnels gelangt zu sein, dorthin, wo es nicht mehr enger und dunkler werden kann, an einen Ort, an dem man die Fähigkeit, sich zu fürchten, verloren hat, eine kleine Ecke des Tunnels, in der man den Tod verlacht, entdeckt man einen bis dahin verborgenen Raum, in dem die größte Furcht überhaupt lauert – die Furcht vor sich selbst.

Ich stand auf, ließ fünf Dollar auf dem Tisch liegen und ging über die Brücke zur Zitadelle.

Kapitel 27

Einige Stunden lang ging ich nun mit meinem Reiseführer in der Hand auf Besichtigungstour, fotografierte, nahm Cyclos und Taxis, ließ sie immer wieder wenden und machte generell jedem das Leben zur Qual, der mir folgen wollte.

Bei den Sehenswürdigkeiten war wegen der langen Feier der vergangenen Nacht nicht viel los und ich hatte so das Gefühl, dass meine Kontaktperson möglichweise lieber bis vierzehn Uhr warten würde, wenn mehr Betrieb war.

Fast alle, die hier herumschlenderten, waren Weiße und deshalb fiel ich nicht auf. Die meisten Verkaterten, das sah ich, gehörten zu organisierten Reisegruppen, erst als es etwas später wurde, sah ich auch ein paar vietnamesische Familien einen Spaziergang machen. Die Zitadelle umfasste ein Areal von rund zwei mal zwei Kilometern und ich blieb innerhalb der Mauern, wo die meisten Menschen waren.

Um halb zwölf verließ ich die ummauerte Stadt durch ein Tor, das mich wieder auf die Uferpromenade führte. Ich ging in südlicher Richtung am Ufer entlang, wo viele Menschen spazieren gingen und Dutzende Cyclos unterwegs waren, die mich überallhin verfolgten, während die Fahrer riefen: »Hallo! Cyclo? Hallo! Cyclo?«

Die Cyclofahrer sahen, wie schon in Saigon und Nha Trang, aus wie das, was von der im Krieg unterlegenen Seite noch übrig war. Die siegreiche Seite sah aus wie der Bulle bei der Ausländerpolizei. Es war einer dieser Kriege gewesen, nach dessen Ende sich die Bezwungenen ein klein wenig besser angepasst hatten als die Sieger. Die einzige Hoffnung, die ich für dieses Land sah, lag in den Augen der Kinder und auch diese Augen schauten nicht immer hoffnungsvoll.

Ich ging weiter am Fluss entlang und kam dann zum Haupttor gegenüber des Flaggenturms, wo Susan und ich am Abend zuvor gewesen waren. Heute stand das Tor für die Allgemeinheit offen und ich betrat wieder die ummauerte Stadt und ging über die verzierte Brücke, auf der Dutzende von Touristen Fotos knipsten. Ich war jetzt in der Verbotenen Stadt, die früher nur der Kaiser und sein Hofstaat betreten durften. Der Kaiserpalast war ebenfalls geöffnet und ich betrat das riesige, dunkle Gebäude. Die Eingangshalle war aus rot und schwarz lackiertem Holz und enthielt viele vergoldete Drachen und grüne Dämonen mit glasigem Blick – Kram, der einem auch nicht gerade weiterhilft, wenn man verkatert ist.

Ich verließ den Palast durch den Hinterausgang und direkt vor mir lag die Halle der Mandarine, die Nummer 32 in meinem Reiseführer.

Es war ebenfalls ein prunkvolles Gebäude, das, meinem Buch zufolge, wieder aufgebaut worden war, nachdem man es 1968 in Schutt und Asche gelegt hatte. Es sah gleichzeitig alt und neu aus, wie ein Pavillon in Disneyland. Ich knipste ein Foto.

Es war jetzt Viertel vor zwölf und ich hatte keine Ahnung, wo genau ich diese Person treffen sollte. Die Halle der Mandarine war groß und hatte, wie alle Gebäude, eine Außen- und eine Innenseite und Mr. Conway hatte da keine präzisen Angaben gemacht. Nur wenn es geregnet hätte, hätte der gesunde Menschenverstand verlangt, dass man sich drinnen traf, aber es regnete nicht.

Ich wanderte in der Umgebung des Gebäudes herum und war mir mittlerweile sicher, dass mich niemand beobachtete oder mir folgte. Im Gegensatz zu dem, was im Fernsehen immer gezeigt wird, ist es so gut wie unmöglich, jemandem drei Stunden lang unerkannt zu folgen, es sei denn, man befindet sich in einer Tretmühle, und auch dann kann man seinen Verfolger leicht entdecken.

Wenn ich an diesem Punkt jemanden entdeckte, der mich beobachtete, konnte derjenige durchaus meine Kontaktperson sein und genau danach hielt ich jetzt Ausschau.

Die Gefahr, das war mir klar, bestand nicht darin, dass mir jemand folgte; im Abschütteln von Verfolgern bin ich besser als jeder verheiratete Mann, der eine eifersüchtige Frau hat.

Die wahre Gefahr bestand darin, dass meine Kontaktperson bei den Abteilungen A, B, C, D und E des Ministeriums für Öffentliche Sicherheit gut bekannt war. Es ist fast immer ein örtlicher Amateur, den irgendein Washingtoner Schwachkopf engagiert hat, der dann bei einem Geheimtreffen mit fünfzehn Bullen im Schlepptau auftaucht, die Hälfte von ihnen mit Videokameras.

Gott sei Dank musste mir dieser Typ nichts Belastendes übergeben, etwa eine Kiste voller Dokumente mit dem Vermerk »Streng geheim«.

Niemand näherte sich mir, aber ich hatte ja auch noch etwa fünf Minuten und deshalb ging ich durch ein weiteres Tor, das diesmal in die Verbotene Pupur-Stadt führte, das Allerallerheiligste im Allerheiligsten des Kaiserpalasts. Diese Kaiser achteten sehr auf ihre Privatsphäre und Susan zufolge durften nur der Kaiser, seine Konkubinen und die Eunuchen die Pupur-Stadt betreten. Mit anderen Worten: Dieser ganze Komplex hier war für ein einziges Paar Eier reserviert. So was brauche ich auch.

Von der Verbotenen Purpur-Stadt war allerdings nicht viel übrig – keine Kaiser, keine Eunuchen und leider auch keine Konkubinen –, nur ausgedehnte Wiesen und niedrige Fundamentmauern, wo früher einmal Gebäude gestanden hatten. Das einzige intakte Gebäude war die wieder aufgebaute Königliche Bibliothek, die Nummer 23 auf dem Stadtplan in meinem Reiseführer und mein Treffpunkt für vierzehn Uhr, falls das erste Treffen nicht zustande kam.

In der Purpur-Stadt hielten sich eine ganze Anzahl Westler auf und zufällig hörte ich, dass ein Paar mittleren Alters amerikanisches Englisch sprach. Sie sagte, wie schrecklich es doch sei, dass das amerikanische Militär diese Architekturschätze in Grund und Boden bombardiert hatte. Er nickte und fügte hinzu: »Wir hinterlassen Tod und Verwüstung, wohin wir auch gehen.«

Ich glaube, damit meinte er nicht sich und seine Frau, die, wohin sie auch gingen, lediglich Dummheit verbreiteten. Im Zuge meiner Tarnung bot ich an, sie gemeinsam vor der mit Müll und Schutt übersäten Grasfläche zu fotografieren. Sie schienen erfreut und gaben mir ihre idiotisch komplizierte Kamera, die mehr Knöpfe hatte als ein Jumbocockpit.

Während ich scharf stellte, sagte ich zu ihnen: »Wussten Sie, dass die Kommunisten diese schöne Stadt während der Waffenruhe zu Tet angegriffen haben, dem höchsten Feiertag der Buddhisten? Schön lächeln! Wussten Sie, dass die politischen Kader der Kommunisten über dreitausend Einwohner von Hué hinrichten ließen, Männer wie Frauen, indem man sie erschoss, ihnen den Kopf einschlug oder sie lebendig begrub? Schön lächeln!«

Aus irgendeinem Grund lächelten sie nicht, aber es war ein Foto, an das sie sich erinnern würden, und deshalb knipste ich gleich zwei Bilder und beim zweiten kam der Typ schon auf mich zu und streckte die Hand nach seiner Kamera aus.

Ohne ein Wort des Dankes nahm er seine Kamera und ging mit seiner Frau weiter, ein klein bisschen weniger unwissend als noch eine Minute zuvor, aber offenbar nicht froh über diese neuen Informationen. Hey, Reisen bildet doch angeblich, oder? Ich jedenfalls hatte schon eine Menge gelernt.

Ich ging hinaus aus der Purpur-Stadt und zurück in die Halle der Mandarine und spazierte darin herum. Ich hatte immer noch keine Ahnung, wie diese Person mich hier finden sollte. Wenn wir beide verfolgt wurden, konnten uns vielleicht die Verfolger dabei helfen, für ein Foto und dann für die Festnahme zusammenzukommen.

Trotz meiner Schnodderigkeit war ich allmählich ein klein wenig besorgt. Wie gesagt: Ich wusste, dass ich allein war, hatte aber nicht das geringste Vertrauen darin, dass der andere Typ ebenfalls alleine war.

Um zwanzig nach zwölf schlenderte ich immer noch durch das Gebäude und die Feuer speienden Drachen sahen allmählich genauso aus, wie ich mich fühlte.

Ich ging nach draußen. Die Sonne spähte durch kleine Risse in der Wolkendecke und es war jetzt ein wenig wärmer.

Ich ging einmal um die Halle der Mandarine herum, aber anscheinend wollte niemand meine Bekanntschaft machen.

Das Treffen war nicht zustande gekommen und ich hatte jetzt fast anderthalb Stunden Zeit bis zum nächsten Termin.

Ich verließ die ummauerte Stadt und ging auf die Uferpromenade, wo ich ein paar Imbissbuden gesehen hatte. Ich kaufte einen Liter Wasser, einen Becher Eis und ein in Bananenblätter eingewickeltes Reisbällchen.

Ich aß auf einer Bank, neben einem vietnamesischen Pärchen, schaute dabei auf den Parfüm-Fluss und trank aus einer Plastikflasche lauwarmes Wasser.

Ich biss in das klebrige Reisbällchen. So eine Scheiße. James Bond saß nie verkatert auf einer Parkbank, musste nie lauwarmes Wasser trinken und ein klebriges Reisbällchen aus der Hand essen.

Wegen des Winterregens floss der Parfüm-Fluss schnell und flussabwärts sah ich die drei steinernen Pfeiler, auf denen früher die alte Brücke geruht hatte. Ich habe vor Jahren mal mit einem Marine gesprochen, der während der Schlacht hier gewesen war, und der hat gesagt, man habe den Fluss überqueren können, indem man über die flussabwärts treibenden Leichen stieg. Das war natürlich eine typische Marine-Übertreibung, aber in allen Kriegsgeschichten steckt ein Körnchen Wahrheit und aus diesem Samenkörnchen wächst dann ein riesiger Übertreibungsbaum. Ich habe noch nie erlebt, dass eine Kriegsgeschichte beim Weitererzählen kleiner wurde.

Zwei Co-deps in rosafarbenen Ao Dais gingen am Fluss entlang und ihr langes, glattes, in der Mitte gescheiteltes Haar erinnerte mich an Susan. Ich stand auf, winkte ihnen zu und zeigte auf meine Kamera.

Sie blieben stehen und posierten kichernd. Ich knipste sie und sagte dann: »Chuc mung nam moi.«

Sie erwiderten den Gruß und gingen dann, immer noch kichernd und sich umsehend, an mir vorbei.

Das richtete mich ein wenig auf.

Die meisten Leute, glaube ich, führen ein normales Leben. Ich nicht. In diesem Moment gab es auf der ganzen Welt allerhöchsten ein paar Dutzend Männer und Frauen, die das taten, was ich gerade tat. Die meisten geheimen Treffen waren sexueller Natur und solche fanden in diesem Augenblick millionenfach statt und morgen wieder und übermorgen auch. Und ein paar dieser Liebenden würde es das Leben kosten, aber die meisten würden schließlich in den Armen ihres oder ihrer Liebsten landen.

Paul Brenner hingegen würde am Ende entweder festgenommen werden oder im Besitz einer Information sein, derentwegen man ihn festnehmen oder umbringen würde oder die ihm – das beste Szenario – ein paar Dollar mehr Pension und daheim in den Staaten die Frau seiner Träume einbringen würde.

In Washington hatte das alles noch gut geklungen – na ja, nicht direkt gut, aber wie etwas, das mir gut tun würde, und das hatte es ja auch.

Ich schaute hinaus auf den Fluss und die Neustadt am anderen Ufer. Ich sah Tausende von Menschen vorbeispazieren. Dass das erste Treffen geplatzt war, verschaffte mir so eine Art Gnadenfrist und ich hatte jede Menge gute Gründe, den Einsatz abzubrechen. Oberst Mang war nicht der geringste davon. Es wurde Zeit, zurück ins Hotel zu gehen und sich aus diesem Land abzusetzen.

Ich rührte mich nicht von der Stelle.

Um halb zwei stand ich auf, betrat durch das Tor in der äußeren Mauer wieder die Zitadelle, ging in die Verbotene Stadt und durch ein Tor in der innersten Mauer schließlich in die Verbotene Purpur-Stadt. Da ging es mir auf, dass den zu Dramatik neigenden Deppen in Washington die Symbolik des Namens nicht entgangen war, und da wusste ich, dass ich hier meiner Kontaktperson und möglicherweise auch meinem Schicksal entgegentreten würde.

Kapitel 28

Ich betrat den ummauerten Bereich der Verbotenen Pupur-Stadt und ging an Gemüsebeeten und Blumengärten vorbei zur Königlichen Bibliothek, die, wir mir schon aufgefallen war, innerhalb des Allerheiligsten das einzige Gebäude war, das noch stand.

Ein paar Touristen standen vor dem Gebäude, aber die meisten Leute spazierten durch die Gärten.

Etwa zwanzig Meter von der Bibliothek entfernt hockte ein Vietnamese vor einem Garten und betrachtete die Blumen. Er erhob sich und trat vor mir auf den Pfad. Er fragte mich in fast makellosem Englisch: »Entschuldigen Sie, Sir. Brauchen Sie einen Fremdenführer?«

Ehe ich antworten konnte, fuhr er fort: »Ich bin Dozent an der Universität von Hué und kann Ihnen die wichtigsten Sehenswürdigkeiten der ummauerten Altstadt zeigen.« Er fügte hinzu: »Ich bin ein sehr guter Fremdenführer.«

Der Mann, der da vor mir stand, war Mitte dreißig und trug die Landestracht aus schwarzer Hose, weißem Hemd und Sandalen. Er trug, wie alle hier, eine billige Plastikarmbanduhr und hatte ein Dutzendgesicht. Ich hätte ihm schon zigmal begegnet sein können und hätte ihn in der Menge nicht erkannt. Ich fragte: »Wie viel nehmen Sie denn?«

Er antwortete parolegemäß: »So viel Sie zahlen mögen.«

Ich erwiderte nichts.

Er sagte: »Ich sehe, Sie haben einen Reiseführer. Darf ich mal sehen?«

Ich gab ihm das Buch und er schlug es auf. Er sagte: »Sie sind genau hier, innerhalb der Verbotenen Purpur-Stadt. Sehen Sie?«

Ohne auf das Buch zu schauen, erwiderte ich: »Ich weiß, wo ich bin.«

»Gut. Das ist ein ausgezeichneter Anfangspunkt für unsere Führung. Mein Name ist Truong Qui Anh. Nennen Sie mich bitte Mr. Anh. Wie darf ich Sie ansprechen?«

»Paul wäre okay.«

»Mr. Paul. Wir Vietnamesen haben es mit den Anreden.« Er ging wieder in die Knie und sagte: »Schauen Sie sich diese Mimosenpflanze an. Sehen Sie, wenn ich die Blätter berühre, reagieren sie empfindlich und falten sich zusammen.«

Mein Glück mal wieder. Eine Plaudertasche. Während Mr.

Anh die Mimose kitzelte, sah ich mich um, ob uns jemand beobachtete.

Mr. Anh richtete sich wieder auf und blätterte in meinem Reiseführer herum. »Möchten Sie irgendetwas Bestimmtes sehen?«

»Nein.«

»Dann werde ich ein paar Sehenswürdigkeiten aussuchen. Interessieren Sie sich für die Kaiser? Für die französische Kolonialzeit? Vielleicht für den letzten Krieg. Waren Sie als Soldat hier?«

»Ja, das war ich.«

»Aha. Dann interessiert Sie vielleicht die Schlacht um Hué.«

Ich dachte schon, der Typ wäre tatsächlich Fremdenführer, doch dann fragte er, während er in meinen Reiseführer sah: »Mr. Paul, sind Sie ganz sicher, dass Ihnen niemand hierher gefolgt ist?«

»Ja, ich bin ganz sicher. Und wie ist es mit Ihnen, Mr. Anh?«

»Ich bin sicher, dass ich alleine bin.«

Ich fragte: »Warum sind Sie nicht zum ersten Termin gekommen?«

Er erwiderte: »Ich wollte auf Nummer sicher gehen.«

Diese Antwort gefiel mir nicht und ich fragte: »Dachten Sie, Sie würden überwacht?«

Er zögerte und erwiderte dann: »Nein ... ehrlich gesagt, habe ich die Nerven verloren.«

Ich nickte. »Haben Sie sie jetzt wieder gefunden?«

Er lächelte verlegen. »Ja.« Er fügte hinzu: »Ich bin hier.«

Ich wollte ihm nicht sagen, dass ich fast nicht zum zweiten Treffen gekommen wäre.

Ich fragte: »Sind Sie wirklich Universitätsdozent?«

»Ja, das bin ich. Ich würde lügen, wenn ich behauptete, die Staatsmacht wäre nie auf mich aufmerksam geworden. Ich bin Viet-Kieu. Wissen Sie, was das bedeutet?«

»Ja.«

»Gut. Aber davon abgesehen, hat die Staatsmacht keinen Grund, mich zu beobachten.«

»Sie haben so was noch nie gemacht?«

»Nun ja, einmal, vor etwa einem Jahr. Ich helfe gerne, wenn ich kann. Ich bin seit vier Jahren wieder hier und hin und wieder bittet man mich um einen kleinen Gefallen. Kommen Sie, gehen wir ein Stück.«

Wir gingen gemeinsam den Pfad entlang und Mr. Anh sagte: »Die Kommunisten nehmen ganz allein das Verdienst für den Wiederaufbau hier in Anspruch, aber in Wirklichkeit haben sie die gesamte kaiserliche Anlage vollkommen verfallen lassen, weil sie mit den Kaisern zu tun hat. Die Kommunisten trauen der Geschichte und allem, was vor ihnen kam, nicht. Aber westliche Organisationen haben mit ihrem Druck erreicht, dass man viel vom dem, was im Krieg zerstört wurde, wieder aufgebaut hat. Natürlich gibt der Westen das Geld dafür und die Kommunisten ernten die Früchte des Tourismus.«

Wir waren jetzt im Allerheiligsten, in der Nähe des Kaiserpalasts, und Mr. Anh führte mich in einen Blumengarten, der zwischen den Fundamenten einer Ruine angelegt war. Er sagte: »Mein Vater war bei der südvietnamesischen Armee. Er war Hauptmann. Er ist genau hier gefallen, wo jetzt dieser Garten ist und früher ein kaiserliches Gebäude stand. Man fand ihn nach der Schlacht mit fünfzehn anderen Offizieren und Soldaten hier in den Trümmern und alle hatten sie die Hände auf dem Rücken gefesselt und Einschusslöcher im Kopf. Offensichtlich hatten die Kommunisten sie alle exekutiert.«

Ich verstand, dass sich Mr. Anh als glaubwürdiger Antikommunist präsentieren wollte, aber diese ganze Geschichte konnte auch frei erfunden sein – woher sollte ich das wissen?

Er sagte: »Ich war noch sehr jung, als er starb, aber ich kann mich an ihn erinnern. Er war hier stationiert, wo meine

Familie wohnt. Wir waren an diesem Abend, an Tet 1968, zu Hause, drüben in der Neustadt, und mit einem Mal sprang mein Vater von seinem Sessel auf und rief: ›Schüsse!‹ Und meine Mutter lachte und sagte: ›Lieber Mann, das ist das Feuerwerk.‹«

Ich sah Mr. Anh dabei zu, wie er in den Garten starrte und das noch einmal durchlebte. Er fuhr fort: »Vater schnappte sich sein Gewehr und lief zur Tür, immer noch mit Sandalen an den Füßen. Seine Stiefel standen in der Ecke. Er rief uns zu, wir sollten in den Bunker hinterm Haus gehen. Wir hatten jetzt alle große Angst, denn wir hörten Geschrei auf der Straße und aus dem Feuerwerk waren Gewehrschüsse geworden.«

Mr. Anh verstummte, starrte zu Boden und sah dabei fast aus wie ein kleiner Junge, der auf seine Schuhe guckt, während er drucksend etwas sagt. Er fuhr fort: »An der Wohnungstür blieb mein Vater noch einmal stehen, kam dann zurück, umarmte meine Mutter und seine Mutter und dann die fünf Kinder, meine Brüder und Schwestern. Wir weinten alle und er schob uns durch die Hintertür nach draußen, wo im Garten ein Bunker war.«

Mr. Anh pflückte eine Blume, drehte sie zwischen den Fingern und warf sie dann in den Garten. Er sagte: »Wir blieben mit zwei anderen Familien eine Woche lang im Bunker, bis die amerikanischen Marines kamen. Als wir wieder in unser Haus gingen, sahen wir, dass das ganze Tet-Essen weg war, und wir waren sehr hungrig. Wir sahen auch, dass unsere Haustür aufgebrochen war und viele Dinge gestohlen waren, aber das Haus war nicht beschädigt. Wir haben nie erfahren, ob Vater noch im Haus oder unterwegs zu seinen Kameraden gefangen genommen wurde. Der Angriff kam vollkommen überraschend und die Kommunisten waren schon in der Stadt, ehe auch nur ein einziger Schuss gefallen war. Vater wäre gern bei seinen Kameraden gestorben und erst dachten wir, das wäre er auch. Doch als Zivilisten und Soldaten im

März dann die Trümmer wegräumten, fanden sie die verwesten Leichen vieler Massakrierter. Mein Vater trug eine Erkennungsmarke, die er von den Amerikanern bekommen hatte, und anhand derer wurde er identifiziert, genau hier, wo früher ein Gebäude stand. Die Kommunisten müssen sie alle in diesem Gebäude erschossen haben. Ich bin froh, dass er seine Erkennungsmarke trug, denn so hatten wir einen Leichnam, den wir beerdigen konnten. Die meisten Familien hatten das nicht.«

Mr. Anh blieb dort noch einen Moment lang stehen und ging dann weiter. Ich folgte ihm.

Wir verließen die Zitadelle und gingen die Uferpromenade entlang. Mr. Anh fragte: »Sie waren also als Soldat hier?«

»Bei der 1. Cavalry Division, 1968, die meiste Zeit oben in Quang Tri.«

»Aha, dann kennen Sie diese Gegend?«

»An einiges erinnere ich mich.«

»Wie finden Sie es jetzt? Vietnam, meine ich.«

»Friedlich.«

»Es ist ein Land, in dem die Seele des Volkes zerschmettert wurde.«

»Von wem?«

»Vom Regime.«

»Warum sind Sie wiedergekommen?«

»Das hier ist meine Heimat.« Er fragte: »Würden Sie weiter in Amerika leben, wenn es eine Diktatur wäre?«

Interessante Frage. Ich erwiderte: »Wenn die Diktatur in Amerika so ineffizient wäre wie die hier, vielleicht schon.«

Mr. Anh lachte und sagte dann: »Tja, Ihnen kommt sie vielleicht ineffizient vor, aber bei der Zerschlagung jeglicher Opposition gegen ihr Regime haben sie gründliche Arbeit geleistet.«

»Die haben Sie nicht gekriegt. Und auch eine Menge andere Leute nicht, die ich hier kennen gelernt habe, und die das Regime anscheinend hassen.«

»Vielleicht hätte ich sagen sollen: organisierte Opposition.« Er fügte hinzu: »Sie haben aber nicht viele Herzen oder Köpfe für sich gewonnen.«

Wir gingen über die Phu-Xuan-Brücke und Mr. Anh bestand darauf, meine Kamera zu nehmen und ein Bild von mir mit dem Fluss im Hintergrund zu knipsen und dann noch eins aus der entgegengesetzten Richtung, mit den Mauern der Zitadelle hinter mir. Dieses Treffen, für das man ihn möglicherweise erschießen würde, schien ihn nicht besonders nervös zu machen; nur hin und wieder sah ich bei ihm einen besorgten Blick.

Während er knipste, sagte ich: »Ich nehme an, wenn die uns festnehmen wollen, warten sie noch damit, um zu sehen, ob wir uns mit jemandem treffen.«

Er gab mir die Kamera zurück und sagte: »Ja, sie würden warten.«

»Haben Sie Angst?«

»Über Angst bin ich hinaus.« Er lächelte und fügte hinzu: »Sie wissen doch, wir Vietnamesen sind undurchschaubar.«

Wir gingen weiter am Fluss entlang. Das Einzige, was ich von Mr. Anh wollte, war der Name des Dorfes, in das ich musste, eine Wegbeschreibung und alles, was er mir sonst noch sagen sollte. Doch der Mann hatte es nicht eilig und vielleicht war es eine gute Idee, wie ein Tourist mit Fremdenführer auszusehen.

Mr. Anh teilte mir mit: »Ich habe die Universität von Kalifornien in Berkeley besucht.«

»Ich dachte, Sie wollten weg von den Kommunisten.«

Er kicherte ein wenig und fuhr fort: »Die meiste Zeit habe ich in Nordkalifornien gelebt, aber ein Jahr habe ich mir freigenommen und bin kreuz und quer durch Amerika gereist. Es ist ein erstaunliches Land.«

Ich erkundigte mich: »Wo hatten Sie denn das Geld her?«

»Von Ihrer Regierung.«

»Das war aber nett von denen. Und jetzt arbeiten Sie das gewissermaßen ab.«

Er schwieg kurz und erwiderte dann: »Ihre Regierung betreibt ein Programm, das ... wie soll ich das sagen ... auf Einflussnahme durch Agenten setzt, vietnamesische Flüchtlinge, die, wie ich, versprechen, für mindestens fünf Jahre nach Vietnam zurückzugehen.«

»Davon habe ich noch nie gehört.«

»Davon werden Sie auch nie hören. Aber es gibt Tausende von uns, die wiedergekommen sind und hier leben, Viet-Kieus, deren Sympathien eher bei Washington als bei Hanoi liegen.«

»Aha. Und was sollt ihr tun? Eine Revolution anzetteln?«

»Hoffentlich nicht.« Er lachte wieder und sagte dann: »Wir sollen nur hier sein und auf subtile Art und Weise das Denken der Leute beeinflussen und, so weit möglich, auch das der Regierung.« Er fügte hinzu: »Die meisten Viet-Kieus sind Unternehmer und einige sind wie ich Akademiker. Ein paar wurden sogar in den Staatsdienst aufgenommen, in die Polizei und die Armee. Als Einzelne haben wir keine Macht, aber wir sind so viele, dass die Regierung in Hanoi zögert, ehe sie eine Schritt zurück zum Sozialismus und zur Isolation macht. Die Entwicklung hin zu freiem Unternehmertum, Handel und Tourismus lässt sich nicht mehr umkehren. Verstehen Sie?«

»Ich glaube schon. Und Sie pflanzen den Studenten subversive Gedanken ein?«

»Ganz bestimmt nicht im Seminarraum. Aber sie wissen, wohin sie gehen müssen, wenn sie die Wahrheit erfahren wollen. Wissen Sie, dass es verboten ist zu erwähnen, dass die Kommunisten dreitausend Einwohner dieser Stadt hingerichtet haben? Jedermann weiß es, jeder hat dabei einen Verwandten verloren, aber in keinem Lehrbuch wird es erwähnt.«

»Tja, Mr. Anh, falls es Sie irgendwie tröstet: In amerikanischen Geschichtsbüchern wird das Massaker von Hué auch nur selten erwähnt. Wenn Sie da etwas über Massaker lesen wollen, sollten Sie unter ›My Lai‹ nachschlagen.«

»Ja, ich weiß.«

Wir waren am anderen Ende der Mauer angelangt. Am Ufer fand ein großer Markt statt und dorthin führte mich Mr. Anh.

Er fand eine kleine Imbissbude mit Tischen und Stühlen am Fluss und fragte mich: »Darf ich Ihnen etwas zu trinken ausgeben?«

»Eine Cola wäre nett.«

Er ging zu der Imbissbude.

Ich setzte mich und sah mich um. In diesem Land war es schwierig zu entscheiden, ob man die Leute schon mal gesehen hatte – vor allem bei Männern, die alle eine schwarze Hose und Sandalen mit Socken drunter trugen. Die meisten Hemden waren weiß. Es gab nur eine Haarfarbe und eine Frisur und bis auf ganz alte Männer trug niemand einen Bart und auch niemand einen Hut. Einige Männer trugen eine Windjacke, aber die hatten alle den gleichen Schnitt und die gleiche Farbe, nämlich beige. Manche Vietnamesen, das war mir aufgefallen, trugen eine Lesebrille, aber kaum jemand trug eine Brille für die Fernsicht, obwohl sämtliche Autofahrer hier das mal in Betracht ziehen sollten.

Eine vietnamesische Menschenmenge war hier in Hué, mehr noch als in Saigon oder Nha Trang, eine See der Eintönigkeit.

Mr. Anh setzte sich und gab mir eine Dose Cola. Er hatte eine Schale heißen Tee und eine Papiertüte voller ungeschälter Erdnüsse, die er mit sichtlichem Vergnügen knackte.

Er kam endlich zum Geschäftlichen und fragte: »Sie möchten in ein bestimmtes Dorf reisen, nicht wahr?«

Ich nickte.

Er schob mir eine Hand voll geschälte Nüsse hin und sagte: »Das Dorf befindet sich im äußersten Norden. In Nordvietnam.«

Pech gehabt. Ich hatte gehofft, es wäre im ehemaligen Südvietnam und ganz in der Nähe, aber Tran Van Vinh war nordvietnamesischer Soldat gewesen und was konnte ich also erwarten?

Mr. Anh tat so, als würde er meinen Reiseführer durchblättern und sagte währenddessen: »Es ist ein kleines Dorf und auf den meisten Karten nicht verzeichnet. Ich habe jedoch ausführlich und diskret recherchiert und glaube, dass es der Ort ist, den Sie suchen.«

»Und wenn nicht?«

Er kaute einige Erdnüsse und erwiderte: »Ich stand per Fax direkt mit jemandem in Amerika in Verbindung und Ihre Analytiker dort sind ebenfalls der Ansicht, dass ich das Dorf gefunden habe, das Sie suchen.« Er fügte hinzu: »Ich bin mir zu neunzig Prozent sicher, dass es der Ort ist, nach dem Sie suchen.«

»Neunzig Prozent. Na ja, für Behördenarbeit gar nicht mal schlecht.«

Er lächelte und teilte mir dann mit: »Nur sehr wenige Westler reisen in diese Gegend und Sie brauchen einen Grund dafür, dorthin zu fahren.«

»Muss ich mir diesen Grund selbst ausdenken?«

Mr. Anh erwiderte: »Glücklicherweise gibt es in der Nähe dieses Dorfes einen Ort, der einige Touristen anzieht. Dieser Ort heißt Dien Bien Phu. Haben Sie davon gehört?«

»Die letzte Schlacht im Indochinakrieg der Franzosen.«

»Ja. Militärangehörige aus aller Herren Länder reisen dorthin, um dieses historische Schlachtfeld zu studieren. Also sollten Sie dorthin fahren. Wenn Sie das Museum besichtigt und ein paar Bilder geknipst haben, fragen Sie einen Einheimischen, wo das Dorf liegt, das Sie suchen. Es befindet sich keine dreißig Kilometer nördlich von Dien Bien Phu. Aber seien Sie vorsichtig, wen Sie fragen. Im Norden melden die Leute alles den Behörden.«

Er trank einen Schluck Tee und fuhr dann fort: »Ich war schon mal in Dien Bien Phu und kann Ihnen daher sagen, dass es in der Umgebung des Museums und auf dem Markt viele Angehörige der Bergvölker gibt, die Kunsthandwerk an Touristen verkaufen. Es sind vor allem die Stämme der Hmong und der Thai. Sie werden sich aus Ihrer Zeit hier noch daran erinnern, dass diese Stammesangehörigen der vietnamesischen Regierung gegenüber nicht besonders loyal sind.« Er fügte hinzu: »Das sind keine Antikommunisten, das sind Antivietnamesen. Daher sollten Sie sich bei einem Stammesangehörigen erkundigen und nicht bei einem ethnischen Vietnamesen. Vielleicht finden Sie ein paar Stammesangehörige, die etwas Englisch sprechen, aber die meisten sprechen Französisch, denn die Touristen dort sind größtenteils Franzosen. Sprechen Sie Französisch?«

»Un peu.«

»Bon. Sie sollten versuchen, sich als Franzose auszugeben.« Er fügte hinzu: »Ich glaube, Sie können diesen Leuten trauen.«

»Sagen Sie mir, warum ich *Ihnen* trauen soll.«

Mr. Anh erwiderte: »Das würde etwas Zeit brauchen und was ich Ihnen sagen würde, würde Sie nicht überzeugen. Wie Sie sehen, Mr. Brenner, haben Sie keine Wahl.«

»Woher kennen Sie meinen Namen?«

»Den kenne ich, damit ich Sie notfalls in Ihrem Hotel kontaktieren kann.«

Ich teilte Mr. Anh mit: »Es ist in solchen Situationen äußerst ungewöhnlich, dass Sie wissen, wer ich bin. Ich meine das nicht rassistisch, aber Sie sind kein gebürtiger Amerikaner und als Person nicht dafür qualifiziert, meinen Namen oder mein Ziel zu kennen.«

Er sah mich lange an, lächelte dann und erwiderte: »Ich habe immer noch Verwandte in meiner neuen Heimat. Ihre Regierung vertraut mir, aber um sicherzugehen, hat man für mich ein Familientreffen in Los Angeles arrangiert. Ich werde am selben Tag in die Staaten reisen, an dem Sie Hué verlassen. Wenn ich nicht in Los Angeles auftauche, werden sie annehmen, dass ich Sie und die US-Regierung verraten habe.«

»Dann ist es aber ein bisschen zu spät für mich, Partner.«

»Ich habe nicht vor, Sie zu verraten, Mr. Brenner. Ja, ich wünsche Ihnen sogar eine erfolgreiche Reise, denn wenn Ihnen irgendwas zustoßen sollte, wird es mir und meiner Familie in Los Angeles nicht gut ergehen.«

»Aha. Tja, aber bei uns werden keine Leute erschossen.«

»Da habe ich etwas anderes gehört.«

Ich erwiderte nichts darauf. Fazit: Was auch immer hier gespielt wurde – das Risiko war sehr groß und Mr. Anh war entweder Uncle Sam gegenüber loyal, hatte eine Scheißangst um seine Familie oder beides. Washington ließ sich nicht verarschen. Ich sagte: »Okay. Entschuldigen Sie, falls ich Sie beleidigt habe.«

»Nicht im Mindesten. Das war eine berechtigte und notwendige Frage. Ihr Leben steht auf dem Spiel.«

»Danke.«

»Für Sie spielt es keine Rolle, ob ich loyal bin oder unter Zwang handle. Ich bin auf Ihrer Seite.«

»Toll.«

Mr. Anh schwieg eine Weile und kaute auf seinen Erdnüssen herum. Dann sagte er: »Wie auch immer Ihr Auftrag lautet, Mr. Brenner – ich gehe davon aus, dass er wichtig genug ist, dass Sie Ihr Leben dafür aufs Spiel setzen. Wenn nicht, sollten Sie die nächste Maschine nach Hanoi oder Saigon nehmen und Vietnam verlassen. Für den durchschnittlichen Touristen aus dem Westen kann das hier ein angenehmes Land sein, aber wenn Sie hier mehr als nur Tourismus betreiben, kann die Regierung sehr unangenehm werden.« Er fügte hinzu: »Man hat mich gebeten zu helfen, und ich habe eingewilligt und dadurch meine eigene Sicherheit aufs Spiel gesetzt. Ich weiß nicht, worum es hier geht, aber ich bin einer der Vietnamesen, der den Amerikanern immer noch vertraut.«

»Tja, ich vertraue ihnen nicht.«

Wir lächelten beide.

Ich sagte zu Mr. Anh: »Also gut, wenn Sie der sind, der Sie

behaupten zu sein, dann danke ich Ihnen. Und wenn nicht, sehen wir uns ja vermutlich bei meinem Gerichtsverfahren wieder.«

»Sie hätten Glück, wenn es zu einem Verfahren käme. Ich werde Ihnen etwas sagen, das Sie vielleicht nicht wissen: Die Regierung in Hanoi ist ganz besessen von der FULRO. Haben Sie von dieser Gruppe gehört – der Front Unitié de Lutte des Races Opprimées – der vereinten Front zum Kampf für die unterdrückten Rassen?«

Ich erinnerte mich wieder an die Fotos, die ich in Saigon im Museum für amerikanische Kriegsverbrechen gesehen hatte. Ich sagte: »Ja, ich habe von der FULRO gehört.«

Mr. Anh hatte noch mehr gute Neuigkeiten für mich. Er sagte: »Sie werden durch FULRO-Gebiet reisen. Die Regierung in Hanoi verfolgt diese Guerillakämpfer mit aller Härte und kennt keine Gnade gegenüber Amerikanern, die sich mit ihnen in Verbindung setzen. Wenn das Ihr Auftrag sein sollte und Sie erwischt werden, können Sie damit rechnen, dass man Sie foltert und anschließend erschießt. Das weiß ich mit Sicherheit.«

Tja, das war zwar nicht mein Auftrag, aber es fiel mir auf, dass ich, falls sie mich festnahmen, große Schwierigkeiten haben würde, das zu erklären. Ich war immer davon ausgegangen, dass mir, falls sie mich schnappen sollten, schlimmstenfalls ein paar unangenehme Wochen oder Monate blühten, gefolgt von einer diplomatischen Lösung dieses Problems und meiner Ausreise in die Staaten. Wenn ich aber die FULRO ins Kalkül einbezog, konnte es durchaus sein, dass ich es zum letzten amerikanischen Vermissten in Vietnam brachte.

Mr. Anh war ein unerschöpflicher Born interessanter Informationen und er sagte: »Es sind schon CIA-Agenten, Special-Forces-Männer und freiwillige amerikanische Söldner in diese entlegenen Gebiete gereist, um die FULRO zu unterstützen, und von den meisten dieser Männer hat man nie wieder etwas gehört.«

»Danke für die Ermutigung.«

Mr. Anh sah mich an und sagte: »Das hier ist ein unseliges Land, ein Land, dessen Geschichte Brüder zu Feinden ihrer Brüder und Väter zu Feinden ihrer Söhne gemacht hat. Hier im Süden weiß man nie, wem man vertrauen kann. Im Norden ist es da einfacher: Vertrauen Sie niemandem.«

»Außer den Bergvölkern.«

Mr. Anh erwiderte nichts. Er trank einen Schluck Tee und fragte: »Hat Ihr Besuch alte Erinnerungen geweckt?«

»Natürlich.«

»In diesem Land ist ein Großteil der Kriegsgeneration entweder tot oder geflohen. Und die sich daran erinnern können, sprechen nicht darüber. Die Regierung feiert jeden Sieg der Kommunisten und hat jede ihrer Niederlagen in einen Sieg umgemünzt. Wenn sie dreißig Jahre lang nur gesiegt haben, wieso hat es dann so lange gedauert, den Krieg zu gewinnen?«

Das klang wie eine rhetorische Frage, aber die Antwort darauf lautete: »Die Geschichte wird von den Siegern geschrieben.«

Mr. Anh fuhr fort: »Ich musste erst nach Amerika gehen, um die wahre Geschichte meines eigenen Landes zu erfahren. Wenn man Hanoi lange genug zuhört, fängt man an, an seinen eigenen Erinnerungen und seiner geistigen Gesundheit zu zweifeln.«

»Das ist mit Washington auch nicht anders, Mr. Anh.«

»Tja, aber Sie machen einen Scherz daraus. Hier ist es kein Scherz.«

»Wie viele Jahre müssen Sie noch hier bleiben?«

»Eins.«

»Und dann?«

»Das weiß ich nicht. Vielleicht bleibe ich hier ... Die Dinge ändern sich zum Besseren ...«

»Eine amerikanische Freundin von mir ist seit drei Jahren hier und kommt hier anscheinend nicht mehr weg.«

»Jeder hat seine eigenen Gründe dafür, hier zu bleiben oder wegzugehen. Vietnam ist ein interessantes Land, Mr. Brenner, in vieler Hinsicht ein dynamisches Land, das gerade aus einem langen Albtraum erwacht und viele soziale und wirtschaftliche Veränderungen durchmacht. Für viele Leute, vor allem für Amerikaner, ist diese Übergangsphase sehr spannend und bietet viele Möglichkeiten. Ein Amerikaner, der hier lebt, hat einmal zu mir gesagt, Vietnam sei wie der Wilde Westen, ein Ort, an dem man seine Vergangenheit hinter sich lässt und wo beim Streben nach Glück und Reichtum alles möglich ist.«

»Gott steh euch bei.«

Mr. Anh lächelte und fügte hinzu: »In Japan, Singapur oder Südkorea kann man sich zu Tode langweilen. Hier aber stirbt man ganz bestimmt nicht an Langeweile.«

»Das ist mal sicher.« Ich trank die Cola aus und sah auf meine Armbanduhr.

Mr. Anh bemerkte das und sagte: »Das Dorf, das Sie suchen, heißt nicht Tam Ki, sondern Ban Hin und befindet sich in der Provinz Lai Chau.« Er buchstabierte mir das und fügte dann hinzu: »Das ist eine schwierige Reise. Die Provinz wird nur zweimal pro Woche von Hanoi aus angeflogen und nach dem, was man mir gesagt hat, dürfen Sie nicht über Hanoi reisen. Und die Plätze in diesen Flugzeugen sind sowieso normalerweise Wochen im Voraus ausgebucht. Sie müssen also über Land fahren. Leider gibt es von hier aus keine Busverbindung dorthin, nur von Hanoi aus. Die Straßen sind, vor allem bei dem Regen jetzt, gefährlich und Sie wissen ja mittlerweile, dass Sie nicht selbst ein Auto mieten dürfen. Sie brauchen einen Wagen mit Chauffeur.«

»Vielleicht bleibe ich auch zu Hause.«

»Das müssen Sie entscheiden. Ich an Ihrer Stelle würde einen Wagen mit Allradantrieb und einem guten Fahrer nehmen. Von Hué nach Dien Bien Phu sind es neunhundert bis tausend Kilometer, je nach dem, welche Strecke Sie fahren.«

Er fügte hinzu: »Glücklicherweise fährt man die ersten fünfhundert Kilometer auf der Nationalstraße 1 nach Hanoi. Ein Stück südlich von Hanoi müssen Sie an einer Straße abbiegen, die Sie zur Nationalstraße 6 führt, die Sie dann nach Nordwesten, über die Berge nach Dien Bien Phu bringt.«

Er fand in dem Reiseführer eine Karte von Nordvietnam und schob mir das Buch hin. »Sehen Sie Dien Bien Phu?«

Ich sah auf die Karte und entdeckte es in der nordwestlichen Ecke des Landes, nahe Laos. Ich sah auch die Nationalstraße 6, die aus Hanoi kam und sich dann durch die Berge nach Dien Bien Phu schlängelte. Ich fragte: »Und wie ist die Nationalstraße 6?«

»Keine gute Straße zu dieser Jahreszeit – und sonst eigentlich auch nicht. Die Straßen, die Sie zur Nationalstraße 6 führen, sind noch schlechter.«

»Schlimmer als in New Jersey?«

Er lächelte und fuhr fort: »Sie sehen auf der Karte zwei oder drei Straßen, die südlich von Hanoi von der Nationalstraße 1 auf die Nationalstraße 6 führen. Je nach den Wetter- und Straßenbedingungen und anderen Faktoren, die nur Sie beurteilen können, wenn der Zeitpunkt gekommen ist, müssen Sie sich eine davon aussuchen, an der Sie von der Nationalstraße 1 abfahren.« Er sah mich an.

Ich sagte: »Ich verstehe. Sagen Sie mir, welchen Grund ich meinem Fahrer dafür nennen soll, dass ich nicht über Hanoi auf die Nationalstraße 6 nach Dien Bien Phu fahren will.«

»Sagen Sie ihm, dass Sie gern im Regen über gefährliche Gebirgsstraßen fahren.«

Nicht witzig.

Mr. Anh sagte: »Mit etwas Glück können Sie in zwei Tagen in Dien Bien Phu sein.« Ich dachte darüber nach und fragte mich, was sich diese Idioten in Washington eigentlich einbildeten. Ich fragte: »Wäre es möglich, hier am Flughafen Phu Bai ein kleines Flugzeug zu chartern?«

»Nicht in diesem Land, Mr. Brenner. Private Flüge sind streng verboten.«

»Wie sind die Franzosen denn nach Dien Bien Phu gekommen?«

Er lächelte. »Die sind mit dem Fallschirm abgesprungen.« Er sagte: »Es gibt noch eine Ausweichroute. Sie könnten von hier aus nach Vientiane fliegen, der Hauptstadt von Laos, und von dort aus dann nach Luang Prabang in Laos – dann sind Sie nur hundertfünfzig Kilometer von Dien Bien Phu entfernt. Aber dafür bräuchten Sie erst mal ein Visum für Laos und müssten dann wieder die vietnamesische Grenze überqueren, was schwierig werden könnte.«

»Tja, danke für die Geografiestunde, Professor. Ich bin mir sicher, dass ich nach Dien Bien Phu komme, ehe mein Visum abläuft.«

Er sagte noch mal: »Engagieren Sie einen sehr guten privaten Fahrer mit einem guten Wagen mit Allradantrieb. Dann sollten Sie es schaffen.« Er fügte hinzu: »Wenden Sie sich nicht an Vidotour.«

»Das ist mir klar.«

Mr. Anh spielte mit seinem Erdnussschalenhaufen herum und sagte: »Ich soll noch einige Instruktionen an Sie weitergeben.«

Ich erwiderte nichts.

Mr. Anh sagte: »Wenn Sie die Person finden, nach der Sie suchen, sollen Sie ihm anbieten, ihm sämtliche Kriegsandenken abzukaufen. Falls er tot ist, dokumentieren Sie seinen Tod und machen seiner Familie das gleiche Angebot. Falls er noch am Leben ist, sollen Sie ihn fotografieren und anhand von Karten und Fotos seinen Wohnort dokumentieren. Diese Person wird dann möglicherweise später noch einmal kontaktiert, je nachdem, wofür Ihre Regierung ihn braucht.«

Wiederum erwiderte ich nichts.

Mr. Ahn wirkte wegen irgendetwas ein wenig beklommen und sah mir nicht in die Augen, als er sagte: »Oder Sie könnten sich dazu entschließen, die Angelegenheit selbst zu beenden, und würden anderen dadurch die Mühe ersparen, diese Person noch einmal aufzusuchen.«

Ich sagte: »'tschuldigung, könnten Sie das noch mal wiederholen?«

Das tat er und ich sagte: »Ich bin nicht so ganz sicher, ob ich verstehe, was das bedeutet. Verstehen Sie's?«

»Nein, Mr. Brenner. Die haben gesagt, Sie würden das schon verstehen.«

»Haben sie, ja? Und wenn ich das jetzt missverstehe und glaube, die meinen damit, dass ich ihn umbringen soll, wenn sie in Wirklichkeit aber etwas ganz anderes damit meinen?«

Darauf antwortete Mr. Anh nicht direkt, sondern sagte: »Nach einem langen, bitteren Krieg sind viele Rechnungen zu begleichen.«

Ich glaubte nicht, dass das hier etwas mit einer alten, noch offenen Rechnung oder mit Vergeltung für etwas zu tun hatte, das in der geheimen Welt der Spionage oder beim Phoenix-Mordprogramm passiert war oder so. Tran Van Vinh war ein einfacher Soldat gewesen, der etwas gesehen hatte, was er nicht hätte sehen sollen. Aber Mr. Anh ging davon aus, dass es etwas mit dem schmutzigen Krieg der CIA zu tun hatte, und das war eine logische Annahme oder das, was man ihm erzählt hatte.

Mr. Anh schloss: »Ihre Mission ist damit jedenfalls beendet, und Sie sollen mit den Gegenständen, die Sie erworben haben, direkt zu ihrem nächsten Ziel reisen. Das hat man mir wortwörtlich so gesagt und weiter weiß ich nichts.«

Ich erwiderte nichts.

Mr. Anh sagte: »Wie Sie wissen, sollen Sie heute und morgen noch hier übernachten und dann nach Dien Bien Phu und zu dem fraglichen Dorf aufbrechen. Ich soll Sie im Hotel kontaktieren, falls sich an den Planungen irgendetwas ändert oder ich weitere Informationen für Sie habe. Ich habe die Möglichkeit, jemandem in Saigon auf geheimem Wege mitzuteilen, dass dieses Treffen erfolgreich verlaufen ist, und Sie haben jetzt die Möglichkeit, mir eine Nachricht zu geben, die ich dann weiterleiten werde.«

Ich erwiderte: »Sagen Sie denen bloß, dass ich verstehe, worin meine Mission und meine Pflicht besteht, und dass ich Gerechtigkeit walten lassen werde.«

»Sehr wohl. Soll ich jetzt gehen, oder möchten Sie als Erster gehen?«

»Ich gehe.« Ich nahm ein paar Erdnüsse und steckte sie mir ein. Ich sagte: »Ich lasse Ihnen meinen Reiseführer da. Ich möchte gern, dass Sie ihn mir an dem Morgen, an dem ich nach Dien Bien Phu abreise – also auch dem Morgen, an dem Sie nach Los Angeles abreisen – ins Hotel bringen. So weiß ich dann, dass man Sie nicht festgenommen hat und dass meine Mission nicht gefährdet ist. Wenn ich das Buch nicht bekomme, behalte ich mir das Recht vor, das Land sofort zu verlassen. Das können Sie weitergeben.«

Er sagte: »Ich verstehe.«

Ich stand auf, zog zehn Dollar aus der Tasche und legte sie auf den Tisch. »Danke für die interessante Führung.«

Er stand auf und wir schüttelten einander die Hand. Er sagte: »Ich wünsche Ihnen eine gute Reise, Sir. Frohes neues Jahr.«

»Gleichfalls.«

Ich ging über den Markt zur Uferpromenade und von dort aus zur Brücke in die Neustadt.

Es war noch nicht vier Uhr an diesem Neujahrstag, dem ersten Tag im Jahr des Büffels. Es mochte auch der letzte Tag im Jahr des Esels sein – in meinem Jahr. Wieso schlittere ich bloß immer wieder in solche Sachen rein? Ich bin ja eigentlich ein praktischer, zupackender Kerl, gerate aber immer wieder in den übelsten Schlamassel: karrieregefährdende Mordfälle, gefährliche Einsätze in feindlichen Ländern, komplizierte Liebesaffären.

Auf dem Fußweg über die Trang-Tien-Brücke blieb ich auf

halber Strecke stehen. Ich knackte ein paar Erdnüsse und ließ die Schalen in den Fluss fallen. Ich schob mir die Nüsse in den Mund und kaute sie.

Der Himmel war wolkenverhangen und ein paar Regentropfen fielen. Die Luft war feucht und kühl und der Parfüm-Fluss floss zügig in Richtung Meer.

Tja, dachte ich, da hatte ich Mr. Conway in Washington und Mr. Anh in Hué nicht missverstanden. Washington wollte Tran Van Vinh tot sehen und wäre froh, wenn ich ihn umbringen würde. Und sie machten sich nicht mal die Mühe, mir einen Grund dafür zu nennen – mal abgesehen von der »nationalen Sicherheit«, was alles und nichts bedeuten konnte.

Diese Genies sagten mir nicht vorher, warum er umgelegt werden musste, weil ich dann, wenn er bereits tot war, etwas gewusst hätte, was ich nicht wissen sollte.

Doch aus irgendeinem Grund glaubten sie anscheinend, dass ich, wenn ich Mr. Tran Van Vinh traf, den Grund verstehen und das tun würde, was ich tun musste.

Was auch immer dieses arme Schwein an Tet 1968 in den Ruinen von Quang Tri gesehen hatte – es würde ihn heimsuchen und töten. Und das war wirklich nicht fair, wenn er tatsächlich den ganzen Krieg überlebt hatte und alt geworden war ... na ja, etwa so alt wie ich, also nicht alt, sondern mittelalt.

Ich mühte mich, meine beträchtlichen deduktiven Fähigkeiten auf dieses Puzzle anzuwenden, und kam der Sache auch nahe, aber die Lösung entglitt mir immer wieder.

Eine Schlussfolgerung lag aber auf der Hand: Wenn das, was Mr. Vinh gesehen hatte, seinen Tod bedeutete, konnte das, was Mr. Vinh mir erzählen würde, auch meinen Tod bedeuten.

Kapitel 29

Ich saß in der Cocktail-Lounge des Century Riverside und trank einen Scotch mit Soda. Der kleine Kerl am Klavier spielte *Strangers in the Night*.

Es war zehn nach sechs und der Laden war voller schwatzender Westler. Hübsche Cocktailkellnerinnen in kurzen Röcken eilten umher und brachten Getränkebestellungen durcheinander.

Ich fragte mich allmählich, ob Susan schon wieder sauer war und mich versetzte. Wenn Frauen sauer auf ihren Macker sind, ist es ihnen komplett egal, wo man sich gerade aufhält. Mir haben Frauen schon im sowjetischen Moskau, in Ostberlin und an anderen Orten Szenen gemacht, wo es keine gute Idee war, Aufmerksamkeit auf sich zu ziehen – ohne jede Rücksicht auf die Umgebung und die Situation. Wenn Frauen sauer sind, sind sie sauer.

Vielleicht hatte man Susan aber auch zu einem Verhör abgeholt. Nach der kleinen Szene auf dem Polizeirevier an diesem Morgen hätte es mich nicht gewundert, wenn sie beschlossen hätten, mir auf dem Umweg über Susan eins auszuwischen. Trotz unserer Scharade wussten sie, dass wir zusammen waren.

Größere Sorgen jedoch bereitete mir die Waffe und die Möglichkeit, dass jemand Susan beim Verbuddeln beobachtet hatte. Doch wenn die Bullen davon wussten, würden sie erst zuschlagen, wenn jemand kam und die Waffe ausgrub, und deshalb hatte ich auch vor, sie dort zu lassen.

Ich bestellte noch einen Scotch. Die drei Veteranen saßen ein paar Tische weiter und waren diesmal in der Gesellschaft dreier Frauen Mitte zwanzig, so jung, dass sie ihre Töchter hätten sein können. Diese Typen mochten ja früher mal Offiziere gewesen sein, aber Gentlemen waren sie nicht – sie waren Schweine.

Die Frauen sahen wie Amerikanerinnen aus und verhielten sich auch so, aber davon abgesehen, konnte ich nicht viel über sie sagen, bloß dass sie Touristinnen waren und nicht hier lebten und auf Kerle mittleren Alters mit viel Knete standen.

Es war jedenfalls halb sieben und allmählich machte ich mir ein wenig Sorgen. Das ist auch so ein Grund, warum man besser alleine verreisen sollte, vor allem, wenn man in einem Einsatz unterwegs war, der riskant werden konnte. Ich hatte schon genug damit zu tun, auf meinen eigenen Arsch aufzupassen, und konnte es nicht gebrauchen, dass ich mir auch noch Sorgen um eine Zivilistin machen musste.

Aber vielleicht war sie ja gar keine Zivilistin. Das brachte mich auf Mr. Anh, der, wie Susan auch, Uncle Sam einen kleinen Gefallen tat. Dieses Land wurde allmählich das Ostberlin der Welt nach dem Kalten Krieg: Undurchsichtige Gestalten liefen herum, regelten etwas, erwiesen Gefälligkeiten und hielten dabei Augen und Ohren offen. Die CIA musste ja richtig frische Kraft schöpfen, da sie nun wieder einen Ort hatte, an dem sie irgendeinen Scheiß anzetteln konnte.

Die Amerikaner verlieren nicht gern und haben nach dem Krieg von den Deutschen und den Japanern viel gelernt. Wenn man den Krieg verliert, kauft man den Siegern das Land halt ab.

Susan erschien an der Tür und sah sich um. Sie entdeckte mich, als ich aufstand, und da lächelte sie. Man weiß immer, dass sich jemand wirklich freut, einen zu sehen, wenn derjenige lächelt, wenn er einen in einer Menschenmenge erblickt.

Sie kam zu meinem Cocktailtisch. Sie trug eine schwarze Jeans, die ich an ihr noch nicht gesehen hatte, und dazu einen weißen Seidenpullover mit V-Ausschnitt, den ich ebenfalls noch nicht an ihr gesehen hatte.

Sie umarmte mich fest und küsste mich und sagte: »Ich wusste schon, dass du heil wiedergekommen bist, denn ich habe am Empfang nachgefragt.«

»Alles bestens.«

Sie setzte sich und ich nahm ihr gegenüber wieder Platz. Sie fragte, fast aufgeregt: »Und? Wie ist es gelaufen? Habt ihr euch gefunden?«

»Ja. Und es ist gut gelaufen. Was hast du heute gemacht?«

»Eingekauft und mir die Stadt angesehen. Und mit wem hast du dich getroffen?«

»Mit einer Eurasierin namens Dep Throat.«

»Also bitte, Paul. Das ist aufregend! War es ein Mann? Ein Amerikaner? Ein Vietnamese?«

»Ein Mann. Und mehr sag ich nicht.«

»Weißt du, wohin du jetzt reisen musst?«

Anscheinend hatte ich mich nicht klar genug ausgedrückt. Ich sagte: »Ja, und damit ist dieses Thema abgehakt.«

»Ist es weit von hier?«

»Was möchtest du trinken?«

»Ein San Miguel.«

Ich winkte die Kellnerin herbei und bestellte ein San-Miguel-Bier.

Susan fragte: »Wo hast du diesen Typen getroffen? Wo ist Nummer 32? Ich wette, das bezieht sich auf den Stadtplan in dem Reiseführer.«

»Hast du gut geschlafen?«

»Wie ein Baby. Bis zwölf. Warst du bei der Ausländerpolizei?«

»Ja.«

»Ist es gut gelaufen?«

»Ja.« Ich fügte hinzu: »Na ja, es gab eine kleine Auseinandersetzung.«

»Gut. Wenn man nett zu denen ist, denken sie, man führt etwas im Schilde. Wenn man eine dicke Lippe riskiert, schöpfen sie keinen Verdacht.«

»Ich weiß. Ich war früher selbst mal Polizist.«

»Ich habe mich, wie du verlangt hast, von der Zitadelle fern gehalten und jetzt musst du mir sagen, wo du dich mit diesem Typen getroffen hast.«

»Offensichtlich in der Zitadelle.«

»Meinst du, ihr wurdet verfolgt?«

»Ich nicht. Bei ihm weiß ich das nicht. Hast du diese Klamotten heute gekauft?«

»Ja. Gefallen sie dir?«

»Sehr hübsch.«

»Danke.«

Ihr Bier kam und sie schenkte es sich in ein Glas. Wir stießen an und sie sagte: »'tschuldige wegen heute Nacht. So ein Theater kannst du wirklich nicht gebrauchen.«

»Schon gut. Ich habe dir wegen Bill ja auch ein Theater gemacht.«

»Ja, das hast du. Und ich habe mit ihm Schluss gemacht.«

Ich erwiderte nichts.

Ich bemerkte, dass die drei Veteranen, obwohl sie schon drei Mädels hatten, zu Susan herübersahen. Was für Schweine.

»Wo guckst du denn hin?«

»Zu den drei Amerikanern da drüben. Army oder Marines a. D. Ich habe sie gestern hier gesehen und auch beim Essen. Sie starren dich an.«

»Die sind süß.«

»Das sind Schweine.«

»Die Frauen scheinen sich gut mit ihnen zu amüsieren.«

»Das sind auch Schweine.«

»Ich glaube, du bist eifersüchtig.«

»Nein, bin ich nicht. Du bist die schönste Frau hier im Raum.«

»Du bist so süß.« Sie kam wieder aufs Geschäftliche zu sprechen und fragte: »Weißt du denn jetzt, wie du da hinkommst, wo du hinmusst?«

»Ich glaube schon.«

Es war laut in der Lounge und deshalb konnte uns niemand belauschen. Der Mann am Klavier spielte *Once Upon a Time* von Tony Bennett. Ich fand, dass es Zeit war, einigen Dingen auf den Grund zu gehen, die einen Einfluss auf meine

Gesundheit haben konnten. Ich sagte: »Jetzt möchte ich dir mal ein paar Fragen stellen. Sieh mir in die Augen und schau nicht weg.«

Sie stellte ihr Bier ab und setzte sich auf ihrem Stuhl aufrecht hin. Sie sah mich an.

»Für wen arbeitest du?«

Sie antwortete: »Ich arbeite für eine amerikanisch-asiatische Investmentgesellschaft. Manchmal tue ich dem amerikanischen Konsulat in Saigon und der Botschaft in Hanoi einen Gefallen.«

»Hast du den in Saigon oder Hanoi ansässigen CIA-Typen je einen Gefallen getan?«

»Dem in Saigon. Nur einmal.«

»Du meinst jetzt.«

»Ja.«

»Wirst du dafür bezahlt?«

»Nur die Spesen.«

»Haben sie dich richtig dafür ausgebildet?«

»Ja. Einen Monat lang in Langley.«

Was die Reise nach Washington erklärte. Ich fragte: »Ist die amerikanisch-asiatische Investmentgesellschaft eine Tarnfirma der CIA?«

»Nein. Das ist eine richtige Investmentgesellschaft. Aber neue Mitarbeiter werden von der CIA überprüft.«

»Erweist bei der AAIC sonst noch jemand solche Gefälligkeiten?«

»Das kann ich nicht beantworten.«

»Wie waren deine Instruktionen, was mich angeht?«

»Ich sollte dich nur hier empfangen.«

»Sie haben dir nicht gesagt, dass du mich aushorchen sollst?«

»Nein. Was sollte das auch? Wirst du mir irgendwas darüber erzählen, weshalb du hier bist?«

»Nein. Haben sie dir gesagt, dass du mit mir verreisen sollst?«

»Nein. Das war meine Idee.«

»Bist du in diesem Moment im Dienst oder nicht, Susan?«

»Ich bin nicht im Dienst.«

»Ich glaube dir alles, was du sagst. Verstehst du, was das bedeutet? Wenn du es sagst, ist es die Wahrheit.«

»Es *ist* ja auch die Wahrheit.«

»Bist du verliebt in mich?«

»Das weißt du doch.« Sie lächelte zum ersten Mal und sagte: »Einen Orgasmus habe ich vorgetäuscht.«

Ich verkniff mir ein Lächeln und fragte: »Weißt du irgendwas über meinen Einsatz, das ich nicht weiß?«

Sie antwortete nicht.

»Sag's mir.«

»Ich kann nicht. Ich kann dich nicht anlügen und deshalb kann ich das nicht sagen.«

»Dann versuchen wir's mal anders. Was weißt du über diese Sache?«

Sie trank einen Schluck Bier, räusperte sich und sagte dann: »Ich weiß nicht, worin dein Auftrag hier besteht, aber ich glaube, die CIA weiß es. Und mir erzählen die das ganz bestimmt nicht. Ich glaube, alle kennen nur Bruchstücke davon und keiner sagt dem anderen, was er weiß.«

Das stimmte wahrscheinlich. Ich fragte mich, ob selbst Karl in alles eingeweiht war. Ich sagte: »Mich nur zu empfangen, trifft es aber nicht so ganz.«

»Tja, offensichtlich war da noch mehr dran. Ich sollte dich über das Land briefen, ohne dass es sich wie ein Briefing anhörte. Eher so, dass du dich eingewöhnst und einsatzbereit bist.« Sie fügte hinzu: »Das hast du doch wohl durchschaut.«

»Okay, mal abgesehen von dem CIA-Typen in Saigon – hast du mit irgendjemandem von der amerikanischen Botschaft in Hanoi gesprochen?«

»Ja, das habe ich. Mit dem amerikanischen Militärattaché. Colonel Marc Goodman. Er ist nach Saigon geflogen und hat mit mir gesprochen.«

»Worüber?«

»Er wollte nur sichergehen, dass ich ausreichend vorbereitet bin.«

»Wofür?«

»Dafür ... dein Vertrauen zu gewinnen.«

»Ich blicke da immer noch nicht durch.«

»Du bringst mich in Verlegenheit.«

»Mein Leben steht auf dem Spiel, Lady. Erzähl es mir.«

»Ich sollte nicht mit dir verreisen. Aber ich sollte dir vorschlagen, dass wir uns hier in Hué treffen, und dir sagen, dass ich sowieso geschäftlich hierher müsste oder so. Und dann sollte ich mich noch mal in Hanoi mit dir verabreden.«

»Und wenn ich dich nicht gemocht hätte?«

»Die meisten Männer mögen mich.«

»Das glaube ich gern. Und warum solltest du mich hier in Hué treffen?«

»Um zu sehen, ob ich dir helfen kann, und um zu melden, wie es dir geht, wie deine Einstellung ist, ob du Probleme mit der Polizei hast, was bei dem Treffen herausgekommen ist und so weiter. Das ist dir doch klar.«

»Also gut. Hat dieser Militärattaché, Colonel Goodman, in Saigon mit dem CIA-Typen gesprochen?«

»Ja, hat er. Aber bei diesem Meeting war ich nicht dabei.«

»Dir ist klar, dass dieser Militärattaché eigentlich beim Militärischen Geheimdienst ist?«

Sie nickte.

»Wer ist der CIA-Typ in Saigon?«

»Das darf ich dir nicht sagen.«

Offensichtlich waren hier alle eingeweiht, bloß ich nicht. Der Geheimdienst der Army sprach mit der CIA über einen Fall der CID und des FBI, von dem sie eigentlich gar nicht wissen sollten; aber offensichtlich wussten sie doch davon. Wo war der Zusammenhang? Je länger ich über Mr. Conway in Washington nachdachte, desto weniger kam er mir wie ein FBIler vor – eher wie ein Militär; aber sie wollten den Eindruck erwecken, dass es eine Angelegenheit des FBI war, damit es eher wie ein Mordfall aussah und nicht wie ein internationales Problem. Nicht nur Oberst Mang gab sich als jemand anderer aus als er war, sondern auch Mr. Conway. Und Susan auch. Mittlerweile hätte es mich nicht mehr gewundert, hätte ich erfahren, dass ich eigentlich für Oberst Mang arbeitete.

»Paul?«

»Was?«

»Bist du mir böse?«

»Noch nicht. Also gut, als sie dich dazu bequatscht haben, deine vielen Reize einzusetzen, um mein Vertrauen zu gewinnen – womit haben sie dich da geködert?«

»Nationale Sicherheit. Meine patriotische Pflicht. So Sachen halt.«

»Was noch?«

»Liebst du mich immer noch?«

»Mehr denn je. Was noch?«

»Das habe ich dir schon ein paar Mal gesagt. Es hat etwas mit den sich gut entwickelnden Beziehungen zwischen den USA und Vietnam zu tun. Geschäfte. Öl. Handel. Billige Arbeitskräfte. Die wollen nicht, dass das gestört wird. Und ich will das auch nicht.«

»Und wer versucht da zu stören?«

»Das habe ich dir doch schon gesagt. Die Hardliner in Hanoi und vielleicht auch in Washington.«

»Und haben sie dir gesagt, dass mein Einsatz hier gut oder schlecht für diese Sache wäre?«

»Sie haben angedeutet, dass er hilfreich sein könnte.«

»Das glaube ich gern, sonst hättest du mich schon im Rex vom Dach gestoßen.«

»Red keinen Blödsinn. Ich soll dir helfen.«

»Wenn ich dir erzählen würde, was ich hier mache, glaubst du, dass mein kleines Puzzleteil und das kleine Puzzleteil, das du vielleicht hast, zusammenpassen?«

»Das weiß ich nicht.«

»Sollen wir die Puzzleteile tauschen? Du fängst an.«

»Ich muss nicht wissen, warum du hier bist, und ich will es auch nicht wissen.«

»Oder du weißt es schon.«

»Nein, ich weiß es nicht. Bist du sauer auf mich?«

»Noch nicht.«

»Liebst du mich immer noch?«

»Mehr denn je.«

»Gut. Darf ich eine Zigarette rauchen?«

»Nur zu.«

Sie zog eine Schachtel aus ihrer Handtasche und steckte sich eine Zigarette an. Sie nahm einen tiefen Zug, stieß den Rauch dann aus, lehnte sich zurück und schlug die Beine übereinander. Sie sagte: »Es hat etwas mit der Bucht von Cam Ranh zu tun.«

»Aha.«

»Wir haben es gebaut und wir wollen es zurück.«

»Ich weiß.«

»Die Philippinen haben uns rausgeschmissen und die Japaner wollen unsere Militärpräsenz verringern. Der Pachtvertrag der Russen für die Bucht läuft in ein paar Jahren aus und sie zahlen noch die alte Pacht von 1975 und das in neuen Rubeln, die fast wertlos sind. Hanoi will sie loswerden.«

»Und Dollar statt Rubel.«

»Genau. Wir reden hier über *Milliarden* US-Dollar an Hanoi für einen langfristigen Pachtvertrag.«

»Erzähl weiter.«

»Die Vietnamesen hassen und fürchten die Chinesen. Das war schon immer so. Die Amerikaner fürchten die Chinesen auch. Strategische Planungen des Pentagons gehen davon aus, dass wir irgendwann in den nächsten zwanzig Jahren Krieg gegen China führen werden. Wir haben in dieser Region nur wenige Militärbasen. Und außerdem ruht vor der Küste eine Menge Erdöl.«

»Es geht hier also nicht um Kaffee, Kautschuk oder Betelnüsse?«

»Nein. Um Öl und Militärbasen.«

»Verstehe. Erzähl weiter.«

»Das Pentagon und auch andere in Washington sind ganz begeistert von der Sache. Die gegenwärtige Regierung ist es nicht. Sie will die Chinesen nicht verärgern, die ausrasten würden, wenn wir in der Bucht von Cam Ranh eine Militärbasis aufbauen würden.«

Ich nickte. Jetzt hatte ich ein anderes kleines Puzzleteil, aber es passte nicht zu meinem. Also, es musste natürlich dazu passen, aber es fehlten noch andere Teile dazwischen.

Susan fuhr fort: »Hanoi ist willens, uns die Bucht zu überschreiben, obwohl einige alte Rote, die uns immer noch hassen, dagegen sind. Aber die gegenwärtige US-Regierung hat einfach nicht den Mumm dazu, obwohl fast alle im Pentagon und von den Nachrichtendiensten dafür votieren. Im Falle eines künftigen Kriegs wäre es entscheidend. Es wäre gut für uns und auch für die Vietnamesen.«

Ich erwiderte nichts, aber der Gedanke, dass wieder amerikanische Soldaten, Flieger und Seeleute auf vietnamesischem Boden stationiert sein würden, war absolut irrsinnig.

Sie trank einen Schluck Bier und steckte sich noch eine Zigarette an. Sie sagte: »Du hast mich überrascht, als du dich bei Kapitän Vu nach amerikanischen Kriegsschiffen in der Gegend erkundigt hast.«

»Dazu muss man nun wirklich kein Genie sein. Da reicht das kleine Einmaleins der Politik. Sogar in den Nachrichten wurde darüber berichtet.«

»Stell dein Licht nicht so unter den Scheffel, Paul.«

»Also gut. Lass mich mal raten, woher du das alles weißt. Du bist die Stationschefin der CIA.«

Sie lächelte. »Nein, ich bin nur ein verzogenes Gör, eine amerikanische Expat aus der Oberschicht, die auf Abenteuer aus ist.« Sie legte ihre Zigarette in den Aschenbecher und sagte, ohne mich anzusehen: »Bill Stanley ist der Saigoner CIA-Stationschef. Sag bitte niemandem, dass ich dir das verraten habe.«

Wir sahen einander in die Augen und ich fragte: »Weiß die Bank of America davon?«

»Er arbeitet nicht bei der Bank of America. Du bist an einem Wochenende in Saigon angekommen, damit du das nicht alles nachprüfen konntest. Aber ich habe dich in mein Büro mitgenommen.«

»Ja, das hast du. Und die Sache mit dir und Bill?«

»Das entspricht der Wahrheit. Entsprach der Wahrheit.«

»Macht's dir noch Spaß?«

»Nicht, wenn du mir böse bist.«

»Ich? Warum sollte ich dir böse sein?«

»Du weißt schon. Weil ich dich bei einigen Dingen belogen habe.«

»Echt? Machst du das immer noch?«

»Ich habe dir alles gesagt, was ich weiß. Jetzt werden sie mich rausschmeißen.«

»Schön wär's. Sag mir, warum ich hier bin.«

»Das weiß ich wirklich nicht.«

»Weiß Bill es?«

»Irgendwas muss er doch wissen.«

»Aber er hat es dir nicht gesagt?«

»Nein, hat er nicht.«

»Warum solltest du dich mit mir in Hanoi treffen?«

»Das weiß ich nicht genau. Sie sagten, du bräuchtest in Hanoi vielleicht jemanden zum Reden, dem du vertrauen kannst. Niemanden von der Botschaft. Sie sagten, wenn du von deiner Mission zurückkehrst, wirst du möglicherweise … bestürzt darüber sein, was du herausgefunden hast.« Sie fügte hinzu: »Ich soll der Botschaft über deine Stimmung berichten und darüber, was du so denkst.«

»Und das sagst du so einfach nebenbei?«

»Mir ist klar, dass es besser ist, wenn ich so wenig weiß wie möglich.«

»Woher hast du die Waffe?«

»Aus unserem Firmensafe. Das entsprach der Wahrheit.«

»Ist dir klar, dass etwa die Hälfte dessen, was du mir im Verlauf der vergangenen Woche erzählt hast, entweder gelogen, halb gelogen oder absoluter Blödsinn war?«

Sie nickte.

»Ja? Und wieso sollte ich irgendwas von dem glauben, was du mir jetzt erzählst?«

»Ich werde dich nicht mehr belügen.«

»Das ist mir wirklich egal.«

»Red nicht so. Ich habe nur meine Arbeit gemacht. Dann habe ich mich verliebt. So was passiert ständig.«

»Ach ja?«

»Nicht mir. Aber anderen Leuten. Ich habe mich wirklich dafür gehasst, dass ich nicht ehrlich zu dir war. Aber ich dachte, du würdest es auch alleine rauskriegen. Du bist so klug.«

»Geh mir jetzt bloß nicht um den Bart.«

»Du bist *doch* böse auf mich.«

»Und ob.«

»Liebst du mich immer noch?«

»Nein.«

»Paul, sieh mich an.«

Ich sah sie an.

Sie schenkte mir eine Art trauriges Lächeln und sagte: »Es wäre nicht fair, weißt du, wenn die Washingtoner Götter zwischen uns treten würden. Wenn wir uns trennen, werden wir uns beide in Stein verwandeln.«

Mit Washington hatte sie Recht und ich nehme mal an, man konnte sagen, dass wir beide manipuliert und belogen wurden. Ich sagte: »Natürlich liebe ich dich.«

Sie lächelte.

Ich fragte: »Welchen Orgasmus hast du vorgetäuscht?«

Ihr Lächeln wurde breiter. »Das musst du mir sagen.« Sie fügte hinzu: »Ich mach's nicht wieder.«

So saßen wir also da, tranken noch eine Runde, zogen uns in unsere Gedanken zurück und versuchten uns einen Reim auf die ganze Sache zu machen.

Schließlich fragte sie: »Hast du heute irgendwelche Nachrichten bekommen?«

»Nein.«

»Wieso wollen die, dass du mit mir Schluss machst?«

»Keine Ahnung. Weißt du's?«

»Wahrscheinlich, weil ihnen nicht gefällt, was zwischen uns passiert ist. Sie wollen nicht, dass wir Informationen austauschen.« Sie fügte hinzu: »Ich soll für sie arbeiten, aber sie vertrauen mir nicht mehr. Und du vertraust mir auch nicht mehr.«

Auf die letzte Aussage erwiderte ich nichts. Ich sagte: »Also ich glaube, dein Freund Bill hat Washington gedrängt, mich zu drängen, mit dir Schluss zu machen.«

»Ganz bestimmt. Der ist stinksauer auf dich.« Sie lachte.

»Er sollte mir dankbar sein, dass ich ihm die Kopfschmerzen abgenommen habe.«

»Das ist jetzt aber nicht nett.«

Ich ging nicht darauf ein. Ich fragte: »Hast *du* eine Nachricht bekommen?«

»Ja. Sie wissen natürlich, dass ich hier bin. Eine Nachricht von Bill mit dem *Befehl*, nach Saigon zurückzukommen. Im Geschäftsjargon. Da stand, sie würden mich rausschmeißen und disziplinarisch verfolgen und so weiter, wenn ich Montag nicht pünktlich zur Arbeit komme. Hier am Flughafen liegt ein Ticket für mich bereit.«

»Du solltest hinfliegen und die Sache klären.«

»Das sollte ich, aber ich mache es nicht. Ich will mit dir nach Quang Tri.«

»Gut. Ich habe für morgen früh um acht einen geländetauglichen Wagen mit Chauffeur gemietet, der uns ins Ashau-Tal, nach Khe Sanh und Quang Tri bringen wird. Ich habe gebeten, dass sie Mr. Cam schicken.«

Sie lachte und sagte: »Mr. Cam hockt jetzt daheim vor dem Familienaltar und bittet die Götter, uns aus seinem Gedächtnis zu löschen.«

»Na hoffentlich.«

»Paul?«

»Ja?«

»Darf ich dir einen Ratschlag geben?«

»Gratis?«

»Ja, und er kommt von Herzen. Geh nicht dahin, wohin sie dich schicken. Komm mit mir zurück nach Saigon.«

»Und wieso das?«

»Es ist gefährlich. Du weißt das. Das soll ich dir nicht sagen. Das meine ich persönlich.«

Ich nickte. »Danke. Aber wie ich dir vielleicht schon gesagt habe, reagiere ich eher negativ auf Beeinflussungsversuche.«

»Davon weiß ich nichts. Aber ich weiß, dass du es für eine persönliche Mutprobe hältst und vielleicht auch eine Menge private Gründe hast, damit weiterzumachen. Aber hier geht es nicht mehr um Pflicht, Ehre und Vaterland, wenn es denn je darum gegangen ist. Also, mir gegenüber hast du deinen Mut bereits bewiesen und ich werde einen ausführlichen Bericht über die Fahrt auf der Nationalstraße 1 schreiben und über alles, was sonst noch passiert ist. Du musst die Entscheidung treffen, die Sache abzubrechen. Wir fahren morgen nach Quang Tri und ins Ashau-Tal und nach Khe Sanh und dann lässt du die Sache auf sich beruhen. Dann fliegen wir gemeinsam zurück nach Saigon, lassen uns von allen runterputzen und dann … fliegst du nach Hause.«

»Und du?«

Sie zuckte mit den Achseln.

Ich dachte etwa eine halbe Sekunde lang über dieses verlockende Angebot nach und erwiderte dann: »Ich führe den Auftrag zu Ende. Ende der Diskussion.«

»Kann ich mitkommen?«

Ich sah sie an und sagte: »Wenn du das auf der Nationalstraße 1 schon schlimm fandest, ist dieser Trip nun wirklich nichts für dich.«

»Das ist mir ganz egal. Damit komme ich hoffentlich mittlerweile klar.«

Ich erwiderte nichts.

Sie teilte mir mit: »Wenn ich mitkomme, steigen deine Erfolgsaussichten um gut fünfhundert Prozent.«

»Kann ich dabei auch mein Vermögen verdoppeln?«

»Klar. Schau mal, Paul: Mich dabeizuhaben hätte keinerlei Nachteile.«

»Das ist ein Scherz – oder? Schau mal, ich weiß es ja zu schätzen, dass du eine Knaststrafe und vielleicht sogar dein Leben riskieren willst, um mit mir zusammen zu sein, aber ...«

»Ich will mir nicht die ganze nächste Woche lang Sorgen um dich machen. Ich will bei dir sein.«

»Susan ... das hört sich jetzt vielleicht sehr chauvinistisch an, aber es gibt Zeiten, wo ein Mann ...«

»Red keinen Stuss.«

»Okay. Aber wie wäre es damit: Ich denke immer noch an die Fotos in deinem Büro und manchmal sehe ich dich wieder als die kleine Tochter von Mr. und Mrs. Weber und ich sehe den Rest der Familie daheim in Massachusetts und obwohl ich sie nicht kenne, könnte ich ihnen nie unter die Augen treten und würde es mir selber nie verzeihen, wenn dir meinetwegen etwas zustoßen würde.«

»Das ist sehr lieb gedacht. Richtig sensibel. Aber dir ist doch klar, Paul, dass wenn zwischen hier und Hanoi etwas passiert, es uns höchstwahrscheinlich beiden passiert. Wir hätten benachbarte Gefängniszellen, benachbarte Krankenhausbetten oder Überführungssärge im Partnerlook. Weder meinen Eltern noch sonst jemandem müsstest du irgendwas erklären.«

Ich sah auf meine Armbanduhr. »Ich habe Hunger.«

»Du bekommst erst etwas zu essen, wenn du ja gesagt hast.«

Ich stand auf. »Gehen wir.«

Sie erhob sich ebenfalls. »Okay, du bekommst etwas zu essen. Ich wusste, ich hätte dich im Bett fragen müssen. Im Bett kriege ich dich zu allem rum.«

»Kann schon sein.«

Wir gingen nach draußen. Es regnete und deshalb nahmen wir ein Taxi und fuhren zur Zitadelle, wo Susan in einem Restaurant einen Tisch reserviert hatte.

Das Restaurant hieß Huong Sen und war ein Pavillon mit sechzehn Ecken, der auf Pfählen inmitten eines Lotusteichs stand.

Wir bekamen einen Tisch am Geländer, bestellten etwas zu trinken, sahen zu, wie es auf den Teich regnete, und hörten den Ochsenfröschen beim Quaken zu. Es war ein sehr schönes Restaurant mit einer angenehmen Atmosphäre, von bunten Laternen und Tischkerzen beleuchtet. Romantisch.

Keiner von uns kam auf etwas Geschäftliches zu sprechen oder darauf, worüber wir in der Cocktail-Lounge diskutiert hatten.

Wir aßen und plauderten über Daheim, über unsere Freunde und unsere Familien, nicht aber über irgendwelche Zukunftspläne.

Irgendwann hatte ich in der Cocktail-Lounge dieses Wort mit L gebraucht und ich versuchte mich zu erinnern, was ich gesagt hatte. Vielleicht hatte ich es nicht direkt gebraucht, aber ich konnte mich erinnern, eine Frage mit dem L-Wort bejaht zu haben.

Susan schaute hinaus in den Regen und auf den Teich und ich betrachtete ihr Profil.

Eigentlich hätte ich unglaublich wütend auf sie sein müssen; aber ich war es nicht. Ich hätte ihr kein Wort mehr glauben sollen, aber ich tat es doch. Körperlich war sie makellos und intellektuell konnte sie mir durchaus das Wasser reichen.

Hätte ich eine Beurteilung über sie schreiben müssen, dann hätte die gelautet: mutig, intelligent, einfallsreich, entschlussfreudig und loyal. In ihrer Loyalität natürlich hin und her gerissen, aber loyal.

Aber liebte ich sie?

Ich glaube schon. Aber was hier geschah, wäre woanders wahrscheinlich nicht geschehen und ließ sich nicht verpflanzen. Und dann war da ja auch noch Cynthia.

Susan wandte den Kopf und sah, dass ich sie anstarrte. Sie lächelte. »Woran denkst du gerade?«

»An dich.«

»Und ich denke an dich. Ich versuche mir ein Happy End auszudenken.«

Ich erwiderte nichts.

»Fällt dir ein Happy End ein?«

»Daran müssen wir noch arbeiten.«

Wir sahen einander an und dachten wahrscheinlich beide das Gleiche: dass die Chancen für ein Happy End nicht gut standen.

Kapitel 30

Am nächsten Morgen, es war Montag, warteten Susan und ich im Foyer des Hotels auf unseren Wagen und unseren Chauffeur. Wir trugen beide Jeans, langärmlige Hemden und Wanderschuhe. Susan hatte ihre Einkaufstasche mit Sachen für unterwegs gefüllt.

Das Foyer war voller Touristen, die auf ihre Busse, Wagen und Fremdenführer warteten. Hué war, das stellte ich fest, ein Touristenmekka, ein beliebtes Reiseziel zwischen Saigon und Hanoi und, wie sich herausgestellt hatte, auch ein guter Ort für das Treffen mit meiner Kontaktperson.

Susan fragte: »Wie kommst du denn morgen da hin, wo du hinmusst?«

»Das weiß ich noch nicht. Darüber reden wir später.«

»Soll das heißen, dass ich dir dabei helfen soll?«

»Vielleicht.«

»Ich gebe dir jetzt schon mal einen Rat: Miete auf keinen Fall einen Wagen mit einem Fahrer von Vidotour. Da könntest du auch gleich Oberst Mang mitnehmen.«

»Danke. Aber darauf bin ich auch schon selbst gekommen.«

Wir gingen nach draußen. Es war wieder mal grau und bewölkt und feuchtkühl, aber es regnete nicht.

Susan sagte: »Gestern Abend hast du mich aber richtig rangenommen.«

»Ich war sehr spitz.«

»*Das* meine ich nicht. Ich meine in der Lounge.«

»Ach so. Das musste mal sein, Schatz.«

Ein offener, weißer Toyota RAV-4 fuhr vor und hielt. Ein Typ stieg aus und sprach mit dem Portier, der auf uns zeigte.

Der Fahrer kam zu uns und Susan sprach auf Vietnamesisch mit ihm. Sie unterhielten sich kurz, wahrscheinlich über den Preis, Susans Lieblingsthema bei Vietnamesen.

Der Mann war um die vierzig und ich hatte mir unwillkürlich angewöhnt, bei Vietnamesen auszurechnen, wie alt sie während des Kriegs gewesen waren. Der hier musste etwa fünfzehn gewesen sein, als der Krieg zu Ende ging, und vielleicht hatte er noch ein Gewehr getragen, entweder bei den regionalen Verteidigungstrupps der Südvietnamesen, die größtenteils aus Kindern und Greisen bestanden, oder bei den Vietcong, die viele Jungen und Mädchen in ihren Reihen hatten.

Susan machte mich mit unserem Fahrer bekannt, der Mr. Loc hieß. Er wirkte nichts besonders freundlich und reichte mir zur Begrüßung nicht die Hand. Im Umgang mit Westlern, das war mir schon aufgefallen, waren die meisten Vietnamesen entweder sehr gewieft oder sehr gutmütig. Westler bedeuteten Geld, aber davon abgesehen, war der Durchschnitts-Nguyen so lange höflich, bis man ihm auf den Zeiger ging. Mr. Loc sah nicht wie ein Chauffeur aus und verhielt sich auch nicht so; Mr. Loc erinnerte mich eher an die verkniffen guckenden Kerle, die ich in Saigon im Ministerium für Öffentliche Sicherheit gesehen hatte. In meinem Job als Kriminalermittler bei der Armee war ich in viele Rollen geschlüpft und ich beherrsche das gut. Mr. Loc hingegen beherrschte die Rolle des Chauffeurs nicht besonders, genauso wenig wie Oberst Mang die eines Ausländerpolizisten.

Susan sagte: »Mr. Loc muss jetzt wissen, wohin wir fahren, damit er seine Firma anrufen kann.«

Ich wandte mich direkt an Mr. Loc und sagte: »Ashau, Khe Sanh, Quang Tri.«

Er nahm das zur Kenntnis und ging ins Hotel.

Ich sagte zu Susan: »Ich habe das über das Hotel gebucht, das, wie du weißt, mit Vidotour zusammenarbeiten muss. Lass dir von diesem Kasper bitte eine Visitenkarte geben.«

Sie verstand sofort und nickte und als Mr. Loc aus dem Hotel wiederkam, bat sie ihn um seine Visitenkarte. Er sagte etwas zu ihr und schüttelte dabei den Kopf.

Sie kam zu mir und sagte: »Er sagt, er hätte seine Karten vergessen. Vietnamesen, die Visitenkarten haben, sind stolz darauf und würden eher ihre Zigaretten zu Hause liegen lassen als ihre Visitenkarten.«

»Okay, also werden wir überwacht. Frag ihn, ob er eine Landkarte hat.«

Sie fragte ihn und ohne etwas zu erwidern nahm er eine Landkarte vom Beifahrersitz und gab sie mir. Ich schlug sie auf und breitete sie auf der Motorhaube aus.

Während Mr. Loc dabeistand, sagte ich zu Susan: »Hier ist das Ashau-Tal, gleich westlich von Hué. Die Straße endet mitten im Tal in einem Ort namens Aluoi, nahe der laotischen Grenze, wo ich Ende April 68 mit dem Hubschrauber abgesetzt wurde. Von Aluoi geht diese gepunktete Linie aus, die entweder passierbar ist oder nicht. Das gehörte zum Ho-Chi-Minh-Pfad. Frag Mr. Loc, ob wir darüber nach Khe Sanh kommen.«

Sie fragte ihn, aber er hatte wahrscheinlich schon verstanden, was ich gesagt hatte. Er sagte etwas zu Susan und Susan sagte zu mir: »Mr. Loc sagt, die Straße sei größtenteils unbefestigt, aber solange es nicht regnet, könnten wir es auf dieser Strecke nach Khe Sanh schaffen.«

»Gut. Frag ihn, ob wir alle Englisch sprechen und mit dem Affentheater aufhören können.«

»Ich glaube, die Antwort lautet nein.«

»Klar. Okay, von Ashau fahren wir etwa siebzig Kilometer in nördlicher Richtung nach Khe Sanh, wo ich ebenfalls mit dem Hubschrauber abgesetzt wurde – Anfang April 68. Dann fahren wir nach Osten, wieder in Richtung Küste und auf der Nationalstraße 9 an der Entmilitarisierten Zone entlang und kommen dann nach Quang-Tri-Stadt, wo mein altes Basislager war und wo ich während der Tet-Offensive im Januar und Februar 1968 die meiste Zeit stationiert war. Wir reisen also zurück in die Zeit – aber in umgekehrter chronologischer Reihenfolge.« Ich fügte hinzu: »Wir machen es in dieser Reihenfolge, weil ich nicht im Ashau-Tal sein will, wenn es dunkel wird.«

Sie nickte.

Ich sagte: Insgesamt sind das etwa zweihundert Kilometer und dann fahren wir noch mal etwa achtzig Kilometer nach Süden, dann sind wir wieder in Hué.« Ich faltete die Karte zusammen und warf sie auf den Vordersitz.

Susan steckte sich eine Zigarette an, sah mich an und fragte: »Hast du je geglaubt, dass du mal auf diese Weise hierher zurückkommst?«

Ich ging ein paar Schritte vom Fahrzeug und Mr. Loc weg und dachte darüber nach. Ich antwortete: »Zuerst nicht. Ich meine, als ich 72 zum letzten Mal hier abgereist bin, war der

Krieg noch im Gange. Und dann hatten die Kommunisten ein Jahrzehnt lang das Land fest im Griff und Amerikaner waren nicht unbedingt willkommen. Aber ... Ende der Achtziger, als sich die Lage etwas entspannte und ich älter wurde, dachte ich allmählich daran, wieder hierher zu kommen. Die ersten Veteranen kehrten zurück und fast keiner, den ich kannte, bereute diese Reise.«

»Und jetzt bist du hier.«

»Ja. Aber das war nicht meine Idee.«

»Das war es die anderen beiden Male auch nicht.«

Ich erwiderte: »Nein, beim zweiten Mal habe ich mich freiwillig gemeldet.«

»Wieso?«

»Aus mehreren Gründen ... Es war gut für die Karriere – ich war damals schon Militärpolizist und kein Front-Infanterist mehr. Außerdem lief es daheim nicht gerade harmonisch und meine Frau schrieb dem Pentagon auf meinem Briefpapier, ich wolle zurück nach Vietnam.«

Susan lachte. »So ein Quatsch.« Sie sah mich an und sagte: »Dann bist du also im Grunde nach Vietnam gegangen, um vor deiner Ehe zu fliehen.«

»Ja. Ich habe mich feige verdrückt.« Ich überlegte kurz und sagte dann: »Und außerdem ... habe ich einen Bruder, Benny, der ... es galt das ungeschriebene Gesetz, dass immer nur ein männliches Familienmitglied in ein Kriegsgebiet geschickt werden durfte ... und Benny war sehr ungeschickt und ein richtiger Pechvogel und deshalb habe ich ihm etwas Zeit erkauft. Glücklicherweise endete die amerikanische Kriegsbeteiligung in Vietnam, ehe er seinen Marschbefehl bekam. Er ist schließlich in Deutschland gelandet. Ich erzähle das nicht gern, weil mich diese Geschichte edelmütiger wirken lässt, als ich bin.«

Sie legte mir ihre Hand auf die Schulter und sagte: »Das war aber sehr tapfer und edelmütig von dir.«

Ich überhörte das und sagte: »Die kleine Schweinebacke

hat mir immer Fotos von sich geschickt, auf denen er mit einem Fräulein auf dem Schoß in irgendeinem Hofbräuhaus hockt. Und meine Mutter, die überhaupt keine Ahnung hat, hat allen erzählt, Benny hätten sie nach Deutschland geschickt, weil er auf der High School ein Jahr lang Deutsch hatte. Und Paul hatte Französisch und deshalb haben sie ihn nach Vietnam geschickt, wo man, wie sie erfahren hatte, Französisch sprach. Sie dachte, Vietnam wäre irgendwo in der Nähe von Paris.«

Susan lachte.

»Packen wir's?«

»Ja.«

Sie trat ihre Zigarette aus und wir setzten uns hinten in den Toyota. Susan fragte mich: »Leben deine Eltern noch?«

»Ja.«

»Ich würde sie gerne mal kennen lernen.«

»Ich gebe dir ihre Adresse.«

»Und Benny?«

»Der hat immer noch einen Schutzengel. Ich habe noch einen Bruder, Davey, der wohnt immer noch in South Boston.«

»Die möchte ich alle kennen lernen.«

Ich versuchte mir auszumalen, wie sich die Webers aus Lenox auf ein paar Bier mit den Brenners aus South Boston zusammenhockten, und konnte mir dieses Treffen jetzt wirklich bildlich vorstellen.

Mr. Loc setzte sich ans Steuer und wir fuhren los.

Wir fuhren die von Bäumen gesäumte Uferstraße hinab, vorbei an ein paar Hotels und Restaurants, am Cercle Sportif und am Ho-Chi-Minh-Museum und binnen weniger Minuten waren wir aus der kleinen Stadt heraus und fuhren durch eine leicht hügelige Landschaft in Richtung Süden.

Ich sah die Kaisergräber verstreut herumstehen, ummauerte Anlagen, umgeben von riesigen Bäumen in einer parkartigen Landschaft. Susan knipste aus dem fahrenden Auto heraus ein Foto.

Die meisten Touristen, nahm ich an, kamen aus der Stadt, um sich die Grabmäler und Pagoden anzusehen, aber ich fuhr woandershin. Ich sagte zu Susan: »Du hättest nicht mitkommen müssen. Es gibt hier Schöneres zu sehen als Schlachtfelder.«

Sie nahm meine Hand und sagte: »Die meisten Sehenswürdigkeiten habe ich schon besichtigt, als ich das letzte Mal hier war. Diesmal will ich sehen, was du gesehen hast.«

Ich war bloß nicht sicher, ob *ich* sehen wollte, was ich gesehen hatte.

Die Straße führte durch die Nekropolis nach Süden und machte dann einen Schlenker nach Westen. Da es die Tet-Woche war, war nicht viel Verkehr. In den Dörfern sah ich die Kinder spielen und ganze Familien hatten sich draußen versammelt, aßen und unterhielten sich unter den Bäumen.

Ich nahm die Karte vom Beifahrersitz und betrachtete sie. Es war nur eine einfache Straßenkarte und keine sehr gute. Die Karten, die ich damals genutzt hatte, waren detaillierte Geländekarten der Army gewesen, die man zum Teil von französischen Militärkarten übernommen hatte. Die Army-Karten waren des Klimas wegen in Plastilin eingeschweißt und wir hatten darauf mit Fettstiften die amerikanischen Feuerstellungen, Flugplätze, Basislager und anderen Einrichtungen eingezeichnet. Der Nachrichtendienst der Army hielt uns über den mutmaßlichen Standort von Einheiten der Vietcong und Nordvietnamesen auf dem Laufenden und auch die zeichneten wir auf den Karten ein. Ich weiß nicht, woher die diese Informationen hatten, aber jedenfalls fanden die meisten unserer Feuergefechte an Orten statt, an denen der Feind eigentlich gar nicht hätte sein sollen.

Ich schaute nach vorne und sah, dass wir uns dem Parfüm-Fluss näherten. Auf der Karte war keine Brücke verzeichnet und es gab auch tatsächlich keine – falls ich noch auf eine angenehme Überraschung gehofft hatte.

Mr. Loc fuhr auf einen Fährkahn, der Platz für zwei Autos

bot. Wir waren die Einzigen, die hier warteten, und der Fährmann sagte etwas zu uns. Susan dolmetschte: »Wir können für zwei Autos bezahlen oder den ganzen Tag lang hier warten. Zwei Dollar.«

Ich gab dem Fährmann zwei Dollar und wir stiegen aus dem Toyota aus. Susan und ich standen an Deck, während die Fähre den Parfüm-Fluss überquerte. Sie knipste das Boot.

Ich sagte: »Frag Mr. Loc, ob du ihn knipsen darfst.«

Sie fragte ihn und er schüttelte den Kopf und entgegnete etwas in scharfem Ton.

Susan: »Er will nicht fotografiert werden.«

Ich sah über den Fluss zum anderen Ufer und sagte: »Das Pionierkorps der Army hat Pontonbrücken über diese ganzen Flüsse gebaut. Charlie sah es aber gar nicht gern, wenn noch irgendwo eine Brücke stand, und hat dann ein Bambusfloß mit Sprengstoff beladen und darauf gewartet, dass ein Konvoi über die Brücke fuhr. Dann haben sie sich mit dem Floß an ein anderes Schiff oder Boot gehängt und versucht, so auszusehen wie Tom Sawyer oder Huckleberry Finn. In letzter Minute haben sie dann einen Zeitzünder aktiviert, sind von Bord gegangen und unter Wasser, durch ein Schilfrohr atmend, weggeschwommen. Meist haben wir das allerdings kommen sehen und haben Charlie und sein Floß aus dem Wasser gesprengt, ehe er unter der Brücke ankam.«

Susan hatte dazu nichts zu sagen.

Ich fügte hinzu: »Deshalb war der Brückendienst bei uns so beliebt. Das war eins der interessanteren Spielchen.« Ich sah Susan an, die gerade diese Informationen verarbeitete, und sagte: »Tja, da muss man wohl dabei gewesen sein.«

Sie fragte: »Paul, jetzt da du erwachsen und gereift bist – wenn du darauf zurückblickst, empfindest du das dann nicht als ... tja ... einigermaßen anormales Verhalten?«

»Damals kam es einem normal vor. Ich meine, das meiste, was wir taten, sagten und dachten, war der Situation angemessen. Ein Verhalten, das du als normal bezeichnen würdest, hätte man hier für anormal gehalten. Es ist, glaube ich, ganz normal, dass man sich darüber freut, dass man den ganzen Tag auf einer Brücke sitzen und darauf warten kann, Charlie aus dem Wasser zu sprengen, statt den ganzen Tag lang durch den Dschungel patrouillieren zu müssen. Meinst du nicht auch?«

»Ich schätze mal schon. Das ist nachvollziehbar.«

»Gut.« Ich gab aber zu: »Wenn ich jetzt so darüber nachdenke, kommt es mir schon ein wenig eigenartig vor.«

Wir kamen ans andere Ufer und setzten uns wieder in den Wagen.

Mr. Loc ließ das Auto vom Fährkahn auf die Straße rollen und wir fuhren weiter nach Westen, auf die in der Ferne aufragenden Hügel und Berge zu.

Wir schafften nur etwa fünfzig Sachen und würden über eine Stunde zum Ashau-Tal brauchen, wenn die Straße weiterhin so gut war.

Das Land war hügelig, aber es war den Vietnamesen mit einem System von Gräben, Kanälen und Wasserschöpfrädern gelungen, auch hier Reisfelder anzulegen. Die Gegend sah wohlhabender und besiedelter aus, als ich sie in Erinnerung hatte.

Wir kamen in eine kleine Stadt namens Binh Bien, die letzte Ortschaft an dieser Straße. Dahinter lag das, was wir damals »Indianerland« genannt hatten.

Die Straße führte bergauf und bald waren wir in den Hügeln, die hier aus rotem Schiefer bestanden und mit Gestrüpp bewachsen waren.

Ich sagte zu Susan: »Wir mussten uns jede Nacht eingraben und dafür haben wir uns dann einen Hügel wie den da drüben gesucht, mit möglichst steilen Flanken und freiem Schussfeld. Das ist hier größtenteils Schiefer und mit diesen kleinen Klappspaten hat es Stunden gedauert, eine Mulde zum Schlafen zu graben, die dann auch, wenn wir nachts angegriffen wurden, zum Kampfgraben wurde. Das Loch sah wie ein flaches Grab aus und manchmal wurde es dann auch eins. In der Umgebung legten wir Bodenleuchtkörper mit Stolperdraht und Claymore-Minen aus. Die Claymore-Minen waren über Kabel an einen Dynamo für Handbetrieb angeschlossen, der genug Saft für den Zünder lieferte. So eine Claymore-Mine verschießt hunderte Kugellagerkugeln den Hügel hinab, wie eine riesige Schrotflinte, und im Umkreis von dreißig Metern davor wird jeder niedergemäht. Das war eine sehr effektive Verteidigungswaffe und wenn wir die Leuchtkörper und Claymore-Minen nicht gehabt hätten, hätten die meisten von uns das ganze Jahr lang, das wir hier waren, nicht geschlafen.«

Sie nickte.

Die Straße wand sich nun über einen sehr schmalen Pass, an dem beiderseits steile Hänge aufragten, und hier wurde die Vegetation dichter. Ein Bergbach floss an der Straße entlang und ich konnte mir vorstellen, dass er in der Monsunszeit über die Ufer trat und die Straße unpassierbar machte.

Ich sagte zu Susan: »Das ist von Vietnam aus der einzige Weg ins Tal, aber die Amerikaner sind nie auf dem Landweg dorthin, weil sich dieser Pass bestens als Hinterhalt eignet. Wir sind mit Hubschraubern hingeflogen und haben alles, was wir brauchten, aus der Luft bekommen.«

Die Straße war hier kaum noch asphaltiert und als wir noch höher kamen, trieben Wolken über die Hänge, kam Bodennebel auf und es wurde kalt. Mr. Loc war gar kein schlechter Fahrer und nahm das gelassen. Seit etwa zwanzig Kilometern hatten wir kein anderes Fahrzeug und kein menschliches Wesen mehr gesehen.

Susan sagte: »Ich war noch nie so weit im Hinterland. Es ist unheimlich.«

»Das ist ein anderes Land. Völlig anders als die Küstenebene. Hier oben leben viele Montagnards.«

»Wer ist das?«

»Die Bergvölker. Es gibt viele Stämme mit unterschiedlichen Namen, aber wir haben sie alle Montagnards genannt, nach ihrem französischen Namen.«

»Ah. Heutzutage nennt man sie ethnische Minderheiten oder indigene Völker. Das ist politisch korrekt.«

»Ja, ja. Das sind Montagnards. Das heißt einfach nur Bergmenschen. Jedenfalls mochten die früher die Amerikaner und hassten die ethnischen Vietnamesen – ganz egal, ob aus dem Norden oder dem Süden. Wir haben sie bis an die Zähne bewaffnet, aber das Kunststück dabei war, sie dazu zu bringen, nur Nordvietnamesen und Vietcong umzubringen und nicht unsere Verbündeten von der ARVN. Ich glaube, ihr Motto war: ›Nur ein toter Vietnamese ist ein guter Vietnamese.‹« Ich fragte: »Hast du schon mal von der FULRO gehört?«

Mr. Loc wandte sich um und wir sahen einander in die Augen. Jetzt würde dieser Idiot nach seiner Rückkehr melden, dass ich hier war, um einen Aufstand der Montagnards anzuführen.

Susan sagte: »Ich hab mal ein paar Fotos gesehen in dem Kriegsmuseum in …«

»Ja, ich auch.«

Susan überlegte kurz und sagte dann: »In all den Jahren, die ich hier bin, habe ich nie einen Angehörigen der Bergstämme gesehen.«

»Nicht mal in der Q-Bar?«

Sie überhörte das und fragte mich: »Sind die … na, du weißt schon … freundlich gesinnt?«

»Früher waren sie das. Sie waren sogar recht nett zu einem, wenn man kein Vietnamese war. Vielleicht solltest du dein Haar doch anders kämmen.«

Ich schaute hoch und sah, dass Mr. Loc uns im Rückspiegel anstarrte. Der Mann verstand offensichtlich, was wir sagten, und ihm gefiel dieses Gespräch über die FULRO und den Vietnamesenhass der Montagnards gar nicht.

Wir erklommen eine Anhöhe und fuhren dann wieder bergab. Der Pass war immer noch sehr schmal und gewunden und verschwand immer wieder im Nebel. Deshalb konnten wir das Ashau-Tal nicht sehen.

»Sieh mal, Paul.« Susan zeigte auf einen Bergkamm, auf dem auf ein lang gestreckter Pfahlbau aus Holzbohlen und Reet stand. Sie fragte: »Ist das ein Haus von einem Bergstamm?«

»Sieht ganz so aus.«

Als wir uns dem Langhaus auf etwa hundert Meter genähert hatten, tauchten auf dem Bergkamm vor uns drei Männer mit sehr langem Haar auf, die aussahen, als wären sie in bunte Decken gehüllt. Zwei von ihnen trugen Kalaschnikows, der dritte hielt ein amerikanisches M-16-Gewehr in der Hand. Mein Herzschlag setzte für eine Sekunde aus und Mr. Loc ging es vermutlich genauso, denn er bremste abrupt.

Mr. Loc starrte die drei bewaffneten Männer an, die jetzt keine fünfzig Meter mehr von uns entfernt waren, und sagte etwas zu Susan.

Susan sagte zu mir: »Mr. Loc sagt, das seien entweder Ba Co oder Ba Hy. Sie dürfen keine Gewehre tragen, aber sie jagen damit und der Staat kann anscheinend nichts dagegen unternehmen.«

Das waren doch mal gute Neuigkeiten. Es gefiel mir, dass es hier bewaffnete Zivilisten gab, die der Staat nicht unter Kontrolle hatte. Ich hoffte nur, dass sie noch wussten, dass sie Amerikaner mochten.

Die drei Stammesangehörigen sahen zu uns hinunter, regten sich aber nicht. Ich beschloss dafür zu sorgen, dass sie mitbekamen, dass nur unser Fahrer Vietnamese war. Ich stand auf und winkte. Ich rief: »Hallo! Ich bin wieder da!«

Sie sahen erst einander und dann wieder mich an.

Ich rief zu ihnen hoch: »Ich komme aus Washington und will euch helfen!«

Susan fragte: »Willst du, dass die uns abknallen?«

»Die lieben uns.«

Die drei Männer winkten mit ihren Gewehren und ich sagte auf Englisch zu Mr. Loc: »Okay, sie sagen, wir können durch. Fahren Sie los.« Ich setzte mich wieder.

Er setzte den Wagen wieder in Bewegung.

Wir fuhren weiter über den Pass hinab ins Tal. Susan sagte: »Das war unglaublich. Mist, ich hätte ein Foto machen sollen.«

»Wenn du die fotografierst, schneiden sie dir den Kopf ab und versuchen ihn in die Kamera zu stopfen.«

»Red nicht so 'n Stuss.«

»Ich werd dir mal sagen, was sie früher mit nordvietnamesischen Soldaten und Vietcong gemacht haben: Sie haben sie bei lebendigem Leib gehäutet, dann mit Rasiermessern filetiert, die Fleischstücke an ihre Hunde verfüttert und die Gefangenen gezwungen zuzusehen, wie die Hunde sie Stück für Stück auffraßen. Jedes Mal, wenn sie einen feindlichen Soldaten gefangen nahmen, wurden die Hunde vor Vorfreude verrückt. Die meisten feindlichen Soldaten haben sich lieber selbst umgebracht, als sich von den Montagnards gefangen nehmen zu lassen.«

»O Gott ...«

»Ich habe das nie mitangesehen ... Aber einmal habe ich gesehen, was von so einem Mann dann noch übrig war ... Ich glaube, es gab uns ein gutes Gefühl, dass wir noch nicht ganz so psychotisch waren.«

Sie erwiderte nichts.

Mr. Loc schaute sich um und sah mich an. Es war kein sehr freundlicher Blick. Ich sagte zu ihm: »Fahren Sie.«

Der Pass wurde breiter und weniger steil. Der Bodennebel lichtete sich und wir konnten das Ashau-Tal sehen, das hier und da mit weißen Nebelschwaden übertupft war, die von hier aus wie Schnee aussahen.

Ich betrachtete das Tal und es war mir sehr vertraut. Ich hatte nie geglaubt, dass ich diesen Ort mal wieder sehen würde. Als ich damals hier gewesen war, hatte ich nicht geglaubt, dass ich noch jemals etwas anderes sehen würde.

Susan sah mich an und fragte: »Erkennst du es wieder?«

Ich nickte.

»Du bist mit dem Hubschrauber gekommen. Und dann?«

Ich schwieg eine Weile und sagte dann: »Wir flogen von Camp Evans aus hierher, dem Vorposten der 1. Cavalry Division. Ein großes Hubschraubergeschwader brachte Infantristen für einen Luftangriff hierher. Das war am 25. April und für kurze Zeit war gutes Wetter. Wir kamen aus Nordosten, über das Gebirge, durch das wir gerade gefahren sind. Am Nordrand des Tals gibt es einen Ort namens Aluoi, der früher ein vietnamesisches Dorf war, wovon aber zu diesem Zeitpunkt schon keine Spur mehr übrig war. Dort endet diese Straße. In Aluoi war früher ein Posten der französischen Fremdenlegion, den dann in den Fünfzigern die kommunistischen Vietminh erobert haben. Die Kommunisten kontrollierten dann dieses Tal, das als Dolch bezeichnet wurde, der auf das Herz von Hué gerichtet war. Und Anfang der Sechziger kamen Special Forces und errichteten ein Lager, mitten im Indianerland in Aluoi. Sie haben die alte französische Landepiste wieder aufgebaut und die Montagnards rekrutiert und für den Kampf gegen die Vietcong und Nordvietnamesen ausgebildet.«

Wir waren jetzt fast auf dem Grund des Tals und ich sah den Bach, der hindurchfloss.

Ich fuhr fort: »Da drüben, hinter diesen Bergen, weitet sich das Tal nach Laos hin und eine Abzweigung des Ho-Chi-Minh-Pfads führt direkt hier ins Tal. Und eines Tages 1966 zog der Feind seine Kräfte in Laos zusammen, Tausende, und überrannte das Lager der amerikanischen Special Forces. Anschließend kontrollierten wieder die Kommunisten das Tal.«

Wir fuhren jetzt in das flache Tal hinein und Mr. Loc gab ein wenig Gas.

»Nachdem das Lager der Special Forces erobert war und die überlebenden Stammesangehörigen der Bergvölker geflohen waren, wurde das ganze Tal und die Hügel und Berge drum herum zu einer so genannten ›Free-fire zone‹ erklärt, einem Abladeplatz für die Luftwaffe. Wenn sie wegen des Wetters einen gezielten Bombenangriff abbrechen mussten, haben sie ihre Bomben stattdessen auf dieses Tal abgeworfen. Als ich hier ankam, sah es aus wie Schweizer Käse. Die riesigen, häusergroßen Krater wurden für uns und die anderen zu Kampfständen und wir kämpften uns Krater um Krater vor … hier im Tal, auf den Hügeln, in dem Dschungel da oben.« Ich sah nach Südwesten und sagte: »Irgendwo da drüben, nahe der laotischen Grenze, ist der so genannte Hamburger Hill, wo im Mai 1969 bei dem Versuch, diesen nutzlosen Hügel einzunehmen, zweihundert Männer der Army gefallen sind und Hunderte verwundet wurden. Dieses ganze verdammte Tal troff jahrelang vor Blut … und heute … sieht es immer noch düster und unwirtlich aus … aber ich sehe, dass die Vietnamesen und die Montagnards zurückgekehrt sind … und ich bin auch wieder da.«

Susan sah sich eine Weile schweigend um und sagte dann: »Jetzt verstehe ich, warum du hierher kommen wolltest.«

»Ja … aber … das ist besser, als es alles in Albträumen noch mal nachzuerleben … Wie der Typ da bei den Cu-Chi-Tunneln … Man kehrt zurück, stellt sich der Sache und sieht, dass es nicht mehr so ist wie früher … Dann ersetzt diese frische Erinnerung die alte … Jedenfalls ist es theoretisch so. Aber jetzt … kotzt es mich an, hier zu sein.«

»Willst du hier weg?«

»Nein.«

Die Straße führte zu dem wieder aufgebauten Dorf Aluoi, das ich in der Ferne sehen konnte. Um uns her, wo früher Gestrüpp, Elefantengras und Bambus gewachsen war, hatte man das Land gerodet und Gemüsefelder angelegt.

Ich sagte: »Wir schreiben also den April 1968 und die US Army will das Tal wiederhaben. Wir werden also mit Hubschraubern hergeflogen und ich sitze mit sechs anderen Infantristen in einem Huey und bin gar nicht glücklich über das

Ganze, da wird der Hubschrauber plötzlich von Flak beschossen. Wir waren noch nie von Flak beschossen worden und es jagte mir fürchterliche Angst ein … diese großen, schwarzen Explosionswolken in der Luft, wie in einem Film über den Zweiten Weltkrieg, erfüllen den Himmel und um uns her zischen massenweise Schrapnelle durch die Luft. Der Hubschrauber vor uns wird am Heckrotor getroffen und wirbelt herum. Die Infantristen fliegen aus der Tür, dann stürzt der Hubschrauber wie ein Stein zu Boden und explodiert. Dann wird noch ein anderer Hubschrauber getroffen und unser Pilot geht schnell senkrecht runter und versucht unter dem Flakfeuer durchzufliegen. Ich konnte also zwei Hubschrauber sehen, die abgestürzt waren, und in jedem waren sieben Infantristen und vier Mann Besatzung, so dass also zweiundzwanzig Männer umgekommen waren, ehe wir auch nur in dem Tal ankamen. Wir haben bei diesem ersten Luftangriff noch zehn weitere Hubschrauber verloren. Und als wir runtergehen, decken sie uns von den Hügeln rund ums Tal mit Maschinengewehrfeuer ein und unser Hubschrauber kriegt eine Kugel direkt in die Windschutzscheibe aus Plexiglas, aber uns passiert nichts und der Pilot bringt uns bis auf drei Meter runter, wir springen ab und er macht sofort die Biege.«

»Ach du meine Güte! Du musst ja …«

»Ich hab mir vor Angst fast in die Hose gemacht. Jetzt sind wir also am Boden, und zwar in der so genannten heißen Landezone, was bedeutet, dass wir sofort beschossen werden. Der Feind ist um uns her auf den Hügeln und deckt uns mit Granaten, Raketen und Maschinengewehrfeuer ein. Wir setzen Tausende von Männern per Helikopter in dieser Todeszone ab und schwärmen dann aus, um den Feind auf den Hügeln anzugreifen. Währenddessen wirft die Air Force Napalm und Splitterbomben auf die Hügel ab und die Cobra-Kampfhubschrauber der Army beschießen sie mit Raketen und ihren Bordkanonen, um das feindliche Feuer zu unterdrücken.

Es war ein absolutes Durcheinander, ein wenig wie bei der Landung in der Normandie, bloß diesmal aus der Luft und nicht von Schiffen aus. Am Ende des Tages war die Lage schließlich unter Kontrolle, wir hatten die Piste in Aluoi gesichert und schwärmten in die Hügel aus, um nach Charlie zu suchen.«

Ich sah in den Rückspiegel und sagte zu Mr. Loc: »An diesem Tag haben wir es der Volksbefreiungsarmee ordentlich gezeigt, Mr. Loc.«

Er erwiderte nichts.

»Paul, lass das.«

»Der kann mich mal. Das ist Charlies Sohn.«

»Paul.«

Ich kriegte mich wieder ein wenig ein und sah, dass wir jetzt nach Aluoi kamen, einem dreckigen Dorf aus lauter Holzhäusern. Es gab hier nur ein einziges Steingebäude und vor dem flatterte eine Flagge, es gehörte also offensichtlich dem Staat. Die einzigen Fahrzeuge, die ich sah, waren Motorroller, ein Landwirtschaftslaster und zwei gelbe Polizeijeeps. Es waren Stromleitungen gespannt, also hatte der Ort im Gegensatz zu damals jetzt Elektrizität.

Mr. Loc hielt auf dem Dorfplatz. Hier standen keine Parkuhren.

Susan und ich stiegen aus und ich sah mich um und versuchte mich zu orientieren. Die Hügel hatten sich nicht verändert, der Talgrund aber schon.

Ich sagte: »Das ist also das Scheißloch, um das wir drei Wochen lang bis aufs Blut gekämpft haben.«

Ich sagte auf Englisch zu Mr. Loc: »Wir gehen ein wenig spazieren. Sie können jetzt Ihren Vorgesetzten Bericht erstatten.« Ich zeigte mit dem Daumen auf das Behördengebäude.

Susan und ich gingen über den kleinen Platz und dann einen schmalen Pfad entlang, der am westlichen Dorfrand an einem Feld endete. Durch die Felder verlief die ehemalige Start- und Landepiste, ein eine Meile langer Streifen aus perforierten Stahlplatten, der jetzt mit Unkraut überwuchert, aber immer noch benutzbar war.

Ich sagte zu Susan: »Das ist die Piste, und da drüben, an ihrem Nordende, waren die Ruinen des Special-Forces-Lagers, die die 1. Cavalry als Kommandoposten nutzte, als wir hier landeten. Die Pioniere stampften rund um die Piste Sandsackstellungen aus dem Boden und innerhalb von zwei Tagen hatten wir die gesamte Piste mit Stacheldraht und Claymore-Minen umgeben. Meine Kompanie blieb drei Tage lang in den Hügeln und drängte den Feind noch weiter zurück, fort von der Piste. Dann hatten wir zwei Tage lang Pause und haben die Bunker besetzt. Mein Bunker war irgendwo da drüben, am Fuße dieses Hügels.«

Ich schaute über das Ackerland zu der Stelle, an der sich die Hügel erhoben, gut fünfhundert Meter von hier entfernt. Ich sagte: »Eines Tages saßen wir auf dem Bunker, zu sechst, und haben Poker gespielt, und dann fängt Charlie an, uns von den entfernteren Hügeln aus mit Mörsergranaten zu beschießen. Und jetzt kommt was absolut Verrücktes: Wir haben kaum mal hochgeguckt, als die Granaten einschlugen, denn wir waren ja mittlerweile alte Hasen und wussten, dass Charlie die Kommandobunker da drüben oder die Munitionsdepots oder die Piste treffen wollte. Also haben wir weiter Karten gespielt. Und dann – und jetzt wird's lustig – muss irgend so ein Kommunistenschwein da oben auf den Hügeln – offensichtlich der Artillerist mit dem Feldstecher – uns gesehen haben und sauer geworden sein, weil wir sein Granatfeuer gar nicht beachteten. Er nimmt das also persönlich und richtet das Granatfeuer jetzt mehr auf unseren schäbigen kleinen Bunker. Die Einschläge kommen näher, und als Erde und Steine auf uns herniederprasseln, wird uns klar, dass sie zu nah kommen. Tja, ich hatte gerade drei Asse auf der Hand und im Pott waren etwa dreißig Dollar und alle lassen die Karten fallen, schnappen sich eine Hand voll Geld, springen vom Dach des Bunkers und hechten hinein. Ich springe gerade rein, als draußen eine Granate explodiert und den ganzen Bunker erschüttert. Ich hatte meine Karten behalten und zeige diesen Idioten meine drei Asse, während der Bunker allmählich in Stücke geht, und wir streiten uns, ob ich jetzt gewonnen habe oder jemand falsch gegeben hat. Darüber haben wir hinterher noch wochenlang gelacht.«

Susan sagte: »Tja, da muss man wohl dabei gewesen sein.«

»Ich war's.«

Ich ging auf einen Pfad zwischen zwei bebauten Feldern und Susan folgte mir. Der Pfad endete an einem Wäldchen und wir gingen hindurch zum Bach. Er war flach und steinig und ich erinnerte mich, dass ich ihn an einer felsigen Furt weiter flussaufwärts einmal durchquert hatte. Ich ging ans Bachufer und stellte mich auf einen flachen Felsen. Susan stellte sich neben mich.

»Eines Tages haben wir diesen Bach ein Stück weiter flussaufwärts durchquert – da drüben. Von unserer Kompanie, die anfangs aus hundertsechzig Männern bestanden hatte, waren jetzt nur noch etwa hundert übrig. Wir hatten während der Tet-Offensive im Januar und Februar viele Männer verloren und dann auch Anfang April in Khe Sanh. Jetzt ist es so um den 30. April und wir haben auch im Ashau-Tal schon ein paar Jungs verloren. Der Fleischwolf braucht Frischfleisch, es kommt aber kein Ersatz und uns gehen auch allmählich die Feldrationen und das gereinigte Wasser aus ...«

Ich sah auf den Bach und sagte: »Das ist ein sauberer Bergbach und deshalb haben wir es riskiert, hier unsere Feldflaschen zu füllen und direkt aus dem Bach zu trinken.«

Ich ging am felsigen Ufer entlang, bis ich zu der Furt kam, an die ich mich erinnerte. Susan folgte mir und wir schritten auf den ersten Felsen in den Bach hinaus. Das Wasser ging uns bis zu den Fußknöcheln und war so kalt, wie ich es in Erinnerung hatte. Wir durchquerten den Bach und kletterten an der anderen Seite ans Ufer.

Ich sagte: »Hier haben wir also den Bach durchquert und

was sehen wir da? Etwa zehn Leichen von feindlichen Soldaten, die hier am Ufer lagen, einige halb im Wasser. Sie verwesten im Bach, waren schon ganz grün und aufgequollen. Bei einem hing der Unterkiefer nur noch an einem Muskelfetzen und ruhte auf seiner Schulter, noch mit allen Zähnen drin … ein ausgesprochen unheimlicher Anblick.« Ich fügte hinzu: »Alle kippten ihre Feldflaschen aus und ein Typ hat sich übergeben.« Ich kniete mich hin, schöpfte mit den Händen etwas Wasser und betrachtete es, trank es aber nicht.

Susan war still.

Ich richtete mich wieder auf und wandte mich vom Bach ab. Ich erkannte den Trampelpfad, der durch dichtes Gestrüpp verlief, und kletterte am Ufer dorthin hoch.

Susan folgte mir, sagte aber: »Paul, hier könnten immer noch Minen liegen.«

»Das glaube ich nicht. Diese Furt wird wahrscheinlich viel benutzt und der Pfad ist auch ausgetreten. Aber wir werden vorsichtig sein.« Ich ging den Pfad hoch, und Susan folgte mir. »Nachher machen wir einen Blutegelcheck.«

Sie erwiderte nichts.

»Wir gehen also diesen Pfad hoch und irgendwas regt sich im Gebüsch. Aber es ist nicht Charlie, es ist ein Hirsch. Ich bin ganz vorn im ersten Platoon und wir schießen alle wie die Idioten auf den Hirsch. Wir treffen ihn aber nicht und fangen an, ihn durchs Gebüsch zu jagen, während das restliche Platoon den Pfad hochläuft, um uns nicht zu verlieren.«

Ich ging weiter den Pfad hinauf, der in einen dichten Wald und an den Fuß der Hügel führte.

»Unser Kompaniechef, Captain Ross, war mit den anderen beiden Platoons unten am Bach und dachte, wir würden in Verbindung bleiben, doch dann meldete ihm unser Platoon-Führer über Funk, dass wir einen Hirsch jagten. Dafür hat uns der Captain zur Schnecke gemacht und er musste uns jetzt mit der restlichen Kompanie zur Hilfe kommen.« Ich lachte. »Also echt: völlig verrückt.«

Ich ging weiter den Pfad hinauf. Der Regenwald war hier sehr dicht und immer wieder meinte ich zu spüren, dass mir ein Blutegel im Nacken landete.

Susan fragte: »Wo willst du hin?«

»Da oben ist etwas, das ich sehen will. Ich kann nicht fassen, dass ich das hier gefunden habe.«

Wir kamen an ein paar Bombenkratern vorbei, in denen jetzt Bäume und Sträucher wuchsen und die damals gerade frisch aufgeworfene Erde gewesen waren.

Schließlich kamen wir auf eine Lichtung, an die ich mich erinnerte und die immer noch mit Bombenkratern übersät war. Jenseits der Lichtung begann dichter Regenwald und gut hundert Meter hinter dem Waldrand ragten stufenförmig steile Hügel auf. Hier war es. Ich ging auf den Wald zu.

Ich stand vor dieser Mauer aus Pflanzen und sagte zu Susan: »Etwa zwanzig von uns jagen also diesen Hirsch und ballern in der Gegend rum und der Hirsch läuft genau hier in den Wald, der damals hier eine Lücke hatte, die wir für den Anfang eines weiteren Pfades hielten. Wir hinterher und mit einem Mal sind wir auf freiem Feld, aber das ist keine natürliche Lichtung, denn wir sehen viele abgesägte Baumstümpfe und da wird uns klar, dass es ein feindliches Basislager ist, hier im Dschungel verborgen und auch aus der Luft nicht zu sehen, da die drei Stockwerke der Baumkronen eine Art riesige Kuppel bilden. Sonnenschein schimmert durch das Laub auf die große Freifläche, es ist absolut surreal. Hütten, Laster, Hängematten, Freiluftküchen, ein Feldlazarett, ein beschädigter Panzer und jede Menge Luftabwehrwaffen stehen da einfach so rum.«

Ich suchte nach einer Lücke in der Vegetation, fand aber keine. Ich sagte: »Es ist da drin.« Ich schob mich durch das dichte Gestrüpp und verfing mich in einer Stechwinde, die ich mit meinem Schweizer Offiziersmesser kappte.

»Paul, das ist *kein* viel begangener Pfad. Du bringst dich noch um.«

»Geh zurück.«

»Nein, du kommst wieder her. Es reicht.«

»Bleib einfach da und ich ruf dich dann.« Ich schob mich weiter in das Gestrüpp vor, wohl wissend, dass hier überall Splitterbomben rumliegen konnten, die die dumme Angewohnheit hatten zu explodieren, wenn man sie berührte. Aber ich musste dieses alte Basislager sehen.

Schließlich lichtete sich der Dschungel und ich stand unter dem hoch aufragenden Dach des Regenwalds am Rande dessen, was früher ein riesiges feindliches Basislager gewesen war. Hierher drang so wenig Sonnenlicht, dass die Vegetation nicht besonders dicht und hoch war, und ich konnte ganz bis zu den steil aufragenden Hügeln etwa hundert Meter weiter sehen.

Susan kam hinter mir aus dem Gestrüpp und fragte: »Ist es das?«

»Ja. Das war das Basislager der Nordvietnamesen. Schau mal da drüben. Siehst du die Bambushütten? Früher war hier alles voller Hütten, Munition, Laster, Waffen ...«

Ich ging weiter in das Lager hinein und sah zu dem Baldachin aus Baumwipfeln hinauf. »Die hatten da oben doch tatsächlich Tarnnetze gespannt. Sehr clever.«

Susan erwiderte nichts.

»Wir stürmen also hier rein, etwa zwanzig Mann, auf der Jagd nach diesem Hirsch, und bleiben wie vom Blitz gerührt stehen. Das Lustige daran ist, dass wir nur was zu essen jagten, die Nordvietnamesen aber geglaubt haben müssen, dass wir sie mit übermächtigen Heerscharen angreifen, denn sie hatten alle 'ne Fliege – gemacht. Da brannte sogar noch ein Herdfeuer.«

Ich ging noch ein paar Meter weiter in das Lager und sagte: »Wir rücken jetzt sehr vorsichtig vor, von Baum zu Baum, von Stumpf zu Stumpf. Wir hatten gerade einen Volltreffer gelandet, indem wir dieses Lager gefunden hatten, und unser Platoon-Führer, Lieutenant Merrit, gibt die gute Neuigkeit über Funk an den Kompaniechef weiter und erwähnt diesmal den Hirsch nicht. Wie sich dann rausstellte, war Charlie aber gar nicht geflohen, sondern versteckte sich in der Umgebung des Lagers, vor allem auf den steilen Hügeln da drüben. Aber wir sind ja auch nicht dumm und deshalb gehen wir hinter den Baumstämmen und -stümpfen in Deckung und machen das, was man Aufklärung durch Feuer nennt, was im Grunde bedeutet, den Laden, bevor wir weiter hineingehen, kurz und klein zu schießen, um zu sehen, ob das Feuer erwidert wird. Und natürlich verliert einer der Feinde die Nerven oder ist zu aufgeregt und schießt zurück, ehe das ganze Platoon im Schussfeld ist. Mit einem Mal stecken wir in einem massiven Feuergefecht und schießen mit Granaten und Raketen auf die Benzinfässer, die explodieren, und die Munitionsdepots gehen auch hoch und mittlerweile ist der Rest der Kompanie direkt hinter uns.«

Ich ging weiter in das überwucherte Lager hinein und sah mich um. Hier waren offensichtlich schon Altmetallsammler gewesen, denn ich sah nirgendwo auch nur ein Fitzelchen Stahl – keine explodierten Benzinfässer, keine kaputten Laster und nicht ein einziges Schrapnell.

Susan stellte sich neben mich und betrachtete die große Freifläche unter den Wipfeln der Bäume. »Das ist unglaublich … Ich meine, solche Orte muss es doch überall in Vietnam geben.«

»Es gibt sie auch. Es ist ihnen die ganze Zeit über gelungen, eine halbe Million Männer und Frauen in Dschungellagern wie dem hier zu verstecken, und in Cu-Chi- und anderen Tunneln, in Dörfern an der Küste, in den Sümpfen des Mekongdeltas … die kamen raus und kämpften, wann und wo sie wollten und zu ihren Bedingungen … Doch diesmal hatten wir sie in diesem Tal eingeschlossen und sie mussten nach unseren Bedingungen kämpfen …«

Ich ging weiter in das verwaiste, gespenstisch wirkende Lager hinein. »Dummerweise stellte sich dann heraus, dass wir es da mit einer viel größeren Streitkraft zu tun bekommen hatten, als wir es waren, und deshalb brachen wir die Feindberührung ab und sahen zu, dass wir hier wegkamen. Wir zogen uns in Richtung Bach zurück, aber sie versuchten uns den Weg abzuschneiden und wir schossen uns den Weg frei. Wir forderten Kampfhubschrauber und Artillerie an und das war das Einzige, was uns an diesem Tag davor bewahrt hat, hier eingekesselt und vernichtet zu werden. Es war ein schöner Schlamassel, aber das Schlimmste kam erst noch. Unser Battaillonskommandeur, ein Lieutenant Colonel, war bei dem Luftangriff verletzt worden und sein Ersatz, ein Major, wollte unbedingt Lieutenant Colonel werden und deshalb befahl er uns zwei Tage lang einen Gegenangriff, unterstützt von Artillerie und Kampfhubschraubern. Aber wir waren immer noch zahlenmäßig unterlegen und am dritten Tag hatten wir durch Gefallene und Verwundete schon ein Drittel der Kompanie verloren, aber wir eroberten das Lager zurück – jedenfalls bildeten wir uns das ein. Ganz plötzlich hören wir da drüben, am anderen Ende des Lagers, etwas Seltsames und dann kommen zwei Panzer aus dem Dschungel und das waren keine von uns, denn wir hatten in diesem Tal keine Panzer. Keinem von uns war jemals ein feindlicher Panzer begegnet und wir ... wir waren starr vor Schreck. Die Panzer hatten beide jeweils zwei Schnellfeuerkanonen Kaliber 57 auf den Türmen und damit eröffneten sie das Feuer. Einer unserer Jungs wird von einer Panzergranate mitten in die Brust getroffen – nichts blieb von dem übrig. Zwei andere werden von umherfliegenden Granatsplittern getroffen und alle gehen in Deckung oder laufen weg, aber einem Panzer kann man nicht davonlaufen. Dann nimmt einer seine M-72-Panzerabwehrrakete – diese kleinen Dinger in den Pappröhren –, steht auf, zielt ganz cool, während diese Panzer auf uns zukommen, und feuert. Die Rakete trifft den Turm des ersten Panzers und der Kanonier wird aus dem Turm geschleudert. Ein anderer Typ schießt eine Rakete ab und trifft die Kette des zweiten Panzers. Die feindliche Panzerbesatzung steigt aus und läuft weg und wir mähen sie nieder. Jetzt haben wir zwei Panzer erledigt und der Captain meldet das dem Battaillonshauptquartier und wir sind Helden. Also werden wir nun etwa abgelöst und kommen wieder nach Aluoi? Nein, Pustekuchen, der neue Battaillonskommandeur will sich einen Ruf erwerben oder so und befiehlt uns, weiter vorzustoßen. Das hatten wir eigentlich nicht vorgehabt, aber der Typ ist clever und erzählt uns über Funk, irgendwo auf diesen Hügeln wären nach Geheimdienstberichten möglicherweise amerikanische Kriegsgefangene in Bambuskäfigen eingesperrt. Das motiviert uns und wir ziehen los.«

Ich ging zu der Stelle, an der wir meiner Erinnerung nach die Panzer getroffen hatten, und Susan folgte mir. »Wir kletterten diesen steilen Hügel da drüben hoch und verfolgten das, was vom Feind noch übrig war, und dabei hielten wir Ausschau nach diesen Kriegsgefangenenkäfigen.« Ich atmete tief durch und fuhr fort: »Am sechsten Tag hatten wir etwa ein Dutzend Feuergefechte mit den Nordvietnamesen gehabt, die sich zurückzogen. Wir fanden tatsächlich ein paar Bambuskäfige, aber sie waren leer. Mittlerweile waren wir völlig erschöpft, vom Kampf so komplett ausgelaugt, dass wir nachts nicht mehr schlafen konnten, nichts mehr runterkriegten und uns immer daran erinnern mussten, mal etwas Wasser zu trinken. Wir sprechen kaum noch miteinander, denn es gibt nichts mehr zu sagen. Jeden Tag werden mehr Leute getötet oder verwundet und die Gruppe wird immer kleiner, bis es dann keine Platoons und keine Squads mehr gibt und wir nur noch eine bewaffnete Horde sind, ohne richtigen Anführer und ohne Kommandostrukturen ... alle Offiziere sind tot oder verwundet, bis auf den Kompaniechef, Captain Ross, einen Fünfundzwanzigjährigen, der mittlerweile der Älteste der ganzen Kompanie ist ... und alle Sergeants sind tot oder verwundet ... die Sanitäter sind alle verwundet und auch die Funker und die Maschinengewehrschützen und deshalb versuchen wir uns dran zu erinnern, was wir in der Grundausbildung über Funkgeräte, Maschinengewehre und erste Hilfe gelernt haben … und wir machen weiter …«

Ich starrte die Hügel in der Ferne an.

Susan sagte leise: »Paul, wir können jetzt zurückgehen.«

»Ja … also wir hätten darum bitten sollen, dass man uns austauscht oder Verstärkung schickt, und vielleicht hat der Kompaniechef das auch getan, aber ich erinnere mich nicht daran … aber dieses Gefecht, bei dem wir die anderen immer weiter zurückdrängten, hatte eine Eigendynamik entwickelt und ich glaube, es ging uns vor allem darum, noch mehr von den Leuten umzubringen, die so viele von uns umgebracht und verwundet hatten … Es war wie ein Kampf bis zum bitteren Ende und so verängstigt und erschöpft wir auch waren, wollten wir doch einzig und allein noch mehr von ihnen töten. Ja, da ist etwas sehr Seltsames mit uns vorgegangen.«

Ich erhob mich. »Insgesamt ging das sieben Tage lang so weiter und am siebten Tag wäre man nicht mehr drauf gekommen, dass wir nette amerikanische Jungs aus einem netten, sauberen Land waren. Ich meine: Wir hatten buchstäblich Blut an den Händen und auf unseren zerrissenen Kampfanzügen, wir hatten Siebentagebärte und tief liegende, blutunterlaufene Augen und Dreck am ganzen Leib und dachten nicht mehr ans Rasieren oder Duschen oder Essen oder Verbinden … Wir dachten nur noch daran, Schlitzaugen umzubringen.«

Wir standen da und schließlich sagte Susan: »Ich verstehe, warum du nicht darüber sprechen wolltest.«

Ich sah sie an und sagte: »Diese Geschichte habe ich schon ein paar Mal erzählt. Das ist nicht die Geschichte, über die ich nicht sprechen will.«

Ich ging fünfzig Meter weiter in das Lager hinein, und Susan folgte mir. »Wir rückten weiter in die Hügel vor und am siebten Tag patrouillierten wir an einer Hügelkette entlang und hielten Ausschau nach dem Feind. Der Kompaniechef befahl die Absicherung der Flanken – je zwei Jungs in den Schluchten beiderseits dieses Hügelkamms. Ich war einer dieser Jungs. Ich klettere also mit diesem anderen Typen runter in die Schlucht und dann gehen wir neben der Kompanie her, die wir auf dem Hügelkamm über uns immer noch sehen können. Doch dann wird die Schlucht tiefer und die Hügelkette macht einen Bogen und der andere Typ ist so weit vor mir, dass ich den Sichtkontakt zu ihm und der Kompanie verloren habe. Ich bin also ganz allein, was nie gut ist, und versuche den anderen Typ einzuholen, aber wie sich dann rausstellte, war er den Hügel hochgeklettert und suchte nach der Kompanie.«

Ich ging zum Fuß des steilen Hügels, wo immer noch einige eingestürzte, von Schlingpflanzen überwucherte Hütten standen. Ich sah zu dem Hügel hoch. »Es war da drüben, auf der anderen Seite dieses Hügels … Ich gehe ganz allein und beschließe, dass es Zeit wird, wieder hochzuklettern und die anderen zu finden. Als ich das gerade tun will, erhasche ich im Augenwinkel eine Bewegung und da steht auf der anderen Seite der Schlucht, keine zwanzig Meter von mir entfernt, ein nordvietnamesischer Soldat mit einer Kalaschnikow und sieht mich an.«

Ich atmete tief durch und fuhr fort: »Wir … starren einander also an und dieser Typ trägt eine gestreifte Tarnhose, ist aber oben rum nackt und hat blutige Verbände um die Brust. Ich habe das Gewehr nicht im Anschlag und er auch nicht. Es geht jetzt also darum, wer als Erster schießt, aber ehrlich gesagt, war ich starr vor Angst und ich glaube, er war es auch. Aber dann … wirft der Mann sein Gewehr hin und da atme ich weiter. Ich dachte, er wollte sich ergeben. Aber nein. Er geht auf mich zu und ich hebe mein Gewehr und brülle: ›Dung lai!‹ Stehen bleiben. Stopp. Aber er kommt mir immer näher und ich brülle noch mal: ›Dung lai!‹ Dann zieht er eine lange Machete aus seinem Koppel. Er sagt etwas, aber ich verstehe kein Wort. Mittlerweile reichte es mir und ich will ihn gerade wegpusten. Aber da sehe ich, dass er auf den Klappspaten an meinem Koppel zeigt, und mit einem Mal wird mir klar, dass er Mann gegen Mann kämpfen will.«

Ich spürte kalten Schweiß auf meinem Gesicht und ich lauschte den Vögeln und Insekten in den Bäumen, dann war ich wieder in der Schlucht.

Ich sagte zu Susan oder zu mir selbst: »Er will Mann gegen Mann kämpfen und schreit mich an. Ich verstehe kein Wort, weiß aber genau, was er sagt. Er sagt: ›Jetzt wollen wir mal sehen, wie tapfer ihr ohne eure Artillerie, eure Kampfhubschrauber und Düsenjäger seid.‹ Er sagt: ›Du mieser Feigling. Zeig mal, ob du Mumm in den Knochen hast, du überfüttertes, verzärteltes Amerikanerschwein.‹ Das hat er gesagt. Und dabei kommt er die ganze Zeit näher und jetzt ist er keine drei Meter mehr von mir entfernt und ich sehe ihm in die Augen. So einen Hass hatte ich noch nie und habe ich auch nie wieder gesehen. Ich meine: Dieser Typ ist völlig durchgeknallt, er ist verwundet und allein und vielleicht der letzte Überlebende seiner Einheit ... und er winkt mir zu, ich solle näher kommen, weißt du, wie bei einer Schlägerei auf dem Schulhof. Komm her, Kleiner. Zeig mal, was du drauf hast. Du hast den ersten Schlag ... aber dann ... ich habe keine Ahnung warum ... werfe ich mein Gewehr hin ... und er bleibt stehen und lächelt. Er zeigt noch mal auf meinen Klappspaten und ich nicke ihm zu.«

Ich verstummte und stellte mich auf einen Fels am Fuß des Hügels. Ich atmete ein paar Mal tief durch und wischte mir das Gesicht ab.

Susan sagte: »Paul, gehn wir.«

Ich schüttelte den Kopf und erzählte weiter: »Wer ist also verrückter – er oder ich? Ich lange nach hinten, mache meinen Klappspaten los, stelle das Blatt im rechten Winkel zum Griff ein und arretiere es. Ich nehme meinen Helm ab und werfe ihn zu Boden. Jetzt lächelt er nicht mehr, sondern blickt durchdringend und entschlossen. Er sieht mir in die Augen und will, dass ich ihm auch in die Augen sehe, aber ich bin aus South Boston und weiß, dass man stattdessen die Waffe des Gegners im Blick behält. Jetzt umkreisen wir einander also und keiner von uns beiden sagt auch nur ein Wort. Er schwingt seine Machete und sie durchschneidet vor meinem Gesicht die Luft, aber ich weiche nicht zurück, denn er ist nicht nah genug ... aber seine Machete ist länger als mein Spaten, und das wird ein Problem, wenn er noch näher kommt. Und so gehen wir also im Kreis, bis er endlich ausholt und schräg seitlich auf meinen Hals zielt.«

Ich verstummte und dachte daran, was dann geschehen war. Obwohl ich das selten in allen Einzelheiten noch einmal durchlebt hatte, war es eigenartigerweise mit einem Mal alles wieder da. Ich sagte: »Ich springe nach hinten und er verfehlt mich. Dann schlägt er noch mal zu und zielt dabei mit der Spitze der Machete auf meine Kehle. Ich weiche seitlich aus, stolpere und falle hin. In null Komma nichts ist er über mir und schlägt mit seiner Machete nach meinen Beinen, aber ich drehe die Beine weg und er trifft den Boden. Ich springe auf die Füße und mit seinem nächsten Schlag zielt er wieder auf meinen Hals, aber ich wehre ihn mit dem Spaten ab, reiße dann den Spaten wie bei einem Aufwärtshaken hoch und erwische ihn seitlich am Unterkiefer. Das Spatenblatt, das sehr scharf ist, schneidet ihm ein Stück aus dem Unterkiefer. Und dann hängt dieser blutige Fleischklumpen da und er steht kurz unter Schock – mehr brauche ich nicht. Ich schlage mit dem Spaten wie mit einem Baseballschläger fest zu und trenne ihm fast den rechten Unterarm ab. Die Machete fällt ihm aus der Hand.«

Ich überlegte, die Geschichte hier enden zu lassen, fuhr dann aber doch fort: »Also ... er steht da und das Spiel ist aus. Ich habe einen Gefangenen, wenn ich will, oder ich könnte ihn auch gehen lassen. Oder ... ich könnte ihn mit meinem Spaten töten ... Er starrt mich an und ein großes, blutiges Stück seines Unterkiefers hängt herab und aus seinem Unterarm fließt das Blut ... und was mache ich also? Ich werfe meinen Spaten hin und ziehe mein Kampfmesser. In seinem Blick zeigt sich zum ersten Mal Angst und dann guckt er schnell zu seiner am Boden liegenden Machete und langt danach. Ich trete ihm gegen den Kopf, aber er langt immer noch nach der Machete. Ich gehe hinter ihn, packe mit der linken Hand sein Haar, reiße ihn hoch und ziehe seinen Kopf nach hinten. Dann schneide ich ihm mit meinem Messer die Kehle durch. Ich kann es immer noch spüren, wie die Klinge in den Knorpel seiner Luftröhre dringt, und ich höre zischende Luft, als die Luftröhre durchtrennt wird ... Ich schneide auch durch seine Halsschlagader und Blut spritzt mir über die Hände ... Ich lasse ihn los, aber er bleibt aufrecht stehen und dreht sich zu mir um und wir stehen einander von Angesicht zu Angesicht gegenüber. Blut spritzt ihm aus dem Hals und ich sehe das Leben aus seinen Augen weichen, aber er starrt mich weiter an, und so sehen wir einander an, bis seine Beine einknicken und er mit dem Gesicht voran zu Boden fällt.«

Ich wich Susans Blick aus und sagte: »Ich habe das Blut von meinem Messer an seiner Hose abgewischt, den Spaten wieder an meinem Koppel befestigt, mein Messer in die Scheide gesteckt, meinen Helm und mein Gewehr eingesammelt und wollte gerade gehen. Als ich hochschaute, sah ich zwei Männer aus meiner Kompanie, die nach mir gesucht hatten, und die hatten das teilweise mitangesehen. Einer von ihnen nahm mir mein Gewehr aus der Hand und feuerte damit drei Signalschüsse in die Luft ab. Er sagte: ›Das Gewehr funktioniert, Brenner.‹ Diese Jungs guckten mich an ... Ich meine: Wir waren mittlerweile alle ein wenig durchgeknallt, aber ... das hier war weit mehr als nur durchgeknallt und das war ihnen klar.«

Ich überlegte kurz und versuchte mich zu erinnern, was als Nächstes passiert war, und dann sagte ich: »Der andere Typ nahm sich die Kalaschnikow und sagte: ›Das Schlitzauge hatte ein volles Magazin.‹ Er sah mich an und fragte: ›Wieso zum

Teufel hast du Mann gegen Mann gegen den gekämpft?‹ Ich antwortete nicht und der andere Typ sagte: ›Brenner, du sollst die Scheißkerle abknallen und dir keine Messerstechereien mit ihnen liefern.‹ Sie lachten beide. Dann nimmt der Typ die Machete, gibt sie mir und sagt: ›Nimm den Kopf mit. Sonst glaubt keiner diese Scheiße.‹ Also ... habe ich dem Toten den Kopf abgehackt ... und der andere hat sein Bajonett an meinem Gewehr aufgesteckt, den Kopf aufgehoben, auf das Bajonett gesteckt und mir das Gewehr gegeben ...«

Ich sah kurz zu Susan hinüber und fuhr fort: »Wir gehen also los, um uns wieder der Kompanie anzuschließen, und ich trage den Kopf oben auf meinem Gewehr und als wir uns der Kompanie nähern, ruft einer der Typen, die bei mir sind: ›Nicht schießen! Brenner hat einen Gefangenen!‹ ... Und alle lachen ... und alle wollen wissen, was passiert ist ... und einer schneidet einen Bambusstab ab und steckt den Kopf oben drauf ... Ich und die beiden Jungs, die mich gefunden haben, sprechen mit dem Captain ... und ich war ziemlich weggetreten ... Ich sehe diesen Kopf an, der auf der Stange herumgetragen wird ...« Ich atmete tief durch. »In dieser Nacht flog ich mit einem Hubschrauber zurück in Basislager ... Ich hatte den Kopf dabei ... Und dort händigte mir der Kompanieschreiber einen Urlaubsschein für drei Tage in Nha Trang aus.«

Ich sah Susan an und sagte: »So bin ich also zu meinem Fronturlaub in Nha Trang gekommen.«

Kapitel 31

Susan und ich gingen schweigend zurück zum Bach und untersuchten uns dort auf Blutegel. Sie war sauber, aber ich hatte einen auf dem Rücken, der schon ganz geschwollen war von meinem Blut.

Ich sagte zu Susan: »Steck dir eine Zigarette an.«

Sie tat es und ich leitete sie an, das Hinterteil des Egels zu erhitzen, ohne ihn oder mich dabei zu verbrennen. Sie hielt ihre Zigarette nah an den Blutegel und er ließ von mir ab. Sie pflückte ihn von meinem Rücken und warf ihn mit einem angewiderten »Ähh!« beiseite. Sie sagte: »Du blutest.«

Sie legte ein Taschentuch auf den Egelbiss und hielt es fest, bis es angetrocknet war. Wir zogen uns wieder an und setzten uns auf einen Felsen am Bachufer.

Sie rauchte und ich sagte: »Ich nehme auch einen Zug.«

Sie reichte mir die Zigarette und ich nahm einen tiefen Zug, hustete und gab sie ihr wieder. Ich sagte: »Die sind nicht gut für dich.«

»Wer hat denn das auch behauptet?«

Wir saßen schweigend da und lauschten dem plätschernden Wasser.

Sie rauchte ihre Zigarette auf und fragte: »Wie geht's dir?«

»Gut.« Ich überlegte kurz und sagte dann: »Andere Männer, die hier waren, haben schlimmere Geschichten zu erzählen als diese ... und ich habe auch noch schlimmere erlebt ... aber der Kampf Mann gegen Mann ist eben noch mal was anderes. Ich kann den Kerl immer noch riechen und sein Gesicht sehen und ich spüre immer noch sein Haar in meiner Hand und wie das Messer die Kehle durchschneidet ...«

»Erzähl es zu Ende.«

»Gut ... Tja, anschließend tat es mir Leid, dass ich ihn umgebracht hatte. Er hätte überleben sollen. Weißt du, wie ein besiegter Krieger, der Tapferkeit bewiesen hat.«

»Glaubst du, er hätte dich am Leben gelassen?«

»Nein, aber ich hätte nicht seinen Kopf mitnehmen sollen. Ein Ohr oder ein Finger hätte auch gereicht.«

Sie steckte sich noch eine Zigarette an und sagte: »Das ist es doch nicht, was dir so zu schaffen macht.«

Ich sah sie an und unsere Blicke begegneten einander.

Wir saßen da und betrachteten den Bach. Schließlich sagte ich: »Ich habe Angst vor mir selbst bekommen.«

Sie nickte.

»Ich meine … Woher kam das?«

Sie warf ihre Zigarette in den Bach. Sie sagte: »Das kam von einem Ort in deiner Seele, an den du nie wieder zurückmusst.«

»Ich würde lügen, wenn ich sagte, dass ich nicht stolz darauf war … dass ich die Herausforderung angenommen und ihn getötet habe.«

Sie erwiderte nichts.

Ich sagte: »Aber wie das bei vielen traumatischen Erlebnissen so ist, habe ich es ganz schnell verdrängt und am ersten Tag in Nha Trang habe ich an alles gedacht, bloß nicht daran. Nur ab und zu kam es mir plötzlich wieder in den Sinn.«

Sie nickte und steckte sich noch eine Zigarette an.

Ich sagte: »Und als ich dann wieder zu Hause war, habe ich häufiger darüber nachgedacht … so à la ›Warum habe ich das getan?‹ Es hat mich niemand dazu gedrängt, nur er, und es gab keinen vernünftigen Grund dafür, mein Gewehr wegzuwerfen und zu versuchen, diesen Kerl mit meinem Spaten umzubringen, während er versuchte, mich mit seiner Machete in Stücke zu hacken. Was zum Teufel habe ich mir dabei gedacht?«

»Manchmal, Paul, ist es besser, die Dinge ruhen zu lassen.«

»Kann sein … Ich meine: Ich habe Leute mit Kriegspsychosen erlebt und ich habe im Krieg Männer gesehen, die aus irgendeinem Grund keinerlei Angst mehr empfunden haben, und ich habe das unmenschlichste und brutalste Verhalten miterlebt, das man sich bei normalen Menschen nur vorstellen kann. Ich habe Schädel gesehen, die bei Offizieren als Briefbeschwerer oder Kerzenhalter auf dem Schreibtisch standen, ich habe amerikanische Soldaten gesehen, die Halsketten aus Zähnen oder getrockneten Ohren oder Fingerknochen trugen, und ich kann dir gar nicht erzählen, was für alltägliche Gräueltaten ich auf beiden Seiten miterlebt habe … und da fragt man sich schon, wer wir sind und wer man selber ist, wenn man kaum noch auf so was achtet, und so richtig fragt man sich das, wenn man anfängt, dabei mitzumachen. Es war wie ein Todeskult … und man wollte dazugehören …«

Susan starrte auf den rauschenden Bach und Rauch stieg von ihrer Zigarette auf.

»Die meisten Jungs kamen hier ganz normal an und waren entsetzt und angewidert von dem Verhalten derjenigen, die schon eine Zeit lang hier waren. Aber nach ein paar Wochen waren sie nicht mehr entsetzt und nach ein paar Monaten machten viele schon mit beim Club der Wahnsinnigen. Und die meisten von ihnen, glaube ich, wurden später zu Hause dann wieder ganz normal, aber einige nicht. Aber ich habe es nicht ein einziges Mal erlebt, dass jemand, der hier durchgedreht ist, wieder normal wurde, solange er noch hier war. Es wurde immer nur noch schlimmer, denn in dieser Umgebung hatten sie jedes Gespür für … Menschlichkeit verloren. Oder freundlicher gesagt: Sie waren abgestumpft. Eigentlich war es eher beängstigend als Ekel erregend. Ein Typ, der morgens einem Vietcong, den er getötet hatte, das Ohr abschnitt, scherzte nachmittags mit den Kindern und den alten Mama-sans im Dorf und verteilte Süßigkeiten. Ich meine: Die waren nicht böse oder geisteskrank, sondern wir waren ganz normal und das war es, was mir eine Scheißangst eingejagt hat.«

Mir fiel auf, dass ich vom »sie« zum »wir« übergegangen war, und darum ging es ja im Grunde; »sie« wurden »wir« und diese »wir«, das war auch ich. Vergiss Pater Bennett, vergiss die St. Brigid's-Kirche, vergiss Peggy Walsh, vergiss die Buße, vergiss den Beichtstuhl und vergiss alles, was du in der Schule und zu Hause gelernt hast. Genauso war's. Ich brauchte etwa drei Monate dazu. Es wäre auch schneller gegangen, aber der November und Dezember in Bong Son waren einigermaßen ruhig. Nach Tet, Khe Sanh und dem Ashau-Tal hätte ich meinen eigenen Bruder getötet, wenn er die falsche Uniform getragen hätte, und viele Vietnamesen hatten das ja auch tatsächlich getan.

Susan starrte immer noch reglos auf den Bach, so als wollte sie keine abrupten Bewegungen machen, solange ich meinen Klappspaten mit dem scharf gewetzten Blatt dabeihatte.

Ich atmete tief durch und sagte: »Ich will nicht so tun, als wäre ich ein Chorknabe gewesen. Das ganz bestimmt nicht. Wir waren alle verrückt, aber uns allen war klar, dass es nur vorübergehend war und an den Umständen lag. Und wenn man Glück hatte, kam man eines Tages wieder nach Hause. Aber dummerweise nimmt man auch das mit heim und es macht einen anderen Menschen aus einem, denn man ist an der dunkelsten Stelle seiner Seele gewesen, dem Ort, von dem die meisten Menschen wissen, dass es ihn gibt, an dem sie aber nie gewesen sind. Doch man selber ist sehr lange da gewesen und fand es gar nicht so schlimm – und man hat nicht die mindesten Schuldgefühle und gerade das macht einem Angst ... und dann macht man mit seinem Leben in den USA weiter, umgibt sich mit normalen Menschen, lacht und macht Scherze und trägt die ganze Zeit über diese Sache mit sich herum ... dieses Geheimnis, von dem Mom nichts erfahren darf und das die eigene Freundin nie erraten würde, bloß dass sie manchmal doch merkt, dass mit einem etwas nicht stimmt. Und hin und wieder begegnet man einem wie man selbst, einem, der auch da war, und dann erzählt man sich blöde Anekdoten übers Saufen und Bumsen und heiße Landezonen und dumme Offiziere, die nicht mal eine Landkarte lesen konnten, und über den schlimmsten Tripper, den man sich je geholt hat, oder über den armen Billy oder den armen Bob, die ins Gras gebissen haben, und über dieses und jenes, aber nie spricht man so Sachen an wie diese Dorfbewohner, die man versehentlich – oder auch nicht versehentlich – erschossen hat, oder wie viele Ohren oder Köpfe man gesammelt hat, oder über die Sache damals, als man jemandem mit dem Messer die Kehle durchgeschnitten hat …«

Susan fragte: »War denn überhaupt jemand … normal?«

Ich dachte darüber nach und sagte dann: »Ich würde gerne behaupten, dass es unter uns Männer gegeben hat, die … ein gewisses Maß an Moralität oder Menschlichkeit bewahrt haben … aber ich kann mich wirklich an keinen einzigen erinnern … Aber vielleicht gab es das auch. In so einer Kampfeinheit findet eine natürliche Auslese statt … weißt du: Jungs, die damit nicht klar kamen, haben es entweder nie an die Front geschafft oder wurden zurückgeschickt. Ich erinnere mich an Jungs, die es sehr bald nicht mehr aushielten und die man dann zum Schwanz der Truppe schickte, wo sie niedere Dienste verrichteten, und das war so eine Art Blamage, aber die sind wir losgeworden … und ja: Es gab da Männer unter uns, die an ihren religiösen oder moralischen Überzeugungen festhielten, aber ich glaube, dass im Krieg wie im Leben die Guten jung sterben und als Erste …« Ich sagte: »Besser kann ich dir das nicht beantworten.«

Sie nickte.

Ich betrachtete den Bach, den ich so viele Jahre zuvor mit meinem Stamm durchquert hatte, als wir einen Hirsch jagten, der uns durch den dunklen Regenwald an den dunkelsten Ort führte, an dem wir je gewesen waren.

Wir durchquerten den Bach wieder an der felsigen Furt und gingen zurück nach Aluoi. Als wir auf dem schnurgeraden Pfad durch den Bodennebel und die Felder gingen, sagte Susan: »Es kommt mir so vor, als wäre alles, was ich sagen könnte, banal oder gönnerhaft oder blöde empfindsam. Aber lass mich das eine sagen, Paul: Was hier passiert ist, mit dir und den anderen, ist Geschichte – im doppelten Sinn des Wortes. Das war ein Krieg und du hast mitgekämpft und jetzt ist es vorbei.«

»Ich weiß. So sehe ich das auch.«

»Und falls du dich das fragst – ich empfinde jetzt nicht anders für dich.«

Ich erwiderte nichts, hätte aber am liebsten gesagt: »Das sagst du jetzt. Denk erst mal drüber nach.«

Susan nahm meine Hand und drückte sie. Sie sagte: »Und da esse ich mit einem Wildfremden auf dem Dach des Hotel Rex und nerve ihn damit, dass er nicht über den Krieg sprechen mag. Kann ich mich dafür entschuldigen?«

»Nicht nötig. Diese ganze Reise hat mir gut getan. Und wenn du nicht dabei wärst, wäre ich mir selbst gegenüber möglicherweise nicht so ehrlich, wie ich es dir gegenüber bin.«

»Das weiß ich zu schätzen.«

Ich wechselte das Thema und sagte: »Irgendwo in diesem Tal ist im Mai 1968 ein nordvietnamesischer Soldat namens Tran Quan Lee im Kampf gefallen. Bei seinem Leichnam fand man einen Brief von seinem Bruder Tran Van Vinh, der ebenfalls Soldat der nordvietnamesischen Armee war.«

Ich führte das nicht weiter aus und wartete ab, wie sie darauf reagieren würde. Schließlich fragte sie: »Und du hast diesen Leichnam und diesen Brief gefunden?«

»Nein, das war jemand anderes.«

»Aber du hast den Brief gesehen?«

»Ja, vor etwa einer Woche. Weißt du irgendwas über diesen Brief?«

Sie sah mich im Gehen an und sagte: »Paul, ich weiß nicht so ganz, worauf du hinaus willst.«

Ich blieb stehen und sie blieb ebenfalls stehen. Ich sah sie an. »Susan, weißt du irgendwas über diesen Brief?«

Sie schüttelte den Kopf, überlegte kurz und sagte dann: »Das hat etwas damit zu tun, warum du hier bist.«

»Ja, genau.«

»Du meinst also ... jemand hat bei dem Leichnam eines feindlichen Soldaten einen Brief gefunden ... Wer hat den Brief gefunden?«

»Ein amerikanischer Soldat der 1. Cavalry Division.«

»Kanntest du diesen Mann?«

»Nein. Das war eine große Division. 20 000 Mann. Der Typ, der den Brief gefunden hat, hat ihn als Kriegsandenken behalten und kürzlich wurde dieser Brief übersetzt und der Inhalt ist der Grund dafür, dass ich hier bin.«

Sie grübelte darüber nach und ich sah sie an. Mittlerweile kannte ich diese Frau und merkte, dass sie etwas wusste und nun versuchte, es mit dem in Einklang zu bringen, was ich ihr gerade erzählt hatte.

Ich fragte: »Was haben sie dir erzählt?«

Sie sah mich an und erwiderte: »Nur dass einige neue Informationen zum Vorschein gekommen sind, und dass du hier jemanden finden und darüber befragen sollst.«

»Das habe ich dir erzählt.«

»Ich weiß. Und mehr hat man mir in Saigon auch nicht erzählt. Enthält dieser Brief die neuen Informationen?«

»Ja.«

»Was steht denn in dem Brief?«

»Tja, was in dem Brief steht, ist das eine, was es bedeutet, aber etwas ganz anderes. Deshalb muss ich die Person finden, die den Brief geschrieben hat, und sie befragen.«

Sie nickte.

Wir gingen weiter auf das Dorf Aluoi zu, das in dem flachen Terrain noch etwa hundert Meter entfernt war. Es spielte zwar keine Rolle, wo und wie Tran Quan Lee umgekommen war, aber es wäre interessant gewesen, es zu erfahren. Wenn ich in Washington noch genug Zeit gehabt hätte, hätte ich Victor Ort besucht und befragt und vielleicht ein paar Ashau-Tal-Storys mit ihm ausgetauscht.

Ich war mir sicher, dass Victor Ort entweder eine Fotokopie des Briefs behalten oder das Original behalten und den VVA eine Fotokopie geschickt hatte. In jedem Fall besaß Victor Ort den Originaltext, den ich hätte übersetzen lassen können, anstatt mich auf die abgeänderte Übersetzung zu verlassen, die ich bekommen hatte. Aber wahrscheinlich hatte Karl jemanden zu Ort geschickt und den Brief einkassiert. Fazit: Karl würde mir in diesem Fall keine der üblichen Ermittlungstätigkeiten gestatten; er hatte dafür gesorgt, dass ich halbwegs im Dunkeln tappend an einem Wochenende in Saigon eintraf, wo Susan Weber dann solange ihre Ablenkungsmanöver abzog, bis ich schließlich im Zug nach Nha Trang saß.

Und ich verstand auch nicht, inwiefern dieser Brief etwas mit Susans Aussagen über die Bucht von Cam Ranh zu tun hatte, wenn es denn überhaupt einen Zusammenhang gab. Aber das mochte ebenfalls ein Ablenkungsmanöver sein.

Susan fragte: »Hast du eine Kopie von diesem Brief?«

Ich erwiderte: »Du hast wohl in Langley ein paar Seminare geschwänzt, was?«

»Werd nicht sarkastisch. Ich bin keine ausgebildete Geheimagentin.«

»Und was haben sie dir da sonst beigebracht?«

»Wie ich mich nützlich machen kann. Ich nehme an, deine Kontaktperson in Hué hat dir erzählt, wie du den Mann finden kannst. Wie hieß er noch?«

»Tran Van Vinh. Und ja, das hat er.« Ich fragte: »Sagt dir dieser Name irgendwas?«

»Nein. Sollte er?«

»Vermutlich nicht.« Doch dann kam ich auf die Idee, dass Tran Van Vinh möglicherweise mittlerweile ein hochrangiges Mitglied der Hanoier Regierung war und man ihn mit der wortgetreuen Übersetzung dieses Briefs irgendwie dazu erpressen konnte, mit den Amerikanern bei irgendetwas zu kooperieren, beispielsweise bei der Bucht von Cam Ranh. Mr. Vinh mochte tatsächlich in Hanoi leben und nur über die Tet-Feiertage in Ban Hin sein – das ergäbe einen Sinn. Aber wenn man ihn erpressen wollte – weshalb wollte man ihn dann tot sehen? Es war denkbar, dass Washington ihn gar nicht tot sehen wollte, sondern dass man mir da nur einen Bären aufgebunden hatte, um mich noch weiter zu verwirren. Aber wenn dem so war – wieso hatte Mr. Anh in Hué mir dann diese Nachricht überbracht – da es doch, so weit ich wusste, meine letzten Instruktionen aus Washington waren?

Es ist sehr schwierig, einen Fall zu lösen, wenn die einzigen Hinweise schriftlicher oder mündlicher Natur sind und es sich bei den schriftlichen um Fälschungen und bei den mündlichen um Lügen handelt.

Die Wahrheit lag in dem Dorf Ban Hin – bekannt bisher unter dem Namen Tam Ki – und in der Person Tran Van Vinhs, eines einfachen Bauern und ehemaligen Soldaten, der durchaus keins von beidem sein mochte. Ja, er mochte längst tot sein oder bald sterben oder bestochen oder erpresst werden.

Der Krieg hat, wie ich schon sagte, etwas sehr Schlichtes an sich – wie wenn man versucht, jemanden mit einem Klappspaten umzubringen. Geheimdiensttätigkeit hingegen ist per se ein Pokerspiel zwischen Lügnern, mit gezinkten Karten und Falschgeld als Einsatz.

Susan sagte: »Es tut mir Leid, dass ich dir mit diesem Brief nicht weiterhelfen kann. Aber ich kann dir helfen, den Mann zu finden, der ihn geschrieben hat, und wenn er kein Englisch spricht, kann ich genau übersetzen, was er dir sagt und du ihm.« Sie fügte hinzu: »Ich bin gut darin, das Vertrauen von Vietnamesen zu gewinnen.«

»Von riemigen Amerikanern mal ganz zu schweigen.«

»Das ist ein Klacks.« Sie fügte hinzu: »Vertrau mir, oder vertrau mir nicht. Aber du wirst niemanden finden, der dir dabei besser helfen kann als ich.«

Ich erwiderte nichts.

Wir kamen an den Dorfrand von Aluoi, wo gerade eine alte Frau in einem Bambusgehege hinterm Haus die Hühner mit Reis fütterte. Sie sah uns erstaunt an, unsere Blicke begegneten einander und beide wussten wir, weshalb ich hier war. Dieses Tal war für den Durchschnittstouristen ganz bestimmt keine Attraktion.

Wir gingen zwischen ein paar Häusern hindurch zurück auf den Dorfplatz. Der Toyota stand noch an derselben Stelle wie zuvor und Mr. Loc saß in dem, was wie ein primitives Café oder eine Kantine voller Einheimischer aussah, unter einem Vordach aus Reet. Er saß alleine, trank etwas und rauchte. Die meisten Vietnamesen, das war mir aufgefallen, saßen nie alleine und fingen lieber mit einem Wildfremden ein Gespräch an. Doch Mr. Loc strahlte etwas Unangenehmes aus und die Vietnamesen in der Kantine merkten das und hielten sich von ihm fern.

Susan fragte mich: »Möchtest du etwas essen oder trinken?«

»Nein. Hauen wir hier ab.«

Sie ging in die Kantine, sprach mit Mr. Loc und kam dann wieder zu mir, der ich neben dem Wagen stand. »Er ist in ein paar Minuten so weit.«

»Wer bezahlt denn diese Fahrt – er oder ich?«

»Ich glaube, er mag dich nicht.«

»Der Typ ist ein Bulle. Das rieche ich doch auf eine Meile Entfernung.«

»Dann glaubt er vielleicht das Gleiche von dir.« Sie fragte: »Soll ich dich hier knipsen?«

»Nein.«

»Hierher kommst du nie wieder zurück.«

»Na, hoffentlich.«

»Hast du Fotos aus der Zeit, als du das letzte Mal hier warst?«

»Ich hab meine Kamera nie aus dem Rucksack geholt.« Ich fügte hinzu: »Ich glaube nicht, dass hier damals irgendjemand Fotos gemacht hat, und wenn doch, war es sehr wahrscheinlich, dass seine Familie sie dann entwickelt hat, als das persönliche Eigentum des Verstorbenen nach Hause geschickt wurde.«

Sie ließ das Thema fallen.

Mr. Loc trank aus und kam zum Wagen.

Ich nahm die Karte vom Sitz und schlug sie auf. Ich sagte zu Susan: »An dieser gepunkteten Linie nach Khe Sanh steht irgendwas über den Ho-Chi-Minh-Pfad, nicht wahr?«

Sie sah auf die Karte und las: »*He thong duong mon Ho Chi Minh*. Das heißt in etwa: Teil des Ho-Chi-Minh-Pfad-Netzes.«

»Genau. Das war in Wirklichkeit gar kein einzelner Pfad – das war ein ganzes Netz von Dschungelpfaden, seichten Flussbetten, Unterwasserbrücken, Pfahlwegen durch Sümpfe und wer weiß was sonst noch. Und ein Großteil davon führt, wie du hier siehst, durch Laos und Kambodscha, wo wir nicht eingreifen durften. Dieser Pfad nach Khe Sanh führt an der laotischen Grenze entlang und hoffentlich verfährt sich dieser Trottel nicht, sonst sitzen wir ohne Visum in Laos fest.«

Mr. Loc stand in der Nähe und ich winkte ihn herbei. Er kam ganz langsam heran und baute sich dann zu dicht vor mir auf. Am liebsten hätte ich ihn umgehauen, an den Daumen gefesselt und wäre selber gefahren. Doch das hätte uns möglicherweise in Schwierigkeiten gebracht. Ich zeigte auf die Karte und sagte zu ihm: »Ho-Chi-Minh-Pfad. Biet? Khe Sanh.«

Er nickte und setzte sich ans Steuer. Susan und ich stiegen hinten ein und wir fuhren los.

Es gab in diesem Tal eine ganze Reihe schmaler Feldwege und über die fuhren wir. Anschließend ging es dann auf einer unbefestigten Straße zwischen den Hügeln hindurch weiter. Der Wald reichte bis an die Straße und die Wipfel der Bäume schluckten einen Großteil des Sonnenlichts. Das hier war tatsächlich der Ho-Chi-Minh-Pfad.

Das Terrain wurde unebener und gebirgiger und hier und da war die Straße teilweise mit morschen Baumstämmen befestigt, wozu wir früher »Knüppeldamm« gesagt hatten. In der Ferne sah man atemberaubende Wasserfälle und -kaskaden, seichte Bäche verliefen direkt über die Straße hinweg.

Während wir voranholperten, knipste Susan Fotos. Mr. Loc schien es Spaß zu machen, so schnell wie möglich durch den Schlamm zu fahren und möglichst große Spritzer zu erzeugen, und ein paar Mal bekamen Susan und ich welche ab. Im Rückspiegel sah ich Mr. Loc lächeln.

Wir fuhren jetzt mit kaum dreißig Sachen und der Toyota holperte heftig. Ab und zu machte die Straße einen Schlenker um etwas, das wie ein kleiner Teich aussah, in Wirklichkeit aber ein riesiger Bombenkrater war, den die Tausend-Pfund-Blockbuster hinterlassen hatten, die von B-52-Bombern aus 10 000 Metern Höhe abgeworfen worden waren. Ich machte Susan darauf aufmerksam und sagte: »Wir haben ein Vermögen dafür ausgegeben, diese Feldwege zu bombardieren. Dabei haben wir entlang der Infiltrationslinien 50 000 bis 100 000 nordvietnamesische Soldaten getötet, Männer und Frauen. Aber es kamen immer wieder welche nach und sie haben die Löcher wieder zugeschüttet oder hin und wieder den Verlauf der Straße geändert, wie eine Armee von Wanderameisen, die man versucht zu zertreten, ehe sie beim Haus ankommt.« Ich fügte hinzu: »Ich wusste das gar nicht zu würdigen, bis ich in diesem Basislager dann die russischen Panzer gesehen habe. Ich meine, die wurden in der Nähe von Moskau gebaut, kamen dann irgendwie nach Nordvietnam und fuhren Tausende von Kilometern über Straßen wie diese hier, ständigen Angriffen ausgesetzt, immer das eigene Benzin und Ersatzteile dabei, und eines Tages schafft es einer von ihnen ganz bis zum Tor des Präsidentenpalasts in Saigon. Das muss man den Schweinen echt lassen. Die haben nie geschnallt, dass wir ihnen haushoch überlegen waren und sie unmöglich siegen konnten.« Ich klopfte Mr. Loc auf die Schulter und sagte: »Hey, ihr kleinen Kerle seid echt zäh. Beim nächsten Krieg gegen die Chinesen will ich euch auf meiner Seite haben.«

Unsere Blicke trafen sich im Rückspiegel und ich hätte schwören können, dass Mr. Loc nickte.

Der Regenwald lichtete sich und wir konnten sehen, dass auf den Hügeln und Bergen verstreut Langhäuser auf Pfählen standen, und wir sahen den Rauch von Kochstellen in den dunstigen Himmel steigen.

Susan sagte: »Es ist wunderschön hier. So unberührt. Können wir nicht anhalten und ein paar Stammesangehörige besuchen?«

»Die mögen keinen unangekündigten Besuch.«

»Denkst du dir das aus?«

»Nein. Man muss vorher anrufen. Sie empfangen nur von vier bis sechs Uhr Besuch.«

»Das denkst du dir doch aus.«

»*Du* denkst dir Sachen aus«, sagte ich.

»Nein, mache ich nicht. Lass uns anhalten.«

»Später. In der Nähe von Khe Sanh gibt es viele Stammesangehörige.«

»Bist du sicher?«

»Frag James Bong.«

Sie lächelte. »So nennst du ihn?«

»Ja. James Bong, Geheimagent. Frag ihn.«

Sie fragte ihn, er antwortete und sie sagte zu mir: »Er sagt, in der Nähe von Khe Sanh gäbe es den Stamm der Bru.« Sie fügte hinzu: »Er will wissen, was wir mit den *Moi* zu schaffen haben – Moi bedeutet ›Wilde‹.«

»Tja, erstens geht ihn das nichts an und zweitens mögen wir keine rassistischen Schimpfnamen – es sei denn Schlitzauge, Gelbfresse oder Poposcheitel.«

»Hör auf, Paul. Das ist ja fürchterlich.«

»Ja, ich weiß. Ich entwickle mich zurück. Ich entschuldige mich. Sag ihm, er kann uns mal.«

Mr. Loc verstand das, glaube ich. Ich sagte zu Susan und zu Mr. Loc: »Wenn wir uns mit aufständischen Stammesangehörigen treffen wollten, würden wir uns dann von einem Geheimpolizisten fahren lassen?«

Keiner antwortete.

Susan knipste noch ein paar Fotos und plauderte weiter mit Mr. Loc. Nach einer Weile sagte sie zu mir: »Mr. Loc sagt, es gäbe etwa acht Millionen Stammesangehörige in Vietnam und über fünfzig verschiedene Stämme mit unterschiedlichen Sprachen und Dialekten. Er sagt, die Regierung versuche, den Stämmen Bildung und Landwirtschaft zu bringen, aber sie widersetzten sich der Zivilisation.«

»Vielleicht widersetzen sie sich eher der Regierung.«

Susan sagte: »Vielleicht sollte man sie in Ruhe lassen.«

»Stimmt. Schau, ich mochte die Montagnards, denen ich begegnet bin, und ich bin froh zu sehen, dass sie immer noch Gewehre tragen. Mein Traum wäre es, wiederzukommen wie Colonel Gordon, Marlon Brando oder Mr. Kurtz und mich bei ihnen niederzulassen. Ich würde aus diesen acht Millionen Menschen eine höllisch schlagkräftige Kampftruppe aufbauen und uns würden diese Berge gehören. Wir würden den ganzen Tag lang jagen und fischen und nachts seltsame, unheimliche Zeremonien abhalten, uns um lodernde Feuer versammeln und die Köpfe unserer Feinde auf Pfähle spießen. Vielleicht würde ich amerikanische Reisegruppen organisieren. Paul Brenners Montagnard World. Zehn Dollar die Tagestour, fünfzig mit Übernachtung. Ich habe mal gesehen, wie Montagnards einen Ochsen festgebunden und bei lebendigem Leib abgezogen haben. Dann haben sie ihm die Kehle durchgeschnitten und sein Blut getrunken. Das wäre der Höhepunkt des Abends. Was meinst du?«

Sie antwortete nicht.

Wir fuhren schweigend unter einem sonnenlosen Himmel durch das nebelverhangene Gebirge und der Geruch von Holzfeuern hing in der schwülen Luft. Die feuchte Kälte drang mir in die Knochen und ins Herz. Ich glaube, ich hasste diese Gegend.

Susan sagte etwas zu Mr. Loc und er hielt an.

Ich fragte: »Was ist?«

Sie erwiderte: »Da ist ein Pfad, der den Hügel hoch zu einem Langhaus führt.« Sie nahm ihre Kamera und stieg aus. Sie sagte: »Ich will ein Montagnard-Dorf sehen.«

Sie ging am Straßenrand einen steilen Pfad hoch. Ich sagte zu Mr. Loc: »Wir sind gleich wieder da, Charlie. Schön hier bleiben.«

Ich stieg aus und folgte Susan auf den Pfad.

Nach etwa zweihundert Metern Aufstieg wurde das Terrain flacher und es öffnete sich eine große Lichtung, auf der sechs Langhäuser auf Pfählen standen.

Auf der Lichtung waren etwa zwei Dutzend Frauen und doppelt so viele Kinder und alle gingen sie ihren alltäglichen Verrichtungen nach, die anscheinend hauptsächlich aus Nahrungszubereitung bestanden. Die ganze Umgebung sah sehr sauber und frei von Vegetation aus – bis auf das kurze Gras, auf dem kleine Ziegen und zwei angebundene Gebirgsponys weideten.

Die Frauen trugen lange, dunkelblaue Kleider mit weißen Stickereien, die an der Taille mit Schärpen gegürtet waren.

Die Hunde fingen an zu bellen, sobald sie uns witterten, aber die Montagnards arbeiteten einfach weiter und sahen uns kaum an. Nur ein paar Kinder hielten mit dem inne, was sie taten.

Die Hunde liefen auf uns zu, aber wie überall in Vietnam waren es kleine Hunde und ich hatte sie nicht als sonderlich bissig in Erinnerung. Trotzdem hätte ich gerne ein paar Hundekuchen dabei gehabt. Ich sagte zu Susan: »Die beißen nicht.«

»Berühmte letzte Worte.«

»Knie dich nicht hin, um sie zu streicheln. Die werden hier nicht gestreichelt und könnten denken, dass du sie zum Mittagessen verspachteln willst.«

Susan winkte den Montagnards zu und sagte etwas auf Vietnamesisch.

Ich sagte zu ihr: »Das ist der Stamm der Tribingo. Das sind Kannibalen.«

Ein kleiner, stämmiger, alter Mann, der auf der Treppe eines Langhauses gesessen hatte, erhob sich und kam auf uns zu. Er trug ein besticktes, langärmliges Hemd, eine schwarze Hose und Ledersandalen.

Ich sah mich um, konnte aber keine jungen oder mittelalten Männer entdecken. Die waren alle auf der Jagd oder trockneten im Räucherhaus gerade Menschenköpfe.

Der alte Mann kam direkt auf uns zu und Susan sagte etwas zu ihm, darunter auch das Wort *My*. Beide verbeugten sie sich.

Susan stellte mich dem alten Mann vor, dessen Name so ähnlich wie John klang, und wir schüttelten einander die Hand. Der Mann war alt genug, um ein Montagnard-Kämpfer gewesen zu sein, und er beäugte mich, als wäre ich möglicherweise hier, um ihm neue Befehle zu geben.

Susan und der alte Mann, der offensichtlich der Dorfhäuptling war – der Honcho, wie wir immer gesagt hatten, auch wenn das ein japanisches Wort ist –, plauderten und ich bekam mit, dass sie ein bisschen Probleme hatten, sich auf Vietnamesisch zu verständigen.

John sah mich an und verblüffte mich, indem er fragte: »Du GI? Du hier gekämpft?«

Ich antwortete: »Ashau.«

»Ah.« Er forderte uns mit einer Geste auf, ihm zu folgen.

Ich sagte zu Susan: »Ich glaube, jetzt werden wir gegessen.«

»Paul, hör auf, dich wie ein Blödmann aufzuführen. Das ist doch faszinierend hier.«

Der alte Mann teilte uns mit, dass er und seine Leute zum Stamm der Taoi gehörten, und ich hoffte, dass die nicht auf Menschenopfer standen. Er führte uns in dem kleinen Dorf herum, das keinen Namen hatte. Susan zufolge wurde es Ort des Clans von Dai-uy John oder Häuptling John genannt. *Dai-uy* heißt auch Captain oder Hauptmann und John war nicht sein Name, der klang nur so. Ich glaubte nicht, dass ich diesen Ort in meinem Weltatlas finden würde, schon gar nicht, wenn er jedes Mal, wenn er einen neuen Häuptling bekam, den Namen wechselte.

Susan bat um Erlaubnis, alles und jeden knipsen zu dürfen, und man ließ sie gewähren. Die Hunde folgten uns auf Schritt und Tritt.

John zeigte uns alles Mögliche, von dem er glaubte, es würde uns interessieren, und einen von uns beiden interessierte es tatsächlich.

Er stellte uns allen vor, auch den Kindern, und Susan unterhielt sich weiter mit ihm, während sie für mich dolmetschte. Sie sagte zu mir: »Er möchte wissen, ob wir mit ihm und seinen Leuten essen wollen.«

»Beim nächsten Mal. Wir müssen weiter.«

»Ich bin hungrig.«

»Der Hunger würde dir vergehen, wenn du sehen würdest, was hier auf der Speisekarte steht. Außerdem zieht sich so ein Essen Ewigkeiten hin. Die vierstündigen Mittagessen müssen sie sich bei den Franzosen abgeguckt haben. Sag ihm, wir müssten noch irgendwo hin.«

»Wir sind hier mitten im Nirgendwo.«

Ich sah den alten Mann an, tippte auf meine Armbanduhr, was er vielleicht verstand, und sagte: »Khe Sanh.«

»Ah.« Er nickte.

Wir beendeten die Dorfbesichtigung und mir fiel auf, dass die Kinder uns nicht nachliefen und auch nicht um Geld oder Süßigkeiten bettelten, wie es die vietnamesischen Kinder in Saigon normalerweise tun. Nur die Hunde blieben uns hart auf den Fersen.

Der alte Mann führte uns zu der Holztreppe, auf der wir ihn zuvor hatten sitzen sehen, und lud uns in sein Langhaus ein. Die Treppe stand voller Ledersandalen und selbst gemachter Schuhe und deshalb zogen Susan und ich, wie auch John, uns die Schuhe aus.

Wir gingen die Treppe hinauf und die Hunde folgten uns

nicht. Amerikaner sollten mal lernen, dass Hunde nicht ins Haus gehören. Die primitiven Montagnards haben das längst begriffen.

Wir betraten das hölzerne Gebäude, das etwa fünfzehn Meter lang und sieben Meter breit war. Der Boden war aus Holzbohlen und überall lagen kleine bunte Teppiche. Pfähle ragten in der Mitte des Langhauses auf und trugen das Satteldach.

Durch kleine Fenster, die mit dünnem Tuch bespannt waren, drang etwas Tageslicht herein und außerdem hingen ein paar brennende Öllampen herum. Elektrischen Strom gab es hier offensichtlich nicht. In der Mitte des Langhauses stand ein großer Tonofen ohne Rauchabzug und mir fiel wieder ein, dass der Rauch immer unters Dach stieg und den Raum erfüllte, was nachts die Mücken fern hielt.

Im Langhaus war niemand und die Hängematten hingen zusammengelegt an der Wand. Ich zählte etwa zwanzig Hängematten und versuchte mir vorzustellen, wie zwanzig Menschen unterschiedlichen Alters und beiderlei Geschlechts in diesem von Rauch erfüllten Gemeinschaftshaus schliefen. Kein Wunder, dass es weniger Montagnards als Vietnamesen gab. Ich fragte Susan: »Hast du's schon mal in einer Hängematte getrieben?«

»Können wir nicht mal das Thema wechseln und über was Kulturelles reden?«

John führte uns zur Mitte des Langhauses, wo sein Platz war. Er war der Honcho und deshalb hatte er viel Platz und viele Kisten und Truhen aus Bambus. An der Wand hingen Macheten und Messer und auch einige Tücher und Lederriemen.

In der Mitte des Langhauses sah ich einen großen, rechteckigen Tisch, der etwa dreißig Zentimeter hoch war und voller Porzellan und Töpferwaren stand.

Auf eigenartige Weise entsprach diese Gesellschaft hier dem kommunistischen Ideal und doch hassten die Montagnards die Sturheit und Regelwut der kommunistischen Regierung. Sie waren im Grunde Freigeister und unabhängig. Außerdem konnten sie die Vietnamesen ohnehin nicht ausstehen.

John ließ sich im Schneidersitz neben einer großen Holztruhe nieder und Susan und ich taten es ihm nach, was auch einfacher war, als sich so hinzuhocken wie die Vietnamesen immer.

John öffnete die Kiste, nahm ein grünes Beret heraus und reichte es mir.

Ich nahm es und sah es mir an. Innen klebte ein amerikanisches Etikett.

John sagte etwas zu Susan und sie dolmetschte: »Er sagt, die hat ihm im Krieg ein amerikanischer Dai-uy geschenkt.«

Ich nickte.

Er zog noch ein grünes Beret hervor, sagte etwas und Susan dolmetschte: »Die hat ihm vor drei Jahren ein anderer Amerikaner geschenkt – ein ehemaliger Soldat, der hier zu Besuch war.«

Ich sagte zu Susan: »Ich habe keine grünen Berets dabei, die ich ihm schenken könnte.«

»Schenk ihm deine Armbanduhr.«

»Schenk du ihm doch *deine* Uhr.« Ich fragte: »Was zum Teufel soll er denn mit einer Uhr anfangen?«

John zeigte uns noch ein paar andere Schätze aus seiner Truhe: ein GI-Koppel, eine Feldflasche aus Plastik, einen Kompass, ein Kampfmesser und ein paar Patronentaschen. Es erinnerte mich an die Bootskiste bei mir zu Hause im Keller, die wie Millionen andere Kisten in Amerika gefüllt war mit Krimskrams aus der Zeit beim Militär.

Dann holte John eine kleine blaue Schachtel aus seiner Truhe, die ich als Ordensschatulle erkannte, und öffnete sie sehr ehrfürchtig. Auf dem Satinfutter lag eine runde Bronzemedaille mit einem rotweißen Ordensband dran. Auf der Medaille war ein Adler eingeprägt, der auf einem Buch und einem Schwert saß. Um den Adler herum standen die Worte: »Tüchtigkeit, Ehre, Treue.«

Ich starrte die Medaille an und erkannte darin eine Good Conduct Medal – eine Auszeichnung für gute Führung. Ich erinnerte mich auch, dass die Jungs von den Special Forces die immer im Armeeladen des Basislagers kauften und den Montagnard-Truppen dann für ihre Tapferkeit verliehen, obwohl diese Orden nichts mit Tapferkeit zu tun hatten, aber das wussten die Montagnards ja nicht, und die Army war nicht sauer, dass die Special-Forces-Typen diese wertlosen Orden an ihre Montagnard-Kämpfer verteilten.

Ich nahm die Schatulle, als hielte ich da die Ehrenmedaille des Kongresses in Händen, betrachtete die Good Conduct Medal und zeigte sie Susan. Ich sagte: »Die hat John für seine außerordentliche, weit über seine Pflicht hinausgehende Tapferkeit bekommen.«

Susan nickte und sagte in respektvollem Ton etwas zu John.

John lächelte, nahm mir die Schatulle wieder ab, schloss sie und legte sie behutsam zurück in seine Truhe.

Ich dachte an das Vietnamesische Ritterkreuz, das mir der Oberst verliehen hatte, der mich auf beide Wangen geküsst hatte, und fragte mich, ob ich dabei nicht in Wirklichkeit für meine saubere Uniform ausgezeichnet worden war oder so.

Schließlich hob John noch einen langen, in Ölzeug eingewickelten Gegenstand aus seiner Truhe und noch ehe er auspackte, wusste ich, was es war: Dai-uy John besaß immer noch sein automatisches Sturmgewehr M-16. Der Schaft und der Pistolengriff aus Plastik glänzten vor Öl und die Teile aus Gussaluminium und der Lauf aus gebläutem Stahl schimmerten, als hätte das Gewehr gerade eine Kompanie-Inspektion bestanden.

Er hielt es mir mit beiden Händen hin, wie einen heiligen Gegenstand, und wir sahen einander in die Augen. Ich legte meine Hände um das Gewehr und beide hielten wir es ein paar Sekunden lang. Sein Lächeln war einem versonnenen, ernsten Blick gewichen und ich glaube, ich guckte auch so. Wir beide nickten der Vergangenheit gedenkend – des Krieges, der vermissten Kameraden und der Niederlage.

Ohne ein Wort zu sagen, wickelte er das Gewehr wieder ein und legte es zurück in die Truhe. Er schloss die Truhe und stand auf.

Susan und ich erhoben uns ebenfalls und traten dann hinaus aus dem Langhaus unter den bedeckten Himmel.

John führte uns zu dem Pfad zurück und auf dem Weg dorthin winkten wir allen zu. An dem Pfad angekommen, sagte er etwas zu Susan und sie erwiderte etwas. Zu mir sagte sie: »John wünscht uns eine gute Reise und heißt dich im Bergland wieder willkommen.«

Ich erwiderte: »Sag John, ich danke ihm, dass er mir seinen Orden gezeigt und mich seinen Leuten vorgestellt hat.« Ich wusste nicht, ob die Montagnards das Tet-Fest begingen, und deshalb sagte ich: »Ich wünsche dem Stamm der Taoi viel Glück, Weidmannsheil und alles Gute.«

Susan dolmetschte, John lächelte und sagte etwas. Susan wandte sich an mich und sagte: »Er will wissen, wann die amerikanischen Soldaten wiederkommen.«

»Wie wär's mit nie? Wäre das früh genug?«, sagte ich. »Sag ihm, die Amerikaner kommen nur in Frieden wieder und es wird keinen Krieg mehr geben.«

Susan sagte ihm das und er wirkte ein klein wenig enttäuscht. Er musste das Töten weiterer Vietnamesen länger aufschieben, als er gehofft hatte.

Ich langte in meine Tasche und zog mein Schweizer Offiziersmesser hervor. Ich gab es John und er lächelte. Er schien diese Messer zu kennen und fing gleich an, die Klingen und die anderen Werkzeuge auszuklappen.

Ich sagte: »Das ist ein Kreuzschlitzschraubenzieher, John. Nur falls Ihnen mal 'ne Schraube unterkommt. Das komische Ding da ist ein Korkenzieher für Ihren Château Lafite Rothschild, aber wenn Sie wollen, können Sie das auch einem Kommissar in den Kopf bohren oder so.«

Susan verdrehte die Augen, während ich John die ganzen praktischen Werkzeuge an dem Messer vorführte.

John nahm sein dunkelblaues Halstuch und legte es Susan um den Hals. Sie wechselten noch ein paar Worte, dann verabschiedeten wir uns.

Susan und ich gingen den Pfad hinab.

Sie sagte: »Das war faszinierend ... und anrührend. Er ... tja, er scheint die Amerikaner immer noch zu verehren.«

»Die Franzosen haben sie auch gemocht, was auf beiden Seiten auf schlechtes Urteilsvermögen hindeutet.« Ich fügte hinzu: »Sie mögen nur die Vietnamesen nicht, und das beruht auf Gegenseitigkeit.«

»Ich verstehe.« Sie überlegte kurz und sagte dann: »Ich kann nicht glauben, dass ich schon seit drei Jahren hier bin und über all das gar nichts wusste.«

»Das steht halt nicht im ›Wall Street Journal‹ oder in der ›Economic Times‹.«

»Nein, da steht nichts darüber.« Sie fragte mich: »Froh, dass wir angehalten haben?«

»*Du* hast angehalten. Ich bin bloß mitgekommen, um dafür zu sorgen, dass du nicht am Bratspieß endest.«

Wir kamen ans Ende des Pfades und ich sagte: »Ich wette, Mr. Loc hängt kopfüber an einem Baum, mit aufgeschlitzter Kehle, und die Hunde lecken sein Blut auf.«

»Paul, das ist widerlich.«

»'tschuldige. Ich wäre gern gefahren.«

Wir fanden den Toyota und Mr. Loc war gesund und munter, guckte nur ein wenig verärgert und vielleicht auch ängstlich.

Wir stiegen ein und ich sagte zu Mr. Loc: »Cu di.«

Susan fragte: »Fällt dir dein Vietnamesisch wieder ein?«

»Ja, es ist unheimlich.« Meine Vietnamesischkenntnisse kreisten größtenteils ums Thema Sex, aber ich kannte auch noch einige allgemeine Redewendungen. Ich sagte zu Susan: »Sat cong«, was bedeutet: »Tötet die Kommunisten.«

Mr. Loc gefiel das gar nicht und er sah sich zu mir um. Ich sagte: »Schauen Sie nach vorne, auf die Straße.«

Die Holperpiste führte weiter nach Norden und wir kamen in einen kleinen Ort, der laut Karte Ta Ay hieß, eine Ansammlung primitiver Bambushütten auf einer flachen Gebirgswiese, und die Leute dort sahen vietnamesisch aus. Die Vietnamesen lebten in Dörfern und bebauten das Land; die Stämme lebten auf den Hügeln und im Gebirge und waren Jäger und Sammler. Es war tatsächlich faszinierend, wie Susan schon sagte, und unter anderen Umständen und ohne Erinnerungen an diese Hügel wäre ich besserer Laune gewesen.

Wir fuhren durch ein weiteres Dorf, das laut Karte Thon Ke hieß, und dann machte die Straße einen Schlenker nach Westen, in Richtung laotische Grenze, führte dann bergab in ein enges Tal, machte wieder einen Schlenker nach Norden und führte durch das sich dahinschlängelnde Gebirgstal, bis wir dann eine Stunde späte in eine Tiefebene voller Reisfelder und in ein Dorf namens Li Ton kamen. Hier verlief die Straße über breite Dämme zwischen den Reisfeldern. *Der Ho-Chi-Minh-Pfad.* Unglaublich, wenn man mal drüber nachdachte; und noch unglaublicher, nachdem ich jetzt einen Teil davon gesehen hatte.

Gut zwei Stunden, nachdem wir Aluoi verlassen hatten, fuhren wir in einem Ort namens Dakrong über eine neue Betonbrücke und ein paar Kilometer weiter kreuzte der Ho-Chi-Minh-Pfad die Nationalstraße 9, die, zum Teil dank des Pionierkorps der US Army, zweispurig und teilweise asphaltiert war. Mr. Loc bog nach links auf die Nationalstraße ab und dann fuhren wir nach Westen, in Richtung Khe Sanh.

Ich sagte zu Susan: »Diese Straße hat die nordvietnamesische Armee während der Belagerung von Khe Sanh blockiert. Das war von Anfang Januar bis April 1968. Da kam nicht mal ein gepanzerter Konvoi durch. Aber Anfang April landeten wir in den Hügeln um den belagerten Stützpunkt und etwa eine Woche später erzwang eine gepanzerte Kolonne aus ein paar Regimentern der Marines und der ARVN die Öffnung der Straße und hob die Belagerung auf.«

»Und du warst dabei?«

»Ja. Die 1. Air Cavalry ist viel rumgekommen. Es ist nett, Hunderte von Hubschraubern zu haben, die einen überallhin fliegen – normalerweise will man nur nicht dahin, wohin sie einen bringen.«

Wir fuhren noch ein kurzes Stück auf der Nationalstraße 9. Es war mäßig viel Verkehr, größtenteils Motorroller, Fahrräder und Landwirtschaftslaster. Rechts lag das Plateau mit dem Kampfstützpunkt Khe Sanh, dahinter erhoben sich bewaldete, nebelverhangene Hügel. Geografisch ähnelte dieser Ort dem Ashau-Tal, war aber nicht so abgelegen und nicht so eng von Hügeln umschlossen.

Historisch gesehen, war Khe Sanh ein Ort, an dem sich, wie im Ashau-Tal und in Dien Bien Phu, eine große westliche Armee in einem entlegenen, gottvergessenen Tal versammelt hatte, um gegen die Vietnamesen zu kämpfen. Dien Bien Phu war eine entscheidende militärische Niederlage gewesen, wohingegen Ashau und Khe Sanh bestenfalls militärische Pattsituationen ergeben hatten, psychologisch gesehen ein Rückschlag für die Amerikaner, die fanden, dass ein Unentschieden kein Ersatz war für einen Sieg.

Wir fuhren an dem Plateau mit dem ehemaligen Kampfstützpunkt vorbei und kamen dann in die Stadt Khe Sanh, die wie Aluoi während des Krieges verschwunden und dann Jahre später Brigadoon-artig wieder aufgetaucht war.

Der Himmel war immer noch düster und bedeckt. So hatte ich ihn auch aus dem April 1968 in Erinnerung – ein Himmel, der so grau und düster war wie damals meine Stimmung, ein Ort, an dem der Gestank von Tausenden von Leichen auf das Schicksal hindeutete, das einem selber blühte.

Kapitel 32

Wir fuhren in die Stadt Khe Sanh, wo an jeder Ecke der gut angelegten Straßen solide Steinhäuser mit roten Ziegeldächern aus dem Boden schossen.

Wir bogen auf einen weiten Platz ein, an dem gerade eine große Markthalle errichtet wurde. Es war offensichtlich eine Vorzeigestadt, ein Ort mit einem Namen, der Erinnerungen heraufbeschwor, und von dem die Regierung wollte, dass er für die Touristen und Medienleute gut aussah. Und tatsächlich standen fünf Reisebusse auf dem Platz und Dutzende westlicher Touristen schlenderten an den Marktständen entlang und fragten sich wahrscheinlich, was sie hier, in diesem gottverlassenen Winkel verloren hatten.

Mr. Loc hielt an einer Tankstelle und Susan und ich stiegen aus und streckten uns. Ich sagte: »Ich brauche ein kühles Bier.«

Sie sagte etwas zu dem tankenden Mr. Loc, dann gingen wir quer über den Platz zu einem Straßencafé.

Während wir so gingen, fragte Susan: »Das hier war nicht der Stützpunkt, oder?«

»Nein. Daran sind wir vorhin vorbeigefahren – das Hochplateau. Der Kampfstützpunkt Khe Sanh wurde nach der Stadt benannt, die es damals schon nicht mehr gab. Zum Stützpunkt fahren wir nachher hoch.«

Auf dem Weg zu meinem Bier kamen wir an ein paar Verkaufsständen vorbei und Susan musste, wie nicht anders zu erwarten, an den meisten davon stehen bleiben. An vielen Ständen wurden Zweikilosäcke Kaffee verkauft, wohl das Haupterzeugnis der Gegend, und an anderen gab es Ananas und Gemüse. An mehreren Ständen bekam man Kriegsandenken, größtenteils Müll, wie etwa Granathülsen aus Messing, die zu Modeschmuck verarbeitet worden waren. Ich sah einige Messinggranathülsen Kaliber 105 Millimeter, die als Blumentöpfe dienten, eine Symbolvermengung der härtesten Sorte. Es gab kleine Vasen, die früher mal Maschinengewehrpatronenhülsen Kaliber 50 gewesen waren, und dann die kurzen, gedrungenen Hülsen von Mörsergranaten, die mit angeschweißtem Henkel als Trinkbecher verkauft wurden.

Susan fragte: »Wo kommt denn dieser ganze Kram her?«

Ich sagte: »Aus den Vereinigten Staaten von Amerika.«

»Mein Gott, aber so viel davon.«

»Die Belagerung dauerte hundert Tage. Was du hier siehst, ist wahrscheinlich nicht mehr, als was in einer Minute davon an Wehrmaterial verbraucht wurde.«

Sie schlenderte weiter zu einem Stand, der Ausrüstungsteile feilbot: Plastikschäfte von M-16-Gewehren, Zünderbügel und Sicherungssplinte von Handgranaten, ausziehbare Pappzielfernrohre von leichten Panzerabwehrraketen Typ M-72 und so weiter. Außerdem gab es hier Plastikfeldflaschen, GI-Koppel, Munitionstaschen, Bajonettscheiden, Koppelschnallen und allen möglichen anderen Krimskrams – der archäologische Beweis dafür, dass hier früher einmal eine Armee gekämpft hatte –, der nun als Souvenir an die Überlebenden verkauft wurde, die sich vielleicht ein kleines Stück der Hölle mit nach Hause nehmen wollten.

Susan erkundigte sich bei mir nach dem ganzen Kram, was das sei und wozu man es benutzt hatte. Ich erklärte es ihr und sagte dann: »Kühles Bier.«

»Nur noch einen Augenblick. Was ist das?«

Ich sah mir an, was sie da in der Hand hielt, und sagte: »Das ist eine Segeltuch-Halteschlaufe fürs Schanzzeug. Das hängt man sich ans Koppel und dann passt das Spatenblatt da genau rein.«

Sie legte es wieder weg und ging zu einem anderen Stand, an dem eine Montagnard-Familie Kunsthandwerk verkaufte. Flüsternd fragte sie: »Paul, weißt du, was das für ein Stamm ist?«

Sie trugen leuchtend blaue und rote, kunstvoll bestickte

Kleider und die Frauen trugen ihr Haar hoch aufgetürmt und mit knallbunten Tüchern gebunden. Die Damen trugen auch große Ohrreife und schmauchten lange Pfeifen. Ich sagte: »Ich glaube, das sind Kalifornier.«

»Du bist echt ein Dummschwätzer. Von welchem Stamm sind die?«

»Woher zum Henker soll ich das wissen? Das sind alles Montagnards. Frag sie doch.«

Sie sprach eine alte Dame auf Vietnamesisch an und beide waren sie erstaunt, dass ihr Gegenüber Vietnamesisch beherrschte. Susan plauderte ein wenig mit der alten Frau und sagte dann zu mir: »Ihr Vietnamesisch ist schwer zu verstehen.«

»Deins auch.«

Mittlerweile hatte sich die ganze Familie um uns versammelt und schwatzte wild drauflos. Die Damen rauchten Pfeife und die Männer Zigarette. Sie diskutierten über Susans Halstuch vom Stamm der Taoi und zeigten ihr noch buntere Halstücher. Irgendwann fingen sie an, mich zu beäugen, und da bekam ich mit, dass Susan ihnen erzählte, dass ich früher schon mal hier gewesen war.

Ein sehr kleiner alter Mann mit O-Beinen, der einen orangefarbenen Kittel und um die Taille eine gelbe Schärpe trug, kam zu mir, nahm meine Hände und sah mir in die Augen. So starrten wir einander an. Seine Hände waren wie Leder und sein Gesicht auch. Er sagte etwas und Susan dolmetschte: »Er sagt, er sei amerikanischer Soldat gewesen.«

»Wirklich? Ich glaube aber nicht, dass er die Mindestkörpergröße erreicht.«

Er redete weiter und Susan dolmetschte: »Er sagt, er hätte für die Amerikaner gekämpft, gemeinsam mit ... den Green Berets ... Er war sieben Jahre lang bei ihnen ... Sie haben ihn gut bezahlt ... haben ihm ein gutes Gewehr und ein Messer gegeben ... Er hat viele, viele getötet ... er sagt ›beaucoup, beaucoup‹ ... hast du das gehört?«

Der alte Mann sagte: »Beaucoup, beaucoup vee-cee –« Er machte eine schneidende Geste vor seiner Kehle, die ich sehr gut verstand, weil ich sie selbst gelegentlich verwendete. Ich sagte zu Susan: »Frag ihn, ob er sein Gewehr noch hat.«

Sie fragte ihn und er sah mich an und nickte kaum sichtbar.

Da stehe ich also und sehe in dieses unglaublich faltige, alte Gesicht mit den schmalen Schlitzaugen und wir halten uns auf dem Marktplatz von Khe Sanh bei den Händen und haben nicht viel gemein. Uns verbindet bloß dieser Krieg, aber das ist ein Band, das nie zerreißt.

Susan sagte: »Er will wissen, ob du Captain Bob kennst, seinen damaligen Vorgesetzten.«

Ich erwiderte: »Sag ihm, dass ich Captain Bob mal in Amerika begegnet bin, und dass es ihm gut geht und dass er noch oft von der Tapferkeit seiner Montagnard-Soldaten spricht.«

Susan dolmetschte das und der alte Mann kaufte es mir hundertprozentig ab. Er drückte mir die Hände, ging dann an den Stand und kam mit einem Montagnard-Armreif aus Bronze wieder, so einem, den man nicht kaufen kann und den sie einem schenken, wenn sie einen mögen oder man besonders tapfer war. Er machte den dünnen Armreif auf, legte ihn um mein linkes Handgelenk und drückte ihn dann zu. Er trat einen Schritt zurück und salutierte mir. Ich salutierte ebenfalls.

Mittlerweile standen auch ein paar Amerikaner dabei und auch ein paar Vietnamesen, denen das hier nicht zu gefallen schien.

Ich sagte zu Susan: »Sag ihm, dass ich ihm danke und dass Captain Bob und ich wiederkommen und eine neue Montagnard-Armee aufbauen werden.«

Sie sagte irgendwas zu dem alten Mann, er lächelte und wir schüttelten einander die Hand.

Susan musste unbedingt noch sechs Halstücher und sechs Schärpen in unterschiedlichen Farbtönen kaufen und zum ersten Mal, seit sie in Vietnam war, feilschte sie nicht um den Preis, sondern gab der alten Dame einen Zehner.

Susan wollte natürlich Fotos knipsen und bat die Montagnards um Erlaubnis und bekam sie auch. Ich sagte zu ihr: »Die hacken dir den Kopf ab.« Sie aber knipste trotzdem und man hackte ihr nicht den Kopf ab. Wir posierten alle für die Bilder, wobei wir Halstücher trugen, dann verabschiedeten wir uns und ich ging schnurstracks zum Café.

Susan sagte: »Die sind vom Stamm der Bru. Zeig mal deinen Armreif.«

Ich streckte in Schlafwandlermanier den Arm aus.

Sie betrachtete den schlichten Reif und fragte: »Hat es damit irgendeine besondere Bewandtnis?«

Ich erwiderte: »Das ist ein Zeichen der Freundschaft. Ich habe schon einen zu Hause. Jetzt habe ich zwei.«

»Echt? Wer hat dir denn den anderen geschenkt?«

»Na, offensichtlich ein Montagnard.«

»Und warum hat er – oder sie – ihn dir geschenkt?«

»Ein Er. Ihre Frauen hat man nicht angerührt, sonst hätten sie einem den Schwanz abgeschnitten und aufgespießt.«

»Gut so. Und weshalb hat er dir also einen Armreif geschenkt?«

»Nur als Zeichen der Freundschaft. Die verteilten die Dinger damals ziemlich freigebig, wenn sie einen mochten. Dummerweise erwarteten sie dann, dass man mit ihnen aß, und sie aßen Sachen, die schlimmer waren als unsere Feldrationen.«

»Was denn?«

»Also, nichts so Widerliches wie die Vietnamsen. Sie essen gerne Fleisch: Hirsch, Wildschwein, Vögel, Wiesel und anderes Getier. Das Fleisch war völlig verkohlt. Aber eigentlich war es die Tasse warmes Blut, die man ein bisschen schwer runterkriegte.«

»Du hast das Blut getrunken?«

»Es passte gut zu rotem Fleisch.«

Wir gingen zu dem Straßencafé. Es war schon fast ein Uhr mittags und der Laden war überfüllt mir Europäern und Amerikanern, darunter auch Rucksacktouristen. Es waren ein paar Kerle da, die möglicherweise Veteranen waren, aber größtenteils hockten viele Reisegruppen zusammen, von denen ich nicht glaubte, dass sie mit diesem Ort irgendwas verband; Khe Sanh lag offenbar auf der Ausflugsroute und die meisten dieser Leute hatten diese Tour vermutlich in ihrem Hotel in Hué gebucht. In der Broschüre stand wahrscheinlich so was wie: *Khe Sanh! Besuchen Sie den Ort, an dem die berühmte, blutige, dreimonatige Belagerung des Kampfstützpunkts der US Marines stattfand. Erleben Sie von einem bequemen, klimatisierten Reisebus aus noch einmal den grauenhaften Kampf um Leben und Tod der 30 000 Soldaten. Abstecher zu einem Montagnard-Dorf. Mittagessen inklusive.*

Die Tische waren jedenfalls alle besetzt, aber wir entdeckten einen Tisch für vier Personen, an dem nur ein Amerikaner und ein Vietnamese saßen und Bier tranken. Ich ging an den Tisch und fragte: »Dürfen wir uns dazusetzen?«

Der Amerikaner, ein großer Kerl in meinem Alter, sagte: »Aber gern doch.«

Susan und ich setzten uns.

Der Mann sagte: »Mein Name ist Ted Buckley.« Er streckte eine Hand aus.

Ich nahm sie und sagte: »Paul Brenner. Das ist Susan Weber.«

Er nahm Susans Hand. »Freut mich, Sie kennen zu lernen. Das ist Mr. … Wie heißen Sie noch?«

Der Vietnamese, den ich auf etwa sechzig schätzte, sagte: »Ich bin Mr. Tram. Es ist mir ein Vergnügen, Ihre Bekanntschaft zu machen.«

Ted Buckley sagte: »Mr. Tram war Offizier der nordvietnamesischen Armee – Hauptmann, nicht wahr? Er hat hier gekämpft. Ist das zu glauben?«

Mr. Tram lächelte ein wenig und verbeugte sich knapp.

Ted fügte hinzu: »Und ich war mit dem 26. Marine Regiment hier, von Januar bis Juni 68.« Er lächelte und sagte: »Mr. Tram und ich waren also zur gleichen Zeit hier, bloß auf unterschiedlichen Seiten des Stacheldrahts.«

Ich sah Mr. Tram an und er sah mir in die Augen. Er versuchte rauszukriegen, ob ich ebenfalls hier gewesen war und immer noch Groll hegte oder, wie Ted Buckley, das Ganze nur für einen Mordszufall hielt.

Ted sagte: »Mr. Tram hat angeboten, mich über den Stützpunkt zu führen. Gehen Sie auch zum Stützpunkt oder waren Sie schon da?«

Ich erwiderte: »Wir sind dahin unterwegs.«

Die Kellnerin kam und Susan und ich bestellten irgendwelches Bier, Hauptsache kühl.

Ted sah mich an und fragte: »Marines?«

Ich antwortete mit dem Standardspruch: »Aber nicht doch. Sehe ich so bescheuert aus?«

Er lachte. »Army?«

»1. Cav.«

»Kein Scheiß?« Er sah Susan an und sagte: »'tschuldigung.« Dann fragte er mich: »Waren Sie hier?«

»Ja, das war ich.« Und da wir schon mal bei der launigen Rivalität zwischen den Teilstreitkräften waren, fügte ich hinzu: »Wissen Sie nicht mehr, dass die Cavalry angeflogen kam und euch da rausgeboxt hat?«

»Quatsch. Wir hatten Charlie genau da, wo wir ihn haben wollten.«

»Er hatte euch drei Monate lang eingekesselt, Ted.«

»Genau das wollten wir ja.«

Wir beide lachten. Der Kerl war witzig. Naa jaa.

Mr. Tram und Susan rauchten jetzt, saßen ganz still da und hörten zu.

Ted sagte zu Mr. Tram: »Der Mann war auch hier. 1. Cavalry Division. Verstehen Sie das?«

Mr. Tram nickte und sagte zu mir: »Sie kamen am 1. April.«

»Ja, das stimmt.«

Er sagte: »Ich erinnere mich noch genau.«

»Gut. Ich mich auch.«

Das Bier kam und wir hoben alle unsere Flaschen. Ted sagte: »Auf den Frieden!«

Wir stießen an und tranken.

Ich sah mir Ted Buckley an. Er war, wie gesagt, ein großer Kerl, hatte aber seit den kräftezehrenden Monaten der Belagerung von Khe Sanh einige Pfunde zugelegt. Sein Gesicht war wettergegerbt und seine Hände waren grob, also leistete er im Freien körperliche Arbeit.

Susan fragte ihn: »Sind Sie alleine hier?«

»Ich habe meine Frau dabei. Sie ist in Hué geblieben. Sie meinte, ich hätte mehr davon, wenn ich alleine herkomme.« Er erläuterte: »Wir gehören zu einer Reisegruppe. Sind von Saigon aus mit dem Minibus hergekommen. Mr. Tram habe ich gerade erst kennen gelernt. Er hat angeboten, eine Privatführung mit mir zu machen. Hey, Sie können gerne mitkommen.«

Ich sagte: »Danke. Machen wir.«

Ted sah Susan an und fragte: »Wie hat Paul es denn geschafft, dass Sie mitgekommen sind?«

Sie lächelte und erwiderte: »Ich habe mich freiwillig gemeldet.«

»Man sollte sich nie freiwillig melden. Stimmt's nicht, Paul?« Er fragte: »Übernachten Sie in Hué?«

Susan sagte: »Ja.«

Er sagte: »Wir haben da gestern die Zitadelle besichtigt. Mein Gott, das meiste davon ist ja immer noch dem Erdboden gleichgemacht.« Er fragte mich: »Haben Sie hier gekämpft?«

»Nein. Ich war die meiste Zeit oben in Quang Tri.«

»Stimmt ja. LZ Sharon. Ich erinnere mich. Was haben Sie bei der Cav gemacht?«

»Schütze Arsch.«

»Ich auch. Ich habe sechs Monate meines Einsatzes in diesem Scheißloch verbracht.« Zu Susan sagte er: »'tschuldigung. Mir fällt kein passenderes Wort dafür ein.«

Susan erwiderte: »Ich bin schon dran gewöhnt.« Sie wandte sich an Mr. Tram und fragte: »Wie lange waren Sie hier?«

Er erwiderte: »Vier Monate. Ich kam im Dezember 1967 und blieb bis zum April.« Er sah mich an und sagte: »Als Mr. Paul kam, bin ich gegangen.« Er fand das komisch und kicherte ein bisschen.

Ted betrachtete Mr. Tram kurz und fragte ihn dann: »Wie war es auf der anderen Seite des Stacheldrahts?«

Mr. Tram verstand die Frage, überlegte einen Moment und erwiderte dann: »Sehr schlimm. Die amerikanischen Bomber kamen Tag und Nacht und die Kanonen feuerten Tag und Nacht ... es war sehr schlimm für uns ... und für Sie bestimmt auch ... aber die Bomber waren wirklich sehr schlimm.«

Ted entgegnete: »Tja, Kumpel, eure Kanonen waren drei verdammte Monate lang auf mich gerichtet.«

»Ja, der Krieg ist für alle fürchterlich.«

Es wurde kurz still, dann sagte Ted zu mir: »Hey, fassen Sie das? Ich meine, *fassen* Sie es, dass Sie wieder hier sind?«

»Ich arbeite dran.«

Ted sagte zu Susan: »Sie sehen aus, als wären Sie zu jung, um sich an irgendetwas davon zu erinnern.«

Sie erwiderte: »Ja, aber Paul war so nett, mir von seinen Erinnerungen zu erzählen.«

Ted wollte offensichtlich wissen, in welchem Verhältnis wir zueinander standen, und ehe er noch vor Neugier platzte, klärte ich ihn auf: »Susan und ich haben uns in Hué kennen gelernt und ich habe sie eingeladen, heute mitzukommen.«

»Aha. Sie haben sich also gerade erst kennen gelernt.« Er fragte Susan: »Wo kommen Sie her?«

»Aus Lenox, Massachusetts.«

»Ach ja? Ich bin aus Chatham, New York, gleich hinter

der Grenze. Ich habe da eine kleine Baufirma.« Er lächelte und sagte: »Ich habe hier so viele Gräben ausgehoben und Bunker gebaut, dass ich, als ich nach Hause kam, mein Haus mit Sandsäcken sichern und rundherum Schützengräben anlegen wollte. Da hat mir mein Vater stattdessen einen Job als Maurer besorgt.«

Susan lächelte.

Ted fragte: »Und wo kommen Sie her, Paul?«

»Ursprünglich aus Boston. Jetzt lebe ich in Virginia.«

Susan fragte Mr. Tram: »Und wo kommen Sie her?«

Er lächelte und erwiderte: »Aus Dong Hoi, einer kleinen Stadt an der Küste.« Er fügte hinzu: »Das liegt im ehemaligen Nordvietnam, aber seit der Wiedervereinigung gibt es ja keine Grenze mehr und deshalb bin ich mit meiner Familie vor sechs Jahren hierher nach Khe Sanh gezogen.«

Ted fragte: »Wieso das?«

Er erwiderte: »Das ist hier eine Wirtschaftsförderungszone.«

»Ja? Aber wieso ausgerechnet hier?«

Er überlegte kurz und erwiderte dann: »Ich erinnerte mich noch an die schönen grünen Hügel und Täler, als ich hier ankam, vor der Schlacht ... Viele Vietnamesen ziehen von der Küste weg, wo es zu viele Menschen gibt. Das ist hier, wie Sie sagen würden, der Westen.«

Ted erwiderte: »Der Westen, tatsächlich. Mit Indianern und allem Drum und Dran.«

Susan fragte Mr. Tram: »Und Sie sind hier Reiseführer?«

Mr. Tram erwiderte: »Ich unterrichte Englisch an der High School. Jetzt sind die Tet-Feiertage und deshalb bin ich hergekommen, um zu sehen, ob ich den Touristen irgendwie behilflich sein kann.« Er fügte hinzu: »Ich arbeite aber nur für Veteranen.«

Ich sah Mr. Tram an. Er wirkte ganz nett und falls er beim Ministerium für Öffentliche Sicherheit war, dann wahrscheinlich nur auf Teilzeitbasis. Jedenfalls hatte ich ihn gefunden und nicht umgekehrt, und deshalb hatte er nichts mit mir zu tun. Möglicherweise aber kannte er Mr. Loc.

Mr. Tram sagte zu mir: »Dürfte ich mich nach Ihrem Beruf erkundigen?«

Ich erwiderte: »Ich bin im Ruhestand.«

»Ah. In Amerika geht man so jung in Ruhestand.«

Susan sagte: »Er ist älter, als er aussieht.«

Mr. Tram und Ted kicherten und Ted betrachtete uns beide und beschloss, dass wir miteinander schliefen.

Wir plauderten noch ein Weile, tranken noch eine Runde Bier und alle gingen auf die Außentoilette.

Mr. Tram war nicht der erste ehemalige nordvietnamesische Soldat, den ich hier kennen lernte, aber der erste, mit dem ich Bier trank, und meine Neugier war geweckt. Ich fragte ihn: »Was halten Sie davon, dass so viele Amerikaner wieder herkommen?«

Er erwiderte ohne zu zögern: »Ich halte das für eine gute Sache.«

Ich politisiere nicht gern, fragte ihn aber: »Glauben Sie, dass das, wofür Sie gekämpft haben, die ganzen Toten und das ganze Leid wert war?«

Wieder ohne zu zögern erwiderte er: »Ich habe für die Wiedervereinigung meines Landes gekämpft.«

»Okay. Jetzt ist das Land wieder vereinigt. Wieso behandelt Hanoi den Süden so schlecht? Vor allem die Veteranen der südvietnamesischen Armee.«

Jemand trat mir unterm Tisch gegens Bein und Mr. Tram oder Ted waren das nicht.

Mr. Tram dachte darüber nach und erwiderte dann: »Nach dem Sieg wurden viele Fehler gemacht. Die Regierung hat das eingestanden. Jetzt ist es Zeit, an die Zukunft zu denken.«

Ich fragte ihn: »Haben Sie irgendwelche Freunde, die früher südvietnamesische Soldaten waren?«

»Nein, habe ich nicht. Meiner Generation fällt es schwer zu vergessen.« Er fügte hinzu: »Wenn wir einander auf der

Straße oder im Bus oder Café begegnen, werden wir an das Leid und den Tod erinnert, den wir einander gebracht haben. Wir sehen einander voller Hass an und wenden uns ab. Es ist schrecklich, aber ich glaube, bei der nächsten Generation wird es nicht mehr so sein.«

Wir widmeten uns wieder unserem Bier. Eigenartigerweise trank Hauptmann a. D. Tram Bier mit zwei Amerikanern, die nicht weit von hier versucht hatten, ihn zu töten, während er zu einem ehemaligen südvietnamesischen Soldaten nicht mal Hallo gesagt hätte. Diese Feindseligkeit zwischen den Nord- und Südvietnamesen, den Siegern und den Besiegten, nahm kein Ende und war eine sehr verfahrene Sache, die, wie ich glaubte, weniger mit dem Krieg zu tun hatte als mit dem, was nach dem Krieg passiert war. Krieg ist einfach, Frieden ist kompliziert.

Ted sagte zu Susan und mir: »Der Bus fährt in etwa einer halben Stunde. Ich glaube, die hätten nichts dagegen, wenn Sie mitkommen würden.«

Ich erwiderte: »Wir haben einen Wagen mit Chauffeur. Sie können jetzt gleich bei uns mitfahren.«

»Echt? Okay.« Er sah zu seinem Führer hinüber. »Einverstanden?«

»Natürlich.«

Ted bestand darauf, das Bier zu bezahlen, und dann verließen wir das überfüllte Café.

Wir fanden Mr. Loc dort wieder, wo wir ihn zurückgelassen hatten, und er sagte etwas zu Susan und sie antwortete auf Vietnamesisch. Da war Ted baff und er fragte: »Hey, Sie sprechen Schlitzäugisch? Ich meine, Vietnamesisch?«

Susan erwiderte: »Ein wenig.«

»Mann, wer spricht schon Vietnamesisch?«

Susan, Mr. Tram und ich zwängten uns hinten in den Toyota, der große Ted stieg vorne ein und wir fuhren los.

Wir fuhren auf der Nationalstraße 9 nach Osten und Mr. Tram, der etwas für sein Geld tun wollte, sagte: »Wenn Sie nach rechts schauen, sehen Sie die Überreste des alten Forts der französischen Fremdenlegion.«

Wir sahen alle hin und Susan und Ted knipsten Fotos.

Mr. Tram fuhr fort: »Die Volksarmee hatte das Fort besetzt, bis dann …« Er sah mich an, lächelte ein wenig und sagte: »Bis Mr. Paul dann mit Hunderten von Hubschraubern kam.«

Das war wirklich schon ein wenig eigenartig. Ich meine: Hier Arsch an Arsch mit diesem Typen zu sitzen, den ich auf der Stelle umgelegt hätte, wenn er mir damals hier über den Weg gelaufen wäre. Oder er hätte mich umgelegt. Und jetzt war er mein Reiseführer und erzählte mir von der Zeit, als ich hier gelandet war.

Mr. Tram setzte seine Führung fort und sagte: »Die Straße da rechts an der Kreuzung gehörte zum Ho-Chi-Minh-Pfad und führt in südliche Richtung nach Aluoi im Ashau-Tal, dem Schauplatz vieler schrecklicher Schlachten. An diesem Weg liegt einen Kilometer weiter südlich die Dakrong-Brücke, ein Geschenk unserer kubanischen sozialistischen Brüder an das vietnamesische Volk. Wir können die Brücke später besichtigen, wenn Sie mögen.«

Susan sagte auf Vietnamesisch etwas zu Mr. Tram und er nickte.

Ted hörte das und drehte sich wieder um. »Was ist los?«

Susan erklärte: »Wir kommen gerade aus dem Ashau-Tal. Paul war früher mal da.«

Ted sagte: »Ach ja, richtig. Ihr wurdet von hier aus ins Ashau-Tal verlegt. Wie war's?«

Ich erwiderte: »Scheiße.«

»Kann auch nicht schlimmer gewesen sein als Khe Sanh, Kumpel.«

Selbst im Krieg gibt es absteigende Höllenkreise und jeder Soldat ist überzeugt, im schlimmsten Höllenkreis zu sein. Es hat keinen Sinn, ihn von etwas anderem überzeugen zu wollen. Meine Hölle ist meine Hölle und deine Hölle ist deine Hölle.

Mr. Tram sagte: »Ein Bruder von mir war im Ashau-Tal.«

Niemand erkundigte sich, was dieser Bruder heute denn so machte.

Mr. Tram widmete sich wieder seiner Pauschaltour und sagte: »Wie Sie sehen, wird auf den Feldern beiderseits der Straße Landwirtschaft betrieben. Kaffee, Gemüse und Ananas sind die Haupterzeugnisse. Während des Krieges war das Tal unbewohnt – bis auf ein paar Stammesangehörige der Bergvölker, die sich den Amerikanern angeschlossen hatten. Von den ursprünglichen Einwohnern sind nur sehr wenige zurückgekehrt und die meisten sind neue Siedler von der Küste. Sie benennen ihre Dörfer nach ihren Heimatdörfern und wenn Verwandte oder Freunde von der Küste zu Besuch kommen, müssen sie sich also hier nur nach diesem oder jenem Dorf erkundigen und dann können die Einheimischen ihnen den Weg zu dem neuen Dorf beschreiben, das den gleichen Namen hat wie das, aus dem die Siedler kamen.«

Ted teilte Mr. Tram mit: »Wir haben das Gleiche in den Staaten. New York, New Jersey, New London, New Sonstwas. Genau wie hier.«

»Ja? Sehr interessant«, sagte Mr. Tram, der noch nicht bezahlt worden war. Dann fuhr er fort: »Sehen Sie die vielen Teiche hier in der Gegend? Das sind keine Teiche, sondern Bombenkrater. Früher gab es Tausende davon, aber die meisten hat man wieder mit Erde zugeschüttet. Die verbliebenen werden zur Entenzucht genutzt oder als Wasserstellen für das Vieh.«

Ich wusste noch, wie diese Landschaft ausgesehen hatte, als ich damals hierher flog, und aus der Luft sah man bloß die tote, braune, entlaubte Vegetation, die graue Asche, Meile um Meile Schützengräben der Nordvietnamesen und Krater über Krater – wie auf dem Mond.

Ich stellte mir vor, wie Hauptmann Tram und seine Kameraden abends in ihren Bunkern oder Schützengräben hockten, wie sie rauchten und sich unterhielten und auf eine ruhige Nacht hofften. Währenddessen warf 10000 Meter über ihnen – zu hoch, um gesehen oder gehört zu werden – eine Flotte riesiger, achtmotoriger B-52-Bomber gleichzeitig ihre Tausend-Pfund-Bomben ab. Die Bomben zischten oder pfiffen nicht auf dem Weg nach unten – das Kreischen kam von den Menschen am Boden, als Hunderte von Bomben ohne Vorwarnung einschlugen.

»Arc Light Strikes« nannte man das, was die Erde da unten augenblicklich in eine Hölle verwandelte, als hätte sich die Unterwelt aufgetan und die Welt verschlungen. Und kein Bunker war stark genug und kein Tunnel tief genug, um den Tausend-Pfund-Bomben zu widerstehen, die sich zunächst in die Erde gruben und dann erst explodierten. Und wenn einen die Bombe nicht traf und zermalmte, pürierte einem die Druckwelle das Hirn oder zerriss die inneren Organe, brachte die Trommelfelle zum Platzen und schleuderte einen wie einen Dreckklumpen in die Luft. Und wenn der Tunnel, Bunker oder Schützengraben, in dem man hockte, einstürzte, wurde man lebendig begraben.

Wir hatten Hunderte von Nordvietnamesen hier gefunden, die am Boden lagen, zum Himmel starrten und aus Ohren, Nase und Mund bluteten, oder die wie Zombies umherwankten. Sie waren es nicht wert, gefangen genommen zu werden, medizinisch war ihnen nicht mehr zu helfen und wir wussten nicht, ob wir sie erschießen oder uns diese Zeitverschwendung sparen sollten.

Ich sah kurz zu Mr. Tram hinüber und wusste, dass er das Ganze – aus seinem Blickwinkel natürlich – auch gesehen hatte, und ich fragte mich, ob er noch oft daran dachte oder ob es ihm immer gegenwärtig war.

Wir fuhren gut zwei Kilometer die Nationalstraße 9 hinab, dann bog Mr. Loc bei einem Schild mit dem Aufdruck *Khe Sanh Combat Base* nach links ab.

Wir fuhren über eine unbefestigte Straße hoch auf das Plateau. Ein Bus kam gerade herab und einige Rucksacktouristen kraxelten hinauf. Eine Minute später waren wir auf einem Parkplatz, auf dem etwa sechs Busse standen, dazu noch ein paar Privatautos und Motorroller. Mr. Loc hielt und wir stiegen alle aus.

Das Plateau, auf dem sich früher der Kampfstützpunkt befunden hatte, war nun nicht mehr als eine große Grasfläche, über die der Wind fegte. Rund um das Plateau ragten nebelverhangene grüne Hügel auf und ich konnte mir die nordvietnamesische Artillerie, die Raketenwerfer und Mörser vorstellen, wie sie von dort aus auf das offene Plateau hinunterfeuerten. Welches Militärgenie hatte sich denn diesen Ort zum Verteidigen ausgesucht? Wahrscheinlich derselbe Idiot, der auch den Stützpunkt in Aluoi gegründet hatte, und da beides früher Stützpunkte der Franzosen gewesen waren, dachte ich auch an Dien Bien Phu, das geografisch ganz ähnlich lag. Ich sagte zu Ted: »Sie haben uns gelehrt, Anhöhen zu nehmen und zu halten. Ich glaube, dabei haben sie das Allerwichtigste vergessen.«

Ted nickte und sagte: »Mein Gott, hier waren wir leichte Beute.« Er sah zu den Hügeln hinüber. »Die Scheiß-Schlitzaugen haben gefeuert und ihre Artillerie dann ganz schnell wieder in einer Höhle versteckt. Unsere Artillerie hat von hier aus zurückgeschossen und die Air Force hat die Hügel mit Sprenggranaten und Napalm eingedeckt. Dieses Spielchen ging hundert Tage lang so weiter und diese Basis hier war die Hölle auf Erden, Mann. Wenn man mal zum Pissen rausgegangen wäre, hätten sie einem den Pimmel abgeschossen. Wir haben wie Tiere gelebt in den Schützengräben und Bunkern und überall waren diese Scheiß-Ratten und ich schwöre bei Gott, dass es jeden Tag geregnet hat, und dieser beschissene rote Schlamm stand so hoch, dass er einem die Stiefel auszog. Ja, einer unserer Jungs steckte bis zu den Knien im Schlamm fest, und als man versuchte, ihn mit einem Jeep rauszuziehen, versank der Jeep bis zur Windschutzscheibe im Schlamm.

Dann versuchte ein Zweieinhalbtonner, den Typen und den Jeep rauszuziehen und versank bis zum Dach im Schlamm. Dann kamen zwei Bulldozer und die versanken beide komplett und dann haben wir einen Sky-Crane-Hubschrauber mit Trossen angefordert und der Hubschrauber wurde sofort reingesogen und verschwand. Wisst ihr, wie wir alle wieder rausgekriegt haben?«

Ich lächelte und sagte: »Nein. Wie?«

»Der Kasino-Sergeant hat gerufen: ›Essen fassen!‹«

Wir lachten beide. Marines haben tatsächlich nur Blödsinn im Kopf.

Mr. Tram und Miss Susan lächelten höflich. Mr. Loc, der angeblich kein Englisch verstand und sowieso keinen Humor hatte, stand mit versteinerter Miene dabei.

Mr. Tran sagte: »Hier sind wir jetzt auf dem Kampfstützpunkt. Wie Sie sehen, ist nichts mehr davon übrig, nur noch der Umriss der Start- und Landebahn da drüben, wo offensichtlich immer noch nichts wächst.«

Wir sahen alle zu der fernen Start- und Landebahn hinüber. Susan und Ted knipsten ein paar Bilder von der kargen Landschaft und von uns.

Ted sagte: »Ich war im Juni hier, als der ganze verdammte Stützpunkt mit Bulldozern planiert wurde. Wir haben Charlie nichts über gelassen.«

Mr. Tram, der früher mal ein Charlie gewesen war, stimmte zu und sagte: »Als die Amerikaner den Stützpunkt im Juni aufgaben, wollten sie nichts hinterlassen, was sich in einem Propagandafilm verwenden ließe, und deshalb sehen wir hier jetzt auch nichts. Aber Sie sehen die Löcher da im Boden, wo Altmetallsammler alles ausgegraben haben, was vergraben war. Sie fanden sogar Lastwagen, die man erst zerschossen und dann vergraben hatte.« Er fügte hinzu: »Angeblich soll der Stützpunkt teilweise wieder aufgebaut werden, damit die Touristen etwas sehen, wenn sie hierher kommen.«

Ich sagte zu Ted: »Hey, das wäre doch ein Job für Sie.«

Er lachte. »Na klar. Sie glauben doch wohl nicht im Ernst, dass ich auf diesem Scheiß-Hügel jemals auch nur noch einen einzigen Sandsack füllen werde.«

Mr. Tram lächelte und sagte: »Viele amerikanische Marines haben den hiesigen Behörden dabei geholfen, Informationen über diesen Stützpunkt zu sammeln, und jetzt haben wir Karten und Zeichnungen davon, wie es hier mal ausgesehen haben könnte.«

Ted sagte: »Es sah aus wie ein einziges Dreckloch. Roter Schlamm und Sandsäcke. Als ich hier war, wuchs hier kein Gras.«

Mr. Tram erzählte noch ein wenig darüber, wie die Hölle für die Touristen wieder aufgebaut werden sollte. Ich schaute mich um und sah, dass hier etwa fünfzig Leute rumspazierten und zu verstehen versuchten, was das ganze Theater sollte. Tja, da musste man wohl dabei gewesen sein.

Wir gingen ein wenig umher und Mr. Loc blieb beim Wagen. Mr. Tram zeigte nach Westen und sagte: »Die Hügel dort drüben gehören schon zu Laos, fünfundzwanzig Kilometer von hier. In der Nähe der Grenze befindet sich Lang Vei, das Lager der amerikanischen Special Forces, das mein Regiment in den ersten Tagen der Belagerung erobert hat.« Er hielt kurz inne und sagte dann: »Das waren sehr tapfere Männer, aber sie waren zu wenige.«

Ich sagte: »Die Montagnard-Kämpfer dort waren auch sehr tapfer.«

Mr. Tram erwiderte nichts.

Wir gingen weiter über das Plateau und dann sah ich zwei Amerikaner mittleren Alters tief bewegt beisammenstehen. Ihre Frauen hielten sich etwas abseits und sahen weg.

Ted sah sie auch und starrte sie eine Zeit lang an, ging dann hinüber und sprach mit ihnen. Der große Ted wirkte eigentlich gar nicht wie ein Kerl, der dazu neigt, in der Öffentlichkeit Zärtlichkeiten auszutauschen, aber binnen einer Minute umarmten die drei Männer einander.

Ein paar Minuten später kam Ted wieder, räusperte sich und sagte: »Die waren bei der Artillerie. Wurden beide verletzt, als im Januar das Munitionsdepot explodierte. Dann wurden sie ausgeflogen.« Er fügte hinzu: »Die haben das Beste verpasst.«

Darauf erwiderte niemand etwas, auch wenn sich Mr. Tram eigentlich noch daran erinnern musste, wie im Januar das große Munitionsdepot von einer Granate der Nordvietnamesen getroffen worden war. Bekannte von mir, die damals auf den Hügeln um Quang-Tri-Stadt patrouillierten, hatten erzählt, dass man das noch in dreißig Kilometern Entfernung hatte sehen und hören können. Den Nordvietnamesen muss es großen moralischen Auftrieb gegeben haben und für die belagerten Marines war es ein böses Omen.

Wir setzten unseren Rundgang fort.

Ted blieb am Rande des Plateaus stehen und sagte: »Ich weiß noch, dass mein Bunker auf dieser Seite war, ungefähr in der Mitte der Südflanke hier, und dass man von hier aus auf die Nationalstraße 9 sehen konnte.«

Mr. Tram sagte: »Ja? Mein Regiment lag auch im Süden, auf der anderen Seite der Nationalstraße. Vielleicht haben wir uns mal gegenseitig beschossen.«

»Hey, das haben wir bestimmt, Mann.« Ted fragte: »Wo waren Sie, Paul?«

Ich sah zu den Hügeln in der Ferne hinüber und sagte: »Auch hier auf der Südseite. Wir sind auf den Hügeln da drüben gelandet, in der Nähe der Straße nach Ashau. Man hatte uns gesagt, dass wir dem Feind – Mr. Tram hier – in den Rücken fallen würden, aber dann gab es da, wo wir gelandet sind, jede Menge nordvietnamesische Truppen.«

Mr. Tram nickte nachdenklich und sagte: »Ja, ich erinnere mich noch ganz deutlich an den Nachmittag, an dem die Hubschrauberkavallerie kam.« Er fügte hinzu: »Sie haben uns tagelang bombardiert, bevor der Hubschrauberangriff begann, und haben viel Napalm abgeworfen und als dann die

Hubschrauber mit den Luftlandesoldaten kamen, hatten wir große Angst.«

Ich sagte: »*Sie* hatten große Angst? Ich hab mir vor Angst in die Hosen geschissen. Biet?«

Mr. Tram nickte und hörte gar nicht mehr auf zu nicken und ich sah, dass er ganz weit weg war und an den Tag dachte, an dem die Hubschrauber kamen.

Ted sagte: »Ich weiß noch, als die Cav kam, haben wir gesagt: »So eine Scheiße. Jetzt vertreiben die Charlie und der ganze Spaß ist vorbei.«

Von der Geschichte dieser Schlacht kursierten offenbar zwei unterschiedliche Versionen: Der 1. Cavalry ging es darum, die belagerten Marines zu retten; und die Marines fanden, dass Ihnen die Cavalry den ganzen Spaß verdorben hatte. Ich sagte zu Ted: »Ich wäre lieber zu Hause geblieben.«

Er lachte.

Mr. Tram kam zurück in die Gegenwart und fragte Ted: »Hatten Sie Ratten?«

»Ob wir Ratten hatten? Mann, wir hatten im Schützengraben Ratten, die waren so groß wie Rehe. Und diese Ratten waren *hungrig*. Man musste in den Stiefeln schlafen, sonst hätten sie einem die Zehen abgebissen. Kein Scheiß. Diese Scheißviecher waren fies und haben sich alles getraut. Wir hatten spezielle Rehpostenmunition für die 45-er Automatik und damit haben wir jeden Tag Ratten gejagt. Einmal haben zwei Ratten eine Kiste mit Feldrationen hochgehoben und in ein Loch getragen und dann kam eine wieder raus und wollte eine Schachtel Zigaretten aus der Feldration gegen einen Dosenöffner tauschen.« Er lachte. »Die hatten echt Mumm.«

Susan wirkte mäßig amüsiert. Mr. Tram dachte immer noch an die Ratten. Er sagte: »In unseren Schützengräben wimmelte es von Ratten. Sie fraßen …« Er sah Susan an und sprach den Satz nicht zu Ende, aber ich wusste auch so, dass es keine Feldrationen gewesen waren, was die Ratten da gefressen hatten.

Mr. Tram sagte: »Diese Ratten übertrugen Krankheiten … Verstehen Sie, die … auf Französisch heißen sie *les puces.*«

Susan sagte: »Flöhe.«

»Ja, und diese Flöhe übertrugen die Pest … die schwarze Pest, von der man schwarze Haut bekommt … und auch die Beulenpest … Daran sind viele Männer gestorben.«

Wir standen da unter dem grauen, düsteren Himmel und von den Hügeln fegte der Wind und wir drei zogen uns in unsere Gedanken zurück. Wir hätten hier eine Woche lang stehen und einander mit Horrorstorys überbieten können, aber was sollte das?

Schließlich sagte Ted: »Ja, jetzt weiß ich's wieder. Eines Tages kam ein Frachtflugzeug und brachte dieses Zeug mit … Gamma sonst was.«

Ich sagte: »Gammaglobulin.«

»Ja, genau. Das wissen Sie noch? Sie haben einem eine Pferdespritze in den Arsch gerammt und einem dann diese Scheiße in den Hintern gespritzt. Das Zeug war eisgekühlt und ich schwöre euch, es war so zäh wie Kitt. Ich hatte eine Woche lang einen Klumpen im Arsch und als wir die Sanitäter fragten, wogegen das wäre, sagten sie ›gegen Masern‹. Erst hinterher haben wir rausgekriegt, dass es ein Mittel gegen die Pest war. Heilige Scheiße noch mal. Als wäre das feindliche Feuer nicht schon schlimm genug gewesen.«

Susan fragte: »Ist denn jemand krank geworden?«

Ted entgegnete: »Glauben Sie, die hätten uns das gesagt? Wenn man Fieber hatte, ging man ins Feldlazarett und manche haben sie mit Penizillin wieder zum Dienst geschickt und manche bei der nächsten Gelegenheit ausgeflogen. Das Wort ›Pest‹ hat niemand in den Mund genommen.«

Ich nickte und erinnerte mich daran, welche Angst wir vor der Beulenpest hatten, deren Symptome wir bei toten und verwundeten Nordvietnamesen gesehen hatten. Wir hatten vor der Landung Gammaglobulin bekommen und unsere Sanitäter waren bei diesen Sachen meist ziemlich offen und sagten uns, wir sollten uns nicht von den Rattenflöhen beißen lassen und natürlich auch nicht von den Ratten. Und da Sie schon mal hier sind: Gewöhnen Sie sich das Rauchen ab und fangen Sie sich keine Kugel ein. Ja, danke, Doc.

Die 1. Cavalry hatte diesen Einsatz »Pegasus« getauft, nach dem fliegenden Pferd aus der antiken Mythologie, aber der Name »Die vier Reiter der Apokalypse« wäre passender gewesen: Krieg, Hungersnot, Pestilenz und Tod.

Mr. Tram fuhr fort: »Diese entsetzliche Belagerung dauerte also den ganzen Januar, Februar, März und April an. Wir hatten ungefähr 25 000 Mann rund um diesen Stützpunkt ... und die amerikanischen Marines hatten ... wie viele, Mr. Ted?«

»Fünf- oder sechstausend.«

»Ja. Und als wir hier abzogen, sagte man uns, wir hätten zehntausend kranke, verwundete und tote Kameraden hier zurückgelassen ... und wir hatten viele tausend Kranke und Verletzte dabei ... und von denen sind hinterher viele gestorben. Ich habe hier viele Freunde verloren und auch einige Cousins und einen Onkel, der Oberst war. Ich weiß, dass hier auch viele Amerikaner gestorben sind, und als ich hier abzog, fragte ich mich: ›Was sollte das jetzt alles?‹«

Ted sagte: »Tja, da bin ich echt überfragt.«

Mr. Tram ging schweigend weiter, blieb dann stehen und zeigte auf etwas. »Sehen Sie den Schützengraben da drüben? Das ist einer der letzten noch erhaltenen Schützengräben, die wir damals ausgehoben haben. Wir hatten damit angefangen, auf dem Stützpunkt Gräben auszuheben – genau wie mein Vater und meine Onkel es in Dien Bien Phu gemacht hatten. Wir haben jede Nacht gegraben und kamen Ihrem Stacheldraht immer näher. Und wenn wir nahe genug waren, kamen wir nachts aus den Gräben und griffen eine Stelle an, von der wir glaubten, dass dort die Gegenwehr schwach sei und wir von dort aus in Ihren Stützpunkt eindringen könnten ... Aber das gelang uns nicht ... Und viele

Männer sind da drüben gestorben, wo früher mal der Stacheldraht war.«

Ted griff diese Geschichte auf und sagte: »Wenn wir glaubten, da draußen was zu sehen, oder wenn ein Leuchtkörper anging, haben unsere Mörser Leuchtkörper an Fallschirmen auf das ganze Gebiet geschossen, und dann war es taghell ...« Er sah von dem Plateau zu der Stelle hinunter, wo früher der Stacheldraht gewesen war, und sagte: »Wir sahen sie auf uns zukommen, Hunderte von ihnen, ganz leise, und sie haben nicht geschossen und liefen nur auf den Stacheldraht zu und sie gingen nicht mal in Deckung, sondern liefen nur auf uns zu. Und dann haben wir das Feuer eröffnet und da sind sie umgekippt wie die Kegel. Mein Gott, eines Nachts hat einer von ihnen in ein Horn geblasen und dann rannten sie alle und schrien und ich kriegte eine Scheißangst und zitterte so sehr, dass ich mein Gewehr nicht ruhig halten konnte. Und sie fingen an, diese Bangalore-Torpedos auf unseren äußeren Stacheldrahtring zu werfen, und der Draht fliegt in die Luft und es entsteht eine Bresche und sie rennen auf den zweiten Stacheldrahtring zu und rund um meinen Bunker schlagen Mörsergranaten ein und ich habe Angst, durch die Schießscharte zu gucken, weil Schrapnelle und Leuchtspurgeschosse durch die Scharte fliegen, und deshalb halte ich mein M-16 am Pistolengriff hoch und kauere mich unter die Schießscharte, so dass ich überhaupt nichts sehen kann, und verschieße ein Magazin nach dem anderen ... Und dann werde ich von einem heißen Schrapnell an der Hand getroffen und lasse das Gewehr fallen und sehe, dass es beschädigt ist, und was zum Teufel denke ich mir da eigentlich, als ich aus dem Bunker laufe und anfange, Granaten auf den Stacheldraht zu werfen. Fünf Splittergranaten und zwei mit weißem Phosphor und da unten brennt alles, auch die Menschen brennen und diese kleinen ... diese Typen kommen immer noch, und jetzt haben sie den zweiten Stacheldrahtring durchbrochen und zwischen ihnen und mir ist nichts mehr als ein letzter Stacheldraht, denn wir haben unsere ganzen Claymore-Minen aufgebraucht und das Maschinengewehr wurde getroffen und ich sehe mich um, ob ich wenigstens ein Gewehr finde … und da ertönt mit einem Mal wieder das Horn und sie sind weg.«

Ted starrte den Hang hinab und sagte so leise, dass er kaum zu verstehen war: »Und dann sind sie weg … alle, bis auf ein paar Dutzend von ihnen, die im Stacheldraht hängen oder stöhnend am Boden liegen. Und wir gehen runter und … na ja …« Er sah Mr. Tram an, der seinem Blick auswich.

Wir spazierten durch die Umgebung des großen Stützpunkts und es war nicht das Mindeste mehr davon übrig, nur die geisterhafte Spur der langen Start- und Landebahn, auf der, wie Mr. Tram schon sagte, anscheinend nichts mehr wuchs.

Mr. Tram fragte mich: »Hätten Sie etwas dagegen, mir von Ihren Erlebnissen hier zu erzählen?«

Wir gingen weiter und ich überlegte eine Minute lang und sagte dann: »Tja, nachdem wir hier gelandet sind, hatten wir Feindkontakt … mit der nordvietnamesischen Armee, aber es war offensichtlich, dass sie sich nach Laos zurückzog. Eine Woche lang oder so hatten wir immer mal wieder leichte Feindberührung. Ich weiß wirklich nicht mehr, wie lange wir hier geblieben sind. Wir haben Aberhunderte toter Soldaten gesehen, viele Verwundete, viele Gräber … und die Ratten … und es stank fürchterlich nach Tod und das Land war verwüstet … und ich hatte so was noch nie gesehen … die Szene nach einem riesigen Gemetzel. Und in mancher Hinsicht war das schrecklicher als die Schlacht selbst. Ich habe immer wieder zu mir gesagt: ›Ich gehe durch das Tal des Todes und Gott hat diesen Ort verlassen.‹«

Wir waren wieder auf dem Marktplatz von Khe Sanh. Ich gab Mr. Tram zehn Dollar und sagte: »Vielen Dank. Es ist bestimmt schwer für Sie, das noch einmal zu durchleben.«

Er verbeugte sich und erwiderte: »Ich kann das nur mit Amerikanern machen, die damals hier waren. Den anderen bedeutet das nichts.«

Susan sagte: »Tja, ich war nicht dabei, aber ihr drei habt es geschafft, dass ich mich so fühle, als wäre ich dabei gewesen.«

Ted fragte sie: »Finden Sie, meine Frau hätte mitkommen sollen?«

Susan antwortete: »Ja. Fahren Sie morgen noch mal mit ihr dorthin.«

Ted biss sich auf die Unterlippe und nickte. »Sie wollte mitkommen ... Aber ich wollte sie nicht dabeihaben.«

Susan sagte: »Ich verstehe.«

Susan sagte auf Vietnamesisch etwas zu Mr. Tram. Er verbeugte sich und erwiderte etwas, dann gaben wir uns alle die Hände und Ted ging zu seinem Bus und Mr. Tram wohin auch immer.

Wir setzten uns wieder in den Toyota und ich sagte zu Mr. Loc: »Quang Tri.«

Er fuhr auf die Nationalstraße 9 und dann nach Osten, zurück an die Küste, zu dem Ort, an dem ich einen Großteil meiner Zeit hier verbracht hatte, wenn sie mich nicht gerade mit dem Hubschrauber mitten in irgendeinem Albtraum absetzten.

Susan sagte: »Das war unglaublich. Was für ein Erlebnis.«

Ich erwiderte nichts.

Sie fragte: »Stehst du das durch?«

»Mir geht's gut.«

»Paul ... was glaubst du, warum hast du das überlebt?«

»Keine Ahnung.«

»Ich meine, von den Männern, die mit Mr. Tram zusammen waren, ist die Hälfte umgekommen und er hat es überlebt. Ted Buckley hat es überlebt und du auch. Meinst du, das war Schicksal? Oder Können? Oder Glück?«

»Ich weiß es wirklich nicht. Wenn die Toten sprechen

könnten, würden sie einem erzählen, warum sie gestorben sind, aber die Überlebenden haben darauf keine Antwort.«

Sie nahm meine Hand und schweigend fuhren wir auf der Nationalstraße 9 durch das friedliche Tal von Khe Sanh, was »grünes Tal« bedeutet, was den 20 000 Nordvietnamesen wie ein grausamer Scherz vorgekommen sein muss, als sie herkamen und sahen, wie sich das Tal von ihrem Blut und der von Bomben umgepflügten Erde rot färbte und grau von Asche und schwarz von verwesenden Leichen.

Und die Südvietnamesen, die für ihr Land kämpften, mussten sich gefragt haben, ob es ein Segen oder ein Fluch gewesen war, dass sie die Amerikaner um Beistand gebeten hatten, denn niemand ebnet so gründlich ein wie die Amerikaner und das Ausmaß der Zerstörungen musste alles übertroffen haben, was sich die Südvietnamesen hatten vorstellen können.

Und die 6000 amerikanischen Marines, die im Kampfstützpunkt Khe Sanh, so fern der Heimat, eingekesselt und belagert wurden, müssen sich gefragt haben, wie sie in diesem Epizentrum der Hölle auf Erden gelandet waren.

Und Khe Sanh, das grüne Tal, war für die Marines zu einer militärischen Legende geworden, gleichbedeutend mit Okinawa, Iwo Jima und all den anderen blutgetränkten Schlachtfeldern »from the Halls of Montezuma to the shores of Tripoli«.

Die 1. Air Cavalry Division hatte glücklicherweise nur geringe Verluste davongetragen und den Sieg errungen. Wir konnten ein weiteres Siegesband an unsere Regimentsfahnen hängen, wurden vom Präsidenten belobigt und flogen weiter ins Ashau-Tal, wo an einem weiteren düsteren, nebelverhangenen Ort das Schicksal auf uns wartete.

Ich sah mir die Landschaft an, während wir durch das Tal fuhren, und ich sah, dass sie wieder grün und das Leben zurückgekehrt war. Nun wuchsen Kaffeesträucher und Gemüse über den Gebeinen und die Menschheit war in eine hoffentlich bessere Zukunft unterwegs.

Doch als wir dort auf dem Plateau gestanden hatten, hatten Ted, Mr. Tram und ich im Wind das Flüstern der Geister hören können und in der Ferne leise das Hornsignal, das die stille Nacht durchschnitt und im Herzen eines jeden Mannes das Tier weckte.

Kapitel 33

Wir fuhren weiter auf der Nationalstraße 9 nach Osten. Auf den Hügeln sah ich riesige Brände und Rauchwolken, so als wäre wieder Krieg, aber dann fiel mir ein, dass einige Montagnard-Stämme Brandrodungsfeldbau betrieben.

Das Tal weitete sich, beiderseits wichen die Hügel zurück. Je weiter wir nach Osten kamen, desto weniger grün war die Landschaft.

Um uns her war flaches, freies Buschland mit einzelnen armseligen Bauernhöfen. Ich erinnerte mich, dass ich das aus der Luft gesehen hatte, als uns die Hubschrauberarmada in ordentlichen Formationen zu den Landezonen auf den Hügeln um Khe Sanh brachte.

Ich sagte zu Susan: »Die entmilitarisierte Zone beginnt etwa fünf Kilometer nördlich von hier. Dieser ganze Landstrich südlich der EMZ – von der Küste bis zur laotischen Grenze – war das Einsatzgebiet der Marines. Die Marines bauten eine Reihe von Feuerstellungen auf, von Cua Viet an der Küste bis nach Khe Sanh im Osten. Dieser ganze Landstrich war zehn Jahre lang umkämpft, und hier sind viele, viele Menschen umgekommen.«

Susan fragte: »Hat es hier immer schon so trostlos ausgesehen?«

Ich erwiderte: »Das weiß ich nicht. Das könnte an der Entlaubung liegen, am Napalm und den Sprengstoffen.« Ich fügte hinzu: »Das Motto der Entlaubungsspezialisten war: ›Nur wir können Wald verhindern.‹« Ich hatte das mal witzig gefunden, aber jetzt kam es mir nicht mehr witzig vor.

Wir kamen zu der ehemaligen Marines-Basis »Rockpile«, einem über zweihundert Meter hohen Felsenturm, den wir links sehen konnten, als die Straße eine Kurve nach Osten machte.

Wir fuhren weiter, dann sah ich rechts an einem Feldweg ein Schild mit der Aufschrift *Camp Carroll*. Ein Kleinbus bog gerade aus dem Feldweg auf die Nationalstraße 9 ein und seitlich auf dem Bus stand *EMZ-Tours*.

Ich meinte: »EMZ World.« Ich sagte zu Susan: »Als ich 1972 zu Vietnam, Teil zwei hier war, hatte man Camp Carroll gerade der südvietnamesischen Armee übergeben, so wie man damals versuchte, den Südvietnamesen ganz den Krieg zu überlassen. Während der Osteroffensive 72 lief der südvietnamesische Kommandant von Camp Carroll zu den Nordvietnamesen über, ohne dass auch nur ein einziger Schuss gefallen war. Wir erfuhren davon in Saigon und konnten es erst nicht glauben. Die ganze Garnison hat einfach so die Waffen niedergelegt.«

Damals, das wusste ich noch, wurde mir klar, dass Südvietnam den Krieg verlieren würde, sobald die letzten amerikanischen Soldaten abzogen, und dass dann hier ganz umsonst so viel amerikanisches Blut vergossen worden war.

Wir fuhren weiter und kamen durch die Stadt Cam Lo, von der es nie eine Ansichtskarte geben würde. In der Nähe eines Cafés parkten mehrere EMZ-Tours-Busse und ich sagte zu Susan: »Gleich nördlich von hier ist die Feuerstellung Con Thien, was, wie du weißt, ›Engelshügel‹ bedeutet und wo ein Schulfreund von mir gefallen ist.«

Wir verließen Cam Lo, fuhren an der Abfahrt nach Con Thien vorbei und dann weiter nach Osten.

Die Landschaft wurde nicht viel schöner und der Himmel wurde sogar noch grauer, je näher wir der Küste kamen.

Beiderseits der Straße standen jetzt hin und wieder einige

Häuser, dann kamen wir immerhin an einem ganz anständig aussehenden, dreigeschossigen Hotel vorbei, mit einem großen Transparent vorne dran, auf dem stand: *EMZ-Besucher hier willkommen – Dachrestaurant mit Blick auf EMZ.* Ich sagte zu Mr. Loc: »Dung lai.«

Er sah sich kurz zu mir um und hielt dann am Straßenrand.

Susan und ich stiegen aus und gingen zurück zu dem Hotel, das Dong Truong Son hieß. Das Foyer war klein, aber modern und wir fuhren mit dem einzigen Fahrstuhl hoch zum Dachrestaurant.

Die Mittagszeit war längst vorbei und es war noch nicht Cocktailstunde. Deshalb war niemand dort, nur ein junger Mann, der der Kellner sein musste, denn er schlief auf einem Stuhl.

Susan und ich setzten uns an einen Tisch am Aussichtsgeländer des überdachten Restaurants, von wo aus wir einen Panoramablick nach Norden hatten.

Ich kannte diese Gegend, hatte sie vom Boden aus und aus der Luft und auf Landkarten gesehen und manchmal sah ich sie immer noch vor meinem inneren Auge. Ich sagte zu Susan: »Das ist der Cua Viet River, der da drüben ins Südchinesische Meer mündet. Im Osten liegt Con Thien, am Cam Lo River, und am ganzen Cam Lo entlang waren kleine Feuerstellungen, angefangen bei Alpha eins im Osten, dann Alpha zwei, drei und vier.« Ich zeigte dorthin und sagte: »Hinter dem Cam Lo River siehst du den Ben Hai River, der am 17. Breitengrad entlang mitten durch die entmilitarisierte Zone verläuft, die die Grenze zwischen Nord- und Südvietnam bildete. Dorthin bin ich morgen unterwegs.«

Sie erwiderte nichts.

Wir schauten hinaus auf die immer noch verwüstete Landschaft und von hier aus konnte man Teiche sehen, von denen einige in regelmäßigem Abstand in einer geraden Linie verliefen, so dass nicht zu übersehen war, dass sie von einem Flächenbombardement stammten.

Susan sagte: »Es ist trist hier. So ganz anders als in der Umgebung von Saigon oder Nha Trang.«

»Ich hatte den gleichen Eindruck, als ich im Januar 68 von Bong Son aus herkam. Erst kam der Wintermonsun, dann die Tet-Offensive, dann Khe Sanh und schließlich Ashau. Regen, Nebel, Schlamm, grauer Himmel, verbrannte Erde und viel zu viele Leichen. Ich weiß noch, dass ich dachte, dass mein Vater es bestimmt einfacher hatte, als er im Sommer 44 in Frankreich gegen die Deutschen kämpfte, aber das habe ich ihm nie gesagt.«

»Dein Vater war im Zweiten Weltkrieg?«

»Er war Infantrist, genau wie ich. Die Brenners können sich rühmen, nie einen Offizier hervorgebracht zu haben oder jemanden mit einem anderen sicheren Job beim Militär. Wir sind bloß Kanonenfutter aus South Boston. Ein Onkel von mir ist in Korea gefallen.«

Susan sagte: »Mein Vater war als Sanitätsoffizier bei der Luftwaffe in Korea.« Sie fügte hinzu: »Wie gesagt – ich glaube, ihr würdet euch mögen.«

»Vätern fällt es schwer, den Mann zu mögen, mit dem ihre Tochter schläft.«

»Ich habe noch nie mit einem Mann geschlafen. Ich bin noch Jungfrau. Da kannst du meinen Vater fragen.«

Ich lächelte. »Na ja, und dann ist da ja auch noch der Altersunterschied.«

»Paul, ich bin über dreißig. Meine Eltern würde es auch nicht stören, wenn du Bürgerkriegsveteran wärst. Die wollen mich dringend unter die Haube bringen.« Sie fügte hinzu: »Und ich will das auch, sonst würde ich mich nicht mit dir abgeben.«

Der Kellner war erwacht. Er sah uns und kam angeschlendert. Wir bestellten Kaffee.

Susan fragte mich: »Was ist es denn für ein Gefühl, in einem Dachrestaurant mit Blick auf die entmilitarisierte Zone zu sitzen?«

»Ich weiß nicht. Ich komme mir ziemlich ... losgelöst vor ... Der Gedanke ist schon sehr eigenartig, dass das hier eine Touristenattraktion ist.« Ich verstummte. »Aber ich bin froh, dass es so ist. Man sollte nichts von dem trivialisieren, aber vielleicht ist es unausweichlich, dass es so kommt. Es hat den Vorteil, dass die Touristen vielleicht etwas lernen können, und vielleicht können die Veteranen so mit der Sache ins Reine kommen und die Vietnamesen können eine Menge Amerikaner kennen lernen und bei der Gelegenheit auch noch ein paar Dollar verdienen.«

Sie nickte. »Ich bin froh, dass ich hierher gekommen bin.«

Der Kaffee kam, Susan steckte sich eine Zigarette an und wir schauten hinaus auf das stille Schlachtfeld.

Ich sagte: »Okay, das wäre dann der Broschürentext: EMZ-Tours – ein angenehmer Morgen auf den Minenfeldern, wo Sie Schrapnelle sammeln und an einem Sandsackfüllwettbewerb teilnehmen können, mittags dann ein Picknick in den Ruinen der Feuerstellung Con Thien und anschließend suchen wir an der Nationalstraße 1 anonyme Gräber und beschließen den Tag dann im Fußballstadion von Dong Ha, wo die Kapitulation von Camp Carrol von der Originalbesetzung nachgespielt wird. Mittagessen inklusive.«

Sie sah mich eine Weile an und erwiderte dann lieber nichts.

Beim zweiten Kaffee und der dritten Zigarette sagte sie dann: »Als wenn das noch nicht stressig genug für dich wäre – diese Rückkehr zu den alten Schlachtfeldern –, machst du dir wahrscheinlich auch noch Gedanken wegen deiner Reise ins Landesinnere und darüber, was du dort tun wirst, und dann gehen dir auch noch die Leute in Washington auf die Nerven und dieser Oberst Mang lässt dich beschatten ...«

»Vergiss nicht, dich zu erwähnen.«

»Dazu wollte ich gerade kommen. Und zu allem Unglück kommt dann auch noch diese penetrante Schnalle ...«

»Wer?«

»Diese kackdreiste, absolut unverschämte Tussi, die dir nachläuft …«

»Mich verführt.«

»Was auch immer. Und du hast Millionen Dinge im Kopf und dein Herz ist in den Staaten und deine Seele hast du vorübergehend den Toten geliehen.«

Ich erwiderte nichts.

Sie sagte: »Und trotzdem, Paul, hat es gefunkt zwischen uns.«

Ich nickte.

Sie sagte: »Aber ich glaube, ich sollte nicht mit dir ins Hinterland fahren.«

»Darum habe ich dich auch nie gebeten.«

»Vielleicht wäre ich da eher eine Last als eine Hilfe.«

»Ich finde, du solltest nach Hanoi weiterreisen und da treffen wir uns dann.«

»Nein, ich glaube, ich sollte zurück nach Saigon.«

Das erwischte mich einigermaßen kalt und ich fragte: »Wieso das?«

»Ich finde, du solltest deinen Auftrag hier abschließen und dann nach Honolulu fliegen … mal schauen, was dabei herauskommt … und mich dann anrufen.«

»Von Honolulu aus?«

»Nein, Paul. Aus Virginia.«

»Okay. Und was dann?«

»Dann können wir beide mal schauen, was wir empfinden.«

»Du meinst, wir müssen auf unterschiedlichen Kontinenten sein, um zu ergründen, was wir empfinden?«

Das machte Susan aus irgendeinem Grund ein wenig unduldsam und sie sagte: »Ich lasse dir ein Hintertürchen offen. Bist du so schwer von Begriff?«

»Aha. Und wo ist das Hintertürchen? Das hab ich wohl übersehen.«

»Du bist echt ein Vollidiot. Ich versuche mich in deine Lage zu versetzen und bin bereit, den Mann aufzugeben, den ich liebe …«

»Das hast du doch längst. Du hast ihm ein Fax geschickt.«

Sie stand auf. »Gehen wir.«

Ich gab dem Kellner ein paar Dollar und wir fuhren mit dem Fahrstuhl ins Erdgeschoss. Ich sagte: »Es tut mir Leid. Das war heute ein anstrengender Tag. Ich mache immer Scherze, wenn ich unter Stress stehe oder Gefahr wittere – eine alte Angewohnheit aus dem Krieg. Das bedeutet einen Scheißdreck, haben wir immer gesagt, wenn etwas sehr wichtig war. *Xin loi*. Es tut mir Leid.« Und so weiter. Als wir unten im Foyer ankamen, hielt Susan bereits meine Hand und sagte, sie verstünde das. Was mehr war, als ich von mir behaupten konnte. Ich meine, ich rede ja manchmal einen ziemlichen Mist zusammen, aber Susans Selbstaufopferungsshow war doch wohl eine ganze Wagenladung Mist gewesen. Ich erkenne ein Hintertürchen, wenn ich eins sehe, und das war keins. Wir würden diese Mission so oder so gemeinsam abschließen.

Kapitel 34

Wieder auf der Straße, fuhren wir in eine Stadt namens Dong Ha, wo es fast aussah wie auf einer großen Raststätte in New Jersey. Dort gab es einen kleinen Bahnhof, eine Bushaltestelle, zwei Tankstellen und ein paar Pensionen. Wir kamen an die Nationalstraße 1 und bogen nach Süden ab. Auf der anderen Seite der zweispurigen Straße sah ich ein Gebäude mit einem Schild, auf dem auf Englisch *Fremdenverkehrsbüro Quang Tri* stand und vor dem einige Reisebusse parkten.

Susan fragte mich: »Kennst du diese Stadt?«

»Ich war noch nie hier, weiß aber, dass hier eine Logistikzentrale der Marines und der Army war.«

Susan sagte etwas zu Mr. Loc, er erwiderte etwas und dann sagte sie zu mir: »Dong Ha ist die Hauptstadt der Provinz Quang Tri.«

»Quang-Tri-Stadt ist die Provinzhauptstadt. Da hat Mr. Loc in der Schule wohl nicht aufgepasst.«

Susan sprach wieder mit Mr. Loc und sagte dann zu mir: »Quang-Tri-Stadt wurde im April 1972 von amerikanischen Bombern dem Erdboden gleichgemacht und wurde nicht wieder aufgebaut. Jetzt ist das hier die Provinzhauptstadt.«

»Dumm gelaufen.«

Wir fuhren auf der Nationalstraße 1, die fast leer war, weiter nach Süden und ich sagte zu Susan: »Von hier bis Hué hieß diese Straße früher ›Straße ohne Freude‹.«

Sie sah sich die spärliche Vegetation, die baufälligen Häuser und die wenigen Reisfelder an und fragte dann: »Habt ihr darum gekämpft, das hier zu halten, oder dass der Feind es bekommt?«

Ich lachte. »Den Spruch muss ich mir merken – für das nächste Mal, wenn ich jemandem begegne, der hier war.« Ich sagte: »Irgendwo hier in der Nähe endete das Einsatzgebiet der Marines und begann das der Army.«

Wir kamen an eine neu erbaute Brücke, die einen Seitenarm des Cua Viet River überspannte, und ich sagte zu Mr. Loc: »Stopp.«

Er hielt auf der Brücke und ich stieg aus. Susan folgte mir.

Ich schaute flussabwärts und sah die Pfeiler der alten Brücke. Ich sagte zu Susan: »Mein Platoon hat diese Brücke ein paar Mal bewacht. Also, nicht diese Brücke hier, sondern die, die da drüben war.« An der Stelle, wo die Brücke den Fluss überspannt hatte, sah ich einen alten französischen Bunker und ich sagte zu Susan: »Ich habe ein paar Mal in diesem Betonbunker da geschlafen. Ich habe meinen Namen in die Mauer geritzt und da standen schon Hunderte anderer

Namen, darunter auch von Typen namens Jacques und Pierre.«

Sie nahm meine Hand und sagte: »Schauen wir uns das an.«

»Frag James Bong, ob er eine Taschenlampe hat.«

Sie fragte ihn und er holte eine aus dem Handschuhfach hervor. Susan und ich gingen die zehn Meter am Ufer entlang zu der Stelle, wo die zerstörte Brücke gewesen war. Der französische Bunker war rund, etwa zehn Meter im Durchmesser, bestand aus Stahlbeton und hatte ein gewölbtes Dach, das Raketen und Granaten ablenken sollte. Auf Englisch hießen die Dinger »Pillbox«, Pillenschachtel, weil sie früher wohl mal so ausgesehen hatten, aber der hier ähnelte eher einem Iglu. Am Fuß des Betongebäudes sah ich grüne Plastikfetzen aus dem Boden ragen, die Überreste amerikanischer Sandsäcke. Ich sagte: »Wir haben die alten französischen Bunker immer noch mit Sandsäcken umgeben, denn die neuere Munition konnte fünfzehn oder zwanzig Zentimeter Stahlbeton durchschlagen und die Sandsäcke hätten so einen Volltreffer gedämpft. Doch wenn man bei einem Volltreffer da drin war, hat es einem trotzdem noch für Stunden das Hirn püriert. Wir nannten das ›zum Marine werden‹. Alter Scherz.«

Ich ließ mir von Susan die Taschenlampe geben und leuchtete in den Bunker hinein. Ich sagte: »Sieht eklig aus da drin. Ich kann nicht mal den Betonboden sehen, nur Schlamm.«

Sie fragte: »Blutegel?«

»Nicht da drin. Ich geh mal rein und werfe die Schlangen raus.« Ich zwängte mich durch den schmalen Türschlitz.

Die Kuppel war in der Mitte etwa fünf Meter hoch, so dass man, wenn man an einer Schießscharte stand, über sich noch viel Platz hatte.

Ich leuchtete mit der Taschenlampe die Betonmauern und den Boden ab und sah Tausendfüßler-ähnliche Krabbelviecher und viele Spinnennetze mit walnussgroßen Spinnen drin und eine Menge Patronenhülsen, aber keine Schlangen. Die

Mauern waren mit Schimmel überzogen, aber man konnte die in den Beton geritzten Namen noch erkennen.

Susan rief: »Wirf ein paar Schlangen raus!«

»Hier sind keine Schlangen. Aber pass auf und fass die Mauern nicht an.«

Sie schlüpfte in den Bunker und stand dann neben mir. Sie sagte: »Igittigitt. Hier stinkt's.«

»Wir haben die Bunker immer sehr sauber gehalten, aber hier war seit 1975 niemand mehr drin.«

Graues Licht drang durch die Schießscharten und ich leuchtete weiterhin mit der Taschenlampe umher, um allem auszuweichen, was ich nicht berühren wollte.

Susan fragte: »Wo steht denn dein Name?«

Ich fuhr mit dem Licht der Taschenlampe langsam über die runden Mauern und hielt dann inne, als ich auf eine Gruppe von Namen stieß. Ich ging näher heran, wich dabei den Spinnennetzen aus und richtete den Lichtstrahl weiter auf die in den Beton gekratzten Namen. Es waren alles französische Namen und das Datum war *Avril 1954*. Ich meinte mich an das Datum und diese Namen zu erinnern, die 1968 erst vierzehn Jahre zuvor hier eingeritzt worden waren, mir aber, einem achtzehnjährigen Jungen, der beim Ende des französischen Indochinakriegs vier Jahre alt gewesen war, damals wie die Inschriften einer antiken Armee vorgekommen waren. Jetzt aber wurde mir die zeitliche Nähe der beiden Kriege bewusst und auch, wie viel Zeit seither vergangen war.

Susan sagte: »Da hat jemand was unter die vier Namen geschrieben. Siehst du?«

Ich richtete den Lichtstrahl auf die französischen Worte. »Da steht: ›Scheiße hier‹.«

»Nein, das steht da nicht.« Sie ging näher heran und las es vor: »Les quatre amis, les âmes perdues – vier Freunde, verlorene Seelen.«

Ich leuchtete weiter und hielt bei dem Namen Sal Longo

inne. Ich sagte: »Dieser Mann war in meinem Platoon. Er ist im Ashau-Tal gefallen … unglaublich …«

Ich fand meinen Namen, den ich mit dem Docht meines Bierdosenöffners in den Beton geritzt hatte. Die Buchstaben waren kaum noch lesbar und mit schwarzem Schimmel überzogen. Ich starrte den Namen Paul Brenner und das Datum an, den 11. Januar 1968.

Susan sah dorthin, wo der Lichtstrahl stehen geblieben war, und sagte: »Das ist unglaublich.«

»Besser hier als auf der Mauer in Washington.«

Ich betrachtete meinen Namen noch ein wenig, leuchtete dann weiter herum und entdeckte noch ein paar andere Namen, die ich kannte, und andere, die mir unbekannt waren. Jemand hatte ein Herz mit einem Pfeil drin in die Mauer geritzt und darauf stand: *Andy und Barbara, ewige Liebe.* Wenn das von Andy Hall war, dann hatte ihn die Ewigkeit im Mai 1968 im Ashau-Tal eingeholt. Im Grunde war meine Kompanie, die Delta, nach drei Wochen dort schon keine einsatzbereite Kampfeinheit mehr gewesen und die Überlebenden hatten fast alle noch einen Streifen auf den Ärmel bekommen – wozu die Army »Schnellbeförderung im Feld« sagte, wir aber »Blutstreifen«.

Ich nahm Susans Arm und führte sie zum Ausgang.

Dann standen wir draußen unter dem bedeckten Himmel und Susan sagte: »Ich kann das nicht fassen. Da stand dein Name, vor fast dreißig Jahren geschrieben … und dann die französischen Soldaten … es ist irgendwie … traurig … fast unheimlich … Ich meine, mir ist klar, dass es einige dieser Männer nicht mehr nach Hause geschafft haben.«

Ich nickte.

Wir gingen zurück zu unserem Wagen und fuhren dann weiter die ›Straße ohne Freude‹ entlang.

Wir kamen links an einer Start- und Landebahn vorbei, wo früher der Flughafen von Quang Tri gewesen war und die Army damals ihre kleinen Beobachtungs- und Aufklärungsflugzeuge stationiert hatte. Die Start- und Landebahn war verwaist und Gras wuchs aus dem Beton. Der Kontrollturm war ebenso verschwunden wie ein großer französischer Wachturm, der in der Nähe der Piste gestanden hatte. Ich erinnerte mich, dass diese Wachtürme aus Beton hier früher überall gestanden hatten, doch jetzt hatte ich bisher keinen Einzigen davon gesehen. Ja, alle größeren Wahrzeichen, an die ich mich erinnerte – Schulen, Kirchen, Pagoden, französische und amerikanische Festungen – waren verschwunden.

Ich sagte zu Susan: »In der Gegend hier wurde während der Tet-Offensive viel zerstört, aber als ich damals abzog, bauten sie es gerade wieder auf. Sieht so aus, als hätte hier nichts die Osteroffensive von 72 oder die Schlussoffensive von 1975 überstanden.«

Sie sagte: »Der kleine Bunker hat es überstanden.«

»Da drin hätte ich den ganzen Scheiß-Krieg verbringen sollen.«

Vor uns auf der linken Straßenseite sah ich ein großes, zerstörtes Betongebäude, das aber nicht von Bomben oder Artilleriebeschuss getroffen war, denn das Dach war größtenteils noch intakt. Die Schäden stammten anscheinend von einem erbitterten Feuergefecht. Die Mauern waren mit Einschüssen übersät und in den dickeren Mauern waren größere Löcher, die unverkennbar von Beton durchschlagenden Raketen stammten, die hineingeflogen und drinnen explodiert waren und an den Innenwänden Brandflecken hinterlassen hatten. Ich brauchte eine Minute, erst dann erkannte ich das Gebäude. Es war die buddhistische Schule – der Ort, an dem Tran Van Vinh den Brief an seinen Bruder geschrieben hatte.

Susan sagte: »O Gott. Sieh dir dieses Gebäude an.«

Anscheinend faszinierte sie diese Kriegsruine und sie knipste ein Foto. Sie sagte: »In Saigon sieht man gar keine im Krieg zerstörten Gebäude. Hey, guck mal – ein Panzer.«

Hinter der Schule stand ein großer M-48-Patton-Panzer an

der Straße und die fahl olivefarbene Lackierung sah auch nach dreißig Jahren noch gut aus. Ich hätte mir von dieser Farbe was für meine Tür- und Fensterrahmen besorgen sollen.

Susan ließ Mr. Loc anhalten. Sie sagte zu mir: »Setz dich auf den Panzer.«

»Setz du dich doch drauf. Ich habe schon auf genug Panzern gesessen.« Ich nahm ihre Kamera.

Sie sprang aus dem Auto und kletterte von hinten auf den Panzer. Sie war kräftig und beweglich und kletterte wie ein Wildfang.

Sie stieg auf den Turm und setzte sich dort im Schneidersitz hin. Ich knipste ein Foto und sagte: »Ach, hätten doch alle Panzerbesatzungen so ausgesehen.«

Sie legte sich mächtig ins Zeug und ich knipste noch ein paar Fotos, auf denen sie liegend und stehend auf dem aufgegebenen Panzer posierte.

Sie sprang herab und kam zurück zum Toyota.

Ich zeigte nach Osten, wo sich in etwa fünf Kilometer Entfernung eine niedrige Hügelkette aus dem Flachland erhob. Ich sagte: »Dort auf den Hügeln war ich in der Nacht, in der Ende Januar die Tet-Offensive begann. Wir bauten gerade noch eine Feuerstellung und so gegen zehn Uhr an diesem Abend sahen wir etwas, das wir erst für Feuerwerk hielten. Dann merkten wir aber, dass es etwas anderes war. Per Funk wurde gemeldet, dass der Feind Quang-Tri-Stadt angriff. Wir wurden in volle Gefechtsbereitschaft versetzt und im Laufe der Nacht wurde gemeldet, dass die südvietnamesischen Truppen in Quang-Tri-Stadt und Hué geschlagen waren und das Hauptquartier unserer Brigade, Landezone Betty, das sich am Rande von Quang-Tri-Stadt befand, belagert wurde.«

Ich sah mich um. »Unser großes Basislager hieß Landezone Sharon und das war hier irgendwo, aber ich sehe nichts mehr davon.« Ich sah hinüber zu den Hügeln. »Da habe ich also Tet 1968 begangen. Das Jahr des Affen.« Ich fügte hinzu: »Das war für niemanden ein Glücksjahr.«

Susan sagte: »Dieses Jahr wird viel besser.«

Wir stiegen wieder in den Toyota und fuhren weiter.

Hundert Meter weiter, wo früher der Bahnhof gestanden hatte, bog Mr. Loc von der Nationalstraße 1 nach links auf eine zweispurige Straße ab, die, wie ich noch wusste, nach Quang-Tri-Stadt führte, das gut eine Meile von der Nationalstraße 1 entfernt lag. An der Straße standen kleine, mit Reet gedeckte Holzhäuser, die von Gemüsegärten umgeben waren. Hier standen auch Bäume, aber wahrscheinlich keiner aus der Zeit vor der Schlacht von 1972. Ich sagte zu Susan: »An dieser Straße standen früher jede Menge Buden, die den GIs was verkaufen wollten.«

»Und was?«

»Größtenteils Kram, den sie uns gestohlen hatten. Den konnte man dann zurückkaufen.«

Mr. Loc hielt an und sah sich um. Er sagte etwas zu Susan und sie sagte zu mir: »Das ist Quang-Tri-Stadt und irgendwo da links war früher die Zitadelle.«

Ich sah nach links, aber da waren auch bloß kleine Häuser, Bambuszäune, Gärten und Hühner zu sehen.

Susan sprach mit Mr. Loc und sagte dann zu mir: »Er glaubt, dass es den Graben der Zitadelle noch gibt, und ein Dorfbewohner könnte uns hinführen.

»Okay. Wir sind in einer Stunde zurück.«

Susan nahm ihre Kamera aus dem Beutel und sprach mit Mr. Loc. Dann stiegen wir aus. Mr. Loc langte nach hinten, gab Susan ihren Beutel und sagte noch etwas.

Wir gingen einen Feldweg entlang, der zwischen Gemüsegärten und kleinen Häusern hindurchführte, die aus den Trümmern der zerstörten Stadt und Festung erbaut worden waren. Ich sah Betonbrocken und von Kugeln durchlöcherte Bretter und das Wellblech, mit dem die Amerikaner ihre Kasernen deckten, und die grünen Plastiksandsäcke aus den demontierten Bunkern und Gartenpfade, die mit roten Dachziegeln gepflastert waren. Die Bauern hatten die zerstörten Gebäude und Festungen wieder verwendet.

Ich sagte zu Susan: »Früher war das eine kleine Stadt und jetzt ist es ein großes Dorf. Durch Bombardements zurück zu den Wurzeln.«

»Unglaublich«, sagte sie.

Ich fragte: »Was hat er zu dir gesagt?«

»Wann? Ach, dass er parken und das Auto verlassen will. Deshalb sollte ich meine Sachen mitnehmen.«

Ich nickte.

Ein paar Kinder entdeckten uns und bald folgte uns eine ganze Schar. Ein paar Erwachsene beobachteten uns neugierig aus ihren Gärten.

Wir gingen weiter den Pfad entlang und Susan sah sich um. »Ich bin wirklich noch nie in einem vietnamesischen Dorf gewesen.«

Ich erwiderte: »Ich bin schon in Hunderten gewesen. Die sahen alle gleich aus. Bloß dass es in manchen Vietcong gab und in anderen nicht.« Ich schaute mich um. »Siehst du den Heuhaufen da? Einmal haben wir in einem großen Heuhaufen ein richtiggehendes Zimmer gefunden. Charlie war nicht mehr da, hatte aber Ausrüstung zurückgelassen. Wir haben den Heuhaufen angesteckt, und dann konnten wir uns nicht mehr bremsen und haben drum herum noch ein paar Bauernhäuser niedergebrannt.« Ich hatte das alles wieder vor Augen und fuhr fort: »Und dann waren in den Gärten immer kleine Löcher versteckt, die gerade mal so groß waren, dass ein kleiner Vietcong drinstehen konnte – Spinnenlöcher sagten wir dazu, und sie waren schwer zu finden, wenn Charlie nicht gerade aus einem hochsprang und mit seiner Kalaschnikow das Feuer eröffnete. Und außerdem hatte jede Bauernhütte einen selbst gegrabenen Bunker im Garten, wo sich die Familie versteckte, wenn die Kacke am Dampfen war. In jedem dieser Bunker konnten aber auch Vietcong sein und man wollte nicht reingehen und nachsehen, denn sonst wäre man nicht wieder rausgekommen und deshalb rief man, alle sollten mit erhobenen Händen rauskommen, aber dann waren da immer ein paar Co-deps, die Mama-san vor den GIs verstecken wollte, falls die noch was anderes im Sinn hatten als Charlie zu finden. Und deshalb hat man, wenn dann angeblich alle draußen waren, eine Tränengasgranate reingeworfen und hin und wieder kam Charlie dann rausgerannt, aus allen Rohren feuernd, und dann hat man sie kaltgemacht und ist weitergezogen.«

Ich war erstaunt, dass ich das alles nun wieder in so lebhafter Erinnerung hatte, und fuhr fort: »In den Strohdächern versteckt fand man Gewehre, Munition, Plastiksprengstoff und lauter gute Sachen und dann nahm man die Familie fest, übergab sie der Nationalpolizei und brannte ihr Haus nieder – bloß dass die armen Schweine, die Vietcong oder Waffen versteckten, es in neun von zehn Fällen taten, weil sie dazu gezwungen wurden. Einmal – das ist jetzt lustig – zogen wir an einem Brunnenseil und natürlich war das, was da unten war, für einen Wassereimer viel zu schwer und so haben dann drei Jungs Charlie hochgezogen und sein schwarzer Pyjama war klatschnass und er stand in dem Holzeimer. Und ehe er oben ankam, warf er seine Kalaschnikow raus, damit wir ihn nicht abknallten. Er steigt also aus dem Brunnen und guckt dabei ganz verlegen – so nach dem Motto ›Huch! Ertappt!‹ –, und wir haben uns kaputtgelacht und dann hat ihm jemand einen Schlag verpasst und er fiel wieder in den Brunnen. Dann haben wir ihn erst mal eine Viertelstunde Wasser treten lassen, ehe wir den Eimer runterließen und ihn rausfischten. Und dann hat ihm der gleiche Typ, der ihn geschlagen hatte, eine Zigarette gegeben und sie ihm angesteckt und dann haben wir das Haus bei dem Brunnen niedergebrannt und Charlie gefesselt und in einen Hubschrauber gesetzt, der zu einem Kriegsgefangenenlager flog. Dann ging die Jagd weiter. Tagelang, wochenlang Dörfer, Dörfer, Dörfer, bis es uns nur noch angekotzt hat, diese armseligen Dörfer und Leute zu durchsuchen und bei der Suche nach Waffen ihre Hütten kurz und klein zu schlagen und sich dabei immer zu fragen, wann Charlie denn nun aus dem Hinterhalt hervorkommt und einem die Birne wegschießt. Und an anderen Tagen haben wir bei Kindsgeburten geholfen oder ein krankes Kind in ein Lazarett fliegen lassen oder bei den Eiterbeulen eines alten Mannes erste Hilfe geleistet und dabei Süßigkeiten verteilt. Gute Taten und dann wieder äußerste Grausamkeit – und das alles am selben Tag und oft auch im selben Dorf. Es war nie vorherzusehen, wie hundert bewaffnete Jungs in einer bestimmten Situation reagieren würden. Es hing wohl vor allem davon ab, wie groß unsere Verluste am Vortag gewesen waren oder ob wir in dem Dorf irgendwas gefunden hatten oder vielleicht auch davon, wie verschwitzt und durstig wir waren oder ob die Offiziere gut auf die Jungs aufpassten, oder ob ihnen an diesem Tag alles scheißegal war, weil sie schlechte Nachrichten von zu Hause bekommen hatten oder von einem ranghöheren Offizier per Funk zur Schnecke gemacht worden waren oder allmählich selber durchdrehten. Je länger der Krieg andauerte, desto jünger waren die jungen Lieutenants und die Sergeants waren nur einen Monat zuvor noch Obergefreite gewesen ... und die normalen Beschränkungen, die reifere Menschen sich auferlegen ... du weißt schon, wie in ›Herr der Fliegen‹ ... Kinder rasten schnell mal aus ... und wenn jemand einen aus ihrer Bande umbringt, wollen sie Blut sehen ... und so geriet das Abfackeln ganzer Dörfer ... völlig außer Kontrolle und das war kein Krieg mehr, das waren Jungs, die auf einem Streifzug waren und denen schnell mal die Sicherung durchbrannte, die dann manchmal halt keine Tränengasgranate in einen Familienbunker warfen, sondern eine Splittergranate, und wenn sie ein Spinnenloch in einem Garten fanden, Papa-san entweder eine Schachtel Kekse schenkten oder eine brennende Zigarette auf seinem Gesicht ausdrückten.«

Susan ging schweigend neben mir her und ich fragte mich, ob ich ihr irgendwas davon überhaupt erzählen sollte. Ich fragte mich auch, ob ich *mir* irgendwas davon erzählen sollte. Daheim in den Staaten konnte man das alles vergessen oder sich schönreden oder aufs False Memory Syndrome schieben und darauf, dass man zu viele Vietnamkriegsfilme gesehen hatte. Aber hier ... hier war es passiert und hier gab es nichts daran zu deuteln.

Wir gingen weiter durch das Dorf und die Kinder folgten uns, bettelten uns aber nicht wie in Saigon an und gingen uns auch nicht auf die Nerven. Es waren Kinder vom Land, die nicht oft *Lien xo* sahen, und vielleicht waren sie deshalb scheu; aber vielleicht hatte man ihnen auch von großen Amerikanern erzählt, die durch die Dörfer ihrer Eltern und Großeltern gegangen waren, und sie hielten deshalb Abstand.

Ich sagte zu Susan: »Stell dir vor, du hättest in so einem Dorf gelebt – nachts bekommst du kein Auge zu und den ganzen Tag lächelst du nicht. Alle im Dorf stehen am Rande des Wahnsinns und der Verzweiflung und sind auf Gedeih und Verderb zwei bewaffneten verfeindeten Mächten ausgeliefert, die sagen, sie wollten deine Sympathie gewinnen, die dich aber genauso gut eines Tages vergewaltigen und dir dann die Kehle aufschlitzen könnten. So war das Leben in den Dörfern dieses gepeinigten Landes. Als dann alles vorbei war, war den Bauern völlig egal, wer gewonnen hatte. Da hätte der Teufel persönlich mit seinen Höllenlegionen gewinnen können und sie hätten sich gefreut, denn der Krieg war vorüber.«

Susan schwieg eine Weile und sagte dann: »Ich wäre zu den Guerillas gegangen und hätte im Gebirge gekämpft. Ich sterbe lieber kämpfend.«

Ich rang mir ein Lächeln ab und sagte: »Du bist halt eine Kämpfernatur.« Ich fügte hinzu: »Ja, die meisten jungen Männer und Frauen haben sich eine Seite ausgesucht und genau das getan. Aber manche blieben auch in den Dörfern, um zu säen und zu ernten und sich um ihre alten Eltern und jüngeren Geschwister zu kümmern und auf das Beste zu hoffen. Jedenfalls: Wenn du mal wieder in ein Dorf kommst und Leute in diesem Alter siehst, weißt du, was die durchgemacht haben.«

Sie nickte.

Wie auf Stichwort stand da nun ein alter Mann am Pfad und verbeugte sich vor uns. Susan sprach mit ihm und er lächelte, als er ihr Vietnamesisch hörte. Sie unterhielten sich ein paar Minuten lang, dann sagte Susan zu mir: »Die Zitadelle liegt gleich hier an diesem Weg. Er sagt, er wohnt schon lange in Quang Tri, und wenn du ein zurückkehrender Soldat bist, wirst du dich wundern, was du da siehst.«

»Ich wundere mich bereits. Sag ihm, dass ich bei der 1. Cavalry war und dass wir unser Brigade-Hauptquartier in dem alten französischen Fort hatten.«

Sie erzählte es ihm und er erwiderte lang und breit. Susan dolmetschte: »1972 haben die Kommunisten und die Armee der Republik ... die ARVN ... um die Stadt gerungen ... und sie wechselte viele Male den Besitzer und lag in Trümmern. Dann hat sich die ARVN in Richtung Hué zurückgezogen und die amerikanischen Bomber kamen und zerstörten alles, was von der Stadt noch übrig war und töteten dabei viele kommunistische Soldaten, die sich in der Zitadelle und dem französischen Fort und dem amerikanischen Stützpunkt am Rande der Stadt aufhielten. Von der Stadt ist nichts mehr übrig.«

Ich nickte.

Er sagte noch etwas und Susan sagte zu mir: »Er sagt, es seien schon andere Amerikaner von der Cavalry zurückgekehrt und die seien immer traurig und erstaunt gewesen, dass von ihrer damaligen Anwesenheit hier gar nichts mehr zu sehen ist. Er ist auch mal einem Franzosen begegnet, der hier das Fort besuchen wollte, in dem er damals stationiert war, und der Franzose war überzeugt, dass er im falschen Ort war, und hat den ganzen Tag lang nach seinem Fort gesucht und nach … den Wachtürmen meint er, glaube ich.«

Der alte Mann fand das witzig, lachte und sagte dann noch etwas und Susan dolmetschte: »Der Franzose dachte, er würde das Café wiederfinden, in dem er früher immer getrunken hatte und vielleicht auch seine … Damen von damals.«

»Hey, genau deshalb bin ich auch hier. Sag ihm das.«

Susan sagte es ihm und er lachte noch lauter. Keine Ahnung, warum ihm das so einen Riesenspaß machte, aber vielleicht hatte er ja in seinem Leben schon so viel geweint, wie ein Mensch nur weinen kann, und konnte über den Tod und die Verwüstungen jetzt nur noch lachen.

Wir bedankten uns bei dem Alten und gingen weiter.

Am Ende des Pfades kamen wir an eine große Freifläche von etwa einem halben Kilometer Durchmesser, die in der Ferne von Bauernhütten und Gärten umgeben war. Die Fläche war mit hohem Gras und kleinen Bäumen bewachsen und sah auf den ersten Blick wie ein Dorfplatz aus. Aber um diesen Platz herum verlief ein zugewucherter Wassergraben, der früher der Festungsgraben vor den Mauern der Zitadelle gewesen war. Hier und da sah ich Reste der Mauern, aber keiner von ihnen war höher als einen Meter. Und dort, wo früher eine Brücke den Graben überspannt hatte, stand nun die zerbombte Ruine eines steinernen Torbogens.

Ich sagte zu Susan: »Das war früher die Zitadelle, so ähnlich wie die in Hué. Das war das Stadtzentrum und darin waren Regierungsgebäude, ein Krankenhaus, eine Bank, ein paar Cafés, die Kasernen und Hauptquartiere der südvietnamesischen Armee und das Lager des MACV – Military Assistance Command, Vietnam –, das waren die amerikanischen Militärberater der ARVN.« Ich fügte hinzu: »Die meisten MACV-Jungs kamen dabei um, als die Kommunisten die Stadt während der Tet-Offensive eroberten. In Hué war es genauso. Wenn man unzuverlässigen Verbündeten sein Leben anvertrauen muss, ist das ein riskanter Job.«

Susan betrachtete die Freifläche mitten in dem großen Dorf. »Es sieht aus wie ein Park oder ein Sportplatz, aber es ist Ödland.«

»Ich schätze mal, das hat man als Denkmal für die zerstörte Stadt und die Leute, die hier gestorben sind, so gelassen. Aber ich sehe nicht mal ein Schild.«

»Ich auch nicht ... Aber schau mal, Paul. Da ist eine Brücke über den Graben.«

Ich sah dorthin, wohin Susan zeigte, und entdeckte eine zwar intakte, aber von Granateinschlägen überzogene Betonbrücke, die früher einmal zu einem Tor in der Mauer geführt hatte.

Wir gingen zu der Brücke, überquerten den trockenen Graben und kamen dann auf das Gelände, auf dem früher die Zitadelle gestanden hatte. Die Kinder, die uns gefolgt waren, gingen nicht hinüber, und eins von ihnen rief uns etwas zu. Susan sagte: »Er sagt, das sei Staatsbesitz und wir dürften nicht hierher.« Sie fügte hinzu: »Er hat auch gesagt *Thanh than*. Gespenster.«

Ich erwiderte: »Das erzählen sie den Kindern, damit die sich von nicht explodiertem Wehrmaterial fern halten.«

»Da hast du wahrscheinlich Recht. Aber tritt nicht auf einen Blindgänger, sonst sind wir beide auch gleich Gespenster.«

»Bleib auf dem Pfad.«

»Es gibt hier keinen Pfad, Paul.«

»Dann pass halt auf, wohin du trittst.«

Wir gingen bis zur Mitte der Wiese, die früher einmal eine Stadt gewesen war, und ich sagte: »Hier ungefähr war der Exerzierplatz und der militärische Teil der Zitadelle war da drüben, auf der anderen Seite ... glaube ich.«

»Das weißt du noch?«

»Ja, einigermaßen. Ich war nur einmal hier, als ich an so einer bescheuerten Ordensverleihung teilnehmen musste, die die ARVN viel zu oft veranstaltet hat.«

»Du meinst, du hast hier einen Orden bekommen?«

»Ja, und die Good Conduct Medal war es nicht.«

»Was war es dann?«

»Sie nannten es Ritterkreuz – wie dieser französische Orden. Das entsprach unserem Bronzestern, glaube ich.«

»Und wofür hast du den Orden bekommen?«

»Das weiß ich nicht so genau. Bei der Verleihung wurde nur Vietnamesisch gesprochen.«

»Jetzt komm schon, Paul. Du wirst doch wohl wissen, warum sie dir einen Orden verliehen haben.«

»Ja. Aus Propagandagründen. Sie haben die ganze Sache gefilmt und dann vor dem Hauptfilm gezeigt – in den höchstens sechs Kinos, die es damals im ganzen Land gab. Unsere tapferen amerikanischen Verbündeten und so weiter. Die ARVN hat einfach die Liste der GIs genommen, die für irgendwas einen amerikanischen Orden erhalten hatten, und ihnen dann den entsprechenden vietnamesischen Orden verliehen. Ich habe für das Ashau-Tal den Bronzestern bekommen, und zwar ohne Zeremonie, und dann haben mir die Vietnamesen mit großem Pomp hier das Ritterkreuz verliehen.«

Sie fragte: »Hast du eine Videokassette davon bekommen?«

Ich lächelte und erwiderte: »Das war ein *Film*, Susan. Ich glaube nicht, dass die damals schon Videokassetten hatten, aber wenn sie welche gehabt hätten, hätten sie mir eine zum Kauf angeboten und das haben sie nicht.«

»Vielleicht könnte man den Originalfilm in irgendwelchen Archiven in Saigon finden.«

»Ich hoffe, das Scheißding ist verbrannt.«

»Du bist wirklich sentimental.«

»Stimmt. Jedenfalls stand ich mit etwa hundert anderen Amerikanern aus der 1. Cav ungefähr hier und dann küsste mich ein Oberst auf beide Wangen ... Es war damals Juni oder Juli und auf dem Exerzierplatz waren es über dreißig

Grad, aber meine neu aufgestellte Kompanie, die mittlerweile viel Frischfleisch aus den Staaten bekommen hatte, patrouillierte irgendwo und deshalb war es gar nicht so schlimm. Nach diesem Affentheater wollte ich eigentlich in der Stadt durch ein paar Kneipen ziehen, aber dann war die US Army so nett, uns alle mit Lastern einzusammeln und zurück zur Landezone Sharon zu fahren, die es wohl auch nicht mehr gibt.« Ich sah Susan an und fragte sie: »Ist doch toll, so ein Ausflug mit mir, oder?«

Sie lächelte, hakte sich bei mir ein und sagte: »Das ist wirklich eine unglaubliche Erfahrung für mich.«

»Na ja ... das hier ist jedenfalls deine letzte Kriegsetappe. Ich habe dich gewissermaßen durch meinen ersten Einsatz hier geführt – Bong Son im November und Dezember 67, dann Quang Tri während der Tet-Offensive im Januar und Februar 68, im April dann Khe Sanh, im Mai Ashau und dann zurück in die Provinz Quang Tri, wo ich geblieben bin, bis ich dann im November zum Basislager An Khe kam, meine Sachen zusammenpackte, nach Da Nang flog und von da aus nach San Francisco.«

»Na, das muss doch ein Mordswochenende in San Francisco gewesen sein.«

Ich sagte: »Ich hätte gern mit ein paar Kumpels, die auch nach Hause flogen, so richtig gefeiert ... aber wir waren in San Francisco nicht sonderlich willkommen ...«

Sie erwiderte nichts.

»Ehrlich gesagt, war ich sowieso nicht in Partylaune. Ich bin ein paar Tage lang im Hotel geblieben und habe versucht, einen klaren Kopf zu bekommen ... habe alle halbe Stunde geduscht und die Toilettenspülung betätigt.« Ich lächelte. »Ich schlief in einem weichen Bett, hab viel ferngesehen, zwei Flaschen Gin getrunken und mich immer wieder mal gekniffen, um mich zu vergewissern, dass ich nicht träumte ... Dann bin ich nach Boston geflogen. Aber ganz richtig im Kopf war ich da immer noch nicht.«

»Hättest du keine psychologische Betreuung bekommen können?«

Ich hätte fast gelacht. »Wir reden hier von 1968 und dem Höhepunkt eines großen Krieges. Man musste zum Psychiater, *bevor* man eingezogen wurde und die haben immer attestiert, dass man geistig fit genug wäre, um loszuziehen und Menschen umzubringen, aber nach der Rückkehr aus dem Krieg haben sie einen nie untersucht. Und weißt du was? Ich nehm's ihnen nicht mal übel.«

»Eine Beratung wäre vielleicht ganz hilfreich gewesen.«

»Da hätten Sigmund Freud und Jesus Christus persönlich auch nichts ausrichten können. Die meisten von uns haben allein wieder ins Leben zurückgefunden.«

Wir gingen über das von dem Graben umgebene Gelände, das einmal Quang-Tri-Stadt gewesen war, und dann bückte ich mich und hob einen verbogenen Metallsplitter auf, den die Altmetallsammler übersehen hatten, und betrachtete ihn. Ich sagte: »Das könnte von einer Bombe stammen oder von einer Rakete, von einer Mörsergranate, Artilleriegranate oder Splittergranate und es könnte von uns stammen oder von den anderen. Aber wenn man von so was getroffen wird, ist das vollkommen schnurzegal.« Ich gab Susan den Splitter. »Ein Andenken an die untergegangene Stadt Quang Tri.«

Sie steckte ihn ein.

Wir wanderten weiter unter dem grauen Himmel umher und ich sah, dass ein paar Vietnamesen uns von der anderen Seite des Grabens aus zusahen. Die fragten sich wahrscheinlich, ob wir das hier im Zuge einer Tagestour durch die EMZ erkundeten. Zwei Dollar – dafür durfte man dann die letzte noch bestehende Brücke über den Graben überqueren und auf dem Gelände der Zitadelle herumgehen. Ehe die Tourbusse kamen, verteilten die Reiseleiter hier allmorgendlich Altmetall und dann durfte jeder ein Stück mit nach Hause nehmen.

Ich sagte zu Susan: »Also gut, hier ist ein weiteres Puzzleteil. Der Brief, den man im Ashau-Tal bei dem toten Tran Quan Lee fand, stammte von seinem Bruder Tran Van Vinh, der hier während der Tet-Offensive 1968 bei der Schlacht um Quang-Tri-Stadt verwundet wurde. Vinh lag verletzt in einem der Gebäude, die früher hier standen, und sah etwas, das mit zwei Amerikanern zu tun hatte. Weißt du davon?«

»Nein.«

»Na gut. Einen Tag später schrieb er im Keller der buddhistischen Schule, die wir auf dem Weg hierher gesehen haben, diesen Brief und dann gelangte der Brief bis ins Ashau-Tal zu seinem Bruder.«

»Und was hat er gesehen?«

»Was er damals sah, ist der Grund dafür, dass ich hier bin. Die Frage ist: Hat Tran Van Vinh diese Schlacht und die Schlachten der folgenden sieben Jahre überlebt und ist er heute immer noch am Leben? Und kann ich ihn finden, und wenn ja – was kann er mir erzählen?« Dass ich Tran Van Vinh töten und anschließend möglicherweise selber eleminiert werden sollte, ließ ich unerwähnt.

Wir gingen weiter und schließlich fragte Susan: »Und das ist alles?«

»Das ist alles.«

»Hat er etwas Wichtiges gesehen?«

»Anscheinend schon, sonst würde ich ja hier keine Steuergelder verjubeln.«

»Was hat er denn in dem Brief geschrieben?«

»Er schrieb, er habe gesehen, wie ein Captain der US Army einen Lieutenant der US Army kaltblütig ermordete – genau hier, in einem beschädigten Gebäude in der Zitadelle, während er, Tran Van Vinh, verwundet ein Stockwerk höher lag.«

Sie dachte kurz darüber nach und sagte dann: »Dann ... ist das hier also eine Mordermittlung.«

»Offensichtlich.«

Sie schwieg eine Weile und sagte dann: »Aber ...«

»Aber?«

Sie blieb stehen und schaute über das freie Feld. »Genau hier?«

»Irgendwo hier. Ich weiß nicht mehr, wo die einzelnen Gebäude standen, aber es ist immer gut, sich den Tatort noch einmal anzusehen, auch wenn seither fast drei Jahrzehnte vergangen sind und der Tatort von Bomben und Granaten in Schutt und Asche gelegt wurde. Polizisten sind genauso abergläubisch wie Frontsoldaten und man hat so das Gefühl, dass der Tote – das Gespenst – einem etwas sagen oder einen wenigstens inspirieren wird, seinen Mörder zu finden. Ich glaube eigentlich nicht daran, aber für absoluten Unfug halte ich es auch nicht.« Lächelnd fragte ich: »Sollen wir versuchen, eine Séance abzuhalten?«

Sie lächelte ebenfalls und erwiderte: »Ich verstehe schon, dass es dich inspirieren könnte, hier zu sein, wo der Mord stattfand.« Sie sah mich an. »Aber du glaubst, dass mehr dahinter steckt als ein Mord?«

»Was glaubst du denn?«

»Ich habe keine Ahnung.«

Ich fragte: »Warum haben sie dir gesagt, es hätte irgendwas mit der Bucht von Cam Ranh zu tun?«

»Das weiß ich nicht.«

»Was könnte das mit einem während des Krieges begangenen Mord zu tun haben?«

»Das weiß ich nicht.«

»Wieso mischen sich die Geheimdienste in einen Mordfall der Army-CID ein?«

»Ich habe keine Ahnung. Du?«

»Ich habe zu viele Ahnungen. Einige davon passen zu einigen der Fakten, aber keine passt zu allen Fakten. Ich brauche einfach mehr Fakten. Hast du welche für mich?«

»Nein … bloß dass … so aufgekratzt, wie Bill und Colonel Goodman waren, steckt da mehr dahinter als nur ein alter Mordfall.«

Ich nickte. »Du bist doch klug. Rate mal, was es sein könnte.«

Sie überlegte kurz und sagte dann: »Der Mörder, dieser Captain, oder der Zeuge Tran Van Vinh war damals oder ist jetzt eine sehr wichtige Person.«

»Das ist eine sehr scharfsinnige Antwort.«

Sie rang sich ein Lächeln ab und sagte: »Ich erhalte Botschaften aus dem Jenseits.«

Wir standen noch ein wenig auf diesem Feld, auf dem sich mindestens zwei große Schlachten abgespielt hatten, wo es jetzt aber totenstill war. In dieser Erde ruhten Gebeine und möglicherweise auch Bomben und ich hoffte, dass die Bomben weiter ruhen würden und nicht nur auf meine Rückkehr gewartet hatten.

Susan fragte: »Glaubst du, dass dieser Tran Van Vinh noch am Leben ist?«

Ich erwiderte: »Das ist noch so eine Ironie oder Koinzidenz dabei ... Zwei Tage, nachdem die Südvietnamesen die Stadt eingenommen hatten, wurde uns befohlen, aus den Hügeln zu kommen, eine Blockade zu bilden und die nordvietnamesischen Soldaten abzufangen, die aus der Stadt flohen ... und eine ganze Anzahl von ihnen haben wir getötet ... also könnte letztlich meine Kompanie oder ich selbst schuld am Tod meines Starzeugen sein.«

»Das wäre wirklich eine Ironie des Schicksals und eine gespenstische dazu ...«

Ich nickte und sagte: »Und trotzdem habe ich so das Gefühl, dass Tran Van Vinh noch lebt.«

Susan fragte: »Und lebt er in dem Dorf Tam Ki?«

»Nein. Das war nur so eine Art Deckname. Mein Kontaktmann in Hué hat mir den wahren Namen des Dorfes genannt.«

»Und wie heißt dies Dorf nun?«

»Das kann ich dir jetzt nicht sagen. Vielleicht später.«

»Wo liegt es?«

»Ganz weit im Norden.« Ich fügte hinzu: »In der Nähe von Dien Bien Phu. Weißt du, wo das ist?«

»So einigermaßen. Das ist ganz schön weit. Und dahin fährst du morgen?«

»Das ist der Plan.«

»Gut. Dien Bien Phu wollte ich schon lange mal sehen. Wie kommen wir da hin?«

»Ich weiß nicht, wie *ich* da hinkomme. Ich dachte mir, ich fahre mit dem Zug die Küste rauf, so weit nördlich, wie es geht, und fahre dann mit einem Wagen mit Allradantrieb über Land.«

»Gute Idee. Die Züge fahren erst ab Freitag wieder. Stellt das ein Problem dar?«

»Vermutlich schon. Wie würdest du fahren?«

»Tja, wenn du mich heute Abend zum Essen einlädst, werde ich's dir verraten.«

Ich sah sie an und fragte: »Hast du wirklich eine Idee?«

»Ich war gestern nicht nur einkaufen.«

»Erzähl's mir.«

»Nein.« Sie sagte: »Du musst das erst wissen, wenn du es wissen musst.«

Sie nahm meinen Arm und wir gingen zurück in Richtung Brücke.

Mir fiel auf, dass hinter dem Graben keine Kinder mehr standen.

Dann erst fiel mir auf, dass jemand mitten auf der Zitadellenwiese stand und uns ansah. Es war Oberst Mang.

Kapitel 35

Oberst Mang und ich starrten einander über hundert Meter hinweg auf dem freien Feld an.

Susan fragte mich: »Wer ist das?«

»Na, rate mal.«

»Oh ... Was macht der denn hier?«

»Tja, erst mal will er wohl, dass ich zu ihm gehe, und das werde ich nicht tun.«

Susan sagte: »Paul, ich kenne diese Menschen. Wenn du dafür sorgst, dass er das Gesicht verliert, rastet er aus.«

»Weißt du, Susan, ich hab's echt satt, dass sich Westler dauernd darum sorgen, dass Ostasiaten das Gesicht verlieren könnten. Der kann mich mal am Arsch lecken.«

»Ich gehe hin und rede mit ihm.«

»Du bleibst, wo du bist.«

Sie erwiderte nichts und blieb stehen.

Hundert Meter hinter Oberst Mang sah ich zwei weitere Männer an der Brücke über den Festungsgraben stehen. Sie waren uniformiert und trugen Gewehre. Sogar auf diese Entfernung erkannte ich einen als den Schubser, meinen dicken Freund aus Tan Son Nhat.

Oberst Mang, das fiel mir auf, trug ein dunkelgrünes Jackett, Hemd und Krawatte, was diesem kühleren Klima angemessen war. Er trug auch eine Schirmmütze und ein Holster mit einer Pistole drin.

Wind war aufgekommen und die Sonne versank hinter den Bäumen. Lange, graue Schatten fielen über das Gelände der ehemaligen Zitadelle und bald würde es dunkel sein. Ich war bereit, bis zum Morgengrauen hier zu stehen.

Susan sagte: »Komm, Paul, wir gehen ein Drittel des Weges. Dann macht er das Gleiche.«

»Der kann mich mal. Ich habe ihn nicht hierher eingeladen.«

»Der braucht keine Einladung. Vertrau mir. Komm.« Sie ging einen Schritt voran.

Ich zögerte noch ein wenig und ging dann los. Susan ging neben mir her. Nach etwa dreißig Schritten blieb ich stehen.

Oberst Mang verstand die Sache und kam genau dreißig Schritte auf uns zu. Das war natürlich alles absolut bescheuert, aber wenn's um die Ehre geht, werden Männer nun mal wieder zu kleinen Jungs.

Ich ging zögerlich einen Schritt auf Oberst Mang zu und er tat das Gleiche – und so näherten wir uns einander. Als wir noch etwa zehn Meter voneinander entfernt waren, blieb der kleine Scheißer stehen. Ich stoppte ebenfalls.

Wir sahen einander an. Er sah nicht sehr froh aus, also waren wir da schon mal mindestens zu zweit.

Susan sagte: »Komm schon, Paul. Schluss mit dem Theater. Gehen wir hin und hören, was er will.«

»Der kann mich.«

Oberst Mang hatte mich offenbar nicht richtig verstanden, denn er sagte: »Guten Abend, Mr. Brenner.«

Ich erwiderte nichts.

Susan hatte genug von diesem Auftritt und ging zu Oberst Mang. Sie sprach eine Minute lang mit ihm. Ich konnte sie nicht hören, deshalb wusste ich nicht, welche Sprache sie gebrauchte. Dann wandte sie sich zu mir um und sagte: »Paul, wieso kommst du nicht zu uns?« Sie winkte mich herbei.

Also, es war ein höllischer Tag gewesen – das Ashau-Tal, Khe Sanh, die entmilitarisierte Zone und jetzt Quang Tri. Mein Hirn war erfüllt von Kriegserinnerungen und mein Körper voll gepumpt mit fiesen männlichen Hormonen. Ich war so fies drauf wie ein Infantrist an der Front und war nicht mehr der Tourist in Saigon, der sich Oberst Mangs Blödsinn anhörte. Es brauchte jetzt nicht viel, um mich zur Weißglut zu treiben. Hätte ich mein M-16 dabeigehabt, dann hätte ich die beiden Idioten an der Brücke umgenietet, ehe Mang auch nur nach der Pistole an seiner Hüfte hätte greifen können.

»Paul. Komm zu uns. Bitte.«

Ich atmete tief durch und ging dann die zehn Schritte zu der Stelle, an der Susan und Oberst Mang standen.

Wir begrüßten einander nicht und ich sprach ihn an, bevor er etwas sagen konnte. Ich fragte ihn: »Was machen Sie hier?«

Er starrte mich lange an und entgegnete dann: »Das frage ich Sie.«

»Ich habe Ihnen doch gesagt, dass ich nach Quang Tri fahre, weil ich hier stationiert war. Also fragen Sie mich nicht, was ich hier mache.«

Er betrachtete mich einen Moment lang. Er registrierte wohl, dass ich meine bisherige resolute, aber höfliche Art, ihn anzusprechen, abgelegt hatte. Er fragte mich: »Und? Was haben Sie gesehen? Nichts. Ich habe Ihnen doch gesagt, dass hier nichts ist. Ihre Bomber haben eine komplette Provinz verwüstet. Ist es das, was Sie sehen wollen?« Er zeigte mit einer Armbewegung auf das freie Feld. »Gefällt Ihnen das?«

Ich atmete tief durch und erwiderte dann: »Oberst, Sie wissen nur zu gut, warum die Bomber diese Provinz verwüstet haben. Wieso versuchen Sie nicht, mit der Realität klarzukommen, so wie ich das seit meiner Rückkehr hierher auch versuche.«

Er entgegnete ohne zu zögern: »Was Realität ist, bestimmen wir.«

»Nein, die Realität ist das, was passiert ist. Das Massaker von Hué ist passiert und auch das Massaker von Quang Tri ist passiert, und zwar 1968 und hier. Ich habe das mit eigenen Augen gesehen. Und ja – das Massaker von My Lai ist auch passiert. Wir alle haben Blut an den Händen. Kommen Sie endlich damit klar und hören Sie auf, mir Vorhaltungen wegen dieses verdammten Krieges zu machen. Ich habe ihn nicht angefangen und Sie auch nicht. Kommen Sie endlich drüber weg.«

Dieser Vortrag und mein Tonfall gefielen ihm gar nicht,

aber er blieb ruhig und entgegnete: »In Hué und Quang Tri hat es keine Massaker gegeben. Dort wurden Feinde des Volkes liquidiert. Das Massaker war in My Lai.«

»Was wollen Sie?«

»Erzählen Sie mir, warum Sie und Ihre Begleiterin versuchen, sich hier mit den Bergvölkern in Verbindung zu setzen.«

»Sie meinen die Moi? Die Wilden?«

»Die Bergvölker, Mr. Brenner. Was haben Sie mit denen zu tun?«

»Gar nichts habe ich mit denen zu tun.«

»Mr. Loc behauptet anderes.«

»Mr. Loc ist ein Idiot.«

Susan meldete sich zu Wort und sagte: »Oberst, aus der ganzen Welt kommen Touristen hierher, um die indigenen Völker Vietnams zu sehen. Nichts anderes haben wir getan.«

Oberst Mang betrachtete Susan einen Moment lang und fragte sich bestimmt, warum hier eine Frau für einen Mann antwortete. In diesem Land ging es derart sexistisch zu, dass es mir hier direkt gefallen könnte. Dann sagte er nicht zu Susan, sondern zu mir: »Sie waren mehrfach außer Sichtweite von Mr. Loc. Sie sind im Ashau-Tal auf die Hügel geklettert. Sie haben bei der Siedlung eines Bergstamms gehalten. Sie haben auf dem Marktplatz von Khe Sanh mit Angehörigen eines Bergstamms gesprochen.«

Ich sagte: »Na und? Ich bin Tourist.«

»Ach ja? Schenken die Bergvölker denn allen Touristen so einen Reif, wie Sie ihn da am Arm tragen? Oder ein Taoi-Tuch wie das, das Miss Weber trägt? Und tauschen Touristen mit ehemaligen amerikanischen Söldnertruppen militärische Grüße aus?«

Ich dachte darüber nach und da hatte er durchaus Recht. Ich erwiderte: »Oberst, was die Montagnards angeht, sind Sie, glaube ich, übertrieben argwöhnisch und empfindlich.«

»Finden Sie, ja? Sie leben hier nicht, Mr. Brenner.« Er fragte: »Hätten Sie etwas dagegen, mir zu erklären, warum Sie das getan haben?«

Ja, das hatte ich. Laut sagte ich: »Wo ist Mr. Loc? Holen Sie ihn her, dann können wir darüber reden.« Um die Situation etwas zu entkrampfen, fügte ich hinzu: »Nach der Verfassung steht mir das Recht zu, meinem Ankläger gegenübergestellt zu werden.«

Oberst Mang lächelte und sagte: »Mr. Loc musste leider für eine Weile fort.« Er fragte mich: »Wieso waren Sie im Ashau-Tal und in Khe Sanh?«

Ich antwortete nicht.

Oberst Mang sagte: »Mr. Loc hat gesagt, Sie hätten viele Kriegsgeschichten erzählt, Mr. Brenner, und keine dieser Geschichten hätte etwas mit Ihrer Tätigkeit als Koch zu tun gehabt.«

Ich entgegnete: »Mr. Loc spricht kein Englisch, Oberst.«

»Aber natürlich tut er das. Und Sie wissen es. Sie haben ihn mehrfach darauf angesprochen.«

»Stimmt. Also wieso sollte ich mich vor ihm belasten, da ich doch weiß, dass er Englisch versteht?«

»Weil Sie nicht wussten, dass er ein Mitarbeiter des Ministeriums für Öffentliche Sicherheit ist.«

»Natürlich wusste ich das. Und das habe ich ihm auch gesagt.«

»Das hat er mir gegenüber aber nicht erwähnt.«

Susan meldete sich zu Wort und sagte zu Oberst Mang: »Dann hat er Ihnen nicht die Wahrheit gesagt. Wir wussten vom ersten Moment an, dass er bei der Polizei ist. Ich bin seit drei Jahren in diesem Land, Oberst, und ich erkenne einen Geheimpolizisten, wenn ich einen sehe.«

Oberst Mang starrte Susan eine Weile an und sagte dann zu ihr: »Ich spreche mit Mr. Brenner.« Er wandte sich wieder an mich und sagte: »Ich glaube nicht, dass Sie wussten ...«

Susan sagte in scharfem Ton: »Und ich spreche mit *Ihnen*, Oberst. Und Sie werden mir antworten.«

Oberst Mang wandte sich wieder an Susan. »Wie bitte? Ich glaube, ich habe Sie nicht recht verstanden.«

»Nein? Na, dann verstehen Sie ja vielleicht das ...« Sie wechselte ins Vietnamesische und spuckte so richtig große Töne und Oberst Mang war bestimmt drauf und dran, ihr eine zu knallen. Dann hätte ich ihm eine scheuern müssen und dann wären die Schergen mit den Gewehren angelaufen gekommen und im Handumdrehn hätte ich Oberst Mang seine Pistole an den Kopf gehalten. Und dann hätten wir da die ganze Nacht in so einer Pattsituation gestanden oder wären in eine Schießerei geraten oder was auch immer. Das war nicht gut. Aber ich ließ Susan ihrem Ärger Luft machen.

Noch ehe Susan damit fertig war, Oberst Mang anzubrüllen, fing er an zurückzubrüllen, und dann steigerten sie sich da richtig rein. Ich fragte mich, was mit ihrer Sorge geschehen war, Oberst Mang könnte das Gesicht verlieren. Ich liebe es, wenn Friedenswächter ausrasten und versuchen, den Dritten Weltkrieg vom Zaun zu brechen. Mir fiel auch auf, dass die Schergen mit den Gewehren aufmerksam zusahen. Auf diese Entfernung konnten sie nicht viel verstehen, aber sie erkannten eine renitente Frau, wenn sie eine sahen, zumal, wenn sie verheiratet waren. Andererseits musste man aber auch sagen, dass Susan und Oberst Mang wenigstens noch miteinander sprachen – oder einander anbrüllten. Erst wenn Mang verstummte, hatten wir ein Problem.

Aber sie mussten sich wieder einkriegen und deshalb sagte ich zu Susan: »Okay. Im lang. Fermez la bouche. Shut up. Es reicht.«

Sie verstummte.

Oberst Mang war so richtig aufgebracht und auch wenn er nicht hergekommen war, um uns festzunehmen, spielte er jetzt bestimmt mit diesem Gedanken, zumal seine beiden Schergen jetzt mitbekommen hatten, wie ihn eine amerikanische Schnalle runtergeputzt hatte.

Oberst Mang kriegte sich ein und wandte sich wieder an

mich. Als wäre nichts geschehen, sagte er: »Ich glaube nicht, dass Sie wussten, dass Mr. Loc ein Mitarbeiter des Ministeriums für Öffentliche Sicherheit ist.«

»Sehe ich so dumm aus?«

Oberst Mang widerstand der Versuchung zu sagen: Ja, so dumm sehen Sie aus. Weshalb wären Sie denn sonst hier? Stattdessen sagte er: »Wenn Sie so clever sind, wieso haben Sie dann in Mr. Locs Gegenwart so freimütig über Ihre Kampfeinsätze gesprochen, obwohl Sie mir gesagt haben, Sie seien Koch gewesen?«

Ich erwiderte: »Weil ich offensichtlich kein Koch war. Ich war Infantrist.«

»Warum haben Sie mich angelogen?«

Weil die Schwachköpfe in Washington mir das geraten haben. Ich antwortete höflich: »Weil ich Sie nicht unnötig damit aufregen wollte, Oberst, dass ich hier gegen Ihre Landsleute gekämpft habe.«

»Ach ja? Aber Sie haben gelogen.«

Bullen lieben es, auf so was rumzureiten. Ich sagte: »Ja, ich habe gelogen. Ich habe nordvietnamesische und Vietcong-Soldaten getötet – und zwar hier, in und um Quang-Tri-Stadt, in Khe Sanh, im Ashau-Tal und unten in Bong Son. Na und? Sie waren auch Frontsoldat und haben Landsleute von mir umgebracht. Es war Krieg. Das war unser Job. Thema beendet. Sie sind doch nicht hier, weil Sie rausgekriegt haben, dass ich Frontsoldat war. Was wollen Sie?«

Er erwiderte: »Das habe ich Ihnen bereits gesagt. Ich will wissen, was Sie mit den Bergvölkern zu tun haben.«

»Nichts.«

»Und wieso waren Sie dann in den Bergen?«

Der Kerl war schwer von Begriff oder paranoid. Wahrscheinlich beides. Ich sagte: »Ich bin ins Ashau-Tal gefahren und nach Khe Sanh, um die Orte zu sehen, an denen ich damals gekämpft habe. Ich dachte, das hätten wir bereits geklärt.«

Er dachte darüber nach und entgegnete: »Vielleicht besteht die Lüge eher darin, dass Sie in Wirklichkeit nie an diesen Orten stationiert waren, sondern jetzt dort hinfahren, um sich im Auftrag Ihrer Regierung mit den Bergvölkern in Verbindung zu setzen und dabei den Vorwand gebrauchen, Sie würden alte Schlachtfelder besichtigen, auf denen Sie in Wirklichkeit nie gekämpft haben. Es geht Ihnen dabei nur um die Bergvölker.«

Ich brauchte ein wenig, bis ich dieser Logik folgen konnte. Oberst Mang war offensichtlich längst der Meinung, dass ich nichts Gutes im Schilde führte, und nun musste er das, was er vermutete, mit dem zusammenfügen, was er wusste. Und ich führte ja tatsächlich nichts Gutes im Schilde, aber er war der Wahrheit nicht mal nahe. Doch das musste er ja auch nicht; in diesem Land reichte jeder beliebige Vorwand für eine Festnahme.

Ich griff ebenfalls zu etwas Logik und sagte: »Wenn ich einen Vorwand dafür bräuchte, in die Berge zu fahren, warum habe ich Ihnen dann in Tan Son Nhat nicht erzählt, ich würde mich ganz besonders für, sagen wir mal, Bäume und wilde Tiere interessieren? Können Sie mir folgen?«

Er ließ sich das durch den Kopf gehen und entgegnete dann: »Sie haben mir ja erzählt, dass Sie noch nicht wüssten, ob Sie Ihr altes Basislager in An Khe besuchen würden. Und An Khe liegt im Hochland und dort leben viele Bergvölker. Wieso haben Sie mir das verschwiegen?«

»*Was* verschwiegen? Ich war doch gar nicht in An Khe.«

»Sie waren aber in anderen Bergregionen.«

Der Kerl verursachte mir Kopfschmerzen und ich sah, dass auch Susan allmählich unduldsam gegenüber Mangs Paranioa und Albernheiten hinsichtlich der Bergvölker wurde.

Er sagte: »Sie haben natürlich von der FULRO gehört.«

Das musste ja kommen. Ich erwiderte: »Ich habe im Museum für amerikanische Kriegsverbrechen davon erfahren. Ich habe die Fotos von den Massenexekutionen der Stammesangehörigen gesehen. Die Touristen regen sich übrigens darüber auf.«

»Ach ja? Es ist als lehrreiche Lektion gemeint.«

»Wieso konnten sie die Bergvölker nicht einfach in Umerziehungslager stecken und ihnen beibringen, zufriedene Staatsbürger zu sein? Wieso mussten Sie sie erschießen?«

Er sah mich an und teilte mir dann mit: »Staatsfeinde, die die Waffen niederlegen, erhalten die Gelegenheit, sich in speziellen Schulen zu bessern. Staatsfeinde, die bewaffnet festgenommen werden, werden erschossen.« Er fügte hinzu: »Jeder, der mit bewaffneten Aufständischen in Kontakt tritt, wird – ob er nun selber bewaffnet ist oder nicht – ebenfalls erschossen.« Er sah erst mich und dann Susan an und fragte: »Haben Sie das verstanden?«

Natürlich hatte ich das verstanden. Wir hatten es 1968 genauso gemacht, also konnte ich Oberst Mang keine Vorträge über korrekte Verfahrensweisen, Sippenhaftung oder das Recht, Waffen zu tragen, halten. Es wurde jedoch Zeit, die Sache auf die Spitze zu treiben. Ich sah Mang in die Augen und fragte: »Oberst, beschuldigen Sie mich, ein Spion zu sein?«

Er starrte mich an, wählte seine Worte mit Bedacht und erwiderte dann: »Ich versuche herauszufinden, welches der wahre Grund für Ihren Besuch in meinem Land ist.«

Tja, das ging mir genauso. Aber Oberst Mang konnte mir da nicht weiterhelfen. Ich sagte: »Sie haben während der Tet-Feiertage doch bestimmt Besseres zu tun. Vielleicht würde Ihre Familie Sie gerne sehen.«

Diese Bemerkung gefiel ihm überhaupt nicht und er sagte: »Was ich tue oder nicht tue, Mr. Brenner, geht Sie nichts an. Aber zu Ihrer Information: Ich war bereits daheim und jetzt bin ich hier, um mit Ihnen zu sprechen.«

»Es tut mir Leid, dass Sie ganz umsonst so weit gereist sind, Oberst.«

»Wenn es umsonst wäre, wäre ich nicht so weit gereist, Mr. Brenner.«

Das hörte sich ganz so an, als stünde jetzt noch mehr Unerfreuliches bevor. Ich sagte: »Oberst, ich reagiere gar nicht gut auf unterschwellige Drohungen. Sie finden das möglicherweise unglaublich, aber in meinem Land kann man sich, wie ich Ihnen bereits sagte, weigern, die Fragen eines Polizisten zu beantworten, und man hat das Recht zu schweigen. Der Polizist hat dann die Wahl, den Verdächtigen entweder festzunehmen oder gehen zu lassen. Wenn Sie also gekommen sind, um mich festzunehmen, dann tun Sie's. Andernfalls gehe ich jetzt.«

Wahrscheinlich hatte noch nie jemand Oberst Mang einen Vortrag über die Grenzen von Polizeigewalt gehalten und deshalb wählte er keine dieser beiden Möglichkeiten, sondern eine dritte und sagte zu mir: »Wenn Sie meine Fragen wahrheitsgemäß beantworten, dürfen Sie und Ihre Begleiterin weiterfahren.«

Ich sah Susan an und sie nickte mir zu. Es hatte, wie gesagt, Vor- und Nachteile, sie dabei zu haben, und im Augenblick war es eher ein Nachteil. Wenn ich im Knast landete und dort verhört wurde, konnte ich damit umgehen. Wenn Mang aber beschloss, Susan ebenfalls einzubuchten, hatte ich ein Problem.

Oberst Mang sagte: »Mr. Brenner? Ich habe noch ein paar weitere Fragen an Sie. Dürfte ich?«

Ich nickte.

Er lächelte und sagte: »Beschreiben Sie mir bitte, in welchem Verhältnis Sie zu dieser Dame stehen.«

Auch das hatte ich kommen sehen und erwiderte: »Wir haben uns in Saigon kennen gelernt – in Ho-Chi-Minh-Stadt – und reisen jetzt gemeinsam.«

»Ja? Und wohin?«

»Nach Hanoi.«

»Ach ja, nach Hanoi. Und wohin reisen Sie zwischen Hué und Hanoi?«

»Das habe ich Ihnen doch gesagt, Oberst. An der Küste entlang.«

»Ach, ja. Sie wollten sehen, wie das Volk im ehemaligen Nordvietnam lebt und arbeitet.«

»Das habe ich gesagt.«

»Und wie wollen Sie nach Hanoi gelangen?«

»Keine Ahnung. Irgendwelche Vorschläge?«

Er lächelte und sagte: »Sie könnten mit mir mitkommen. Ich habe einen Wagen und einen Fahrer.«

»Das ist ein sehr nettes Angebot, aber ich möchte nicht, dass Sie einen Umweg fahren müssen.«

»Ich fahre in diese Richtung. Meine Familie wohnt in der Nähe von Hanoi.«

»Aha. Dann werde ich Sie wohl in Hanoi wiedersehen.«

»Darauf können Sie sich verlassen, Mr. Brenner.«

»Ich freue mich schon darauf. Vielleicht können wir uns ja in meiner Botschaft treffen.«

»Eher nicht.« Er zog eine Zigarette hervor und steckte sie sich an.

Susan holte ihre Zigaretten hervor und fragte Oberst Mang leicht sarkastisch: »Möchten Sie eine Zigarette?«

Er ignorierte sie und das war schon viel besser als sie anzubrüllen. Er lernte schnell.

Er nahm einen Zug aus seiner Zigarette und fragte mich dann: »Sie fahren also an der Küste entlang nach Hanoi?«

»Wie könnte ich sonst nach Hanoi kommen?«

»Nun, man könnte die lange Strecke durch die Berge nehmen, in Richtung Laos, und dann auf dem Roten Fluss nach Hanoi fahren. Die Landschaft dort ist sehr malerisch.«

»Gibt es da irgendwelche Bergvölker?«

Er lächelte und antwortete nicht.

Allmählich war es genug Vergnügen für einen Tag. Es war kalt und schon fast dunkel und ich brauchte einen Scotch und spielte hier mit dem bösen, ostasiatischen Zwillingsbruder von Sherlock Holmes Katz und Maus, und das an einem Ort, an dem ein Mord verübt worden war, während gleichzeitig rundherum Tausende Soldaten und Zivilisten starben. *Deshalb* war ich hier und dieser Kerl versuchte mir ein Kapitalverbrechen anzuhängen. Ich konnte es gar nicht erwarten, Karl das zu erzählen und mich mit ihm darüber scheckig zu lachen.

Oberst Mang kam wieder auf mein Liebesleben zu sprechen und sagte: »Sie und Miss Weber reisen also als Freunde. Richtig?«

Ich erwiderte: »Wie Sie bereits wissen, schlafen wir in einem Bett.«

Er guckte gespielt erstaunt. Der Kerl brauchte dringend mal Schauspielunterricht. Er sagte: »Aber in Nha Trang hatten Sie getrennte Zimmer. Und in Hué haben Sie das jetzt auch. Und trotzdem schlafen Sie im selben Bett. Was für eine Verschwendung.«

Ich entgegnete: »Amerikaner sind nun mal verschwenderisch, wenn Anstand und guter Geschmack es verlangen.«

»Ja, Sie schwelgen in jedem beliebigen Luxus, tun aber so, als wären Sie ganz einfache, tugendhafte Menschen. So was nennt man Heuchelei.«

»Sehr gut bemerkt, Oberst. Und soll ich Ihnen mal was über die Vietnamesen erzählen? Sie sind das einzige Volk, das ich kenne, das das amerikanische Geld noch mehr verehrt als die Amerikaner.«

»Sie beleidigen mich und mein Land, Mr. Brenner.«

»Und Sie haben mich und mein Land beleidigt, Oberst Mang.«

Er nahm einen Zug aus seiner Zigarette und sagte: »Vielleicht sollten wir wieder zum Geschäftlichen kommen.« Er sah Susan an und fragte sie dann irgendwas auf Vietnamesisch. Sie schien über die Frage nicht erfreut und antwortete kurz und knapp.

Ich sagte: »Wir führen dieses Gespräch auf Englisch.«

Susan sagte zu mir: »Er hat mich gefragt, ob es in Amerika üblich sei, dass Frauen gleich mit Männern schlafen, die sie gerade erst kennen gelernt haben. Ich habe ihm gesagt, dass die Frage unverschämt ist.«

Ich fragte Oberst Mang: »Ist es in Vietnam üblich, dass Offiziere Frauen beleidigen?«

Er sagte zu mir und nicht zu Susan: »Ich versuche die wahre Natur Ihrer Beziehung zu ergründen.«

»Wieso? Das geht Sie nichts an.«

»Ich glaube doch. Sie wissen doch sicher, dass Ihre Freundin hier mit dem CIA-Stationschef von Ho-Chi-Minh-Stadt geschlafen hat.«

Ich atmete tief durch und erwiderte: »Ich wusste, dass sie einen Freund hatte.«

»Ja? Und Sie kennen ihren Freund. Das haben Sie mir selbst gesagt. Mr. Bill Stanley. Der CIA-Chef für den ganzen Süden Vietnams.«

Von allen Namen, die ich hätte nennen können, als Oberst Mang mich gefragt hatte, wer meine Zugfahrt nach Nha Trang gebucht hätte, hatte ich mir ausgerechnet den des CIA-Stationschefs ausgesucht. So was kommt dann dabei raus, wenn einem die Knalltüten in Washington etwas vorenthalten, was man wissen muss.

»Mr. Brenner? Warum schlafen Sie mit der Freundin Ihres Freunds?«

Ich sagte: »Ich wusste nur, dass Bill Stanley Angestellter der Bank of America ist.«

»Ja? Dann wussten Sie also nicht, dass Ihr Freund Stationschef der CIA ist?«

»Sie behaupten, dass er das ist, und er ist nicht mein Freund.«

»Aber Sie sagten doch, Sie seien zusammen auf die Universität gegangen. Princeton.«

Ich sah Susan an und sie wirkte verwirrt. Eines Tages werden mich meine flapsigen Bemerkungen noch mal in Schwierigkeiten bringen. Ja, dieser Tag war wohl jetzt gekommen. Ich sagte zu Oberst Mang: »Wie sollen wir den zusammen auf die Uni gegangen sein, wenn er mindestens zehn Jahre jünger ist als ich?«

»Das habe ich mich auch gefragt, Mr. Brenner.«

»Also, das war ein Scherz.«

»Was war der Scherz?«

»Das ist schwer zu erklären. Oberst, ich kenne Bill Stanley gar nicht und er ist auch nicht mein Freund.«

»Er ist aber CIA-Agent. Das ist vollkommen in Ordnung. Die CIA weiß auch, wer in unserer Botschaft in Washington der Mann vom Geheimdienst ist. Man kann so was nicht verbergen. Ja, in Wirklichkeit hat Mr. Stanley gar nichts mit der Bank of America zu tun und ist Konsulatsbeamter in der Abteilung für Wirtschaftsförderung. Das ist natürlich nicht sein wahrer Job, aber dadurch hat er die diplomatische Immunität, die er braucht, um seiner anderen Tätigkeit nachgehen zu können. Und Sie, Mr. Brenner, sein Freund, wussten nichts von alledem. Erstaunlich.«

Tatsächlich erstaunlich. Und Oberst Mang war auch ein wenig klüger, sarkastischer und ironischer, als ich gedacht hatte.

»Was soll ich nun glauben, Mr. Brenner?«

Ich sah zu Susan hinüber, die ein wenig besorgt wirkte. Sie hätte sauer auf mich sein können, weil ich Bill Stanleys Namen verwendet hatte, aber wahrscheinlich kotzte es sie eher an, wie man diese ganze Sache gehandhabt hatte.

»Mr. Brenner? Was soll ich glauben?«

Ich erwiderte: »Ich kenne Bill Stanley nicht.«

»Aber Sie haben mir doch erzählt, dass Sie ihn kennen.«

»Ich habe gelogen.«

»Warum?«

»Ich werde Ihnen sagen, warum. Miss Weber hat die Fahrscheine nach Nha Trang besorgt, aber ich wollte ihren Namen nicht angeben und deshalb habe ich Ihnen den Namen ihres Freundes genannt. Biet?«

»Nein, das verstehe ich nicht. Warum sollten Sie so was tun?«

»Schauen Sie, Oberst, warum hätte ich Ihnen Bill Stanleys

Namen nennen sollen, wenn ich gewusst hätte, dass er CIA-Agent ist?«

»Genau das versuche ich herauszufinden, Mr. Brenner.«

»Klar. Und die Antwort lautet: Ich kenne Bill Stanley nicht und weiß auch nicht, für wen er arbeitet, und ich kenne auch sonst niemanden in Saigon, aber mir fiel sein Name und sein Arbeitgeber ein, weil mir Miss Weber davon erzählt hatte, und deshalb habe ich Ihnen gegenüber diesen Namen verwendet und nicht den von Miss Weber.«

Er fragte: »Aber *warum?* Das haben Sie noch nicht beantwortet.«

»Beantworten Sie es für mich.«

»Wie soll ich das für Sie beantworten? Sie sollen es beantworten.«

»Also gut ... Ich wollte nicht, dass Miss Weber auf irgendeine auch noch so harmlose Weise mit der Polizei zu tun bekommt. Sie lebt hier und ich wollte ihre geschäftlichen Aktivitäten nicht kompromittieren. Das verstehen Sie doch.«

»Vielleicht. Aber ich verstehe nicht, in welcher Verbindung Sie zu Mr. Stanley stehen.«

»In *gar* keiner.« *Arschloch.*

»Aber natürlich. Sie schlafen mit seiner Freundin.« Er lächelte.

Ich gebe das nur äußerst ungern zu, aber der Kerl war in seinem Job fast so gut und so sarkastisch wie ich. Ich sagte: »Beantworten Sie meine Frage. Wieso hätte ich Bill Stanleys Namen verwenden sollen, wenn ich gewusst oder geahnt hätte, dass er CIA-Agent ist? Ich werde die Frage für Sie beantworten, Oberst. Ich wusste es nicht und ich weiß es immer noch nicht. Und warum sollte ich Ihnen glauben, dass er CIA-Agent ist?«

Er nickte. »Tja, warum?« Er sah Susan an und fragte sie: »Wussten Sie, dass der Mann, mit dem Sie geschlafen haben, CIA-Agent ist?«

Sie entgegnete: »Wieso hätte er mir das sagen sollen?«

»Es ist eine sehr ärgerliche Angewohnheit der Amerikaner, Fragen mit Gegenfragen zu beantworten.«

Susan fragte: »Was ist daran ärgerlich?«

Oberst Mang ging mit Susan die Geduld aus. Sie konnte aber auch wirklich eine Nervensäge sein. Er ging einen Schritt auf sie zu und ich ging einen Schritt auf ihn zu. Dann hörten wir alle damit auf, Schritte aufeinander zuzugehen und standen reglos, aber zu allem bereit da.

Schließlich wandte sich Oberst Mang wieder mir zu, steckte sich eine Zigarette an, ohne der Dame eine anzubieten, und sagte zu mir: »Sie kennen Mr. Stanley also nicht.«

»Genau.«

»Sie haben aber vor der katholischen Kathedrale in Ho-Chi-Minh-Stadt mit ihm gesprochen.«

»Das war Bill Stanley?«

»Das wissen Sie doch, Mr. Brenner. Spielen Sie keine Spielchen mit mir.«

»Bill Stanley wurde mir vor der Kathedrale vorgestellt, wir haben uns, wie Sie wissen, etwa drei Minuten lang unterhalten und seither habe ich ihn nicht mehr gesehen und auch nicht mehr gesprochen.«

»Das behaupten Sie. Warum sollte ich Ihnen das glauben? Sie haben mich angelogen, was Ihre Tätigkeit während des Krieges betraf, haben sich an Ihrem zweiten Tag in Ho-Chi-Minh-Stadt mit einem CIA-Agenten getroffen, haben zu viel Interesse an den Bergvölkern gezeigt, Sie antworten ausweichend auf die Frage nach Ihrer Reiseroute und haben mir gesagt, Sie würden alleine nach Nha Trang fahren, was aber nicht stimmte. Sie sind mit der Freundin eines CIA-Agenten dorthin gefahren. Wie viele Lügen haben Sie mir sonst noch erzählt?«

»Zwei oder drei.«

»Ja? Und was war jetzt gelogen?«

»Ich habe Ihnen, glaube ich, gesagt, dass Vietnam wohl regiert und wohlhabend wirkt. Das stimmt nicht. Dem Volk geht es erbärmlich und jeder, den ich im Süden getroffen habe, hasst Hanoi. Es gibt jetzt mehr Prostituierte und Zuhälter in Saigon als damals, als ich hier war, und Sie haben die ehemaligen Soldaten der Republik Vietnam sehr schlecht behandelt. Ich weiß, dass Sie ihre Gräber geschändet haben und die Überlebenden buchstäblich als Sklaven dahinvegetieren lassen. Und als ehemaliger Soldat finde ich das unehrenhaft und widerlich und eigentlich sollten Sie das auch so sehen. Die Regierung in Hanoi hat keinerlei Legitimität und entspricht nicht dem Willen des Volkes. Das, Oberst, ist die Wahrheit und nicht das, was Sie angeblich für die Wahrheit halten.«

Oberst Mang sah mich nicht an. Er sah in die Ferne und hyperventilierte. Er machte jetzt wirklich ein eigenartiges Gesicht und seine Schultern hoben und senkten sich. Ich wusste nicht, würde er jetzt ohnmächtig werden, in Tränen ausbrechen, seine Pistole ziehen oder mich um Asyl in Amerika bitten. Ich wollte ihm schon vorschlagen, dass er den Lotussitz einnehmen sollte, aber dann bekam er sich anscheinend auch ohne das wieder in den Griff.

Er atmete tief durch und erwachte aus seiner Trance, oder was auch immer das gewesen war. Er räusperte sich und fuhr dann fort, so als hätte er eben nicht am Rande eines Nervenzusammenbruchs gestanden. In sachlichem Ton fragte er: »Mr. Brenner, die Ausländerpolizei in Hué hat mir mitgeteilt, dass Sie mit einem Bus von Nha Trang nach Hué gefahren sind. Ist das korrekt?«

Noch so eine Frage, die ich nicht gestellt bekommen wollte. Ich erwiderte: »Ja, das ist korrekt.«

Er grübelte kurz darüber nach und sagte dann: »Und Sie haben Nha Trang am frühen Nachmittag verlassen und sind am gleichen Abend in Hué eingetroffen, vor Mitternacht. Korrekt?«

»Ja, das stimmt.«

»Aha.« Er tat so, als würde er diese Information verarbeiten, dann huschte ein verblüffter, fast besorgter Ausdruck über sein Gesicht, als würde ihn irgendwas daran stören. Ich kannte diesen Blick, denn die meisten Vernehmungsbeamten setzten ihn ein. Oberst Mang sagte: »Die Ausländerpolizei von Hué sagte, Sie haben angegeben, Sie seien alleine gereist. Stimmt das?«

Mir wurde klar, dass Susan und ich unterschiedlich darauf geantwortet hätten, wenn man uns diese Frage getrennt gestellt hätte. Ich erwiderte: »Ich habe nie behauptet, ich wäre alleine gereist. Und er hat mich das auch gar nicht gefragt. Aber wahrscheinlich haben Sie ihn das gefragt und wie Untergebene halt so sind, hat er sich die Antwort ausgedacht.«

Er dachte darüber nach und sagte dann: »Dann muss ich ihn wohl noch mal fragen.« Er sagte: »Sie und Miss Weber sind also zusammen gereist.«

»Richtig.«

»Mit dem Bus.«

»Genau.«

»Und wo haben Sie nach Ihrer Ankunft in Hué übernachtet?«

»In einem kleinen Motel.«

»Ah, ja. Das hat man mir gesagt.« Er lächelte und sagte: »Der Polizeibeamte hatte den Eindruck, Sie hätten die Nacht mit einer Prostituierten verbracht.« Er sah Susan an und wandte sich dann wieder an mich. »Er muss wohl missverstanden haben, was Sie über Ihre Reisebegleiterin erzählt haben.«

Ich sagte: »Der Polizist in Hué sollte, wie auch Mr. Loc, besser Englisch verstehen, wenn er Englisch sprechende Leute befragen oder belauschen will. Finden Sie nicht auch?«

Das sah er wahrscheinlich genauso, aber er sagte: »Mit meinem Englisch sind Sie hoffentlich zufrieden. Ich verstehe Englisch recht gut, ich verstehe bloß Ihre Antworten nicht.«

»Ich verstehe sie.«

Oberst Mang lächelte und sagte: »Dann stelle ich Ihnen

mal eine ganz einfache Frage: Wie hieß das Motel, in dem Sie und Miss Weber übernachtet haben?«

»Keine Ahnung. Haben die denn überhaupt Namen?«

»Normalerweise sind sie nach der Straße benannt, in der sie stehen. Hilft Ihnen das weiter?«

»Nein.«

Er wandte sich an Susan. »Erinnern Sie sich an den Namen des Motels?«

»Nein.«

Er sah sie weiter an und sagte: »Ich bin doch recht verwundert, Miss Weber, dass Sie, die Sie schon seit drei Jahren in Vietnam leben, ein solches Etablissement überhaupt betreten.«

Sie erwiderte: »Oberst, wenn man müde ist, schläft man überall.«

»Tatsächlich?« Er wandte sich wieder an mich und fragte: »Waren Sie nach Ihrer Ankunft in Hué im Century Riverside und haben gefragt, ob noch ein Zimmer frei ist?«

»Nein.«

»Und warum nicht? Nach meinen Informationen waren noch Zimmer frei.«

Ich erwiderte: »Ich muss sparen. Das Motel war sehr billig.«

Er kaufte mir das nicht ab und das war auch kein Wunder. Er sagte: »Mr. Brenner, Sie behaupten, Sie wären am Freitagabend in Hué angekommen und hätten sich nicht die Mühe gemacht zu sehen, ob in Ihrem oder irgendeinem anderen westlichen Hotel oder irgendeiner Pension noch ein Zimmer für Sie und Ihre Reisebegleiterin frei gewesen wäre. Sie behaupten, stattdessen vom Busbahnhof aus zu einem jener kleinen Motels gegangen zu sein, wie sie fast ausschließlich von Prostituierten und ihren Freiern frequentiert werden, und dort ein Zimmer genommen zu haben, aber Sie erinnern sich nicht an den Namen des Motels. Und am nächsten Tag haben Sie sich dann gegen 12.35 Uhr im Century Riverside angemeldet, und zwar allein und etwa zwanzig Minuten später kam dann Miss Weber und erkundigte sich nach einem Zimmer. Dann haben Sie sich irgendwann in der Lounge getroffen und sich dann nach einer Weile auf Ihre Zimmer zurückgezogen – beziehungsweise auf Mr. Brenners Zimmer. Verstehe ich das korrekt?«

Ich erwiderte: »Ja, das tun Sie.«

»Und doch ergibt das alles für mich keinen Sinn. Vielleicht könnten Sie mir Ihr Verhalten erklären.«

Das hier lief eindeutig nicht gut und es war auch keine Besserung in Sicht. Ich sagte: »Oberst, Miss Weber und ich haben eine heimliche Affäre. Verstehen Sie?«

Er starrte mich weiter an.

»Wir versuchen, einer Konfrontation mit Mr. Stanley aus dem Weg zu gehen, und das erklärt unser Verhalten.«

Das sah Oberst Mang nicht so. Er sagte: »Ich bin jetzt nicht weniger verwirrt als zuvor, Mr. Brenner, aber lassen Sie mich fortfahren.« Er sah Susan und dann wieder mich an und sagte: »Sie sind ein hübsches Paar. Solche Leute vergisst man nicht so schnell. Und deshalb hat die Polizei von Nha Trang in meinem Auftrag die beiden Busfahrer befragt, die den Zwölf- und den Einuhrbus nach Hué gefahren haben. Und keiner der beiden Fahrer erinnerte sich, im Bus ein westliches Paar mittleren Alters gesehen zu haben. Ja, von ein paar westlichen Rucksacktouristen abgesehen, saßen ausschließlich Vietnamesen in den Bussen.« Er hielt inne. »Und ich finde es auch eigenartig, dass Sie mit dem Bus gefahren sein wollen.«

Ich erwiderte: »Es gab keine andere Reisemöglichkeit und das wissen Sie. Ich war in dem Einuhrbus von Nha Trang nach Hué. Da hat Sie wieder mal jemand falsch informiert, Oberst.«

»Ach ja? So viele falsche Informationen. Und dann auch noch von unterschiedlichen Leuten.« Er sah Susan an und fragte: »Und Sie waren auch in diesem Bus?«

»Ja.«

Er überlegte eine Zeit lang oder tat jedenfalls so und sagte dann: »Dummerweise habe ich den Angaben der Busfahrer, Sie seien nicht mit den Bussen gefahren, geglaubt und deshalb weitere Erkundigungen eingezogen. Zunächst habe ich mich bei Vidotour erkundigt, ob einer von Ihnen einen Wagen mit Chauffeur gemietet hat, und man teilte mir mit, dem sei nicht so. Dort führt man sehr sorgfältig Buch und deshalb ist diese Information selbstverständlich verlässlich. Dann habe ich angefangen, mich bei privaten Autovermietungen zu erkundigen.« Er sah mich an und fragte: »Und wissen Sie, was ich herausgefunden habe?«

Ich antwortete nicht auf diese rhetorische Frage. Ja, ich bezweifelte, dass Mang während der Feiertage irgendjemanden von diesen Leuten erreicht hatte.

Oberst Mang starrte mich weiter an und keiner von uns beiden spielte eine Karte aus. Schließlich sagte er: »Nichts. Aber wir ziehen in Nha Trang weiter Erkundigungen ein.«

Ich sagte nichts.

Er fügte hinzu: »Ich glaube, Mr. Brenner, dass Sie mit einem privaten Minibus oder wahrscheinlich eher mit einem privaten Mietwagen mit Fahrer nach Hué gekommen sind. Ich glaube, meine Anweisungen an Sie waren eindeutig, Mr. Brenner. Sie durften nicht mit privaten Verkehrsmitteln reisen.«

Darauf musste ich etwas erwidern und ich sagte: »Oberst, ich glaube, ich habe jetzt genug von Ihren Fragen und Verdächtigungen und Ihrem Sarkasmus. Ich weiß nicht, was das alles soll, und ich werde von Hué direkt nach Hanoi fahren, bei meiner Botschaft offiziell Beschwerde über Sie einlegen und dann das Land verlassen. Und wenn ich wieder in Washington bin, beschwere ich mich direkt beim State Department über Sie. Ihr Verhalten ist inakzeptabel und ungerechtfertigt.«

Das schien vollkommen an ihm abzuprallen. Er glaubte mittlerweile fest daran, dass er mir irgendwas nachweisen konnte, und wirkte selbstsicherer denn je. Er sagte zu mir: »Ich glaube, ich werde herausfinden, dass Sie mit einem Mietwagen und Chauffeur nach Hué gefahren sind, nachts irgendwo angehalten haben und vielleicht auch, dass Sie vom direkten Weg nach Hué abgewichen sind. Und wenn ich diesen Chauffeur finde, werde ich ihn darüber befragen, was Sie getan und mit wem Sie sich unterwegs getroffen haben. Es sei denn, Sie möchten mir das jetzt gleich selbst erzählen.«

Ich wollte ihm nicht erzählen, dass ich unterwegs zwei Polizisten umgebracht hatte, und deshalb erwiderte ich: »Ich habe Ihnen weiter nichts zu sagen.«

»Tja, aber ich habe Ihnen noch etwas zu sagen.« Er steckte sich eine weitere Zigarette an und sagte: »Der Polizist, mit dem Sie in Hué gesprochen haben, hat mir mitgeteilt, dass Sie sich sehr unkooperativ verhalten haben.«

Ich erwiderte nichts.

»Er sagte, Sie hätten versucht, unerlaubt sein Büro zu verlassen.«

Ich konnte es mir nicht verkneifen zu erwidern: »Das habe ich nicht nur versucht, sondern auch getan und er hat mich nicht aufgehalten.«

Oberst Mang wirkte leicht verblüfft. Seine Untergebenen erzählten ihrem Chef eindeutig nur das, was sie ihm erzählen wollten. Eigenartigerweise schien er nun mir zu glauben und nicht ihnen, aber vielleicht war das gar nicht so eigenartig; in einem Polizeistaat hat schließlich jeder große Angst vor der Wahrheit.

Er sagte: »Wenn Sie sich in meine Position versetzen würden, würden Sie bestimmt einsehen, dass meine Fragen und mein Argwohn berechtigt sind. Viele Indizien deuten darauf hin, dass Sie nicht als Tourist hier sind. Und dann sind da auch noch die Lügen, die Sie mir erzählt haben und die Sie nun versuchen zurechtzurücken.«

Ich erwiderte: »Ich glaube, Oberst, andere Leute haben Sie belogen oder in die Irre geführt oder Ihnen unzutreffende

Angaben genannt. Wenn ich Polizist wäre, würde ich die alle noch mal befragen und dann würde ich sehen, dass ich auf dem Holzweg bin. Biet?«

Er wandte sich an Susan und sie sagte etwas auf Vietnamesisch zu ihm. Er nickte und sah wieder mich an. »Interessante Redewendung. Aber das ist kein Holzweg.«

Ich erwiderte nichts.

Er sagte: »Bei den Faxen, die Mr. Stanley Miss Weber ins Grand Hotel geschickt hat, hatte ich den Eindruck, dass Ihre Affäre kein großes Geheimnis ist.«

»Genau deshalb versuchen wir ja, Mr. Stanley aus dem Weg zu gehen.«

»Ach ja? Ist der Stationschef der CIA wirklich so dumm, dass Sie glauben, ihm aus dem Weg gehen zu können, indem Sie eine Nacht in einem Motel übernachten und am nächsten Tag dann in einem Hotel einchecken, in dem fast ausschließlich Westler wohnen?« Er fügte hinzu: »Wenn Sie in Hué die ganze Zeit über in dem Motel geblieben wären, wo man nicht nach Pass und Visum fragt, hätte ich Ihnen vielleicht geglaubt, dass Sie Mr. Stanley aus dem Weg gehen wollen.«

»Klar. Das hätten wir tun sollen. Sonst noch was?«

»Ja. Woher weiß denn Ihre Freundin Kay von Ihrem Verhältnis mit Miss Weber? Und warum warnt Sie diese Freundin vor diesem Verhältnis?«

»Wieso hören Sie nicht auf, meine Post zu lesen?«

»Weil es meine Aufgabe ist, Ihre Post zu lesen, Mr. Brenner. Beantworten Sie meine Frage.«

Das war jetzt einfach und obwohl ich mich darüber ärgerte, dass Oberst Mang hinter mir herschnüffelte, erwiderte ich: »Ich habe ihr von Nha Trang aus per Fax von meiner neuen Liebe erzählt und ich glaube, sie ist eifersüchtig. Wenn Sie die Frauen kennen, Oberst, dürften Sie das verstehen. Außerdem beweist diese Frage noch einmal, dass Sie auf dem Holzweg sind.«

»Tatsächlich? Dann werde ich Ihnen mal eine Frage über

Ihr Antwortfax an Kay stellen. Sie schrieben: ›Wenn man mit dem Feind schläft, weiß man, wo er sich nachts aufhält.‹« Er sah Susan an, dann wieder mich und fragte: »Also ist diese Dame hier der Feind, den Sie damit meinten?«

Ich warf Susan einen Blick zu, sah dann wieder Mang an und erwiderte: »Das ist eine idiomatische Redewendung. Sie sollten nicht alles, was Sie auf Englisch hören und lesen so wortwörtlich nehmen.«

»Ach ja? Na, dann danke ich Ihnen, Mr. Brenner, für diese Lektion.«

»Gern geschehen. Und hören Sie auf, meine Post zu lesen.«

»Ich finde es aber interessant. In Ihrer Antwort an Kay schrieben Sie auch ... wenn ich mich recht erinnere ...« Er rezitierte den letzten Absatz wortwörtlich: »Die langen Schatten der Vergangenheit reichen tatsächlich immer noch von hier nach da, aber die Schatten auf meiner Seele und meinem Herzen verschwinden allmählich und wenn du lange nichts mehr von mir hören solltest, weißt du, dass ich gefunden habe, wonach ich suchte, und das ich diese Reise nicht bereue. Liebe Grüße an C.«

Ich sah nicht zu Susan hinüber, sondern starrte weiter Oberst Mang an. Ich hatte eigentlich nichts dagegen, dass er versuchte mir ein Kapitalverbrechen anzuhängen, aber jetzt machte er auch noch mein Liebesleben komplizierter, als es ohnehin schon war.

Oberst Mang fragte: »Warum sollte Kay lange nichts mehr von Ihnen hören? Und was haben Sie hier gefunden, wonach Sie suchten?«

Ich atmete tief durch und erwiderte dann: »Seelenfrieden und Glück.«

»Ja? Wo? In Khe Sanh? Im Ashau-Tal? In Hué? Hier?«

»Sie stören mein Karma, Oberst. Wechseln Sie das Thema.«

»Ihnen gefällt aber keins meiner Themen.«

»Dann versuchen Sie's noch mal.«

»Vielleicht sollte ich es auf dem Polizeipräsidium in Hanoi versuchen.«

»Gern. Gehen wir.«

Er war im Bluffen nicht sonderlich geübt und schien erstaunt. Er räusperte sich und sagte: »Alles zu seiner Zeit, Mr. Brenner.«

Ich sah auf meine Armbanduhr.

Er fragte: »Halte ich Sie auf? Haben Sie noch einen Termin?«

»Sie halten mich vom Abendessen ab.«

Er überhörte das und fragte Susan: »Sind Sie mit einem Amerikaner verheiratet?«

Sie erwiderte: »Wieso schauen Sie nicht in meinem Antrag für die Arbeitserlaubnis nach?«

»Das habe ich. Dort gaben Sie an, ledig zu sein.«

»Dann haben Sie ja schon Ihre Antwort.«

Er fügte hinzu: »Und in Ihrer Wohnung scheint es auch keine Anzeichen für einen Ehemann zu geben.« Er lächelte.

Susan starrte ihn an. Schließlich war sie diejenige, die einen mittleren Wutanfall bekommen hatte, als sie in Nha Trang erfahren hatte, dass jemand auf Ihrem Hotelzimmer gewesen war. Jetzt erfuhr sie, dass Oberst Mang ihre Wohnung durchsucht hatte. Sie atmete tief durch und sagte dann auf Vietnamesisch etwas zu ihm. Es war nur ein kurzer Satz, den sie mit leiser Stimme sprach, aber was sie auch sagte – Oberst Mangs Gesicht verspannte sich, als hätte ihm jemand etwas in den Arsch gerammt. Ich hatte darum gebeten, dass das Gespräch auf Englisch geführt wurde, aber manchmal musste man eben die Landessprache gebrauchen, um »Fick dich doch ins Knie, du Arschloch« zu sagen.

Ich sah Oberst Mang an, der sich zweifellos schon darauf freute, getrennt mit uns zu sprechen und uns dabei Elektroschocks in Brust und Genitalien zu jagen.

Ich wartete darauf, dass er mich über den Silvesterabend bei den Phams ausfragte oder über den Neujahrstag mit Mr. Anh, aber darauf kam er nicht zu sprechen und das beunruhigte mich mehr, als wenn er es angesprochen hätte. Mir ging auf, dass mir Oberst Mang, wenn er wirklich clever war, absichtlich den Eindruck vermittelte, er sei mit dem FULRO-Verdacht auf dem Holzweg. Ja, möglicherweise wusste er etwas über meine wahren Absichten hier – wenn mir auch schleierhaft war, woher. Es sei denn, er hatte Mr. Anh festgenommen.

Ich wollte wirklich, dass er mich über den Samstag und Sonntag befragte, doch stattdessen brachte er ein noch unangenehmeres Thema zur Sprache. Er sah mir in die Augen und spielte seine Trumpfkarte aus. Er sagte: »Wir werden schon noch rausfinden, wie Sie von Nha Trang nach Hué gelangt sind. Und wir werden auch herausfinden, ob Sie irgendetwas über einen Autounfall wissen, bei dem außerhalb von Nha Trang auf der Nationalstraße 1 zwei Polizeibeamte ums Leben gekommen sind.«

Ich sah ihm ebenfalls in die Augen und sagte: »Oberst, ich weiß nicht, wovon Sie sprechen. Sie werfen mir alles Mögliche vor: Abweichen von der Reiseroute, sexuelle Missetaten, Spionage, Kontakt mit der FULRO und jetzt auch noch irgendwas mit einem Autounfall. Das ist unerhört. Ich stehe hier keine Sekunde länger und höre mir das an.«

Ich nahm Susans Arm und wir gingen fort.

Oberst Mang brüllte: »Halt! Keinen Schritt weiter!«

Ich ließ Susans Arm los, ging zu Oberst Mang und baute mich vor ihm auf.

Wir sahen einander in die Augen und er sagte leise: »Ich könnte Sie beide jetzt auf der Stelle erschießen und in den Graben werfen, wo die Hunde Sie fressen.«

»Sie könnten es versuchen. Aber wenn Sie so nah vor mir stehen, sollten Sie dabei sehr flink mit Ihrer Waffe umgehen können.«

Oberst Mang ging einen Schritt zurück und ich ging einen Schritt auf ihn zu. Er griff nach seiner Pistole und Susan schrie: »Nein!« Sie schrie etwas auf Vietnamesisch, kam angerannt, packte meinen Arm und versuchte, mich von Oberst Mang wegzuzerren.

Über Oberst Mangs Schulter sah ich, dass die beiden Schergen angelaufen kamen.

Oberst Mang ging noch einen Schritt zurück, hörte dann die Schritte hinter sich und wies die beiden Männer mit einer Handbewegung an stehen zu bleiben, was sie auch taten.

Er ging noch einen Schritt zurück und sagte zu uns beiden: »Sie haben einen Offizier der Sozialistischen Republik bedroht und dafür könnte ich Sie festnehmen und für zehn Jahre ins Gefängnis stecken.« Er sah Susan an. »Nicht wahr?«

Susan erwiderte: »Dazu brauchen Sie gar keinen Vorwand – das wissen Sie doch.«

Er sah sie an und sagte: »Sie sind schon viel zu lange in diesem Land, Miss Weber. Es wird Zeit für Sie zu gehen.«

Genau meine Meinung.

Doch Susan entgegnete: »Ich gehe, wenn ich gehen will.«

»Sie gehen, wenn ich Sie ausweise.«

»Na, dann versuchen Sie's doch mal.«

Er funkelte sie zornig an und sagte: »Ja, vielleicht ist es an der Zeit, dass Ihr ganzes Unternehmen das Land verlässt.«

Sie grinste ein wenig und sagte: »Mein Unternehmen, Oberst, hat in Hanoi mehr Einfluss als Sie.«

Das gefiel Oberst Mang gar nicht. Ich konnte förmlich sehen, dass er sich nach den Zeiten zurücksehnte, als man hier noch alle Probleme mit einem Kopfschuss lösen konnte. Doch jetzt herrschte hier eine neue Realität, die weder Oberst Mang noch ich so ganz verstanden.

Oberst Mang atmete tief durch und sagte dann zu Susan: »Hanoi ist weit von Ho-Chi-Minh-Stadt entfernt. Wenn Sie bleiben, Miss Weber, wird Ihr schönes Leben in Ihrer teuren Wohnung, mit Ihren Bediensteten, Ihrem illegalen Motorrad und Ihren Abenden in der Q-Bar längst nicht mehr so schön und friedlich sein.« Er lächelte und fügte hinzu: »Ja, eigentlich finde ich, Sie sollten in Vietnam bleiben.«

»Genau das werde ich auch tun.«

Wir waren dem Kerl richtig gepflegt auf den Zeiger gegangen und mir war klar, dass er noch ein paar Abschiedsworte für mich parat hatte, und ich hoffte, sie lauteten: »Mr. Brenner, ich erkläre Ihr Visum für ungültig. Reisen Sie ab.« Gern.

Er wandte sich an mich, lächelte frech und sagte: »Ich wünsche eine angenehme und gute Reise nach Hanoi. Vielleicht sehen wir uns dort. Aber wahrscheinlich eher nicht.«

»Ich werde da sein.«

Er sah wieder Susan an und sagte: »Entfernen Sie den Film aus Ihrer Kamera und geben Sie ihn mir.«

»Nein, das mache ich nicht.«

Er winkte den beiden Männern hinter sich zu und sie traten vor. Der Schubser und ich sahen einander in die Augen und er lächelte.

Ich sagte zu Susan: »Gib ihm den Film.«

Sie zögerte, nahm dann ihre Kamera aus dem Beutel und knipste damit, anstatt den Film herauszunehmen, ein Foto von Oberst Mang. Das war kein Kodak-Moment.

Er brüllte: »Den Film! Sofort!«

Sie öffnete die Kamera, riss den teilweise belichteten Film heraus und warf ihn zu Boden.

Der Schubser hob ihn auf und sah dann mit verblüffter, fast ehrfürchtiger Miene zu Susan hoch, so als wollte er sagen: »Man legt sich doch nicht mit einem Oberst vom Ministerium für Öffentliche Sicherheit an. Sind Sie nicht ganz dicht?«

Oberst Mang beschloss, die Konfrontation zu beenden, so lange er noch nach Punkten führte. Er sah mich an und sagte: »Sie und ich, Mr. Brenner, haben hier viele brutale Schlachten überlebt. Es wäre doch eine große Ironie, wenn Sie nun Ihren Urlaub hier nicht überleben würden.«

Genau das dachte ich auch.

Er machte kehrt und ging dann mit seinen beiden Spießgesellen über die öde Freifläche davon. Der Schubser sah sich im Gehen noch einmal zu uns um und fuhr sich mit der Handkante über die Kehle.

Kapitel 36

Es war jetzt dunkel und ein kalter Wind war aufgekommen.

Schließlich sagte Susan: »Ich zittere.«

»Es ist kalt geworden.«

»Ich zittere vor Angst, Paul.«

Das war mir klar. »Das hast du gut gemacht. Richtig fabelhaft.«

Sie steckte sich eine Zigarette an und ihre Hand zitterte, was sie in Oberst Mangs Gegenwart nicht getan hatte.

Ich sagte: »Haun wir hier ab.«

Wir gingen in Richtung Brücke.

Susan fragte: »Seid ihr in Saigon ein bisschen besser miteinander klar gekommen?«

»Ein bisschen, aber nicht viel.«

Sie überlegte und sagte dann: »Schon eigenartig, aber ich glaube ... auf eine bestimmte Art und Weise hat er dich gern. Lach nicht.«

»Katzen haben Mäuse ja auch gern. Zum Fressen gern.«

»Nein, es ist mehr als das. Da ist etwas zwischen euch ... da läuft ein Spiel, ein Wettkampf, da herrscht Respekt ...«

»Eine große Verbrüderung. Aber weißt du was? Wenn ich einen Spaten gehabt hätte und er eine Machete, wäre jetzt einer von uns beiden einen Kopf kürzer.«

Sie erwiderte nichts und wir gingen weiter über das dunkle Gelände der ehemaligen Zitadelle. Susan sagte: »Jetzt sind die ganzen schönen Bilder weg von dem Dorf von Häuptling John, von Khe Sanh ... alles futsch. *Das* kotzt mich an.«

»Du hättest ihm den Film geben und eine Quittung verlangen sollen.«

»Jetzt müssen wir da noch mal hin und neue Fotos schießen.«

»Nicht in diesem Leben, Schatz.«

»Eines Tages fahren wir da noch mal hin.«

Ich erwiderte nichts.

Sie sagte: »Er wollte seine Pistole ziehen, Paul.«

»Gehe niemals einem Bewaffneten auf die Nerven.«

»*Du* bist ihm auf die Nerven gegangen«, erinnerte sie mich.

»Ich wollte mich mit ihm verbrüdern. Er hat das missverstanden.«

Das überhörte sie und sagte: »Das macht den Rest der Reise schwieriger.«

»Es macht es zu einer größeren Herausforderung.«

Wir überquerten die Brücke über den Festungsgraben und gingen auf dem gleichen Weg wie zuvor durch das Dorf zurück zur Straße.

In den Häusern, an denen wir vorbeikamen, brannte elektrisches Licht und in der kühlen, feuchten Luft lag der unverkennbare Geruch brennender Holzkohle. Das war der Geruch, an den ich mich aus den Abenddämmerungen des Winters 1968 noch am deutlichsten erinnerte.

Susan hielt ihre Zigarette wie eine Vietnamesin zwischen Mittel- und Ringfinger und sagte mit vietnamesischem Akzent: »Sie sind also mit den Bergvölkern in Kontakt getreten, Mr. Brenner. Ja? Und Miss Weber hat mir mitgeteilt, dass Sie eine Bergvölkerarmee aufstellen wollen. Ja? Und dann werden Sie die Berge beherrschen. Ja?«

»Das ist nicht witzig. Hey, glaubst du, Mr. Loc hat auf uns gewartet?«

»Das bezweifle ich sehr.«

Wir gingen weiter durch das dunkle Dorf und im Dunkeln war es schwierig, die Hauptstraße zu finden, an der wir Mr.

Loc zurückgelassen hatten. In der feuchten Luft roch ich kochenden Fisch und Reis.

Wir kamen auf die Hauptstraße und ich sagte: »Mr. Loc hat nicht auf uns gewartet. Zu schade. Ich hätte ihm so gerne den Hals umgedreht. Wie kommen wir jetzt zurück nach Hué?«

»Keine Ahnung. Möchtest du in Quang-Tri-Stadt übernachten?«

»Es gibt kein Quang-Tri-Stadt mehr«, sagte ich.

»Vielleicht gibt es hier eine Pension. Und für ein paar Dollar könnten wir bestimmt in jedem der Häuser hier übernachten.«

»Da müssten sie *mir* was zahlen. Gehen wir zur Nationalstraße.«

Wir gingen zur Nationalstraße 1, die etwa einen Kilometer entfernt war. Ich sagte: »Dieses Schwein hat uns mitten im Nirgendwo ausgesetzt.«

Wir kamen zur Nationalstraße, aber es waren keine Fahrzeuge zu sehen und da Neumond war, herrschte hier tiefste Finsternis.

Susan sah sich um und sagte dann: »Bis Mitternacht verkehren Busse auf der Nationalstraße 1. Ich frage mal einen Einheimischen. Du bleibst hier und wenn ein Bus kommt, winkst du. Die halten an, wenn man winkt.«

Susan ging zur nächsten Hütte, die etwa dreißig Meter entfernt stand, und ich wartete.

Ich dachte über den Tag nach und mir wurde klar, dass ich an einem einzigen Nachmittag einen fünfmonatigen Kampfeinsatz noch einmal nacherlebt hatte. Ich wäre vielleicht gerne noch etwas länger in Ashau oder Khe Sanh geblieben, aber andererseits war genug auch genug. Ich wusste, dass ich nie dorthin zurückkehren würde.

Ich dachte auch an all die schlimmen Dinge, die ich Susan heute erzählt hatte, und beschloss, dass das jetzt ebenfalls reichte.

Susan kam wieder und sagte: »Wir sind zum Abendessen eingeladen und dann dürfen wir auch über Nacht bleiben.« Sie fügte hinzu: »Die Cocktailstunde haben wir verpasst.«

»Was gibt's denn zum Abendessen?«

»Reis.«

»Langkorn oder klebrig?«

»Klebrig. In spätestens einer halben Stunde kommt ein Bus.«

»Wann kommt der in Hué an?«

»Wann er eben ankommt.«

»Hat dir das heute gefallen?«

»Paul, das war ein unglaublicher Tag und ich bin dir wirklich dankbar. Die Frage ist doch eher: Wie geht es dir?«

»Mir geht es gut. Ich sage schon Bescheid, wenn's mir nicht gut geht.«

Sie steckte sich eine Zigarette an. »Dieser Krieg ... das ist unvorstellbar. Ich begreife wirklich nicht, wie ihr ein ganzes Jahr lang hier so leben konntet.«

Ein ganzes Jahr lang hier so zu leben hatten ja auch nicht alle geschafft, aber das sprach ich nicht aus.

Wir standen schweigend auf dem Asphalt der Nationalstraße 1 und warteten auf aus nördlicher Richtung kommende Scheinwerfer.

Susan fragte: »Und wenn jetzt eine Armeepatrouille vorbeikommt? Gehen wir dann in Deckung oder bleiben wir hier stehen?«

»Hängt davon ab, in welcher Stimmung ich bin.«

»Tja, wir wollten den Bus nach Hué anhalten. Zehn Dollar Strafe.«

»Dieses Land kotzt mich echt an.«

Susan entgegnete: »Die Leute sind größtenteils sehr nett. Die Familie, bei der ich gerade war, hat mich förmlich angefleht, zum Essen zu bleiben.«

»Die Bauern sind nett. Die Bullen, Politiker und Soldaten sind alle für 'n Arsch.«

»Du bist Bulle *und* Soldat. Und du bist nett.«

»Nur manchmal.« Ich sagte: »Oberst Mang will dich ausweisen. Wieso gehst du nicht von allein?«

»Wo soll ich denn hin?«

»Nach Lenox, Massachusetts.«

»Und wieso?«

»Wieso nicht?«

Sie fragte: »Wieso ziehst du nicht wieder nach Boston, statt in Virginia zu wohnen?«

»In Boston hält mich nichts.«

»Und was hält dich in Virginia?«

»Auch nichts.«

Sie starrte eine Weile in die Glut ihrer Zigarette und fragte dann: »Wieso ziehen wir nicht zusammen irgendwo hin?«

»Dann müsstest du dir aber das Rauchen abgewöhnen.«

»Nicht mal eine Zigarette danach?«

»Das wäre ja immer noch eine halbe Schachtel am Tag.«

Sie lachte. »Abgemacht.«

Die Scheinwerfer eines großen Fahrzeugs näherten sich aus nördlicher Richtung und dann sah ich auch die erleuchteten Fenster des Busses. Ich stellte mich auf die verwaiste Straße und winkte.

Der Bus hielt, die Tür ging auf und wir stiegen ein. Ich sagte zum Fahrer: »Hué.«

Er beäugte Susan und mich neugierig und sagte: »Ein Dollar.«

Das Geschäft meines Lebens. Ich gab ihm zwei Dollar und er lächelte.

Der Bus war halb leer und wir konnten uns nebeneinander setzen. Die Sitze waren aus Holz und der Bus war alt, vielleicht noch aus der Zeit der Franzosen. Die Fahrgäste sahen uns an. Wir sahen vermutlich nicht aus wie Leute, die normalerweise den Bus nehmen.

Der Bus fuhr auf der dunklen Nationalstraße nach Süden und hielt dabei in jedem kleinen Kaff und jedes Mal, wenn jemand an der Straße stand und winkte. Leute stiegen ein, Leute stiegen aus. Susan war froh, dass es, wie alle Busse hier, ein Raucherbus war. Sie hielt meine Hand und sah hinaus in die schwarze, öde Landschaft.

Zwischen der toten Stadt Quang Tri und der wiederauferstandenen Stadt Hué gab es keine größeren Ortschaften, aber ab einem gewissen Punkt sah die Landschaft, nach dem Wenigen, was wir sehen konnten, allmählich besser aus – Häuser, Lichter, Reisfelder – und ich hatte so das Gefühl, dass wir die Provinz Quang Tri verlassen hatten und nun in der Provinz Hué waren.

Ich dachte an Quang Tri. Ich hätte gerne mein altes Basislager, die Landezone Sharon, wieder gesehen, oder das alte französische Fort, das den Namen Landezone Betty getragen hatte. Doch diese Orte, an denen ich den Gutteil eines Jahrs verbracht hatte, gab es nun nur noch in meiner Erinnerung und auf ein paar verblassten Fotos. Es war schon eigenartig, dass ich Sehnsucht nach einem Kriegsgebiet empfand, aber diese Orte – die Basislager, die Verkaufsstände, die Bordelle und Massagesalons, das Krankenhaus, dem wir Lebensmittel und Medikamente gestiftet hatten, die buddhistische und die katholische Schule, denen wir aus unseren Monatszuweisungen Papier und Stifte geschenkt hatten, die Kirche, in der wir mit einem alten vietnamesischen Priester und einer Nonne zu tun gehabt hatten – waren jetzt alle verschwunden, vom Angesicht der Erde getilgt und nur noch in den Erinnerungen der Ältesten von uns präsent.

Vielleicht hatte ich mit dieser Rückkehr zu lange gewartet. Vielleicht hätte ich wiederkommen sollen, ehe so viele sichtbare und seelische Narben verheilt waren, ehe die meisten aus der Kriegsgeneration gestorben oder zu alt geworden waren. Zehn oder fünfzehn Jahre zuvor hätte ich hier möglicherweise noch anderes gesehen; mehr Trümmer und mehr Amputierte und auf jeden Fall mehr Armut. Aber auch noch etwas von dem alten Vietnam – ohne EMZ-Tourbusse und Cong

World, ohne Rucksacktouristen, ohne japanische und amerikanische Geschäftsleute.

Aber das Leben geht weiter und die Dinge bessern sich – von der Provinz Quang Tri einmal abgesehen – und eine Generation stirbt und die nächste wird geboren.

Ich sagte: »Tut mir Leid, wenn ich dein angenehmes Leben hier gestört haben sollte.«

»So angenehm war es nun auch wieder nicht. Ich wollte ein bisschen Aufregung und die habe ich bekommen. Ich habe nach dem Krieg gefragt und du hast mir davon erzählt.«

»Damit bin ich jetzt fertig.«

Der Bus fuhr weiter und wir schwiegen eine ganze Weile. Dann fragte ich: »Wie kommen wir morgen ins Landesinnere.«

»Per Elefant.«

»Wie viele Elefanten?«

»Drei. Einer für dich, einer für mich und einer für meine Klamotten.«

Ich lächelte.

Sie fragte: »Glaubst du, dass Oberst Mang uns folgen wird?«

»Ich werde dafür sorgen, dass er uns nicht folgt.« Ich fügte hinzu: »Und du lässt die Waffe hier.«

Sie erwiderte nichts.

Wir zogen uns in unsere jeweiligen Gedanken zurück und der alte Bus tuckerte weiter über die miserable Straße. Schließlich sagte Susan: »Ich bin nicht beleidigt wegen diesem Fax.«

»Schön. Was für ein Fax?«

»Das, in dem du geschrieben hast: ›Ich schlafe mit dem Feind‹ und ›Liebe Grüße an C.‹«

Ich erwiderte nichts.

Sie wechselte das Thema und sagte: »Als Oberst Mang auf das verunglückte Polizeiauto zu sprechen kam, ist mir das Herz stehen geblieben.«

Ich erwiderte wiederum nichts.

Sie fragte: »Und wenn er Mr. Cam oder Mr. Thuc findet?«

Ich antwortete ganz aufrichtig: »Dann stecken wir in großen Schwierigkeiten.«

»Paul, ich habe Angst.«

Ich erwiderte nichts.

»Vielleicht sollten wir das Land verlassen, ehe wir noch wegen Mordes angeklagt werden.«

»Das ist eine gute Idee. Du solltest morgen nach Saigon fliegen und abhauen.«

»Und du?«

»Ich muss weitermachen. Wenn ich morgen ins Landesinnere aufbreche, bin ich für Oberst Mang nicht mehr greifbar. Und wenn ich dann nach Hanoi komme, rufe ich jemanden in der Botschaft an und lasse mich reinschleusen. Und dann müssen Washington und Hanoi darüber verhandeln, wie ich nach Hause komme.« Ich fügte hinzu: »Und ich hoffe, dass Washington dafür mindestens eine Milliarde Dollar Entwicklungshilfe hinblättern muss.«

»Das ist nicht lustig.«

»Susan, fahr heim. Flieg nach Saigon und nimm dann den erstbesten Flieger in die Staaten.«

»Nur wenn du mitkommst.«

»Das kann ich nicht.«

Sie sagte: »Dein Vietnamglück hat dich verlassen, Paul.«

Ich erwiderte nichts.

Ich dachte an unsere Begegnung mit Oberst Mang in den Ruinen der Zitadelle von Quang Tri und erinnerte mich an den südvietnamesischen Oberst, der mir damals den Orden angesteckt hatte und der mittlerweile wahrscheinlich entweder tot oder umerzogen war. Zwei ganz unterschiedliche Begebenheiten am selben Ort. Nein, in Wirklichkeit war es nicht derselbe Ort gewesen. Die Zeit und der Krieg hatten aus diesem ehemaligen Ehrenplatz eine Einöde gemacht, auf der sich so viele Gespenster drängten, dass ich hätte schwören können, ihren kalten Atem auf meinem Gesicht gespürt zu haben.

Der Bus fuhr weiter nach Hué.

Susan tauchte aus ihren Gedanken auf und sagte: »Und außerdem hat er mich beleidigt. Er hat mich als Flittchen beschimpft.«

»Du hättest ihm eine scheuern sollen. Apropos: Was hast du zu ihm gesagt, als es darum ging, dass sie deine Wohnung durchsucht haben?«

Sie zögerte ein wenig und erwiderte dann: »Na ja, ich hab ihn gefragt, ob er sich beim Durchsuchen meiner Unterwäsche einen runtergeholt hat.«

»Bist du noch ganz dicht?«

»Ich kam mir vergewaltigt vor. Und ich war wütend.«

»Wut, Miss Weber, ist ein Luxus, den Sie sich hier nicht leisten können.«

»Vielleicht hätte ich das nicht sagen sollen. Aber man beachte, dass er es nicht bestritten hat.«

Ich lachte, obwohl es nicht lustig war. Und Oberst Mang hatte es auch nicht lustig gefunden. Der testete jetzt auf dem Polizeirevier in Hué wahrscheinlich gerade seine Elektroden.

Eine Stunde, nachdem wir Quang-Tri-Stadt verlassen hatten, erreichte der Bus den nördlichen Stadtrand von Hué und hielt dann am Busbahnhof An Hoa, gleich außerhalb der Mauern der Zitadelle. Das war offenbar die Endhaltestelle und deshalb stiegen wir aus. Ein Taxi brachte uns zum Hotel Century Riverside.

Am Empfang warteten weder Faxe noch andere Nachrichten auf uns und das ließ mich glauben, dass in Saigon und Washington alle absolut darauf bauten, dass ich fähig war, diesen Einsatz durchzuführen; vielleicht hatten sie aber auch alle bloß die Schnauze voll von Susan und mir. Na jedenfalls: Keine Nachrichten sind gute Nachrichten.

Ohne uns erst frisch zu machen, gingen wir direkt in die Bar – manchmal muss man eben Prioritäten setzen.

Wir hatten zwar seit dem Frühstück nichts mehr gegessen, aber eigenartigerweise hatte ich einzig und allein Appetit auf schottischen Whiskey. Susan nahm ihr Abendessen ebenfalls in flüssiger Form zu sich.

Gegen zehn zogen wir uns auf meine Suite zurück, setzten uns mit ein paar Bieren aus der Minibar auf die Terrasse und betrachteten durch den Nebel die Stadt und den Fluss.

Susan sagte: »In Saigon habe ich dir gesagt, Vietnam sei für meine Generation ein Land, kein Krieg. Weißt du noch?«

»Ja. Das hat mich mächtig geärgert.«

»Jetzt verstehe ich das. Na, ich hoffe, ich habe dir ebenso das Land gezeigt wie du mir den Krieg.«

»Das hast du. Ich habe was gelernt.«

»Ich auch. Und bist du mit ein paar Dingen ins Reine gekommen?«

»Vielleicht. Das werde ich erst wissen, wenn ich eine Weile wieder daheim bin.«

Dunkle Gewitterwolken waren von Norden aufgezogen und es fing an zu regnen. Ein greller Blitz erhellte die Stadt und den Fluss und das ferne Donnergrollen hörte sich an wie Artilleriesperrfeuer.

Der Wind trieb den Regen auf die Terrasse, aber wir blieben sitzen und tranken weiter und binnen weniger Minuten waren wir klatschnass und durchgefroren.

Es fiel mir leicht, mich wieder in den Winter 1968 zu versetzen. Die Tet-Offensive war in vollem Gange und nördlich von hier brannte jenseits der Reisfelder die Stadt Quang Tri. Wir hatten uns für die Nacht im Schlamm eingegraben und lauerten dem sich zurückziehenden Feind auf, der versuchte, die hinter uns liegenden Hügel zu erreichen, während er von amerikanischen und südvietnamesischen Truppen verfolgt wurde. Hammer und Amboss nannten wir das. Wir waren der Amboss, die ihnen nachjagenden Truppen waren der Hammer und die armen Schweine dazwischen waren das Hackfleisch.

Möglicherweise hatte ich Tran Vanh Vin in dieser Nacht gesehen und eine Gewehrsalve auf ihn abgegeben. Wenn ich ihn traf, musste ich ihn fragen, wie er aus dem Kessel der belagerten Stadt entkommen war.

Susan fragte: »Nass genug?«

»Noch nicht.«

»Wo bist du grade?«

»In einem Schützengraben am Rande von Quang-Tri-Stadt. Es regnet und die Artillerie feuert.«

»Wie lange musst du da noch bleiben?«

»Bis ich den Befehl zum Abzug bekomme.«

Sie stand auf. »Also, falls dir mal eher nach Liebe als nach Krieg zumute sein sollte – ich warte auf dich.« Sie zauste mein nasses Haar und ging dann hinein.

Ich saß noch ein paar Minuten lang im Regen, tat Buße und ging dann auch hinein.

Susan war unter der Dusche und ich zog mich aus und gesellte mich zu ihr.

Wir trieben es unter der Dusche und gingen dann ins Bett.

Draußen grollte der Donner und die Blitze erhellten das Zimmer.

Ich schlief schlecht und unruhig. Das Gewitter bildete den Soundtrack zu meinem Kriegsalbtraum und mir war bewusst, dass ich kalten Schweiß auf dem Gesicht hatte und am ganzen Leib zitterte. Ich tastete immer wieder nach meinem Gewehr, konnte es aber nicht finden. Ich wusste, dass das alles nicht real war, aber mein Körper reagierte, als wäre dem so, und ich träumte, eine Explosion hätte mich zu Boden geworfen und mir das Bewusstsein geraubt. Und als ich wieder zu mir kam, wurde ich gerade in einem sehr leisen Helikopter auf ein Lazarettschiff geflogen, auf die USS Sanctuary.

Ich öffnete die Augen.

Ich setzte mich im Bett auf und hatte das Gefühl, dass etwas Schwarzes, Lastendes von meinem Herzen genommen war.

Kapitel 37

Ich sah auf den Digitalwecker auf dem Nachttisch. Es war 4.32 Uhr oder, wie wir bei der Army gesagt hatten, Null-dunkel-dreißig. Ich hörte Regen, aber keinen Donner. Ich drehte mich zu Susan um, aber sie lag nicht im Bett.

Ich stand auf und sah im Badezimmer nach, aber da war sie auch nicht. Vielleicht hatte ich sie mit meinem Um-mich-Schlagen geweckt. Ich ging ins Wohnzimmer der Suite und sah auf der Couch nach, aber auch da war sie nicht.

Ich griff zum Hörer und rief ihr Zimmer an. Während es am anderen Ende klingelte, ging ich mit dem Telefon auf die Terrasse, aber auf der Terrasse war sie nicht und sie ging auch nicht ans Telefon.

Ich ging wieder ins Schlafzimmer und zog mich an, um auf ihrem Zimmer oder im Garten nach ihr zu suchen.

Während ich mich anzog, hörte ich, dass im Wohnzimmer die Tür geöffnet wurde. Als ich den Raum betrat, schaltete Susan gerade eine Lampe an. Sie trug eine Jeans, einen schwarzen Pullover und eine schwarze Steppjacke, die ich noch nie an ihr gesehen hatte. Sie hatte auch ihren Rucksack dabei und noch ein paar andere Sachen in einer großen Plastiktüte, die sie auf die Couch warf.

Ich fragte: »Willst du verreisen?«

»Ja. Ins Hinterland.«

»Haben die Elefanten schon Futter und Wasser bekommen?«

»Ja, haben sie.«

»Und du hast die Waffe im Garten gelassen?«

»Ja, habe ich.«

»Schwörst du's?«

»Ich schwöre.« Sie sagte: »Wir müssen bis halb sechs ausgecheckt haben und uns dann mit jemandem treffen.«

»Mit wem und wo?«

»Hast du schon geduscht?«

»Nein.« Ich gähnte. »Wieso sollte ich?«

»Dann dusch jetzt schnell. Schau, ich hab dir einen Rucksack gekauft, als ich am Sonntag shoppen war, und diese Lederjacke und zwei Regenponchos aus Gummi und noch ein paar andere Sachen für unterwegs. Du brauchst leichtes Gepäck und musst deine Stadtkleidung und den Koffer und die Tasche loswerden.«

Ich ging zur Couch und sagte: »Aber wenn ich meinen blauen Blazer nicht dabeihabe, merkt doch keiner, dass ich Amerikaner bin.«

»Das ist doch der Sinn der Sache. Schau mal.« Sie knöpfte ihre Steppjacke zu, setzte sich eine Motorradbrille auf, wickelte sich ein Montagnard-Tuch um Hals und Gesicht und setzte eine schwarze, gefütterte Lederkappe mit Ohrenschützern auf. »Voilà.«

»Und wen soll das vorstellen?«

»Einen Montagnard.«

»Von welchem Stamm?«

»Ich habe Bilder von ihnen in Zeitschriften und im Fernsehen gesehen. So kleiden sie sich im Hochland und im Gebirge, wenn sie im Winter Motorrad fahren.«

»Tatsächlich?«

»Ja. Und wie du weißt, sind sie ein bisschen kräftiger gebaut als die Vietnamesen und aus der Ferne müssten wir also als Montagnards durchgehen können.«

»Aus welcher Ferne? Zehn Meilen?«

Sie fügte hinzu: »Außerdem sind von deinem letzten Besuch hier noch einige Menschen amerikanisch-asiatischer Abstammung übrig und viele von denen leben im Gebirge ...«

Ich sagte: »Auf der anderen Seite der entmilitarisierten Zone gibt es die aber nicht. So weit nördlich war ich nie.«

Sie sagte: »Dann sind wir nördlich der EMZ halt Montagnards. Der springende Punkt ist doch: Wir wollen nicht auffallen. Jedenfalls nicht schon von weitem.«

Ich erwiderte nichts.

Sie nahm eine dunkelbraune Lederjacke aus der Plastiktüte und reichte sie mir. Sie sagte: »Ich habe dir die größte gekauft, die ich finden konnte. Probier sie mal an.«

Ich probierte sie an und kam tatsächlich hinein, aber sie war eng und reichte mir kaum bis zur Taille.

Susan sagte: »Du siehst sexy aus in Leder.«

»Danke. Ich nehme also an, wir fahren mit einem Motorrad.«

Sie sah mich an und sagte: »Eine andere Möglichkeit fällt mir nicht ein. Dir?«

»Ja. Ein geländetauglicher Wagen mit Fahrer. Ich werde mich heute mal bei den privaten Reisebüros umhören. Ich habe noch ein paar Tage, bis ich dort sein muss, und ich hab's nicht eilig.«

Sie schüttelte den Kopf und sagte: »Du willst nicht, dass Dritte daran beteiligt sind. Oberst Mang wird in der ganzen Stadt die privaten Autovermieter verhören, wenn er das nicht schon getan hat.«

»Tja ... dann fahren wir halt in eine andere Stadt und mieten da einen Wagen mit Chauffeur. Oder wir fragen irgendjemanden, der einen Wagen mit Allradantrieb fährt. Für dreihundert Dollar fährt uns jeder Nguyen nach Dien Bien Phu.«

Susan erwiderte: »Das mag schon sein, aber meine Idee ist besser, erfordert keine Dritten und lässt uns völlig freie Hand.«

Da hatte sie Recht – bis zu einem gewissen Punkt. Beim Reisen in diesem Land ging es im Grunde immer nur darum, sich für die zweitschlechteste Möglichkeit zu entscheiden. Ich fragte: »Wo hast du denn ein Motorrad her?«

»Geh duschen. Ich fange schon mal an, deine Sachen zu packen.«

Ich machte kehrt, ging zurück ins Schlafzimmer, zog mich aus und ging dann ins Bad. Ich versuchte mich zu erinnern, wann ich Susan die Leitung dieser Mission übertragen hatte.

Durch die offen stehende Tür hörte ich sie im Schlafzimmer herumwühlen. Ich rief: »Darf ich wenigstens einen Blazer mit nach Hanoi nehmen?«

»Es ist ein ziemlich kleiner Rucksack.«

Ich rasierte mich, duschte dann und nahm eine Malariatablette.

Mit einem Handtuch um die Hüfte kam ich aus dem Badezimmer. Susan hatte meinen Koffer, meine Reisetasche und einen dunkelgrünen Rucksack aufs Bett gelegt. Meine Kleider lagen über das Bett verstreut. Ich sagte: »Ich mache das.«

Dann stopfte ich zehn Minuten lang das Allernötigste in den Rucksack. Alles, was ich loswerden musste, packte ich in den Koffer und die Reisetasche.

Als Susan sah, dass ich meine Docksider und die Ho-Chi-Minh-Sandalen einpackte, sagte sie: »Nimm nur die Laufschuhe mit. Du hast zu viele Unterhosen dabei. Wieso waschen Männer auf Reisen nie ihre Unterhosen?«

Da wusste ich wieder, warum ich nicht verheiratet war. Ich sagte: »Weil es einfacher ist, sie wegzuwerfen. Ist es so recht?«

Sie rollte einen der beiden Regenponchos zusammen, stopfte ihn in meinen Rucksack und schnürte ihn dann zu. »Gut. Das wär's. Willst du dich nicht anziehen?«

Ich legte das Handtuch weg und zog die Sachen an, die ich beiseite gelegt hatte – Sportsocken, Unterhose, Jeans, Poloshirt und meine schwarzen Laufschuhe. Meinen Pass und mein Visum steckte ich in meine Brieftasche und die wiederum in einen kleinen, wasserdichten Beutel, den Susan gekauft hatte. Ich fragte: »Wo hast du denn das alles her? Von L. L. Bean?«

»Ich war auf dem Hauptmarkt. Da gibt es alles.«

Wir nahmen ihre Steppjacke und meine Lederjacke, zwei Kappen, zwei Paar Lederhandschuhe und ein paar Montagnard-Tücher und stopften das alles in die große Plastiktüte, damit niemand unten im Foyer es sehen und sich später daran erinnern konnte. Meine Kamera und die belichteten und unbelichteten Filme tat ich in einen Wäschereisack aus Plastik und den stopfte ich in eine Seitentasche meines Rucksacks. Das alles erinnerte mich viel zu sehr an 1968.

Susan sagte: »Ich nehme meine Kamera mit. Deine können wir hier lassen und damit Platz sparen.«

Ich musste Tran Van Vinhs Kriegsandenken fotografieren, wenn er sie mir nicht verkaufen wollte, und auf jeden Fall musste ich auch Mr. Vinh fotografieren, beziehungsweise sein Grab. Ich musste auch sein Haus und die Umgebung knipsen, damit, falls er nicht tot war, anschließend jemand hingehen und ihn umlegen konnte. Ich sagte: »Ich brauche meine Kamera. Nehmen wir zur Sicherheit zwei mit.«

»Also gut.«

Ich fragte: »Weißt du, wo deine ganzen belichteten Filme abgeblieben sind? Ich meine die, die Oberst Mang nicht konfisziert hat?«

Sie nickte. »Die Filme habe ich nicht aus den Augen gelassen.«

»Gut.« Ich fragte: »Hast du die Schneekugel?«

Sie antwortete erst nicht und sagte dann: »Nein, die ist wieder verschwunden.«

»Warum hast du mir das nicht gesagt?«

»Was macht das schon für einen Unterschied?« Sie lächelte gezwungen und sagte: »Die hole ich mir dann im Metropole in Hanoi ab.«

Ich entgegnete: »Also, ins Metropole gehen wir ganz bestimmt nicht, wenn wir nach Hanoi kommen.«

Sie teilte mir mit: »In Hanoi gibt es keine Hotels oder Pensionen, in denen man keine Fragen stellt. Die melden jeden Gast der Polizei. Das ist nicht Südvietnam.«

»Darum kümmern wir uns, wenn wir da sind. Bist du so weit?«

»Ja.«

Wir trugen alles runter ins Foyer und gingen zum Empfang. Wir checkten aus und ich sah auf meiner Rechnung hundert Dollar für den Vidotour-Wagen und den Chauffeur, was eigentlich nicht übertrieben teuer war, bloß dass der Fahrer Geheimpolizist gewesen und uns in der Nachbarprovinz ausgesetzt und unserem Schicksal überlassen hatte, aber ich wollte mich mit dem Portier deshalb nicht streiten.

Susan sagte zu dem Portier, einem jungen Mann namens Mr. Tin: »Könnten Sie bitte mal nachsehen, ob irgendwelche Nachrichten für uns gekommen sind?«

Ich fügte hinzu: »Ich erwarte auch ein kleines Päckchen, ein Buch, das hier heute Morgen jemand abgeben sollte.«

»Ich sehe mal nach.« Er ging zum Schlüsselfach, zog ein paar Zettel heraus und ging dann ins Hinterzimmer.

Susan fragte: »Was denn für ein Buch?«

»Mein Lonely-Planet-Guide.« Ich erklärte es ihr und sie sagte nichts dazu.

Mr. Tin kam mit einem Fax und einem gefütterten Umschlag wieder, der aber nicht dick genug für ein Buch war. Er sagte: »Hier ist ein Fax für Sie, Mr. Brenner, und dieser Umschlag ist für die Dame.«

Ich fragte: »Und kein Buch?«

»Leider nein, Sir.«

Ich ging ein paar Schritte vom Empfangstresen weg und sah auf meine Armbanduhr. Es war erst 5.35 Uhr und draußen war es noch dunkel. Ich fragte Susan: »Wann müssen wir spätestens hier weg?«

»Jetzt.«

Ich überlegte kurz. Ich hatte keine Möglichkeit zu erfahren, ob Mr. Anh nach unserem Treffen von der Polizei abgeholt worden war. Daher hatte ich auch keine Ahnung, ob Oberst Mang Mr. Anh bereits mit Elektroschocks traktiert und mein Reiseziel herausbekommen hatte.

Susan sagte: »Es tut mir Leid, dass wir so früh los müssen, aber es geht nicht anders. Sein wir mal optimistisch und gehen davon aus, dass das Buch in ein paar Stunden kommt.«

»Ja … okay. Wir versuchen nachher mal, hier anzurufen.« Ich öffnete den Faxumschlag und las die kurze Nachricht: *Lieber Paul, ich möchte dir nur noch kurz eine gute Reise nach Hanoi wünschen. Von Freunden in Saigon habe ich erfahren, dass in Hué alles gut gelaufen ist. C freut sich schon darauf, dich in Honolulu zu treffen. Gott schütze dich. Alles Liebe, Kay. PS: Antworte bitte.*

Ich reichte das Fax an Susan weiter und sie las es und gab es mir kommentarlos zurück. Ich sagte: »Anscheinend hat mein Kontaktmann in Saigon gemeldet, dass das Treffen stattgefunden hat. Aber ich weiß immer noch nicht, ob sie ihn nicht später abgeholt haben.«

Ich ging an den Empfang, bekam einen Faxvordruck und schrieb: *Karl, als Antwort auf Ihr Fax: Das Treffen in Hué war ein Erfolg, wie Sie wissen. War am Montag in Ashau, Khe Sanh und Quang-Tri-Stadt. Sehr bewegend. Sie müssen sich das mal ansehen, Colonel. Reise jetzt mit privatem Verkehrsmittel ab, um T-V-V zu finden. Miss W begleitet mich. Sie ist mir als Dolmetscherin, Führerin und Begleiterin eine unschätzbare Hilfe. Bedenken Sie das, was auch immer passiert. Bin in Quang Tri Oberst Mang begegnet. Er glaubt anscheinend, dass ich hier einen Aufstand der Montagnards anzetteln soll. Schlagen Sie mal unter FULRO nach, wenn Sie nicht wissen, worum es geht. Mang will mich in Hanoi oder schon früher wieder treffen, also kommt das Metropole nicht in Frage. Bei meiner Ankunft werde ich versuchen, Mr. E von der BdUSA zu kontaktieren. Ich habe immer noch den Erfolg vor Augen. Liebe Grüße an* C. Ich zögerte kurz und schrieb dann: *Aus einer Vielzahl von Gründen und nicht zuletzt, weil ich möglicherweise länger hier bleiben muss, lassen Sie C bitte nicht nach Hawaii reisen. Ich treffe sie in den Staaten. Und Sie treffe ich wo und wann auch immer.* Ich fügte noch hinzu: *Ich habe mein Bestes gegeben, Karl, fühle mich aber irgendwie ausgenutzt. Biet?* Ich unterschrieb mit: *Paul Brenner, Chief Warrant Officer a. D.*

Ich gab Mr. Tin zwei Dollar und sagte: »Das faxen wir jetzt.«

»Tut mir Leid, Sir, aber das Faxgerät ist ...«

»Es ist sechs Uhr morgens, mein Lieber. Das Faxgerät ist nicht belegt.« Ich ging um den Empfangstresen herum und schob Mr. Tin ins Hinterzimmer, wo das Faxgerät stand. Dann half ich ihm dabei, die Nummer zu wählen, und binnen Sekunden war das Fax verschickt. Ich ließ mir von Mr. Tin Streichhölzer geben, leerte einen Mülleimer auf den Fußboden aus und verbrannte das Fax darin. Ich sah Mr. Tin an, der sich mit mir in diesem Zimmer nicht wohl zu fühlen schien. Ich sagte: »Mr. Tin, ich rufe Sie nachher an. Ich will wissen, ob das Buch für mich gekommen ist. Biet?«

Er nickte.

Ich klopfte ihm auf die Schulter und er strauchelte zur Seite. »Nicht weggehen.«

Ich verließ das Hinterzimmer, ging wieder um den Tresen herum und dann zu Susan, die auf einer Couch saß. Sie hatte den Umschlag, den sie bekommen hatte, geöffnet und auf dem Couchtisch und ihrem Schoß sah ich Fotos.

Ich setzte mich neben sie und sagte: »Okay, das Fax habe ich verschickt und ich habe Mr. Tin gesagt, dass ich später noch mal anrufe ...« Ich betrachtete die Fotos, die auf dem Couchtisch lagen. Ich hob eins auf. Es war ein Farbfoto, das einen Strand zeigte und von erhöhter Stelle auf der Landseite des Strandes aus aufgenommen war. Ich brauchte eine Sekunde, dann erst erkannte ich den Strand auf der Pyramide-Insel – das Foto war von dem Berg aus aufgenommen, an dem sich die Vogelnestsammler abgeseilt hatten.

Ich hob das Bild auf, das mir als Erstes ins Auge gestochen war, und sah, dass es ein grobkörniges Foto von Susan war, die gerade aus dem Wasser kam. Es war offensichtlich mit einem Teleobjektiv aufgenommen. Es war ein frontales Nacktfoto von ihr und im Hintergrund stand ich im Wasser.

Ich sah mir noch ein paar andere Bilder an: Susan und ich, wie wir uns im Wasser umarmten, Susan, wie sie mit dem schwedischen Pärchen sprach, und ich, wie ich bäuchlings am Strand lag, während Susan auf meinem Hintern hockte. Ich legte die Bilder weg und sah sie an. Sie guckte abwesend ins Nichts.

Ich sagte: »Das Schwein bringe ich um.«

Sie erwiderte nichts und regte sich auch nicht.

»Susan? Sieh mich an.«

Sie atmete erst einmal und dann noch mal tief durch und sagte schließlich: »Es ist schon gut.«

»Na dann ...« Ich sammelte die Fotos ein und steckte sie in den Umschlag. »Gehen wir?«

Sie nickte, blieb aber sitzen. Leise sagte sie: »Dieses Schwein.«

»Er ist echt ein Arschloch«, pflichtete ich ihr bei. »Ein heimtückischer, perverser, sadistischer kleiner Scheißer.«

Sie erwiderte nichts.

»Also gut, gehen wir.« Ich nahm sie beim Arm und half ihr hoch. Einen Moment lang stand sie reglos da und sagte dann: »Dieses Schwein ... Warum hat er das getan?«

»Das spielt doch keine Rolle.«

Sie sah mich an und sagte: »Vielleicht schickt er diese Fotos auch an Bill.«

Die Fotos waren wohl tatsächlich schon unterwegs – und zwar nicht nur an Bill.

Susan sagte: »Und an meine Firma ...«

»Gehen wir.« Ich nahm ihren Arm, aber sie regte sich nicht.

Sie sagte: »Und ... an meine Freunde hier ... an meine Familie ... die Polizei hat meine Heimatadresse in Lenox ... an meine Firma in New York ...«

»Darum kümmern wir uns später.«

Sie sah mich an und sagte: »Von dir haben sie nur deine Adresse daheim ... Aber über mich haben sie eine Polizeiakte … von jedem Brief, den ich von hier aus verschickt habe, wurde die Anschrift notiert …«

»Aber du hast deine Post doch mit dem Firmenpostsack nach New York geschickt. Nicht wahr?«

»Weihnachtskarten habe ich direkt von der Hauptpost aus verschickt …« Sie versuchte zu lächeln. »Ich wollte einen vietnamesischen Stempel drauf haben. Ich *wusste* ja, ich hätte das nicht tun sollen …« Sie sah mich an und fragte: »Glaubst du, er hat diese Fotos an Leute in den Staaten verschickt?«

»Schau mal, Susan, ich will das ja nicht auf die leichte Schulter nehmen, aber du warst doch nur an einem Nacktbadestrand. Das ist nichts Besonderes. Klar? Sie haben dich nicht beim Sex fotografiert.«

Sie sah mich wütend an. »Paul, ich will nicht, dass meine Familie, meine Freunde und Kollegen Nacktfotos von mir sehen.«

»Darum kümmern wir uns später. Wir müssen jetzt hier weg. Wir müssen raus aus Vietnam. Und zwar lebend. *Dann* kannst du dir Sorgen machen wegen dieser Bilder.«

Sie nickt. »Also gut. Gehen wir.«

Wir nahmen unser Gepäck und gingen zum Ausgang. Ich sagte zum Portier: »Wir brauchen ein Taxi zum Flughafen Phu Bai.«

Er zeigte nach draußen in die Dunkelheit und sagte: »Flugzeug nicht fliegen. Kein Licht in Phu Bai. Sonne. Dann Flugzeug fliegen.« Er lächelte. »Sie frühstücken.«

»Ich will nicht frühstücken, mein Lieber, ich will ein Taxi. Bay gio. Maintenant. Now.«

Susan sagte etwas zu ihm und er lächelte, nickte und ging nach draußen.

Zu mir sagte sie: »Ich habe ihm gesagt, du wärst ein notorischer, anal-retentiver Querulant.« Sie lächelte.

Ich erwiderte das Lächeln. Sie sah schon viel besser aus. Ich fragte: »Was heißt ›anal-retentiv‹ denn auf Vietnamesisch?«

»Arschloch.«

Der Portier kam wieder und half uns mit unserem Gepäck. Ein Taxi hielt vor dem Portal, wir stiegen ein und fuhren los.

Der Regen war in ein leichtes Nieseln übergegangen und die Straße glänzte. Das Taxi bog auf die Hung-Vuong-Straße ein, die zur Nationalstraße 1 und zum Flughafen führte. Susan sah aus dem Heckfenster und sagte: »Ich sehe niemanden, der uns folgt.«

»Gut. Wohin fahren wir?«

»Keine Ahnung. Ich dachte, du wüsstest das.«

Ich legte einen Arm um sie und küsste sie auf die Wange. »Ich liebe dich.«

Sie lächelte und sagte: »Das wird in ein paar Tagen noch etwa hundert anderen Männern so gehen.«

»So schnell ist die Post hier nicht.«

Sie nahm meine Hand und fragte: »Fühlst du dich gar nicht in deiner Privatsphäre verletzt?«

»Mang will, dass wir uns so fühlen. Und ich spiele da nicht mit.«

»Aber du bist ja auch ein Mann. Da ist es was anderes.«

Ich wollte nicht schon wieder auf dieses Thema zu sprechen kommen und deshalb fragte ich noch einmal: »Wohin fahren wir?«

»Wir sind gleich da.«

Wir fuhren weiter auf der Hung-Vuong-Straße nach Süden, durch die Neustadt und in Richtung Nationalstraße 1. Susan sagte etwas zum Fahrer und er bremste und wendete dann auf der fast verwaisten Straße. Wir fuhren die Strecke zurück, die wir gekommen waren, und ich sah kein anderes Fahrzeug wenden.

Jetzt fuhren wir nach Norden. Die Hung-Vuong-Straße führte an der Trang-Tien-Brücke, ganz in der Nähe des Restaurantsschiffs, über den Parfüm-Fluss. Am anderen Ufer sah ich den Dong-Ba-Markt, wo Mr. Anh und ich Erdnüsse geknabbert und uns unterhalten hatten.

Das Taxi hielt an einem Busbahnhof, der ebenfalls Dong Ba hieß, und wir stiegen aus, nahmen unser Gepäck und bezahlten den Fahrer.

Ich fragte: »Fahren wir mit dem Bus?«

»Nein. Aber der Busbahnhof hat schon geöffnet und das ist es, woran sich der Taxifahrer erinnern wird. Wir gehen jetzt auf den Dong-Ba-Markt, der um diese Uhrzeit auch schon geöffnet hat.«

Wir schulterten unsere Rucksäcke und ich zog meinen Koffer hinter mir her. Susan trug meine Reisetasche. Ich sagte: »Ich mache nur mit, weil sie dir in Langley solche Sachen beigebracht haben und du dich in diesem Land auskennst. Und deshalb weißt du natürlich, was du tust.«

»Ich weiß, was ich tue.«

Binnen fünf Minuten waren wir auf dem Dong-Ba-Markt, der schon vor Sonnenaufgang geöffnet hatte. Leute, wahrscheinlich Gastwirte, feilschten um exotische Fische und große Fleischklumpen.

Unter einer nackten Glühbirne, die an einem Kabel herabhing, stand ein Mann und sagte auf Englisch: »Kommen Sie, sehen Sie bestes Obst.«

Ich beachtete ihn nicht weiter, aber Susan folgte ihm hinter einen großen Obststand. Ich ging hinterher.

Der Mann öffnete hinten in seinem Stand eine klapprige Tür und Susan ging hinein. Der Mann blieb an der Tür stehen und sagte zu mir: »Kommen! Schnell!«

Ich ging hinein und er machte die Tür hinter sich zu. Wir waren in einem langen, schmalen Raum, der von ein paar Glühbirnen erhellt wurde. Es roch nach Obst und feuchter Erde.

Susan und der Mann sprachen auf Vietnamesisch miteinander, dann sagte Susan zu mir: »Paul, du erinnerst dich doch vom Abendessen bei der Familie Pham an Mr. Uyen.«

Ja, ich erinnerte mich. Um ihm das zu beweisen, sagte ich: »Sat cong.«

Er lächelte und nickte begeistert. »Ja. Sat cong. Sat cong.«

Ich sagte zu Susan: »Die Kiwis sehen gut aus.«

Sie erwiderte: »Mr. Uyen hat angeboten, uns zu helfen.«

Ich sah Mr. Uyen an und fragte ihn: »Ist Ihnen klar, dass wir vom Ministerium für Öffentliche Sicherheit überwacht werden und die vielleicht gesehen haben, dass wir nach der Messe mit Ihnen und Ihrer Familie gesprochen haben, und dass die uns möglicherweise zu Ihrem Haus gefolgt sind? Ist Ihnen das alles klar?«

Sein Englisch war nicht besonders und er verstand nur jedes zweite Wort. Er nickte gemessen und sagte: »Es ist mir egal, ob ich sterbe.«

»Tja, Mr. Uyen, mir ist es aber nicht egal, ob *ich* sterbe.«

»Mir egal.«

Das hatte er wohl nicht so ganz verstanden. Jedenfalls sagte ich zu ihm: »Wenn Polizei mich mit Motorrad festnimmt, finden die Sie. Nummernschild. Biet?«

Er sagte etwas zu Susan und sie sagte zu mir: »Die Nummernschilder stammen von einem Motorrad, das bei einem Unfall einen Totalschaden hatte.«

Ich sagte zu Susan: »Okay, aber wenn sie das Motorrad bis zu ihm zurückverfolgen, erzählen wir der Polizei, wir hätten es ihm gestohlen. Klar? Sag ihm das. Und sag ihm auch, dass wir es in einem See oder so versenken, wenn wir es nicht mehr brauchen.«

Sie sagte es ihm, er erwiderte etwas auf Vietnamesisch und Susan dolmetschte: »Er hasst die Kommunisten und ist bereit, für seinen Glauben … zum Märtyrer zu werden.«

Ich fragte Mr. Uyen: »Und Ihre Familie?«

Er erwiderte: »Die auch.«

Es ist schwierig, Leuten, die unbedingt Märtyrer werden wollen, das auszureden, aber wenigstens hatte ich es versucht.

Mir ging durch den Sinn, dass Mr. Uyen wahrscheinlich nicht nur durch seinen Glauben dazu motiviert war, sondern auch durch seinen Hass auf das, was 1968 und seither geschehen war. Mr. Anh war ebenfalls nicht allein durch seine Ideale, wie etwa Freiheit und Demokratie, motiviert. Ihn trieb der gleiche Hass wie Mr. Uyen – beide hatten sie Familienangehörige gehabt, die ermordet worden waren. Das Töten auf dem Schlachtfeld kann man verzeihen, aber kaltblütigen Mord vergisst man nicht.

Ich sagte: »Also gut, wenn sich alle hier über die Konsequenzen im Klaren sind.«

Im schummrigen Licht sah ich eine große Plane über etwas liegen, das ein Motorrad sein musste.

Mr. Uyen sah, dass ich dorthin guckte, ging zu der Plane und zog sie weg.

In dem schmalen Raum stand auf dem nackten Erdboden ein großes schwarzes Motorrad einer Marke, die ich nicht erkannte.

Ich ging hinüber und berührte den großen Ledersitz. Auf der Stromlinienverkleidung aus Fiberglas stand *BMW* und darunter *Paris–Dakar*. Paris klang zwar gut, aber ich wollte weder dorthin noch nach Dakar. Ich sagte zu Mr. Uyen: »Dieses Modell habe ich noch nie gesehen.«

Er sagte: »Gutes Motorrad. Sie fahren zu Berge, zu große ... Straße ...« Er sah zu Susan hinüber und setzte noch einmal auf Vietnamesisch an.

Sie hörte zu und sagte dann zu mir: »Das ist eine BMW Paris–Dakar, wahrscheinlich nach der gleichnamigen Rallye benannt ...«

»Dakar ist in Westafrika. Kann das Ding schwimmen?«

»Das weiß ich nicht, Paul. Hör zu. Der Motor hat 980 Kubik, der Tank fasst fünfundvierzig Liter Benzin und es hat einen Zwei-Liter-Reservetank. Die Reichweite beträgt fünfhundert bis fünfhundertfünfzig Kilometer. Laut Mr. Uyen ist es eine ebenso ausgezeichnete Straßen- wie Crossmaschine. Dafür ist sie gebaut.«

Ich erwiderte: »Stimmt vermutlich, wenn man damit von

Paris nach Westafrika fahren kann.« Ich betrachtete den großen Tank, der so weit oben auf dem Rahmen saß, dass Steinschlag von der Straße her kein Problem war. Bei einer Reichweite von über fünfhundert Kilometern mussten wir auf den neunhundert Kilometern nach Dien Bien Phu wahrscheinlich nur einmal nachtanken. Ich bückte mich und überprüfte die Reifen, die sehr breit waren, etwa achtzehn Zoll, und gutes Profil hatten.

Susan sprach mit Mr. Uyen und sagte dann zu mir: »Er sagt, sie sei sehr schnell und ... ich glaube, er meint wendig ... Er will wohl damit sagen, dass sie sich gut fährt. Mein Biker-Vokabular ist ein wenig dürftig.«

Ich wandte mich an Mr. Uyen und fragte: »Wie viel?«

Er schüttelte den Kopf. »Frei.«

Dieses Wort hatte ich in keiner seiner Bedeutungen mehr gehört, seit ich in Tan Son Nhat aus dem Flugzeug gestiegen war, und fast wäre ich aus den Latschen gekippt. Ich sagte zu Mr. Uyen: »Aber wir können Ihnen das Motorrad nicht wiederbringen. One way. Auf Nimmerwiedersehn. Di di.«

Er nickte, aber ich wusste nicht, ob ich mich verständlich gemacht hatte.

Susan sagte: »Das habe ich ihm schon gesagt. Es ist ihm klar.«

»Ja? Wo und wann hast du denn mit ihm gesprochen?«

»Ich habe damals beim Essen erwähnt, dass ich ein Problem hätte, und dann hat man mich am Sonntagmorgen zum Frühstück eingeladen. Du warst auch eingeladen, aber du hattest ja Termine.«

Ich meinte mich zu erinnern, dass sie behauptet hatte, bis mittags geschlafen zu haben. Ich fragte: »Das ist also abgemacht?«

»Nur wenn du willst.«

Ich dachte darüber nach und sagte dann in kryptischem Englisch zu Susan: »Einmal abgesehen von meinen Befürchtungen, andere Leute könnten hinter uns und denen hier her sein, sind es knapp tausend km nach Du-weißt-schon-wo. Wunder Hintern und 'ne Menge Matsch. Stehst du das durch?«

Sie sagte etwas zu Mr. Uyen und er lachte herzlich.

»Was gibt's denn so Witziges?«

Susan sagte zu mir: »Ich habe zu Mr. Uyen gesagt, du hättest gefragt, ob er nicht stattdessen einen Elefanten für uns hat.«

Ich war not amused.

Mr. Uyen tätschelte den Sitz des Motorrads. Er sagte: »Gutes Motorrad. Von Franzose gekauft. Er ...« Er wandte sich an Susan.

Sie sagte zu mir: »Letztes Jahr hat hier ein Rennen quer durchs Land stattgefunden, von Hanoi nach Hué.«

»Hat der Franzose gewonnen?«

Susan lächelte und fragte Mr. Uyen. Er antwortete und sie sagte zu mir: »Er ist Zweiter geworden.«

»Dann sollten wir besser das Motorrad des Siegers nehmen.«

Susan ging allmählich die Geduld mit mir aus. »Paul. Ja oder nein.«

Tja, bei diesem Preis konnte man einfach nicht nein sagen, also schwang ich mich auf das Motorrad und sagte: »Trag mich durch die Prärie!«

Mr. Uyen hielt Susan und mir einen kurzen, verwirrenden Vortrag darüber, wie man eine BMW Paris–Dakar fuhr. Ich hatte so den Eindruck, dass Mr. Uyen im Grunde gar nicht recht wusste, wie man diese Maschine fuhr und sie wahrscheinlich fuhr, wie Vietnamesen alles fahren – einfach mal ausprobieren und ständig hupen.

Ich stieg wieder ab. »Voll getankt?« Ich tätschelte den Tank.

Mr. Uyen nickte.

»Also gut.« Ich sah Susan an. »Okay?«

Sie nickte.

Wir öffneten die große Plastiktüte und zogen unsere Montagnard-Bikermonturen an: ich die Lederjacke, sie die Steppjacke, gefütterte Lederkappen und Montagnard-Tücher. Mr. Uyen sah uns lächelnd zu.

Wir füllten den Inhalt unserer Rucksäcke in die großen Satteltaschen um und stopften die zusammengelegten Rucksäcke obendrauf.

Ich sagte zu Mr. Uyen: »Sie behalten den Koffer und die Reisetasche. Okay? Passen Sie gut auf meine blauen Blazer auf.«

Er nickte, holte dann aus einem verschließbaren Lederbeutel, der an der Fiberglasverkleidung des Motorrads befestigt war, eine Landkarte hervor und gab sie mir. Er sagte: »Vietnam.«

»Haben Sie auch eine von Paris?«

»Wohin Sie fahren?«

»Kommunisten töten.«

»Gut. Wohin Sie fahren?«

»Nach Da Lat.«

»Okay. Gut. Gute Reise.«

»Danke.« Ich zog meine Brieftasche hervor und gab ihm die letzten zweihundert Dollar, die ich noch hatte – kein schlechter Preis für eine teure BMW.

Er schüttelte den Kopf.

Susan sagte: »Er will uns das Motorrad wirklich schenken.«

»Also gut.« Zu Mr. Uyen sagte ich: »Vielen Dank.«

Er verbeugte sich, sah sich dann in seinen Obstbergen um, nahm ein Bündel Bananen und stopfte es in eine Satteltasche der BMW. Dann nahm er zwei Literflaschen Wasser und legte sie obendrauf. Mit einer Handbewegung forderte er mich auf, das Motorrad zur Tür zu schieben, und das tat ich.

Mr. Uyen ging zur Tür, öffnete sie einen Spalt breit und spähte hinaus. Er sah sich zu uns um und nickte.

Ich zog den Reißverschluss meiner Lederjacke zu, wickelte mir das dunkle Tuch um den Hals und zog mir dann die Lederhandschuhe an, die ein wenig spannten.

Susan tat das Gleiche und wir sahen einander an. Es war schon lustig, aber lustig war es nicht. Sie fragte mich: »Fährt man das Ding, oder fliegt man damit?«

»*Meine* Idee war das nicht.«

Susan und Mr. Uyen wünschten einander ein frohes neues Jahr und verbeugten sich voreinander. Ich schüttelte Mr. Uyen die Hand und sagte: »Vielen Dank noch mal. Sie sind ein guter Mensch.«

Er sah mich an und sagte in makellosem Englisch: »Gott segne Sie und Gott segne Miss Susan und Gott segne Ihre Reise.«

Ich sagte: »Und seien Sie vorsichtig.«

Er nickte und öffnete die Tür.

Ich schob das schwere Motorrad hinaus auf den dunklen Markt. Es hatte aufgehört zu nieseln, stattdessen zogen jetzt kalte Nebelschwaden über den Fluss. Einige Leute sahen uns an, aber da mich meine eigene Mutter so nicht erkannt hätte, machte das nichts.

Susan sagte: »Also gut. Ich glaube, am besten fahren wir die Uferstraße links entlang. Bist du so weit?«

Ich schwang mich auf die Maschine und warf den Motor an. Das Gebrüll klang sagenhaft und die Kraft des Motors ließ den Rahmen vibrieren. Ich gab Gas und sah auf die Instrumente, die anscheinend alle funktionierten. Ich schaltete die Lichter an und Susan setzte sich hinten drauf. Ich legte den ersten Gang ein und über einen grasbewachsenen Hang fuhren wir hoch zur Uferstraße.

Ich fuhr die Uferpromenade entlang. Links lag der Parfüm-Fluss und rechts waren die Mauern der Zitadelle. Auch mit zwei Leuten drauf hatte die Maschine ordentlich Power. Das konnte ein Spaß werden. Aber vielleicht auch nicht.

Es war nicht viel Verkehr, also konnte ich lernen, diese

schwere Maschine zu fahren, ohne dabei uns oder sonst jemanden umzubringen.

Wir fuhren an den zwei Brücken über den Fluss vorbei, dann am Flaggenturm. Ein paar Minuten später endete die Südmauer der Zitadelle und Susan rief mir zu: »Rechts!«

Ich bog in eine Straße ein, die an der Westmauer der Zitadelle entlang führte und dann in nördlicher Richtung an einem Bahngleis entlang verlief. Dort endete die zwei Kilometer lange Mauer der Zitadelle und wir überquerten den breiten Festungsgraben, der die Mauern umschloss. Die Straße wurde breiter und mir wurde klar, dass wir auf der Nationalstraße 1 waren.

Susan tippte mir auf die Schulter und ich sah mich zu ihr um. Sie streckte einen Arm aus und ich sah dorthin, wohin sie zeigte. In der Ferne verschwanden allmählich die Mauern der Zitadelle, die die alte Kaiserstadt von Hué umschlossen, die Blume unter den Städten Vietnams, die 1968 eingegangen war und nun auf den Gebeinen ihrer Einwohner neu erblühte.

Ich dachte an Mr. Anh und an seinen Vater, den Armeehauptmann, und an Mr. Uyen und die Familie Pham und an das Restaurant in dem sechzehnseitigen Pavillon, in dem Susan und ich zu Abend gegessen hatten, während es draußen regnete, ich dachte an Tet und den Parfüm-Fluss und die Kathedrale und die festlichen Lichter und an das Feuerwerk. Das Jahr des Büffels.

Susan legte ihre Arme um mich, näherte ihren Mund meinem Ohr und sagte: »Ich bin immer traurig, wenn ich einen Ort verlasse, an dem ich etwas Schönes erlebt habe.«

Ich nickte.

Im Osten wurde der Himmel heller und die Nationalstraße 1, die Straße ohne Freude, auf der wir nach Quang Tri und wieder zurück gefahren waren, in die Hölle und wieder zurück, füllte sich mit dem morgendlichen Berufsverkehr.

Ich sah zu den Gebirgsausläufern in der Ferne hinüber, die

als Erste von der über dem Südchinesischen Meer aufgehenden Sonne beschienen wurden. Ich erinnerte mich vom Februar 1968 her an diese Berge und an den kalten Regen. Vor allem aber erinnerte ich mich an die Männer, die im Grunde noch Jungen gewesen waren, aus ihrer Kindheit herausgewachsene Kinder, und die viel zu jung gestorben waren, ehe auch nur einer ihrer Träume hatte wahr werden können.

Seit 1968 hatte ich immer das Gefühl gehabt, meine Uhr sei eigentlich schon abgelaufen und jeder Tag sei ein Tag, den die anderen nicht mehr erlebten. Und jedes Mal, wenn ich daran dachte, gab ich mir Mühe, diesen Tag voll auszukosten und mich der geschenkten Zeit würdig zu erweisen.

Ich langte nach hinten und drückte Susans Bein.

Sie umschlang mich noch fester und lehnte ihren Kopf an meine Schulter.

Von Boston hierher war es eine lange, sonderbare Reise gewesen. Das Ziel war unklar, aber diese Reise war ein Geschenk Gottes.

SECHSTES BUCH

Im Hinterland

Kapitel 38

Wir fuhren weiter auf der Nationalstraße 1 nach Norden und je heller es wurde, desto dichter wurde der Verkehr. Nur hin und wieder konnte ich auf hundert Stundenkilometer beschleunigen und ich wurde richtig gut in diesem vietnamesischen Durchschlängeln und Hupen.

Susan fragte, den Mund nah an meinem Ohr: »Wann bist du vor Cu Chi das letzte Mal Motorrad gefahren?«

»Vor etwa zwanzig Jahren. Aber das verlernt man nicht. Warum fragst du?«

»Nur so.«

Wir kamen an der Abfahrt nach Quang Tri vorbei und sahen den stehen gelassenen Panzer und die buddhistische Schule, in der alles begonnen hatte. Wenig später überquerten wir die Brücke, wo der Bunker stand, in dessen Mauer mein Name geritzt war.

Eine Viertelstunde später bremste ich ab und fuhr dann langsam durch die hässliche Stadt Dong Ha. Als wir an die Abfahrt auf die Nationalstraße 9 kamen, sahen wir auf der anderen Straßenseite einen gelben Jeep stehen, in dem zwei Polizisten saßen. Sie würdigten uns kaum eines Blickes.

Susan sagte: »Die Polizisten haben uns für Montagnards gehalten.«

»Ich weiß nicht, für wen die uns gehalten haben, aber diese exklusive Maschine fällt auf.«

»Das kommt dir nur so vor. Es gibt in diesem Land so viele

neue, importierte Sachen, dass die Vietnamesen kaum noch hingucken.«

Das kaufte ich ihr nicht so ganz ab. Ich sagte: »Ich habe aber noch gar keine anderen Montagnards auf Motorrädern gesehen.«

Sie erwiderte: »Ich habe zwei gesehen.«

»Dann zeig sie mir beim nächsten Mal.«

Wir fuhren weiter in Richtung entmilitarisierte Zone. Wir waren jetzt nördlich der Nationalstraße 9, im ehemaligen Einsatzgebiet der Marines. Auf diesem Straßenabschnitt war ich bisher nur einmal gewesen, als ich bei einem Konvoi mitfuhr, um einen Bostoner Freund zu besuchen, der in Con Thien stationiert war. Er war gerade in einem Einsatz unterwegs, und deshalb verpasste ich ihn und legte einen kurzen Brief auf sein Feldbett, aber er kam nicht mehr dazu, ihn zu lesen.

Nördlich von Dong Ha standen eine ganze Reihe von Marktständen an der Straße, aber als ich die hinter mir gelassen hatte, konnte ich wieder auf hundert Sachen beschleunigen. Jetzt merkte ich, dass es gar nicht so gefährlich war, wie Susan es auf dem Weg nach Cu Chi hatte aussehen lassen.

Eine Viertelstunde später war das Land dann nicht mehr nur trostlos, sondern tot und ich sagte zu Susan: »Ich glaube, jetzt sind wir in der EMZ.«

»Gott ... es ist ja völlig verwüstet hier.«

Ich betrachtete dieses Niemandsland, das immer noch unbesiedelt war, überzogen von Bomben- und Granatenkratern, der weiße Boden mit karger, verkümmerter Vegetation bedeckt. Wenn es auf dem Mond gelegentlich mal regnen würde, würde es dort vermutlich so ähnlich aussehen.

In der Ferne sah ich etwas Stacheldraht und ein rostiges Jeepwrack, das in einem umzäunten Minenfeld stand, in das sich nicht mal die Altmetallsammler vorwagten.

Vor uns im Nebel sah ich verschwommen die Umrisse einer Brücke, die den Ben Hai River überspannen musste. Ich bremste ab und sagte zu Susan: »Als ich damals hier war, gab es diese Brücke noch nicht.«

Ich fuhr bis zur Mitte der Brücke und hielt dort an. Ich betrachtete den Fluss, der zwanzig Jahre lang die Grenze zwischen Nord- und Südvietnam gebildet hatte, und sagte: »Das ist es. Ich bin in Nordvietnam.«

Susan sagte: »Ich bin noch in Südvietnam. Fahr noch ein Stück.«

»Geh doch zu Fuß.«

Wir stiegen ab, öffneten eine Satteltasche und holten den Umschlag mit den Fotos von der Pyramide-Insel heraus. Mit ihrem Feuerzeug steckte Susan den Umschlag an einer Ecke in Brand. Er loderte in ihrer Hand auf und sie hielt ihn bis zur letzten Sekunde und ließ dann die lodernden Fotos von der Brücke in den Fluss fallen.

Wir stiegen wieder auf und fuhren über die Brücke.

Auf der anderen Seite stand die Statue eines nordvietnamesischen Soldaten, komplett mit Tropenhelm und Kalaschnikow. Er guckte genauso leblos wie die Statuen der Amerikaner an der Mauer in Washington.

Wir fuhren weiter in ehemaliges Feindesland hinein. Je weiter wir uns von der EMZ entfernten, desto besser sah das Land aus. Allerdings gab es auch hier immer noch viele Bombenkrater und zerstörte Gebäude.

Die Straße aber war hier auch nicht besser und durch den Nebel und den Nieselregen ziemlich rutschig. Ich wischte mir immer wieder mit dem Montagnard-Tuch die Motorradbrille und das Gesicht ab und meine Lederjacke glänzte vor Feuchtigkeit.

Uns kam ein Motorrad entgegen, das in südliche Richtung fuhr, und die beiden Leute darauf waren genauso gekleidet wie wir. Sie winkten uns im Vorbeifahren zu und wir winkten zurück.

Susan sagte: »Siehst du? Sogar die Montagnards halten uns für Montagnards.«

Binnen einer Stunde näherten wir uns einer größeren Stadt, die laut einem Ortsschild Dong Hoi hieß.

Wir fuhren in die Stadt und ich bremste ab und sah mich um. Mir fiel sofort auf, dass es hier düsterer und heruntergekommener aussah als in jedem Ort, in dem ich in Südvietnam bisher gewesen war. Die Autos und Laster waren älter und es waren nicht so viele Motorroller und Cyclos unterwegs. Die Leute fuhren fast alle Fahrrad oder gingen zu Fuß und ihre Kleidung sah schmutzig und abgetragen aus. Und es gab hier auch längst nicht so viel Handel und Wandel wie südlich der EMZ; keine Kneipen, keine Läden, nur wenige Cafés. Es erinnerte mich daran, wie ich in Deutschland zum ersten Mal von der Bundesrepublik aus in die DDR gefahren war.

Susan sagte: »Das ist die Heimatstadt von Mr. Tram – unserem Führer in Khe Sanh.«

»Jetzt verstehe ich, warum er hier weggezogen ist.«

Wir kamen wieder an einem abgestellten Polizeijeep vorbei und wiederum ließ sich der Bulle am Steuer von uns nicht beim Rauchen stören. Vielleicht funktionierte es tatsächlich.

Vor uns sah ich jetzt einen Militärkonvoi: offene Lastwagen und Jeeps voller Soldaten. Ich beschleunigte und fing an, den Konvoi zu überholen.

Ich schaute kurz nach rechts und merkte, dass die Soldaten uns alle ansahen, nein, eigentlich sahen sie Susan an. Susans Gesicht war hinter Tuch, Kappe und Brille verborgen und sie hätte wie ein Hutzelweib aussehen können, aber sie bemerkten ihren knackigen Hintern und winkten und riefen ihr alles Mögliche zu. Susan wandte schamhaft den Kopf ab, wie eine Montagnard-Frau das gemacht hätte.

Ich schaute zu dem Fahrer des offenen Jeeps rechts neben mir hinüber und wir sahen einander in die Augen. An seinem Gesichtsausdruck las ich ab, dass er überlegte, zu welchem Stamm ich wohl gehörte. Ja, ich glaubte eigentlich nicht, dass ich ernsthaft als Montagnard durchging, und deshalb gab ich Gas und überholte auch noch den restlichen Konvoi.

Die Nationalstraße 1 führte auf diesem Streckenabschnitt flach an der Küste entlang und wir kamen eigentlich ganz gut voran, nur dass sich zu viele Kraftfahrzeuge unterschiedlichster Art, Größe und PS-Zahl diese Straße teilten. Dazu kamen noch Radfahrer, Ochsenkarren und Fußgänger, so dass hier von entspanntem Dahingleiten nicht die Rede sein konnte. Es war ein Hindernisparcours und man musste die ganze Zeit über aufmerksam sein und bekam es ständig mit der Angst zu tun.

Wir waren jetzt gut zweihundert Kilometer hinter Hué und es war schon fast neun Uhr, also hatten wir in zweieinhalb Stunden gerade mal hundertzwanzig Meilen zurückgelegt – und dabei war die Nationalstraße 1 noch der einfachste Streckenabschnitt.

Vor uns erstreckte sich ein Gebirgszug – wie in diesem Lande üblich – von Westen bis zum Südchinesischen Meer, mit einem hoch gelegenen Pass nahe der Küste. Als die Straße dann anstieg, schoben die Radfahrer lieber und die Ochsengespanne wurden langsamer. Ich hielt mich links und beschleunigte. Binnen zwanzig Minuten näherten wir uns dem Scheitel des gewundenen Gebirgspasses. Es war kalt und windig hier oben und ich hatte Mühe, das Motorrad im Griff zu behalten.

Ehe wir jedoch auf die Passhöhe kamen, fielen mir die Menschen auf der Straße auf. Sie waren in schmutzige Lumpen gehüllt, ihre Gesichter kaum zu sehen, und sie kamen von den Felsen und gingen mit ausgestreckten Händen auf uns zu. Susan rief mir zu: »Das sind Bettler!«

Bettler? Die sahen eher wie Komparsen aus »Die Rache der Mumie« aus.

Susan brüllte ihnen im Vorbeifahren etwas zu, aber einige von ihnen bekamen uns tatsächlich zu fassen, als wir den Pass hochfuhren, und ich musste mich mitten auf der Straße zwischen einigen von ihnen hindurchschlängeln.

Wir überquerten die Passhöhe und fuhren hinab in die

Küstenebene. Die Maschine rutschte auf dem glitschigen Asphalt ein paar Mal weg und ich schaltete weiter runter.

Unten sah ich Reisfelder, die bis zu den Dämmen unter Wasser standen, und auf kleinen Inseln dazwischen standen verstreut ein paar Bauernhütten. Hier standen mehr Kiefern als Palmen und es gab mehr Grabhügel, als ich im Süden gesehen hatte. Ich musste daran denken, dass Nordvietnam im Krieg fast zwei Millionen Menschen verloren hatte, gut ein Zehntel der Bevölkerung – daher die zahllosen Grabhügel. Krieg ist Scheiße.

Anderthalb Stunden nach dem Gebirgspass näherten wir uns einer großen Stadt. Ich bog auf einen Feldweg ein und fuhr so weit, dass das Motorrad von der Nationalstraße aus nicht mehr zu sehen war.

Wir stiegen ab und streckten uns. Dann gingen wir auf die Toilette, die hier aus einem Gebüsch bestand.

Ich zog die Karte aus dem Ledertäschchen am Motorrad und studierte sie. Ich sagte zu Susan: »Die Stadt da vorne ist Vinh.«

Sie ließ mich wissen: »Das ist ein Touristenort. Wir können da anhalten, wenn du im Century Riverside anrufen willst.«

»Und warum ist das ein Touristenort?«

»Ein Stück außerhalb von Vinh ist der Geburtsort von Ho Chi Minh.«

»Und da sind Westler?«

Sie erwiderte: »Ich glaube nicht, dass sich viele Westler für den Geburtsort von Onkel Ho interessieren, aber Vidotour interessiert sich auf jeden Fall dafür und deshalb gehört der Besuch zum Pflichtprogramm. Außerdem liegt es etwa auf halber Strecke zwischen Hué und Hanoi und die Reisebusse halten dort über Nacht.«

»Okay, dann halten wir da auch und kaufen Ho-Chi-Minh-T-Shirts.«

Susan machte eine Satteltasche auf und nahm zwei Bananen heraus. »Möchtest du eine Banane oder lieber eine Banane?«

Wir aßen die Bananen im Stehen und tranken etwas Wasser aus der Flasche. Ich betrachtete weiter die Karte. Ich sagte: »Gut zweihundert Kilometer von hier liegt Thanh Hoa. Wenn wir da hinkommen, müssen wir nach einer Straße Ausschau halten, die nach Westen führt. Schau mal. Wir müssen auf die Nationalstraße 6 und die führt uns dann nach ... tja, eigentlich sollte sie uns wohl nach Dien Bien Phu führen, aber ich sehe hier, dass sie vorher endet ... und dann führt eine kleinere Straße nach Dien Bien Phu.«

Susan sah auf die Karte und sagte dann: »Ich glaube nicht, dass man diesen letzten Abschnitt da als Straße bezeichnen kann.«

Ich sagte: »Also gut, ziehen wir das Montagnard-Zeug aus und versuchen wir mal, wie Lien xo auszusehen, die zu Onkel Hos Geburtsort pilgern.«

Wir nahmen die Stammestücher und die Lederkappen ab und stopften sie in eine der Satteltaschen.

Dann stiegen wir wieder auf und fuhren zurück zur Nationalstraße 1.

Wenige Minuten später kamen wir schon in die Vororte von Vinh. Rechts stand eine handbemalte Reklametafel und ich bremste ab, damit Susan lesen konnte, was darauf stand.

Sie sagte: »Da steht ... ›Die Stadt Vinh wurde ... zwischen 1965 und 1972 ... von amerikanischen Bombern und Marineartillerie ... vollkommen zerstört ... und wurde von dem Volk von Vinh ... mit der Hilfe unserer sozialistischen Brüder aus der Deutschen Demokratischen Republik ... wieder aufgebaut.‹«

»Na, das ist doch mal eine Touristenattraktion.«

Als wir in die Stadt kamen, sah es dort tatsächlich aus wie früher in Ostberlin an einem schlechten Tag: triste, graue Plattenbauten ohne Ende und dazwischen weitere Betongebäude ohne erkennbare Funktion.

Ein paar Leute auf der Straße sahen uns an und ich zweifelte, ob ich hier wirklich anhalten sollte. »Bist du sicher, dass hier Westler in der Stadt sind?«

»Vielleicht ist gerade keine Saison.«

An einem Park kamen wir an eine Straßengabelung und Susan sagte: »Fahr nach links.«

Ich nahm die linke Straße, die, wie sich herausstellte, ins Zentrum der Stadt führte und ebenfalls Le-Loi-Straße hieß. Hier ließ mich Susan rechts abbiegen und ich fragte mich, woher sie sich hier so gut auskannte.

An der linken Straßenseite standen einige Hotels und keines davon hätte man mit dem Rex verwechselt. Einen derart trostlosen Ort hatte ich noch nie gesehen, nicht mal in der DDR, und ich fragte mich, ob sich die DDRler mit den Vietnamesen einen Spaß erlaubt hatten. Wenigstens sah ich Reisebusse und Westler auf der Straße und da ging es mir gleich besser.

Ich sagte zu Susan: »Vielleicht könntest du versuchen, von einem der Hotels aus zu telefonieren.«

Sie erwiderte: »Im Postamt wäre die Chance durchzukommen größer. Und wenn ich telefonisch nicht durchkomme, gibt es bei der Post auch noch ein Fax und einen Fernschreiber.« Sie fügte hinzu: »Den Anbieter für Ferngespräche kann man sich hier nicht aussuchen.«

Wir fuhren eine Weile umher und fanden dann die Hauptpost. Susan stieg ab und ging schnurstracks dorthin.

Einige Passanten sahen mich kurz an, aber dank Onkel Ho erregte ich nicht allzu viel Aufmerksamkeit. Etwa zehn Minuten später hielt ein gelber Jeep mit zwei Polizisten drin neben mir. Der Bulle auf dem Beifahrersitz starrte mich an.

Er sagte etwas und erst dachte ich, er forderte mich auf abzusteigen, doch dann wurde mir klar, dass er sich nach dem Motorrad erkundigte. Da ich wusste, dass Ausländer keine so schweren Maschinen fahren durften, und da ich ferner wusste, dass die BMW Kennzeichen aus Hué hatte, sagte ich: »Le tour de Hanoi à Hué.«

Der Bulle verstand mich anscheinend nicht und ehrlich gesagt, verstehe ich mich meist selber nicht, wenn ich Französisch rede. Ich sagte noch einmal: »Le tour de Hanoi à Hué«, auch wenn das nicht so ganz erklärte, warum ich hier vor dem Postamt stand, aber jetzt sprach der Bulle auf dem Beifahrersitz mit dem Bullen am Steuer und ich sah, dass der Fahrer irgendwas verstand.

Der Bulle auf dem Beifahrersitz schenkte mir noch einen ernsten Bullenblick und sagte etwas auf Vietnamesisch, dann fuhr der Jeep weiter.

Ich atmete tief durch und dankte Gott zum ersten Mal in meinem Leben dafür, dass ich auch als Franzose durchgehen konnte.

Ich wollte schon absteigen und nach Susan sehen, da kam sie endlich aus dem Postamt. Sie stieg auf und ich fuhr auf die Le-Loi-Straße, die, wie ich mittlerweile mitbekommen hatte, auch die Nationalstraße 1 war. In fünf Minuten waren wir wieder raus aus Vinh. Auf einem Schild am Straßenrand stand in etwa einem Dutzend Sprachen: *Geburtsort von Ho Chi Minh, 15 Kilometer.* Ich fragte Susan: »Willst du die Blockhütte sehen, in der Onkel Ho zur Welt gekommen ist?«

»Fahr.«

Wir fuhren weiter die Nationalstraße 1 hinauf.

Susan sagte: »Telefonisch bin ich nicht durchgekommen und deshalb habe ich ein Telex und ein Fax geschickt. Ich musste auf die Antwort warten.«

»Und?«

»Das Buch ist nicht gekommen. Behauptet jedenfalls Mr. Tin in seinem Telex.«

Ich erwiderte nichts.

Sie sagte: »Aber einem Rucksackreisenden oder Touristen, der keinen Reiseführer hat, ist dieses Buch so um die fünfzehn Dollar wert … Und wir sind nicht da … Und deshalb ist es denkbar, dass Mr. Tin es bekommen hat und es jetzt verkauft. Fünfzehn Dollar sind hier viel Geld.«

Auch darauf erwiderte ich nichts.

Susan sagte: »Es ist aber eine Nachricht gekommen. Von Oberst Mang. Für mich.«

Ich fragte sie nicht nach dem Inhalt, aber sie erzählte es mir auch so. »Oberst Mang wünscht mir eine gute Reise und hofft, dass mir die Fotos gefallen haben.«

Ich erwiderte nichts.

Sie fügte hinzu: »Er schrieb auch, er hätte in meiner Wohnung Badeanzüge gesehen und fände es schade, dass ich die vergessen hätte.«

Wir näherten uns der Abzweigung, die zu Ho Chi Minhs Geburtsort führte, und dort bogen zwei Minibusse mit westlichen Touristen ab. Ich hielt am Straßenrand, nahm Susans Kamera aus dem Rucksack und knipste das Schild für den Fall, dass dieser Film der örtlichen Polizei in die Hände fiel. Ich sagte zu Susan: »Übrigens: Zwei Bullen in einem Jeep haben mich kurz überprüft. Ich konnte sie davon überzeugen, dass ich Franzose bin und an einem Motorradrennen quer durchs Land teilnehme. Mein Pariser Akzent hat sie beeindruckt.«

»Die Nordvietnamesen stehen auf Franzosen.«

»Wieso das?«

»Das weiß ich nicht so genau. Aber in Hanoi sieht man Männer mittleren Alters, die Baskenmützen tragen, und in dieser Altersgruppe gilt es immer noch als très chic, ein wenig Französisch zu sprechen, französische Manieren an den Tag zu legen und französische Literatur zu lesen. In Hanoi hält man Franzosen für kultiviert, wohingegen Amerikaner dort als ungehobelte, geldgierige, kriegshetzerische Kapitalisten gelten.«

»Deshalb sind wir aber längst noch keine schlechten Menschen.«

Sie lächelte gezwungen und guckte dann nachdenklich. Sie sagte: »Ich mache mir Sorgen wegen der Fotos.«

Ich entgegnete: »Und ich mache mir Sorgen, weil das Buch nicht gekommen ist.«

Sie sah mich an und nickte. »'tschuldige.« Sie fragte: »Und was machen wir, wenn das Buch nicht mehr kommt?«

Ich dachte darüber nach. Mr. Anh mochte schon seit einiger Zeit auf einem Tisch festgeschnallt sein, während Oberst Mang Elektroden an seinen Hoden befestigte und dann den Saft aufdrehte. Wenn dem so war, hatte Mr. Anh bereits »Dien Bien Phu! Ban Hin!« gesagt – und was Oberst Mang sonst noch von ihm hören wollte.

Susan fragte noch einmal: »Was willst du tun?«

»Tja ... Wir können nach Hanoi fahren und versuchen, mit dem erstbesten Flieger das Land zu verlassen. Oder wir können nach Dien Bien Phu fahren. Aber den ganzen Tag hier rumhocken können wir auf keinen Fall.«

Sie überlegte kurz und sagte dann: »Dien Bien Phu.«

Ich erinnerte sie: »Du hast gesagt, mein Vietnamglück hätte mich verlassen.«

»Das hat es ja auch. Man hat dich für einen Franzosen gehalten. Und ich habe noch jede Menge Vietnamglück, wenn man mal davon absieht, dass ich jetzt Playmate des Jahres bin. Fahren wir.«

Ich warf die BMW wieder an und brauste auf die Nationalstraße.

Susan beugte sich vor und sah auf die Benzinuhr. Sie sagte: »Wir müssen tanken. Wir sind gerade an einer Tankstelle vorbeigekommen. Dreh um.«

»Es kommt bald wieder eine. Bei manchen kriegt man Reisschälchen geschenkt, wenn man voll tankt.«

»Paul, dreh um.«

Ich wendete abrupt, fuhr zurück zu der Tankstelle und hielt vor einer Zapfsäule mit Handbetrieb. Ich schaltete den Motor aus und wir stiegen ab.

Der Tankwart saß in einer kleinen, offenen Hütte und sah uns zu, regte sich aber nicht. Es war eindeutig eine staatliche Tankstelle und sie war völlig anders als alles, was ich südlich der EMZ gesehen hatte. Hier ging immer noch alles seinen sozialistischen Gang und dass kapitalistische Gier und Kundenmarketing auch gute Seiten hatten, hatte sich noch nicht bis in Onkel Hos Heimat herumgesprochen.

Ich drehte die Kurbel und Susan hielt den Zapfhahn in den Tankstutzen.

Susan sagte: »Dreh schneller.«

»Ich drehe so schnell, wie ein europäischer Sozialist drehen würde.«

Sie sagte: »Wenn wir bezahlen, sind wir Franzosen.«

»Bon.«

Ich pumpte fünfunddreißig Liter in den großen Tank und sah dann auf den Preis. Ich sagte: »21 000 Dong. Nicht schlecht. Das sind etwa zwei Dollar.«

Sie sagte: »Das sind Hunderterstellen, Paul. 210 000 Dong. Immer noch billig.«

»Schön. Du zahlst.«

Der Tankwart kam an und Susan sagte zu ihm: »Bonjour, Monsieur.«

Ich fügte hinzu: »Comment ça va?«

Er antwortete in keiner Sprache und sah sich vielmehr das Motorrad an, während Susan 210 000 Dong abzählte – auf jedem Schein war ein Bild von Onkel Ho. Ich zeigte auf Onkel Ho und sagte: »Numero uno hombre«, was eventuell die falsche Sprache war. Susan trat mir an den Fußknöchel.

Der Tankwart sah uns an, dann wieder das Motorrad. Wir stiegen auf und Susan sagte zu ihm: »Le tour de Hué–Hanoi.«

Ich brauste los, ehe der Typ uns noch auf die Schliche kam.

Wir fuhren weiter auf der Nationalstraße 1 nach Norden, hielten dann an und holten unsere Montagnard-Tücher und gefütterten Lederkappen heraus.

Susan fragte: »Warum zum Teufel hast du ›numero uno hombre‹ gesagt?«

»Du weißt schon – Onkel Ho ist ein richtig klasse Typ.«

»Das war Spanisch.«

»Na und? Du bist Französin, ich bin Spanier.«

»Manchmal sind deine ewigen Scherze echt unangebracht.«

Ich dachte darüber nach und sagte dann: »Das ist so eine alte Angewohnheit. Infantristen scherzen, wenn sie angespannt sind. Polizisten auch. Das ist wohl so eine Männersache.«

Sie teilte mir mit: »Manchmal machst du mit deinen Klugscheißersprüchen alles nur noch schlimmer – als du Oberst Mang zum Beispiel erzählt hast, du wärst mit Bill zusammen in Princeton gewesen.«

Susan war zickig drauf und ich hoffte, es lag an PMS und nicht an Morgenübelkeit.

Die Nationalstraße 1 war die einzige Nord-Süd-Ader in diesem ganzen verstopften Land und obwohl der Feiertage wegen angeblich weniger Verkehr war, kam es einem so vor, als benutzte gerade die Hälfte der Bevölkerung diese beiden lächerlichen Fahrspuren aus schlechtem Asphalt. Wir konnten nie schneller fahren als sechzig und jeder Zentimeter Straße war eine Herausforderung.

Wir brauchten fast zwei Stunden für die hundert Kilometer bis nach Thanh Hoa, der nächsten größeren Stadt. Es ging schon auf drei Uhr zu und es wurde kalt. Am Himmel hingen dicke, graue Wolken und hin und wieder kamen wir durch einen leichten Regen: *Crachin* – Regenstaub. Und mir knurrte der Magen.

Ich rief nach hinten zu Susan: »Das müsste Thanh Hoa sein! Hier könnten wir nach Nordwesten auf die Nationalstraße 6 abbiegen!«

»Das musst du entscheiden.«

Ich sah auf den Kilometerzähler. Wir hatten seit Hué fast 560 Kilometer zurückgelegt, dafür über acht Stunden gebraucht. Es war jetzt 15.16 Uhr und uns blieben keine vier Stunden Tageslicht mehr.

Ich ließ mir ein paar Möglichkeiten durch den Kopf gehen und beschloss dann, dass wir, da es nicht regnete, jetzt auf die schlechtere Straße wechseln und bis Sonnenuntergang so nah wie möglich an die Nationalstraße 6 herankommen sollten. Morgen mochte es regnen und dann war die Ausweichroute zur Nationalstraße 6 möglicherweise unpassierbar, wie mir Mr. Anh bei unserer kleinen Einsatzbesprechung versucht hatte zu verklickern. Ich sagte: »Wir fahren in Thanh Hoa ab. Wenn uns die Straße nicht gefällt, können wir immer noch umkehren und es mit der nächsten versuchen.«

Wir fuhren in die Stadt Thanh Hoa, immer noch die Montagnard-Tücher und Lederkappen tragend. Die Stadt war anscheinend im Krieg nicht zerstört worden und hatte ihren Reiz. Ja, ich sah tatsächlich einen älteren Herrn, der eine Baskenmütze trug, und hier gab es auch ein paar Hotels und Cafés, die keinen DDR-Touch hatten.

Ein paar Leute sahen uns an und einige Bullen, die vor dem Polizeirevier standen, beäugten uns.

Susan sagte: »Die sehen an der Küste nicht oft Montagnards und deshalb sind sie neugierig, aber nicht argwöhnisch. Das ist, wie wenn Indianer durch eine Westernstadt reiten.«

»Denkst du dir das gerade aus?«

»Ja.«

Wir fuhren durch die Stadt und links sah ich eine kleine asphaltierte Straße. Auf einem Schild stand *Dong Son* und noch etwas auf Vietnamesisch. Ich bremste ab und zeigte darauf.

Susan sagte: »Das ist eine Ausgrabungsstätte ... Die Dong-Son-Kultur, was auch immer das sein mag ... tausend Jahre vor unserer Zeitrechnung. Vielleicht ist die Straße neuer.«

Ich bog in die schmale Straße ab, fuhr gut hundert Meter weit und hielt dann an.

Ich zog die Landkarte aus der Tasche und betrachtete sie. Ich sagte: »Das ist die richtige Straße. Wir fahren jetzt hier etwa fünfzig Kilometer, dann kommen wir in ein kleines Dorf, das Bai-Sonstwas heißt, und von da aus dann über die Nationalstraße 15 zur Nationalstraße 6.«

»Lass mal sehn.«

Ich gab ihr die Karte und sie betrachtete sie schweigend. Dann steckte sie sie in ihre Jacke und sagte: »Okay. Fahren wir.«

Ich gab Gas und los ging's. Die Straße führte an den Ausgrabungen vorbei und dann endete der Asphalt. Der Feldweg, der folgte, war von Kraftfahrzeugen und Ochsenkarren ausgefurcht und ich hielt mich zwischen den Furchen, wo es sich ein bisschen besser fuhr.

Wir ruckelten mit gerade mal vierzig Sachen dahin, manchmal mit weniger.

Das Terrain war immer noch flach, stieg aber an. Erst kamen noch einige Reisfelder, dann nur noch Gemüsefelder.

Die BMW Paris–Dakar war tatsächlich eine gute Crossmaschine, aber Spaß machte das trotzdem nicht. Ich hatte Mühe, den Lenker festzuhalten, und mein Hintern war mehr in der Luft als auf dem Sitz. Susan klammerte sich an mich. Ich sagte: »Das werden wir morgen spüren.«

»Ich spür's jetzt schon.«

Wir brauchten fast zwei Stunden für die vierzig Kilometer. Dann kamen wir in ein kleines Dorf namens Bai-Sonstwas und dort endete die Straße an einer T-Kreuzung. Ich bog nach rechts auf die Nationalstraße 15 ab, die in etwas besserem Zustand war. Ja, es war eine richtige, erhöhte Schotterpiste mit Straßengräben rechts und links.

Der Karte zufolge waren es noch über hundert Kilometer bis zur Nationalstraße 6 und bei diesem Tempo brauchten wir mindestens vier Stunden dorthin. Es war jetzt zwanzig vor sechs und links ging die Sonne hinter den Bergen unter.

Die Straße führte bergauf in die Hügel, die vor uns lagen, und dahinter sah ich höhere Hügel und Berge. Wir sprachen nicht viel, denn bei dem Gerüttel war eine Unterhaltung kaum möglich.

Es war schon fast dunkel und ich suchte nach einer Stelle zum Übernachten. Wir waren jetzt richtig in den Hügeln und die Vietnamesen wohnten nicht groß abseits ihrer Städte, Dörfer und landwirtschaftlichen Gebiete. An der Straße standen Kiefern – es wurde richtig unheimlich. Ich hielt an, um zu verschnaufen. Ich sagte: »Vielleicht ist da vorne irgendwo eine Skihütte.«

Sie zog die Landkarte aus ihrer Jacke und betrachtete sie. »Da kommt ein Dorf namens Lang Chanh, etwa zwanzig Kilometer von hier.«

Ich überlegte kurz und sagte dann: »Ich glaube, ich will nach Einbruch der Dunkelheit nicht in einem nordvietnamesischen Dorf sein.«

»Ich auch nicht.«

»Tja … dann wär's das wohl.« Ich sah mich um. »Suchen wir uns eine Stelle, wo wir uns und die Maschine verstecken können.«

»Paul, auf dieser Straße regt sich jetzt nichts mehr. Da könnte man mitten auf der Straße schlafen.«

»Wohl wahr.« Ich schob das Motorrad noch ein paar Meter weiter und lehnte es dort an den Stamm einer Kiefer.

Susan machte eine Satteltasche auf und nahm die beiden letzten Bananen, die letzte Flasche Wasser und die beiden Regenponchos heraus.

Wir setzten uns in der Nähe der Maschine mit dem Rücken an zwei Kiefernstämme und ich schälte meine Banane. Ich sagte: »Aber es gibt auch gute Neuigkeiten. In einem Kiefernwald gibt es keine Blutegel.«

»Nur Sandflöhe und Zecken.«

Wir aßen die Bananen, tranken das Wasser und sahen zu, wie es dunkel wurde. Über uns war eine dichte Wolkendecke, dann war es stockfinster um uns her. Wir hörten Geräusche im Wald, kleine Tiere, die herumwieselten.

Susan steckte sich eine Zigarette an und betrachtete im Licht ihres Feuerzeugs die Landkarte. Sie sagte: »Noch vierhundert Kilometer nach Dien Bien Phu.«

Dann saßen wir schweigend da und lauschten in die Dunkelheit. Ich fragte: »Hast du als Kind mal gezeltet?«

»Nur, wenn ich es nicht vermeiden konnte. Und du?«

»Tja, als ich noch in South Boston gewohnt habe natürlich nicht. Aber bei der Army habe ich oft draußen geschlafen. Ich habe mal ausgerechnet, dass ich insgesamt über sechshundert Nächte unter dem Sternenhimmel verbracht habe. Manchmal ist es ganz nett.«

Lautes Donnergrollen tönte über das Gebirge und Wind kam auf. Entweder war es hier jetzt tatsächlich kalt, oder ich war schon zu lange in Vietnam. Ich sagte: »Manchmal auch nicht.«

Susan steckte sich noch eine Zigarette an und fragte: »Möchtest du auch eine? Das zügelt den Appetit.«

»Ich hatte gerade erst eine Banane.«

Es fing an zu regnen und wir zogen uns die Ponchos über den Kopf. Wir rückten näher zusammen, um einander zu wärmen, und zogen die Ponchos fester um uns zu. Ich sagte: »Crachin. Regenstaub.«

»Nein, das ist richtiger Regen.«

Der Regen wurde stärker und der Wind frischte auf.

Susan fragte: »Wie viel bezahlen Sie dir hierfür?«

»Nur die Spesen.«

Sie lachte.

Wir waren beide klatschnass und fingen an zu bibbern. Ich erinnerte mich noch aus dem Winter 1968 an diese nasskalten Abende, als ich mit lediglich einem Gummiponcho im Schlamm eingegraben war, während sich der Himmel mit Pyrotechnik füllte, die in dem schwarzen Regen auf entsetzliche Weise schön war.

Susan musste wohl das Gleiche gedacht haben, denn sie fragte: »War es so ähnlich?«

»Ja ... aber eigentlich war es schlimmer, denn man wusste, dass es jede Nacht so weitergehen würde, bis der Winterregen dann im März aufhörte ... und man hatte noch das zusätzliche Problem, dass da Leute herumschlichen, die einen umbringen wollten. Ich hielt inne und sagte dann: »Das war's jetzt mit dem Krieg, Susan. Es ist vorbei. Wirklich vorbei.«

»Okay. Das war's jetzt mit dem Krieg. Der Krieg ist vorbei.«

Wir rafften die Ponchos noch enger um uns und legten uns dann zusammen unter die Kiefern in den Regen.

Es regnete die ganze Nacht und wir bibberten in den Gummiponchos und rückten so nah zusammen, wie wir nur konnten.

Morgen kam Dien Bien Phu, wenn wir es denn bis dorthin schafften, und dann das Dorf Ban Hin und dann Tran Van Vinh oder sein Grab.

Kapitel 39

Graues Morgenlicht schimmerte durch die tropfnassen Kiefern.

Wir schälten uns aus den nassen Ponchos, gähnten und streckten uns. Wir waren beide klitschnass und durchgefroren und mir saß eine Erkältung in den Knochen. Susan sah nicht gut aus.

Wir schüttelten unsere Ponchos aus und wickelten sie zusammen. Dann machten wir die Satteltaschen auf, holten trockene Socken, Unterwäsche und Kleidung heraus, zogen uns um und warfen die feuchten Jeans und Hemden in den Wald. Wir brauchten nur noch für wenige Tage frische Kleidung. Vielleicht sogar für noch weniger als wir dachten.

Susan hatte noch mehr Montagnard-Tücher in den Satteltaschen und mit einem davon wischten wir das Motorrad ab, banden die anderen dann um und wechselten so den Stamm.

Wir sahen noch kurz auf die Karte und stiegen dann auf die BMW. Der Motor sprang sofort an und wir fuhren weiter die Nationalstraße 15 in nördlicher Richtung hinauf, in Richtung Nationalstraße 6.

Die Straße bestand größtenteils aus roten Lehm und kleinen Schieferbrocken, die etwas Bodenhaftung boten, solange ich nicht zu schnell beschleunigte.

Einen Kilometer weiter entdeckte ich einen kleinen Wasserfall, der sich von einer Felsformation herab in einen Bach am Straßenrand ergoss.

Ich hielt und Susan und ich wuschen uns mit einem Stück Orangenseife, das sie mitgebracht hatte, und tranken etwas von dem kalten und hoffentlich sauberen Wasser.

Dann stiegen wir wieder auf und fuhren weiter. Außer uns war niemand auf dieser Straße unterwegs, dennoch konnte ich nicht schneller als sechzig fahren, sonst hätte ich die Kontrolle über das Motorrad verloren. Mir tat jeder einzelne Knochen und Muskel weh und die letzte richtige Mahlzeit hatte ich in dem Pavillon-Restaurant mit den sechzehn Ecken zu mir genommen und das war am Sonntag gewesen, am Neujahrstag. Heute war Mittwoch.

Wir näherten uns dem kleinen Dorf Lang Chanh. Hinter dem Dorf begannen die höheren Hügel und dahinter das Gebirge, dessen Gipfel ich der niedrig hängenden Wolken und des Nebels wegen nicht sehen konnte.

Ich bremste ab, als wir in das schmutzige, verwahrloste Dorf kamen, das aus Bambushütten und primitiven Kiefernholzgebäuden bestand. Es war erst kurz nach sieben und ich roch kochenden Reis und Fisch.

Ich sah ein paar Leute und jede Menge Hühner. Susan sagte: »Ich brauche was zu essen.«

»Ich dachte, du hättest gestern erst eine Banane gegessen.«

Sie packte meinen Hals und würgte mich zum Scherz. Dann schloss sie wieder die Arme um mich und legte den Kopf an meine Schulter. Mir fiel auf, dass ihr Griff nicht sonderlich fest war, und da war mir klar, dass wir uns wirklich etwas zu essen besorgen mussten.

Wir ließen Lang Chanh hinter uns und fuhren weiter. Die Straße stieg hier steiler an, aber die BMW war eine unglaubliche Maschine und fraß auch bergan die Straße förmlich auf.

Susan sagte mir ins Ohr: »Eigentlich ist es schön. Es macht fast Spaß. Es gefällt mir.«

Es machte tatsächlich Spaß, mitten im Nirgendwo zu sein und dorthin zu fahren, wo das Nirgendwo endete.

Ich hatte keine Möglichkeit festzustellen, wie hoch wir waren, aber auf der Karte stand, dass die Berggipfel rundherum 1500 bis 2000 Meter hoch waren, also waren wir auf dieser Straße etwa auf der Hälfte dieser Höhe. Es war kalt, aber der Wind hatte sich gelegt und das Nieseln hatte aufgehört, auch wenn die Wolkendecke immer noch keine Lücke zeigte.

Hin und wieder sah ich riesige Bergbambushaine, die von noch höheren Kiefern umgeben waren, und das erinnerte mich an die Maisfelder in Virginia, die von Weymouthkiefernwäldern umstanden wurden. Von meinem letzten Aufenthalt hier wusste ich noch, dass es Zeit wurde heimzugehen, wenn Dinge, die überhaupt nicht aussahen wie Dinge daheim, mit einem Mal dann doch aussahen wie Dinge daheim.

Ich guckte auf den Kilometerzähler und sah, dass wir seit Lang Chanh schon vierzig Kilometer zurückgelegt hatten. Also musste das Dorf Ba Thuoc direkt voraus sein. Für diese vierzig Kilometer auf der Nationalstraße 15 hatten wir eine Stunde gebraucht, aber ich war zuversichtlich, dass ich schneller vorankommen würde, wenn ich erst einmal auf der Nationalstraße 6 war, die laut Karte ausgebaut war, auch wenn das alles Mögliche bedeuten konnte.

Die Straße machte eine scharfe Linkskurve und ein paar Minuten später bremste ich vor dem Dorf Ba Thuoc ab, das genauso aussah wie Lang Chanh, nur dass es hier weniger Hühner gab.

Als wir durch das Dorf fuhren, sahen uns ein paar Leute nach. Ich war mir ziemlich sicher, dass sie hier hin und wieder Crossmaschinen sahen, und ich war mir auch sicher, dass sie nicht erkennen konnten, wer wir waren. Ich erkannte aber, wer *sie* waren, nämlich ethnische Vietnamesen, also waren wir noch nicht im Gebiet der Bergvölker und ich hatte auch noch keine Langhäuser gesehen.

Wir fuhren noch zwanzig oder dreißig Kilometer weiter und die Hügel wurden immer höher. Die Straße verlief an einem Gebirgsbach entlang und vor uns sah ich hoch aufragende Gipfel. Ich habe einen guten Orientierungssinn und obwohl die Sonne nicht zu sehen war, merkte ich, dass wir in die falsche Richtung fuhren.

Ich hielt am Straßenrand und sah auf die Karte. Ich betrachtete sie eine Zeit lang, sah mir dann das umliegende Terrain an und versuchte herauszukriegen, in welche Richtung ich hier fuhr. Ich bin gut im Kartenlesen, aber die Karte war nicht so gut und hier gab es kein einziges Straßenschild. »Auf welcher Seite der Baumstämme wächst noch mal Moos?«

»Haben wir uns verfahren?«

»Nein, wir sind nur, wie man bei der Army sagt, vorübergehend desorientiert.«

»Wir haben uns verfahren.«

»Nenn es, wie du willst.«

Wir stiegen ab, steckten die Köpfe zusammen und betrachteten die Karte. Ich sagte: »Ich glaube, wir hätten in der Nähe von Ba Thuoc irgendwo abbiegen müssen, dann wären wir auf der Nationalstraße 15 geblieben, aber ich habe da kein Schild und auch keine Straße gesehen.«

Susan legte einen Finger auf die Karte und sagte: »Als die 15 vor Ba Thuoc diese Kurve nach Westen machte, ging die Straße als Landstraße 214 weiter, und auf der sind wir jetzt. Wir hätten scharf rechts abbiegen müssen, um weiter auf der 15 zu bleiben.«

Ich sagte: »Die laotische Grenze ist direkt voraus.«

»Und Grenze bedeutet Grenzsoldaten.«

»Genau. Nichts wie weg hier.«

Ich wendete das Motorrad und da sah ich auf einer Hügelkette vor uns Rauch aufsteigen und dann die Umrisse von Langhäusern vor dem grauen Himmel. Ich sagte: »Wir sind auf Montagnard-Gebiet.«

Sie sah sich um und fragte: »Herrscht hier die FULRO?«

»Das weiß ich nicht. Entgegen dem, was Oberst Mang glaubt, ist mir dieser ganze FULRO-Kram neu.« Während ich noch wendete, da hörte ich etwas und sah in die Richtung, aus der wir gekommen waren. Da kam ein offener, dunkelgrüner Armeejeep mit zwei Männern vorne drin auf uns zu. »Steig auf.«

Wir stiegen beide auf und ich warf den Motor an. Die Maschine stand jetzt quer zur Straße und ich hatte die Wahl, entweder auf den Jeep zuzufahren oder Richtung laotische Grenze, wohin auch der Jeep unterwegs war. Mir gefiel keine dieser beiden Möglichkeiten.

Der Jeep war jetzt keine hundert Meter mehr entfernt und der Fahrer entdeckte uns. Er fuhr absichtlich mitten auf der schmalen Straße, so dass ich mich nicht an ihm vorbeidrängen konnte, also blieb mir nur eine Wahl.

Ich riss den Lenker nach rechts und brauste in Richtung laotische Grenze.

Susan rief mir zu: »Paul, wir können anhalten und versuchen, das zu erklären! Wir haben nichts Schlimmes getan!«

»Wir sind wie Montagnards gekleidet, sind aber keine Montagnards. Wir sind Amerikaner, das steht so in unseren Pässen, und ich will nicht erklären müssen, was wir hier tun.«

Mit einem Blick in den Seitenspiegel sah ich, dass der Jeep das Tempo hielt. Ich fuhr siebzig und die Maschine ließ sich gut fahren, allerdings hatte ich Schwierigkeiten, mich auf dem Sitz zu halten, und Susan klammerte sich verzweifelt an mich.

Zu allem Übel fuhr ich nun auch noch auf einen Grenzposten zu, an dem man mich entweder anhalten würde oder durch den ich durchbrausen konnte, während ich mich duckte, um vor dem Feuer der Vietnamesen in Deckung zu gehen –

und wahrscheinlich auch vor dem der laotischen Grenzsoldaten auf der anderen Seite, die ebenfalls Kommunisten und mit den Vietnamesen hin und wieder ein wenig befreundet waren. Es war also wie Hammer und Amboss; die Typen in dem Jeep waren der Hammer, der Grenzposten war der Amboss und wir waren das Hackfleisch.

Ich schaute noch einmal in den Seitenspiegel und sah, dass ich den Jeep ein wenig abgehängt hatte. Er würde mir bis zur Grenze, die ganz nah sein musste, nur folgen, dort würden wir uns dann unterhalten. Ich suchte nach einer Stelle, an der ich links oder rechts ins Gebirge ausweichen konnte, aber das schien nicht machbar und die Soldaten hinter mir wussten das.

Susan sagte: »Paul, wenn du nicht anhältst oder bremst, werden sie annehmen, dass wir vor ihnen fliehen. Halt bitte an. Ich kann mich nicht mehr festhalten. Ich falle runter. Halt am Straßenrand, dann sehen wir mal, ob sie nicht einfach nur vorbeifahren. Paul, ich falle gleich runter. Bitte.«

Ich bremste ab und fuhr an den rechten Straßenrand. Der Jeep kam näher. Ich sagte: »Also gut ... Wir bleiben ganz locker und schauen mal, was sie wollen.« Wir nahmen die Tücher und die Lederkappen ab.

Ich hatte ganz stark das Gefühl, dass unsere Reise hier zu Ende war.

Der Jeep war jetzt direkt hinter uns und der Soldat auf dem Beifahrersitz stand aufrecht da und hielt eine Kalaschnikow im Anschlag. Dann war der Jeep auf gleicher Höhe und der Typ mit dem Gewehr musterte uns. Er brüllte: »Dung lai! Dung lai!«, was damals, 68, immer mein Spruch gewesen war. Er fuchtelte mit dem Gewehr herum und wies mich an anzuhalten.

Als ich weiter abbremste, sah ich, dass der Soldat komisch guckte, dann gab es gleich neben meinem Kopf einen lauten Knall und der Soldat mit dem Gewehr vollführte eine Art Flickflack rückwärts. Sein Gewehr flog durch die Luft und er fiel auf die hintere Sitzbank. Ein weiterer Schuss peitschte durch die Luft und dem Fahrer platzte der Kopf. Der Jeep kam abrupt zum Stehen und rollte dann langsam rückwärts den Hang hinab, bis seine Hinterräder im Graben hängen blieben.

Ich hielt an.

Ich saß da und starrte nach vorn. Ich roch das Schießpulver. Ohne mich umzudrehen sagte ich: »Du hast geschworen, dass du die Waffe in Hué gelassen hast.«

Sie erwiderte nichts, sondern stieg vielmehr ab und ging zu dem Jeep. Aus dem Lauf des Colts Kaliber 45 rauchte es noch.

Sie beachtete den Fahrer nicht, dem der halbe Schädel fehlte, sondern untersuchte sehr fachmännisch den anderen Soldaten, der halb auf der Rückbank hing. Sie sagte: »Die sind beide tot.« Sie stopfte sich die Pistole wieder unter die Steppjacke. »Danke, dass du abgebremst hast.«

Ich erwiderte nichts.

Wir sahen einander ein paar Sekunden lang an. Schließlich sagte Susan: »Ich konnte nicht zulassen, dass sie uns anhalten.«

Ich erwiderte nichts.

Sie holte eine Zigarette hervor und steckte sie sich an. Ihre Hand war absolut ruhig. Mir war klar, dass ich es hier mit jemandem zu tun hatte, der im Umgang mit Waffen geübt war.

Sie rauchte ein paar Züge, warf die Kippe dann in den Graben und sah zu, wie sie davontrieb. Sie fragte: »Was sollen wir jetzt mit dieser Sauerei machen?«

Ich sagte: »Das lassen wir so. Die werden glauben, das sei die FULRO gewesen. Aber wir müssen die Gewehre mitnehmen, damit es danach aussieht.«

Sie nickte, ging wieder zum Jeep und sammelte zwei Kalaschnikows und aus dem Holster des Fahrers noch eine Chicom-Pistole ein.

Ich ging ebenfalls zum Jeep, nahm die Reservemagazine und warf sie in den Wald, nahm den Soldaten dann ihre Brieftaschen, Zigaretten und Armbanduhren ab und stopfte mir alles in die Taschen.

Ich betrachtete die beiden blutüberströmten Leichen, aber es drängten sich mir keine Erinnerungen auf. Das war damals gewesen und das hier war hier und jetzt. Das eine hatte mit dem anderen nichts zu tun. Na ja, ein wenig vielleicht schon.

Susan durchsuchte den Jeep noch ein wenig und fand eine Cellophantüte mit Dörrobst. Sie öffnete die Tüte und bot mir davon an.

Ich schüttelte den Kopf.

Sie schob sich eine Hand voll Dörrobst in den Mund, kaute und schluckte, nahm dann noch eine Hand voll zu sich und steckte die Tüte dann ein.

Wir gingen zurück zum Motorrad. Beide hatten wir uns eine Kalaschnikow über die Schulter gehängt.

Ich wendete die Maschine, wir stiegen auf und fuhren bergab die schlammige Straße zurück noch Ba Thuoc, wo ich die richtige Abfahrt verpasst hatte.

Ein gutes Stück vor Ba Thuoc hielt ich und wir warfen die Gewehre, die Pistole und die persönliche Habe der Toten in ein Bambusgestrüpp.

Wir fuhren weiter und kamen nach Ba Thuoc. Jetzt fand ich die Abzweigung und fuhr wieder auf die Nationalstraße 15.

Wir fuhren schweigend weiter. Auf einer Holzbrücke überquerten wir einen Gebirgsbach und fuhren dann durch das Dorf Quan Hoa. Nach weiteren zwanzig Kilometern kamen wir auf die Nationalstraße 6. Ich bog nach links ab und fuhr dann nach Westen, in Richtung Dien Bien Phu.

Die Straße war ganz anständig und hatte zwei schmale Spuren, die aber gerade so breit waren, dass zwei Laster hier aneinander vorbeikamen, wenn sie sich scharf rechts hielten. Der Straßenbelag bestand aus Kies und hin und wieder auch aus dünnem Asphalt. Ich beschleunigte die BMW auf achtzig Sachen.

Der spärliche Verkehr bestand größtenteils aus Holzlastern, einigen Pkw mit Allradantrieb und hin und wieder einem Motorrad. Ich sah weder Motorroller noch Ochsengespanne, weder Radfahrer noch Fußgänger. Das hier war tatsächlich die Straße von Nirgendwo nach Nirgendwo.

Links ragte die Hügel- und Gebirgskette auf, an der die laotische Grenze entlang verlief, und rechts waren weitere Hügel und dahinter ragten die Gipfel der so genannten Tonkiner Alpen auf.

Alles in allem war es eine atemberaubende Strecke, nur dass der Straßenbelag hin und wieder ohne Vorwarnung schlechter wurde und ich abbremsen musste.

Die Straße führte im Großen und Ganzen nach Nordwesten und bergauf. Als wir weiter nach Westen kamen, verschwanden auch die letzten Anzeichen von Besiedelung, einmal abgesehen von dem Rauch, der aus den Walddörfern der Bergvölker in den nebligen Himmel stieg und manchmal vom Nebel nicht zu unterscheiden war.

Wir fuhren zwei Stunden lang so weiter und sprachen kein einziges Wort miteinander. Schließlich fragte sie: »Sprichst du nicht mehr mit mir?«

Ich antwortete nicht.

»Ich muss mal für kleine Mädchen.«

Vor uns sah ich am Straßenrand eine ebene Lichtung, auf der man den Kiefernwald gerodet hatte. Hier floss der Bergbach durch einen kurzen unterirdischen Kanal und ich fuhr hinüber und hielt inmitten der Baumstümpfe. Ich stellte den Motor ab.

Ich saß eine Minute lang da und stieg dann ab. Susan stieg ebenfalls ab, verschwand aber nicht im Gebüsch. Sie streckte sich, steckte sich dann eine Zigarette an und stellte einen Fuß auf einen Baumstumpf. Sie wandte sich mir zu und sagte: »Sag etwas, Paul.«

»Ich habe nichts zu sagen.«

»Sag mir, dass ich das gut gemacht habe.«

»Du hast das gut gemacht.«

»Danke.« Sie sagte: »Ich konnte nicht zulassen, dass sie uns anhalten.«

»Das sagtest du bereits.«

»Tja ... Wenn du dich nicht verfahren hättest, wäre das alles nicht passiert.«

»Tut mir Leid. Dumm gelaufen.«

Sie betrachtete den Rauch, der von ihrer Zigarette aufstieg. Nach einer Weile sagte sie: »Aber es stimmt, dass ich bis über beide Ohren in dich verliebt bin.«

»Ist das eine gute oder eine schlechte Nachricht?«

Sie überhörte das und sagte: »Und das ist es, was ihnen nicht gefällt ... wenn sie es denn glauben.«

Ich sagte: »Das würde mir auch nicht gefallen, wenn ich es glauben würde.«

»Sag so was bitte nicht.«

»Musst du nicht ins Gebüsch?«

»Nein. Wir müssen reden.«

»Nein, müssen wir nicht.«

»Doch.« Sie sah mich an und sagte: »Also gut, ich arbeite tatsächlich für die CIA. Ich bin aber auch eine ganz normale Angestellte der American-Asian, so dass also keiner von uns beiden direkt im Dienste der Regierung steht und sie uns, wenn ihnen danach ist, fallen lassen können wie heiße Kartoffeln. Und nein, in Wirklichkeit wollten sie nicht, dass du mich observierst, sondern sie wollten, dass du mir vertraust, und deshalb haben sie dir gesagt, du solltest mich observieren. Und ja, ich soll dich im Auge behalten ...« Sie lächelte und sagte: »Ich bin dein Schutzengel.« Sie fuhr fort: »Und ja, ich war tatsächlich mit Bill zusammen, und ja, er ist wirklich Stationsleiter der CIA, und die werden ausrasten, wenn sie erfahren, dass ich dir das verraten habe, und nein, sie haben mir nicht gesagt, dass ich mit dir schlafen soll – das war meine Idee. Es hat die Sache erleichtert, aber ich habe mich tatsächlich in dich verliebt … und ja, sie sind jetzt tatsächlich misstrauisch mir gegenüber, weil sie wissen oder vermuten, dass wir etwas miteinander haben, aber mir ist das egal.«

Sie sah mich an und fuhr dann fort: »Und nein, ich weiß nicht, was Tran Van Vinh weiß oder gesehen hat, und ja, ich weiß alles über diese Mission, nur nicht, wie das Dorf heißt, denn sie wollten nicht, dass ich mit dieser Einzelheit im Kopf herumlaufe. Und nachdem du dich am Sonntag mit Mr. Anh getroffen hattest, habe ich mich um vier Uhr mit ihm getroffen und er hat mich in alles eingeweiht, was ich noch nicht wusste – bis auf den Namen des Dorfs, den er nur dir verraten hat.« Sie fügte hinzu: »Er sagte, er fände dich sympathisch und würde dir zutrauen, dass du das schaffst.« Sie sah mich an und fragte: »Habe ich noch irgendwas vergessen?«

»Die Familie Pham.«

Sie nickte. »Stimmt. Das Treffen vor der Kathedrale war arrangiert. Das Motorrad war bereits gekauft und dass du Motorrad fahren kannst, hast du auf dem Weg nach Cu Chi bewiesen.« Sie fügte hinzu: »Pham Quan Uyen habe ich kennen gelernt, als ich das letzte Mal in Hué war. Man kann ihm vertrauen.«

»Das ist mehr, als ich von dir behaupten kann.«

Sie guckte gekränkt. »Also gut … dann vertrau mir halt nicht. Aber du kannst mich fragen, was du willst, und ich schwöre, dass ich dir die Wahrheit sage.«

»Du hast schon in Saigon, Nha Trang und Hué geschworen, dass du mir die ganze Wahrheit sagst. Und du hast geschworen, dass du die Waffe nicht mitgenommen hast.«

»Aber ich *brauchte* die Waffe. *Wir* brauchten die Waffe, falls so was passiert wie vorhin.«

Ich sagte: »Und du brauchst die Waffe auch, um Tran Van Vinh das Gehirn rauszupusten. Nicht wahr?«

Sie antwortete nicht.

Ich fragte: »Wieso muss er dran glauben?«

Sie erwiderte: »Ich schwöre dir, das weiß ich nicht. Aber das werden wir bald rausfinden.« Sie fügte hinzu: »Ich glaube, er ist noch am Leben.«

»Du hast also eingewilligt, einen Menschen zu töten, ohne zu wissen warum.«

»Du hast auch schon Menschen getötet, ohne zu wissen warum.«

»Die wollten *mich* töten.«

Sie sah mich an und fragte: »Wie viele von denen wollten tatsächlich *dich* töten?«

»Alle. Versuch hier bloß nicht, den Spieß umzudrehen, Susan. Ich mag ja Frontsoldat gewesen sein, aber ich habe nie jemanden ermordet.«

»Nie?«

Ich hätte ihr gerne gesagt, sie sollte sich doch zum Teufel scheren, doch dann wäre sie auf das Ashau-Tal zu sprechen gekommen und auf die anderen Dinge, die ich so blöde gewesen war, ihr zu erzählen, und das wollte ich nun wirklich nicht.

Sie sagte: »Schau mal, Paul ... ich weiß, du bist wütend, und du hast auch jedes Recht dazu. Aber das hier ist nicht so kaltblütig und hinterhältig wie es scheint ...«

»Du hast mich zum Narren gehalten.«

»Lass mich ausreden. Sie haben mir gesagt, sie hätten dich ausgesucht, weil du gut bist, aber auch, weil dein Chef persönlich viel von dir hält. Er wollte dir einen Karriereschub verpassen oder dafür sorgen, dass deine Laufbahn ein gutes Ende nimmt «

»Indem ich umgelegt werde? Das soll ein gutes Ende sein?«

Sie fuhr fort: »Er dachte, wenn du wieder herkommst, wäre das gut für dich und auch gut für ... die Beziehung zu ... deiner Freundin. Also sei nicht so zynisch. Die Leute sorgen sich um dich.«

»Bitte? Wenn ich heute schon was gegessen hätte, würde ich jetzt kotzen.«

Sie kam näher und sagte: »Ich würde gerne glauben, dass es auch ein menschliches Element gibt bei dem, was wir tun – ich meine, wir als Amerikaner. Wir sind keine schlechten Menschen, auch wenn wir manchmal böse Dinge tun. Ich glaube, wir tun sie in der Hoffnung, dass die bösen Dinge einem guten Zweck dienen. In einem anderen Land hätten sie einfach nur zwei Killer geschickt, die den Mann dann umgelegt hätten und fertig. Aber das ist nicht unser Stil. Wir wollen erst sicher sein, dass, wenn mit diesem Mann etwas passieren muss, er auch derjenige ist, den wir suchen, und dass man bei dem, was er weiß – wenn er denn etwas weiß –, wirklich nicht anders verfahren kann.« Sie sah mich an und sagte: »Ich gehe nicht einfach zu einem gewissen Tran Van Vinh und blase ihm das Gehirn raus.« Sie fügte hinzu: »Möglicherweise nehmen wir ihn mit nach Hanoi.«

»Bist du fertig?«

»Ja.«

»Können wir jetzt los?«

»Erst wenn du mir sagst, dass du mir glaubst, dass ich dich liebe. Alles andere ist mir egal. Wenn du willst, können wir auf der Stelle umkehren und nach Hanoi fahren. Sag mir, was du tun willst, und was du willst, dass ich tue.«

Ich dachte darüber nach und sagte dann: »Also, ich will weiterfahren, den Mann finden und erfahren, was die ganze Scheiße soll.« Ich sah sie an und sagte: »Und von dir will ich, dass du nach Saigon oder Hanoi oder Washington zurückgehst – oder wo zum Teufel du auch immer herkommst.«

Sie starrte mich an. Dann langte sie in ihre Jacke und zog den Colt Kaliber 45 hervor.

Ich sah die Waffe an – man sollte immer die Waffe im Blick behalten – und in ihrer kleinen Hand sah sie größer aus als ein Colt Kaliber 45.

Sie hielt mir den Griff hin und reichte mir die Waffe. Ich nahm sie. Sie zog zwei Reservemagazine aus der Tasche und legte sie in meine andere Hand. Dann holte sie ihren Rucksack aus der Satteltasche und schulterte ihn.

Ich schaute ihr ins Gesicht und sah, dass ihr Tränen über die Wangen liefen. Sie sagte nichts, nahm nur meinen Kopf in beide Hände, drückte mir einen Kuss auf den Mund und ging dann schnell zur Straße.

Dort stand sie und sah nicht mich an, sondern auf die Fahrbahn Richtung Hanoi. Ein Wagen mit Allradantrieb, in dem drei Vietnamesen saßen, näherte sich und Susan hob eine Hand. Das Fahrzeug bremste ab und hielt am Straßenrand.

Tja ... ich hätte sie gehen lassen können und hätte es später bereut und wäre dem Wagen dann halb bis nach Hanoi hinterhergejagt. Oder ich hätte ihr zurufen können, dass ich es mir anders überlegt hatte. Oder ich hätte sie tatsächlich gehen lassen können.

Susan hatte sich gebückt und sprach nun mit den beiden Vietnamesen, die vorne saßen. Hinten wurde die Tür geöffnet und sie stieg ein, ohne sich zu mir umzusehen. Der Fahrer fuhr wieder auf die Straße.

Ich lief über die Straße und stellte mich vor den Wagen. Der Fahrer sah sich zu Susan um und hielt dann. Ich ging zur Hintertür und machte sie auf. Ich sagte zu ihr: »Fahren wir.«

Sie sagte etwas zu den drei Vietnamesen und die lächelten alle.

Sie stieg aus und ich knallte die Tür zu. Der Wagen fuhr weiter.

Susan und ich gingen über die Straße und sie steckte ihren Rucksack wieder in die Satteltasche. Wir bestiegen das Motorrad. Ich wandte mich zu ihr um und sah ihr in die Augen. Sie weinte wieder, nun aber still, und so was stört mich nicht allzu sehr. Ich sagte: »Wenn du gelogen hast, als du sagtest, dass du mich liebst, dann – das schwöre ich bei Gott – blase ich dir die Birne weg. Verstanden?«

Sie nickte.

Ich warf den Motor an, legte den ersten Gang ein und fuhr auf die Straße.

Wir fuhren weiter durchs Gebirge in Richtung Dien Bien Phu, wo einst eine Armee ihr Schicksal ereilt hatte und nun auch mein Schicksal geduldig meiner harrte.

Kapitel 40

Wir fuhren weiter in nordwestliche Richtung die Nationalstraße 6 hinauf. Es war erst kurz vor Mittag und die Benzinuhr zeigte an, dass der Tank nicht einmal mehr halb voll war. Ohne noch einmal nachzutanken, würden wir es nicht bis Dien Bien Phu schaffen. Wenn Susan nicht mitgefahren wäre, wäre ich mit dem restlichen Benzin vielleicht bis nach Dien Bien Phu gekommen. Aber wenn Susan nicht mitgefahren wäre, hätte ich jetzt womöglich in einem Militärgefängnis gesessen und schwierige Fragen beantworten müssen.

Doch um noch einen Schritt weiter zurückzugehen – zum Dachgartenrestaurant des Hotel Rex: Irgendwann zwischen meinem zweiten Glücksbier und dem Dessert hatten mein Leben und auch diese Mission eine falsche Wendung genommen. Mir wurde wieder einmal das Offensichtliche bewusst, dass nämlich alle, die mit dieser Mission zu tun hatten, viel mehr darüber wussten als ich und es auch viel früher erfahren hatten.

Schlammige Erdrutsche, die von Abholzungen herrührten, bedeckten hier und da den schlechten Asphalt, hatten aber auch den Vorteil, dass sie die Schlaglöcher füllten. Im Schnitt fuhr ich nur etwa sechzig, war damit aber schneller als die meisten Fahrzeuge mit Allradantrieb. Ja, zwei dieser Fahrzeuge sah ich in einer Schlucht liegen.

Doch zurück zu Miss Weber, die sich nun nicht mehr an

mir, sondern am Sattelgurt festhielt. Ihre Tränen eben waren ebenso ungeheuchelt gewesen wie damals die im Apokalypse Now. Diese Frau hatte mit dem Leben, mit Vietnam und uns beiden genauso große Probleme wie ich. Aber na und? Ich werde ebenso ungern manipuliert oder angelogen wie jeder andere auch und wenn mein Leben auf dem Spiel steht, kann ich das noch weniger vertragen. Mit einem Schutzengel wie Susan Weber musste ich keine Angst davor haben, dem Engel des Todes zu begegnen, und das brachte mich auf den Gedanken, dass Susan Weber, wenn sie schon instruiert war, sich um Tran Van Vinh zu kümmern, möglicherweise auch instruiert war, sich nötigenfalls um Paul Brenner zu kümmern. Doch da ich mich damit nicht einfach abfinden konnte, schob ich den Gedanken beiseite. Aber nur vorläufig.

Die Straße führte nun bergab auf ein Hochplateau und oben in den Bergen sah ich Montagnard-Langhäuser. Wind fegte von Nordosten über die freie Fläche und ich musste mich gegen diesen Seitenwind anstemmen. Außerdem fing es auch noch an zu regnen und ich bremste ab, damit ich weiterhin sehen konnte, was vor mir war.

Ein weitere Frage hinsichtlich dieser sehr eigenartigen Mission war: Warum ausgerechnet ich? Die CID hatte doch bestimmt noch mehr übereifrige Mitarbeiter, die es gar nicht erwarten konnten, nach Vietnam zu reisen und dort ihr Leben zu riskieren, und die wenigstens wussten, wie man Befehle befolgt.

Doch vielleicht hatte Karl richtig damit gelegen, dass Paul Brenner genau der Mann war, den sie brauchten. Der offensichtlichste Pluspunkt, der für mich sprach, war der, dass ich nicht für die Regierung arbeitete, und daher alle glaubhaft alles dementieren konnten, falls irgendwas schief lief. Susan, da war ich mir sicher, stand ebenfalls auf keiner staatlichen Gehaltsliste und war genau die Richtige für diese Mission in Vietnam: Sie kannte das Land und seine Kultur und beherrschte die Sprache; Kenntnisse, die den amerikanischen

Nachrichtendiensten im Laufe des vergangenen Vierteljahrhunderts abhanden gekommen waren. Und außerdem war sie eine Frau und daher für die Vietnamesen, die Frauen im Allgemeinen nichts zutrauten, nicht so verdächtig.

Auf dem Papier sah das alles vermutlich gut aus, aber dann werden der Agent und die Agentin scharf aufeinander und es gibt Scherereien. So war es mit Cynthia und mir auch passiert. Doch Karl hatte seine Kollegen davon überzeugt, dass Paul Brenner Cynthia Sunhill liebte, monogam veranlagt war und es sich gezeigt hatte, dass er bei der Arbeit den Schwanz fast immer in der Hose behielt. Und außerdem war Susan Weber ja so gut wie verheiratet mit Bill Stanley, dem Saigoner Stationsleiter der CIA.

Der letzte Gedanke war der, dass sich Karl tatsächlich um mich sorgte und wollte, dass ich das aus Karriere- und persönlichen Gründen tat, die zum Teil mit meinem angespannten Verhältnis zu Cynthia zu tun hatten. Und was Cynthia anging, so hatte ich zwar keine Ahnung, was sie wusste und was man ihr erzählt hatte, hätte aber die Hälfte meiner Pension darauf verwettet, dass man Miss Sunhill gegenüber Miss Weber nicht erwähnt hatte.

Wir kamen durch eine kleine, landwirtschaftlich geprägte Stadt, die doch tatsächlich ein Ortsschild hatte und Yen Chau hieß. Beiderseits der Straße gab es einen großen Bauernmarkt. Die meisten Leute hier waren traditionell gekleidete Montagnards. Unter den Dächern der Obst- und Gemüsestände waren viele Fahrzeuge abgestellt und ihre Fahrer unterhielten sich und sahen rauchend hinaus in den Regen. Ein dunkelgrüner Militärjeep stand mit dem Kühler in unsere Richtung auf der Straße, aber das Segeltuchverdeck war geschlossen und die beiden Männer darin rauchten und kümmerten sich um nichts.

Ich fuhr weiter.

Die Straße vollführte ein paar aufregende Kurven und ich musste das Tempo drosseln, damit wir nicht wegrutschten.

Die Schluchten waren so tief, dass ich länger gestürzt wäre, als mein Visum gültig war.

Wir kamen durch ein kleines Montagnard-Dorf, in dem eine Brücke aus Stahl und Holz über einen von den Regenfällen angeschwollenen Bergbach führte.

Gut eine Stunde später ließ der Regen allmählich nach und ich sah vor mir Anzeichen von Zivilisation. Susan sagte: »Gleich kommt Son La. Die Provinzhauptstadt.«

Wir fuhren in die Kleinstadt Son La, die wie eine Wildweststadt aussah und sich an einer einzigen Straße entlangzog. Beiderseits der Nationalstraße 6, die hier sehr schmal war, gab es ein paar Pensionen und Cafés. Ein alter Holzwegweiser wies auf eine Seitenstraße und in verblichenem Französisch stand darauf: *Pénitentiaire*. Die Franzosen hatten es wirklich drauf, sich für ihre Gefängnisse die lausigsten Gegenden auszusuchen. Ich meine, verglichen hiermit sah die Teufelsinsel wie Tahiti aus.

Die Einwohner von Son La waren anscheinend größtenteils modern gekleidete Montagnards und viele von ihnen trugen eine Baskenmütze. Am Straßenrand sah ich einen alten französischen Kilometerstein aus Beton. Darauf stand *Dien Bien Phu, 150 km.* Ich sah auf die Benzinuhr und schätzte, dass ich noch für etwa hundert Kilometer Benzin hatte, vielleicht auch nur für weniger.

Susan fragte: »Sollen wir tanken?«

»Nein.«

Wir fuhren weiter durch die Vororte von Son La. Hier waren dem Straßenbauministerium die Dong ausgegangen und der Straßenbelag war nun eine dünne Mischung aus Schlamm und Bitumen. Ich rutschte oft weg und die Räder drehten oft durch. Es ging nur noch bergauf.

Wir kamen jetzt wieder ins Hochgebirge und die Straße wurde steiler und schmaler. Ich fuhr in eine Nebelwand hinein. Es war surreal, durch den Bergnebel zu fahren, und wenn ich meiner Fantasie freien Lauf gelassen hätte, wäre es mir vorgekommen, als flöge ich mit dem Motorrad durch Luftturbulenzen.

Susan sagte: »Das ist der Pha-Din-Pass. Halt bitte mal an.«

Ich hielt auf der Straße und wir stiegen ab. Ich schob das Motorrad an das Ufer eines flachen Bachs und stellte es dort ab.

Susan und ich gingen mal für Königstiger. Wir waren mit Schlamm bespritzt und wuschen uns ein wenig mit dem eiskalten Wasser, das von den Felsen herablief, und tranken auch etwas davon.

Susan bot mir die Cellophantüte mit dem Dörrobst an, aber ich schüttelte den Kopf. Sie aß etwas von dem Obst und steckte sich dann eine Zigarette an.

Sie sagte: »Wenn du nicht mit mir sprechen willst oder wenn du mich hasst, hättest du mich gehen lassen sollen.«

Da hatte sie Recht, aber ich erwiderte trotzdem nichts.

Sie sagte: »Ich habe dir die Pistole gegeben. Was soll ich denn noch tun, damit du mir vertraust?«

»Hast du noch andere Waffen dabei?«

»Nein.«

Ich hätte sie gern gefragt, ob sie mich umlegen sollte, wenn ich Schwierigkeiten machte, brachte es aber nicht übers Herz zu fragen und hätte auch bestimmt keine aufrichtige Antwort darauf bekommen.

Sie fragte: »Willst du reden?«

»Geredet haben wir schon.«

»Also gut.« Sie warf die Kippe in den Bach und hielt mir dann die Cellophantüte hin. »Ich fahre erst mit dir weiter, wenn du was gegessen hast.«

Ich mag kein Obst, nicht mal getrocknetes, wurde aber allmählich etwas benebelt, was vielleicht an der Höhe lag. Ich nahm die Tüte und aß etwas von dem Dörrobst. Ich sagte: »Zeig mal die Karte.«

Sie reichte mir die Karte und ich betrachtete sie.

Sie fragte: »Wie sieht's mit dem Benzin aus?«

Ich erwiderte: »Von hier geht's fast nur noch bergab.«

Sie stellte sich neben mich und sah auf die Karte. Sie sagte: »In Tuan Giao dürfte man Benzin kriegen – wo die Nationalstraße 6 einen Schlenker nach Norden macht und die andere Straße nach Dien Bien Phu führt.«

»Das habe ich mir schon gedacht. Bist du so weit?«

»Ich brauche noch eine Zigarette.« Sie steckte sich noch eine an.

Ich wartete.

Sie sagte: »Wenn du mich nicht liebst und mir nicht vertraust, springe ich jetzt hier von dieser Klippe.«

Ich erwiderte: »Ich sehe hier keine Klippen und ich bin auch nicht in der Stimmung für deinen hinreißenden Charme.«

»Hasst du mich?«

»Nein, aber ich habe die Faxen dicke.«

»Wirst du drüber wegkommen?«

»Fahren wir.« Ich setzte mich auf das Motorrad.

»Liebst du mich?«

»Wahrscheinlich schon.« Ich warf den Motor an.

»Vertraust du mir?«

»Nicht im Geringsten.«

Sie warf die Zigarette weg und sagte: »Also gut. Fahren wir.«

Sie stieg auf und ich stieß uns ab und gab Gas.

Wir fuhren weiter über den Pass und in dem Nebel konnte man keine drei Meter weit sehen. Ab einem gewissen Punkt ging es nur noch steil bergab und ich nahm den Gang raus, um Benzin zu sparen. Doch auch im Leerlauf fuhren wir zu schnell und ich musste stotternd abbremsen.

Ich sah, dass uns zwei gelbe Lichter entgegenkamen, und ein paar Sekunden später tauchte ein Armeejeep aus dem Nebel auf. Das Einzige, was man von unseren Gesichtern sehen konnte, waren unsere runden Augen und auch die waren hinter Motorradbrillen verborgen. Der Fahrer des Jeeps starrte uns dennoch an und ich hatte so das Gefühl, dass sich die mutmaßliche FULRO-Attacke auf den Militärjeep nahe der laotischen Grenze herumgesprochen hatte. Solche Sachen standen zwar nicht in der Zeitung, kamen aber vermutlich häufiger vor, als die Vietnamesen zugaben, und die Jungs von der Armee waren jetzt sehr auf der Hut.

Der Jeep bremste ab und der Typ auf dem Beifahrersitz hatte die Kalaschnikow im Anschlag. Ich dachte schon, sie würden die Straße versperren, und deshalb behielt ich eine Hand auf dem Bremshebel und hatte die andere frei, um damit die Pistole zu ziehen, die ich mir in den Gürtel gesteckt hatte.

Der Jeep blieb fast stehen und sie sahen uns vorbeifahren. Ich zählte bis fünf, legte dann einen Gang ein und gab Gas. Ich schaltete auch das Licht ab, wodurch ich im Nebel auch besser sah. Ich beschleunigte auf achtzig, was für diese Straße und die Sichtverhältnisse viel zu schnell war. Im Grunde war es ein Blindflug und ich vertraute auf mein nicht vorhandenes Glück und mein Gespür für den Verlauf dieser Straße. Susan, das musste man ihr lassen, sagte nichts und zeigte damit, wie sehr sie mir vertraute. Vielleicht hatte sie auch die Augen geschlossen.

Ich sah immer wieder in den Seitenspiegel, konnte hinter uns im Nebel aber keine gelben Lichter erkennen.

Eine halbe Stunde später kamen wir aus dem Nebel heraus und ich sah, dass die Straße hier in Kurven zwischen bewaldeten Hügeln hindurch verlief.

Ich war noch nie an einem derart gottverlassenen Ort gewesen, nicht einmal im Krieg, und mir wurde klar, dass hier kein Spielraum für Fehleinschätzungen blieb; ein einziger Fehltritt und die Reise war zu Ende.

Ich schaltete in den dritten Gang und wir fuhren weiter durch den Wald. Ich schaute auf die Benzinuhr und sah, dass der Tank fast leer war. Ich hatte mich darauf verlassen, dass ich, wenn mir das Benzin ausging, irgendeinem vorbeifahrenden Auto oder Laster welches zu einem überteuerten Preis abkaufen konnte, da ich wusste, dass alle diese Fahrzeuge Benzinkanister und wahrscheinlich auch Absaugeschläuche dabeihatten. Aber ich schien der einzige Idiot zu sein, der hier unterwegs war, von dem Armeejeep einmal abgesehen, und ich glaubte nicht, dass die mir Benzin verkauft hätten.

Ich hörte den Motor spotzen und schaltete auf den Reservetank um.

Susan hatte es auch gehört und fragte: »Bist du auf Reserve?«

Ich nickte.

Sie gab mir keine Ratschläge und kritisierte auch mein Benzinmanagement nicht.

Ungefähr an dem Punkt, an dem der Reservetank eigentlich leer sein musste, entdeckte ich vor uns eine Lichtung mit ein paar Hütten drauf.

Einige Minuten später waren wir in der kleinen Stadt Tuan Giao, von wo aus die Nationalstraße 6 in nördlicher Richtung nach China führte und eine andere Straße in südlicher Richtung nach Dien Bien Phu.

Ich sah ein Schild mit der Aufschrift *Et-xang* und sagte zu Susan: »Wir sind Franzosen.«

Wir nahmen unsere Montagnard-Tücher und Lederkappen ab und stopften sie in unsere Jacken, während ich weiter auf das Schild zufuhr.

Uns ging das Benzin aus, ehe wir bei dieser so genannten Tankstelle ankamen, und die letzten hundert Meter mussten wir das Motorrad schieben.

Der Et-xang-Laden bestand aus einem schlammigen Hof und einem zerbröckelnden Stuckgebäude, in dem das Benzin in Flaschen und Kanistern jeder erdenklichen Größe und Form aufbewahrt wurde.

Der Besitzer war ein alter Vietnamese, der so dick eingepackt war, als würde es schneien, und er lächelte, als er zwei

Westler sah, die eine BMW durch den Schlamm schoben. Er hätte der Vater des Ganoven sein können.

Susan sagte zu dem Alten: »Bonjour, Monsieur.«

Er erwiderte: »Bonjour, Mademoiselle«, was angesichts ihres Alters doch sehr nett war.

Sonst gab es nicht viel zu sagen. Der Mann hatte keine Schwierigkeiten zu verstehen, dass uns das Benzin ausgegangen war, und fing sofort an, aus diversen Behältnissen welches in den Tank der BMW umzufüllen. Während er einschenkte, hielt er jeweils einen, zwei oder drei Finger hoch und sagte auf Französisch: »Litres.« Nach seiner Zählung kam er auf fünfzig Liter, mehr als der Tank fasste, und da ließ ich ihn aufhören.

Der Preis entsprach etwa anderthalb Dollar pro Liter, was für vietnamesische Verhältnisse teuer war, aber da ich ja ohnehin nicht wusste, wo zum Teufel wir hier waren, bezahlte ich in Dollar.

Es war jetzt Viertel nach sechs und hinter den Bergen im Westen ging allmählich die Sonne unter. Die Entfernungen in diesem Teil der Welt waren nicht groß, aber man vertat sich leicht damit, wie viel Zeit man dafür brauchte. Wir hatten fast tausend Kilometer zurückgelegt, was auf einer normalen Straße vielleicht acht Stunden gedauert hätte, wofür wir aber zwei Zwölfstundentage gebraucht hatten – und dabei waren wir noch nicht mal da.

Am nächsten Tag, am Donnerstag, endeten die Tet-Feiertage offiziell, dauerten in Wirklichkeit aber noch übers Wochenende an. Ich hatte aber so die Idee, dass wir, wenn wir das Dorf Ban Hin und das Haus von Tran Van Vinh fanden, dort gesagt bekämen: »Oh, schade, den haben Sie gerade verpasst. Er ist unterwegs zurück nach Saigon, wo er mittlerweile wohnt. Er leitet dort das Hotel Rex«, oder so was in der Richtung.

Susan sagte: »Schön zu sehen, dass du wieder lächelst. Woran denkst du gerade?«

»Das willst du nicht wissen.«

»Was dich froh macht, macht auch mich froh.«

»Wenn ich irgendwas im Magen hätte, würde ich jetzt kotzen.«

»Sei nicht so gemein zu mir.«

»Steig auf.«

Wir stiegen auf und fuhren weiter nach Süden. Auf einem Kilometerstein stand *Dien Bien Phu, 81 km.*

Wir waren jetzt westliche Touristen, die zu dem französischen Pendant von Khe Sanh und dem Ashau-Tal unterwegs waren, der vietnamesischen Version von Yorktown, Thermopylen, Armageddon und Dutzenden anderer allerletzter Entscheidungsschlachten, die in Wirklichkeit nur wieder Vorspiele zu den nächsten Kriegen gewesen waren.

Und was meine Pistolen schmuggelnde und Zigaretten rauchende Freundin da hinter mir anging, so musste ich mir darüber klar werden, ob ich da einen Schutzengel auf dem Rücksitz hatte oder etwas Gefährlicheres. Waffen sind wie Kakerlaken: Wo eine ist, sind auch noch mehr. Aber vielleicht war ich da auch zu misstrauisch und vielleicht hatte Miss Weber bei ihrer letzten großen Bekenntnisarie tatsächlich die ganze Wahrheit gesagt und nichts als die Wahrheit.

Die Straße war so schlecht, dass Susan die Arme um mich schlang. Ich war immer noch ziemlich sauer auf sie, aber Hunger und Erschöpfung sind ja eine fabelhafte Kur gegen Groll. Diese Dame konnte Motorrad fahren und sie konnte schießen, sie sprach die Landessprache und ich hatte in dieser Weltgegend schon genug Feinde, über die ich mir den Kopf zerbrechen musste, und deshalb tätschelte ich ihre Hand.

Sie rieb meinen Bauch und fragte: »Sind wir Freunde?«

Ich erwiderte: »Nein, aber ich liebe dich.«

Sie küsste mich in den Nacken. Ich hatte dabei das Bild vor Augen, wie eine große Raubkatze mit sehr langen Fängen eine erlegte Antilope leckte, ehe sie ihr das Genick durchbiss.

Kapitel 41

Gut vierzig Kilometer vor Dien Bien Phu wurde die Straße nicht etwa besser, sondern nur noch schlechter. Was stimmt bloß nicht mit diesem Land? Es gab hier keine einzige reflektierende Fahrbahnmarkierung oder so was und der Bodennebel wurde dichter und streute das Scheinwerferlicht – ich konnte mich kaum noch orientieren.

Susan sagte: »Paul, lass uns hier anhalten und schlafen.«

»Wo?«

»*Hier.* Am Straßenrand.«

»Ich kann den Straßenrand nicht sehen.«

Wir fuhren weiter, im Schnitt mit fünfzehn Sachen, und bei diesem geringen Tempo schwankte die Maschine. Gut zwei Stunden später, es ging auf zehn zu, öffnete sich beiderseits der Straße mit einem Mal ein Tal. Die Straße ging nun bergab und führte eine Viertelstunde später auf eine große, offene Ebene. Die Ebene konnte ich eigentlich nicht sehen, aber ich spürte sie und sah vereinzelte Lichter. Nun riss die Wolkendecke auf und das matte Licht des Mondes und der Sterne wurde von etwas widergespiegelt, das ich erst für einen See hielt. Dann erkannte ich, dass es eine Reihe von Reisfeldern war. Damals, 68, hatte es in Vietnam viele Täler gegeben, die den Spitznamen Happy Valley trugen, weil die GIs, die im Gebirge auf Patrouille waren, happy waren, dieses Tal, dieses Valley zu sehen. Das hier war Happy Valley.

Die Straße machte eine scharfe Rechtskurve und dann standen auf beiden Seiten Hütten. Es dauerte ein wenig, bis mir klar wurde, dass das hier die Stadt Dien Bien Phu war. Links stand auf einem beleuchteten Schild *Nga Luan Restaurant* und rechts kam das Dien Bien Phu Motel. Das alles war wie eine Erscheinung, und ich dachte schon, ich wäre von einer Klippe gestürzt und wäre jetzt im vietnamesischen Himmel. Ich sagte: »Das Dien Bien Phu Motel sieht doch schon mal klasse aus.« Wir hielten vor dem Motelbüro, dass sich in der Mitte eines langen Stuckgebäudes befand, und stiegen ab. Ich streckte mich und stellte dabei fest, dass keiner meiner Muskeln mehr mit den anderen verbunden war und sie alle nicht funktionierten. Ich hatte tatsächlich Schwierigkeiten, in das Empfangsbüro zu gehen, und dachte schon, ich würde lang hinschlagen. Ich schaffte es nicht mal, mir die Lederhandschuhe auszuziehen.

Ehe wir reingingen, sagte Susan zu mir: »Die werden unsere Pässe und Visa haben wollen und hier im Norden kann man sich da nicht einfach weigern oder die Sache mit zehn Dollar regeln.«

»Dann sind wir halt Amerikaner. Deshalb sind wir noch längst keine schlechten Menschen.«

Sie sagte: »Unsere Namen werden dann irgendwann dem Ministerium für Öffentliche Sicherheit in Hanoi gemeldet und dann ist es aktenkundig, dass wir hier waren.«

»Das ist mir klar. Aber ich glaube, wir sind schneller als unsere Namen in Hanoi. Wir sind hier auf der letzten Etappe der Reise, aber wenn du willst, können wir auch unter dem Sternenhimmel schlafen.«

Sie überlegte kurz und jetzt sah ich den ausgebildeten Profi in ihr, der die Risiken abwägte. Sie sagte: »Nehmen wir uns ein Zimmer.«

»Buch für vier Nächte, damit sie denken, dass wir 'ne Weile bleiben.«

Sie erwiderte: »Die behalten bis zu Abreise unsere Pässe ein und wenn wir morgen wieder abreisen, wissen sie, dass wir weg sind. Das ist hier ein Polizeistaat.«

»Klar. Aber wenn du für vier Nächte buchst, wird genau das nach Hanoi gemeldet. Geh du rein. Mich müssen die nicht sehen.«

»Müssen sie doch. Hatte ich nicht erwähnt, dass das hier ein Polizeistaat ist?«

Wir betraten den kleinen Empfangsbereich. Hinter der Rezeption saß eine Frau mittleren Alters und las Zeitung.

Susan erkundigte sich auf Französisch nach einem Zimmer und die Frau schien überrascht, dass wir so spät anreisten. Susan und sie tauschten schlechtes Französisch, ein paar Brocken Englisch und einige Worte Vietnamesisch aus. Wir mussten unsere Pässe und Visa vorzeigen und die Frau bestand darauf, sie einzubehalten.

Für zehn US-Dollar die Nacht bekamen wir den Schlüssel zu Zimmer sieben. Sieben – meine Glückszahl.

Wir verließen das Empfangsbüro und ich schob das Motorrad zum Zimmer sieben am linken Ende des Motels. Susan schloss die Tür auf und sagte: »Die Frau hat gesagt, wir sollen die Maschine mit aufs Zimmer nehmen, sonst sehen wir sie nie wieder.«

Also schob ich das Motorrad in das kleine Zimmer und stellte es am Fuß des Doppelbetts ab.

Es gab hier ein kleines Badezimmer, einen Nachttisch, eine Lampe und eine Kleiderstange, die an Ketten von der Decke hing und aussah wie ein Trapez für sexuell abenteuerlustige Pärchen.

Wir holten unsere Rucksäcke aus den Satteltaschen und legten sie aufs Bett, dann ging Susan ins Bad, stellte den Wasserboiler an und wusch sich Hände und Gesicht mit kaltem Wasser. Dann ging sie zur Tür und sagte: »Die Frau hat gesagt, sie besorgt uns was zu essen. Bin gleich wieder da.«

Sie ging.

Ich setzte mich aufs Bett, zog mir die Laufschuhe aus und schälte mich dann aus meinen nassen Socken. Dann zog ich mir die Lederjacke und die Handschuhe aus und steckte die Pistole unters Kissen. Ich sah mich um. Im Grunde meines Herzens war mir klar, dass das hier eine schäbige Absteige war, aber in diesem Moment kam es mir vor wie das Ritz-Carlton in Washington.

Susan kam mit einem Bambustablett wieder, auf dem Bambusbehälter standen, in denen sich matschige Fleischklößchen befanden. Dann gab es noch zwei Schüsseln kalten Reis, Essstäbchen und eine Flasche Wasser. Susan stellte das Tablett aufs Bett.

Wir knieten uns vors Bett und aßen die Fleischklößchen und den Reis mit den Fingern. Nach knapp dreißig Sekunden hatten wir alles verschlungen und das Wasser hatten wir noch schneller leer.

Susan meinte: »Du warst wohl hungriger, als du dachtest.« Sie fügte hinzu: »Das Fleisch war übrigens Stachelschwein. Kein Scherz.«

»Es wäre mir auch egal, wenn es Hundefleisch gewesen wäre.«

Sie lächelte und stellte das Tablett auf den Boden, stand dann auf und schälte sich aus ihren feuchten, schlammigen Kleidern. Während sie sich auszog, sagte sie: »Die Dame am Empfang war sehr erstaunt, dass wir nachts mit einem Motorrad übers Gebirge gekommen sind.«

»Geht mir genauso.«

»Sie sagte, so spät sei noch nie jemand hier angereist, und sie wollte gerade schon die Lichter ausschalten und gehen. Wir haben möglicherweise ein wenig verdächtig gewirkt.«

»Wir wirken anscheinend mit allem, was wir tun, verdächtig.«

Susan sagte: »Ich glaube, hier sind wir erst mal sicher. Sie sagte, es wären ein paar Westler in der Stadt, die meisten kämen aber erst später in der Saison.«

»Der Ort hier hat eine Saison?«

Sie langte nach ihrem BH-Verschluss und sah mich dabei an, wie um zu fragen: »Ist es in Ordnung, wenn ich mich vor dir ausziehe? Oder sind wir kein Liebespaar mehr?«

Ich erhob mich und knöpfte mein Hemd auf. Susan löste ihren BH, warf ihn auf das Motorrad und zog sich dann den Slip aus.

Sie fragte: »Würdest du dir gern ein wenig die Zeit vertreiben, solange das Wasser noch nicht warm ist?«

Tja, ich war zwar stinksauer, Dickie Johnson war es aber nicht im Geringsten. Nein, er war froh und er und ich hätten uns fast gestritten. Doch mein großes Gehirn war halb tot vor Erschöpfung und das Hirn des kleinen Dickie hatte die ganze Fahrt über geschlafen und deshalb konnte ich mich gegen seine hartnäckigen Forderungen nicht wehren. Ich schälte mich aus meinem Hemd, meiner Hose und Unterhose und Dickie streckte sich währenddessen.

Wir standen da im Lampenlicht und unsere Gesichter waren schmutzig, bis auf die Stellen, die von den Tüchern und Motorradbrillen bedeckt gewesen waren, und unsere Körper waren nach zwei Tagen ohne Dusche mit einer klebrigen Schweißschicht und auch sonst noch allem Möglichen bedeckt.

Susan schlug die Bettdecke auf, die einen rötlichen Schimmer hatte, der wohl von einem hohen Eisenoxydanteil im Wasser herrührte.

Susan schlüpfte ins Bett, legte sich auf den Rücken und winkte mich herbei. Ich stieg ins Bett und Dickie wies den Weg.

Ich legte mich auf sie und glitt sofort in sie hinein. Also, ich konnte nicht mal mehr gehen oder meine Gliedmaßen kontrolliert bewegen und mein Rückgrat fühlte sich an, als wäre ich mit siebzig Pfund Marschgepäck auf dem Rücken mit dem Fallschirm abgesprungen und mit verhedderten Leinen in einem Betonloch gelandet, aber bumsen wollte ich dennoch. Erstaunlich.

Dickie war also, wo er hinwollte, aber ich kriegte das alte Rein-Raus nicht hin. Susan merkte das und hob und senkte ihr Becken.

Ich glaube, wir kamen gleichzeitig zum Orgasmus, oder vielleicht bekamen wir auch gleichzeitig einen Muskelkrampf, auf den eine kurze Bewusstlosigkeit folgte. Als ich wieder zu mir kam, lag ich immer noch auf ihr. Ich stieg aus dem Bett und rüttelte sie wach.

Dann trug ich sie förmlich ins Badezimmer und stellte die Dusche an. Auf dem Waschbecken lag ein kleiner Rest Seife und wir gingen zusammen in die kleine Duschkabine aus Glasfaser. Wir ließen das lauwarme Wasser über unsere Körper laufen und trockneten uns dann mit kleinen Handtüchern ab.

Wir wankten zurück zum Bett und fielen Seite an Seite hinein. Susan gähnte und fragte: »Haben wir gevögelt?«

»Ich glaube schon.«

»Gut.« Sie gähnte wieder und fragte: »Sind wir Freunde?«

»Natürlich.«

Sie schwieg eine ganze Weile und ich dachte schon, sie sei eingeschlafen. Ich knipste die Lampe aus.

In der Dunkelheit fragte sie: »Wo ist die Waffe?«

»Unter meinem Kissen. Lass sie da.«

Sie schwieg eine Weile und sagte dann: »Alles, was ich dir über mein Privatleben erzählt habe, ist wahr.«

»Gute Nacht.«

»Die anderen Sachen ... tja ... Was blieb mir denn für eine Wahl?«

»Keine Ahnung. Träum was Schönes.«

Sie schwieg kurz und sagte dann: »Ich habe ein paar Fotos dabei, Paul.«

Da wurde ich wieder wach. Ich fragte: »Fotos von dem Mordopfer?«

»Ja. Und von dem mutmaßlichen Mörder.«

Ich setzte mich auf und knipste das Licht an. »Und?«

»Weiter nichts. Es sind beides junge Männer in Uniform und auf den Fotos stehen keine Namen.«

»Wo sind die Fotos?«

»In meinem Rucksack.«

Ich stieg aus dem Bett und machte ihren Rucksack auf, der am Fußende des Bettes stand. Ich leerte ihn auf dem Bett aus und entdeckte dabei keine zweite Pistole, was mich aufatmen ließ.

Ich fand die Fotos. Es war ein in Vinyl gebundenes Album und die Seiten waren in Plastik eingeschweißt. Auf jeder Seite war ein Bild. Ich ging mit dem Album zur Nachttischlampe und hielt es unters Licht. Ich blätterte es durch und die ersten zehn Fotos zeigten, in Farbe und schwarzweiß, ein und denselben Mann in unterschiedlichen Uniformen – Khaki, Arbeitsanzug, grüne Galauniform und sogar in einer blauen Ausgehuniform. Auf einigen Fotos trug der Mann keine Kopfbedeckung, auf anderen trug er einen Helm oder die passende Kopfbedeckung für die jeweilige Uniform. An den Dienstgradabzeichen sah ich, dass er Lieutenant war, und er trug das gekreuzte Gewehrabzeichen eines Infantristen. Auf einem Bild trug er eine Tropenuniform und ich erkannte die Schulterstücke der 1. Cavalry und das Abzeichen des Military Assistance Command, Vietnam. Er war Mitte zwanzig, vielleicht auch ein wenig jünger. Er hatte kurzes, rotblondes Haar, große, arglos blickende Augen und ein nettes Lächeln.

Auch wenn ich den Dienstgrad nicht gekannt hätte, hätte ich gewusst, dass dies nicht der Mörder war; es war das Mordopfer. Er sah aus wie viele Typen, die ich in Vietnam gekannt hatte und deren Lächeln und deren Blick man angesehen hatte, dass sie es hier nicht lange machen würden. Ja, wahrlich, die Guten starben jung und die Chancen aller anderen standen Fifty-Fifty. Die Fotos stammten vermutlich von der Familie dieses Mannes.

Die zweite Gruppe von etwa zehn Fotos zeigte einen Mann mit den Streifen eines Captains. Er trug ebenfalls das Abzeichen der Infantrie und auf einigen Fotos trug er eine Tropenuniform mit den gleichen Schulterstücken wie der Lieutenant.

Ich betrachtete das Gesicht des Mannes, aber ich konnte nur noch verschwommen sehen und schlief schon halb. Dennoch kam mir an seinem Gesicht irgendwas bekannt vor, aber ich konnte es nicht richtig einordnen und verstand nicht, was es war. Ich wusste bloß, dass ich dieses Gesicht kannte.

Auf einem Foto trug der Captain eine grüne Galauniform und mit der Krawatte kam mir das Gesicht noch bekannter vor. Er war ein markig aussehender Mann mit dunklem, militärisch kurz geschnittenem Haar, einem durchdringenden Blick und einem aufgesetzten Lächeln, das aber auch als aufrichtig durchgehen konnte.

Auf seiner grünen Galauniform sah ich zwei Reihen Orden, von denen ich die meisten erkannte, darunter auch das vietnamesische Ritterkreuz, aber auch den Silbernen Stern, den man für äußerste Tapferkeit und so bekam, und außerdem die Vietnam Service Medal, die wie die Tapferkeitsauszeichnung bewies, dass dieses Foto nach seiner Rückkehr aus Vietnam aufgenommen war. Der Typ hatte auch das Purple Heart, aber da er nach Vietnam noch in Uniform war, war es in diesem Fall kein Kriegsversehrtenorden. Wer auch immer dieser Mann war – er war ehrenhaft und ruhmreich heimgekehrt und mochte tatsächlich noch am Leben sein, wenn er nicht noch einmal nach Vietnam gegangen war und sein Glück ihn dort im Stich gelassen hatte. Selbstverständlich war er noch am Leben; deshalb war ich ja hier.

Ich starrte auf das Foto des Captains in der grünen Uniform und ich sah ihm in die Augen, die versonnen guckten, als sei er in Gedanken ganz woanders. Wer auch immer dieser Mann war – jemand bei der CID und/oder dem FBI hielt ihn für einen Mörder.

Ich blätterte noch einmal das Album durch und konzentrierte mich diesmal auf die Namensschildchen an den Uniformen, die auf einigen Bildern zu sehen waren. Kein einziges Namensschildchen war lesbar und ich hatte den deutlichen Eindruck, dass man die Fotos retuschiert hatte, um die Namen unlesbar zu machen. Interessant.

Susan fragte: »Kommt dir einer von denen bekannt vor?«

Ich sah ihr in die Augen und erwiderte: »Nein. Warum sollten sie?«

»Tja ... ich dachte, wir hätten darüber geredet, dass einer von ihnen mittlerweile vielleicht eine bekannte Person ist.«

Ich ging nicht darauf ein, sondern sagte: »Vielleicht kann unser Zeuge einen der beiden oder beide identifizieren, auch wenn ich das für eher unwahrscheinlich halte.«

Ich legte das Fotoalbum auf den Nachttisch. Ich musste diese Fotos überschlafen, vielleicht fiel es mir dann ein. Ich hatte so das Gefühl, dass Susan mir die Namen der Männer hätte nennen können.

Ich knipste das Licht aus und ließ mich aufs Bett fallen.

Susan sagte etwas und ich hörte einen Satz, der mit »Morgen« begann und mit »Lösung« endete, und das war für mich ein guter Moment zum Einschlafen.

Kapitel 42

Ich träumte von meinem Farmhaus in Virginia; vor dem Fenster schneite es leicht. Dann erwachte ich im Morgengrauen in einer anderen Realität.

Susan war schon wach und sagte: »Wenn wir zusammen zurück in die Staaten gingen, könnten wir das alles, glaube ich, hinter uns lassen.«

Ich sagte: »Dann lass uns doch zusammen zurück in die Staaten gehen.«

Sie nahm meine Hand und sagte: »Und wenn die Leute uns fragen, wie wir uns kennen gelernt haben, können wir sagen, im Urlaub in Vietnam.«

»Na, hoffentlich ist das hier nicht deine Vorstellung von Urlaub.«

»Oder wir können sagen, dass wir als Geheimagenten in

gefährlicher Mission unterwegs waren und nicht darüber reden dürfen.«

Ich setzte mich auf. »Wir müssen los.«

Sie drückte meine Hand und sagte: »Wenn mir etwas zustoßen sollte und du hier heil rauskommst, wirst du dann meine Familie besuchen und ihnen davon erzählen? Von ... den vergangenen Wochen ...?«

Ich antwortete nicht. Ich hatte dieses Versprechen 68 drei Jungs aus der Gegend um Boston gegeben und einer von ihnen war gefallen. Als ich wieder nach Hause kam, hielt ich mein Versprechen und besuchte seine Eltern in Roxbury und das waren die längsten zwei Stunden meines Lebens gewesen. Ich wäre wirklich lieber wieder an der Front gewesen als dort. Mutter, Vater, zwei jüngere Brüder und eine Schwester, die etwa vier Jahre alt war und mich immer wieder fragte, wo denn ihr Bruder sei.

»Paul?«

»Ja, das werde ich. Und du machst das dann für mich.«

Sie setzte sich auf und küsste mich, stieg dann aus dem Bett und ging ins Bad.

Ich zog mich an, packte unsere Sachen und steckte mir die Pistole hinten in den Hosenbund.

Susan kam aus dem Bad wieder. Sie zog sich an und fragte: »Wie ist der Plan?«

»Wir sind kanadische Touristen und schauen uns um.«

Wir ließen das Motorrad im Zimmer stehen und gingen vor dem Motel auf die Straße, auf der wir auch gekommen waren.

Es war kühl und der Himmel war leicht bedeckt. Jetzt bei Tageslicht sah ich, dass die meisten Gebäude im französischen Kolonialstil und von üppigem Pflanzenwuchs umgeben waren. Dutzende Menschen waren zu Fuß oder per Rad auf der unbefestigten Straße unterwegs. Die Männer trugen Tropenhelme, wie 68 die nordvietnamesischen Soldaten und der Anblick dieser Helme jagte mir immer noch eine Gänsehaut über den Rücken. Die Vietnamesinnen trugen spitz zulaufende Strohhüte und die Montagnards, die anscheinend die größte Bevölkerungsgruppe bildeten, trugen die traditionelle Tracht mindestens zweier unterscheidbarer Stämme.

Nach der Entfernung zu den umliegenden Bergen zu urteilen, war dieses Tal größer als Khe Sanh oder Ashau.

Wir gingen die Straße hinab, vorbei an einem kleinen Hügel links, auf dem ein alter französischer Panzer stand. Wir gingen weiter und kamen an einem Armeemuseum und einem großen Militärfriedhof vorbei und bogen dann rechts bei einem Schild ab, auf dem gekreuzte Schwerter abgebildet waren, das internationale Symbol für ein Schlachtfeld.

Während wir so gingen, entdeckte ich einen Bunker mit einem Holzschild davor, auf dem auf Französisch, auf Vietnamesisch und in gutem Englisch ein Text stand. *Dies ist der Bunker von Colonel Charles Piruth, dem Kommandanten der französischen Artillerie. Als Colonel Piruth am zweiten Abend der Schlacht erkannte, dass er von übermächtiger Artillerie der Vietminh eingekesselt war, bat er persönlich alle seine Infantristen um Verzeihung, ging dann in seinen Bunker und beging mit einer Handgranate Selbstmord.*

Ich starrte den Bunker an, der jetzt offen stand, und nahm an, dass irgendjemand die Sauerei weggemacht hatte.

Susan sagte: »Das verstehe ich glaube ich nicht.«

Ich erwiderte: »Da muss man wohl dabei gewesen sein.«

Ich betrachtete die Hügel rings ums Tal und dachte, dass ich es vielleicht verstand. Die Franzosen hatten sich auf eine Feldschlacht eingerichtet, wie die Amerikaner in Khe Sanh auch, und waren hierher gekommen, mitten ins Nirgendwo, um die Kommunisten herzulocken und zu schlagen. Und dann hatten sie ihr blaues Wunder erlebt. Dumm gelaufen.

Susan knipste ein Foto, dann gingen wir weiter. Wir überquerten auf einer Brücke den Bach, der durchs Tal floss. Auf der anderen Seite stand ein Denkmal für die gefallenen Vietminh, errichtet auf dem ehemaligen Standort der französischen Stellung Eliane.

Westliche Touristen wanderten in kleinen Gruppen umher und alle hatten sie einen Führer.

Wir folgten so einer Gruppe, die dann nach links auf einen Feldweg abbog. Da standen ein paar rostige Panzer und Geschütze in den Gemüsegärten und es gab ein paar Schilder auf Französisch und Vietnamesisch.

Wir kamen zu einem großen Bunker, um den herum eine Reisegruppe stand. Auf dem Schild vor dem Bunker stand: *Dies ist der Bunker von General Christian de Castries, dem Kommandanten der französischen Streitkräfte, und auch der Ort der Kapitulation der Franzosen.*

Ein vietnamesischer Fremdenführer hielt einer Gruppe von zehn Männern und einigen Frauen mittleren Alters einen Vortrag auf Französisch. Ich fragte mich, ob unter ihnen ein Überlebender dieser Schlacht war. Ein älterer Mann, das sah ich, hatte Tränen in den Augen und das beantwortete vermutlich meine Frage.

Ein junger Vietnamese kam auf uns zu und sprach uns auf Französisch an. Ich sagte: »Je ne parle pas français.«

Er wirkte erstaunt, musterte uns und fragte: »Amerikaner?«

Ich erwiderte: »Kanadier«, was, wie ich erfahren hatte, in manchen Weltgegenden, in denen man Amerikaner nicht so ganz zu schätzen wusste, eine gute Tarnung für Amerikaner war. Gott sei gedankt für Kanada.

Der Typ sprach auch Englisch und fragte: »Wollen Sie das Schlachtfeld besichtigen?«

Eingedenk meiner zahlreichen Tarnidentitäten sagte ich: »Ja. Ich bin Militärhistoriker, Botaniker und Naturforscher. Ich sammle Schmetterlinge.«

Susan lächelte eher, statt die Augen zu verdrehen. Ich glaube, der alte Paul Brenner hatte ihr gefehlt, und sie war froh, dass er wieder da war.

Der Fremdenführer sagte: »Geben Sie mir bitte einen Dollar. Ich erzähle Ihnen von der Schlacht.«

Susan gab ihm einen Dollar und es war, als hätte man eine Münze in eine Jukebox geworfen.

Er setzte zu einem kaum verständlichen Rap an und wenn ihm ein englisches Wort mal nicht einfiel, verfiel er ins Französische und wenn er mit seinem Französisch am Ende war, sprach er Vietnamesisch.

Kurz gesagt, hatten Anfang 1954 10 000 Soldaten einer französischen Armee, darunter auch Fremdenlegionäre, und etwa 3000 Montagnards und Vietnamesen als Kolonialtruppen in diesem Tal eine Reihe von Forts errichtet, die alle nach den Geliebten von General de Castries benannt waren. Es waren sieben Forts, und augenblicklich war ich beeindruckt von diesem französischen General.

Der vietnamesische Führer brachte das, was hier wahrscheinlich ein Standardscherz war, indem er sagte: »Vielleicht noch mehr Geliebte, aber nicht genug Soldaten.«

»Da ist was dran.«

Der Führer erzählte noch ein wenig weiter und die ganze traurige Episode hörte sich an wie eine Wiederholung von Khe Sanh, bloß dass die Franzosen nicht die Schlagkraft aus der Luft besessen hatten, um die sie überwältigenden 50 000 Vietminh-Soldaten zu neutralisieren, die von General Vo Ngyuen Giap geführt wurden, demselben Typen, der die Belagerung von Khe Sanh geplant hatte und 68 die Tet-Offensive und den ich allmählich nicht mehr ausstehen konnte oder vielleicht auch bewunderte.

Der Führer sagte: »General Giap Männer tragen viele hundert Kanonen über die Hügel um Dien Bien Phu. Schießen viele tausend Kanonenkugeln auf Franzosen. Franzosen-Oberst sich töten, als tausend Kanonenkugeln fallen. Er sehr überrascht.«

Ich sah zu den Hügeln hinüber, durch die ich in der Nacht zuvor gefahren war. Da wäre ich auch überrascht gewesen.

Mir war es ja schon kaum gelungen, das Motorrad hierher zu bringen, aber Hunderte von Kanonen – das war echt eine Herausforderung.

Die Vietnamesen hatten etwas unglaublich Geduldiges, Zähes und Beharrliches. Ich dachte an den Ho-Chi-Minh-Pfad, an die Tunnel von Cu Chi, daran, wie sie Hunderte schwerer Geschütze über ein Terrain geschleppt hatten, das zu Fuß kaum passierbar war. Ich fragte unseren Führer: »Haben sie hier Schützengräben und Tunnel gegraben?«

»Ja, ja, viele, viele Kilometer – les tranchés. Sehen Sie da? Les tranchés. Vietminh-Soldaten graben sich heran, attackieren dann Eliane, Ann-Marie, Françoise, Dominique, Gabrielle, Beatrice, Claudine.«

Ich sagte zu Susan: »Ich würde auch ein Fort nach dir benennen. Fort Susan.«

Der Führer verstand das und lächelte höflich. »Ja? Sie benennen Fort nach dieser Dame?«

Susan verfiel wieder ins Augenverdrehen und erwiderte nichts.

Der Führer teilte uns mit, die Franzosen hätten dann noch 3000 Fallschirmjäger in Dien Bien Phu abgesetzt, die versuchen sollten, die belagerte Armee zu retten. Letztendlich aber waren nach zwei Monate alle 13 000 Franzosen und Kolonialtruppen tot, verwundet oder gefangen genommen und die Vietminh hatten, unserem Führer zufolge, die Hälfte ihrer 50 000 Mann verloren, aber den Krieg gewonnen. Er sagte: »Franzosen haben genug von Krieg. Franzosensoldaten gehen nach Hause.«

Diese Geschichte klang vertraut, so als wäre es 1968 passiert und nicht 1954, und da niemand in Washington etwas aus Dien Bien Phu gelernt hatte, konnte man wohl sagen, dass der Krieg der Amerikaner in Vietnam damals genau hier begonnen hatte.

Der Führer sagte: »Zweitausend Franzosensoldaten liegen hier.« Er machte eine weit ausholende Armbewegung, die all die Gemüsefelder umfasste, auf denen Wasserbüffel dahintrotteten und Frauen mit der Hacke arbeiteten. »Franzosen haben da Denkmal gebaut. Sehen Sie? Viele Franzosen kommen es ansehen. Auch ein paar Amerikaner kommen. Ich nie treffen Menschen aus Kanada. Ihnen gefällt?«

Ich dachte, dass ich in den vergangenen zwei Wochen für den Rest meines Lebens genug Schlachtfelder gesehen hatte. Dennoch fühlte ich mich den Männern verbunden, die hier gekämpft hatten und gestorben waren. Ich sagte: »Interessant.«

Heute war Donnerstag und am Sonntag sollte ich schon in Bangkok sein. Es ging mir wie den meisten Leuten, denen bei irgendwas die Zeit davonläuft – ich wurde paranoid. Mir fiel wieder ein, was der Sergeant meines Platoons damals netterweise zu mir gesagt hatte, als mir bis zu meinem Heimflug nur noch ein paar Tage im Feld blieben: »Machen Sie sich keine allzu großen Hoffnungen, Brenner. Charlie hat immer noch zweiundsiebzig Stunden, um Hackfleisch aus Ihnen zu machen.«

Susan gab dem Führer ihre Kamera und er knipste vor dem Kommandobunker von General de Castries ein Foto von uns. Dieses Fotoalbum sollte den Titel tragen *Mein schlimmster Winterurlaub aller Zeiten.*

Der Führer fragte uns: »Wollen Sie das ganze Schlachtfeld sehen? Ich Sie führen. Einen Dollar.«

Ich erwiderte: »Vielleicht morgen. Hey, was macht man denn, wenn man sich in dieser Stadt vergnügen will?«

»Vergnügen? Was ist Vergnügen?«

Ich fragte mich, wie wir Tran Van Vinh auf einem Motorrad, das für zwei Personen gebaut war, nach Hanoi bringen sollten – immer vorausgesetzt, er war noch am Leben und blieb es auch, und auch vorausgesetzt, dass ich ihn tatsächlich nach Hanoi bringen musste, was ich nicht wusste, Susan aber möglicherweise schon. Dann fiel mir ein, dass Susan möglicherweise alleine fahren würde und ich mir also keine

Sorgen darum machen musste. Trotzdem fragte ich: »Wie kommt man denn von hier aus am besten nach Hanoi?«

»Hanoi? Sie wollen nach Hanoi?«

»Ja. Gibt es da einen Zug? Einen Bus? Ein Flugzeug?«

»Flugzeug. Bus sehr gefährlich. Kein Zug. Franzosen nehmen Flugzeug. Flugzeug morgen nicht fliegen. Fliegen samedi. Aber vielleicht kein Platz für Sie. Biet?«

»Und ein Wagen mit Fahrer?«

»Nein. Jetzt Tet. Kein Fahrer nach Hanoi. Lundi Fahrer nach Hanoi. Sie wollen Fahrer?«

»Vielleicht. Also gut, danke für den Geschichtsunterricht. Vietnamesen sehr tapfer.«

Er hätte fast gelächelt, zeigte dann auf sich selbst und sagte: »Ong hier gefallen. Sie verstehen? Grand-père.«

»Ja, ich verstehe.« Wir ließen den Führer stehen und gingen über die unbefestigte Straße zurück in die Stadt. Wir kamen an einem zerstörten Panzer vorbei und an ein paar französischen Bunkern, die mit Unkraut überwuchert waren. Ich meinte: »Hier ist es ein bisschen stiller und würdevoller als in Cong World oder EMZ World.«

Susan erwiderte: »Der Norden ist trister und nicht so kommerziell. Außerdem haben sie hier mit Franzosen zu tun und die sind auch ein wenig würdevoller und ernster als manche unserer Landsleute in Cong World oder im Apocalypse Now.«

Ich sagte: »Ich bin Kanadier.«

Sie teilte mir mit: »Das Vietnamesisch unseres Führers habe ich kaum verstanden. Die sprechen hier oben einen ganz anderen Dialekt.«

Ich hatte so den Verdacht, dass mich Miss Weber schon mal sachte auf irgendwelche Tricksereien einstimmen wollte, für den Fall, dass wir dann mit meinem Starzeugen sprachen. »Die Schriftsprache ist aber gleich, nicht wahr?«

Sie zögerte und erwiderte dann: »Größtenteils schon.«

»Gut. Dann nimm einen Stift mit.«

Wir gingen weiter und sie fragte: »Und wie ist jetzt der Plan?«

»Unsere gemeinsame Kontaktperson in Hué, Mr. Anh, hat vorgeschlagen, dass ich auf den Markt gehe und mich mit ein paar Montagnards unterhalte. Hat er dir das nicht gesagt?«

»Doch, hat er.«

»Das ist der Plan.«

Sie erkundigte sich: »Machst du dir Sorgen um Mr. Anh?«

»Ja.«

»Würde er auspacken, wenn sie ihn foltern?«

»Das würde jeder.«

Sie erwiderte nichts.

Wir kamen auf eine Straße am Stadtrand. Hier liefen genug Westler rum, so dass wir nicht auffielen, und es waren größtenteils ältere oder alte Leute. Weit und breit waren keine Rucksacktouristen zu sehen und das war sehr schön. Links sah ich den Busbahnhof: Ein altes Stuckgebäude mit zwei unglaublich klapprigen Bussen davor.

Susan sah, dass ich die Busse betrachtete, und sie fragte: »Weshalb hast du den Mann gefragt, wie man von hier aus nach Hanoi kommt?«

»Weil ich meinen Zeugen möglicherweise nach Hanoi mitnehmen will. Das Motorrad kann ich dazu nicht nehmen, es sei denn, du willst hier bleiben.«

Sie wechselte das Thema und sagte: »Du musst mir jetzt sagen, wie das Dorf heißt, nach dem wir suchen.«

Wenn ich ihr glaubte, dass das das Einzige war, was sie nicht wusste, und wenn ich es ihr erzählte, dann brauchte sie mich nicht mehr. Aber der Zeitpunkt dafür war gekommen und ich sagte: »Es heißt Ban Hin. Es ist etwa dreißig Kilometer nördlich von hier.« Ich fügte hinzu: »Falls mir etwas zustoßen sollte, machst du weiter.«

Sie erwiderte nichts.

Wir gingen auf den Markt, einen teilweise befestigten Platz mit überdachten Ständen in langen Reihen.

Als wir über den Markt gingen, fiel mir auf, dass uns hier niemand bedrängte, etwas zu kaufen. Ich wies Susan darauf hin und sie sagte: »Die Händler im Norden sind nicht so aufdringlich. Als Geschäftsfrau muss ich sagen, dass die Nordvietnamesen ein hoffnungsloser Fall sind.«

Ich sagte: »Diese Tarnung können Sie jetzt ablegen, Miss Weber.«

»Ich muss in Übung bleiben für den nächsten Typen, mit dem ich das mache.«

Ich schaute mich auf dem Markt um und sah, dass hier viele Stachelschweine hingen, Wiesel, Eichhörnchen und anderes leckeres Wild. Ich fragte Susan: »Und was ist unsere Story? Haben wir Verwandte in Ban Hin? Einen Brieffreund? Suchen wir einen Alterswohnsitz?«

Sie sagte: »Ich kriege das schon hin.«

Ein ganzer Teil des Markts war den Montagnards und ihren Waren vorbehalten und wir schlenderten durch diesen Bereich. Susan sagte zu mir: »Wir treffen uns dann in Gang acht, bei den Schreibwaren und Glühbirnen.«

Ich sah mich nach Gangnummern um und da lachte sie mich aus. »Geh zum Teestand. Da finde ich dich.«

Ich ging weiter, schaute mich dann um und sah, dass Susan im Schneidersitz auf einer Decke hockte, sich mit mehreren Montagnard-Frauen unterhielt, dabei mit irgendwelcher Damenkleidung hantierte und ein Zigarette rauchte. Die Verkäuferinnen rauchten alle Pfeife, beziehungsweise was auch immer da drin war. Vielleicht waren sie nicht so aufdringlich, weil sie bis in die Zehenspitzen zugedröhnt waren.

Ich fand den überdachten Stand, an dem in Weidenkörben Teeblätter angeboten wurden. Die Verkäufer waren größtenteils Montagnards ein und desselben Stammes und sie hatten gerade Tee gekocht. Also bestellte ich mir für zweihundert Dong, etwa zwei Cent, eine Schale Tee und trank ihn dann. Er schmeckte abscheulich, war aber schön warm und mir war kalt.

Das war hier schon ein ziemlich seltsamer Ort und ich war mir sicher, dass fast alle Westler mit organisierten Reisegruppen hier waren. Nur Idioten würden alleine hierher kommen.

Vier mit Kalaschnikows bewaffnete Soldaten kamen an den Teestand, beäugten mich kurz und bestellten sich dann Tee.

Sie standen keine drei Meter von mir entfernt, tranken Tee, rauchten und unterhielten sich leise. Einer von ihnen sah immer wieder zu mir herüber. Also echt: Musste das sein?

Wenn ich nicht den Colt hinten im Gürtel gehabt hätte, hätte ich mir keine allzu großen Sorgen gemacht. Doch wenn man irgendwo eine Waffe trägt, wo man keine Waffen tragen darf, kommt es einem so vor, als würde die Scheißwumme unter der Kleidung immer größer, bis sie irgendwann Artillerieausmaße annimmt.

Die vier Soldaten tranken ihren Tee schneller aus als ich meinen und gingen dann.

Ich blieb dort stehen und hörte mein Herz pochen.

Susan kam und stellte eine große Plastiktüte voller bunter Textilien ab. Sie bestellte sich einen Tee, nippte an der Schale und sagte: »Ah, das tut gut.«

»Und? Was hast du rausgekriegt?«

»Eine Menge. Ban Hin liegt etwa dreißig Kilometer nördlich von hier.«

»Das wusste ich schon. Wie kommen wir da hin?«

Sie sagte: »Diese Montagnards sind alle Thai oder Hmong, leben im nördlichen Gebirge und kommen zu Fuß mit ihren Waren nach Dien Bien Phu. Manchmal kommen sie auch mit einem Pony oder dem Bus, der nur einmal am Tag fährt, und die Reichen haben Motorroller oder Motorräder.«

»Ach, tatsächlich? Wie kommen wir nach Ban Hin?«

»Dazu wollte ich gerade kommen. Ich habe eine Dame kennen gelernt, die in der Nähe von Ban Hin wohnt.«

»Gut. Hat sie dir eine Landkarte gezeichnet?«

»Nein. Aber sie hat mir den Weg beschrieben. Das Problem

ist bloß, dass sie und ihre Leute hauptsächlich Trampelpfade nutzen, und deshalb wusste sie den Weg über die Straße nicht so genau. Außerdem habe ich die Hälfte von ihrem Vietnamesisch nicht verstanden. Die Montagnards hier haben einen noch schlimmeren Akzent als die Nordvietnamesen.«

»Dann geh noch mal hin und lass dir die Wegbeschreibung aufschreiben.«

»Das sind Analphabeten, Paul.«

»Dann sollen sie eine Landkarte zeichnen.«

»Die wissen nicht, was Landkarten sind. Landkarten sind etwas Abstraktes.«

»Für sie und dich vielleicht. Aber nicht für mich.«

»Jetzt krieg dich mal wieder ein. Ich glaube, ich habe die Wegbeschreibung schon verstanden.«

Ich dachte über das alles nach. Mr. Anh hatte ganz klar gesagt, dass ich mich bei keinem Vietnamesen nach etwas erkundigen sollte, denn die würden sofort zur Polizei laufen, wenn sie glaubten, man führe etwas im Schilde. Montagnards waren in Ordnung, denn die blieben unter sich. Aber Mr. Anh hatte vergessen zu erwähnen, dass sie anders sprachen, Trampelpfade statt Straßen benutzten, Analphabeten waren und noch nie im Leben eine Landkarte gesehen hatten. Kinkerlitzchen, zugegeben, und Susan meinte ja zu wissen, wie man nach Ban Hin kam.

Ich fragte: »Was hast du ihr erzählt, was du in Ban Hin willst?«

»Ich habe gesagt, ich hätte gehört, dass dort schöner Schmuck hergestellt wird.« Sie fügte hinzu: »Das ist so eine Mädchensache.«

Ich verdrehte die Augen, aber da ich das nicht gut kann, entging es Susan.

Sie sagte: »Sie hat gesagt, dass in Ban Hin Vietnamesen wohnen und keine Montagnards und dass die Vietnamesen schlechten Schmuck herstellen und dass sie noch nie gehört habe, dass in Ban Hin Schmuck hergestellt würde.«

Sie trank ihren Tee aus, ging dann zu ein paar anderen Ständen und kaufte ein paar Flaschen Wasser, Reiskekse und Bananen. Ich sah mich nach einem Taco-Stand um.

Wir verließen den Markt mit vollen Plastiktüten und gingen zum Motel, das sich nur hundert Meter weiter an der unbefestigten Straße befand. Wir suchten unser Zimmer auf, packten unseren Kram in die Satteltaschen der BMW und schoben das Motorrad dann aus dem Zimmer und zum Empfangsbüro.

Drinnen checkten wir aus und bekamen unsere Pässe und Visa wieder. Ich hoffte, dass sie noch keine Kopien davon an das Ministerium für Öffentliche Sicherheit gefaxt hatten, aber danach fragen wollte ich nicht.

Am Empfang saß diesmal ein Typ und der fragte mich: »Wohin fahren Sie jetzt?«

Ich antwortete: »Nach Paris.«

Susan sagte: »Wir fahren nach Hanoi.«

»Ah. Viel Wasser auf Nationalstraße 6. Sie fahren nur bis Son La. Sie warten in Son La. Zwei Tage, drei Tage.«

Ich sagte: »Danke für den Wetter- und Verkehrsbericht, mein Lieber. Bis zur nächsten Saison dann.«

Wir verließen das Büro und ich fragte Susan: »Soll das heißen, dass die Nationalstraße 6 wegen Überschwemmungen oder Erdrutschen gesperrt ist?«

»Klingt ganz so. Mr. Anh zufolge kommt das häufiger vor. Aber normalerweise kommen sie dann mit Bulldozern und haben sie in ein oder zwei Tagen wieder frei.«

»Was stimmt mit diesem Land bloß nicht?«

»Nimm das nicht persönlich.«

»Also gut, aber wie kommen wir nach Hanoi, wenn die Nationalstraße 6 gesperrt ist?«

»Es gibt da noch eine andere Straße am Roten Fluss entlang. Die führt direkt nach Hanoi.«

»Und wenn wir zu dritt sind?«

Sie erwiderte: »Von einem Ort namens Lao Cai, etwa zweihundert Kilometer nördlich von hier, an der chinesischen Grenze, fährt auch ein Zug am Roten Fluss entlang.«

»Okay, aber wie kriegen wir Tran Van Vinh nach Lao Cai?«

»Vielleicht per Bus. Zerbrechen wir uns darüber doch den Kopf, wenn wir in Ban Hin sind und wissen, wie viele Leute wir nach Lao Cai mitnehmen müssen. Außerdem fährt der Zug erst wieder ab morgen früh. Es sind etwa vierhundertfünfzig Kilometer von Lao Cai nach Hanoi, also sollten wir es in zehn bis zwölf Stunden schaffen.« Sie sah mich an und sagte: »Falls ich nicht dabei sein sollte, kennst du jetzt den Weg.«

Ich nickte.

Sie sagte: »Wenn alle Stricke reißen, suchst du dir einen Holzlaster, der nach Hanoi fährt. Die fragen dich dann bloß, ob du zehn Dollar hast und ein bisschen Opium kaufen willst.«

»Hat Mr. Anh dir das alles erzählt?«

»Ja, aber das hättest du auch in dem Reiseführer lesen können, wenn du ihn nicht Mr. Anh gegeben hättest. Wenn du einer Kontaktperson ein Signalobjekt gibst, nimmst du dazu doch nichts, was du brauchst. Nimm eine Tüte Erdnüsse oder so was. Hast du bei diesem Kurs geschlafen?«

»Ich bin im Ruhestand.« Ich fragte: »Warum hast du dir das Buch nicht geben lassen, als du dich mit ihm getroffen hast?«

»Ich wusste nicht, dass er es hat.« Sie fügte hinzu: »Noch so ein Amateur.«

»Und du?«

»Investmentberaterin.«

»Ach ja.« Wir stiegen auf und ich fuhr auf die Straße. Für den Fall, dass irgendjemand zusah, fuhr ich nach Süden; wenige Minuten später waren wir aus Dien Bien Phu heraus. Ich hielt in der Nähe des Hügels, auf dem der Panzer stand. Ein Schild teilte mir mit, das hier sei Dominique. Ich fragte mich, was aus den ganzen Damen des Generals geworden war, und fragte mich auch, ob sie je hergekommen waren, um sich die nach ihnen benannten Orte anzusehen.

Susan stieg ab und öffnete eine Satteltasche. Wir setzten die gefütterten Lederkappen und die Motorradbrillen auf und Susan holte zwei dunkelblaue Tücher hervor, die sie auf dem Markt gekauft hatte, und sagte: »Vom Stamm der Hmong.«

»Das sieht man doch.«

Sie lachte. »Du bist echt ein Dummschwätzer.«

Wir wickelten uns die Tücher um Hals und Kinn und Susan sagte: »Leider wissen die Montagnards hier nicht, wie man Farben fixiert, und deshalb wirst du blaue Farbe im Gesicht haben.« Sie zeigte mir ihre Hände, die tatsächlich ein wenig blau gefärbt waren. Diesen Schwachsinn würde mir in Washington kein Mensch glauben.

Ich betrachtete ein paar Minuten lang die Karte und fragte Susan: »Wo ist Ban Hin?«

Sie zeigte auf eine Stelle und sagte: »Irgendwo hier oben im Da-Fluss-Tal. Es ist nicht eingezeichnet, aber ich finde es.«

Wir sahen einander an und ich sagte: »Das kriegen wir schon hin.«

Sie stieg wieder auf, ich gab Gas und wir brausten los.

Ich fand einen Feldweg, der zwischen Reisfeldern hindurch verlief, und ein paar Minuten später waren wir auf der Straße, die am Kommandobunker von General de Castries vorbeiführte. Ich fragte mich auch, was aus ihm geworden war und ob er seine sieben Geliebten je wieder gesehen hatte. Wenn ich sieben Geliebte hätte, wäre ich eventuell lieber in einem Kriegsgefangenenlager geblieben.

Wir fuhren durch Gemüsefelder, kamen an den rostigen Panzern und Geschützen vorbei und fuhren dann weiter nach Norden, auf die Hügel und Berge zu, aus denen wir am Abend zuvor gekommen waren – wenn auch auf einer anderen Straße. Die hier verlief westlich von der, die ich nach Dien Bien Phu genommen hatte.

Ich guckte auf meine Armbanduhr und sah, dass es noch nicht zwölf war. Die einspurige Straße war zwar nicht asphaltiert, aber trocken, verfestigt und zwischen den ausgefahrenen Spuren einigermaßen eben, so dass ich ohne allzu große Probleme dreißig fahren konnte. Wenn wir uns nicht verfuhren, würde ich in einer knappen Stunden jemanden in Ban Hin fragen, ob er oder sie einen gewissen Tran Van Vinh kenne. Ich konnte nicht einmal raten, was dieser Tag noch bringen würde.

Diese Straße, die laut Karte Nationalstraße 12 hieß, verlief durch das Da-Tal, das an den meisten Stellen nicht mal fünfhundert Meter breit war. Der Fluss Da war schmal, floss aber schnell dahin und die Straße war eigentlich eher ein Damm, der am Flussufer entlang verlief.

Die Hügel ragten immer höher über dem schmalen Tal auf, das an manchen Stellen nicht viel mehr als eine Schlucht war. Überall, wo das Tal breiter wurde, gab es beiderseits der Straße unter Wasser stehende Reisfelder und Bauernhütten. Die wenigen Menschen, die wir sahen, waren, ihren traditionellen schwarzen Seidenpyjamas und spitzen Strohhüten nach zu urteilen, Vietnamesen, die genauso wie die in den Küstenebenen Reisbauern waren, hier bloß sehr weit von ihren Ahnen entfernt.

Die Berge waren jetzt über 2000 Meter hoch und aus dem Norden wehte ein steter Gegenwind durch das tunnelartige Tal. Susan und ich mussten uns nach vorne beugen, sonst hätte es uns von der Maschine geweht.

Auf den Feldern arbeitete niemand und auf der einspurigen Straße war kein Verkehr. Ich dachte wieder daran, dass es der letzte Tet-Tag war und die Leute – und hoffentlich auch Tran Van Vinh – zu Hause blieben. Die Vietnamesen, die in die Heimat ihrer Vorfahren gefahren waren, würden erst am nächsten oder übernächsten Tag wieder aufbrechen. Ich dachte natürlich auch daran, dass Tran Van Vinh möglicherweise noch ältere Vorfahren in einem Dorf an der Küste haben mochte und er über Tet dorthin gefahren sein könnte.

Doch wenn dem so war, würde ich ihn bei seiner Rückkehr nach Ban Hin abpassen, auch wenn das meinen Zeitrahmen schon fast sprengte. Ich wollte unbedingt am Sonntag in Bangkok sein oder jedenfalls außerhalb Vietnams. Aber ich wusste auch, dass ich erst abreisen würde, wenn ich mit Mr. Vinh gesprochen hatte.

Im Gebirge sah ich Langhäuser der Montagnards, die in abenteuerlicher Schräglage auf gerodeten Hängen errichtet waren, und da wurde mir klar, dass hier am gleichen Ort zwei ganz unterschiedliche Zivilisationen lebten, getrennt nur durch den Höhenunterschied.

Gut eine Stunde nach unserem Aufbruch sah ich auf dem Kilometerzähler, dass wir nun dreißig Kilometer zurückgelegt hatten. »Wie geht es nach deiner Wegbeschreibung jetzt weiter?«

»Ban Hin liegt direkt an dieser Straße.«

»Tatsächlich? Bei dir hat sich das aber viel komplizierter angehört.«

»Manchmal willst du mich ja im Stich lassen und deshalb muss ich gelegentlich so tun, als wäre ich unverzichtbar.«

Auf diese interessante Aussage erwiderte ich nichts, sondern sagte vielmehr: »Siehst du die Hütte da? Frag da mal, wo's nach Ban Hin geht.«

»Wir sprechen doch nur mit Montagnards. Wir sind doch nicht so weit gefahren, um jetzt noch in letzter Minute alles zu vermasseln.«

Wir fuhren langsam weiter in nördliche Richtung die Nationalstraße 12 hinauf. Gut zehn Minuten später kamen uns drei junge Montagnards auf Ponys entgegen.

Ich hielt an und schaltete den Motor ab.

Als sich die Montagnards näherten, konnte ich sehen, dass die Ponys, wie hier allgemein üblich, nicht gesattelt waren und Säcke mit irgendwas drin über den Rücken gebunden hatten.

Susan und ich nahmen die Tücher, Kappen und Brillen ab

und Susan ging zu den Reitern. Sie begrüßte sie mit einem Winken und sie zügelten ihre Ponys und sahen sie an.

Sie sagte etwas zu ihnen und sie nickten. Sie sahen mich an, der ich noch zwei Minuten zuvor ebenfalls ein Montagnard gewesen war, und richteten den Blick dann wieder auf Susan. Fast gleichzeitig zeigten die drei dann hinter sich. So weit, so gut.

Susan bedankte sich anscheinend bei ihnen und wollte eben schon wieder kehrtmachen, da langte einer der Reiter in einen Sack, zog etwas hervor und gab es ihr. Sie winkte ihnen zu und kam dann wieder zu mir.

Die drei Reiter überholten sie und unterhielten sich wieder. Offensichtlich gefiel ihnen, was sie da sahen. Als sie auf meiner und auf Höhe des Motorrads waren, deuteten sie einen militärischen Gruß an und ritten dann weiter in Richtung Süden.

Susan kam zu mir und sagte: »Die waren nett. Sie haben mir dieses Stück Leder geschenkt.« Sie hielt eine sechzig Zentimeter lange Tierhaut mit schwarzem Fell dran hoch. »Leider ist es nicht gegerbt und es stinkt.«

»Es kommt auf die gute Absicht an«, sagte ich. »Wirf es weg.«

»Ich werd es noch ein bisschen behalten.«

»Wo ist Ban Hin?«

»Ein Stückchen die Straße rauf.«

»Wie weit?«

»Tja ... anscheinend messen die nicht nach Zeit oder Entfernung. Die orientieren sich an Wegmarken und es ist das große Dorf hinter den zwei kleinen Dörfern.«

»Gut. Steig auf.« Ich fügte hinzu: »Du hast blaue Farbe im Gesicht.«

Sie stieg auf und ich warf den Motor an und legte den ersten Gang ein. Wir fuhren ohne die Montagnard-Accessoires weiter.

Fünf Minuten später kamen wir an ein paar Hütten vorbei. Dorf Nummer eins.

Wiederum fünf Minuten später kamen wir durch das kleine Dorf Nummer zwei.

Wiederum fünf oder sechs Minuten später näherten wir uns einem größeren Dorf, das rechts an der Straße lag. Vor dem eigentlichen Dorf standen etwas abseits der Straße vier Steingebäude und ich erkannte, dass das eine eine kleine Pagode, das zweite ein Krankenhaus und das dritte eine Schule war. Vor dem vierten wehte eine rote Fahne mit gelbem Stern drauf, davor stand ein dunkelgrüner Militärjeep. Wusste ich doch, dass es bisher zu einfach gewesen war. Ich hielt an.

Susan sagte: »Das ist Ban Hin.«

»Und das ist ein Militärjeep.«

»Ich weiß. Was willst du tun?«

Ich sagte: »Ich bin nicht so weit gefahren, um jetzt umzudrehen.«

»Ich auch nicht.«

Wir fuhren schnell an dem Militärposten vorbei, bogen dann auf den gärtnerisch gestalteten Hof vor der Pagode und fuhren hinten herum, wo das Motorrad von der Straße und hoffentlich auch von dem Militärposten aus nicht zu sehen war.

Ich stellte den Motor aus und wir stiegen ab.

Susan fragte: »Und wie willst du jetzt rauskriegen, ob Tran Van Vinh noch am Leben und zu Hause ist?«

Ich erwiderte: »Wir sind kanadische Militärhistoriker, die ein wenig Französisch sprechen. Wir fragen nach Veteranen der Tet-Offensive und kommen dann auf die Schlacht um Quang Tri zu sprechen. Denk dir was aus. Du bist doch so gut im Leute bequatschen.«

Wir holten unsere Rucksäcke und Kameras aus den Satteltaschen und Susan ging nach vorne zum Eingang der Pagode.

Ich folgte ihr durch die offen stehende Tür. In der Pagode war niemand. Tet-Blütenzweige steckten in Keramikvasen und am anderen Ende des kleinen, fensterlosen Gebäudes war ein kleiner Schrein. Auf dem Altar brannten Räucherstäbchen.

Susan ging zum Altar, nahm ein Räucherstäbchen, steckte es an und legte dann ein paar Dong in eine Schale. Na ja, wenn's hilft.

Dann machte sie kehrt und kam zurück zum Eingang. Sie sagte: »Heute ist der letzte Tet-Feiertag, der vierte Tag im Jahr des Büffels. Wir sind in Ban Hin angekommen. Lass uns jetzt Tran Van Vinh finden und dann nach Hause fahren.«

Wir verließen die Pagode und gingen in das Dorf Ban Hin.

Kapitel 43

Das Dorf Ban Hin war anders als die tropischen und subtropischen Dörfer in den Küstenebenen; zum einen gab es hier keine Palmen, sondern viele Kiefern, große Laubbäume und wilde Rhododendren, die an diesem kühlen Nachmittag im Februar eben anfingen zu blühen.

Das Dorf war im Osten von steil aufragenden Bergen umrahmt und im Norden und Süden säumten es Reisfelder und die einspurige Straße, auf der wir gekommen waren.

Die Hütten der Bauern waren größtenteils aus grob behauenem Kiefernholz, die Dächer mit Bambusstroh gedeckt. Jede dieser Hütten war von einem Gemüsegarten umgeben und in einigen dieser Gärten sah ich Eingänge zu selbst gegrabenen Luftschutzbunkern, Überbleibsel aus der Zeit der amerikanischen Bombardements.

Ich hätte nicht gedacht, dass ein so abgelegenes Tal bombardiert worden war, doch dann fiel mir wieder ein, dass Tran Van Vinh in dem Brief an seinen Bruder Lee erwähnt hatte, dass ihr Vetter Liem von Lastern voller verwundeter Soldaten berichtet hatte und von Kolonnen frischer Truppen, die nach Süden unterwegs waren. Ich konnte mir das jetzt vorstellen: Diese abgelegene Talstraße, die an der chinesischen Grenze begann – woher ein Großteil des Kriegsmaterials stammte – und sich dann zur laotischen Grenze schlängelte, wo das Netz des Ho-Chi-Minh-Pfads begann. Ich hatte so das Gefühl, dass sich jeder hier, der älter als dreißig Jahre war, noch an die United States Air Force erinnerte.

Das Dorf war voller Kinder und Erwachsener aller Altersgruppen. Anscheinend waren die meisten Einwohner von Ban Hin an diesem letzten Tet-Tag zu Hause.

Ja, alle starrten sie uns an, wie die Leute in einem kleinen Farmernest in Amerika wohl auch zwei Ostasiaten angestarrt hätten, wenn die dort in schwarzen Seidenpyjamas und mit spitzen Strohhüten auf dem Kopf herumgelaufen wären.

Wir kamen ins Zentrum des Dorfs, das aus einem roten, unbefestigten Platz bestand, nicht größer als ein Tennisplatz, umgeben von Häusern und einem offenen Pavillon, der einen kleinen Obst- und Gemüsemarkt beherbergte. Ich sah einige Tische, die wie Campingtische aussahen, an denen Leute saßen, sich unterhielten, tranken und aßen. Sie hielten mit dem inne, was sie taten, und sahen uns an.

Mir war immer klar gewesen, dass dieses Dorf, wenn wir denn überhaupt so weit kamen, das größte Problem darstellen würde. Und nun kam auch noch der Militärposten an der Straße hinzu.

Mitten auf dem Platz lagerte auf einer Betonplatte ein schlichter Betonblock, etwa drei Meter breit und zwei Meter hoch. Der Block war weiß gestrichen und mit roter Farbe beschriftet. Am Fuß des Blocks lagen Tet-Blütenzweige und qualmten Räucherstäbchen in Keramikschalen vor sich hin. Wir gingen zu dem Denkmal und blieben davor stehen.

Die rote Beschriftung bestand aus Namen, die in Kolonnen von oben nach unten aufgelistet waren. Oben drüber standen größere Buchstaben und Susan las vor: »Zu Ehren der Männer und Frauen, die im Amerikanischen Krieg von 1954 bis 1975 für die Wiedervereinigung des Vaterlands kämpften.« Sie sagte: »Hier stehen die Namen der Vermissten und es sind sehr viele, darunter auch Tran Quan Lee.« Sie zeigte dorthin.

Ich sah Tran Quan Lees Namen und sah auch, dass hier viele aus der Familie Tran als vermisst aufgeführt waren.

Wir lasen beide die Namen ab und Tran Van Vinh war nicht darunter. So weit, so gut. Ich sagte: »Die Gefallenen stehen bestimmt auf der anderen Seite.«

Wir gingen um das Denkmal herum, dessen gesamte Oberfläche in Rot mit Namen beschriftet war. Es sah so aus, als seien sie erst kürzlich aufgefrischt worden.

Etwa hundert Menschen hatten sich schon um uns versammelt und schoben sich langsam näher. Mir fielen einige Männer und Frauen mittleren Alters auf, denen Arme oder Beine fehlten.

Ich betrachtete die Namen der Gefallenen, die chronologisch aufgelistet waren, genau wie die Namen auf dem Vietnam Memorial in Washington. Falls Tran Van Vinh im Krieg gefallen war, hatten wir keine Ahnung, wann. Sicher war nur, dass es nicht vor dem Februar 1968 passiert sein konnte, und deshalb fing ich dort an und Susan begann am Ende, beim April 1975.

Ich hielt den Atem an und ging die Namen durch.

Susan sagte: »Noch habe ich ihn nicht gefunden …«

»Ich auch nicht.« Aber ich wollte seinen Namen ja auch nicht sehen und deshalb hatte ich ihn vielleicht unbewusst ausgeblendet, auch wenn mein Herz jedes Mal einen Schlag aussetzte, wenn ich den Namen »Tran« las.

Die Menge stand jetzt direkt hinter uns. Es war schon ein eigenartiges Gefühl, dieses Denkmal für die Toten und Vermissten dieses Dorfs anzustarren, die alle von meinen Landsleuten und einige vielleicht gar von mir getötet worden waren. Andererseits hatte ich selbst auch so ein Denkmal, mit dem ich klar kommen musste. Und außerdem war ich ja Kanadier.

Susan und ich lasen weiter die Namen ab und leise sagte sie zu mir: »Da sind viele Frauen und Kinder darunter, bei denen steht, dass sie an der Heimatfront getötet wurden, also doch wohl durch Bomben.«

Ich erwiderte nichts.

Wir trafen uns in der Mitte der Liste und lasen gemeinsam die letzten Namen ab. Ich sagte: »Hier war er nicht dabei.«

»Hier auch nicht. Aber lebt er noch?«

»Das kann uns bestimmt jeder von den Leuten da hinter uns sagen.«

Während ich so auf den schlichten Betonblock mit den von Hand darauf geschriebenen Namen starrte, konnte ich nicht anders, als an die polierte Granitmauer in Washington zu denken. Letztlich bestand zwischen diesen beiden Denkmälern kein Unterschied.

Ich sagte zu Susan: »Wir sind Kanadier. Bist du bereit?«

»Oui.«

Wir drehten uns um und sahen die Leute an. Im ländlichen Südvietnam hätten wir nur flüchtige Neugierde erregt; hier aber lösten wir größtes Interesse aus, und wenn sie herausfanden, dass wir Amerikaner waren, wurden sie möglicherweise feindselig. Ich konnte an den Gesichtern der Menge nichts ablesen, aber wie ein Begrüßungskommitee guckten sie nicht. Ich sagte: »Bonjour.«

Einige murmelten etwas, aber niemand lächelte. Mir fiel ein, dass es hier, nahe Dien Bien Phu, immer noch einige Animositäten Franzosen gegenüber geben mochte. *Ong hier gefallen ... grand-père.* Ich sagte: »Nous sommes Canadiens.«

Ich meinte zu bemerken, dass die Menge ein wenig lockerer wurde, aber vielleicht beruhte dieser Eindruck auch eher auf Wunschdenken.

Susan sagte ebenfalls: »Bonjour.« Dann sagte sie, wir kämen aus Dien Bien Phu, und fragte, ob wir von le monument une photographie machen dürften.

Anscheinend hatte keiner was dagegen, also ging Susan ein paar Schritte zurück und machte von den Namen der Toten une photographie.

Schließlich trat jemand vor, ein Herr mittleren Alters in schwarzer Wollhose und orangefarbenem Pullover.

Er sagte auf Französisch etwas zu mir, aber ich verstand nur Bahnhof, und vermutlich interessierte es ihn nicht die Bohne, dass der Stift meiner Tante auf dem Schreibtisch meines Onkels lag – was so ziemlich das Einzige war, woran ich mich aus meinem Französischunterricht noch erinnern konnte.

Susan sagte in stockendem Französisch etwas zu ihm und er erwiderte etwas.

Der Mann sprach ein bisschen besser Französisch als Susan und deshalb mischte sie etwas stockendes Vietnamesisch dazu, was die Menge verblüffte und näher rücken ließ.

Es konnte nicht mehr lange dauern, bis ein paar Soldaten auftauchten, unsere Pässe kontrollierten und feststellten, dass wir gar keine Kanadier waren.

Ich kam mir allmählich weniger wie James Bond vor, sondern eher wie Indiana Jones im »Tempel des Todes«.

Susan erzählte dem Typen den Stuss über l'histoire de la guerre américaine und offenbar kaufte er ihr das auch halbwegs ab.

Schließlich sagte sie in flüssigerem Vietnamesisch etwas zu ihm und ich bekam den Namen Tran Van Vinh mit.

Wenn man sich in einem kleinen Dorf in Vietnam oder Kansas namentlich nach jemandem erkundigt, ist das natürlich gewissermaßen der Höhepunkt des Abends.

Lange herrschte Schweigen und der Mann musterte uns beide. Ich hielt den Atem an, bis er schließlich nickte und sagte: »Oui. Il survivre.«

Ich wusste, dass ich nicht so weit gereist war, um ein Grab zu besuchen, und hier war ich jetzt in Ban Hin und die Antwort auf die Frage, ob Tran Van Vinh noch am Leben war, lautete: »Ja, er lebt.«

Susan warf mir einen Blick zu, nickte und lächelte. Sie wandte sich wieder an den Mann und sprach in gebrochenem Vietnamesisch weiter, gemischt mit ein paar Brocken Französisch, und er antwortete in schleppendem Vietnamesisch mit vielen französischen Einsprengseln. Wir kamen tatsächlich damit durch.

Schließlich sprach er das Zauberwort: »Allons.«

Und so gingen wir los, folgten ihm durch die Menschenmenge, die sich für uns teilte.

Wir gingen durch den überdachten Markt und der Mann blieb an einer Anschlagtafel der Gemeinde stehen, die mit Plastikfolie überzogen war. Er zeigte auf zwei verblasste Schwarzweißfotos von Amerikanern in Fliegermontur, die die Hände hoben und umgeben waren von mit Pyjamas bekleideten Bauern, die altmodische Repetierbüchsen in Händen hielten. Dort war noch genug Platz für ein Foto von Susan und mir in ähnlicher Pose.

Der Mann sagte: »Les pilotes americains.« Ich sah kurz zu Susan hinüber und sie erwiderte meinen Blick.

Wir gingen weiter einen schmalen, von Bäumen gesäumten Pfad entlang, zwischen kleinen Häusern hindurch, auf den hoch aufragenden Berg am Ende des Dorfes zu. Am Fuße dieses Berges befanden sich einige Erhebungen, die ich als Grabhügel erkannte. Jenseits der Grabhügel standen kleine Holzhäuser.

Wir folgten dem Mann einen gewundenen Pfad hoch zu einem Haus aus grob behauenem Kiefernholz und einem Dach aus Bambusstroh.

Wir kamen an der Tür des Hauses an und der Mann bedeutete uns mit einer Handbewegung zu warten. Dann ging er durch die offen stehende Tür hinein.

Ein paar Sekunden später kam er wieder und winkte uns herein. Als wir eintraten, sagte er auf Französisch etwas zu uns vonwegen hier seien wir chez Tran.

Wir standen in dem Haus, das nur ein Zimmer hatte und

dessen Boden aus fest gestampftem rotem Lehm bestand. Durch die Glasfenster drang etwas graues Licht herein und in der feuchten Luft roch ich brennende Holzkohle.

Als sich meine Augen an die schummrige Beleuchtung gewöhnt hatten, sah ich entlang der Wand zusammengelegte Hängematten mit Decken drin und auf dem Boden eine Reihe von Körben und Truhen aus geflochtenem Bambus. In der Mitte des Zimmers stand auf einem schwarzen Teppich ein flacher Tisch ohne Stühle.

In der Ecke gegenüber sah ich einen tönernen Herd, in dessen Brennfach Holzkohle glühte. Rechts neben dem Herd stand an der Wand ein schlichter Altar. Auf dem Altar brannten Räucherstäbchen und standen gerahmte Fotografien. An der Wand rechts neben dem Altar hingen ein großes Ho-Chi-Minh-Plakat, eine vietnamesische Fahne und einige gerahmte Zeugnisse oder Auszeichnungen.

Ich sah mich um und es war tatsächlich niemand zu Hause.

Wir standen einen Moment lang so da, dann sagte Susan: »Er sagt, das sei das Haus von Tran Van Vinh, und wir sollten hier warten.«

Ich mag es gar nicht, wie in einem Käfig gefangen zu sein, aber es war jetzt zu spät, sich deswegen Sorgen zu machen. Wir waren, so oder so, am Ende unserer Reise angelangt. Ich fragte: »Hat er gesagt, wo die Hausbar ist?«

»Nein. Aber er hat gesagt, dass ich hier rauchen darf. Sie ging zu dem Kohlenofen, nahm ihren Rucksack ab, setzte sich auf einen Kaminvorleger und steckte sich eine Zigarette an.

Ich nahm ebenfalls meinen Rucksack ab und stellte ihn neben ihren. Ich sah, dass das Dach an der Wand gegenüber schon in etwa eins achtzig Höhe begann. Ich ging hinüber und zog dabei die Pistole unter meiner Lederjacke hervor. Da ich ein, zwei Kleinigkeiten von den Vietcong gelernt hatte, steckte ich die 45er und die beiden Reservemagazine zwischen zwei Bambusstrohbündel.

Susan sagte: »Gute Idee. Falls die Soldaten kommen, könnten wir uns, glaube ich, aus so ziemlich allem rausreden, solange sie die Waffe nicht bei uns finden.«

Ich erwiderte nichts auf diese übertrieben optimistische Einschätzung, sondern fragte vielmehr: »Was hast du dem Mann erzählt?«

Susan sagte: »Er heißt Mr. Khiem und ist hier im Dorf der Lehrer. Wie du vorgeschlagen hast, habe ich ihm erzählt, wir seien kanadische Militärhistoriker, die in Dien Bien Phu gewesen seien und auch über den Amerikanischen Krieg forschen. Ich habe ihm auch erzählt, in Dien Bien Phu hätte man uns geraten, wir sollten uns das Kriegsdenkmal auf dem Dorfplatz von Ban Hin ansehen. Den Teil habe ich mir ausgedacht.«

»Das kannst du ja gut.«

»Ich habe gesagt, ich hätte gehört, dass im Da-Tal viele Veteranen des Amerikanischen Kriegs lebten, und dass wir uns besonders für Veteranen der Tet-Offensive interessierten und ganz besonders für Veteranen der Schlacht um Quang-Tri-Stadt.« Sie nahm einen Zug aus ihrer Zigarette und fuhr fort: »Mr. Khiem hat aber keine Namen genannt, nur seinen eigenen. Er war bei der Schlacht um Hué dabei. Schließlich habe ich vor lauter Frust gesagt, in Dien Bien Phu sei der Name Tran Van Vinh gefallen. Wir hätten gehört, er sei ein tapferer Soldat, der in Quang Tri verwundet wurde.« Sie sah mich an und sagte: »Ich wollte nicht mehr länger auf dem Platz da stehen und deshalb habe ich alles auf eine Karte gesetzt.«

»Hat Mr. Khiem dir das abgekauft?«

»Vielleicht schon. Er wirkte sowohl ungläubig als auch stolz darauf, dass man in Dien Bien Phu so gut über Ban Hin spricht.« Sie fügte hinzu: »Mr. Khiem ist auch ein Tran und irgendwie verwandt mit Vinh.«

Ich sagte: »Auf dem Denkmal stehen viele tote und vermisste Trans. Nur gut, dass wir Kanadier sind.«

Sie lächelte gezwungen und sagte: »Hoffentlich glaubt er das.«

»Er ist nicht feindselig geworden, also glaubt er's wohl schon. Bei unserer nächsten Mission in Vietnam sind wir Schweizer.«

Sie steckte sich noch eine Zigarette an. »Schick mir 'ne Ansichtskarte.«

Ich sagte: »Das hast du gut gemacht. Ich bin richtig stolz auf dich und wenn Mr. Khiem jetzt zu den Soldaten gegangen ist, ist es nicht deine Schuld.«

»Danke.«

Ich fragte: »Wohnt Tran Van Vinh hier oder ist er nur über Tet zu Besuch?«

»Mr. Khiem hat gesagt, dass Tran Van Vinh schon sein ganzes Leben lang hier in Ban Hin wohnt.«

»Und wo ist er jetzt?«

»Mr. Khiem sagte, er würde sich gerade von Verwandten verabschieden.«

»Na, dann hat er bestimmt gute Laune. Wann kommt er wieder?«

»Sobald der Bus abgefahren ist, der einmal am Tag nach Dien Bien Phu fährt.«

Ich betrachtete das Foto von Onkel Ho und fragte: »Meinst du, das hier ist eine abgekartete Sache?«

»Was meinst du denn?«

»Ich meine, dass ihr Kanadier die ärgerliche Angewohnheit habt, Fragen mit Gegenfragen zu beantworten.«

Sie rang sich ein Lächeln ab und rauchte weiter.

Ich ging zu dem Familienaltar und betrachtete im schummrigen Licht die gerahmten Fotografien. Mir fiel auf, dass alle Männer und Frauen darauf jung waren, Anfang bis Mitte zwanzig. Ich sagte zu Susan: »Hier in der Gegend wird man nicht alt.«

Sie sah kurz zu den Fotos hinüber. »Sie nehmen immer Fotos aus der Blüte des Lebens, ganz egal, wie alt die Leute waren, als sie starben.«

»Echt wahr? Wenn ich also heute sterben würde und Buddhist wäre, könnte man eins der Fotos verwenden, die du gerade von mir geknipst hast.«

Sie lächelte. »Ich glaube, man würde deine Mutter um ein Foto bitten, das ein klein wenig älter ist.« Sie fügte hinzu: »Der Familienaltar hat eher etwas mit Ahnenkult zu tun als mit dem Buddhismus. Es ist einigermaßen verwirrend. Die Vietnamesen, die keine Katholiken sind, bezeichnen sich selber als Buddhisten, betreiben aber auch einen primitiven Ahnenkult. Außerdem praktizieren sie Riten des Konfuzianismus und Taoismus. Sie nennen das Tam Giao, die dreifache Religion.«

»Ich zähle da vier.«

»Ich habe dir doch gesagt, es ist verwirrend. Du bist Katholik. Zerbrich dir darüber nicht den Kopf.«

Ich betrachtete die kleinen Fotos und bemerkte, dass viele der jungen Männer in Uniform waren. Einer von ihnen, da war ich mir sicher, war Tran Quan Lee, der zwar nicht offiziell tot war, aber doch, da er sich seit fast dreißig Jahren über die Feiertage nicht mehr hatte blicken lassen, als mutmaßlich verstorben gelten konnte.

Uns blieb immer noch die Möglichkeit, Vernunft anzunehmen, und ich sagte zu Susan: »Wenn wir uns beeilen, können wir in fünf Minuten wieder auf der BMW sitzen.«

Sie erwiderte ohne zu zögern: »Ich weiß nicht, wer durch diese Tür treten wird, aber wir wissen beide, dass wir nirgendwo hingehen, solange da nicht jemand durch die Tür tritt.«

Ich nickte.

Susan fragte: »Wie sollen wir unser Gespräch mit Tran Van Vinh angehen?«

»Also erstens mal ist das *mein* Gespräch, nicht deins, und ich werde aufrichtig zu ihm sein. So mache ich das auch in den Staaten mit Zeugen. Verdächtige legt man rein, aber zu Zeugen ist man aufrichtig.«

»Willst du ihm auch sagen, dass wir Amerikaner und im Auftrag unserer Regierung unterwegs sind?«

»Na ja, *so* aufrichtig nun auch wieder nicht. Wir sind Amerikaner, aber uns schickt die Familie des Ermordeten, die endlich Gerechtigkeit will.«

»Wir wissen aber nicht mal den Namen des Ermordeten.«

»Tran Van Vinh weiß, wie er heißt. Er hat dem Toten die Brieftasche abgenommen. Überlass mir das Reden und das Denken, Susan. Du übernimmst das Dolmetschen. Biet?«

Wir sahen einander in die Augen und sie nickte.

Wir warteten.

Ich sah zu Susan hinüber. Wir waren weit gekommen und dieser Moment der Wahrheit, der bisher etwas Abstraktes gewesen war, war nun mit einem Mal real und stand unmittelbar bevor. Tran Van Vinh lebte und das, was er uns erzählen würde, würde ganz neue Probleme aufwerfen.

Susan stand auf und nahm mich in die Arme. »Ich habe dich getäuscht und möglicherweise muss ich auch jetzt noch ein paar Dinge tun, die dir nicht gefallen werden, aber was auch immer geschieht – ich liebe dich.«

Ehe ich etwas darauf erwidern konnte, hörte ich hinter mir ein Geräusch. Wir drehten uns um. In der offenen Tür zeichneten sich die dunklen Umrisse eines Mannes ab und ich hoffte, dass es Tran Van Vinh war.

Kapitel 44

Susan ging direkt zu dem Mann, der da in der Tür stand, verbeugte sich und sprach ihn auf Vietnamesisch an.

Er verbeugte sich ebenfalls, sagte etwas und sah dann mich an. Wir sahen einander in die Augen und ich hatte keinen Zweifel, dass er Tran Van Vinh war.

Er sah aus wie sechzig, war aber wahrscheinlich jünger. Er war dünn und größer als ein durchschnittlicher Vietnamese.

Er hatte immer noch volles Haar, das auch immer noch rabenschwarz war und kurz geschnitten. Er trug eine ausgebeulte Hose und eine schwarze Steppjacke und hatte Socken und Sandalen an den Füßen.

Susan sagte: »Paul, das ist Mr. Vinh.«

Ich ging zu ihm und streckte ihm zum Gruß die Hand entgegen.

Er zögerte kurz und schüttelte mir dann die Hand. Ich sagte: »Ich bin Paul Brenner, ein Amerikaner, und ich bin weit gereist, um Sie zu besuchen.«

Er starrte mich an und Susan dolmetschte.

Ich sagte: »Wir haben Ihren Landsleuten gesagt, wir seien Kanadier, denn wir dachten, dass Amerikaner in Ihrem Dorf möglicherweise nicht gern gesehen sind.«

Susan dolmetschte wieder und Mr. Vinh starrte mich weiter an.

Ich sah ihm in die Augen und er erwiderte den Blick. Als er das letzte Mal einen Amerikaner gesehen hatte, hatte der ihn wahrscheinlich umbringen wollen – und umgekehrt –, dennoch sah ich in seinem Gesicht keine Feindseligkeit. Ja, er guckte vollkommen unergründlich.

Ich zog meinen Pass aus der Tasche und gab ihn ihm, die erste Seite aufgeschlagen.

Er nahm ihn und betrachtete ihn, klappte ihn dann wieder zu und gab ihn mir zurück. Er sagte etwas und Susan dolmetschte: »Was wollen Sie?«

Ich antwortete: »Zunächst habe ich die unerfreuliche Pflicht, Ihnen mitzuteilen, dass Ihr Bruder Lee im Mai 1968 im Ashau-Tal gefallen ist. Sein Leichnam wurde von einem amerikanischen Soldaten gefunden und anhand der persönlichen Gegenstände, die er bei sich hatte, hat man ihn als Tran Quan Lee identifiziert.«

Mr. Vinh bekam das Wort Ashau mit und zusammen mit dem Namen seines Bruders konnte das natürlich nichts Gutes bedeuten.

Susan dolmetschte und Mr. Vinh hörte zu und blieb dabei unbewegt. Er starrte mich weiter an, ging dann hinüber zum Familienaltar, nahm ein Foto in die Hand und betrachtete es lange. Dann stellte er es wieder hin, drehte sich um und sagte etwas zu mir.

Susan antwortete ihm direkt und sagte dann zu mir: »Er hat gefragt, ob du seinen Bruder getötet hast, und ich habe ihm gesagt, dass du es nicht warst.«

Ich sagte: »Sag ihm, dass ich als Soldat bei der 1. Cavalry Division war und im Mai 1968 im Ashau-Tal gekämpft habe und seinen Bruder also durchaus getötet haben könnte, dass ich es aber nicht war, der den Leichnam gefunden hat.«

Susan zögerte und fragte mich: »Bist du sicher, dass du …«

»Sag es ihm.«

Sie sagte es ihm und er sah mich an und nickte dann.

Ich sagte: »Sag ihm, dass ich am Rande von Quang-Tri-Stadt war, als er in der buddhistischen Schule seine Verletzung auskurierte, und dass es meine Pflicht war, die nordvietnamesischen Soldaten zu töten, die versuchten, aus der Stadt zu fliehen.«

Susan dolmetschte und Mr. Vinh wirkte erstaunt darüber, dass ich so viel von seinen Kriegserlebnissen wusste. Wir sahen einander wieder in die Augen und wiederum konnte ich in seinem Blick keine Feindseligkeit entdecken. Ja, als wir einander ansahen, hatte ich keinen Zweifel, dass er dachte: »Dann war dieses arme Schwein auch da.«

Ich sagte zu Mr. Vinh: »Ich bin froh, dass ich Sie nicht getötet habe, und ich bin auch froh, dass Sie mich nicht getötet haben.«

Susan dolmetschte und ich sah die Andeutung eines Lächelns über seine Lippen huschen, aber er erwiderte nichts.

Wir wurden ein wenig warm miteinander und ich sagte: »Ehrlich gesagt, Mr. Vinh, bin ich sehr erstaunt, dass Sie noch sieben weitere Kriegsjahre überlebt haben.«

Susan dolmetschte und Mr. Vinh schaute beiseite und ins

Leere und nickte vor sich hin, als erstaunte ihn das ebenfalls. Ich meinte zu sehen, dass seine Oberlippe ein wenig zitterte, aber vielleicht bildete ich mir das auch nur ein. Der Mann war ein ausgesprochener Stoiker, was uns teilweise zugute kam und wohl auch noch eine Angewohnheit aus dem Krieg war.

Ich fragte Susan: »Wie klappt's mit der Übersetzung?«

Sie erwiderte: »Er war während des Krieges lange im Süden und merkt, dass ich einen südvietnamesischen Akzent habe. Ich verstehe das meiste, was er sagt.«

»Gut. Denn ich erwarte eine wortgetreue und akkurate Übersetzung.«

Sie erwiderte nichts.

Ich sagte weiter nichts zu Mr. Vinh und ließ ihm Zeit zu überlegen, ob er mir irgendwas sagen wollte. Schließlich ergriff er das Wort und Susan hörte zu und sagte dann zu mir: »Mr. Vinh sagt, er war bei der 304. Infantriedivision der vietnamesischen Volksarmee.«

Mr. Vinh fuhr fort und Susan dolmetschte: »Er wurde im August 1965 in den Süden abkommandiert und kämpfte in der Provinz Quang Tri. Er sagt, du müsstest eigentlich wissen, wo seine Division während der Tet-Offensive im Winter 1968 war.«

Das wusste ich tatsächlich. Die 304. war unsere Hauptwidersacherin, als ich im Januar 1968 nach Quang Tri kam. Da war dieser Mann schon zweieinhalb Jahre lang dort gewesen – und kein Ende in Sicht und auch kein Fronturlaub.

Mr. Vinh sagte etwas und Susan dolmetschte: »Im Juni 1968 kehrte die Division in den Norden zurück ... Von der Division waren nur noch wenige Männer übrig ... Die Division wurde mit neuen Soldaten neu aufgestellt und kehrte im März 1971 nach Quang Tri zurück, nahm dann an der Frühjahrsoffensive von 1972 teil ... an der Osteroffensive ... und seine Division eroberte die Provinz und die Stadt Quang Tri ... und erlitt dabei schwere Verluste durch amerikanische

Bomben und zog sich dann wieder in den Norden zurück, um die Division neu aufzustellen.« Susan fügte hinzu: »Er will wissen, ob du bei der Frühjahrsoffensive dabei warst.«

Ich erwiderte: »Ich bin ebenfalls 1968 heimgekehrt, im November, und bin dann im Januar 1972 wieder nach Vietnam gekommen und war während der Frühjahrsoffensive in Bien Hoa stationiert.«

Susan erzählte ihm das und er nickte und sah mich dann an. Ich bezweifelte, dass er überhaupt schon einmal mit einem amerikanischen Veteranen gesprochen hatte, und offensichtlich war er neugierig. Da ich aber so aus heiterem Himmel hier aufgetaucht war, versuchte er nun, seine Gedanken zu sammeln; im Gegensatz zu mir hatte er ja nicht seit zwei Wochen an dieses Treffen gedacht.

Mr. Vinh sprach weiter und Susan dolmetschte: »Er sagt, er sei 1973 wieder an die Front zurückgekehrt, habe dann 1975 an der letzten Frühjahrsoffensive teilgenommen und die 304. Division habe Hué erobert und sei dann mit erbeuteten Panzern auf der Nationalstraße 1 die Küste heruntergefahren. Er kam am 29. April in Saigon an und war am nächsten Tag bei der Übergabe des Präsidentenpalasts dabei.«

Und da hatte ich mir eingebildet, *ich* hätte ein paar Kriegsgeschichten zu erzählen. Der Mann hier hatte alles mitgemacht, von A bis Z, zehn Jahre Gemetzel. Wenn mir ein Jahr wie zehn vorgekommen war, mussten ihm zehn Jahre wie hundert erschienen sein. Und nun stand er hier in seinem Heimatdorf und setzte sein Leben fort, nachdem man ihm zehn seiner besten Jahre geraubt hatte.

Ich sagte zu ihm: »Sie haben doch bestimmt viele Orden und Auszeichnungen bekommen.«

Susan dolmetschte und wie ich gehofft hatte, ging er, ohne zu zögern, zu einer Bambustruhe und klappte sie auf. Genau das war es: Ich musste ihn dazu bringen, Truhen mit Kriegsandenken zu öffnen.

Er holte ein schwarzes Seidentuch hervor, das er auf dem

niedrigen Tisch ausbreitete. Dann kniete er sich hin und legte zwölf Orden unterschiedlicher Form und Größe darauf, die alle in mehreren Farben mit Emaillelack bemalt waren und an denen mehrfarbige Ordensbänder hingen – die dekorativen Beweise dafür, dass er zehn Jahre in der Hölle verbracht hatte.

Mr. Vinh nannte uns die Namen der einzelnen Orden, und Susan übersetzte.

Ich wollte Mr. Vinh nicht gönnerhaft behandeln, indem ich ihm etwa gesagt hätte, dass ich sehr beeindruckt sei. Er schien durchaus in der Lage, etwaige Heuchelei als solche zu erkennen. Deshalb nickte ich nur und sagte: »Danke, dass Sie mir das gezeigt haben.«

Susan dolmetschte und sie und ich sahen einander in die Augen. Sie nickte, wie um zu sagen: »Für einen unsensiblen Idioten machst du das gar nicht schlecht.«

Mr. Vinh packte die Orden wieder weg, schloss die Truhe und stand auf.

Dann standen wir drei ein paar Sekunden lang da und Mr. Vinh war bestimmt klar, dass ich nicht 20 000 Kilometer weit gereist war, um mir seine Orden anzusehen.

Der große Moment war gekommen und ich sagte zu ihm: »Ich bin hier, um mit Ihnen über das zu sprechen, was Sie gesehen haben, als Sie verwundet in der Zitadelle von Quang-Tri-Stadt lagen.«

Er verstand die Worte Quang Tri und vielleicht auch Zitadelle und sah zu Susan hinüber, die dolmetschte.

Dann sah er wieder mich an, reagierte aber nicht.

Ich sagte zu ihm: »Der amerikanische Soldat, der im Ashau-Tal den Leichnam Ihres Bruders gefunden hat, fand bei dem Leichnam einen Brief, den Sie an Ihren Bruder geschrieben haben, als Sie in der buddhistischen Schule lagen und sich von Ihren Verletzungen erholten. Erinnern Sie sich an diesen Brief?«

Als Susan anfing, das zu übersetzen, nickte er und verstand jetzt, woher ich das alles wusste.

Ich belog ihn zum ersten Mal und sagte: »Ich bin im Auftrag der Familie des Lieutenants hier, den der Captain umgebracht hat.« Na ja, vielleicht war das nicht vollkommen gelogen. Ich fuhr fort: »Man hat mich gebeten, in dieser Angelegenheit Erkundigungen einzuziehen. Die Familie will endlich Klarheit und Gerechtigkeit.« Ich sah Susan mit einem Blick an, der besagen sollte: »Jetzt zeig mal, was du drauf hast.«

Sie erwiderte kurz meinen Blick und dolmetschte dann.

Mr. Vinh sagte nichts.

Ich versuchte mich in seine Situation zu versetzen. Er hatte mitangesehen, wie seine Generation ausgelöscht worden war, und der Wunsch einer amerikanischen Familie, einen einzelnen Todesfall in diesem riesigen Gemetzel aufzuklären, beeindruckte oder bewegte ihn nicht. Ja, die Regierung in Hanoi konnte es immer nicht so ganz glauben, dass die US-Regierung Millionen Dollar dafür ausgab, die sterblichen Überreste einiger weniger vermisster Soldaten zu finden. Ich weiß nicht, ob das ein kultureller Unterschied war oder eine Frage der Machbarkeit; Vietnam hatte nicht das Geld und die Zeit, nach über 300 000 vermissten Soldaten zu suchen. Wir hingegen waren mittlerweile ganz besessen von der Suche nach unseren 2000 Vermissten.

Mr. Vinh schwieg weiterhin und ich schwieg ebenfalls. Diese Menschen lassen sich nicht hetzen oder drängen und im Gegensatz zu Amerikanern werden sie auch nicht nervös, wenn langes Schweigen herrscht.

Schließlich sagte Mr. Vinh etwas und Susan dolmetschte: »Er sagt, er will nicht an irgendwelchen Ermittlungen teilnehmen, es sei denn, seine Regierung befiehlt es ihm.«

Ich atmete tief durch. Ich wollte diesen alten Soldaten nicht beleidigen, indem ich ihm Geld anbot, sondern gemahnte ihn vielmehr: »Diese Familie hat vom Schicksal Ihres Bruders Lee erfahren und ich habe Ihnen bereitwillig davon erzählt. Wären Sie nun so freundlich, mir von dem Schicksal des Sohnes dieser Familie zu berichten, damit ich das an sie weiterleiten kann?« Ich hielt inne und fügte dann hinzu: »Das ist eine private Familienangelegenheit und die Regierung hat nichts damit zu tun.«

Susan dolmetschte und wieder herrschte Schweigen im Zimmer, nur durchbrochen vom Knistern der Holzkohle im Ofen und dem Vogelgezwitscher draußen.

Mr. Vinh machte kehrt und ging zur Tür.

Susan und ich sahen einander an.

Mr. Vinh ging nach draußen und dann hörten wir ihn da mit jemandem sprechen. Dann kam er wieder und sagte etwas zu Susan.

Sie verbeugte sich und ich dachte schon, er hätte uns aufgefordert zu gehen oder hier auf die Soldaten zu warten, doch dann sagte Susan zu mir: »Mr. Vinh hat seinen Enkel gebeten, ein weibliches Familienmitglied zu holen, das Tee für uns kochen soll.«

Wieso zweifle ich immer an mir? Ich kann das doch. Zeugen lieben mich. Verdächtige fürchten mich. Und außerdem habe ich immer ein Schweineglück.

Mr. Vinh lud uns mit einer Handbewegung an den flachen Tisch ein und wir gingen zu ihm. Er setzte sich im Schneidersitz, den warmen Herd im Rücken, und wies Susan einen Platz zu seiner Linken an und mir den Platz ihm gegenüber.

Susan holte ihre Zigaretten hervor, bot Mr. Vinh eine an und er akzeptierten das Angebot. Sie hielt mir ebenfalls die Schachtel hin und nickte mir zu und ich nahm mir eine Zigarette. Susan gab uns allen Feuer und legte ihr Plastikfeuerzeug dann auf den Tisch. Als Aschenbecher diente ein verbogenes Stahlstück, das wie ein Bombensplitter aussah.

Ich nahm einen Zug aus der Zigarette und legte sie dann im Aschenbecher ab. Mr. Vinh schien die Marlboro Light zu schmecken.

Ich fragte ihn: »Dürfte ich Ihnen erzählen, wie es kam, dass ich Ihren Brief an Ihren Bruder gelesen habe?«

Susan dolmetschte und er nickte.

Ich erzählte ihm die Geschichte mit Victor Ort und den Vietnam Veterans of America und betonte dabei das humanitäre Programm der VVA, Hanoi bei der Klärung des Schicksals vermisster Soldaten zu helfen. Die Geschichte änderte sich jedoch ein klein wenig und Mr. Ort und ich waren jetzt beide Mitglieder der VVA. Und rein zufällig kannte ich eine Familie, deren Sohn, ein Lieutenant der 1. Cavalry, in Quang-Tri-Stadt umgekommen war. Also ich fand, es hörte sich plausibel an.

Dann erklärte ich weiter, diese Familie sei überzeugt, dass der Lieutenant, der in Mr. Vinhs Brief erwähnt wurde, ihr Sohn sei. Ich erzählte ihm noch ein bisschen einen vom Pferd und da ich irischstämmiger Südbostoner bin, ist das meine Spezialität. Die Criminal Investigation Division der Army erwähnte ich nicht und ich erwähnte auch nicht den Namen des verstorbenen Lieutenants, denn den kannte ich ja nicht – Mr. Vinh aber sehr wohl.

Susan dolmetschte und Mr. Vinh hörte zu.

Eine Frau mittleren Alters kam herein und ging ohne ein Wort zu sagen an den Herd, wo über dem Kohlenfeuer ein Wasserkessel hing. Sie stellte drei Schälchen auf den Vorleger, nahm dann ein Quäntchen Tee aus einer Keramikdose und streute die Blätter in die Schälchen. Dann gab sie mit einer Schöpfkelle heißes Wasser dazu, stellte die Schälchen auf ein Tablett aus geflochtenem Bambus, kam auf Knien an den Tisch und verbeugte sich dort.

Dieses Land gefiel mir richtig gut. Ich sah zu Susan hinüber und zwinkerte ihr zu. Sie streckte mir die Zunge heraus.

Nach der Teezeremonie verschwand die Dame wieder.

Wir tranken Tee. Ich lächelte und sagte: »Schmeckt ja abscheulich.«

Susan sagte etwas zu Mr. Vinh und er lächelte.

Susan und Mr. Vinh rauchten, tranken Tee und unterhielten sich. Zu mir sagte sie: »Mr. Vinh fragt, ob wir ein Liebespaar sind. Ich habe ihm erzählt, wir hätten uns angefreundet, als du mich in Saigon als Dolmetscherin engagiert hast, und dann hätten wir uns ineinander verliebt.«

Ich sah zu Mr. Vinh hinüber, der vage lächelte und wahrscheinlich dachte: »Na, da hast du dir aber was vorgenommen, alter Mann.«

Susan sagte: »Mr. Vinh ist ganz erstaunt, wie viele amerikanische Veteranen wiederkommen und den Süden besuchen. Er liest das in der Zeitung und sieht es im Schulhaus, wo es einen Fernseher gibt.«

Ich nickte und dachte, dass Ban Hin doch nicht so komplett vom Rest der Welt abgeschnitten war, und dieser Umstand mochte noch eine Rolle spielen, wenn sich meine Mutmaßungen über den Mörder als wahr erwiesen.

Susan und Mr. Vinh setzten ihre Teeplauderei fort und steckten sich noch eine an. Das war nötig, das war mir klar, bevor man dann zum Geschäftlichen kam, aber ich wurde allmählich ein wenig ungeduldig, ganz zu schweigen davon, dass ich mir Sorgen machte, wer als Nächstes zur Tür hereinkommen würde.

Ich sagte zu Mr. Vinh: »Dürfte ich Sie fragen, ob die Dame, die den Tee gekocht hat, Ihre Frau ist?«

Susan dolmetschte und er nickte.

Ich fragte: »Ist sie die Mai, die Sie in Ihrem Brief erwähnten?«

Susan zögerte, übersetzte es dann aber.

Mr. Vinh stellte seine Teeschale ab und sah starr vor sich hin. Dann sagte er etwas und sah keinen von uns beiden dabei an.

Susan sagte zu mir: »Mai ist 1972 bei einem Bombenangriff in Hanoi ums Leben gekommen. Sie hatten geheiratet, als er 1971 von der Front zurückgekehrt war, und sie hatten keine Kinder.«

»Mein Beileid.«

Er verstand es und nickte.

Susan und er wechselten noch ein paar Worte, dann sagte sie zu mir: »Er hat wieder geheiratet und hat sieben Kinder und viele Enkelkinder. Er will wissen, ob du Kinder hast.«

»Nicht, dass ich wüsste.«

Susan antwortete ihm mit einem Wort, das wahrscheinlich »Nein« bedeutete. Nun waren die Nettigkeiten abgehakt und Mr. Vinh fragte mich etwas, was Susan übersetzte: »Er möchte gerne wissen, ob du den Brief dabeihast, den er seinem Bruder geschrieben hat.«

Ich erwiderte: »Ich hatte eine Fotokopie davon, aber ich habe sie auf der Reise verloren. Ich schicke ihm das Original, wenn er mir sagt, wie man das macht.«

Susan gab das weiter und er erwiderte etwas. Sie sagte: »Er hat einen Cousin in Dien Bien Phu, dem kannst du das schicken.«

Ich nickte.

Ich hätte den Brief natürlich gern dabeigehabt, denn dann hätte ich klären können, ob das, was Mr. Vinh geschrieben hatte, mit der Übersetzung, die ich gelesen hatte, übereinstimmte. Doch ich hoffte, dass ich das auch so bald herausfinden würde.

Gott sei Dank wurde kein Tee nachgeschenkt und vertrieben Mr. Vinh und Susan weiterhin mit ihrem Zigarettenqualm die Mücken.

Ich fragte Mr. Vinh: »Machen Ihre Verletzungen Ihnen noch zu schaffen?«

Susan dolmetschte und die Antwort lautete: »Hin und wieder. Nach Quang Tri wurde ich noch mehrmals verletzt, aber nie so schwer, dass ich länger als einen Monat aus dem Dienst ausscheiden musste.«

Er zeigte auf mich.

Ich erwiderte: »Ich bin nicht verletzt worden.«

Susan dolmetschte und er nickte.

Ich fragte ihn: »Wie sind Sie denn damals aus Quang-Tri-Stadt entkommen?«

Er antwortete und Susan dolmetschte: »Ich konnte noch gehen und den Verwundeten, die noch gehen konnten, wurde gesagt, sie sollten nachts fliehen. Ich verließ die Stadt vor Morgengrauen ganz allein, ging durch ein Gewitter und eine mondlose Nacht. Ich kam in zehn Metern Entfernung an einem amerikanischen Posten vorbei und entkam dann in die Hügel im Westen.«

Ich hoffte, dass er die Sachen des toten Lieutenants mitgenommen hatte.

Er sagte noch etwas und Susan sagte zu mir: »Mr. Vinh sagt, dass er vielleicht direkt an dir vorbeigeschlichen ist.«

»Ja, das ist er.«

Das brachte mir allseits ein Lächeln ein, aber kein schallendes Gelächter.

Also gut, dann mal zum Geschäftlichen. Ich fragte Mr. Vinh: »Dürfte ich Ihnen ein paar Fotos zeigen, damit wir feststellen können, ob der Lieutenant, dessen Familie mich hierher geschickt hat, der Lieutenant ist, den Sie in dem zerbombten Gebäude in Quang-Tri-Stadt gesehen haben?«

Susan dolmetschte und er nickte.

Susan stand auf, ging zu ihrem Rucksack und kam mit den Fotos wieder. Sie legte das kleine Album auf den Tisch und schlug die erste Seite auf.

Mr. Vinh betrachtete das Foto, stand dann auf und ging zu einer Bambustruhe. Er kam mit etwas wieder, das in ein Stück Stoff eingewickelt war, und holte daraus eine Leinwand-Brieftasche hervor. Er klappte die Brieftasche auf, löste die Plastik-Fotohalterung und legte sie neben das Foto auf den Tisch.

Susan betrachtete beide Bilder, löste dann das Foto aus dem Album und reichte mir beide Bilder.

Ich betrachtete das Foto aus der Brieftasche, das ein junges Paar zeigte. Die Frau sah gut aus und der Mann war derselbe wie in dem Album.

Da hatten wir also unser Opfer und als Nächstes brauchten wir den Namen des Opfers, den die CID natürlich bereits kannte, bloß ich eben nicht.

Ich fragte Mr. Vinh: »Dürfte ich mal die Brieftasche sehen?«

Susan dolmetschte und Mr. Vinh schob sie mir über den Tisch.

Ich klappte sie auf und ging sie durch. Sie enthielt einige Militär-Zahlscheine, die wir statt Dollars als Geld verwendet hatten, und einige weitere Familienfotos – Mom und Dad, zwei Mädchen im Teenageralter, die dem Aussehen nach seine Schwestern waren, und ein Säugling, möglicherweise das Kind des Verstorbenen.

Dann steckte noch weiterer in Plastik eingeschweißter Krimskrams in der Brieftasche: die Karte mit den Regeln der Genfer Konvention, eine Karte mit den Regeln der Kriegsführung zu Lande und noch eine Karte mit den Gefechtsregeln. Im Krieg gibt's jede Menge Regeln und die meisten davon bedeuten einen Dreck. Wichtig ist nur die Regel Nummer eins, nämlich: »Töte ihn, bevor er dich tötet.«

Dieser junge Offizier hatte jedoch alle erforderlichen Karten dabeigehabt und das vermittelte mir den Eindruck, dass er ein rechtschaffener junger Mann gewesen war. Dieser Eindruck wurde noch verstärkt durch seine Schnapszuteilungskarte für den Armeeladen, die nur Offiziere bekamen. In der Karte waren lediglich zwei Stanzlöcher, was auf zwei Schnapskäufe hindeutete. Wenn ich in Vietnam so eine Karte gehabt hätte, hätte sie ausgesehen wie ein Schweizer Käse, den ein Schrapnell getroffen hatte.

Die letzte Karte war der Dienstausweis des Mannes.

Ich betrachtete den Ausweis und sah, dass der Name des Toten William Hines lautete und dass er Lieutenant der Infantrie gewesen war.

Ich sah zu Mr. Vinh hinüber und fragte ihn: »Darf ich diese Brieftasche der Familie von Lieutenant Hines zurückgeben?«

Mr. Vinh verstand das auch ohne Übersetzung und nickte sofort.

Ich schob die Brieftasche beiseite. Auch wenn sonst nichts dabei herauskommen sollte, bekam doch die Familie Hines nach fast dreißig Jahren diese Brieftasche wieder – vorausgesetzt, Paul Brenner kehrte aus Vietnam zurück.

Ich sagte zu Mr. Vinh: »In Ihrem Brief haben Sie Ihrem Bruder erzählt, ein amerikanischer Captain habe diesen Mann umgebracht.«

Susan dolmetschte und Mr. Vinh nickte.

Ich fuhr fort: »Wir haben einige Fotos des Mannes, von dem wir glauben, dass er dieser Captain ist. Vielleicht erkennen Sie diesen Mann.«

Susan sagte etwas zu Mr. Vinh, schlug das Album bei den zehn letzten Fotos auf und zeigte sie ihm dann eins nach dem anderen. Ich beobachtete sein Gesicht, während er aufmerksam die Fotos betrachtete.

Als Susan beim letzten Foto ankam, starrte Mr. Vinh es an, sagte dann etwas, blätterte noch mal zurück, sah sich die Fotos ein zweites Mal an und sagte dann wieder etwas. Ich hatte so den Eindruck, dass er sich nicht sicher war oder sich nicht festlegen wollte, und das konnte ich ihm nicht verdenken.

Susan sagte zu mir: »Er sagt, es war nicht sehr hell. Das Gesicht des Captains war mit Schmutz beschmiert und er trug einen Helm. Und von der Stelle aus, an der Mr. Vinh im ersten Stock lag, konnte er das Gesicht nicht deutlich sehen. Und nach all den Jahren könnte er sich sowieso nicht mehr daran erinnern.«

Ich nickte. Ich war der Sache nahe, aber hier war ich in eine Sackgasse geraten. Ich fragte Mr. Vinh: »Könnten Sie mir erzählen, was Sie an diesem Tag gesehen haben?«

Ich wollte ihm nicht sagen, dass sein Brief und mein Brief möglicherweise nicht identisch waren. Also setzte ich meine Sherlock-Holmes-Mütze auf und sagte: »In Ihrem Brief haben Sie Ihrem Bruder geschrieben, dass Sie in der Ermordung des Lieutenants durch den Captain keinen Sinn entdecken konnten. Sie sagten aber auch, die beiden hätten sich gestritten. Wäre es möglich, dass der Lieutenant den Captain bedroht hat? Oder hat der Lieutenant den Gehorsam verweigert oder sich feige verhalten? Es kommt mir ungewöhnlich vor, dass ein Offizier wegen eines Streits seine Pistole zieht und einen anderen Offizier erschießt. Wenn Sie darüber nachdenken würden, was Sie gesehen haben, fällt Ihnen vielleicht noch etwas dazu ein.«

Susan dolmetschte, und Mr. Vinh starrte mich an, aber ich verstand nicht warum. Schließlich sagte er etwas und Susan sagte zu mir: »Er kann immer noch keinen Sinn darin erkennen.«

So schnell gab ich nicht auf, zumal wir unser Leben dabei aufs Spiel gesetzt hatten, hierher zu kommen, und dabei vier Menschen getötet hatten. Ich sagte zu Mr. Vinh: »Vielleicht erinnere ich mich nicht mehr so gut an den Brief und vielleicht war auch die Übersetzung nicht akkurat. Könnten Sie mir diese Geschichte bitte noch einmal so erzählen, wie Sie sie in Erinnerung haben?«

Susan dolmetschte.

Mr. Vinh atmete tief durch, so als wollte er keine Kriegsgeschichten erzählen, und antwortete nicht.

Ich sagte: »Mr. Vinh, niemand erinnert sich gern an diese Zeit, aber seit ich hier bin, habe ich meine alten Schlachtfelder besucht, darunter auch Quang Tri und das Ashau-Tal. Ich habe diese Zeiten noch einmal durchlebt und habe dieser Dame meine Kriegserlebnisse erzählt und ich glaube, das hat mir gut getan. Ich bitte Sie nun, diese Zeit noch einmal zu durchleben, nur damit etwas Gutes dabei herauskommt.«

Susan dolmetschte und Mr. Vinh sagte etwas, das Susan mit »Er will nicht darüber sprechen« übersetzte.

Irgendwas stimmte hier nicht und ich fragte Susan: »Übersetzt du wortwörtlich?«

Sie antwortete nicht.

»Susan, was zum Teufel geht hier vor?«

Sie sah mich an und sagte: »Das willst du wirklich nicht wissen, Paul.«

Es lief mir kalt den Rücken hinunter. Ich sagte: »Und ob ich das wissen will.«

»Paul, wir sind sehr weit gekommen und haben Mr. Vinh lebendig gefunden. Jetzt müssen wir sehen, ob er noch mehr Kriegsandenken hat, dann nach Hanoi fahren und Bericht erstatten.«

Ich schaute kurz zu Mr. Vinh hinüber und sah, dass er verstand, dass seine Gäste sich stritten.

Ich nahm die Brieftasche und hielt sie hoch. Ich fragte Mr. Vinh: »Souvenirs?«, ein Wort, das die meisten Vietnamesen verstanden. »Souvenir de guerre? Dai-uy Souvenir? Souvenir vom Captain? Trung-uy Souvenir? Souvenir vom Lieutenant?« Ich zeigte auf die Bambustruhe. »Beaucoup souvenir? Biet?«

Er nickte, stand auf und ging zu seiner Kriegstruhe.

Ich sah Susan an und fragte: »Verstehst du, worum es hier geht?«

»Ja.«

»Du hast die vollständige Übersetzung des Briefes gelesen?«

»Ja, das habe ich.«

»Du bist eine verlogene Schlampe.«

»Stimmt.«

Mr. Vinh kam zurück und legte ein paar Gegenstände auf den Tisch.

Ich sah sie mir an. Da lagen eine amerikanische Militär-Armbanduhr, die schon lange stehen geblieben war, eine Plastikfeldflasche, die Mr. Vinh immer noch verwendet hätte, wenn sie nicht von irgendeiner späteren Schlacht Risse von einem Schrapnell zurückbehalten hätte, ein goldener Ehering, eine Erkennungsmarke und einige Papiere in einem Leinenbeutel.

Ich hob die Erkennungsmarke auf und darauf stand: *Hines, William H.*, gefolgt von seiner Dienstnummer, seiner Blutgruppe und seiner Konfession – Methodist.

Ich betrachtete den Ring. Innen war *Bill & Fran, 15.1.67* eingraviert – etwa ein Jahr, bevor er ermordet wurde.

Ich öffnete den Leinenbeutel und fand ein Bündel Briefe von Fran, Mom und Dad und anderen Leuten. Ich legte die Briefe beiseite und fand einen noch nicht zu Ende geschriebenen Brief, der vom 3. Februar 1968 datiert war. Ich las:

Liebe Fran,

ich weiß nicht, wann und ob ich diesen Brief zu Ende schreiben kann. Wie du mittlerweile weißt, haben die VC und NVA im ganzen Land angegriffen, sogar die Zitadelle hier in Quang Tri. Das MACV-Hauptquartier wurde von Mörsergranaten getroffen und wir haben viele Verwundete, die keine ärztliche Versorgung bekommen können. Die Soldaten der ARVN haben sich aus dem Staub gemacht und die Jungs vom MACV kämpfen um ihr Leben. So viel zur These, Militärberater wäre ein bequemer Job. Ich weiß, dieser Brief klingt sehr pessimistisch, und ich weiß nicht mal, ob du ihn bekommen wirst, aber vielleicht ja doch und dann möchte ich, dass du weißt …

An dieser Stelle brach der Brief ab. Ich legte ihn beiseite.

In dem Leinenbeutel war auch ein kleines Notizbuch und ich schlug es auf. Es war das typische Notizbuch eines Offiziers und enthielt Funkfrequenzen, Rufzeichen, Codes, Namen von Kontaktpersonen bei der südvietnamesischen Armee und so weiter. Außerdem hatte Lieutenant Hines auf diesen Seiten auch Tagebuch geführt und ich blätterte weiter und las ein paar datierte Einträge. Sie drehten sich hauptsächlich ums Wetter, um Stabstreffen, um Gedanken über den Krieg. Es waren flüchtige Notizen.

Ein Eintrag, datiert vom 15. Januar, stach mir ins Auge.

Dort stand: *Capt. B. sehr beliebt bei höherrangigen Offizieren, aber nicht bei mir und anderen. Verbringt zu viel Zeit mit seinen Machenschaften auf dem Schwarzmarkt & geht jeden Abend ins Bordell.*

Ich klappte das Tagebuch zu. Es hörte sich so an, als hätte Capt. B den Krieg genossen – jedenfalls bis Tet.

Ich sah Mr. Vinh an, zeigte auf den Kram auf dem Tisch und dann auf mich.

Er nickte.

Ich sah Susan an und sagte: »Die Familie Hines wird das haben wollen. Und Sie werden auch wissen wollen, wie Lieutenant William Hines umgekommen ist.«

Susan sagte: »Du weißt doch, wie er umgekommen ist. Er ist in der Schlacht gefallen.«

»Entschuldige mal. Er wurde ermordet.«

»Das müssen sie nicht wissen.«

»Also, ich kann zwar nicht für die Familie Hines sprechen, aber mich hat man hierher geschickt, damit ich rausfinde, wer Lieutenant Hines ermordet hat.«

»Nein, deshalb hat man dich nicht hierher geschickt. Man hat dich hierher geschickt, damit du klärst, ob der Zeuge dieses Mordes noch am Leben ist. Und das ist er. Und hat er irgendwelche Andenken? Hat er. Und können wir diese Andenken bekommen? Ja, das können wir. Die Leute in Washington haben den Namen des Mörders bereits herausgefunden – es ist offensichtlich der andere Typ auf den Fotos – und weder du noch ich müssen wissen, wie er heißt. Und du *willst* das auch gar nicht wissen.«

»Falsch.« Ich betrachtete ein zusammengefaltetes, vergilbtes Blatt Papier, das auf dem Tisch lag. Das letzte Andenken aus Mr. Vinhs Truhe. Es war ein Dienstplan, das erkannte ich, und ich zog ihn zu mir her. Er war auf altmodische Art und Weise hektographiert und die Namen waren gerade noch zu entziffern. Die Überschrift lautete: *U.S. Army, MACV, Quang-Tri-Stadt, RVN*. Er war vom 3. Januar 1968 datiert.

Ich überflog die Namen und sah, dass diese Militärberatergruppe aus sechzehn Amerikanern bestanden hatte, alles Offiziere und Senior Sergeants. Es war kein besonders gefährlicher Job, es sei denn, es lief irgendwas schief, wie etwa während der Tet-Offensive.

Der Kommandant der Gruppe war ein Lieutenant Colonel namens Walter Jenkins und sein Erster Offizier war ein gewisser Major Stuart Billings. Der dritte in der Rangliste war ein Captain, der einzige Captain, der auf dieser Liste vor einer Reihe von Lieutenants verzeichnet war, zu denen auch William H. Hines gehörte. Und der Name dieses Captains war Edward F. Blake.

Ich starrte den Namen eine Zeit lang an, zog dann das Fotoalbum zu mir herüber und betrachtete eins der Bilder – das, auf dem der Captain eine Krawatte trug. Ich sah Susan an und sagte: »Edward Blake, der Vizepräsident der Vereinigten Staaten.«

Sie steckte sich eine Zigarette an und erwiderte nichts.

Ich atmete tief durch. Wenn ich jetzt einen Scotch mit Soda gehabt hätte, hätte ich ihn auf ex gekippt. *Edward F. Blake. Capt. B.*

Vizepräsident Edward Blake, der nur wenige Monate und eine Wahl davon entfernt war, der nächste Präsident der Vereinigten Staaten zu werden. Nur dass er ein Problem hatte. Er hatte jemanden ermordet.

Ich sah zu Tran Van Vinh hinüber, der geduldig dasaß, mittlerweile aber vielleicht die angespannte Stimmung mitbekam. Ich bemühte mich, ganz cool und ruhig zu wirken, um Mr. Vinh nicht zu beunruhigen. In ganz normalem Tonfall fragte ich Susan: »Wie groß ist die Wahrscheinlichkeit, dass unser Gastgeber Vizepräsident Blake erkannt hat?«

Sie nahm einen Zug aus ihrer Zigarette und erwiderte: »Tja, das ist die Frage, nicht wahr?«

»Ja. Ich meine, der Fernsehempfang ist doch hier draußen nicht besonders.«

Sie sagte: »Wir haben das alles in Washington diskutiert. Die haben mich nach meiner Meinung gefragt.«

»Und was ist deine Meinung?«

»Also, meine Meinung ist, dass fast jeder Vietnamese auf dem Lande den Präsidenten und vielleicht auch den Vizepräsidenten der USA anhand von Zeitungsfotos erkennen kann. Zeitungen sind hier, wie in den meisten kommunistischen Ländern, überall verbreitet, billig und den Massen zugänglich und es gibt so gut wie keine Analphabeten. Das habe ich denen in Washington gesagt.«

Sie fügte hinzu: »Außerdem sind die Nachrichten sehr politisch ausgerichtet und konzentrieren sich auf Washington. Die Vietnamesen sind nicht schlecht informiert, nicht mal hier in Ban Hin. Und dann haben wir da noch diesen Fernseher im Schulhaus. Und wie du vielleicht weißt, war Vizepräsident Blake, als er noch Senator war, im Ausschuss für auswärtige Angelegenheiten und im MIA-Ausschuss und hat zahlreiche Reisen nach Vietnam unternommen. Vielleicht erinnerst du dich, dass er ein enger persönlicher Freund von Patrick Quinn ist, unserem Botschafter in Hanoi.« Sie sah zu Mr. Vinh hinüber und sagte: »Das könnte möglicherweise Probleme geben, vor allem, wenn Edward Blake Präsident wird.« Sie sah mich an und fragte: »Und was meinst *du?*«

Ich stellte mir vor, wie Tran Van Vinh rauchend auf dem Dorfplatz saß, die hiesige »Prawda« las und auf ein Foto von Edward Blake starrte. Dann kam er auf den Trichter und sagte zu sich: »Nein ... das kann nicht sein. Na, vielleicht ja doch. Hey, Nguyen, der Typ, der Präsident der imperialistischen Vereinigten Staaten von Amerika ist, ist der Typ, von dem ich dir erzählt habe – der Typ, der in Quang Tri den Lieutenant abgeknallt hat.«

Doch was dann? Würde er diesen interessanten Zufall den Behörden melden? Und wenn ja – was würde dabei herauskommen? *Das* war die Frage.

Susan fragte noch einmal: »Was meinst du, Paul?«

Ich sah sie an und sagte: »Jetzt verstehe ich, warum einige Leute in Washington möglicherweise nervös sind und Edward Blake vielleicht nicht besonders gut schläft, immer vorausgesetzt, er weiß von der ganzen Sache und auch von Paul Brenners Mission in Vietnam. Aber jedenfalls ist die Wahrscheinlichkeit, dass unser Gastgeber ihn identifiziert und das meldet, sehr gering.«

»Vorsicht ist besser als Nachsicht.« Sie fügte hinzu: »Da wir jetzt die ganzen Kriegsandenken haben, fühle ich mich schon ein wenig besser.«

»Und wenn du den Mann umbringst, wirst du dich sogar noch besser fühlen.«

Sie ging nicht darauf ein, sondern sagte: »Er hat ihn auf dem Foto irgendwie erkannt. Ich meine, ihm wird nicht sofort der Name dazu einfallen, aber eines Tages vielleicht doch. Beispielsweise, wenn er in der Zeitung liest, dass Edward Blake einen Staatsbesuch macht. Ja, wie es sich trifft, ist Vizepräsident Blake gerade jetzt zu einem offiziellen Besuch in Hanoi.«

Ich erwiderte: »Was für ein Zufall.« Ich fragte: »Weiß Blake, dass er ein Problem hat? Ist er deshalb hier?«

»Das weiß ich wirklich nicht ... Ich glaube, wenn er noch nicht davon weiß, wird er von seinen Beratern davon erfahren, falls und sobald wir nach Hanoi kommen. So schätze ich das ein.«

»Dann wissen wir also nicht, ob die Leute, die uns zu dieser Mission entsandt haben, Blake decken oder ihn damit erpressen wollen.«

Sie erwiderte nichts darauf und fuhr fort: »Die Lokalzeitungen erscheinen nur wöchentlich und in der nächsten Ausgabe wird also etwas über Blakes Besuch stehen, mit Fotos dazu. Die Vietnamesen zeigen neben aktuellen Fotos oft Fotos aus der Kriegszeit und sie erwähnen es immer, wenn jemand im Krieg hier gedient hat, also werden sie schreiben, dass Edward Blake 1968 bei der Schlacht um Quang Tri dabei war, mittlerweile aber ein Freund Vietnams geworden ist. So was finden sie absolut Klasse.« Sie sah mich an. »Was meinst du? Würde unser Freund hier den Zusammenhang verstehen, wenn er nebeneinander Fotos von Captain Blake und Vizepräsident Blake sähe?«

»Verteidige ich hier das Leben dieses Mannes?«

Sie erwiderte nichts.

Ich sagte: »Dieser Mann ist nicht zehn Jahre lang durch die Hölle gegangen, damit du ihn dann in seinem eigenen Haus abknallst, weil er sich möglicherweise eines Tages an irgendwas erinnert.«

Mr. Vinh rauchte weiter, während sich seine Gäste auf Englisch unterhielten. Er fand das wahrscheinlich ziemlich unverschämt, war aber so höflich, das nicht anzusprechen. Und jedes Mal, wenn Susan oder ich den Namen Edward Blake aussprachen, fragte ich mich, ob Mr. Vinh ihn erkannte. Ich fragte Susan: »Versteht er den Namen?«

Sie erwiderte: »Nein. Der wird hier anders geschrieben und ausgesprochen. Nicht so angelsächsisch wie wir es aussprechen. Ohne Akzente liest es sich ganz anders. Aber wir müssen den Dienstplan mitnehmen, damit er den Namen nicht mit dem in der Zeitung vergleichen kann ... und außerdem wird er sich an unseren Besuch hier erinnern und auch an das Fotoalbum.«

Ich starrte Susan an und dachte über all das nach. Es wurde Zeit für eine Susan-Analyse: Liebte ich sie immer noch? Ja, aber ich würde darüber hinwegkommen. Vertraute ich ihr? Das hatte ich nie. War ich sauer? Ja, aber auch beeindruckt. Sie machte das sehr gut. Und letztlich: Würde sie gleich etwas Übereiltes und Gewalttätiges unternehmen? Sie dachte gerade darüber nach.

Sie schmauchte nachdenklich ihre Zigarette und sagte dann zu mir: »Ich wünschte wirklich, du wärst nicht so verdammt neugierig gewesen.«

»Hey, dafür werde ich bezahlt. Ich bin Ermittler.«

Sie lächelte und merkte dann, dass wir unseren Gastgeber ignoriert hatten. Dann plauderte sie eine Weile mit ihm über wer weiß was. Vielleicht fragte sie ihn, von welcher Firma sein Lehmboden war. Sie spendierte ihm noch eine Zigarette, holte dann die Rechnung des Dien Bien Phu Motels aus der Tasche und schrieb etwas hinten drauf, während sie weiter mit Mr. Vinh sprach. Vielleicht tauschten sie Pho-Rezepte aus, aber dann sagte Susan zu mir: »Ich lasse mir die Adresse von Mr. Vinhs Cousin in Dien Bien Phu geben, damit wir ihm den Brief von Mr. Vinh schicken können.«

»Wieso das? Mr. Vinh wird doch von dir oder jemand anderem umgelegt.«

Susan erwiderte nichts.

Mr. Vinh lächelte mich an.

Ich sagte zu Susan: »Hauen wir hier ab, ehe die Bullen kommen.«

Susan sagte: »Mach dir keine Sorgen. Du wirst es nicht glauben, aber Mr. Vinh ist in diesem Bezirk der Parteichef.« Sie deutete mit einer Kopfbewegung auf das Onkel-Ho-Plakat an der Wand. »Die Soldaten kommen nur, wenn Mr. Vinh sie ruft.«

Ich sah Mr. Vinh an. Mein Glück mal wieder. Ich war hier im Haus des Top-Kommunisten dieser Gegend. Doch davon mal abgesehen, machte er einen kooperativen Eindruck und wenn ihm Susan meine Frage, was denn nun wirklich an dem Tag passiert war, als er gesehen hatte, wie Captain Blake Lieutenant Hines erschoss, übersetzt hätte, hätte Mr. Vinh geantwortet. Ich fragte ihn: »Parlez-vous français?«

Er schüttelte den Kopf.

»Nicht mal ein bisschen? Un peu?«

Er antwortete nicht.

Susan sagte: »Also gut, vielleicht sollten wir jetzt gehen, Paul, ehe Mr. Vinh noch merkt, dass hier was faul ist.«

»Ich bin noch nicht fertig.«

»Lass es.«

»Susan, weshalb ist es so wichtig, dass Edward Blake gedeckt wird?«

»Du solltest mehr Zeitung lesen und ich habe dir auch schon gesagt, dass Edward Blake hier gute Beziehungen hat. Er hat sich bei der Regierung in Hanoi viele Freunde gemacht – die neuen Leute, die mit uns zusammenarbeiten wollen. Edward Blake steht kurz vor einem Abkommen über die Bucht von Cam Ranh und auch kurz vor einem Handels- und Ölabkommen. Und außerdem wird er sich gegen China stellen.«

»Na und? Für mich sieht es so aus, als hätte er einen Mord begangen.«

»Wen interessiert das? Er wird der nächste Präsident. Das Volk mag ihn, das Militär mag ihn, die Nachrichtendienste mögen ihn und die Wirtschaft mag ihn auch. Und ich wette, vor zehn Minuten hast auch du ihn noch gemocht.«

Das hatte ich tatsächlich. Kriegsheld und so. Sogar meine Mutter mochte ihn. Er sah gut aus. Ich sagte: »Also gut, entscheiden wir im Zweifelsfall mal zu Edward Blakes Gunsten und gehen davon aus, dass er Lieutenant Hines aus triftigen militärischen Gründen erschossen hat. Frag jetzt Mr. Vinh ohne irgendwelche Tricksereien, was er an diesem Tag gesehen hat. Los.«

Susan erwiderte: »Wir werden den Grund nie erfahren, er spielt auch keine Rolle und Mr. Vinh kennt ihn nicht.« Sie stand auf. »Gehen wir.«

Ich sagte: »Du kennst den Grund. Erzähl du es mir.«

Sie ging auf die Rückwand und die Dachkante zu und war der Waffe jetzt viel näher als ich. Sie sagte: »Ich will nicht, dass du das weißt. Du weißt schon viel zu viel.«

Mr. Vinh versuchte aus der ganzen Sache schlau zu werden und sah zwischen Susan und mir hin und her.

Ich stand auf und behielt Susan im Blick.

Sie wusste, dass ich wusste, wohin sie unterwegs war, und sie sagte: »Paul ... ich liebe dich. Wirklich. Und deshalb will ich auch nicht, dass du mehr erfährst, als du schon weißt. Ja, ich werde nicht mal erwähnen, dass du auf den Namen Edward Blake gekommen bist.«

Ich sagte: »*Ich* werde das aber erwähnen. Jetzt frag ihn, was er weiß, oder erzähl mir, was du weißt.«

»Weder noch.« Sie zögerte und sagte dann: »Gib mir die Schlüssel.«

Ich zog die Schlüssel aus der Tasche und warf sie ihr zu.

Sie fing sie auf, sah mich an und sagte dann etwas zu Mr. Vinh. Und was sie da sagte, sorgte dafür, dass sich Mr. Vinh zu mir umsah und anfing zu reden.

Ich sah, wie Susan in das Strohdach langte und die Pistole herauszog. Sie hielt sie hinter ihrem Rücken. Ich fragte mich, ob man im Dorf einen Schuss hören würde. Oder zwei Schüsse.

Ich sagte zu ihr: »Ich habe für mein Land Menschen umgebracht und jede Menge widerliche Sachen getan. Kennst du das alte Sprichwort ›Eher verrate ich mein Land als meinen Freund‹? Es gab mal eine Zeit, da habe ich das nicht so gesehen. Jetzt bin ich mir da nicht mehr so sicher. Wenn du in mein Alter kommst, Susan, und auf diese Sache zurückschaust, wirst du das vielleicht verstehen.«

Wir sahen einander an und ich merkte, dass sie den Tränen nahe war, was für meine Gesundheit und die von Mr. Vinh kein gutes Zeichen war.

Mr. Vinh war mittlerweile aufgestanden und sah zwischen uns hin und her.

Susan sagte etwas zu ihm und er fing an, den Kram auf dem Tisch zusammenzusammeln.

Ich hätte ihn gern aufgehalten, hielt das aber aus mehreren Gründen für keine gute Idee. Die Waffe war nicht der Geringste dieser Gründe.

Mr. Vinh gab Susan das Fotoalbum und sie steckte es sich in die Seitentasche ihrer Steppjacke, dann stopfte sie sich die Leinentasche mit den Briefen und dem MACV-Dienstplan, die Erkennungsmarke, die Brieftasche, den Ehering und die Armbanduhr in ihre übrigen Taschen.

Mr. Vinh war mittlerweile klar, dass Susan und ich uns über irgendwas uneins waren, aber höflich wie er war, wollte er sich in den Krach zwischen einer Westlerin und einem Westler nicht einmischen.

Miss Weber dachte währenddessen über ihren nächsten Schachzug nach – einen sauberen oder einen unschönen Abgang. Sie musste den Knall der Pistole irgendwie dämpfen und dachte möglicherweise jetzt darüber nach. Ich hatte Schwierigkeiten, mir vorzustellen, wie Susan Weber Tran Van Vinh oder ihren neuen Liebsten tötete, aber dann fiel mir wieder ein, wie sie die beiden Soldaten abgeknallt hatte, ohne mit der Wimper zu zucken. Sie ging zu ihrem Rucksack und holte das Fell hervor, das sie von den Montagnards bekommen hatte. Damit hätte auch ich den Pistolenschuss gedämpft. Ich sah sie an, aber sie sah mir nicht in die Augen und das war kein gutes Zeichen.

Sie zögerte lange, kam dann zu einem Entschluss und steckte sich die Pistole hinten in den Hosenbund, ohne dass Mr. Vinh mitbekommen hatte, was hier gerade vorgegangen war.

Mit einer Verbeugung übergab sie Mr. Vinh das Fell und er verbeugte sich ebenfalls. Sie sah mich an und fragte: »Kommst du mit?«

»Wenn ich mitkomme, nehme ich die Waffe und die Beweismittel. Das ist dir doch wohl klar.«

Sie atmete tief durch, sagte »Es tut mir Leid« und ging.

Da stand ich also mitten im Nirgendwo im Haus eines regionalen Chefkommunisten, der nicht mal Französisch sprach, von Englisch ganz zu schweigen, und meine neue Freundin machte sich mit den Motorradschlüsseln und der Waffe aus dem Staub. Na ja, es hätte schlimmer kommen können.

Ich tippte mir mit dem Zeigefinger an die Schläfe und sagte zu Mr. Vinh: »Co-dep dien cai dau. Verrückt.«

Er lächelte und nickte.

»Fährt hier heute noch irgendein Bus?«

»Hä?«

Ich sah auf meine Armbanduhr. Es war fast drei. Nach Dien Bien Phu waren es dreißig Kilometer. Bei einem Gewaltmarsch konnte ich in flachem Gelände sechs bis sieben Kilometer pro Stunde zurücklegen. Dann wäre ich etwa um acht in der Stadt gewesen. Vielleicht nahm mich ja auch jemand mit.

Ich sagte zu Mr. Vinh: »Cam on … äh, na ja. Thanks. Merci beaucoup. Prima Tee.« Dann schüttelte ich ihm die Hand. Ich sah ihm in die Augen. Dieser alte Veteran hatte die Hölle hoch zehn überlebt und war nun im Grunde nichts weiter als ein armer Bauer, ein Agrarkommunist der alten Schule, absolut unverdorben und ein vollkommen bedeutungsloser Mensch. Wenn Washington ihn nicht umlegen ließ, taten es vielleicht die neuen Leute in Hanoi. Mr. Vinh und ich hatten einiges gemein.

Ich nahm meine Armbanduhr ab, eine gute Schweizer Armeeuhr, und gab sie ihm. Er nahm sie zögerlich und verbeugte sich.

Ich nahm meinen Rucksack und verließ das Haus Tran. Ich ging bergab, vorbei an den Grabhügeln, zurück ins Dorf Ban Hin.

Diesmal erregte ich nicht so viel Aufsehen, oder wenn doch, bemerkte ich es nicht.

Fazit: Trotz meines Wagemuts und meiner sarkastischen Sprüche war ich immer noch verliebt in Miss Verlogene Schlampe. Ja, mir drehte sich der Magen um und tat das Herz weh. Ich dachte an Saigon, an das Dachgartenrestaurant des Rex, an die Zugfahrt nach Nha Trang, ans Grand Hotel, an die Pyramide-Insel, an die Fahrt auf der Nationalstraße 1 nach Hué, an das Tet-Silvesterfest, an Ashau und Khe Sanh und Quang Tri – und wenn ich das alles noch einmal hätte machen müssen, dann nur mit ihr.

Dann war da die Sache mit Edward Blake. Ich bekam das immer noch nicht auf die Reihe und war noch nicht bereit, es zu analysieren. Mit Sicherheit wusste ich nur, dass der eine oder andere mächtige Zirkel Wind von diesem Brief bekommen und sich in die Sache eingeschaltet hatte. Oder vielleicht war es auch andersrum gewesen – vielleicht waren zuerst die CIA oder das FBI auf den Brief aufmerksam geworden und die Army-CID diente nur als Tarnung. Und Paul Brenner war der Don Quixote, der als fahrender Ritter mit Miss Sancho Pansa, die im Hintergrund die Fäden zog, durch die Lande ritt. Es war mir natürlich schon eine ganze Zeit lang klar gewesen, dass es so lief, aber ich hatte nicht viel in dieser Sache unternommen.

Jedenfalls hatten sich einige Leute in Washington in eine schwere Paranoia hineingeredet. So was können die gut. Und Edward Blake war den Umfragen zufolge ein Siegertyp: ein gut aussehender Kriegsheld mit einer schönen Frau, Kindern, Geld und Freunden in hohen Ämtern, und deshalb war jeder, der eine Bedrohung für seine künftige Präsidentschaft darstellte, ein toter Mann.

Davon mal abgesehen, glaubte ich nicht, dass der Mann in Schwierigkeiten steckte, schon gar nicht, wenn jemand Mr. Vinh und mich umlegte. Susan hatte letzten Endes nicht abdrücken können, also hätte ich ihr vielleicht einen Dankesbrief schicken sollen.

Ich ging über den Dorfplatz und schaute zum Kriegsdenkmal hinüber. Diesem Krieg, dem Vietnamkrieg, dem Amerikanischen Krieg, fielen immer noch Menschen zum Opfer.

Ich kam an die Nationalstraße 12 und sah mich nach einer Mitfahrgelegenheit um, aber es war der letzte Tet-Tag und vermutlich machten jetzt alle ein langes Wochenende und niemand fuhr irgendwohin.

Ich ging in südlicher Richtung nach Dien Bien Phu los. Ich kam an dem Militärposten vorbei und sah, dass der Jeep weg war.

Nach etwa einem halben Kilometer hörte ich hinter mir ein großes Motorrad, ging aber weiter.

Susan hielt neben mir und wir sahen einander an.

Sie fragte: »Wieso gehst du nach Dien Bien Phu? Ich habe dir doch gesagt, wie du nach Hanoi kommst. Du hörst mir nie zu. Du solltest per Anhalter nach Lao Cai fahren. Ich fahre in die Richtung. Steig auf.«

»Danke, aber da krieche ich lieber. Und ich gehe, wohin ich will.« Ich ging weiter.

Sie rief mir zu: »Ich fahre dir nicht hinterher und ich flehe dich auch nicht an. Entscheide dich. Entweder kommst du mit, oder du siehst mich nie wieder.«

Dieses Spielchen hatten wir schon auf der Nationalstraße 6 getrieben, aber diesmal blieb ich hart. Ich gab ihr mit einer Handbewegung zu verstehen, dass ich sie gehört hatte, und ging weiter.

Ich hörte, wie sie Gas gab, und als sie dann davonfuhr, wurde der Motorenlärm leiser.

Etwa zehn Minuten später hörte ich das Motorrad wieder hinter mir. Susan hielt neben mir und sagte: »Letzte Chance, Paul.«

»Versprochen?«

»Ich hatte Angst, dass dich jemand mitnimmt und ich dich verliere.«

Ich ging weiter und sie schaltete runter und fuhr neben mir her. Sie sagte: »Du darfst fahren.«

Ich erwiderte nichts.

Sie sagte: »Du musst nach Hanoi und am Sonntag abfliegen. Und wenn ich dich nicht nach Hanoi bringe, kriege ich Schwierigkeiten.«

»Ich dachte, du solltest mich umlegen.«

»Mach dich nicht lächerlich. Komm. Zeit für die Heimreise.«

»Danke schön, aber ich finde alleine nach Hause. Habe ich schon zweimal geschafft.«

»Bitte.«

»Susan, scher dich zum Teufel.«

»Sag so was nicht. Bitte komm mit.«

Wir standen auf der unbefestigten Straße und sahen einander an. Ich sagte: »Ich will wirklich nicht mitkommen.«

»Doch, das willst du.«

»Es ist aus.«

»Ist das der Dank dafür, dass ich dich und Mr. Vinh nicht umgebracht habe?«

»Wie herzensgut du doch bist.«

»Stört's dich, wenn ich rauche?«

»Es würde mich auch nicht stören, wenn du brennen würdest.«

Sie steckte sich eine an und sagte: »Also gut, in Wirklichkeit ist Folgendes passiert. In Tran Van Vinhs Brief stand, dass er in der Zitadelle von Quang-Tri-Stadt verwundet im ersten Stock des Finanzministeriums lag und ins Erdgeschoss sehen konnte. Er sah zwei Männer und eine Frau hereinkommen und einen Wandsafe öffnen, dann nahmen sie Säcke heraus. Es waren Zivilisten und Mr. Vinh, der damals Feldwebel Vinh war, vermutete, dass sie entweder den Staatsschatz plünderten oder in offiziellem Auftrag da waren und den Schatz an einen sicheren Ort bringen sollten. Mr. Vinh schrieb in seinem Brief, die Leute hätten einige der Säcke geöffnet, und er habe amerikanische Goldmünzen gesehen und auch etwas Schmuck.« Sie nahm einen Zug aus ihrer Zigarette. »Dir ist klar, worauf das hinausläuft. Willst du es weiter hören?«

»Deshalb bin ich hier. Du hörst mir nicht zu.«

Sie lächelte und fuhr fort: »Diese Geschichte lässt sich mit der Tatsache vereinbaren, dass während der Schlacht der Staatsschatz von Quang Tri geplündert wurde. Das steht in den Geschichtsbüchern. Ich habe es nachgelesen.«

»Erzähl weiter.«

Sie fuhr fort: »Feldwebel Vinh erzählt in seinem Brief, dass ihm schon Stunden zuvor die Munition ausgegangen war, und deshalb hat er nur zugesehen. Ein paar Minuten später kam der Lieutenant – Hines – herein und sprach mit den drei Zivilisten, so als wäre er mit ihnen in der Mission unterwegs, den Inhalt des Safes zu bergen. Doch mit einem Mal hebt Lieutenant Hines sein Gewehr und erschießt die beiden Männer. Die Frau flehte um ihr Leben, aber er tötete sie mit einem Kopfschuss. Captain Blake kommt herein, sieht, was passiert ist, und streitet sich mit Lieutenant Hines. Und als Lieutenant Hines sein Gewehr heben will, feuert Captain Blake seine Pistole ab und tötet Lieutenant Hines. Dann sichert Captain Blake das Geld und das Gold, indem er es wieder in den Safe packt und ihn verschließt. Dann geht er.« Sie fügte hinzu: »Die eigentliche Plünderung fand später statt.«

Sie warf die Zigarette weg und sagte: »Das ist es also, was in Wirklichkeit passiert ist, und das hat Tran Van Vinh gesehen und in dem Brief seinem Bruder geschildert.«

Ich sah sie eine Zeit lang an und sagte dann: »Ich glaube, du hast die beiden Amerikaner vertauscht.«

Sie lächelte flüchtig. »Da könntest du Recht haben. Aber ich finde, so herum klingt's besser.«

Ich sagte: »Dann hat Edward Blake also in Wirklichkeit vier Menschen kaltblütig ermordet und ist auch der Dieb. Und diesen Typen willst du als Präsidenten haben?«

»Wir alle machen Fehler, Paul. Zumal im Krieg. Also, ich persönlich würde Edward Blake nicht wählen, aber er ist gut für das Land.«

»Nicht für mein Land. Bis dann.« Ich machte kehrt und ging weiter.

Sie fuhr neben mir her und sagte: »Ich mag Männer, die sich für eine gerechte Sache einsetzen.«

Ich erwiderte nichts.

Sie sagte: »Jetzt kennst du also das Geheimnis. Kannst du es für dich behalten?«

»Nein.«

»Du kannst nichts beweisen.«

»Ich werd's aber versuchen.«

»Das ist keine gute Idee.«

Ich blieb stehen und sah mich um. Weit und breit war keine Menschenseele zu sehen. Ich sagte: »Hey, das wäre hier ein guter Ort, wenn du mich umbringen willst.«

»Ja, das wäre es.« Sie zog die Automatik Kaliber 45 aus dem Hosenbund, wirbelte sie sehr gekonnt am Abzugbügel herum und reichte sie mir dann mit dem Griff voran. »Oder du könntest mich loswerden.«

Ich nahm die Waffe und warf sie, so weit ich konnte, in ein unter Wasser stehendes Reisfeld.

Sie sagte: »Ich habe noch eine Waffe. Ja, sogar noch zwei.«

»Susan, mit dir stimmt was nicht.«

»Ich hab dir doch gesagt, meine Familie ist verrückt.«

»*Du* bist verrückt.«

»Na und? Das macht mich interessant. Hältst du dich für geistig vollkommen gesund?«

»Schau mal, ich will mich hier draußen nicht mit dir streiten ...«

»Liebst du mich?«

»Klar.«

»Willst du mir helfen, Edward Blake aus dem Amt zu jagen?«

»Er ist gut für das Land«, erinnerte ich sie.

»Aber nicht für mein Land. Komm. Mir geht allmählich das Benzin aus und du bist zu alt für so eine Wanderung.«

»Ich war früher mal Infantrist.«

»In welchem Krieg? Im Bürgerkrieg oder im spanisch-amerikanischen? Steig auf. Du kannst dich in Hanoi an mir abreagieren. Mir muss dringend mal jemand den Hintern versohlen.«

Ich lächelte.

Sie wendete das Motorrad vor mir und langte dann nach meiner Hand. Ich nahm ihre Hand und sie zog mich zu sich.

Ich stieg auf.

Wir fuhren nach Norden, erst durch Ban Hin und dann in Richtung Lao Cai und Hanoi.

Das hätte ein erfreulicher Ausklang dieses Tages sein können, hätte ich auch nur die Hälfte dessen geglaubt, was sie mir erzählt hatte.

Kapitel 45

Wir fuhren in nördlicher Richtung auf der Nationalstraße 12 weiter, die unbefestigt und einspurig blieb und am rechten Ufer des Da-Flusses entlangführte.

Der Himmel war von niedrig hängenden dunklen Wolken bedeckt, die so aussahen, als würden sie sich bis zum Frühling nicht verziehen. Ich hatte keinen sonnigen Tag mehr erlebt, seit wir auf dem Weg nach Hué den Hai-Van-Pass überquert hatten.

Insofern das Wetter die Kultur beeinflusst, gab es tatsächlich zwei unterschiedliche Vietnams: das sonnige, lärmende, ewig lächelnde im Süden und das graue, ruhige und ernste hier oben. Und nun raten Sie mal, wer den Krieg gewonnen hat.

Susan und ich sprachen kaum ein Wort miteinander und das war mir nur recht so. Ich hasse Streitigkeiten zwischen Liebenden, bei denen es darum geht, dass der eine jemanden umbringen will und der andere nicht.

Ich versuchte schlau aus der ganzen Sache zu werden und durchschaute es wohl größtenteils – zumindest die politischen, wirtschaftlichen und globalstrategischen Aspekte. Und wie üblich gab es für all das genauso triftige Gründe wie damals, als wir uns zum ersten Mal hier eingemischt hatten. Letzten Endes ergab es nur für die Leute in Washington einen Sinn, die eben anders dachten als normale Menschen.

Was Washingtons Beweggründe anging, so handelte es sich

um eine Mischung aus berechtigten Sorgen Chinas wegen, aus einer krankhaften Besessenheit hinsichtlich allem, was Vietnam betraf, und dem tief verwurzelten Glauben, dass die Macht so etwas sei wie ein großer Schwanz, den Gott einem verliehen hat, damit man sich damit erfreue.

Von diesen Tiefsinnigkeiten einmal abgesehen, gab es aber auch noch die menschlichen Elemente. Zu allererst einmal musste Edward Blake wegen Mordes in den Knast. Und dann konnte jemand anderer Präsident werden.

Dann war da Karl. Colonel Hellmann brauchte einen Generalsstern, sonst wurde er in den Ruhestand geschickt; und ein dienstalter Colonel, der auf einen Stern aus ist, ähnelt einem High-School-Mädchen, das am Abend vor dem Abschlussball dringend noch einen Tanzpartner sucht – Fellatio kam da durchaus schon mal in Frage. Ich machte ihm da keine Vorwürfe, wirklich nicht, aber er hätte mich ja da nicht mit reinziehen müssen.

Und dann waren da die Zuarbeiter, wie etwa Bill Stanley, Doug Conway und wer weiß, wer noch alles, die aus einem Drehbuch ablasen, das den Titel trug »Gott schütze Amerika«, das die Produzenten und Regisseure in Wirklichkeit aber als »Mr. Blake geht nach Washington« rausbringen würden – ein Film, in dem Präsident Blake die Russen aus der Bucht von Cam Ranh verscheucht, Vietnam in ein amerikanisches Erdölunternehmen verwandelt und Amerika damit von seiner Vergangenheit erlöst. Am Schluss nimmt die 7. Flotte dann von der Bucht von Cam Ranh aus Kurs auf China und jagt allen damit eine Heidenangst ein.

Vielleicht hätten diese ganzen Leute lieber mal auf Tennis umsatteln sollen.

Und dann war da Cynthia, die Karl Hellmann so weit manipuliert hatte, dass sie Paul Brenner einredete, er bräuchte eine neue Aufgabe im Leben und damit ließe sich ihre Beziehung retten. Cynthias Motive mochten ja durchaus lauter gewesen sein, aber wenn sie mich wirklich verstanden hätte, wäre sie vollkommen aufrichtig zu mir gewesen, statt so zu tun, als steckten Karl und sie nicht unter einer Decke. Gott schütze mich vor Frauen, die nur mein Bestes wollen.

Und dann war da Susan, mein kuscheliges, kleines Kätzchen mit den großen Fangzähnen. Das Unheimlichste daran war, dass sie tatsächlich in mich verliebt war. Offenbar ziehe ich vor allem intelligente Frauen mit angeknackster Psyche an. Anders betrachtet, lag das Problem vielleicht aber auch eher bei mir. Normalerweise kann ich meinem Dickie Johnson die Schuld an den meisten meiner Damendramen anlasten, aber diesmal, glaube ich, war eher mein Herz schuld daran.

Wir näherten uns einer großen Stadt, die laut Karte Lai Chau hieß und leider nicht Lao Cai, das nicht mal in der Nähe lag.

Wir trugen unsere Montagnard-Kluft, damit uns das Militär unterwegs auf der Straße nicht als Westler erkannte und nur so zum Spaß anhielt. Doch als wir uns Lai Chau näherten, nahmen wir die Tücher, die gefütterten Lederkappen und Motorradbrillen ab und hielten dann mitten in der Stadt, die wie eine weniger wohlhabende Version von Dien Bien Phu aussah, an einer Tankstelle.

Susan ging auf die Toilette und ich bediente die Handkurbel an der Zapfsäule und tankte nach. Geht es eigentlich langsamer, wenn man Liter statt Gallonen tankt? Oder schneller?

Susan kam wieder, ganz ohne blaue Farbe im Gesicht und auf den Händen, und sagte: »Ich tanke. Du kannst auf die Toilette gehen.«

»Ich pumpe aber so gerne.«

Sie lächelte und fragte: »Darf ich dir den Zapfhahn halten?«

Völlig durchgeknallt. Aber klasse im Bett.

»Bist du mir böse?«

»Natürlich nicht.«

»Vertraust du mir?«

»Ich glaube, das hatten wir schon.«

»Also gut: Glaubst du mir, dass ich auf deiner Seite bin, dass ich wie du finde, dass Edward Blake öffentlich darüber Rechenschaft ablegen muss, wie William Hines ums Leben gekommen ist?«

»Absolut.« Ich tankte zu Ende und fragte sie: »Hast du noch Dong?«

Sie zahlte beim Tankwart, der in der Nähe stand und uns und die BMW beäugte. Wieso zapfen diese Typen nicht das Benzin? Das wird sich hier alles ändern, wenn erst mal sämtliche Tankstellen in amerikanischem Besitz und Betrieb sind. Dann werden diese Scheißkerle schon sehen, wer den Krieg wirklich gewonnen hat.

Ich wollte fahren, also stieg ich auf. Susan kam zu mir und sagte: »Sieh mich an, Paul.«

Ich sah sie an.

Sie sagte: »Ich hätte diesen Mann nicht umbringen können. Das musst du mir glauben.«

Ich sah ihr in die Augen und sagte: »Ich glaube dir.«

Sie lächelte und sagte: »Dich hingegen hätte ich gern abgeknallt.«

Ich lächelte ebenfalls, sagte aber: »Das ist nicht witzig.«

»Ich weiß. 'tschuldige. Ich mache schlechte Scherze, wenn ich angespannt bin.«

»Steig auf.«

Sie setzte sich auf den Rücksitz und schlang ihre Arme um mich.

Ich ließ den Motor an und wir fuhren weiter die Nationalstraße 12 hoch, die hier, wo der Talgrund anstieg, meist bergauf ging.

Susan war wie üblich hungrig und wir hielten und picknickten vor einem faulig stinkenden Reisfeld: Bananen und Reiskekse und ein Liter Wasser. Seit dem Stachelschwein am Vorabend hatte ich kein anständiges Protein mehr zu mir genommen.

Susan steckte sich eine Verdauungszigarette an und sagte:

»Falls du dich fragst, warum sie ausgerechnet dich dafür ausgesucht haben – das lag unter anderem daran, dass sie einen Kriegsveteran wollten. Zwischen alten Soldaten bestehen gewisse Bande, selbst wenn sie auf unterschiedlichen Seiten gekämpft haben, und das habe ich auch sofort bei dir und Mr. Vinh gespürt.«

Ich dachte darüber nach und erwiderte: »Zwischen mir und Oberst Mang bestehen aber keine Bande.«

»Doch.«

Ich überhörte das und sagte: »Dann hat mich also ein Computer ausgesucht? Gut aussehend, spricht Französisch und Vietnamesisch, ausgezeichnete Landeskenntnisse, liebt das dortige Essen, Motorradführerschein und gut im Umgang mit Menschen.«

Sie lächelte. »Gut im Bett nicht zu vergessen.«

»Stimmt. Ich sag dir was: Die haben sich verrechnet.«

»Vielleicht. Vielleicht auch nicht.«

Ich ging nicht darauf ein und wir stiegen auf.

Gut sechzig Kilometer und zwei Stunden hinter Lai Chau gabelte sich die Straße und dort stand doch tatsächlich ein Schild: Links waren es noch zehn Kilometer bis zur laotischen Grenze und rechts noch siebenundsechzig Kilometer nach Lao Cai. Da ich auf dieser Reise nicht nach Laos und auf keinen Fall irgendwelchen weiteren Grenzpolizisten oder Militärs begegnen wollte, bog ich rechts ab.

Im Rückspiegel erblickte ich jedoch einen Militärjeep, der hinter uns Staub aufwirbelte. Ich sagte zu Susan: »Soldaten.«

Sie drehte sich nicht um, sondern beugte sich vor und sah den Jeep im Spiegel. »Die kannst du auf dieser unbefestigten, ausgefurchten Straße locker abhängen.«

Sie meinte damit, dass die beiden Fahrspuren sehr ausgefahren waren, der Grasstreifen dazwischen aber recht eben. Ich gab Gas und beschleunigte die Maschine auf sechzig Sachen. Dann sah ich, dass die Staubwolke immer weiter zurückblieb.

Wir hielten dieses Tempo eine halbe Stunde lang, dann rechnete ich aus, dass der Jeep, wenn er halb so schnell fuhr wie wir, jetzt fünfzehn Kilometer hinter uns war.

Susan sagte: »Ich hab's dir ja gesagt: Ein Motorrad ist besser.«

Ein Großteil dieser Reise war vorher geplant worden und was mir wie ein Zufall vorgekommen war – oder wie mehr Glück als Verstand –, war wohl kalkuliert. Ich hatte den Fehler begangen, meine Freunde in Washington, die doch wirklich nicht so dumm sein konnten, wie sie einem vorkamen, zu unterschätzen.

Wir waren nun auf einem absolut trostlosen Streckenabschnitt, der laut Karte »4-D« hieß. Es wurde kalt und dunkel. Ich nahm Susans Hand und sah auf ihre Armbanduhr. Es ging auf 19 Uhr zu. Die Sonne geht in diesen Breiten schnell unter, wie ich schon 68 festgestellt hatte, und ehe man sichs versah, war es dunkel.

Die Straße 4-D führte nun bergauf ins Hochgebirge und vor uns sah ich hohe Gipfel aufragen. Zu allem Unglück bildete sich nun auch noch Bodennebel. Wir würden es nicht bis Lao Cai schaffen.

Ich sah mich wieder mal nach einer Stelle um, an der ich halten und wir die Nacht verbringen konnten. Jetzt konnte ich meinen Atem sehen und die Temperatur näherte sich vermutlich Minusgraden.

Als ich gerade an einem schmalen Streifen Land neben einem Bergbach halten wollte, sah ich ein Schild, auf dem *Sapa* stand und dann auf Englisch: *Traumhafte Berglandschaft – gute Hotels*. Ich hielt und starrte das Schild an. Vielleicht war das ein Rucksacktouristenscherz. Ich fragte: »Ist das ernst gemeint?«

Susan teilte mir mit: »Hier oben ist eine Stadt rund um eine Bergstation, die Sapa heißt. Das war früher bei den Franzosen im Sommer ein beliebter Urlaubsort. Jemand aus meinem Hanoier Büro war mal da. Schauen wir mal auf der Karte nach.«

Ich nahm die Karte heraus und wir betrachteten sie im schwindenden Licht. Na klar, da war ein kleiner Punkt mit dem Namen Sapa daneben, aber auf der Karte deutete nichts darauf hin, dass es mehr als ein kleines Kaff war. Auf der Karte sah ich auch, dass wir hier auf 1800 Meter Höhe waren, was erklärte, warum ich meinen Atem sehen und meine Nase nicht mehr spüren konnte. Ich sagte: »Von Sapa nach Lao Cai sind es noch mal gut dreißig Kilometer. Wir halten in Sapa.«

Ich beschleunigte auf der steil bergauf führenden Straße. Der Nebel war jetzt sehr dicht und ich ließ den Scheinwerfer aus und hielt mich in der Mitte der unbefestigten Straße.

Eine Viertelstunde später sahen wir einen Lichterschein und wiederum ein paar Minuten später waren wir in Sapa.

Es war ein hübscher kleiner Ort und in der Dunkelheit stellte ich es mir wie ein Dorf in den französischen Alpen vor.

Wir fuhren eine Weile umher und jetzt im Winter war die Stadt wie ausgestorben. Es gab viele kleine Hotels und Pensionen in Sapa, aber wenn wir in einer davon abgestiegen wären, hätte man das der Ausländerpolizei gemeldet.

Ich sah nur wenige Leute auf den Straßen, die meisten davon Montagnards. Dann entdeckte ich vor mir einen Vietnamesen auf einem Motorroller und sagte zu Susan: »Frag ihn nach dem besten Hotel in der Stadt.« Ich beschleunigte und fuhr dann neben ihm her. Susan sprach mit ihm und er beschrieb ihr den Weg. Zu mir sagte sie: »Du musst wenden.«

Ich wendete auf der stillen Straße und Susan dirigierte mich zu einer Straße, die aus der Stadt heraus einen Berg hoch führte.

Ganz am Ende dieser Straße tauchte wie eine Fata Morgana ein großes, modernes Hotel auf, das Victoria Sapa hieß.

Wir gaben das Motorrad am Eingang ab, nahmen unsere Rucksäcke und betraten das große, luxuriöse Foyer.

Susan sagte zu mir: »Nur das Beste für meinen Helden.

Bezahl mit deiner Amex-Karte. Ich bekomme, glaube ich, meine Auslagen nicht mehr zurückerstattet.«

»Trinken wir doch erst mal was.«

Auf der anderen Seite des Foyers gab es eine Lounge und ich nahm Susans Arm und führte sie in diese moderne Lounge mit dem Panoramablick auf die wolkenverhangenen Berge. Wir stellten unsere Rucksäcke ab und setzten uns an einen Cocktailtisch. Eine Kellnerin kam und wir bestellten zwei Bier. Ich schaute mich um und sah in diesem großen Raum etwa ein Dutzend Westler, also fielen wir nicht auf. Deshalb hatte ich ins beste Hotel der Stadt gewollt.

Susan sagte: »Ich habe so das Gefühl, dass wir hier nicht übernachten.«

»Nein, das tun wir nicht.« Ich fügte hinzu: »Oberst Mang weiß mittlerweile vielleicht, dass wir im Dien Bien Phu Motel übernachtet haben, und also weiß er auch, dass wir in Nordwestvietnam sind. Er würde gerne wissen, wo genau, und ich weiß nicht, was er mit dieser Information anstellen würde. Jedenfalls will ich nicht, dass er oder seine hiesigen Schergen sich dann auf ein paar Cocktails zu uns gesellen. Und deshalb fahren wir weiter.«

Sie erwiderte: »Ich stimme zu, dass wir nicht in einem Hotel oder in einer Pension absteigen sollten, aber vielleicht sollten wir uns in der Stadt einen Ort zum Schlafen suchen, eine Kirche beispielweise oder diesen Park, an dem wir vorbeigekommen sind. Nach Lao Cai sind es noch gut zwei Stunden auf gefährlichen Straßen und durch den Gebirgsnebel. Wenn da hinter uns ein Militärjeep auftaucht, hören wir ihn bei dem Lärm des Motorrads gar nicht und könnten ihn vielleicht nicht abhängen. Und wenn uns auf einer schmalen Gebirgsstraße einer entgegenkommt, müssten wir umkehren und könnten ihn möglicherweise auch nicht abhängen.« Sie sah mich an und sagte: »Und du hast meine Waffe weggeworfen.«

»Ich dachte, du hättest noch zwei andere.«

Sie lächelte.

Ich sagte: »Tja, es gibt da diese Infantristenmethode, wenn man nachts jemandem ausweichen will. Wir gehen zu Fuß.«

Sie erwiderte nichts.

Das Bier kam und Susan erhob ihr Glas auf mich. »Auf die schlimmsten drei Tage meines Lebens in Vietnam und den besten Mann, den ich hier je kennen gelernt habe.«

Wir stießen an. Ich sagte: »Du wolltest doch ein wenig Abenteuer.«

»Ich wollte heute Abend auch eine heiße Dusche und ein weiches Bett. Von einem guten Essen ganz zu schweigen.«

»Nichts davon würdest du im Gefängnis bekommen.« Ich sah sie an und sagte: »Wir sind zu weit gekommen, um jetzt einen Fehler zu begehen.«

»Ich weiß. Du bist der Experte darin, wie man aus diesem Land rauskommt, wenn bis zum Abflug nur noch Stunden bleiben.«

»Habe ich schon zweimal gemacht.«

Susan rief die Cocktailkellnerin herbei und gab ihr auf Französisch zu verstehen, dass wir etwas essen wollten.

Dann lächelte mich Susan an und sagte: »Vielleicht kommen wir im Sommer mal wieder hierher.«

»Schick mir 'ne Ansichtskarte.«

Sie trank nachdenklich einen Schluck Bier und sagte dann: »Die haben hier bestimmt ein Faxgerät.« Sie sah sich unter dem knappen Dutzend Leute in der Lounge um. »Wir könnten einen dieser Westler bitten, für uns etwas zu faxen. Nur um Bescheid zu sagen, dass wir es bis hierher geschafft haben.«

Ich erwiderte: »Wenn wir es nicht ganz bis nach Hanoi schaffen und über die Mission berichten, ist es Ihnen egal, wie weit wir gekommen sind.«

»Tja ... wir sollten ihnen wenigstens mitteilen, dass wir TVV getroffen haben und er uns ein paar Andenken mitgegeben hat.«

»Susan, je weniger die in Saigon, Washington und der US-

Botschaft in Hanoi wissen, desto besser. Ich bin denen gar nichts schuldig, nachdem die – und du mit ihnen – mich zwei Wochen lang systematisch belogen haben.«

Die Kellnerin brachte ein Schälchen Erdnüsse und zwei Portionen Satay-Spießchen, die mit etwas bedeckt waren, das wie geschmolzene Erdnussbutter roch.

»Was ist das für Fleisch?«, fragte ich.

»Es ist doch egal, was für Fleisch das ist. Du hast eine lange Wanderung vor dir.« Susan stand auf. »Ich hab im Foyer Touristenbroschüren gesehen. Bin gleich wieder da.«

Ich saß da mit meinem Bier und den mysteriösen Fleischspießen. Eifersüchtige Männer mögen es nicht, wenn ihre Frau außer Sichtweite ist. Ich bin zwar kein eifersüchtiger Mann, hatte aber gelernt, dass ich Susan besser immer im Blick behielt.

Sie kam ein paar Minuten später mit ein paar Broschüren wieder, setzte sich und überflog eine davon. Sie sagte: »Also gut, hier ist eine kleine Karte von Sapa und ich sehe die Straße nach Lao Cai. Willst du das mit der Straße hören?«

»Klar.«

»Also gut. Das um uns herum sind die Hoang-Lien-Berge, die von den Franzosen ›Tonkiner Alpen‹ getauft wurden ... Hier in der Gegend gibt es eine Vielzahl von Wildtieren, darunter auch Bergziegen und Affen ...«

»Ich hasse Affen.«

»Im Winter ist es sehr kalt. Wenn wir wandern, und ich schätze mal, das werden wir, gibt es keine Berghütten oder Unterstände und wir brauchen regenfeste Kleidung und einen Campingkocher ...«

»Susan, das sind nur fünfunddreißig Kilometer. Das schaffe ich in Unterhose. Müssen wir durch irgendwelche Dörfer?«

»Ich glaube nicht ... Steht hier nicht ... Aber in den Bergen gibt es den Stamm der Dzao und hier steht, die sind sehr scheu und mögen keinen Besuch.«

»Gut.«

»Okay ... zwölf Kilometer hinter Sapa kommt der Tram-Ton-Pass, mit 1900 Metern der höchste Gebirgspass Vietnams. Diesseits des Passes ist es kalt, feucht und neblig. Wenn wir den Pass überqueren, wird es dort sonnig sein.«

»Auch nachts?«

»Paul, halt den Mund. Also gut ... über den Pass fegen schneidende Winde, aber nur ein paar hundert Meter tiefer wird es schon wärmer. Sapa ist der kälteste Ort in Vietnam und Lao Cai der wärmste. Das ist gut ... Der Tram-Ton-Pass bildet die Scheidelinie zwischen zwei gewaltigen Wetterfronten.«

»Darf ich was sagen?«

»Nein. Gut fünf Kilometer hinter Sapa kommt der Thac-Bac-Wasserfall. Da können wir das Motorrad loswerden.«

»Steht das so in der Broschüre?«

Sie sah von der Broschüre hoch und sagte: »Die haben mir in Saigon gesagt, dass dieser Paul Brenner in dem Ruf steht, ein Klugscheißer zu sein, mit dem man nur schwer klar kommt. Die hatten ja keine Ahnung.«

Ich teilte ihr mit: »Und die in Washington haben mir gesagt, du wärst eine Geschäftsperson, die Uncle Sam einen Gefallen tut. Das war nicht mal ein Prozent der Wahrheit.«

»Du hast halt Schwein gehabt.«

Ich sagte: »Hauen wir hier ab, ehe wir noch Gesellschaft bekommen.«

Wir bezahlten die Rechnung, gingen nach draußen, gaben dem Portier ein Trinkgeld und bekamen das Motorrad wieder.

Susan sagte: »Es ist kalt hier draußen.«

»Auf der anderen Passseite ist es sonnig.«

Wir zogen uns die Handschuhe an, setzten die Lederkappen auf, wickelten uns die Montagnard-Tücher um, stiegen auf und fuhren los. Wir fuhren zurück in die Stadt und Susan dirigierte mich zur Straße nach Lao Cai.

Die dunkle, nebelverhangene Straße führte noch höher ins

Gebirge hinauf. Die Straße war zwar asphaltiert, aber die Sicht war so schlecht, dass ich nicht schneller als zwanzig fahren konnte.

Nach einer guten halben Stunde hörte ich vor mir das Rauschen eines Wasserfalls und kurz darauf sahen wir die Wasserfälle, die sich links vor uns von einem hohen Berg ergossen. Am Straßenrand tat sich ein Abgrund auf und ich stieg ab. Durch den Nebel konnte ich nicht hinuntersehen, deshalb hob ich einen Stein auf und warf ihn. Ein paar Sekunden später hörte ich ihn auf Felsen aufschlagen, dann noch einmal, dann verhallten die Echos. Ich sagte zu Susan: »In der Broschüre stand ja, dass wir hier die Maschine loswerden können.«

Wir ließen den Motor laufen und schoben die BMW Paris–Dakar gemeinsam über den Straßenrand in die Schlucht. Gut zwei Sekunden später hörten wir sie aufschlagen, erst einmal, dann ein zweites, dann ein drittes Mal, dann hörten wir nichts mehr. Ich sagte: »Gutes Motorrad. So eins kaufe ich mir auch.«

Wir gingen zu Fuß die steil bergauf führende Straße hoch. Es war bitterkalt und der Nordwind blies uns ins Gesicht. Wir brauchten fast eine Stunde für die zwei oder drei Kilometer auf den Tram-Ton-Pass. Als wir uns dem Gipfel des Passes näherten, fing der Wind an zu heulen, und wir stemmten uns dagegen an und stapften schweigend weiter.

Oben auf dem Pass blies der Wind so stark, dass wir hinter einem Felsbrocken eine Pause einlegen mussten. Wir setzten uns und holten Luft.

Susan brauchte ein paar Minuten, bis sie bei diesem Wind eine Zigarette angesteckt bekam. Sie sagte: »Ich muss aufhören zu rauchen. Ich bin völlig außer Atem.«

»Bergab dürfte es besser gehen. Alles in Ordnung mit dir?«

»Ja … Ich muss nur kurz mal verschnaufen.«

»Willst du meine Jacke?«

»Nein. Das ist hier ein tropisches Land.«

Ich sah sie in dem schummrigen Licht an und sie erwiderte meinen Blick. Ich sagte: »Ich mag dich.«

Sie lächelte. »Ich mag dich auch. Wir könnten gemeinsam ein wunderbares Leben führen.«

»Könnten wir.«

Sie drückte ihre Zigarette aus und wir standen auf, dann erstarrte sie plötzlich und zischte: »Runter!«

Wir duckten uns und legten uns flach auf den Boden.

Im Getöse des Windes hörte ich den Motor eines Fahrzeugs und ich sah gelbe Lichter, die der Nebel brach. Wir lagen da und die Lichter wurden heller. Das Fahrzeug näherte sich aus der Richtung, aus der auch wir gekommen waren. Als es vorbeifuhr, erhaschte ich einen Blick auf einen großen Militärlaster.

Wir lagen eine geschlagene Minute lang da, dann fragte Susan: »Glaubst du, die suchen uns?«

»Keine Ahnung, aber wenn sie uns suchen, suchen sie zwei Leute auf einem Motorrad.«

Ich ließ noch eine Minute verstreichen. Dann standen wir auf, gingen um den Felsbrocken herum und weiter gegen den Wind an. Ich schob mir das Tuch runter um den Hals und klappte die Ohrenschützer der Lederkappe hoch, damit ich besser hören konnte. Hin und wieder sah ich mich nach Lichtern um. Die Chance, dass uns irgendjemand von einem Fahrzeug aus entdeckte, ehe wir etwas hörten oder sahen, war gering. Aber wir mussten weiter auf der Hut sein.

Wir überquerten den Gipfel des Passes und der Wind nahm noch an Heftigkeit zu, aber jetzt ging es bergab und wir kamen gut voran.

Gut fünfhundert Meter weiter verwandelte sich der Wind in eine milde Brise und ich spürte förmlich, wie die Luft wärmer wurde.

Fünf Minuten später sah ich gelbe Nebelscheinwerfer auf uns zukommen und hörte Motorenlärm, den der Wind zu uns trug.

Links von uns war ein Abgrund und rechts floss ein schmaler Bach zwischen der Straße und dem steil aufragenden Berg. Wir zögerten eine halbe Sekunde und warfen uns dann in das eiskalte Wasser.

Das Fahrzeug näherte sich langsam, der Motorenlärm wurde lauter und das gelbe Scheinwerferlicht heller.

Wir lagen reglos da.

Schließlich fuhr das Fahrzeug vorbei. Ich hatte nicht gesehen, was es war.

Ich ließ noch dreißig Sekunden verstreichen, erhob mich dann auf die Knie und schaute nach Süden. Ich sah, wie sich die Lichter den Pass hinaufbewegten. Ich stand auf. »Okay. Gehen wir.«

Susan stand ebenfalls auf und wir gingen wieder auf die Straße und weiter bergab. Wir waren klitschnass und durchgefroren, aber solange wir in Bewegung blieben, würden wir nicht erfrieren.

An dieser Straße gab es nicht eine einzige Behausung, nicht einmal ein Haus der Montagnards. Wenn die Vietnamesen und die Bergvölker Dien Bien Phu schon kalt fanden, würden sie ganz bestimmt nicht hier oben leben wollen.

Zwei Stunden, nachdem wir den Pass überquert hatten, lichtete sich der Nebel und die Luft wurde wärmer. Wir waren schon fast trocken und ich zog mir die Handschuhe aus, nahm mir die Tücher und die Lederkappe ab und steckte alles in meinen Rucksack. Susan behielt ihre Montagnard-Kluft an.

Eine halbe Stunde später sahen wir die Lichter einer Stadt drunten in dem, was anscheinend ein tiefes Tal war. Ich vermutete, dass es das Tal des Roten Flusses war, bloß konnte ich den Fluss nicht sehen.

Wir hielten inne und setzten uns auf einen Felsen. Susan holte eine ihrer Touristenbroschüren hervor, die komplett durchnässt war, und las beim Licht ihres Feuerzeugs darin. Sie sagte: »Das muss Lao Cai sein und nordwestlich des Flusses beginnt China. Hier steht, dass Lao Cai beim Einmarsch der Chinesen nach Vietnam 1979 zerstört wurde. Aber mittlerweile ist die Grenze wieder offen, falls wir die Volksrepublik China besuchen wollen.«

»Beim nächsten Mal. Was steht da über Reisemöglichkeiten nach Hanoi?«

Sie schnippte noch einmal das Feuerzeug an und sagte: »Es fahren täglich zwei Züge. Der Erste fährt um 7.40 Uhr ab und kommt um 18.30 Uhr in Hanoi an.«

Ich wollte auf meine Armbanduhr sehen, aber die war nicht mehr da. Ich fragte Susan: »Wie spät ist es?«

Sie sah auf ihre Armbanduhr und sagte: »Fast eins. Wo ist deine Uhr?«

»Die habe ich Mr. Vinh geschenkt.«

»Das war aber nett von dir.«

»Ich schicke ihm dann nächstes Jahr eine neue Batterie.«

Sie fragte: »Was willst du in den nächsten sechs Stunden machen?«

»Meinen Kopf untersuchen lassen.«

»Das kann ich übernehmen. Willst du die Diagnose hören?«

»Nein. Gehen wir noch etwas weiter in Richtung Lao Cai, bis es wärmer wird, und suchen wir uns dann eine Stelle, wo wir uns bis zum Morgengrauen verstecken können.« Ich stand auf. »Bist du so weit?«

Sie stand ebenfalls auf und wir gingen weiter bergab.

Wir waren jetzt auf den Gebirgsausläufern und sahen Hütten und kleine Dörfer, aber nirgends brannte Licht. Die Straße führte steil bergab ins Tal und jetzt erkannte ich den Roten Fluss und die vereinzelten Lichter zweier Städte an seinen Ufern. Auf dieser Seite war es Lao Cai und die andere Stadt, die sich etwa einen Kilometer flussabwärts befand, musste schon auf chinesischem Gebiet liegen.

Ich erinnerte mich nur vage an den Grenzkonflikt von 1979 zwischen China und Vietnam, erinnerte mich aber noch ganz deutlich, dass die Vietnamesen es den Rotchinesen mächtig gezeigt hatten. Dieses Volk war knallhart und wie ich auf dem Weg ins Ashau-Tal schon zu Mr. Loc gesagt hatte, wollte ich sie im nächsten Krieg auf unserer Seite haben. Und ich schätze mal, auf gewisse Weise ging es bei dieser Mission unter anderem auch darum.

Ich meine, ich wollte mir ja nicht vorwerfen lassen müssen, dass ich die globale Machtbalance erschütterte. Die militärischen und politischen Genies in Washington arbeiteten offensichtlich hart daran, eine neue vietnamesisch-amerikanische Allianz gegen China zu schmieden. Irgendwie spielte Vizepräsident Blake bei dieser Allianz eine wichtige Rolle und musste Präsident werden. Und ich musste lediglich vergessen, was ich in Ban Hin gesehen und gehört hatte, und mit etwas Glück bekamen wir die Bucht von Cam Ranh zurück und dann konnten sich die Matrosen der 7. Flotte in Vietnam dumm und dusslig ficken. Außerdem hätten wir dann neue Ölvorkommen und eine große vietnamesische Armee, die an der Grenze dort direkt vor mir bereitstand, und dann konnten wir es alle den Chinesen mal so richtig zeigen oder ihnen wenigstens damit drohen, falls sie nicht aufhörten, sich wie Arschlöcher aufzuführen. Hörte sich gut an.

Und was noch besser war: Ich konnte Präsident Blake dann zwingen, mich zum Verteidigungsminister zu ernennen, und dann konnte ich Colonel Karl Hellmann feuern oder zum Obergefreiten degradieren und ihm rund um die Uhr Latrinendienst aufhalsen.

Offensichtlich konnten viele schöne Dinge passieren, wenn ich nur den Mund hielt. Aber vielleicht würde man mich ja auch so oder so zum Schweigen bringen.

Ich wusste nicht – und wollte auch nicht wissen –, ob Susan Weber beauftragt war, meine Laufbahn zu beenden und meine Pension in Sterbegeld für Mom und Pop umzuwandeln. Es stand genug auf dem Spiel, um sie zu einem solchen Schritt zu motivieren. Ich meine, wenn Washington gedroht hatte, Mr. Anhs komplette Familie umzulegen, falls er sich als unzuverlässig erwies, stand ganz bestimmt genug auf dem Spiel, um auch Chief Warrant Officer Paul Brenner auf die Abschussliste zu setzen.

Während des Krieges waren im Zuge des Phoenix-Programms über 25 000 Vietnamesen ermordet worden, die mutmaßliche Unterstützer der Vietcong waren. Dazu kamen noch ein paar in Vietnam lebende Amerikaner, die mit den Vietcong sympathisierten, einige Franzosen, die offen mit den Vietcong kollaborierten, und einige andere Europäer, die in Vietnam lebten und zu weit nach links tendierten. Es war eine unglaubliche Zahl – 25 000 Männer und Frauen –, das umfangreichste Mord- und Liquidationsprogramm, das die Vereinigten Staaten von Amerika je durchgeführt hatten. Und ich musste davon ausgehen, dass einige der Amerikaner, die daran beteiligt gewesen und meine Altersgenossen waren, jederzeit wieder bereit, willens und fähig waren, ein paar Unzufriedene und Unruhestifter wie mich umzunieten.

Das Schöne dabei war, dass ich die Frau meiner Träume gefunden hatte. Ausgerechnet hier in Vietnam. So viel Glück gehört doch eigentlich verboten.

Wir gingen weiter in Richtung Lao Cai und ich sagte zu Susan: »Dir ist klar, dass ich über Edward Blake auspacken werde.«

Sie erwiderte eine Weile nichts und sagte dann: »Das solltest du dir noch mal überlegen.« Sie fügte hinzu: »Manchmal, Paul, sind Wahrheit und Gerechtigkeit nicht das, was die Leute wollen und brauchen.«

»Also, wenn dieser Tag kommt – wenn er denn noch nicht gekommen ist –, ziehe ich nach Saigon oder Hanoi, wo wenigstens keiner so tut, als wären Wahrheit und Gerechtigkeit wichtig.«

Sie steckte sich eine Zigarette an und sagte: »Im Grunde deines Herzens bist du ein Pfadfinder.«

Ich erwiderte nichts.

Sie sagte: »Wozu auch immer du dich entschließt – ich bin dabei.«

Wiederum erwiderte ich nichts.

Wir entdeckten ein Bambusdickicht und gingen dorthin. Wir rollten unsere Ponchos aus und legten uns auf den Boden. Ich bin kein großer Freund von Bambusottern und hoffte, dass es so kalt war, dass sie schliefen, bis die Sonne sie wärmte. So hatte das jedenfalls damals im Handbuch für Infantristen gestanden.

Susan schlief, aber ich konnte nicht. Der Himmel klarte auf und durch die aufgerissene Wolkendecke konnte ich Sterne sehen. Einige Stunden später wurde es allmählich hell und ich hörte Vögel, die wie Pagageien kreischten. Irgendwo in der Ferne hörte ich auch das bescheuerte Geschnatter von Affen.

Wir mussten früher aufstehen als die Bambusottern, deshalb rüttelte ich Susan wach. Sie setzte sich auf, gähnte und kam auf die Beine.

Wir gingen weiter.

Rechts floss ein breiter Strom zügig aus dem Gebirge in Richtung Roter Fluss. Am Straßenrand standen einige Hütten, aber es war noch so früh, dass niemand unterwegs war.

Die Straße wurde ebener und jetzt waren wir auf dem Talgrund. Eine halbe Stunde später kamen wir in die grottenhässliche Stadt Lao Cai.

Ich sah, dass es hier nur Neubauten gab und die Stadt im Krieg von 1979 offenbar komplett zerstört worden war. Das war wenigstens mal eine vietnamesische Stadt, deren Zerstörung man nicht der amerikanischen Armee, Marine oder Luftwaffe anlasten konnte.

Es waren schon ein paar Leute unterwegs, aber niemand beachtete uns. Ich sah eine Gruppe von etwa fünfzehn jungen Rucksacktouristen auf dem Marktplatz herumhocken und -liegen, so als hätten sie dort übernachtet.

Ich sagte zu Susan: »Mit unseren Rucksäcken gehen wir auch als Studenten durch.«

»Ich vielleicht.«

Susan hielt eine Vietnamesin an und fragte: »Ga xe lua?«

Die Frau zeigte auf etwas, machte pantomimisch etwas vor und sagte dann etwas.

Susan dankte der Frau auf Französisch und ich auf Spanisch, dann gingen wir weiter.

Susan sagte: »Wir müssen den Fluss überqueren.«

Wir überquerten den Roten Fluss auf einer neuen Brücke. Ein Stück flussaufwärts sah ich die Pfeiler zweier zerstörter Brücken. Flussaufwärts teilte sich der Fluss auch in zwei Arme und dort sah ich Gebäude mit chinesischen Schriftzeichen drauf.

Susan sah sie auch und sagte: »China.«

Als wir von der Brücke kamen, schaute ich mich um und sah auf der vietnamesischen Seite ein paar Ruinen, die nicht wieder aufgebaut worden waren. Es war ein eigenartiger Krieg gewesen und ich konnte mich nicht mal mehr dran erinnern, weshalb sich die Vietnamesen und die Chinesen – so kurz nachdem China Vietnam im Amerikanischen Krieg geholfen hatte – gegenseitig an die Gurgel gegangen waren. Im Grunde rührte es wohl daher, dass sie einander nicht ausstehen konnten, und das schon seit mindestens tausend Jahren. Da brauchte es wahrscheinlich nicht viel, um sie wieder gegeneinander aufzuhetzen.

Wir gingen eine Straße hinab, die an Eisenbahngleisen entlangführte – einer Schmalspurbahn, wie mir auffiel. Voraus sah ich den Bahnhof und der war ebenfalls ein neuer Plattenbau, denn der alte Bahnhof war wahrscheinlich als erstes Gebäude dem Krieg zum Opfer gefallen.

Wir betraten das Bahnhofsgebäude und sahen Hunderte von Menschen an zwei Fahrkartenschaltern anstehen und Hunderte weitere, die auf dem Bahnsteig nach Hanoi kampierten. Es standen auch ein paar Leute auf dem Bahnsteig, von dem der Zug nach China abfuhr, das von hier aus nur etwa anderthalb Kilometer entfernt war.

Die Bahnhofsuhr zeigte 6.40 Uhr an und es sah nicht so aus, als würden wir Fahrkarten bekommen, wenn wir uns hier eine Stunde lang anstellten. Laut Aushang fuhr der nächste Zug nach Hanoi dann erst wieder um 18.30 Uhr und kam dort am Samstagmorgen um 5.30 Uhr an.

Ich musste zwar erst am Samstag in Hanoi sein, wollte aber keine zwölf Stunden lang in Lao Cai herumhängen. Und außerdem ist es manchmal ganz nett, die Leute damit zu überraschen, dass man früher kommt als erwartet.

Ich sagte zu Susan: »Wieso setzt du nicht deinen Charme und deine Amiknete dazu ein, dich vorzudrängeln?«

»Das hatte ich gerade vor.« Sie ging zum vorderen Ende der Schlange und sprach mit einem jungen Mann. Geld ging von Hand zu Hand und zehn Minuten später kam sie mit zwei Fahrkarten nach Hanoi wieder. Sie sagte: »Ich habe uns zwei bequeme Sitzplätze für zehn Dollar besorgt und dem Jungen für siebzehn Dollar einen Liegewagenplatz. Und dann habe ich ihm noch einen Fünfer gegeben. Behältst du unsere Ausgaben im Blick?«

»Ich werde einfach nur Kriegssold beantragen. Und da du bei mir bist, kann ich auch noch eine Gefahrenzulage verlangen.«

»Sehr witzig.«

Nein, das war mein Ernst.

Wir gingen auf den Bahnsteig, wo Hunderte von Menschen standen und saßen und auf dem kalten Beton lagen. Die Schmalspurbahn stand auf einem Abstellgleis und sah aus wie aus einem Zeichentrickfilm oder einem Vergnügungspark.

Der Himmel war bedeckt, aber hell und es waren etwa zwölf, dreizehn Grad. Wir registrierten eine ganze Anzahl junger Rucksack- und mittelalter Normaltouristen aus dem Westen. Viele von ihnen trugen erst kürzlich erstandene Montagnard-Kleidungsstücke diverser Stämme und vermischten dabei wahrscheinlich sowohl die Stämme als auch Kleidung für Mann und Frau. Die wahren Montagnards auf dem Bahnsteig fanden das lustig, zeigten darauf und kicherten.

Susan steckte sich eine Zigarette an und fragte mich: »Wie hoch war denn der Kriegssold?«

»55 Dollar im Monat. 660 Dollar im Jahr. Kein besonders gutes Geschäft. Und währenddessen haben Typen wie Edward Blake, die sich nicht im Dschungel den Arsch abschießen lassen mussten, Schwarzmarkt- und Devisengeschäfte gemacht und sogar geplündert. Einige Leute hat der Krieg reich gemacht, aber die meisten wurden dabei getötet oder verwundet oder fürs Leben gezeichnet und bekamen dann – nicht zu vergessen – 55 Dollar pro Monate für ihre Mühe.«

Susan überlegte kurz und sagte dann: »Jetzt verstehe ich, warum du das persönlich nimmst.«

Ich erwiderte nichts.

Sie sagte: »Ich frage mich, wie Blake seine Beute nach Hause gekriegt hat.«

»Das werden wir möglicherweise nie erfahren, aber so schwierig war das nicht. Ehe man nach Hause flog, wurde man hier auf Drogen und Wehrmaterial hin durchgecheckt. Davon mal abgesehen, war es ihnen schnurzegal, was man in seinem Seesack transportierte. Und drüben in den Staaten wurde man am Zoll einfach durchgewinkt, denn die wussten ja, dass man hier schon auf Drogen und Waffen hin überprüft worden war. Und für Captain Blake galt sowieso der Ehrenkodex der Offiziere.«

Susan nickte und sagte: »Hinter jedem großen Vermögen steckt ein Verbrechen.«

Weil das hier eine Grenzstadt war, waren hier viel zu viele Uniformierte unterwegs, vor allem Grenzpolizisten, aber auch viele schwer bewaffnete Soldaten, so als rechnete man jeden Moment damit, dass wieder ein Krieg ausbrach. Dieser Ort war schon ein wenig unheimlich, aber es waren genug Abenteuerreisende aus Europa, Australien und Amerika da, die uns ein wenig Deckung boten.

Die Grenzpolizisten fingen an, über den Bahnsteig zu patrouillieren, ließen sich Ausweise zeigen und trieben Spenden für den Witwen-und-Waisen-Fonds ein. Mir fiel auf, dass sie vor allem Chinesen belästigten, sich aber auch Westler herauspickten, die alleine oder in kleinen Gruppen unterwegs waren und keinen einheimischen Führer hatten.

Susan bemerkte das ebenfalls und sagte zu mir: »Siehst du die Gruppe da drüben? Ich glaube, das sind Amerikaner. Mischen wir uns doch mal ein wenig unters Volk.«

Mir war klar, dass es Amerikaner waren, denn zwei der Typen trugen bei dieser Kälte Shorts und die Frauen hatten so viel Montagnard-Schmuck gekauft und umgehängt, dass sie wie Radarantennen aussahen.

Wir gingen zu der aus etwa zwanzig Amerikanern bestehenden Reisegruppe, die einen vietnamesischen Führer dabeihatte.

Susan, die geselliger ist als ich, fing mit einigen der Damen ein Gespräch an. Es drehte sich um Schmuck und Textilien.

Die Bullen hielten sich von uns fern.

Gegen sieben Uhr fuhr die Schmalspurbahn vom Abstellgleis aufs Hauptgleis und hielt dann am Bahnsteig. Susan verabschiedete sich von ihren neuen Freundinnen und wir gingen zu unserem Wagen. Der Zug war kurz und bestand nur aus acht Waggons. Wir stiegen in Wagen 2 ein und fanden unsere Plätze.

Der Waggon war schmal; links gab es jeweils nur zwei Sitzplätze, und rechts führte der Gang an den Fenstern entlang.

Wir hievten unsere Rucksäcke in die Gepäckfächer und Susan sagte: »Du nimmst den Sitz am Gang, dann kannst du dich ein wenig strecken. Nicht viel Beinfreiheit hier.« Wir setzten uns.

Keiner von uns beiden sagte etwas und uns war wohl beiden klar, dass wir unfassbares Glück gehabt hatten und jetzt besser nichts dazu sagen sollten. Können, Klugheit und Erfahrung hatten natürlich auch dazu beigetragen. Wie sich herausgestellt hatte, war Susan Weber eine gute Reisebegleiterin. Ich fragte mich, ob ich es allein geschafft hätte, und wusste, dass ich mich das noch bis ans Ende meines Lebens fragen würde.

Um 7.40 Uhr fuhr der Zug aus dem Bahnhof aus und dann waren wir unterwegs nach Hanoi.

Die Gleise verliefen am Nordufer des Roten Flusses entlang und beiderseits des Flusses überragten die Tonkiner Alpen das Tal. Mit ein wenig Fantasie konnte ich mir vorstellen, dass ich in Europa irgendwo hinfuhr, wo es schön war.

Der Waggon war mit Vietnamesen und Westlern voll besetzt und es standen auch Leute in dem kleinen Vorraum, aber niemand hockte in dem schmalen Gang neben uns.

Wir saßen eine Weile schweigend da und betrachteten die Landschaft, die schon ziemlich atemberaubend war. Der Zug rumpelte laut über die Gleise und mir wurde klar, dass der Waggon nicht beheizt war. Ich nahm mal an, dass es hier auch keinen Salonwagen gab.

Susan wandte sich vom Fenster ab und sah mich an. Sie sagte: »So weit, so gut.«

»So weit, so gut.«

Sie fragte: »War ich jetzt eine gute Partnerin?«

»Bin ich schon heil daheim?«

Sie steckte sich eine Zigarette an, sah ein paar Minuten lang aus dem Fenster und fragte mich dann: »Was sind deine Instruktionen für Hanoi?«

»Was sind denn deine?«

»Sie erwiderte erst nichts und sagte dann: »Ich soll zu einer abschließenden Einsatzbesprechung in die Botschaft.«

Ich fragte: »Ist vor der Botschaft vietnamesische Polizei postiert?«

Sie erwiderte: »Also, ich war erst einmal da ... aber, ja, da ist ein vietnamesischer Polizeiposten. Außerdem hat man mir gesagt, dass die Botschaft von Zivilpolizisten beobachtet wird, die jeden registrieren und fotografieren, der rein- und rausgeht, und manchmal auch Leute nicht reinlassen.«

»Was hast du denn in der Botschaft gemacht?«

»Ich war nur zu Besuch.«

»Na klar.«

Sie fragte noch einmal: »Wie lauten deine Instruktionen?«

Ich erwiderte: »Ich soll ins Metropole fahren und dort auf weitere Instruktionen warten. Möglicherweise wird man mich kontaktieren. Möglicherweise werde ich in die Botschaft gebeten. Ich soll morgen in eine andere Stadt fliegen.«

»Nach Bangkok. Ich habe deine Tickets gesehen und Oberst Mang hat sie auch gesehen.«

»Stimmt. Das Metropole kommt nicht in Frage, der Hanoier Flughafen kommt auch nicht in Frage und die Botschaft wird überwacht.«

»Also? Was machen wir?«

»Ist das Hanoi Hilton noch geöffnet?«

»Das ist nicht witzig.«

»Ich mache dumme Scherze, wenn ich angespannt bin. Apropos: Habe ich das richtig verstanden, dass Vizepräsident Blake gerade zu Besuch in Hanoi ist?«

»Er besucht seinen alten Freund, den Botschafter Patrick Quinn, nimmt an einer Konferenz über vermisste Soldaten teil und trifft sich bestimmt auch mit der vietnamesischen Regierung, ohne dass das groß publik gemacht wird.«

Ich nickte. »Er sollte auch ein außerplanmäßiges Treffen haben. Mit uns.«

Susan erwiderte eine Weile nichts und sagte dann: »Das ist entweder eine gute oder eine ganz schlechte Idee.«

»Wenn er von seinem Problem weiß, will er in Hanoi sein, weil er dort, wo die Mission endet, die Lage ein wenig beeinflussen kann. Und dabei können wir ihm helfen.«

Susan erwiderte: »Ich weiß wirklich nicht, ob ihm bewusst ist, dass er ein Problem hat. Anderen Leuten ist es aber durchaus bewusst und ich glaube, man wird Mr. Blake in Hanoi darauf aufmerksam machen. Die schlechte Nachricht, Mr. Vizepräsident, ist die, dass wir wissen, dass Sie in Vietnam drei Vietnamesen und einen amerikanischen Offizier ermordet haben. Die gute Nachricht, Sir, ist die, dass wir die Lage unter Kontrolle haben.«

»Sie ist aber nicht unter Kontrolle«, merkte ich an.

»So war es aber gedacht.«

Der Zug fuhr weiter in Richtung Osten. Susan und ich diskutierten noch ein paar Ideen und Optionen durch und versuchten uns einen Spielplan zurechtzulegen. Ich tat so, als würde ich ihr vollkommen vertrauen. Und sie tat auch so.

Mich beschlich immer wieder das Gefühl, dass ich eigentlich gar nicht so weit hätte kommen sollen und Susan sich nun erst darauf einstellen musste, dass ich noch am Leben und dabei war. Aber vielleicht war das auch zu paranoid gedacht. Vielleicht sollte ich es bis nach Bangkok schaffen, wo man dann klärte, wie viel ich herausgefunden hatte und, wie Mr. Conway gesagt hatte, wie man mit mir umgehen würde. Susan war möglicherweise als Zeugin für oder gegen mich eingeplant. Und vielleicht würde mein Freund Karl, der sich so um mich sorgte, mein Richter sein. Ich fragte Susan: »Sollst du auch nach Bangkok?«

Sie antwortete nicht.

»Hallo? Susan?«

»Ja.«

»Gut.« Ich sagte: »Wenn die Möglichkeit besteht, dass man mir ... na, sagen wir mal, ein leicht verfrühtes Militärbegräbnis mit allen Ehren angedeihen lassen muss ... ist es dir schon in den Sinn gekommen, dass dir ein ähnliches Dilemma bevorstehen könnte?«

»Ja, das ist mir schon in den Sinn gekommen.«

»Gut.« Ich ging nicht weiter auf dieses Thema ein.

Wir fuhren der aufgehenden Sonne entgegen, nach Hanoi, zum Ende dieser Mission und meines dritten und auf jeden Fall letzten Einsatzes in Vietnam.

Der Zug aus Lao Cai rollte langsam durch die nördlichen Vororte von Hanoi und um 18.34 Uhr kamen wir im Bahnhof Long Bien an.

Die Fahrt aus dem schwülen, sündigen Saigon hierher hatte mich zu den Schlachtfeldern Südvietnams, ins Herz meiner eigenen Finsternis und zu einer Entdeckungs- und hoffentlich auch Selbsterkundungsreise ins Landesinnere geführt.

Ich war endlich mit diesem Land ins Reine gekommen – wie zuvor schon viele Männer, die damals hier gewesen waren, und wie viele aus meiner Generation, Männer wie Frauen, die damals nicht in Vietnam gewesen waren, die den so viele Jahre zurückliegenden Vietnamkrieg aber auf ihre Weise miterlebt hatten.

Und doch hatte der Krieg in unerwarteten Momenten immer noch die Macht, uns in unseren Träumen zu verfolgen und sich von früh bis spät in unser Leben zu drängen. Und für Edward Blake war jetzt genau so ein Moment gekommen.

SIEBTES BUCH

Hanoi

Kapitel 46

Hanoi. Für die Menschen meiner Generation ein Name, der viele Erinnerungen heraufbeschwört, so wie Berlin und Tokio für die Generation meines Vaters. Während des Krieges verging kaum eine Woche, in der nicht über einen Bombenangriff auf Hanoi berichtet wurde. *Amerikanische Bomber schlugen heute zwei Meilen außerhalb der Innenstadt von Hanoi zu und griffen eine Eisenbahnbrücke über den Roten Fluss, ein Kraftwerk und mutmaßliche Flugabwehrstellungen an.* Nachdem fünf oder sechs Jahre lang solche Meldungen gekommen waren, hatten die Angriffe dann irgendwann keinen Nachrichtenwert mehr, nur noch für die Piloten und die Menschen unten am Boden.

Die Fahrgäste um uns her sammelten ihr Gepäck ein und drängten sich durch den Gang zu den Türen.

Susan und ich blieben sitzen und beobachteten den Bahnsteig.

Dort standen zahlreiche uniformierte Grenzpolizisten herum, die die ankommenden Fahrgäste beäugten, und auch ein paar Zivilbullen, die leicht zu erkennen waren. Ich sagte zu Susan: »Einige von denen halten etwas in der Hand, das wie Fotos aussieht.«

Sie schaute weiter aus dem Fenster und sagte: »Das ist hier auf Bahnhöfen und Flughäfen nicht ungewöhnlich ... Wir sollten nicht automatisch davon ausgehen, dass sie uns suchen ... Aber sie schauen sich nur die Westler an.«

»Stimmt.« Ich nahm an, dass es die Fotos von der Pyramide-Insel waren, also würden sie uns bekleidet vielleicht nicht erkennen. Ja, einige der Bullen schienen sich mehr für die Fotos als für die aussteigenden Fahrgäste zu interessieren.

Ich sagte: »Schließen wir uns doch der amerikanischen Reisegruppe an, mit der du dich unterhalten hast.«

Wir standen auf, nahmen unsere Rucksäcke und gingen zum Wagen 6, aus dem die amerikanische Gruppe gerade mit ihrem vietnamesischen Reiseleiter ausstieg.

Als wir uns nach draußen schoben, stand eine Vietnamesin vor Susan und Susan sprach die Frau auf Vietnamesisch an und wandte sich dann an mich. Susan hatte erfahren, dass sich der Bahnhof Long Bien in einem abgelegenen Stadtteil am Ostufer der Roten Flusses befand und die Fahrgäste aus dieser Schmalspurbahn in einen normalen Zug zum Hauptbahnhof umsteigen mussten, wenn sie in die Innenstadt von Hanoi wollten. Man konnte auch mit dem Bus oder einem Taxi fahren. Oder mit einem Polizeiwagen.

Eins von Susans auffälligsten Kennzeichen war ihr glattes, schulterlanges Haar, und sie bat mich, es unter den Kragen ihrer Steppjacke zu stopfen.

Ich habe viele besondere Kennzeichen und konnte die nicht alle in Tücher einwickeln, ohne dass ich dadurch Aufmerksamkeit erregt hätte oder mir die Tücher ausgegangen wären, und deshalb wickelte ich mir nur ein dunkelblaues Montagnard-Tuch um Hals und Kinn. Susan tat das Gleiche.

»Wir trennen uns, wenn wir aussteigen.«

Wir traten auf den Bahnsteig, gingen auseinander und hielten uns dann in der Mitte der Gruppe aus etwa zwanzig Amerikanern und ihrem Reiseleiter.

Susan plauderte mit den Leuten um sie her und ich fing mit zwei Männern ein Gespräch an und behielt dabei die Bullen im Blick. Ein paar von ihnen sahen zu unserer Gruppe hinüber, aber anscheinend erkannten sie uns nicht.

Die Reisegruppe war jetzt beieinander und setzte sich in

Bewegung. Wir konnten es schaffen, aber dennoch hielt ich den Atem an.

Der Bahnhof war eine Mischung aus Alt und Neu und man sah die Stellen, an denen Bombenschäden mit neuem Beton repariert worden waren. Ein Land, in dem ein Krieg getobt hat, sieht nie wieder aus wie zuvor, zumindest nicht für die Leute, die noch wussten, wie es zuvor ausgesehen hatte.

Der Himmel war bedeckt und es war viel wärmer hier als im Gebirge. Dieses Land brauchte mal einen Sonnentag. *Ich* brauchte mal einen Sonnentag.

Links sah ich einen Taxistand, an dem zwei Grenzpolizisten und ein Zivilbulle standen und nach Westlern Ausschau hielten, die in die Taxis steigen wollten.

Unsere amerikanische Reisegruppe ging zu einem Bus, auf dem *Love Planet Tours* stand. Mit Liebe hatte ich zwar im Moment nicht viel im Sinn, aber auf der Flucht kann man nicht wählerisch sein.

Unsere Gruppe stieg in den Love-Planet-Bus. Susan war in der Schlange vor mir, sprach kurz mit dem vietnamesischen Reiseleiter, drückte ihm etwas Geld in die Hand, entlockte ihm damit ein Lächeln und bestieg den Bus. Als ich bei dem Reiseleiter ankam, gab ich ihm fünf Dollar. Er lächelte und nickte.

Ich stieg in den Bus. Der Fahrer, der dieser Gruppe noch nie begegnet war, beachtete mich nicht, aber wenn, hätte er auch ein paar Dollar bekommen.

Der Bus bot etwa vierzig Personen Platz und es waren viele Sitze frei, aber Susan hatte sich auf einem Sitz am Gang neben einer Frau mittleren Alters niedergelassen, die Montagnard-Ohrreife trug. Ich setzte mich auf den Platz am Gang ihr gegenüber und lud meinen Rucksack auf dem freien Fensterplatz ab. Ich hörte, wie unter meinen Füßen das Gepäck eingeladen wurde.

Es dauerte eine Ewigkeit, bis die raumgreifenden Amerikaner alle an Bord waren, und ich sah draußen die Grenzpolizisten herumgehen, die immer noch Fotos betrachteten und jemanden suchten.

Endlich waren alle im Bus und der vietnamesische Reiseleiter kam herein und fragte: »Alle da?«

Die Reisegruppe antwortete einstimmig: »Ja!«

Ich hasse Reisegruppen, aber in diesem Fall war die Alternative – ein Polizeifahrzeug – womöglich noch unangenehmer, wenn auch nur ein klein wenig.

Ich sah einen Grenzpolizisten auf den Bus zugehen und dann einsteigen.

Ich musste mir dringend die Schuhe binden und Susan hatte das gleiche Bedürfnis. Die Frau neben ihr schwatzte währenddessen ununterbrochen weiter und für den Bullen muss es so ausgesehen haben, als führte sie ein Selbstgespräch.

Ich hörte den Reiseleiter und den Bullen miteinander sprechen und dachte, es wäre nur noch eine Frage von Sekunden, bis mir der Bulle auf die Schulter tippen würde. Ich sah zu Susan hinüber und sie sah mich an und wir hielten Blickkontakt.

Nach dem, was mir wie eine Ewigkeit plus ein paar Minuten vorkam, vernahm ich das hydraulische Geräusch, mit dem sich die Tür schloss. Dann setzte sich der Bus in Bewegung. Susan und ich banden uns dennoch weiter die Schuhe, bis der Bus aus dem Bahnhofsbereich heraus und auf einer Straße war.

Ich setzte mich auf und Susan kam ebenfalls hoch. Ich sagte zu ihr: »Hallo, ich bin Paul. Sind Sie zum ersten Mal in Vietnam?«

Sie schloss die Augen, lehnte ihren Kopf an die Kopfstütze und atmete tief durch. Die Dame neben ihr schwatzte weiter, ohne sich aus der Ruhe bringen zu lassen.

Der Bus fuhr nach Süden und rechts schien die untergehende Sonne durch die Fenster. Wir nahmen beide unsere blauen Montagnard-Tücher ab und stopften sie in unsere Rucksäcke. Ich fragte Susan: »Wo wohnen Sie?«

Sie erwiderte: »Können Sie bitte mal die Klappe halten?«

Die Frau neben ihr fühlte sich angesprochen, verstummte und wandte sich zum Fenster.

Susan sagte zu ihr: »'tschuldigung. Ich meinte die Nervensäge da drüben.«

Die Frau drehte sich zu mir um und warf mir einen strengen Blick zu.

Ich sah zu dem Reiseleiter hinüber, der neben dem Fahrer stand und nach hinten schaute. Er sah mich an und unsere Blicke begegneten sich kurz, dann sah er weg.

Ich hatte keine Ahnung, was ihn dazu bewogen hatte, den Mund zu halten, aber wahrscheinlich hatte er schlichtweg Angst gehabt; Angst nicht vor Susan und mir, sondern vor dem Bullen. Von blinden Passagieren ein paar Dollar anzunehmen war nur ein kleines Vergehen, wenn er aber Flüchtigen – und sei es unbeabsichtigt – Unterschlupf gewährte, konnte er sich damit eine Geldstrafe, die Kündigung und die Festnahme einhandeln. Dieses ganze Land lebte in permanenter Angst. Ich kannte das schon aus anderen Ländern und diese Angst diente entweder den Interessen der Obrigkeit oder schadete ihnen. Diesmal schadete sie ihnen. Beim nächsten Mal hatten wir möglicherweise nicht so ein Glück.

Der Bus fuhr weiter eine breite Straße hinunter und der Reiseleiter sagte: »Wir kommen jetzt zu Chuong-Duong-Brücke, die führen über Song Hong – Roter Fluss. Schöner Fluss. Sie Foto machen.«

Alle knipsten brav die Brücke und den Fluss. Der Reiseleiter sagen: »Wir jetzt in Hanoi. Bezirk Hoan Kiem. Altstadt. Sehr schön. Sie machen Foto.«

Wir fuhren über die Brücke in die Altstadt von Hanoi. Auf den Straßen und Gehsteigen war es zwar voll, aber längst nicht so schlimm wie in Saigon. Ja, anders als bei den hektischen, ewig hupenden, selbstmörderischen Motorrollerfahrer von Saigon lag hier eine stille Entschlossenheit auf allen Gesichtern und die Menschen und Fahrzeuge bewegten sich auch zielbewusster voran. Die Leute erinnerten mich an Wanderameisen in einem Terrarium.

Die Gebäude waren größtenteils im französischen Kolonialstil erbaut, sehr malerisch und heruntergekommen, aber doch immer noch reizend. An den Straßen standen viele grüne Bäume und wenn die vietnamesischen Schilder nicht gewesen wären, hätte ich mir vorstellen können, in einer französischen Provinzstadt zu sein, wo ich in diesem Moment auch lieber gewesen wäre. Am Horizont sah ich die Lichter neuer Wolkenkratzer. Ich sagte zu Susan: »Es ist gar nicht so trostlos, wie ich es mir vorgestellt habe.«

Susan entschuldigte sich kurz bei der Frau neben ihr, die immer noch ein sehr einseitiges Gespräch mit ihr führte, und sagte zu mir: »Der Augenschein kann trügen.«

»Sei nicht so negativ. Du musst immer den Erfolg vor Augen haben.«

Sie war nicht in der Stimmung für meine Sprüche und wandte sich wieder dem Plappermaul zu.

Ich sah weiter aus dem Fenster. Mir fiel wieder ein, dass wir nie die Innenstadt von Hanoi bombardiert hatten, immer nur militärische Ziele an den Rändern der Stadt, und deshalb sah es hier immer noch wie in Frankreich aus und nicht wie in Ostdeutschland. Ich konnte mich allerdings nicht erinnern, dass die USA je dafür gelobt worden war, dass sie die Altstadt verschont hatte. Bombenangriffe sind nun mal schwer zu verkaufen und seien es auch noch so bedachtsam geplante.

Der Bus fuhr weiter durch die engen, kurvenreichen Straßen und der Reiseleiter kommentierte alles. Auch er beglückwünschte die Amerikaner nicht dazu, dass sie die Altstadt intakt gelassen hatten. Die Leute wissen einfach nicht zu schätzen, was Amerika so alles macht.

Der Reiseleiter sagte: »Morgen wir besuchen Ho-Chi-Minh-Mausoleum, Ho-Chi-Minhs Pfahlhaus, Lenin-Denkmal, Armeemuseum, Luftwaffenmuseum und See in Stadt, wo amerikanischer B-52-Bomber abstürzen und immer noch in See liegen.«

Ich sagte zu Susan: »Das werden wir alles verpassen.«

Sie erwiderte nichts.

Ich schaute noch einmal kurz aus dem Fenster und fragte Susan dann: »Weißt du, wo wir hier sind?«

Sie erwiderte: »Ich habe so eine ungefähre Ahnung. Weißt du, wohin wir fahren?«

Ich hatte bisher nicht groß über die jeweils anstehenden Probleme hinaus gedacht. Ehrlich gesagt, hatte ich nicht damit gerechnet, dass wir so weit kommen würden, aber da wir nun so weit gekommen waren, musste ich klären, wohin wir fuhren und wo wir übernachten sollten. Ich sagte: »Also, zur Botschaft oder ins Metropole können wir nicht gehen, wenn sie uns suchen. Wie steht's mit eurem Hanoier Büro?«

Sie erwiderte: »Das Büro ist jetzt geschlossen und ich habe keinen Schlüssel. Und es wird vielleicht auch überwacht.«

»Kannst du nicht einen eurer Mitarbeiter zu Hause anrufen?«

Sie sagte: »Ich will die da nicht mit reinziehen.«

»Du meinst, keiner von denen arbeitet für die CIA?«

Sie erwiderte nichts.

Ich sagte: »Also, ich habe eine Kontaktperson in der Botschaft. Er heißt John Eagan. Ein FBI-Typ, der hier im Einsatz ist. Ich rufe ihn morgen von einer Telefonzelle aus an und verabrede ein Treffen irgendwo.«

Sie sagte: »Du weißt doch, dass die Telefone der Botschaft abgehört werden. Habt ihr denn vorher kein Treffen vereinbart?«

»Nein. Aber ich kriege das schon hin.« Ich fragte: »Weißt du, was ein fettes, hässliches Scheißteil ist?«

»Ich sitze gerade neben einem.«

Ich lächelte. »Das ist ein B-52-Bomber. Militärslang. Irgendjemand in der Botschaft wird das wissen. Der Militärattaché, Colonel Marc Goodman, weiß es auf jeden Fall.«

Die Dame neben Susan belauschte unser Gespräch und jetzt richteten sich ihre Ohrreife auf.

Ich fragte Susan: »Kennst du den See, in dem das fette, hässliche Scheißteil liegt?«

Die Dame bekam große Augen. Susan lächelte und nickte.

»Gut. Das ist unser Treffpunkt. Eagan heißt der Mann. Nur falls wir uns trennen müssen. Klar?«

Sie nickte wieder.

Ich fragte: »Und wer ist deine Kontaktperson in der Botschaft?«

Sie zögerte kurz und sagte dann: »Auch Eagan.«

Ich ging nicht weiter darauf ein, sondern sagte: »Und für heute Nacht sollten wir versuchen einen Amerikaner zu finden, der sein Hotelzimmer mit uns teilt. Aber nicht aus dieser Gruppe.«

Sie erwiderte: »Für mich wird's kein Problem sein, jemanden zu finden, der sein Hotelzimmer mit mir teilt. Aber wo schläfst *du* dann?«

»In irgend 'nem Puff.«

»Gibt's hier nicht.«

Susan schien kurz nachzudenken und sagte dann: »Mir fällt ein Ort ein, wo wir heute Abend hingehen könnten ...«

Ihrem Gesichtsausdruck nach dachte ich, sie meinte damit einen ihrer Verflossenen, was nicht meine erste Wahl gewesen wäre. Doch dann sagte sie: »Ich bin heute Abend zu einem Empfang eingeladen ... in der Residenz des amerikanischen Botschafters.«

»Echt? Bin ich auch eingeladen?«

»Das war noch fraglich.«

»Und wovon hängt es ab?«

»Davon, ob wir heute Abend in Hanoi sind oder nicht.«

Ich glaubte eher, dass es davon abhing, ob ich noch am Leben war oder nicht. Ich sagte: »Ich dachte, du hättest mir alles erzählt.«

Sie sah mir nicht in die Augen und erwiderte: »Es war nur

ein Vorschlag, dass ich zu dem Empfang kommen sollte, und es ist nicht so wichtig.«

»Aha. Na, dann lass mich mal raten, wer sonst noch bei diesem Empfang ist. Tja, da der Vizepräsident in der Stadt ist, wage ich die kühne Vermutung, dass der Ehrengast Edward Blake heißt.« Ich sah sie an.

Sie nickte.

»Und du sollst ihn über einige Dinge unterrichten, die ihn möglicherweise interessieren.«

»Nicht ihn persönlich.«

Die Dame neben Susan beugte sich jetzt so weit nach links, dass ich schon fürchtete, der Bus würde umkippen.

Ich fragte Susan: »Bin ich passend gekleidet für einen diplomatischen Empfang?«

Sie lächelte und erwiderte: »Du bist so sexy, Paul, dass du da auch in schmutziger Jeans, Laufschuhen und schlammbespritzter Lederjacke auftauchen kannst.«

»Gut. Und wann beginnt die Soiree?«

»Um acht.«

Ich wollte auf meine Armbanduhr sehen, aber die hing immer noch an Mr. Vinhs Handgelenk. Ich fragte: »Wie spät ist es?«

Sie sah auf ihre Uhr. »Viertel nach sieben.«

»Kann ich in dieser Stadt irgendwo eine Armbanduhr kaufen?«

»Ich werde dir eine schenken.«

Der Bus bog in eine enge Gasse ein und hielt. Der Reiseleiter sagte: »Wir hier bei Hotel. Gutes Hotel.«

Ich schaute aus dem Fenster und sah eine alte Bruchbude von einem Hotel, die die Leute vom Guide Michelin möglicherweise übersehen hatten.

Unser Reiseleiter sagte: »Wir anmelden in Hotel, dann treffen in Foyer und gehen zu gutes Essen in italienisches Restaurant.«

Das brachte ihm Beifall von der Gruppe ein, die wahrscheinlich eine Woche lang im Hinterland nur Reis mit Wieselfleisch gegessen hatte. Ich applaudierte ebenfalls.

Alle verließen den Bus und dabei geriet ich hinter Susans schwatzhafte Freundin. Sie sah sich zu mir um und guckte mich an, als wäre ich ein unrasierter, mit Schlamm bespritzter, stinkender Perverser. Sie fragte: »Gehören Sie zu unserer Gruppe?«

»Nein, Ma'am. Ich bin Kanadier.«

Vor dem Bus begegneten wir unserem Reiseleiter. Er sah Susan und mich nicht an und als wir an ihm vorbeigingen, drückte ich ihm einen Zwanziger in die Hand.

Da waren wir nun also in Hanoi, in einer engen Straße voller Fußgänger und Cyclos. Mittlerweile war es dunkel und die Straßenlaternen brannten, aber die Bäume schluckten einen Großteil des Lichts und die Straße lag im Schatten.

Wir gingen vom Hotel fort und ich fragte Susan: »Weißt du, wo wir hier sind?«

Sie sagte: »Nicht weit von der Residenz des Botschafters.« Sie schlug vor: »Suchen wir uns doch eine Kneipe oder so, wo wir was trinken, auf die Toilette gehen und uns frisch machen können. Ich will auch bei dem Diensthabenden in der Botschaft anrufen.«

»Gute Idee.« Ich sah mich auf der Straße nach einem Café oder einer Kneipe um. Als ich gut fünfzig Meter gegangen war, fiel mir etwas auf und ich drehte mich zum Hotel um. Vor dem Bus stand nun ein olivgraues Auto, eine Limousine, wie man sie in diesem Land nicht oft sah. Ich hatte so den Eindruck, dass es irgendein offizielles Fahrzeug war. Ein uniformierter Mann stand, den Rücken uns zugewandt, auf dem Gehsteig im Licht des Hotelvordachs. Ich sah, dass er mit unserem Reiseleiter und dem Busfahrer sprach. Dieser Anblick gefiel mir nicht und noch weniger gefiel es mir, dass der Busfahrer dann auf Susan und mich zeigte. Der Uniformierte drehte sich um und sah uns an. Es war Oberst Mang.

Kapitel 47

Oberst Mang kam auf uns zu und rief: »Mr. Brenner! Miss Weber!«

Ich fragte Susan: »Hat er was gesagt?«

»Ach du Scheiße ... Paul ... Sollen wir weglaufen?«

Ehe ich irgendeine Entscheidung treffen konnte, hielt schon die Limousine neben uns. Der Uniformierte auf dem Beifahrersitz zog eine Pistole und richtete sie auf mich.

Oberst Mang schlenderte den Gehsteig herab. Er trug seine grüne Galauniform, aber kein Pistolenholster. Mit einem Wink gab er seinem Schergen im Wagen zu verstehen, dass er die Pistole wegstecken sollte, blieb dann ein paar Schritte vor uns stehen und sagte: »Ich fürchtete schon, ich hätte Sie im Bahnhof Long Bien verpasst.«

Ich erwiderte: »Das haben Sie ja auch.«

»Ja. Aber jetzt habe ich Sie gefunden. Darf ich Sie mit dem Wagen mitnehmen?«

Vielleicht hatte er ein schlechtes Gewissen, weil er uns in Quang Tri ausgesetzt hatte, und wollte es jetzt wieder gutmachen. Trotzdem sagte ich: »Nicht nötig. Ich brauche etwas Bewegung.«

»Wohin gehen Sie?«

»Zum Metropole.«

»Ja? Zum Metropole geht es aber in die andere Richtung. Wieso sind Sie mit diesem Reisebus mitgefahren?«

Ich erwiderte: »Ich dachte, das sei ein städtischer Bus.«

»Sie wissen ganz genau, dass es kein städtischer Bus ist. Sie verhalten sich, als würden Sie vor irgendetwas weglaufen.«

»Nein, wir gehen nur zum Metropole. Da lang, ja?«

Er sah Susan an und erkundigte sich: »Haben Sie im Century meine Nachricht bekommen?«

Sie antwortete nicht.

Oberst Mang sagte: »Mr. Tin sagte mir, er habe Sie Ihnen

per Fernschreiben an die Post in Vinh übermittelt. Was haben Sie denn in Vinh getan?«

Susan antwortete: »Ho Chi Minhs Geburtsort besucht.«

»Ah ja. Sie sind ja beide kanadische Historiker, wie ich kürzlich erfahren habe.«

Beide erwiderten wir nichts. Und beide waren wir nicht froh, dass er das sagte.

Oberst Mang steckte sich eine Zigarette an. Vielleicht würde er ja gleich einen Herzinfarkt bekommen und tot umfallen.

Mit einem Blick über Mangs Schulter sah ich, dass einige der Amerikaner aus dem Reisebus zu uns herüberschauten, während zwei Uniformierte sie in das Hotel zu scheuchen versuchten. Ich sah auch, dass der Busfahrer und der Reiseleiter verschwunden waren; sie waren wahrscheinlich zum selben Ort unterwegs wie wir bald – und das Hotel Metropole war es nicht.

Mir fiel auch auf, dass die Fußgänger auf die andere Straßenseite wechselten, um irgendwelchen Polizeistaatsaktivitäten aus dem Weg zu gehen, die sich auf unserer Straßenseite abspielten.

Oberst Mang sagte zu mir: »Sie beide sind sehr früh aus dem Hotel Century in Hué abgereist.«

»Na und?«

Er überhörte diese pampige Entgegnung, musste mir das aber heimzahlen, indem er zu Susan sagte: »Leider gibt es für Sie hier am Roten Fluss keine Nacktbadestrände.«

Susan fuhr ihn an: »Sie können mich mal!«

Er lächelte unerwarteterweise und sagte zu ihr: »Sie sind mittlerweile sehr beliebt bei den Männern meiner Abteilung. Die haben die Fotos von Ihnen auf der Pyramide-Insel genau unter die Lupe genommen.«

»Wichser.«

Oberst Mang blieb gelassen, denn vermutlich wollte er unter den Augen seiner Männer, die wahrscheinlich verstanden, was Susan da sagte, nicht mit ihr um die Wette brüllen.

Mang musterte uns und sagte: »Sie scheinen einige Zeit auf dem Lande verbracht zu haben.«

Wir erwiderten nichts.

Er fragte mich: »Wo ist denn Ihr Gepäck?«

»Gestohlen.«

»Ja? Und wo haben Sie die Jacken her, die nicht in Ihrem Gepäck waren?«

»Gekauft.«

»Warum?«

»Warum nicht?«

»Und ich sehe blaue Farbe von Montagnard-Tüchern auf Ihrem Gesicht und Ihren Händen. Es kommt mir so vor, als wollten Sie beide sich verkleiden.«

»Als was?«

»Ich mag Ihre Erwiderungen nicht, Mr. Brenner.«

»Und ich mag Ihre Fragen nicht.«

»Das ist nichts Neues.« Er wechselte das Thema und sagte: »Sie haben erst für morgen im Metropole gebucht, Mr. Brenner. Warum sind Sie einen Tag früher angereist?«

Susan erwiderte: »Oberst, wir haben eine Einladung …«

Ich unterbrach sie: »Später.« Der Empfang in der Residenz des Botschafters war ein Trumpf, den man nur einmal ausspielen konnte, und jetzt war möglicherweise noch nicht der richtige Zeitpunkt dafür.

Susan verstand das und sagte zu Mang: »Ich habe morgen früh einen Termin in der Botschaft.«

»Bei wem?«

»Beim Handelsattaché.«

»Und worum geht es bei diesem Termin?«

»Na, offensichtlich um Handel.«

Er sah Susan streng an und sagte dann zu ihr: »Ich habe einige Erkundigungen eingezogen und erfahren, dass Sie ebenfalls im Metropole reserviert haben, aber schon für heute.«

Oberst Mang wusste über Miss Webers Reiseplanungen

besser Bescheid als ich. Aber fairerweise musste man erwähnen, dass sie mir in Nha Trang irgendwas von Geschäften in Hanoi erzählt hatte. Mittlerweile glaubte ich aber nicht mehr, dass es irgendwas mit dem Handelsattaché zu tun hatte.

Oberst Mang, der seinen Sarkasmus genoss, sagte zu Susan: »Da Mr. Brenner für heute Nacht kein Zimmer hat, könnte ich Ihnen vorschlagen, dass Sie Ihres mit ihm teilen, aber das würde natürlich einen unanständigen Eindruck machen.«

Susan sagte noch einmal: »Sie können mich mal.«

Es wurde Zeit zu sehen, ob der Kerl eher aufs Ködern, Jagen oder Fallenstellen aus war. Ich sagte: »Oberst, ich weiß es ja zu schätzen, dass Sie sich solche Mühe machen, um uns in Hanoi zu begrüßen, aber wenn das dann alles wäre, gehen wir jetzt.«

Er erwiderte nichts.

Ich fügte hinzu: »Sie jagen den Touristen Angst ein.«

»Ja? Ihnen jage ich aber anscheinend keine Angst ein.«

»Nicht im Mindesten.«

»Der Abend ist noch lang. Waren Sie schon mal in Hanoi, Mr. Brenner?«

»Nein, aber Freunde von mir sind im Krieg hierher geflogen, allerdings ohne zu landen.« Das saß.

Er lächelte und sagte: »Einige sind durchaus gelandet und wurden dann im Hanoi Hilton untergebracht.«

Auch nicht schlecht. Ich liebe es, um die Wette zu stänkern. Jetzt war ich dran und ich sagte: »Ich wollte eigentlich das Luftabwehrmuseum besuchen, aber man hat mir gesagt, da gäbe es nichts zu sehen.«

Er fragte: »Würden Sie gerne das Ministerium für Öffentliche Sicherheit von innen sehen?«

»Danke, aber das habe ich in Saigon schon gesehen.«

»Ho-Chi-Minh-Stadt.«

»Wie auch immer.« Offenbar zögerte er noch, seine Drohung wahr zu machen, oder vielleicht machte ihm das hier auf der Straße auch einfach zu viel Spaß. Ich sagte ihm jedenfalls: »Miss Weber und ich haben in der Botschaft angerufen, um Bescheid zu sagen, dass wir in Hanoi sind. Vielleicht können wir beide uns morgen unterhalten. Sagen wir mal, um sechs auf einen Cocktail in der Hotelbar des Metropole. Ich lade Sie ein. Abgemacht?«

Er starrte mich im schummrigen Licht an und sagte: »Sie haben nicht bei Ihrer Botschaft angerufen.« Er fuhr fort: »Ich kann nachvollziehen, dass Sie denken, ich wäre durch diplomatische Erwägungen zu beeinflussen. Aber ich sage Ihnen, Mr. Brenner, ich brauche nur eine Viertelstunde alleine mit Ihnen und Miss Weber, dann werde ich beweisen, dass Sie im Auftrag Ihrer Regierung in diesem Land sind und hier gegen mein Land arbeiten.«

»Könnten Sie sich da etwas genauer äußern?«

»Ich werde mich sehr genau äußern, wenn ich Sie in einem Verhörraum habe.«

Die Situation war anscheinend festgefahren. Ich wollte in einem Fünfsternehotel übernachten und Oberst Mang wollte mich in den Knast sperren. Vorher aber wollte er noch sichergehen, dass er seiner Karriere damit nicht schadete, und deshalb plauderte er hier auf der Straße mit uns und lauerte darauf, dass Susan oder ich etwas sagten oder taten, was eine Festnahme rechtfertigte. Ich hatte so was selbst schon gemacht, aber mein Mitgefühl für sein Dilemma hielt sich in Grenzen.

Oberst Mang fiel eine Lösung ein und er sagte zu mir: »Ich möchte, dass Sie beide mich freiwillig zu einer Diskussion ins Ministerium für Öffentliche Sicherheit begleiten.«

So etwas hatte ich Tausende Male zu Verdächtigen gesagt und die meisten von ihnen waren an diesem Tag dann nicht mehr nach Hause gekommen. Ich erwiderte: »Das ist ein Scherz, oder?«

»Nein. Das ist kein Scherz.«

»Hört sich aber an wie ein Scherz.«

Er schien verwirrt oder verärgert darüber, dass ich seine Einladung ablehnte. Er sagte: »Wenn Sie freiwillig mitkommen, verspreche ich Ihnen, dass Sie nach einer Stunde wieder gehen dürfen.«

Susan erinnerte ihn: »Sie haben doch gesagt, Sie bräuchten nur eine Viertelstunde mit uns allein.«

Ich war mittlerweile so weit, dass ich Oberst Mang durchschaute, und ich sah, dass er so richtig stinksauer war. Ich bemerkte auch, dass ihm Susan noch mehr auf den Zeiger ging als ich. Ich glaubte nicht, dass zwischen Mang und mir tatsächlich irgendwelche Bande bestanden, war mir aber sicher, dass er Susan hasste. Aus diesem und auch noch aus anderen Gründen wollte ich nicht, dass er sie in seine Gewalt bekam. Ich sagte: »Oberst, ich habe da einen Vorschlag. Bringen Sie uns zur Botschaft und lassen Sie Miss Weber hineingehen. Dann fahre ich freiwillig mit Ihnen zum Ministerium.«

Er dachte nicht lange darüber nach und sagte: »Nein.«

Susan sagte auch: »Nein, wir gehen überall zusammen hin.«

Es kooperierte niemand mit mir, deshalb sagte ich zu Mang: »Also gut, lassen Sie uns bei der Botschaft anrufen und Bescheid sagen, dass wir in Hanoi eingetroffen sind, dass Oberst Nguyen Qui Mang uns gern ein paar Fragen stellen würde und wir ihn dazu ins Ministerium für Öffentliche Sicherheit begleiten. Freiwillig natürlich. Sie können bei dem Anruf zuhören.«

Er schüttelte den Kopf.

Oberst Mang hatte keine Ahnung, wie man einen Deal aushandelte. Oder er glaubte, es nicht nötig zu haben.

Ich sagte: »Tja, Oberst, jetzt sind mir die Ideen ausgegangen.« Ich nahm Susans Arm und sagte zu Mang: »Einen schönen Abend noch.«

Mang verlor die Nerven und brüllte, sein Englisch vergessend: »Dung lai!«

Ich sah ihn an.

Er hyperventilierte wieder und da wir ihn nun aus der Reserve gelockt hatten, musste er etwas unternehmen. Er sagte etwas zu dem Typen auf dem Beifahrersitz und der stieg aus und öffnete die hintere Tür. Ich hoffte schon, dass Oberst Mang jetzt wegfahren würde, aber Pech gehabt. Er sah sich noch einmal um, um sicherzugehen, dass die amerikanischen Touristen alle verschwunden waren, und sagte dann zu uns: »Steigen Sie ein.«

Susan und ich regten uns nicht.

Er lächelte und fragte: »Haben Sie Angst?«

»Nein. Sie?«

»Warum sollte ich Angst haben? Steigen Sie ein.«

Ich entgegnete: »Damit wir einsteigen, muss jemand eine Waffe auf uns richten.«

Er verstand das und nickte anerkennend. Er gab dem Typen, der neben dem Wagen stand, eine Anweisung und der half gern und richtete seine Pistole auf uns.

Ich nahm Susans Arm und wir setzten uns auf die Rückbank der Limousine. Mang setzte sich auf den Beifahrersitz und der Typ mit der Pistole blieb auf dem Gehsteig stehen.

Wir fuhren schweigend durch die Straßen der Altstadt. Ein paar Minuten später bremste der Wagen vor dem Hotel Metropole ab, einem großen, prächtigen Gebäude, das aussah, als gehörte es nach Paris.

Ich dachte schon, Oberst Mang hätte es sich anders überlegt, und sagte: »Danke, dass Sie uns zum Hotel gebracht haben.«

Er drehte sich zu mir um und sagte: »Ich wollte Ihnen bloß zeigen, wo Sie heute Nacht *nicht* schlafen werden.«

Arschloch.

Die Limousine fuhr in westlicher Richtung durch die Altstadt. Nur um mich davon zu überzeugen, dass diese Leute keine Vollidioten waren, versuchte ich es mit dem Türöffnungshebel, aber der ließ sich nicht bewegen.

Die Lage hatte sich nun erheblich verschlechtert und es war keine Besserung in Sicht. Ich dachte darüber nach, welche Optionen mir noch blieben, aber die einzige war, gewalttätig zu werden, und darauf war ich vorbereitet. Mang trug keine sichtbare Waffe bei sich, der Fahrer hingegen schon, also musste der Fahrer als Erster ausgeschaltet werden. Ich schaute kurz aus dem Heckfenster, und sah, dass uns ein Wagen mit Verstärkung folgte. Wie man es mir bei der Army im Kurs fürs Ausbrechen aus einem Kriegsgefangenenlager beigebracht hatte, musste ich entscheiden, ob körperlicher Widerstand möglich war und welche Konsequenzen es gegebenenfalls haben würde, wenn der Versuch scheiterte. Kleine oder mittelgroße Probleme vergrößerte man manchmal nur, wenn man jemandem das Genick brach. Bei anderen Gelegenheiten löste es das Problem. Es hing wohl letztlich davon ab, was uns am Ende dieser Fahrt erwartete.

Ich grübelte darüber nach, bezog den Wagen mit der Verstärkung in meine Kalkulation mit ein und auch den Umstand, dass Susan und ich einen gemeinsamen Ausbruchsversuch nicht einstudiert hatten.

Als der Wagen an einer Ecke abbog, beugte ich mich zu ihr hinüber und flüsterte: »Waffen?«

Sie schüttelte den Kopf und sagte: »Das war 'n Scherz.«

Mang sagte: »Ruhe da hinten.«

Wir bogen in eine enge, schlecht beleuchtete Straße ein, auf deren Straßenschild *Yet Kieu* stand, und hielten dann vor einem großen, fünfgeschossigen Gebäude aus der Kolonialzeit. Der zweite Wagen hielt hinter uns.

Oberst Mang nahm einen Aktenkoffer und stieg ohne ein Wort zu sagen aus.

Susan stupste mich und sagte leise: »Der Empfang beim Botschafter, Paul.«

»Ist das heute?«

»Paul.«

»Man spielt einen Trumpf nur aus, wenn man muss.«

Sie sah mich an. »Ich glaube, wir müssen.«

Zwei Typen aus dem zweiten Wagen kamen zu unserer Limousine und rissen die Türen auf. Susan und ich stiegen aus und dann wurden wir nicht eben sachte zum Eingang des Ministeriums für Öffentliche Sicherheit eskortiert, wo Oberst Mang bereits wartete.

Ein Wächter öffnete die Tür und Oberst Mang ging hinein, gefolgt von Susan, mir und den beiden Schergen.

Das große Foyer war sehr heruntergekommen und erinnerte mich an sein Pendant in Saigon. Hier gingen ein paar Männer in Uniform und Zivil herum und wie sie uns ansahen, bekamen sie hier im Ministerium nicht oft Westler zu sehen, so lieb ihnen das wahrscheinlich auch gewesen wäre.

Oberst Mang führte uns zu einem alten, käfigartigen Fahrstuhl und als wir fünf eingetreten waren, sagte er etwas zu dem Fahrstuhlführer.

Wir fuhren schweigend hinauf und stiegen im dritten Stock aus, der schummrig beleuchtet und heruntergekommen war. Beiderseits des Korridors gab es hier in engem Abstand Türen und hinter einer hörte ich einen Mann vor Schmerz aufschreien, dann folgten das Geräusch eines Schlages und ein erneuter Schmerzensschrei. Eine Tür stand einen Spalt breit offen und dort hörte ich eine Frau weinen.

Oberst Mang schien das alles nicht zu bemerken und die beiden Schergen auch nicht. Vermutlich waren sie daran gewöhnt, so als wäre das hier im dritten Stock nur ein Hintergrundgeräusch.

Oberst Mang öffnete eine Tür und als er hineinging, sah ich drinnen kurz einen nackten Mann blutüberströmt auf dem Boden liegen, der leise stöhnte. Hinter einem Schreibtisch saß ein Uniformierter, rauchte und las Zeitung.

Oberst Mang wechselte ein paar Worte mit dem Mann hinter dem Schreibtisch und schloss die Tür dann wieder. Er sagte: »Dieser Raum ist belegt.«

Ich tauschte einen Blick mit Susan und sah, dass sie das

ebenfalls gesehen hatte. Die meisten Menschen haben für solche Szenen keinen Bezugspunkt und ich erinnerte mich an meine ersten Kampferfahrungen, an die Toten und Sterbenden, die überall gelegen hatten. Man nimmt das nicht als Realität wahr und deshalb kommt man damit klar.

Oberst Mang fand einen freien Raum und wir gingen alle hinein.

Der Raum war fensterlos und von einer einzigen, von der Decke hängenden Glühbirne erleuchtet. Es war warm hier. Mitten im Raum stand ein Schreibtisch mit einem Stuhl dahinter und zwei Holzhockern davor.

Mang legte seinen Aktenkoffer auf dem Schreibtisch ab, setzte sich und steckte sich eine Zigarette an. Er deutete auf die beiden Hocker und sagte: »Setzen.«

Wir blieben stehen.

Der Boden war mit altem Parkett belegt und hatte rotbraune Flecken. Im Raum nebenan hörte ich Geschrei, dann prallte jemand oder etwas an die Wand.

Oberst Mang guckte ziemlich unbeeindruckt, so als seien Schläge in einem Polizeistaat ebenso normal wie das Nehmen von Fingerabdrücken und das Schießen von Fotos.

Er sagte: »Wer in den Verhörräumen nicht kooperiert, wird in den Keller gebracht. Dort bekommen wir immer vollste Kooperation und dort bietet man Ihnen keinen Platz an.« Er wies noch einmal auf die Hocker und sagte: »Setzen.«

Die beiden Schergen hinter uns kickten uns die Hocker in die Kniekehlen und drückten uns hinunter.

Oberst Mang sah Susan und mich lange an und teilte uns dann mit: »Sie haben mir eine Menge Schwierigkeiten gemacht.« Er fügte hinzu: »Sie haben mir die Feiertage verdorben.«

Ich entgegnete: »Sie haben meinen Urlaub auch nicht gerade verschönert.«

»Seien Sie still.«

Susan nahm ohne zu fragen ihre Zigaretten heraus und

steckte sich eine an. Mang kümmerte sich nicht darum oder bemerkte es nicht, so als wäre Rauchen das einzige unveräußerliche Recht, das einem Gefangenen in einem vietnamesischen Gefängnis blieb.

Wir saßen eine Weile da, zwei von uns rauchten und die Schergen hinter mir atmeten schwer. Meine Instinkte verrieten mir, dass Susan und ich in Schwierigkeiten steckten. Unser größtes Problem waren natürlich die beiden toten Polizisten auf der Nationalstraße 1 und die beiden toten Soldaten auf der Landstraße 214. Dass Susan und ich zum Zeitpunkt dieser Todesfälle in eben diesen Gegenden gewesen waren, mochte purer Zufall sein, aber ich glaubte nicht, dass Oberst Mang uns das abkaufen würde. Und dann war da noch Mr. Cam, unser Fahrer, den ich besser hätte umbringen sollen. Ja, Susan und mir stand möglicherweise wegen dieser Morde ein Erschießungskommando bevor und da konnte uns auch die US-Regierung nicht helfen.

Mang und wir sahen einander im Licht der herabhängenden Glühbirne an. Er sagte: »Beginnen wir doch mal ganz von vorne.« Er nahm einen Zug aus seiner Zigarette und teilte uns dann mit: »Ich habe endlich herausgefunden, wie Sie von Nha Trang nach Hué gereist sind. Mr. Thuc war sehr kooperativ, als ich ihn in seinem Reisebüro besucht habe.«

Zum ersten Mal verspürte ich leichte Angst.

Oberst Mang sagte: »Mr. Brenner, Sie haben also einen Privatwagen gemietet, was Sie nicht durften ...«

Ich unterbrach ihn und sagte: »Miss Weber durfte jedes beliebige Verkehrsmittel benutzen. Ich bin bloß mitgefahren.«

»Halten Sie den Mund.« Er fuhr fort: »Den Wagen fuhr Duong Xuan Cam und der hat mir sehr ausführlich von Ihrer Reise berichtet.« Oberst Mang starrte mich an und sagte: »Also möchten Sie mir vielleicht in eigenen Worten von Ihrer Reise erzählen, damit da keine Missverständnisse aufkommen.«

Ich schloss aus diesem Bluff, dass Mr. Cam entweder beim Verhör gestorben war, ehe er die Beihilfe zum Mord gestehen konnte, oder sich irgendwo versteckt hielt oder um sein Leben rannte. Ich sagte: »Ich kann Ihnen bestimmt nicht mehr erzählen, als Ihnen der Fahrer schon erzählt hat. Miss Weber und ich haben die ganze Fahrt über geschlafen.«

»Da hat Ihr Fahrer aber etwas anderes gesagt.«

»Was hat er denn gesagt?«

Oberst Mang erwiderte: »Wenn Sie, Mr. Brenner, oder Sie, Miss Weber, mir auch nur noch eine einzige weitere Frage stellen, wird diese Vernehmung sofort im Keller fortgesetzt. Habe ich mich klar ausgedrückt?«

Ich entgegnete: »Oberst, ich muss Sie daran erinnern, dass weder Miss Weber noch ich Kriegsgefangene im Hanoi Hilton sind, wo Ihre Landsleute während des Krieges Hunderte von Amerikanern gefoltert haben. Der Krieg ist vorbei, Oberst, und man wird Sie für Ihre Taten zur Rechenschaft ziehen.«

Er starrte mich lange an und entgegnete dann: »Wenn ich auf bescheidene Weise dazu beitragen könnte, dass Ihr Land wieder zum Feind meines Landes wird, dann würde mich das – und auch einige andere hier – sehr glücklich machen.« Er lächelte wenig liebenswürdig und fügte hinzu: »Und ich glaube, ich habe eine Möglichkeit gefunden, genau das zu tun. Ich spreche von der Hinrichtung eines so genannten amerikanischen Touristen und einer so genannten amerikanischen Geschäftsfrau – entweder wegen Mordes oder wegen staatsfeindlicher Aktivitäten oder wegen beidem.«

Damit meinte er wohl uns und deshalb erinnerte ich ihn noch mal: »Man wird Sie zur Rechenschaft ziehen – und zwar nicht nur meine Regierung, sondern auch Ihre.«

»Zerbrechen Sie sich darüber nicht den Kopf. Sie haben andere Probleme.«

Er saß einen Moment lang da, dachte wahrscheinlich über meine Probleme nach und hoffentlich auch über seine potenziellen Probleme. Er sagte zu mir: »Als wir uns in Quang-Tri-

Stadt begegnet sind, haben wir uns über Ihren Besuch in Hué unterhalten, über den ungeklärten Zeitraum während Ihrer Reise von Nha Trang nach Hué, über Ihr unverschämtes Verhalten dem Polizeibeamten in Hué gegenüber und über andere Themen, die Miss Webers Partnerwahl betrafen. Wir haben auch über Ihren Besuch im Ashau-Tal und in Khe Sanh diskutiert und über Ihren Kontakt zu den Bergvölkern. Ich glaube, ich habe bereits genug Beweise beisammen, um Sie zu verhaften.«

»Und ich glaube, dass Sie aus politischen und persönlichen Gründen einen amerikanischen Veteranen und eine bekannte amerikanische Geschäftsfrau schikanieren.«

»Ja? Dann müssen wir unser Gespräch fortsetzen, bis Sie und ich das anders sehen.« Er fragte: »Wie sind Sie aus Hué abgereist?«

Ich sagte: »Wir haben Hué mit einem Motorrad verlassen und sind dann, wie Sie wissen, auch mit diesem Motorrad in Dien Bien Phu angekommen.«

»Ja, und unterwegs haben Sie sich in Kanadier verwandelt.«

Ich erwiderte nichts.

»Wo hatten Sie dieses Motorrad her?«

»Das habe ich gekauft.«

»Von wem?«

»Von irgendwem auf der Straße.«

»Wie hieß er?«

»Nguyen.«

»Mir geht mit Ihnen allmählich die Geduld aus.«

»Ihnen kann nichts ausgehen, was Sie nicht haben.«

Das gefiel ihm und er lächelte. »Ich glaube, ich weiß, wie Sie zu diesem Motorrad gekommen sind.«

»Dann müssen Sie mich ja nicht danach fragen.«

Er starrte mich an und sagte: »Nein, ich weiß es nicht. Aber ich weiß eines: Bevor Sie und Miss Weber dieses Gebäude verlassen, werden Sie es mir gerne erzählen.«

Bisher war Mr. Uyen in Sicherheit, der Ganove hatte sich durch seine Gier in Schwierigkeiten gebracht und Mr. Cam war entweder tot oder verschwunden. Da blieb nur noch Mr. Anh übrig und ich hoffte, dass der bei einem netten Familientreffen in Los Angeles war.

Mang fragte mich: »Wo haben Sie während dieser zweitägigen Motorradfahrt nach Dien Bien Phu übernachtet?«

»Wir haben im Wald geschlafen.«

»Wäre es möglich, dass Sie in einem Montagnard-Dorf geschlafen haben?«

Wir waren wieder beim Thema Montagnards. Ich sagte: »Ich glaube, daran würde ich mich erinnern.«

Er sah mich aufmerksam an und sagte: »Auf der Landstraße 214, in der Nähe der laotischen Grenze, sind zwei Soldaten ermordet worden. Einer hatte eine Kugel Kaliber 45 in der Brust, die Munition, die von den automatischen Colts der US Army verschossen wird.« Er starrte mich an, als glaubte er, ich wüsste irgendwas darüber. »Sie müssen zu diesem Zeitpunkt ganz in der Nähe gewesen sein.«

Ich hielt seinem Blick stand und erwiderte: »Ich weiß nicht, wo die Landstraße 214 ist. Ich bin über die Nationalstraßen 1 und 6 nach Dien Bien Phu gefahren. Jetzt sagen Sie, ich wäre auf der Landstraße 214 gewesen und beschuldigen mich des Mordes an zwei Soldaten. Zu einer derart absurden Anschuldigung fällt mir jetzt wirklich nichts mehr ein.«

Er starrte mich weiter an.

Ich erinnerte ihn: »Wie es jetzt steht, haben wir Sie freiwillig begleitet, um Ihnen ein paar Fragen zu beantworten. Und sehr bald werden wir feststellen, dass wir hier gegen unseren Willen in polizeilichen Gewahrsam genommen wurden. Dann müssen Sie, Oberst, dessen Name meiner Botschaft bekannt ist, Rechenschaft über unser Verschwinden ablegen.« Ich fand, das hörte sich gut an, aber Oberst Mang fand das wahrscheinlich nicht.

Er lächelte und sagte: »Sie haben mir nicht zugehört, Mr.

Brenner. Ihre Botschaft und Ihre Regierung sind mir ganz egal. Ich würde eine Konfrontation sogar begrüßen.«

»Tja, Oberst, dann steht Ihnen gleich eine bevor.«

»Sie verschwenden meine Zeit.« Er sah zu Susan hinüber und sagte: »Ich merke gerade, dass ich Sie gar nicht beachtet habe.«

»Eigentlich habe ich *Sie* nicht beachtet.«

Er lachte. »Ich glaube, Sie mögen mich nicht.«

»Stimmt.«

»Warum? Wegen dieser Fotos? Oder weil Sie sich, wie so viele Ihrer Landsleute, Vietnamesen gegenüber rassisch überlegen fühlen?«

Ich sagte: »Moment mal. Diese Art zu fragen ist …«

»Ich spreche nicht mit Ihnen, Mr. Brenner.« Er fügte hinzu: »Aber wenn ich mit Ihnen sprechen würde, würde ich Sie fragen, wie oft Sie schon die rassistischen Schimpfwörter Schlitzauge und Poposcheitel verwendet haben. Wie oft?«

»Wahrscheinlich viel zu oft. Aber nicht in den letzten fünfundzwanzig Jahren. Wechseln Sie das Thema.«

»Dieses Thema interessiert mich aber.« Er sah Susan an. »Wieso leben Sie in meinem Land?«

»Weil es mir hier gefällt.«

»Das glaube ich Ihnen nicht.«

Sie sagte: »Es ist mir egal, ob Sie das glauben oder nicht, aber ich liebe das Volk dieses Landes und die Kultur und die Traditionen.«

Er sagte: »Sie vergaßen, das Geld zu erwähnen.«

»Aber ich mag Ihre Regierung nicht und die Regierung und das Volk sind nicht das Gleiche.« Sie fügte hinzu: »Ich würde Sie auch widerlich und abscheulich finden, wenn Sie Amerikaner wären.«

Ich dachte schon, jetzt würden wir in null Komma nichts mit dem Fahrstuhl in den Keller fahren, doch Oberst Mang starrte nur ins Leere. Schließlich sagte er: »Das Problem sind immer noch die Ausländer.« Er fügte hinzu: »Es sind zu viele

Touristen hier und zu viele Geschäftsleute. Aber bald werden es zwei weniger sein.«

Ich war mir wieder mal ziemlich sicher, dass er uns damit meinte.

Susan riet ihm: »Kehren Sie doch lieber mal vor Ihrer eigenen Tür. Ihre Probleme beginnen schon hier in diesem Gebäude.«

Oberst Mang sagte zu ihr: »Wir müssen uns weder von Ihnen noch von irgendeinem anderen Ausländer sagen lassen, wie wir unser Land zu regieren haben. Diese Zeiten sind vorbei, Miss Weber. Meine Generation und die Generation meines Vaters haben mit ihrem Blut die Befreiung dieses Landes aus den Händen des Westens erkauft. Und wenn noch ein Krieg nötig sein sollte, um die Kapitalisten und Westler loszuwerden, sind wir bereit, uns noch ein weiteres Mal dafür zu opfern.«

Susan sagte: »Sie wissen doch, dass das nicht stimmt. Diese Zeiten sind vorüber.«

Oberst Mang kam lieber wieder darauf zu sprechen, wie er Susan und mich vor ein Exekutionskommando bringen konnte, denn da fühlte er sich auf sichererem Terrain. Er richtete seine Aufmerksamkeit wieder auf mich und sagte: »Sie haben Hué am frühen Dienstagmorgen mit einem Motorrad verlassen, sind dann sehr spät am Mittwochabend in Dien Bien Phu eingetroffen und haben sich dort im Dien Bien Phu Motel angemeldet.«

»Richtig.«

»Und am Donnerstagmorgen haben Sie die Schlachtfelder besichtigt und dem Fremdenführer gesagt, Sie wären Historiker und … Botaniker, glaube ich, aus Kanada.«

»Ich sagte Historiker aus Connecticut.«

»Was ist das?«

»Connecticut. Ein Bundesstaat der USA.«

Er schien ein wenig verwirrt, deshalb fügte ich hinzu: »Der Muskatnuss-Staat.«

Er ging nicht darauf ein und fuhr fort: »Später an diesem Tag sind Sie beide dann mit dem Motorrad in das Dorf Ban Hin gefahren und haben sich wiederum als ... Historiker ausgegeben.«

Ich erwiderte nichts.

»Miss Weber hat auf dem Dorfplatz ausdrücklich zu jemandem gesagt, Sie beide seien Kanadier. Warum haben Sie sich als Kanadier ausgegeben?«

»Manche Leute mögen keine Amerikaner. Und Kanadier mag jeder.«

»Ich mag keine Kanadier.«

»Wie viele Kanadier kennen Sie denn?«

Er merkte, dass ich ihn vom Thema abbringen wollte, und merkte auch, dass ich versuchte, Zeit zu schinden. Ob wir überhaupt eine Chance hatten, hier wieder herauszukommen, hing davon ab, ob er vorhatte, uns auch dann noch hier festzuhalten, wenn man uns möglicherweise schon vermisste. Ich fragte mich allerdings, ob sich irgendjemand in Washington, Saigon oder der hiesigen Botschaft jetzt bereits Sorgen machte. Morgen bestimmt, aber heute Nacht vielleicht noch nicht. Wie es sich angehört hatte, rechnete man beim Empfang des Botschafters nicht fest mit uns. Mich vermisste man ohnehin nicht, denn ich hätte ja eigentlich jetzt mit Mr. Vinh im Da-Fluss treiben sollen. Ich überlegte, jetzt meinen kleinen Trumpf auszuspielen, aber meine Instinkte verrieten mir, dass Oberst Mang noch nicht bereit dafür war.

Er fragte mich: »Weshalb sind Sie nach Ban Hin gefahren?«

»Das wissen Sie doch.«

»Ja, das weiß ich. Aber ehrlich gesagt, verstehe ich den Zweck Ihres Besuchs bei Tran Van Vinh nicht so ganz. Können Sie mir das bitte erklären.«

Es gab fünf Namen, die ich weder an diesem Abend noch irgendwann aus Oberst Mangs Mund hören wollte: Mr. Thuc, Mr. Cam, Mr. Anh, Mr. Uyen und Tran Van Vinh. Drei davon hatte er bereits ausgesprochen. Was Tran Van Vinh anging, so hatte er, als treuer Genosse, der er war, vollstens mit Oberst Mang kooperiert, hatte aber nicht allzu viel zur Aufklärung beitragen können. Größere Sorgen machte ich mir um Mr. Anh und Mr. Uyen, die beide den Fehler begangen hatten, für Amerikaner ihren Kopf zu riskieren, genau wie zwanzig Millionen andere Südvietnamesen es schon während des Kriegs getan hatten. Man sollte ja meinen, dieses Volk hätte etwas daraus gelernt. Aber nein. Diese beiden Namen waren jedenfalls noch nicht gefallen, aber mittlerweile durchschaute ich Oberst Mangs Verhörmethoden und wusste, dass er sich das Beste für den Schluss aufhob.

Er wurde ungeduldig, als ich so ausdauernd schwieg und fragte noch einmal: »Vielleicht könnten Sie mir den Zweck Ihres Besuchs bei Mr. Vinh erklären.«

Ich erwiderte: »Mr. Vinh hat Ihnen doch sicherlich schon erzählt, was der Zweck meines Besuchs war.«

»Er hat mir telefonisch von Ihrem Besuch berichtet, aber ich hatte noch nicht die Gelegenheit, persönlich mit ihm zu sprechen.« Oberst Mang sah auf seine Armbanduhr und sagte: »Er müsste in Kürze mit dem Flugzeug eintreffen, dann werde ich eingehender mit ihm darüber sprechen. Bis dahin sollten Sie mir erzählen, warum Sie ihn besucht haben.«

»Also gut.« Ich blieb nah an der Wahrheit und erzählte Oberst Mang dieselbe Geschichte, die ich auch Tran Van Vinh erzählt hatte – von dem Brief, den Vietnam Veterans of America, der Familie von Lieutenant William Hines, der mutmaßlichen Ermordung dieses Lieutenants durch einen unbekannten Captain – unnütz, den Vizepräsidenten der USA zu erwähnen – und dass ich der Familie Hines versprochen hatte, mich um die Sache zu kümmern, während ich auf meinem Nostalgietrip hier in Vietnam war.

Ich erzählte meine Geschichte zu Ende, dann sah ich, dass Oberst Mang tief in Gedanken versunken war. Er hatte das alles bereits von Tran Van Vinh gehört, und diese Geschichte fügte sich in nichts von dem, was er vermutete oder wusste. Diese Wendung der Ereignisse warf für Oberst Mang mehr Fragen auf, als dadurch beantwortet wurden, und ich konnte sehen, dass er perplex war. Als Nächstes würde er die Kriegsandenken aus Susans Rucksack sehen wollen. Ich hatte so das Gefühl, dass wir hier so schnell nicht mehr wegkommen würden. Vielleicht nie mehr.

Oberst Mang sah Susan an und fragte sie: »Können Sie diese Geschichte bestätigen?«

Sie erwiderte: »Ich bin bloß ein mitreisendes Flittchen.«

Er sah sie an und erkundigte sich: »Was ist ein Flittchen?«

Sie antwortete auf Vietnamesisch und er nickte, so als würde er zum ersten Mal einem von uns beiden etwas glauben. Dann sagte er jedoch: »Aber Sie haben diese Beziehung zu Mr. Stanley, die mich argwöhnisch macht.«

Sie erwiderte: »Ich habe mit der Hälfte aller westlichen Männer in Saigon geschlafen, Oberst. Sie sollten meiner Beziehung zu Bill Stanley keine Bedeutung beimessen.«

Manchmal ist, wie man in meiner Branche sagt, Nacktheit die beste Verkleidung. Oberst Mang schien wirklich erfreut darüber, dass ihm das Flittchen persönlich seine Meinung über Susan bestätigte, auch wenn die Liaison mit Bill Stanley dadurch weniger belastend wurde.

Außerdem fragte sich Oberst Mang jetzt natürlich, wie groß meine Zuneigung zu Susan Weber war und ob er über sie an mich herankam. Ehrlich gesagt, bin ich Flittchen gegenüber schon äußerst loyal gewesen, aber das wusste Oberst Mang ja nicht. Ich warf Susan einen verärgerten Blick zu und wandte mich von ihr ab.

Oberst Mang schien das zu bemerken und er sagte zu Susan: »Sie sind auch nicht besser als die Prostituierten auf den Straßen von Saigon.«

Sie entgegnete: »Ich nehme kein Geld.«

»Sie wären ehrlicher, wenn Sie es täten.«

Da er Susan nun den ihr gebührenden Platz zugewiesen

hatte, wandte er sich wieder an mich und sagte: »Tran Van Vinh schilderte einen Streit zwischen Ihnen und Miss Weber. Er sagte, Miss Weber habe das Haus ohne Sie verlassen und Sie seien dann einige Minuten später gegangen. Trifft das zu?«

»Ja, das trifft zu.«

»Und wieso?«

»Wir waren während der Reise über viele Dinge unterschiedlicher Meinung und haben uns dann schließlich darüber gestritten, wie wir am besten nach Hanoi kommen.«

Er dachte darüber nach und sagte dann: »Und dann haben Sie beide beschlossen, in Lao Cai den Zug zu nehmen.«

»Ich schätze mal schon, wenn wir gemeinsam am Bahnhof Long Bien eingetroffen sind.«

»Ich weiß, wo Sie waren und ich wusste auch, dass Sie nach Hanoi kommen würden. Sie standen nicht auf der Passagierliste des Flugzeugs und deshalb habe ich den Bahnhof Long Bien und den Busbahnhof überwachen lassen und natürlich auch das Hotel Metropole und die amerikanische Botschaft, falls Sie per Auto oder Motorrad nach Hanoi gekommen wären.«

»Woher wussten Sie, dass wir in dem Reisebus waren?«

»Ah. Der Polizist, der den Bus betreten hat, hatte den Eindruck, dass der Reiseleiter nervös war, wollte aber vor den Augen Ihrer Landsleute keine Schwierigkeiten machen und deshalb haben wir abgewartet.« Oberst Mang teilte uns mit: »Sie begegnen dem Reiseleiter möglicherweise später in einem anderen Teil dieses Gebäudes.« Er lächelte und sagte: »Ich habe Ihnen doch gesagt, dass wir uns in Hanoi wiedersehen.«

»Und wenn wir nach Ho-Chi-Minh-Stadt zurückgefahren wären?«

Er war anscheinend froh über die Gelegenheit zu zeigen, wie gut er seinen Job machte und erwiderte: »Wenn wir nicht hier säßen, säßen wir im gleichen Ministerium in Ho-Chi-Minh-Stadt. Uns entgeht so gut wie nichts, Mr. Brenner.«

Ich hätte nicht darauf eingehen sollen, sagte aber: »Sie haben ja keine Ahnung, was Ihnen alles entgeht.«

Da lächelte er wieder. »Sie und Miss Weber sind mir nicht entgangen. Sie sind hier.«

»Da haben Sie Recht.« Ich sagte: »Die Ausländerpolizei dieses Landes ist unermüdlich, Oberst. So eine gute Ausländerpolizei könnten wir in Amerika auch gebrauchen.«

Er lächelte und erwiderte: »Abweichen von der Reiseroute, unbefugtes Benutzen von Verkehrsmitteln und Visa-Unregelmäßigkeiten sind ernste Angelegenheiten, Mr. Brenner.«

»Das müssen sie wohl, wenn Sie deswegen eine landesweite Fahndung nach Miss Weber und mir auslösen.«

»Sind wir dann fertig mit den Spielchen?«

»Ich hoffe es. Sind Sie von der Abteilung A oder B?«

Er erwiderte: »Abteilung A. Das entspricht Ihrer CIA.«

»Tja, wenn ich das nächste Mal nach Vietnam komme, werde ich mein Visum früher beantragen.«

Er lächelte wieder und sagte: »Es wird kein nächstes Mal geben.«

»Sind wir jetzt fertig?«

»Nein. Und fragen Sie das nicht noch mal.«

Ich hätte gerne auf meine Armbanduhr gesehen, aber mir fiel wieder ein, wo sie war.

So saßen wir also da und Susan, Mang und die beiden Schergen rauchten und ich rauchte passiv mit. Es gab nicht mal ein Fenster, das man hätte öffnen können. Und als ob dieser Ort nicht schon ungesund genug gewesen wäre, waren auf dem Boden auch noch getrocknete Blutflecken und schien es dem Verhörbeamten im Zimmer hinter mir Spaß zu machen, seinen Gast an die Wand zu knallen, dass die Glühbirne wackelte.

Oberst Mang ließ uns eine Weile dem vietnamesischen Squash nebenan lauschen, wandte sich dann an Susan und fragte: »Warum haben Sie Mr. Tin im Hotel Century in Hué ein Telex geschickt?«

Susan erwiderte: »Mr. Brenner hatte sein Vietnambuch einem Fremdenführer geliehen und ihn gebeten, das Buch am Dienstagmorgen wiederzubringen. Es kam aber nicht und deshalb habe ich per Telex gefragt, ob es später gekommen sei. Sie haben das Telex doch bestimmt gelesen.«

Er ließ sich nicht anmerken, ob er es gelesen hatte oder nicht, und fragte Susan: »Und was hätten Sie getan, wenn das Buch im Hotel abgegeben worden wäre? Wären Sie zurückgefahren nach Hué?«

»Natürlich nicht. Ich hätte Mr. Tin gebeten, es uns ins Metropole zu schicken.«

Er sah mich an und fragte: »Und wer war dieser Fremdenführer, dem Sie das Buch gegeben haben?«

Den Namen Nguyen hatte ich, glaube ich, schon oft genug gebraucht und deshalb sagte ich: »Ich glaube, er hieß Mr. Han. Ein Student.«

»Und warum haben Sie ihm das Buch gegeben?«

»Er hat gefragt, ob er es sich borgen könnte. Habe ich damit schon wieder gegen ein Gesetz verstoßen?«

Diesmal bekam sogar Oberst Mang mit, dass das scherzhaft gemeint war, und er lächelte. Doch wenn er lächelte, war das normalerweise kein gutes Zeichen. Er sagte zu mir: »Ich muss Ihnen ein Geständnis machen.«

»Gut. Ich Ihnen nämlich nicht.«

Er fuhr fort: »Ich habe Sie in Hué beschatten lassen.«

Ich erwiderte nichts und wir saßen alle eine Weile da und hörten zu, wie jemand schreiend über den Korridor gezerrt wurde. Es hätte durchaus der Reiseleiter sein können.

Schließlich sagte Oberst Mang: »Meine Kollegen haben Sie aus dem Blick verloren, meldeten aber, Sie hätten sich wie jemand bewegt, der glaubt, dass er beschattet wird.«

»Was erwarten Sie denn, was die sagen? Dass ich auf einer Parkbank gesessen hätte und Sie mich deshalb aus dem Blick verloren haben?«

Das gefiel ihm nicht und er wandte sich an Susan. »Das

Gleiche bei Ihnen, Miss Weber. Sie haben sich auf verdächtige Art und Weise durch die Stadt bewegt.«

»Ich war einkaufen.«

»Ah ja. Für Ihre Tarnung.«

»Passende Reisekleidung für die Fahrt nach Dien Bien Phu.« Sie fügte hinzu: »Wenn Sie das hören mögen, kann ich Ihnen gerne ausführlich von meinen Einkäufen erzählen.«

Weder Oberst Mang noch ich konnten uns für dieses Thema erwärmen. Außerdem glaubte Mang vielleicht, dass er da wieder auf dem Holzweg war. Das war er zwar nicht, aber ich war mir jetzt ziemlich sicher, dass Mr. Anh in Sicherheit war. Bloß dass man bei Oberst Mang nie wusste, was für Überraschungen er noch in petto hatte.

Er wandte sich wieder an mich und fragte: »Wo ist das Motorrad, das Sie in Hué gekauft haben?«

»Das habe ich in Lao Cai an eine Australierin verkauft.«

»Und wie hieß diese Frau?«

»Sheila Sonstwas. Blond, blauäugig, nettes Lächeln.«

Oberst Mang vermutete, dass ich ihn verarschte, spielte aber mit. Er fragte: »Wie viel haben Sie dafür in Hué bezahlt und für wie viel haben Sie es verkauft?«

»Ich habe dreitausend US-Dollar dafür bezahlt, von der Australierin in Lao Cai aber nur fünfhundert dafür bekommen.« Ich fügte hinzu: »Sie wusste, dass wir einen Zug erwischen mussten, und hat hart gefeilscht.«

»Soso. Und haben Sie mit dieser Frau oder mit der Person in Hué irgendwelche Papiere ausgetauscht?«

»Oberst, ich habe in diesem Land noch keine Quittung gesehen, seit ich hier bin.«

Er ging nicht darauf ein und sah Susan an. »Ich habe in Ihrer Wohnung Ihre Motorradschlüssel gefunden, aber Ihr Motorrad selbst können wir nicht finden. Können Sie uns da helfen?«

»Es ist gestohlen.«

»Ich glaube eher, es ist versteckt.«

Susan fragte ihn: »Hat die Abteilung A denn nichts Besseres zu tun, als nach Motorrädern zu suchen?«

»Doch, das haben wir, Miss Weber, und deshalb sind Sie hier.«

»Ich habe nicht die geringste Ahnung, warum ich hier bin.«

»Doch, Sie wissen es nur zu gut.«

Susan sagte ihm: »Ich glaube, *Sie* wissen es auch nicht, Oberst.«

Er teilte ihr mit: »Was ich noch nicht weiß, erfahre ich dann jedes Mal von den Verdächtigen.« Er erinnerte uns beide: »Das hier ist nur ein einleitendes Verhör. Das anschließende Verhör wird dann so, wie Sie es nebenan hören. Und das abschließende Verhör findet im Keller statt. Dann werden wir auch wieder auf die beiden Polizisten zu sprechen kommen, die umgekommen sind, und auf die Soldaten, die ermordet wurden, und auch noch auf andere Themen, die noch der Klärung bedürfen – wie zum Beispiel gewisse Motorräder.«

Ich teilte Oberst Mang mit: »Wenn dummen, faulen Verhörbeamten nichts mehr einfällt, lassen sie halt foltern. Und diese Geständnisse sind dann vollkommen wertlos.«

Er sah mich an, als wäre ihm das vollkommen neu, was es wahrscheinlich auch war. Er fragte: »Was wissen Sie denn über Verhörmethoden?«

»Ich gucke oft Krimis im Fernsehen.«

»Ich habe übrigens über meine Botschaft in Washington versucht, mehr über Sie herauszufinden.«

»Ich kenne aber niemanden von Ihrer Botschaft.«

»Ihr Sarkasmus gefällt mir nicht.«

»Das geht allen so.«

Er kam wieder auf mein Vorleben zu sprechen und sagte: »Wir haben herausgefunden, dass Sie vergangenen September von der Army in den Ruhestand versetzt wurden und den Dienstgrad eines Chief Warrant Officer innehatten.«

»Das habe ich Ihnen doch schon in Than Son Nat gesagt.«

»Aber Sie haben sich nicht klar über Ihre Tätigkeit geäußert.«

»Bei der Army ist niemandem klar, was für eine Tätigkeit er eigentlich hat.«

»Offensichtlich – wenn man bedenkt, was Sie damals hier geleistet haben.«

»Wir haben uns gut geschlagen, Oberst, und das wissen Sie. Da können Sie jeden Ihrer ehemaligen Klassenkameraden fragen.«

Da rastete Oberst Mang aus, brüllte mich auf Vietnamesisch an, schlug auf seinen Schreibtisch und sprang auf. Ich sah sogar Speichel in seinen Mundwinkeln. Ich hatte so das Gefühl, dass ich den Krieg besser nicht erwähnt hätte.

Er kam hinter seinem Schreibtisch hervor und stürzte sich auf mich. Ich stand auf, aber ehe ich reagieren konnte, hielten mich die beiden Schergen schon im Polizeigriff. Oberst Mang verpasste mir eine schallende Ohrfeige, ehe es mir gelang, mich aus dem Griff der beiden Schergen, die nicht sehr kräftig waren, zu befreien. Einer der beiden ging dabei zu Boden. Der andere wollte sich wieder auf mich stürzen, doch Susan stand auf und trat ihm meinen Hocker vor die Beine. Er fiel bäuchlings hin und Mang und ich gingen in Kampfstellung.

Ehe ich Kleinholz aus ihm machen konnte, waren die beiden Schergen zur Wand gekrochen und hatten ihre Pistolen gezogen. Sie fingen an rumzuschreien.

Oberst Mang sagte etwas zu ihnen und verließ dann überraschend den Raum. Er musste wohl mal pinkeln oder so.

Susan sagte: »Paul, Mensch, der Empfang!«

Einer der Schergen fuhr sie auf Vietnamesisch an und sie dolmetschte: »Wir sollen uns setzen und den Mund halten. Wenn wir uns bewegen oder reden, erschießt er uns.«

Also setzten wir uns, während die beiden Schergen hinter uns standen und ihre Pistolen auf uns gerichtet hielten. Wenn sie näher gestanden hätten, hätte ich Ihnen im Handumdrehn die Pistolen abgenommen, aber sie hielten Abstand.

Weil ja auch in den anderen Zimmern herumgepoltert wurde, hatte das Herumgepolter in diesem Zimmer keine Aufmerksamkeit erregt. Oberst Mang hatte die Tür nicht hinter sich zugemacht und vom Korridor her hörte ich eine Menge Schläge und Schreie.

Wir saßen da etwa fünf Minuten lang, dann kam Oberst Mang wieder. Er hatte zwei weitere bewaffnete Schergen dabei, die sich ebenfalls hinter uns stellten. Als Mang an mir vorbeiging, roch er nach Alkohol.

Er setzte sich hinter den Schreibtisch und steckte sich eine Zigarette an. Er gab sich Mühe, so zu tun, als wäre nichts passiert, und sagte zu uns: »Lassen Sie mich doch zu der Ermordung der zwei Polizisten und zwei Soldaten zurückkommen. Ganz egal, ob Sie diese Morde gestehen oder nicht – bei diesen Morden gab es Zeugen, die Sie beide als die Mörder identifizieren werden. Betrachten Sie sich also als unter Mordanklage stehend.«

Ich überlegte, meinen Trumpf auszuspielen, aber dieses Ass sah allmählich eher nach einer Lusche aus.

Oberst Mang ließ uns ein wenig über die Mordanklage nachdenken und sagte dann: »Ich bin bereit, diese Mordanklage fallen zu lassen, wenn Sie beide mir in einer schriftlichen Aussage bestätigen, dass Sie Agenten der amerikanischen Regierung sind, und mir in allen Einzelheiten erklären, worin Ihre Mission hier besteht.«

»Und dann gehen wir alle im Metropole einen trinken?«

»Nein. Sie bleiben bis zu Ihrer Ausweisung in Haft.«

»Und dann entschuldigt sich meine Regierung und schreibt einen Scheck aus.«

»Ich hoffe, Sie entschuldigt sich nicht. Und Ihr Geld können Sie behalten.«

»Und was soll ich gestehen?«

»Ich will, dass Sie beide gestehen, was Sie getan haben –

Kontaktaufnahme mit bewaffneten Aufständischen, Unterstützung der FULRO, Spionage und Kontakt mit Staatsfeinden.«

»Ich bin doch erst seit zwei Wochen hier.«

Den Sarkasmus bekam er nicht mit. Er nickte. »Ihnen ist doch sicherlich klar, welche Vorteile es für Sie hat, politische Verbrechen zu gestehen, anstatt wegen gemeinen Mordes angeklagt zu werden. Politische Verbrechen lassen sich zwischen unseren Regierungen aushandeln. Mord ist Mord.« Er erinnerte mich: »Ich habe Zeugen für vier Morde. Ich habe auch Zeugen für die politischen Verbrechen. Sie haben die Wahl.«

Die Justiz funktionierte hier ein klein wenig anders als daheim. Ich glaube, ich hatte das Karl gegenüber erwähnt.

Oberst Mang sagte: »Ich brauche eine Entscheidung von Ihnen, Mr. Brenner.«

Susan sagte: »Sie ignorieren mich schon wieder.«

Er sah sie an: »Von Ihnen erwarte ich einzig und allein, dass Sie den Mund halten.«

Ehe Susan ihm noch einmal als Wichser oder sonst was beschimpfen konnte, sagte ich: »Ich lasse Sie die Entscheidung treffen, Oberst. Meine freiwillige Kooperation ist beendet, wie Ihnen vielleicht schon aufgefallen ist.«

Oberst Mang sagte etwas zu den Schergen und ich dachte schon, jetzt ginge es ab in den Keller, doch dann nahm einer der Schergen unsere Rucksäcke und legte sie auf den Schreibtisch.

Ein anderer Scherge wies uns mit einer Handbewegung an, die Jacken auszuziehen. Wir zogen sie aus und er warf sie auf den Schreibtisch.

Oberst Mang kippte meinen Rucksack auf seinem Schreibtisch aus. Er kam nicht darauf zu sprechen, dass ich keine Unterhosen dabeihatte, fragte aber: »Wo ist denn Ihre ganze Kleidung?«

»Offensichtlich in dem Gepäck, das gestohlen wurde.«

Er überhörte das und sah sich meine Kamera, die Filme, den Montagnard-Armreif und mein letztes sauberes Hemd an. Er durchwühlte meinen Kulturbeutel und quetschte Zahnpasta und spritzte Rasiercreme auf den Schreibtisch. Und während er so mit meiner persönlichen Habe herumspielte, sprach er mit mir und fragte: »Welche Tätigkeit üben Sie also bei der Armee aus?«

»Das habe ich Ihnen doch gesagt.«

»Sie haben mir erzählt, Sie seien Koch. Dann haben Sie zugegeben, dass Sie Kampfsoldat waren.«

»Das war ich auch. Und dann habe ich umgeschult auf Koch.«

»Ich glaube, in Wirklichkeit waren Sie Nachrichtenoffizier.«

Knapp vorbei ist auch daneben.

Er wurde meine Habseligkeiten leid und leerte Susans Rucksack auf dem Schreibtisch aus. Er gab sich große Mühe, ihre BHs und Slips zu ignorieren, und wühlte dann in ihrem Kram herum – fand das Montagnard-Tuch, das ihr Häuptling John geschenkt hatte, einige Montagnard-Schmuckstücke aus Messing und anderen Krimskrams.

Ihre und meine Kamera und die belichteten Filme legte er beiseite.

Schließlich konzentrierte er sich auf die Gegenstände, die Tran Van Vinh uns gegeben hatte. Er betrachtete die Armbanduhr, die Erkennungsmarke, den Ehering, das Notizbuch, die Brieftasche, den Inhalt der Brieftasche und schließlich den Leinenbeutel mit den Briefen und dem MACV-Dienstplan drin. Der Dienstplan konnte sein Interesse nur ein paar Sekunden lang fesseln, dann blätterte er die Briefe durch. Schließlich sah er Susan an und fragte: »Das ist alles, was Tran Van Vinh Ihnen gegeben hat?«

Sie nickte.

»Und warum haben *Sie* das und nicht Mr. Brenner?«

»Was macht das für einen Unterschied?«

»Was tragen Sie bei sich?«

»Nichts.«

»Das werden wir in Kürze feststellen.«

Sie sagte: »Wenn Sie mich anrühren, bringe ich Sie um. Vielleicht nicht heute, aber eines Tages auf jeden Fall.«

Er entgegnete: »Was kümmert es ein Flittchen, ob ein Mann Sie anrührt?«

»Wichser!«

Ich sagte zu Susan: »Ganz ruhig.« Zu Mang sagte ich: »Wenn Sie sie anrühren, Oberst, und sie Sie nicht umbringt, tu ich's. Vielleicht nicht heute, aber eines Tages auf jeden Fall.« Ich fügte hinzu: »Sie wissen, dass ich dazu in der Lage bin.«

Er sah von seinem Herumgewühle hoch und sagte: »Ah, also mögen Sie diese Dame. Und Sie würden für sie töten.«

»Sie würde ich auch nur so zum Vergnügen umbringen.«

»Ich würde auch Sie nur so zum Vergnügen umbringen. Ihnen bleibt jetzt nicht mehr die Wahl, politische Verbrechen zu gestehen. Ich will ganz bestimmt nicht, dass jemand, der so gefährlich ist wie Sie oder Miss Weber, eines Tages wieder auf freien Fuß kommt. Vielleicht würden Sie mich ja umbringen.«

Ich sagte: »Wenn ich es nicht mache, macht es ein anderer.«

Er warf mir einen Blick zu und ich sah, dass er verstand, dass ich damit durchblicken ließ, dass ich nicht allein war. Er hatte das vermutet und war froh, dass es sich jetzt bestätigte, freute sich aber nicht darauf, auf einer Abschussliste zu stehen.

Er beschloss, diese Aussage zu ignorieren, und wandte sich den Jacken zu, in denen nichts steckte, was ihn interessierte. Er fragte Susan: »Wo sind die Fotos, die ich Ihnen geschickt habe?«

Sie sagte auf Vietnamesisch etwas zu ihm und das waren normalerweise Dinge, die er nicht hören wollte. Er entgegnete scharf auf Vietnamesisch und ich erinnerte die beiden: »Wir sprechen hier Englisch.«

Oberst Mang sagte zu mir: »Shut your fucking mouth!« Gut gewähltes, umgangssprachliches Englisch.

Die Situation verlangte nach etwas Diplomatie, deshalb wechselte ich ins Französische, die internationale Diplomatensprache. Ich sagte zu ihm: »Mangez de la merde.«

Er brauchte eine Sekunde, bis ihm klar wurde, dass ich ihn aufgefordert hatte, Scheiße zu fressen. Er sagte: »Sie können gerne jetzt Ihren Spaß haben, Mr. Brenner, und die Gelegenheit nutzen, vor Ihrer Freundin Tapferkeit zu beweisen. Später wird keiner von Ihnen beiden mehr so tapfer sein.«

Ich erwiderte nichts.

Er öffnete seinen Aktenkoffer und nahm einen Stapel Fotos heraus. Er betrachtete einige davon, warf dann ein halbes Dutzend in unsere Richtung und ein paar davon landeten mit der Bildseite nach oben auf dem Boden. Es waren natürlich die Fotos von der Pyramide-Insel. Oberst Mang sagte zu Susan: »Vielleicht verstehe ich die westliche Sittsamkeit nicht so ganz. Sie bringen mich in eine schwierige Lage, was Ihre Durchsuchung angeht.«

Susan sagte: »Rühren Sie mich nicht an.«

Mang sah mich an. »Mr. Brenner? Können Sie mir weiterhelfen?«

Ich sagte: »Sie sollten eine Beamtin rufen, die die Durchsuchung dann in einem anderen Zimmer durchführt.«

»Wieso können wir nicht alle so tun, als wären wir an einem Strand?«

Ich sagte: »Wieso können Sie nicht aufhören, sich wie ein Arschloch aufzuführen?« Ich stand auf und spürte etwas Kaltes im Nacken.

Oberst Mang sagte: »Setzen.«

Die Pistole in meinem Nacken gehörte mir, wenn ich nur wollte, aber ich wusste nicht, ob die drei anderen Schergen ihre Waffen gezogen und auf mich gerichtet hatten. Ich setzte mich.

Es wurde Zeit, den Trumpf auszuspielen. Ich sagte zu Mang: »Oberst, der amerikanische Botschafter, Patrick Quinn, hat mich und Miss Weber um acht Uhr zu einem Empfang in seine Residenz eingeladen. Dieser Empfang findet zu Ehren von Edward Blake statt, dem Vizepräsidenten der Vereinigten Staaten, der, wie Sie wissen, gerade in Hanoi weilt. Wir müssen auf diesen Empfang, und er hat bereits angefangen.«

Oberst Mang sah erst mich, dann Susan an. Er fragte: »Und was wollen Sie zu dem Empfang des Botschafters anziehen? Sie tragen keine passende Kleidung und ich sehe auch keine in Ihren Rucksäcken.«

Susan sagte: »Mrs. Quinn hat passende Kleidung für mich. Machen Sie sich darum mal keine Sorgen.«

Oberst Mang sah mich an. »Und Sie, Mr. Brenner?«

»Ich spiele da bloß Gitarre. Und ich bin spät dran.«

Er überhörte das und fragte: »Und weshalb sollte man Sie beide zu so etwas einladen?«

Susan erwiderte: »Mrs. Quinn ist eine Freundin von mir.«

»Tatsächlich?« Er sah mich an. »Und Sie, Mr. Brenner?«

»Ich bin mit Pat Quinn zur Schule gegangen.«

»Ah. So viele wichtige Leute aus einer einzigen Schulklasse. Dann halte ich Sie also von einem Abendessen mit Ihren Landsleuten ab.«

Susan teilte ihm mit: »Ihr Außenminister, Mr. Thuang, wird auch dort sein und auch Ihr Innenminister, Mr. Huong, der ja wohl Ihr Vorgesetzter ist. Ich überlege noch, ob ich diese Angelegenheit ihm gegenüber anspreche.«

Normalerweise lasse ich mich durch Namedropping nicht beeindrucken, aber in diesem Fall machte ich da mal eine Ausnahme. Oberst Mang mochte jetzt natürlich einen guten Grund haben, uns nicht mehr lebend hier wegzulassen. Ich sah ihn an, aber er guckte unergründlich und ich hätte nicht sagen können, in welche Richtung er tendierte.

Ich sagte zu ihm: »Ich habe der Botschaft von Lao Cai aus per Telex mitgeteilt, dass wir mit dem Zug anreisen, im Metropole absteigen und um acht zum Empfang kommen.«

»Um die Uhrzeit, zu der in Lao Cai der Zug nach Hanoi abfährt, hat die Post dort noch gar nicht geöffnet.«

Ei ei ei. Ich sagte: »Ich habe diese Nachricht der Australierin mitgegeben und sie hat versprochen, sie abzusenden. Die Dame, der ich mein Motorrad verkauft habe.« Manchmal bin ich wirklich froh, irischer Abstammung zu sein.

Oberst Mang steckte sich noch eine Zigarette an und dachte darüber nach. Schließlich fragte er mich: »Wird dieser Blake Ihr nächster Präsident?«

»Wahrscheinlich.« Ich fügte hinzu: »Bei uns hängt das davon ab, was bei den Wahlen herauskommt.«

Er überlegte kurz und sagte dann: »Ich mag diesen Mann nicht.«

Na, da hatten wir doch endlich mal was gemeinsam.

Mang sagte: »Er war während des Krieges als Soldat hier.«

»Ja, ich weiß.«

»Und er kommt zu oft zu Besuch.«

Ich erwiderte: »Er ist ein Freund Vietnams.«

»Behauptet er.« Er fügte hinzu: »Gerüchten zufolge will er wieder amerikanisches Militär auf vietnamesischem Boden stationieren.«

Darauf erwiderten weder Susan noch ich etwas. Oberst Mang hatte jetzt viel zu bedenken und ich wollte seine Gedanken nicht mit Drohungen unterbrechen oder mit dem Versprechen, bei dem Empfang ein gutes Wort für ihn einzulegen.

Er sah uns an und sagte: »Ihre Antworten stellen mich immer noch nicht zufrieden. Es ist meine Pflicht, mein Land zu beschützen.«

Er hörte sich nicht besonders selbstsicher an und das wusste er. Er sah auf seine Armbanduhr, was ein gutes Zeichen war. Und doch konnte er sich immer noch nicht entscheiden.

Er sah mich an und sagte: »Ich werde Ihnen jetzt einige Fragen stellen, Mr. Brenner, und wenn Sie sie wahrheitsgemäß beantworten, überlege ich mir vielleicht, ob ich Sie und Miss Weber gehen lasse.«

Ich erwiderte nichts.

Er fragte: »Sind Sie hier, um die Ermordung dieses Lieutenant Hines durch einen Captain der US Army im Februar 1968 in Quang-Tri-Stadt aufzuklären?«

»Das habe ich Ihnen doch gesagt.«

»Sie haben aber angedeutet, dass Sie diese Ermittlung im Auftrag der Familie durchführen.«

»Das stimmt.«

»Führen Sie diese Ermittlung auch im Auftrag Ihrer Regierung durch?«

»Ja.«

Er schien erstaunt über diese aufrichtige Antwort. Ich war selbst erstaunt und Susan war es auch. Ich sah eine Chance, aus diesem Gebäude herauszukommen, und diese Chance hatte mit Edward Blake zu tun, der mich ja überhaupt erst in diese Bredouille gebracht hatte.

Oberst Mang fragte: »Und Miss Weber ist dabei Ihre Kollegin?«

Das wusste ich nicht so genau, deshalb erwiderte ich: »Sie hat sich freiwillig dazu bereit erklärt, mir mit der Sprache und beim Reisen zu helfen.«

Er sah Susan an. »In welcher Beziehung stehen Sie zu Ihrer Regierung?«

»Ich habe mit Bill Stanley geschlafen.«

»Und sonst?«

»Ich bin amerikanische Staatsbürgerin und zahle Steuern.«

Mit Susan wurde er überhaupt nicht warm, deshalb wandte er sich wieder an mich und fragte: »Und in welcher Beziehung stehen Sie zu Ihrer Regierung?«

Ich hatte einmal bei einem Fall mit einer FBI-Agentin geschlafen, aber ich glaube, das wollte er jetzt nicht hören. Ich sagte: »Ich bin pensionierter Kriminalermittler der Armee der Vereinigten Staaten.« Ich hätte ihm meine Dienstnummer nennen dürfen, aber die fiel mir gerade nicht ein.

Er dachte eine Weile nach und fragte sich wahrscheinlich, was so ein Kriminalermittler bei der Armee so machte. Dann fragte er: »Und wie ist Ihre gegenwärtige Beziehung zu Ihrer Regierung?«

»Ich bin ziviler Angestellter.«

»Arbeiten Sie für die CIA?«

Wahrscheinlich schon, aber ich erwiderte: »Nein. Das hier ist ein Kriminalfall. Ich kläre Morde, ich begehe keine.«

Den Washingtoner Humor bekam er nicht mit. Er fuhr fort: »Als Sie mit Tran Van Vinh sprachen, haben Sie da herausgefunden, wer dieser Mörder ist?«

»Möglicherweise schon.«

»Warum ist das nach so vielen Jahren noch so wichtig?«

»Es geht um die Gerechtigkeit.«

»Wem geht es darum? Der Familie? Dem Staat?«

»Allen.«

Er zog nachdenklich an seiner Zigarette. Der Mann war nicht dumm, aber ich war es auch nicht und deshalb sagte ich weiter nichts. Er musste schon selber drauf kommen.

Er sagte zu mir: »Sie sind also nach fast dreißig Jahren nach Vietnam zurückgekehrt, um die Wahrheit über diesen Mord herauszufinden.«

»Ja.«

»Um der Gerechtigkeit willen.«

»Um der Gerechtigkeit willen.«

»Dieser ermordete Lieutenant Hines muss aus einer reichen und mächtigen Familie stammen, dass sich Ihre Regierung solche Mühe damit gibt.«

»Es spielt keine Rolle, ob er reich oder arm war. Mord ist Mord. Gerechtigkeit gilt für alle.«

Er sah Susan an und fragte sie: »Wo sind die Fotos, die Sie Mr. Vinh gezeigt haben?«

»Die habe ich weggeworfen.«

»Warum das?«

»Ich brauchte sie nicht mehr.«

»Mr. Vinh sagte, Sie hätten zwei Fotosets gehabt. Eins von Lieutenant Hines und eins von dem Captain, den Sie für den Mörder halten.«

Susan nickte.

»Mr. Vinh konnte Ihnen das Foto von Lieutenant Hines aus seiner Brieftasche geben und diese Gegenstände beweisen, dass er es ist, der ermordet wurde.«

»Ja, das ist richtig.«

»Aber Mr. Vinh konnte auf den Fotos des Captains den Mann nicht identifizieren, dem er in Quang-Tri-Stadt dabei zugesehen hat, wie er den Lieutenant ermordete. Richtig?«

»Richtig.«

Er fragte Susan: »Wie ist der Name dieses Captains?«

»Das weiß ich nicht.«

»Wie können Sie das nicht wissen? Sie hatten Fotos von ihm.«

Ich sagte: »Das waren meine Fotos, Oberst. Miss Weber hat nur gedolmetscht.«

»Ah, ja. Dann frage ich Sie: Wie hieß dieser Captain?«

»Ich habe keine Ahnung.«

»Man hat Ihnen nicht gesagt, nach wem Sie suchen sollen?«

»Nein, das hat man nicht. Was spielt das schon für eine Rolle? Glauben Sie, Sie würden ihn erkennen?«

Er sah mich an und sagte: »Mr. Vinh hat über Ihren Besuch nachgedacht, nachdem Sie gegangen waren, und ...«

Ich merkte, dass Oberst Mangs Neuronen jetzt förmlich glühten. Wie auch ich ein paar Tage zuvor kam er der Lösung in Gedanken nahe, sie entglitt ihm jedoch immer wieder.

Ich erinnerte ihn: »Ich habe Ihnen wahrheitsgemäß geantwortet. Jetzt kennen Sie den Zweck meines Besuches hier.

Wir haben gegen keinerlei Gesetze verstoßen. Wir müssen jetzt los.«

Er war jetzt so richtig tief in Gedanken versunken und wusste instinktiv, dass er endlich an etwas dran war. Er fragte mich: »Wenn Sie einen Mord aufklären wollen, den ein Amerikaner an einem Amerikaner begangen hat, warum hat Ihre Regierung dann nicht meine Regierung um Hilfe gebeten? Sie bezahlen doch sonst Millionen für Informationen über Ihre vermissten Soldaten.«

Das war eine wirklich gute Frage und mir fiel wieder ein, dass ich Karl das Gleiche gefragt hatte, obwohl diese Frage schon ihre Antwort beinhaltete. Damals an der Mauer hatte ich etwa zwei Minuten gebraucht, um sie mir selbst zu beantworten. Oberst Mang brauchte länger dafür und deshalb wiederholte er die Frage, wie im Selbstgespräch, noch einmal.

Ich erwiderte: »Wie Sie von Mr. Vinh erfahren haben, hat dieser Captain auch drei vietnamesische Zivilisten ermordet und Wertgegenstände aus dem Staatsschatz von Quang Tri geraubt. Meine Regierung hielt es für besser, die Situation zu vermeiden, dass Ihre Regierung fordert, den Captain hier vor Gericht zu stellen.«

Oberst Mang sagte zwar nicht »Quatsch«, warf mir aber einen Blick zu, der »Quatsch« besagte. Er sagte: »Diese Antwort reicht mir nicht.«

»Dann beantworten Sie sich die Frage doch selbst.«

Er nickte und stellte sich der Herausforderung. Er steckte sich noch eine Zigarette an und ich meinte zu hören, dass irgendwo eine Gameshow-Uhr tickte.

Endlich fing er an, sich die persönliche Habe von Lieutenant William Hines genauer anzusehen. Er hob den MACV-Dienstplan auf und betrachtete ihn. Er sagte: »Mr. Vinh hat bemerkt, dass Sie beide aufgeregt wirkten, als Sie ein Schriftstück mit amerikanischen Namen darauf entdeckten.« Er las den Dienstplan und sah dann erst mich und dann Susan an. Er sagte auf Vietnamesisch etwas zu ihr und ich meinte das

Wort »dai-uy« zu hören, »Captain«, und auf jeden Fall hörte ich den Namen Blake, vietnamesisch ausgesprochen.

Susan nickte.

Oberst Mang guckte wie jemand, dem endlich ein Licht aufgegangen war. Er war mit sich zufrieden, aber auch ein wenig aufgeregt und vielleicht hatte er sogar ein wenig Angst. Wie Karl stand ihm jetzt möglicherweise ein Generalsstern bevor, doch wenn er dieses Wissen falsch nutzte und damit zu den falschen Leuten bei seiner Regierung ging, konnte es gut sein, dass er bis an sein Lebensende an der laotischen Grenze Visa stempelte. Wenn nicht gar Schlimmeres.

Er sah mich an und stellte mir eine kluge Frage. »Werden Sie diesen Mann beschützen oder bloßstellen?«

Ich erwiderte: »Man hat mich hierher geschickt, damit ich die Wahrheit herausfinde und sie dann melde. Ich habe keinen Einfluss darauf, was mit diesem Mann geschieht.«

Er sagte: »Sie hätten sagen sollen, dass man Sie hergeschickt hat, damit man ihn bloßstellen kann. Ich habe Ihnen doch gesagt, dass ich diesen Mann nicht mag.«

»Ich weiß, was ich hätte sagen sollen. Sie wollten die Wahrheit hören und ich habe Ihnen die Wahrheit gesagt. Wollen Sie, dass ich wieder anfange zu lügen?«

Er überhörte das und sagte zu uns: »Geben Sie mir Ihre Visa.«

Das war die beste Neuigkeit seit langem und ich gab ihm mein Visum. Susan händigte ihm ebenfalls ihr Visum aus. Er hielt sich nicht damit auf, nach unseren Pässen zu fragen, denn wir wussten alle drei, dass die amerikanische Botschaft binnen zehn Minuten zwei neue Pässe ausstellen konnte, doch ohne vietnamesische Visa konnten wir das Land nicht verlassen. Aber immerhin kamen wir aus diesem Gebäude raus.

Oberst Mang sagte etwas zu einem der Schergen und der verließ den Raum. Zu mir sagte er: »Ich werde Sie und Miss Weber auf den Empfang gehen lassen.«

Ich wollt ihm schon zu dieser weisen Entscheidung gratulieren, fragte dann aber stattdessen: »Wann dürfen wir damit rechnen, unsere Visa wiederzubekommen?«

»Sie brauchen kein Visum, um wieder festgenommen zu werden, Mr. Brenner.«

»Das ist wohl wahr.«

Die Tür ging auf und der Scherge kam mit einer Frau in Uniform wieder. Sie sagte auf Vietnamesisch etwas zu Susan und Susan ließ sich von ihr abtasten. Mang begnügte sich damit und wollte Susan vermutlich nicht zu viel Gesprächsstoff für den Empfang beim Botschafter liefern.

Jetzt war ich dran und einer der Schergen tastete mich ab.

Wir trugen lediglich unsere Brieftaschen bei uns und Oberst Mang untersuchte deren Inhalt und warf sie dann auf seinen Schreibtisch. Er sagte: »Nehmen Sie Ihre Brieftaschen und gehen Sie.«

Wir nahmen unsere Brieftaschen und fingen an, unsere Rucksäcke zu packen.

Mang sagte: »Ihnen ist doch wohl klar, dass Sie nichts davon mitnehmen werden.«

Ich sagte: »Wir brauchen aber die persönlichen Gegenstände von Lieutenant Hines.«

»Ich brauche sie auch. Gehen Sie.«

»Ich brauche mein Flugticket.«

»Dafür haben Sie keine Verwendung.«

»Wir brauchen unsere Jacken.«

»Gehen Sie. Auf der Stelle.«

Susan sagte: »Ich will meine Filme und meine Kamera.«

Er sah erst sie, dann mich an und sagte: »Es ist wirklich erstaunlich, wie arrogant Sie sind. Ich schenke Ihnen das Leben und Sie streiten sich mit mir über das, was ich Ihnen im Austausch für Ihr Leben abgenommen habe.«

Da hatte er nicht ganz Unrecht und ich nahm Susans Arm.

Er sagte: »Warten Sie. Eins dürfen Sie doch mit auf die Party nehmen. Die Fotos da auf dem Boden.«

Ehe Susan ihm sagen konnte, er sollte sich ins Knie ficken,

sagte ich schnell: »Miss Weber hat die Fotos bereits an den Handelsattaché der Botschaft geschickt. Danke.«

Er lächelte. »Und ich werde sie an den Botschafter und an Mrs. Quinn schicken. Sie sollten wissen, dass sie in ihrem Haus eine Nutte bewirten.«

Susan lächelte ganz lieb und sagte: »Ich werde den Innenminister von Ihnen grüßen.«

»Danke. Und denken Sie dran, ihm zu sagen, dass sein Freund Edward Blake ein Mörder und Räuber ist.«

Ich hätte nichts darauf erwidern sollen, sagte aber: »Das sollten Sie ihm selber sagen, Oberst. Sie haben die Beweise und Sie haben Tran Van Vinh. Aber seien Sie vorsichtig. Sie reiten da einen Tiger.«

Wir sahen einander in die Augen und in diesem kurzen Moment sahen wir einander, glaube ich, im Gesicht des anderen. Wir, er und ich, Amerika und Vietnam, prallten immer wieder aufeinander – und immer aus den falschen Gründen zur falschen Zeit am falschen Ort.

Kapitel 48

Die Schergen eskortierten uns ins Foyer und dann bis vor die Tür. Susan sagte etwas, das ihnen nicht gefiel, und sie verabschiedeten sich mit einem Stoß.

Wir standen einen Moment lang auf der dunklen Straße, dann nahm Susan meine Hand und wir gingen zu einem beleuchteten Boulevard ein paar Ecken weiter. Susan fragte: »Wieso hast du ihm das mit dem Empfang beim Botschafter nicht früher erzählt?«

»Es ist mir immer wieder entfallen.«

Sie drückte kräftig meine Finger zusammen, so dass es wehtat. Sie sagte: »Das ist nicht witzig.«

Ich sagte: »Ich glaube, er hat uns nicht wegen der Party beim Botschafter freigelassen, sondern eher wegen Edward Blake.«

Sie erwiderte nichts.

Wir entfernten uns erst mal ein gutes Stück vom Ministerium für Angst und kamen dann auf einen breiten Boulevard, der Pho Trang Hung Pao hieß und dringend mal umbenannt werden musste.

Susan wusste wieder, wo wir waren, und wir bogen rechts ab. Wir kamen an einem großen, hässlichen Neubau vorbei, von dem Susan sagte, das sei der Kulturpalast. Davor standen viele Taxis und Cyclos. Ich sagte: »Wir sollten ein Taxi nehmen.«

»Ich brauche Bewegung. Es ist nicht weit.«

Wir gingen weiter den belebten Boulevard hinab. Susan zog ihre Zigaretten aus ihrer Jeans und steckte sich mit einem Streichholz eine an. Sie sagte: »Wenigstens hat er mir nicht meine Kippen weggenommen.«

»So sadistisch ist er dann doch nicht.«

Da es an diesem Abend eher kühl war, trugen viele der Männer hier Pullover oder dicke Sportsakkos und die meisten dazu Baskenmützen oder Tropenhelme. Niemand lächelte, ich auch nicht. Diese Stadt wischte einem irgendwie das Lächeln aus dem Gesicht, zumal, wenn man gerade aus der Yet-Kieu-Straße kam.

Susan sagte: »Er hat alle unsere Beweismittel. Was glaubst du, was er damit machen wird?«

»Das ist die große Frage.«

»Wir gehen für diesen Kram durch die Hölle und jetzt hat er es. Und er hat es rausgekriegt ...« Sie sagte: »Die in Washington werden einen Schreikrampf kriegen.«

Ich erwiderte nichts.

Sie fragte: »Wie ist jetzt der Plan?«

»Ich brauche was zu trinken.«

»Ich besorg dir was auf dem Empfang.«

»Kennst du wirklich die Frau des Botschafters?«

»Ja. Ich habe sie zweimal in Hanoi getroffen und ich bin in Saigon mit ihr und ihren Freundinnen shoppen gegangen und dann waren wir auch noch essen. Spielst du wirklich Gitarre?«

»Das war gelogen. Kennst du auch den Botschafter?«

»Ich bin ihm einmal in der Botschaft begegnet und dann noch einmal in seiner Residenz.«

»Erinnert er sich an dich?«

»Wahrscheinlich schon. Er hat mich angebaggert.«

»Erfolgreich?«

»Es stand nicht schlecht für ihn, aber dann hat Bill dazwischengefunkt.« Sie lachte und hängte sich bei mir ein. »Ich bin schon ein flatterhaftes Ding. Aber dir flattere ich nicht mehr weg.«

Wir kamen auf einen anderen breiten Boulevard, den Susan erkannte, bogen dort links ab und gingen weiter. Wir näherten uns einem großen See, der von einem Park und Verkaufsständen umgeben war, und dort wurde auch Schach gespielt. Auf dem beleuchteten See waren die unterschiedlichsten kleinen Boote unterwegs und in dem See sah ich eine Insel, auf der eine Pagode stand, gekrönt von einem roten Stern. Ich fragte: »Ist das der See, in dem der B-52-Bomber liegt?«

»Nein. Es gibt viele Seen in Hanoi. Das hier ist der See des zurückgegebenen Schwerts.«

»Gibt es hier auch einen See der zurückgegebenen Beweismittel?«

»Ich glaube nicht.«

Wir gingen an dem See entlang und Susan fragte noch einmal: »Paul, wie ist der Plan?«

»Dein Plan ist auch mein Plan.«

Sie erwiderte eine Zeit lang nichts und sagte dann: »Du vertraust mir immer noch nicht.«

Ich erwiderte nichts.

»Nach all dem, was wir zusammen durchgemacht haben ...«

»Das ist es ja gerade.«

Sie blieb stehen und ich blieb ebenfalls stehen und drehte mich zu ihr um. Wir sahen einander an und ich bemerkte, dass sie aufgewühlt war. Sie sagte: »Ich würde mein Leben für dich riskieren und habe das auch schon getan.«

»Du hast dein Leben riskiert, ja.«

Sie ging nicht darauf ein und fragte: »Liebst du mich wirklich?«

»Ja, aber ich muss dir ja nicht vertrauen.«

»Liebe ohne Vertrauen gibt es nicht.«

»Das ist doch Frauengefasel. Natürlich gibt es das. Gehen wir.« Ich nahm ihren Arm und wir gingen weiter.

Sie löste sich aus meinem Griff und sagte: »Ich gehe zum Hotel. Du gehst zum Empfang.«

Sie hörte sich an wie eine meiner drei oder vier letzten Freundinnen. Das muss an mir liegen. Ich sagte: »Ich brauche dich da.«

»Schwache Begründung.«

»Du bist eingeladen und du kennst den Weg. Du kennst den Gastgeber und die Gastgeberin.«

»Auch nicht überzeugend.«

»Ich will dich dabeihaben.«

»Warum?«

»Ich weiß es nicht. Aber *du* weißt es. Sag mir, was heute Abend passieren soll.«

Sie antwortete erst nicht und sagte dann: »Wenn ich es bis hierher schaffe, soll ich auf den Empfang gehen und dort jemandem sagen, ob ich Erfolg hatte oder nicht, und ihm das übergeben, was ich habe.«

»Sollte ich es denn bis hierher schaffen?«

Sie überlegte kurz und erwiderte dann: »Situation A war, dass wir Tran Van Vinh nicht finden oder keine Beweismittel bekommen. Dann wärst du nach Bangkok geflogen und ich zurück nach Saigon. Situation B wäre gewesen, dass wir gefunden hätten, wonach wir suchten, du aber nicht weißt, was das bedeutet. Du wärst nach Bangkok geflogen und ich nach Saigon. Situation C wäre gewesen, dass du verstanden hättest, was wir da entdeckt haben, es dich aber nicht stört. Ihr sprecht darüber in Bangkok und ich fliege nach Saigon. Situation D wäre gewesen, dass du den Helden und Pfadfinder spielst und dann fliegen wir beide nach Bangkok. Das ist jetzt die Situation.«

Ich sah zu, wie die Boote Wettrennen fuhren oder sich vielleicht auch simulierte Seeschlachten lieferten; bei den Vietnamesen war das schwierig zu unterscheiden.

»Paul?«

Ich sah sie an.

Sie sagte: »Es ist natürlich alles viel komplizierter geworden, weil ich mich in dich verliebt habe.«

»Das geht allen Frauen so. Das ist die Situation E.«

»Also gut. Situation E.«

Ich sagte: »Noch mal zurück zur Situation D. Was sollst du tun, wenn ich dir sage, dass ich alles, was ich rausgefunden habe, meinem Chef erzählen werde, dem FBI, dem Justizministerium und nötigenfalls auch der Presse?«

Sie antwortete nicht.

»Und das führt dann zu einer offiziellen Untersuchung und wahrscheinlich zu einer Anklage gegen Edward Blake und dazu, dass er wegen Mordes vor Gericht gestellt wird, was seine Pläne durcheinander bringen könnte, Präsident zu werden. Wenn ich dir das jetzt sagte, was ich ja schon getan habe – was sollst du dann tun?«

»Vernünftig mit dir reden.«

»Mit mir kann man nicht vernünftig reden. Was dann?«

»Du bringst mich in eine schwierige Lage.«

»Willkommen im Club. Sag's mir.«

»Was soll ich dir sagen? Dass ich dich umbringen soll? Ich habe dir doch gesagt, ich soll dich im Blick behalten, bis ich dich dann nach Bangkok gebracht habe.« Sie hielt inne und sagte dann: »Ich habe keine Ahnung, was sie anschließend mit dir vorhaben.«

»Das klingt aber ziemlich kühl und herzlos.«

»Ich weiß. Aber bei der Einsatzbesprechung klang es ganz gut. Warst du jemals bei einer Besprechung, bei der schwierige Entscheidungen ganz nüchtern und logisch diskutiert wurden und sich gut anhörten und dann gehst du los und lernst die Leute kennen, mit denen du hart umspringen sollst?« Sie sah mich an.

Mein Berufsleben war, von Lagebesprechungen vor der Schlacht bis hin zu Meetings beim Judge Advocate General Corps, größtenteils genau so verlaufen. Ich sagte: »Ich verstehe schon, aber das, worüber du da sprichst, ist illegal, moralisch verwerflich und unredlich.«

»Ich weiß.«

»Warum warst du bereit, da mitzumachen?«

Sie zuckte mit den Achseln. »Blöde Gründe. Aufregung, Abenteuer, das Gefühl, dass wichtige Männer mir vertrauen und sich auf mich verlassen.« Sie sah mich an. »Ich merke schon, du kaufst mir das nicht ab.«

»Stimmt.«

»Gut. Du bist doch nicht so dumm, wie du aussiehst.«

»Na, hoffentlich nicht. Wo hast du den Umgang mit Waffen gelernt?«

»An vielen Orten.«

»Für wen arbeitest du?«

»Das kann ich dir wirklich nicht sagen und es spielt auch keine Rolle.« Sie fügte hinzu. »Mach dir nicht die Mühe, noch mal danach zu fragen.«

Ich erwiderte nichts.

Sie sagte: »Schau mal, Paul, dir haben sie befohlen, mich vom ersten Tag an zu belügen, und mir haben sie befohlen, dich vom ersten Tag an zu belügen. Du hast kein Recht darauf, sauer auf *meine* Lügen zu sein und gleichzeitig zu glauben, deine Lügen wären gerechtfertigt.«

Ich nickte. »Okay. Aber deshalb bin ich ja auch raus aus dieser Branche.«

»Das solltest du dir noch mal überlegen. Du hast brillante Arbeit geleistet mit Tran Van Vinh und Oberst Mang und dabei, wie du zwei und zwei zusammengezählt hast.«

»Man sollte aufhören, wenn man noch auf dem Zenit seines Könnens und noch am Leben ist.«

Sie sah mich an und sagte: »Als wir im Da-Tal standen und ich dir die Waffe gab, habe ich dir gesagt, dass ich dir helfen werde, Edward Blake zu entlarven, obwohl es nicht das ist, was ich eigentlich tun soll. Das war mein Ernst und ich werde es tun, denn es ist richtig so, und ... ich tue alles, was du von mir verlangst. Auch wenn wir uns nie mehr wieder sehen sollten, will ich doch, dass du gut von mir denkst ...«

Ich sah Tränen über ihre Wangen laufen und sie wischte sie mit den Händen weg.

Ich sagte: »Gehen wir.«

Wir gingen weiter am See entlang, Susan kannte den Weg. Wir kamen auf eine Straße, die Pho Ngo Quyen hieß und an der nächsten Ecke zum Hotel Metropole. Susan sagte: »Ich kann einchecken, dann können wir duschen und wenn du magst noch schnell ein bisschen in die Kiste.«

»Warum sich einen so schönen Tag verderben?«

»Ist das jetzt grausam oder witzig gemeint?«

»Witzig. Gehen wir zum Schuppen des Botschafters und bringen das hinter uns.«

»Wir sind schmutzig und wir stinken.«

»Genau wie dieser Job. Wie weit ist es noch?«

»Nur noch eine Straße.«

Wir gingen am Metropole vorbei, bogen um die Ecke und gingen dann eine schmale, von Bäumen gesäumte Straße hinunter. Vor uns sah ich einen hell erleuchteten Bereich. Das musste wohl die Residenz des Botschafters sein.

Susan blieb stehen und sah mich an. Sie sagte: »Ich bin aufgewühlt und ich kann da nicht hingehen und aufgewühlt aussehen.«

»Du siehst gut aus.«

»Ich bin nicht geschminkt und ich habe geweint; ich bin nicht richtig gekleidet und du machst mich unglücklich.«

»Du kannst dir bestimmt von irgendwem Lippenstift borgen.«

»Sieh mich an.«

»Nein.«

»Paul, sieh mich an.«

Ich sah sie an.

Sie sagte: »Drei Dinge: Ich bin auf deiner Seite, du kannst mir vertrauen und ich liebe dich.«

»Gut.«

»Küss mich!«

Ich küsste sie und wir umschlangen einander und küssten uns lange. Wie weit war es zum Hotel?

Wir ließen einander los und sie sah mich an. Sie sagte: »Noch drei Dinge: Wir haben keine Beweise, Tran Van Vinh steht unter Oberst Mangs Kontrolle und wenn du aus Hanoi herauskommst, musst du in Bangkok genauso vorsichtig sein wie hier.«

Ich sagte: »Und genau deshalb möchte ich, dass du da den Mund hältst und dich rar machst. Du hast nichts damit zu tun, wenn ich mir mein Pfadfinder-Verdienstabzeichen abhole.«

Sie erwiderte nichts.

Wir gingen das kurze Stück an einer hohen Stuckmauer entlang zu zwei schmiedeeisernen Toren am Eingang der Auffahrt.

An der Mauer stand ein vietnamesischer Polizeiposten und ein Typ in Zivil kam auf uns zu und sagte auf Englisch: »Die Pässe.«

Wir gaben ihm unsere Pässe und er betrachtete sie mit Hilfe einer Taschenlampe. Er sah uns an, als wüsste er, wer wir waren und als hätte Oberst Mang hier bereits angerufen.

Wenn Mang es sich anders überlegt hatte, ging es jetzt gleich wieder zurück zum Ministerium für Öffentliche Sicherheit. Es waren gerade mal sechs Meter zum Tor der Residenz des Botschafters, wo ich zwei Wachen des US Marine Corps stehen sah.

Der Zivilbulle sagte nichts und ich konnte mich nicht entscheiden, ob ich ihm einen Tritt in die Eier verpassen und zum Tor rennen sollte. Vor dem Posten standen zwei uniformierte Polizisten, beide bewaffnet, und sie sahen uns an.

Der Zivilbulle fragte mich: »Wohin wollen Sie?«

»Zum Empfang des amerikanischen Botschafters.«

Er betrachtete unsere Kleidung, sagte aber nichts.

Ich streckte eine Hand aus und sagte: »Die Pässe.«

Er klatschte sie mir in die Hand, machte kehrt und ging davon.

Wir gingen weiter zum Tor und ich sagte zu Susan: »Hier wieder rauszukommen dürfte schwieriger werden.«

»Ich habe gerade das Gleiche gedacht.«

Das Tor wurde geöffnet und ich freute mich, die beiden Marines in blauer Galauniform zu sehen, auch wenn ich das einem Marine natürlich nie sagen würde.

Die beiden Wachen standen still, hatten die Hände hinterm Rücken verschränkt und beäugten uns. Sie gingen nicht in Habtachtstellung und salutierten auch nicht, aber mit unseren Rundaugen ließen sie uns passieren.

Ein paar Meter hinter dem Tor stand rechts ein Pförtnerhaus und davor ein weiterer Marine in normalem Kampfanzug, bewaffnet mit einem M-16-Gewehr. Ein Marine Sergeant kam auf uns zu und sagte: »Tut mir Leid, Leute, das hier ist ein Privatgrundstück.«

Susan sagte: »Wir wollen zum Empfang des Botschafters.«

»Ähm …« Er musterte uns. »Ähm …«

Susan sagte: »Weber. Susan Weber. Und das ist mein Gast, Mr. Paul Brenner.« Sie fügte hinzu: »Chief Warrant Officer Paul Brenner.«

»Okay … ähm …« Er sah mit Hilfe einer Stifttaschenlampe auf das Klemmbrett in seiner Hand und sagte: »Ja,

Ma'am, da sind Sie ja.« Er sah erst sie und dann mich an und fragte: »Dürfte ich einen Ausweis sehen?«

Ich gab ihm meinen Pass und er betrachtete ihn im Schein seiner Taschenlampe, gab ihn mir dann wieder und sagte: »Danke, Sir.«

Susan reichte ihm ihren Pass, den er ebenfalls überprüfte und ihr dann wiedergab. Er sagte: »Ähm ... bei diesem Anlass heute Abend wird Abendgarderobe getragen.«

Susan sagte: »Wir kommen gerade aus dem Landesinneren und es liegt Kleidung für uns bereit. Danke, Sergeant.«

»Jawohl, Ma'am.« Er fragte mich: »Waren Sie schon mal hier, Sir?«

»Hier nicht, nein.«

Er zeigte auf das Haus und sagte: »Sie gehen über die Auffahrt zum Eingang. Der Empfang findet im Garten statt. Ich wünsche Ihnen einen angenehmen Abend.«

Ich sah diesen jungen Marine Sergeant an und dachte dabei an Ted Buckley in Khe Sanh. Die Welt hatte sich seit dem Winter 1968 sehr verändert, aber wenn man nicht dabei gewesen wäre, hätte man das nicht gemerkt.

Ich wollte eben weitergehen, da fragte mich der Marine: »Haben Sie hier gedient?«

»Ja, das habe ich. Vor langer Zeit.«

Er stand still und salutierte dem ehemaligen Obergefreiten Brenner.

Ich nahm Susans Arm und wir gingen die gepflasterte Auffahrt hinauf.

Die Residenz war eine dreigeschossige Villa im französischen Stil mit einem mit Schiefer gedeckten Mansarddach. Der cremefarbene Stuck bildete Steinblöcke nach und die Fassade war mit französischen Ornamenten, mit schmiedeeisernen Balkonen und Fensterläden mit Lamellen verziert. Eine angestrahlte amerikanische Flagge hing an einem Mast neben dem Haupteingang. Eine leichte Böe ergriff sie und mir lief ein zarter Schauer über den Rücken.

Am Eingang stand ein Vietnamese, der einen dunklen Anzug trug. Er lächelte und sagte: »Guten Abend.«

Susan erwiderte auf Englisch: »Guten Abend.«

Ich mag Menschen, die nicht bei jeder Gelegenheit mit ihren Fremdsprachenkenntnissen angeben. Dennoch sagte ich zu ihm: »Bon soir«, damit er seinen Freunden von diesem Franzosen erzählen konnte, der wie ein Schwein gekleidet beim Empfang des amerikanischen Botschafters erschienen war.

Er erwiderte: »Bon soir, Monsieur.« Er öffnete die Tür und wir gingen hinein.

Wir stiegen eine kleine Marmortreppe hinauf, an deren oberem Ende eine Vietnamesin stand, die einen blauseidenen Ao Dai trug, uns ebenfalls auf Englisch begrüßte und sich verbeugte. Sie sagte: »Folgen Sie mir bitte. Der Empfang findet im Garten statt.«

Susan sagte: »Ich möchte mich vorher gerne kurz frisch machen.«

Die Vietnamesin hielt das wahrscheinlich für eine gute Idee.

Sie führte uns nach rechts in ein großes Wohnzimmer, von dem aus eine Treppe in den ersten Stock führte, aber Susan ging daran vorbei und einfach weiter.

Als wir durch das gediegen eingerichtete Wohnzimmer gingen, zeigte Susan nach links auf zwei geschlossene Flügeltüren und sagte: »Das Büro des Botschafters.«

Sie öffnete eine andere Tür, die in ein großes Badezimmer führte, und sagte: »Komm mit rein. Das stört mich nicht.«

Wir betraten das Bad und ich verriegelte hinter uns die Tür. Susan ging schnurstracks zur Toilette.

An der Wand hingen zwei Marmorwaschbecken und es gab hier auch Seife und Handtücher. Ich wusch mir den Dreck und die blaue Farbe vom Gesicht und den Händen. Ich schaute in den Spiegel und da sah mich ein sehr abgekämpfter, unrasierter Mann an. Das waren nicht die schlimmsten zwei Wochen meines Lebens gewesen – da lag das Ashau-Tal immer noch weit vorn –, aber möglicherweise die emotional zehrendsten. Und es war noch nicht vorbei. Und das würde es auch nie sein.

Susan stand an dem Waschbecken neben meinem und betrachtete sich im Spiegel. »Ich sehe auch ungeschminkt gut aus ... oder?«

»Wart mal ab, ob der Botschafter dich wieder anbaggert.«

Ich konnte kein Mundwasser entdecken und deshalb biss ich, als guter Soldat, der ich bin, ein Stück Seife ab. Ich nahm eine Hand voll heißes Wasser in den Mund und gurgelte. Die Seife schäumte auf meinen Lippen.

Susan lachte und fragte: »Was machst du denn da?«

Ich spuckte ins Waschbecken aus. »Gurgeln.«

Sie wusch sich und nahm dann auch einen Bissen Seife in den Mund. »Ääh.«

Ich ging zu einem Fenster, von dem aus man auf den Vorgarten sah, durch den wir gekommen waren. Ich konnte die beiden Wächter am Tor sehen, die beiden Marines vor dem Pförtnerhaus und die amerikanische Flagge, die vor dem Fenster flatterte. Jenseits der Mauer war Hanoi, Mang-Land.

Ich sagte zu Susan: »Wir müssen heute hier übernachten. Oder in der Botschaft.«

Susan kam mit einem feuchtwarmen Handtuch zu mir und legte es mir um den Nacken. »Wie fühlt sich das an?«

»Schön.«

Sie sah aus dem Fenster und sagte: »Weißt du, Paul, du musst es hier nicht zu einer Konfrontation kommen lassen. Warum solltest du dich zur persona non grata in der Botschaft machen?«

»Warum nicht? Ich bin doch auch schon im restlichen Land persona non grata. Bin ich es auch in diesem Badezimmer?«

Sie lächelte. »Deine persönliche Sicherheitszone schrumpft

eindeutig. Vielleicht nimmt dir Oberst Mang auch die Arbeit ab.«

»Ich brauche was zu trinken.«

Wir verließen das Badezimmer und gingen wieder zu der Vietnamesin, die uns einen Korridor entlang an einem großen Wohnzimmer oder Salon vorbeiführte, hinter dem ein noch größerer Speisesaal zu sehen war. Die Einrichtung war tipptopp, eine Mischung aus französischen und ostasiatischen Möbeln, und an den Wänden hingen viele potthässliche moderne Gemälde.

Wir kamen auf eine lange Galerie, die um die Rückseite des Hauses herumlief, und die Dame wies uns mit einer Handbewegung zu einer Terrassentür. Draußen im Garten hörte ich Musik und Stimmen.

Als wir zu der Tür gingen, sagte Susan: »Bill ist auch eingeladen.«

»Das habe ich mir irgendwie schon gedacht.«

»Stört dich das?«

»Nein, wir waren doch gemeinsam in Princeton.«

Wir gingen hinaus auf eine Marmorfreitreppe, die rechts und links von rosafarbenen Granitgeländern flankiert war. Ich sagte: »Für das, was dieser Laden gekostet hat, hätte man auch einen B-52-Bomber kaufen können.«

Susan nahm meine Hand, was eine sehr nette Geste von ihr war, und wir gingen die Treppe halb hinab. Im Hof war ein großer Pavillon aufgebaut, der von Lampions hell erleuchtet war. Der Hof war von Mauern und Gärten umgeben, die ebenfalls erleuchtet waren. Links sah ich einen großen erleuchteten Swimmingpool. Wenn ich meine Karten richtig ausspielte, konnte ich der nächste Botschafter in Vietnam werden.

Susan sah sich um. Es waren etwa zweihundert Leute da und keiner von ihnen trug Jeans oder Polohemd. Sie sagte zu mir: »Da ist der Botschafter ... und da ist Anne Quinn ... Den Vizepräsidenten sehe ich nicht ... Aber wenn du einen Pulk von Arschkriechern siehst, steht er bestimmt mittendrin.«

»Ich glaube, ich sehe ihn.«

Susan sagte: »Fürs Empfangskommitee sind wir ein bisschen zu spät dran, also sollten wir erst mal zu Mrs. Quinn gehen und Bescheid sagen, dass wir da sind.«

»Haben sie dir das in der Junior League beigebracht? Können wir nicht erst mal an die Bar?«

»Nein. Erst das Protokoll, dann der Alkohol.«

Wir gingen die letzten Stufen hinab und erst bemerkten uns nur einige wenige Leute, dann jedoch mehr. Es kam mir so vor, als verstummten einige Gespräche.

Susan ging schnurstracks zur Frau der Botschafters, die sich im Pavillon mit mehreren Männern und Frauen unterhielt. Susan streckte die rechte Hand aus und sagte: »Anne. Wie geht es Ihnen? Sie sehen fabelhaft aus.«

Anne Quinn war eine gut aussehende Frau um die fünfzig mit einem ausdrucksvollen Gesicht. In diesem Moment drückte ihr Gesicht so etwas wie Entsetzen aus, aber sie erholte sich schnell und sagte: »Susan! Wie wunderbar, Sie zu sehen!«

Kotz.

Sie vollführten Luftwangenküsse und Mrs. Quinn verzog etwas die Nase, so als hätte sie gerade Vietnam gerochen.

Der Rest der Gruppe schien zurückzuweichen.

Susan sagte zu unserer Gastgeberin: »Sie können sich nicht vorstellen, was ich für eine Woche hinter mir habe.«

Nein, darauf wäre sie im Leben nicht gekommen.

Susan sagte: »Ach, Anne, darf ich Ihnen meinen Freund Paul Brenner vorstellen. Paul – Anne Quinn.«

Ich versuchte mich von ihr aus gegen den Wind zu stellen, nahm ihre Hand und sagte: »Sehr erfreut, Sie kennen zu lernen. Chuc mung nam moi.«

Sie lächelte matt und erwiderte meinen Neujahrgruß.

Ich hatte immer noch Seifengeschmack im Mund und versuchte eine Blase zu formen, aber es gelang mir nicht.

Susan sagte zu Mrs. Quinn: »Verzeihen Sie bitte, dass wir

erst so spät kommen. Paul und ich waren eine Woche lang im Landesinneren unterwegs und der Zug aus Lao Cai hatte Verspätung und dann hat man uns auch noch unser Gepäck gestohlen.«

»Oh, wie schrecklich.«

Damit wollte sie vermutlich unsere Kleidung erklären, ohne das direkt anzusprechen. Susan, das fiel mir auf, passte richtig hierher und auch ihr Tonfall war nun nicht mehr sexy, sondern irgendwie vergnügt. Ich brauchte dringend was zu trinken.

Mrs. Quinn sah mich kurz an und versuchte dann gedanklich mitzukommen. Sie fragte Susan: »Sie ... Wohin sind Sie gereist ...?«

»Nach Dien Bien Phu und Sapa. Da müssen Sie unbedingt einmal hin.«

»Nun ... ja ...«

»Paul und ich haben drei wunderbare Tage in Nha Trang verbracht. Waren Sie schon mal da?«

»Nein ...«

»Da müssen Sie hin. Und fahren Sie unbedingt zur Pyramide-Insel. Dann waren wir in Hué und sind im Century abgestiegen. Wo Sie letztes Jahr auch waren.«

»Ah ja ...« Sie sah mich kurz an und sagte dann zu Susan: »Bill Stanley ...«

Die Dame sprach keinen einzigen Satz zu Ende. Wahrscheinlich dachte sie auch keinen einzigen Gedanken zu Ende.

Susan sah sich kurz um. »Oh, ist er da? Dann muss ich ihm hallo sagen.«

»Ja ... Er hat schon gefragt ...«

Susan sagte zu ihr und den übrigen Leuten, die immer noch vor uns zurückwichen: »Paul hat während des Krieges in Vietnam gedient und wir haben einige seiner alten Schlachtfelder besucht.«

Mrs. Quinn sah mich an. »Wie interessant ... War es ... schwierig ...?«

»Diesmal nicht.«

Susan sagte zu ihr: »Paul freut sich schon seit Lao Cai auf einen Drink. Und ich könnte auch ein Gläschen vertragen. Eine schreckliche Zugfahrt. Wenn Sie uns entschuldigen würden.«

»Aber selbstverständlich doch.«

Susan nahm meinen Arm und wir gingen zu einer Bar. Susan sagte: »Eine reizende Frau.«

»Auf die nächste Einladung von ihr kannst du lange warten.«

Wir bahnten uns unseren Weg durch die Menge und alle sahen kurz zu uns herüber. Das Tolle an einer wirklich schönen Frau ist, dass sie ist auch underdressed noch schön ist.

Wir kamen zu einer Freiluftbar, hinter der zwei lächelnde Vietnamesen in weißen Jacketts standen. Susan bestellte einen Gin Tonic und ich einen doppelten Scotch auf Eis.

Ich sah mich um. Die Gäste waren größtenteils Rundaugen, aber es waren auch eine ganze Menge Vietnamesen da, einige auch in Militäruniform, was mich an Oberst Mang erinnerte. Vielleicht hätte ich ihn mitbringen sollen. Er hätte hier seinen Spaß gehabt. Außerdem hätte ich ihn dann ins Gebüsch zerren und zusammenschlagen können.

Die meisten Westler und Asiaten sahen wie Geschäftsleute aus, aber ich sah auch ein paar Leute, Asiaten wie Westler, die Diplomaten sein mochten.

Fazit: Vizepräsident Edward Blake war ein richtiger Publikumsmagnet.

Ich nahm mir vor, später nach John Eagan zu suchen, meinem Kontaktmann vom FBI, auch wenn der mich bestimmt eher finden würde als ich ihn.

Eine vierköpfige vietnamesische Combo spielte auf dem Rasen *Moonlight in Vermont* und ich sah ein paar Typen, die Ohrstöpsel trugen und deren Jacketts sich wölbten, und das waren offensichtlich die Secret-Service-Beamten des Vizepräsidenten. Wahrscheinlich sagte ihnen gerade jemand, der das

Ganze mit einem Fernglas beobachtete, über die Ohrstöpsel: »Zwei Landstreicher an der Südbar. Behaltet sie im Auge.«

Während die Barkeeper mit unseren Getränken beschäftigt waren, drehte ich mich um und stieß dabei gegen einen der Secret-Service-Typen, der seinen Ohrstöpsel rausgenommen hatte, damit er mit mir sprechen konnte. Er sah aus wie fünfzehn und er lächelte. Er streckte mir eine Hand entgegen und sagte: »Hi, ich bin Scott Romney.«

Ich schüttelte ihm nicht die Hand und sagte: »Ich bin amerikanischer Staatsbürger.«

Er lächelte unbeirrt weiter und fragte: »Sir, meinen Sie, wir könnten uns drinnen kurz unterhalten?«

»Nein, das meine ich nicht, Jüngelchen.«

Susan unterbrach mich, obwohl es gerade solchen Spaß machte, und sagte zu ihm: »Sprechen Sie mit Mrs. Quinn. Sie kennt uns persönlich.«

Er sah Susan an und sagte, immer noch lächelnd: »Jawohl, Ma'am. Das werde ich tun.« Und weg war er.

Ich trank einen Schluck Scotch und gurgelte damit, bevor ich ihn schluckte.

Susan ließ mich kurz ihr Glas halten, während sie sich eine Zigarette ansteckte. Sie sagte: »Ich habe kaum noch Kippen.« Sie nahm ihr Glas wieder und sagte: »Ich hab dir doch gesagt, du siehst verdächtig aus. Mir ist so was noch nie passiert.«

Ich lächelte.

Sie paffte vor sich hin und sagte dann: »Möchtest du jetzt den Botschafter kennen lernen?«

»Ich möchte meinen Scotch austrinken.«

»Er kommt auf uns zu.«

Ich schaute nach rechts zum Pool und sah einen Mann, der Patrick Quinn sein musste, allein auf uns zukommen, in einigem Abstand gefolgt allerdings von ein paar weiteren Männern. Er war etwa in meinem Alter und auch etwa so groß wie ich, kräftig gebaut und nicht schlecht aussehend. Er trug, wie fast alle Männer hier, einen dunkelblauen Anzug und strahlte Susan an. Er ging direkt auf sie zu, rief »Susan!«, umarmte und küsste sie. Er sagte: »Sie sehen toll aus! Wie geht's Ihnen?«

Er war in der Lage, kurze Sätze zu Ende zu sprechen, indem er kurz vor Ende des Satzes die Stimme hob.

Susan erwiderte: »Mir geht's wunderbar. Für Februar sehen Sie aber wirklich sehr fit und gebräunt aus.«

Kotz.

Er erwiderte: »Tja, mein Geheimnis ist eine Höhensonne und das neue Sportstudio im Keller. Sei sind aber auch schön braun. Wo sind Sie gewesen?«

»In Nha Trang. Mit diesem Herrn hier. Mr. Ambassador, darf ich Ihnen meinen Freund Paul Brenner vorstellen.«

Ohne sich aus der Ruhe bringen zu lassen und ohne mit der Wimper zu zucken, wandte er sich an mich und streckte mir eine Hand entgegen. »Paul! Toll, Sie kennen zu lernen!«

Er packte kräftig zu und riss meinen Arm wie einen Pumpenschwengel auf und ab und ich verschüttete meinen Scotch. Er sagte: »Herzlich willkommen bei unserem kleinen geselligen Beisammensein. Schön, dass Sie es einrichten konnten, Paul.«

»Danke, Mr. Ambassador.«

»Nennen Sie mich Pat. Sie und Susan waren also in Nha Trang.«

»Ja, ein paar Tage.«

»Da muss ich auch mal hin. Gott, wie gerne würde ich mehr in diesem Land herumreisen.«

»Es ist ein Abenteuer«, verriet ich ihm.

»Das ist es bestimmt. Das ist es bestimmt.«

Das ist so treffend, das könnten Sie eigentlich gleich noch mal sagen. »Ja, das ist es.« Ich hätte nicht sagen können, ob er wusste, wer ich war, was ich in Vietnam machte und ob ihn mein Erscheinen hier erstaunte oder entsetzte oder völlig kalt ließ. Der Botschafter wird fast immer im Unklaren darüber belassen, was die Spione so treiben, damit er später alles dementieren kann und sich dabei aufrichtig anhört. Aber angesichts der zweihundert Leute hier fand ich es doch eigenartig, dass er ausgerechnet bei Susan quer über den Rasen gesprintet war. Er wollte sie wahrscheinlich flachlegen, das erklärte ein wenig seine Begeisterung.

Susan erzählte ihm von dem Zug aus Lao Cai und unserem Gepäck und er hing ihr förmlich an den Lippen und nickte mitfühlend. Er wollte sie auf jeden Fall flachlegen, aber das war jetzt das geringste meiner Probleme und vielleicht war es ja auch gar nicht mein Problem.

Er sagte zu Susan: »Anne kann Ihnen bestimmt etwas zum Anziehen leihen.«

Susan erwiderte: »Also, ich mag meine alten Jeans.«

Er lachte. Hahaha. Er wandte sich an mich. »Paul, darf ich Ihnen ein Sportsakko leihen?«

»Nicht, wenn die Dame Jeans trägt. So tapfer bin ich nicht.«

Hahaha.

Susan sagte zu ihm: »Paul hat in Vietnam bei der Army gedient. Wir haben seine alten Schlachtfelder besucht.«

»Ah. Sind Sie zum ersten Mal wieder hier?«

»Ja.«

»Ich war hier bei der Navy. Immer nur vor der Küste. Vom eigentlichen Krieg habe ich nichts mitbekommen.«

»Da haben Sie nichts verpasst.«

Er lachte und klopfte mir auf die Schulter. Er sagte: »Wie Sie wissen, hat Vizepräsident Blake auch hier gekämpft. Ich muss Sie nachher unbedingt miteinander bekannt machen. Also, es freut mich, dass ihr beide trotz dieser Missgeschicke gekommen seid. Besorgt euch etwas zu essen. Das Metropole macht das Catering.«

Er wandte sich an Susan und sagte leise: »Bill Stanley hat nach Ihnen gefragt.« Er sah sie an. »Sie sollten ihn wissen lassen, dass Sie hier sind.«

»Mache ich.«

Patrick Quinn ging wieder zu der Gruppe auf dem Rasen zurück.

Ich trank meinen Scotch aus und fragte Susan: »Ist das ein Androide oder ein Mensch?«

»Er ist sehr charmant.«

»Dein Männergeschmack ist Besorgnis erregend.«

Sie lächelte und sah sich um. »Da ist ein Büfett. Möchtest du was essen?«

»Nein. Wenn ich was esse, rede ich nur blödes Zeug.« Ich gab dem Barkeeper mein leeres Glas und er schenkte mir nach.

Susan fragte: »Hast du was dagegen, wenn ich Bill suchen gehe?«

»Bill wird dich schon finden, Schatz.«

»Stehe ich hier unter Arrest?«

»Nein, ich fühle mich bloß sehr viel sicherer mit dir an meiner Seite.«

Sie zuckte mit den Achseln.

Wir gingen ein wenig umher und Susan kannte ein paar Leute, vor allem amerikanische Geschäftsmänner und -frauen, die in Hanoi lebten. Es war auch ein Typ von ihrem Hanoier Büro da und mit dem plauderte sie kurz.

Währenddessen sah ich aus den Augenwinkeln, wie alle möglichen Leute Edward Blake vollschleimten.

Macht.

Edward Blake würde bald der mächtigste Mann des mächtigsten Landes werden, das die Welt je gesehen hatte. Und ich hatte ihn bei den Eiern. Aber wenn man den König in die Zange nehmen will, muss man auch bereit sein, sich mit allen seinen Rittern anzulegen.

Ich sah kurz zu Susan hinüber, die mit ihrem Kollegen sprach. Sie war der Joker in diesem Spiel.

Ein Mann kam auf mich zu und streckte mir seine Hand entgegen. »Hi, ich bin John Eagan. Sie müssen Paul Brenner sein.«

Ich nahm seine Hand und erwiderte: »Wer außer mir ist hier schon so gekleidet?«

Er lächelte, sah kurz zu Susan hinüber und fragte mich dann: »Könnte ich kurz mit Ihnen sprechen?«

Susan bemerkte ihn und ich sagte zu ihr: »Bin gleich wieder da.«

Eagan und ich gingen zur anderen Seite des Rasens, hinter die Band, die gerade *Carry Me Back to Old Virginia* spielte. Ich bekam allmählich Heimweh.

Eagan hielt ein Glas in der Hand und stieß mit mir an. »Willkommen in Hanoi.«

Ich erwiderte: »Sie haben bestimmt nicht damit gerechnet, dass Sie das heute Abend sagen würden.«

Er erwiderte nichts und wir standen da.

Er war etwa vierzig, zu jung, um im Krieg gewesen zu sein, war aber vielleicht Militär gewesen, ehe er zum FBI gekommen war. Wenn Susan nicht gelogen hatte, als sie behauptete, Eagan sei auch ihr Kontaktmann bei der Botschaft, dann mochte es durchaus angehen, dass er auch für die CIA tätig war. Ich hatte gelernt, nichts von dem zu glauben, was man mir über diese Mission mitteilte.

Aus heiterem Himmel sagte er zu mir: »Dieses Land ist echt das Hinterletzte.«

»Wie haben Sie das denn rausgekriegt?«

Er lächelte. »Indem ich vietnamesische Rauschgiftfahnder ausgebildet habe. Die halten alle die Hand auf und bauen in ihren Gärten hinterm Haus Mohn an.«

Ich sagte: »Also gut, Sie haben mir zu verstehen gegeben, dass Sie FBIler sind und vietnamesische Polizisten ausbilden. Ich glaube Ihnen jedes Wort. Was kann ich für Sie tun?«

Meine zynische Haltung gefiel ihm anscheinend nicht, denn er schlug einen anderen Ton an. Er fragte: »Wie hat es Sie denn heute Abend *hierher* verschlagen?«

»Wohin sollte es mich denn verschlagen?«

»Morgen ins Metropole.«

»Und welchen Unterschied macht das?«

»Wahrscheinlich keinen.« Er fragte: »Und? Wie ist es gelaufen?«

»Wie ist *was* gelaufen?«

»Ihre Reise.«

»Gut.«

»Könnten Sie das ein bisschen ausführlicher erzählen?«

Ich sagte: »Schauen Sie, ich weiß nicht, was Sie wissen und wissen dürfen, und nicht mal, wer Sie eigentlich sind. Ich sollte Sie nur kontaktieren, wenn ich tief in der Scheiße stecke. Und ich stecke tief in der Scheiße. Die Polizei hat mein Visum und ich will, dass Sie mich morgen ausfliegen lassen. Ich muss zu einer Einsatzbesprechung in einem Drittland und ich brauche ein Visum oder einen Diplomatenpass, ein Flugticket und eine Eskorte der Botschaft zum Flughafen. Klar?«

Er dachte darüber nach und fragte mich dann: »Wie ist die Polizei denn an Ihr Visum gekommen?«

»Sie helfen mir mit solchen Fragen nicht weiter, John.«

»Also gut ... Hier ist eine Neuigkeit für Sie. Die Einsatzbesprechung findet heute Abend statt. Und zwar hier.«

»Das ist eine Mordermittlung der CID. Ich spreche nur mit meinem Vorgesetzten. Das war meine letzte und einzige Instruktion.«

»Doug Conway und Ihr Vorgesetzter haben Ihnen gesagt, dass es eine gemeinsame Ermittlung mit dem FBI ist. Sie können mir alles erzählen. Wir möchten uns gern um Mitternacht mit Ihnen im Büro des Botschafters treffen, Paul.«

»Sie hören mir nicht zu, John.«

»Kommen Sie einfach. Ja? Dann klären wir das mit Ihrer Ausreise.«

»Wer will sich da mit mir treffen?«

»Zunächst mal ich. Außerdem Colonel Goodman, der Militärattaché, und ein Herr aus Saigon, dem Sie dort kurz vor der Kathedrale begegnet sind und vielleicht noch ein oder zwei andere Mal. Wir brauchen nur ein klein wenig Ihrer Zeit, dann lassen wir Sie Ihrer Wege ziehen.«

Ich sagte: »Ich nehme an, der Vizepräsident übernachtet heute hier.«

»Das kann ich Ihnen aus Sicherheitsgründen nicht sagen, aber es ist durchaus anzunehmen. Warum fragen Sie?«

»Ich würde ihn gerne treffen.«

»Ich werde versuchen, das zu arrangieren.«

»Ich brauche hier auch ein Zimmer.«

»Wieso das?«

»Weil man mich möglicherweise verhaftet, wenn ich hier vors Tor gehe.«

»Warum das?«

»Ich esse zum Frühstück gerne Rührei.«

Er sah mich an. »Haben wir ein Problem, Paul?«

»Ja, das haben wir. Und meine Reisebegleiterin braucht auch ein Zimmer hier. Sie ist in der gleichen Lage wie ich.«

»Na, das dürfte ja eine interessante Geschichte werden.«

Ich sagte: »Bringen Sie mich einfach nur hier raus. Fisch und Gäste stinken nach drei Tagen.« Ich machte kehrt und ging zurück zum Pavillon.

Ich wusste nicht, wer John Eagan in Wirklichkeit war, aber Bill Stanley arbeitete bei der Bank of America und Susan Weber bei der American-Asian Investment Corporation, Marc Goodmann, der Militärattaché, war beim militärischen Nachrichtendienst, Oberst Mang war bei der Ausländerpolizei, und Paul Brenner war Tourist. Ich sollte mir das alles mal aufschreiben.

Jedenfalls hatte ich gesagt, was zu sagen war, und um Mitternacht würde ich dann erfahren, was diese Typen von mir wollten.

Ich holte mir noch einen Scotch und sah mich nach meiner Freundin um. Eine große, schlanke, gut aussehende Frau in einem Abendkleid kam zu mir und fragte: »Suchen Sie jemanden?«

Ich erwiderte: »Ja, Sie. Und das schon mein ganzes Leben lang.«

Sie lächelte und streckte mir eine Hand entgegen. »Darf ich mich vorstellen? Ich bin Jane Blake.«

Jetzt erst erkannte ich ihr Gesicht. Ich räusperte mich und sagte: »Oh, das tut mir schrecklich Leid ...«

Sie lächelte. »Schon gut. Ich werde immer vollkommen ignoriert, wenn Ed im Raum ist. Oder im Garten. Oder wo auch immer.«

»Das kann ich mir gar nicht erklären.«

Sie lächelte und sagte: »Ich will ganz unverblümt zu Ihnen sein. Alle wollen wissen, wer Sie sind.«

Endlich ein James-Bond-Moment. Ich sagte: »Sie meinen, warum ich eine schmutzige Jeans anhabe und unrasiert bin?«

Sie lachte. »Ja, genau.«

»Nun, Mrs. Blake, ich könnte der Graf von Monte Cristo sein, der gerade aus dem Gefängnis geflohen ist. Aber nein, mein Name ist Paul Brenner und ich komme gerade aus einem entlegenen Dorf namens Ban Hin, wo ich einen Mann namens Tran Van Vinh finden musste.« Ich sah sie an, aber es war ihr nicht anzumerken, ob ihr das irgendwas sagte.

Sie fragte: »Und wieso mussten Sie diesen Mann finden?«

»Es hat etwas mit dem Krieg zu tun und ich darf leider nicht darüber reden.«

»Oh, das klingt aber interessant.«

»Ja, das war es auch.«

»Und wer ist Ihre Begleiterin?«

»Susan Weber. Meine Reiseführerin und Dolmetscherin. Sie spricht fließend Vietnamesisch und lebt in Saigon.«

»Oh, wie exotisch.« Sie lächelte. »Und romantisch.«

»Wir sind nur Freunde.«

»Nun, ich glaube, Sie suchen Ihre Freundin gerade. Sie ist da drüben am Pool.« Sie teilte mir mit: »Dann lagen alle völlig falsch, was Sie angeht. Ed hat gedacht, Sie seien ein berühmter Schauspieler. Die sind immer so schlecht angezogen.

Die meisten von uns dachten, Sie hätten eine Wette verloren oder es wäre eine Mutprobe, hier so zu erschienen.«

»Ja, es ist tatsächlich eine Mutprobe, dass ich hier bin. Ich wünsche Ihrem Mann viel Glück bei der Nominierung.«

Sie lächelte, nickte und ging davon, um die Nachricht zu verbreiten. Ich hoffte, dass sie nicht schon die neuen Vorhänge fürs Weiße Haus ausgesucht hatte.

Ich ging in Richtung Pool, wo ich die Frau entdeckte, die ich *wirklich* mein ganzes Leben lang gesucht hatte. Sie sprach mit ihrem Ex-Freund Bill Stanley, der möglicherweise sauer auf mich war, weil ich ihm die Freundin ausgespannt hatte, mir da aber eher hätte dankbar sein sollen.

Sie sahen mich kommen, unterbrachen ihr Gespräch und standen dann mit ihren Getränken da und sahen mir entgegen. Ich liebe diese Scheiße.

Als ich in Sprechweite kam, fragte ich: »Störe ich?«

Susan erwiderte: »Nein, Paul. Du erinnerst dich ja an Bill Stanley.«

Ich streckte meine Hand aus und er nahm sie. Ich fragte: »Wie läuft's denn in der Bank?«

Er antwortete nicht und lächelte mich auch nicht an.

Der schnieke Bill trug einen dunkelblauen Anzug aus tropentauglicher Schurwolle, den er zweifellos in Saigon hatte maßschneidern lassen, mit einer Hose mit extra niedriger Leibhöhe, was gut zu seinen zu klein geratenen Genitalien passte.

Susan sagte zu mir: »Ich habe Bill gerade von unseren Begegnungen mit Oberst Mang erzählt.«

Bill meldete sich zum ersten Mal zu Wort und sagte: »Ich habe über diesen Mann recherchiert und Sie haben Glück, dass Sie noch am Leben sind.«

Ich entgegnete: »Wenn Sie auch über mich recherchiert hätten, wüssten Sie, dass eher Oberst Mang Glück hat, dass er noch am Leben ist.«

Bill ließ sich von diesem Machospruch anscheinend nicht beeindrucken.

Ich fuhr fort: »Mang glaubt, auch Sie zu kennen. Er hat mir erzählt, Sie wären der Saigoner Stationsleiter der CIA. Können Sie sich das vorstellen?«

Auch darauf hatte Bill nichts zu sagen, aber wenigstens war Susan nun entlastet, was die Frage anging, woher ich wusste, dass Bill bei der CIA war.

So standen wir also einen Moment lang in beklommenem Schweigen beieinander. Ich fragte mich, ob sich Susan wohl unbehaglich fühlte – hier zwischen zwei Männern, mit denen sie erst kürzlich geschlafen hatte. Sie wirkte gefasst, also hatte man sie bei der Junior League anscheinend auch auf so etwas vorbereitet. Sie sagte: »Paul, Bill hat mir erzählt, dass du heute Abend hier zu einem Meeting eingeladen bist. Er hat mich auch dazu eingeladen. Ich glaube, es wäre gut, wenn ich dabei wäre.«

Ich sagte zu Bill: »Wie ich John Eagan gerade gesagt habe und wie er Ihnen sagen wird, ist es mir nicht gestattet, über irgendetwas zu reden – weder mit Ihnen noch mit der CIA, dem militärischen Nachrichtendienst, dem FBI oder sonst jemandem hier. Es ist immer noch eine Mordermittlung der CID und Sie können nicht einfach die Regeln ändern und die Spieler austauschen.«

Er entgegnete: »Sie können und werden darüber reden, wenn Ihnen Ihr Chef oder ein höherrangiger Vorgesetzter das befiehlt.«

Sein Tonfall gefiel mir nicht, aber um nett zu sein, sagte ich: »Falls sich meine Befehle ändern, werde ich sie befolgen. Ich bin jedoch Zivilist und behalte mir das Recht vor, selbst zu bestimmen, wann und wo die abschließende Einsatzbesprechung stattfindet. Hier jedenfalls ganz bestimmt nicht.«

Bill Stanley sah mich an und sagte: »Er wäre gut, wenn Sie zu diesem Meeting kämen, denn wir werden über Ihre Ausreise aus diesem Land sprechen. Sie müssen nicht mehr sagen, als Sie wollen.«

»Das versteht sich ja wohl von selbst.« Das hier war ein

diplomatischer Empfang und ich gab mir Mühe, diplomatisch zu sein, aber das ist nun mal nicht meine große Stärke und ich fragte Bill: »Was haben Sie sich eigentlich dabei gedacht?«

»Wie bitte?«

»Was haben Sie sich dabei gedacht, als Sie Ihre Freundin mit mir auf diese gefährliche Mission geschickt haben?«

Anscheinend dachte er jetzt darüber nach, was er sich damals dabei gedacht hatte. Er räusperte sich und sagte: »Manchmal, Mr. Brenner, haben Fragen der nationalen Sicherheit Vorrang vor persönlichen Erwägungen.«

»Manchmal ja. Und in einem solchen Fall sollten Sie sich dann über nichts beklagen, was dabei herauskommt.«

Das gefiel ihm nicht und er entgegnete: »Offen gesagt, war das alles nicht meine Idee.«

Ich hielt mich nicht damit auf, ihn zu fragen, wessen Idee es denn dann gewesen sei, sagte aber: »Sie hätten nein sagen können.«

Jetzt kochte er vor Wut, sagte aber nichts.

Ich fuhr fort: »Auch wenn das nicht gut für Ihre Karriere gewesen wäre.«

Bill dachte vielleicht, dass ich damit andeuten wollte, dass er ein Ehrgeizling war, der zur Förderung seiner Karriere auch schon mal den Zuhälter seiner Freundin machte. Er schwieg höflich, aber eher so, wie man auch an einem Sterbebett schweigt.

Susan fand, dass es an der Zeit war, das Thema zu wechseln, und sagte: »Paul, ich habe Bill erzählt, dass wir herausgefunden haben, wer der ermordete Lieutenant war, dass wir über die Identität des Mörders aber immer noch im Unklaren sind.«

»Hat Bill dir das geglaubt?«

Bill antwortete: »Nein, das hat Bill nicht geglaubt.«

Ich sagte zu Susan: »Bill glaubt das nicht.«

Susan sagte: »Aber es ist die Wahrheit.« Sie fuhr fort: »Ich habe Bill erzählt, dass wir Tran Van Vinh gefunden haben, es uns dann aber zu riskant war, diese Dinge mit uns herumzutragen, und deshalb haben wir sie versteckt.«

Bill und ich sahen einander kurz in die Augen und ich wollte sehen, wie er reagierte, aber er guckte genauso unergründlich wie Oberst Mang.

Ich wusste ja überhaupt nicht, ob Susan das tatsächlich gesagt hatte, denn Susan sagte viel, wenn der Tag lang war. Sie hatte die ganze Zeit über gewusst, wer der mutmaßliche Mörder war, und Bill wusste das, also versuchte sie mich zu schützen, was nett gemeint war, aber nicht funktionieren würde. Ich sagte zu Bill: »Es wäre gut, wenn auch der Vizepräsident an diesem Mitternachtsmeeting teilnehmen würde.«

Bill sah mich lange an und teilte mir dann mit: »Der Vizepräsident interessiert sich nicht für Mordermittlungen.«

»Für diese aber möglicherweise schon. Sagen Sie seinem Stab, dass es in seinem eigenen Interesse liegt, daran teilzunehmen.«

Bill erinnerte mich: »Sie haben diverse Erklärungen unterschrieben, in denen es um die nationale Sicherheit und um Staatsgeheimnisse geht. Ungeachtet Ihres gegenwärtigen Status sind diese immer noch bindend.«

»Ich habe auch geschworen, die Verfassung zu verteidigen.«

Er schenkte mir einen langen, strengen Blick und sagte dann: »Man hat Ihnen in Washington bestimmt gesagt, dass Sie möglicherweise Ihr Leben aufs Spiel setzen, wenn Sie diesen Auftrag übernehmen.«

Dieser Spruch fiel normalerweise vor einer Mission, nicht hinterher, also mochte es in diesem Zusammenhang durchaus eine Drohung sein.

Ich fragte Bill: »Könnte ich kurz unter vier Augen mit Ihnen sprechen?«

Ehe Bill antworten konnte, sagte Susan: »Nein.«

Ich sagte zu ihr: »Nur über Privates. Nicht über Geschäftliches.«

Sie ließ mich wissen: »Ich lasse nicht um mich schachern.«

Bill sprang auf den Zug auf und sagte: »Wir sind alle so erwachsen, dass wir auch zu dritt darüber reden können.«

Ich teilte den beiden mit: »Ihr vielleicht, aber ich nicht.« Ich entfernte mich ein Stück und forderte Bill mit einer Handbewegung auf, mir zu folgen. »Gespräch unter Männern.«

Susan guckte sauer, wich aber nicht vom Fleck und steckte sich eine Zigarette an.

Bill und ich gingen so weit, dass sie uns nicht mehr hören konnte, dann sagte ich zu ihm: »Wir müssen über Susan reden und ... ach, auch über einen geschäftlichen Punkt. Wenn ich herausfinden oder auch nur zu der Vermutung kommen sollte, dass bei diesem Einsatz mein Ausfall einkalkuliert war und Sie davon gewusst, es gutgeheißen oder sogar geplant haben, dann bringe ich Sie um. Und jetzt können wir über Susan reden.«

Er stand da, starrte mich an und sagte nichts.

Ich kann mich durchaus mal fünf Minuten lang wie in einer Fernsehschnulze aufführen, ehe dann wieder mein wahres Ich durchschlägt. Und ich hatte das Gefühl, dass eben das jetzt nötig war, und deshalb sagte ich: »Es tut mir wirklich Leid, was da privat passiert ist. Ich gebe zu, ich wusste, dass Sie mit Susan zusammen waren, und es ist nicht meine Angewohnheit, mich an die Freundinnen oder Frauen anderer Männer ranzumachen.« Na ja, meistens nicht. »Und wie man Ihnen bestimmt erzählt hat, habe ich daheim eine feste Beziehung. Ich will mich also gar nicht herausreden und Sie sollten wissen, dass Susan meinen Annäherungsversuchen widerstanden hat. Die Mission ist zu Ende und ich reise heim. Ich möchte mich dafür entschuldigen, dass ich zwischen Ihnen beiden für Schwierigkeiten gesorgt habe, und ich hoffe, Ihre Beziehung nimmt dadurch keinen Schaden.«

Ich betrachtete sein Gesicht, während er diesen gentlemanliken Quatsch mit Soße von Mann zu Mann verarbeitete. Ein wenig davon glaubte ich tatsächlich selbst, denn ich war bei Susan wirklich hin- und hergerissen. Ich war mir jedoch ziemlich sicher, dass sie kein Interesse mehr an Bill hatte, und vielleicht hatte er ja auch kein Interesse mehr an ihr. Aber ich musste sozusagen die Atmosphäre reinigen und Bill die Gelegenheit geben, nun seinen Spruch aufzusagen.

Doch Bill sagte nichts und deshalb nahm ich noch weiter die Verantwortung auf mich für das bisschen, was ich an Affäre eingestand. Ich erzählte ihm: »Susan hat unsere Beziehung strikt platonisch und geschäftsmäßig gehalten, bis wir dann in Dien Bien Phu umständehalber gezwungen waren, uns ein Hotelzimmer zu teilen.« Bill hätte das gerne geglaubt und ich fand, dass ich meine ritterliche Pflicht dieser Dame gegenüber jetzt erfüllt hatte, und wollte nun wieder auf unsere gegenseitigen Mordabsichten zu sprechen kommen.

Bill sagte: »Ich bin im Metropole abgestiegen.«

»Gute Wahl.«

»Als ich gestern angereist bin, hat man mir einen verschlossenen Umschlag ausgehändigt, auf dem kein Absender stand.«

»Echt? Umschläge ohne Absender sollte man aber auf keinen Fall öffnen.«

»Das ist mir bekannt. Ich habe es aber dennoch getan. In dem Umschlag waren zwanzig Fotos von Susan und Ihnen an einem Strand und auf der Rückseite stand *Nha Trang, Pyramide-Insel.*« Er fügte hinzu: »Sie beide waren nackt und wirkten sehr vergnügt.«

Au Backe. »Also, ich erinnere mich, dass wir an diesem Strand waren, und wir hatten Badekleidung an. Diese Bilder müssen digital retuschiert sein.«

»Das glaube ich nicht. Was zum Teufel ist bloß in Sie gefahren, dass Sie in aller Öffentlichkeit nackt herumtollen, wo Sie doch wussten, dass man Sie beschattet? Hat man Ihnen denn auf der Klippschule, auf der Sie wahrscheinlich waren, überhaupt nichts beigebracht?«

Da hatte der Mann Recht und deshalb sagte ich: »Ich gebe zu, das war eine Fehleinschätzung.«

»Und dann erzählen Sie mir, Sie hätten bis vor ein paar Tagen nur ein platonisches Verhältnis gehabt.«

»Also, wir waren bloß nackt baden. Es war meine Idee.«

»Das glaube ich Ihnen gern. Haben Sie denn noch nie von Teleobjektiven gehört?«

»Ich höre mir hier von Ihnen doch keinen Vortrag an.«

»Diese Fotos könnte man für eine Erpressung verwenden.«

»Also, ich glaube, die Polizei schickt die an alle, auch an Sie, um Susan bloßzustellen. Das schließt eine Erpressung doch wohl aus.«

»O Gott ...« Er fragte: »Haben Sie diese Fotos gesehen?«

»Ja, das habe ich. Oberst Mang war so nett, uns vorab ein Set zur Verfügung zu stellen.«

Er schüttelte den Kopf und wirkte sehr nachdenklich. Er sagte: »Ihnen macht das ja vielleicht nichts aus, aber Susan kommt aus einer guten Familie mit einem gewissen gesellschaftlichen Hintergrund und ...«

»Bill, hören Sie mit diesem Oberschichts-Mumpitz auf, sonst verliere ich gleich die Beherrschung. Wir machen uns beide Sorgen um Susan. Ende der Debatte.«

»Also gut ...« Er sah mich an. »Susan hat mir gesagt, dass sie Sie liebt. Das hat sie Ihnen doch bestimmt auch gesagt.«

»Ja, das hat sie, aber es war eine sehr künstliche Situation. Sie sollte noch mal darüber nachdenken.«

»Was empfinden Sie für sie?«

»Durchwachsen.«

»Soll heißen?«

»Soll heißen, dass ich immer neue Persönlichkeitsfacetten an ihr entdecke.« So was nennt man, glaube ich, bipolare Störung, aber das wusste Bill ja schon. Ehrlich gesagt, bin ich selbst geistig auch nicht immer so ganz gesund und in solchen

Momenten gefiel mir Susan am besten. Aber um etwas loyaler zu ihr zu sein, sagte ich zu Bill: »Sie ist eine außergewöhnliche Frau und ich könnte mich leicht in sie verlieben.«

Er grübelte darüber nach. Mein fünfminütiges Gastspiel in dieser Seifenoper ging seinem Ende entgegen und deshalb sagte ich: »Aber ich glaube, das ist Susans Entscheidung, nicht unsere.«

Bill kannte mich ja überhaupt nicht und nahm wahrscheinlich, ungeachtet dessen, was er in irgendwelchen Memos über mich gelesen hatte, alles, was ich sagte, für bare Münze. Er sagte: »Bei dem, was Susan gesagt hat, hatte ich den Eindruck, dass Sie … genauso für sie empfinden.«

Ehe ich etwas darauf erwidern konnte, kam Susan zu uns und sagte: »Ich finde, jetzt reicht's.«

Zeit für eine Werbepause. Ich sagte: »Ich muss darauf bestehen, dass in diesem Fall nichts besprochen wird, in das ich nicht eingeweiht werde.«

Bill entgegnete: »Das ist eine absurde und unverschämte Forderung.«

»Ich bestehe trotzdem darauf.«

Bill schnauzte mich an: »Zu Ihrer Information: Sie haben hier nicht zu bestimmen, wer mit wem spricht. Susan arbeitet nicht für Sie und ich auch nicht.«

Ich fragte: »Und für wen arbeitet Susan?«

»Nicht für *Sie*.«

Susan sagte: »Bitte …«

Ich unterbrach sie. »Bill, es wird Zeit, sich der Realität zu stellen. Schicksal, Glück und harte Arbeit haben dafür gesorgt, dass ich Edward Blake bei den Eiern habe. Ich habe nicht darum gebeten und ich habe es auch nicht gewollt, aber so ist es nun mal.« Ich streckte die rechte Hand aus, mit dem Handteller nach oben, und wriggelte mit den Fingern. »Ich bin mir vollkommen darüber im Klaren, dass das eine gefährliche Information ist, und deshalb muss ich sehr darauf achten, wer was wann und wo erfährt und wie diese Information verbreitet wird. Später werden mir alle dankbar sein für meinen Eifer und Weitblick. Sie auch, Bill. Und deshalb haben wir jetzt die Wahl, bis Mitternacht alle zusammenzubleiben, was ich nicht so prickelnd fände, oder alle drei unserer Wege zu gehen, ohne dass einer petzt, oder dass Susan und ich einander Gesellschaft leisten. Das muss jetzt mal einer entscheiden.«

Susan sagte zu Bill: »Paul und ich gehen jetzt was trinken. Wir sehen uns dann später.«

Wir ließen Bill Stanley vor Wut kochend stehen.

Susan und ich gingen zur Bar und sie fragte: »Und wer hat mich jetzt gewonnen?«

»Wir werfen nachher eine Münze.« Ich sagte: »Was dieses Meeting angeht: Ich will nicht, dass du mich unterstützt. Verhalte dich einfach ganz neutral oder tu so, als würdest bei der nächsten Wahl für Edward Blake stimmen.«

»Wie du möchtest.«

Wir besorgten uns etwas zu trinken und Susan sagte: »Ich glaube, meine Zeit als freie Mitarbeiterin ist vorbei.«

»Das bist du?«

»Ich habe dir doch gesagt, dass ich Zivilistin bin. Keine direkte Beteiligung der Regierung.« Sie überlegte kurz und sagte dann: »Die werden auch dafür sorgen, dass ich bei meinem Hauptberuf rausfliege.«

Ich sagte: »Schau mal, Schatz, es gibt etwa zehn Leute auf der Welt, die wissen, worum es hier geht, und wir sind zwei davon. Die anderen acht glauben, wir hätten die Beweise, und wollen sie haben. Wenn wir sie hätten, könnten wir einen Deal aushandeln. Und wenn wir ihnen erzählt hätten, dass es keine Beweise gibt, hätten sie uns das möglicherweise geglaubt. Du aber hast Bill erzählt, wir hätten die Beweise gefunden und sie versteckt. Jetzt sind wir in der schlimmstmöglichen Lage, was unsere Gesundheit angeht. Fazit: Wir wissen zu viel und haben nichts anzubieten.«

»Tja ... das ist eine Möglichkeit, es zu sehen.«

»Verrat mir eine andere, damit ich weiß, ob ich die nächste Rate für meinen Wagen noch zahlen muss.«

»Sag ihnen die Wahrheit. Oberst Mang hat die Beweise und den Zeugen und er hat es rausbekommen. Sie werden ausrasten, aber dann stehen wir nicht mehr unter Druck. Dann müssen sie sich mit Mang auseinander setzen. Bestenfalls läuft es so, dass Mang alles aufdeckt, Blake ruiniert ist, die CIA Mang umlegt und wir bis an unser Lebenende glücklich sind.«

»Ich glaube, so läuft das im Leben nicht. Schau mal, es gibt zwei Gründe dafür, Zivilisten einzusetzen: erstens, dass man glaubhaft dementieren kann, wenn irgendwas schief läuft, und zweitens, dass die nur selten einen aus den eigenen Reihen kaltmachen. Wenn die glauben, dass es nicht anders geht, legen die uns sofort um.«

»So rücksichtslos sind die nicht.«

»Die CIA und der militärische Nachrichtendienst haben hier während des Krieges über 25 000 Menschen ermorden lassen.«

»Das stimmt doch nicht.«

»Möchtest du tanzen?«

»Gern.«

Wir stellten unsere Getränke ab und gingen zu der kleinen Tanzfläche vor der Band. Sie spielten schon wieder einen Song mit einem amerikanischen Ortsnamen im Titel, *Georgia on My Mind* von Ray Charles, und ich stellte mir vor, wie Edward Blake in Gedanken schon die Stimmergebnisse der einzelnen Bundesstaaten zusammenzählte.

Viele Leute sahen uns beim Tanzen zu und der Botschaftsfotograf schoss ein Foto von uns. Ich sah es schon in der »Washington Post« mit der Bildunterschrift: *Paul Brenner und Susan Weber, wenige Stunden vor ihrem Verschwinden.*

Ich bekam mit, dass Edward Blake uns kurz ansah. Er wirkte nicht sonderlich besorgt. Allmählich glaubte ich, dass er tatsächlich nichts von seinem Problem wusste.

Die Band ging zu *Moon over Miami* über, wo es auch viele

Stimmen geben würde. Ich sah Bill mit John Eagan sprechen und sie sahen immer wieder kurz zu Susan und mir herüber, wie um zu entscheiden, in welchen Größen sie die Überführungssärge besorgen sollten.

Susan sagte: »Ich wünschte, wir würden wieder auf dem Dach des Rex in Saigon tanzen und ich hätte dir damals alles verraten, was ich wusste.«

»Das wäre aber ein langer Tanz geworden.«

»Du weißt schon, was ich meine.«

Ich erwiderte nichts.

»Hast du Bill gesagt, dass du mich liebst?«

»Ich rede mit anderen Männern nicht über meine Gefühle.«

»Gut, dann rede halt mit mir darüber.«

Aus irgendeinem Grund fiel mir ein alter Army-Spruch ein: Das Ablenkungsmanöver des Feindes, das du da ignorierst, ist in Wirklichkeit der Hauptangriff.

Aber das war wieder mal zynisch und paranoid von mir. Ich sagte zu Susan: »Ich liebe dich. Und weißt du was? Ich würde dich auch lieben, wenn du mich immer noch täuschen würdest und mich betrügst.«

Sie schloss mich beim Tanzen fester in die Arme und ich spürte, dass sie weinte. Hoffentlich waren es Freudentränen und keine der frühzeitigen Reue.

Kapitel 49

Kurz vor Mitternacht gingen die letzten Gäste, die Band packte zusammen und die Barkeeper verkorkten den Chardonnay.

Susan und ich betraten die Residenz des Botschafters und gingen durch das jetzt stille Haus zum Wohnzimmer.

Ein paar Secret-Service-Typen standen im Salon herum. An

der Treppe sah ich meinen jungen Freund Scott Romney stehen, der alle Muskeln anspannte, als er mich sah. Ich sagte zu ihm: »In der Küche gibt's Milch und Kekse.«

Wir betraten das Wohnzimmer, Bill Stanley und John Eagan waren schon da. Dann war da auch noch ein Mann in einer grünen Galauniform der Armee, ein Colonel, auf dessen Namensschild *Goodman* stand. Das war der Typ vom militärischen Nachrichtendienst, Marc Goodman, der sich normalerweise nicht für eine Mordermittlung interessiert hätte. Vermutlich eher für die Bucht von Cam Ranh.

Er war groß und schlaksig und ein paar Jahre älter als ich. Ich erinnerte mich, dass ich ihn draußen auf dem Rasen gesehen hatte. Susan kannte er von ihrem Treffen in Saigon und sie schüttelten einander die Hand, dann stellte sie uns einander vor.

Die Tür zum Büro des Botschafters war geschlossen und John Eagan sagte: »Der Botschafter hat noch eine Besprechung, ist aber gleich fertig.«

Colonel Goodman sagte zu mir: »Ich höre, Sie und Miss Weber hatten unterwegs einige Schwierigkeiten?«

Ich erwiderte im militärischen Stil: »Nichts, womit wir nicht klargekommen wären.«

Goodman trug die Insignien eines Infantrieoffiziers und genug Ordensbänder, um daraus einen Quilt herzustellen. Unter anderem trug er das Combat Infantryman's Badge, das ich ebenfalls verliehen bekommen hatte, den Silbernen Stern, den Bronzenen Stern und zwei Purple Hearts. Meine Instinkte sagten mir, dass der Typ in Ordnung war, aber das hatten mir meine Instinkte ja auch über Edward Blake gesagt.

Weder Bill noch John war nach Smalltalk zumute, Goodman aber fragte mich: »Sie waren also 68 bei der 1. Cav?«

»Ja, Sir.« Ich sprach ihn mir Sir an, weil ich Army-Veteran und hier im Auftrag der Army unterwegs war und er einen höheren Dienstgrad hatte als ich. Wenn ich ihn zwei Tage später wieder gesehen hätte, hätte ich ihn Marc genannt.

Er fragte: »Wo haben Sie gekämpft?«

Ich erzählte es ihm und er nickte. Wir tauschten noch ein paar Einzelheiten über unsere jeweilige Militärlaufbahn aus, dann fragte er mich: »Fehlt Ihnen die CID?«

»In letzter Zeit nicht.«

»Wollen Sie in die zivile Verbrechensbekämpfung wechseln?«

»Ich habe darüber nachgedacht.«

»Nach diesem Einsatz werden Sie bestimmt keine Schwierigkeiten haben, eine Stelle bei der Bundespolizei zu bekommen.«

Das hörte sich wie ein Scherz an, aber er lächelte nicht. Also war es vielleicht als Anreiz gemeint, sich kooperativ zu verhalten. Ich erwiderte nichts.

Er fragte Susan: »Hat man Ihnen schon angemessen dafür gedankt, dass Sie freiwillig als Reiseführerin und Dolmetscherin mitgewirkt haben?«

Susan erwiderte: »Ich habe gern geholfen.«

»Es war bestimmt nicht einfach für Sie, von Ihrer Arbeit wegzukommen.«

Dieses Gespräch hatte etwas Surreales an sich, wie das bei Meetings mit Regierungsvertretern immer so ist, vor allem, wenn es um heikle Themen geht – die Kunst der versteckten Andeutungen, Doppeldeutigkeiten, ausweichenden Formulierungen und obskuren Codewörter. Da dachte man dann, sie bitten einen, mal Kaffee zu holen, und in Wirklichkeit wollten sie, dass man den kolumbianischen Präsidenten ermordete. Da musste man schon aufpassen.

Bill schien ein eher stiller Typ zu sein und das war möglicherweise das Einzige, was ich an ihm symphatisch fand. Dennoch ergriff er jetzt das Wort. Er sagte zu Susan: »Ich habe Colonel Goodman und dem Botschafter mitgeteilt, dass du das Land womöglich unfreiwillig verlassen wirst.«

Susan erwiderte, an alle gewandt: »Ich würde gerne bleiben. Aber wie Sie wissen, hat mir die Polizei meine Arbeits-

und Aufenthaltserlaubnis abgenommen und mein Status hier ist ungewiss.«

Ich erläuterte das, indem ich sagte: »Man hat uns festgenommen und droht, uns wieder festzunehmen.«

John Eagan sagte: »Ich habe mit dem Botschafter abgesprochen, dass Sie beide heute hier übernachten.«

»Gut. Denn wenn nicht hier, dann in der Yet-Kieu-Straße.«

Diese Adresse kannten alle, das musste ich nicht weiter erläutern. Ich fragte Bill: »Wo ist denn Ihr Chef?« Ich meinte damit den Hanoier Stationsleiter der CIA, den Top-Spion in Vietnam.

Er erwiderte: »Er ist nicht in der Stadt.«

Dass er auf dem Höhepunkt einer äußerst wichtigen Mission nicht in der Stadt war, schien schon ein wenig rätselhaft. Vielleicht war er nicht in Blakes Team und unzuverlässig, da aufrichtig. Doch dann kam mir noch ein anderer Gedanke und ich sah John Eagan an. Ich fragte ihn: »Wie lange sind Sie schon beim FBI?«

»Nicht lange.«

»Seit etwa zwei Wochen?«

Er antwortete nicht direkt, sondern sagte: »Paul, ich weiß, Sie haben so Ihre Probleme mit der Welt der Nachrichtendienste und einem Polizisten kommt das alles wahrscheinlich wie blödsinniges Theater vor. Aber es hat viele gute Gründe, warum dabei nichts so ist, wie es scheint. Das nützt allen, auch Ihnen.«

»Mir nützt es nicht, John.«

»Doch, Paul.«

Im Wohnzimmer stand Kaffee bereit und ich schenkte mir eine Tasse ein. Susan ging zum Rauchen ins Bad.

Bill nutzte die Gelegenheit und bat mich, mit auf den Flur zu kommen, was ich auch tat. Er sagte: »Wir können Sie in ein oder zwei Tagen hier rausbringen. Susan bleibt noch ein paar Tage länger.«

»Wer sagt das?«

»Sie braucht noch ein paar Tage, um in Saigon persönliche und berufliche Dinge zu regeln. Von hier aus natürlich. Dann sorgen wir für ihre sichere Ausreise aus diesem Land.«

»Mit anderen Worten: Sie ist Ihre Geisel.«

»Ich kann Ihnen nicht folgen.«

»Wir reisen zusammen ab.«

»Unmöglich.«

»Dann machen Sie es möglich.«

Er sagte mir etwas, was ich bereits wusste. »Sie bewegen sich auf dünnem Eis. An Ihrer Stelle würde ich nicht mit dem Fuß aufstampfen.«

Ich fragte Bill: »Wie besorgt sind Sie jetzt im Moment?«

Er machte kehrt und ging zurück ins Wohnzimmer.

Ich trank meinen Kaffee auf dem Korridor aus und als ich wieder hineinging, kam Susan gerade aus dem Badezimmer. Sie hatte irgendwo einen Lippenstift entdeckt und sich sich die Lippen damit bemalt.

Eine der Flügeltüren zum Privatbüro des Botschafters wurde geöffnet und Patrick Quinn kam ohne sein übliches Lächeln heraus. Er sah sich um, fand sein Lächeln wieder und sagte: »Bill, Marc, John, Paul, Susan!«

Er hatte es mit den Vornamen, so als hätte er einen Dale-Carnegie-Kurs mit eins plus absolviert. Er sagte: »Ich weiß, Sie haben etwas Geschäftliches zu besprechen, also machen Sie es sich doch bitte in meinem Büro bequem.«

Alle murmelten einen Dank. Ich sagte zu Patrick Quinn: »Ich sollte Sie daran erinnern, dass Sie mich Ihrem Freund, dem Vizepräsidenten, vorstellen wollten.«

Er sah auf seine Armbanduhr und sagte: »Ich schaue mal, ob er gerade abkömmlich ist.« Zu Colonel Goodman sagte er: »Marc, wenn Sie irgendwas brauchen, rufen Sie im Pförtnerhaus oder in der Küche an.« Dann sagte er zu allen: »Danke, dass Sie heute Abend gekommen sind.« Er ging.

Derjenige, mit dem er in seinem Büro gesprochen hatte,

war entweder immer noch da oder war durchs Fenster hinausgeklettert.

Wir gingen alle hinein. Susan voran, gefolgt von Bill, Marc und John.

Ich betrat das schummrig beleuchtete Büro als Letzter und das Erste, was mir auffiel, war ein Mann, der in einem ledernen Ohrensessel in einer Ecke saß. Er sah Karl Hellmann verblüffend ähnlich.

Er stand auf und kam lächelnd auf mich zu. Er streckte eine Hand aus und sagte: »Hallo, Paul.«

Er hörte sich auch wie Karl an und hatte den gleichen Akzent wie Karl. Ich nahm seine Hand und sagte: »Hallo, Karl.«

Wir waren so begeistert, einander zu sehen, dass wir kaum ein Wort herausbekamen. Schließlich fand ich meine Stimme wieder und sagte leise zu ihm: »Sie sind ein verlogener, betrügerischer, hinterhältiger Scheißkerl.«

»Freut mich zu sehen, dass es Ihnen gut geht. Ich habe mir schon Sorgen um Sie gemacht. Stellen Sie mich doch bitte Miss Weber vor.«

»Stellen Sie sich doch selber vor.«

Er wandte sich an Susan und sagte: »Ich bin K. Karl Hellmann. Wir haben per Fax und E-Mail miteinander kommuniziert.«

Susan sagte: »Es freut mich sehr, Sie kennen zu lernen. Paul spricht nur in den höchsten Tönen von Ihnen.«

»Wir schätzen einander sehr.« Zu den anderen sagte Karl: »Danke, dass Sie mich eingeladen haben.«

Karl schüttelte Bill, Marc und John die Hand und aus den Gesprächsfetzen hörte ich heraus, dass sie einander noch nie begegnet waren oder wenigstens so taten, als wären sie einander noch nie begegnet und hätten noch nie miteinander zu tun gehabt, und jetzt sehr froh waren, einander kennen zu lernen. Karl sagte: »Meine Maschine ist erst vor einer Stunde gelandet und ich habe noch nicht mal in meinem Hotel eingecheckt. Sehen Sie es mir also bitte nach, falls ich ein bisschen vergesslich sein sollte.«

Diesen Bluff durchschauten alle.

Ich fragte Karl: »Dürfte ich kurz mit Ihnen sprechen?«

»Selbstverständlich.«

Wir gingen ins Wohnzimmer und ich schloss die Tür hinter uns. Ich sagte zu Karl: »Sie hätten mich fast umgebracht.«

»Wie soll das angehen? Ich war in Falls Church. Sie sehen abgespannt aus.«

»Ich habe zwei beschissene Wochen in diesem Scheißland hinter mir und die letzten paar Tage bin ich auf einem Motorrad vor den Bullen geflohen.«

»Wie war es übrigens in Nha Trang? Habe ich Ihnen mal erzählt, dass ich dort mal einen dreitägigen Fronturlaub verbracht habe?«

»Weshalb sind Sie hier?«

»Man hat mich hergebeten.«

»Warum?«

»Damit die abschließende Einsatzbesprechung hier stattfinden kann und nicht in Bangkok.«

»Warum?«

»Man ist sehr besorgt wegen dieser Sache.«

Ich sagte: »Susans abschließende Einsatzbesprechung könnte hier stattfinden. Sie arbeitet wahrscheinlich für die CIA.«

»Nun ... offenbar haben Sie beide sich angefreundet und man war der Ansicht, dass man das hier und jetzt machen sollte.«

»Sie meinen damit, dass man sehen will, auf wessen Seite ich stehe.«

»Wie dem auch sei.«

»Kann ich davon ausgehen, dass Sie wissen, worum es hier geht?«

Er sah den bereitstehenden Kaffee und schenkte sich eine Tasse ein. Er fragte: »Meinen Sie, man darf hier rauchen?«

Ohne meine Antwort abzuwarten, steckte er sich eine Zigarette an.

»Karl, wissen Sie, worum es hier geht?«

Er atmete einen Rauchschwall aus und sagte: »Ich war sogar der Erste, der es erfahren hat. Als der Brief von Tran Van Vinh auf meinem Schreibtisch landete, habe ich überlegt, wem ich den Fall zuteilen sollte. Doch je länger ich in dem Brief las, desto interessanter fand ich das. Also habe ich den Fall mir selbst zugeteilt. Durch Recherchen in Army-Akten und Geschichtsbüchern konnte ich die Identität des Ermordeten ermitteln. Wie Sie in Washington vorschlugen, musste man den Namen ganz einfach nur auf einer Liste der Männer eingrenzen, die im Februar 1968 in Quang-Tri-Stadt gedient hatten. Lieutenant Hines, ein Militärberater, fiel um den 7. Februar 1968 in der Zitadelle. Und sein Name steht auf der Mauer. Und dann bin ich auf den Namen Edward Blake gestoßen und da wurde mir natürlich klar, dass ich da womöglich etwas von immenser Bedeutung herausgefunden hatte. Captain Blake war William Hines' Vorgesetzter und höchstwahrscheinlich der einzige Captain der 1. Cavalry, mit dem er in engerem Kontakt gestanden hat. Ich konnte mir da natürlich nicht sicher sein und sicher sind wir uns auch immer noch nicht.«

»Ich schon.«

»Unklug von Ihnen.« Er erinnerte mich: »Anhand dürftiger Indizienbeweisen wird niemand wegen Mordes verurteilt.«

»Nein. So jemanden erpresst man und lässt ihn dann Präsident der USA werden.«

Er sah sich nach einem Aschenbecher um, wechselte das Thema und sagte: »Sie ist sehr schön.«

»Sie haben sie noch nicht morgens um sieben verkatert gesehen.«

»Dann wäre sie immer noch schön. Ist Mr. Stanley wütend auf Sie?«

»Wahrscheinlich ist er eher erleichtert.«

»Ah.« Karl lächelte flüchtig und schnippte die Asche dann in eine Topfpflanze. Er sagte: »Sie scheint mir der Typ Frau zu sein, dem kein Mann so ganz gewachsen ist. Nicht mal Sie.«

»Soll das ein Kompliment sein?«

»Ja, das sollte es. Ich bin, wie gesagt, gerade erst angekommen und weiß so gut wie nichts – nur das, was mir der Botschafter erzählt hat.«

»Was hat er Ihnen denn erzählt?«

»Nur das, was er weiß und was Bill Stanley ihm erzählt hat – dass Sie einen Mord aus Kriegszeiten aufklären sollen und Ihre Ermittlungen von Erfolg gekrönt waren. Stimmt das?«

»Hängt davon ab, was Sie unter Erfolg verstehen.«

»Haben Sie Tran Van Vinh gefunden?«

»Habe ich. In Ban Hin.«

»Und er hatte Kriegsandenken?«

»Hatte er.«

»Und die haben Sie bekommen?«

»Wie geht es Cynthia?«

Der Themenwechsel störte Karl nicht. Er erwiderte: »Es geht ihr gut und sie lässt schön grüßen. Sie war enttäuscht, dass Sie Ihre Hawaii-Pläne geändert haben. Aber jetzt verstehe ich, warum Sie das getan haben.«

»Schließen Sie bitte nichts aus dürftigen Indizien.«

»Das würde ich nie tun.« Er trank seinen Kaffee aus und schnippte dann Asche in die Tasse. Er fuhr fort: »Mr. Stanley hat dem Botschafter erzählt, Sie hätten irgendwelche Verkehrsvergehen begangen und die Polizei hätte Sie verhört.«

»Ja, das stimmt.«

»War es etwas Ernstes?«

»Ich habe zwei Polizisten und zwei Soldaten getötet.«

Karl wirkte weder entsetzt noch beunruhigt. »Ich nehme doch an, die Polizei kann das nicht beweisen.«

»Das ist hier völlig egal.«

»Stimmt. Den Botschafter scheint es zu stören, dass Sie sein Hausgast sind, aber auf Miss Webers Gesellschaft scheint er sich zu freuen.«

»Ich kann mir gar nicht vorstellen, warum.«

»Wir müssen Sie aus dem Land schaffen, ehe die Regierung mitbekommt, dass Sie hier in der Residenz sind und Ihre Auslieferung an die Polizei verlangt.«

»Welche Regierung?«

»Die Hanoier Regierung natürlich. Haben Sie jetzt paranoide Wahnvorstellungen?«

»Nein. Ich bin mir bloß ziemlich sicher, dass einige Leute in Washington mich umbringen wollen.«

»Wenn jemand Sie tot sehen will, dann sind diejenigen wahrscheinlich alle hier. Angefangen bei Mr. Stanley, aber nicht aus den Gründen, die Sie annehmen.«

»Karl, Ihr abartiger Sinn für Humor ist jetzt wirklich fehl am Platz. Und außerdem bin ich stinksauer auf Sie.«

»Eines Tages werden Sie mir für das alles dankbar sein. Ich sehe, dass Sie abgenommen haben. Hat Ihnen das Essen hier nicht geschmeckt?«

»Schauen Sie, Colonel, ich will spätestens morgen Nacht hier raus sein. Mir geht die Düse wie damals, 68, und ich will die Flatter machen. Biet?«

»Oh, an dieses Gefühl erinnere ich mich nur zu gut. Meinen Sie, ich sollte nach Cu Chi und Xuan Loc reisen?«

»Warum nicht? Wenn Sie schon mal hier sind. Und ich will auch, dass Susan mit mir ausreist.«

»Das ist nicht mein Problem.«

»Jetzt schon.«

»Ich werde sehen, was ich tun kann.« Er fragte: »Ist dieser Oberst Mang die Ursache Ihrer Probleme?«

»Also, meine Probleme haben viele Ursachen, aber er ist die offensichtlichste Ursache und in dieser Sache auch am aufrichtigsten.«

Karl überhörte diese Andeutung und fragte: »Wo ist dieser Mann jetzt?«

»Gut zehn Minuten mit dem Auto von hier. Susan und ich waren heute am frühen Abend eine Stunde lang bei ihm im Gestapo-Hauptquartier.«

»Aber wenn er Sie wieder freigelassen hat, Paul, sollten Sie sich da keine allzu großen Sorgen machen.«

»Das ist eine sehr lange Geschichte und wir sollten die Leute da drin nicht zu lange alleine lassen.«

»Wieso das?«

»Karl. Sehen Sie mich an. Schauen Sie genau hin. Wie dumm sehe ich aus?«

Er spielte mit und betrachtete mein Gesicht. Er sagte: »Sie sehen ziemlich intelligent aus. Vielleicht zu intelligent.«

»Warum haben Sie ausgerechnet mich auf diese Mission geschickt?«

»Weil Sie der beste Mann sind, den ich habe.«

»Das stimmt. Aber nicht der beste Mann für diesen Job.«

»Wahrscheinlich nicht. Aber man hat versucht, mir den Fall wegzunehmen, und ich musste sie beeindrucken, indem ich meinen besten Ermittler aufbot.«

»Wer sind *sie*?«

»Das spielt keine Rolle.«

»Was springt dabei für Sie heraus?«

Mit dieser Frage hatte er gerechnet. Er erwiderte: »Nur die Befriedigung, eine schwierige Arbeit gut erledigt zu haben.«

»Bin ich zu Ihrer Beförderungsparty eingeladen?«

»Selbstverständlich.«

Ich sah ihn lange an und sagte dann: »Colonel, ist Ihnen klar, dass der nächste Präsident der Vereinigten Staaten ein Dieb und Mörder sein könnte?«

»Ein mutmaßlicher Dieb und Mörder.«

»Während man uns beiden fast den Arsch weggeschossen hätte, saß dieser Typ in seinem Büro im MACV-Hauptquartier in der Zitadelle von Quang Tri, hat Schwarzmarktgeschäfte gemacht und sich zugekifft. Und als die Kacke dann am Dampfen war und um ihn her amerikanische Soldaten starben, fand er noch die Zeit zu morden und zu rauben. Sie haben das Original des Briefes gelesen. Stört Sie das gar nicht?«

Er überlegte kurz und sagte dann: »Ich nehme an, Miss Weber hat Ihnen übersetzt, was Tran Van Vinh erzählt hat.«

»Beantworten Sie meine Frage.«

Er sagte: »Die Vergangenheit ist vergangen. Wir können nichts mehr daran ändern, was damals dort ... hier ... mit uns passiert ist. Wir haben unsere Pflicht getan und einige haben das nicht. Wir sollten uns nicht an unseren Zorn klammern, so wie Sie es offenbar tun ...«

»Sie haben verdammt Recht: Ich bin zornig.« Ich dachte daran, dass ich Oberst Mang geraten hatte, von seinem Zorn abzulassen, aber ich höre ja oft nicht auf meine eigenen guten Ratschläge. Ich sagte zu Karl: »Sie haben mich an der Mauer gefragt, ob ich zornig auf die Männer bin, die nicht gedient haben, und ich habe Ihnen gesagt, das bin ich nicht. Ich habe Ihnen gesagt, dass ich zornig auf die Männer bin, die sich im Dienst unehrenhaft verhalten haben. Erinnern Sie sich?«

»Ja. Da habe ich zum ersten Mal geahnt, dass es möglicherweise ein Fehler war, Sie für diesen Einsatz auszusuchen.«

»Das hätte Ihnen schon vor zehn Jahren klar sein müssen.«

Er nickte. »Vielleicht war es das auch. Ich habe bei der Sache selbst einige Zweifel.«

»Sie sollten überhaupt keine Zweifel haben, Karl.«

Er ging nicht darauf ein, sondern sagte: »Sie sollten sich von Ihrem Zorn nicht Ihr Urteilsvermögen trüben lassen. Wir wissen nicht, ob Edward Blake schuld an irgendetwas ist, und wir werden ihm nie etwas nachweisen können.«

»Das sollten doch wohl die Geschworenen entscheiden.«

»Nein, sollten sie nicht. Sehen Sie dieses Problem als Chance. Die Chance für Sie und mich, verspätet noch von diesem Krieg zu profitieren.«

»Ich kann es nicht glauben, dass ich das von Ihnen höre. Colonel Law and Order Hellmann. Sie würden doch Ihre eigene Mutter anzeigen, wenn Sie sie beim Klauen im Armeeladen erwischen würden.«

»Meine Mutter wird ja auch nicht der nächste Präsident der USA und sie ist auch nicht von mächtigen und rücksichtslosen Menschen umgeben.«

Ich starrte ihn an.

Er sagte: »Man kann das Leben eines Mannes nicht anhand eines einzigen Moments der Vergangenheit beurteilen. Wenn man Sie oder mich danach beurteilen würde, hätten wir viel zu erklären. Tatsache ist, Paul, dass Edward Blake seit dem Krieg offensichtlich ein mustergültiges Leben geführt hat und dass er genau das ist, was das Land in diesem Moment braucht und will. Welchen Unterschied würde es für Sie schon machen, wenn er der nächste Präsident würde?«

Ich wandte mich zur Bürotür um, aber Karl packte meinen Arm. Er sagte: »Machen Sie mir keine Schwierigkeiten und machen Sie sich selbst auch nicht noch mehr Schwierigkeiten, als Sie ohnehin schon haben. Wir beide sind vielen Kugeln entkommen, Paul, und stehen kurz vor einer wohl verdienten Beförderung und einem geruhsamen Ruhestand. Die Militärbegräbnisse mit allen Ehren kommen noch früh genug. Es gibt keinen Grund, das mutwillig zu beschleunigen.«

Ich riss meinen Arm los und betrat das Büro.

Susan saß in einem Clubsessel, John Eagan und Bill auf einer Ledercouch und Marc Goodman hatte sich den Schreibtischstuhl dazugeschoben. Ich lehnte mich mit dem Hintern an den Schreibtisch des Botschafters. Karl kam herein und setzte sich in den großen Ohrensessel, in dem er schon zuvor gesessen hatte.

Der Raum war von zwei Lampen mit grünen Schirmen

schummrig beleuchtet und jenseits der Fenster hörte ich, wie auf dem Rasen Stühle zusammengeklappt wurden.

Colonel Goodman sagte zu mir: »Wir haben beschlossen, dass ich die Diskussion leite.«

Ich sagte nichts dazu.

Goodman sagte zu mir: »Während Sie draußen waren, hat Susan uns von Ihren Reisen von Saigon nach Nha Trang, Hué und Dien Bien Phu berichtet und von Ihren Problemen mit der Polizei und den Soldaten sowie von Ihren Begegnungen mit diesem Oberst Mang. Wir sind jetzt gerade in Ban Hin.« Er sah mich und Susan an und sagte: »Das war hervorragende Arbeit. Ich kann Sie nur loben.«

Ich reagierte nicht darauf.

Er sagte zu mir: »Wenn Colonel Hellmann nichts dagegen hat, Paul, könnten Sie uns vielleicht erzählen, was in Ban Hin passiert ist.«

Colonel Hellmann sagte: »Paul darf offen sprechen. Aber ich sollte Ihnen nicht verschweigen, dass Mr. Brenner einige ernsthafte Fragen über den Zweck dieser Mission und dieses Treffens hat.«

Alle sahen mich an und ich suchte kurz Blickkontakt mit Susan. So was nennt man einen entscheidenden Moment. Mein Privatleben war immer ein heilloses Durcheinander gewesen, mein Berufsleben dagegen war gekennzeichnet von strahlenden Triumphen. Allerdings war es mir anschließend jedes Mal gelungen, diese Erfolge durch dumme Dickköpfigkeit oder Streit mit Vorgesetzten wieder zu überschatten. Ich sah nicht, warum es in diesem Fall anders laufen sollte, und sagte deshalb: »Wie Bill Ihnen wahrscheinlich erzählt hat, bin ich hier auf dünnem Eis, und das Einzige, woran ich mich festhalten kann, sind die Eier des Vizepräsidenten.«

Es gab ein wenig Geräusper und Hin- und Hergerutsche auf den Sitzen. Susan hielt sich eine Hand vors Gesicht und ich konnte nicht sehen, ob sie bestürzt war oder grinsen musste.

Ich fuhr fort: »Ich möchte einmal ganz klar sagen, dass Susan Weber alles richtig gemacht hat, was diese Mission, Tran Van Vinh und mich angeht. Ich war über den Anlass meiner Ermittlungen völlig im Unklaren, bis ich ganz zum Schluss unter den Kriegsandenken von Mr. Vinh einen MACV-Dienstplan entdeckte, auf dem Lieutenant William Hines und Captain Edward Blake verzeichnet sind. Erst da habe ich Susan zu verstehen gegeben, dass mir nun klar war, worum es hier geht, und dass mir auch klar war, dass man diese Information unter Verschluss halten muss. Anhand meiner diesbezüglichen Äußerungen kam sie zu der Einschätzung, dass ich bei diesem Spiel mitspielen würde, was ich aber nicht tue …«

Susan unterbrach mich: »Paul, da trügt dich dein Gedächtnis. Du bist völlig übergeschnappt, als du rausbekommen hast, dass Edward Blake der Verdächtige in diesem Mordfall ist. Du wolltest auspacken und ich habe dir gesagt, es wäre verrückt, so etwas zu tun. Wir haben darüber diskutiert und du hast mich überzeugt. Ich stimme dir zu. Wir müssen das Gesetz hüten. So einfach ist das.«

Lange herrschte Schweigen im Raum und ich merkte, dass niemand allzu froh über diese Wendung der Dinge war, Bill am wenigsten, der zweifellos für Susan gebürgt hatte. Karl kamen nun ebenfalls leichte Bedenken hinsichtlich seines besten Ermittlers und er und Colonel Goodman verabschiedeten sich in Gedanken gerade von der Aussicht auf einen Generalsstern. Einzig John Eagan wirkte cool und ich war mir mittlerweile sicher, dass er kein FBIler war und man ihn auch nicht hierher geschickt hatte, um vietnamesische Drogenermittler auszubilden.

Ich sah zu Susan hinüber, die sich gerade in eine sehr üble Lage gebracht hatte. Sie zwinkerte mir zu.

Ich sagte: »Ich bin Polizist und deshalb werde ich so tun, als wäre das hier eine Dienstbesprechung der CID, und ich werde auch so tun, als erwarteten Sie alle von mir, dass ich Ihnen die Beweislage in einem Mordfall darlege. Private oder politische Erwägungen oder irgendwelcher Schwachsinn von-wegen nationaler Sicherheit spielen in diesem Fall keine Rolle. Es gilt nur das Gesetz.«

John Eagan sagte: »Sie können den Fall darlegen, wie Sie wollen, Paul. Das ändert nichts an den Realitäten.«

»*Ihre* Realität wird es durchaus ändern. Damit müssen Sie dann klarkommen. Das ist nicht mein Problem.«

Weiter hatte niemand etwas dazu zu sagen und deshalb fuhr ich fort: »Ich wurde vor zwei Wochen von Colonel Hellmann kontaktiert und er bat mich, einen mutmaßlichen Mordfall aus der Zeit des Krieges aufzuklären. Während dieser Besprechung kam ich zu dem Schluss, dass mehr dahinter steckte als ein vor dreißig Jahren begangener Mord. Ich habe den Fall dennoch übernommen und das war möglicherweise mein erster Fehler.«

Ich erzählte meine kleine Geschichte weiter und hielt mich dabei an die Ausdrucksweise eines Kriminalermittlers. Ich übersprang unsere Ausflüge von Saigon aus, erwähnte aber Oberst Mang und die Zwischenfälle auf der Nationalstraße 1 und der Landstraße 214. Den Sex erwähnte ich nicht, denn ich bin ja ein Gentleman, und es spielte auch keine Rolle – und schließlich war Bill ja dabei. Marc Goodman und John Eagan hatten jedoch wahrscheinlich mittlerweile begriffen, dass Susan und ich nicht nur beruflich Partner waren, und bezogen das in ihre Kalkulationen ein.

Dann machte ich einen Sprung und berichtete etwas ausführlicher von unserem letzten Verhör durch Oberst Mang, wobei ich mir Mühe gab, den Eindruck zu vermitteln, Mang glaube immer noch, dies alles habe etwas mit der FULRO zu tun.

Dann kam ich auf Dien Bien Phu, Ban Hin und das Haus Tran zu sprechen. Ich ging dabei so weit ins Detail, dass ihnen klar sein musste, dass ich mich auch vor einem Kongressausschuss oder Leuten vom Justizministerium glaubwürdig anhören würde.

Ich schloss mit den Worten: »Tran Van Vinh ist meiner Meinung nach ein zuverlässiger und glaubwürdiger Zeuge. Die Übersetzung des Briefes, die Colonel Hellmann mir gegeben hat, ist, obwohl nicht das Original und zu meinem Nutzen redigiert, ein wichtiges Dokument. So wichtig, dass ich sie vom Flughafen Dulles aus an einen Freund gefaxt habe, mit der Bitte, sie für mich aufzuheben.«

Bei diesem billigen Bluff sahen einige der Anwesenden einander kurz an.

Ich fuhr fort: »Die Beweismittel bestehen aus der persönlichen Habe von Lieutenant William Hines. Eine Brieftasche, ein Ehering, ein Leinenbeutel mit Briefen darin, die weder Susan noch ich gelesen haben, ein Notizbuch, in dem Lieutenant Hines Captain Blake wenig schmeichelhaft schildert – er bezeichnet ihn als Schwarzmarktschieber und guten Kunden der dortigen Bordelle.«

John und Bill wanden sich ein wenig. Colonel Goodman machte ebenfalls einen unbehaglichen Eindruck. Ich sagte: »Ich meine das nicht wertend, auch wenn Lieutenant Hines es so gemeint hat. Ich gestehe, dass ich selbst ein wenig herumgehurt habe, als ich damals hier war, und zur Entspannung auch hin und wieder Cannabis konsumiert habe. Aber auf dem Schwarzmarkt habe ich nicht gehandelt.«

John sagte: »Das ist hier doch gar nicht relevant.«

Ich teilte ihm mit: »Bei einer Mordermittlung ist so gut wie alles relevant, wenn man herausfinden will, warum ein Mensch einen anderen umgebracht hat.«

Karl, mein alter Kumpel, stimmte mir da zu. »Alles ist relevant und die unzusammenhängendsten Fakten ergeben zusammengesetzt ein Bild und verschaffen Klarheit über die Motive und Persönlichkeit des Opfers und des Verdächtigen.«

Ich sagte: »Sehr gut, Karl. Und wie ich aus den persönlichen Habseligkeiten des Verstorbenen erfahren habe, war William Hines ein Chorknabe und Edward Blake ein schlimmer Finger. Nein, deshalb ist er noch kein Mörder. Aber wir haben einige Fakten, die darauf hindeuten, dass er dieses Mordes dringend verdächtig ist. Wir haben den Dienstplan des MACV, der beweist, dass beide Männer zur gleichen Zeit Teil dieser kleinen Beratergruppe waren. Und in dieser Gruppe gab es nur einen einzigen Captain. Die entsprechenden Akten der Army werden das ebenfalls belegen – es sei denn, sie wurden bei diesem berühmten und äußerst praktischen Lagerhausbrand zerstört. Wir haben die Aussage des Zeugen, der gesehen hat, wie ein Captain der 1. Cavalry Division einen Lieutenant erschoss, den wir mittlerweile als William Hines identifiziert haben, der die gleichen Schulterstücke trug wie der Captain und dessen persönliche Habe der Zeuge an sich genommen hat.«

Ich quetschte aus diesen fadenscheinigen Beweisen heraus, was ich nur konnte, aber wenn diese Gruppe hier die Geschworenen gewesen wären und ich der Ankläger, dann hätte ich mir Sorgen gemacht. Doch wenn man Gefahr läuft, ein Verfahren zu verlieren, denkt man sich irgendwelchen Quatsch aus. Ich sagte: »Wie Susan Ihnen vielleicht erzählt hat, hat Tran Van Vinh Edward Blake auf den Fotos als den Mörder identifiziert.«

Ich sah kurz zu ihr hinüber und sie bestätigte: »Er war sich hundertprozentig sicher.«

Bill, John und Marc wirkten beunruhigt; Karl wirkte, wie es sich gehörte, skeptisch.

Ich schloss meine Darlegung mit den Worten: »Und dann ist da auch noch die Beute aus dem Raub des Staatsschatzes. Jemand wird Edward Blakes finanzielle Vergangenheit untersuchen müssen, vor allem die Zeit nach seiner Rückkehr aus Vietnam. In dem Tresor befand sich auch Schmuck und der lässt sich möglicherweise zurückverfolgen oder befindet sich immer noch im Besitz von Mr. Blakes früheren Freundinnen oder seiner gegenwärtigen Frau.«

Zunächst herrschte Schweigen im Raum, dann meldete

sich Bill zu Wort. »Diese Beweise klingen für mich nicht nur belanglos, sondern auch nicht stichhaltig und nicht schlüssig, ganz davon zu schweigen, dass sie drei Jahrzehnte alt sind. Also, ich würde – basierend auf dem, was ich hier gehört habe – ganz bestimmt keine Anschuldigungen erheben.«

John Eagan stimmte dem zu und sagte: »Eine derart schwere Anschuldigung gegen Edward Blake hätte vor Gericht keinen Bestand und wäre nur etwas, worauf sich seine politischen Gegner und die Medien stürzen würden.«

Marc Goodman schien tief in düstere Gedanken versunken und fragte mich dann: »Und ist dieser Zeuge Ihrer Meinung nach glaubwürdig?«

»Ich glaube schon. Aber mir ist klar, dass amerikanische Geschworene das anders sehen könnten.«

John fragte mich beiläufig: »Wo ist dieser Zeuge jetzt?«

Ich sagte: »Der schläft wahrscheinlich. Er ist Bauer.«

Bill, der meine geistreichen Sprüche schon kannte, fragte in gereiztem Ton: »Und *wo* schläft er? In seinem Dorf?«

»Ich schätze mal. Es hätte große Umstände gemacht, ihn mitzubringen.« Ich sah zu Bill und John hinüber und sagte: »Und für Susan hätte es auch große Umstände gemacht, ihn umzulegen.«

Niemand, auch Karl nicht, tat entsetzt oder überrascht und das war mal eine Wohltat. Aber es sagte auch niemand etwas dazu.

Colonel Goodman sah Susan an und fragte: »Und Sie und Paul haben diese Beweismittel versteckt?«

»Ja.«

»Wo?«

Susan erwiderte: »Wenn ich Ihnen das sagen würde, wären sie ja nicht mehr versteckt.«

Colonel Goodman lächelte gutmütig und sagte: »Sie müssen ja jetzt auch nicht mehr versteckt sein.«

Susan erwiderte nichts.

Colonel Goodman fragte: »Ist das Versteck hier in der Nähe?«

Susan antwortete: »Nein. Wir haben damit gerechnet, dass wir hier am Bahnhof Probleme mit der Polizei bekommen.«

»Dann haben Sie diese Gegenstände also in Lao Cai oder in der Nähe von Ban Hin versteckt.«

»Da in der Gegend.«

Bill war es peinlich, dass sich seine Ex-Freundin so unkooperativ verhielt, und wenn Eagan, wie ich vermutete, sein Vorgesetzter war, bestand Bills nächster Auftrag wahrscheinlich darin, vor der isländischen Küste russische Schiffe zu beobachten. Bill sagte in scharfem Ton: »Susan, du sagst uns jetzt, wo ihr die Beweise versteckt habt.«

Sie schenkte ihm einen Blick, den er wahrscheinlich kannte. »Nicht in diesem Ton.«

Es schlug einen anderen Ton an. »Susan, könntest du uns bitte erzählen, wo die persönliche Habe von Lieutenant Hines versteckt ist?«

»Später.«

»Susan ...«

John Eagan schaltete sich ein und richtete eine Frage an mich. »Halten Sie etwa in einem Kriminalfall Beweismittel zurück?«

»Nein, ich habe sie nur versteckt.«

»Und warum?«

»Wir sind hier in Feindesland, John. Die Beweismittel sind an einem sicheren Ort.«

»Den Sie uns jetzt nennen werden.«

»Warum? Sie halten doch sowieso nicht viel davon. Machen Sie sich deshalb keinen Kopf.«

Er überhörte das und sagte: »Sie werden uns jetzt sagen, wo sie es versteckt haben.«

»Warum sollte ich? Wer sind Sie überhaupt?«

Eagan sah zu Karl hinüber und der sagte zu mir: »Das ist ein Befehl, Paul.«

»Also gut. Ich werden es Ihnen nachher sagen. Unter vier Augen.«

Karl war froh, der Einzige hier zu sein, der mir etwas befehlen konnte, und noch froher war er, dass er der alleinige Empfänger wichtiger Informationen sein würde. Er sagte: »Gut. Wir sprechen uns später.«

Damit mussten sich alle zufrieden geben und Colonel Goodman fuhr fort, indem er zu Karl sagte: »Colonel, Sie sind ein erfahrener und sachkundiger Ermittler. Was halten Sie von diesen Beweisen? Würden Sie weitere Ermittlungen empfehlen? Eine Anklageerhebung? Oder eine Abweisung des Falles?«

Karl nagte kurz auf seiner Unterlippe herum und antwortete dann: »Mann muss berücksichtigen, wie viel Zeit seither vergangen ist und um was für einen Zeugen es sich da handelt. Er mag ja zuverlässig und glaubwürdig erscheinen, aber ich würde mich nicht auf ihn als Zeugen verlassen wollen, es sei denn, ich hätte noch andere Beweise, die seine Aussage stützen ... und das einzige relevante Beweismittel, das bisher genannt wurde, ein Army-Dienstplan, reicht da einfach nicht aus. Wenn das im Moment mein Fall wäre, würde ich ihn fallen lassen.«

Ich sagte: »Karl, das stimmt nicht und das wissen Sie. An diesem Punkt tut man das Einzige, was man tun *kann*. Man befragt den Verdächtigen.«

John Eagan schaltete sich sofort ein und sagte: »Das wird nicht geschehen, weder hier noch sonst wo.« Er sah alle an und mahnte uns: »Wir verlieren gerade die Hauptsache aus dem Blick. Diese ... diese Angelegenheit könnte das Leben und die politische Karriere eines ehrenwerten Mannes ruinieren, eines hoch dekorierten Kriegsveteranen, Ehemanns, Vaters und engagierten Dieners seines Landes. Das amerikanische Volk kann keine weiteren Skandale und Hexenjagden gebrauchen. Und es gibt dabei durchaus auch internationale Erwägungen. Diese ganze Sache ist keine weitere Diskussion wert.«

Colonel Goodman überlegte einen Moment lang und sagte dann: »Ich möchte gerne wissen, wie jeder einzelne von uns, der im Besitz dieser Information ist, weiter verfahren würde. John?«

»Fallen lassen. Und dieses Treffen hier hat nie stattgefunden.«

»Bill?«

»Fallen lassen und vergessen.«

»Colonel Hellmann? Das ist ja eigentlich Ihr Fall, nicht wahr?«

Karl Hellmann erwiderte: »Offiziell war es das nie und wird es das auch nie sein. Betrachten Sie diese Akte als vernichtet.«

Ich meinte, erleichterte Seufzer zu hören.

Colonel Goodman sah mich an. »Paul?«

»Ich will mit dem Verdächtigen sprechen.«

Goodman wollte eben schon etwas erwidern, überlegte es sich dann aber anders und wandte sich an Susan. »Miss Weber?«

»Ich habe überhaupt keine Erfahrung mit der Justiz und mit Kriminalfällen und ich wüsste nicht, was einen guten Beweis von einem Indizienbeweis unterscheidet oder einen glaubwürdigen von einem unglaubwürdigen Zeugen. Ich weiß aber, dass ein Captain der Army vier Morde und einen Raub begangen hat, und dass der einzige Captain, der dafür in Frage kommt, jetzt oben im Gästezimmer ist. Der gesunde Menschenverstand verlangt, dass man mit ihm spricht. Vielleicht kann er Ihnen ja sagen, wo er an diesem Tag war. Ich meine, vielleicht hatte er ja gerade Urlaub oder war in einem Lazarett oder mit zehn anderen Männern zusammen. Sie müssen schon ein bisschen tiefer graben und vielleicht sind Sie dann zufrieden mit dem, was Sie finden, oder Sie stellen vielleicht dabei fest, dass Sie noch tiefer graben müssen.«

Wiederum herrschte lange Schweigen, dann sagte ich: »Schauen Sie, ich bin selbst nicht davon überzeugt, dass Edward Blake ein Mörder ist. Ich würde mich vielleicht sogar gern davon überzeugen lassen, dass er keiner ist. Susan hat Recht. Es schadet nichts, mit dem Mann zu sprechen.«

Eagan sagte zu mir: »Sie erwarten also von mir, dass ich nach oben gehe und den Vizepräsidenten der Vereinigten Staaten aus dem Bett hole, damit er herunterkommt, um Fragen über seine mögliche Beteiligung an einem Mord zu beantworten?«

»Warum nicht?«

»Weil ich Ihnen an seiner Stelle was husten würde.«

»Mir haben schon viele Leute was gehustet, John. Die bekommen dann eben eine Vorladung.«

»Sind Sie verrückt?«

»Da müssen Sie Karl fragen.«

Eagan machte sich nicht die Mühe, Karl danach zu fragen. Vielmehr sagte er zu mir: »Wenn Sie schon juristisch argumentieren, ist Ihnen doch wohl auch klar, dass Sie nicht die Befugnis haben, hier irgendjemanden zu befragen, und schon gar nicht den Vizepräsidenten.«

»Befragungen auf freiwilliger Basis sind etwas ganz Normales, John. Zunächst fragt man jemanden, ob er freiwillig ein paar Fragen beantworten mag. Weigert er sich, wird man ein wenig argwöhnisch und besorgt sich eine kleine Vorladung.«

»Reden Sie nicht so einen Scheiß.«

Army-Offiziere fluchen nur selten und Goodman sagte: »Eine andere Ausdrucksweise bitte.«

Eagan sagte: »Herr Gott noch mal ... Ich fasse das nicht.«

John Eagan war hier offensichtlich der Erfüllungsgehilfe und hatte wahrscheinlich auch am meisten zu verlieren, von Edward Blake einmal abgesehen. Wenn Eagan der Stationsleiter der CIA war, hatte er einen Großteil dieser Mission gemeinsam mit Bill geplant und wenn sie günstig ausging, wurden John und Bill dann zu Edward Blakes Amtseinführungsball eingeladen, und privat durften sie ihn dann Eddie nennen.

Washington hat ein ganz eigenes System der Belohnung und Bestrafung und es funktioniert so: Wenn ich weiß, dass du etwas verbrochen hast, und ich dich nicht bestrafe, will ich von dir belohnt werden. Nur dass weder ich noch die Justiz nach diesem Schema arbeiteten.

Ich sagte zu Karl: »Sie und ich, Karl, sind vereidigte Polizeibeamte. Wir sind hier auf Grund und Boden der USA. Das mutmaßliche Verbrechen wurde begangen, während der Verdächtige seinen Militärdienst leistete. Haben wir das Recht, Edward Blake zu fragen, ob er freiwillig ein paar Fragen beantworten möchte?«

Karl wollte eigentlich den Kopf schütteln, aber seine Ausbildung verlangte, dass er nickte. Was dabei herauskam, sah aus wie ein Halsmuskelkrampf. Schließlich sagte er: »Das könnte allerdings eine Frage der Zuständigkeit sein.«

Ich fragte Eagan: »Sind Sie vom FBI?«

»Nein.«

»Wer ist denn der FBI-Mann hier in der Botschaft?«

Eagan erwiderte: »Wen interessiert das? Sie gehen mir auf den Wecker, Paul.«

Bill fragte mich: »Geben Sie hier vor Susan an, oder was?«

Ehe ich »Fick dich doch« sagen konnte, sagte Susan: »Nein, er ist so eine Nervensäge, seit er die Wahrheit herausgefunden hat. Es ist ihm wirklich ernst damit.«

Ich rutschte von der Schreibtischplatte und sagte: »Ich gehe jetzt nach oben und hole Edward Blake.«

Eagan stand auf. »Wenn Sie auch nur einen Fuß auf diese Treppe setzen, sind Sie ein toter Mann.«

»John, sorgen Sie nicht dafür, dass ich Ihnen wehtun muss.«

Mittlerweile waren alle aufgestanden und Colonel Goodman, unser Diskussionsleiter, sagte: »Das reicht jetzt von Ihnen beiden.« Er sah mich an und fragte: »Paul, wenn ich es arrangieren kann, dass der Vizepräsident zu uns kommt, habe ich dann Ihr Wort, dass Sie diese Ermittlung dann ebenfalls als abgeschlossen betrachten?«

Jetzt verstand ich, warum der militärische Nachrichtendienst so einen schlechten Ruf hatte. Aber *ich* bin ja schließlich nicht dumm und ich antwortete: »Selbstverständlich.«

»Und habe ich Ihr Wort, dass Ihnen klar ist, dass alles, was heute Abend gesagt wurde, für alle Zeiten unter Verschluss bleibt?«

»Das haben Sie.«

»Und Sie waren zwei Wochen lang ausschließlich als Tourist in Vietnam.«

»Genau.« Ich bekam mit, dass John und Bill einander ansahen. Sie protestierten aber nicht, was bedeutete, dass ich gewonnen hatte. Nein, in Wirklichkeit bedeutete es, dass ich mich begraben lassen konnte.

Colonel Goodman ging zur Tür und sagte: »Ich werde jemanden vom Secret Service bitten, mit dem Vizepräsidenten zu sprechen.« Er ging.

Karl sagte: »Paul, das sollten Sie sich vielleicht noch mal überlegen.«

Ich erwiderte: »Ich will doch bloß den Vizepräsidenten kennen lernen. Und mir für meinen Neffen ein Autogramm geben lassen.«

Susan stand auf und kam zu mir. Leise sagte sie: »Wenn du nur noch einen Tag in Vietnam bleiben müsstest, würdest du dich dann freiwillig für eine gefährliche Mission melden?«

»Nein. Aber ich befolge Befehle. Und mein letzter Befehl lautete, einen Mörder zu finden.«

»Ich glaube, Karl möchte, dass du aufhörst zu suchen.«

»Karl kann mich mal. Und was ist mit dir?«

»Ich bin auf deiner Seite. Tu, was du tun musst.«

Goodman kam zurück und sagte: »Der Vizepräsident kommt gleich.« Zu mir sagte er: »Sie haben zehn Minuten. Und Sie werden sich höflich und respektvoll verhalten.«

»Jawohl, Sir.«

»Sie werden keine Anschuldigungen äußern. Sie legen nur die Fakten dar und wenn der Vizepräsident etwas dazu sagen möchte, wird er das tun. Andernfalls hat er das Recht zu schweigen.«

»Jawohl, Sir. Ich mache so was nicht zum ersten Mal.«

»Gut.«

Die Tür ging auf und alle erhoben sich, aber es war nur mein kleiner Freund Scott Romney. Er sah sich um, warf mir dann das zu, was er wohl für einen knallharten Blick hielt, und ging wieder.

Wenige Sekunden später betrat Vizepräsident Edward Blake das Büro des Botschafters. Er war etwa so groß wie ich und auch von etwa gleicher Statur, sah aber nicht ganz so gut aus wie ich. Er trug eine Anzughose, ein weißes Hemd ohne Krawatte und einen bescheuerten weißen Seidenkimono.

Edward Blake wirkte weder verärgert noch ungeduldig oder verwirrt und machte sich auch ganz bestimmt keine persönlichen Sorgen, sondern war nur professionell besorgt, so als gelte es hier, eine x-beliebige Krise zu managen. Er sagte: »Guten Abend. Gibt es ein Problem?«

Colonel Goodman räusperte sich und sagte: »Nein, Sir ... Nichts in der Richtung. Dürfte ich Sie mit den Anwesenden bekannt machen?«

Goodman hatte sich diese Vorstellungen gut überlegt und stellte als Erste Susan Weber als in Saigon ansässige Geschäftsfrau und Freundin der Quinns vor. Dann folgten Bill Stanley und Karl Hellmann und Goodman erläuterte: »Bill ist aus Saigon und ein Freund von Susan und auch ein Kollege von John, den Sie ja kennen. Colonel Hellmann ist von der Army und kommt gerade aus Washington.« Das Beste hob er sich für den Schluss auf und sagte: »Das ist Paul Brenner, ebenfalls ein Freund von Miss Weber und ein Kollege von Colonel Hellmann.«

Ich schüttelte dem künftigen Präsidenten die Hand und er sagte zu mir: »Ah, ich weiß, wer Sic sind. Meine Frau hat mit Ihnen gesprochen.«

»Ja, Sir.«

»Sie haben mich zehn Dollar Wetteinsatz gekostet.«

Ich koste Sie mehr als das, Ed. »Ja, Sir. Das hat sie mir erzählt.«

Der Vizepräsident erläuterte das auf launige Weise und erntete damit höfliches Gelächter. Dann sagte er zu Susan: »Und Sie sind seine Reisebegleiterin.«

»Ja, Sir.«

»Freunde von Pat und Anne sind auch meine Freunde.«

Der Typ war gewieft, aber auch charismatisch, konnte gut mit Männern, war der Traum einer jeden Frau und möglicherweise der Albtraum einer ganzen Nation.

Edward Blake sah sich um und sagte: »Also, es hat mich sehr gefreut, Sie alle kennen zu lernen.«

Nicht so schnell, Ed.

Colonel Goodman hakte ein: »Sir, das ist kein rein gesellschaftlicher Anlass ... Dürften wir Sie ersuchen, uns fünf Minuten Ihrer Zeit zu schenken? Es geht um eine ernste Angelegenheit, auf die Sie aufmerksam gemacht werden sollten.«

Ich betrachtete Edward Blakes Gesicht. Die Frage, die sich mir seit Washington gestellt hatte, lautete: Wusste er davon? In vielerlei Hinsicht spielte es keine Rolle, allenfalls in der, ob er nun an der versuchten Vertuschung eines Verbrechens beteiligt war. Eine Ahnung sagte mir, dass man ihm noch nicht gesagt hatte, dass seine Vergangenheit ihn eingeholt hatte. Man stellt zunächst Nachforschungen an und sagt erst dann seinem Chef, dass man gute und schlechte Nachrichten hat. Die schlechte Nachricht ist die, dass wir wissen, was Sie getan haben; die gute Nachricht ist die, dass wir Ihnen helfen können.

Goodman bat den Vizepräsidenten mit einer Handbewegung, in dem Sessel, den Karl frei gemacht hatte, Platz zu nehmen. Er setzte sich, schlug die Beine übereinander und bat uns mit einem Wink, ebenfalls Platz zu nehmen. Alle setzten sich, nur ich parkte meinen Hintern wieder an der Schreibtischkante.

Colonel Goodman sagte zu Edward Blake: »Sir, es hat mit

dem Grund dafür zu tun, dass Mr. Brenner in Vietnam ist, und auch mit dem Grund dafür, dass Colonel Hellmann hier ist ...«

Blake sah uns beide an, sagte aber nichts.

Goodman fuhr fort: »Ich kann Ihnen versichern, Sir, dass alles, was in diesem Raum besprochen wurde und noch besprochen wird, nur eine Hand voll Menschen erfahren, von denen die meisten hier anwesend sind ... und dass alles, was von nun an hier besprochen wird, als vertraulich eingestuft ist ...«

Blake sagte: »Also gut, das haben Sie mir jetzt versichert und damit meine Neugier geweckt. Könnten wir jetzt bitte zur Sache kommen?«

»Jawohl, Sir. Vielleicht möchte Mr. Brenner gerne etwas sagen. Es war seine Idee, Sie hierher zu bitten.«

Blake forderte mich auf: »Sie sind dran, Paul.«

»Jawohl, Sir. Es ist meine Pflicht, Ihnen mitzuteilen, dass Colonel Hellmann und ich von der Criminal Investigation Division der Army sind.«

Das löste bei ihm keinerlei Reaktion aus, aber vielleicht kapierte er ja auch den Zusammenhang nicht.

Es gibt zwei Eröffnungsfragen, die man bei einer Mordermittlung immer stellt, und ich begann mit der ersten. »Kennen Sie einen Mann namens William Hines?«

Darauf war er nun überhaupt nicht gefasst gewesen und sein Gesichtsausdruck machte eine bemerkenswerte Veränderung durch. Ich hätte schwören können, dass alle Farbe aus seinem Gesicht wich. Das sahen alle und alle mussten das Gleiche daraus schließen.

»Sir?«

»Äh ... nein ... Wie war der Name?«

»William Hines. Lieutenant William Hines.«

»Oh ... ja ... Mit dem habe ich gedient. In Vietnam.«

»Ja, Sir.« Ich stellte die zweite Frage. »Wann haben Sie ihn zum letzten Mal lebend gesehen?«

»Äh … lebend? Ach ja, er ist ja gefallen. Stimmt ja.«

»Wann haben Sie ihn zum letzten Mal lebend gesehen, Sir?«

»Äh … lassen Sie mich mal überlegen … Die Tet-Offensive begann Ende Januar … Ich glaube … ein paar Tage, bevor er dann vermisst wurde … Unser Hauptquartier wurde überrannt … und … ich bin mir da wirklich nicht sicher, aber so um den 4. oder 5. Februar … 1968.« Er tat, was sie alle tun, und fragte: »Warum fragen Sie mich das?«

Normalerweise sage ich dann: »Ich stelle hier die Fragen und Sie antworten nur darauf.« Doch so tollkühn bin selbst ich nicht. Ich sagte: »Sir, die Criminal Investigation Division der Army hat erfahren, dass Lieutenant William Hines am oder um den 7. Februar 1968 im Finanzministerium in der Zitadelle von Quang-Tri-Stadt ermordet wurde. Wir haben gute Gründe zu der Annahme, dass der Täter ein Captain der US Army war. Wir haben Beweise und einen Augenzeugen und versuchen jetzt noch, die Identität des Täters zu ermitteln.«

Er gewann allmählich seine Fassung wieder und guckte entsetzt. »O Gott … Sind Sie sicher?«

»Ja, Sir. Wir sind sicher, dass er von einem Captain der Army ermordet wurde.«

»Ach du meine Güte …« Er sah niemanden im Zimmer an und sah auch eigentlich nicht in meine Richtung. Er sagte: »Das war eine schreckliche Zeit … Ich war damals bei der MACV-Gruppe und wir waren in der Zitadelle eingekesselt und kämpften um unser Leben. Ich glaube, wir waren nur etwa zwanzig amerikanische Offiziere und Unteroffiziere …«

»Laut Dienstplan acht Offiziere und neun Unteroffiziere.«

Er sah mich an. »Ja? Tatsächlich? Also jedenfalls, ich glaube, nur sieben von uns haben überlebt …« Er hielt es für eine gute Idee, das Thema zu wechseln, und sagte zu mir: »Pat Quinn hat mir erzählt, dass Sie auch in Vietnam gekämpft haben.«

»Ja, Sir. Bei der 1. Cav, wie Sie, 1968, auch wie Sie. Ich

war Schütze bei der Kompanie Delta, 1. Bataillon, 8. Cavalry, 1. Air Cav, und um diese Zeit am Rande von Quang-Tri-Stadt im Einsatz.«

»Tatsächlich?« Er rang sich ein Lächeln ab und fragte: »Was habt ihr denn *außerhalb* der Stadt gemacht. Wir brauchten euch drinnen.«

Ich erwiderte sein Lächeln. »Da drinnen sah's zu gefährlich aus.«

Er lachte und sagte: »Also, falls mir noch irgendwas einfällt, das Ihnen bei dieser Angelegenheit helfen könnte, Paul ... und Karl ... dann melde ich mich bei Ihnen.« Er stand auf. Alle erhoben sich.

Ich fragte: »Sir, würden Sie gern unter vier Augen mit mir sprechen?«

Er erwiderte: »Worüber?«

»Über den fraglichen Zwischenfall.«

»Ich weiß nichts darüber. Aber ich werde darüber nachdenken.« Er ging zur Tür.

An diesem Punkt teile ich Zeugen manchmal mit, dass sie Verdächtige sind, aber dann muss ich ihnen ihre Rechte verlesen und normalerweise finde ich das Kärtchen mit dem Text nicht in meiner Brieftasche. Ich sagte zu Edward Blake: »Wie ich schon erwähnte, Sir, gab es bei diesem Mord einen Zeugen und ich habe ihn befragt.« Ich machte mir nicht die Mühe zu erwähnen, dass dieser Zeuge ein feindlicher Soldat gewesen war, und ließ Blake glauben, es wäre ein amerikanischer GI gewesen. Ich sagte: »Er lag verwundet im ersten Stock des Finanzministeriums und sah durch ein Loch im Boden mit an, wie der Captain nicht nur Lieutenant Hines ermordete, sondern auch noch drei vietnamesische Staatsbürger. Anschließend plünderte der Mörder dann einen Tresor.«

Ich sah, wie wieder alle Farbe aus seinem Gesicht wich. Nie im Leben hatte er damit gerechnet, jemals von einem Augenzeugenbericht dieser Geschichte zu erfahren. Er glaubte ja, er hätte alle Zeugen umgebracht. Ich sah tatsächlich, dass seine Knie zitterten, und als er die Hand auf den Türknauf legte, klapperte der deutlich hörbar. Er sagte zu mir: »Es hat schon viele Fälle gegeben, in denen sich Jahre nach der Tat Zeugen melden, die dann an irgendeiner Geistesstörung leiden oder schlicht Lügner sind. Das ist Ihnen sicherlich bekannt.«

»Ja, das ist es, Sir. Und deshalb brauchen wir Ihre Hilfe.«

»Es tut mir Leid, aber ich kann Ihnen da nicht weiterhelfen. Aber ich wünsche Ihnen viel Glück bei Ihren Ermittlungen.« Er wollte schon gehen, doch dann fiel ihm wieder ein, was sich gehörte, und er sagte zu Susan: »Miss Weber, es war mir ein Vergnügen. Gute Nacht, Gentlemen.« Er hatte schon die Tür geöffnet, da hielt er inne und tat dann noch etwas Eigenartiges – er kam zu mir und schüttelte mir die Hand. Dann machte er kehrt und verließ den Raum.

Karl und Susan langten gleichzeitig nach ihren Zigaretten und steckten sich eine an.

Ich ging zum Sideboard und schenkte mir einen Scotch auf Eis ein.

Im Raum herrschte ein geradezu betretenes Schweigen. Ich sah den Anwesenden nacheinander ins Gesicht und wusste dann, dass sie jetzt alle glaubten, dass Edward Blake bei einem Raub vier Menschen ermordet hatte und einer davon ein Waffenbruder gewesen war, was bei den Colonels Goodman und Hellmann und auch bei mir nicht gut ankam.

Aber das hatten sie ja alle von Anfang an gewusst, und niemand war entsetzt. Sie machten sich bloß Sorgen. Sorgen um ihre Karriere, ihr Leben und vielleicht sogar ihr Land. Und ganz bestimmt machten sie sich Sorgen meinetwegen. Ja, ich selbst machte mir auch Sorgen um mich.

Colonel Goodman ergriff als Erster wieder das Wort und fragte mich: »Könnten Sie es übers Herz bringen, Captain Edward Blake das nachzusehen?«

Ich antwortete nicht.

Er sagte zu mir: »Ich war im Krieg ein junger Lieutenant

bei der Infantrie. Ich würde nie erwarten, dass jedermann versteht, was damals hier passiert ist, Paul, aber Sie und ich verstehen es und Colonel Hellmann versteht es auch. Niemand von uns würde gern Rechenschaft ablegen müssen für diesen Wahnsinn.«

Auch darauf erwiderte ich nichts.

Karl sagte: »Paul, es geht hier nicht um Schuld oder Unschuld und nicht mal um Gerechtigkeit oder Moral. Es geht hier um die Vergangenheit. Ich habe Ihnen ja gesagt, die Schatten reichen von hier bis nach daheim. Damals wurden wir Soldaten kollektiv geschmäht und bespuckt und für unsere Taten oder irgendwelche neuen Enthüllungen über den Krieg sind wir niemandem Rechenschaft schuldig. Wenn wir an etwas schuld sind, dann sind wir es gemeinsam, und wenn wir Ehrenmänner sind, dann nur untereinander. Wir sind für alle Zeit durch Blut und gemeinsame Albträume miteinander verbunden. Ich sage Ihnen eins, mein Freund: Das hier hat nichts zu tun mit Edward Blake – mehr oder weniger sind wir alle Edward Blake.«

Ich atmete tief durch und erwiderte nichts.

Bill sagte: »Paul, Edward Blake wird der erste Vietnamveteran sein, der Präsident der Vereinigten Staaten wird. Wollen Sie das denn nicht?«

»Bill, halten Sie verdammt noch mal die Schnauze.«

In dem stillen Raum wurde es noch stiller. Ich sagte: »Selbst wenn ich Ihnen das abkaufen würde ... was ich vielleicht sogar tue ... geht es hierbei doch einzig und allein um Sie, um Ihren Ehrgeiz, Ihre Lügen und Täuschungsmanöver. Edward Blake hat ja vielleicht im Leben nur einen schlechten Moment gehabt; aber Ihre ganze Karriere ist ein einziger schlechter Moment.«

Ich stellte mein Glas weg und ging zur Tür. Ich sagte zu Karl: »Ich habe Ihnen ja gesagt, Sie hätten sich einen anderen suchen sollen.« Zu Susan sagte ich: »Komm mit.«

Kapitel 50

Gegen zwölf Uhr am nächsten Tag brachte ein Botschaftswagen Susan und mich zum Flughafen Noi Ba, nördlich von Hanoi. Wir sprachen nicht viel während der zwanzigminütigen Fahrt.

Zwei Sicherheitsbeamte der Botschaft begleiteten uns ins Terminal und wir umgingen die Sicherheitskontrolle und den Check-In und gingen direkt in die Diplomaten-Lounge.

Mein Gepäck war bei Mr. Uyen und Oberst Mang und deshalb hatte ich nicht viel zu tragen: die Kleider, die ich am Leibe trug, meinen Pass, ein Flugticket und ein Laissez-passer.

Susan trug ein hübsches jadegrünes Kleid, das Anne Quinn ihr geliehen hatte, und ich trug meine schmutzigen Jeans, aber saubere Boxershorts darunter und ein scheußliches rosafarbenes Polohemd, das Mrs. Quinn mir gegeben hatte. Sie hatte mir zu verstehen gegeben, dass sie nichts dagegen hatte, mich, das Hemd und die Shorts nie wieder zu sehen. Ein Andenken an Vietnam.

Die Diplomaten-Lounge war trotz ihres Namens ein wenig schmutzig und verwahrlost, aber an einem Samstag verreisten ja auch nicht viele Diplomaten oder Diplomatenfamilien und deshalb hatten wir denn Laden so ziemlich für uns allein. Die beiden Sicherheitsbeamten der Botschaft blieben bei uns und das war wahrscheinlich keine schlechte Idee.

In der Nacht zuvor hatten Susan und ich auf der Ausziehcouch im Wohnzimmer geschlafen. Die Gästezimmer im ersten Stock waren von den Blakes und den Leuten vom Secret Service belegt gewesen, die uns aus irgendeinem Grund nicht im ersten Stock haben wollten. So müde und ausgelaugt wir auch waren, hatten Susan und ich doch noch gevögelt, in dem Wissen, dass es das letzte Mal sein konnte.

Dann hatte ich mit Susan im Frühstücksraum Rührei gegessen. Nur Anne Quinn war da gewesen und sie hatte uns erklärt, die Blakes und der Botschafter seien früh schon zur Botschaft gefahren, und sie sei nun auch auf dem Weg dorthin. Susan und ich äußerten unser Bedauern, dass wir sie verpasst hatten, und Anne sagte, sie würde unsere Abschiedsgrüße ausrichten. Wir dankten ihr für ihre Gastfreundschaft und die tolle Party und sie ging, ohne eine weitere Einladung auszusprechen. Ich glaube, sie wusste, dass irgendwas in der Luft lag.

Und jetzt standen Susan und ich in der Diplomaten-Lounge und schauten durch ein großes Panoramafenster hinaus auf die Start- und Landebahnen und den grauen, wolkenverhangenen Himmel. Es schienen mehr Flugzeuge zu starten als zu landen, wie in einem Ferienort, dessen Saison zu Ende geht, aber in diesem Fall lag es wahrscheinlich eher an den Exil-Vietnamesen, die über Tet hier gewesen waren und nun in ihre neue Heimat zurückkehrten.

Für mich war ein Flug mit Air France nach Paris gebucht, wo mich jemand abholen und mir ein Ticket nach Washington-Dulles aushändigen würde. Das war nicht die kürzeste Route nach Hause, aber die erstbeste Verbindung von Hanoi nach Washington und ich hatte die hiesige Gastfreundschaft ohnehin schon überbeansprucht.

Von Washington-Dulles, wo diese Reise begonnen hatte, war es dann nur noch eine kurze Taxifahrt zu meinem Haus in Falls Church, aber wahrscheinlich würden mich dort am Flughafen eher Leute abholen, die sich um mich kümmern wollten. In jedem Fall hatte nun die Heimreise begonnen und wie schon bei den letzten beiden Malen wusste ich nicht recht, was ich dabei empfand.

Ich hatte darauf bestanden, dass Susan mit mir kam, aber sie wollte noch in Hanoi bleiben. Sie hatte lange in Vietnam gelebt und es gab mit ihren Privatangelegenheiten, ihrem Job und vermutlich auch dieser Mission noch einiges zu regeln. Was mich anging, so brauchte es, wie auch schon bei den letzten beiden Malen, nicht viel Vorbereitung und Überzeugungsarbeit, damit ich dieses Land schleunigst verließ.

In der Diplomaten-Lounge gab es eine weiße Tür, die laut Susan direkt aufs Vorfeld führte, von wo aus ein bereitstehender Wagen mich zum Flugzeug bringen würde. Die Maschine startete in zwanzig Minuten.

Susan und ich setzen uns nicht und tranken auch keinen Kaffee; wir standen einfach nur dort neben der weißen Tür, die nach Falls Church, Virginia, führte.

Susan sagte: »Wir haben noch etwa zehn Minuten. Jemand sagt uns Bescheid.«

Ich nickte.

Sie sagte: »Ich werde nicht anfangen zu weinen.«

Ich nickte noch einmal.

Wir sahen einander an und wussten beide nicht, was wir sagen sollten, aber die Zeit wurde allmählich knapp.

Schließlich lächelte sie und sagte: »Das waren tolle zwei Wochen, nicht wahr?«

Ich lächelte.

Sie schlug vor: »Wir sollten das eines Tages mal wiederholen.«

»Es ist nie so schön wie beim ersten Mal.«

»Vielleicht nicht. Aber wir haben kein einziges Foto.« Sie lächelte. »Nicht mal von der Pyramide-Insel.«

Ich erwiderte nichts.

Berieselungsmusik wurde in die Lounge geleitet, Klaviergeklimper. Wir standen schweigend da und lauschten den Klängen von *Let It Be*.

Ich sagte: »Danke für den Sonntag in Saigon.«

»Hey, du bist mir eine Führung durch Washington schuldig.«

»Jederzeit gern.«

Sie nickte und sah mich an. »In einer Woche oder so bin ich auch hier raus ...«

»Wohin wirst du dann gehen?«

Sie zuckte mit den Achseln. »Nach Lenox, schätze ich mal. Und dann nach New York, um zu sehen, ob ich immer noch bei der AAIC beschäftigt bin. Und dann ... hätte ich gerne wieder einen Job in Übersee. Ich glaube, ich bin eine geborene Expat.«

»Such dir diesmal was Nettes aus.«

»Ich habe immer noch dieses Buch mit den unangenehmsten Orten der Welt.«

Ich lächelte und fragte: »Wird dieses Land dir fehlen?«

»Ja, sehr. Aber es wird Zeit weiterzuziehen.«

»Ja, es wird Zeit.«

Sie nickte. »Weißt du, Paul ... im Apokalypse Now, dieser Bar ... als ich geweint habe ... Erinnerst du dich?«

»Ja.«

»Da fand ich mit einem Mal alles so schrecklich ... Ich hatte plötzlich einen Heimwehanfall und ich glaube, den hast du auf irgendeine Weise ausgelöst ... Und ich dachte auch an das, was vor uns lag ... was ich tun musste ... Es fiel mir vom ersten Moment an schwer, dich belügen ...«

»Ich weiß. Das habe ich gemerkt.«

»Hast du das? Gut.«

»Lass uns diesen Teil der Reise vergessen. So interessant er auch war.«

Sie lachte, dann verschleierte sich ihr Blick wieder ein wenig und sie sagte: »Ich werde nicht weinen. Du magst das nicht.«

Ich wusste nicht, was ich sagen sollte, und deshalb wechselte ich das Thema. Ich sagte: »Vielleicht können deine Freunde in Langley deine Vietnamkenntnisse dort gebrauchen.« Und außerdem war Langley nicht weit von Falls Church entfernt.

Sie schüttelte den Kopf. »Ich glaube, den Job bin ich auch los.«

»Du hast das aber gut gemacht. Du bist ein Naturtalent.«

Sie überhörte das und fragte: »Und du? Was wirst du jetzt tun?«

»Tja ... wie gesagt ... ich muss mich um ein paar persönlichen Angelegenheiten kümmern ... mal sehen, wie es da steht.«

Sie nickte. »Ja, das musst du tun.«

Ich erwiderte nichts.

»Und was dann?«

»Ich glaube, das hängt von meinem Missionsbericht ab.«

Sie nickte. »Was willst du in dieser Sache unternehmen?«

»Da bin ich mir noch nicht sicher. Vielleicht muss ich gar nichts unternehmen. Und vielleicht werde ich nichts unternehmen können.«

»Sei bloß vorsichtig, Paul. Sei bitte vorsichtig.«

»Bin ich.«

»Das sagst du so, aber nach dem, was ich hier gesehen habe, haben Sie mehr Mut als Verstand, Mr. Brenner.«

Ich lächelte. »Manchmal reicht das.«

»Hier vielleicht, aber nicht in Washington.« Sie sah mich an. »Ich bin immer noch auf deiner Seite. Und du kannst auf mich zählen.«

»Ich melde mich dann.«

Sie teilte mir mit: »Ich werde mit Karl sprechen. Er muss endlich einsehen, dass er auf der falschen Seite steht.«

»Karl hat mich enttäuscht. Aber ich schätze mal, wenn der Lebenstraum zum Greifen nah ist, tut man fast alles dafür.«

Sie sah mir in die Augen. »Aber man muss anschließend auch noch mit sich leben können. Manchmal muss man einfach abwarten und sehen, ob sich Hoffnungen und Träume erfüllen ... wie die Fee auf dem Nui-Co-Tien-Berg.«

»Das hat aber kein schönes Ende genommen.«

»Doch. Sie hat auf ihren Liebsten gewartet und er kam so schnell zurück, wie er konnte ... Und jetzt sind sie auf ewig vereint.«

»Ja ... Schau mal ... Susan ...«

Die weiße Tür ging auf und ein junger Vietnamese kam herein, der ein Stück Pappe hielt, auf dem *Brenner Paul* stand. Susan sagte: »Tja, Mr. Paul, Sie werden ausgerufen.«

»Ja ...« Ich bemühte mich zu lächeln. »Also, Miss Susan ...«

Sie sagte: »Ich werde *nicht* anfangen zu weinen.« Sie atmete tief durch. »Pass gut auf dich auf. Ich wünsche dir einen guten Flug, und ...« Ihr traten Tränen in die Augen.

Ich nahm sie in die Arme und wir küssten einander. Ich sagte: »Susan ...«

»Ich weiß. Das war alles zu viel. Wir brauchen ein paar Monate, dann schauen wir mal ...«

Der Typ hielt jetzt das Schild hoch und sah mich flehentlich an. Ein Sicherheitsbeamter der Botschaft gab mir mit Zeichen zu verstehen, dass ich mich beeilen sollte.

Susan sagte etwas zu dem jungen Vietnamesen und sagte dann zu mir: »Verpass nicht deinen Flug in die Freiheit, Soldat.«

Wir umarmten uns noch mal und küssten einander. Sie sagte: »Ruf mich an ... Wann auch immer.«

»Mach ich. Vielleicht in ein paar Wochen.«

»Wann auch immer. Du musst los.«

»Okay ...« Ich ging zu der offen stehenden Tür und Susan kam nicht mit. Ich drehte mich zu ihr um und fragte: »Lenox?«

»Ja. Ich werde auf deinen Anruf warten.«

»Warte lieber auf ein Klopfen an der Tür.«

Sie lächelte.

Ich drehte mich wieder um und folgte dem jungen Mann hinaus.

Wir gingen eine Treppe hinunter, kamen zu einem offenen Elektroauto und fuhren damit zum Flugsteig und zu der Maschine.

Ein gelber Polizeijeep stand vor dem Flugzeug und als wir uns näherten, stieg daraus ein Mann in Uniform aus. Bedauerlicherweise war es Oberst Mang.

Er hob eine Hand und der Fahrer stoppte.

Ich stieg nicht aus, sondern blieb sitzen und wartete auf

Oberst Nguyen Qui Mang von der Abteilung A des Ministeriums für Öffentliche Sicherheit. Er trug seine Dienstwaffe, was mich nicht störte; sie gehörte mir, wenn ich nur wollte. Aber er hatte auch seinen Aktenkoffer dabei und das jagte mir immer mehr Angst ein als eine Waffe.

Hinter dem sich nähernden Oberst Mang stand meine 747 der Air France. Die Gangways standen noch an der Maschine und ich sah, dass eben die letzten Passagiere einstiegen. Jemand vom Bodenpersonal stand dabei und sah auf seine Armbanduhr.

Oberst Mang blieb neben dem Wagen stehen und fragte mich: »Wo wollen Sie hin, Mr. Brenner?«

»Ich reise nach Hause, Oberst. Das sollten Sie auch tun.«

»Ja? Und wie war der diplomatische Empfang? Sind Sie Ihrem Vizepräsidenten begegnet?«

»Ja, bin ich.«

»Und war er erfreut, Ihre Bekanntschaft zu machen?«

»Ja, das war er. Wir haben einander alte Kriegsgeschichten erzählt.«

Ich sah, dass das Bodenpersonal nun die Gangways fortfahren wollte. Ich sagte: »Ich würde ja liebend gern noch mit Ihnen plaudern, aber dann verpasse ich meinen Flug. Wenn Sie mich also entschuldigen würden.«

»Ich habe Anweisung gegeben, dass man auf Sie wartet.«

»Das sieht aber nicht so aus.«

»Wo ist denn Miss Weber?«

»Die bleibt noch ein bisschen. Es gefällt ihr hier.«

»Ja? Und Sie? Gefällt es Ihnen hier?«

»Ich habe da gemischte Gefühle.«

»Aha. Und war es ein trauriger Abschied von Miss Weber?«

»Auf jeden Fall trauriger als mein Abschied von Ihnen sein wird. Die Dame will übrigens ihren Film wiederhaben.«

»Vielleicht. Erst muss ich mir die Fotos ansehen, die Sie gemacht haben.«

»Apropos: Wenn Sie die Fotos von der Pyramide-Insel

auch nur noch an eine weitere Person schicken, wird Ihnen das sehr Leid tun.«

»Wollen Sie mir drohen?«

»Ich sage Ihnen das nur.«

»Haben Mr. Stanley die Fotos nicht gefallen?«

Ich gönnte ihm die Freude nicht, mich darauf antworten zu sehen. Ich sagte: »Also gut, danke, dass Sie noch zum Flughafen gekommen sind. Ich muss jetzt los.«

»Einen Moment noch. Glauben Sie, dass dieser Blake Ihr nächster Präsdient wird?«

Ich beantwortete die Frage mit einer Gegenfrage. »Was glauben Sie denn?«

»Ich hatte gestern Abend noch ein interessantes Gespräch mit Tran Van Vinh. Ich muss darüber nachdenken.«

»Tun Sie das.« Ich sah, dass das Bodenpersonal zu mir herüberguckte.

Mang sagte: »Sie haben einen Diplomatenpass und haben das noch nicht mal erwähnt.«

»Ich brauche lediglich ein Ticket, um in diese Maschine zu gelangen.«

»Vielleicht unterhalten Sie sich ja auch gern mit mir.«

»Nein, das nicht. Aber ich finde Sie interessant.«

Wir sahen einander an und zum ersten Mal, seit ich das Pech gehabt hatte, seine Bekanntschaft zu machen, konnte ich nichts Boshaftes an seinem Blick entdecken. Er sagte: »Ich habe etwas für Sie.« Er langte in seinen Aktenkoffer und reichte mir die Schneekugel. Ich nahm sie und sah zu, wie es auf das Vietnam Memorial schneite.

»Ihre persönlichen Besitztümer werden über Ihre Botschaft an Sie zurückgegeben. Ich behalte nichts, was mir nicht gehört.«

Ich erwiderte nichts.

Er sagte: »Sie und ich, Mr. Brenner, werden nie Freunde sein, aber ich will Ihnen sagen, dass ich Ihre Tapferkeit respektiere. Und aus diesem einzigen Grund wünsche ich Ihnen eine gute Heimreise.«

Ich gab ihm die Schneekugel zurück und sagte: »Damit Sie sich immer an mich erinnern.«

»Sehr aufmerksam. Werde ich Sie wiedersehen?«

»Das sollten Sie nicht hoffen.«

»Sie auch nicht.«

»Gehen Sie nicht zu streng mit diesem Land um, Oberst. Dieses Volk hat genug gelitten.«

Er erwiderte nichts darauf und sagte etwas zu meinem Fahrer, der Gas gab und zu dem Flugzeug fuhr.

Als wir an der Gangway ankamen, sah ich mich um, aber Oberst Mang war verschwunden.

Ich schaute zu der weit entfernten weißen Tür der Diplomaten-Lounge hinüber und sah Susan in ihrem jadegrünen Kleid dort stehen und mir nachsehen. Sie winkte und ich winkte zurück.

Mein dritter Einsatz in Vietnam war zu Ende und auch diesmal flog ich im Sitzen heim.

Ich ging die Gangway hoch und oben nahm eine Flugbegleiterin mein Ticket entgegen, sah mich an und sagte mit einem netten französischen Akzent: »Ah, Mr. Brenner. Wir haben schon auf Sie gewartet.«

»Jetzt bin ich da.« Ich drehte mich um und betrachtete wieder einmal, wie viele Jahre zuvor, die ausgedehnten Reisfelder und die Dörfer dazwischen und wie damals verschleierte sich dabei mein Blick.

Ich sah noch einmal zu der Tür hinüber, an der ich Susan zuletzt gesehen hatte. Sie stand immer noch dort.

Wir winkten einander noch einmal zu. Ich sah noch ein letztes Mal zu ihr hinüber, machte dann kehrt und betrat das Flugzeug.

Nach Hause reist man nie auf direktem Weg, sondern immer auf Umwegen und irgendwann während dieser Reise stellt man fest, dass die Reise wichtiger ist als das Ziel und dass die Menschen, die man unterwegs kennen gelernt hat, für alle Zeiten Reisegefährten unserer Erinnerungen sein werden.

Danksagung

Als ich im Januar 1997 nach Vietnam zurückkehrte, reiste ich mit zwei guten Freunden dorthin. Der eine war Dan Barbiero, ein Kindheitsfreund von mir und ehemaliger Marine Lieutenant der 3. Marine Division. Dan diente in Vietnam fast zur gleichen Zeit und am gleichen Ort wie ich – von November 1967 bis Dezember 1968 in der Provinz Quang Tri. Wir hatten damals versucht uns dort zu treffen, aber Krieg ist eine zeitraubende Angelegenheit.

Der zweite Freund, der mich 1997 begleitete, war Cal Kleinman. Cal diente ebenfalls in jenem denkwürdigen Jahr 1968, und zwar als Sanitäter bei der 11. Armored Cavalry. Cal kommt, wie ich, aus Long Island und wir sind in benachbarten Orten mit rivalisierenden High-School-Footballmannschaften aufgewachsen, sind heute aber im selben Team.

Cal und Dan wussten, dass ich vorhatte, einen Roman zu schreiben, der im zeitgenössischen Vietnam spielen sollte, und liehen mir bei meinen Recherchen zwei zusätzliche Augen- und Ohrenpaare, machten sich ausführliche Notizen und schossen interessante Fotos. Vor allem aber konnten wir, wenn wir den Tag an Orten verbracht hatten, die eine schwere emotionale Belastung für uns darstellten und von denen wir nie geglaubt hatten, dass wir sie je wiedersehen würden, das, was wir gesehen und empfunden hatten, abends dann bei ein paar Drinks besprechen. Danke, Jungs, und willkommen daheim.

Ein ganz besonderer Dank gilt einem anderen »Nachbarn« aus Long-Island: Al DeMatteis, Director of Operations von DeMatteis Vietnam und Präsident der DeMatteis International Group. Al lebte und arbeitete viele Jahre lang in Vietnam und war so freundlich, mir das wahre Hanoi zu zeigen, wofür ich ihm sehr dankbar bin. Er ist ein fabelhafter Gastgeber und ein großartiger inoffizieller Botschafter des guten Willens in Vietnam. Amerikaner wie Al DeMatteis, die in Vietnam leben und arbeiten, werden die beiden Länder letztlich auf eine Art und Weise zusammenführen, von der die Politiker noch weit entfernt sind.

In Hanoi hatten Dan, Cal und ich auch das Glück, Mattie Genovese kennen zu lernen, eine dort lebende Amerikanerin, und ich danke ihr für ihre vielen Auskünfte über das Leben einer amerikanischen Geschäftsfrau in Vietnam. Die Figur der Susan Weber hätte ich ohne Mattie Genoveses Hilfe nicht erschaffen können.

Lieutenant John Kennedy, Deputy Police Commissioner von Nassau County, danke ich für seine kritische Lektüre und für Verbesserungsvorschläge, vor allem, was die Criminal Investigation Division der Army angeht. John hat mit Männern und Frauen von der CID zusammengearbeitet, mir einiges über sie mitgeteilt und mir mit einigen Fakten ausgeholfen. John war mir auch bereits bei der Arbeit an *Plum Island* (deutsch: *Goldküste*) und *Das Spiel des Löwen* eine große Hilfe und verfügt über phänomenale Kenntnisse der Rechtssoziologie.

Dies ist auch ein guter Ort und eine gute Gelegenheit, um meiner alten Freundin Patricia Burke zu danken, die einen einzigartigen Beruf hat. Patricia ist die stellvertretende Leiterin der Literaturabteilung bei Paramount Pictures und hat maßgeblich dazu beigetragen, Paramount auf meinen Roman *Die Tochter des Generals* aufmerksam zu machen, woraus dann der gleichnamige Spielfilm wurde. Patricia zählt zu den belesensten Menschen der Welt und als ich diese Fortsetzung zu *Die Tochter des Generals* plante, entschloss ich mich zu dem ungewöhnlichen Schritt, sie in die Lektoratsarbeit einzubeziehen. Ich habe nie erfahren, ob ihr das schmeichelte oder ob sie eher genervt war – jedenfalls schrieb sie mir ein überzeugendes, schlüssiges Memo, das sich als guter Leitfaden für diese Geschichte erwies. Patricia empfahl der Paramount auch *Up Country – Die Mission* und eine Verfilmung ist mittlerweile in Vorbereitung.

Ein Autor sollte stets seiner Lektorin oder seinem Lektor dankbar sein und ich bin mit vielen Lektorinnen und Lektoren gesegnet. Zunächst einmal ist da mein Lektor und Verleger Jamie Raab von Warner Books, dann auch mein Lektor und Freund Larry Kirshbaum, der Leiter der AOL Time Warner Book Group, und dann natürlich meine langjährige Lektorin und Ehefrau Ginny DeMille, die immer noch versucht, mir beizubringen, die Wortarten auseinander zu halten. Und nicht zuletzt sind da meine Assistentinnen Dianne Francis und Patricia Chichester, die als Erste alle meine Manuskripte lesen, sie abtippen, korrigieren und kommentieren. Diese beiden Damen lektorieren meine Werke sozusagen an vorderster Front und wenn es denn stimmt, dass vor seinem Kammerdiener kein Gentleman ein Held ist, dann ist ganz gewiss kein Schriftsteller vor seinen Schreibkräften ein Genie.

Anstatt schon wieder meinem Agenten Nick Ellison zu danken, bedanke ich mich diesmal bei seinen fabelhaften Mitarbeitern. Zunächst bei seiner Assistentin Megan Rickman, einem California Girl mit New Yorker Schnauze, und dann auch bei Alička Pistek, der Leiterin der Abteilung für Auslandsrechte, eine sehr begabte, mehrsprachige Dame, die fabelhafte Arbeit dabei leistet, meine Romane dem Rest der Welt bekannt zu machen.

Ich möchte mich auch wieder einmal bei Martin Bowe und Laura Flanagan von der Garden City Public Library bedanken und bei Dan Starer von Research for Writers. Jede gute Fiktion fußt auf soliden Recherchen.

Zuletzt, aber im Grunde zuerst möchte ich mich bei allen bedanken, die das Manuskript in früher Form gelesen haben. Jemand hat mal gesagt, ein Autor, der frühe Fassungen eines Manuskripts herumzeigt, sei wie jemand, der Auswurfproben von sich verteile. Da ist schon was dran, aber irgendjemand muss sich ansehen, was da als Erstes ausgehustet wird. Neben meiner Frau und meinen beiden Assistentinnen habe ich frühe Fassungen dieses Buchs auch meinem Kindheitsfreund Tom Block zu lesen gegeben, dem Romancier, ehemaligen Piloten der US Airways und Mitautor unseres Romans *Mayday*, sowie seiner Frau Sharon Block, einer ehemaligen Flugbegleiterin der US Airways und hervorragenden Leserin.

Schließlich gab ich das Manuskript auch noch Rolf Zettersten, dem Vice President von Warner Books, der in dem Ruf steht, hart, aufrichtig und gründlich zu sein – der Traum oder Albtraum eines jeden Schriftstellers. Ich danke Rolf für seine sehr aufmerksame Lektüre und seine ausgezeichneten Vorschläge.

Der Keim der Idee zu diesem Roman entstand durch meine Mitgliedschaft bei den Vietnam Veterans of America. Die VVA betreiben ein Programm namens Veterans Initiative, das der vietnamesischen Regierung dabei helfen soll, mehr über das Schicksal ihrer vermissten Soldaten zu erfahren. Die VVA haben mir sehr geholfen, indem sie mich auf dieses Programm aufmerksam machten, und ganz besonders möchte ich mich bei Marc Leepson bedanken, dem Kunstredakteur und Kolumnisten der Zeitschrift *The VVA Veteran*, der mich mit Einzelheiten dieses Programms vertraut gemacht hat.

Im Mai 1968 habe ich im Ashau-Tal beim Leichnam eines nordvietnamesischen Soldaten tatsächlich einen Brief gefunden, den ich den VVA einige Jahre später zur Weiterleitung nach Hanoi übergab. Hoffentlich hat eine vietnamesische Familie so etwas über das Schicksal ihres vermissten Sohnes, Vaters oder Bruders erfahren.

Mehrere Personen haben Wohlfahrtseinrichtungen großzügige Spenden zukommen lassen, damit ich Figuren dieses Romans nach ihnen benannte. Es sind: Rita Chang (Boys and Girls Club of East Norwich, Oyster Bay), John Eagan, Jr. (Great South Bay YMCA), Earl E. Ellis (Tilles Center for the Performing Arts), Marc Goodman (Diabetes Research Institute Foundation), Lisa Klose (C.W. Post/Long Island University), Victor Ort (Boys and Girls Club of East Norwich, Oyster Bay) und Janice Stanton (Muscular Dystrophy Association). Ich hoffe, dass ihnen ihre fiktiven Alter Egos gefallen und sie sich auch weiterhin für so achtbare Ziele engagieren.

Ein packendes Epos um die zeitlosen Menschheitsfragen von Verantwortung und Schuld, von Ehre und Moral

Benjamin Tyson ist Anfang vierzig und lebt als leitender Angestellter eines großen Konzerns in New York. Ansehen, beruflicher Erfolg und familiäres Glück – Tyson kann mit seinem Leben zufrieden sein. Da erscheint eines Tages ein sensationell aufgemachter Tatsachenbericht, in dem der ehemalige Offizier schwerster Kriegsverbrechen in Vietnam angeklagt wird. Plötzlich steht Tyson im Kreuzfeuer erbitterter Kritik und nationaler Entrüstung. Selbst von den engsten Freunden verlassen, muss er zusehen, wie die Schatten der Vergangenheit seine ganze Existenz zu vernichten drohen …

Nelson DeMille
Das Ehrenwort
Roman

ULLSTEIN TASCHENBUCH

UB111

Expedition in die grüne Hölle

Aus dem dichten Dschungel stolpert ein Mann in ein kleines Missionsdorf am Amazonas – von Wunden und Narben übersät, mit herausgeschnittener Zunge und blankem Terror in den Augen – und stirbt innerhalb weniger Stunden. Wie sich herausstellt, handelt es sich um einen CIA-Agenten, der Mitglied einer vier Jahre zuvor verschollenen Expedition zur Erforschung unbekannter Heilmittel gewesen war. Was seine Vorgesetzten in Washington verstört: Der Agent war einarmig – die Leiche auf dem Foto hat jedoch zwei Arme. Ein zweites Expeditionsteam, bestehend aus hochkarätigen Wissenschaftlern und Elitekämpfern des Militärs, soll herausfinden, was damals im Dschungel geschah. Sie wissen nicht, was sie erwartet ...

James Rollins

Operation Amazonas

Roman

Deutsche Erstausgabe

ULLSTEIN TASCHENBUCH

UB124